HEYNE ‹

Das Buch

Frankfurt am Main, 1904: Der Klavierhändler Hermann Lichtenstein wird in seinem Geschäft mitten in der belebten Innenstadt Frankfurts von Unbekannten beraubt und erschlagen. Die Nachricht verbreitet sich wie ein Lauffeuer in der Stadt und verhindert das Antrittsgespräch der Polizeiassistentin Laura Rothe, die sich als erste Frau im Präsidium um verwahrloste Kinder und Jugendliche kümmern soll.

Ein blutiger Fingerabdruck am Kragen des Ermordeten und die Spur eines Damenschuhs lassen den Verdacht aufkommen, dass eine Frau in die brutale Tat verwickelt ist. Außerdem gibt es Hinweise, dass der Mord an dem Klavierhändler mit den mysteriösen Drohbriefen zusammenhängt, die der ermittelnde Kommissar Richard Biddling seit Jahren bekommt.

Laura Rothes Recherche ist es schließlich zu verdanken, dass der Kommissar bei seinen Ermittlungen einen entscheidenden Schritt weiterkommt. Doch die Spuren führen nicht nur zu Biddlings Familie, sondern auch in seine eigene Vergangenheit ...

Die Autorin

Nikola Hahn, 1963 geboren bei Marburg, absolvierte nach dem Abitur eine Ausbildung bei der hessischen Polizei. Heute ist sie Kriminalhauptkommissarin in Offenbach, zuständig für Kapitaldelikte, Sachgebiet Raub und Erpressung. Ihr erster historischer Kriminalroman »Die Detektivin« spielt im Frankfurt der Jahrhundertwende.

NIKOLA HAHN

DIE FARBE VON KRISTALL

Ein historischer Kriminalroman

WILHELM HEYNE VERLAG
MÜNCHEN

HEYNE ALLGEMEINE REIHE
Band-Nr. 01/13915

*Für Thomas
für alles*

Umwelthinweis:
Dieses Buch wurde auf chlor-
und säurefreiem Papier gedruckt.

Redaktion: Heike Krüger

Taschenbucherstausgabe 01/2004
Copyright © 2002 by Marion von Schröder Verlag
Der Marion von Schröder Verlag und der
Wilhelm Heyne Verlag sind Verlage der
Ullstein Heyne List GmbH & Co. KG, München
Printed in Germany 2004
Umschlagillustration: akg-images, Berlin
Umschlaggestaltung: Hauptmann und Kampa Werbeagentur,
München – Zürich, unter Verwendung eines kolorierten Stahlstichs
»Frankfurt am Main«, um 1850, von Ernst Rauch
Gesetzt aus der Garamond bei
Franzis print & media GmbH, München
Druck und Bindung: GGP Media, Pößneck
http://www.heyne.de

ISBN: 3-453-87373-4

Vorbemerkung

Bei den im Roman verwendeten Zeitungszitaten handelt es sich um authentische Ausschnitte aus der *Frankfurter Zeitung und Handelsblatt* aus den Jahren 1904, 1913 und 1914, die an den jeweils angegebenen Tagen erschienen sind.

Bornheim

Sachsenhausen

Obernad

Erläuterung:

Maßstab 1:17500.

Der cristal ist ein kalter klarer stein, der des fewrs dermaszen begirig ist, das, wann er in die sonn gehalten wirdt, er die nahe dürre ort oder materien anzündet.

Antik mittelalterliche Wissenschaft vom Kristall
Albertinus

Hält in der Hand noch den Krystall, das zersprungene Glück von Edenhall.

Uhland, 1847

Die Farben der Kristalle stellen unsichere Bestimmungskriterien dar, weil sie durch geringste stoffliche Änderungen in einem weiten Spektrum variieren.

Encarta Enzyklopädie 2000, Microsoft Corporation

Prolog

Der Wind hatte nachgelassen, aber es regnete noch. Auf dem Weg zwischen den Gräbern lag nasses Laub. Es roch nach Vergänglichkeit. Victoria hatte gewußt, daß er da sein würde. Sie blieb neben ihm stehen. Er hielt den Kopf gesenkt; von seinem Hut tropfte der Regen. Der Grabstein glänzte im Licht einer Laterne. Die Rosen hatte der Sturm zerstört.

»Ich werde Frankfurt verlassen«, sagte sie.

»Wann?« fragte er leise.

Sie kämpfte gegen die Tränen. »Sobald das Urteil gesprochen ist.«

Er sah sie an. »Sie sind stark, und Sie werden darüber hinwegkommen, Victoria. Über das – und alles andere.«

»Das haben Sie schon einmal zu mir gesagt, Herr Braun.«

»Und hatte ich denn nicht recht?« sagte er lächelnd.

Kapitel 1

Zweites Morgenblatt   Freitag, 26. Februar 1904

Frankfurter Zeitung
und Handelsblatt

Dem »Petit Parisien« wird von seinem Berliner Korrespondenten der Inhalt einer Unterredung mitgeteilt, die der deutsche Reichskanzler Graf Bülow dieser Tage mit einem französischen Besucher gehabt hat. Nachdem der Reichskanzler bestritten hatte, daß Deutschland irgendwelche schwarzen Pläne in China oder im nahen Orient habe, gab er einen kleinen Exkurs über Weltpolitik. Deutschland ist friedlich und wünscht wesentlich seinen friedlichen Einfluß in der Welt auszuüben. Nicht als Eroberer, sondern als Kaufleute erscheinen wir bei den nächsten wie bei den entferntesten Nationen.

Die Verantwortlichkeit für die Richtigkeit dieser Äußerungen hat der »Petit Parisien« zu tragen. Unbülowisch klingen sie übrigens nicht.

Hermann Lichtenstein legte die Zeitung beiseite und sah aus dem Fenster: ein trister, verregneter Wintertag, aber auf der Straße herrschte reges Treiben. Das Rattern der Droschken und Fuhrwerke und das Geschrei der Zeitungsjungen drangen bis in den ersten Stock hinauf. Lichtenstein schaute zur Hauptwache hinüber, an deren verlassenen Anblick er sich noch immer nicht gewöhnt hatte. Das Klingeln des Telephons riß ihn aus seinen Gedanken. Er nahm den Fernsprecher vom Haken.

»Hier Pianofortefabrik Lichtenstein & Co – Wer dort? … Ah, Herr Consolo! Herzlich willkommen in Frankfurt! Ihr Konzert heute abend? Selbstverständlich werde ich Sie beehren, mein

Lieber! Zusammen mit meiner Gattin und meiner ältesten Tochter. Bitte? Sie suchen etwas Besonderes? Ich glaube, ich kann Ihnen helfen ... einen Bechstein, wunderbar im Klang, erlesen in der Verarbeitung. Vergangene Woche ausgeliefert ... Ja, ich habe Zeit. Ich erwarte Sie in meinem Kontor. Ende.«

Ein älterer Mann kam herein. »Ich wollte fragen, ob ich zu Tisch gehen kann, Herr Lichtenstein? Frischer Kaffee steht nebenan auf dem Ofen.«

»Danke, Anton. Ich habe gerade mit Herrn Consolo telephoniert. Er logiert im Frankfurter Hof und möchte sich den Bechsteinflügel ansehen.«

Der Auslaufer strich sich über sein schütteres Haar. »Dann werde ich solange warten.«

Lichtenstein schüttelte den Kopf. »Soll ich dir jeden Tag das gleiche Lied singen, mein Lieber?«

»Sie sollten nicht so oft allein hier sein, Herr Lichtenstein.«

»Deine Sorge um mein Wohlergehen ehrt mich, aber wie du weißt, befinden sich in meinem Kassenschrank in der Hauptsache alte Bücher. Im übrigen pflegen Diebe nicht zu Zeiten zu erscheinen, in denen draußen die halbe Stadt vorbeipromeniert.«

Der alte Auslaufer musterte seinen Chef mit zusammengekniffenen Augen. »Statt den ganzen Tag in diesem zugigen Büro zu stehen, sollten Sie lieber das Bett hüten, Herr Lichtenstein.«

»Ach was«, murmelte der Klavierhändler. »Das bißchen Schnupfen vergeht von allein.«

»Wenn Sie bitte erlauben: Sie sehen aus, als plagte Sie ein wenig mehr als bloß Schnupfen.«

»Dummes Zeug!«

Achselzuckend wandte sich der Auslaufer ab und ging hinaus. Hermann Lichtenstein sah ihm mit gemischten Gefühlen hinterher. Anton Schick stand seit dreiundzwanzig Jahren in den Diensten der Familie Lichtenstein; er war eine treue Seele und neigte zu übertriebener Vorsicht. Und manchmal hatte er diese Art, einen anzusehen, als könne er Gedanken lesen! Der Klavierhändler schaute in den Spiegel, der zwischen zwei Fenstern hing. Die Nase war rot, das Gesicht blaß, die Augen wirkten glasig, aber das konnte man auf die Erkältung schieben. Er zündete eine Lampe an und ging über den Flur ins Lager; vier düstere Räume, in denen sich mehr als einhundert Klaviere, Harmonien und Flügel aneinanderreihten.

Der Bechsteinflügel stand vor einem ungenutzten Kamin im hintersten Zimmer. Das polierte Holz glänzte im Lampenschein. Es zu berühren war ein sinnlicher Genuß. Consolo würde begeistert sein. Hermann Lichtenstein freute sich auf den Besuch des italienischen Pianisten, der nicht nur eine Passion für edle Musikinstrumente hatte, sondern auch kurzweilig zu plaudern verstand. Er setzte sich, und die quälenden Gedanken an Fräulein Zilly verschwanden. Sanft strichen seine Finger über die Tasten aus Elfenbein; die ersten Akkorde von Beethovens viertem Klavierkonzert erklangen. Irgendwo im Haus flog eine Tür ins Schloß. Abrupt beendete Lichtenstein sein Spiel. Ihr Haar hatte geglänzt wie Gold. Und dann hörte die Erinnerung auf. Er schloß den Flügel, daß es an den Wänden widerhallte. Karl Hopf gehörte geviertteilt! Ihn in diese Pfefferhütte zu schleppen! Die Türglocke läutete. Lichtenstein zog seine Taschenuhr hervor. Kurz vor halb eins. Ernesto Consolo war früh dran.

Doch es war nicht der italienische Pianist, der Einlaß begehrte.

»Du?« fragte Lichtenstein erstaunt.

»Ich habe Ihnen gesagt, daß ich wiederkomme«, entgegnete der Besucher lächelnd. »Wie versprochen, habe ich einen Interessenten mitgebracht.«

Die zweite Person war groß und schlank und stand seitlich im dunklen Flur. »Es tut mir leid«, sagte Lichtenstein. »Im Moment paßt es schlecht, ich habe gleich einen Termin. Wenn du … Wenn Sie vielleicht heute nachmittag noch einmal kommen könnten?«

»Es dauert nicht lange. Wir möchten uns nur rasch das Piano ansehen, Herr Lichtenstein.«

»Ja. Aber ich habe wirklich nicht viel Zeit.«

»Wir auch nicht«, sagte der Besucher freundlich.

Es war absurd, und es gab nicht den geringsten Grund dafür. Doch Hermann Lichtenstein bekam plötzlich Angst.

✳

»Das habe ich gern«, schimpfte Richard Biddling. »Sie packen in aller Seelenruhe Ihren Kram zusammen, und ich kann sehen, wo ich bleibe!«

Kriminalwachtmeister Heiner Braun grinste. »Ich habe keine Sorge, daß Sie die Frankfurter Räuber und Mörder in Zukunft auch ohne mich überführen werden, Herr Kommissar.« Er riß eine Seite aus einem Exemplar der *Frankfurter Zeitung* und wickelte zwei goldbemalte Kaffeetassen darin ein.

»Wahrscheinlich die neueste Ausgabe«, brummte Richard. »Die ich selbstverständlich noch nicht gelesen habe.«

Heiner nahm die Reste der Zeitung. »Hm ja, fast. ›17. Januar 1904, Viertes Morgenblatt. Literarisches. Das Mineralreich von Dr. Reinhard Brauns, ordentlicher Professor der Universität Gießen. Der Verfasser der chemischen Mineralogie und der kleinen Mineralogie hat uns ein Werk vorgelegt, das im Vergleich zu den üblichen Handbüchern einen ganz eigenartigen Charakter trägt …‹«

»Es reicht.«

»Von chromolithographisch erzeugten Krystallbildern kann man billigerweise nicht überall Vollkommenes erwarten.‹«

Richard nahm seinem Untergebenen die Zeitung weg. »Wollen Sie mir an Ihrem letzten Tag unbedingt den allerletzten Nerv rauben?«

Heiner sah ihn erstaunt an. »Ich hätte nicht gedacht, daß Sie nach fast zweiundzwanzig Jahren Zusammenarbeit noch einen übrig haben.«

»Es wird Zeit, daß Sie mir aus den Augen kommen, Braun!«

Heiner schloß seine abgewetzte Ledertasche. »Ich hätte einen Antrag auf Verlängerung gestellt. Aber Helena …«

»Schon gut«, fiel ihm Richard harsch ins Wort. Er haßte Verabschiedungen, vor allem, wenn sie endgültig waren.

»Was die Sache bei Pokorny & Wittekind angeht, bin ich allerdings wie Sie der Meinung, daß da einer tüchtig nachgeholfen hat, um das Ganze wie einen Unfall aussehen zu lassen, Herr Kommissar.«

»Das kann Ihnen jetzt gleich sein.« Richard gab ihm die Hand. »Ich wünsche Ihnen alles Gute.«

»Wenn Sie Zeit haben … Helena würde sich über einen Besuch freuen.«

»Mhm«, sagte Richard. Sentimentalitäten haßte er noch mehr als Verabschiedungen. Er blätterte in einer Akte.

»Ich war gestern abend noch mal in Bockenheim und habe mir diese Maschine erklären lassen. Der Dampf kann unmöglich von selbst …«

»Braun! Haben Sie die feierlichen Worte unseres Herrn Polizeirats schon vergessen? Sie sind seit einer Stunde im Ruhestand.«

»Ich würde …«

»Grüßen Sie Ihre Frau von mir.«

»Ja.« Heiner nahm seine Tasche und ging zur Tür. Sein von unzähligen Fältchen durchzogenes Gesicht wirkte müde, und Richard wurde klar, daß seinem Untergebenen der Abschied mindestens so schwer fiel wie ihm selbst.

»Glauben Sie ja nicht, daß ich Sie aus der Pflicht nehme. Sollte ich in dieser verflixten Sache Ihren Rat brauchen, werde ich ihn suchen.«

»Danke.«

Richard schlug die Akte zu. »Herrje! Verschwinden Sie endlich!«

Heiner salutierte. »Zu Befehl, Herr Kommissar!«

Richard lachte. Vom Flur drangen Stimmen herein. Ein junger Polizist stürzte ins Büro. Sein Gesicht war rot vor Aufregung. »Herr Kommissar Biddling, Wachtmeister Braun … Bitte entschuldigen Sie die Störung! Herr Polizeirat Franck läßt unverzüglich alle im Haus befindlichen Männer zu sich befohlen. Soeben ist ein Mord auf der Zeil gemeldet worden!«

✳

Laura Rothe nahm ihren Koffer und schaute sich suchend um. Der Centralbahnhof war viel größer, als sie ihn sich vorgestellt hatte; vielleicht, weil die von grauen und dunkelblauen Eisenträgern gestützten Perronhallen durch offengehaltene Wände als Ganzes wirkten. Die Fenster in den seitlichen Umfassungsmauern gaben wirkungsvolles Seitenlicht. Die Gußteile, die die Granitsockel mit den schmiedeeisernen Bögen verbanden, waren mit palmblattähnlichen Ornamenten versehen, die Blechflächen der hohen Bogendächer mit Zierstreifen geschmückt. Es waren die Details, die dem Bauwerk die Bedrohlichkeit nahmen. Überall eilten Menschen hin und her, und im Gegensatz zu Laura schien jeder genau zu wissen, wohin er wollte. Die Bremsen eines einfahrenden Zuges kreischten. Ein Schaffner stieg aus und rief einem Kollegen etwas zu, aber seine Worte gingen im Getöse eines abfahrenden Zuges unter.

»Wo finde ich bitte die Gepäckaufbewahrung?« fragte Laura einen Jungen in schmuddeligen Hosen, der auf dem Perron saß und sie interessiert musterte.

»Ei, do driwwe.«

»Wie bitte?«

Der Junge stand auf und deutete grinsend zum anderen Ende der Halle. »Dort drüben, gnädigstes Fräulein! Wenn ich bitte Ihne Ihrn Koffer tragen dürfte?«

»Das ist sehr nett, danke. Aber ich trage ihn lieber selbst.«

Der Junge sah sie derart verblüfft an, daß sie lachen mußte. Eine junge Dame, die ohne Begleitung aus einem Zweite-Klasse-Abteil stieg und auf die Dienste eines Gepäckträgers verzichtete, kam sicher nicht alle Tage vor. Laura zeigte zum gegenüberliegenden Bahnsteig, auf dem eine ältere und zwei jüngere Frauen zwischen Koffern und Körben standen. »Ich glaube, die Herrschaften brauchen deine Hilfe nötiger als ich.«

Auf dem Kopfperron und im Vestibül wiesen Schilder den Weg, und zehn Minuten später hatte Laura ihren Koffer aufgegeben. Kurz darauf trat sie auf den Bahnhofsvorplatz hinaus. Nieselregen wehte ihr ins Gesicht. Sie schlug den Kragen ihres Mantels hoch und spannte ihren Regenschirm auf.

»Halt!«

Erschrocken fuhr sie zusammen, als plötzlich zwei mit Säbeln bewaffnete Schutzmänner vortraten, die offenbar rechts und links des Eingangs gestanden hatten. Grimmig musterten sie einen schmächtigen jungen Mann, der in den Bahnhof hineingehen wollte.

»Wer sind Sie? Wohin wollen Sie?« fragte einer der Beamten in scharfem Ton. Er hatte einen martialischen schwarzen Bart und trug ein goldenes Portepee. Der Mann stotterte etwas Unverständliches.

Laura sah, daß auch die anderen Eingänge von Schutzleuten bewacht wurden, die ohne Ausnahme jeden, der in den Bahnhof hineinwollte, kontrollierten. Was hatte das zu bedeuten? Sie spürte die Blicke des bärtigen Polizisten und ging rasch weiter. Das fehlte noch, daß man sie festhielt oder sogar mit zur Wache nahm. Sie überquerte den Platz und stieß fast mit einem Fahrradfahrer zusammen, der ihr wütend etwas hinterherrief, das sie nicht verstand. Vielleicht wäre es besser, mit der Trambahn zu fahren? Andererseits hatte sie genügend Zeit, und ihr Geld würde sie für wichtigere Dinge brauchen. Außerdem bot der Gang zu Fuß eine erste Möglichkeit, sich in der Stadt zu orientieren. Während der vergangenen Wochen hatte sie alles gelesen, was sie an Informationen über Frankfurt am Main hatte auftreiben können, und sie war gespannt, ob die Bilder in ihrem Kopf mit der Wirklichkeit übereinstimmten. Die in einem Reiseführer als Prachtboulevard gerühmte Kaiserstraße sah im Regen jedenfalls reichlich trist aus.

Das Trottoir war voller Menschen, die in Gruppen zusammenstanden und durcheinanderredeten. Und dazwischen immer wieder Polizei. Irgend etwas stimmte nicht! Laura wich auf die Fahrbahn aus, um schneller voranzukommen. Als sie den Roßmarkt erreichte, hörte es auf zu regnen. Sie überlegte, ob noch Zeit war, sich das Gutenberg-Denkmal anzuschauen, als ein Automobil an ihr vorbeiknatterte und sie von oben bis unten naß spritzte. Konnte dieser dumme Mensch nicht aufpassen, wohin er fuhr? Vergeblich versuchte sie, mit einem Taschentuch die Flecken aus ihrem Wollmantel herauszureiben. Ein Antrittsbesuch in schmutziger Garderobe! Ihre Mutter würde in Ohnmacht fallen, wenn sie es sähe.

Der Gedanke an zu Hause schmerzte. Es gab Dinge, die für eine junge Dame viel verderblicher waren als ohne Begleitung zu reisen und das Gepäck selbst zu tragen: einen Beruf zu erlernen, dem jüdischen Glauben abzuschwören und mit achtundzwanzig ledig zu sein. Laura steckte das Taschentuch weg und ging weiter. Sie hatte sich all das bestimmt nicht erkämpft, um vor ein paar Wasserflecken zu kapitulieren! Rechts vor ihr tauchte der Turm der Katharinenkirche auf. Als sie näher kam, sah sie vor dem Portal und dem Eingang des danebenliegenden Hauses eine Menschenmenge. Mehrere Schutzleute bemühten sich, sie auseinanderzutreiben.

»Machen Sie Platz!« rief einer von ihnen, als sich zwei Männer in Zivil näherten. Sie trugen dunkelgraue Tuchmäntel und schwarze Hüte. Der jüngere, ein grobschlächtig wirkender Mensch, stieß die Leute fluchend beiseite, um sich einen Weg zu bahnen, der ältere, der ihn fast um Haupteslänge überragte, folgte wortlos. Keine Frage: Irgend etwas mußte in diesem Haus geschehen sein. Ob das der Grund war, den Bahnhof unter Bewachung zu stellen? Die Uhr an der Katharinenkirche schlug zur vollen Stunde und erinnerte Laura daran, daß Polizeirat Franck sie erwartete.

Sie erreichte die Neue Zeil 60 zehn Minuten vor der Zeit. Das Polizeipräsidium der Stadt Frankfurt war ein dreistöckiger Bau im Stil der deutschen Renaissance und, wie Laura wußte, erst achtzehn Jahre alt. So imponierend das Gebäude von außen wirkte, so zweckmäßig bot es sich dem Besucher von innen dar: die Flure mit schlichten Deckenwölbungen versehen, die Treppen aus Eisen gefertigt. In der Polizeiwache im Erdgeschoß fragte sie nach dem Büro von Herrn Polizeirat Franck.

Die beiden Beamten musterten sie ungeniert. Was sie sahen, schien ihnen nicht zu gefallen. »Herr Polizeirat Franck empfängt in seinem Büro keinen Damenbesuch«, sagte der ältere. »Und schon gar nicht ohne vorherige Anmeldung!«

Laura erwiderte seinen Blick ohne Scheu. »Woher, bitte, wollen Sie wissen, daß ich nicht angemeldet bin?« Sie zog ein Schriftstück aus ihrem Mantel und gab es ihm.

Er las sorgfältig. »Oh, das … Ich bitte höflichst um Verzeihung, Fräulein Rothe. Ich konnte ja nicht ahnen …«

»Dürfte ich nun endlich erfahren, wo ich das Büro von Herrn Franck finde?« wiederholte Laura schärfer als beabsichtigt.

»Erster Stock, rechts. Es steht angeschrieben. Aber Sie werden kein Glück haben. Er …«

»Danke!« sagte Laura und ging.

Sie war kaum aus der Tür, als der jüngere Beamte losplatzte: »Ist sie das?«

»Sieht so aus.«

»Na, das wird lustig werden.«

Der ältere zuckte mit den Schultern. »Was interessiert's mich? Solange sie uns nicht in die Parade fährt, ist es mir herzlich egal, ob sie Haare auf den Zähnen hat oder nicht.«

»Die wär' das erste Weibsbild, mit dem der Heynel nicht fertig wird«, sagte der jüngere grinsend.

✳

Es gab keinen Grund, anzunehmen, daß Kommissar Biddling in der nächsten Zeit ins Präsidium zurückkehrte. Dennoch wartete Heiner Braun bis kurz nach drei Uhr, bevor er sich entschloß, zu gehen. Ein letztes Mal betrachtete er das nüchtern eingerichtete Büro: Biddlings Schreibtisch mit Federkasten, Tintenfäßchen, Stempeln und Akten darauf, sein eigenes leergeräumtes Stehpult am Fenster, den alten Aktenschrank, den Tisch mit der neuen Schreibmaschine. *Eine Underwood mit Radschaltung, sichtbarer Schrift und Tabulator*, wie der Kommissar Besuchern gern erläuterte.

Heiner erinnerte sich an seinen ersten Tag als blutjunger Polizeidiener im Polizeicorps der damals noch Freien Stadt Frank-

furt und daran, wie stolz er nach der Ernennung zum Kriminal-
schutzmann auf sein erstes Büro gewesen war, eine zugige
Kammer im ehemaligen Präsidium Clesernhof, das längst der
Spitzhacke zum Opfer gefallen war. Er hatte seinen Beruf geliebt, und schon drei Stunden nach seiner Pensionierung ließ
nichts mehr erahnen, daß er fast achtzehn Jahre in diesem
Raum gearbeitet hatte. Er schloß die Tür und ging durch den
verwaisten Flur zur Treppe. Es fiel ihm schwer zu akzeptieren,
daß er nicht mehr gebraucht wurde. Er dachte an Helena, und
sein Gesicht hellte sich auf. *Sie* brauchte ihn.

»Entschuldigen Sie, können Sie mir sagen, wann Herr Polizeirat Franck zurückkehrt?«

Heiner fuhr zusammen. »Bitte ...?«

Eine junge Frau erhob sich von der Holzbank, die in einer
Nische neben der Treppe stand. »Sehe ich so schlimm aus, daß
Sie sich vor mir erschrecken?« Sie hatte eine melodische
Stimme, ein nicht übermäßig schönes, aber sympathisches Ge-
sicht und trug ein Tuchkleid im Stil der Reformbewegung. Ihr
Haar war entgegen der herrschenden Mode zu einem schlich-
ten Knoten geschlungen. Mantel und Hut hatte sie neben sich
auf die Bank gelegt.

»Verzeihen Sie, ich war ein wenig in Gedanken«, sagte Heiner.

»Dann bin ich ja beruhigt, Herr ...?«

»Wachtmeister Braun.«

»Laura Rothe«, stellte sie sich vor. »Ich warte auf Herrn
Franck. Er hatte mich um halb drei in sein Büro bestellt.«

»Sind Sie die Polizeiassistentin aus Berlin?«

Sie nickte.

»Es tut mir leid, aber Polizeirat Franck ist mit allen verfügbaren Kriminalbeamten zu einem Mordfall unterwegs.«

»Ich vermute, in dem Haus neben der Katharinenkirche? Jedenfalls läßt der Menschenauflauf, den ich auf dem Weg hierher sah, diesen Schluß zu.« Sie sah ihn neugierig an. »Und warum sind Sie noch hier?«

Die Frage war ein wenig direkt, aber Heiner nahm es ihr

22

nicht übel. Er holte seine Taschenuhr hervor. »Weil ich seit drei Stunden und sieben Minuten pensioniert bin.«

»So alt sehen Sie gar nicht aus!« Erschrocken hielt sie sich die Hand vor den Mund und murmelte eine Entschuldigung.

Heiner Braun lachte. »Wenn ich Ihnen als altgedienter Beamter dieses Hauses einen Rat geben darf? Polizeirat Franck schätzt vorlaute Mitarbeiter nicht besonders. Möchten Sie einen Kaffee?«

»Ich dachte, Sie sind pensioniert?«

»Einen Kaffee kochen werde ich schon noch können.«

Zehn Minuten später saßen sie in Richard Biddlings Büro vor zwei dampfenden Tassen. »Ich hatte mir meinen Antrittsbesuch anders vorgestellt«, sagte Laura. »Abgesehen davon wüßte ich gern, welche Aufgaben mich erwarten.«

»Soweit ich gehört habe, sollen Sie in der Fürsorge eingesetzt und Kriminaloberwachtmeister Heynel zugeteilt werden, Fräulein Rothe.«

»Ich hoffe doch sehr, über die Fürsorge hinaus auch die anderen Tätigkeitsfelder der Kriminalpolizei kennenzulernen. Erzählen Sie mir von ihm.«

»Bitte?«

»Wachtmeister Heynel – was ist er für ein Mensch?«

Heiner lächelte. »Warum interessiert Sie das?«

»Ich weiß gern, mit wem ich es zu tun habe.«

»Er neigt zu … Nun ja, wie soll ich sagen? Er hat zuweilen eine etwas einnehmende Art.«

»Sie mögen ihn nicht«, stellte Laura fest.

»Ich kenne ihn kaum. Darf ich fragen, warum Sie ausgerechnet diesen ungewöhnlichen Beruf gewählt haben?«

»Die Aussicht, mein Leben in den philiströsen Verhältnissen von Kontor und Küche zuzubringen, gefiel mir nicht.« Als sie Heiners verständnislosen Blick sah, fügte sie hinzu: »Ich habe drei Jahre als Korrespondentin und Buchhalterin in der Firma meines Vaters gearbeitet.«

»Ihr Herr Vater war sicher nicht angetan von Ihrem Berufswechsel.«

»Mein Vater glaubt, ich bin in Berlin.« Sie sagte es in einem Ton, der jede weitere Frage verbat. Sie trank ihren Kaffee aus. Heiner ging hinaus, um die Tassen zu spülen. Als er zurückkam, saß sie an Biddlings Schreibtisch und blätterte in der Akte Pokorny & Wittekind.

»Kommissar Biddling wird nicht erfreut sein, wenn Sie ungefragt in seinen Akten lesen!«

Sie stand sofort auf. »Entschuldigen Sie. Ich habe nicht nachgedacht.«

Heiner wickelte die Tassen wieder in Zeitungspapier ein.

»Die hat eine Frau ausgesucht«, stellte Laura fest.

»Bitte?«

»Ihre Kaffeetassen! Die haben Sie von einer Frau bekommen, oder?«

»Mhm. Es dürfte wenig Sinn haben, weiter auf Polizeirat Franck zu warten. Am besten hinterlegen Sie auf der Wache Ihre Adresse und bitten um Nachricht, wann er Sie empfangen kann.«

»Leider habe ich noch keine Adresse. Und außerdem nicht das geringste Verlangen, mich ein weiteres Mal mit diesen beiden unhöflichen Beamten dort unten abzugeben.«

Heiner Braun mußte lachen. »Sie erinnern mich an eine junge Dame, mit der ich vor vielen Jahren zusammengearbeitet habe.«

Sie sah ihn verblüfft an. »Man sagte mir, daß ich die erste Frau bin, die in Frankfurt in den Polizeidienst eintritt.«

»Die junge Dame, von der ich spreche, war genötigt, sich in einen jungen Mann zu verwandeln. Und es hat vier Jahre gedauert, bis ich es gemerkt habe.«

»Sie haben sie dafür bewundert.«

»Ja.«

»Lassen Sie mich raten: Die Kaffeetassen sind von ihr.«

»Wie...?«

»Sie gehen so sorgsam damit um, als ob sie eine besondere Bedeutung für Sie hätten. Was ist aus Ihrer heimlichen Mitarbeiterin geworden?«

»Kommissar Biddlings Gattin.«

»So etwas Dummes passiert mir nicht!«

»Was, bitte, ist daran dumm, wenn zwei Menschen …«

»Nichts!« fiel ihm Laura ins Wort. Sie nahm ihren Mantel und ihren Hut. Heiner schloß die Tür ab und legte den Schlüssel auf den Rahmen. Laura folgte Heiner bis zur Treppe und setzte sich wieder auf die Bank.

Heiner lächelte. »Sie werden vergebens warten, Fräulein Rothe.«

»Lassen Sie das bitte meine Sorge sein.«

»Es gibt eine Art von Mut, die der Starrköpfigkeit recht nahe kommt, gnädiges Fräulein. Ich wünsche Ihnen viel Glück.«

Sie schluckte. »Könnten Sie mir vielleicht ein gutes Zimmer empfehlen? Allerdings … Es dürfte nicht allzu teuer sein. Meine Mittel sind begrenzt.«

»Wenn Sie keine besonderen Ansprüche an den Komfort stellen, fragen Sie im Rapunzelgäßchen 5.«

»Ich lege Wert auf ein untadeliges Haus.«

»Für den Leumund der Wirtin verbürge ich mich.«

»Ach ja?«

»Sie ist meine Frau.«

Bevor Laura etwas erwidern konnte, war er gegangen.

Kapitel 2

Abendblatt   Freitag, 26. Februar 1904

Frankfurter Zeitung
und Handelsblatt

Raubmord auf der Zeil. Eine allgemein bekannte und beliebte Persönlichkeit, der Inhaber der Pianofortefabrik Lichtenstein, Hermann Richard Lichtenstein, wurde heute Mittag zwischen 12 und 1 Uhr in seinem Bureau, Zeil 69, ermordet aufgefunden. Es liegt nach den bisherigen Anzeichen ohne Zweifel ein Raubmord vor, der mit frechster Verwegenheit im belebtesten Teil der Stadt zur Zeit des stärksten Verkehrs verübt worden ist. '

Beobachtungen des Physikalischen Vereins zu Frankfurt a. M.

26. Febr., 7 Uhr Mrgs.

Barometer (mm):	756,7
Thermometer (in Cels.):	−3,3
Grad d. Bewölkung (0–10):	5

do., 2 Uhr Nachm.

Barometer (mm):	755,4
Thermometer (in Cels.):	−1,4
Grad d. Bewölkung (0–10):	10

Victoria Biddling drehte sich vor dem Spiegel, prüfte den Sitz ihres Hutes und zupfte sich eine Locke in die Stirn. Ihre Zofe Louise half ihr beim Anziehen des pelzbesetzten Mantels. »Welchen Schirm soll ich Ihnen bringen?«

»Den dunkelbraunen.«

Die Tür flog auf, und ein junges Mädchen stürmte herein. »Kommst du, Mama? Der Kutscher wartet schon!«

Victoria bemühte sich um einen strengen Gesichtsausdruck. »Sei nicht so ungeduldig!«

Flora Henriette Biddling stellte sich neben ihre Mutter und

lachte ihr Spiegelbild an. »Ich bin ja so gespannt, was Papa heute abend sagt, wenn er mein Hündchen sieht!«

»Dein Hut sitzt schief«, sagte Victoria tadelnd.

»Das ist mir gleich!« Flora raffte ihren Rock hoch und drehte sich im Kreis, daß ihre blonden Locken tanzten. »Ich bekomme ein Hündchen, ein klitzekleines Hündchen, ganz für mich allein!«

Victoria verzog das Gesicht. Die Idee ihrer Schwester Maria, Flora zum Geburtstag einen Hund zu schenken, fand sie genauso unmöglich wie ihr Getue um diesen Hundezüchter. *Wenn du ihn erst kennengelernt hast, wirst du mir zustimmen, liebste Schwester: Karl Hopf ist ein faszinierender Mensch – und Mann.* Dabei lächelte sie in einer Art, die Victoria nicht ausstehen konnte. Aber weil sie ihrer Tochter die Freude nicht verderben wollte, enthielt sie sich jeden Kommentars. Louise reichte ihr den Regenschirm und einen zur Farbe des Kleides passenden Beutel. Flora lief zur Tür und stieß beinahe mit ihrer Schwester Victoria Therese zusammen.

»Langsam, Florchen«, sagte sie lächelnd. »Du kommst schon noch früh genug nach Niederhöchstadt.«

Flora küßte sie auf die Wange. »Ich freu' mich ja so, Vicki! Schade, daß Papa nicht mitfahren kann.«

»Bist du fertig?« fragte Victoria.

Die Einundzwanzigjährige nickte. Sie trug ein enggeschnürtes rotes Schneiderkostüm, einen bestickten Tuchmantel und einen Hut aus grünem Velours, der gut zu ihrem schwarzen Haar paßte.

»Sie sehen wunderschön aus«, sagte Louise.

»Ach was«, entgegnete Vicki verlegen.

Victoria lachte. »Die liebe Louise will nur kundtun, daß sie es bedauert, mich beim Ankleiden nicht mehr quälen zu dürfen.«

»Wenn Sie bitte erlauben: Ich finde diese neumodischen Kleidersäcke nicht besonders hübsch.«

»Aber es zwickt nichts, und man fällt beim Fahrradfahren nicht so schnell in Ohnmacht«, sagte Flora.

»Lieber Himmel!« rief Louise. »Diese schrecklichen Geräte sind doch nichts für sittsame junge Mädchen!«

»Mama hat versprochen, daß ich eins bekomme, wenn ich fleißig Französisch lerne.«

Louise wandte sich kopfschüttelnd ab und legte Victorias Garderobe zusammen.

»Bitte kümmere dich darum, daß David und Vater zur gewohnten Zeit den Nachmittagskaffee erhalten«, sagte Victoria.

»Ja, gnädige Frau.«

»Laß dich von Großvater nicht ärgern«, flüsterte Vicki ihr zu, und über das Gesicht der alten Zofe huschte plötzlich ein Lächeln.

Als Victoria mit ihren Töchtern und einem Dienstmädchen in den vor dem Haus stehenden Landauer stieg, war es kurz vor ein Uhr. Ein kalter Wind blähte ihre Kleider, und es nieselte. Victoria seufzte. Statt in einer zugigen Kutsche kilometerweit durch die Gegend zu fahren, würde sie lieber am Kamin in ihrer Bibliothek sitzen und die Bücher anschauen, die gestern geliefert worden waren. Flora kümmerte das schlechte Wetter nicht. Sie plapperte unaufhörlich, während ihre Schwester Vicki gedankenverloren in den Regen hinaussah.

»Tessa! Was meinst du, wie mein Hündchen heißen soll?«

»Struppi«, schlug das Dienstmädchen vor.

»So ein dummer Name!«

»Was fragst du dann überhaupt?«

»Es ist langweilig hier drin. Wir hätten mit der Eisenbahn fahren sollen.«

»Dich Zappelphilipp hätte der Schaffner spätestens am Bockenheimer Bahnhof an die Luft gesetzt«, neckte Vicki.

Flora streckte ihr die Zunge heraus.

»Wenn du nicht sofort Ruhe gibst, kehren wir um!« sagte Victoria. Flora lag eine Erwiderung auf der Zunge, aber der Gesichtsausdruck ihrer Mutter ließ keinen Zweifel an der Ernsthaftigkeit der Drohung. Sie verschränkte die Arme vor der Brust und schmollte.

Der Wagen bog in die Rödelheimer Landstraße ein und fuhr an Feldern und Wiesen vorbei, über denen grauer Dunst lag. Ab und zu sahen sie einen Reiter oder ein Fuhrwerk, ansonsten war die Straße leer. Das gleichmäßige Rumpeln der Räder machte müde. Victoria schloß die Augen. Sie hatte gehofft, Richard heute morgen sprechen zu können, aber als sie aufwachte, war er schon fort. Auch ihr Vater hatte es vorgezogen, ihr aus dem Weg zu gehen und sich Frühstück und Mittagessen aufs Zimmer bringen lassen. Und er tat gut daran. Er hatte kein Recht gehabt, seinen Schwiegersohn wie einen dummen Jungen zu disziplinieren, nur weil er nicht rechtzeitig zu Floras Geburtstagsessen heimgekommen war. Andererseits hatte Rudolf Könitz erkennbar einige Gläser Rießler zuviel genossen, und es wäre für Richard ein Leichtes gewesen, die Situation durch eine humorvolle Bemerkung zu entschärfen. Statt dessen hatte er Öl ins Feuer gegossen.

»Wenn ich dem nächsten Dieb den Weg zu deiner wohlgehüteten Geldschatulle weise, statt ihn zu verhaften, werde ich meinen Dienst sicherlich zeitiger beenden können, verehrtester Schwiegervater.«

»Das würde ich mir überlegen, mein Lieber«, entgegnete Rudolf Könitz lächelnd. »Denn ohne meine wohlgehütete Schatulle müßtest du mit deiner Familie ziemlich bald ins Ostend ziehen.«

Die Gespräche am Tisch verstummten. Richard stand auf und ging.

»Bleib sitzen!« sagte Victoria, als Flora ihrem Vater folgen wollte. »Tessa! Bitte tragen Sie das Dessert auf.«

»Jawohl, gnädige Frau.«

Victoria tupfte sich mit der Serviette den Mund ab. »Ihr entschuldigt mich für einen Moment?«

Sie fand Richard in seinem Schlafzimmer. Er sah auf die Straße und den nächtlichen Main hinaus. Victoria ging zu ihm. »Vater ist betrunken. Er weiß nicht, was er sagt.«

»Er weiß es nur zu gut.«

»Flora wartet seit Stunden auf dich.«

Richard drehte sich zu ihr um. Sein Gesicht war angespannt und blaß. »Ich lasse mich vor Gästen nicht derart beleidigen!«

Sie berührte seinen Arm. »Es ist doch nur die Familie da.«

»Du meinst, das macht es besser?«

»Vater ist ein alter Mann. Er …«

»Das ist keine Entschuldigung.«

»Warum kommst du auch so spät?«

»Das Gesindel in dieser Stadt kümmert es herzlich wenig, ob meine Tochter heute Geburtstag hat.«

»Du tust, als wärst du der einzige Polizeibeamte in ganz Frankfurt!« erwiderte Victoria verärgert.

Er ging an ihr vorbei und läutete nach einem Dienstmädchen. Louise kam herein.

»Bringen Sie mir bitte meinen Mantel.«

Louise nickte.

»Was hast du vor?« fragte Victoria.

»Ich gehe aus.«

»Am Geburtstag deiner Tochter? Das ist nicht dein Ernst.«

»Ich hatte dich gebeten, im kleinen Kreis zu feiern.«

»Marias Familie, David und Vater – noch kleiner geht es ja wohl kaum! Floras Freundinnen …«

»Wenn du Bankette liebst, hättest du keinen Beamten heiraten dürfen.«

Victoria schossen Tränen in die Augen. »Du bist gemein – und ungerecht dazu!«

Louise kam mit dem Mantel. Richard nahm ihn ihr aus der Hand. »Der größte Fehler, den ich in meinem Leben begangen habe, war, in dieses Haus zu ziehen«, sagte er und ging.

»Wollen Sie sich ein wenig frisch machen?« fragte Louise.

Victoria wischte sich die Tränen aus dem Gesicht. »Ich glaube, es könnte nichts schaden, oder?«

Als sie in den Salon zurückkam, war auch ihr Vater verschwunden. Sie wußte nicht, auf welchen der beiden Männer sie wütender sein sollte. »Richard läßt sich entschuldigen. Er fühlt sich nicht wohl«, sagte sie lächelnd und setzte sich.

Die Enttäuschung in Floras Gesicht tat weh. »Aber Papa hat mir doch versprochen ...«

»Morgen abend hat er bestimmt Zeit für dich, Liebes.«

»Tja, diese Preußen«, bemerkte Victorias Schwager. »Ein falsches Wort, und schon fühlen sie sich in ihrer Ehre gekränkt.«

»Du hast kein Recht, so über Papa zu reden, Onkel Theodor!« sagte Flora empört.

Theodor Hortacker grinste. »Das war ein Scherz, du Dummerchen.«

»Ich bin kein Dummerchen!«

Die jüngere der beiden Hortacker-Töchter kicherte.

»Adina!« sagte Maria. Die pummelige Vierzehnjährige wurde rot und starrte auf ihren Dessertteller.

Maria Hortacker zupfte am Ärmel ihres aufwendig gearbeiteten Kleides, das sich über ihrer drallen Figur spannte, und führte mit gezierter Geste ein Löffelchen Schokoladenmousse zum Mund. »Deine Nachspeise ist excellent, Schwester. Schade nur, daß deinem Mann diese Köstlichkeit entgeht.« Der dezente Hinweis auf Richards Etikettebruch machte Victoria noch zorniger, als sie ohnehin schon war.

»Keine Sorge, meine Liebe«, sagte sie. »Ich habe ein Schälchen zurückstellen lassen. Du kannst also ohne Bedenken eine weitere Portion essen.«

Beleidigt schob Maria den halbvollen Teller von sich.

»Hast du dir denn schon einen Namen für deinen Hund überlegt?« fragte David Könitz seine Nichte.

Flora schüttelte den Kopf. »Weißt du nicht einen?«

Er sah zu dem Klavier, das neben dem Durchgang zum Herrenzimmer stand. »Mit ein bißchen Musik würde mir bestimmt ein halbes Dutzend einfallen.«

Flora sprang auf. »O fein! Ich spiele dir etwas auf meinem neuen Piano vor! Was möchtest du hören, Onkel David? Schubert? Beethoven?«

»Ich lasse mich überraschen.«

Victoria nickte ihrem Bruder dankbar zu. Flora stimmte eine Sonate an.

»Mama, aufwachen! Wir sind da!«

Victoria schrak zusammen. Ihr Rücken schmerzte, und ihre Finger waren trotz der gefütterten Handschuhe eiskalt. Der Wagen fuhr durch einen Torbogen in eine gekieste Einfahrt und hielt vor einem Gehöft, das aus einem Wohnhaus und mehreren Nebengebäuden bestand. Der Kutscher öffnete den Schlag. Neben ihm stand ein Mann mit Schnauzbart und einer Fellmütze auf dem Kopf. Er hatte einen geflickten Reitdreß an, der vor Nässe triefte.

»Ich hoffe, Sie hatten eine angenehme Reise?« sagte er und half Victoria aus dem Wagen.

»Wenn ich ehrlich bin: Es ist zu kalt zum Ausfahren«, entgegnete sie.

Flora sprang aus der Kutsche. »Sterbenslangweilig war's. Wo sind die Hündchen?«

»Flora, bitte!« mahnte Victoria.

Der Mann lachte. »Was hältst du davon, wenn wir vorher deine Mitreisenden aussteigen lassen, kleines Fräulein?«

»Ich bin schon zwölf!« sagte Flora empört.

Er nahm ihre Hand und deutete einen Kuß an. »Wenn Sie bitte vielmals entschuldigen, Gnädigste? Ich bin schon vierzig.«

Flora kicherte. »Ich heiße Flora Henriette Biddling, und du darfst ruhig du zu mir sagen.«

»Gestatten: Karl Emanuel Hopf«, sagte der Mann.

Victoria war so überrascht, daß sie sogar vergaß, ihre Tochter wegen der unangemessenen Anrede zu disziplinieren. Dieser nachlässig gekleidete, nach Pferdestall riechende Mensch konnte doch unmöglich der Hundezüchter sein, von dem Maria in den höchsten Tönen geschwärmt hatte? Er reichte Vicki, dann Tessa die Hand, um ihnen beim Aussteigen behilflich zu sein. Victoria entging weder der bewundernde Blick, mit dem er ihre Älteste bedachte, noch die distanzierte Miene ihrer Tochter, die sie immer dann aufsetzte, wenn ihr etwas gründlich mißfiel.

Karl Hopf deutete eine Verbeugung an. »Nach den Berichten Ihrer Tante freue ich mich sehr, Sie persönlich kennenzulernen, Fräulein Biddling.«

»Vielen Dank für die Einladung«, sagte Vicki.

»Warum bist du so naß?« wollte Flora wissen.

Karl Hopf sah Victoria an. »Ich bitte, meinen unpassenden Aufzug zu entschuldigen. Ich hatte Sie erst in einer Stunde erwartet.«

»Meine Schwester hat mir ausdrücklich zugesagt, unsere Ankunftszeit zu telegraphieren!« sagte Victoria ärgerlich.

Hopf lächelte. »Die gute Maria scheint vergeßlich zu werden.«

Er wies dem Kutscher den Weg und bat seine Besucher, ihm ins Haus zu folgen. »Ich wette, mit einer Tasse heißer Schokolade im Bauch wird dir Malvida um so besser gefallen«, sagte er zu Flora, die sehnsüchtig zu den Ställen sah.

»Wer ist denn Malvida?«

Er zog seine Mütze vom Kopf und tat, als suche er etwas darin. *»Geläng' es mir, des Weltalls Grund,/Somit auch meinen, auszusagen,/So könnt' ich auch zur selben Stund/Mich selbst auf meinen Armen tragen.«*

Flora zog einen Schmollmund. »Das ist doch keine Antwort auf meine Frage.«

Victoria sah ihn verblüfft an. »Sie kennen Grillparzer?«

»Sieh an. Sie kennen ihn auch«, gab er schmunzelnd zurück. »Trauen Sie Frauen etwa keine literarische Lektüre zu?«

»Hätten Sie Ihre Eingangsfrage auch gestellt, wenn ich einen Cutaway trüge?«

»Mir ist kalt«, sagte Flora.

»Oh, Verzeihung! Wie unhöflich von mir.« Hopf klopfte gegen die Tür. Ein blasses Mädchen öffnete. »Bitte führe die Damen in den Salon, Briddy. Ich komme gleich nach.«

Das Mädchen nahm Hüte, Schals und Mäntel entgegen. Der Salon lag am jenseitigen Ende der düsteren Diele und war im Vergleich zu den Räumlichkeiten im Könitzschen Stadtpalais bescheiden, sowohl was seine Größe, als auch, was die Möblierung anging: ein Tisch, ein grünes Sofa mit passenden Polsterstühlen, ein einfach gearbeitetes Buffet und zwei Korbsessel vor einem aus Backstein gemauerten Kamin. Es gab keine

Büsten, keine Nippfiguren, keinen Blumenschmuck, nicht einmal Bilder an den Wänden. Die vier gerahmten Photographien auf dem Kaminsims fielen daher um so mehr ins Auge.

Vicki und Flora setzten sich, Tessa blieb stehen. Victoria hielt ihre Hände über das Feuer. Verstohlen betrachtete sie die Photos: das Porträt eines älteren Mannes, das Bildnis einer jungen Frau, ein Säugling im Taufkleid und schließlich, ein wenig abgerückt von den anderen, eine etwa vierzigjährige Frau, die neben einem blumengeschmückten Tischchen stand. Der Haartracht und dem altmodischen Kleid nach zu urteilen, handelte es sich um eine Aufnahme aus den siebziger oder achtziger Jahren.

Briddy brachte die Schokolade. »Möchten Sie auch eine Tasse, gnädige Frau?«

Victoria schüttelte den Kopf. Die Frau sah noch sehr kindlich aus. Ob der Säugling zu ihr gehörte?

»Meine Familie«, sagte Karl Hopf von der Tür. Victoria hatte Mühe, ihre Überraschung zu verbergen: Statt der Stallkleidung trug er einen dunkelblauen Tagesanzug, eine farblich passende Weste und ein Hemd mit Langbinder. Es war, als stehe ein anderer Mensch vor ihr.

»Ich vermute, jetzt nehmen Sie mir auch Grillparzer ab?« sagte er lächelnd.

Flora stand auf. »Kann ich bitte endlich die Hündchen sehen?«

»Aber sicher. Malvida wartet schon.« Hopf klingelte, und kurz darauf kam ein Junge mit einer Holzkiste herein. Er stellte sie auf den Boden.

»Du darfst den Deckel abnehmen, aber vorsichtig. Sonst erschreckt sie sich.«

»Oh, Mama! Schau, wie niedlich!«

Victoria sah neugierig in die mit Stroh ausgelegte Kiste. Der kleine Hund hatte ein honigfarbenes Gesicht, Hängeohren und ein seidiges Fell. Als Flora ihn anfassen wollte, verkroch er sich in eine Ecke.

»Malvida wird ein Weilchen brauchen, bis sie sich an dich gewöhnt hat«, sagte Karl Hopf. »Aber ich bin sicher, sie wird ihrer Namensvetterin recht bald alle Ehre machen.«

»Und wer ist ihre Namensvetterin?«

Hopf sah Victoria an. »Malvida Freiin von Meysenbug, eine aufmüpfige, schriftstellernde Dame, die es verdient, nicht vergessen zu werden. Sie starb im vergangenen Jahr.«

Victoria lachte. »Und da lassen Sie sie ausgerechnet in einem Hund weiterleben?«

»Nicht der Körper, die Seele ist es, was zählt«, sagte er ernst und legte den Deckel wieder auf die Kiste.

»Ich hätte sie so gern gestreichelt«, klagte Flora.

Hopf zeigte auf den Jungen. »Weißt du was? Benno stellt dir Malvidas Familie vor. Möchtest du?«

»O ja! Kommst du mit, Vicki?«

Sie nickte, aber Victoria sah ihr an, daß sie alles andere lieber tun würde, als mit ihrem maßgeschneiderten Kleid in einem Hundestall herumzulaufen. Als sie gegangen waren, kam Briddy herein. Sie wirkte noch blasser. Tessa erbot sich, ihr mit dem Geschirr zu helfen.

Karl Hopf trug die Kiste in die Nähe des Kamins, nahm den Deckel ab, streichelte den Welpen und sprach beruhigend auf ihn ein.

»Welche Rassen züchten Sie?« fragte Victoria.

»St.-Bernhardhunde in der Hauptsache, Seiden- und Wachtelhunde in der Nebensache. Die Frankfurter Damenwelt ist ganz verrückt nach meinen Chins.«

»Meine Schwester aber sicherlich nicht.«

»Nein. Die gute Maria mag keine Hunde.« Er schloß die Kiste. »Sie ist ein außergewöhnlicher Mensch.« Er sagte es ohne jeden Hintersinn, und Victoria fragte sich, was ein Hundezüchter an einer Frau fand, die keine Hunde mochte, alles andere als Liebreiz ausstrahlte und noch dazu ständig über Mode und übers Essen redete.

»Ich lernte Ihre Schwester übrigens im Haus Ihrer Schwägerin, Gräfin von Tennitz, kennen.«

»Ah ja«, sagte Victoria.

»Sie haben nicht das beste Verhältnis zu ihr, oder?«

»Zu wem? Maria oder Cornelia?«

»Sowohl als auch.«

Victoria errötete. »Nun, wir verstehen uns recht gut.«

Er lachte. Es war ein herzliches, warmes Lachen. »Ich nehme an, Sie haben Ihre Schwester zum Teufel gewünscht, als Sie von ihrem Geschenk erfuhren.«

»Nein, wirklich nicht. Malvida ist sehr hübsch.«

Er blieb vor ihr stehen. »Sie sind Maria kein bißchen ähnlich.« Er strich über den Pelzbesatz ihres Kleides. »Oder doch?«

Victoria fehlten die Worte. Seine Augen waren von einem Grün, wie sie es noch nie gesehen hatte. Er berührte ihr Haar. »Sie sehen nicht glücklich aus.«

Victoria zeigte auf die Photographien. »Ihre Frau ist sehr jung. Oder ist es eine Verwandte?«

Sein Lächeln erstarb. »Mein Vater, mein Sohn, meine Frau«, zählte er mit tonloser Stimme auf. »Und meine Mutter. Als sie so alt war wie ich. Sie lebt in Offenbach.«

»Und die anderen?«

Er sah sie an. »*Memento mori.* 19. April 1895, 1. April 1896, 28. November 1902.«

»Wollen Sie damit sagen, sie sind …?«

»Tot.«

Victoria konnte seinem Blick nicht standhalten. Sie wünschte, ihre Töchter kämen zurück. Oder Tessa. Oder die bleichgesichtige Briddy. »Bitte verzeihen Sie. Ich hatte kein Recht …«

»Wollen Sie wissen, woran sie gestorben sind? Mein Vater an Influenza, mein Sohn an Kiefervereiterung. Und Josefa …« Er nahm die Photographie und strich mit den Fingerspitzen darüber. Die zärtliche Geste stand in auffallendem Mißverhältnis zu seinem feindseligen Gesichtsausdruck. »Man sagt, ich hätte sie umgebracht.«

Victoria wagte nicht zu fragen, wer das behauptete und warum.

Er stellte das Photo zurück. »Warum fragen Sie nicht, ob ich es getan habe?«

Sie versuchte ein Lächeln. »Nun ... haben Sie?«

»Was wäre, wenn ich ja sagte?«

»Ich würde es nicht glauben.«

»Warum?«

»Sie sehen nicht wie ein Mörder aus.«

Sein Gesicht entspannte sich. »Wie müßte ich denn aussehen, daß Sie mir eine solche Tat zutrauten?«

»Woran ist sie gestorben?«

Er legte ein Scheit Holz ins Feuer. »Die Sektion ergab, daß sie an einem Geschwür am Zwölffingerdarm litt.«

Victoria lächelte. »Ich hatte also recht.«

»Womit?«

»Daß Sie nicht wie ein Mörder aussehen.«

»Und deshalb keiner sein kann? Für diese Deduktion bekämen Sie in der Baker Street aber ein entschiedenes Kontra, gnädige Frau.«

»Bitte?« fragte sie verblüfft.

»Es läuft der scharlachrote Faden des Mordes durch das farblose Gewebe des Lebens, und es ist unsere Pflicht, ihn herauszulösen und zu isolieren und jedes Stückchen bloßzulegen. Maria hat mir verraten, daß Sie ein Bewunderer von Sherlock Holmes sind.«

Sie sah ihn wütend an. »Gibt es etwas, das meine geschwätzige Schwester nicht ausgeplaudert hat?«

»Sie tun ihr unrecht. Maria ist diskret, was familiäre Angelegenheiten angeht. Aber als ich ihr erzählte, daß ich so neugierig auf Holmes' Wiederauferstehung war, daß ich mir sogar die *Collier's Weekly* aus England habe schicken lassen, hat sie gesagt, daß Sie den guten Dr. Doyle wegen Holmes' unrühmlichem Ende am liebsten höchstselbst die Reichenbachfälle hinabgejagt hätten.«

»Das ist Jahre her.«

»Soll das heißen, es interessiert Sie nicht, was aus dem großen Detektiv geworden ist?«

»Richtig.«

»Wenn Sie mögen, leihe ich Ihnen *The Adventure of the Empty House* zur Lektüre aus.«

»Ich sagte gerade …«

»Wenn Sie mir bitte in die Bibliothek folgen wollen?« Ohne ihre Antwort abzuwarten, ging er zur Tür.

Victoria blieb am Kamin stehen. »Ich schätze es nicht, wenn man über mich verfügt!«

Er sah sie mit einem zerknirschten Gesichtsausdruck an. »Ich bitte höflichst um Verzeihung für meine Conduite, gnädige Frau. Wir haben selten Gäste in diesem Haus, deshalb bin ich in Dingen der Etikette ein wenig ungeübt.« Er zog einen Stuhl zurück und verneigte sich. »Sicherlich sind Sie nach der anstrengenden Reise müde. Darf ich Ihnen einen Platz anbieten? Ich lasse sofort eine Erfrischung bringen.«

Victoria schmunzelte. »Sie sind ein lausiger Schauspieler, Herr Hopf. Und jetzt zeigen Sie mir Ihre Büchersammlung!«

Sie gingen in den ersten Stock hinauf. Das Treppenhaus war noch schummriger als die Diele und eiskalt. Ausgestopfte Vögel starrten sie aus dem Halbdunkel an wie Räuber bei einem Überfall.

Die Bibliothek lag über dem Salon. Hopf ließ Victoria vorausgehen. Überrascht sah sie sich um: Der Raum war hell und anheimelnd und paßte überhaupt nicht in dieses düstere Haus. In einem Kamin flackerte ein Feuer, davor gruppierten sich Sessel und ein Tisch, auf dem Bücher und Zeitungen lagen. Der Boden war mit bunten Teppichen bedeckt, an den Wänden standen Bücherschränke. In einem zweiteiligen Ahornholzmöbel, dessen Oberteil von vier Kugeln getragen wurde, waren exotisch anmutende Masken ausgestellt. Daneben befand sich, teils durch einen Paravent verdeckt, ein holzvertäfelter Durchgang.

»Die Bibliothek ist mein Lieblingszimmer«, sagte Hopf. »Ich könnte ganze Tage zwischen Büchern verbringen.«

»Ich auch«, sagte Victoria.

Während er die Zeitungen durchsah, studierte sie den Inhalt der Bücherschränke: *Die Hundezucht im Lichte der Darwin-*

schen Theorie, Katechismus der Hunderassen, Damen- und kleine Luxushunde; Lexika, Werke von Goethe und Schiller, eine Gesamtausgabe von Grillparzers Dramen, Lutz' Kriminal- und Detektivromane Band eins bis zwölf, dazwischen die zweibändige englischsprachige Ausgabe der Leipziger Tauchnitz Edition *The Memoirs of Sherlock Holmes*. Victoria widerstand dem Verlangen, einen Band herauszunehmen, und ging zum nächsten Schrank. »Studieren Sie nebenbei Medizin?« fragte sie.

Er legte die Zeitungen beiseite und kam zu ihr. »Nein. Warum?«

»*Geschichte der Heilkunde, Handbuch der gerichtlichen Medizin, Lehrbuch der praktischen Toxikologie, Dictionnaire de médicine* – ein ungewöhnlicher Lesestoff für einen Hundezüchter, oder?«

»Ich bin ausgebildeter Drogist.«

»Oh.«

»Ist das so ein außergewöhnlicher Beruf?« fragte er amüsiert.

Victoria ärgerte sich, daß es ihm schon wieder gelungen war, sie verlegen zu machen. Sie zeigte auf die beiden Bände *Handbuch der gerichtlichen Medizin*. »Früher gehörten Caspers Ausführungen über Leichenerscheinungen zu meiner bevorzugten, allerdings heimlich genossenen Lektüre.«

»Ach ja?«

»Das ist mehr als zwanzig Jahre her. Mein Onkel war Arzt und besaß eine gut sortierte Bibliothek.«

Hopf lachte. »Ich nehme an, Ihre Eltern hatten es nicht leicht mit Ihnen.«

Sie sah zum Kamin. »Sie wollten mir die neueste Geschichte von Sherlock Holmes zeigen.«

»Es tut mir leid, wenn …«

Flora stürmte herein. »Malvida hat noch drei Schwestern!«

»Flora, bitte! Wie oft muß ich dir noch sagen, daß du anklopfen sollst, bevor du ein fremdes Zimmer betrittst«, sagte Victoria.

»Oh. Entschuldigung.«

»Schon gut«, sagte Karl Hopf.

»Wo ist denn Vicki?« fragte Victoria.

»Ihr Dienstmädchen und Ihre Tochter warten im Salon«, sagte Briddy, die Flora gefolgt war.

Flora strahlte Karl Hopf an. »Benno sagt, du kannst mit einem Säbelschlag einen ganzen Hammel durchhauen!«

»Benno erzählt viel.«

»Aber ich hab' den Säbel gesehen. Und deine Degen auch! Und das Zimmer, wo du übst.«

»Das ist kein Zimmer, sondern ein Fechtboden«, erklärte Karl Hopf lächelnd.

Flora betrachtete die Masken in dem Ahornholzschrank. »Und was sind das für komische Dinger?«

»Reiseandenken aus Marokko und Indien.«

»Sie waren in Indien?« fragte Victoria überrascht.

»Unter anderem, ja.«

»Mein ältester Bruder lebt seit vielen Jahren in Poona.«

»Ich weiß. Ihre Schwester erwähnte es.«

Victoria unterdrückte die bissige Erwiderung, die ihr auf der Zunge lag. Die Beziehung zwischen diesem Hundezüchter und ihrer Schwester ging sie nichts an. Sie war hier, um einen Hund abzuholen. Punktum.

Flora inspizierte noch immer die Masken. »Und was machst du damit?«

Karl Hopf grinste. »Bei Vollmond kleine Kinder erschrecken.«

»Ich bin kein kleines Kind!«

»Habe ich das denn behauptet?«

Flora zeigte auf den Paravent. »Und wo geht's da hin?«

»Ins Spiegelzimmer.«

»Und was ist da drin?«

»Was glaubst du denn, was darin ist?«

»Ich schau einfach nach.« Sie verschwand hinter dem Wandschirm, kam aber sofort zurück. »Die Tür ist abgeschlossen. Gibst du mir den Schlüssel?«

»Ein anderes Mal.«

»Wann?«

»Wenn ihr mich wieder besuchen kommt.«

»Versprichst du's?«

»Ja.«

»Du mußt es mir schwören. Bei allem, was dir lieb ist!«

Er hob seine rechte Hand. »Ich gelobe bei allem, was mir in meinem Leben lieb und teuer ist, Fräulein Flora Henriette Biddling bei ihrem nächsten Besuch das streng gehütete Geheimnis des Spiegelzimmers zu offenbaren. Zufrieden?«

»Kannst du mir ein klitzekleines bißchen von dem Geheimnis nicht schon heute verraten? Bitte.«

»Hast du nicht gehört, was Herr Hopf gesagt hat?« fragte Victoria gereizt. »Wir gehen jetzt hinunter in den Salon. Deine Schwester wartet.«

»Fein. Ich erzähle ihr, daß wir bald wiederkommen!« Flora rannte aus dem Zimmer; Briddy folgte kopfschüttelnd.

»Ich möchte mich für das Verhalten meiner Tochter entschuldigen«, sagte Victoria, als sie mit Hopf die Bibliothek verließ.

»Ach was.«

»Ich finde es nicht richtig, daß Sie ihr erlauben, Sie zu duzen.«

»Warum?«

»Es ist ungehörig.«

Er lächelte. »Manchmal sind Kinder ihren Eltern ähnlicher, als es ihnen lieb ist.«

»Ich glaube nicht, daß ich das mit Ihnen erörtern will.«

»Und warum nicht?« fragte er freundlich.

»Weil … Herrje! Es geht Sie nichts an.«

»In Indien gibt es das Sprichwort: Geduld verlieren heißt Würde verlieren.«

Victoria sah ihn ungehalten an. »Was hat Ihnen Maria über mich erzählt?«

»So viele nette Dinge, daß ich neugierig darauf war, Sie kennenzulernen. Die Idee mit dem Hund stammt von mir.«

»Sie haben vergessen, mir Doyles Geschichte zu geben.«

»Ein Grund mehr, bald wiederzukommen.« Er nahm ihre Hand und küßte sie. »Ich würde mich sehr freuen.«

Sein Blick ließ sie unsicher werden. Sie zog ihre Hand weg und ging voraus. Was bildete er sich ein? Sie war eine verheiratete Frau und kein junges Mädchen, das es zu erobern galt! Aber seine Bewunderung tat trotzdem gut.

»Ich schlage vor, ich lasse Kaffee bringen, und Sie fragen, was immer Sie möchten«, sagte er, als sie in den Salon gingen.

»Ich wüßte nicht, was ich Sie fragen sollte, Herr Hopf.«

Er lächelte. »Nun, vielleicht, was Maria sonst noch erzählt hat?«

Als sie das Haus verließen, dämmerte es schon. Der Regen war in Schnee übergegangen, den der Wind als weiße Tupfen auf Hüte, Haare und Mäntel trieb. Vicki hielt sich schützend ihren Schal vors Gesicht. Karl Hopf trug die Kiste mit Malvida zum Wagen und half dem Kutscher beim Verstauen.

»Ist es ihr auch bestimmt nicht zu kalt da drin?« fragte Flora.

»Zieh endlich deine Handschuhe an«, mahnte Victoria.

Flora streckte Hopf ihre unbehandschuhte Hand hin. »Nächste Woche kommen wir wieder.«

Hopf sah Victoria an. »Das wäre schön.«

»Auf Wiedersehen«, sagte Vicki förmlich. Sie stieg hinter Tessa in den Wagen, ohne seine Hilfe anzunehmen.

»Das nächste Mal darf ich um ein wenig mehr Freundlichkeit bitten«, sagte Victoria zu Vicki, als sie aus dem Hof fuhren.

»Ich mag ihn nicht.«

»Das ist kein Grund, sich unhöflich zu benehmen.«

»Ich weiß nicht, was du hast«, sagte Flora. »Karl ist doch nett.«

»Er hat mich angestarrt wie …«

»Mama hat er aber noch viel mehr angestarrt als dich«, unterbrach Flora.

Victoria schoß das Blut zu Kopf. Vicki verzog das Gesicht. »Er hat Manieren wie ein Sachsenhäuser Gassenkehrer.«

Flora lachte. »Du bist ja bloß neidisch, weil …«

»Hör auf, solchen Blödsinn zu reden!«

Victoria sah ihre Älteste überrascht an. Gefühlsausbrüche war sie von ihr nicht gewöhnt. »Ich bin sicher, daß Herr Hopf dir keinesfalls zu nahe treten wollte.«

»Ja, bestimmt«, lenkte Vicki ein. »Ich habe mich ungehörig benommen und entschuldige mich, Mutter.«

Ihr Gesicht verriet keine Regung. Victoria hätte viel darum gegeben, ihre Gedanken lesen zu können. Sie sah aus dem Fenster. Der Schnee schien über die Felder zu tanzen, und für einen Moment glaubte sie, Karl Hopfs grüne Augen schauten sie aus dem Zwielicht an.

Als sie in Frankfurt ankamen, war es dunkel. Der Kutscher pfiff nach einem Burschen. Ein schlaksiger Junge brachte eine Lampe und half beim Aussteigen. Victoria bat ihn, die Kiste mit Malvida ins Haus zu tragen.

»Haben Sie's schon gehört?« fragte er.

»Was denn?«

»Na, der Mord, gnädige Frau!«

»Welcher Mord?«

»Na, heut' mittag auf der Zeil. Beraubt und erschlagen, sagen die Leut'.« Er schüttelte sich. »Da kriegt man Angst, wenn man bloß drüber redet.« Er nahm die Kiste und ging voraus.

Louise öffnete ihnen die Tür. Sie war blaß. »Stellen Sie sich vor, Herr Lichtenstein ist ermordet worden!« sagte sie statt einer Begrüßung. »Am hellichten Tag. Mitten in der Stadt!«

»Um Gottes willen!« rief Victoria.

»Ist das der Mann, bei dem wir mein Piano gekauft haben?« fragte Flora.

»Wir gehen nach oben, Florchen«, bestimmte Vicki, aber Flora schüttelte den Kopf.

»Die Leut' sagen, man hat ihm den Schädel gespalten«, sagte der Junge.

»Aber warum denn? Er war doch so nett«, meinte Flora traurig.

»Die Leut' sagen, das Blut ist überall hingespritzt, sogar ...«

»Spare dir die Details gefälligst für deinesgleichen auf!« fuhr Victoria ihn an.

Der Junge zog den Kopf zwischen die Schultern. »Jawohl, gnädige Frau. Wohin soll ich die Kiste bitte bringen?«

43

»In den blauen Salon. Weiß man denn schon, wer es war?« wandte sie sich an Louise.

Die Zofe schüttelte den Kopf. »Es soll mehrere Verhaftungen gegeben haben. Die ganze Stadt ist in Aufruhr. Und überall Polizei.«

»Dann ist Papa noch gar nicht da?« fragte Flora enttäuscht.

Victoria strich ihr übers Haar. »Du kannst ihm dein Hündchen morgen zeigen, Liebes.«

»Ich will aber heute abend, Mama! Bitte.«

»Malvida ist nach all der Aufregung bestimmt sehr müde. Ich bleibe auf, bis er heimkommt und erzähle ihm von ihr. Und morgen früh darfst du sie ihm vorstellen.«

»Weckst du mich auch ganz bestimmt rechtzeitig?«

»Versprochen.«

Flora wischte sich eine Träne weg. »Bei allem, was dir lieb ist?«

»Bei allem, was mir lieb ist.«

»Danke, Mama! Komm, Vicki«, wandte sie sich an ihre Schwester. »Laß uns nachsehen, wie es Malvida geht.«

»Du bist ein rechter Quälgeist, Florchen«, sagte Vicki, aber es klang alles andere als böse. Hand in Hand liefen sie die Treppe nach oben. Nachdenklich folgte Victoria ihnen. *Karl Hopf ist ein faszinierender Mensch – und Mann.* Zum ersten Mal war sie mit ihrer Schwester einer Meinung.

Kapitel 3

Abendblatt   Freitag, 26. Februar 1904

Frankfurter Zeitung
und Handelsblatt

Raubmord auf der Zeil. Im letzten Raum des geräumigen vierteiligen Pianofortelagers lag die Leiche vor einem Bechsteinflügel. Um den Hals war ein Strick acht bis zehn Mal geschnürt, so daß gleichzeitig Totschlag und Erdrosselung vorliegt.

Die Angehörigen, die Palmengartenstraße 4 wohnen, wurden telephonisch benachrichtigt. Der Ermordete stand in den fünfziger Jahren und erfreute sich allgemeinen Ansehens.

Ein Berichterstatter meldet noch:

Es ist noch nicht festgestellt, was geraubt ist. Man nimmt an, daß die Bluttat von mindestens zwei Personen verübt worden ist. Die Verbrecher sind vermutlich auch mit Blut bespritzt gewesen.

Wolff's telegr. Corresp.-Bureau: Der Krieg in Ostasien entbehrt noch immer entscheidender Schläge, und es ist keineswegs ausgeschlossen, daß das Ringen noch recht lange dauert.

Polizeirat Franck hatte graues, über der Stirn lichtes Haar, und man sah ihm an, daß er gute Mahlzeiten zu schätzen wußte. Am wohlsten fühlte er sich, wenn die Dinge in ruhigen Bahnen liefen, wenn alles seine Ordnung hatte. Er war in Berlin geboren und aufgewachsen, aber er hatte nichts Preußisches an sich. Als ihm der Mord an Lichtenstein gemeldet wurde, war er im Begriff, zu Tisch zu gehen, und bevor er irgendeine Entscheidung treffen konnte, brach um ihn herum jene Hektik aus, die er verabscheute, weil sie ihm keinen Raum für klare Gedanken ließ. Er verfügte die Überwachung der Bahnhöfe und beauftragte seinen Bürogehilfen, alle im Haus befindlichen Kriminalbeamten in sein Büro zu rufen.

Zehn Minuten später hielt er eine Besprechung ab und beorderte die Kommissare Biddling und Beck zum Tatort. Er informierte den Vertreter des Polizeipräsidenten, telephonierte mit dem Ersten Staatsanwalt und ging ins Erdgeschoß hinunter, um mit dem Leiter der Schutzmannschaft zu sprechen. Danach verließ er das Präsidium, um sich ein Bild von der Lage zu machen. Der ungeliebte Termin in seinem Kalender geriet darüber in Vergessenheit.

＊

Richard Biddling wußte, daß ihm nach Brauns Pensionierung Kommissar Beck zugeteilt werden würde. Glücklich war er darüber nicht. Fachlich gab es an Beck wenig auszusetzen, aber sein Charakter erschwerte eine gedeihliche Zusammenarbeit: übertriebener Ehrgeiz, Unbeherrschtheit und Starrsinn. Hatte er sich einmal auf eine bestimmte Meinung festgelegt, war es so gut wie aussichtslos, ihn von etwas anderem zu überzeugen. Da er sich tatsächlich selten irrte, verstärkte sich sein Hang zur Rechthaberei noch.

Zwischen Polizeipräsidium und Tatort lagen gute fünfhundert Meter, die die Männer zu Fuß und schweigend zurücklegten. Für die prachtvollen Bauten auf Frankfurts mondäner Einkaufsstraße hatten sie keinen Blick. Sie passierten die Kaiserliche Oberpostdirektion, und vor ihnen tauchten die Hauptwache und der Turm der Katharinenkirche auf. Das Haus mit der Nummer 69, ein schmuckloser Geschäftsbau, lag schräg gegenüber der Wache, links von der Kirche. Ein Firmenschild mit weithin sichtbaren Lettern zog sich über die gesamte Breite des ersten Stockes: *L. Lichtenstein & Co. Pianinos. Flügel.* Auf der Straße und vor dem Haus hatten sich Schaulustige versammelt; Schutzleute versuchten vergeblich, sie zum Weitergehen zu drängen.

Irgendwie schaffte es Beck, sich einen Weg zu bahnen, und Richard ging ihm einfach nach. Den Eingang bewachte ein älterer Schutzmann, dessen Miene keinen Zweifel daran ließ, daß er von seinem Säbel Gebrauch machen würde, sobald der erste es wagen würde, ihm zu nahe zu kommen.

»Wo?« fragte Beck.

Der Beamte nahm Haltung an. »Erste Etage geradeaus, Herr Kommissar!«

»Herrgott! Haben die hier kein Licht?« schimpfte Beck im Treppenhaus. Vor den Lichtensteinschen Geschäftsräumen stand ein junger Polizeidiener mit einer Lampe in der Hand. »Dürfte ich fragen, wer …«

»Kommissar Beck, Kommissar Biddling!« sagte Beck.

Durch die offenstehende Tür sah Richard ins Kontor. Aus Lichtensteins Schreibpult waren die Schubladen herausgerissen. Richard dachte daran, wie er am Dienstag vor einer Woche an diesem Pult den Kaufvertrag für Floras Klavier unterzeichnet hatte. Es kam ihm vor, als sei es gestern gewesen. Von links waren undeutlich Stimmen zu hören.

Kommissar Beck fuhr zu dem Polizeidiener herum. »Wer ist da drin?«

»Schutzmann Heinz«, antwortete der Junge schüchtern. »Und Dr. Meder aus der Goethestraße. Und ein paar Leute aus dem Haus, glaube ich.«

»Ach? Halten die ein Kaffeekränzchen mit der Leiche ab? Wofür stehen Sie eigentlich hier herum, Sie …!«

»Ich bitte höflichst um Verzeihung, Herr Kommissar, aber Schutzmann Heinz hat gesagt …«

»Das klären wir später«, unterbrach Richard. Becks Gehabe ging ihm auf die Nerven. Obwohl er natürlich im Recht war. An einem Tatort hatten Zuschauer nichts verloren. Die Stimmen kamen aus dem vorletzten Lagerraum, einem fensterlosen Schlauch, vollgestellt mit Klavieren aller Art und durch Gaslicht notdürftig erleuchtet. Im Halbdunkel sah Richard sechs Männer miteinander diskutieren. Einer davon trug Uniform.

»Könnten Sie mir verraten, was Sie hier tun?« fragte Beck.

Der Uniformierte salutierte. Er stellte sich als Schutzmann Heinz vor und erklärte, daß es sich bei den Männern um wichtige Zeugen handele, deren Verbleib vor Ort er bis zum Eintreffen der Kriminalbeamten verfügt habe.

»Mhm«, sagte Beck. »Ich sehe mir jetzt den Tatort an, und Kommissar Biddling wird Sie eingehend zur Sache befragen.«

Richard spürte, wie ihm das Blut zu Kopf stieg, aber er zwang sich, ruhig zu bleiben. Es war nicht der richtige Ort, Führungskompetenzen zu erörtern. Er sah Schutzmann Heinz an. »Gibt es im Haus einen Raum, in dem sich die Herren bis zur Befragung aufhalten können?«

»Ich wohne in der Dachetage«, sagte einer der Männer. Er stützte sich auf einen Stock, und seine Stimme zitterte vor Nervosität. »Wenn Sie nichts dagegen haben, könnten wir dort warten.«

»Einverstanden«, sagte Richard. »Herr Heinz – Sie begleiten die Männer in die Wohnung von Herrn ...«

»Neander«, stellte sich der Mann vor.

»Dr. Meder?« wandte sich Richard an einen korpulenten Mann, der eine Arzttasche in der Hand hielt. Er nickte. »Sie kommen bitte mit Herrn Beck und mir.«

Kommissar Beck verzog das Gesicht; wortlos folgte er Dr. Meder und Richard in den vierten und größten Lagerraum. An den Wänden standen Klaviere und Flügel, dazwischen befand sich ein schmaler Gang. Durch das Fenster konnte Richard die Katharinenkirche sehen. Es kam so wenig Licht herein, daß man die Gasbeleuchtung eingeschaltet hatte, aber selbst das reichte nicht, um den gesamten Raum zu erhellen.

»Er liegt bei dem Flügel am Kamin«, sagte Dr. Meder. »Und ist entsetzlich zugerichtet.«

Richard ging voraus. Vor dem Bechsteinflügel, den Flora unbedingt hatte haben wollen, breitete sich eine Blutlache aus. Hermann Lichtenstein lag seitlich davon, die Füße übereinandergeschlagen, um den Hals ein Seil, das Gesicht abgewandt. Sein Hemd war zerrissen, die Hosentaschen waren nach außen gestülpt. Auf dem Flügel flackerte eine Petroleumlampe. Auf dem polierten Holz schimmerte Blut. Einer der beiden Kerzenhalter war abgebrochen.

»Letzte Woche war er noch ganz«, sagte Richard.

Beck bückte sich und betrachtete einen kleinen Schlüssel und einen Uhrenkompaß, die neben einem umgestürzten Klavierhocker lagen. Er sah Dr. Meder an. »Haben Sie die Lage der Leiche verändert?«

»Als man mich rief, stand noch nicht fest, daß Herr Lichtenstein tot war. Ich mußte einige Untersuchungen vornehmen.«

»Welche?«

»Das Herz pulsierte nicht mehr, und die Augenprobe blieb erfolglos, mithin war der Tod eingetreten.«

Kommissar Beck deutete auf das zerrissene Hemd. »Waren Sie das?«

»Nein«, sagte Dr. Meder.

Richard sah an dem Toten vorbei zum Fenster. »Können Sie etwas über den Todeszeitpunkt sagen, Doktor?«

»Da die Leiche trotz des großen Blutverlusts noch warm war, als ich eintraf, ist es wahrscheinlich, daß der Tod erst kurz zuvor eintrat.«

»Was keinerlei Rückschluß auf den Tatzeitpunkt zuläßt«, konstatierte Beck. Er zeigte auf den Kopf des Toten. »Es sei denn, Sie sagen mir, wie lange man mit solchen Verletzungen überleben kann.«

»Ich vermute, nicht sehr lange.«

»Und was heißt das in Stunden und Minuten ausgedrückt?«

Richard fuhr mit der Hand über die Augen. Er sah sich mit Lichtenstein die neuesten Gerüchte über den Russisch-Japanischen Krieg erörtern, während Victoria und Flora Instrumente anschauten.

»Die Lage wird immer verworrener. Selbst die russische Kriegsleitung in Port Arthur scheint nicht zu wissen, oder wenigstens tut sie so, wo die Japaner anzugreifen beabsichtigen.«

»Angeblich hat der Stellvertreter von Admiral Alexejew verlauten lassen, daß sie eine Landung in Tschingwantao vorbereiten.«

»Ich will das hier!« sagte Flora.

»So genau kann ich mich nicht festlegen«, sagte Dr. Meder. »Aber Lichtensteins Auslaufer, Herr Schick, meinte, daß er nicht einmal eine Stunde lang weg war, und daher vermute ich …«

»Das Schlußfolgern überlassen Sie mir«, unterbrach Beck. »Wie und wo hat die Leiche gelegen, als Sie eintrafen?«

Richard bemühte sich vergeblich, dem Gespräch zu folgen.

Lichtenstein lächelte. »Das ist ein Bechsteinflügel, gnädiges Fräulein.«

»Na und?«

»Ein solches Instrument ist nicht eben billig«, sagte er schmunzelnd.

»Ich möchte ihn trotzdem haben«, sagte Flora.

»Von einem Flügel war nicht die Rede«, sagte Richard.

»Aber Großpapa würde bestimmt …«

»Wir sollten ihn zumindest vorher fragen, Liebes«, sagte Victoria.

»Du bekommst ein Klavier oder gar nichts«, sagte Richard.

Flora stiegen Tränen in die Augen. Lichtenstein zwinkerte ihr zu. »Wetten, daß ich ein Piano für dich habe, das genausogut klingt wie ein Bechstein?«

»Und woher weiß ich, daß Sie nicht schummeln?«

Er zündete die Kerzen auf dem Flügel an und bedeutete ihr, Platz zu nehmen. »Darf ich um eine kleine Klangprobe bitten, damit wir einen adäquaten Vergleich haben?«

»Er lag in der Blutlache, mit dem Gesicht zur anderen Seite«, sagte Dr. Meder. »Ich konnte nichts mehr für ihn tun und wollte wenigstens das Seil abnehmen, aber Schutzmann Heinz hat es untersagt.«

Beck zog den Toten nach links und drehte den Kopf. »So?«

»Ja.« Dr. Meders Stimme klang plötzlich rauh.

Lichtensteins Gesicht war geschwollen, die Augen starrten ins Leere. Haar und Stirn waren voller Blut, der Schädel zertrümmert. Als Richard die helle Masse sah, die daraus hervorquoll, lief er würgend zum Fenster.

Beck lachte. »Man könnte meinen, Sie hätten noch nie eine Leiche gesehen, Herr Biddling!«

Richard war nicht in der Lage zu antworten. Er riß das Fenster auf und atmete einige Male ein und aus. Die kalte Luft tat gut. Er ließ das Fenster offen und ging zu Beck und Dr. Meder zurück.

»Vergangene Woche habe ich ein Klavier bei ihm gekauft«, sagte er und starrte auf das Seil um Lichtensteins Hals. Es war rot und sah aus wie eine Vorhangkordel.

»Ich habe ihn zuletzt vor etwa einem halben Jahr gesehen«, sagte Dr. Meder.

»Lassen Sie mich raten: Bei einem Klavierkauf«, bemerkte Beck.

»Nein. In der Oper, Herr Kommissar«, entgegnete Dr. Meder verärgert. »Wenn Sie erlauben, würde ich jetzt gerne gehen.«

Beck betrachtete die Kopfverletzungen. »Ich vermute, die Tatwaffe war ein scharfkantiges Instrument, vielleicht ein Meißel oder Stichhammer. Oder der Klavierhocker? Was meinen Sie, Doktor?«

Dr. Meder zuckte mit den Schultern.

»Wir sollten Beamte zum Ausmessen und zur Photographie des Tatorts kommen lassen«, sagte Richard.

Beck nahm die Lampe und untersuchte die umstehenden Klaviere, den Boden und die Wand neben dem Fenster. Plötzlich hörten sie aufgeregte Stimmen aus dem Nachbarraum, eine davon war unschwer als die des Wachpostens zu erkennen.

»Bitte, Gnädigste! Sie können jetzt nicht …«

»Lassen Sie mich auf der Stelle durch! Ich habe das Recht, ihn zu sehen!«

Beck richtete sich auf. »Himmelherrgott! Ist der Kerl nicht mal in der Lage, ein Weib aufzuhalten?« Er ging nach nebenan.

»Danke für Ihre Hilfe, Doktor«, sagte Richard.

»Keine Ursache. Sollten Sie noch Fragen haben, finden Sie mich in meiner Praxis in der Goethestraße.«

»Was suchen Sie hier?« hörten sie Beck schreien. »Sie haben die Eingangstür zu bewachen und dafür Sorge zu tragen, daß Unbefugte keinen Zutritt erhalten!«

»Verzeihen Sie, Herr Kommissar, aber sie ist …«

»Ich gehe nicht, bevor ich ihn gesehen habe«, sagte die Frau.

»Bitte lassen Sie uns zu ihm«, bettelte eine zweite weibliche Stimme. Man konnte hören, daß die Sprecherin den Tränen nahe war. »Er ist doch mein Vater … bitte.«

Als Richard mit Dr. Meder hereinkam, stand Kommissar Beck in dem Gang zwischen den Klavieren und versperrte den Frauen den Weg; der junge Polizeidiener verharrte unschlüssig an der Tür. Die jüngere Frau, ein halbes Kind noch, begann zu weinen. »Bitte, Herr Kommissar …«

»Tut mir leid«, sagte Beck steif. »Solange die polizeilichen Untersuchungen nicht zur Gänze abgeschlossen sind, bin ich gezwungen, Ihnen den Zugang zu der Leiche zu verwehren. Sie sollten froh darum sein. Der Anblick ist alles andere als schön.«

Noch taktloser konnte man das ja wohl kaum ausdrücken! Richard räusperte sich. »Sie sind Frau Lichtenstein?« wandte er sich an die ältere Frau. Sie war eine zierliche Person, etwa Mitte vierzig und elegant gekleidet. Trotz des schummrigen Lichtes konnte er sehen, wie blaß sie war.

Sie nickte. »Ich kann es erst glauben, wenn ich ihn gesehen habe.«

»Das verstehe ich, Frau Lichtenstein. Aber Sie möchten doch sicher, daß wir den oder die Täter recht bald finden, oder? Und deshalb müssen wir alles genau untersuchen, und das wird eine Weile dauern. Aber ich verspreche Ihnen, daß Sie Ihren Mann sehen können, sobald es möglich ist.«

Es gelang ihr nur mit Mühe, die Tränen zurückzuhalten. »Und wann wird das bitte sein?«

»Wahrscheinlich morgen nach ... Nun, im Anschluß an die Untersuchung durch den Arzt.«

»Sie meinen nach der Autopsie«, sagte sie tonlos. »Ich verstehe.«

»Wenn Sie möchten, bringe ich Sie und Ihre Tochter nach Hause«, bot sich Dr. Meder an.

»Danke.« Sie schlug die Hände vors Gesicht. »Warum er? Warum Hermann? Er hat doch niemandem etwas getan ... Wir wollten zusammen essen. Und ins Konzert.« Sie sah Richard an. »Er hat mir Nelken geschickt. Er kann nicht tot sein. Es ist ein Irrtum! Bestimmt ist es ein Irrtum.«

»Es tut mir sehr leid, aber das können wir ausschließen, gnädige Frau.«

Sie rang nach Luft und stützte sich auf eines der umstehenden Klaviere.

»Mama«, rief ihre Tochter.

»Wofür sind Sie Arzt? Tun Sie was!« herrschte Beck Dr. Meder an. Richard bemerkte, daß seine Stimme mehr besorgt als wütend klang.

Frau Lichtenstein versuchte ein Lächeln. »Es geht schon wieder. Sie benachrichtigen mich, wenn es soweit ist?«

»Ja«, versprach Richard.

»Danke. Ich werde ...« Hilflos fuhr ihre Hand durch die Luft, und nur der Geistesgegenwart von Kommissar Beck war es zu verdanken, daß sie nicht stürzte. Zusammen mit Dr. Meder führte er sie hinaus. Ihre Tochter folgte mit gesenktem Kopf.

»Ich geh' dann wieder auf Posten«, sagte der junge Polizeidiener.

Richard nickte. »Und ab sofort lassen Sie niemanden mehr durch. Haben Sie verstanden?«

»Niemanden durchlassen. Verstanden, Herr Kommissar!« sagte der Junge erleichtert und verschwand.

Richard beschloß, sich vor der Befragung der Zeugen im Kontor umzusehen. Der Raum sah aus, als sei ein Sturm hindurchgefegt: Behältnisse und Schränke waren geöffnet und durchwühlt, der Inhalt war auf den Boden geworfen worden. Richard bückte sich nach den Papieren, die unter dem Schreibpult lagen, Liefer- und Kaufverträge für Klaviere und Flügel, darunter auch der, den er vergangene Woche offiziell unterzeichnet hatte. *Emptio venditio. R. Biddling, Untermainkai 18, Frankfurt a. M.*

Lichtenstein war dezent, aber ohne Umschweife zur Sache gekommen. *Wenn Sie es wünschen, bin ich durchaus mit Ratenzahlung einverstanden, Herr Biddling. Auch eine Dauermiete wäre möglich. Der entsprechende Zusatzvertrag kann gern hier verbleiben.* Er sagte es, als sei es das Selbstverständlichste von der Welt, daß seine Kunden Instrumente aussuchten, die sie nicht bezahlen konnten, und Richard war ihm dankbar dafür. Hoffentlich verfügte Lichtensteins Nachfolger über genügend Takt, die Sache weiterhin diskret zu behandeln. Aber mußte er es denn darauf ankommen lassen?

Als sei es ein Wink des Schicksals, stand der Ordner unberührt im Kassenschrank. Zu seiner Überraschung fand Richard darin außer seinem eigenen Dutzende ähnlicher Kontrakte, einige sogar mit bekannten Frankfurter Namen darauf. Hatte Lichtenstein vielleicht noch ganz andere Verträge geschlossen? Verträge, in denen es um so viel Geld ging, daß die Schuldner sogar vor Mord nicht zurückschreckten? Welcher Art könnten sie sein? Eins jedenfalls schien sicher: Wenn es diese Kontrakte gab, und wenn sie im Kontor aufbewahrt worden waren, hatten der oder die Mörder sie gefunden. Richard stellte den Ordner zurück. Er würde einen Weg finden, seine Verbindlichkeiten zu regeln.

Auf dem Schreibtisch neben dem Telephonapparat lagen ein Portemonnaie und eine Brieftasche. Beide waren leer. War das alles doch nur die Tat gewöhnlicher, wenngleich äußerst brutaler Räuber? Im Bassin einer Waschvorrichtung hinter der Tür staute sich blutiges Wasser; über der Lehne eines Sessels hing ein blutbeflecktes Handtuch, ein zweites lag auf dem Boden neben dem Ofen. Der oder die Täter hatten offenbar Zeit gehabt, sich gründlich zu säubern.

Der Spiegel, der nach Richards Erinnerung zwischen den Fenstern zur Zeil gehangen hatte, war auf einem Sofa abgestellt. Mehrere der auf dem Boden verstreuten Schriftstücke wiesen Blutspuren auf. Ein runder Abdruck auf einer Postkarte erregte Richards Aufmerksamkeit, und er wollte ihn gerade näher in Augenschein nehmen, als er vom Flur Stimmen hörte.

»Sie lassen uns jetzt auf der Stelle hinein!«

»Ich habe Order, niemanden passieren zu lassen.«

»Dummkopf! Wissen Sie nicht, wer ich bin?«

»Das ist ohne Belang. Ich habe ausdrückliche Order…«

Richard ging zur Tür. Der Junge sah ihn stolz an. »Herr Kommissar, ich habe diesen Herrschaften gerade gesagt…«

»Wie lange sind Sie schon bei der Polizei?« fragte Polizeirat Franck.

»Zwei Monate, Herr…«

Franck ging mit seinen beiden Begleitern an ihm vorbei. »Wenn Sie so weitermachen, werden Sie den dritten nicht erleben.«

Der Junge stand wie vom Donner gerührt. »Aber ich hatte doch Order…«

»Klären Sie uns bitte über den Sachverhalt auf, Herr Biddling«, sagte Franck.

Richard gab einen Überblick über den Tatort und den Zustand der Leiche und wollte gerade einige Bemerkungen zum Kontor anfügen, als Beck zurückkam.

»Ich habe mir erlaubt, die Gattin und die Tochter des Ermordeten persönlich zu ihrem Wagen zu begleiten, um zu verhindern, daß die zahlreich erschienenen Vertreter der Presse sie ungebührlich belästigen, Herr Polizeirat.«

»Eine löbliche Entscheidung«, sagte Franck.

»Außerdem habe ich bereits mit der Untersuchung des engeren Tatorts begonnen«, sagte Beck. »Drei Klaviere weisen Blutstrahlen auf, obwohl sie geschätzte zehn Meter voneinander entfernt stehen. Selbst auf dem Milchglas des Gaslüfters sind Blutanhaftungen. Außer einem Klavierhocker befindet sich kein Gegenstand in der Nähe der Leiche, der als mögliche Tatwaffe in Frage käme. Die Körperstatur Lichtensteins – groß und kräftig – sowie die zerrissene Kleidung legen die Vermutung nahe, daß er sich nicht kampflos ergeben hat. In die gleiche Richtung weisen der umgeworfene Stuhl und ein abgebrochener Kerzenhalter an dem Flügel, neben dem der Tote schließlich zu Fall kam. Alle Umstände deuten darauf hin, daß die Tat von mehreren Person begangen wurde, mindestens jedoch von zweien.«

Richard wandte sich einem der beiden Begleiter von Franck zu, einem untersetzten Mann um die Mitte vierzig. »Vor dem Schreibtisch im Kontor liegt eine Postkarte mit einer sonderbaren Blutspur darauf. Ich möchte Sie bitten, sich das unbedingt anzusehen, Dr. Popp.«

Dr. Popp nickte.

»Da in den anderen Räumen keinerlei Spuren eines Kampfes feststellbar sind, ist anzunehmen, daß Lichtenstein seine Mörder arglos einließ«, spann Beck seine Theorie weiter. »Wahrscheinlich gaben sich die Halunken als Kunden aus, die Klaviere ansehen wollten.«

»Das gesamte Kontor ist durchwühlt«, bemerkte Richard. »Es wäre sinnvoll, möglichst rasch …«

»Sicher gab es dort eine gutgefüllte Kasse, und der Schlüssel dazu fand sich nach vergeblicher anderweitiger Suche in einer von Lichtensteins Hosentaschen«, fiel ihm Beck ins Wort. »Auf jeden Fall benötigen wir mehrere Beamte zur Vermessung und eingehenden Durchsuchung des Tatortes.«

»Das sehe ich auch so«, stimmte Polizeirat Franck zu.

»Gibt es Zeugen?« fragte Francks zweiter Begleiter, ein hochgewachsener, elegant gekleideter Mann.

»Darum wollte sich Kommissar Biddling kümmern, Herr Justizrat«, entgegnete Beck.

»Vier Personen warten unter Aufsicht eines Schutzmanns in der Dachetage«, sagte Richard. »Wenn Sie mich nicht mehr benötigen, werde ich mit der Befragung beginnen.«

»Tun Sie das.« Der Justizrat nickte Franck und Dr. Popp zu. »Und wir sehen uns den Tatort an, meine Herren. Kommissar Beck – gehen Sie bitte voraus.«

»Darf ich Sie etwas fragen, Herr Kommissar?« sagte der Posten, als die Männer verschwunden waren. Auf seiner Stirn glänzte Schweiß.

Richard mußte lächeln. »Falls Sie Ihre Entlassung befürchten, kann ich Sie beruhigen: Polizeirat Franck ist nicht übermäßig nachtragend. Da er diesbezüglich eine Ausnahme bildet, sollten Sie sich allerdings in Zukunft bemühen, Wiederholungen zu vermeiden.«

»Und wer, bitte, waren die beiden anderen Herren?«

»Dr. Popp ist Leiter eines chemischen Labors hier in Frankfurt. Er beschäftigt sich vorrangig mit toxikologischen und verwandten naturwissenschaftlichen Untersuchungen für kriminalistische und gerichtsmedizinische Zwecke. In besonderen Fällen wird er zur Begutachtung von Tatorten gerufen. Justizrat von Reden ist Erster Königlicher Staatsanwalt und somit Herr des Ermittlungsverfahrens.«

Der Junge wurde rot. »Ich wußte ja nicht …«

»Das nächste Mal wissen Sie's.«

»Danke, Herr Kommissar.«

»Wofür?«

»Daß Sie so freundlich zu mir sind.«

»Mhm«, sagte Richard und ging nach oben.

Neanders Wohnung in der Dachetage bestand aus einem einzigen Raum, und die Möblierung beschränkte sich auf einen Tisch, drei Stühle, Bett, Schrank und eine Kommode mit Waschgelegenheit. Der Vorhang vor dem winzigen Fenster war verblichen, der rostige Kanonenofen neben der Tür ungeheizt. Es roch nach kaltem Tabaksqualm und ungeleertem Nachtgeschirr. Neander und Schutzmann Heinz sahen aus dem Fenster, die übrigen Männer saßen am Tisch. Als Richard hereinkam, standen sie auf.

»Commissario!« rief einer von ihnen. Sein Atem kondensierte stoßweise in der kalten Luft. »Bitte, verstehen Sie! Ich muß dringend in meine Hotel.«

Richard schloß die Tür. »Dürfte ich zunächst einmal erfahren, wer Sie sind?«

»Meine Name ist Ernesto Consolo. Ich komme von Italia und habe heute abend eine Concerto grosso.«

Richard erinnerte sich, entsprechende Plakate gesehen zu haben. »Ich werde Sie zuerst befragen, Herr Consolo. Die anderen Herren warten bitte so lange draußen. Schutzmann Heinz?«

»Ja?«

»Melden Sie sich bei Kommissar Beck. Er benötigt Beamte für die Durchsuchung. Über Ihre Beobachtungen beim Eintreffen am Tatort fertigen Sie bitte eine Niederschrift und übermitteln sie umgehend ans Polizeipräsidium, Dritte Abteilung.«

Heinz nickte und verließ das Zimmer; die anderen Männer, bis auf Consolo, folgten. Richard sah, daß Neander nur mühsam gehen konnte.

»Ich besuche immer Herr Lichtenstein, wenn ich komme von Lugano nach Francoforte«, sagte Ernesto Consolo. »Heute mittag habe ich telephonisch gesprochen mit ihm von Frankfurter Hof. Herr Lichtenstein hat gesagt, er zeigt mir eine schöne Bechsteinflügel. Aber wenn ich komme, Herr Lichtenstein ist nicht da.«

Richard holte ein Buch und einen Bleistift aus seinem Mantel und machte sich Notizen. »Wann waren Sie im Geschäft?«

»Weiß ich nicht. Ich habe nicht auf die Uhr geschaut.«

»War jemand im Haus, als Sie kamen?«

»Si. Zwei Herren warten auf die Treppe. Später kommt noch Herr Schick.«

»Der Angestellte von Herrn Lichtenstein.«

Consolo nickte.

»Haben die beiden Männer etwas zu Ihnen gesagt?«

»Sie fragen, ob ich mit Herr Lichtenstein arbeite. Ich sage no, gehe rein und sehe überall Papier. Dann bin ich gleich wieder gegangen.«

58

»Wer hat Lichtenstein gefunden?«

»Eine von die Herren, ich glaube, der Name ist Cöster.

»Herr Cöster und Herr Neander waren die beiden Männer, die Sie im Treppenhaus sahen?«

»Si.«

Richard klappte sein Buch zu. »Danke, Herr Consolo. Das war's fürs erste. Wie lange werden Sie in Frankfurt bleiben?«

»Ich fahre mit dem Zug zurück Sonntagmittag.«

»Wenn ich noch Fragen an Sie habe, melde ich mich in Ihrem Hotel. Bitte schicken Sie mir Herrn Cöster herein.«

»Si, Commissario.« Er gab Richard die Hand. »Ich hoffe, Sie finden Mörder schnell.«

»Ja«, sagte Richard. »Das hoffe ich auch.«

»Ich kann es nicht fassen!« Cöster drehte seinen Zylinder in den Händen. »Ein gemeiner Meuchelmörder wütet ungestört in unserer Stadt! Am hellichten Mittag!«

»Bitte nehmen Sie Platz«, sagte Richard. »Sagen Sie mir, wer Sie sind. Und danach, welche Beobachtungen Sie im Zusammenhang mit der Sache gemacht haben.«

Der Mann legte seinen Hut auf den Tisch und setzte sich. »Carl Wilhelm Cöster, Inhaber der Weingroßhandlung Steuernagel in der Großen Bockenheimer Gasse, im Hause des Malepartus-Restaurants. Ich war heute von elf bis etwa Viertel nach zwölf in den Adlerfahrradwerken und fuhr von da mit einem Automobil nach dem Opernplatz. Darauf ging ich in das Klavierlager von Andreae auf dem Steinweg, um ein Instrument zu besichtigen. Bald danach ging ich zum selben Zweck in das Lager von Lichtenstein. Es war genau Viertel vor eins auf dem Uhrtürmchen, als ich das Haus betrat. Ich ging durch die unverschlossene Tür ins Geschäftslokal und, da sich niemand zeigte, weiter bis an den Gang zum Lager. Trotz meines wiederholten Räusperns kam niemand. Ich konnte ein mißtrauisches Gefühl nicht unterdrücken und ging wieder nach dem Eingang zu.«

»Was, bitte, meinen Sie mit ›mißtrauisches Gefühl‹?«

Cöster zuckte die Schultern. »Die Tür stand offen, und niemand war da. Das ist ungewöhnlich, oder? Ich blieb einen Augenblick auf dem Treppenpodest stehen, und dann kam ein Mann aus dem oberen Stockwerk die Treppe herab. Wie ich jetzt weiß, war es Herr Neander. Ich fragte ihn, ob er der Inhaber des Pianofortegeschäfts sei.«

»Sie kannten Lichtenstein gar nicht?«

»Nein. Herr Neander sagte, daß er oben im Haus wohnt. Unterdessen kam ein Mann die Treppe herauf, es war dies Herr Ernesto Consolo aus Lugano. Herr Consolo ist Pianist und gibt heute abend in Frankfurt ein Konzert.«

»Das ist mir bekannt«, sagte Richard. »Wer hat den Toten gefunden?«

»Ich. Herr Consolo meinte, Herr Lichtenstein müsse da sein, er habe telephonisch mit ihm gesprochen. Wir gingen dann zu dritt, also Herr Consolo, Herr Neander und ich, hinein und fanden im Kontor alle Schubfächer offen, Briefe und Akten umherliegen. Die Art, wie diese Papiere ausgebreitet waren, verriet eine gewisse Routine und Planmäßigkeit. Man mußte sofort erkennen, daß hier ein Einbruch verübt worden ist. Herr Consolo und ich benachrichtigten rasch einen Schutzmann. Zu vieren – mit dem Schutzmann Heinz – durchsuchten wir sodann das Lager. Im hinteren Raum sah ich Herrn Lichtenstein mit einer Schnur um den Hals in seinem Blut liegen.«

»Woher wußten Sie, daß es sich bei dem Mann um Lichtenstein handelte?«

»Herr Consolo wußte es. Schutzmann Heinz bat uns hinaus und machte seiner Behörde telephonische Meldung. Ich sandte Herrn Schick, der inzwischen gekommen war, nach einem Arzt. Vielleicht konnte er noch Rettung bringen. Das war aber leider nicht der Fall.«

»Herr Schick ist Ihnen demnach bekannt?« fragte Richard.

»Nein. Ich habe seinen Namen erst erfahren, als Schutzmann Heinz ihn bat, den Toten zu agnoszieren. Ich war heute zum ersten Mal in Lichtensteins Geschäft und weiß nicht, wer dort alles arbeitet.«

»Haben Sie irgendwelche verdächtigen Wahrnehmungen gemacht oder im Haus außer Herrn Consolo und Herrn Neander weitere Personen angetroffen?«

»Nein.«

Richard bedankte sich und bat als nächstes Neander herein. Er war ein schmächtiger Mann mit blasser Haut und unstet flackernden Augen. Seinen Vornamen gab er mit Hermann an, sein Alter mit achtunddreißig, aber er wirkte gute zehn Jahre älter. Seit einem Unfall trug er eine Beinprothese und konnte sich nur mühsam fortbewegen. Während er Richards Fragen beantwortete, fuhren seine Finger auf der Tischplatte hin und her. Vor zwei Jahren sei er von Limburg nach Frankfurt in diese Wohnung gezogen und seitdem als Bürogehilfe in der Rechtsanwaltskanzlei Mettenheimer und Pachten beschäftigt, deren Büroräume in der zweiten Etage über den Lagerräumen der Firma Lichtenstein lägen.

»Ich war um die Mittagszeit allein in der Kanzlei und mit Schreibarbeiten beschäftigt. Um kurz vor halb eins hörte ich unartikulierte Laute, die in dumpfem Stöhnen verhallten. Ich dachte, daß Herr Rogge vielleicht einer Dame einen Zahn zieht.« Auf Richards fragenden Blick fügte er hinzu: »Herr Rogge praktiziert als Dentist im dritten Stock, und wir hören öfter Schmerzgeschrei.«

»Wer ist wir?« fragte Richard.

»Ich und die Herren Rechtsanwälte und auch andere Leute im Haus. Sogar bis in die Buchhandlung Auffarth im Erdgeschoß hat man schon einmal eine Dame schreien hören. Wer denkt denn da gleich an das Fürchterlichste? Und doch …« Er knetete seine Hände und sah Richard mit einem verzweifelten Gesichtsausdruck an. »Herr Kommissar, ich weiß es jetzt! Dieser gurgelnde, langgezogene Laut … Das war ganz sicher das letzte Stöhnen eines Erdrosselten! Ich hätte unverzüglich hinuntergehen und nachschauen müssen! Aber glauben Sie mir, der Mörder bin ich nicht!«

»Davon war nicht die Rede«, sagte Richard, aber Neander schien ihn nicht zu hören. Er fing an, Theorien über internationale Verbrecherbanden aufzustellen, die vor weiteren Meuchelmorden sicherlich nicht zurückschreckten. Seine Stimme klang hysterisch, und Richard entschied, die Befragung zu beenden.

Als letztes hörte er Lichtensteins Auslaufer Anton Schick. Obwohl dem alten Mann anzusehen war, wie sehr ihn der Tod seines Chefs mitnahm, gab er geduldig Auskunft über sein Arbeitsverhältnis und schilderte den Ablauf des Tages bis zur Mittagszeit, als Lichtenstein ihn über das Telephongespräch mit dem Pianisten Consolo unterrichtet hatte.

»Ist Ihnen in letzter Zeit irgend etwas Besonderes an Herrn Lichtenstein aufgefallen?« fragte Richard. »War er anders als sonst?«

Anton Schick antwortete, ohne zu zögern. »Ja. Seit etwa einer Woche wirkte er bedrückt und sprach weniger als üblich.«

»Welchen Grund könnte es dafür geben?«

»Ich weiß es nicht. Er war stark erkältet. Vielleicht kam seine Verstimmung daher.«

»Das glauben Sie nicht wirklich, oder?«

»Nein. Aber wenn ich fragte, sagte Herr Lichtenstein, es sei alles in Ordnung.«

»Gab es größere Bargeldbestände im Kassenschrank?«

»Etwa achthundert Mark. Herr Lichtenstein achtete darauf, daß Geldbeträge regelmäßig zur Einzahlung gebracht wurden. Erst am Vormittag hatte er mich mit einhundertfünfundvierzig Mark zur Post gesandt. Aber der Geldbriefträger, der normalerweise kurz vor Mittag kommt, blieb heute aus. Lieber Gott, ich …« Er kämpfte gegen die Tränen. »Warum hat er nicht auf mich gehört? Ich habe es ihm doch wieder und wieder gesagt.«

»Was haben Sie ihm gesagt?«

»Daß er nicht so oft allein hier sein soll. Daß es besser wäre, einen zweiten Mitarbeiter einzustellen.«

»Gab es einen Grund für diesen Rat?«

Anton Schick schüttelte den Kopf. »Ich dachte nur, daß es zu zweit sicherer wäre. Warum bin ich bloß nicht hiergeblieben?

Er wäre bestimmt noch am Leben, wenn ich …« Er konnte nicht weitersprechen.

Richard hatte Mitleid mit dem alten Mann. Er steckte sein Buch und den Stift weg. »Die restlichen Fragen haben Zeit bis morgen, Herr Schick. Darf ich Sie bitten, mich noch einmal in die Geschäftsräume zu begleiten?«

Der junge Posten an der Tür war von einem Schutzmann abgelöst worden. Polizeirat Franck verabschiedete sich gerade von Dr. Popp.

»Konnten die Zeugen irgendwelche Angaben zu den Tätern machen?« fragte Franck.

»Nein«, sagte Richard. »Aber wir haben Aussagen zum zeitlichen Ablauf.« Er sah den Auslaufer an. »Herr Schick verließ die Geschäftsräume um zwölf Uhr. Kurz zuvor hat ein zweiter Zeuge mit Herrn Lichtenstein telephonisch gesprochen. Gegen halb eins hörte ein dritter einen Schrei, und als ein vierter um Viertel vor eins ins Haus kam, war Lichtenstein bereits tot.«

»Gut. Das hilft uns bei der Alibiüberprüfung. Ich habe soeben Nachricht erhalten, daß am Centralbahnhof zwei Personen festgenommen wurden.«

»Ist Staatsanwalt von Reden noch da?« fragte Richard.

Franck verneinte und machte sich auf den Weg zum Bahnhof. Richard winkte Dr. Popp beiseite. »Haben Sie sich die Spur im Kontor angesehen?«

Dr. Popp nickte. »Das Abdruckbild ist in der Tat ungewöhnlich. Von der Form und Größe her könnte es sich um den Absatz eines Frauenschuhs handeln.«

Richard starrte ihn entgeistert an. »Sie wollen damit doch nicht etwa andeuten, daß Sie eine Frau für fähig halten, eine solche Tat zu begehen?«

»Alleine sicherlich nicht. Aber vielleicht spielte sie den Lockvogel und half beim Suchen nach Beute?«

Richard sah die schrecklich zugerichtete Leiche vor sich. »Es fällt mir schwer, das zu glauben.«

»Es spricht noch eine zweite Spur dafür, daß eine Frau am

Tatort war«, sagte Dr. Popp. »Am Hemdkragen des Toten befindet sich ein blutiger Fingerabdruck, der aufgrund seiner Beschaffenheit mit ziemlicher Wahrscheinlichkeit von einer weiblichen Person stammt.« Er deutete in den Flur. »Bei einer ersten Nachschau haben wir einige Gegenstände gefunden, von denen nicht sicher ist, ob sie dem Toten oder den Tätern gehören. Kommissar Beck hat sie ausgelegt. Vielleicht kann uns Lichtensteins Angestellter weiterhelfen.«

Richard nickte.

Dr. Popp sah zu Anton Schick, der mit gesenktem Kopf neben dem Schutzmann stand. »Halten Sie es für möglich, daß er etwas damit zu tun hat?«

»Von meinem Gefühl her nicht. Aber ich habe es oft genug erlebt, daß der erste Eindruck täuschen kann.«

Als Dr. Popp gegangen war, bat Richard den Ausläufer, sich die sichergestellten Gegenstände anzusehen: ein Zwicker in einem braunen Etui, ein silberner amerikanischer Bleistift, ein runder Manschettenknopf, das Portemonnaie und die Brieftasche aus dem Kontor sowie der Uhrenkompaß und der Schlüssel, die neben dem Toten gelegen hatten.

»Alle diese Dinge gehören ... Ich meine natürlich, sie gehörten Herrn Lichtenstein«, sagte Anton Schick leise. »Bis auf den Manschettenknopf.«

Richard nahm den Knopf. Er war aus Perlmutt gefertigt, hatte etwa die Größe eines Markstücks und die übliche Federmechanik. Auf der Oberseite waren ein Hufeisen und vier Sternchen eingeprägt. »Sind Sie sicher?«

»Ja. Herr Lichtenstein trug keine Perlmuttknöpfe.«

Richard zeigte auf den Schlüssel. »Können Sie sagen, wofür der ist?«

»Nein.«

»Aber er gehörte Lichtenstein?«

»Ich meine, ja. Ganz genau weiß ich es allerdings nicht.«

Kommissar Beck kam mit mehreren Beamten, darunter Schutzmann Heinz und der junge Polizeidiener, aus dem Kontor. Er musterte Anton Schick. »Lichtensteins Laufbursche, stimmt's?«

»Ich war der persönliche Diener von Herrn Lichtenstein!« sagte der alte Mann.

Beck grinste. »Das läuft ja wohl auf dasselbe hinaus.«

»Der Manschettenknopf stammt nicht von dem Toten«, sagte Richard.

»Ich habe ihn unter dem Schreibtisch im Kontor gefunden«, sagte der junge Polizeidiener.

»Sie hat keiner gefragt.« Beck sah Anton Schick an. »Wie oft benutzen Sie den Hinterausgang?«

»Bitte?«

»Rede ich russisch? Der Ausgang vom Lager zur Pfandhausgasse! Wann haben Sie ihn zuletzt benutzt?«

»Gar nicht. Die Tür ist versperrt und wird nur bei Anlieferung oder Abholung von Instrumenten von Herrn Lichtenstein persönlich geöffnet.«

»Und wo ist der Schlüssel?«

»Herr Lichtenstein trägt ihn am Bund mit anderen Schlüsseln immer bei sich.«

»Na, dann wissen wir wenigstens, wie die Täter aus dem Haus herausgekommen sind«, sagte Beck. »Fragt sich nur, woher sie ihre profunde Ortskenntnis hatten.«

Anton Schick wurde blaß. »Sie wollen doch nicht etwa behaupten…«

»Ich behaupte gar nichts, Schick! Bis auf die Tatsache, daß die Mörder sich offenbar ziemlich gut auskannten. Kommen Sie mit, und sagen Sie mir, was geraubt wurde.«

»Dazu bin ich nicht verpflichtet.«

»Ach?«

»Ihre Angaben würden uns sehr helfen, Herr Schick«, sagte Richard.

»Gut. Ich gehe aber nur mit Ihnen, Herr Kommissar.«

»Was stehen Sie dumm rum?« blaffte Beck die Schutzleute an. »Durchsuchen Sie die Lagerräume! Und melden Sie mir auf der Stelle jedes verdammte Staubkorn, das schief in der Luft liegt!«

»Verzeihen Sie bitte, aber wir sollten vorher noch in den Ofen im Kontor schauen, Herr Kommissar«, sagte der junge Polizeidiener. »Vielleicht haben die Mörder etwas hineingeworfen, das…«

»…längst zu Asche verbrannt ist, Sie Witzbold!«

»Es gibt Dinge, die verbrennen nicht.«

Beck lief rot an. »Sie haben den Auftrag, das Lager zu durchsuchen! Und sonst nichts, kapiert?«

»Ja, Herr Kommissar«, antwortete der Junge kleinlaut.

Eine Stunde war vergangen, als Richard und Anton Schick ihren Rundgang beendeten. Außer dem Geld aus dem Kassenschrank fehlte Lichtensteins Taschenuhr samt Kette, ein goldenes Medaillon und eine Brustnadel aus Gelbgold. Geschäftspapiere waren nach Schicks Meinung nicht gestohlen worden.

Als Richard den Auslaufer entließ, war Kommissar Beck damit beschäftigt, die Lagerräume vermessen und skizzieren zu lassen. Richards Anweisung, Beamte zur Photographie anzufordern, konterte Beck, Polizeirat Franck halte diesen Aufwand nicht für nötig, sofern eine maßstabsgerechte Zeichnung angefertigt werde.

Richard atmete durch und bat Beck ins Kontor. Er schloß die Tür.

»Wollen Sie mir eine Unterweisung zur Tatortaufnahme geben?« fragte Beck grinsend.

»Es ist an der Zeit, daß ich einige Dinge klarstelle«, sagte Richard. »Erstens: Mir ist bekannt, daß Sie sich nicht um eine Zusammenarbeit mit mir gerissen haben. Zweitens sind Sie lange genug Beamter, daß ich mir einen Vortrag über Hierarchieebenen sparen kann. Drittens steht mir als dem Älteren die Ermittlungsführung zu. Ich lege Wert darauf, daß Sie das respektieren.«

Beck verzog das Gesicht. »Oh, Verzeihung, Herr Biddling! Wie die meisten Beamten im Präsidium ging ich davon aus, daß Sie derlei Dingen keine große Bedeutung beimessen.«

Richard erwiderte nichts darauf. Er wußte, daß sein kollegialer Umgang mit Wachtmeister Braun ihm weder bei der Führung noch unter den anderen Kommissaren Sympathien eingebracht hatte. Genauso wie Polizeidiener gegenüber Schutzmännern den Mund zu halten und zu gehorchen hatten, mußten das Schutzmänner gegenüber Wachtmeistern tun, Wachtmeister gegenüber Kommissaren und Kommissare gegenüber Räten. Alles andere roch nach Aufruhr.

Beck sah zum Kassenschrank. »Sie gestatten mir hoffentlich die Bemerkung, daß es mich überrascht, daß die Familie Könitz bei einem Klavierhändler anschreiben läßt.«

»Das geht Sie nichts an.« Richard verwünschte seine Ehrlichkeit. Hätte er bloß den Kontrakt aus dem Ordner genommen!

»Keine Sorge, Herr Kollege. Ich werde die Dinge mit der nötigen Diskretion behandeln.«

Richard packte Lichtensteins Kundenkartei und Notizkalender ein. »Nichts anderes erwarte ich von Ihnen, Herr Beck.«

Beck deutete auf die Kartei. »Ob auch unser abberufener Polizeipräsident Freiherr von Müffling sein Piano bei Lichtenstein geordert hat? Oder Oberbürgermeister Adickes? Sie sollten sie bei Gelegenheit fragen.«

»Sicher«, erwiderte Richard. »Und beim Dessert erzähle ich dem designierten Polizeipräsidenten, wie außerordentlich fruchtbar sich unsere Zusammenarbeit gestaltet.«

Der Blick, den Beck ihm zuwarf, war mit verächtlich milde beschrieben. Daß Richard eine Frau über seinem Stand geheiratet hatte, war der zweite Grund, warum er bei seinen Kollegen nicht allzu beliebt war. Niemand sprach offen darüber, aber ein einfacher Kommissar, der Mitglied einer Familie war, die den Polizeipräsidenten und den Oberbürgermeister zum Sonntagskaffee einlud, erweckte bei den einen Neid, bei den anderen Mißtrauen, auch wenn die Honoratioren nicht im Könitzschen Palais im Untermainkai, sondern in der Villa von Victorias Schwägerin Gräfin von Tennitz zu verkehren pflegten. Schließlich konnte man nie wissen, was der Herr Kommissar in geselliger Runde alles ausplauderte und ob er sich nicht auf Kosten anderer ins rechte Licht zu rücken versuchte.

Richard hatte nur ein einziges Mal an einem Treffen teilgenommen und sich furchtbar unwohl gefühlt, aber das würde ihm ohnehin niemand abnehmen, deshalb erwähnte er es erst gar nicht. Beck wollte nach oben, und dazu mußte er Erfolge vorweisen. Und das war schwierig, wenn ein anderer die Ermittlungen führte. Insofern war Francks Entscheidung wenig glücklich gewesen und Becks Ärger verständlich. Trotzdem konnte Richard es nicht zulassen, daß der Jüngere ihn vor Untergebenen und Vorgesetzten zum Narren machte.

»Sie dürfen mir glauben, daß ich bestimmt nicht vorhabe, Ihre Karriereplanung zu durchkreuzen, Herr Beck«, sagte Richard freundlich. »Solange wir zusammenarbeiten, sollten wir jedoch den Formalien Genüge tun.«

Beck murmelte etwas, von dem Richard annahm, daß es eine Entschuldigung war. Sie gaben sich die Hand, und Richard hoffte, daß der Waffenstillstand bis zur Aufklärung des Mordfalls halten würde.

Als sie abends ins Polizeipräsidium zurückkamen, hatten sie sämtliche Geschäftsleute aus dem Haus und der Nachbarschaft vernommen, Zeitungsjungen, Ausfahrer, Postboten und Passanten befragt, Abortfrauen und Bahnhofsfriseure, Bahnsteigwärter, Droschkenkutscher und Trambahnfahrer in die Überprüfungen einbezogen. Am späten Nachmittag waren die ersten polizeilichen Bekanntmachungen ausgehängt worden, vor denen sich sofort diskutierende Menschentrauben gebildet hatten.

Auch am Eingang des Polizeipräsidiums war eins der Plakate angeschlagen, das eintausend Mark Belohnung für die Ergreifung der Mörder auslobte. Beck verabschiedete sich, Richard brachte die sichergestellten Unterlagen in sein Büro. Die Heizung war abgestellt, an den Fensterscheiben lief Kondenswasser herunter. Er räumte die Akte Pokorny & Wittekind beiseite und breitete seine Notizen auf dem Schreibtisch aus. Dutzende von Verhören, Überprüfungen und Sistierungen, und nicht der Hauch einer Spur! Er warf einen Blick in Lichtensteins Kundenkartei. Beck hatte recht: Fast alles, was in Frankfurt Rang und Namen hatte, war darin vertreten, auch die Familie seines Schwagers und Cornelia Gräfin von Tennitz.

Seufzend stellte er den Kasten beiseite und schlug Lichtensteins Notizkalender auf. Für den Februar enthielt er nur wenige Eintragungen, Theater- und Konzerttermine zumeist, und vier abendliche Treffen in der Zeit zwischen dem fünfzehnten und einundzwanzigsten: mit einem Herrn oder einer Frau H. Wilhelms, einem Frl. Frick, und zweimal mit einer Person namens K. Hopf. Für den heutigen Abend war das Konzert von Consolo vermerkt. Darunter stand: *20. Verlobungstag!*

Erst auf den zweiten Blick sah Richard, daß die Punkte hinter der Zwanzig und unter dem Ausrufezeichen winzige Herzen waren. Es fiel ihm schwer, sich den geschäftstüchtigen Kaufmann Lichtenstein als einen Mann vorzustellen, der Herzen in seinen Notizkalender malte. Gleichzeitig berührte es ihn auf eigentümliche Weise. Er sah Lichtensteins Frau vor sich, wie der letzte Funken Hoffnung in ihrem Gesicht erlosch. Und wie sie das Endgültige dennoch nicht wahrhaben wollte. *Er hat mir Nelken geschickt. Er kann nicht tot sein.*

Richard fuhr sich übers Gesicht. Was mußte jemand empfinden, der einen Menschen auf solch brutale Art umbrachte? Wut? Haß? Genugtuung? Oder einfach nur Gleichgültigkeit, weil der Tod des Opfers die einzige Möglichkeit war, an sein Geld zu kommen? Ein blutiger Fingerabdruck, der mit ziemlicher Wahrscheinlichkeit von einer weiblichen Person stammt... In seinem ganzen Dienstleben hatte er nur drei Mörderinnen verhaftet: eine hatte ihr Kind im Waschzuber ertränkt, weil es zuviel schrie, die anderen beiden hatten ihren Gatten Gift ins Essen gemischt. Er nahm sich noch einmal die Kartei vor, aber die Schmerzen hinter seiner Stirn wurden unerträglich. Zeit, nach Hause zu gehen. Obwohl er auch dort keine Ruhe finden würde. Wie jedesmal, wenn er einen Mordfall bearbeitete.

Die Uhren schlugen Mitternacht, als er heimkam, und er war erstaunt, noch Licht im Haus zu sehen. Louise nahm ihm Mantel und Hut ab. »Möchten Sie einen Tee? Oder etwas essen?«

Richard schüttelte müde den Kopf. »Danke, Louise. Ich gehe gleich zu Bett. Bitte wecken Sie mich um halb sechs.«

»Ich bringe Ihnen gerne etwas auf Ihr Zimmer.«

»Gehen Sie ruhig schlafen.«

»Ich habe Ihrer Frau versprochen, Sie zu ihr zu schicken.«

»Victoria ist noch wach?«

»Sie wartet in ihrem Schlafzimmer auf Sie.«

Mit gemischten Gefühlen ging Richard nach oben. Er schämte sich für sein Verhalten von gestern abend, aber für eine Aussprache fehlte ihm der Sinn. Unter Victorias Schlafzimmertür schimmerte Licht; auf sein Klopfen blieb es ruhig. Leise öffnete er die Tür. Victoria lag auf ihrem Bett und schlief. Sie trug das seidene Nachtkleid, das er ihr zum fünfundvierzigsten Geburtstag geschenkt hatte. Unter ihrem rechten Arm sah er ein Buch; er zog es weg und lächelte. Grillparzers Dramen. War das etwa die passende Lektüre für eine Versöhnung? Bedacht darauf, sie nicht zu wecken, deckte er sie zu. Wie jung und schön sie aussah. Er dagegen fühlte sich alt und ausgebrannt. Zärtlich strich er ihr eine Locke aus dem Gesicht.

»Ich liebe dich«, flüsterte er und löschte das Licht.

Bekanntmachung.

<u>1000 Mark Belohnung.</u>

Der 52jährige Kaufmann

Hermann Lichtenstein,

Inhaber der Pianoforte-Handlung und -Leihanstalt, ist heute Mittag 12½ Uhr in seinen Geschäftsräumen Zeil 69

ermordet und beraubt

worden. Den Tätern ist eine größere Summe Bargeld in die Hände gefallen.

Für die Ermittelung der Täter ist obige Belohnung ausgesetzt und werden diejenigen Personen, welche in der Angelegenheit irgend welche Aufklärung geben können, ersucht, sich sofort auf Zimmer 49 des Polizeipräsidiums zu melden.

Frankfurt a. M., den 26. Februar 1904.

Der Polizei-Präsident:
i. V. von Wehrs

Kapitel 4

Morgenblatt   Samstag, 27. Februar 1904

Frankfurter Zeitung
und Handelsblatt

Richtermangel und übertriebene Spar-samkeit in Preußen. Auf die fachlichen Beschwerden des Frankfurter Landtags-abgeordneten Deser über den in Frank-furt a. M. herrschenden Richtermangel hat in der Sitzung des Abgeordnetenhau-ses der Justizminister Herr Schönstedt ru-hig und sachlich und mit einer ganz un-verkennbaren Resignation geantwortet. Ultra posse nemo obligatur, was in mei-nen Kräften steht, will ich aber tun. Die Erfolge meiner Bestrebungen liegen nicht immer in meiner Macht. Manches geht über meine Kraft. Diese resignierte Erklä-rung des Hüters der preußischen Rechts-pflege enthüllt Dinge, die das höchste Be-denken wachrufen müssen.

Der Raubmord auf der Zeil. Die Sektion der Leiche wird heute Nachmittag um 2 Uhr auf dem Frankfurter Friedhof durch den Gerichtsarzt Dr. Roth in Gegenwart des Ersten Staatsanwaltes, Geh. Justizrat v. Reden, und des Amtsgerichtsrates Dr. Menzen vorgenommen. Die Polizei ist selbstverständlich eifrig auf der Suche nach den Verbrechern.

Die Schlierseer. Im Orpheum veranstalte-ten gestern die Schlierseer einen Einak-terabend, der im ganzen sehr erfolgreich verlief. Zwar wirkte das erste Stück »Er hat etwas vergessen« mit seiner künst-lichen Naivität und Sentimentalität etwas matt, aber »Der blaue Teufel«, eine hu-morvolle Episode aus dem 70er Krieg, er-weckte, dank der kernigen Art des Xaver Terofal, stürmische Heiterkeit.

Entgegen dem Rat von Heiner Braun war Laura Rothe entschlossen, auf die Rückkehr von Polizeirat Franck zu warten. Auf dem Flur war es zugig und eiskalt. In regelmäßigen Abständen kamen Schutzleute die Treppe herauf, um kurz darauf unverrichteter Dinge wieder zu verschwinden. Anscheinend hatten die beiden Wachbeamten nichts Besseres zu tun gehabt, als bis in den letzten Winkel des Polizeipräsidiums hinauszuposaunen, daß vor Francks Büro die neue Polizeiassistentin aus Berlin herumsitze. Anders waren die verstohlenen Blicke und verlegen gemurmelten Begrüßungsfloskeln der Männer kaum zu deuten. Laura begegnete ihnen mit unbewegter Miene.

Nach einer halben Stunde zog sie ihren Mantel an, nach einer Stunde war sie so durchgefroren, daß sie sich nur noch wünschte, ihre Hände über einem Kaminfeuer wärmen zu dürfen. Mit allem hatte sie gerechnet: von unverbindlicher Freundlichkeit bis hin zu offener Ablehnung, aber bestimmt nicht damit, daß man sie schlichtweg vergaß! Ein schöner Empfang war das! Und wenn der Empfang schon so dürftig war – wer mochte wissen, was noch alles kam?

Als sie von der Bank aufstand, hatte sie das Gefühl, ihre Füße seien aus Eis. Ihr Magen knurrte, und ihr Kopf tat weh. Einen Moment war sie versucht, mit dem nächsten Zug zurückzufahren. Vielleicht war ja die Gehilfenstelle beim Stadtpolizeiamt in Stuttgart noch frei, die sie zugunsten der vielversprechenderen Assistenz in Frankfurt ausgeschlagen hatte.

»Nein!« hallte es trotzig auf dem leeren Flur wider. Sie hatte sich für diesen Beruf und diese Stadt entschieden. Aufgeben kam nicht in Frage! Entschlossen ging sie nach unten und teilte den beiden Wachbeamten mit, daß sie im Rapunzelgäßchen Nummer 5 zu logieren beabsichtige und Polizeirat Franck einen neuen Termin nach dort melden solle. Die Männer starrten sie an, als habe sie den Kaiser geduzt. Sie wartete eine Antwort erst gar nicht ab und ging.

Der Regen war stärker geworden und der Himmel in der Dämmerung fast schwarz. Mit der Trambahn fuhr sie zurück zum Centralbahnhof, dessen Eingänge noch immer polizeilich überwacht wurden. Das Vestibül bestreifte ein Beamter, der jeden männlichen Reisenden mit Argusaugen musterte. Unbehelligt löste Laura ihren Koffer aus. Im Lichtkegel einer Lampe suchte sie in ihrem Stadtführer nach dem Rapunzelgäßchen.

»Kann ich Ihne helfe, gnädisches Frollein?« fragte ein schnurrbärtiger Perronwärter.

Laura hielt ihm die Karte hin. »Wenn Sie mir bitte zeigen könnten, wo sich das Rapunzelgäßchen versteckt?«

Lächelnd deutete er auf ein Straßengewirr in der Nähe des Rathauses. »Ei, do isses doch! Gleich beim Fünffingerplätzi. Awwer des Fünffingerplätzi könne Sie net finne, weil des kein offizielle Name net hat.«

»Ich suche ja auch nicht das Fünffingerplätzchen, sondern das Rapunzel…«

»Awwer wenn Se des Fünffingerplätzi erst gefunne hawwe, isses net mehr weit.«

Die Logik war bestechend. Laura faltete die Karte zusammen.

»Am beste nehme Sie die Droschke bis zum Paulsplatz, dann gehn Se zum Römer un gradwegs üwwer'n Sammstachsbärch, un dann um die Eck rum.«

Laura hatte keine Ahnung, was sie sich unter einem *Sammstachsbärch* vorstellen sollte. Aber für weitere Exkurse in die Frankfurter Geographie war es ihr zu kalt. Sie nahm ihren Koffer. »Vielen Dank. Sie haben mir sehr geholfen.«

»Wenn Sie wolle, kann ich Ihne noch e bissi mehr von unserm scheene Frankfort erzähle, Frollein.«

»Das ist wirklich nett, aber es ist spät, und ich habe einen dringenden Termin«, log Laura und verabschiedete sich. Als sie den Bahnhof verließ, fing es an zu schneien. Das nasse Straßenpflaster glänzte im Schein der Laternen.

»Hawwe Sie schon von dem schreckliche Mord gehört?« fragte der Kutscher, als er Lauras Koffer verstaute.

»Ja, sicher.« Sie rieb ihre Hände aneinander. Ihre Handschuhe waren entschieden zu dünn für diese Jahreszeit.

»Es is einfach net zu fasse! Am hellichte Mittach! Un der Herr Lichtenstein war so'n feine Mensch!«

»Ja«, sagte Laura. Sie war müde, sie hatte Hunger, und ihr war zum Gotterbarmen kalt. Und das letzte, was sie interessierte, waren die Hypothesen eines Droschkenkutschers zu einem Mordfall. »Ich muß zum Paulsplatz.«

»Die letzt' Station«, sagte der Mann und schloß den Schlag. Laura war froh, daß sie der einzige Fahrgast war. Sie machte die Augen zu und öffnete sie auch nicht, als zwei Herren zustiegen, die sich, wie konnte es anders sein, über den Mord an dem netten Herrn Lichtenstein erregten. Am Paulsplatz fragte sie einen Mann, der einen Handkarren mit Werkzeug hinter sich herzog, nach dem Rapunzelgäßchen. Er bot an, sie hinzubringen.

Lächelnd zeigte sie auf den Karren. »Und was machen Sie damit?«

»Ei, stehe lasse«, sagte er gleichmütig.

»Und wenn ihn jemand stiehlt?«

»Ach, gehn Se fort, des aal Gelerch klaut doch niemand«, sagte er und ermahnte sie eindringlich, daß es gefährlich sei, abends allein durch die Stadt zu laufen. »Bei dem üble Diebsgesindel, wos sich hier alleweil erumtreibt!« Er nahm Lauras Koffer und marschierte so flott los, daß sie Mühe hatte zu folgen. Sie gingen über den Rathausplatz in eine schmale Straße, von der eine noch schmalere Straße abzweigte, in der die Häuser so eng beieinanderstanden, daß Laura das Gefühl hatte, die Giebel müßten sich irgendwo über ihr berühren.

»Wo wolle Sie denn genau hin?« fragte ihr Begleiter.

Laura sah ein, daß es zwecklos wäre, ihm zu sagen, daß sie die restlichen Meter auch alleine zurücklegen könne. Sie nannte die Hausnummer, und er blieb vor einem Fachwerkhäuschen stehen, das aussah, als wolle es jeden Moment vornüber in die Gasse fallen. Zwei abgetretene Steinstufen führten zur Haustür. Eine schmiedeeiserne Lampe an der bröckelnden Fassade spendete spärliches Licht.

»Hätte Sie mal gleich gesacht, daß Se zum Häusi von der Müllerin wolle.«

»Müllerin?« fragte Laura bestürzt. »Man sagte mir, daß hier ein Herr Braun wohnt! Und daß seine Frau Zimmer vermietet.«

Der Mann stellte den Koffer ab. »Die Müllerin is halt die Müllerin. Auch wenn se die Frau Braun is. Wisse Sie, des is nämlich so …«

»Haben Sie herzlichen Dank für Ihre Mühe«, unterbrach ihn Laura.

Er küßte ihre Hand und war kurz darauf in der Dunkelheit verschwunden. Laura schellte. »Ich habe mich entschlossen, Ihr Angebot anzunehmen«, sagte sie, als Heiner Braun öffnete.

Er lächelte. »Der Uhrzeit nach zu urteilen, haben Sie ein Weilchen mit der Entscheidung gerungen.«

Sie folgte ihm in den dunklen Flur. »Ich mußte erst einmal herfinden.«

Heiner Braun nahm ihr den Mantel und den Hut ab und bat sie in die Stube, die gerade Platz für eine Eßecke, ein Sofa, zwei Sessel, Beistelltischchen, Stehlampe und Buffet bot. Über dem Sofa hingen gerahmte Photographien und vor den Fenstern sonnengelbe Vorhänge, die dem Zimmer etwas Fröhliches gaben. Laura bereute es, ihren Mantel ausgezogen zu haben, denn der Raum war ungeheizt. Sie stellte ihren Koffer ab und setzte sich.

»Möchten Sie einen Tee oder Kaffee?« fragte Heiner.

»Einen Tee, bitte.«

Er verschwand nach nebenan. Ein warmer Luftzug streifte sie, und sie war versucht, ihm einfach hinterherzugehen.

»Guten Abend«, sagte eine weibliche Stimme in ihrem Rücken. Die Frau trug ein schwarzes Kleid, hatte graues, zu einem Knoten gestecktes Haar und mochte Anfang sechzig sein. »Ich bin Helena Braun.«

Laura gab ihr die Hand. »Laura Rothe. Ich traf Ihren Mann im Polizeipräsidium. Er sagte, daß ich hier ein Zimmer bekommen kann.«

»Liebes Kind! Sie haben ja ganz kalte Hände!«

»Ich mußte im Präsidium recht lang warten.«

»Haben Sie wenigstens etwas gegessen?«

»Seit meiner Abfahrt in Berlin nicht.«

»Ich habe noch Zitronensuppe und gebackenes Weißkraut vom Mittag – wenn Sie möchten, stelle ich es für Sie auf.«

Laura lief das Wasser im Mund zusammen. »Bitte machen Sie sich keine Umstände.«

»Papperlapapp.« Helena Braun ging nach nebenan. Laura hörte sie mit ihrem Mann reden. Sie schienen über irgend etwas uneins zu sein. Kurz darauf brachte Heiner den Tee.

»Ich muß gestehen, daß ich nicht mehr damit gerechnet hatte, daß Sie noch kommen«, sagte er. »Sonst hätte ich die Stube angeheizt. Wir benutzen sie nur selten.«

Laura umschloß die Tasse mit beiden Händen. Der Geruch von Pfefferminze stieg ihr in die Nase. »Das macht nichts. Ich werde ohnehin gleich zu Bett gehen.«

»Dann will ich wenigstens in Ihrem Zimmer für etwas Wärme sorgen.«

Laura nickte. »Ich hoffe, Sie haben meinetwegen keine Unannehmlichkeiten.«

»Ach was. Helena meinte nur, daß es ungehörig sei, einen Gast zum Essen in die Küche zu bitten.«

»Und welche Meinung vertreten Sie?«

»Besser einfach gewärmt als vornehm gefroren.«

Laura lächelte. »Sagen Sie Ihrer Frau, ich bin es gewohnt, in der Küche zu essen.«

Er betrachtete ihren Koffer. Er war aus feinstem Leder. »Helena hat einen Blick für die kleinen Dinge.«

»Der Koffer war das letzte Geschenk meines Vaters, bevor er seine finanziellen Zuwendungen an mich einstellte. Sie haben hoffentlich nichts dagegen, wenn ich der Wärme Ihres Küchenofens den Vorzug vor der Etikette gebe?«

»Ich nicht«, sagte er grinsend.

»Ihre Frau werde ich schon zu überzeugen wissen.«

Als Heiner Braun eine halbe Stunde später in die Küche kam, saßen die beiden Frauen plaudernd am Tisch. Vor Laura stand ein leerer Teller. Sie lächelte. »Ich habe Ihrer Frau gerade ge-

sagt, daß ich heute die beste Zitronensuppe meines Lebens gegessen habe.«

»Wenn man Hunger hat, schmeckt alles gut«, wiegelte Helena
ab.

»Warum so bescheiden, meine Liebe?« sagte Heiner. »Deine
Kochkünste waren der maßgebliche Grund, warum ich dich
überhaupt geheiratet habe.« Er nahm ihre Hand und küßte sie.
»Es gab da zwar noch die eine oder andere zusätzliche Erwä-
gung, die jedoch gegen einen gutgefüllten Magen kaum ins
Gewicht fiel.«

Helena lachte. »Du bist der unmöglichste Mensch, den ich
kenne!« Sie sah Laura an. »Als er mir zum ersten Mal begegnete,
schwebte er zwischen Leben und Tod und verlangte nach einem Kaffee.«

»Ach was. Sie übertreibt.« Heiner stellte das Geschirr zusammen und räumte den Tisch ab. »Ehe ich es vergesse: Polizeirat
Franck hat vorhin ausrichten lassen, daß er Sie morgen früh um
sieben Uhr in seinem Büro erwartet, Fräulein Rothe. Was
schauen Sie so?«

»Ich … nichts.« Laura wußte nicht, was sie sagen sollte. Männer, die Hausarbeit erledigten, kamen ihrer Erfahrung nach so
häufig vor wie Fische in der Wüste.

»Haben Sie schon Näheres zu dem Mordfall erfahren können?« fragte er. »In den Abendzeitungen stand, daß es sich aller
Wahrscheinlichkeit nach um mindestens zwei Täter handelte.«

»Da wissen Sie mehr als ich«, sagte Laura. »Auf dem Weg hierher hatte ich dafür Gelegenheit, mich über verschiedene Mord-
theorien zu informieren. Die Frankfurter scheinen überhaupt
sehr mitteilsam zu sein. Nur mit Mühe konnte ich verhindern,
daß die Antwort auf meine Frage nach dem Rapunzelgäßchen
in eine Abhandlung über die Stadtgeschichte ausartete.«

»Es kann nichts schaden, ein wenig über den Ort zu wissen,
an dem man arbeitet und lebt, oder?«

Helena lachte. »Mein Mann ist ebenfalls sehr mitteilsam, was
Frankfurts Geschichte angeht.«

»Verzeihen Sie«, sagte Laura verlegen. »Ich wollte Sie nicht beleidigen. Aber nach dreizehn Stunden Bahnfahrt stand mir der Sinn nach anderem.«

»Ich erzähle nur dann etwas, wenn ich sicher bin, daß mein Gegenüber es auch hören will«, sagte Heiner.

»Kommissar Biddling kann ein Lied davon singen«, fügte Helena hinzu. »Wie ich Heiner kenne, werden Sie täglich über sämtliche Vorkommnisse im Polizeipräsidium Bericht erstatten müssen.«

»Wie lange haben Sie mit dem Kommissar zusammengearbeitet?« fragte Laura.

»Fast zweiundzwanzig Jahre. Aber das Kapitel Polizei hat sich für mich erledigt.«

Es war ihm nicht allzu schwer anzusehen, daß sich das Kapitel alles andere als erledigt hatte. »Ich werde Sie auf dem laufenden halten«, sagte Laura lächelnd. »Sofern Sie es hören wollen.«

»Wir werden sehen.« Er zog seine Taschenuhr hervor. »Du solltest dich umziehen, meine Liebe. Sonst kommen wir zu spät.«

»Wohin kommen wir zu spät?« fragte Helena.

»Hast du es denn vergessen? Ich habe Karten fürs Orpheum besorgt.«

»Ich habe es ganz sicher nicht vergessen!«

Laura überraschte die Schärfe, die plötzlich in ihrer Stimme lag.

»Bitte verzeih. Natürlich nicht.« Heiner sah Laura an. »Wenn Sie nichts dagegen haben, zeige ich Ihnen jetzt Ihr Zimmer.«

Laura nickte.

»Wäre es möglich, mich morgen früh um sechs zu wecken?« fragte sie, als sie ihm die knarrende Treppe nach oben folgte.

»Sicher.«

Im dritten Stock schloß er eine Tür auf und ließ Laura vorausgehen. Wie die Stube war das Zimmer schlicht, aber mit Liebe zum Detail eingerichtet: Vorhang, Bettüberwurf, das gestärkte Deckchen auf dem Nachttisch und die Handtücher auf dem Waschtisch waren himmelblau. An einem Holztisch in der

Mitte des Raumes standen zwei mit gelben Auflagen versehene Stühle.

Der Holzkorb und die Kohlenschütte neben dem Ofen waren gefüllt; durch den Schieber sah Laura das Feuer flackern. Auf dem Nachtschränkchen brannte eine Petroleumlampe. Ihr Koffer stand vor dem Schrank.

»Ich hoffe, das Zimmer entspricht Ihren Erwartungen?«

Laura bejahte. Sie fragte nach dem Mietzins; er war geringer, als sie erwartet hatte.

»Kommissar Biddling hat auch schon hier gewohnt«, sagte Heiner nicht ohne Stolz.

Laura fand es seltsam, daß ein Kommissar sich im Haus seines Untergebenen einmietete, aber sie schwieg. Früher oder später würde sie den Grund schon erfahren. Als Heiner gegangen war, räumte sie rasch ihre Sachen in den Schrank, kleidete sich für die Nacht und schlüpfte ins Bett. Mit einem wohligen Seufzer zog sie die Decke bis zum Kinn und streckte ihre steifen Glieder aus. Der Tag hatte besser geendet, als sie zu hoffen gewagt hatte. Sie versuchte sich auszumalen, was Polizeirat Franck morgen zu ihr sagen würde. Vielleicht sollte sie sich für alle Fälle ein paar Antworten zurechtlegen?

Eine Frauenstimme weckte sie auf. Im ersten Moment dachte sie, sie habe verschlafen, aber als sie die Lampe hochdrehte, sah sie, daß es gerade halb sechs durch war.

»Ich habe Ihnen ausdrücklich gesagt, daß ich um halb sieben zu frühstücken wünsche!«

»Es tut mir leid, Fräulein Frick«, hörte Laura Helena Braun sagen.

»Ich habe Ihre Schusseligkeit ein für allemal satt! Und Ihr dummes Tablett nehmen Sie auf der Stelle wieder mit!«

»Bitte seien Sie doch leise. Ich habe noch andere Gäste.«

»Die anderen Gäste können ruhig hören, was in diesem liederlichen Haushalt vor sich geht!«

Helena Brauns Antwort klang resigniert; was sie sagte, war nicht zu verstehen. Am liebsten wäre Laura aus dem Bett gesprungen und hätte diese unverschämte Person zur Rede gestellt. Aber sie rief sich zur Vernunft. Sie hatte kein Recht, sich in fremder Leute Angelegenheiten zu mischen.

Sie hörte Türenschlagen und jemanden die Treppe hinuntergehen, dann war es still. Als Heiner Braun eine halbe Stunde später klopfte, hatte sie sich bereits angekleidet. Sie sah auf dem Stadtplan nach, wie sie vom Rapunzelgäßchen zum Polizeipräsidium kommen würde und ging nach unten. Trotz der frühen Stunde war es in der Stube gemütlich warm. Auf dem Eßtisch standen Brot, Butter, Konfitüre, Milch und Zucker. Helena brachte Kaffee. Ihre geröteten Augen verrieten, daß sie geweint hatte. Heiner schürte das Feuer und legte Holz nach. Die Ungezwungenheit und Fröhlichkeit des gestrigen Abends waren wie weggewischt.

Laura hatte sich gerade gesetzt, als eine Frau hereinkam. Sie war kaum älter als sie selbst, trug ein schwarzes, hochgeschlossenes Kleid und sah aus, als habe sie in ihrem Leben noch nie gelacht.

»Guten Morgen, Fräulein Frick«, sagte Heiner.

»Wenn das so weitergeht, werde ich mir eine andere Unterkunft suchen, Herr Braun!« Sie sah Laura an. »Und Ihnen empfehle ich, es mir gleichzutun, ehe Sie es bereuen.«

Helena goß Laura mit zitternden Händen Kaffee ein. »Kann ich Ihnen noch etwas bringen, Fräulein Rothe?«

Laura schüttelte den Kopf. Heiner Braun schloß den Ofen und stellte den Schürhaken beiseite. »Würden Sie mir bitte folgen, Fräulein Frick?«

»Wollen Sie mich auf die Straße setzen, weil ich es gewagt habe, ein paar Wahrheiten zu sagen?«

»Nein«, entgegnete er ruhig. »Aber wenn ich Sie recht verstehe, haben Sie um die Auflösung Ihres Mietvertrags gebeten.«

»Ich habe bereits Vorauszahlung geleistet.«

»Die Sie selbstverständlich in voller Höhe zurückerhalten.«

»Sie wissen genau, daß ich auf die Schnelle keine adäquate Bleibe finde!«

»Ich räume Ihnen gerne eine ausreichende Frist zur Suche ein.«

»Danke. Ich verzichte.« Grußlos verließ sie das Zimmer.

Helena zuckte zusammen, als die Tür ins Schloß fiel. Heiner nahm ihr behutsam die Kaffeekanne aus der Hand. »Laß mich das machen.«

»Sie hat ihr Frühstück um halb sechs aufs Zimmer bestellt. Woher sollte ich denn wissen, daß sie plötzlich um halb sieben frühstücken will?«

»Selbst ein Frühstück für den Kaiser wäre es nicht wert, daß du dich so aufregst, hm?«

»Nicht ich habe es vergessen, sondern sie hat es vergessen!«

Er küßte sie auf die Stirn. »Ich weiß.«

Laura zeigte auf das Marmeladenglas. »Ihre Konfitüre schmeckt vorzüglich, Frau Braun.«

»Das sind Stadtwaldbrombeeren. Selbstgepflückt. Um das Aroma zu verbessern, füge ich einige Spritzer Zitronensaft hinzu.«

Heiner grinste. »Und einen ordentlichen Schuß Rum.«

»Mußt du meine ganzen Küchengeheimnisse verraten?« erwiderte Helena mit gespielter Entrüstung.

Laura verzog das Gesicht. »Na fein. Sollte Herr Polizeirat Franck mich nachher der Trunksucht bezichtigen, weiß ich wenigstens, warum.«

Helena lachte. »Da gibt es nur eins: Sie nehmen den Gegenbeweis gleich mit! Ich packe Ihnen frisches Brot und Butter dazu.« Bevor Laura etwas erwidern konnte, war sie in der Küche verschwunden.

»Danke«, sagte Heiner.

»Wofür denn, Herr Wachtmeister?«

»Daß Sie sie zum Lachen gebracht haben«, sagte er ernst.

»Warum werfen Sie dieses impertinente Fräulein Frick eigentlich nicht hinaus?«

»Die Dinge sind nicht immer, was sie auf den ersten Blick zu sein scheinen. Im Grunde genommen ist sie ein armer Wurm.«

»Das gibt ihr nicht das Recht, sich wie ein solcher aufzuführen, oder?«

Heiner blieb ihr die Antwort schuldig.

Als Laura aus dem Haus ging, war die Straße weißgefroren, und die Luft schnitt beim Atmen in die Lungen. Noch lag die Ruhe der Nacht über der Stadt. Sie erreichte das Polizeipräsidium kurz vor der Zeit. Hier und dort brannte schon Licht. Im Flur schien es noch kälter zu sein als am Vortag, aber diesmal mußte Laura nicht lange warten. Um Punkt sieben bat ein Polizeidiener sie in Francks Büro.

✳

Richard hatte das Gefühl, gerade erst eingeschlafen zu sein, als Louise ihn weckte. Er hatte etwas Schreckliches geträumt, aber er konnte sich nicht erinnern, was es gewesen war. Sein Kopf schmerzte, als wolle er zerspringen. Louise brachte frisches Wasser, und nachdem er Gesicht und Hände gewaschen hatte, fühlte er sich besser. H. Wilhelms, Fräulein Frick, K. Hopf. Keiner der drei Namen war in Lichtensteins Kartei verzeichnet. Vielleicht würde die Sichtung der übrigen Unterlagen Klärung bringen? Eine vordringliche Aufgabe mußte es sein, nach der Herkunft der Gegenstände zu forschen, die der oder die Täter am Tatort zurückgelassen hatten: der Manschettenknopf und das Seil. Falls der Manschettenknopf überhaupt von den Tätern stammte. Immerhin bestand auch die Möglichkeit, daß ein Kunde ihn verloren hatte. Unter den Schreibtisch im Kontor fiel kaum Licht; der Knopf konnte seit Tagen unbemerkt dort gelegen haben.

»Guten Morgen.«

Richard fuhr zusammen und sah zur Tür. Victoria trug ein grünes Hauskleid. Ihr Haar war mit Kämmen hochgesteckt.

»Sehe ich so fürchterlich aus, daß du dich vor mir erschrickst?«

»Nein, ich bin ...«

»... in Gedanken schon wieder im Präsidium.«

Er küßte sie auf die Stirn. »Du siehst wunderschön aus.«

»Du lenkst vom Thema ab, mein Lieber.«

Er lächelte. »Du bist früh auf.«

»Deine Töchter bestehen darauf, mit dir zu frühstücken.«

»Nur meine Töchter?«

Sie unterdrückte ein Gähnen. »Also, wenn ich ehrlich bin … Allzugut geschlafen habe ich nicht.«

»Vielleicht solltest du vor dem Zubettgehen keine Dramen lesen.«

»Was denn! Du warst in meinem Zimmer und hast mich nicht geweckt?«

»Du sahst so friedlich aus.«

»Das war ich ganz und gar nicht.«

Er seufzte. »Dein Vater ist manchmal schwer zu ertragen.«

»Wenn du mit ihm uneins bist, dann kläre das in Zukunft bitte unter vier Augen, statt deiner Tochter den Geburtstag zu verderben.«

Richard preßte seine Hände gegen die Schläfen. »Es tut mir leid.«

Sie berührte sein Gesicht. »Du siehst müde aus.«

»Es war spät gestern abend.«

Flora stürzte ins Zimmer und fiel Richard um den Hals. »Guten Morgen, Papa!«

Schmunzelnd machte er sich los. »Was fällt dir ein, einen alten Mann zu solch früher Stunde rücksichtslos zu überfallen?«

»Du bist doch gar nicht alt! Hat dir Mama schon von Malvida erzählt?« Sie nahm ihn bei der Hand. »Komm mit, ich zeig' sie dir!«

»Ich erwarte euch unten«, sagte Victoria lächelnd.

»Du mußt mir helfen, ihr ganz viele Kunststückchen beizubringen«, bat Flora, als sie mit Richard ins Eßzimmer kam.

»Erst einmal braucht sie Zeit, sich an ihr neues Zuhause zu gewöhnen«, entgegnete er.

»Guten Morgen, Vater.« Vicki saß neben Victoria. Sie war perfekt gekleidet und frisiert, im Gegensatz zu Flora, der die blonden Locken vorwitzig in die Stirn fielen.

»Guten Morgen, Vicki«, sagte Richard und nahm Platz. Ein Mädchen schenkte ihm Kaffee ein.

»Aber wenn Malvida sich gewöhnt hat, mußt du mir versprechen …«

»Setz dich, Flora!« mahnte Victoria.

Richard trank einen Schluck. »Ich werde in der nächsten Zeit sehr viel arbeiten müssen, Florchen.«

Flora nahm ein halbes Brötchen und bestrich es dick mit Butter und Marmelade. »Ich weiß. Weil nämlich jemand dem Herrn Lichtenstein den Schädel gespalten hat, stimmt's? Und überallhin ist Blut gespritzt.«

Vicki verzog angewidert das Gesicht.

»Wer erzählt denn so ein Zeug!« bemerkte Richard ärgerlich.

Flora zuckte mit den Schultern. »Der Stallbursche sagt, daß das die Leute in der Stadt sagen. Aber Mama hat ihn ordentlich ausgeschimpft.«

»Damit hatte sie auch recht.«

»Wenn Karl einen Hammel in zwei Teile säbelt, spritzt das Blut bestimmt auch überallhin.«

»Flora, bitte hör auf!« rief Vicki.

»Wer ist Karl?« fragte Richard.

»Na, der Mann, bei dem wir gestern Malvida abgeholt haben. Er wohnt in einem großen Haus in Niederhöchstadt, und hinter dem Stall hat er einen Fechtboden und große und kleine Degen und einen dicken Säbel dazu. Und ein Spiegelzimmer hat er, aber das ist abgeschlossen, und ich darf erst hinein, wenn wir wiederkommen. Karl ist wirklich nett, und Mama mag ihn auch. Bloß Vicki kann ihn nicht leiden.«

»Herr Hopf sollte sich erst einmal um die passenden Umgangsformen bemühen«, entgegnete Vicki.

Richard starrte sie an. »Wie heißt der? Hopf?«

»Karl Emanuel Hopf. So hat er sich uns vorgestellt.«

»Kennst du ihn?« fragte Victoria überrascht.

Richard stand auf. »Hat er Kontakte nach Frankfurt?«

»Er erzählte, die Frankfurter Damen reißen sich um seine Hunde. Warum fragst du?«

»Ich muß ins Präsidium.«

»Aber du hast ja gar nichts gegessen, Papa!« sagte Flora.

»Iß einfach ein bißchen was für mich mit, ja?«

»Warum mußt du denn auf einmal so schnell fort?«

Er strich ihr übers Haar. »Wenn dir jemand einen lieben Menschen nehmen würde, dann wolltest du doch bestimmt, daß die Verantwortlichen schnell gefunden und bestraft werden.«

»Der liebste Mensch auf der ganzen Welt bist du«, verkündete Flora ernst. »Und Mama natürlich. Und Vicki. Und manchmal auch Großpapa. Und wenn euch jemand etwas zuleide täte, dann würde ich mit ihm das gleiche machen wie Karl mit dem Hammel!«

»Das solltest du besser dem Scharfrichter überlassen«, sagte Richard lächelnd.

Als er eine halbe Stunde später ins Polizeipräsidium kam, wartete Kommissar Beck vor seinem Büro. »Franck will uns sprechen.«

»Und warum?«

Beck zuckte die Schultern. »Sein Diener sagte, die morgendliche Zeitungslektüre sei ihm auf den Magen geschlagen.«

Richard hatte Polizeirat Franck selten außer sich erlebt. Heute war er es. Er deutete auf einen Stapel Zeitungen. »Erklären Sie mir auf der Stelle, was das soll, meine Herren!«

Richard und Beck wechselten einen verständnislosen Blick.

»Kleine Kostprobe gefällig?« Franck nahm das zuoberst liegende Blatt. »Im Pianofortelager lag die Leiche vor einem Bechsteinflügel. Die Beine waren übereinandergeschlungen, der Körper leicht gekrümmt. Eine große Blutlache in der Nähe zeigte, daß die Leiche vorher eine andere Lage innegehabt hatte. Man nimmt an, daß die Bluttat von mindestens zwei Tätern verübt wurde, die sich vielleicht zum Vorwand Klaviere zeigen ließen. Die Verbrecher sind vermutlich auch mit Blut bespritzt gewesen.‹«

Er warf die Zeitung auf den Schreibtisch und nahm die nächste zur Hand. »›Der Tod durch Erdrosselung ist nicht festgestellt, dagegen sind mehrere der furchtbaren Kopfhiebe tödlich gewesen. Diese Verletzungen rühren von einem spitzkantigen Instrument her, einem scharfen Eisen, Meißel oder Stichhammer. Die Kopfhaut wurde durchschnitten und der Schädel zertrümmert. Das Gehirn drang aus der Schädelhöhle und quoll auf die Kleider.‹ Wer von Ihnen ist für den verdammten Kram verantwortlich?«

»Von uns stammen diese Informationen nicht«, sagte Richard.

»Ach nein? Haben Sie der Journaille etwa Zugang zur Leiche gewährt, damit sie sich selbst ein passendes Bild machen konnte?«

»Ich möchte Sie darauf hinweisen, daß der Tote von mehreren Zeugen aufgefunden wurde, und daß bis zu unserem Eintreffen ...«

»Zu diesem Zeitpunkt wurde sicherlich nicht über Mordwerkzeuge und Täteranzahl diskutiert!«

»Bestimmt hat das dieser einfältige Posten ausgeplaudert, der die Eingangstür bewachen sollte«, sagte Beck.

»Das ist nicht mehr als eine Mutmaßung«, wandte Richard ein. Es ärgerte ihn, daß Beck dem Jungen die Schuld zuschob, ohne ihn vorher angehört zu haben.

Franck sah Richard an. »Ich verlange, daß Sie dafür Sorge tragen, daß dergleichen nicht mehr vorkommt. Und jetzt geben Sie mir eine Zusammenfassung über den Sachstand.«

Als Richard seinen Bericht beendet hatte, meldete sich Kommissar Beck zu Wort. »Im Aschekasten des Ofens im Kontor fand ich die verkohlten Reste eines zweiten Manschettenknopfs, so daß man entgegen der von Kommissar Biddling geäußerten Ansicht sehr wohl davon ausgehen kann, daß der Knopf unter dem Schreibtisch von einem der Täter stammt. Vermutlich hat er seine blutbesudelten Manschetten verbrannt und nicht gemerkt, daß einer der Knöpfe zu Boden fiel.«

Richard fragte sich, warum Beck ihm das am Abend zuvor nicht gesagt hatte. Nutzte er die Gelegenheit, sich zu profilieren? »Wir brauchen dringend zusätzliche Beamte zur Abklärung von Hinweisen und Spuren, Herr Polizeirat.«

»Legen Sie mir eine Liste der zu erledigenden Aufträge vor, und ich werde entsprechendes Personal besorgen«, stimmte Franck zu.

»Darf ich noch etwas anmerken?« fragte Kommissar Beck.

Franck nickte.

»Ich schätze die Arbeit und die Person von Dr. Popp in hohem Maße, aber daß eine Frau an einer solchen Tat beteiligt gewesen sein könnte, halte ich für ausgeschlossen.«

»Ich auch.« Franck sah zur Uhr und verzog das Gesicht. »Übrigens: Wenn Sie noch einen Moment Zeit haben, können Sie gleich unsere neue Mitarbeiterin kennenlernen.«

Das erste, was Laura sah, war ein Eichenholzschreibtisch, hinter dem ein dicker Mann mit Halbglatze und Doppelkinn saß. Dann fiel ihr Blick auf die beiden Beamten neben der Tür. Es waren die gleichen, die sie gestern auf dem Weg zum Präsidium in das Haus an der Katharinenkirche hatte gehen sehen.

Franck stand auf und gab ihr die Hand. »Willkommen in Frankfurt, Schwester Rothe.«

»Wenn Sie erlauben, Herr Polizeirat: Die Anrede Fräulein wäre mir lieber.«

»So«, sagte er. »Wäre sie das.«

Laura hätte sich am liebsten geohrfeigt. Da dachte sie sich wohlfeile Antworten auf alle möglichen Fragen aus und trat schon bei der Begrüßung in den ersten Fettnapf. »Ich freue mich sehr, daß ich hiersein darf«, sagte sie.

»Bevor ich Sie in Ihr zukünftiges Arbeitsfeld einweise, will ich Ihnen zwei Mitarbeiter der Kriminalabteilung vorstellen.« Franck sah den jüngeren Beamten an, der nicht ganz so grobschlächtig wirkte, wie Laura ihn in Erinnerung hatte. »Kommissar Beck.«

Beck gab ihr die Hand. Sein Gesicht zeigte einen Ausdruck, den sie nur zu gut kannte: Eine Mischung aus Gleichgültigkeit und Arroganz.

Francks Blick wanderte zu dem zweiten Mann. »Und Kommissar Biddling. Er leitet die Ermittlungen in der Mordsache Lichtenstein, von der Sie sicherlich gehört haben.«

»Ja.« Laura bemühte sich, Biddling nicht allzu neugierig zu mustern. Das war also der Mann, der in ihrem Zimmer gewohnt und die Frau geheiratet hatte, deren Kaffeetassen Wachtmeister Braun so sorgsam hütete. Er war groß und schlank und sein Haar fast vollständig ergraut. Er mußte um einiges jünger sein als Braun, aber Laura fiel es schwer, sein Alter zu schätzen. Sein Händedruck war fest. »Wie ich erfahren habe, kommen Sie aus Berlin, Fräulein Rothe.«

»Ja. Warum?«

»Das ist auch meine Heimat. Aber ich war lange nicht mehr dort.«

»Nun, dann werde ich Ihnen bestimmt Interessantes zu berichten haben.«

»Sie sollten sich zunächst einmal mit Berichten über Ihren neuen Dienstort begnügen«, bemerkte Franck.

»Ja, sicher, Herr Polizeirat. Ich meinte nur ...«

»Sie können jetzt gehen, meine Herren.« Biddling und Beck verließen das Büro. Franck forderte Laura auf, Platz zu nehmen. Er setzte sich ebenfalls. »Ich bin mir durchaus im klaren darüber, daß Ihnen gewisse Regeln im Umgang zwischen den Personen unterschiedlicher Dienstränge innerhalb eines Behördenapparates nicht geläufig sind, aber um Irritationen auf beiden Seiten zu vermeiden, erwarte ich, daß Sie sich die entsprechenden Kenntnisse baldmöglichst aneignen.«

»Ja.«

»Ich möchte des weiteren nicht verhehlen, daß ich kein Befürworter einer weiblichen Polizei bin. Nicht etwa, weil ich Frauen geringschätze, im Gegenteil: Ich bin der Meinung, daß die schmutzigen Dinge, mit denen wir uns von Berufs wegen täglich befassen müssen, der weiblichen Natur ganz und gar zuwiderlaufen.«

Laura hätte ihn gerne gefragt, ob er schon einmal die Zustände in einem städtischen Krankenhaus oder in einer Fürsorgeanstalt studiert habe, in denen Frauen ohne jedes männliche Bedenken seit Jahr und Tag in Schmutz und Elend arbeiteten.

»Es ist beabsichtigt, Sie zunächst auf zehn Monate befristet als

Polizeiassistentin anzustellen«, fuhr Franck fort. »Das bedeutet, daß Sie sich zur unbedingten Treue und Loyalität gegenüber Ihrem Dienstherren verpflichten, das Amtsgeheimnis wahren und sich inner- wie außerhalb Ihres Dienstes stets vorbildlich verhalten. Nebenbeschäftigungen jeder Art sind untersagt, es sei denn, ich habe sie vorab schriftlich gestattet. Sollten Sie sich bewähren, kann Ihr Dienstvertrag verlängert werden. Sie werden als Assistentin in der Sittenpolizei verwendet, und zu Ihren Aufgaben wird es gehören, in der Kinderfürsorge unterstützend tätig zu sein, bei polizeiärztlichen Untersuchungen zu assistieren und für verwahrloste und der Verwahrlosung entgegensehende Frauenspersonen Schritte einzuleiten. Sozusagen mit dem Ziel, der Frau durch die Frau zu helfen. Des weiteren werden Sie bei der Einlieferung und Vorführung weiblicher Gefangener durch die Schutzmannschaft sowie bei Verhören darüber wachen, daß Sitte und Anstand nicht verletzt werden. Ihr Vorgesetzter wird Kriminalkommissar von Lieben sein, in seiner Abwesenheit Kriminaloberwachtmeister Heynel.«

»Werde ich auch auf dem Gebiet der kriminalistischen Polizeitätigkeit eingesetzt?« fragte Laura.

Franck sah sie an, als habe sie ihn um die Erlaubnis gebeten, sein Büro in die Luft zu sprengen.

»Verzeihen Sie, Herr Polizeirat. Ich dachte, jetzt, wo dieser schreckliche Mordfall …«

»Der Mordfall braucht Sie nicht zu kümmern, Fräulein Rothe.« Er rieb sich nachdenklich sein Kinn. »Vielleicht wäre es in Anbetracht der Ereignisse möglich, daß Sie, statt wie vorgesehen am ersten März, schon heute Ihren Dienst antreten?«

Laura schluckte ihre Enttäuschung hinunter. »Selbstverständlich, Herr Polizeirat.«

»Gut. Dann wäre als letztes die Frage der Dienstkleidung zu klären. Es wird Ihnen freigestellt, entweder Ihre Schwesterntracht zu tragen oder auf eigene Kosten eine angemessene und zweckmäßige Ausstattung anfertigen zu lassen.«

»Was darf ich bitte unter einer angemessenen und zweckmäßigen Ausstattung verstehen?«

»Sicherlich nichts in der Art, das Sie gerade tragen, Fräulein Rothe«, sagte Franck kühl. »Sie sollten sich bewußt sein, daß Sie als erste und einzige Frau im Polizeidienst der Stadt Frankfurt unter ständiger Beobachtung sowohl der Beamten als auch des Publikums stehen. Davon abgesehen, wird unbedingt Wert darauf gelegt, daß Sie jederzeit in Ihrer Eigenschaft als Bedienstete erkennbar sind und …«

»Aber doch nicht als Krankenschwester!«

»… und alles vermeiden, was Außenstehende zu dem Schluß verleiten könnte, daß Sie in Ihrem Amt nicht die angemessene Sittsamkeit und Moral an den Tag legen. Mein Bürogehilfe wird Sie jetzt zu Herrn Kriminalkommissar von Lieben führen. Alles weitere besprechen Sie bitte mit ihm.«

Mit gesenktem Kopf folgte Laura dem Polizeidiener aus dem Büro. Hatte sie ernsthaft geglaubt, mit einem Berufswechsel der Engstirnigkeit und Verbohrtheit zu entkommen, die in Frauen bestenfalls hübschen Zierrat oder eine passende Partie zum Heiraten sah? Einen verantwortungsvollen Posten hatte man ihr angeboten – und sie durfte nicht einmal über ihre Kleidung bestimmen!

Kommissar von Liebens Büro lag am anderen Ende des Flurs. Der Polizeidiener nickte Laura aufmunternd zu und ging. Sie klopfte, und als keine Antwort kam, drückte sie die Klinke. Das Büro war kaum halb so groß wie das Amtszimmer von Polizeirat Franck und mit Aktenschränken, Regalen und zwei Schreibtischen vollgestellt. An einem saß ein etwa fünfzigjähriger Mann mit wäßrigen Augen. Über seine Wangen zog sich ein Geflecht blauvioletter Äderchen. Laura hatte in ihrem Leben schon zu viele Trinker gesehen, um nicht zu wissen, daß sie einen vor sich hatte.

»Was fällt Ihnen ein, ohne Voranmeldung hereinzuplatzen!« herrschte er sie an.

»Ich habe geklopft, Herr Kommissar.«

»Ach? Und mit wem habe ich die Ehre?«

»Mein Name ist …«

Ein Mann kam herein. Er war groß und stattlich, hatte

schwarzes Haar und mochte Anfang dreißig sein. »Lassen Sie mich raten«, sagte er mit einem breiten Lächeln. »Laura Rothe, Polizeiassistentin aus Berlin?«

Laura nickte. Er gab ihr die Hand. »Martin Heynel, Kriminaloberwachtmeister des Königlichen Polizeipräsidiums zu Frankfurt am Main.«

Laura wußte nicht, ob sie ihn sympathisch oder unsympathisch finden sollte. Seine Stimme klang jedenfalls angenehm.

»Wie viele haben wir heute morgen?« fragte Kommissar von Lieben.

»Vier«, sagte Heynel. »Alles gute Bekannte.« Als er Lauras fragenden Blick sah, grinste er. »Wenn Sie schon da sind, kommen Sie am besten gleich mit.«

»Und wohin, bitte?« fragte Laura, die es ärgerte, daß er einfach über sie verfügte.

»Hat Ihnen unser werter Herr Polizeirat denn nicht erzählt, welche verantwortungsvolle Aufgabe Sie allmorgendlich erwartet?«

»Er wies mich darauf hin, daß Herr Kommissar von Lieben mein Vorgesetzter ist und daß ich mich mit Fragen an ihn zu wenden habe.«

Martin Heynel lachte. »Das Beantworten von Fragen wurde an mich delegiert. Stimmt's, Chef?«

Kommissar von Lieben nickte. »Sehen Sie zu, daß Sie die Sache ohne viel Aufhebens über die Bühne bringen.«

»Ihr Wunsch ist mir wie immer Befehl. Ich werde Zouzou die allerbesten Grüße ausrichten.«

»Verdammt noch mal!« rief von Lieben. »Scheren Sie sich endlich raus! Ich habe zu arbeiten!«

»Jawoll, Herr Kommissar!« Er sah Laura an. »Wenn Sie mir bitte folgen würden, Polizeiassistentin?«

Es war das erste Mal, daß sie jemand mit ihrer neuen Berufsbezeichnung ansprach, und es machte sie stolz. *Es ist keine Schande, eine Schlacht zu verlieren, wenn nur der Krieg gewonnen wird!* Wenn ihr Vater geahnt hätte, welche Auswirkungen seine Barrasweisheiten auf seine Tochter haben würden, hätte er sicher geschwiegen. Sie gingen über den Flur zur Treppe.

»Denken Sie an Weihnachten?« fragte Martin Heynel.

Laura sah ihn irritiert an. Er grinste. »Nur so eine Redensart. Wenn meine Schwester oder ich früher traurig waren, sagte mein Vater: Denkt an Weihnachten, Kinder! Da gab's nämlich Fleischeinlage in der Suppe und neue Strümpfe.«

Laura lachte. »Ihr Vater ist ein kluger Mann.«

»Er war dumm genug, die falsche Frau zu heiraten.«

Seine Worte klangen unversöhnlich und standen in so offenkundigem Gegensatz zu seinem bisherigen Verhalten, daß Laura sich fragte, weshalb er einer Fremden so etwas offenbarte.

Als fürchte er ihre Reaktion, ging er voraus. Über einen Innenhof gelangten sie auf die Straße und von dort durch einen Torbogen zu einem zweistöckigen Backsteinbau.

»Das Polizeigefängnis der Stadt Frankfurt«, erklärte Heynel. »Die Männerabteilung bietet einhundertachtunddreißig, die Frauenabteilung einhundertzwei Plätze. Sollte das nicht ausreichen, gibt's im Keller Zellen für fünfundzwanzig weitere Mann. Außerdem haben wir hübsche Krankenzimmer, Baderäume sowie eine Bedürfnisanstalt für unsere Übernachtungsgäste. Und für besonders hartnäckige Fälle ein paar Tob- und Strafzellen. Im Erdgeschoß finden Sie die Wache, Militärbüros, das Ärztezimmer und die Asservatenkammer.«

Er begrüßte den Wachbeamten, einen ungeschlachten Kerl mit fettig glänzender Stirn. »Guten Morgen, Kröpplin! Ich hoffe, die Damen sind geschminkt und frisiert?«

»Sie erwarten dich schon sehnsüchtig, Heynel! Wen hast du denn da Schönes mitgebracht?«

»Polizeiassistentin Rothe wird von heute an darüber wachen, daß wir uns gegenüber unseren weiblichen Gästen anständig benehmen.«

»Aber das tun wir doch, oder?« sagte Kröpplin mit einem Grinsen, das so schmierig war wie sein Gesicht.

»Dann haben Sie ja nichts zu befürchten«, bemerkte Laura,

der das kumpelhafte Verhalten von Martin Heynel ebenso mißfiel wie die anzüglichen Blicke dieses Kröpplin.

»Die mir von Polizeirat Franck verordneten Regeln im Umgang
zwischen Personen unterschiedlicher Dienstränge werden offenbar nicht überall gleichermaßen praktiziert«, kommentierte
sie bissig, als sie die Wache verließen.

Martin Heynel lachte. »Nicht die Regeln sind das Wichtigste,
sondern das Erkennen des richtigen Zeitpunkts ihrer Anwendung. Was Wachtmeister Kröpplin angeht, so mag er zwar ein
bißchen ungehobelt sein, aber wenn es darauf ankommt, kann
ich mich auf ihn verlassen.«

Sie überquerten einen zweigeteilten Innenhof, an den sich
ein kleineres Gebäude anschloß. Martin Heynel machte eine
ausholende Handbewegung, »Das ist der sogenannte Weiber-
hof. In dem Haus werden jeden Morgen die über Nacht eingelieferten Huren amtsärztlich untersucht. Sie werden dem Arzt
assistieren. Als ausgebildeter Krankenschwester dürfte Ihnen
diese Aufgabe nicht fremd sein.«

Offenbar hatte er sich gründlich über sie informiert.
Schweigend folgte Laura ihm in das Untersuchungszimmer,
einen weißgestrichenen Raum mit nichts als einem Stuhl, einem Tisch und einer Liege darin. Die Vorhänge vor den Fenstern waren zugezogen, die elektrische Beleuchtung wirkte
unnatürlich hell.

»Bringen Sie die erste rein«, befahl Heynel einem Schutzmann, der kurz darauf mit einer jungen, stark geschminkten
Frau zurückkam. Sie trug ein rosafarbenes Kleid mit appli-
ziertem Glitter und tiefem Dekolleté. Ihr rotes Haar war mit künst-
lichen Haarteilen und Bändern zu einer ausladenden Frisur gesteckt, die sich nach der Nacht im Polizeigewahrsam genauso
aufzulösen begann wie ihre Schminke.

»Guten Morgen, Zouzou«, sagte Martin Heynel. »Viele Grüße
vom Chef.«

»Er soll sich verdammt noch mal zum Teufel scheren!« Ihr
Blick fiel auf Laura. »Was will die hier?«

»Ich werde bei der Untersuchung darüber wachen, daß Sitte und Anstand gewahrt bleiben«, erklärte Laura.

Zouzou brach in Gelächter aus. »Sitte und Anstand? Willst du mich verscheißern, Schätzchen? Sitte und Anstand! Hahaha!«

Martin Heynel feixte. »Tja, es brechen neue Zeiten an, Zouzou. Polizeiassistentin Rothe wird mich jetzt jeden Morgen begleiten. Du solltest also ein bißchen netter zu ihr sein.«

»Meine Anwesenheit liegt in Ihrem eigenen Interesse«, sagte Laura. »Wenn Sie irgendwelche Probleme haben, können Sie diese mit mir im Anschluß an die Untersuchung besprechen. Ich werde versuchen, Ihnen zu helfen.«

»Na, dann bitte ich mal um die Erstattung meines entgangenen Lohns für die Nacht. Das ist nämlich im Moment mein größtes Problem, Frau Polizeiassistentin!«

Ein hagerer Mann im Arztkittel kam herein. Er stellte sich Laura als Dr. Reich vor. Zouzou begann, ihr Kleid aufzuknöpfen. »Verdammt kalt hier, Oberwachtmeister!« sagte sie zu Heynel, der ihr ungeniert zusah.

»Also, mir wird gerade ziemlich warm zumute«, entgegnete er grinsend.

Laura senkte beschämt den Kopf. Legte er es darauf an, sie zu provozieren? Dr. Reich packte sein Stethoskop aus und begann mit der Untersuchung. Sein Gesicht zeigte keine Regung, während Zouzou mit spöttischer Miene seinen Anweisungen folgte. Laura sah zu, wie er die Dirne am ganzen Körper abtastete, ihre Genitalien begutachtete, ihr in Mund und Ohren schaute. Noch nie war sie sich so überflüssig vorgekommen. Am liebsten wäre sie gegangen.

»Anziehen! Die nächste!« sagte Dr. Reich.

Die nächste hieß Claire und die übernächste Colette, und sie ähnelten Zouzou nicht nur im Alter und Aussehen, sondern auch im Benehmen, so daß Laura sich auf eine knappe Begrüßung beschränkte und die übrige Konversation Martin Heynel überließ.

Um so überraschter war sie, als die vierte Frau hereingeführt wurde: Sie war älter als die anderen, dezent geschminkt und wußte sich zu benehmen. Aber das Auffälligste war ihre Garderobe: Sie trug ein mit Glaskorallen besticktes Kleid aus graublauem Samt und darüber einen eleganten Abendmantel aus weißem Tuch.

»Du solltest deine Bildungsabende ins Umland verlegen, Zilly«, spottete Heynel. »In Frankfurt bist du zu bekannt.«

»Ich wüßte nicht, warum ich als Abgaben zahlende Bürgerin dieser Stadt nicht ins Theater gehen dürfte, Herr Oberwachtmeister!«

»Ins Theater darfst du schon, bloß nicht ins Parkett.«

Zilly sah Laura an. »Es gibt Menschen, die die Moral gepachtet und dabei vergessen haben, daß Pacht per se das Eigentum an der Sache ausschließt.«

»Du redest ja heute wieder ausnehmend klug daher, Fräulein Zilly«, bemerkte Martin Heynel süffisant.

»Ausziehen!« befahl Dr. Reich.

»Zilly arbeitet in der *Laterna Magica*, das Grandhotel unter den Frankfurter Bordellen«, sagte Martin Heynel, als sie auf dem Rückweg ins Polizeipräsidium waren. »Die Kundschaft ist entsprechend betucht und legt Wert auf einwandfreie Umgangsformen und stilvolles Ambiente. Die Dirnen sprechen sich untereinander mit Fräulein an und tragen ihre gepuderten Näschen ziemlich hoch.« Als sie ihn fragend ansah, lächelte er. »Auch unter Prostituierten gibt es Regeln im Umgang zwischen Angehörigen unterschiedlicher Ränge. Aber die müssen Sie nicht gleich am ersten Tag lernen. Ich würde Ihnen gern unser Dienstgebäude zeigen. Oder haben Sie genug von mir?«

»Ganz und gar nicht.« Laura ärgerte sich, als sie seinen selbstgefälligen Gesichtsausdruck sah. Wie ein Jäger, der seine Beute in der Schlinge glaubte.

Er zwinkerte ihr zu. »Was schauen Sie so verdrießlich, Polizeiassistentin? Das Wetter ist trübe genug.«

Laura zuckte die Schultern. Sie wußte einfach nicht, was sie sagen sollte. Noch nie war ihr ein Mensch von so widersprüchlichem Charakter begegnet wie Martin Heynel.

Den halben Vormittag führte er sie durch das Präsidialgebäude, erklärte ihr die Aufgabengebiete der einzelnen Abteilungen: Verwaltungssachen, Gewerbeangelegenheiten, Statistik, Überwachung der Lotterien, Transportwesen, Sicherheits- und Ordnungsdienst, Kriminalpolizei. Er stellte sie den Beamten des Einwohnermeldeamts vor, zeigte ihr, wo die Arbeitszimmer des Polizeipräsidenten und seines Stellvertreters lagen, begleitete sie zur Registratur und in die Bibliothek, und Laura ertappte sich dabei, daß sie den Rundgang mit ihm zu genießen begann. Auf dem Dachboden bestaunte sie die Vorrichtungen zum Brandschutz und im Keller die moderne Heizungsanlage, die aus zwei zentralen Feuerstellen bestand, über die erwärmte Luft durch Schächte in alle Diensträume geleitet wurde, so daß auf die sonst üblichen Öfen verzichtet werden konnte.

Ihre Fragen beantwortete der Oberwachtmeister bereitwillig und ausführlich, und so erfuhr sie nicht nur, wie sie auf dem kürzesten Weg zum Erkennungsdienst kam, sondern auch, daß es sich bei dem durch einen Gang mit dem Präsidium verbundenen Gebäude an der Klapperfeldstraße um die Dienstwohnung des Polizeipräsidenten handelte, in der es drei Wohnzimmer und fünf Schlafzimmer gab.

Bei ihrer Rückkehr war von Liebens Büro leer. Ungeniert nahm Martin Heynel am Schreibtisch seines Vorgesetzten Platz und suchte Schriftstücke heraus, die er Laura zu lesen gab: Strafanzeigen wegen Gewerbsunzucht und Kuppelei, Niederschriften über polizeiliche Maßnahmen gegen liederliches Umhertreiben, Berichte über das Erregen öffentlichen Ärgernisses durch die Verletzung der Schamhaftigkeit. Nach der Mittagszeit hatte Laura im Polizeigefängnis Gelegenheit, bei einem Verhör einer Fabrikarbeiterin anwesend zu sein, die wegen Abtreibung verhaftet worden war. Danach entschuldigte sich Martin Heynel, weil er Überprüfungen in der Stadt vorzunehmen habe. Um was es sich dabei handelte, sagte er nicht. Seine Empfehlung, ein wenig in der Bibliothek zu stöbern, nahm Laura gern an.

Als sie zurück ins Büro kam, war es früher Abend. Kommissar von Lieben saß an seinem Schreibtisch. »Wo waren Sie so lange?« Er deutete auf ein Regal, in dem ein grauer Karteikasten stand. »Bringen Sie das sofort zu Kommissar Beck.«

Warum er den Auftrag nicht selbst erledigt hatte, war unschwer zu erkennen: Er war stockbetrunken.

✳

»Sie haben mich rufen lassen, Herr Kommissar?«

Richard schaute von der Zeitung auf. Der junge Wachposten drehte verlegen seine Mütze in den Händen.

»Kommen Sie rein und nehmen Sie Platz.«

Der Junge schloß die Tür. Richard wies auf einen Stuhl. »Ich bekomme Genickstarre, wenn ich zu Ihnen hochsehen muß. Haben Sie heute schon die Zeitung gelesen?«

»Also … Nun, ich bin noch nicht dazu gekommen.«

»Haben Sie überhaupt jemals eine Zeitung gelesen?«

Der Junge senkte den Blick. »Nein.«

»Polizeirat Franck hat mir vorhin die Berichterstattung über den Mordfall Lichtenstein vorgelegt.«

»Was, bitte, habe ich denn damit zu tun?«

»Es wurden Details veröffentlicht, die nicht an die Öffentlichkeit gehören. Haben Sie mit Vertretern der Presse gesprochen?«

Er wurde blaß. »Sie denken doch nicht, daß ich …«

»Ich will wissen, ob Sie irgendwelche Auskünfte an die Presse gegeben haben!«

»Nein!«

»Haben Journalisten versucht, in die Räumlichkeiten des Lichtensteinschen Geschäfts zu gelangen?«

»Solange ich dort Wache gehalten habe, nicht. Sie müssen mir bitte glauben, daß …«

»Danke. Das genügt.«

Der Junge stand auf. »Und was geschieht jetzt mit mir?«

»Befürchten Sie Ihre Entlassung?« fragte Richard amüsiert.

»Auch wenn Sie das lachhaft finden: Ja!«

»Wenn Sie sich nichts haben zuschulden kommen lassen, besteht kein Anlaß zur Furcht.«

»Sie glauben mir doch sowieso kein Wort.« Nervös knetete er seine Mütze. »Egal, was ich tue oder sage: Sie suchen einen Sündenbock, und Sie haben ihn gefunden, nicht wahr? Auf Wiedersehen, Herr Kommissar.«

»Ich wüßte nicht, daß ich Ihnen gestattet hätte, zu gehen, Herr … Wie heißen Sie überhaupt?«

»Heusohn. Paul Heusohn.«

»Wie alt sind Sie?«

»Siebzehn.«

»Wenn Sie Ihre Mütze weiter so bearbeiten, werden Sie bald eine neue brauchen. Warum wollen Sie unbedingt zur Polizei, hm?«

»Ich will Schutzmann werden und für Sicherheit und Ordnung sorgen.«

»Warum?«

»Weil das ein ehrenwerter Beruf ist. Weil …« Sein Gesicht nahm einen trotzigen Ausdruck an. »Sie glauben, daß ich zu dumm bin? Daß ich die Aufnahmeprüfung nicht schaffe, weil ich den Herrn Polizeirat nicht gekannt habe und nicht weiß, was in der Zeitung steht? Wenn ich erst alt genug bin, werde ich es allen beweisen!«

»Wem denn noch außer mir?« fragte Richard, obwohl er die Antwort zu kennen glaubte. Sie war eine Reise in seine eigene Vergangenheit. »Auf welchem Polizeirevier arbeitet Ihr Vater?«

»Er … auf keinem. Wie kommen Sie darauf, daß mein Vater …?«

»Könnten Sie sich vorstellen, in einem Mordfall mitzuarbeiten? Ich brauche einen Gehilfen zur Unterstützung.«

Er schluckte. »Ja, Herr Kommissar.«

»Dann werde ich das Nötige veranlassen.« Richard faltete die Zeitung zusammen und gab sie ihm. »Ich erwarte, daß meine Mitarbeiter über die Tagesereignisse informiert sind. Oder können Sie nicht lesen?«

»Doch! Mir fehlte nur … nun, die nötige Zeit und Gelegenheit.«

»Ab sofort werden Sie sich die nötige Zeit nehmen. Sie hören von mir. Und jetzt können Sie gehen.« Richard wandte sich seinen Akten zu. Paul Heusohn blieb stehen.

»Was ist denn noch?«

»Ich möchte mich entschuldigen. Ich hatte kein Recht …«

»Ich bin unverschämte Mitarbeiter gewöhnt. Bis morgen, Heusohn.«

»Bis morgen, Herr Kommissar.«

Richard sah ihm nachdenklich hinterher. Er würde Franck bitten, auch Kommissar Beck einen Gehilfen zuzuteilen und die Aufgaben paritätisch aufteilen. Vielleicht gelang es, seinem ehrgeizigen Kollegen den Wind aus den Segeln zu nehmen, wenn er ihn möglichst eigenständig arbeiten ließ. Er stellte die von Franck gewünschte Liste zusammen und sah die Berichte über die nächtlichen Sistierungen durch: allein am Centralbahnhof waren vierzehn Mann festgenommen worden, die aber aufgrund fehlender Verdachtsmomente alle wieder entlassen werden mußten. Nachdem Polizeirat Franck seine Vorschläge gebilligt hatte, beauftragte Richard zwei Schutzleute, nach der Herkunft des roten Seils und der Manschettenknöpfe zu forschen und schaute bei Kommissar Beck vorbei, der in einem Zimmer im Erdgeschoß die Zeugenvernehmungen leitete. Anschließend fuhr er zu Lichtensteins Witwe und danach zum Frankfurter Friedhof.

Die Sektion war für zwei Uhr angesetzt und fand in der Leichenhalle statt. Richard begrüßte die Gerichtskommission sowie Staatsanwalt von Reden und gab ihnen einen Abriß des aktuellen Ermittlungsstandes. Als er erwähnte, daß auf eine photographische Aufnahme des Tatorts verzichtet worden war, schüttelte der Staatsanwalt ungläubig den Kopf.

Zwei Sektionsgehilfen brachten den Leichnam herein und legten ihn auf den Seziertisch. Richard kämpfte gegen Übelkeit und riß sich zusammen. Er hatte schon weitaus schlimmer zugerichtete Tote gesehen und an unzähligen Sektionen als Beobachter teilgenommen, er würde auch diese überstehen.

»Autopsie des Pianofortehändlers Hermann Richard Lichtenstein, zweiundfünfzig Jahre alt, zuletzt wohnhaft Palmengartenstraße 4, Frankfurt am Main, zu Tode gekommen am 26. Februar 1904, mittags halb ein Uhr, Zeil 69, Frankfurt am Main«, diktierte Gerichtsarzt Dr. Roth dem Gerichtsschreiber ins Protokoll, bevor er zusammen mit einem zweiten Arzt seine Arbeit begann.

Die Sektion dauerte dreieinhalb Stunden und ergab folgenden Befund: ausgeprägte Hämatome im Gesicht, neun bogenförmige abgegrenzte Wunden auf dem Kopf, Zertrümmerung des Schädeldachs und Stirnbeins mit Quetschung des Gehirns, schwach ausgeprägte Strangulationsmerkmale an den Halsweichteilen, keine zyanotische Verfärbung des Gesichts, fehlende Ekchymosen in den Bindehäuten der Augen.

»Wir können demnach sicher sein, daß nur die Kopfverletzungen, nicht aber die Strangulation, todesursächlich gewesen sind?« fragte Staatsanwalt von Reden.

Dr. Roth nickte. »Das Verletzungsbild auf der Kopfschwarte legt nahe, daß das benutzte Instrument kreisförmig oder bogenförmig war, unter Umständen ein Werkzeug, wie es Schuster oder Dachdecker besitzen. Aufgrund der Ausprägung und Lage der Verletzungen kann davon ausgegangen werden, daß die Gewalteinwirkung sehr stark war und überwiegend von vorn erfolgte.«

Als Richard ins Präsidium zurückkehrte, war es bereits dunkel. Auf den Fluren brannten Gaslampen. Er ließ Kommissar Beck kommen, unterrichtete ihn über das Autopsieergebnis und fragte nach dem Verlauf der Vernehmungen.

»Jeder zweite Bürger dieser Stadt scheint freitags mittags zwischen Hauptwache und Katharinenkirche zu flanieren«, sagte Beck. »Und zwar überwiegend mit geschlossenen Augen. Von zwei Aussagen abgesehen, haben die Vernehmungen nicht das Geringste gebracht. Der Auslaufer der Firma Carsch & Cie. gegenüber der Pfandhausgasse will zur Tatzeit eine verdächtige Gestalt am Hinterausgang Zeil 69 bemerkt haben, ohne diese jedoch näher beschreiben zu können, und die Schreibkraft der Rechtsanwaltskanzlei Mettenheimer und Pachten, ein Fräulein Margarete Freytag, behauptet, mindestens einmal beobachtet zu haben, daß Lichtenstein in der Mittagspause Damenbesuch empfing. Es soll sich dabei um eine Dame von nicht ganz untadeligem Ruf gehandelt haben, wenn Sie verstehen, was ich meine.«

»Würde sie die Frau wiedererkennen?« fragte Richard.

»Leider hat der Beamte, der die Vernehmung durchführte, es versäumt, mich zu informieren, so daß die Zeugin entlassen wurde. Ich habe ihre Rückverbringung angeordnet, um die noch offenen Fragen zu klären.«

»Soweit ich weiß, verfügt Kommissar von Lieben über eine photographische Sammlung entsprechender Frauenspersonen, die man ihr vorlegen könnte.«

»Ich habe schon danach geschickt. Aber die Herren scheinen vollauf mit der Einarbeitung ihrer neuen Assistentin beschäftigt zu sein.«

»Den ersten Namen aus Lichtensteins Notizkalender können wir streichen«, sagte Richard, ohne auf Becks Anspielung einzugehen. »Heinrich Wilhelms ist ein enger Freund der Familie und hat ein einwandfreies Alibi. Bei der zweiten Person, K. Hopf, könnte es sich um einen Hundezüchter aus Niederhöchstadt handeln. Lichtensteins Witwe hält es für möglich, daß ihr Mann sich mit ihm traf, um für die älteste Tochter einen Welpen als Geburtstagsgeschenk zu bestellen. Ich werde morgen nach Niederhöchstadt fahren und Hopf dazu befragen. Keine Hinweise habe ich zu Fräulein Frick gewinnen können, mit der sich Lichtenstein offenbar am 19. Februar getroffen hat. Sowohl Lichtensteins Frau als auch Auslaufer Schick ist der Name unbekannt. Laut Einwohnermelderegister leben in Frankfurt achtzehn Personen mit dem Namen Frick, darunter zehn weibliche. Davon sind zwei erwachsen und unverheiratet, so daß …«

»Eine der beiden wohnt im Rapunzelgäßchen 5«, sagte Laura Rothe von der Tür.

Kapitel 5

Abendblatt   Samstag, 27. Februar 1904

Frankfurter Zeitung
und Handelsblatt

In der ganzen Stadt wird von nichts anderem als von dem Raubmord auf der Zeil gesprochen. Im Familienkreis, auf der Straße, in den Wirtschaften, in der Trambahn, überall wo sich Menschen zusammenfinden, die sich etwas mitzuteilen haben, ist von dem entsetzlichen Ereignis die Rede.

Man darf wohl hoffen, daß es der Polizei gelingen wird, die Mörder dem Arm der Gerechtigkeit zu überliefern, damit die blutige Tat ihre Sühne findet.

Wie weit die polizeiliche Tätigkeit gediehen ist, vermögen wir nicht zu sagen. Es ist ja begreiflich, daß eine solche Untersuchung nicht in der vollen Öffentlichkeit vorgenommen werden kann, da sonst die Täter leicht gewarnt werden. Wir glauben aber nicht, daß es das Richtige ist – wie es in diesem Fall geschieht – wenn die Polizei der Presse nur wenige oder keine Mitteilungen macht.

Nicht zu schweigsam und nicht so zugeknöpft! Die Presse repräsentiert immer noch eine stärkere Großmacht als die Polizei, wenn diese auch eine noch so ernste Amtsmiene aufsetzt und damit versichern will, daß sie alles und noch einiges andere zuwege bringt.

Richard Biddling sah Laura ungläubig an. »Rapunzelgäßchen 5?«

»Das Haus von Wachtmeister Braun, ja. Ich habe dort Logis genommen.« Sie stellte den Karteikasten auf den Tisch. »Und im Zimmer nebenan wohnt ein Fräulein namens Frick.«

»Interessant«, bemerkte Beck.

»Richten Sie bitte Kommissar von Lieben meinen Dank aus«, sagte Richard.

Es war eine höfliche Aufforderung zu gehen, aber Laura ignorierte sie. »Darf ich fragen, wofür Sie die Photographien benötigen, Herr Kommissar?«

Biddlings Gesichtsausdruck ließ ein Nein vermuten, doch bevor er antworten konnte, klopfte es. Ein Polizeidiener führte eine Frau herein. Sie trug einen altmodischen Mantel über einem grauen Kleid, und ihr Gesicht glühte vor Aufregung. »Ich habe bereits alles gesagt, was ich weiß! Und es gibt nicht den geringsten Grund, mich von der Straße wie eine Verbrecherin abführen zu lassen!«

»Die Herren Kommissare Biddling und Beck werden Ihnen alles erklären, Fräulein Freytag«, sagte der Polizeidiener. Er nickte den Männern und Laura zu und verschwand mit sichtlicher Erleichterung.

Richard zeigte auf den Karteikasten. »Wir möchten Sie bitten, sich einige Photographien anzuschauen und uns zu sagen, ob die Dame darunter ist, die Herrn Lichtenstein besucht hat.«

Margarete Freytag klopfte ein imaginäres Staubkorn von ihrem Mantel. »Ich finde es unerträglich, wie ich von der Polizei behandelt werde! Was sollen die Leute denken?«

»Ihre Beobachtung ist so wichtig, daß wir Sie unverzüglich zurückholen mußten, Fräulein Freytag«, sagte Richard freundlich.

Ihre Miene entspannte sich. »Und warum sagt mir das keiner?« Sie fing an, die Bilder durchzusehen. »Wissen Sie, als ich am Montag so kurz vor halb eins zu Tisch gegangen bin, da hab' ich diese Frauensperson die Treppe raufkommen sehen. Sie hatte einen violetten Mantel an und eine aufdringliche Straußenfederboa um den Hals. Und einen teuer aussehenden Hut hatte sie auf, mit Spitze und Tüll dran. Völlig unpassend für die Tageszeit! Und geschminkt war sie auch.«

»Und daraus zogen Sie den Schluß, daß die Dame keine Dame war«, sagte Beck.

»Aber sicher!« Sie sah Laura an. »Frauen erkennen so etwas auf Anhieb, nicht wahr?«

»Nun …«

»Woher wissen Sie, daß die Frau zu Lichtenstein wollte?« fragte Beck.

»Beim Weitergehen hörte ich, wie die Tür im ersten Stock aufging und Herr Lichtenstein ziemlich unfreundlich sagte: Was wollen Sie hier?« Nachdenklich betrachtete sie eine Photographie, die eine Frau mit blondem Haar zeigte. »So ähnlich sah sie aus. Nur älter.«

»Und was hat sie Herrn Lichtenstein geantwortet?« fragte Richard.

»Sie sagte: Ich muß mit Ihnen sprechen. Es ist wichtig. Und Herr Lichtenstein sagte: Das ist sicher nicht der richtige Ort! Worauf die Dame anfing zu lachen.« Sie hielt Richard eine Karte hin. »Das ist sie.«

Beck warf einen Blick darauf. »Sind Sie sicher?«

»Aber ja!« Ihre Augen blitzten. »Ich hatte recht, stimmt's? Wenn die Dame nämlich eine Dame wäre, hätten Sie sie bestimmt nicht in Ihrem Register.«

»Haben Sie die Frau vorher schon einmal gesehen?« fragte Richard.

»Nein, Herr Kommissar.«

»Sie haben uns sehr geholfen, Fräulein Freytag. Bitte nehmen Sie einen Moment im Flur Platz. Kommissar Beck wird Ihre Aussage gleich protokollieren, und dann können Sie gehen.«

»Ich kenne sie nicht«, sagte Beck, als Margarete Freytag das Büro verlassen hatte.

»Ich auch nicht.« Richard löste die Photographie von der Karte und las die Eintragung auf der Rückseite. »Othild Cäcilie von Ravenstedt, geboren am 14. März 1861 in Hamburg.«

Beck zuckte mit den Schultern. »Nie gehört. Sicher kann uns Heynel weiterhelfen.«

»Oberwachtmeister Heynel ist in der Stadt unterwegs«, sagte Laura. »Aber vielleicht könnte ich ...«

»Für den Fall, daß Sie mich noch brauchen: Ich bin in meinem Büro, Herr Biddling«, sagte Beck und ging.

»Könnten Sie mir bitte verraten, warum er so tut, als sei ich Luft?« fragte Laura wütend.

Richard sah seine Notizen durch. »Wir alle brauchen ein wenig Zeit, uns an die neue Situation zu gewöhnen, Fräulein Rothe. Bitte sagen Sie Kommissar von Lieben, daß ich dringend alle verfügbaren Informationen über Othild Cäcilie von Ravenstedt benötige.«

Laura warf einen Blick auf das Photo. »Ich glaube nicht, daß der Herr Kommissar augenblicklich dazu in der Lage ist.«

»Hat Oberwachtmeister Heynel gesagt, wann er zurückkommt?«

»Nein.«

»Dann schicke ich eben jemanden in die Registratur. Wenn sie photographiert wurde, wird sie ja wohl eine Akte haben.«

»Was möchten Sie denn über die Dame wissen?«

»Wo ich sie finden kann, zum Beispiel.«

»Im Bordell *Laterna Magica*, Kommissar.«

Richard sah sie derart verblüfft an, daß Laura lachen mußte. »Die Dame nennt sich Fräulein Zilly und wurde gestern abend sistiert, weil sie im Schauspielhaus im Parkett saß. Haben Sie denn Anhaltspunkte dafür, daß eine Frau den Mord begangen hat?«

»Gewisse Spuren scheinen die Vermutung nahezulegen, daß eine weibliche Person zumindest am Tatort war«, sagte Richard ausweichend.

»Und was hat dieses Fräulein Frick damit zu tun?«

»Wir überprüfen die verschiedensten Hinweise.«

Laura nahm den Karteikasten vom Tisch. »Ich habe verstanden, Herr Biddling. Ich bin eine Frau, und die Aufklärung eines Mordfalls geht mich nichts an.«

»Wie sind Sie denn an Wachtmeister Braun geraten?«

Sie zuckte mit den Schultern. »Wir begegneten uns gestern vor Polizeirat Francks Büro. Als er hörte, daß ich ein Zimmer suche, hat er mir eins angeboten.«

»Das sieht ihm ähnlich! Wahrscheinlich wird er Sie jeden Abend zum Rapport bestellen.« In seiner Stimme schwang die gleiche Mischung aus Herzlichkeit und Achtung mit, die Laura bei Brauns Bemerkungen über Biddling aufgefallen war. Keine

Frage: Die beiden Männer verband mehr als ein bloßes Arbeitsverhältnis.

Es klopfte, und ein älterer Mann kam herein. Sein unsicherer Blick wanderte von Laura zu Richard Biddling. »Bitte verzeihen Sie, Herr Kommissar. Mir ist noch etwas eingefallen. Ich weiß nicht, ob es wichtig ist, aber ...«

»Jede Kleinigkeit kann wichtig sein, Herr Schick.«

»Ich schaue nach, ob ich die Akte finde«, sagte Laura.

Richard nickte, doch sie merkte, daß er mit seinen Gedanken woanders war. Zu gerne hätte sie erfahren, was dieser Schick zu berichten hatte. Aber sie war klug genug zu wissen, wann es Zeit war zu gehen. Von Lieben saß an seinem Schreibtisch und starrte ins Leere. Als Laura ihn nach Zillys Akte fragte, stand er auf und ging. Wie war es möglich, daß er in diesem Zustand Dienst versah? Andererseits konnte es ihr nur recht sein, wenn er sie gewähren ließ. Sie öffnete den ersten Aktenschrank. Es dauerte nicht lange, bis sie das Gesuchte fand.

Anton Schick nahm umständlich Platz. »Am Montag erzählte mir Herr Lichtenstein, daß Bruno da war und sich als Klavieragent vorgestellt hat. Und er wollte bald mit einem Kunden aus Offenbach vorbeikommen.« Auf Richards fragenden Blick fügte er hinzu: »Vor einigen Wochen hat Bruno noch als Klavierträger in der Firma Schrimpf & Co gearbeitet, die fast alle unsere Transporte macht. Herr Lichtenstein war sehr erstaunt, wie weit er es in so kurzer Zeit gebracht hat.«

»Das heißt, er kam regelmäßig zu Ihnen, um Klaviere zu bringen und abzuholen?« fragte Richard.

Anton Schick nickte. »Bis etwa Mitte Januar ein- oder zweimal in der Woche.«

»Demnach kannte er alle Räumlichkeiten und auch den Hinterausgang zur Pfandgasse.«

»Ja.«

»Wissen Sie, wo er wohnt und wie er mit Nachnamen heißt?«

»Wo er wohnt, nicht. Aber die Lieferscheine hat er immer mit Oskar Bruno Groß quittiert.«

»Wer war der Kunde, mit dem er vorbeikommen wollte?«

»Herr Lichtenstein sagte, ein Gastwirt aus Offenbach. Bruno kam aber nicht wieder. Zumindest nicht, als ich im Geschäft war. Und das ist fast immer.«

»Außer, wenn Sie Mittagspause haben«, ergänzte Richard. »Was Herrn Groß durch seine frühere Tätigkeit bekannt war. Wissen Sie noch, um wieviel Uhr das Gespräch zwischen Ihnen und Herrn Lichtenstein stattfand?«

»Als ich vom Essen zurückkam, also gegen eins. Ehrlich gesagt, glaube ich ja nicht, daß Bruno etwas mit der Sache zu tun hat.«

»Hat Herr Lichtenstein mit Ihnen über private Dinge gesprochen?«

Anton Schick sah Richard überrascht an. »Welcher Art, bitte?«

»Sie erwähnten gestern, er habe seit einigen Tagen bedrückt gewirkt. Könnte das mit diesem Besuch oder einem anderen, ähnlichen Ereignis zusammenhängen?«

»Ich verstehe nicht, was Sie meinen, Herr Kommissar.«

»Eine Zeugin hat ausgesagt, Herr Lichtenstein hatte am Montagmittag Damenbesuch.«

»Davon weiß ich nichts. Sicher war die Dame eine Kundin. Gekauft hat sie allerdings nichts, denn das hätte ich im Auftragsbuch gesehen.«

Richard überlegte, wieviel er von seinen Informationen preisgeben sollte. Noch war es nicht ausgeschlossen, daß der Auslaufer in den Mord verwickelt war. »Sagt Ihnen der Name Zilly etwas?«

»Nein, Herr Kommissar.«

»Oder Othild Cäcilie von Ravenstedt?«

»Ist das der Name dieser Dame?«

»Die Dame ist eine Prostituierte.«

Anton Schick wurde blaß. »Bitte, Herr Kommissar, sagen Sie das nicht seiner Frau!«

»Ich habe einen Mord aufzuklären, Herr Schick.«

»Ich kenne Herrn Lichtenstein so viele Jahre. Bestimmt gibt es irgendeine Erklärung, warum diese … Dame ihn aufgesucht hat.«

»Wir suchen schon nach der Erklärung, warum er sich mit einem Fräulein Frick getroffen hat, von deren Existenz Sie nichts wissen, obwohl der Termin in seinem Kalender eingetragen ist.«

»Ich schaue nicht in die persönlichen Unterlagen meines Chefs. Diese Frau … Wie war bitte der Name?«

»Zilly.«

»Also, diese Frau Zilly kam bestimmt mit dem Bruno zusammen, und Herr Lichtenstein hat vergessen, es mir zu sagen.«

»Laut Aussage der Zeugin war sie ohne Begleitung. Und außerdem eine derart auffällige Erscheinung, daß es schon eines besonderen Grundes bedürfte, ihren Besuch zu vergessen.«

»Bruno hat mir mal erzählt, daß er oft in *Die Sonne* nach Bockenheim geht, weil er dort eine Tänzerin kennt. Er hat überhaupt immer mit seinen Frauengeschichten geprahlt. Kann es nicht sein, daß diese Zilly eine Bekanntschaft von ihm war, ihn zufällig ins Geschäft zu Herrn Lichtenstein hat gehen sehen und ihm gefolgt ist?«

»Und warum sollte sie das tun?«

»Wenn sie tatsächlich eine Prostituierte ist: Vielleicht hatte sie Forderungen an Bruno?«

Es war rührend, wie sich der alte Mann bemühte, seinen Chef von jedem Verdacht reinzuwaschen. Richard dachte an die geheimen Schuldverträge in Lichtensteins Aktenschrank und an die Herzen in seinem Kalender. Es war die immer wiederkehrende Frage nach Schein und Sein, nach dem, was unter einer glänzenden Oberfläche zum Vorschein kam, wenn man anfing, daran zu kratzen.

»Das Entgelt, das Fräulein Zilly für ihre Dienste verlangt, dürfte für einen wohlhabenden Klavierhändler, aber kaum für einen einfachen Klaviertransporteur aufzubringen sein. Selbst wenn er zum Agenten aufgestiegen ist.«

»Wenn Sie das wissen, dann wissen Sie doch sicher auch, wo diese Zilly zu finden ist. Und dann können Sie sie fragen, und …«

Richard räusperte sich. Die Frage war ihm unangenehm, aber sie mußte sein. »Ist Ihnen bekannt, daß Herr Lichtenstein mit einigen seiner Kunden Scheinverträge abgeschlossen hat?«

Der Auslaufer sah Richard mit offenem Blick an. »Ja. Nur erlauben Sie mir die Anmerkung, daß ich den Begriff Scheinvertrag nicht zutreffend finde, denn alle diesbezüglichen Kontrakte sind rechtlich einwandfreie Vereinbarungen. Lediglich aus Diskretionsgründen wurden in dem einen oder anderen Fall zusätzliche Papiere ausgefertigt, die jedoch ausschließlich zum Privatgebrauch der Kunden gedacht waren. Ich kann mir nicht vorstellen, daß das in irgendeinem Zusammenhang mit dem Mord steht.«

Richard war sicher, daß Schick auch über seinen Vertrag Bescheid wußte. Die Frage war, warum er schwieg. Aus Taktgefühl? Oder weil er zu gegebener Zeit seinen Vorteil daraus ziehen wollte?

»Das einzige, worum ich Sie bitte, ist, seine Frau zu schonen«, sagte er, als habe er Richards Gedanken erraten. »Es geht ihr sehr schlecht.«

»Sie können sich darauf verlassen, daß ich nur tun werde, was unverzichtbar ist. Allerdings erwarte ich, daß Sie mir alles sagen, was Ihnen zu der Sache noch einfällt, wie unbedeutend es Ihnen auch erscheinen mag.«

»Ja, Herr Kommissar.« Anton Schick stand auf und verabschiedete sich. Selbst in seinem Händedruck schien Trauer zu liegen. »Bitte, glauben Sie mir: Herr Lichtenstein war ein guter Mensch.«

Richard wünschte sich wirklich, daß es so war.

Er stellte gerade die Informationen für den Tagesbericht zusammen, als Kommissar Beck hereinkam. Er hatte eine Zeitung unter dem Arm geklemmt. »Ich habe interessante Neuigkeiten.«

»Ich auch«, entgegnete Richard. »Aber Sie zuerst.«

»Laut Mitteilung von Schutzmann Bunde vom Ersten Revier erschien gestern vormittag gegen elf Uhr, also keine zwei Stunden vor dem Mord, ein Mann im Seilergeschäft Frey in der Fahrgasse, der sich als Handwerker ausgab und ein drei Meter langes Seil verlangte, das er angeblich für technische Zwecke brauchte. Weil er den Kaufpreis von dreißig Pfennig nicht passend und Frau Frey nicht genügend Wechselgeld hatte, schickte sie ihn in die gegenüberliegende Metzgerei. Kurz darauf kam der Mann zurück und bezahlte mit Kleingeld. Bundes Nachfrage in der Metzgerei und in den umliegenden Geschäften ergab jedoch, daß er nirgends zum Wechseln gewesen ist. Bunde hat das restliche Seil aus dem Laden herbringen lassen, und ich habe es mit dem am Tatort sichergestellten verglichen: Beide haben die gleiche Farbe und Beschaffenheit. Und das Stück, das Lichtenstein um den Hals hatte, ist exakt drei Meter lang.«

»Konnte Frau Frey den Kunden beschreiben?«

Beck nickte. »Sie sagt, er sei etwa dreiundzwanzig bis fünfundzwanzig Jahre alt, um einen Meter achtzig groß, blondhaarig, schlank und für einen Handwerker viel zu elegant gekleidet gewesen.« Er lächelte. »Da aufgrund der Tatumstände davon auszugehen ist, daß sich die Mörder in den Geschäftsräumen Lichtensteins bestens auskannten, hatte ich zwei Beamte gebeten, Personen und Firmen aufzusuchen, die mit Lichtenstein in Geschäftskontakt standen, vorrangig Klaviertransporteure. Aus Lichtensteins Unterlagen geht hervor, daß er die meisten Transporte von der Firma Schrimpf & Co durchführen ließ. Alle Arbeiter der Firma wurden inzwischen befragt, bis auf einen, dem Mitte Januar gekündigt wurde.«

»Oskar Bruno Groß«, sagte Richard.

Beck sah ihn verblüfft an. »Woher wissen Sie das?«

Richard berichtete, was er von Anton Schick erfahren hatte.

»Groß ist blond, siebenundzwanzig Jahre alt, gelernter Metzger und stammt aus Werdau in Sachsen«, sagte Beck. »Er hat zwei Jahre lang bei Schrimpf & Co gearbeitet und wurde nach übereinstimmenden Aussagen seines Arbeitgebers und seiner Kollegen anfangs als tüchtiger und fleißiger Mitarbeiter geschätzt. Mit der Zeit sei er jedoch nachlässig geworden, habe seinen Lohn am Spieltisch durchgebracht und immer öfter in heruntergekommenen Varietés und zwielichtigen Etablissements verkehrt. Nach einem Griff in die Trinkgelderkasse wurde er entlassen.«

»Und wo ist er jetzt?«

»Laut Einwohnermelderegister war er in Frankfurt nie wohnhaft. Seinem Chef sagte er, er habe ein Zimmer in der Eulengasse in Bornheim, was aber nicht stimmt. Einer der Arbeiter erinnerte sich, ihn nach einem gemeinsamen Trinkgelage in die Rohrbachstraße begleitet zu haben. Nachforschungen ergaben, daß er tatsächlich dort wohnt, allerdings unter dem Namen Oskar Koobs. Seit gestern morgen ist er spurlos verschwunden. Ich habe bereits Meldung an alle Polizeireviere und Wachen gegeben.«

»Haben wir Erkenntnisse über ihn?«

»Nein. Ich schlage vor, wir lassen *Die Sonne* in Bockenheim überwachen. Vielleicht taucht er dort auf.«

Richard nickte. »Veranlassen Sie eine telegraphische Anfrage nach Werdau. Vielleicht bekommen wir von dort weitere Informationen. Ich werde den Tagesbericht und die Laufzettel in die Kanzlei bringen und mich anschließend um die Damen kümmern.«

»Welche Damen?« fragte Beck irritiert.

Richard lächelte. »Polizeiassistentin Rothe hat diese Othild von Ravenstein identifiziert, die Lichtenstein Montagmittag besucht hat: Sie nennt sich Zilly und ist Prostituierte in der *Laterna Magica*. Und die Befragung von Fräulein Frick steht auch noch aus.«

»Mein Gefühl sagt mir, daß diese Frauenspur zu nichts führt«, sagte Beck.

»Sie sollten eigentlich wissen, daß Intuition vor Gericht nichts zählt.«

»Obwohl sie meist zutreffend ist.«

»Was hat die Presse Neues zu berichten?« fragte Richard mit Blick auf die Zeitung unter Becks Arm.

»Ihre Telephonate mit diversen Pressevertretern zeigen offenbar Auswirkungen. Ich bezweifle allerdings, daß sie Polizeirat Franck gefallen werden. Aber lesen Sie selbst.« Er legte die

112

Abendausgabe der *Frankfurter Zeitung* auf Richards Schreibtisch und ging.

Eine Stunde später schellte Richard an einem mehrstöckigen Haus unweit des Centralbahnhofs, dessen Fassade mit antiken Statuen und Fabeltieren geschmückt war. Über dem Eingang hing ein Schild mit der Aufschrift *Clubhaus Laterna Magica*. Ein Mann in goldbetrasster Uniform öffnete. Richard zeigte seine Dienstmarke und verlangte, die Wirtin zu sprechen. Eine junge Mamsell mit Spitzenhäubchen und Schürze erschien. Lächelnd bat sie ihn, ihr zu folgen. Sie gingen über einen mit Mosaiken belegten Innenhof und durch einen von Laternen erleuchteten japanischen Garten zu dem von der Straße abgewandten Teil des Gebäudekomplexes.

Durch ein säulengeschmücktes Portal gelangten sie in einen großen Salon, der mit Mahagonimöbeln und kostbaren Draperien ausgestattet war. In der Mitte stand ein elfenbeinfarbener Flügel. Eine weißgekleidete Frau spielte ein Menuett. Um sie herum gruppierten sich junge Frauen in Abendtoilette, die Haare mit Bändern und Blumen verziert. Weitere Frauen saßen auf Canapés und Sesseln, lesend oder hinter aufgeklappten Fächern miteinander flüsternd. Keine von ihnen war älter als fünfundzwanzig. Sie sahen aus wie höhere Bürgertöchter, die darauf warteten, zum Ball abgeholt zu werden. Nur die rote Lampe über dem Treppenaufgang und der um eine Nuance zu aufdringliche Parfumgeruch störten das Bild wohlerzogener Sittsamkeit.

Verstohlen neugierige Blicke folgten Richard durch den Saal. Das Treppenlicht färbte das Häubchen der Mamsell rosé. In der ersten Etage dämpften Teppiche jeden Schritt. Die Frau bedeutete Richard zu warten, klopfte an eine Tür und verschwand.

Kurz darauf wurde er hineingebeten. Das Kaminfeuer warf tanzende Schatten auf ein Sofa, ein rundes Tischchen, einen Teppich und einen Lehnsessel. An der Wand sah Richard einen Bücherschrank und die Umrisse eines Sekretärs. Ein leises

Klimpern an der Decke und der Geruch nach Kerzenwachs verrieten, daß die Lichter eines Kristallüsters gelöscht worden waren.

»Benötigen Sie mich noch, Signora Runa?« fragte die Mamsell.

»Nein«, entgegnete eine weibliche Stimme. Von der Sprecherin war nichts zu sehen. Sie schwieg, bis die Mamsell die Tür hinter sich geschlossen hatte. »Womit kann ich Ihnen dienen, Kommissar Biddling?«

»Gibt es einen Grund, warum Sie sich vor mir verstecken, Signora?«

»Wenn man den Menschen gleich und immer sagt, worauf alles ankommt, so denken sie, es sei nichts dahinter, Kommissar.«

Ihre Stimme hatte ein schönes Timbre, aber etwas daran störte Richard. War es ihre Art zu sprechen, als wäge sie das Für und Wider eines jeden Wortes sorgsam ab, ehe sie es gebrauchte? Oder war es der unterschwellige Ton aus Süffisanz und Herablassung, mit dem sie ihm zu verstehen gab, daß er sich auf fremdem Terrain bewegte?

»Ich habe einige Fragen an Zilly.«

»Und welche, bitte?«

»Erlauben Sie mir, daß ich ihr das selbst sage.«

»Ich bin für die Damen dieses Hauses verantwortlich und möchte wissen, was ihnen vorgeworfen wird.«

»Niemandem wird irgend etwas vorgeworfen«, sagte Richard.

»Es geht um den Mord an Lichtenstein, habe ich recht?«

»Es geht um eine Auskunft.«

»Und wenn Fräulein Zilly nicht mit Ihnen reden will?«

»Das möchte ich gerne von ihr selbst hören.«

»Darf ich Ihnen etwas zu trinken bringen lassen?«

»Ich bin nicht zum Vergnügen hier, Signora! Entweder geben Sie mir jetzt Gelegenheit, mit Zilly zu sprechen, oder ...«

Ihr Lachen ließ jeden Wohlklang vermissen. »Oder was, Richard Biddling?«

Richard war zu verdutzt, um zu antworten. Woher kannte sie seinen Vornamen? Er ging in die Richtung, aus der das Lachen kam, und wie von Geisterhand öffnete sich eine Tür, die offenbar in einen Flur führte. Im Lichtschein zeichneten sich die Silhouetten zweier Männer ab.

»Kommissar Biddling wünscht eine Unterredung mit Fräulein Zilly. Bringt ihn zu ihr!« befahl Signora Runa.

Die Männer nahmen ihn in ihre Mitte.

»Danke für die Gastfreundschaft, Signora«, sagte er. »Auch wenn ich nicht weiß, wer sie mir gewährt.«

»Das Geheimnis ist für die Glücklichen; das Unglück braucht, das hoffnungslose, keinen Schleier mehr«, entgegnete sie. *»Memento mori,* Kommissar.«

Ihre Worte klangen sanft, fast heiter, und doch hatte Richard das Gefühl, plötzlich in einem Eiskeller zu stehen.

Das Zimmer von Othild Cäcilie von Ravenstedt alias Zilly lag in der zweiten Etage oberhalb der Räumlichkeiten von Signora Runa. Es war dezent beleuchtet und geschmackvoll eingerichtet. Eine Ecke war mit einem Vorhang abgetrennt; Richard vermutete dahinter das Bett. Die übrigen Möbel, ein crèmefarbenes Sofa mit wirbelförmig angeordneten Sitzen, Stoffsessel, Beistelltisch, Kommode und eine mit Büchern gefüllte Etagère, hätten genausogut in einem bürgerlichen Wohnzimmer stehen können.

»Hatten Sie etwas anderes erwartet, Kommissar Biddling?« fragte Zilly spöttisch. Sie trug ein Kleid aus nachtblauem Samt mit einem Dekolleté, das dem Ambiente Hohn sprach.

Er nahm ihre Hand und deutete einen Kuß an. »Guten Abend, Frau von Ravenstedt. Offenbar hat sich meine Ankunft schnell herumgesprochen.«

Sie lächelte. »Fräulein Zilly genügt durchaus, Herr Kommissar. Was kann ich für Sie tun?«

Ihre Figur war makellos und ihr Teint so rosig wie bei einem jungen Mädchen. Nur die Fältchen um Mund und Augen ließen auf ihr wahres Alter schließen. Richards Blick wanderte zu dem Bücherregal. »Wie gerät eine Frau wie Sie in ein solches Haus?«

»Ziehen Sie keine falschen Schlüsse. Meine Lektüre entspricht durchaus meiner Profession.« Sie nahm ein Buch her-

aus. *»Cent-vingt journées de Sodome ou L'école du libertinage.*
Die hundertzwanzig Tage von Sodom oder die Schule der Aus-
schweifung. Von Donatien Alphonse François Marquis de Sade.
Laut Vorwort die unzüchtigste Erzählung, die jemals geschrieben wurde.« Sie stellte das Buch zurück und öffnete ein silbernes Kästchen, das auf der Kommode stand. »Rauchen Sie?«

»Nein. Aber es stört mich nicht, wenn Sie es tun.«

Sie steckte eine Zigarette in eine Spitze und zündete sie an.
»Meine Profession erlaubt mir nicht nur ungezügelte Lektüre,
sondern auch ungezügelten Genuß. Aber um das zu erfahren,
sind Sie sicher nicht gekommen, habe ich recht?«

»Warum waren Sie am Montag bei Hermann Lichtenstein?«

»Was wird eine wie ich von einem gutbürgerlichen Geschäftsmann wohl wollen?«

»Genau das frage ich Sie.«

Sie zog an der Zigarette und blies den Rauch zur Decke.
»Vielleicht war er mir etwas schuldig? Oder ich ihm?«

»Lichtenstein hat Ihre Dienste in Anspruch genommen?«

»Es kommt darauf an, welche Dienste Sie meinen, Kommissar.«

»Erklären Sie's mir.«

Sie zupfte an ihrem Kleid. »Muß ich das wirklich?«

»Ich bin nicht zum Spaß hier!«

»Schade.« Sie setzte sich und schlug die Beine übereinander.
»Ich habe ihm seinen Ehering zurückgebracht.«

»Den er vor dem Akt abgelegt hatte.«

Sie lachte. »Sie sehen ja richtig enttäuscht aus! Dabei sollten
Sie als Polizeibeamter wissen, daß hinter höchster Wohlanstän-
digkeit oft die tiefsten Abgründe lauern.«

»Was haben Sie für die Rückgabe des Rings verlangt?«

»Nichts.«

»Sie denken hoffentlich nicht, daß ich Ihnen das glaube.«

»Und warum nicht?«

»Wie oft war Lichtenstein hier?«

»Einmal. Und er war ziemlich betrunken. Beruhigt Sie das?«

»Wann?«

»Vergangenen Samstag.«

»Kam er allein?«

»Er war in Begleitung eines Herrn, dessen Name nichts zur Sache tut.«

»Die Beurteilung, was der Sache dient oder nicht, überlassen Sie bitte mir. Wer war der Mann?«

»Es tut mir leid, aber das kann ich nicht sagen. Aus Gründen der Diskretion, Sie verstehen?«

»Kennen Sie Bruno Groß?«

»Nein. Wer soll das sein?«

»Oder Oskar Koobs?«

»Die Namen sagen mir nichts. Vielleicht hilft es, wenn Sie mir verraten, wie alt die Herren sind und wie sie aussehen?«

Richard gab ihr die Beschreibung, die er von Beck bekommen hatte.

Zilly schüttelte den Kopf. »Und der andere?«

»Schaut ziemlich ähnlich aus.«

»Wie amüsant! Zwei Herren mit einem Gesicht. Oder – *malheur à lui!* – ein Herr mit zwei Gesichtern?«

Offenkundig machte es ihr Spaß, ihn zum Narren zu halten. Richard sah ein, daß es wenig Sinn hatte, weiterzufragen. »Danke für Ihre Hilfe. Ich wünsche Ihnen noch einen schönen Abend.«

Sie löschte die Zigarette und stand auf. »Sie wollen doch nicht etwa gehen?«

»Ich wüßte keinen Grund, warum ich bleiben sollte.«

Sie schlang ihre Arme um seinen Hals. »Ich schon.« Ihre Lippen waren voll und rot, ihr Haar roch nach Rosen. In ihrem Dekolleté funkelte ein in Gold gefaßter Kristall.

Richard nahm ihre Hände weg. »Ich bin dienstlich hier. Und außerdem verheiratet.«

»Beides ist kein Hinderungsgrund, oder?« Sie streichelte das Schmuckstück zwischen ihren Brüsten. *»Leichtschwebend fühlte sich der Blick vom schlanken Wuchs der Zeder aufgezogen. Gefällig strahlte der Kristall der Wogen die hüpfende Gestalt zurück.«*

»Frau von Ravenstedt, bitte!«

»Ein Gedicht von Friedrich Schiller – oder was dachten Sie?«

»Ich denke vor allem, daß ich jetzt besser gehe.«

Sie lächelte kokett. »Bin ich Ihnen etwa zu alt?«

»Sie sind eine kluge und begehrenswerte Frau. Sie sollten sich zu schade sein für das, was Sie hier tun.«

»Schenken Sie sich Ihre moralinsauren Bonbons.« Sie ging zu der Etagère, schob einige Bücher zur Seite und holte eine Flasche Cognac heraus. »Zum Wohl, Kommissar!«

»Was soll das?«

»Wie ich schon sagte: Meine Profession erlaubt mir ungezügelten Genuß. In jeder Beziehung.«

Richard nahm ihr die Flasche ab und stellte sie zurück.

Sie lachte. »Wissen Sie eigentlich, wie ähnlich Sie Hermann Lichtenstein sind?«

»Wollen Sie damit andeuten, daß ich so enden werde wie er?«

»Aber nein! Ich …«

Die Tür ging auf, und Signora Runas Männer kamen herein. »Die Chefin ist der Meinung, daß Sie ihre Gastfreundschaft lange genug in Anspruch genommen haben, Kommissar«, sagte einer der beiden.

»Das trifft sich gut. Ich wollte gerade gehen.« Er nickte Zilly zu. »Auf Wiedersehen, Madame.«

Richard folgte den beiden Männern über den Flur zu einer Zwischentür. Dahinter führte eine Treppe in einen unbeleuchteten Hinterhof.

»Da geht's zur Kronprinzenstraße«, sagte einer der beiden. Bevor Richard etwas entgegnen konnte, war er mit seinem Kumpan verschwunden. Daß sie ihn nicht durch den Salon zurückgebracht hatten, konnte nur bedeuten, daß Kunden eingetroffen waren, die keinen Wert darauf legten, einem Polizeibeamten zu begegnen.

Der Himmel hatte aufgeklart, aber das Mondlicht war zu schwach, um mehr zu erkennen als Mauern, die den Hof wie eine Festung rahmten. Richard wartete, bis sich seine Augen an die Dunkelheit gewöhnt hatten und ging in die angegebene Richtung. Er durchquerte kleinere und größere Höfe und gelangte schließlich durch ein Tor auf die Kronprinzenstraße.

Der Haupteingang der *Laterna Magica* lag in der Elbestraße, und es dauerte einige Minuten, bis Richard ihn erreichte. Er postierte sich hinter einer Litfaßsäule auf der gegenüberliegenden Straßenseite. Außer zwei älteren Männern, die er nicht kannte, ging niemand in das Haus hinein, noch sah er jemanden herauskommen. Nach einer Stunde brach er die Observation ab und machte sich auf den Rückweg ins Polizeipräsidium.

Obwohl es Samstagabend und noch nicht allzu spät war, waren die Straßen leer. Der Schock über das Verbrechen auf der Zeil hielt die Menschen offenbar nach Anbruch der Dunkelheit in ihren Häusern. Richard war sich sicher, daß Zilly mehr wußte, als sie sagte. Er hoffte, daß ihr das Kokettieren verging, wenn er sie zur förmlichen Vernehmung ins Präsidium vorlud.

Als er an der Hauptwache die Straße überquerte, holte ihn die Hupe einer elektrischen Droschke in die Wirklichkeit zurück. Erschrocken sprang er zur Seite. So sehr er die stinkenden und knatternden Benzinwagen verabscheute, so hatten sie doch den Vorteil, daß sie selbst Ohnmächtige aufweckten, während diese batteriebetriebenen Gefährte aus dem Nichts auftauchten wie tückischer Novembernebel.

»Paß doch uff, du Olwel!« rief der Chauffeur.

Richard nickte ihm zu und ging weiter. Mehr noch als Zilly beschäftigte ihn Signora Runa. Allem Anschein nach hatte sie das Licht gelöscht, weil sie befürchtete, daß er sie kannte. Bloß – woher? Die Sorte Gauner, die er gewöhnlich suchte, verkehrte nicht in den Clubhäusern und Salons der Vorstadt, in die Besucher nur nach Vorkontrolle und in Abendrobe eingelassen wurden. In der *Laterna Magica* war er heute zum ersten Mal gewesen. Woher kannte die Signora also seinen Vornamen? Und was sollten ihre kryptischen Bemerkungen bedeuten? Ein Unglück, das keinen Schleier braucht … Wollte sie ihm drohen? Hatte sie Angst, seine Ermittlungen könnten etwas für sie Unangenehmes ans Tageslicht bringen? Aber was? Und was, zum

Teufel, bedeutete *Memento mori?* Daß man zur Unterhaltung mit Dirnen eine halbe Bibliothek zum Nachschlagen brauchte, war eine völlig neue Erfahrung.

Im Polizeipräsidium richtete ihm ein Wachbeamter aus, daß Kommissar Beck mit zwei Schutzleuten in Bockenheim sei. In Kommissar von Liebens Büro brannte noch Licht. Ob Polizeiassistentin Rothe etwas über Zilly herausgefunden hatte? Richard klopfte, aber es meldete sich niemand. Als er die Tür öffnete, mußte er lächeln. Laura Rothe saß an Liebens Schreibtisch, den Kopf auf einem Stapel Akten, und schlief.

»Guten Abend, Polizeiassistentin!«

Sie fuhr zusammen. »Liebe Zeit! Ich habe Sie gar nicht gehört.«

»Lassen Sie's gut sein. Haben Sie irgendwelche Unterlagen über Zilly gefunden?«

Sie gab ihm eine Akte. »Die von Ravenstedts sind alter, aber verarmter Hamburger Adel. Als ältester Tochter einer ständig kränkelnden Mutter obliegt Othild Cäcilie schon mit vierzehn Jahren fast die gesamte Haushaltsführung. Ihre außergewöhnliche Schönheit bleibt nicht unbemerkt, aber ihr Vater weiß jeden noch so harmlosen Kontakt zum anderen Geschlecht zu unterbinden. An Othilds siebzehntem Geburtstag hält ein fünfzig Jahre alter, steinreicher Graf um sie an. Ihre Eltern zwingen sie zur Verlobung. Das erste Zusammensein mit ihrem künftigen Gatten muß so abschreckend gewesen sein, daß Othild mit dem Pferdeknecht durchbrennt. Sie wird aufgegriffen und zurückgebracht, reißt wieder aus, wird von einem Matrosen schwanger, der ihr verspricht, sie mit nach Amerika zu nehmen. Von der Familie verstoßen, vom Kindsvater sitzengelassen, bringt sie im Sommer 1879 in einer Hamburger Hinterhofspelunke einen Jungen zur Welt. Danach verliert sich ihre Spur.

Sieben Jahre später taucht sie als Fräulein Cilla Rebenstadt in Stuttgart auf. Vor drei Jahren erfolgte eine amtliche Anmeldung unter ihrem richtigen Namen in Frankfurt, zunächst in einer Pension, dann im neueröffneten Clubhaus *Laterna Magica*.

Der Rest der Akte besteht aus Anzeigen wegen Kuppelei, unzüchtigen Benehmens und diverser Verstöße gegen die sittenpolizeiliche Aufsicht nach § 361,6 Reichsstrafgesetzbuch.«

Richard blätterte in der Akte. »Ich hoffe, Oberwachtmeister Heynel weiß noch ein bißchen mehr über sie zu berichten.«

»Sobald ich ihn sehe, schicke ich ihn zu Ihnen.« Laura stand auf und räumte die Akten vom Schreibtisch in die Schränke zurück.

»Interessiert es Sie gar nicht, wofür ich die Information benötige?« fragte Richard.

Sie sah ihn forsch an. »Ich arbeite zwar erst einen Tag in diesem Haus, aber ich habe bereits gelernt, daß Frauen auf gewisse Fragen keine Antworten bekommen. Weshalb ich darauf verzichte, sie zu stellen.«

Richard lachte. »Was halten Sie davon, es darauf ankommen zu lassen, Polizeiassistentin? Im übrigen glaube ich, daß Ihr eigenmächtiges Aktenstudium Oberwachtmeister Heynel viel weniger gefallen wird als die eine oder andere unangebrachte Frage.«

»Ich werde ja wohl das Recht haben, mich über die Klientel zu informieren, mit der ich zukünftig zu arbeiten habe! Außerdem frage ich mich, warum alle Welt immer nur von Herrn Heynel redet. Die Sittenpolizei untersteht Kommissar von Lieben, oder?«

»Das stimmt. Aber auch Kommissar von Lieben wird über Ihren Eifer nicht erfreut sein.«

Laura schloß den Schrank. »Bis hinunter zum letzten Polizeidiener weiß vermutlich jeder in diesem Präsidium, was mit Lieben los ist. Warum zieht man keine Konsequenzen?«

»Es gibt Dinge, die nach einem Tag nicht zu beurteilen sind, Fräulein Rothe.«

»Mit Verlaub: Der Herr Kommissar trinkt schon etwas länger, oder?«

»Er war mal ein guter Beamter. Und dank des unermüdlichen Einsatzes von Oberwachtmeister Heynel ist Polizeirat Franck nicht der einzige, der glaubt, er sei es noch immer.«

»Das spricht für Herrn Heynel, oder?«

»Das ist der Grund, warum er es tut.« Richard sah Lauras fragenden Blick, aber er hatte keine Lust, ihr die Eigenheiten des Oberwachtmeisters auseinanderzusetzen. »Ist Ihnen bei Ihren Studien zufällig eine Akte über eine Frau namens Runa untergekommen?«

Laura schüttelte den Kopf. »Allerdings bin ich nur bis zum zweiten Schrank vorgedrungen, so daß sich die Dame durchaus im dritten oder vierten verstecken kann. Um auf Ihr Angebot zurückzukommen: Wofür brauchen Sie denn die Information?«

»Die Wirtin der *Laterna Magica* heißt Signora Runa, und wenn ich mich nicht sehr täusche, hat sie mir vorhin durch die Blume zu verstehen gegeben, daß ihr die Richtung meiner Ermittlungen nicht paßt.«

Laura öffnete die beiden verbliebenen Aktenschränke und fing an, den Inhalt durchzusehen. »Ich schlage vor, Sie werfen einen Blick in die Kartei mit den Photographien, Herr Kommissar. Möglicherweise hat sie einen falschen Namen angegeben.«

»Bedauerlicherweise hat die Signora das Licht gelöscht, bevor sie mich empfing.«

Laura sah ihn nachdenklich an. »Laterna *Magica?* Signora *Runa?* Das ist doch kein Zufall!«

»Bitte?«

»*Magicus* und *Run* bedeuten dasselbe: Magie, Zauber, Geheimnis. Eine magische Laterne, eine geheimnisvolle Frau.«

»Das paßt ins Bild«, sagte Richard. »Sie orakelte, daß das Geheimnis den Glücklichen gehören und das Unglück keinen Schleier brauchen würde, oder etwas in der Art.«

»Das Geheimnis ist für die Glücklichen; das Unglück braucht, das hoffnungslose, keinen Schleier mehr. Frei unter tausend Sonnen kann es handeln. War es vielleicht das?«

»Ja.«

»Eine Liebesszene aus *Wallensteins Tod*. Von Friedrich Schiller.«

»Schiller scheint in diesem Etablissement zur Zwangslektüre zu gehören. Wenn Sie mir vielleicht auch verraten könnten, was *Memento mori* bedeutet?«

Laura starrte ihn an. »Hat sie das etwa zu Ihnen gesagt?«

»Ist die Übersetzung von solchem Übel, daß Sie sie nicht auszusprechen wagen?«

Sie schüttelte den Kopf. »Das Memento ist eine Art Mahnruf oder ein Bittgebet in der katholischen Messe. Das weiß ich aber auch erst seit meiner Konversion. Ich war nämlich bis vor einigen Jahren Jüdin.«

»Ich fragte nach Memento *mori,* Fräulein Rothe.«

»Ich glaube, es handelt sich um einen Wahlspruch eines Mönchsordens, soweit ich weiß, der Kamaldulenser. Außerdem war das *Memento mori* ein beliebtes Bildmotiv des Barock.«

»Ein Bildmotiv, soso. Und was wollte mir die geheimnisvolle Signora damit sagen?«

»Kann es sein, daß Sie ihr irgendwie ... zu nahe gekommen sind?«

»Könnten Sie etwas deutlicher werden?«

»Ich frage mich, warum Sie sich Ihnen gegenüber nicht zu erkennen gegeben hat.«

»Sie verheimlichen mir etwas, Fräulein Rothe.«

»Ach was. Wenn's mal juckt, muß man nicht gleich nach Flöhen suchen.«

Richard mußte lachen. »Woher haben Sie denn diese Erkenntnis?«

»Von meinem Vater. Es gab nichts, für das er nicht einen klugen Spruch parat gehabt hätte. Die meisten davon waren allerdings nicht für meine Ohren bestimmt.« Sie deutete auf die Aktenschränke. »Lassen Sie uns versuchen, Ihre Signora zu finden. Vielleicht löst sich das Rätsel dann ganz von selbst.«

Nach zwei Stunden gaben sie auf. Der Name Runa war nirgends verzeichnet, und ohne weitere Informationen hatte die Suche keinen Sinn. Richard fuhr sich über die Augen. »Wissen Sie, wann Fräulein Frick für gewöhnlich zu Hause ist?«

Laura rieb sich ihren steifen Nacken. »Ich kann Ihnen nur sagen, daß sie heute um halb sieben frühstücken wollte.«

»Bitte bestellen Sie Wachtmeister Braun, daß ich morgen vormittag gegen halb neun vorbeikomme. Ab wann sind Sie im Präsidium?«

»Man sagte mir, daß ich sonntags nur auf besondere Anordnung zu kommen brauche. Aber ich bin gerne bereit ...«

»Genießen Sie Ihren freien Tag. Und danke für Ihre Hilfe.«

»Gern geschehen, Herr Kommissar«, sagte Laura lächelnd.

Als Richard nach Hause kam, war es nach Mitternacht. Louise nahm ihm Hut und Mantel ab. »Schlafen Sie eigentlich nie?« fragte er.

»Sicherlich mehr als Sie, gnädiger Herr«, sagte die alte Zofe. »Soll ich Ihnen noch irgend etwas bringen?«

»Wenn es Ihnen nichts ausmacht, hätte ich gern ein Glas Tee.«

»Sehr wohl. In Ihr Schlafzimmer?«

»In Victorias Bibliothek«, sagte Richard und amüsierte sich über Louises ungläubiges Gesicht.

Die Bibliothek lag im dritten Stock und schien aus nichts als Büchern zu bestehen. Sie füllten Schränke und Regale, bedeckten einen Schreibtisch, Stühle, Sessel, Teile des Fußbodens und sogar das Fenstersims: eine Phantasiewelt aus Wörtern, in die Richard Victoria nie richtig hatte folgen können. Die Holzscheite im Kamin glimmten. Wahrscheinlich hatte Victoria vor nicht langer Zeit noch hier gesessen und gelesen.

Richard ging die Regalreihen ab, als Louise mit dem Tee hereinkam. Sie räumte den Beistelltisch vor dem Kamin frei. »Es ist eine neue Lieferung gekommen, und Ihre Frau hatte noch keine Zeit, mir zu sagen, wo ich sie einsortieren soll«, sagte sie entschuldigend.

»Wir wissen doch beide, daß Victoria kein Buch wegräumt, bevor sie es nicht mindestens zweimal gelesen hat«, entgegnete Richard mit einem Lächeln.

»Was suchen Sie denn? Vielleicht kann ich Ihnen behilflich sein?«

Richard nahm einen dickleibigen Band eines Konversations-lexikons aus einem Schrank. »Ich glaube, ich habe es bereits gefunden.«

Louise wünschte ihm eine gute Nacht und ging; Richard zog sich mit dem Buch zum Kamin zurück. Der Tee war stark und tat gut. Unter dem Stichwort *Memento mori* fand er zwei Eintragungen. Als er die erste las, wurde ihm trotz des Feuers kalt.

Lat. »Gedenke des Todes«; ein Bildmotiv, das an den Tod gemahnen soll. In der Kunst der Gotik, der Renaissance, vor allem aber im Barock weitverbreitet. Häufige Symbole sind die Sanduhr u. die erlöschende Kerze. Inhaltlich ist M. mit dem Thema des Totentanzes vergleichbar, der die Botschaft von der Unausweichlichkeit des Todes bildet.

»Was tust du denn hier?«

Richard erschrak so sehr, daß er das Buch fallen ließ. In der Tür stand Victoria. Sie trug ein blaues Negligé. Unter ihrer Nachthaube schaute eine blonde Locke hervor. »Bitte verzeih. Ich wollte dich nicht erschrecken.« Sie kam zu ihm. »Was machst du da?«

»Ein Wort nachschlagen.«

»Mitten in der Nacht?«

Er hob das Buch auf. »*Memento mori*. Weißt du, was das heißt?«

»Sicher«, sagte sie lächelnd. »Gedenke des Todes: Eine sinn-bildliche Erinnerung an die Vergänglichkeit der Dinge und eine Mahnung wider die Torheit menschlicher Eitelkeit. Gibt es ei-nen besonderen Grund, daß du mich das zu nachtschlafender Zeit fragst?«

»Ich habe es unlängst jemanden sagen hören.«

»Ich auch. Gestern, als wir in Niederhöchstadt waren. Stell dir vor, Herr Hopf hat fast seine ganze Familie verloren. Was starrst du mich so an?«

»Dieser Hopf hat zu dir *Memento mori* gesagt?«

»Ach was! Doch nicht zu mir. Er sagte es im Zusammenhang mit seiner vor zwei Jahren verstorbenen Frau. Ich glaube, er hat sie sehr geliebt.« Sie berührte sein Gesicht. »Was ist denn los mit dir?«

»Nichts. Ich habe bloß manchmal das Gefühl, einen Haufen Gespenster zu sehen.«

»Du solltest nachts schlafen statt zu grübeln, mein Lieber. Dann verschwinden die Gespenster ganz von selbst.«

Er nahm ihr die Haube ab und löste ihr Haar, küßte ihre Hände, ihr Gesicht. Behutsam zog er ihr das Nachthemd aus. Und dann dachte er an nichts mehr, außer, daß er glücklich war.

Kapitel 6

Morgenblatt   Sonntag, 28. Februar 1904

Frankfurter Zeitung
und Handelsblatt

Raubmord auf der Zeil. Es ist sicher, daß Lichtenstein an den Schädelverletzungen gestorben ist und die Strangulation nur erfolgte um ihn, falls er zum Bewußtsein kommen sollte, am Schreien zu hindern. Nachdem die Leiche nunmehr von der Staatsanwaltschaft freigegeben ist, soll die Beerdigung auf dem Frankfurter Friedhof erfolgen. Die Stunde ist noch nicht festgelegt.

Die Mauer war so hoch, daß Laura den Himmel nicht sehen konnte, die Treppe steil und schmal, die Stufen bestanden aus Eis. Laura versuchte vergeblich, den Fleck aus ihrem Mantel zu reiben. Sie fror. *Um Irritationen auf beiden Seiten zu vermeiden, erwarte ich, daß Sie sich die entsprechenden Kenntnisse baldmöglichst aneignen!* Laura nickte und stieg nach oben. *Ich möchte des weiteren nicht verhehlen, daß ich kein*

Befürworter einer weiblichen Polizei bin. Zwei Stufen noch. *Was schauen Sie so verdrießlich, Polizeiassistentin? Das Wetter ist trübe genug.* Wasser … das Eis schmolz unter ihren Füßen! *Ich fragte nach Memento mori, Fräulein Rothe.* Philipp? Es war Philipp!

Verzweifelt klammerte Laura sich an den mürben Fels. Sie streckte die Hand aus. Bitte … hilf mir! Sein Lachen hallte an der Mauer wider, dann brachen Eis und Stein. Mit einem Schrei fuhr sie hoch. Es war dunkel, und sie brauchte einen Moment, bis sie wußte, wo sie war. Sie suchte nach Zündhölzern und machte Licht. Ihr Gesicht war naß vom Weinen, das Federbett zu Boden gerutscht. Hoffentlich hatte sie niemand gehört!

Sie öffnete das Nachtschränkchen und nahm ein Photoalbum heraus. Der Einband war abgegriffen, die Seiten gingen vom vielen Anschauen aus dem Leim. Sie drehte den Docht der Lampe höher. Ein Kleinkinderlachen zwischen streng-stolzen Eltern, eine fröhlich winkende Vierjährige, ein Schulkind im Matrosenkleid. Das Abschlußphoto an der Ecole supérieur in Genf. Wie stolz sie gewesen war!

Die Handelsschule in Berlin. Daheim in Königsberg. Im Garten, am Klavier. Zurück in Berlin, ein Leben in Schwesterntracht: Jüdisches Krankenhaus, Haus Augusta, Hilfspflegerinnenverband. Die erfahrene und gewandte Kraft Rothe, der man große Energie und Intelligenz bescheinigte. Was nicht als Empfehlung gedacht war. Leutnant Philipp Bender lachte trotz eingegipstem Bein. Er war der ungezogenste Patient, den sie je gehabt hatte – und der charmanteste. Gemeinsame Spaziergänge am Wannsee, Ausflüge im Pferdeschlitten, Frühling am Ufer der Spree. Das letzte Bild.

Im Kleinen Schloßgarten sangen die Vögel, die Sonne schien. Der Weg roch nach Erde und Gras. *Sie sehen so glücklich aus. Darf ich eine Aufnahme machen?* Die Photographie verschwamm vor Lauras Augen. Eine neue Stadt, ein neuer Beruf: War sie nicht hierhergekommen, um zu vergessen? Um frei zu sein? Aber wie sollte sie das, wenn sie noch immer die Fesseln der Vergangenheit trug?

Unter der Asche im Ofen schimmerte es rot; Laura legte Holz nach und blies in die Glut; Flammen züngelten hoch. Sie löste die Photos, den Säugling, das Kind, die verliebte Frau. Das Feuer fraß sich durchs Papier: keine Bilder, keine Träume mehr. Sie schloß den Ofen und ging zur Waschkommode. Das Wasser war kalt, die Seife roch gut. *Martin Heynel, Kriminaloberwachtmeister. Wenn Sie mir bitte folgen würden, Polizeiassistentin?* Sie lächelte. Ein neues Leben wartete – und ein neu zu füllendes Buch.

✳

Als Richard am Sonntag um kurz vor sieben Uhr ins Präsidium kam, wartete Paul Heusohn im Flur. Er hatte eine für die Jahreszeit zu dünne Jacke an und versuchte zu verbergen, daß er fror. »Guten Morgen, Herr Kommissar.«

»Guten Morgen, Heusohn.« Richard nahm den Schlüssel vom Rahmen. »Unsere fortschrittliche Heizungsanlage hat einen entscheidenden Nachteil: Im Gegensatz zu einem Ofen hat man keinen Einfluß darauf, wann angefeuert wird. Und sonntags ist das nicht allzufrüh der Fall. Wenn überhaupt.«

Der Junge folgte ihm ins Büro. »Das macht mir nichts aus. Ich freue mich wirklich sehr, daß ich mit Ihnen arbeiten darf.«

»Dann fangen wir am besten gleich an.« Richard drückte ihm einen Stapel Presseberichte, Vernehmungen und das Autopsieprotokoll in die Hand. Der Junge ging zu Heiner Brauns Stehpult und las, Richard machte sich Notizen für die Besprechung, die er um halb acht angesetzt hatte. Er überlegte, ob und wie er sein Gespräch mit Signora Runa einbringen sollte. Daß er in einer Mordsache ermittelte, in die möglicherweise eine ihrer Dirnen verwickelt war, mochte ärgerlich und schlecht fürs Geschäft sein, aber das erklärte nicht ihre Verachtung, ja, den unterschwelligen Haß, der gegen ihn persönlich gerichtet schien. Oder bildete er sich das nur ein, wie Victorias unbefangene Erklärung des *Memento mori* nahelegte?

»Verzeihen Sie, Herr Kommissar. Darf ich Sie etwas fragen?«

Paul Heusohn hielt den Autopsiebericht hoch. »Was, bitte, versteht man unter«, er kam ins Stocken, »E...kchy...mosen der Bindehäute und zyanotischer Verfärbung des Gesichts?«

»Ekchymosen sind stecknadelkopfkleine, selten bis zu reiskorngroße Blutungen, die bei einem Erstickungstod auftreten, besonders gut zu beobachten an den Bindehäuten der Augen und Augenlider«, sagte Richard. »Zyanose bedeutet Blaufärbung der Haut infolge einer Blutstauung. Wenn ein Mensch erwürgt oder – etwa mit einem Seil – erdrosselt wird, dann wird der Blutabfluß vom Gehirn unterbunden, nicht aber der Blutzufluß; deshalb schwillt das Gesicht und läuft blauviolett an.«

»Das Fehlen dieser Merkmale ist also der Beweis, daß Herr Lichtenstein nicht durch Erdrosseln ums Leben kam.«

»Richtig. Er starb an den Folgen der Schläge auf den Kopf.«

Kommissar Beck kam mit einem Beamten in Zivil und zwei Schutzmännern herein. Er bedachte Paul Heusohn mit einem ungnädigen Blick. Der Junge bekam einen roten Kopf.

Richard fragte nach Namen und Dienstgrad der Männer und erklärte, daß sie ihm auf Anweisung von Polizeirat Franck bis auf weiteres unterstellt seien. »Darf ich davon ausgehen, daß Ihnen die Presseberichterstattung zu dem Fall Lichtenstein bekannt ist?«

Die Männer nickten. Richard gab einen Abriß über den Tatort, faßte die bisherigen Ermittlungsergebnisse zusammen und kam auf die Familienverhältnisse des Toten zu sprechen. »Hermann Lichtenstein war verheiratet und hinterläßt außer seiner Frau vier Kinder im Alter von zehn bis zwanzig Jahren. Seine Ehe wird von allen bisher befragten Zeugen als sehr glücklich bezeichnet. Er hat eine Schwester in Berlin und drei Brüder, von denen zwei Bankiers sind und in New York leben. Der dritte ist in der Rheinstraße in Frankfurt gemeldet, konnte aber bislang noch nicht angetroffen werden.«

»Er ist Hessischer Ökonomierat und ein Zwillingsbruder von Hermann Lichtenstein«, ergänzte Beck. »Angeblich hielt er sich zur Tatzeit in Wiesbaden auf und kehrte erst gestern abend nach Frankfurt zurück.«

»Ein Zwillingsbruder?« fragte Richard überrascht.

»Zumindest haben sie beide das gleiche Geburtsdatum«, sagte Beck süffisant. »Den Grad der Ähnlichkeit kann ich allerdings nicht beurteilen, da der Kauf meines letzten Pianos schon länger zurückliegt und der tote Lichtenstein, wie Sie ja wissen, dem lebenden nicht mehr allzu ähnlich sah.«

»Danke für die Information, Herr Beck. Die Ähnlichkeit zwischen Personen läßt sich auch durch einen Vergleich von Lichtbildern feststellen.« Richard zählte auf, welche Spuren am Tatort gesichert worden waren. »Nach Aussage von Gerichtschemiker Dr. Popp stammt der Fingerabdruck vermutlich von einer Frau und der blutige Abdruck auf der Postkarte von einem Damenschuh. Über die Manschettenknöpfe konnte noch nichts in Erfahrung gebracht werden, die Herkunft des Seils ist geklärt. Es wurde bei Frey in der Fahrgasse gekauft. Es spricht einiges dafür, daß es sich bei dem Käufer um den Klaviertransporteur Oskar Bruno Groß handelt.« Er nickte Beck zu. »Bitte fahren Sie fort.«

Kommissar Beck berichtete von seinen Ermittlungen. »Die Observation des Lokals *Die Sonne* in Bockenheim verlief ohne Ergebnis; auf die telegraphische Anfrage in Werdau gibt es noch keine Antwort«, beendete er seinen Vortrag.

»In der Stadt wird erzählt, daß die Tat möglicherweise von internationalen Verbrechern begangen wurde«, merkte der ältere der beiden Schutzmänner an.

Richard zuckte mit den Schultern. »Gegen diese Annahme sprechen die offenkundige Ortskenntnis der Täter sowie die relativ geringe Beute.«

»Wissen Sie Näheres über die Tatwaffe?« fragte der Beamte in Zivil, ein junger Mann namens Schmitt.

Richard verneinte. »Der Gerichtsarzt meint, daß es sich um ein Werkzeug handeln könnte, wie es Dachdecker oder Schuster verwenden.«

»Das Geschäftslokal Lichtensteins befindet sich mitten in der Stadt, noch dazu in einem Haus mit weiteren Lokalitäten – gibt es denn keine Zeugen?« wollte Schmitt wissen.

131

»Die einzige verwertbare Aussage ist die einer Angestellten, die am Montagmittag beobachtete, daß eine Dame von zweifelhaftem Ruf Lichtenstein in seinem Geschäft aufgesucht hat«, sagte Richard. Er registrierte, daß die Aufmerksamkeit der Männer schlagartig stieg, aber es stand ihm nicht der Sinn danach, ihren Voyeurismus zu befriedigen. In wenigen Worten berichtete er von dem Gespräch mit Zilly; die Begegnung mit Signora Runa ließ er unerwähnt. »Ich bin sicher, daß Zilly mir nicht in allen Dingen die Wahrheit gesagt hat, aber derzeit gibt es keine Anhaltspunkte, die einen konkreten Tatverdacht gegen sie begründen.«

»Was ist mit Lichtensteins Diener?« fragte Schmitt. »Ist es nicht merkwürdig, daß er zur Tatzeit nicht da war?«

»Er geht jeden Tag um zwölf zu Tisch; seine Abwesenheit war also nichts Ungewöhnliches«, sagte Richard. »Lichtensteins Witwe beschreibt ihn als integren Menschen, eine Einschätzung, die ich teile. Ich glaube nicht, daß er etwas mit dem Mord zu tun hat. Wenn doch, müßte er ein außergewöhnlich guter Schauspieler sein, was ich bezweifle.« Er sah Beck an. »Ich betone, daß das mein persönlicher Eindruck ist.«

»Und wie paßt die Frau in die Sache hinein?« fragte Schmitt.

»Wir gehen davon aus, daß es mindestens zwei Täter waren. Möglicherweise war sie die Dritte im Bunde«, sagte Richard. »Da sich der Fingerabdruck am Hemdkragen des Opfers befindet, kann sich ihr Tatbeitrag allerdings nicht auf ein bloßes Zuschauen beschränkt haben.«

»Wie hat denn Dr. Popp festgestellt, daß es sich bei dem Abdruck um den einer Frau handelt?« wollte Paul Heusohn wissen.

»Er schloß es aus der zierlichen Beschaffenheit«, sagte Richard.

Der Junge betrachtete seine Finger. »Verzeihen Sie, aber es könnte auch ein dünner Mann gewesen sein, oder?«

Die Schutzleute grinsten. Richard zuckte mit den Schultern. »Möglich wäre es. Aber dann bleibt immer noch der blutige Abdruck im Kontor, der offenbar von einem Damenschuh stammt.«

»Und wie hat Dr. Popp das festgestellt?«

Beck verzog das Gesicht. »In meinem Büro stapeln sich die Akten, Heusohn!«

»Bringen Sie sie mir nachher vorbei«, sagte Richard. »Polizeirat Franck dringt darauf, die Sache Lichtenstein mit absolutem Vorrang zu bearbeiten. Es stünde von seiner Seite sicher nichts dagegen, sachfremde Ermittlungen anderen Beamten zuzuweisen.«

Becks Miene verriet, daß er mit dieser Antwort nicht gerechnet hatte.

Richard sah Paul Heusohn an. »Ich werde Dr. Popp morgen oder übermorgen aufsuchen. Sie können mich gern begleiten und Ihre Fragen direkt an ihn richten. Ich lege Wert darauf«, wandte er sich an die anderen, »daß Sie ohne Rücksicht auf Ihren Dienstrang Fragen und Anregungen, auch Kritik, offen äußern. Was die Ermittlungen angeht, so halte ich eine Kräfteaufteilung für sinnvoll. Näheres dazu erfahren Sie im Laufe des Vormittags. Zum Schluß zwei Anmerkungen: Im Umgang mit Zeugen, vor allem mit der Familie und den Geschäftskunden Lichtensteins, erwarte ich eine der Sache angemessene Diskretion. Dies gilt auch für Bemerkungen über den Toten, insbesondere zum Thema *Laterna Magica*.«

Beck grinste. »Wenn diesem Pianohändler nichts Besseres eingefallen ist, als seinen Feierabend im Bordell zu verbringen, sehe ich nicht ein, warum...«

»Es geht nicht nur um den Ruf Lichtensteins, sondern auch um den seiner Familie!« fiel Richard ihm ins Wort.

»Wer die Wahrheit erfahren will, darf die Wahrheit nicht fürchten! Mit dieser Maxime habe ich bislang noch jeden Fall geklärt.«

»Ich ging davon aus, daß Sie die Kunst beherrschten, Fragen so zu stellen, daß Sie die gewünschte Antwort erhalten, ohne ermittlungstaktisch bedeutsame Details preiszugeben, Herr Beck.«

Die Schutzleute wechselten einen amüsierten Blick. Beck sah aus, als wolle er Richard erwürgen. »Ihnen geht es doch nur darum, daß Ihre ehrenwerte Familie ungeschoren davonkommt!«

Im Raum wurde es so still, daß man die Männer atmen hörte. »Wenn Sie darauf anspielen, daß mein Schwager und meine Schwägerin, Gräfin von Tennitz, wie auch ich selbst, Kunden bei Lichtenstein waren, dann ist das richtig«, sagte Richard betont freundlich. »Genauso richtig ist es, daß Oberbürgermeister Adickes, der Herausgeber der *Frankfurter Zeitung,* Herr Sonnemann, und der scheidende Polizeipräsident, Freiherr von Müffling, in Lichtensteins Kartei verzeichnet sind. Die halbe Frankfurter Bürgerschaft hat ihre Pianos in der Zeil 69 geordert. Und die meisten von ihnen werden herzlich wenig zur Aufklärung der Sache leisten können, weshalb es nicht einzusehen ist, sie unnötig zu beunruhigen. Sollten sich bei einer Befragung jedoch Unstimmigkeiten ergeben, wird ohne Ansehen der Person mit aller Konsequenz weiterermittelt. Habe ich mich hinreichend deutlich ausgedrückt?«

Die Männer nickten. Beck schwieg.

»Worum ich Sie außerdem bitte, ist, keine Auskünfte an Journalisten zu geben. Ein falsches Wort zur falschen Zeit kann tagelange Ermittlungen zunichte machen. Es ist schlimm genug, wenn sich Unberufene berufen fühlen, die Presse mit halbgaren Informationen zu versorgen, wie es unlängst im Fall Cöster geschah.«

»Der Weinhändler, der die Leiche entdeckte?« fragte Schmitt.

Richard nickte. »Er fand offenbar nichts dabei, den gräßlichen Anblick in allen Einzelheiten einem Reporter der *Frankfurter Zeitung* zu schildern, der ebensowenig dabei fand, es wörtlich abzudrucken. Lichtensteins Witwe beschwerte sich bei Regierungsrat von Wehrs und der wiederum bei Polizeirat Franck. Ich brauche Ihnen wohl nicht zu sagen, welche Folgen es gehabt hätte, wenn ein Polizeibediensteter diese Informationen weitergegeben hätte. So beschränkte sich das Ganze auf ein paar Telephonate und einen gehässigen Artikel in der *Frankfurter Zeitung.* Damit kann ich leben.«

Sein Blick ging von einem zum anderen. »Gibt es noch Fragen? Nein? Dann bitte ich Sie, sich zur Verfügung zu halten, bis ich mit Kommissar Beck alles weitere besprochen habe.«

Die Männer nickten und gingen hinaus.

»Ich schätze es nicht, mich mit Mitarbeitern in Anwesenheit Dritter verbal zu duellieren. Aber Sie ließen mir keine andere Wahl«, sagte Richard, als sie alleine waren.

»Ich habe lediglich begründete Bedenken vorgetragen«, entgegnete Beck.

»Es ist Ihnen sicher nicht entgangen, daß alle Anwesenden Ihre Worte genau so verstanden haben, wie sie gemeint waren. Jede weitere Debatte darüber halte ich für zwecklos. Ich schlage vor, daß jeder von uns einen Ermittlungsbereich eigenverantwortlich betreut. Was Lichtensteins Kartei angeht, sollten wir uns die Befragungen aufteilen, ansonsten wäre ich damit einverstanden, wenn Sie sich um Bruno Groß kümmerten, während ich die Frauenspur verfolge und mir diesen Hundezüchter in Niederhöchstadt vornehme. Was die Fahndung nach Groß und die Observation des Lokals in Bockenheim angeht, stehen zusätzliche Kräfte bereit, so daß Ihnen lediglich die Koordination verbliebe. Ist das Alibi von Lichtensteins Bruder überprüft?«

»Ich habe es veranlaßt«, sagte Beck. »Sie geben mir tatsächlich die Spur Groß?«

»Ich sehe keinen Sinn darin, Ihnen Ermittlungen zu übertragen, von deren Effizienz Sie nicht überzeugt sind.«

»Sind Sie denn davon überzeugt?«

»Zur Wahrheitsfindung gehört es auch, Dinge auszuschließen. Davon sind wir noch weit entfernt.«

»Aber die Spur Groß ist …«

»… zur Zeit die vielversprechendste, ja. Ich halte Sie für kompetent, alles zu tun, was nötig ist. Sollten Sie ihn überführen, dürfen Sie sich den Erfolg an Ihr Revers heften.«

»Ich wollte Ihnen gewiß nicht unterstellen …«

»Doch, Beck, das wollten Sie. Und Sie haben recht: Der Erfolg hat viele Väter, der Mißerfolg ist ein Hurenkind. Ich sehe meine Verantwortung in der Sache, nicht im Renommee, und ich hoffe, Sie sind klug genug zu erkennen, daß es weder der Sache noch unserem Renommee nützt, wenn wir uns gegenseitig Steine vor die Füße werfen. Übrigens hat Staatsanwalt von Reden die photographische Aufnahme des Tatorts angeordnet. Heute nachmittag kommt ein Photograph vom Erkennungsdienst. Ich hoffe, ich bin bis dahin aus Niederhöchstadt zurück.«

Beck sah beschämt aus. »Ich fände es überlegenswert, die Fahndung nach Groß öffentlich zu machen.«

»Und wie?«

»Durch einen Aufruf in der Presse.«

Richard lächelte. »Wenn Sie die nötige Diplomatie aufbringen, versuchen Sie's. Auf mich sind die Herren der schreibenden Zunft zur Zeit nicht gut zu sprechen.«

»Außerdem dachte ich an Fahndungsplakate.«

»Was wir gegen Groß vorzubringen haben, wird kaum für einen Haftbefehl ausreichen, der – wie Sie wissen – Voraussetzung für einen Steckbrief ist.«

»Und wenn wir so tun, als suchten wir ihn als Zeugen?«

»Es gibt keine rechtliche Handhabe, nach einem Zeugen steckbrieflich zu fahnden.«

Beck rieb sich das Kinn. »Aber es spräche nichts gegen einen Fahndungsaufruf, in dem wir ganz allgemein nach einem Frankfurter Klaviertransporteur suchen, der vergangene Woche bei Lichtenstein war, oder?«

»Polizeirat Franck wird vermutlich Einwände erheben.«

»Polizeirat Franck ist nicht da.«

»Aber keinen Namen, bitte.«

Beck nickte. »Über die Wache ist sicher jemand zu erreichen, der den Vervielfältigungsapparat bedienen kann. Die Verteilung lasse ich durch die Polizeireviere vornehmen, so daß spätestens gegen Abend die ganze Stadt plakatiert sein dürfte.«

»Was hätten Sie gemacht, wenn ich nein gesagt hätte?«

Beck grinste. »So lange auf Sie eingeredet, bis Sie ja gesagt hätten. Ich wette, spätestens in zwei Tagen haben wir ihn.«

»Ich hoffe es«, sagte Richard.

»Ich weiß es«, sagte Beck.

*

Laura wurde wach, als eine Uhr schlug. Im Zimmer war es duster. Nur mit Mühe konnte sie die Umrisse der Waschkommode erkennen. Drei, vier, zählte sie die Schläge mit. Sieben? Acht? Sie sprang aus dem Bett und zog den Vorhang zurück. Das Fenster war zugefroren und ließ sich schwer öffnen. Eiskalte Luft strömte herein. Die Fassade des gegenüberliegenden Hauses war nur ein paar Armlängen entfernt. Hinter einem Fenster saß eine alte Frau. Laura nickte ihr zu, aber sie reagierte nicht. Die Sonne schien; zumindest vermutete sie das, denn mehr als einen Streifen blauen Himmel konnte sie über den Dächern nicht erkennen. Aus dem Gäßchen drang Geplapper herauf.

Sie ließ das Fenster offen, bis sie sich angekleidet hatte. Als sie das Bett aufschüttelte, fiel ihr Blick auf das Album. Sie wagte nicht, die leeren Seiten aufzuschlagen und verstaute es in der hintersten Ecke des Schranks.

Auf dem Weg nach unten wurde ihr zum ersten Mal bewußt, wie dunkel das Haus war. An der Wand flackerte ein Lämpchen. Die Stube war leer. Auf dem Tisch stand ein Gedeck; der Brotkorb war verhüllt, das Frühstücksei unter einem gehäkelten Hühnchen versteckt. Heiner Braun saß in der Küche und schälte Kartoffeln. Es roch nach frisch gebrühtem Kaffee.

»Guten Morgen«, grüßte er lächelnd.

»Ich glaube, guten Mittag wäre angebrachter«, entgegnete Laura. »Ich habe fürchterlich verschlafen.«

Heiner ließ die Kartoffel in eine Blechschüssel mit Wasser fallen. »Warum? Heute ist Ihr freier Tag, oder?«

»Meine Mutter hätte einen hysterischen Anfall bekommen, hätte ich es je gewagt, sonntags eine Minute länger als bis um halb sieben im Bett zu bleiben.«

»Da haben Sie ja Glück, daß ich nicht Ihre Mutter bin.«

Laura lachte und setzte sich. War die Küche seit vorgestern geschrumpft? Oder war sie so hungrig und müde gewesen, daß sie nur Augen für Helenas Zitronensuppe gehabt hatte? Kein Winkel des kleinen Raums war ungenutzt. In der Ecke neben der Tür stand ein Schränkchen, rechts und links vom Herd je eine Stellage mit Tellern und Tassen, Töpfen und Backformen.

Darüber hingen Pfannen und Deckel in einfachen, an die Wand genagelten Schlaufen. Die winzigen Fenster gingen zum Hof und zur Straße und ließen kaum Licht herein. Über einem alten Gossenstein war ein Halter für Sand, Seife und Soda angebracht. In einem Holzregal neben dem Tisch standen Steintöpfe mit Mehl, Zucker, Gries und Grütze.

Heiner nahm eine neue Kartoffel und zeigte zum Herd. »Sie möchten sicher eine Tasse Kaffee? Ihr Frühstück steht in der Stube.«

Laura beobachtete, wie geschickt er das Schälmesser führte. Sie war sich sicher, daß er diese Arbeit nicht zum ersten Mal tat. »Wo ist denn Ihre Frau?«

»Helena geht es nicht gut. Sie daran zu hindern, das Bett zu verlassen, ist schwieriger, als ein paar Kartoffeln zu schälen.«

Laura fühlte sich ertappt. »Entschuldigen Sie.«

Er lachte. »Warum?«

»Es ist gewöhnungsbedürftig, einen Mann Kartoffeln schälen zu sehen.«

»Na ja, ich kann mir auch Schöneres vorstellen.« Er ließ die letzte Kartoffel ins Wasser plumpsen und wischte sich die Hände ab.

»Was fehlt Ihrer Frau denn? Vielleicht kann ich helfen?«

»Ich glaube, sie hat sich ein bißchen überanstrengt.«

»Soll ich mal nach ihr sehen?«

»Im Moment schläft sie. Ich hoffe, bis zum Mittag geht es ihr wieder besser.«

»Du liebe Zeit! Ich habe vergessen, Ihnen auszurichten, daß Kommissar Biddling um halb neun vorbeikommt.«

Heiner grinste. »Was will er denn?«

»Es geht um Fräulein Frick. Mehr weiß ich nicht.«

Sie hörten die Hausglocke. Heiner zog seine Uhr aus der Westentasche. »Ein Lob der preußischen Pünktlichkeit!«

Er ging hinaus und kam kurz darauf mit Richard Biddling zurück. Der Kommissar sah müde aus. Er gab Laura die Hand und nahm so selbstverständlich am Küchentisch Platz, als sei er hier zu Hause. »Haben Sie zufällig einen Kaffee da, Braun?«

Heiner schenkte ihm eine Tasse voll ein. »Gibt es einen Grund, warum Sie am frühen Morgen schon so miesepetrig aussehen?«

Richard probierte den Kaffee. »Früher Morgen? Es ist bald Mittag! Aber was will man von einem Pensionär erwarten.«

»Sie auch?« fragte Heiner. Laura nickte, und er füllte zwei weitere Tassen. »Wie gestaltet sich die Zusammenarbeit mit meinem Nachfolger?«

»Nach zweiundzwanzig Jahren Zusammenarbeit mit Ihnen kann es nichts Schlimmeres mehr geben, Braun.«

»Das beruhigt mich. Fräulein Rothe sagte mir, daß Sie eine meiner Mieterinnen belästigen wollen.«

»Wie viele haben Sie mir denn anzubieten?«

»Eine Näherin, eine Kontoristin und Anna Frick. Die Näherin wohnt im zweiten Stock, erstes Zimmer links, und heißt Lisa Zeus, die Kontoristin …«

»So genau wollte ich es auch wieder nicht wissen.«

»Sie waren lange nicht mehr hier.«

»Es hat mir genügt, Sie täglich zehn Stunden im Präsidium zu ertragen. Wann ist Anna Frick eingezogen?«

»Vor sechs Monaten. Warum interessiert Sie das? Hat sie etwas mit der Mordsache Lichtenstein zu tun?«

Richard sah Laura an. »Auf eine Antwort stellt er zwei Fragen!«

Heiner grinste. »Neugier ist die erste Tugend eines klugen Polizeibeamten.«

»Auf Disziplin und Gehorsam kann er dafür getrost verzichten.«

»Sollte es mir tatsächlich gelungen sein, Ihnen das beizubringen, Herr Kommissar? Wenn Sie mir verraten, was Fräulein Frick mit Lichtenstein zu tun hat, verrate ich Ihnen, in welchem Stock sie wohnt.«

»Soeben erleben Sie Brauns zweite Tugend«, sagte Richard zu Laura. »Vorgesetzte nötigen.« Er berichtete von Dr. Popps Feststellungen am Tatort und dem Eintrag in Lichtensteins Kalender. »Es gibt in Frankfurt zwei unverheiratete Frauen namens

Frick; die erste habe ich auf dem Herweg überprüft. Sie hat ein Alibi.«

»Es war ein verregneter Septembernachmittag«, sagte Heiner. »Sie stand völlig durchnäßt vor der Tür und bat um Logis. Das einzige Gepäck, das sie dabeihatte, war ein kleiner Koffer. Bis heute weiß ich nicht, woher sie kam. Sie spricht nicht viel.«

»Und wenn sie den Mund doch auftut, dann nur, um sich über irgendwas oder irgendwen aufzuregen«, sagte Laura.

»Ich glaube, es fällt ihr schwer, andere Menschen glücklich zu sehen«, sagte Heiner.

»Sie ist eine biestige alte Jungfer«, sagte Laura.

»Wissen Sie, ob sie Angehörige hat?« fragte Richard.

Heiner schüttelte den Kopf. »Sie geht nicht aus und empfängt keinen Besuch. Ihre Miete entrichtet sie pünktlich, Vergnügungen scheint sie nicht zu kennen. Persönlichen Gesprächen weicht sie aus. Das einzige, was ich Ihnen über sie sagen kann, ist, daß sie sonntags nach dem Kirchgang längere Spaziergänge unternimmt und im Warenhaus Schmonker angestellt ist.«

»Solange es nicht das Warenhaus R. Könitz ist«, sagte Richard sarkastisch. »Erhält sie Post?«

»Selten. Der letzte Brief kam, soweit ich mich erinnern kann, vor etwa zwei Wochen. Ohne Absenderangabe. Abgestempelt war er in Offenbach.«

Richard stand auf. »Mal sehen, was sie mir zu erzählen hat.«

Heiner räumte die leeren Tassen weg. »Dritter Stock. Gegenüber von Ihrem ehemaligen Zimmer.«

Richard hatte ein mulmiges Gefühl, als er die Treppe hochging. Seit Jahren war er nicht mehr in den oberen Stockwerken gewesen. Das Knarren der Stufen, das flackernde Licht an der Wand waren vertraut und fremd zugleich. Er hatte gern hier gewohnt. Bis ihm das Haus zur Falle geworden war.

Die Bilder überfielen ihn, als er den dritten Stock erreichte: flatternde Tauben, die Luke, die Esse, das rutschige Dach. Die Treppe fing an sich zu drehen; Richard hielt sich am Geländer fest. Ein stechender Schmerz hinter seiner Stirn ließ ihn die Augen schließen. Jahr um Jahr hatte er gegen seine Träume gekämpft, und als er glaubte, sie besiegt zu haben, kehrten sie zurück. Es dauerte lange, bis er sich gefaßt hatte. Er fuhr sich übers Gesicht und klopfte an Anna Fricks Tür. »Ich muß Sie dringend sprechen, gnädiges Fräulein!«

Sie öffnete. »Bitte?« Ihre Stimme, ihr Gesicht, selbst ihr Kleid, strömten Ablehnung aus.

Richard stellte sich vor und zeigte seine Marke. »Ich führe die Ermittlungen in der Sache Lichtenstein und habe einige Fragen an Sie. Darf ich hereinkommen?«

Sie trat wortlos beiseite. In ihren Augen zeigte sich Angst.

»Gibt es einen besonderen Grund, warum Herr Biddling das Warenhaus Könitz nicht schätzt?« fragte Laura. Sie hatte sich das Frühstück in die Küche geholt und löffelte ihr Ei.

»Es gehört seinem Schwiegervater. Das heißt, offiziell gehört es David Könitz, dem Bruder von Kommissar Biddlings Frau. Genau wie zwei Dutzend Filialen und weitere Häuser in Berlin, Hamburg und Köln. Aber wie der Buchstabe R im Namen schon vermuten läßt, hat Könitz junior nicht viel zu melden.«

»Und das mißfällt dem Kommissar?«

»Ihm mißfällt, daß er in eine allzu wohlhabende Familie eingeheiratet hat«, sagte Heiner schmunzelnd.

Bevor Laura die nächste Frage stellen konnte, kamen zwei Frauen herein, wie sich herausstellte, die Näherin und die Kontoristin. Sie begrüßten Laura und fragten, ob Heiner und Helena mit zum Gottesdienst gingen. Er verneinte.

»Man könnte meinen, Sie betrieben eine Herberge für ledige Frauen«, sagte Laura lächelnd, als die beiden gegangen waren.

»Ledige Frauen haben es eben schwer, eine angemessene Unterkunft zu finden.«

Sie wußte, was er meinte. Die Löhne von Arbeiterinnen und weiblichen Angestellten lagen um etliches unter denen ihrer männlichen Kollegen, und wenn sie nicht auf die Hilfe ihrer Familie hoffen konnten, waren sie häufig gezwungen, sich in den schlimmsten Absteigen einzumieten. So sehr Laura die strenge Hausordnung im Schwesternheim gehaßt hatte, so war sie doch froh gewesen, nicht als Untermieterin in einem Berliner Hinterhof leben zu müssen. Sie leerte die Eierschalen in den Abfalleimer. Heiner stellte die gespülten Kaffeetassen ins Regal. »Sie wohnen schon zwei Tage hier, und ich habe Sie nicht mal durchs Haus geführt.«

»Bislang war es stets dunkel, wenn ich ankam«, entgegnete Laura.

»Jetzt ist es hell. Wenn Sie mir bitte folgen wollen?«

Er zeigte ihr den Hof mit Wäscheplatz, Brunnen und Abort, den Vorratskeller und eine winzige Badestube im ersten Stock.

»Am Tag merkt man erst, wie düster es drinnen ist«, sagte Laura.

»Nun ja, die alten Laren mögen's gern schummrig.«

»Wer?«

Er lächelte. »Sie haben die Ehre, in einem uralten Stückchen Frankfurt zu wohnen, das unter einem besonderem Schutz steht: Unsere Ahnen vertrauten uns nicht nur ihre Häuser, sondern auch ihre Geister an. Sie schlafen unter der Treppe und knarren zuweilen im Gebälk.«

Laura lachte. »Seien Sie froh, daß ich nicht abergläubisch bin und beim ersten nächtlichen Geräusch Reißaus nehme.«

»Ach was. Die Laren sind gute Geister. Und wenn es erst Sommer ist, werden Sie entdecken, daß Sie das sonnigste Zimmer im Haus haben.« Er winkte sie nach oben. »Sie haben den Garten noch nicht gesehen.«

»Ist das nicht die falsche Richtung?«

»Warten Sie's ab.« Er holte eine Kerze, und Laura folgte ihm neugierig in den dritten Stock. Aus Fräulein Fricks Zimmer drangen Stimmen. Was gesprochen wurde, war nicht zu verstehen. Eine Holzstiege führte zum Dachboden. Hintereinander gingen sie hinauf. Die Bodenkammertür quietschte, als Heiner sie öffnete. Durch eine Luke fiel spärliches Licht, zwischen den Balken waren Leinen gespannt, auf denen Wäsche hing. In einer Ecke stand eine alte Seemannskiste. Ein Teil des

Dachbodens war abgemauert und mit einer Lattentür verschlossen. Heiner blies die Kerze aus und entriegelte die Tür.

Laura war so überrascht, daß ihr die Worte fehlten: Die Sonne schien auf zwei Korbstühle und Töpfe mit Geranien, Lavendel und Rosmarin; dazwischen leuchtete eine Kamelie. Ihre Blüten sahen aus, als seien sie aus Porzellan. Fasziniert strich Laura mit den Fingerspitzen darüber.

»Das ist ein echtes Frankfurter Gewächs«, sagte Heiner stolz. »Und eine Sensation dazu: *Caméllia Francofurtensis,* die erste erfolgreiche deutsche Kameliennachzüchtung. Die Ur-Mutter erblühte vor siebzig Jahren. Einen Tag vor meiner Hochzeit gelang es mir, dem Enkel vom alten Gärtner Rinz einen Steckling abzuluchsen.«

»Sie ist wunderschön.«

»O ja. Jedes Jahr trägt sie ein paar Blüten mehr. Helena liebt Kamelien.«

Die Zärtlichkeit in seiner Stimme rührte sie. »Haben Sie Kinder?«

»Helena und ich? Nein.«

Es klang traurig, und sie bereute die Frage. »Ich bin sehr froh, daß ich bei Ihnen wohnen darf, Herr Braun.«

»Helena hat recht: Ganz uneigennützig war mein Angebot nicht.«

Sie lächelte. »Ich halte Sie gern auf dem laufenden. Polizeirat Franck hat mir allerdings zu verstehen gegeben, daß er weibliche Ermittlungstätigkeit nicht schätzt.«

»Meine Erfahrungen mit weiblicher Ermittlungstätigkeit sind hervorragend. Übrigens war das hier früher mal ein Taubenschlag.« Er öffnete ein bis zum Boden reichendes Fenster. »Möchten Sie auch die Außenanlage sehen?«

Laura dachte, er mache einen Scherz, aber als sie nähertrat, sah sie eine Treppe, die zu einem mit Brettern belegten Freisitz führte. Heiner half ihr hinauf. Vor ihnen breitete sich ein Meer von Schieferdächern, Erkern und Schornsteinen aus. Wie ein Wächter erhob sich darüber der Dom.

»Was für ein herrlicher Platz!« schwärmte Laura.

»Die Frankfurter sagen *Belvederche:* kleine schöne Aussicht. Sie finden ähnliche Anlagen auf fast jedem zweiten Altstadthaus.« Heiner wies über die Dächer. »Nikolaikirche, Paulskirche, Rathausturm. Nach unserem verehrten Herrn Oberbürgermeister auch der Lange Franz genannt. Wenn Sie möchten, können wir nachher einen Spaziergang machen, und ich zeige Ihnen alles von unten.«

»Gern. Sagen Sie, hat Kommissar Biddling wirklich in meinem Zimmer gewohnt?«

»Er kam aus Berlin und suchte eine Unterkunft. Genau wie Sie.«

»Lassen Sie mich raten: Sie haben ihn zufällig in einem Präsidiumsflur getroffen?«

»Nein. Als er im Frühjahr 1882 hier einzog, wohnte ich noch in der Rotekreuzgasse.« Auf Lauras fragenden Blick fügte er hinzu: »Das Haus gehört Helena. Wir haben 1883 geheiratet.«

»Dann haben Sie Ihre Frau durch Kommissar Biddling kennengelernt?«

»Das kann man so sagen, ja. Allerdings dauerte es ein Weilchen, bis wir uns aneinander gewöhnt hatten.« Er grinste. »Ich meine natürlich den Kommissar, nicht meine Frau.«

»Darf man fragen, warum?«

»Nun, er ist Preuße, und ich bin Frankfurter.«

Lachend gingen sie ins Haus zurück.

Offenbar hatte Richard Anna Frick beim Lesen gestört. Auf einem Tisch in der Mitte des Zimmers lagen eine Brille und eine aufgeschlagene Bibel. Am Fenster reckte sich eine magere Grünpflanze dem Licht entgegen, auf der Waschkommode sah Richard eine Seifendose, Haarnadeln und eine Bürste liegen. Ansonsten wies nichts darauf hin, daß in diesem Zimmer jemand wohnte. Anna Frick bedeutete ihm, sich zu setzen. Er holte sein Notizbuch und einen Bleistift heraus. »Kennen Sie Hermann Lichtenstein, Fräulein Frick?«

»Ich weiß, daß es ein Pianofortegeschäft dieses Namens auf der Zeil gibt.«

»Waren Sie schon einmal dort?«

»Ich? Nein.«

»Hermann Lichtenstein ist vorgestern ermordet worden. Das werden Sie wissen, nehme ich an.«

Sie sah aus, als überlege sie, ob es besser wäre, es zu wissen oder nicht zu wissen. »Ich mag davon gehört haben, ja.«

»Gibt es einen Grund, warum Sie mir derart ausweichend antworten?«

»Nein.«

»Sie kannten Hermann Lichtenstein also nicht.«

»Äh … nein.«

Richard sah ihr direkt ins Gesicht. »Wir haben Aufzeichnungen, nach denen er sich am Freitag vor einer Woche mit einer Frau namens Frick getroffen hat.«

»Ich war nicht dort.«

»Wo?«

»In Lichtensteins Geschäft.«

»Das habe ich auch nicht behauptet, Fräulein Frick. Ich sagte lediglich, daß er sich mit dieser Frau getroffen hat, ohne einen Ort zu erwähnen.«

Sie knetete ihre Hände und schwieg.

»Wo waren Sie vorgestern?«

»Auf der Arbeit.«

»Wie lange?«

»Von morgens acht bis abends acht.«

»Und am Freitag davor?«

»War ich auch auf der Arbeit.«

»Wo arbeiten Sie?«

»Ich bin im Warenhaus Schmonker angestellt.«

»Als Verkäuferin?«

»Im Büro.«

»Als was?«

»Schreibgehilfin.«

»Seit wann wohnen Sie in Frankfurt?«

»Seit dem 8. September 1903. Warum?«

»Wo lebten Sie vorher?«

»Warum wollen Sie das wissen?«

»Bitte beantworten Sie meine Frage.«

»Ich bin in Mainz geboren.«

»Ich fragte, wo Sie wohnten, bevor Sie nach Frankfurt kamen.«

»In Offenbach.«

»Wo dort?«

»Glockengasse 29.«

»Haben Sie Familie?«

»Nein!«

»Sie sind nicht verheiratet?«

»Würde ich dann in diesem Zimmer leben?«

Richard klappte sein Notizbuch zu und stand auf. »Sie werden morgen eine Vorladung ins Präsidium erhalten.«

»Aber warum denn das?«

»Weil Sie mich angelogen haben, gnädiges Fräulein.«

»Ich kenne Herrn Lichtenstein nicht!«

»Sie hören von mir. Ich wünsche Ihnen einen schönen Sonntag.«

Heiner und Laura kamen vom Dach herunter, als Richard Anna Fricks Zimmer verließ. »Hatten Sie Erfolg?« fragte Heiner.

»Wie man es nimmt. Was treiben Sie mit Fräulein Rothe auf dem Dachboden?«

»Ich habe ihr mein *Belvederche* gezeigt, das Sie sich seit Jahren zu betreten weigern.«

»Da ich Grund zu der Annahme habe, daß dieses *Belvederche* ähnlich konstruiert ist wie das in Ihrem vorherigen Domizil, verzichte ich lieber auf eine Besichtigung.«

»Die Aussicht ist atemberaubend«, sagte Laura.

»Ich weiß.«

Heiner schmunzelte. »Kommissar Biddling hegt eine tiefe Abneigung gegen Frankfurter Altstadtdächer.«

»Keine zehn Gäule bringen mich dort hinauf!«

»Warum denn?« fragte Laura, aber die Männer blieben ihr die Antwort schuldig.

»Was hat Anna Frick gesagt?« fragte Heiner, als sie wieder in der Küche saßen.

»Sie bestreitet, Lichtenstein zu kennen, aber ich bin sicher, daß sie lügt.«

»Eine Gewalttat traue ich ihr nicht zu«, sagte Heiner.

Richard zuckte die Schultern. »Morgen werde ich sie daktyloskopieren lassen. Dann wird sich ja herausstellen, ob sie die Spurenverursacherin ist oder nicht.«

»Was werden Sie mit ihr tun?« fragte Laura.

»Ihre Fingerabdrücke nehmen.«

»O ja, ich verstehe. Ich habe vor einiger Zeit einen interessanten Artikel über diese neue Methode gelesen.«

Heiner und Richard wechselten einen amüsierten Blick. »Die Methode ist uralt«, sagte Richard. »Aber wenn unsere Gelehrten das schreiben würden, müßten sie ja zugeben, daß ein paar Inder und Chinesen schlauer waren als sie.«

»Es gibt viele Vertreter in Justiz und Polizei, die die Wirksamkeit der Methode bezweifeln«, sagte Heiner.

»Zum Beispiel Polizeirat Franck«, fügte Richard hinzu. Er sah Heiner an. »Sagt Ihnen der Name Zilly etwas?«

»Meinen Sie das Fräulein von aus der *Laterna Magica*?«

»Wenn nach dem von ein Ravenstedt folgt, dann ja.«

»Das weiß ich nicht. Ich kann Ihnen nur sagen, daß unter den Damen in der Rosengasse vor zwei oder drei Jahren das Gerücht umging, in der *Laterna* arbeite eine Zilly, die adeliger Herkunft sei und eine Leiche im Keller habe.«

»Inwiefern?« fragte Richard interessiert.

Heiner Braun zuckte mit den Schultern. »Ich habe die Information damals an Wachtmeister Heynel weitergegeben. Wenn bei den Ermittlungen etwas herausgekommen wäre, hätte er es mir sicher gesagt.«

»Das bezweifle ich.«

»Was haben Sie eigentlich gegen ihn?« fragte Laura.

»Kriminaloberwachtmeister Heynel pflegt zu schweigen, wenn er reden sollte, und zu reden, wenn er besser schweigen sollte«, erklärte Richard.

»Er war der einzige von Ihnen allen, der mich vorbehaltlos willkommen hieß!« Als Laura Heiners Blick sah, senkte sie verlegen den Kopf.

»Können Sie mir vielleicht auch mit Signora Runa weiterhelfen?« fragte Richard.

Heiner dachte nach. »Ist das nicht der Tarnname für die Eigentümerin der *Laterna Magica?*«

»Tarnname?« fragten Richard und Laura gleichzeitig.

»Ich kann nur Gerüchte wiedergeben«, sagte Heiner. »Es heißt, die Signora sei eine hochgestellte Dame von außerhalb, die das Haus geerbt und beschlossen habe, es zu behalten, als sie herausfand, wie einträglich die darin getätigten Geschäfte sind. Ich kenne allerdings niemanden, der sie je zu Gesicht bekommen hätte und vermute daher, daß die Geschichte lanciert wurde, um die Phantasie der gut situierten Kundschaft anzuregen und somit die einträglichen Geschäfte weiter zu steigern.«

»Ein Hirngespinst ist die Dame jedenfalls nicht«, sagte Richard. »Ich habe gestern abend mit ihr gesprochen. Allerdings ließ sie mich über ihre Identität im wahrsten Sinne des Wortes im dunkeln. Ihrem Benehmen nach zu urteilen, kennt sie mich. Ich zerbreche mir den Kopf, woher.«

»Wenn das Haus vererbt wurde, müßte der neue Eigentümer im Grundbuch stehen«, sagte Laura.

»Sofern nicht ein Strohmann eingeschoben wurde, wie es bei delikaten Angelegenheiten üblich ist«, ergänzte Richard.

»Was haben Zilly und die Signora mit Lichtensteins Tod zu tun?« fragte Heiner.

Richard berichtete von seinen Ermittlungen, und Laura war erstaunt, wie vertraulich er mit seinem ehemaligen Untergebenen umging. Im Gegensatz zu gestern schien ihn auch ihre Anwesenheit nicht zu stören. Es war offensichtlich, daß er erleichtert war, daß Heiner Braun seine Befürchtungen bezüglich Signora Runa nicht teilte. Als er Paul Heusohn erwähnte, lächelte Heiner.

»Sie arbeiten mit dem Jungen vom roten Käthchen?«

»Gott, Braun. Was weiß denn ich, wie seine Mutter heißt?«

»Es kann nie schaden zu wissen, aus welchem Stall jemand stammt. Käthe Heusohn war früher das hübscheste Mädchen im Quartier und so schüchtern, daß sie knallrot anlief, sobald jemand sie ansprach.«

»Weshalb man sie folgerichtig das rote Käthchen nannte.« Richard sah Laura an. »Braun kann die Geburtstage, Verwandtschafts- und Bekanntschaftsverhältnisse, Vornamen, Nachnamen und Spitznamen sämtlicher Altstadtbewohner diesseits und jenseits des Mains auswendig aufsagen. Die ehrenwerten Damen aus den Etablissements in der Rosengasse miteingeschlossen.«

»Sie übertreiben, Herr Kommissar.«

»Sollte er je vorschlagen, Ihnen die Stadt zu zeigen, machen Sie sich aufs Schlimmste gefaßt.«

Laura lächelte. »Das hat er schon.«

»Er stellte mir zwei Sachsenhäuser Fischweiber als liebreizende Vertreterinnen der hiesigen Bürgerschaft vor.«

Heiner grinste. »Nun, das sind sie doch, oder? Die Vorzüge der Frankfurter Apfelweingastronomie haben Sie für einen Preußen jedenfalls überaus schnell begriffen. Und den Dom und den Römer habe ich Ihnen schließlich auch gezeigt.«

»Dafür bin ich Ihnen bis heute zu wahrhaft großem Dank verpflichtet, Braun.«

Heiner wandte sich an Laura. »Kommissar Biddling hat sogar den einen oder anderen Frankfurter Fluch in seinen Sprachschatz aufgenommen. Nur mit der Aussprache hapert's ein wenig.«

»Braun!« mahnte Richard.

»Fräulein Rothe darf ruhig wissen, über welche Qualitäten Sie verfügen.« Er sah Laura an. »Als er sein neuerworbenes Vokabular anläßlich einer Wirtshausschlägerei gebrauchte, hatte sich ein weiteres polizeiliches Einschreiten erübrigt. Die Streithähne konnten sich nämlich vor Lachen nicht mehr weiterprügeln.«

Richard verzog das Gesicht. »Ich danke Gott, daß ich Sie los bin.«

Laura hatte Mühe, ernst zu bleiben. Heiner lächelte. »Haben Sie eigentlich die *Underwood* in die Kanzlei zurückgebracht?«

»Ich schreibe jetzt selbst.«

»Das kleine i springt trotzdem, hm?«

Richard grummelte etwas Unverständliches. Heiner grinste. »Ich wurde regelmäßig dienstwidrig als Schreibfräulein bei der Protokollierung von Vernehmungen eingesetzt. Und anschließend mußte ich mir anhören, ich sei unfähig, die Buchstaben richtig aufs Papier zu bringen.«

»Bei einer neuen Maschine springen die Typen nicht.«

»Ach so. Und jetzt, wo Sie schreiben, ist die Maschine alt.«

»Der Mechaniker sagt, der Verschleiß sei beträchtlich.« Richard stand auf. »Ich muß leider gehen. Ich habe noch eine Überprüfung in Niederhöchstadt zu machen. Es wäre mir lieb, wenn Sie sich bezüglich dieser Signora Runa ein bißchen umhören könnten. Irgendeiner in dieser Stadt muß schließlich wissen, wer sie ist! Grüßen Sie Helena von mir.«

»Und Sie Victoria«, sagt Heiner. »Wie geht es eigentlich Ihren Kindern?«

»Soweit ganz gut. Flora würde Sie gern wieder mal besuchen.«

»Ich würde mich freuen.«

Heiner begleitete Richard hinaus. Laura sah ihnen hinterher. Sie hätte Biddling viele Eigenschaften zugeschrieben, aber daß er Humor haben könnte, hätte sie nicht gedacht.

Als Richard ins Polizeipräsidium zurückkam, richtete ihm der Wachbeamte aus, daß Kommissar Beck ihn in der Kanzlei erwarte. Schon im Flur hörte er ihn schimpfen.

»Es ist mir gleich, ob in der Tinte Äpfel drin sind oder nicht! Schreiben sollen Sie!«

»Keine Äpfel, Herr Kommissar, sondern Galläpfel«, sagte eine männliche Stimme.

»Passen Sie auf, daß mir nicht die Galläpfel hochkommen, Sie ...!«

Richard unterdrückte ein Grinsen und betrat den Schreibmaschinensaal der Kanzlei. An der Fensterseite standen ein gutes Dutzend Pulte. An einem saß ein älterer Mann; Kommissar Beck sah ihm mit grimmiger Miene über die Schulter. »Ich hoffe, das wird heute noch was, Schultze!«

»Sie wollten mich sprechen?« fragte Richard.

Beck reichte ihm einen Text. »Der Entwurf für das Fahndungsplakat. Ich wäre Ihnen dankbar, wenn Sie keine Änderungswünsche hätten, sonst dauert es noch zwei Tage länger.«

»Ich bitte ergebenst um Verzeihung, Herr Kommissar, aber der Unterschied zwischen Äpfeln und Galläpfeln ist ein beträchtlicher«, sagte Schultze.

»Tatsächlich?« sagte Richard.

Schultze nickte. »Galläpfel sind nämlich keine Äpfel, sondern die Auswüchse, die von den Gallwespen besonders an Eichenblättern hervorgerufen werden, indem das weibliche Insekt mit seinem Legestachel ...«

»Himmel noch mal, Schultze!« fuhr Beck dazwischen.

»Aber ich wollte Ihnen doch lediglich erläutern ...«

Richard gab Beck das Blatt zurück. »Das ist in Ordnung. An welche Auflage hatten Sie gedacht?«

»Einhundert Stück dürften genügen.«

»Sehen Sie!« sagte Schultze. »Bei mehr als fünfzig Abzügen müssen Sie nämlich die eisenvitriolversetzte Galläpfel-Abkochung mit Gummiarabikum und das gute Papier aus der unteren Schrankschublade nehmen, damit Sie beim Hektographieren die Gelatineplatte nachschwärzen können.«

»Und wo finden wir dieses Wundermittel?« fragte Richard.

Schultze stand auf und verschwand in einem Nebenraum.

»Der macht mich wahnsinnig«, schimpfte Beck. »Ehe er einen Buchstaben zu Papier bringt, hat er einen Roman erzählt.«

»Seine Ausführungen lassen immerhin darauf hoffen, daß er mit dem Hektographen besser umgehen kann als mit der Schreibmaschine«, beschwichtigte Richard. Er berichtete von seinen Ermittlungen im Rapunzelgäßchen und erkundigte sich nach der Zufriedenheit Becks mit Schmitt.

»Im großen und ganzen ist er zu gebrauchen«, sagte Beck.

»Ich habe ihn beauftragt, eine Aufstellung über Lichtensteins Kunden anzufertigen. Interessant wären zunächst diejenigen, die kurz vor der Tat Kontakt zu ihm hatten.«

»Unabhängig davon, werde ich so bald wie möglich die betroffenen Mitglieder meiner Familie befragen«, sagte Richard.

»Meine diesbezügliche Bemerkung war unangebracht. Entschuldigen Sie.«

Richard sah ihn überrascht an. Bevor er etwas erwidern konnte, kam Schultze mit einem Stapel Papier und einer Schachtel zurück. »Schauen Sie, Herr Kommissar, dies hier ist …«

»Tun Sie mir einen Gefallen«, sagte Beck. »Fangen Sie verdammt noch mal endlich mit der Abschrift an!«

Schultze legte Papier und Schachtel auf das Pult und setzte sich. »Aber sicherlich, Herr Kommissar! Ganz wie Sie wünschen, Herr Kommissar!« Er studierte Becks Vorlage, suchte den ersten Buchstaben auf der Maschine und tippte ihn umständlich aufs Papier. Beck verdrehte die Augen.

»Ich bin kurz in meinem Büro und fahre dann nach Niederhöchstadt«, sagte Richard.

»Da Sie kaum rechtzeitig zurück sein werden, biete ich an, diesen Photographietermin zu übernehmen«, sagte Beck.

Richard nickte und ging. Er freute sich, daß seine Bemühungen offenbar Früchte trugen. In seinem Büro kniete Paul Heusohn neben dem Stehpult und betrachtete die sichergestellten Gegenstände aus Lichtensteins Kontor. Mit rotem Kopf stand er auf. »Bitte verzeihen Sie, ich …«

Richard dachte an Brauns *rotes Käthchen* und mußte lächeln. »Hören Sie auf, ständig um Verzeihung zu bitten, Heusohn.«

»Jawohl, Herr Kommissar!«

»Strammzustehen brauchen Sie bei mir auch nicht. Was haben Sie Interessantes studiert?«

»Die von Ihnen zur Verfügung gestellten Unterlagen, danach die morgendliche Presseberichterstattung, und dann …«

»Warum Sie auf dem Boden herumgekrochen sind, wollte ich wissen.«

»Verzeih… äh, ich habe mir die Manschettenknöpfe noch

mal angesehen. Ich bin sicher, daß der Mann, dem sie gehören, beruflich mit Pferden zu tun hat.«

»Sie meinen wegen der eingravierten Hufeisen?«

Paul Heusohn nickte. »Aber ...«

»... es könnte genausogut ein allgemeiner Glücksbringer sein, wie ihn viele Menschen tragen.«

»Genau das glaube ich nicht.« Er hielt Richard den unversehrten Knopf hin. »Das Hufeisen ist nicht graviert, sondern mit Nagelpunkten eingeprägt. Bei genauer Betrachtung sieht man, daß einige der Punkte größer sind als die anderen.«

»Ja, und?«

»Ein Hufeisen wird mit fünf bis acht Nägeln aufgenagelt: Dafür stehen die größeren Punkte. Außerdem haben im Gegensatz zu englischen oder Wiener Hufeisen die deutschen an beiden Armen einen vierkantigen sogenannten Stollen, der durch die eingedrückten Sternchen dargestellt wird. Der Eigentümer der Manschettenknöpfe müßte demnach Deutscher sein.«

Richard sah den Jungen verblüfft an. »Woher wissen Sie das?«

»Ich habe einige Zeit in einer Hufschmiede gearbeitet, und mein Chef erklärte mir, daß die besondere Prägeform des Hufeisens ein Erkennungszeichen unter Pferdeleuten, vor allem unter Kutschern, sei.«

»Das ist ein sehr guter Gedanke, Heusohn.«

Der Junge wurde rot vor Verlegenheit. »Das freut mich, Herr Kommissar. Wenn ich eine weitere Anmerkung machen dürfte? Sie sprachen heute früh von den Verletzungen an Herrn Lichtensteins Kopf, die vermutlich von einem Schuster- oder Dachdeckerwerkzeug herrühren. Könnte es nicht auch ein Schmiedewerkzeug gewesen sein? In Frage kämen zum Beispiel ein Hufschmiedehammer, Falzeisen, Dreheisen oder Schrotmeißel. Abgesehen davon, ist ein Schmied in der Lage, fast jedes beliebige Werkzeug mit wenig Aufwand herzustellen. Mein Chef hatte für jede Eisenform eine passende Feuerzange angefertigt. Ich mußte immer darauf achten, daß sie griffbereit an der Esse hingen.«

»Ihre Überlegungen sind durchaus plausibel. Bitte halten Sie alles in einem Vermerk fest.« Richard schlug sein Notizbuch auf. »Vorher hätte ich allerdings noch einen anderen Auftrag für Sie: Wie Sie wissen, traf sich Lichtenstein vor seinem Tod mit einem Fräulein Frick. Vermutlich handelt es sich dabei um Anna Frick, geboren am 12. Dezember 1876 in Mainz, wohnhaft im Rapunzelgäßchen 5. Vor dem 8. September 1903 will sie sich in Offenbach aufgehalten haben. Bitte erkundigen Sie sich bei dem zuständigen Polizeirevier, ob es eine Akte über sie gibt.«

»Sollte nicht auch der Mann, dem Bruno Groß bei Herrn Lichtenstein einen Klavierkauf vermitteln wollte, aus Offenbach kommen?«

»Ja, richtig. Vielleicht gibt es da einen Zusammenhang, von dem wir noch nichts ahnen.«

Paul Heusohn legte den Manschettenknopf zurück und ging zur Tür.

»Wo wollen Sie denn hin?« fragte Richard.

»Sie haben mir doch gerade den Auftrag gegeben, zur Polizei nach Offenbach …«

»Sie dürfen für Ihre Anfrage gern das Telephon benutzen.«

»Verz… äh, ich habe das noch nie gemacht.«

»Dann wird es Zeit.« Richard gab Paul Heusohn eine Broschüre der Post und die Anschlußteilnehmerliste. »Darin finden Sie alles, was Sie wissen müssen. Es ist halb so schwer, wie es aussieht«, fügte er lächelnd hinzu und ging.

Respektvoll betrachtete Paul Heusohn den Telephonapparat, der an der Wand neben dem Fenster hing. Er schlug die Broschüre auf. *Anweisung zur Benutzung der Fernsprecheinrichtungen,* las er. *Teilnehmer A wünscht Teilnehmer B zu sprechen. Zu diesem Zwecke weckt A zunächst die Vermittelungsanstalt, indem er kurze Zeit (2 bis 3 Sekunden lang) gegen den Knopf a (siehe Zeichnung) drückt.* Sein Blick glitt von der Zeichnung zum Telephon und zurück. *Hierauf hebt er den Fernsprecher b vom Haken c und hält ihn mit der Schallöffnung gegen das Ohr. Die Vermittelungsanstalt antwortet: Hier Amt, was beliebt? A erwidert durch den Fernsprecher d: Wünsche mit Nummer … (Nr. von B in der Teilnehmerliste) zu spre-*

chen. Er wiederholte den Text, bis er ihn auswendig kannte. Als er den Fernsprecher abnahm, zitterte er vor Aufregung.

»Ja, bitte?« hörte er das Fräulein vom Amt.

＊

»Hier stand früher der Clesernhof, das ehemalige Polizeipräsidium«, sagte Heiner Braun. »Noch vor der Jahrhundertwende wurde er abgerissen, um einer Rathauserweiterung Platz zu machen.«

Lauras Blick wanderte über Putten und Fabeltiere, nackte Männer, die unter der Last von Altanen zu ächzen schienen, Zinnen, Giebelchen und verspielte Erker. »Ziemlich viel Prunk und Pomp, oder?«

»Man nennt es den Wilhelminischen Stil. Normalerweise gefällt das den Preußen«, stellte Heiner fest.

»Meine Ahnen kommen aus der bayerischen Provinz«, sagte Laura.

Heiner zeigte auf einen schlichten Wappenstein. »Der stammt noch vom Clesernhof. Genau wie der unscheinbare Erker ganz rechts oben. Ein bißchen Opposition muß schließlich sein.«

Laura lachte. »Langsam verstehe ich, warum Kommissar Biddling Zeit brauchte, sich an Sie zu gewöhnen.«

Sie gingen weiter in die Rotekreuzgasse. Das Haus, in dem Heiner früher gewohnt hatte, war noch windschiefer als das im Rapunzelgäßchen. Aus dem obersten Stock winkten ihm zwei Kinder zu. Eine alte Frau erkundigte sich nach Helena. Der Besitzer eines Zigarrenlädchens wünschte lächelnd einen guten Tag. Keine Frage: Heiner Braun war hier überall bekannt und beliebt.

Ein dürrer Junge mit schmuddeligem Hemd und zerzaustem Haar grinste ihn an. »Ei gude, wie?«

»Lausebengel! Was treibst du dich ohne Jacke auf der Gasse herum?«

»Ei, ich guck nur e bissi in die Luft, Herr Wachtmeister. Genau wie Sie.«

Heiner drohte ihm lächelnd mit dem Zeigefinger. »Mach, daß du nach Hause kommst, Schlawiner! Oder ich sage deiner Mutter Bescheid.«

»Bloß net! Sonst flennt se noch mehr rum«, sagte der Junge und lief davon.

»Habe ich das richtig verstanden?« fragte Laura. »Seine Mutter weint?«

Heiner nickte. »Sie hat erst vor kurzem ihren Mann verloren. Fritz Wennecke, der Arbeiter von Pokorny & Wittekind.«

»Ich verstehe nicht…?«

»Erinnern Sie sich an die Akte, die Sie vorgestern in Kommissar Biddlings Büro gelesen haben?«

»Der Unfall mit der Dampfmaschine in der Bockenheimer Fabrik?«

»Ja. Ich glaube allerdings nicht, daß es ein Unfall war. Und Kommissar Biddling glaubt es auch nicht. Leider haben wir keine Beweise. Durch die Mordsache Lichtenstein wird die Akte wohl vorerst liegenbleiben.«

Sie verließen die Rotekreuzgasse und kamen in eine enge Straße, die zu einer Seite hin mit einem Gittertor verschlossen und so schummrig war, daß Laura aufpassen mußte, daß sie nicht über das moosbewachsene Pflaster stolperte.

»Das Citronengäßchen«, sagte Heiner. »Seinen Namen verdankt es einem Kaufmann, der hier früher einen Zitronenhandel betrieb.«

Aus einer offenen Tür drang Kindergeschrei. Es roch nach Kohl und Pellkartoffeln. Laura sah Fenster und Klappläden, von denen die Farbe blätterte. In den oberen Stockwerken streifte hier und da Sonnenlicht die Fassaden. Heiner blieb vor einem Durchgang stehen, der in einen dunklen Hof führte. In der Einfahrt lag Altmetall, im Rinnstein ein zerknülltes Taschentuch. »Das hier gehört zum Gebäudekomplex einer Metzgerei am Großen Kornmarkt. Käthe Heusohn wohnt mit ihren Kindern im Hinterhaus.«

»Hat sie denn keinen Mann?«

Heiner schüttelte den Kopf. »Der Vater von Paul, ihrem Ältesten, ist unbekannt, der andere starb im vergangenen Sommer an den Folgen jahrelanger Trunksucht. Sie hätte wirklich Besseres verdient.« Er zeigte auf ein rußschwarzes Häuschen neben der Einfahrt. Die Fassade war mit Balken abgestützt. »Dort wuchs Martin Heynel auf.«

»Warum erzählen Sie mir das?«

»Weil ich weiß, daß es Sie interessiert«, antwortete Heiner freundlich.

Nach ihrer Rückkehr ins Rapunzelgäßchen kam Anna Frick in die Küche. Ihr Gesicht war ausdruckslos. »Ich muß Sie sprechen, Herr Braun. Allein.«

Der Photograph kam eine halbe Stunde zu spät, und bis sein Assistent alle benötigten Gerätschaften im Labor zusammengepackt und zum Wagen getragen hatte, war eine weitere halbe Stunde vergangen. Beck war wütend. Nur, weil die Herren Staatsanwälte und Richter zu dumm waren, eine Zeichnung richtig zu lesen, mußten diese albernen Aufnahmen gemacht werden! Als sie Lichtensteins Geschäft erreichten, dämmerte es schon. Mit viel Palaver wurden Stativ und Kamera ausgeladen. Das Kutschpferd wieherte. Passanten blieben stehen und tuschelten.

»Gehen Sie weiter! Hier gibt es nichts zu sehen!« rief Beck.

Im Treppenaufgang brannte Gaslicht; in Lichtensteins Kontor war es kalt und klamm. Beck erklärte, wo welche Aufnahmen gemacht werden sollten. Als der Assistent die eingetrockneten Blutflecken sah, fing er an zu würgen.

»Unterstehen Sie sich!« sagte Beck gereizt. Sein Bedarf an Dilettanten war für heute wirklich gedeckt.

Der Photograph entschied, im Kontor zu beginnen. Während die beiden Männer den Photoapparat aufbauten und über die Menge des benötigten Magnesiums stritten, sah Beck aus dem Fenster. An der Hauptwache schlug ein Schutzmann ein Plakat an. Sofort war er von Neugierigen umringt. Etwas abseits stand eine dunkelgekleidete Frau. Beck fiel sie nur deshalb auf, weil sie sich als einzige nicht für den Aushang interessierte. Statt dessen schien sie das Haus zu beobachten.

»Wenn Sie bitte beiseite treten würden, Herr Kommissar? Wir müssen das Fenster abdecken«, sagte der Photograph. »Die Lichtreflexe stören.«

Es dauerte fast drei Stunden, bis sie fertig waren. Beck verließ die Geschäftsräume als letzter und versiegelte die Eingangstür. Als er in die Kutsche stieg, sah er eine dunkle Gestalt in der Gasse neben der Katharinenkirche verschwinden.

In Höhe der Hauptpost ließ er halten und stieg aus. Er ging zurück und näherte sich unauffällig Lichtensteins Haus. Vor der Kirche standen zwei Männer und debattierten. Die Trambahn fuhr vorbei. Nirgends war etwas Verdächtiges zu entdecken. Leise öffnete er die Eingangstür und schlüpfte ins Haus. Er hörte die Treppe knarren und wußte, daß er mit seiner Vermutung recht gehabt hatte. Irgend jemand hatte gewartet, bis die Luft rein war. Aber wer – und warum? Da es aussichtslos war, auf der Holztreppe nach oben zu gelangen, ohne Geräusche zu verursachen, ging er normalen Schrittes hinauf. Im ersten Stock kam ihm eine Frau entgegen. Sie trug ein dunkles Kleid und huschte mit einem knappen Gruß an ihm vorbei.

Beck tat, als gehe er in den zweiten Stock hinauf, blieb aber auf dem Treppenabsatz stehen. Er mußte nicht lange warten. Sie sah sich nach allen Seiten um, näherte sich Lichtensteins Tür und betrachtete das Siegel. Dann griff sie in ihre Manteltasche und bückte sich.

»Was tun Sie da?«

Sie fuhr zusammen, als habe sie jemand geschlagen. Ihre rechte Hand war zur Faust geballt und ihr Gesicht so starr, daß es in dem spärlichen Licht wie eine weiße Maske wirkte.

Beck sprang die wenigen Stufen nach unten. »Ich habe Sie gefragt, was Sie hier machen!«

»Ich ... nichts.«

»Wie heißen Sie?«

»Frick.«

»Ach? Etwa Fräulein Anna Frick aus dem Rapunzelgäßchen?«

Sie nickte.

»Was wollen Sie hier?«

»Nichts.«

»Verstehe. Sie sind zufällig vorbeigekommen.«

»Ja.«

»Nun gut. Dann bitte ich Sie, mich zum Polizeipräsidium zu begleiten.«

»Warum?«

»Um Ihre Aussage zu protokollieren.«

»Aber ...«

»Entweder kommen Sie freiwillig mit, oder ich lasse Sie von einer Wache abführen!«

Ohne ein weiteres Wort folgte sie ihm zum Präsidium. Ihr Schweigen hatte etwas Provozierendes. Beck ließ sie ins Büro vorausgehen. Er stellte einen Stuhl vor seinen Schreibtisch und forderte sie auf, sich zu setzen; er selbst blieb stehen. »Ich frage Sie noch einmal: Was wollten Sie an Lichtensteins Tür, Fräulein Frick?«

»Ich hatte gehört, daß da ein Mord geschehen ist.«

»So? Etwa von Kommissar Biddling, der Sie heute morgen befragt hat?«

»Ja.«

»Der Mord an Lichtenstein steht seit Freitagabend in allen Zeitungen. Noch dazu wohnen Sie im Haus eines Polizeibeamten. Und Sie wollen mir weismachen, Sie hätten bis heute nichts davon gewußt?«

»Alles, was ich weiß, habe ich bereits Herrn Biddling gesagt.«

Beck sah, daß sie immer noch ihre Hand geschlossen hielt. »Was haben Sie da?«

»Nichts.«

Er bog ihr die Finger auseinander. »Zwanzig Mark!« sagte er überrascht. Er nahm ihr die Münze ab. »Wo haben Sie das Geld her?«

»Das ist mein Lohn.«

»Und den tragen Sie sonntags spazieren?«

159

»Ich glaube nicht, daß das verboten ist.«

Was bildete sie sich ein? Daß sie ihn verulken konnte? »Sie haben sich am Freitag vor einer Woche mit Lichtenstein getroffen. Warum?«

»Ich habe Herrn Kommissar Biddling bereits …«

»Es ist mir schnurzegal, was Sie Biddling erzählt haben!« Er schlug Lichtensteins Kalender auf und hielt ihn ihr vor die Nase. »Da steht's. Schwarz auf weiß, Fräulein Frick!«

Sie kramte ein abgeschabtes Etui hervor und setzte ihre Brille auf. Sorgfältig studierte sie den Kalendereintrag. »Es besteht die Möglichkeit, daß das ein anderes Fräulein Frick gewesen ist, oder?«

War es ihre umständliche Gestik? Ihr ausdrucksloses Gesicht? Die scheinbare Gleichgültigkeit, mit der sie die Brille wieder abnahm und in dem Etui verstaute? Beck mußte an sich halten, nicht die Beherrschung zu verlieren. »Fräulein Frick! Ich frage Sie zum letzten Mal …«

»Ich war nicht dort.«

Beck setzte sich an seinen Schreibtisch. »Sie wissen, was passiert, wenn Sie vorsätzlich eine falsche Aussage machen?«

»Nein … was?«

Es war ein Moment der Unsicherheit, ein Flackern in ihren Augen, das ihm zeigte, daß er auf dem richtigen Weg war. Er blätterte in den Papieren, die vor ihm lagen. »Nun gut. Beenden wir die unnütze Unterhaltung und schaffen Fakten. Zwei Zeugen haben dieses ominöse Fräulein Frick an dem fraglichen Tag im Haus Zeil 69 gesehen. Ich werde eine Gegenüberstellung veranlassen. Sie sehen hoffentlich ein, daß ich Sie solange hierbehalten muß.«

Sie wurde noch blasser, als sie ohnehin war. »Ich verstehe nicht, warum das alles so wichtig ist.«

»Es geht um einen Mord, Fräulein Frick! Um einen scheußlichen Mord, dessen Einzelheiten zu schildern ich mir erspare. Und wir haben Beweise, daß eine Frau in diesen Mord verwickelt ist.«

Sie faßte sich an den Hals. »Sie glauben, daß ich …?«

Er stand so abrupt auf, daß sie zusammenzuckte. »Warum sollte ich das nicht glauben? Sie waren in diesem Haus! Exakt eine Woche vor Lichtensteins Ermordung! Ist es nicht so?«

»Selbst angenommen, ich wäre dort gewesen, so heißt das noch lange nicht …«

»Hören Sie auf mit Ihren Spielchen! Kommissar Biddling mögen Sie damit beeindrucken, mich nicht. Ich frage Sie jetzt zum allerletzten Mal: Waren Sie am Freitag, dem neunzehnten Februar, im Geschäft des Pianofortehändlers Hermann Lichtenstein? Ja oder nein?«

Sie senkte den Kopf. »Ja.«

»Wann?«

»Irgendwann abends nach Geschäftsschluß. Die genaue Uhrzeit weiß ich nicht mehr.«

»War außer Ihnen beiden noch jemand anwesend?«

»Nein.«

»Was wollten Sie von ihm?«

»Herr Lichtenstein hatte in der *Frankfurter Zeitung* nach einer Klavierlehrerin annonciert. Das heißt, die Annonce war chiffriert. Ich erfuhr erst, daß es Herr Lichtenstein war, als er mich zum Vorspielen in seine Geschäftsräume bestellte.«

»Soso. Sie spielen Klavier.«

»Ich bin ausgebildete Pianolehrerin.«

»Und da haben Sie es nötig, bei Schmonker Handlangerdienste zu leisten?«

»Man muß leben.«

»Nennen Sie mir einen einzigen Grund, warum Lichtenstein aus der Suche nach einer Klavierlehrerin ein derartiges Geheimnis machen sollte.«

»Er sagte mir, daß seine Frau mit ihrer derzeitigen Lehrerin unzufrieden sei, und daß er sie mit einer geeigneten Nachfolgerin überraschen will. Ich sollte ab der ersten Märzwoche zu ihm nach Hause in die Palmengartenstraße kommen. Immer sonntags nachmittags. An meinem freien Tag.«

»Wenn es so war, gibt es darüber sicher einen Vertrag.«

»Den Kontrakt wollte Herr Lichtenstein mir nach der ersten

Stunde geben. Seine Frau sollte die Entscheidung darüber haben. Er wollte es ihr am zwanzigsten Verlobungstag sagen. Aber ...«

»... vorher schlug ihm zufällig jemand den Schädel ein. Eine gute Ausrede, fürwahr.«

Sie setzte sich kerzengerade auf ihren Stuhl. »Das ist die Wahrheit!«

»Tatsächlich? Und welchen Grund gab es, ebendiese Wahrheit zu leugnen?«

»Ich möchte nicht in die Sache hineingezogen werden.«

»Sie sind schon mittendrin.« Er zeigte auf die Münze. »Was wollten Sie an Lichtensteins Tür?«

»Ich habe alles gesagt.«

»Sie haben versucht, ein amtliches Siegel zu brechen!«

»Sie wissen, ich habe nichts angerührt.«

Beck glaubte nicht daran, daß eine Frau an dem Mord beteiligt war, und er sah keinen Grund, seine Meinung zu ändern. Aber diese Person log. Und sie hatte den gleichen Tonfall an sich wie Theodora! Einen Ton, den er haßte, weil er jeden Sieg in eine Niederlage kehrte.

»Kann ich gehen?« fragte sie.

»Nicht, bevor ich eine plausible Erklärung habe, warum Sie sonntags nachmittags mit zwanzig Mark in der Hand vor einer versiegelten Tür auf und ab spazieren!«

Sie schwieg.

»Wo waren Sie am Freitag zwischen zwölf und ein Uhr?«

»Zu Tisch.«

»Mit wem?«

»Allein.«

»Wo?«

»In dem Lokal gegenüber vom Warenhaus Schmonker.«

»Von Schmonker bis zu Lichtensteins Geschäft sind es nur wenige Minuten.«

»Sie können meine Kolleginnen fragen.«

»Was wollten Sie mit dem Geld vor Lichtensteins Tür?«

»Nichts.«

Er schlug mit der Faust auf den Tisch. »Hören Sie auf mit Ihrem verdammten Nichts!«

Sie zeigte Angst, und Beck war geneigt, das Spiel zu beenden. Im Prinzip interessierte sie ihn nicht. Mochte Biddling sich um sie kümmern. Aber ein kleiner Denkzettel für ihre Lügen konnte nicht schaden. Er ging zur Tür und rief nach der Wache. Ein Schutzmann eilte herbei. »Was kann ich für Sie tun, Herr Kommissar Beck?«

»Bringen Sie diese Person ins Gewahrsam.«

»Jawohl, Herr Kommissar!«

»Lassen Sie mich gehen. Ich verliere meine Arbeit.«

Sie sagte nicht einmal Bitte. Nicht einmal das! »Ich komme in einer Stunde vorbei. Bis dahin haben Sie Zeit, sich zu überlegen, was Sie wirklich von Lichtenstein wollten.«

Sie setzte an, etwas zu entgegnen, aber Beck schloß die Tür. Er ging zum Telephonapparat. Ja sicher, sagte Lichtensteins Witwe, mit ihrem Klavierfräulein sei sie schon länger unzufrieden. Ja, darüber habe sie vor einiger Zeit mit ihrem Mann gesprochen. Nein, er habe nichts von einer Annonce erwähnt. Eine Anna Frick kenne sie nicht. Aber das habe Kommissar Biddling sie auch schon gefragt. Beck beendete das Gespräch und ließ sich mit der Anzeigenabteilung der *Frankfurter Zeitung* verbinden, wo man ihm bestätigte, daß Hermann Lichtenstein in der vorvergangenen Woche eine chiffrierte Annonce nach einer Pianolehrerin aufgegeben hatte.

Offenbar hatte Anna Frick die Wahrheit gesagt. Trotzdem ergab das Ganze keinen Sinn. Wenn dieses Treffen harmlos gewesen war: Warum hatte sie es so hartnäckig geleugnet? Beck fixierte die Münze. Plötzlich kam ihm ein Gedanke. Er ging in Biddlings Büro und suchte Lichtensteins Kassenbuch aus den sichergestellten Unterlagen heraus. Es dauerte nicht lange, bis er fündig wurde.

Anna Frick saß auf der Pritsche und starrte die Wand an, als Beck zu ihr in die Zelle kam. »Haben Sie sich zu einer Erklärung durchgerungen, die Ihnen ein Staatsanwalt abnimmt?«

Sie sah ihn an. »Ich habe Ihnen alles gesagt, was es zu sagen gab.«

Er legte ihr das Kassenbuch hin. »Brauchen Sie Ihre Brille, oder verstehen Sie den Hinweis auch so?«

»Welchen Hinweis?« fragte sie, ohne das Buch anzusehen.

Er hielt es ihr vors Gesicht. »Sie sind doch Angestellte? Dann wissen Sie auch, was das ist, oder? Eine Kassenabrechnung, gnädiges Fräulein! Soll ich Ihnen sagen, was unter Samstag, zwanzigster Februar, in dieser Abrechnung verbucht ist? Ein Fehlbetrag von zwanzig Mark. Muß ich noch weiterreden?«

Sie drehte den Kopf weg und schwieg. Er warf das Buch auf die Pritsche und faßte sie am Arm. »Sie haben Geld aus Lichtensteins Kasse genommen! Und heute wollten Sie es heimlich wieder zurückbringen.«

»Sie tun mir weh.«

»Verdammt noch mal! Haben Sie gehört, was ich gesagt habe? Sie haben den Mann, der Ihnen eine Stellung angeboten hat, hinterlistig bestohlen!«

»Ich hätte es ihm bald zurückgegeben.« Sie sprach so leise, daß Beck Mühe hatte, die Worte zu verstehen.

»Aber leider wurde er vorher ermordet. Oder sollte ich sagen: Zum Glück?«

»Bitte lassen Sie mich los.«

Er nahm das Buch von der Pritsche. »Wofür haben Sie den läppischen Betrag gebraucht?«

»Der läppische Betrag ist ein halber Monatslohn, Herr Kommissar.«

»Ich fragte, wofür Sie das Geld verwendet haben!«

»Ich hatte eine dringende Besorgung.«

»Welche?«

Sie sank in sich zusammen. »Ich brauchte … ein neues Kleid.«

»Sie sollten sich schämen.« Beck klopfte an die Tür; der Wachbeamte öffnete.

»Was werden Sie denn jetzt mit mir tun?«

Er sah sie verächtlich an. »Diebstahl wird mit Gefängnis bestraft, gnädiges Fräulein.«

»Und?« fragte der Wachbeamte im Flur.

»Lassen Sie sie eine Stunde schmoren, dann werfen Sie sie raus.« Der Wachbeamte grinste. Beck ließ ihn stehen und ging zurück in sein Büro. Sie trug weder Schmuck, noch machte sie den Eindruck, als lege sie Wert auf irgendwelchen Tand und stahl Geld für ein Kleid! Er wußte nicht, warum, aber es enttäuschte ihn. Er sah das Zwanzigmarkstück an. Eigentlich hätte er zufrieden sein müssen, daß er ihr die Wahrheit abgerungen hatte, aber er hatte nicht einmal Lust, die Anzeige zu schreiben. Er brachte das Kassenbuch zurück, schloß das Geld in seinem Schreibtisch ein und begann, einen Bericht über die durchgeführte Tatortphotographie zu verfassen.

Eine Dreiviertelstunde später klopfte es; bevor er etwas sagen konnte, stürzte ein Polizeidiener herein. »Ich bitte um Verzeihung, Herr Kommissar! Das Fräulein hat versucht, sich was anzutun!«

Als Beck ins Polizeigefängnis kam, lag Anna Frick auf einer Trage im Flur. Ihre Augen waren geschlossen, ihre Handgelenke bandagiert. Dr. Meder deckte sie zu und befahl, sie unverzüglich ins Städtische Krankenhaus zu überführen.

»Wenn Sie meinen, daß sie bewacht werden muß, schicken Sie Beamte mit«, sagte er zu Beck.

Er schüttelte den Kopf. »Wird sie durchkommen?«

Dr. Meder zuckte mit den Schultern. »Sie hat viel Blut verloren. Zum Glück hat der Wachbeamte sie rechtzeitig gefunden. Warum war sie inhaftiert?«

»Verdacht des Diebstahls«, murmelte Beck. Er sah den Wachbeamten an. »Wie, um Himmels willen, konnte das passieren?«

Der Beamte zeigte in die offene Zelle. Der Fußboden war voller Blut. Vor der Pritsche lag das Brillenetui, daneben die Brille. »Sie hat die Gläser herausgebrochen.«

»Holen Sie jemanden zum Saubermachen.« So elend hatte Beck sich in seinem ganzen Leben noch nicht gefühlt.

Kapitel 7

Morgenblatt   Montag, 29. Februar 1904

Frankfurter Zeitung
und Handelsblatt

Raubmord auf der Zeil. Wer die Mörder sind, das weiß keiner außer den Verbrechern selbst. Leider, so muß man sagen, verringert sich mit jeder Stunde die Möglichkeit, daß das schwere Verbrechen durch die Gesetze Sühne findet. Das ist eine alte kriminalistische Erfahrung.

Zu später Stunde wurde uns mitgeteilt, daß der Behörde eine wichtige Nachricht zugekommen ist. Seit einigen Tagen soll, so heißt es, ein Klaviertransporteur vermißt werden, der in Diensten eines hiesigen Unternehmens stand, das sich mit Möbel- und Klaviertransport befaßt. Jener Transporteur soll am vergangenen Montag bei Lichtenstein gewesen sein und ihm gesagt haben, er werde im Laufe der Woche mit einem Offenbacher Wirt wegen Ankauf eines Klaviers wiederkommen. Jener Mann ist seit etlichen Tagen nicht mehr in seine Wohnung gekommen; sein Aufenthaltsort ist unbekannt.

Die Beerdigung Lichtensteins wird am Mittwoch erfolgen.

Als die Droschke anfuhr, schloß Richard die Augen. Daß Beck sich entschuldigt und freiwillig den verhaßten Photographietermin übernommen hatte, gab Anlaß zu der Hoffnung, daß sie zukünftig besser miteinander auskommen würden, auch wenn es sicher niemals so werden würde wie mit Wachtmeister Braun. Wie er den alten Querkopf und seine respektlosen Bemerkungen vermißte! *Wer mit den Leuten reden will, muß mit ihnen schwätzen können, Herr Kommissar.*

Das Frankfurt der kleinen Leute, die verwinkelten Gäßchen, in denen brave Kleinbürger Tür an Tür mit leichten Mädchen wohnten, Händler und Handwerker sich ihre engen Behausungen mit Schlafburschen und Arbeitern teilten, war ihm trotz Brauns Bemühungen fremd geblieben, genauso wie die Welt der Honoratioren, der Großkaufleute, Bankiers und Unternehmer, in die er durch seine Heirat mit Victoria geraten war. Sein Zuhause war die Fichardstraße gewesen, fünfzehn Jahre lang, vier Zimmer in einem schlichten Haus, und sein Gehalt hatte sogar für Louise und eine Wäscherin gereicht. Wenn er abends nach Hause kam, lächelte er über Amtmann Jänneck, der die Läuse einzeln von seinen Vorgartenrosen verjagte, er grüßte Lehrer Bach und sah Revisor Rückert in der Dämmerung seine Pfeife rauchen. Victoria erzählte ihm von den Kindern und der Geschichte, die sie gerade las. Sonntags gingen sie in den Anlagen spazieren und luden Heiner und Helena zum Kaffee ein.

Es war kurz vor Vickis sechzehntem Geburtstag, ein schwüler Augusttag, alle Fenster standen offen. Victoria hatte ein rotes Kleid an und seine Hände gefaßt. *Bitte, Richard! Ich habe mit Vater gesprochen. Wenn wir im gleichen Haus wohnen, kann ich mich besser um Clara und Mama kümmern. Die Mädchen bekommen ihr eigenes Zimmer. Und David wäre auch versorgt.*

Nie war ihm ein Ja schwerer gefallen. Flora hatte gejubelt, Vicki genickt, Louise still geweint. Heiner und Helena waren nur einmal im Palais im Untermainkai gewesen. Die Gegenbesuche im Rapunzelgäßchen wurden seltener und hörten schließlich ganz auf. *Memento mori sagt mir nichts, Herr Kommissar,* hatte Braun gesagt. *Aber Victorias Deutung scheint mir doch die plausibelste zu sein.*

Wie gern wollte Richard ihm glauben! Aber sprachen die Umstände nicht jeder harmlosen Deutung hohn? Das Problem war ja weniger, was sie gesagt hatte, sondern, wie sie es gesagt hatte. Und das hatten weder Victoria noch Braun gehört. War ihm der Klang ihrer Stimme nicht vertraut vorgekommen? Oder bildete er sich alles nur ein? Signora Runa. Richard murmelte den Namen, sezierte ihn in Silben und Buchstaben, um zu den immer gleichen Fragen zurückzukehren: Wer war sie? Woher kannte sie ihn?

Runa mochte eine Phantasiebezeichnung sein, aber warum nannte sie sich Signora? Die meisten Bordellwirtinnen legten sich französische Namen zu und hießen demzufolge Madame. War sie Italienerin oder italienischer Abstammung? Sie sprach allerdings ohne jeden Akzent. Richard dachte an den italienischen Pianisten und gab dem Kutscher Befehl, zum Kaiserplatz zu fahren. Einige Minuten später hielt der Wagen vor den mit Wappen geschmückten Arkaden des Frankfurter Hofs. Die dreiflügelige Hotelanlage sah aus wie ein barockes französisches Schloß. Die äußere Pracht setzte sich im Inneren fort, aber Richard hatte kein Auge für das edle Interieur. Er bedaure, aber Signore Consolo sei bereits zum Centralbahnhof gefahren, teilte ihm ein akkurat gescheitelter Portier mit.

Zum Glück hatte der Zug nach Italien Verspätung. Consolo saß im Wartesaal der Ersten Klasse und studierte Partituren. Als er Richard sah, stand er lächelnd auf. »Guten Tag, Commissario.«

»Ich hoffe, Sie haben ein paar Minuten Zeit für mich?«

»Si.« Die Männer setzten sich. Consolo machte eine ausholende Handbewegung. »Der Bahnhof in Francoforte ist wunderbar!«

»Mhm«, sagte Richard. Der Wartesaal der Ersten Klasse hatte das Ausmaß einer Kathedrale und die Ausstattung eines Bankettsaals, und Richard hatte sich ausweisen müssen, um überhaupt hineingelassen zu werden. Er überlegte, wie er seine Fragen stellen konnte, ohne Lichtenstein zu kompromittieren.

»Kennen Sie eine Dame namens Signora Runa?«

Der Pianist schüttelte den Kopf. »No. Warum?«

»Wir fanden ihren Namen in Lichtensteins Kartei«, log Richard. »Da sie vermutlich Italienerin ist, hatte ich gehofft, daß Sie mir weiterhelfen könnten.«

»Das tut mir leid, Commissario. Dieser Name ist ungewöhnlich, und ich habe ihn ganz sicher noch nicht gehört.«

»Und *Laterna Magica?*«

»Wer, bitte, ist das?«

»Wie gut kannten Sie Hermann Lichtenstein?«

»Ich verstehe nicht?«

»Haben Sie mit ihm auch über, nun, andere Dinge gesprochen als Musik?«

Consolo lächelte. »Sie meinen amore, Commissario?«

»Zum Beispiel, ja.«

»Er hat viel von seine Frau und Kinder erzählt. Ich kenne keine anständigere Mann als Hermann Lichtenstein.«

Richard nickte und verabschiedete sich. Nachdenklich ging er zu seiner Droschke zurück. *Ich kenne keinen anständigeren Mann als Hermann Lichtenstein.* Ähnliches hatte er während der vergangenen Tage Dutzende Male gehört, von Angehörigen, Nachbarn, Freunden, Bekannten: ein treusorgender Vater und ein guter Ehemann. Nicht, daß es ungewöhnlich wäre, wenn treusorgende Väter und gute Ehemänner ins Bordell gingen, aber bei Hermann Lichtenstein paßte es einfach nicht. Wie so vieles andere in diesem verflixten Fall.

Richard wurde wach, als der Wagen anhielt. Sein Blick fiel auf ein Wohnhaus und Stallungen. Hatte er etwa die ganze Fahrt verschlafen? Er knöpfte seinen Mantel zu und stieg aus. »Es wird nicht allzulange dauern«, sagte er zu dem Kutscher.

»Jawohl, Herr Kommissar.«

Aus den Ställen drang Hundegebell. In einem Baum saß ein Vogel und sang. Keine Menschenseele war zu sehen. Richard ging zum Haus, und ihn beschlich ein ungutes Gefühl. Irgend etwas stimmte nicht. Er sah, daß die Haustür nur angelehnt war. Als er sie öffnete, hörte er einen Schrei; er kam aus einem Zimmer am Ende des Flurs. Richard riß die Tür auf, und ihm bot sich ein makabres Bild: Auf dem Boden lag eine junge Frau, ihre Arme und Beine zuckten, ihr Atem ging stoßweise, das Gesicht war blau. Vor ihr kniete ein Junge und versuchte, ihr einen Holzspan in den Mund zu stecken.

»Briddy! Halt doch still!« rief er weinend.

Richard lief zu ihm hin. »Was ist mit ihr?«

Der Junge sah ihn verzweifelt an. Er war höchstens fünfzehn Jahre alt. »Bitte, gnädiger Herr! Nehmen Sie ihren Kopf!«

Richard hatte keine Ahnung, wofür das gut sein sollte, aber er tat es. Der Junge schob den Span zwischen Briddys Lippen. Sie fing an, um sich zu schlagen. Richard hielt ihre Arme und Hände fest. Es war unglaublich, wie viel Kraft in den dünnen Gliedern steckte. Es schien eine Ewigkeit zu dauern, bis die Krämpfe nachließen, dabei waren keine zwei Minuten vergangen. Ihr Körper wurde schlaff, das Holz fiel aus ihrem Mund.

»Jetzt wacht sie gleich auf«, sagte der Junge erleichtert.

Richard legte ihr die Hand auf die Stirn und fühlte den Puls. Er hob sie auf und bettete sie auf ein Sofa, das neben der Tür stand. Der Junge wischte sich den Schweiß vom Gesicht. »Haben Sie vielen Dank, gnädiger Herr. Darf ich bitte fragen, wer Sie sind?«

»Richard Biddling. Ich komme aus Frankfurt und wollte zu Herrn Hopf.«

»Ich heiße Benno.« Er sah zu der jungen Frau. »Das ist meine Schwester Briddy. Wir sind bei Herrn Hopf angestellt.«

»Und wo ist Herr Hopf?«

»Der gnädige Herr ist ausgeritten.«

»Ist sonst noch jemand im Haus?«

»Nein.«

Richard zeigte auf Briddy. »Ich wäre dir für eine Erklärung dankbar.«

»Sie hat das einmal oder zweimal in der Woche, aber so schlimm war es noch nie. Der gnädige Herr sagt, sie muß ein Holz zwischen die Zähne nehmen, damit sie sich nicht die Zunge abbeißt.«

Briddy stöhnte und öffnete die Augen. »Wo bin ich?«

Benno strich ihr übers Haar. »Du hattest einen schlimmen Anfall. Aber jetzt ist es wieder gut.«

»Was denn für einen Anfall? Mein Kopf tut so weh.«

170

»Soll ich dir deine Arznei holen?«

»Ja.« Sie sah Richard und erschrak.

»Das ist Herr Biddling aus Frankfurt. Ein Bekannter vom gnädigen Herrn. Er hat mir geholfen«, sagte Benno und ging hinaus.

»Geholfen?« Sie versuchte, sich aufzurichten. »Ich muß in die Küche, den Nachmittagskaffee vorbereiten.«

»Der Kaffee kann warten«, sagte Richard.

»Sie haben ja noch gar nicht abgelegt!«

Richard zog seinen Mantel aus. »Zufrieden?«

»Aber der gnädige Herr ...«

»Ich werde es Herrn Hopf erklären.«

Sie sah ihn erstaunt an. »Was werden Sie ihm erklären?«

»Ja, wissen Sie denn nicht, was geschehen ist?«

»Nein. Was?«

»Sie kann sich nie daran erinnern«, sagte Benno von der Tür. Er gab seiner Schwester ein braunes Fläschchen und ein Glas Wasser. Briddy zählte fünf Tropfen ab.

Richard las das Etikett. »*Bell. D6 dil.* Was ist das?«

Briddy zuckte mit den Schultern. »Der gnädige Herr sagt, es hilft mir.«

»Der gnädige Herr kennt sich aus«, sagte Benno. »Er hat einen ganzen Schrank voll mit solchen Fläschchen, und die Hunde werden von seiner Arznei immer ganz schnell wieder gesund.«

Richard konnte es nicht fassen: Verabreichte Hopf seinem Personal etwa Hundearznei? Briddy stellte das leere Glas beiseite. »Ich bin schrecklich müde.«

»Wann wollte Herr Hopf zurücksein?« fragte Richard.

»Eigentlich zum Nachmittagskaffee«, sagte Benno. »Aber manchmal kommt er auch später.«

Auf Briddys Stirn sammelte sich Schweiß. Sie schloß die Augen.

»Ich schlage vor, du holst einen Arzt«, sagte Richard zu dem Jungen. »Du kannst mit meiner Droschke fahren. Sie steht vor der Tür.«

Benno setzte an, etwas zu erwidern, aber als er Richards

Blick sah, nickte er und ging. Kurz darauf war Briddy eingeschlafen.

Richard schaute sich in dem spärlich möblierten Raum um, aber bis auf ein paar Photographien auf dem Kaminsims gab es nichts Interessantes zu entdecken. Er betrachtete das Porträt einer jungen Frau und erinnerte sich an Victorias Bemerkung, daß Hopf seine Familie verloren hatte. Ob das seine Frau war? Das Photo eines Säuglings ließ jedenfalls vermuten, daß sie ein Kind gehabt hatte. War sie am Fieber gestorben? Richard schluckte. Die Ehefrau im Kindbett zu verlieren, war das Schlimmste, das er sich vorstellen konnte.

Leise verließ er das Zimmer. Die Gelegenheit war günstig, sich ein bißchen umzusehen. Im Erdgeschoß gab es eine blitzblank aufgeräumte Küche nebst gefüllter Speisekammer, Hauswirtschaftsräume und eine verwinkelte Badestube, in der es nach Keller roch. Die toten Vögel auf der Treppe nach oben wirkten gespenstisch.

Im Flur gingen links eins, rechts drei Zimmer ab. Das erste rechts war ein Gästeraum, das zweite, wie eine herumliegende Männerhose vermuten ließ, Hopfs Schlafzimmer. Das Bett war nicht gemacht; unter dem Federzeug schaute ein weißes Band heraus. Es gehörte zu einer Spitzenschürze, wie sie Dienstmädchen trugen. Daneben lag ein seidener Damenunterrock. Das Laken war blutbefleckt. Angeekelt ließ Richard das Bettzeug fallen. Es gab nichts Widerwärtigeres als Männer, die sich an ihren Hausangestellten vergriffen.

Durch eine Verbindungstür gelangte er ins nächste Zimmer. Er wußte nicht, was er erwartet hatte, aber sicher kein romantisch verspieltes Damenschlafzimmer. Auf der Kommode lagen Haarkämme und Nadeln, Plüschpantoffeln standen vor dem Bett. Über die Kissen war ein roséfarbenes Negligé gebreitet, auf dem Nachttisch leuchtete ein Blumenbukett.

Die Bilder an den Wänden ließen keinen Zweifel daran, wem dieses Zimmer gehört hatte: Auf der Photographie im Salon wirkte sie ernst und ein wenig traurig, hier sah Richard die junge Frau musizieren, malen, lesen, lachen. Es waren wundervolle Aufnahmen, sorgfältig arrangiert und gleichzeitig von einer Unmittelbarkeit und Lebendigkeit, wie er sie nie zuvor auf Bildern gesehen hatte.

Zu dem Schlafzimmer gehörte ein kleiner Ankleideraum. Auf einem Hocker lag ein Unterrock, wie Richard ihn in Hopfs Bett gefunden hatte, im Schrank hingen elegante und schlichte Kleider, in einer Kommode stapelten sich Strümpfe und gestärkte Schürzen. War Hopf so einsam, daß er Trost in den Kleidungsstücken einer Toten suchte? Aber warum war das Laken blutig?

Nachdenklich verließ Richard das Zimmer und öffnete die Tür zur Linken. Es war die Bibliothek, ein heller, freundlicher Raum, in dem ein Kaminfeuer prasselte. Er verzichtete auf eine nähere Besichtigung. Auf dem Weg nach unten hörte er ein Scheppern. War Briddy aufgewacht? Ein Blick in den Salon zeigte, daß dem nicht so war. Richard nahm eine Lampe, die auf einer Holztruhe im Flur stand und öffnete die Tür zum Keller. Er sah in ein schwarzes Loch. Kein Laut war zu hören. Die Treppe endete in einem mit Steinplatten belegten Gewölbegang. Es roch nach Nässe und Schimmel.

Richard stieg über zerbrochene Latten und verfing sich in Spinnweben, die von der Decke hingen. Auf einem Tisch stapelten sich leere Konservendosen. Dem Geruch nach zu urteilen, waren sie nicht gereinigt. Als Richard eine berührte, sprang ihm eine Maus entgegen. Die Büchse schepperte auf den Boden und rollte unter den Tisch. Das also war des Rätsels Lösung!

Am Ende des Gangs sah er eine aus Bohlen gefertigte Tür. Sie war mit einem Vorhängeschloß versperrt. Das Schloß hatte keine Rostanhaftungen, was bedeutete, daß es erst vor kurzem angebracht worden war. Richard tastete den Türrahmen ab.

»Dürfte ich fragen, was Sie in meinem Keller suchen?« sagte eine spöttische Stimme in seinem Rücken.

Richard fuhr herum.

»Guten Tag, Herr Kommissar«, sagte der Mann. Er trug einen Reitdreß und hielt eine Kerze in der Hand.

Richard brauchte einen Moment, bis er seine Fassung wiedergewonnen hatte. »Guten Tag, Herr Hopf.«

»Sie wissen, daß ich Sie auf der Stelle hinauswerfen könnte? Es sei denn, Sie verfügten über einen richterlichen Durchsuchungsbefehl. Oder es bestünde Gefahr im Verzuge. Was Sie allerdings nachvollziehbar zu begründen hätten.«

»Ich sehe, Sie sind bestens informiert.«

Hopf lachte. »Die Reichsjustizgesetze sind eine interessante Lektüre. Im übrigen haben Sie meine Frage nicht beantwortet.«

»Als ich ankam, stand die Haustür offen, Ihr Dienstmädchen war kurz vorm Sterben, und aus Ihrem Keller kam ein Krawall wie bei einem mittelalterlichen Ritterturnier. Ich habe mir erlaubt, nachzusehen.«

»Und was haben Sie herausgefunden?«

Richard zeigte auf die Blechdosen. »Ich fürchte, Sie haben sich Kohorten von Mäusen ins Haus geholt.«

»Woher wollen Sie wissen, daß ich damit nicht einen Zweck verfolge?«

»Hat dieser Zweck etwas mit dem abgesperrten Keller zu tun?«

»Sie können Ihre Profession wahrlich nicht leugnen, Kommissar.«

»Ich frage mich, woher Sie meine Profession überhaupt kennen, Herr Hopf.«

»Hat Ihre Frau Ihnen nicht erzählt, daß sie mich vorgestern besucht hat? Zusammen mit Ihren beiden reizenden Töchtern.«

Daß er seine Familie ins Spiel brachte, gefiel Richard nicht.

»Benno sagte mir, daß ein Herr Biddling gekommen sei«, sagte Hopf amüsiert, als Richard schwieg. »Den Rest konnte ich mir unschwer zusammenreimen. Sie sind wegen Lichtenstein hier, stimmt's?«

»Ich frage mich, welche wertvollen Dinge Sie in Ihrem Keller aufbewahren, daß Sie den Zugang derart sichern.«

»Genügt es, wenn ich Ihnen sage, daß es nichts mit dem Mord an Hermann Lichtenstein zu tun hat?«

»Es würde mich trotzdem interessieren.«

»Ein Mensch ohne Geheimnisse läuft Gefahr, langweilig zu werden.«

»Aus den Umständen schließe ich, daß Ihnen diese Erkenntnis erst nach Lichtensteins Tod gekommen ist.«

Hopf grinste. »Inwiefern?«

»Das Schloß ist neu.«

»Das alte mußte ich leider gewaltsam entfernen, weil ich den zugehörigen Schlüssel verloren habe. Ich schlage vor, wir setzen das Gespräch in angenehmerer Umgebung fort.« Hopf ging zur Treppe. Richard folgte ihm mit gemischten Gefühlen.

Aus dem Salon kamen ihnen Briddy und Benno entgegen. Briddy hatte Richards Mantel in der Hand. »Der gnädige Herr hat gesagt, ein Arzt ist nicht notwendig«, sagte Benno und verschwand nach draußen.

Hopf sah Richard an. »Ihre Sorge in Ehren: Wie Sie sehen, geht es Briddy wieder gut. Ich habe mir erlaubt, Dr. Portmann in Ihrer Droschke zurückfahren zu lassen.«

»Soll ich Kaffee bringen, gnädiger Herr?« fragte Briddy.

Hopf nickte. »Oder wollen Sie lieber Tee?«

Richard schüttelte den Kopf. »Woher kennen Sie Hermann Lichtenstein?« fragte er, als sie alleine waren.

»Er wurde mir im vergangenen November im Haus Ihrer Schwägerin, Cornelia Gräfin von Tennitz, vorgestellt. Anfang Februar kontaktierte er mich, weil er für seine Tochter einen Japanischen Chin kaufen wollte. Ich suchte ihn zweimal in seinem Geschäftslokal auf, und zwar am Montag, dem fünfzehnten, und am Samstag, dem zwanzigsten Februar, jeweils in den frühen Abendstunden. Außer uns war niemand anwesend. Danach habe ich ihn nicht mehr gesehen.«

Seine Antwort klang zu geschliffen, um Richard zu überzeugen. Er nahm das Arzneifläschchen vom Tisch. »Das muß ja ein wahres Wundermittel sein.«

»Belladonna mindert die Nachwirkungen eines Fallsuchtsanfalls rasch und nachhaltend.«

Richard war fassungslos. »Sie haben Briddy Gift gegeben?«

Hopf grinste. »Schon mal was von Homöopathie gehört, Herr Kommissar?«

»Das wenden Sie bei Mensch und Tier wohl gleichermaßen an!«

»Warum nicht? Obwohl bei Hunden Bromkalium besser anschlägt.« Er nahm Richard das Fläschchen ab. Sein Handrücken war voller blutiger Schrammen.

»Meine Hunde sind ab und zu etwas ungestüm«, sagte er, als er Richards Blick bemerkte. »Schon Paracelsus sagte: *Allein die Dosis macht es, daß ein Ding kein Gift ist.* Davon abgesehen, wäre es dumm, gutes Personal zu vergiften, so schwer, wie es heutzutage ist, adäquaten Ersatz zu finden, meinen Sie nicht?«

»Ich finde das nicht amüsant, Herr Hopf.«

»Meines Wissens ist Lichtenstein nicht vergiftet, sondern erschlagen worden.«

»Sind Sie mit ihm einig geworden?«

»Worüber?«

»Über diesen Hund!«

»Sicher.«

Richard ärgerte sich über seinen süffisanten Ton. »Könnten Sie vielleicht ein wenig detaillierter antworten?«

Briddy brachte den Kaffee. »Kommissar Biddling interessiert es brennend, was ich im hinteren Keller aufbewahre«, sagte Hopf. »Und warum er abgeschlossen ist. Sagst du es ihm bitte?«

»Der Weinkeller. Ich habe mal mit Benno, nun … ein bißchen probiert.«

»Stockbetrunken wart ihr!« sagte Hopf. Briddy bekam einen roten Kopf. Sie goß Kaffee ein und verschwand.

»Mein erster Besuch bei Lichtenstein dauerte kaum eine Viertelstunde, da ich noch anderweitige Termine hatte«, sagte Hopf. »Sie werden es mir hoffentlich nachsehen, daß ich nicht mit präzisen Uhrzeiten aufwarten kann. Bei unserem zweiten Treffen samstags darauf haben wir uns ungefähr eine Stunde in seinem Kontor aufgehalten, und, nachdem das Geschäftliche geregelt war, ein wenig Zerstreuung gesucht. Ist die Aussage jetzt detailliert genug?«

Richard fiel es wie Schuppen von den Augen. »Sie waren mit ihm in der *Laterna Magica!*«

»Schau an: Fräulein Zilly hat geplaudert.«

»Von wem ging der Wunsch aus, dieses Etablissement zu besuchen?«

»Ihrem Akzent entnehme ich, daß Sie von diesem Etablissement nichts halten.«

»Sie etwa?«

»Die Dienste, die Zilly und ihresgleichen leisten, ersparen mancher Ehefrau die abendlichen Migräneanfälle.«

»Litt Ihre verstorbene Gattin auch daran?« Die Bemerkung war taktlos, aber Richard ging seine blasierte Art auf die Nerven.

Hopf verzog keine Miene. »Es war meine Idee, aber ich müßte lügen, wenn ich behauptete, sie hätte Hermann nicht gefallen.«

»Was geschah nach dem Besuch in der *Laterna?*«

»Ich bin zurück nach Niederhöchstadt gefahren. Was Lichtenstein machte, entzieht sich meiner Kenntnis. Ich kann Ihnen nicht mal sagen, ob er noch bei Zilly war, als ich das Bordell verließ.«

»Wo waren Sie am vergangenen Freitag mittag?«

»Das fragen Sie am besten Ihre Frau, Kommissar.«

»Lassen Sie Victoria aus dem Spiel!«

»Wie könnte ich? Ihre Frau und Ihre Töchter …«

»Sie fuhren erst mittags von Frankfurt los. Zu einer Zeit also, als Lichtenstein bereits tot war!«

»Spielen Sie etwa auf meinen Ausritt an?«

Richard hatte keine Ahnung, was er meinte. »Ich will von Ihnen wissen, wo Sie am 26. Februar in der Zeit zwischen zwölf und ein Uhr mittags waren!«

»Auf einem Pferd im Regen unterwegs, wie Ihnen Ihre Tochter Flora sicher berichtet hat.«

»Wo unterwegs?«

»In der Gegend um Steinbach.« Er lächelte. »Selbstverständlich hätte ich auch nach Frankfurt reiten können. Aber nennen Sie mir einen Grund, warum ich einen guten Geschäftsfreund erschlagen sollte.«

»Gerade eben sagten Sie, daß Sie Lichtenstein nur zweimal gesehen haben.«

»Dreimal«, verbesserte Hopf. »Gräfin von Tennitz ist eine bemerkenswerte Frau. Werden Sie am Freitag mit Ihrer Gattin zu ihrer Geburtstagsfeier kommen?«

»Sofern es meine Zeit zuläßt.« Richard mochte Cornelia, aber für ihre minuziös inszenierten Geselligkeiten hatte er nichts übrig.

»Sie können gern meine Kleider zur Untersuchung mitnehmen«, sagte Hopf.

»Wozu?«

»In der Zeitung stand, daß man den armen Lichtenstein so fürchterlich malträtiert hat, daß sich sein Blut im halben Geschäftslokal verteilte. Und demzufolge auch auf den Kleidern des Mörders zu finden sein müßte, nicht wahr? Ihre Frau und Ihre Töchter werden Ihnen bestätigen, daß ich keine Zeit hatte, mich vor ihrer Ankunft umzuziehen.« Bevor Richard etwas sagen konnte, schellte Hopf nach Briddy und trug ihr auf, seinen Reitdreß vom Freitag zu bringen.

»Verzeihen Sie. Ich kam noch nicht dazu, die Sachen zu reinigen, gnädiger Herr.«

»Um so besser, meine Liebe! Händigen Sie bitte alles Herrn Kommissar Biddling aus. Schließlich wollen wir die Arbeit der Polizei bestmöglich fördern, oder?«

Briddy knickste und ging hinaus. Kurz darauf brachte sie ein in Zeitungspapier eingeschlagenes Päckchen herein. Hopf lächelte. »Ich kann allerdings nicht ausschließen, daß sich ein bißchen Hammelblut daran befindet.«

»Der Gerichtschemiker kann das ausscheiden«, sagte Richard.

»Es könnte auch Affenblut sein, da ich neulich im Frankfurter Zoo etwas unvorsichtig war.«

Richard hatte genug von seinen Spielchen. Wortlos trank er seinen Kaffee und stand auf.

»Keine Fragen mehr, Herr Kommissar?« amüsierte sich Hopf.

»Wenn ich weitere Fragen habe, werde ich es Sie wissen lassen.«

»Das beruhigt mich. Ich zerbrach mir nämlich gerade den Kopf, welches Alibi ich Ihnen für den achtzehnten Januar anbieten könnte. Oder wurde die Akte Pokorny & Wittekind zwischenzeitlich geschlossen?«

»Was soll das?« fragte Richard scharf. »Woher wissen Sie …«

»… daß Sie in der Sache ermitteln? Sagen wir mal, eine gemeinsame Bekannte hat mir verraten, daß Sie nicht an einen Unfall glauben. Mich würde interessieren …«

»Ich gebe keine Auskunft über laufende Ermittlungsverfahren! Davon abgesehen, wüßte ich nicht, warum ich Sie in dieser Sache verdächtigen sollte!«

»Ich weiß auch nicht, warum Sie mich in der Sache Lichtenstein verdächtigen, Herr Kommissar.«

»Wer ist diese Bekannte?«

»Sie werden verstehen, daß auch ich eine gewisse Diskretion zu wahren habe.«

»Bestellen Sie Signora Runa, daß sie mit ihrer kindischen Geheimniskrämerei aufhören soll!« Es war ein Schuß ins Blaue, und Richard war erstaunt, daß er traf.

Zum ersten Mal verlor Hopf die Fassung, wenn auch nur für einen Augenblick. »Sie glauben doch nicht etwa an dieses kolportierte Hirngespinst?«

»Die Dame, die sich mir gestern in der *Laterna* vorstellte, war eindeutig aus Fleisch und Blut. Allerdings legte sie Wert darauf, vor unserer Unterhaltung das Licht zu löschen.« Er sah an Hopfs Miene, daß er einen Fehler gemacht hatte, wenngleich er keine Ahnung hatte, welchen.

»Hat es Ihnen Wachtmeister Heynel denn nicht gesagt?« fragte Hopf belustigt.

»Verdammt noch mal! Wer ist sie?«

»Ich dachte eigentlich, die Abteilungen der Polizei tauschten ihre Informationen untereinander aus. Darf ich Ihren Mantel bringen lassen?« Das war unmißverständlich. Richard nahm das Kleiderpäckchen. Hopf begleitete ihn zur Haustür. »Sie haben eine schöne und faszinierende Frau, Herr Biddling. Sie sollten sich ein wenig mehr um sie kümmern.«

Wenn Richard je Sympathie für ihn empfunden hatte, spätestens jetzt war sie verflogen. »Auf Wiedersehen, Herr Hopf!«

»Auf Wiedersehen, Herr Kommissar.«

Richard glaubte, seinen spöttischen Blick bis zur Droschke in seinem Rücken zu spüren, doch er widerstand der Versuchung, sich umzudrehen. Er gab dem Kutscher Anweisung, zurück nach Frankfurt zu fahren.

Als der Wagen den Torbogen passierte, sah er eine Frau zu einem verfallenen Schuppen laufen, der abseits der Hopfschen Stallungen lag. Etwas an ihrem Verhalten irritierte ihn. Er ließ halten, stieg aus und folgte einem aufgeweichten Trampelpfad, der von der Straße aus zur Hütte führte. Das Dach war vermoost und löchrig; aus einem Rohr kräuselte grauer Rauch. An den Wänden klebten die Schlingen wilden Weins. Soweit Richard es sehen konnte, gab es keine Fenster. Vor der Tür hing ein schmuddeliges Laken. Er hob es an, und ein Gestank aus Exkrementen und verdorbenem Essen drang ihm entgegen. Durch das schadhafte Dach fiel Licht auf altes landwirtschaftliches Gerät, eine zerschlissene Decke im Heu und einen rostigen Ofen.

»Hallo!« rief er in das Halbdunkel. »Kann ich Sie kurz sprechen?«

»Warum?« fragte eine krächzende Stimme in seinem Rücken. Die Frau war alt und hager, ihr Kleid starr vor Schmutz. Verfilztes rotes Haar hing ihr in die Stirn. Sie streckte Richard ihre faltige Rechte hin. Die Fingernägel waren Krallen. »Guten Tag.«

Richard unterdrückte seinen Widerwillen und gab ihr die Hand. »Dürfte ich fragen, was Sie hier tun?«

Sie lächelte. »Leben, gnädiger Herr.«

»Wie heißen Sie?«

»Ist sie tot?«

»Wer?« fragte Richard.

»Die kleine May! Ich hab's genau gesehen, daß der alte Quacksalber Portmann eben da war!«

»Wenn Ihre Sorge Herrn Hopfs Dienstmädchen Briddy gilt, kann ich Ihnen versichern, daß sie lebt und wohlauf ist.«

»Sind Sie ein Freund von ihm?«

»Von Herrn Hopf? Nein.«

»Was dann?«

»Dürfte ich bitte zunächst erfahren, wer Sie sind?«

»Josefas Aufwartefrau.« Sie zeigte über die Wiesen zum Wald. »Dort wächst das Zeug in Massen. Er braucht es nur einzusammeln.«

»Ich verstehe nicht, was Sie meinen«, sagte Richard.

»Roter Fingerhut, Zigeunerkraut, Tollkorn.« Ihre Augen funkelten. »Und die Teufelsbeere tief im Wald, gnädiger Herr. Belladonna: Schöne Frau. Die Italienerinnen machen Schminke daraus. Wußten Sie das?«

Richard wurde kalt. »Soll das heißen, daß Herr Hopf ...«

»O ja!« fiel sie ihm ins Wort. »Gestreifte Glocken, purpurrot im Innern und am Grunde ein samtenes Gelb. Photographiert hat er sie! Und die Farben in die Bilder gemalt. Wie Kirschen sehen die Beeren aus, so dunkel und so glänzend und so süß.« Sie lachte. »Hat der Tee gemundet?«

»Welcher Tee?«

»Fühlen Sie sich wohl, gnädiger Herr?«

»Bitte sagen Sie mir ...«

»Wie sie riecht? Wie sie schmeckt? Wie sie ... wirkt?« Ihre Stimme wurde zu einem Flüstern. »Er hat's getan, und wenn die Welt mich dreimal irre schimpft.«

»Wer hat was getan?« fragte Richard.

Die Alte nahm ihre Röcke hoch und fing an, sich singend im Kreis zu drehen. Richard sah ein, daß jede weitere Frage sinnlos wäre. Er kehrte zu seiner Droschke zurück und ließ sich ins Dorf fahren.

Das Haus von Dr. Portmann war nicht schwer zu finden. Der Arzt öffnete persönlich. Er hatte weißes Haar und gütige Augen. »Womit kann ich Ihnen dienen, Herr ...?«

»Kommissar Biddling«, sagte Richard. »Ich hatte vorhin Benno nach Ihnen geschickt.«

»Wegen der armen Briddy, ja. Ich hoffe, es geht ihr wieder gut?«

Richard nickte. »Ich hätte ein paar Fragen.«

Dr. Portmann führte ihn in ein holzvertäfeltes Büro und wies auf zwei Sessel. »Ich muß mich entschuldigen, mein Mädchen hat heute frei. Möchten Sie etwas trinken?«

»Danke, nein. Ich werde Sie nicht lange aufhalten.« Richard überlegte, wie er anfangen sollte. »Wenn Sie irgendwelche Auslagen hatten, werde ich sie Ihnen selbstverständlich ersetzen.«

»Ich bitte Sie«, wehrte Dr. Portmann ab. »Sie kennen die Hintergründe nicht und haben deshalb völlig richtig gehandelt.«

»Und was sind die Hintergründe?«

»Das fällt unter meine ärztliche Schweigepflicht.«

»Können Sie mir wenigstens etwas über die Familie sagen?«

»Wenn es sich dabei um allgemein bekannte Dinge handelt, ja. Was möchten Sie wissen?«

»Wann starb Hopfs Frau?«

»Am 28. November 1902. Ich selbst habe den Totenschein ausgestellt. Da es Gerüchte über ein unnatürliches Ableben gab, zog ich einen zweiten Arzt zu Rate, der eine Sektion empfahl. Das Ergebnis bestätigte meine Diagnose.«

»Welcher Art waren diese Gerüchte?« fragte Richard.

»Es gibt einige Leute in Niederhöchstadt, die Karl Hopf nicht wohlgesonnen sind. Die Gründe sind mir unbekannt. Die Behauptung der Zofe der Verstorbenen, Hopf habe ihre Herrin vergiftet, fiel jedenfalls auf fruchtbaren Boden. Obwohl es bis heute keinen Beweis für diese Behauptung gibt, hält sich das Gerücht beharrlich. Soweit ich das als Außenstehender beurteilen kann, führten Josefa und Karl Hopf eine glückliche Ehe. Nach ihrem Tod erlitt er einen Nervenzusammenbruch.«

»Handelt es sich bei der Zofe um die alte Frau, die in der Hütte neben Hopfs Anwesen haust?« fragte Richard.

Dr. Portmann nickte. »Ännie ist ein tragischer Fall. Sie hing mit abgöttischer Liebe an ihrer Herrin, und als sie starb, gebärdete sie sich wie eine Wahnsinnige. Inzwischen ist sie es wohl auch.«

»Die Verhältnisse, in denen sie lebt, sind erbärmlich.«

»Ein Bauer aus dem Dorf versorgt sie mit dem Notwendigsten. Alle weiteren Versuche, ihr zu helfen, scheitern an ihrem Starrsinn. Sie hat sich in die fixe Idee verrannt, ihren früheren Herrn als Mörder zu überführen.«

»Ännie behauptet, Hopf würde im Wald heimlich Giftpflanzen sammeln. Er selbst räumte mir gegenüber ein, daß er Briddy gegen ihr Leiden Belladonna verabreicht.«

»In homöopathischer Dosis«, sagte Dr. Portmann. Als er Richards verständnislosen Blick sah, fügte er hinzu: »Die Homöopathie ist ein vor etwa hundert Jahren aufgekommenes Heilverfahren unter dem Diktum *Similia similibus curantur,* also, daß Ähnliches nur durch Ähnliches geheilt wird. Vereinfacht ausgedrückt: Leidet jemand an epileptischen Anfällen mit anschließendem Erinnerungsverlust und starkem Kopfschmerz wie Briddy, so gibt man ein Mittel, das in unverdünnter Konzentration die gleichen oder ähnliche Symptome hervorruft, also Belladonna, die Tollkirsche, oder Digitalis, Fingerhut. Diese normalerweise stark giftigen Pflanzen sind in homöopathischen Dosen verabreicht, völlig unbedenklich.«

»Und warum?«

»Die Herstellung homöopathischer Medikamente erfolgt mittels Verschüttelung einer Urtinktur mit einem Trägerstoff, Milchzucker oder Weingeist, im Verhältnis eins zu neun. Das Ergebnis ist die sogenannte Dezimalverreibung D eins, auch erste Potenz genannt. Ein Teil dieser Potenz, wiederum mit neun Teilen Weingeist verschüttelt, ergibt die zweite Potenz. Und so fort.«

»Auf der Arznei, die Hopf Briddy gab, stand *Bell. D6 dil.,* das heißt demnach, daß das von Ihnen beschriebene Verfahren sechsmal durchgeführt wurde?«

»Richtig«, sagte Dr. Portmann. »*Dil.* ist die Abkürzung für *dilutio,* flüssige Darreichung. Wie Sie leicht ausrechnen können, befinden sich in einer derartigen Mischung so gut wie keine Bestandteile der Urtinktur mehr.«

»Und das soll helfen?«

Dr. Portmann lächelte. »Es gibt in Deutschland ungefähr fünfhundert Ärzte, die daran glauben. Ich gehöre nicht dazu. Was ich Ihnen allerdings sicher sagen kann, ist, daß Herr Hopf diese Mittel auf ordnungsgemäßem Wege bezieht. Die Behauptung Ännies, er sammele die entsprechenden Pflanzen heimlich im Wald, entspringt ihrer kranken Phantasie.«

»Wenn Sie diese Homöopathie für wirkungslos halten, warum versuchen Sie nicht, Hopf von einer anderen Behandlungsmethode zu überzeugen?«

»Es gibt keine andere Behandlungsmethode. Brom, das in ähnlichen Fällen oft bemerkenswerte Erfolge zeigt, schlägt bei der armen Briddy leider überhaupt nicht an. Sollte sich ihr Leiden weiter verschlimmern, bleibt irgendwann nur die Anstaltseinweisung. Sie und ihr Bruder können froh sein, daß Herr Hopf ihnen ein Dach über dem Kopf gibt.«

»Wie lange arbeiten die beiden schon für ihn?«

»Er holte sie nach dem Tod seiner Frau ins Haus, weil seine Angestellten aufgrund der Giftmordgerüchte gekündigt hatten. Briddy und Benno May sind Waisen und lebten unter nicht besonders angenehmen Verhältnissen bei Zieheltern in Frankfurt.«

»Ich frage mich, warum Hopf die Urheberin dieser Gerüchte nicht längst von seinem Grund und Boden entfernt hat.«

Dr. Portmann zuckte die Schultern. »Er hat es versucht. Spätestens nach zwei Tagen war sie wieder da.«

»Woran starb Josefa Hopfs Kind?«

»Sie hatte kein Kind.«

»Und wer ist der Säugling auf dem Photo in Hopfs Salon?«

»Sie meinen den kleinen Karl Richter? Er stammt aus einer vorehelichen Beziehung. Ich bitte um Ihr Verständnis, daß ich dazu nicht mehr sagen möchte.«

Richard nickte. »Eine Frage noch: Gab es damals polizeiliche Ermittlungen gegen Hopf?«

»Gendarmeriewachtmeister Baumann aus Schönberg war damit beauftragt. Er schlug sich so bedingungslos auf Ännies Seite, daß seine vorgesetzte Dienststelle eine Disziplinaruntersuchung gegen ihn einleitete. Aber Sie sind sicher nicht wegen dieser alten Sache gekommen, oder?«

»Nein. Ich führe die Ermittlungen in einem Mordfall in Frankfurt und befrage alle Personen, die mit dem Toten in geschäftlichem oder privatem Kontakt standen.«

»Handelt es sich bei dem Ermordeten um den Sohn des Pianofortehändlers Leopold Lichtenstein?«

»Ja.«

»Ich habe vor Jahren für meine inzwischen verstorbene Frau einen Flügel bei ihm geordert. Ich konnte es nicht fassen, als ich von der schrecklichen Tat las. Haben Sie schon eine konkrete Spur?«

Richard stand auf. »Wir verfolgen den einen oder anderen Hinweis.«

Dr. Portmann gab ihm die Hand. »Ich verstehe, Herr Kommissar: Auch Sie unterliegen einer Schweigepflicht. Ich wünsche Ihnen viel Erfolg.«

Der Ort Schönberg lag ungefähr fünf Kilometer von Niederhöchstadt entfernt. Die Polizeiwache war verschlossen. Vermutlich befand sich Baumann auf Streifengang, aber Richard war nicht in der Stimmung zu warten. Auf der Rückfahrt nach Frankfurt versuchte er, seine widersprüchlichen Eindrücke in Einklang zu bringen. Daß Hopf auf irgendeine Weise in die Geschichte verwickelt war, stand für ihn fest. Aber auf welche? Immerhin wußte er, wer Signora Runa war. Und Oberwachtmeister Heynel wußte es offenbar auch! Sosehr Richard sich über Hopfs Versteckspiel ärgerte: Die Aussicht, daß das Geheimnis bald gelöst sein könnte, war beruhigend. Als er die Stadt erreichte, war es früher Abend, also durchaus noch angemessen, Verwandtenbesuche abzustatten.

Cornelia Gräfin von Tennitz wohnte im Westend, dem vornehmsten Viertel der Stadt. Ihre Villa, eine im klassizistischen Stil erbaute ehemalige Sommerresidenz, lag hinter hohen Mauern in einem großen Garten. Die efeubewachsene Fassade verlieh dem Haus einen herben Charme. Ein Mädchen führte Richard in den Wintergarten, wie er wußte, Cornelias Lieblingsplatz. Durch das Glasdach konkurrierte das letzte Licht des

Tages mit dem Schein von Lüsterkerzen. Schlingpflanzen, Farne und Palmen füllten den Raum, auf einer Balustrade blühten Orchideen. Die wenigen Nippsachen zwischen dem Grün zeugten von Stilsicherheit und Geschmack.

»Womit kann ich dir dienen, Schwager?«

Sie war hereingekommen, ohne daß er es gemerkt hatte. Sein Blick glitt über ihr schwarzes Haar, ihr ebenmäßiges Gesicht und das schlicht geschnittene, unverkennbar teure Kleid, das mit einem hohen Kragen schloß und ihre makellose Figur mehr als erahnen ließ. Lächelnd nahm er ihre Hand und deutete einen Kuß an. »Guten Abend, Cornelia. Du siehst wundervoll aus.«

»Wie ich dich kenne, bist du nicht zum Süßholzraspeln gekommen.« Ihr spöttischer Ton verriet, daß sie Komplimente gewöhnt war.

Richard dachte daran, wie sie ihm damals im Wald gegenübergestanden hatte, jung, verängstigt und voller Scham. Nie hatte sie eine Andeutung gemacht, aus der er hätte schließen können, daß ihr der Tag ähnlich stark in Erinnerung geblieben war wie ihm. »Du hast recht. Ich bin dienstlich hier und möchte dir ein paar Fragen zu Hermann Lichtenstein stellen. Du warst Kundin bei ihm?«

»Nicht nur das.« Sie wies auf zwei Korbstühle, die unter einer ausladenden Palme standen.

Richard setzte sich. »Wie darf ich das verstehen?«

Sie lächelte. »Würdest du meinen Einladungen ab und zu Folge leisten, wüßtest du, daß Hermann Lichtenstein und seine Frau mehrfach meine Gäste waren.«

»Ich weiß immerhin, daß er im November dein Gast war. Zusammen mit dem Hundezüchter Karl Hopf aus Niederhöchstadt. Zumindest hat das Hopf behauptet. Wie gut kennst du ihn?«

»Wen? Hermann Lichtenstein oder Karl Hopf?«

»Beide.«

»Hermann Lichtenstein war eine Bekanntschaft, Karl ist ein guter Freund.« Sie verzog amüsiert das Gesicht. »Die Antwort scheint dir nicht zu gefallen?«

»Wann hast du Lichtenstein zuletzt gesehen?« fragte Richard.

»Vor zwei oder drei Wochen. Ich trage mich mit dem Gedanken, einen neuen Flügel anzuschaffen.«

»Ist dir an ihm irgend etwas Besonderes aufgefallen?«

Sie überlegte. »Nicht, daß ich wüßte. Gibt es einen Grund für diese Frage?«

»Sollte es einen geben?«

»Was hat Karl mit der Sache zu tun?«

»Er war mit Lichtenstein bekannt, und ich habe ihn befragt. Genau wie dich.«

»Worüber, brauche ich nicht zu fragen, da ich ohnehin keine Antwort bekomme.«

Er lächelte. »Richtig.«

»Hast du schon Polizeiassistentin Rothe kennengelernt?«

»Ja. Warum?«

»Es interessiert mich, was für ein Mensch sie ist.«

Richard zuckte mit den Schultern. »Ich kann dir nicht viel mehr sagen, als daß sie in der Fürsorge bei der Sittenpolizei arbeitet.«

»Das weiß ich, mein Lieber. Immerhin bin ich nicht ganz unschuldig daran, obwohl ich es lieber gesehen hätte, wenn die Stelle mit einer Beamtin unseres Vereins besetzt worden wäre. Was schaust du so verkniffen? Mißfällt es dir, deine Dienstgeheimnisse mit einer Frau zu teilen?«

»Mir mißfällt es, wie du Politik machst. Aber das Thema haben wir ja schon bei anderer Gelegenheit diskutiert.«

»*Wenn aber die Gewaltigen klug sind, so gedeiht die Stadt.* Das hat Sirach schon vor mehr als zweitausend Jahren gewußt. Die apokryphen Schriften des Alten Testaments sind übrigens Thema meines nächsten Lesungsabends, zu dem ich dich herzlich, wenn auch vergeblich, einlade.«

»Deine Lektüre ist selbst Victoria zu kompliziert.«

»Ach ja?«

Richard stand auf. »Ich muß noch zu Maria und Theodor.«

»Grüße meinen Bruder von mir.«

»Sicher.«

»Beiß dir die Zunge nicht dabei ab«, sagte sie amüsiert.

187

Theodor Hortacker und seine Familie wohnten zwei Straßen entfernt. Richard mochte weder das mit wuchtigen Säulen und reichlich Ornamentik versehene Haus noch dessen Bewohner. Maria und Theodor Hortacker liebten es, ihren Reichtum zur Schau zu stellen. Victorias Schwester empfing ihn im Renaissance-Salon, einem mit Teppichen, Brokat und Möbeln überladenen Saal. Richard war sich sicher, daß das Rosenholzsofa, auf dem Maria ihn Platz zu nehmen bat, mehr gekostet hatte als seine gesamte Wohnungseinrichtung in der Fichardstraße. Maria bedauerte, daß Theodor außer Haus sei. Richard notierte ihre Antworten auf seine Fragen und war froh, als er gehen konnte.

Er überlegte, ob er noch mal ins Präsidium fahren sollte und entschied sich dagegen. Beck könnte es als Kontrolle auffassen, und er wollte das Vertrauen, das sich zwischen ihnen zu entwickeln begann, nicht gleich wieder zerstören. Er trug dem Kutscher auf, Hopfs Kleider in Dr. Popps Labor zu bringen und ging zu Fuß nach Hause. Er war überrascht, Victoria nicht in der Bibliothek, sondern im Ankleidezimmer vorzufinden. Ihr Haar war zu einer eleganten Frisur gesteckt. Louise half ihr in ein roséfarbenes Abendkleid.

»Gehst du zum Souper?« fragte er lächelnd.

»Nein, in die Oper. Zusammen mit David und Vicki. Es wäre schön, wenn du uns begleiten würdest.«

Er küßte sie auf die Stirn. »Der Tag war anstrengend. Ich bin müde.«

»Du bist immer müde.« Es klang resigniert.

»Ich verspreche …«

»Sag nichts, was du doch nicht hältst.« Sie berührte seine Wange. »Im Grunde würde es mir schon genügen, wenn du mich ein wenig mehr an deinem Leben teilhaben ließest. So wie früher.«

»Ja«, sagte er, obwohl er wußte, daß er es nicht konnte. Nicht in diesem Fall. Er wünschte ihr einen schönen Abend und sagte Louise, daß er für niemanden mehr zu sprechen sei.

»Gestern abend war ein Fräulein Rothe für Sie da«, sagte Louise, als sie ihn am nächsten Morgen weckte. »Ich habe gesagt, daß Sie nicht zu Hause sind.«

Richard ging zum offenen Fenster. Die kühle Morgenluft tat gut. »Und warum?«

»Aber gnädiger Herr! Sie haben mich doch ausdrücklich angewiesen ...«

Er drehte sich lächelnd zu ihr um. »Ich meinte, warum Fräulein Rothe mich sprechen wollte.«

Louise schüttelte das Federbett auf. »Sie hat es mir nicht gesagt.«

Richard schloß das Fenster. Wenn die Polizeiassistentin ihn außer Dienst aufsuchte, mußte es etwas Wichtiges gewesen sein. Vielleicht hatte sie mit Heynel gesprochen und erfahren, wer Signora Runa war? Oder man hatte Lichtensteins Mörder gefaßt! Aber dann hätte Beck sicher Schmitt oder Heusohn geschickt.

»Ich hoffe, ich habe nichts Falsches getan«, sagte Louise. »Sie sahen so entsetzlich müde aus, und weil Sie doch gesagt hatten, daß ...«

»Ich habe Ihnen eine Anweisung gegeben, und Sie haben sie befolgt.« Richard sah auf seine Uhr. »In einer Dreiviertelstunde werde ich wissen, was los ist.«

»Ihr Frühstück steht im kleinen Salon.«

»Eine Tasse Kaffee genügt mir.«

»Aber gnädiger Herr! Sie müssen etwas essen!«

»So schnell verhungere ich schon nicht.«

Louise knetete ihre Finger. »Bitte verzeihen Sie. Ich habe kein Recht, das zu fragen, aber ... Hat es etwas mit dem Mordfall Lichtenstein zu tun?«

Richard sah sie verständnislos an. Sie zeigte auf das zerwühlte Laken. »Genau wie damals, als Sie die schlimmen Träume plagten.«

»Wenn es Sie beruhigt, esse ich ein halbes Brötchen zum Frühstück.«

»Ich mache mir Sorgen, gnädiger Herr.«

»Das brauchen Sie nicht. Und bitte – kein Wort zu Victoria!«
Als sie schwieg, grinste er. »Oder ich verzichte demnächst auch
aufs Abendessen.«

»Wenn Sie bitte gestatten: Sie sind unverbesserlich. Ihre Garderobe liegt im Ankleidezimmer bereit. Soll ich Ihnen helfen?«

»Danke. Das schaffe ich gerade noch allein.«

Kopfschüttelnd ging die alte Zofe hinaus. Richard lächelte.
Fast zweiundzwanzig Jahre war es her, daß er ihr eine Stellung
in seinem Elternhaus in Berlin verschafft hatte, und sie vergalt
es ihm bis heute.

Zwanzig Minuten später war er auf dem Weg zum Präsidium.
Dunst lag über der Stadt und ein Hauch von Frühling. Vom
Main drangen die Rufe der Fischer herüber. Richard war schon
immer zu Fuß zum Dienst gegangen, und er sah keinen Grund,
mit seiner Gewohnheit zu brechen, nur weil sein Schwiegervater über einen angestellten Kutscher und mehrere Wagen
verfügte. Der morgendliche Gang am Main entlang, durch die
Altstadt zur Zeil, gehörte zu seinem Arbeitstag wie eine gute
Tasse Kaffee. Am Alten Markt nickte er einer Gruppe Arbeitern
zu und schaute sich nach Wachtmeister Braun um, bis ihm einfiel, daß er nicht mehr kommen würde. An einem Haus war
eins von Becks Plakaten angeschlagen. Wahrscheinlich würden sie heute einen Großteil ihrer Zeit mit der Entgegennahme
von Hinweisen verbringen. Hoffentlich war etwas Brauchbares
dabei.

Vor seinem Büro wartete Paul Heusohn. Richard nahm den
Schlüssel vom Rahmen. »Sie dürfen ruhig hineingehen, auch
wenn ich noch nicht da bin.«

Der Junge nickte. Er sah abgespannt aus. »Herr Polizeirat
Franck wünscht Sie zu sprechen.«

Richard ging voraus und zündete die Lampe auf seinem
Schreibtisch an. »Sagte er, warum?«

»Ich vermute, wegen der Sache mit Fräulein Frick.«

»Inwiefern?«

»Sie wissen noch gar nicht, was passiert ist?«

Richard riß ein Blatt von seinem Kalender. »Nein. Was?«

»Fräulein Frick hat gestern abend versucht, sich das Leben zu nehmen.«

»Bitte – was?«

»Es wird erzählt, daß Herr Beck sie festgenommen hat. Wegen eines Diebstahls, was aber angeblich ein Irrtum war. Und in der Zelle hat sie sich die Pulsadern aufgeschnitten. Als ich aus Offenbach zurückkam, war sie schon im Krankenhaus.«

»Wie schlimm steht es um sie?«

Der Junge zuckte die Schultern. »Am besten sprechen Sie mit Fräulein Rothe. Sie hat sie besucht.«

»Ist Kommissar Beck schon da?«

»Ich glaube, er hat die ganze Nacht in seinem Büro gesessen und die Akte gelesen.«

»Welche Akte?«

»Von Fräulein Frick. Ich habe sie aus Offenbach geholt.«

»Sie haben was?«

Der Junge wurde rot. »Der zuständige Beamte sagte, daß er telephonisch keine Auskunft gibt. Deshalb habe ich entschieden, selbst nach Offenbach zu gehen. Hätte ich das nicht tun dürfen?«

Richard mußte lächeln. »Sicher. Nur haben wir für solche Angelegenheiten einen Kurierdienst. Was steht in der Akte?«

»Ich kam nicht dazu, hineinzusehen. Kommissar Beck hat sie sofort an sich genommen.«

Es klopfte; ein Polizeidiener schaute herein. »Sie und Herr Beck sollen unverzüglich zu Polizeirat Franck kommen, Herr Kommissar.«

»Wir kommen, sobald ich mir einen Überblick über die Sache verschafft habe.« Der Mann verschwand. Richard sah Paul Heusohn an. »Ganz gleich, wie sehr man Sie drängen mag: Gehen Sie niemals in eine Besprechung, bevor Sie sich nicht ausreichend informiert haben. Ich möchte Sie bitten, die Hinweise auf unsere Plakatierung nach Groß entgegenzunehmen.«

Der Junge nickte. Richard versuchte, Laura Rothe zu erreichen, aber von Liebens Büro war leer. Becks Zimmer lag am anderen Ende des Flurs. Richard mußte dreimal klopfen, ehe er eine Antwort bekam. Beck saß vor einer aufgeschlagenen Akte. Unter seinen Augen lagen Ringe. Sein Gesicht war grau. »Weiß man schon, ob sie ... aufgewacht ist?«

Richard zuckte mit den Schultern. »Polizeirat Franck erwartet uns. Ich wäre Ihnen für eine kurze Sachverhaltsschilderung dankbar.«

Beck starrte auf die Akte. »Nachdem ich mit dem Photographen in Lichtensteins Geschäft war, überraschte ich Fräulein Frick an der Tür. Ich nahm sie zum Verhör ins Präsidium mit. Sie sagte, sie habe Lichtenstein am Freitag vor einer Woche aufgesucht, weil er eine Stellung annonciert habe. Ich ließ sie ins Gewahrsam bringen und überprüfte ihre Angaben; sie waren zutreffend.«

»Heusohn erwähnte etwas von einem Diebstahl.«

»Sie hatte eine Zwanzigmarkmünze bei sich. In Lichtensteins Kassenbuch war ein Fehlbetrag von zwanzig Mark verbucht. Daraus zog ich den voreiligen Schluß, daß sie das Geld entwendet und gestern versucht hatte, es zurückzubringen.«

»So voreilig finde ich diesen Schluß nicht, wenn man bedenkt, wie hartnäckig sie ihren Besuch bei Lichtenstein leugnete.«

»Als ich das Kassenbuch nochmals in Augenschein nahm, entdeckte ich das Geldstück zwischen den Seiten«, sagte Beck. »Ich vermute, daß Lichtenstein oder sein Gehilfe es dort abgelegt und vergessen hat. Bevor ich Gelegenheit fand, die Sache richtigzustellen, meldete man mir, daß sie ...« Er kämpfte um seine Fassung. »Ich möchte betonen, daß ich den Vorfall bedaure.«

Richard sah ihn aufmerksam an. »Ich habe bei der Durchsicht von Lichtensteins Unterlagen keine Münze bemerkt.«

»Ich kann nur sagen, was ich festgestellt habe.«

»Leider taugt diese Feststellung weder als Erklärung dafür, warum sie gelogen hat, noch, was sie gestern an Lichtensteins Tür wollte.«

Beck schwieg.

»Der Verdacht, daß sie Lichtenstein bestohlen haben könnte, ergab sich erst, als sie schon hier im Präsidium war?«

»Ja.«

Richard zeigte auf die Akte. »Steht was drin, das uns weiterhilft?«

»Sie war im Gefängnis. Aber nicht wegen Diebstahls.« Beck versuchte, seiner Stimme einen förmlichen Klang zu geben. »Anna Frick ist Waise und wuchs in verschiedenen Heimen und bei Pflegeeltern auf. Mit vierzehn ging sie in Stellung, zunächst bei einem Arzt in Mainz, der sie als Gesellschafterin seiner Töchter auch an deren Ausbildung teilhaben ließ. Als die Familie nach Deutsch-Ostafrika auswanderte, wechselte sie in einen Haushalt nach Offenbach. Sie war dort als Hausdame und Pianolehrerin beschäftigt. Nach einem Jahr wurde ihr gekündigt, weil sie schwanger war. Bis zur Niederkunft arbeitete sie in der Seifenfabrik Böhm. Im Mai 1903 verlor sie einen Alimentenprozeß gegen den ältesten Sohn ihres ehemaligen Herrn, weil er zwei Männer beibrachte, die schworen, die Klägerin innerhalb der Empfängniszeit ebenfalls gebraucht zu haben. Sie wurde deshalb wegen Meineides angeklagt; die Verurteilung erfolgte nur wegen Fahrlässigkeit, da man ihr zugute hielt, sie habe die Eidesformel nicht verstanden. Sie kam – wohl in Anbetracht ihrer Mutterschaft – mit drei Monaten Gefängnis davon. Nach ihrer Entlassung zog sie nach Frankfurt.«

Beck fuhr sich übers Gesicht. »Ich habe mit dem Vormund ihres Kindes gesprochen. Der Junge ist als Ziehkind bei einer Schifferfamilie in Offenbach untergebracht, die ihn lieber heute als morgen loswäre, da er ständig kränkelt und zusätzliche Kosten verursacht. Der Vormund sagte, er habe Anna Frick mehrfach brieflich die Situation erläutert und sie dringend gebeten, das Pflegegeld zu erhöhen.«

Richard dachte daran, was Heiner Braun erzählt hatte. »Das erklärt allerdings einiges.«

Beck schlug mit der Faust auf den Tisch. »Wahrscheinlich hat sich der Dreckskerl noch als Samariter gefühlt, weil er ihr die Dummheit bescheinigt und das Zuchthaus erspart hat!«

Richard sah ihn überrascht an. »Sind Sie sicher, daß Sie mir alles gesagt haben?«

»Ja«, entgegnete er mürrisch.

»Die Sache scheint Ihnen nahezugehen.«

»Herrgott noch mal! Ich hasse diese Hurenböcke, die Kinder in die Welt setzen und sich hinterher vor der Verantwortung drücken!« Er stand auf. »Sie sagten, Polizeirat Franck erwartet uns.«

Richard nickte. Ihm wurde bewußt, daß er nicht das Geringste über Beck wußte. Nicht einmal, ob er verheiratet war und Kinder hatte.

Das erste, was Richard in Polizeirat Francks Büro sah, war eins von Becks Fahndungsplakaten. Es lag auf dem Schreibtisch, und der Polizeirat betrachtete es mit einem Blick, als handele es sich um eine verweste Leiche. »Meine Herren! Ich wäre Ihnen verbunden, wenn Sie mir erläutern würden, was diese Aktion hier soll.«

Richard war sprachlos. Mit allem hatte er gerechnet, damit nicht.

»Es handelt sich um eine Suchmeldung nach einem Mann, der für uns nach dem derzeitigen Ermittlungsstand als Verdächtiger in der Mordsache Lichtenstein in Frage kommt«, sagte Beck. »Da polizeiinterne Maßnahmen nicht zum Erfolg geführt haben, erhoffen wir uns ...«

»Sie können nicht selbstherrlich die ganze Stadt plakatieren, wie es Ihnen gerade einfällt. Und schon gar nicht, ohne mich vorher darüber zu informieren!«

»Da Sie nicht erreichbar waren und in Anbetracht der Dringlichkeit habe ich mir erlaubt, die Plakatierung anzuordnen«, sagte Richard. Er berichtete von den Ermittlungen zu Oskar Bruno Groß. »Ich versichere Ihnen, daß der Fahndungstext den gesetzlichen Vorschriften genügt.«

»Darum geht es nicht«, entgegnete Franck. »Wie stehe ich da, wenn mich Bürger dieser Stadt oder, noch schlimmer, irgendwelche Pressevertreter zu Vorkommnissen innerhalb meiner Abteilung fragen, von denen ich nichts weiß?«

»Die Presse wurde bereits informiert«, sagte Richard. »Ent-

sprechende Meldungen dürften in sämtlichen Morgenausga-
ben erscheinen.«

Franck sah Beck an. »Was war gestern abend im Polizeigefängnis los?«

Beck wiederholte, was er zuvor Richard berichtet hatte.

»Soll das heißen, Sie haben sie für einen Diebstahl eingesperrt, den sie nicht begangen hat?«

»Ja.«

»Hat sie das Siegel beschädigt?«

»Nein.«

»Versuchte sie zu fliehen? Oder hat sie ihre Identität ver-
heimlicht?«

Beck schüttelte den Kopf.

»Es trafen also weder die Voraussetzungen für eine vorläufige
Festnahme zu, noch lag überhaupt' eine Straftat vor«, sagte
Franck gereizt.

Beck setzte an, etwas zu erwidern, aber Richard fiel ihm ins
Wort. »Wir haben Unterlagen, nach denen sich Anna Frick aus
nicht bekannten Gründen mit dem Mordopfer traf. Ich hatte sie
dazu gestern morgen befragt; ihre Angaben waren wider-
sprüchlich. Daß sie sich wenige Stunden danach am Tatort zu
schaffen machte, begründete nicht nur den Verdacht einer Tä-
terschaft oder Teilnahme, sondern auch den einer Verdunke-
lungshandlung. Die von Kommissar Beck durchgeführten Maßnahmen waren also rechtlich zulässig. Ob sich der Verdacht
gegen sie konkretisieren läßt, werden wir erfahren, sobald wir
sie daktyloskopiert und die Abdrücke mit der sichergestellten
Spur an Lichtensteins Hemd verglichen haben.«

Franck verzog das Gesicht. »Sie wissen, was ich von diesem
Schnickschnack halte.« Er wandte sich an Beck. »Sie hätten
Sorge dafür tragen müssen, daß das dumme Weibsbild erst gar
keine Möglichkeit findet, sich zu massakrieren! Heute trifft der
neue Polizeipräsident ein. Soll er denken, daß ich über ein
Tollhaus herrsche?«

»Im Moment finde ich es wichtiger, daß Anna Frick überlebt«,
bemerkte Richard.

»… und daß sie den Mund hält«, ergänzte Franck. »Ich brauche Ihnen ja wohl nicht zu erklären, welche Unannehmlichkeiten das nach sich ziehen könnte, sollte diese Person behaupten, Beck hätte sie bedrängt oder sonst was mit ihr angestellt. Die Damen der diversen frauenrechtlichen Vereinigungen in dieser Stadt warten geradezu auf so was! Von der Presse ganz zu schweigen! Schlimm genug, daß man mich zur Anstellung dieser Polizeiassistentin genötigt hat.« Er sah Beck an. »Ich werde Sie aus der Schußlinie nehmen und mit einer anderen Aufgabe betrauen.« Beck wurde blaß.

»Ich bitte zu bedenken, daß Kommissar Beck fest in die Ermittlungen eingebunden ist«, sagte Richard. »Ihn durch einen sachunkundigen Beamten zu ersetzen, würde unserem Ziel zuwiderlaufen, Lichtensteins Mörder schnellstmöglich zu fassen. Bei der Aufmerksamkeit, die der Fall in der Presse erfährt, wäre das sicher keine gute Lösung. Davon abgesehen, glaube ich nicht, daß Fräulein Frick sich nachteilig über Herrn Beck äußern wird.«

»Und was macht Sie da so sicher?«

Richard sah Beck an. »Mein Gefühl.«

»Dann wollen wir mal hoffen, daß Sie das Richtige fühlen, Biddling. Sie sind mir persönlich dafür verantwortlich, daß sich dergleichen nicht wiederholt. Danke. Sie können gehen.«

»Ich habe Ihnen keinen Anlaß gegeben, sich für mich einzusetzen«, sagte Beck im Flur. »Warum haben Sie es trotzdem getan?«

Richard dachte daran, wie hitzköpfig er selbst früher gewesen war, und daß Braun ihm mehr als einmal aus der Bredouille geholfen hatte. Er lächelte. »Sagen wir mal so: Ich hatte was gutzumachen.«

✳

»Sie haben Glück«, sagte die Schwester. »Die Patientin ist vor einer halben Stunde aufgewacht. Sind Sie Ihr Gatte?«

»Nein«, sagte Beck verlegen. »Ein Bekannter.«

Ihr Blick heftete sich auf den Blumenstrauß in seiner Hand. »Kennen Sie den Grund? Ich meine, warum ...«

»Nein.«

»Man sagt, daß sie direkt vom Gefängnis eingeliefert worden ist. Und daß sie was Schlimmes angestellt hat. Aber es ist keine Wache da.«

»Ist Ihnen eigentlich klar, daß Sie mit Ihrem Getratsche ihren Ruf ruinieren?«

Sie errötete. »Entschuldigen Sie, ich wollte doch nur ...«

»Wo finde ich sie?«

Sie zeigte über den Flur. »Im Krankensaal hinten links, gnädiger Herr.«

Anna Frick lag am Fenster. Ihr Gesicht war bleich, die Augen hielt sie geschlossen. Beck blieb unschlüssig vor ihrem Bett stehen. Die Frau im Nachbarbett grinste. »Sie müsse schon was von sich gebe, damit des Frolleinsche üwwerhaupt merkt, daß se Besuch hat!«

Anna Frick schlug die Augen auf. Als sie Beck sah, fing sie an zu zittern.

Er wußte nicht, was er sagen sollte und legte die Blumen auf ein Tischchen neben das Bett.

»Nehmen Sie mich jetzt mit?« fragte sie mit gepreßter Stimme.

Die Frau im Nachbarbett spitzte die Ohren. Beck kehrte ihr den Rücken zu. »Sie haben nichts zu befürchten«, sagte er leise. »Es war ein Irrtum.«

Sie sah ihn ungläubig an.

»Ich habe den in Rede stehenden Betrag aufgefunden und an Frau Lichtenstein ausgehändigt.«

»Das kann doch gar nicht sein! Ich ...«

»Wenn Sie mich nicht in Schwierigkeiten bringen wollen, halten Sie besser den Mund.« Er holte ein Päckchen aus seinem Mantel und legte es zu den Blumen. »Es tut mir leid. Ich muß gehen. Auf Wiedersehen.«

Bevor sie etwas erwidern konnte, war er verschwunden. Die Frau im Nachbarbett deutete auf Anna Fricks Handgelenke. »Sage Sie bloß, des war der Kerl, der dadafür verantwortlich is!«

Anna Frick begann, das Päckchen auszupacken. Der Schmerz zog bis in ihre Finger. Das Papier zerriß, und sie hielt ein Etui in Händen. Es war aus Leder und neu. Darin lag ihre Brille, gesäubert und repariert. Als sie sie herausnahm, fiel ihr eine Zwanzigmarkmünze entgegen. Sie schlug die Hände vors Gesicht und weinte.

Ihre Nachbarin stand auf und setzte sich zu ihr ans Bett. »Wer werd dann wege dem dußlige Quetscheferscht flenne.« Verächtlich betrachtete sie das Geldstück. »Der isses doch werklich net wert, daß de dei Lebe wegschmeißt.«

Anna Frick wischte sich die Tränen aus den Augen. »Könnten Sie mir bitte eine Vase für die Blumen holen?«

Kopfschüttelnd stand die Frau auf. »Dir is net zu helfe, Mädche!«

＊

Auch beim zweiten Versuch, Laura Rothe oder Oberwachtmeister Heynel zu erreichen, hatte Richard Pech. Sie seien in einer Ermittlung unterwegs, beschied ihm Kommissar von Lieben. Enttäuscht ging Richard in sein Büro zurück. Ihm war schwindlig und sein Magen knurrte, aber er hatte keine Lust, Essen zu gehen.

Er schlug seine Notizen auf. Hopf wußte, wer Signora Runa war. Und Signora Runa wußte, daß er in der Sache Pokorny & Wittekind ermittelte. Aber woher? In der Presse hatte man die Angelegenheit als Kurzmeldung abgehakt, und außer ihm und Braun bezweifelte niemand, daß es ein tragischer Unfall gewesen war. Warum hatte Hopf die Sache also erwähnt? Daß er es ohne Hintersinn dahingesagt hatte, glaubte Richard nicht. Gab es einen Zusammenhang zwischen dem Tod des Fabrikarbeiters und dem Mord an Lichtenstein? Die einzige Spur, die bislang im Fall Lichtenstein nach Bockenheim führte, war das Lokal *Die Sonne,* in dem der Klaviertransporteur Groß verkehrte.

Groß hatte eine Vorliebe für zwielichtige Etablissements, Hopf auch. Groß war bei Lichtenstein, Hopf war bei Lichtenstein. Zilly war bei Lichtenstein. Zilly und Groß waren am gleichen Tag bei Lichtenstein. Lichtenstein und Hopf waren am gleichen Tag bei Zilly. Zillys Chefin war Signora Runa. Hopf wußte, wer Signora Runa war. Und Hopf wußte, daß Signora Runa wußte, daß er in der Sache Pokorny & Wittekind ermittelte.

Richard fuhr sich übers Gesicht. Seine Gedanken fuhren Karussell, und er hatte keine Ahnung, wie er es zum Anhalten bringen sollte. Es klopfte, und er schlug das Notizbuch zu. »Ja, bitte?«

Ein Mann kam herein. Er trug ein buntes Hemd unter einem schwarzen Gehrock und einen dunkelgrauen Filzhut. In der Hand hielt er eins von Becks Fahndungsplakaten. »Könnten Sie mir erklären, was das soll?«

»Könnten Sie mir bitte zuerst erklären, wer Sie sind?« sagte Richard.

»Ich heiße Oskar Bruno Groß, und ich frage mich, wer Ihnen das Recht gibt, mich wie einen Verbrecher suchen zu lassen!«

Kapitel 8

Abendblatt   **Montag, 29. Februar** 1904

Frankfurter Zeitung
und Handelsblatt

Raubmord auf der Zeil. Die Polizei ist fast noch schweigsamer geworden; jetzt allerdings, wo die Netze sich immer enger zusammenziehen, ist das Schweigen eher verständlich. Gestern erstreckten sich die polizeilichen Nachforschungen insbesonders auf Bockenheim. Man suchte ganz bestimmte Persönlichkeiten, fand sie aber nicht.

Auf Anordnung der Staatsanwaltschaft wurden gestern die Räumlichkeiten Zeil 69 photographisch aufgenommen.

Nach neuerer Bestimmung wird Hermann Lichtenstein Dienstag Vormittag 11 Uhr auf dem Frankfurter Friedhof beigesetzt. Die Leichenrede hält Pfarrer Battenberg.

Aus dem Zivilstands-Register des Standesamts-Bezirks Frankfurt a. M. I.
Verstorbene.
20. Febr.: ERNST, Friedrich, Taglöhner, ledig, 35 J., Reineckstr. 23
26. Febr.: BORMET, Barbara Christiane, geb. Belz, Witwe, 71 J., Gartenstr. 229
27. Febr.: MIETH, Friedrich Gustav Adolf, Taglöhner, ledig, 31 J., Markt 19, REUß, Elisabeth Dorothea, 1 J., Kl. Eschenheimerstr. 19, GRANL, totgeb. Sohn, Burgstr. 126
28. Febr.: LUDWIG, totgeb. Sohn, Kl. Hochstr. 20, EBREU, Franz Xaver, Pfründner, Witwer, 83 J., Hammelsgasse 1, STAHL, totgeb. Sohn, Gr. Fischergasse 8, BÄUMER, Eduard, Kaufmann, verh., 35 J., Münzgasse 7, BOUENGEL, Georg, 1 J., Schönstr. 7
29. Febr.: HEROLD, Elise, geb. Grein, 24 J., Langestr. 4.

Frankfurter Stadttheater.
Dienstag, den 1. März.
Opernhaus. »Die verkaufte Braut«, 7 Uhr.

200

Als Laura Rothe zum Dienst kam, war sie müde und gereizt. Der gestrige Abend hatte so nett begonnen: Helena fühlte sich wieder gut, sie hatten zusammen gegessen und in der Stube bei einem Glas Wein über Heiners Altfrankfurter Anekdoten gelacht – bis ein Bote vom Polizeipräsidium die schlimme Nachricht überbracht hatte.

Laura war mit Heiner ins Krankenhaus gefahren, und sie wußte nicht, was sie mehr erschreckt hatte, Anna Fricks wächsernes Gesicht oder der Anblick ihrer bandagierten Arme. Plötzlich lag sie selbst in diesem Bett, und sie fühlte den Schmerz, den körperlichen und den anderen, der mehr weh tat, weil er von innen kam. Heiner Braun hatte sie nur angesehen und nichts gesagt, und sie war ihm dankbar dafür. Sie waren fast zwei Stunden geblieben, aber Anna Frick war nicht aus der Bewußtlosigkeit erwacht. Der Arzt konnte nicht einmal sagen, ob sie die Nacht überleben würde.

Vom Krankenhaus aus war Laura ins Polizeipräsidium gegangen, hatte mit Paul Heusohn, danach mit Kommissar Beck gesprochen, und sie schämte sich, daß sie die Kontrolle verloren hatte. Mit versteinertem Gesicht hatte Beck ihren Wutausbruch ertragen und sie dann darum gebeten, Kommissar Biddling zu verständigen.

»Guten Morgen, Polizeiassistentin«, sagte Martin Heynel, als Laura ins Büro kam. Sein Blick wanderte über ihr graues Kleid, die weiße Schürze, das gestärkte Häubchen auf ihrem Kopf. »So ernst brauchen Sie Ihre morgendliche Assistenz auch wieder nicht zu nehmen, daß Sie in Schwesterntracht erscheinen.«

»Meine Dienstbekleidung wurde von Herrn Polizeirat Franck angeordnet.«

Er grinste. »Wie ich Ihrer Miene entnehme, hat ihm das keine Sympathien eingebracht.«

»Wo ist Herr Kommissar von Lieben?«

»Auf Frühermittlung unterwegs.«

»In welcher Angelegenheit denn?«

»In einer arg dringlichen.«

»Danke für die erschöpfende Auskunft, Oberwachtmeister!«

»Haben Sie schlecht geschlafen?« fragte er amüsiert. Er nahm den Fernsprecher und ließ sich mit der Gefängniswache verbinden. »Guten Morgen, Kröpplin! Was du nicht sagst! Ja, ja, wir kommen.«

Laura schob die Ärmel ihres Kleides zurück. *Eine biestige alte Jungfer.* Wie hatte sie so etwas sagen können!

»Na? Wo sind wir mit unseren Gedanken?«

»Wir müssen zur Untersuchung, ja.«

Sie wollte zur Tür gehen, aber Martin Heynel stellte sich ihr in den Weg. »Sagen Sie mir bitte, was mit Ihnen los ist.«

Laura wich seinem Blick aus. »Ich dachte über den Vorfall von gestern abend nach.«

»Der Selbstmordversuch im Polizeigefängnis? Ich vermute, unser Karrieremacher Beck wird ein kleines Problem bekommen.«

»Sie sagen das, als freue es Sie.«

»Wer über Leichen geht, braucht sich nicht zu wundern, wenn er ab und zu über eine stolpert.«

»Sie sind geschmacklos.«

»Warum? Weil ich die Wahrheit sage?«

»Es geht nicht um Kommissar Beck!«

»Sondern?« Er nahm ihre Hände. Die Narben waren verblaßt, aber deutlich zu sehen. »Verraten Sie mir den Grund?« Seine Lippen berührten die hellen Linien, und es war, als führe das Messer von neuem in ihre Haut.

Laura riß sich los und lief aus dem Zimmer. Auf der Treppe holte er sie ein. Schweigend gingen sie über den Hof und zum Gefängnis.

Kröpplin lehnte am Wachtresen. Sein Gesicht war so rot, als habe er gerade dreimal das Gebäude umrundet. »Dein Chef plaudert noch ein bißchen mit dem Doktor.«

»Ich werde ihm empfehlen, den Wecker demnächst eine halbe Stunde früher zu stellen«, sagte Martin Heynel.

Kröpplin musterte Laura. »Sie schauen ja heute so verändert aus, Gnädigste!«

202

Laura verzichtete auf eine Antwort. Als sie in den Untersuchungsraum kamen, standen Kommissar von Lieben und Dr. Reich rauchend vor einem der verhangenen Fenster.

»Na? Ausgeschlafen?« fragte Kommissar von Lieben jovial.

Martin Heynel verzog das Gesicht. »Sie sollten Ihre Termine in Zukunft entweder aufschieben oder einhalten.«

Laura hatte den Eindruck, daß er verärgert war. Ihr Blick wanderte von einem zum anderen. »Welche Termine?«

Kommissar von Lieben löschte die angerauchte Zigarre in einem Aschenbecher. »Ich habe eine Außenermittlung.« Er nickte Dr. Reich zu und ging.

Ein Schutzmann brachte Zouzou herein. Sie sah noch desolater aus als beim letzten Mal. Wütend warf sie ihr aufgelöstes Haar über die Schultern. »Ich schwöre, der Tag wird kommen, an dem ihr das alles bereut!«

Martin Heynel grinste. »Wenn du so weitermachst, wirst du das Jüngste Gericht schwerlich erleben.«

»Es gab nicht den geringsten Grund, mich mitzunehmen! Nicht den allergeringsten!« Sie warf Laura einen verächtlichen Blick zu. »Macht das Spielchen Spaß?«

»Ich weiß nicht, was Sie meinen.«

Die Dirne lachte schrill. »Ach Gottchen! Sie weiß nicht, was ich meine? Erklären Sie's ihr, Oberwachtmeister!«

»Wenn du dich nicht auf der Stelle benimmst, präsentiere ich dir ein halbes Dutzend Paragraphen im Strafgesetzbuch, die zu dir passen«, sagte Heynel betont freundlich. »Du darfst dir dann gerne den schönsten davon aussuchen.«

Zouzou setzte an, seine Worte zu parieren, überlegte es sich aber anders. Trotzig knöpfte sie ihr Kleid auf.

»Das ist eine Arbeit, die ich sicher nie mögen werde«, sagte Laura, als sie zum Präsidium zurückgingen.

Martin Heynel lächelte. »Sie können mich nachher zu einer Ermittlung begleiten.«

»Und was ist das für eine Ermittlung?«

»Einen Mord kann ich Ihnen leider nicht bieten.«

»Sie machen sich lustig über mich!«

»Sie sind mir noch eine Antwort schuldig.«

»Ich wüßte nicht, welche«, sagte sie und vermied es, ihn anzusehen.

Sie waren kaum im Büro, als ein Wachtmeister Laura zu Polizeirat Franck beorderte. Als sie zurückkam, saß Martin Heynel an seinem Schreibtisch und schrieb. »Hat Franck Ihnen eine zweite Lektion an innerbehördlichen Verhaltensmaßregeln beigebracht?« fragte er spöttisch.

»Er bat mich, ein Gespräch mit Anna Frick zu führen. Ich soll sie davon überzeugen, daß Äußerungen über den unliebsamen Vorfall für beide Seiten von Nachteil seien. Wobei ich nicht recht verstehe …«

»Vielleicht verstehen Sie's besser, wenn ich Ihnen verrate, daß erstens Ruhe ein Grundbedürfnis unseres Chefs ist, und daß zweitens heute nachmittag Polizeipräsident Scherenberg aus Wiesbaden anreist.«

»Das erwähnte er, ja. Er sagte außerdem, er werde den Beamten seiner Abteilung anordnen, daß sie mich zukünftig bei allen Maßnahmen gegen weibliche Personen beizuziehen haben.«

»Eine nette Idee. Vor allem nachts.« Heynel widmete sich wieder seiner Arbeit. Laura schaute ihm über die Schulter. Seine Schrift war gestochen scharf; die Buchstaben standen nebeneinander wie Soldaten beim Appell.

Frankfurt, den 29. Februar 1904.
Der hier Fahrgasse 7 wohnhafte Geometer Felix Kaufmann
zeigte am 24. d. M. an, daß der am 10. Mai 1857 in Köln
geborene, hier Großer Hirschgraben 12 wohnhafte Inhaber
eines Spitzengeschäfts
Werner Oswald Simon
am 22. Februar d. J. in den Mittagsstunden an seiner am
15. August 1889 geborenen Tochter Maria Martha Kaufmann
Notzucht verübt habe.

»Ist das die Ermittlung, von der Sie sprachen?«

Er nickte. »Bevor ich die Anzeige fertigstellen kann, muß ich noch Simons ehemalige Verkäuferinnen befragen.«

»Warum?«

Er gab ihr zwei Blätter. Laura las:

Die miterschienene 14jährige Martha Kaufmann gab auf Nachfrage folgendes an: Sie sei seit dem 1. Januar d. J. bei Simon als Lehrmädchen in Stellung und beziehe einen monatlichen Gehalt von 10 Mark. Schon wenige Wochen nach ihrem Eintritt in das Geschäft habe sie von der damaligen Verkäuferin Franziska Helbig, wohnhaft Kruggasse 1, erfahren, daß Simon, der zwar verheiratet ist und erwachsene Kinder hat, ihr, wenn sie auf der Leiter stehend etwas aus einem oberen Fache eines Regals habe holen müssen, wozu er sie oft veranlaßt habe, unter die Röcke an die Waden und »in die Hosen« gegriffen habe. Da aber die Kaufmann hiervon nie etwas gesehen habe, sei es ihr zweifelhaft gewesen, ob nicht die Helbig bloße Schwätzerei gemacht habe. Die Helbig sei dann eines Tages weggeblieben, es habe geheißen, sie habe Spitzen gestohlen.

Es folgten die Aufzählung diverser Unsittlichkeiten und die in kindliche Worte gefaßte Schrecklichkeit eines erzwungenen Geschlechtsverkehrs auf einem schmuddeligen Diwan im Hinterraum des Geschäfts.

Laura gab Heynel die Anzeige zurück. Er strich den Federhalter ab und schloß das Tintenfäßchen. »Simon hat es geschickt angefangen: Er beschäftigte jeweils zwei Verkäuferinnen, näherte sich aber stets nur einer; beschwerte sie sich, hielt er die Aussage der anderen dagegen, und wenn das nichts half, hängte er ihr einen Diebstahl an und warf sie hinaus. Am vergangenen Donnerstag habe ich ihn festgenommen.«

»Hat er es zugegeben?«

»Selbstverständlich nicht. Er sagte, wenn er solche Sachen machen wolle, hätte er besseren Geschmack.«

»Sie glauben dem Mädchen?« fragte Laura.

»Wenn Sie sie gesehen hätten, würden Sie ihr auch geglaubt haben.«

»Ich habe in Berliner Krankenhäusern ganz andere Dinge gesehen, die ohne jede polizeiliche oder gerichtliche Sanktion blieben.«

Heynel holte ein Buch aus Kommissar von Liebens Schreibtisch und blätterte darin. »Im vergangenen Jahr wurden im Deutschen Reich insgesamt elftausendneunhundertundeins Personen über achtzehn Jahre wegen Verbrechen und Vergehen gegen die Sittlichkeit verurteilt, darunter viertausendunddreiundsechzig wegen Unzucht mit Gewalt. Mehr als Dreiviertel der Opfer unzüchtiger Handlungen waren Kinder unter vierzehn Jahren. Es ist eine einzige Sauerei!« Er schlug das Buch zu. »Wäre sie zwei Jahre älter gewesen, hätte ich Simon geglaubt.«

»Warum?«

»Weil Weiber dazu neigen, Ursache und Wirkung zu verwechseln.« Er nahm Mantel und Hut und verließ das Büro. Laura folgte ihm wortlos.

Zwei Stunden später hatten sie mit vier Verkäuferinnen gesprochen. Zwei räumten ein, daß Simon sie vor der Kündigung bedrängt habe, die dritte erklärte, mit allem einverstanden gewesen zu sein und die vierte, daß nichts Unsittliches vorgefallen sei. Im Zimmer nebenan spielte ihr uneheliches Kind. Anschließend zeigte Martin Heynel Laura den Laden des Spitzenhändlers in der Weißadlergasse.

»Gestern bin ich hier mit Wachtmeister Braun spazierengegangen«, sagte sie.

Heynel verzog das Gesicht. »Hat Ihnen der alte Narr sein Hohelied auf die Frankfurter Altstadt gesungen?«

Laura ärgerte es, daß er so abfällig über Braun sprach. »Er hat mir Ihr Zuhause im Citronengäßchen gezeigt.«

»Das ist nicht mein Zuhause!«

Als sie widersprechen wollte, winkte er ab. »Kommen Sie mit.«

Sie bogen in die Rotekreuzgasse ein. Der Inhaber des Zigarrenlädchens sagte flüchtig guten Morgen, bevor er fortfuhr, ein Reklameschild an seiner Tür anzubringen. War sein Lächeln über Nacht gestorben?

Martin Heynel wies auf eins der Häuser. »Erdgeschoß: Waldemar Singer, ledig, fünfunddreißig Jahre alt, zehn davon im Gefängnis und Zuchthaus verbracht. Zweiter Stock: Marianne und Ernst Glocke, vierzehn Jahre verheiratet, neun Kinder, fünf tot, er Säufer, sie Gelegenheitsdirne. Dritter Stock: Helmut Stickl, Zuhälter.« Er machte eine ausholende Handbewegung. »In dem gelben Haus dort hinten können Sie sich über Gegenstände zum unzüchtigen Gebrauch informieren und schamlose Photographien erwerben, in den Fenstern der Weinstube nebenan rekeln sich abends die Kellnerinnen. In den umliegenden Gassen finden Sie eine Auswahl an Darlehensschwindlern, Ladendieben, Einbrechern, Kurpfuschern und Paletotmardern. Außerdem jede Menge Schlafburschen, sozialdemokratische Agitatoren und anderes lichtscheues Gesindel.«

Laura zeigte auf eine junge hübsche Frau, die einen Weidenkorb mit Einkäufen trug, auf spielende Kinder und einen älteren Mann, der sich mit dem Tabakhändler unterhielt. »Diese Sorte Bewohner ist in der Überzahl, oder? Außerdem finde ich, daß die Sozialdemokraten, insbesondere, was die Stellung der Frau angeht, in dem einen oder anderen Punkt durchaus recht haben.«

»Ach ja?« sagte er sarkastisch. »Meinen Sie vielleicht die von Bebel propagierte freie Liebe, diese grandiose Auffassung, daß Proletarier nicht zu heiraten brauchen, weil sie ihren Kindern ohnehin nichts zu vererben haben?«

»Er fordert lediglich ein vom Gesetzeszwang befreites Zusammenleben zwischen Mann und Frau, das ...«

»... nicht mehr wäre als staatlich geförderte Prostitution, in der die Weiber kommen und gehen können, wie es ihnen einfällt.«

»Ich glaube, es hat wenig Sinn, mit Ihnen darüber zu diskutieren«, sagte Laura.

»Wenn man aus einem Sumpf herauskommen will, muß man ihn verlassen und den Dreck abwaschen. Bebel und seinesgleichen fordern, sich darin zu suhlen und noch stolz darauf zu sein!«

»Eine Pflanze, die man ohne Wurzeln aus der Erde reißt, wird an keinem Ort der Welt mehr wachsen.«

»Wenn die Erde fault, stinkt alles, was drinsteckt.« Als sie schwieg, lachte er. »Zum Citronengäßchen geht's da lang. Es sei denn, Sie haben keine Lust mehr, im Sumpf zu waten.«

»Warum tun Sie das?«

»Was denn?«

»Mich ständig provozieren!«

Seine Hand streifte ihre Wange. »Ich versuche bloß, Sie zu verstehen.«

Sie wandte sich brüsk ab. »Ihr Benehmen widerspricht sämtlichen bürgerlichen Regeln, auf die Sie doch offenkundig so großen Wert legen.«

»Verzeihen Sie, gnädiges Fräulein, aber ich hatte nicht den Eindruck, daß Sie großen Wert darauf legen.«

Als sie Martin Heynels Elternhaus im Citronengäßen erreichten, fing es an zu regnen. Er winkte Laura unter den Stützbalken hindurch zu einem schmalen Durchgang, der in einen düsteren kleinen Hof führte. Es roch nach Ruß und Abort. In einem Steintrog lag eine zerbrochene Puppe, daneben stapelten sich Fässer und Kisten. Über eine Außentreppe gelangten sie zu einem mit Brettern vernagelten Verschlag, an dem die Reste eines Holzgeländers hingen. Vor einem Fenster flatterte Wäsche; von der Fassade bröckelte der Putz.

»Das Schließen der Galerien ist ein beliebtes, weil billiges Mittel, zusätzlich vermietbaren Wohnraum zu schaffen«, sagte Martin Heynel. »Früher war das mal ein Balkon. Jetzt stehen drei Betten darin, was mindestens sechs zusätzliche Schlafplätze bringt.«

Neben dem Verschlag führte ein Durchgang zum ersten Stock. Heynel klopfte gegen eine der Türen.

Ein etwa sechsjähriger Junge öffnete. »Mama! Onkel Martin ist da!« rief er in das Halbdunkel hinter sich.

Eine Frau erschien an der Tür. Sie hatte schwarzes Haar, trug ein verwaschenes Kleid und war hochschwanger. »Du liebe Zeit, Martin! Ich bin doch gar nicht auf Besuch eingerichtet!«

Er lächelte. »Ich hatte eine Ermittlung in der Nähe, und meine Kollegin wollte unbedingt wissen, wo ich meine Kindheit verbracht habe. Fräulein Laura Rothe – Lotte Heynel, meine kleine Schwester.«

Laura gab ihr die Hand. Die Situation war mehr als peinlich. Nicht nur, daß Heynel ihr unangebrachte Neugier unterstellte, er machte auch seine Schwester unmöglich, indem er sie nötigte, eine Fremde ohne jede Vorbereitung in ihre Wohnung zu lassen.

Das Zimmer, in das sie kamen, hatte die Größe von Heiner Brauns Stube und diente, wie zwei Betten vermuten ließen, nicht nur als Wohn-, sondern auch als Schlafraum. Vor einem Fenster stand eine Nähmaschine. Auf dem Vorleger zwischen den Betten spielte ein etwa dreijähriges Mädchen mit einer alten Stoffpuppe.

Martin Heynel kramte in seiner Manteltasche und hielt dem Jungen ein Bonbon hin. Mit leuchtenden Augen nahm er es entgegen. Lotte Heynels Gesicht war fleckig vor Aufregung. Mit vielen Entschuldigungen, daß sie nicht gerichtet sei und nur einen Kaffee anbieten könne, verschwand sie in der Küche. Der Junge steckte das Bonbon in den Mund und folgte ihr. Das Mädchen ließ die Puppe fallen und lief hinterher.

»Das war wenig klug«, sagte Laura.

Martin Heynel zuckte mit den Schultern. »Sie wollten nach Wurzeln graben, nicht ich.«

Lauras Blick wanderte durch das ärmliche, aber saubere Zimmer. An der Wand über den Betten hing eine gedruckte Gebirgslandschaft neben einem Kaiserporträt. Die Kissen auf dem Sofa waren mit einem akkuraten Knick versehen. Auf einem Stuhl lag eine Schürze. Vermutlich hatte Lotte Heynel sie ausgezogen, bevor sie zur Tür gegangen war. »Einen Sumpf kann ich beim besten Willen nicht entdecken.«

Heynel zeigte auf die Nähmaschine. »Tagsüber arbeitet sie in der Fabrik, nachts näht und flickt sie für vornehme Frankfurter Westendbürger. Trotzdem reicht es kaum fürs Nötigste. In zwei Wochen ist der Balg da, und jedes Jahr wird sie einen neuen kriegen. Man kann nur hoffen, daß wie in der Vergangenheit auch in der Zukunft nicht alle überleben werden.«

Laura war so entsetzt über seine Gefühlskälte, daß ihr die Worte fehlten. Ihn schien es nicht zu stören. »Lotte ist seit sieben Jahren mit ihrem Schatz zusammen, aber nicht, weil sie Bebels freie Liebe schätzt, sondern weil der Kerl nicht genug verdient, um eine ordentliche Hochzeit ausrichten zu können. Wenigstens säuft er nicht. Noch nicht.«

Lotte kam mit dem Kaffee. Sie entschuldigte sich für das angeschlagene Geschirr und daß sie keine Milch im Haus habe. Eine halbe Stunde lang redeten sie angestrengt über Belanglosigkeiten, bis Martin sich endlich verabschiedete. Bevor er ging, steckte er unauffällig eine Münze in Lottes Schürze, eine Geste, die Laura überraschte.

»Unser Besuch war grob unhöflich«, sagte sie, als sie im Hof waren.

Martin Heynel lächelte. »Sie wollten meine Familie kennenlernen.«

»Und Ihr Vater?«

»Starb vor achtzehn Jahren.«

»Weitere Geschwister haben Sie nicht?«

»Zumindest keine lebenden.«

»Was ist mit Ihrer Mutter?«

»An ihrem Todestag habe ich mir ein Glas Sekt gegönnt.« Er zeigte zum Kellerabgang. »Wollen Sie meinen Lieblingsplatz sehen?«

Laura hätte ihn gerne gefragt, warum er seine Mutter gehaßt hatte, aber sie sah seinem Gesicht an, daß sie keine Antwort bekommen würde. Er entriegelte die Tür, nahm eine Kerze und Zündhölzer aus einer Nische und machte Licht. Laura folgte ihm in den Kohlenkeller. Durch die Ritzen in der Schütte schimmerte graues Licht. Die Tür zum Nachbarkeller war mit einem Vorhängeschloß gesichert. Martin Heynel holte ein gebogenes Stück Draht aus seiner Manteltasche.

»Was haben Sie vor?« fragte Laura beunruhigt.

Er stellte die Kerze ab und lachte leise. Im Handumdrehen hatte er das Schloß geöffnet. Er schob den Riegel gerade so weit zurück, daß sich die Tür aufziehen ließ und hängte das Schloß wieder ein. Er winkte Laura in den Keller. Der Geruch von Sauerkraut schlug ihr entgegen. An den Wänden standen Regale mit eingewecktem Obst und Gemüse, in einer Kiste keimten runzelige Kartoffeln. Davor sah sie einen Blecheimer und Kehrgerät. »Hierher habe ich mich früher verzogen, wenn ich keine Lust auf Kohlsuppe hatte«, sagte er.

»… und heimlich von fremden Vorräten genascht«, ergänzte Laura.

»Soll das heißen, Sie trauen mir einen Diebstahl zu?«

Sein Gesicht sah nicht mehr spöttisch aus. Laura wurde warm. »Ich glaube, wir sollten nach oben gehen.«

Er leuchtete neben die Kartoffelkiste. »Dort begann früher unsere Rohrpost.«

»Bitte?«

»Ein Durchbruch zum Nachbarhaus. Davor stand ein Schrank. Wenn der Vermieter ihn nicht irgendwann abgeschlagen hätte, würde er heute noch darüber grübeln, wie wir trotz seiner strengen Überwachung in seinen Keller hineingekommen sind.«

Das Loch war zugemauert, aber die Umrisse waren noch zu sehen. »Warum nannten Sie es Rohrpost?«

»Im Notfall traten wir den Rückzug über das Kanalnetz an. Zwei Keller weiter gibt es einen vergessenen kleinen Schacht.«

»Ist das nicht gefährlich?«

Er berührte ihr Gesicht. »Nicht gefährlicher, als im Sumpf zu leben.«

»Herr Heynel, ich …«

Plötzlich ging die Kerze aus.

»Was soll das?« rief Laura in die Finsternis. »Machen Sie sofort das Licht wieder an!«

Er lachte. »Warum? Fürchten Sie sich im Dunkeln?«

Sie spürte seine Hand und stieß ihn mit aller Macht von sich. Es schepperte, dann war es still. Laura tastete sich vorwärts und prallte gegen die Kartoffelkiste. »Sind Sie in Ordnung?« Nicht das kleinste Geräusch war zu hören. »Herr Heynel?« rief sie verzweifelt. »Lieber Gott, das wollte ich nicht! Bitte ... Martin!«

Ein Streichholz flammte auf. Er saß neben dem umgefallenen Eimer und grinste. Eine unbändige Wut überkam sie, aber bevor sie etwas sagen konnte, wurde es wieder dunkel.

»Lassen Sie auf der Stelle dieses verdammte Spiel sein!«

Er riß ein neues Zündholz an. »Helfen Sie mir lieber die Kerze zu suchen, anstatt mich zu beschimpfen.«

Sie entdeckten sie unter einem Regal. Martin Heynel zündete sie an. Laura sah seine Hand und erschrak. »Sie bluten ja!«

»Ein harmloser Kratzer«, wehrte er ab.

»Mit solchen Verletzungen ist nicht zu spaßen. Zeigen Sie her!«

»Zu Befehl, Schwester!« sagte er amüsiert.

Mit ihrem Taschentuch tupfte sie das Blut weg.

Er lächelte. »Es war schön, wie du eben meinen Namen gesagt hast.«

Sie steckte das Tuch weg. »Wenn wir zurück auf der Dienststelle sind, sollten wir die Wunde vorsichtshalber ...«

»Ach was«, sagte er und küßte sie.

Keine drei Minuten später waren sie auf der Straße. Es hatte aufgehört zu regnen. Im Rinnstein floß braunes Wasser. Martin Heynel klopfte sich den Staub vom Mantel. »Hatten Sie nicht eine dienstliche Erledigung im Krankenhaus, Polizeiassistentin?«

»Ja ... sicher«, sagte Laura.

»Wir sehen uns im Präsidium.«

Bevor sie etwas erwidern konnte, war er gegangen. Laura hatte Mühe, die Tränen zurückzuhalten. Sicher wußte er so gut wie sie, daß Frauen im Staatsdienst keine Liebschaften haben durften. War er etwa enttäuscht, daß sie sich nicht gewehrt, ja, daß sie seine Zärtlichkeit ohne Scheu erwidert hatte? Mußte er nicht annehmen, sie sei schamlos? Andererseits: Wie flugs er den Draht zur Hand gehabt hatte! War dieses Tête-à-tête vielleicht geplant gewesen? Hatte er bloß auf eine günstige Gelegenheit gewartet? Laura fuhr sich übers Gesicht. Sie hatte das Citronengäßchen erwähnt, nicht er. Sie dachte an Philipp. Vom ersten Tag an hatte er ihr den Hof gemacht, doch bis sie sich zum ersten Mal küßten, vergingen fast drei Monate. Die Erinnerung tat weh.

»Kann ich Ihne helfe, Frollein?« fragte eine alte Frau mit einem Korb in der Hand. Sie lächelte. »Verzeihung, awwer Sie sehe aus, wie wenn Se sich e bissi verlaufe hätte.«

»Könnten Sie mir bitte sagen, wie ich zum Städtischen Krankenhaus komme?«

»Also, erstemol gehe Sie des Gäßche zurück, dann rechts, dann nochemol rechts, dann dorchs nächste Gäßche gradwegs gradaus, un dadanach …«

Laura bemühte sich, den Ausführungen zu folgen. »Haben Sie vielen Dank, gnädige Frau.«

Sie lachte. »Sie hawwe net e Viertelche von mei'm Gebabbel verstanne, gell?«

»Nun, ich …«

»Nix für ungut, awwer ich wollt sowieso mal widder die Lisi in Sachsehause besuche. Wenn Sie nix dagege hawwe, komm ich gleich e Stückche mit.«

Das Stückchen reichte bis zum Eingang des Krankenhauses, und als Laura sich von ihrer Begleiterin verabschiedete, hatte sie nicht nur jede Menge Frankfurter Familiengeschichten gehört, sondern auch einige Male herzhaft gelacht. Das Citronengäßchen war plötzlich weit weg, und sie konnte sich selbst nicht mehr verstehen. Was kümmerten sie die komplizierten Befindlichkeiten von Oberwachtmeister Heynel? Sie war doch nicht nach Frankfurt gekommen, um sich von einer unglücklichen Liebschaft in die nächste zu stürzen! Die zuständige Schwester war in Eile und bat Laura, später wiederzukommen, da Anna Frick noch immer nicht aufgewacht sei. Immerhin erfuhr sie, daß ihr Zustand inzwischen stabil sei und kein Anlaß mehr zu großer Sorge bestehe.

Martin Heynel arbeitete an der Anzeige gegen den Spitzen-händler Simon, als sie ins Polizeipräsidium zurückkehrte. »Ha-ben Sie die verhinderte Selbstmörderin von Francks Argumen-ten überzeugen können?« fragte er lächelnd und gab ihr einen Brief. »Der ist vorhin gekommen.«

»Vielen Dank, Herr Heynel«, sagte sie förmlich.

Das Kuvert war aus Seidenpapier, die Adresse mit der Maschine geschrieben: *Polizeipräsidium, Neue Zeil 60, III. Abt., z. Hd. Frl. Polizeiassistentin Rothe*. Kein Absender. Neu-gierig riß Laura den Umschlag auf. Er enthielt eine Einladungs-karte für den kommenden Freitag zu einem Galadiner mit Tanz anläßlich des vierzigsten Geburtstags einer Gräfin von Tennitz. Sie gab Heynel den Brief zurück. »Das muß eine Verwechslung sein. Ich kenne diese Dame nicht.«

Er las die Karte und warf sie auf den Tisch. »Das sieht ihr ähn-lich!«

»Was ist denn?« fragte Laura erschrocken.

»Biddlings Schwägerin im Adelsstand und Frankfurts größte Wohltäterin beliebt, über alles und jeden nach ihrem Gusto zu verfügen.«

»Bitte?«

»Sagen Sie bloß, Sie wissen nicht, wem Sie Ihre Stelle hier zu verdanken haben?«

»Vielleicht hätten Sie die Güte, mich aufzuklären?«

Seine Miene entspannte sich. »Also gut. Fangen wir von vorn an. Gräfin Cornelia von Tennitz, geborene Hortacker, ist die Tochter von Cornelius E. T. Hortacker, einem der reichsten Pri-vatbankiers in Frankfurt. Da sich Geld gern zu Geld gesellt, hei-ratete und beerbte sie Graf Ehrenfried Gandolf von Tennitz. Nach seinem Tod zog sie von Stuttgart nach Frankfurt und machte ei-nige nicht unerhebliche Spenden an städtische und private Ein-richtungen. Sie engagiert sich aufs heftigste in diversen Vereini-gungen, unter anderem im Verein Kinderschutz, der den Einsatz fachlich geschulter Fürsorgekräfte bei der Polizei fordert. Da sich in ihrer Villa Frankfurts Honoratioren die Klinke in die Hand ge-ben, wurde diesem Wunsch mit Ihrer Einstellung entsprochen.«

»Kommissar Biddling ist verwandt mit ihr?« fragte Laura.

»Ihr Bruder ist mit der Schwester von Biddlings Frau verheiratet. Übrigens auch keine arme Familie.«

»Gräfin Tennitz ist sicher eine interessante Frau.«

»Allerdings.«

»Warum sagen Sie das so gehässig?«

»Tue ich das?«

Laura nahm die Einladung. »Ein paar nützliche Kontakte können meiner Arbeit nicht schaden. Ich werde hingehen.«

»Allein?«

Sie schluckte. Es war üblich, daß unverheiratete Frauen zu größeren Geselligkeiten einen männlichen Begleiter mitbrachten. »Warum nicht?« sagte sie trotzig.

»Ich hätte nichts dagegen, in die Bresche zu springen.«

Es ärgerte sie, daß sie sich über sein Angebot freute. »Ich dachte, Sie mögen Frau von Tennitz nicht?«

Er lächelte. »Glauben Sie ernsthaft, ich lasse Sie mutterseelenallein in die Höhle des Löwen spazieren?«

»Sie haben mich auch mutterseelenallein durch das Ihrer Meinung nach verderbteste Viertel der Stadt spazieren lassen.«

»Die Feuerprobe haben Sie allemal glänzend bestanden, oder? Im Ernst: Es tut mir leid.«

»Mir auch.«

»Das meinte ich nicht«, sagte er freundlich.

Laura versuchte, ein gleichgültiges Gesicht zu machen. »Mein Verhalten war unangebracht und meiner Stellung nicht angemessen. Es wird sich nicht wiederholen.«

»Ganz wie Sie meinen.« Er nahm einen Stapel Akten von seinem Schreibtisch und fing an, sie in die Schränke zu räumen.

»Gibt es irgendwo eine Auflistung der verschiedenen Frankfurter Sozialen Einrichtungen?« fragte Laura.

Er nickte. »In der Centrale für private Fürsorge. Eine gute Adresse ist auch das Institut für Gemeinwohl. Allerdings ist das Verhältnis zwischen öffentlicher und privater Wohlfahrtspflege im großen und ganzen ungeregelt. Die Zahl privater Vereine und Hilfseinrichtungen liegt in Frankfurt bei weit über zweihundert. Hinzu kommen evangelische, katholische und jüdische Einrichtungen. Es gibt einundvierzig Armenbezirke in der Stadt, in denen rund siebenhundert Armenpfleger arbeiten. Die Gesamtzahl der Unterstützten liegt bei mehr als dreißigtausend. Über Mangel an Arbeit werden Sie also kaum zu klagen haben.« Er zeigte auf das Regal, in dem die Photokartei stand. »Wenn Sie sich für statistische und gesetzliche Grundlagen interessieren – dort finden Sie entsprechende Literatur.«

Laura schaute sich die Bücher an: Gesetze und Verordnungen in der Hauptsache, daneben Abhandlungen über Mädchenhandel und Prostitution, Armenpflege und Armenpolitik im In- und Ausland, hygienische Verhältnisse, Kanalbauten und sonstige Einrichtungen in der Stadt Frankfurt, und, kaum zu glauben, ein Buch über die Frauenfrage im Mittelalter.

»Was hatten Sie in den Akten zu suchen?« riß Heynels Stimme sie aus ihren Gedanken. Er wies auf einen der Schränke. »Sie haben Unterlagen entnommen! Warum?«

»Ich habe nichts entnommen!« sagte Laura empört. »Lediglich etwas nachgeschaut.«

»Und was, bitte?«

»Eine Zeugin erkannte bei der Durchsicht der Photokartei Fräulein Zilly als eine Dame wieder, die Herrn Lichtenstein kurz vor seinem Tod besucht hat. Da weder Sie noch Herr von Lieben zu erreichen waren, habe ich für Kommissar Biddling die Akte herausgesucht.«

»Was fällt Ihnen ein, interne Informationen weiterzugeben!«

Laura hatte Mühe, ihre Wut im Zaum zu halten. »Sie tun, als hätte ich die Revolverpresse bedient!«

»Wollte Biddling sonst noch was?«

»Bei seinen Ermittlungen tauchte eine Signora Runa auf, und er fragte, ob es auch Unterlagen über sie gebe. Das war nicht der Fall.«

Heynel warf den Schrank zu. »Wenn Biddling Unterlagen will, soll er gefälligst zu mir kommen!«

Wortlos nahm Laura ihren Mantel von der Garderobe.

»Wo wollen Sie hin?«

»Ich habe genug von Ihren Launen, Oberwachtmeister. Ich werde Polizeirat Franck um eine anderweitige Verwendung bitten.«

»Das lassen Sie besser bleiben, Polizeiassistentin.«

Wortlos verließ sie das Zimmer. Im Flur rannte Paul Heusohn sie beinahe über den Haufen. »Guten Tag, Fräulein Rothe! Können Sie mit der Maschine schreiben?«

»Warum?«

»Herr Biddling will ein Verhör protokollieren, und ich soll ihm ein Schreibfräulein besorgen.«

»Und da dachte er an mich? Wie entzückend.«

»Nein, nein«, wehrte der Junge ab. »Er beauftragte mich, eine Dame aus der Kanzlei zu holen. Aber dort ist im Moment keine abkömmlich.«

»Als ehemalige Korrespondentin müßten Sie den Umgang mit der Schreibmaschine gewohnt sein, oder?«

Ohne, daß sie es gemerkt hatte, war Heynel aus dem Büro gekommen.

»Hallo, Martin«, begrüßte ihn Paul Heusohn.

Er verzog das Gesicht. »Oberwachtmeister Heynel, bitte.«

Der Junge lief rot an. »Verzeihen Sie, Oberwachtmeister!«

Heynel wandte sich an Laura. »Nicht, daß wir uns mißverstehen: Ich habe nichts dagegen, wenn Sie Kommissar Biddling in Notfällen unterstützen. Und ein solcher scheint hier offenbar vorzuliegen.«

Laura hätte ihn am liebsten geohrfeigt.

*

Richard sah den Mann ungläubig an. »Habe ich das richtig verstanden? Sie sind …?«

»Oskar Bruno Groß. Und ich verlange auf der Stelle eine Erklärung!«

Richard versuchte, Beck zu erreichen und telephonierte mit der Wache. Kurz darauf kam Paul Heusohn herein. Richard zeigte auf die Schreibmaschine. »Bitte holen Sie eine der Kanzleidamen her.«

»Wofür benötigen Sie eine Schreibkraft, wenn ich Sie um eine Auskunft bitte?« fragte Groß gereizt.

»Was wollten Sie vorige Woche bei Hermann Lichtenstein, Herr Groß?«

»Soll das ein Verhör werden?«

»Sie waren am vergangenen Montag in Lichtensteins Geschäft.«

»Ja – und?«

»Am Freitag wurde er ermordet.«

»Das weiß ich! Es steht ja jeden Tag groß und breit in allen Zeitungen.«

»Sie wollten im Laufe der Woche mit einem Offenbacher Wirt vorbeikommen. Wie hieß der Wirt?«

»Das tut doch nichts zur Sache! Ich will jetzt …«

»Sie beschleunigen die Angelegenheit, wenn Sie auf meine Fragen antworten«, sagte Richard.

»Sein Name ist … Schumann.«

»Und weiter?«

»Was weiß ich? Ich traf ihn vor zwei Wochen zufällig in einem Kaffeehaus. Er sagte, daß er ein Klavier kaufen will.«

»In welchem Kaffeehaus?«

»Kaffeestube Bostel, Trierische Gasse.«

»Das ist nicht weit von Lichtensteins Lokal entfernt. Warum sind Sie nicht gleich mit ihm hingegangen?«

»Schumann hatte an dem Tag keine Zeit.«

»Und wann hatte er Zeit?«

»Vergangene Woche Dienstag.«

»Wenn Sie Schumanns Adresse nicht kannten – wie haben Sie Kontakt mit ihm aufgenommen?«

»Wir trafen uns im Bostel und sind von dort zu Lichtenstein gegangen.«

»Um wieviel Uhr?«

»Herrje! Ich hab's vergessen.«

»Kam es zu einem Geschäftsabschluß?«

»Wir waren für Donnerstag mittag im Bostel verabredet. Aber er kam nicht. Seitdem habe ich ihn nicht mehr gesehen.«

»Kann es sein, daß dieser Schumann in Wahrheit gar nicht Schumann heißt?«

»Sondern?«

»Kennen Sie Karl Hopf?«

»Wer soll das sein?«

»Ein Hundezüchter aus Niederhöchstadt.«

»Nie gehört.«

»Warum sind Sie in Frankfurt unter falschem Namen gemeldet?«

Groß wurde blaß. »Ich weiß nicht, was Sie meinen.«

»Oskar Koobs, Rohrbachstraße«, sagte Richard.

»Ich wollte ... nun, Unannehmlichkeiten aus dem Weg gehen.«

»Welcher Art?«

»Ich brauche Ihnen wohl kaum zu erklären, wie schwer es ist, als Vorbestrafter eine bürgerliche Existenz aufzubauen, Herr Kommissar!«

Bevor Richard etwas erwidern konnte, kamen Paul Heusohn und Laura Rothe herein; ihnen folgte Kommissar Beck. »Soeben habe ich Antwort aus Werdau erhalten.«

»Bitte entschuldigen Sie mich einen Moment, Herr Groß.« Richard ging mit Beck in den Flur.

»Habe ich gerade richtig gehört?« fragte Beck.

Richard lächelte. »Herr Groß ist hier, um sich über Ihr Fahndungsplakat zu beschweren.«

»Soll das heißen, er ist von selbst gekommen?«

»Ja.« Richard zeigte auf die Depesche. »Was hat er ausgefressen?«

»Diebstahl und Unterschlagung.«

»Irgendwelche Erkenntnisse über Gewaltdelikte?«

Beck schüttelte den Kopf. »Was sagt er?«

»Er gibt zu, am Dienstag mit einem Offenbacher Wirt namens Schumann bei Lichtenstein gewesen zu sein. Wenn Sie wollen, können Sie das Verhör weiterführen.«

»Ich halte es für sinnvoller, ihn zu zweit in die Mangel zu nehmen.«

Richard nickte. »Sie waren im Krankenhaus?«

»Ja. Wie es aussieht, ist sie über den Berg.«

»Das freut mich.«

In Becks übernächtigtes Gesicht trat ein Lächeln. »Mich auch.«

Richard zeigte zur Tür. »Dann können wir uns ja jetzt mit voller Hingabe unserem Hauptverdächtigen widmen.«

Beck grinste. »Ich wette: Bis heute abend hat er gestanden.«

»Vorausgesetzt, er hat den Mord begangen.«

»Meinen Hut darauf: Er hat!«

»Das erklärt ja wohl, warum ich mich genötigt sah, bei meiner Vermieterin einen anderen Namen anzugeben«, sagte Groß, nachdem ihm Beck den Inhalt der Depesche vorgehalten hatte.

»Wo waren Sie am vergangenen Freitag?« fragte Richard.

»In der Stadt unterwegs.«

»Geht es auch etwas konkreter?« fragte Beck.

»Hätte ich geahnt, daß mein Tagesablauf für ein polizeiliches Verhörprotokoll benötigt wird, hätte ich mir selbstverständlich entsprechende Aufzeichnungen gemacht.«

»Haben Sie bestimmte Örtlichkeiten aufgesucht oder jemanden getroffen?« fragte Richard.

Groß zuckte mit den Schultern.

»Warum waren Sie seit Freitag nicht mehr in Ihrer Wohnung?« fragte Beck.

»Ich war von meiner Braut beauftragt, Möbel für die Aussteuer zu kaufen.«

»Nachts werden Sie die wohl kaum eingekauft haben, oder?«

»Glauben Sie mir etwa nicht?« Er zog sein Portemonnaie aus der Tasche und leerte es auf Biddlings Schreibtisch aus. »Sie gab mir fünfhundert Mark. Dreihundert erhielt sie heute zurück.«

Richard zählte das Geld. »Das beantwortet nicht die Frage, warum Sie seit drei Tagen nicht zu Hause waren.«

»Ich war in verschiedenen Lokalitäten unterwegs und habe bei, nun ja, Zufallsbekanntschaften übernachtet.«

»… die weiblichen Geschlechts waren und sich mit französischen Vornamen vorstellten«, ergänzte Beck.

Groß lächelte. »Genau. Aber ich möchte nicht, daß das gegenüber meiner Braut erwähnt wird.«

»Waren Sie auch in der *Laterna Magica?*« fragte Richard.

»Ich bedaure, aber die Gebühren in diesem Etablissement sind mir zu gepfeffert.«

»Wie heißt Ihre Braut?« fragte Beck.

»Elisa Koobs.«

»Sie haben sich also unter ihrem Namen in der Rohrbachstraße angemeldet«, sagte Richard.

»Wo wohnt sie?« fragte Beck.

Groß nannte die Adresse.

»Ist sie dort jetzt anzutreffen?«

Er nickte.

Beck sah Paul Heusohn an. »Veranlassen Sie, daß sie hergebracht wird.«

Groß sprang auf. »Aber warum? Sie hat nichts damit zu tun!«

»Womit?« fragte Beck.

»Mit Lichtensteins Tod! Genausowenig wie ich!«

»Setzen Sie sich«, sagte Richard.

»Ich habe dieses Büro aus freien Stücken betreten, also werde ich es auch aus freien Stücken verlassen!«

Beck trat ihm in den Weg. »Das werden Sie nicht, Herr Groß. Sie sind vorläufig festgenommen.«

»Das können Sie nicht machen! Ich bin ein freier Bürger! Ich werde …«

»Stellen Sie sich dort an die Wand!« befahl Beck.

»Es ist besser, Sie tun, was er sagt«, sagte Richard.

Beck durchsuchte ihn. Er legte ein Heftchen Zündhölzer und einen Tabaksbeutel zu dem Geld auf Richards Schreibtisch.

»Ich werde dann mal Ihren Auftrag erledigen, Herr Beck«, sagte Paul Heusohn. Richard ging mit ihm hinaus.

»Daß Herr Groß freiwillig gekommen ist, spricht doch für ihn, oder?« sagte der Junge im Flur.

»Grundsätzlich schon. Aber das ist im Moment unsere kleinste Sorge. Das Verhör wird eine Weile dauern. Ich möchte Sie bitten, in der Zwischenzeit die von Groß gemachten Angaben zu überprüfen. Wir benötigen eine Auskunft aus dem Offenbacher Melderegister beziehungsweise Gaststättenverzeichnis, ob es dort einen Wirt namens Schumann gibt. Des weiteren muß Elisa Koobs' Wohnung durchsucht werden. Außerdem brauchen wir die Inhaberin des Seilergeschäfts, um eine Gegenüberstellung mit Groß vornehmen zu können.«

»Ja, Herr Kommissar.«

Richard lächelte, als er sein angespanntes Gesicht sah. »Sie haben selbstverständlich Schmitt und die beiden Schutzleute zu Ihrer Verfügung. Fräulein Koobs bringen Sie in Becks Büro und rufen mich von dort aus an. Auch alle anderen Informationen bitte ich telephonisch durchzugeben.«

»Damit Herr Groß sie nicht hört?«

»Richtig. Sie sind mir persönlich für die ordnungsgemäße Durchführung der Maßnahmen verantwortlich.«

»Jawohl, Herr Kommissar!«

Richard sah ihm amüsiert nach. Der Junge war alles andere als dumm, aber er brauchte dringend mehr Selbstvertrauen.

Laura Rothe hatte gerade das dritte Blatt in die Maschine eingespannt, als das Telephon klingelte. Keinen Schritt waren sie vorangekommen! Nicht einmal der Vorhalt, daß es in Offenbach keinen Gastwirt namens Schumann gebe, hatte Groß bewegen können, seine Aussage zu korrigieren. Richard nahm das Gespräch entgegen und sah Groß an. »Ich werde mir jetzt anhören, was Ihre Braut zu der Sache zu sagen hat.«

»Sicher nichts, das Sie sich erhoffen«, entgegnete er mit unbewegter Miene.

Elisa Koobs stand neben Paul Heusohn am Fenster in Becks Büro. Sie war eine dünne, blasse Person, und ihre Hände waren feucht vor Aufregung. Richard sagte ihr, warum sie geholt worden war und fragte nach ihrem Beruf und ihrer Beziehung zu Groß.

»Ich arbeite als Näherin und bin seit dem 10. Oktober 1903

mit Herrn Oskar Bruno Groß verlobt. Wir beabsichtigen, im März zu heiraten«, sagte sie steif.

»Als Verlobte von Herrn Groß steht Ihnen das Zeugnisverweigerungsrecht zu«, erklärte Richard. »Das bedeutet, daß Sie zur Sache nichts zu sagen brauchen.«

»Ich habe nichts zu verbergen.«

Paul Heusohn zeigte auf eine Männerhose. »Herr Groß hat heute früh eine Flasche Salmiakgeist gekauft und seine Beinkleider damit gereinigt.«

»Ich erbot, die Arbeit für ihn zu tun, aber er sagte, daß er das selbst machen will«, fügte Elisa Koobs hinzu.

Richard untersuchte das Kleidungsstück. Am rechten Bein sah er zwei bräunliche Anhaftungen. »Hat Herr Groß Ihnen etwas zur Herkunft der Verschmutzung gesagt?«

»Nein.«

Richard sah Paul Heusohn an. »Bitte holen Sie den Manschettenknopf. Ist Ihnen bekannt, daß Groß unter Ihrem Namen in der Rohrbachstraße wohnt?« wandte er sich an Elisa Koobs.

»Ja«, sagte sie verlegen. »Er fragte mich, ob ich etwas dagegen hätte, und weil wir verlobt sind, dachte ich – das ist doch nicht etwa gegen das Gesetz?«

»Hat er Ihnen einen Grund dafür genannt?«

»Er befürchtete, eine Dummheit, die er früher mal gemacht hat, könnte ihm in seiner neuen Profession zum Nachteil gereichen. Er hat sich nämlich vor kurzem als Klavieragent selbständig gemacht.«

»Er behauptet, daß Sie ihm Geld gegeben haben.«

»Fünfhundert Mark, ja. Ich bat ihn, Aussteuer für unsere bevorstehende Hochzeit zu kaufen.«

Richard dachte an Dr. Popps Bemerkungen. War es denkbar, daß Groß den Überfall mit seiner Verlobten zusammen gemacht hatte? »Woher haben Sie soviel Geld, Fräulein Koobs?«

»Dreißig Mark habe ich angespart. Bei dem Rest handelt es sich um das Erbe meiner Eltern.«

Paul Heusohn kam zurück. Richard hielt Elisa Koobs den Manschettenknopf hin. »Gehört der vielleicht Herrn Groß?«

Sie schüttelte den Kopf. »Perlmutt trägt er nicht.«

»Wann haben Sie Herrn Groß zuletzt gesehen?«

»Heute vormittag.«

»Und davor?«

Sie überlegte. »Freitag abend. Da saß er mit mir und meiner Schwester zusammen.«

»Freitag abend? Da war der Mord an Lichtenstein schon bekannt!«

»Ja. Wir haben beim Abendessen darüber gesprochen. Bruno sagte, daß die Mörder sicher schon über alle Berge sind.«

»Hatten Sie den Eindruck, daß er nervös oder irgendwie anders war als sonst?«

»Nein, wirklich nicht. Er war wie immer. Wissen Sie, er ist ein sehr höflicher und gebildeter Mann.«

»Wann ging er?«

»Ich glaube, gegen zehn Uhr.« Sie sah auf ihre Hände. »Er ist am Wochenende oft geschäftlich unterwegs.«

Richard war sich sicher, daß sie ahnte, worin diese Geschäfte bestanden. »Wo waren Sie am vergangenen Freitag?«

»Ich habe zu Hause gearbeitet. Bis Bruno kam.«

»Gibt es dafür Zeugen?«

»Zum Nachmittagskaffee war eine Nachbarin da. Und morgens der Milchmann.«

Ein ausreichendes Alibi war das nicht. Richard sagte ihr, daß er sie für Vergleichszwecke photographieren und ihre Fingerabdrücke abnehmen lassen würde. Sie fing an zu weinen. »In meinem ganzen Leben habe ich noch nie etwas Unrechtes getan, Herr Kommissar!«

»Die Untersuchungen dienen dazu, Sie zu entlasten, Fräulein Koobs«, sagte Richard freundlich. »Ich verspreche Ihnen, daß niemand etwas erfahren wird – vorausgesetzt natürlich, Sie haben mir die Wahrheit gesagt.«

»Das habe ich ganz gewiß.« Sie zog ein Taschentuch aus ihrem Kleid und tupfte sich die Tränen ab. »Sie glauben nicht wirklich, daß Bruno Herrn Lichtenstein ermordet hat, oder?« Sie zerknüllte ihr Taschentuch. »Diese ungeheuerlichen Dinge, die in der Zeitung stehen … Er könnte so etwas Schreckliches doch niemals tun!«

Richard nickte. Er telephonierte mit dem Erkennungsdienst, danach mit der Wache. Kurz darauf holte ein Wachmann Elisa Koobs ab.

»Ich glaube nicht, daß sie etwas damit zu tun hat«, sagte Paul Heusohn.

»Ich auch nicht«, stimmte Richard zu. »Aber jede Hypothese bedarf der Begründung. Haben Sie Frau Frey erreicht?«

»Sie versprach, sofort nach Geschäftsschluß herzukommen.«

Richard seufzte. »Ich hoffe, daß sie ein gutes Erinnerungsvermögen hat.« Er verpackte Groß' Hose, schrieb einen Untersuchungsauftrag und bat Paul Heusohn, dafür zu sorgen, daß beides schnellstmöglich zu Dr. Popp gebracht wurde.

Eine Stunde später führte Richard die Inhaberin des Seilergeschäfts in sein Büro. Die Spannung im Raum war körperlich fühlbar. Niemand sagte ein Wort. Die Frau blieb vor Bruno Groß stehen und sah ihn nachdenklich an.

»Könnten Sie mir verraten, was das soll?« fragte er ungehalten.

»Halten Sie gefälligst den Mund!« sagte Beck.

Die Frau zuckte die Schultern und ging mit Richard hinaus. »Es tut mir leid, Herr Kommissar. Den Herrn habe ich noch nie gesehen.«

Richard hatte Mühe, seine Bestürzung zu verbergen. »Sind Sie sicher?«

»Ja. Der Kunde, der das Seil gekauft hat, war zwar auch blond, aber schlanker, größer und jünger.« Sie lächelte. »Und eine Ecke hübscher als der da drin.«

Als Richard ins Büro zurückkam, grinste Groß. »Kann ich jetzt endlich gehen?«

Richard sah Becks Miene an, daß er das gleiche dachte wie er: Wenn sie ihn laufen ließen, wäre er innerhalb kürzester Zeit aus der Stadt verschwunden.

»Sie haben kein Recht, mich länger festzuhalten!« sagte Groß.

»Das werde ich jetzt klären«, sagte Richard. In Becks Büro ließ er sich mit Justizrat von Reden verbinden. Schweigend hörte sich der Staatsanwalt Richards Ausführungen an.

»Er ist also freiwillig bei der Polizei erschienen?«

»Ja«, sagte Richard.

»Die Angaben von Fräulein Koobs über die Herkunft des Geldes sind glaubhaft?«

»Soweit ich das derzeit beurteilen kann: Ja.«

»Ob es sich bei den Anhaftungen an der Hose um Blut handelt, steht nicht fest?«

»Näheres müssen entsprechende Untersuchungen ergeben.«

»Wurden irgendwelche Beweismittel gefunden? Das Mordwerkzeug? Gegenstände aus der Beute?«

»Nein.«

»Bleibt also im Moment nur, daß Groß vermutlich bezüglich dieses Schumann gelogen, in Werdau ein paar Diebstähle begangen und seit Freitag außer Haus übernachtet hat.«

»Im Prinzip, ja.«

»Das ist nicht allzuviel.«

»Ich weiß.«

»Darf ich Ihnen eine persönliche Frage stellen, Herr Biddling?«

»Bitte.«

»Halten Sie ihn für fähig, den Mord begangen zu haben?«

»Ja«, sagte Richard. »Aber er hat es nicht allein getan.«

»Sagen Sie ihm, ich werde einen Untersuchungshaftbefehl beantragen.«

Groß tobte, als er es erfuhr. Zusammen mit einem Wachmann führte Beck ihn ab. Laura Rothe ordnete das Protokoll. »Ich möchte anmerken, daß das kleine i springt, Herr Kommissar.«

Trotz der angespannten Situation mußte Richard lächeln. »Danke für Ihre Hilfe, Fräulein Rothe. Grüßen Sie Braun von mir.«

Sie nickte und ging. Richard war gerade im Begriff, das Licht zu löschen, als es klopfte. Ein Mann kam herein, und Richard dachte, sein Herz bleibe stehen.

»Guten Abend, Herr Kommissar«, sagte Hermann Lichtenstein.

Kapitel 9

Morgenblatt   Dienstag, 1. März 1904

Frankfurter Zeitung
und Handelsblatt

Raubmord auf der Zeil. Der Klaviertransporteur Bruno Groß hat sich der Polizei gestellt. Wir hatten berichtet, daß ein Transporteur – wir kannten den Namen, nannten ihn aber nicht – gesucht werde. Die Untersuchung muß ergeben, ob er etwas mit der Mordaffäre zu tun hat.

Wir teilen noch das Verzeichnis der Gegenstände mit, die von der Leiche Lichtensteins geraubt wurden: eine goldene Uhr Nr. 62,320 mit der Gravierung »Leopold«, eine gelbgoldene Panzeruhrkette, eine goldene Busennadel mit Brillanten und zwei Hemdenknöpfe mit Brillanten.

Der neue Polizeipräsident. Der neue Polizeipräsident Scherenberg ist gestern Abend von Wiesbaden hier eingetroffen und hat im Frankfurter Hof Wohnung genommen. Heute wird er in sein Frankfurter Amt eingeführt.

Als Karl Hopf am Montag nach Frankfurt hineinritt, sah es nach Regen aus. Er wußte, daß Maria Hortacker es nicht mochte, wenn er unangemeldet kam. Aber er wußte auch, daß sie ihn nicht wegschicken würde. Es sei denn, ihr Mann wäre da. Er ritt durch die Einfahrt hinter das Haus, ließ sein Pferd von einem Stallburschen übernehmen und klingelte am Dienstboteneingang.

Ein Hausmädchen öffnete. Sie führte ihn über eine Treppe und durch die Küche ins Foyer. »Bitte warten Sie einen Moment. Ich werde Sie der gnädigen Frau melden.«

Es dauerte fast zehn Minuten, bis sie zurückkam. »Wenn Sie mir bitte in den roten Salon folgen wollen?«

Wie immer, wenn sie mißgelaunt war, ließ sich Maria Zeit. Hopfs Anspannung wuchs. Er lief nervös auf und ab und blieb schließlich am Fenster stehen. Der Garten war eine bemühte Kopie eines französischen Schloßparks. Wege, Hecken und Beete folgten geometrischen Formen und waren mit allerlei großen und kleinen Skulpturen durchsetzt. Den Mittelpunkt der Anlage bildete eine doppelte Brunnenfontäne, deren Ausmaß sämtliche Proportionen sprengte.

»Was fällt Ihnen ein, mich derart zu überfallen!« Maria trug ein Kleid aus grüner Seide mit Pelzbesatz, das ihre üppigen Formen betonte. Mit einer herrischen Geste schloß sie die Tür.

Hopf sah sie schuldbewußt an. »Ich habe gestern den ganzen Tag gewartet.«

»Ich hatte keine Zeit. Und ich habe auch jetzt keine!«

»Ich bitte vielmals um Verzeihung, aber die Nachricht, die ich Ihnen überbringe, verträgt keinen Aufschub mehr.« Er hielt ihr einen Brief hin. »Eine Petition Ihrer Dienerin. Sie entschuldigt sich ergebenst für das Vorkommnis in der vergangenen Woche am Roßmarkt.«

»Was du nicht sagst.« Sie las den Brief, und ihre Augen fingen an zu funkeln. »Das ist das Mindeste, was ich mit ihr tun werde!«

Er senkte den Blick. »Ich stehe zu Ihren Diensten, Signora.«

✳

Victoria blieb nach dem Aufwachen gern noch ein wenig im Bett liegen. Sie liebte die Stille und die verhangenen Fenster, durch die der Tag wie ein Versprechen schien. Sie war lange nicht in der Oper gewesen, und sie hatte den Abend genossen. Sich von der Musik davontragen zu lassen, war fast so schön wie ein Buch zu lesen. Und David war ein formvollendeter Kavalier. Sie mußte lächeln, als sie daran dachte, wie tapsig und ungezogen ihr Bruder als Kind gewesen war. Seit Jahren liefen ihm die Frauen nach, doch keine schien ihm gut genug. Und Vicki hatte offenbar vor, in seine Fußstapfen zu treten: Als in der Pause ein junger Mann wagte, ihr sein Interesse anzudeuten, behandelte sie ihn so herablassend, daß er sein Unterfangen rasch wieder aufgab.

Es war nicht das erste Mal, aber Victoria hegte keine Besorgnis. Schließlich war sie früher nicht besser gewesen. Irgendwann würde der Richtige schon kommen. Doch sie bedauerte, daß Vicki auch ihr gegenüber so verschlossen war.

Sie schlug die Decke zurück und stand auf. Sie hatte sich immer gewünscht, mit ihren Töchtern eine offenere und liebevollere Beziehung zu pflegen, als sie sie zu ihrer eigenen Mutter gehabt hatte, aber ihre Älteste legte anscheinend keinen Wert darauf. Dabei war sie so folgsam und wohlerzogen, daß es Victoria zuweilen erschreckte, und je älter sie wurde, desto schmerzlicher erinnerte sie ihr Anblick an die Photographie, die Richard heimlich in seinem Nachtschrank aufbewahrte. Victoria zog die Vorhänge zurück und öffnete das Fenster. Unter dem regenschweren Himmel wirkte die Stadt grau. Sie kleidete sich an und ging nach unten.

»Das geht dich nichts an!« hörte sie Davids Stimme aus dem Herrenzimmer.

»Wenn sich mein Sohn und Nachfolger mit den übelsten Malfaiteuren Frankfurts abgibt, geht mich das sehr wohl etwas an!« entgegnete Rudolf Könitz wütend.

David lachte. »Nachfolger? Das glaubst du ja wohl selbst nicht.«

»Solange du nicht einmal für eine anständige Kassenabrechnung sorgen kannst, sehe ich mich leider gezwungen, dir auf die Finger zu sehen.«

»Ich habe dir schon wiederholt gesagt, daß das nicht mein Fehler war!«

»Dann stelle demnächst jemanden ein, der sein Handwerk beherrscht.«

»Das beste wäre, du würdest den Kram selbst machen.«

»Damit du von meinem Geld nichtsnutzig in den Tag hineinleben kannst? Nicht mit mir! Dein Lebensstil gefällt mir schon lange nicht mehr.«

»Spar dir die obligate Frage, wann ich endlich zu heiraten gedenke.«

»Wie soll eine Familie gedeihen, wenn sich ihre Mitglieder weigern, ihre Pflicht zu tun!«

Es war nicht die erste Auseinandersetzung zwischen den beiden, und Victoria wußte, was folgen würde: die immer gleichen Vorwürfe eines verbitterten alten Mannes, der einfach nicht begreifen konnte, daß seine Kinder andere Vorstellungen vom Leben hatten als er. Sie wollte gerade weitergehen, als Flora die Treppe herunterkam.

»Malvida hat's gut«, sagte sie gähnend. »Sie darf schlafen, und ich muß in die dumme Schule.«

Victoria strich ihr übers Haar. »Wer es im Leben zu etwas bringen will, muß tüchtig lernen.«

»Louise sagt, Mädchen brauchen das nicht.«

»Louise hat keine Ahnung.«

»Wenn ich groß bin, werde ich Aeronautin wie Miss Polly, und dafür muß ich bestimmt kein Französisch können!«

»Und wie willst du dich mit den Leuten unterhalten, wenn du mit deinem Ballon in Paris landest?«

»Ich sag' guten Tag und fahre weiter nach Österreich: *Comment allez-vous? J'aime bien la Alpes. Où est Vienne?*«

Victoria lachte. »*Les Alpes,* du Meisterin.«

»Wann kriege ich endlich mein Fahrrad?«

»Wenn du in Geographie gelernt hast, daß Wien nicht in den Alpen, sondern in der Donauniederung liegt.«

Flora zog einen Schmollmund und ging ins Frühstückszimmer. »Guten Morgen«, sagte sie zu ihrer Schwester, die schon am Tisch saß.

»Guten Morgen, Florchen«, erwiderte Vicki. »Warum schaust du denn so beleidigt?«

»Ich habe es gewagt, ihre Französischkenntnisse in Zweifel zu ziehen«, sagte Victoria und nahm Platz. Ein Mädchen goß ihr Kaffee ein.

Flora zeigte auf ihr Gedeck. »*Une assiette, une tasse, une cuillère à café.*«

»*Vous pouvez me passer le pain, s'il vous plaît?*« fragte Victoria.

»Was?« fragte Flora.

Vicki gab ihrer Mutter den Brotkorb. »*Vous voulez encore de la saucisse?*«

»*Oui, je veux bien. Mais, vous n'en mettez pas trop, s'il vous plaît.*«

»Ihr seid ja so was von gemein!« rief Flora.

»*Traduisez en français, Mademoiselle!*« mahnte Victoria.

Vicki lachte, und Victoria stimmte ein. Es war einer jener seltenen Momente, in denen sie sich ihrer Ältesten nahe fühlte.

Eine Stunde später war Flora in der Schule, Vicki im Salon zum Klavierunterricht, David ins Warenhaus unterwegs und Rudolf Könitz mit der Lektüre der Morgenzeitungen beschäftigt. Wie jeden Montag besprach Victoria mit der Köchin die Einkaufsliste und die Menuefolgen für die Woche; sie stellte einen Reinigungsplan für die Schlafzimmer auf, veranlaßte, daß die Schmutzwäsche vorsortiert, die zu flickenden Stücke zur Näherin gebracht wurden und wies Tessa an, sich um Malvida zu kümmern. Daß sie die Hausarbeit nicht mehr selbst erledigen, sondern nur noch anzuordnen brauchte, war eins der angenehmen Dinge im Haus ihres Vaters, denn es gab ihr genügend Zeit für das, was sie am liebsten tat: lesen.

Als sie nach oben ging, drang aus dem Salon eine Englische Klaviersuite von Bach. Victoria lächelte, als sie daran dachte, wie sehr sie früher Klavierspielen verabscheut hatte. Um so erstaunlicher, daß ihre Töchter nicht nur talentiert, sondern auch mit Begeisterung bei der Sache waren.

Im Kamin in der Bibliothek brannte Feuer; es war angenehm warm. Auf dem Tisch lag noch das Lexikon, in dem Richard Samstag nacht *Memento mori* nachgeschlagen hatte. Was mochte ihn dazu bewogen haben? Ob es etwas mit dem Mord an Hermann Lichtenstein zu tun hatte? Aber was? Ihr Mann war die Antwort schuldig geblieben, wie so oft in letzter Zeit.

Victoria erinnerte sich an das schmale Bett, das sie in der Fichardstraße miteinander geteilt hatten und das keinen Platz für Geheimnisse ließ. Sie wachte auf, wenn er spät kam, wenn er schlecht träumte oder sich schlaflos hin und her wälzte. Sie kochte Tee, und später lagen sie beieinander in der Dunkelheit. Er erzählte von seinen Ermittlungen, sie schwärmte von Conan Doyles Detektivromanen. Er verspottete ihre angelesene Kriminalistik, sie zitierte Sherlock Holmes' sarkastische Bemerkungen über die Londoner Polizei.

»Sie fragen mich, was ich davon halte, Sir? Ich würde Sie des Ruhmes berauben, den Ihnen dieser Fall einbringt, wenn ich mich erdreisten wollte, Ihnen zu helfen!«

»Das letzte und oberste Appellationsgericht in Sachen Kriminalistik beliebt zu schweigen?« konterte Richard. »Eine vernünftige Entscheidung. Rückwärts denken kann ich auch allein.«

»Sieh an! Du warst heimlich an meinem Bücherschrank, obwohl du immer behauptest ...«

»Ich wollte endlich wissen, welche genialen Schachzüge dein einziger nicht beamteter Detektiv anzubieten hat.«

»Einziger nicht beamteter beratender Detektiv.«

»Würdest du morgen bitte einige Besorgungen für mich erledigen?«

»Gern. Was denn?«

»Ich benötige eine Bruyère-Pfeife, ein Saffian-Etui, eine siebenprozentige Kokainlösung und ein Handtuch für meine gerunzelte Stirn. Ferner ein überheiztes Zimmer, in dem ich Löcher in die Luft starren kann, bis mir mein deduktiver Scharfsinn den Namen des Mörders einträufelt. Falls es zufällig der Kutscher ist, bestelle ihn bitte für punkt acht Uhr hierher, damit ich nicht aus meinem Lehnstuhl aufstehen muß, wenn ich ihn verhafte.«

»Du hast überhaupt keine Ahnung! Du bist ...«

»Weise und erfolgreich. Weshalb ich im Gegensatz zu meinem Kollegen Lestrade von Scotland Yard darauf verzichte, die Sache in der Baker Street 221B vorzutragen.«

Sie schimpfte, er fing an zu lachen, und die Unterhaltung

mündete in eine Kissenschlacht, die erst zu enden pflegte, wenn Vicki ins Zimmer tapste und sich verschlafen die Augen rieb. Kindisch hatten sie sich benommen, ganz und gar unmöglich. Nach dem Umzug in den Untermainkai war es damit vorbei gewesen.

Victoria stellte das Lexikon in den Schrank zurück, in dem ihre Detektivromane standen. Deutschsprachige Ausgaben wechselten mit englischen und französischen, dicke mit dünnen, ledergebundene mit broschierten Bänden. Obenauf lagen zwei Zeitungen. *The Tauchnitz Magazine, March 1892. The Strand Magazine, April 1901.*

Mit der einen hatte Heiner Braun ihre Leidenschaft für Sherlock Holmes geweckt, mit der anderen hatte Richard sie zerstört.

Victoria ging zu ihrem Schreibtisch. Das mit Intarsien und Bronzebeschlägen verzierte *Bureau plat* war mit Büchern vollgestellt. Sie schob sie beiseite und setzte sich. *Damit du mich nicht vergißt, kleine Schwester.* Dreiunddreißig Jahre war es her, seit ihr ältester Bruder Ernst nach Ostindien abgereist war, aber jedesmal, wenn sie an dem schweren Möbel Platz nahm, sah sie ihn wieder vor sich: ein nachdenklicher junger Mann, der ihr zum Abschied übers Haar strich und versprach, bald zu schreiben.

Sie zog eine Schublade auf und nahm seinen letzten Brief heraus.

Poona, den 3. Januar 1904

Liebste Victoria!

Wir werden alt, wenn die Erinnerung uns zu freuen beginnt. Wir sind alt, wenn sie uns schmerzt. Zwei Tage, bevor ich Deinen Brief bekam, ließ ein Besucher aus Berlin eine Zeitschrift hier, in der ich diese Worte fand. Der Verfasser heißt – Sirius! Ich mag nicht glauben, daß das ein Zufall ist. Erinnerst Du Dich an das Märchen, das uns Großmama vor so unendlich langer Zeit erzählte? Draußen schneite es, und wir saßen zu ihren Füßen vorm Kamin. Noch heute höre ich

233

*ihre geheimnisvoll flüsternde Stimme und das knackende
Holz, sehe ihr silbernes Haar im Schein des Feuers glänzen.
Es gibt ein Licht in der Nacht, das dem Wanderer Erinnerung,
und dem, der bleibt, eine Hoffnung ist: der Stern Sirius im
Zeichen des Großen Hundes, den man von fast jedem Ort der
Welt aus sehen kann... So fing die Geschichte an. Und Du
hast gegähnt und gesagt: Ach, Großmama, was soll ich mit einem dummen Stern? Erzähl mir lieber von den wilden Räu-
bern in den schaurigen Gängen unter der Stadt! Ob es in Indien Ritter gibt, hast Du mich in Deinem ersten Brief gefragt,
weißt Du noch? Und ob ich mit Asha in einer Lehmhütte
wohne!
In all den Jahren sind Deine Briefe stiller und ernster geworden, erwachsen wie die elegante, gutaussehende Frau auf der
beigelegten Photographie. Darf ich ehrlich sein? Bei aller
Schönheit sieht sie ein bißchen verloren aus... und außerdem
– höchster Tadel, liebste Schwester! – hat sie mich mit meiner
Neugier wieder einmal allein gelassen, und so hoffe ich, daß
Du mir im nächsten Brief endlich verrätst, welches Buch Du
gerade liest.*

»Verzeihen Sie bitte ...« Victoria ließ den Brief sinken. Tessa
zuckte bedauernd die Schultern. »Ich weiß, daß Sie beim Lesen
ungern gestört werden, aber unten wartet ein Herr, der Sie
dringend zu sprechen wünscht.«

»Hat er gesagt, in welcher Angelegenheit?«

Tessa händigte Victoria eine Visitenkarte aus. »Nein, gnädige
Frau.«

»Eine Ausrede akzeptiere ich nur, wenn sie originell ist«, kam
es von der Tür.

»Sie sind reichlich unverschämt, Herr Hopf«, sagte Victoria.

Er verbeugte sich. »Gestatten Sie einem neugierigen Besucher, untertänigst einzutreten?«

Tessa stemmte ihre Arme in die Hüften. »Ich habe Ihnen gesagt, daß die gnädige Frau in der Bibliothek nicht gestört zu
werden wünscht!«

»Nullus est liber tam malus, ut non aliqua parte prosit. Kein Buch ist so schlecht, daß es nicht auch irgendwie nützlich sein könnte. Plinius der Jüngere, Briefe drei.«

Victoria hatte Mühe, nicht zu lachen. »Es ist gut, Tessa. Bringen Sie uns bitte Kaffee.«

Tessa knickste und verschwand. Victoria steckte Ernsts Brief zurück in den Umschlag. »Welche unaufschiebbare Angelegenheit führt Sie zu mir?«

Er nahm ihre Hand und deutete einen Kuß an. »Hätten Sie mich empfangen, wenn ich gesagt hätte, daß ich zufällig in der Stadt bin und Sehnsucht verspürte, Sie zu sehen?«

Sie zog ihre Hand weg. »Selbstverständlich nicht.«

Hopf holte eine Zeitung aus seinem Reitjackett. »Ich habe Ihnen etwas mitgebracht, gnädige Frau. Aus der *Collier's Weekly* vom 26. September 1903. Gestatten Sie, daß ich übersetze? Im Frühjahr 1894 wurde der Ehrenwerte Ronald Adair unter höchst ungewöhnlichen und unerklärlichen Umständen ermordet: Ganz London interessierte sich für den Fall, und die vornehme Welt war bestürzt.«

Er grinste, als er ihr Gesicht sah. »*The Adventure of the Empty House* oder die Wiederkehr des einzigen nicht beamteten Detektivs auf der ganzen Welt.«

»Des einzigen nicht beamteten beratenden Detektivs auf der ganzen Welt«, verbesserte Victoria.

»Ich stelle fest, Sie haben Ihren Meister gründlich studiert.«

»Bitte nehmen Sie Platz.«

»Erlauben Sie, daß ich zunächst meine Neugier befriedige?« Er inspizierte die Bücherreihen in den Regalen und Schränken, die ungeordneten Stapel auf der Fensterbank und alte Tageszeitungen, die in einer Ecke lagen. Die kriminalistischen Titel, Victorias Detektivgeschichtensammlung und die englischsprachigen Magazine schienen ihn besonders zu interessieren. Zuletzt ging er zum Schreibtisch und nahm das zuoberst liegende Werk zur Hand, Grillparzers Drama *König Ottokars Glück und Ende*.

»Eine interessante Studie über den immer wiederkehrenden Konflikt zwischen Recht und Hochmut«, sagte Victoria.

»Mit einem wirklichkeitsfremden Finale. *Wo auch die Frau ein Recht hat, eine Stimme und Macht, um zu vollführen, was sie denkt; wo eine Königin nicht bloß des Königs Gattin, wo sie Gebieterin ist.*«

»Das ist nicht das Finale.«

»Aber es würde Ihnen gefallen«, sagte er lächelnd. Er legte das Buch beiseite und betrachtete Ernsts Brief.

Victoria nahm ihn weg. »Ich glaube, Sie waren neugierig genug.«

»*The Dead Letter*«, zitierte er den Titel eines anderen Buchs.

»Von Seeley Regester«, sagte Victoria. »Sie ist Amerikanerin und hat 1867 als erste Frau eine Detektivgeschichte veröffentlicht.«

»Es gibt Besseres.«

»Sicher. Detektivgeschichten, die Männer verfassen!«

Er grinste. »Zum Beispiel *Ein Drama auf der Jagd* von Anton Tschechow …«

»… der sich ungeniert bei Heinrich von Kleists zerbrochnem Krug bedient hat. Einen Richter, der einen Unschuldigen für eine Tat verurteilt, die er selbst begangen hat, finde ich nicht besonders originell. Vor allem nicht, wenn der Leser durch die dummen Fußnoten des Autors um das Vergnügen gebracht wird, den Mörder selbst herauszufinden.«

»Sie dürfen nicht voraussetzen, daß jedermann im Lösen von Kriminalrätseln so geübt ist wie Sie«, sagte Hopf. »Und wenn Sie gern Kleist lesen, empfehle ich Ihnen unbedingt das *Käthchen von Heilbronn*, das …«

»… wie ein räudiger Hund der Schweißspur ihres angebeteten Grafen folgt und sich von ihm zum Vergnügen quälen läßt? Das könnte Ihnen so passen.«

»Verzeihen Sie, Ihre Bibliothek ist gut sortiert, aber nicht gut genug, als daß Sie den tieferen Sinn der Sache verstehen könnten.«

»Welchen tieferen Sinn, bitte?«

»Daß es eine Freude ist, Pelze anzuschauen«, sagte er amüsiert.

Bevor Victoria etwas erwidern konnte, kam Tessa mit dem Kaffee herein. Sie räumte den Tisch frei und stellte das Tablett darauf ab.

»Und welches Werk setzt mich Ihrer Meinung nach in die Lage, Kleist richtig zu interpretieren?« fragte Victoria, als sie wieder alleine waren.

»Es lag nicht in meiner Absicht, Sie zu kränken.«

»Ich wäre Ihnen dankbar, wenn Sie endlich Platz nehmen und nicht immerzu in Rätseln sprechen würden.«

»Ich dachte, Sie mögen Rätsel. Am liebsten solche ohne Fußnoten.«

Es ärgerte sie, daß er sie mit ihren eigenen Waffen schlug. Vorsichtig ließ Hopf sich auf einen Sessel nieder. Sie sah ihn bestürzt an. »Was ist mit Ihnen? Haben Sie Schmerzen?«

»Die Nachwirkung eines kleinen Reitunfalls«, winkte er ab. »Kein Grund zur Besorgnis.«

»Aber warum sagen Sie denn nichts? Ich dachte ...«

»... daß ich ein Flegel bin, der nicht weiß, was sich einer Dame gegenüber gehört.«

»Entschuldigen Sie.«

Er zeigte zu den Bücherregalen. »Da haben Sie nun die ganze Kunst der Deduktion versammelt und wenden sie nicht an.«

»Eine anscheinende Unmöglichkeit durch bloße analysierende Beobachtung zu lösen, ist nicht mehr als ein theoretisches Konstrukt.«

»Aus der bloßen analysierenden Beobachtung der Inhalte dieses Zimmers deduziere ich, daß Sie etwas anderes denken, als das, was Sie sagen.«

»Ach ja? Und was deduzieren Sie aus meiner Bibliothek sonst noch – außer, daß sie eines unverzichtbaren Werkes entbehrt?«

Sein verkrampftes Gesicht ließ vermuten, daß er stärkere Schmerzen hatte, als er zugab. »Sie genossen, soweit es für eine Frau tunlich ist, eine hervorragende Ausbildung. Nach außen hin die folgsame Tochter, brannte in Ihnen der Wunsch, die gesetzten Grenzen aufzubrechen, aber letztlich fehlte Ihnen der Mut dazu. Sie begnügten sich damit, heimlich verbotene Bücher zu lesen, bevorzugt solche zu medizinischen und kriminalistischen Themen. Edgar Allan Poes Kriminalnovellen waren Ihre Lieblingslektüre. Im Zusammenhang mit der Aufklärung eines Mordfalles lernten Sie Ihren Mann kennen und heirateten ihn gegen den Willen Ihres Vaters.«

Er trank einen Schluck Kaffee und fuhr fort: »Eine Zeitlang lebten Sie in bescheidenen Verhältnissen, dann söhnten Sie sich mit Ihren Eltern aus. Unter der Bedingung, über den Inhalt Ihrer Bibliothek selbst bestimmen zu dürfen, zogen Sie vor etwa fünf Jahren in Ihr Elternhaus zurück. Mit der finanziellen Unterstützung Ihres Vaters konnten Sie fortan alle Bücher erwerben, die Sie interessierten, und das waren in der Hauptsache die Detektivgeschichten von Arthur Conan Doyle. Als Sie erfuhren, daß es endlich eine neue Geschichte gab, hofften Sie – wie die anderen Verehrer des großen Detektivs in der ganzen Welt – auf Holmes' Auferstehung und ließen sich voller Ungeduld das *Strand Magazine* aus London schicken, was eine heftige Auseinandersetzung mit Ihrem Mann zur Folge hatte. Ihre Freude wich maßloser Enttäuschung, als Sie merkten, daß Sie Ihren Ehefrieden wegen einer nachgelassenen Erzählung riskiert hatten: Sherlock Holmes war und blieb tot. Ihre Leidenschaft fürs Lesen konnte das nicht mindern, wohl aber Ihre Wertschätzung für Doyle.«

Er sah Victorias ungläubiges Gesicht und lächelte. »Sie wünschten sich nichts mehr, als Ihre Gedanken mit jemandem zu teilen, aber Gräfin von Tennitz, die einzige Frau in Ihrer Familie, die eine umfassende Bibliothek ihr eigen nannte, gab Ihnen zu verstehen, daß Detektivgeschichten keine Literatur, sondern Schund seien und sich jeder Diskurs darüber erübrige. Einerseits fühlten Sie sich von ihr gedemütigt, andererseits beneideten Sie sie. Weil sie ein Leben führt, das Sie sich insgeheim erträumen, ungebunden, frei von jeder Konvention und …«

»Das ist eine Unterstellung, die ich mir verbitte!«

»Der einzige Mensch, dem Sie sich anvertrauen, wenn auch nur brieflich, ist Ihr Bruder, der in Ostindien lebt. Und was Ihren Mann angeht …«

»Es interessiert mich nicht, welche Ammenmärchen Maria und Cornelia über Richard verbreiten!«

»Ich habe Ihnen schon einmal gesagt, daß Ihre Schwester diskret ist, was familiäre Angelegenheiten angeht. Und mit Gräfin von Tennitz hätte ich noch den ersten Satz über Ihre Biographie zu reden.«

»Sie wollen mir doch nicht weismachen, daß Sie all diese Dinge auf Ihrem Rundgang durch meine Bibliothek herausgefunden haben!«

»Ach, da war Glück dabei. Ich konnte nur die Wahrscheinlichkeiten abwägen. Ich habe gar nicht erwartet, es so genau zu treffen.«

»Sie haben gar nichts getroffen.«

»Ich muß Sie um Entschuldigung bitten. Ich habe die Angelegenheit als abstraktes Problem betrachtet und dabei außer acht gelassen, wie persönlich und schmerzlich es Sie treffen könnte.«

»Ich bin nicht Dr. Watson!« sagte Victoria verärgert, als sie erkannte, daß er Sherlock Holmes zitiert hatte.

»Soll ich Ihnen beweisen, daß ich recht habe?« Hopf trank seinen Kaffee aus. »Ihre Literaturkenntnisse und die vielen Originalausgaben sagen mir, daß Sie gebildet und mehrsprachig sind, Ihre Eltern mithin keine Kosten scheuten, Ihnen außer der finanziellen auch eine geistige Mitgift mitzugeben. Es wäre gegen jede Norm, hätten sie es klaglos akzeptiert, daß Sie einen Mann heirateten, der gesellschaftlich unter Ihnen steht. Da mittlere Beamte nicht in Ihren Kreisen zu verkehren pflegen, können Sie ihn nur im Zusammenhang mit seinem Beruf kennengelernt haben. Die Erscheinungsdaten Ihrer Bücher und der Grad ihrer Abnutzung geben Aufschluß darüber, wann sie erworben wurden und wie oft sie in Gebrauch waren.«

Er lächelte. »Edgar Allan Poes *Rue Morgue* müßten Sie demnach auswendig können. Der Staub auf dem Einband läßt allerdings vermuten, daß Ihre Verehrung für Chevalier Auguste Dupin schon ein Weilchen zurückliegt. Die Qualität Ihrer Bücher ist höchst unterschiedlich; die aus den achtziger und neunziger

Jahren sind, von wenigen Ausnahmen abgesehen, allesamt broschiert, was darauf schließen läßt, daß Sie zur Zeit ihrer Anschaffung über begrenzte Mittel verfügten, was sich zur Jahrhundertwende jedoch änderte. Das wiederum läßt den Schluß zu, daß Sie um diese Zeit in Ihr Elternhaus zurückkehrten, wahrscheinlich gegen den Willen Ihres Mannes, was nicht ohne Folgen auf Ihr Verhältnis zueinander geblieben sein dürfte. Daß Sie das *Strand Magazine* mit dem ersten Teil von *The Hound of the Baskervilles* besitzen, nicht aber das komplette Manuskript, sagt mir, daß sich etwas ereignete, das Ihnen die Lektüre vergällte. Berücksichtigt man, daß nach Sherlock Holmes' Tod selbst die Londoner Finanzmakler einen Trauerflor an ihre Zylinderhüte steckten, ist Ihre Enttäuschung über die alte Geschichte vom Hund der Baskervilles nur zu begreiflich, mag sie noch so spannend erzählt sein. Und was Ihren Mann angeht: Sicher fühlte er sich gekränkt, als er herausfand, daß Sie um einer billigen Lektüre willen Ihren Vater hinter seinem Rücken um Geld gebeten hatten.«

Victoria wollte etwas einwenden, aber er winkte ab. »Bleibt Ihr Schreibtisch. Ein wenig damenhaftes Möbel, das Gebrauchsspuren aufweist und nicht der herrschenden Mode entspricht. Das läßt den Schluß zu, daß er viele Jahre alt ist und früher einem Mann gehörte. Der Standort in Ihrem Lieblingszimmer läßt eine besondere Beziehung zum vormaligen Besitzer vermuten. Sie selbst sagten mir, daß Ihr Bruder in Ostindien lebt. Der Brief, den Sie vorhin an sich genommen haben, stammt – wie die Briefmarken verraten – ebendaher. Wäre der Inhalt banal, hätten Sie das Kuvert liegengelassen.«

Sein Blick streifte ihr Kleid. »Schließlich zeigen mir Ihre aufrührerische Garderobe und Ihre heftige Reaktion auf meine vorgebliche Kritik an weiblichem Leistungsvermögen, daß Sie über einen starken Willen verfügen und die Ihnen zugeschriebene gesellschaftliche Rolle ablehnen, obwohl Sie sie als Ehefrau und Mutter andererseits bereitwillig ausfüllen. Ihren langjährigen Hang zu verbotenen Büchern haben Sie mir selbst verraten, und was Gräfin von Tennitz betrifft, weiß ich, daß sie anderen Menschen zuweilen das Gefühl vermittelt, ihr nicht das Wasser reichen zu können. Zu Cornelias Ehrenrettung sei allerdings gesagt, daß sie in der Mehrzahl der Fälle recht hat. Würden Sie einen engeren Umgang mit ihr pflegen, hätte ich Sie sicher bei einem meiner Besuche in ihrem Haus getroffen. Im übrigen hat sie mir gesagt, daß sie Detektivromane verabscheut. Wobei sie durchaus das eine oder andere Werk gelesen zu haben scheint.« Er lächelte. »Nun ja, und wie Einsamkeit aussieht, brauche ich nicht zu deduzieren, gnädige Frau. Das verrät mir Ihr Gesicht.«

Victoria starrte auf ihre Hände. »Warum tun Sie das?«

»Was denn?« fragte er freundlich.

Sie stand auf und sah aus dem Fenster. Der Main war so grau wie der Himmel. Von der Scheibe perlte Regen.

Hopf stemmte sich mühsam aus dem Sessel hoch. *»Der Mensch ist ein dunkles Wesen. Er weiß nicht, woher er kommt, noch wohin er geht, er weiß wenig von der Welt und am wenigsten von sich selber.«*

Sie drehte sich zu ihm um. »Warum sind Sie gekommen?«

Er lächelte. »Um endlich mal wieder Goethe zitieren zu können.«

»Das dürfte sich im Hause von Tennitz besser machen als hier.«

»Die Ahnen von Sherlock Holmes sind weder Chevalier Dupin noch Monsieur Lecoq, sondern zwei ostindische Bauernjungen. Wußten Sie das?«

»Nein.«

»Indien ist ein faszinierendes Land. Haben Sie je daran gedacht, Ihren Bruder zu besuchen?«

»Sie haben meine Frage nicht beantwortet.«

»Ich hoffte, jemanden zu finden, der meine Leidenschaft für das Verbrechen teilt.«

Sie lächelte. »Die Leidenschaft für die Aufklärung von Verbrechen.«

»Auf meiner Reise durch das Hochland von Dekkan erzählte mir eine alte Bäuerin die Legende von zwei Brüdern, die an den hinterlassenen Spuren eines Kamels erkannten, daß es halb mit Zuckerwerk und halb mit Getreide beladen, auf einem Auge blind und zudem schwanzlos war.«

»Ich wußte gar nicht, daß es in Ostindien Kamele gibt.«

Er zuckte mit den Schultern. »Es könnte auch ein *Camelus bactrianus ferus* auf dem Weg über die Seidenstraße am Rande der großen Takla-Makan-Wüste gewesen sein.«

Victoria lachte. »Und wie deduzierten die beiden Nachwuchsdetektive den Zustand des bedauernswerten Tieres?«

»Die Fliegen schwärmten nur auf einer Seite des Wegs, folglich trug das Kamel nur dort etwas für sie Angenehmes. Die Kräuter am Straßenrand waren nur auf einer Seite abgefressen, folglich sah das Kamel nur auf einem Auge. Und der Kot, den Kamele normalerweise mit ihrem Schwanz zerstreuen, lag auf einem dicken Haufen, also hatte dieses keinen Schwanz mehr. Wetten, daß ich weiß, welche von Doyles Geschichten Sie am meisten mögen?«

»Wetten, daß ich weiß, wie Sie es deduzieren werden?« gab Victoria zurück. »Ihre Lieblingslektüre ist unzweifelhaft *A Scandal in Bohemia*, gnädige Frau«, ahmte sie Hopfs Stimme nach. »Auf dem Sammelband, in dem sich diese Geschichte befindet, liegt geringfügig weniger Staub als auf den anderen Büchern von Arthur Conan Doyle, was zunächst Ihre Präferenz innerhalb der Reihe beweist. Des weiteren lassen Ihre aufrührerische Garderobe und Ihre heftige Reaktion auf meine vorgebliche Kritik an weiblichem Leistungsvermögen den Schluß zu, daß Sie sich als eine intellektuell ausgerichtete Vertreterin Ihres Geschlechts wähnen. Was liegt also näher als anzunehmen, daß Sie genau die Geschichte in höchstem Maße schätzen, in der Sherlock Holmes an weiblicher Kombinationskunst scheitert? Irene Adler, vom Meister voller Verehrung *die Frau* genannt, ersetzte Ihnen Detektiv Dupin, wie einmal mehr die unterschiedliche Höhe der Staub- und Flusenhaufen auf den entsprechenden Büchern beweist.«

Hopf grinste. »Dem ist nichts hinzuzufügen.«

»Woher wissen Sie, daß mein Mann mittlerer Beamter ist und Mordfälle bearbeitet?«

Er sah sie überrascht an. »Hat er Ihnen denn nicht gesagt, daß er gestern bei mir in Niederhöchstadt war?«

»Wie bitte?«

Seine Gesichtszüge verhärteten sich. »Unter diesen Umständen ist es wohl besser, wenn ich gehe.«

»Was wollte er von Ihnen?«

»Er hat mein Alibi für Freitag überprüft.«

»Soll das heißen, er verdächtigt Sie, Lichtenstein ermordet zu haben? Das ist ja lächerlich!«

»Ihr Gatte machte keinen besonders belustigten Eindruck.«

»Ich war am Freitag bei Ihnen!«

»Das habe ich ihm gesagt, und aus dem Umstand, daß er mit Ihnen nicht darüber gesprochen hat, schließe ich ...«

»Guten Tag, Karl!«

Freudestrahlend kam Flora ins Zimmer. »Das ist aber fein, daß du uns besuchst.«

Er küßte ihr lächelnd die Hand. »Guten Tag, gnädiges Fräulein! Wie geht es Malvida?«

»Vorhin hat sie meine Hand geleckt.«

»Damit zeigt sie dir, daß sie dich mag.«

»Und dann hat sie auf den Boden gestrullert.«

»Sie hat was?« fragte Victoria entrüstet.

»Keine Sorge, Mama. Tessa hat alles aufgewischt.«

»Du mußt zu festen Zeiten mit ihr nach draußen gehen«, sagte Hopf. »So wird sie rasch lernen, daß sie nicht in die Stube machen darf. Wo hast du denn deine Schwester gelassen?«

»Vicki übt Klavier. Aber das hast du doch bestimmt gehört, als du hochgegangen bist.«

»Warum bist du schon zurück?« fragte Victoria.

»Das Französischfräulein hat Husten«, sagte Flora vergnügt.

»Magst du etwa kein Französisch?« fragte Hopf.

»Englisch auch nicht.« Sie machte eine ausholende Handbewegung. »Und Lesen auch nicht.«

»Das ist aber schade.«

»Kann ich morgen dein Spiegelzimmer ansehen?«

»Nein«, antwortete Victoria.

»Und übermorgen?«

Hopf sah Victoria an. »Übermorgen paßt es mir gut.«

Flora klatschte in die Hände. »Prima! Wir kommen gleich nach der Schule.«

»Das entscheide immer noch ich«, sagte Victoria.

Karl Hopf zuckte mit den Schultern. »Deine Mutter hat recht. Außerdem kann ich dir das Spiegelzimmer erst zeigen, wenn du ein Rätsel gelöst hast.«

»Welches?«

Er dachte nach. »Nenn mir die Frucht mit dem härtesten Kern! Sie trägt ihn nicht innen und doch mittendrin. Entferne die Schale, dann ißt du sie gern, Essenz zu gewinnen – ein Buch führt dich hin.«

Flora lachte. »Das ist doch einfach: Die Nuß!«

»Falsch. Eine Nuß hat eine harte Schale und einen weichen Kern.« Hopf ging zu dem Schrank, in dem Victorias Detektivgeschichten standen und nahm die *Abenteuer des Dr. Holmes* heraus. »Die Lösung steht hier drin.«

»Pah! Soll ich das alles bis Mittwoch lesen?«

Er zwinkerte ihr zu. »Das Geheimnis des Geheimnisses ist, daß die Lösung in ihm selbst verborgen liegt. Du mußt bloß genau hinsehen und nach der richtigen Farbe suchen.«

Sie nahm das Buch. »Welche Farbe denn?«

Karl Hopf kramte in einer Tasche seines Reitjacketts und hielt ihr seine Faust hin.

»Was hast du da drin?«

Er öffnete die Hand.

»Ein Edelstein«, rief Flora.

Hopf sah Victoria an. »Ein Bergkristall aus Ostindien.«

Flora betrachtete den wasserklaren, facettiert geschliffenen Stein. »Aber der hat doch gar keine Farbe!«

»Du mußt sie ihm erst geben.« Hopf winkte sie zum Kamin und hielt den Stein vor das Feuer. *»Und der Name wird ein Zeichen,/Tief ist der Kristall durchdrungen:/Aug' in Auge sieht dergleichen/Wundersame Spiegelungen.«*

»Den Spruch hast du aber geklaut, Karl.«

Er grinste. »Sieh an, Fräulein Flora kennt Goethe. Ganz scheint die Schlacht also nicht verloren.« Er gab ihr den Stein und führte ihre Hand zum Feuer. »Schon in alter Zeit wußte man in Kristallen Geheimnisse zu erschauen. Du kennst doch bestimmt die Wahrsagerinnen auf dem Jahrmarkt, die ...«

»Papa sagt, daß das Kokolores ist.«

»Welche Farbe siehst du?«

»Orange. Von den Flammen.«

»Damit hast du das Rätsel schon zur Hälfte gelöst.«

Victoria deutete auf das Buch. »Du brauchst nicht besonders lange zu lesen, bis du auf die zweite Hälfte stößt.«

»Das ist gemein! Du hast es Mama vorher verraten!«

Er schüttelte den Kopf. »Deine Mutter ist eine kluge Frau und hat die richtigen Dinge studiert. Der Gerechtigkeit halber gebe ich ihr ebenfalls ein Rätsel auf.« Er sah Victoria an. »Eine kleine Übung in der Kunst der Deduktion dürfte für Sie eher ein Vergnügen denn eine Last sein, oder?«

»Deduktion? Was ist das?« fragte Flora.

»Das steht auch in dem Buch«, entgegnete Hopf.

Sie sah ihn mitleidheischend an. »Ach, bitte, erklär's mir, Karl!«

»Du kennst das Gesetz von der Erdanziehung?«

Flora nickte. »Es besagt, daß alle Dinge nach unten fallen.«

»Richtig. Ganz gleich, ob du den Kristall oder deine Haarspange fallenläßt, die Kenntnis dieses Gesetzes ermöglicht es dir, vorherzusagen, daß beides auf dem Boden landen wird. Und schon kennst du die erste Methode der Deduktion: aus dem Allgemeinen das Besondere abzuleiten.«

»Und was ist die zweite Methode?«

»Logische Schlußfolgerungen zu ziehen«, sagte Victoria.

»Stell dir vor, Malvida entwischt dir«, sagte Hopf. »Du suchst im ganzen Haus, schließlich sogar im Keller. Du ekelst dich, als du vor einer der Türen ein großes Spinnennetz siehst, aber mutig wischst du es weg. Du öffnest die Tür, und Malvida kommt dir schwanzwedelnd entgegen. Was schließt du daraus?«

»Daß ich das nächste Mal besser auf sie aufpassen muß.«

Hopf lächelte. »Um in den Keller zu kommen, mußtest du das Spinnennetz zerstören, also war die Tür mindestens so lange geschlossen, wie die Spinne gebraucht hat, es zu weben. Wie du sicher weißt, dauert das eine ganze Weile. Daraus folgt, daß Malvida nicht durch diese Tür in den Keller hineingekommen sein kann. Und das wiederum heißt, daß es mindestens einen weiteren Zugang geben muß.«

Respektvoll betrachtete Flora das Buch. »Das steht alles da drin?«

»Der Held in dem Buch beherrscht die Kunst der Deduktion so perfekt, daß er jedes nur denkbare Verbrechen aufzuklären vermag«, sagte Hopf.

»Dann könnte er auch den Mörder von Herrn Lichtenstein finden?«

»Sicher.«

»Das muß ich unbedingt Papa erzählen!«

»Wenn du das Rätsel nicht lösen kannst, darfst du deine Schwester um Rat fragen.«

»Nein! Ich schaffe das allein. Und ich fang' jetzt gleich damit an.« Sie gab ihm den Kristall zurück. »Bis übermorgen, Karl.«

Hopf verbeugte sich. »Gehaben Sie sich wohl, gnädiges Fräulein.« Flora lachte und lief aus dem Zimmer.

»Sie setzen ihr Flausen in den Kopf«, sagte Victoria.

»Freuen Sie sich gar nicht, daß es mir gelungen ist, Ihre Tochter für Ihre Lieblingslektüre zu begeistern?«

»Ich finde, dafür ist sie noch etwas zu jung.«

»Wie alt waren Sie, als Sie zum ersten Mal in die Bibliothek Ihres Onkels geschlichen sind?«

»Älter.«

Hopf lachte. Er ging zu den Zeitungen und blätterte darin herum.

»Was tun Sie da?« fragte Victoria.

»Ein Rätsel für Sie suchen. Ah ja, das hier scheint angemessen zu sein.« Er hielt ihr ein Exemplar der *Frankfurter Zeitung* hin. Der Artikel, auf den er zeigte, war nur wenige Zeilen lang. »Ich bin gespannt, was Sie daraus schlußfolgern werden, gnädige Frau.« Er berührte ihr Gesicht. »Ich freue mich auf Mittwoch.«

Victoria wollte etwas sagen, aber er schüttelte den Kopf. Er ging, und sie stand da und starrte die Tür an. Als Tessa kam, um abzutragen, las sie den Artikel.

Frankfurter Angelegenheiten. Frankfurt, 18. Januar. Unfall in Bockenheim. Wie ein Berichterstatter soeben meldet, ereignete sich heute früh in der Maschinenfabrik Pokorny & Wittekind in der Kreuznacher Straße ein ernster Zwischenfall. Vermutlich durch einen Wartungsfehler an einem Sicherheitsventil verursacht, kam es an einem mechanischen Hammer zu einer Dampfexplosion, wodurch der Maschinenwärter getötet wurde. Zwar ist die Polizei in die Sache eingeschaltet, zur Zeit spricht jedoch alles dafür, daß es sich um einen tragischen Unglücksfall handelt.

Was, um Himmels willen, sollte sie aus dieser mageren Meldung deduzieren?

✳

Richard brauchte einen Moment, bis er begriff, wer vor ihm stand. »Entschuldigen Sie, ich dachte …«

»… daß ich Hermann bin.« Ein Lächeln huschte über Lichtensteins Gesicht, aber es lag keine Fröhlichkeit darin. »Ich wurde öfter mit meinem Bruder verwechselt.«

Richard gab ihm die Hand. »Mein aufrichtiges Beileid, Herr Lichtenstein. Was kann ich für Sie tun?«

Lichtenstein öffnete seine Aktenmappe. »Herr Beck bat um einen Beleg über meinen Aufenthalt am Freitag. Wie ich ihm bereits sagte, logierte ich im *Hotel Vogel* in Wiesbaden. Ich habe mir eine Kopie der Rechnung erstellen lassen.« Er legte sie auf Richards Schreibtisch. »Ein Hoteldiener holte mich um halb eins am Bahnhof ab; anschließend nahm ich bis etwa zwei Uhr das Diner zu mir, danach führte ich ein Gespräch mit dem Hotelbesitzer, Herrn Schäfer.«

Richard überflog die Rechnung. »Wer wird das Geschäft Ihres Bruders weiterführen?«

»Ich habe einen Treuhänder bestimmt. Können Sie schon

sagen, wann mit der Freigabe der Räumlichkeiten und der sichergestellten Unterlagen zu rechnen ist?«

»Die Entsiegelung der Geschäftsräume werde ich morgen früh veranlassen.« Richard zeigte auf die Aktenordner neben Brauns Stehpult. »Den größten Teil habe ich durchgesehen; einer Freigabe stünde nichts entgegen.«

»Das Wichtigste wäre die Kundenkartei«, sagte Lichtenstein.

»Wir werden unser Möglichstes tun.« Gern hätte Richard ihn gefragt, wie der Treuhänder mit den Doppelverträgen zu verfahren dachte, aber da er nicht wußte, ob Hermann Lichtenstein seinen Bruder überhaupt darüber informiert hatte, hielt er es für besser, vorerst abzuwarten. »Darf ich Ihnen einige Fragen zum persönlichen Umfeld Ihres Bruders stellen?«

»Sicher.«

Viel Neues erfuhr Richard nicht. Lichtenstein kannte weder Karl Hopf noch Bruno Groß. Auch der Name Koobs sagte ihm nichts. Als Richard die *Laterna Magica* erwähnte, lächelte er. »Sie wollen doch nicht andeuten, mein Bruder hätte in diesem Etablissement verkehrt?«

»Wäre das so ungewöhnlich?«

»Hermann war ein grundsolider Mensch. Solche Eskapaden hatte er nicht nötig.«

»Und Sie?«

»Ich auch nicht. Obwohl ich es mir selbst noch eher zutrauen würde als Hermann.«

Richard gefiel seine Offenheit. »Ist es denkbar, daß Ihr Bruder Angewohnheiten hatte, die weder Sie noch seine Familie kannten?«

»Wie darf ich das verstehen?«

»Wir wissen, daß er eine Woche vor seinem Tod in diesem Bordell war, und mich würde interessieren, ob ...«

»Das kann ich nicht glauben!«

»Wenn dieser Besuch so außergewöhnlich war: Was könnte Ihren Bruder dazu bewogen haben?«

»Ich weiß es nicht. Ich ...« Er stockte. »Haben Sie es seiner Frau gesagt?«

»Von uns wird sie nichts erfahren, es sei denn, es wäre für die Ermittlungen unerläßlich.«

Lichtenstein fuhr sich übers Gesicht. »Hermann und ich waren nicht oft genug zusammen, als daß ich behaupten könnte, jeden Winkel seiner Seele zu kennen. Aber wenn Sie erlebt hätten, wie innig er und seine Frau miteinander umgingen, würden Sie meine Fassungslosigkeit verstehen. Außerdem hat er stets betont, wie hoch er eheliche Treue schätzt, und im Gegensatz zu anderen Männern bezog er das nicht nur auf seine Frau. Es ist keine vier Wochen her, als er mir erzählte, daß er diesbezüglich einen heftigen Disput mit Gräfin von Tennitz hatte.«

»Inwiefern?« fragte Richard überrascht.

»Ich glaube, es war der erste Sonntag im Februar. Hermann kam nachmittags zu mir nach Hause und bat mich, Unterlagen für ihn aufzubewahren. Er machte einen niedergeschlagenen Eindruck, und als ich ihn nach dem Grund fragte, sagte er, daß er am vergangenen Abend mit seiner Frau zu einem Hauskonzert bei Gräfin von Tennitz eingeladen war und daß es dort zu einem unschönen Vorfall gekommen sei. Während des Musikvortrages habe Frau von Tennitz ihn unter einem Vorwand in ihre Bibliothek gebeten und ihm zu verstehen gegeben, daß sie einer Affäre nicht abgeneigt sei. Hermann sagte, er habe sich unmißverständlich dagegen verwahrt und nur aus Rücksicht auf seine Frau davon abgesehen, sofort zu gehen. Beim anschließenden Souper habe Gräfin von Tennitz dann süffisante Bemerkungen über die Doppelmoral untreuer Ehemänner gemacht, die ihre Gäste glauben lassen mußten, daß er versucht hatte, sich ihr unsittlich zu nähern. Wie unangenehm die Situation für meinen Bruder und seine Frau war, kann man sich unschwer vorstellen.«

»Hat Ihr Bruder eine Vermutung geäußert, warum sie ihn kompromittiert haben könnte?« fragte Richard, obwohl er die Antwort kannte. Er sah Cornelia vor sich, dezent gekleidet, dezent geschminkt, und doch jede Faser ihres Körpers pure Sinnlichkeit. Sie war eine Frau, die Männern mit einem Wimpernschlag den Kopf verdrehen konnte, und sie genoß es. Und fühlte sich gekränkt, wenn man ihr das Spiel verdarb.

»Ich hatte keinen Anlaß, an Hermanns Worten zu zweifeln«, sagte Lichtenstein reserviert.

Richard beschloß, das Thema zu wechseln. »Was waren das für Unterlagen, die Ihr Bruder Ihnen gegeben hat?«

»Hermann fiel es schwer, die Bitten anderer abzuschlagen. Des öfteren hat er Bekannten, die in finanzieller Bedrängnis waren, Geld geliehen. Immerhin war er klug genug, Verträge aufzusetzen, in denen die Rückzahlungsmodalitäten geregelt waren. Da er diese Papiere weder im Geschäft noch zu Hause aufbewahren wollte, hinterlegte er sie bei mir.«

»Um welche Summen ging es dabei?«

»Von fünfzig Mark bis zwölftausend Mark war alles vertreten.«

»Gab es Probleme mit einem der Schuldner?«

»Mir ist nichts bekannt.« Lichtenstein reichte Richard eine lederne Mappe. »Dieser Vertrag ist noch offen. Die Schuldsumme beläuft sich auf zehntausend Mark. Die Rückzahlung sollte in Raten jeweils zur Monatsmitte erfolgen, aber bereits die erste Zahlung geriet in Verzug. Ich habe die Sache Herrn Beck vorgetragen, und er meinte, ich möge mich an Sie wenden.«

Richard schlug die Mappe auf. Der Schuldner war David! Der Schmerz fuhr vom Kopf in seinen Arm, daß ihm übel wurde. »Hat Ihr Bruder erwähnt, wofür Herr Könitz das Geld benötigte?« fragte er, um Fassung bemüht.

»Er sagte, es sei eine dringende und delikate Angelegenheit, über die er nicht sprechen wolle. Glauben Sie, daß das im Zusammenhang mit dem Mord stehen könnte?«

Richard war lange genug Kriminalbeamter, um zu wissen, daß Menschen für weitaus weniger als zehntausend Mark umgebracht wurden. »Sie können sich darauf verlassen, ich werde es herausfinden.«

*

Laura schlug Anna Fricks Akte zu. Ein uneheliches Kind, und der Vater ein Mann aus gehobenem Hause: Das erklärte natürlich alles. Wie ignorant sie gewesen war! Sie sah Kommissar Becks starres Gesicht vor sich, als er ihr die Akte gegeben hatte. Ob er sich für sein Benehmen genauso schämte wie sie? Das setzte allerdings voraus, daß er überhaupt zu irgendwelchen Gefühlen fähig war. Sie zog ihren Mantel an und löschte das Licht. Warum machte sie sich eigentlich Gedanken über diesen unsympathischen Menschen?

Im Flur brannte die Nachtbeleuchtung, in Biddlings Büro hörte sie jemanden sprechen. Sie widerstand der Versuchung, zu klopfen. Erstens war sie heute neugierig genug gewesen, und zweitens würde man sie vielleicht noch zu Anna Frick vorlassen, wenn sie sich beeilte.

Zwei Stunden später kam sie im Rapunzelgäßchen an, und es enttäuschte sie, nirgends Licht zu sehen. Als sie in ihr Zimmer gehen wollte, knarrte es über ihr im Gebälk. Ob Heiner Braun in seinem *Belvederche* war? In der freudigen Erwartung, mit ihm sprechen zu können, stieg sie in die Bodenkammer hinauf. Die Tür zur Galerie stand einen Spaltweit offen, drinnen flackerte Kerzenlicht. »Ich habe Angst«, hörte sie Helena sagen und blieb erschrocken stehen.

»Aber es hilft doch nichts, wenn du hier in der Kälte sitzt, Liebes.«

»Manchmal denke ich…« Sie fing an zu weinen. »Was ist, wenn ich eines Tages nicht mehr denken kann, Heiner? Wenn ich sogar vergesse, daß du und ich…«

»Ach was«, sagte er zärtlich.

»Ich bin mir aber sicher, daß ich den Hering aus dem Korb genommen habe!«

»Papperlapapp. Der Verkäufer hat vergessen, ihn dir einzupacken.«

»Meinst du wirklich?«

»Wo soll die tote Arbeiterforelle denn hingeschwommen sein, hm? Ich habe die Küche bis in den letzten Winkel abge-

251

sucht. Im übrigen schmecken Pellkartoffeln mit Butter und Salz sowieso besser.«

»Ach, du bist ...«

»Unmöglich, ich weiß. Daß du mich trotzdem geheiratet hast, verdient Respekt. Siehst du, schon lächelst du wieder.«

Leise zog Laura sich zurück. Sie dachte an die alte Professorenwitwe, die sie in Berlin gepflegt hatte. Sie hatte abwechselnd geweint und geschrieen und nicht einmal ihre Kinder erkannt. *Dementia senilis,* Altersschwachsinn, hatte der Arzt diagnostiziert und sie ins Irrenhaus eingewiesen.

Der Ofen in ihrem Zimmer war angeheizt, aber sie fror innerlich. Sie hatte Fälle erlebt, in denen die Kranken nicht mehr wußten, ob es Morgen oder Abend, Sommer oder Winter war. Aber keiner dieser Patienten war jünger als siebzig gewesen, einige hatten sogar die achtzig überschritten. Laura rieb ihre Hände über dem Ofen. Für *Dementia senilis* war Helena eigentlich zu jung. Vielleicht litt sie unter einer harmlosen, vorübergehenden Gedächtnisschwäche, womöglich als Folge einer kürzlich überstandenen Krankheit? Das war zwar selten, kam aber vor. Ob sie mit Heiner Braun darüber reden sollte? Oder mit Helena selbst? Die beiden hatten sie so herzlich aufgenommen, und sie würde ihnen gern helfen. Am besten wartete sie eine unverfängliche Situation ab und brachte das Thema beiläufig zur Sprache.

Sie legte ihre Kleider ab und zog ihr Nachthemd an. Ihre Gedanken wanderten zu Anna Frick. Morgen würde sie versuchen, in Frankfurt eine Pflegestelle für den kleinen Christian zu finden, damit seine Mutter ihn häufiger sehen konnte. Mit diesem Vorsatz schlief sie ein.

Kurz nach Mitternacht wachte sie auf. Ihr Hals war staubtrocken und das Verlangen nach einem Glas Wasser so übermächtig, daß es sie aus dem Bett trieb.

»So spät noch auf den Beinen?« begrüßte sie Heiner Braun, als sie in die Küche kam.

»Was tun Sie denn hier?« fragte sie überrascht.

Er lächelte. »Die nächtliche Stille genießen. Und Sie?«

»Ich habe einen Durst, als sei ich durch die Libysche Wüste marschiert.«

»Dagegen habe ich ein vorzügliches Mittel.« Er nahm einen bauchigen Krug aus der Stellage neben dem Herd. »Wenn Sie mich kurz entschuldigen?«

Es dauerte keine zwei Minuten, bis er wiederkam. »Bitte sehr, die Dame!«

»Was immer da drin ist, ein Glas zum Verkosten wäre nicht schlecht«, sagte sie lächelnd. »Verraten Sie mir, wo ich es finde?«

»Im Bufett in der Stube, rechts unten. Bringen Sie mir auch eins mit.«

Als Laura die Schranktür öffnete, sah sie etwas in Wachspapier Eingewickeltes neben den Gläsern liegen. Der Geruch verriet ihr, was es war. Helena hatte also recht gehabt! Sie war unschlüssig, was sie tun sollte. Den Fund ignorieren? Ihn mit einem gespielt ahnungslosen Lächeln Heiner Braun geben? Auf keinen Fall durften er oder Helena erfahren, daß sie ihr Gespräch im *Belvederche* mitangehört hatte!

»Sind Sie dem Hausgespenst begegnet?« fragte Heiner, als sie in die Küche zurückkam.

Laura stellte die Gläser auf den Tisch. »Dem Knarren nach zu urteilen, haust in Ihrem Buffet ein ausgewachsener Lar.«

»Ts! Dabei habe ich ihm erst gestern Schrankverbot erteilt.« Heiner schenkte aus. »Sie haben die Ehre, Ihren Durst mit einem edlen Stöffchen zu löschen: Apfelwein, das Frankfurter Nationalgetränk.« Er grinste. »Am besten probieren Sie erst mal.«

Sie nahm einen kräftigen Schluck und fuhr sich mit der Zunge über die Lippen. »Ihr Nationalgetränk schmeckt nach mehr, Herr Wachtmeister!«

»Oh.«

Sie lachte. »Habe ich Ihnen den Spaß verdorben?«

»Nun … ja.«

Laura füllte ihr Glas. »Meine Großmama pflegte jeden Herbst ihre überzähligen Äpfel und Birnen zu einem Gebräu zu verarbeiten, das sie hochtrabend Obstwein nannte. Sobald wir Kinder zweimal hintereinander niesten, machte sie eine Halbliterkanne voll davon heiß, und die mußten wir dann zwecks Genesung leeren. Im Vergleich dazu schmeckt Ihr Apfelwein wie Champagner.«

Heiner Braun lachte. »Was gibt es Neues im Mordfall Lichtenstein?«

Laura berichtete von Groß' Festnahme. »Herr Beck und Herr Biddling glauben, daß er der Täter ist, aber daß er es nicht allein getan hat. Es gibt ja noch den Fingerabdruck dieser Frau …« Verlegen drehte sie das Glas in ihren Händen. »Ich habe vorhin Fräulein Frick besucht. Der Arzt sagt, sie wird morgen entlassen.«

»Das ist eine schöne Nachricht. Helena und ich waren mittags im Krankenhaus, aber niemand konnte oder wollte uns Genaues sagen.«

Laura erzählte, was sie aus Anna Fricks Akte erfahren hatte. Heiner Braun sah sie betroffen an. »Deshalb hat sie sich zwanzig Mark von mir geliehen!«

»Sie bat mich, Ihnen das Geld zurückzugeben. Ich habe es auf meinem Zimmer.«

»Schmonker legt großen Wert auf den untadeligen Ruf seiner Mitarbeiter. Wenn bekannt wird, daß sie im Gefängnis war, wird sie ihre Arbeitsstelle verlieren«, sagte Heiner.

»Im Auftrag der Geschäftsleitung erhielt sie einen Blumenstrauß, dem generös das Doppelte des noch ausstehenden Lohns beigefügt war«, sagte Laura bitter. »Mit besten Wünschen für die Zukunft. Eine untadelige Angestellte verzichtet selbstredend darauf, sich umzubringen. Wen interessieren schon die Gründe.«

Heiner Braun sah sie mit dem gleichen Blick an wie gestern im Krankenhaus. »Sagen Sie ihr, daß ich den Mietzins stunde, solange sie arbeitslos ist. Und die zwanzig Mark verwenden Sie bitte für das Kind.«

Laura wußte, daß die Pension eines kleinen Beamten gerade zum Überleben reichte. Selbst wenn Helena über zusätzliche Mittel verfügte, waren zwanzig Mark für Heiner Braun sicher eine Menge Geld. »Fräulein Frick hat sich Ihnen und Ihrer Frau gegenüber nicht sehr freundlich gezeigt.«

Er zuckte die Schultern. »Wenn ich nicht befürchten müßte, daß es für Helena zu anstrengend ist, würde ich den Kleinen als Kostkind aufnehmen.« Auf Lauras erstaunten Blick fügte er hinzu: »Als wir heirateten, konnten wir keine eigenen Kinder mehr haben. Was lag also näher, als ein Kind in Betreuung zu nehmen? Bei einem blieb es nicht, und ich freue mich, daß aus allen rechtschaffene Bürger geworden sind. Unser erster Pflegling war ein verwahrlostes und verängstigtes sechsjähriges Mädchen. Es dauerte Wochen, bis sie Vertrauen zu uns faßte. Jedes noch so kleine Lächeln war wie ein Geschenk.«

»Wo ist sie jetzt?«

»Anna wohnt mit ihrer Familie in Marburg.« Heiner verschwand in der Stube und kam mit einer Photographie wieder. »Das hat sie mir vor drei Wochen geschickt.«

Das Bild war in einem Atelier aufgenommen: eine junge Frau in einem schlichten Kleid neben einer mit Blumen geschmückten Säule, ein gemütlich dreinschauender Mann und zwei kleine Mädchen, denen das Stillsitzen sichtlich Mühe bereitete. Heiner lächelte. »Sie wollen wissen, warum ich Fräulein Frick helfe? Vermutlich bin ich sentimental.«

Jedes Wort darauf hätte banal gewirkt. Laura trank aus und wünschte ihm eine gute Nacht. Sie wartete auf der Treppe, bis er zu Bett gegangen war, schlich in die Stube und nahm das Päckchen aus dem Schrank.

Die Tür zum Hof quietschte in den Angeln. Am Himmel standen Sterne, der Mond warf Schatten. Laura hatte den Hering kaum ausgepackt, als die erste Katze um ihre Beine streifte. Mit der beruhigenden Gewißheit, daß in spätestens zehn Minuten keine Gräte mehr übrig sein würde, kehrte sie in ihr Zimmer zurück. Sie warf das Wachspapier in den Ofen. Wie hatte ihr Vater so treffend gesagt? *Eine Wahrheit zu verfechten, die niemandem nützt, ist, wie um einer Wüste willen Krieg zu führen: Gewinn und Verlust stehen außer Verhältnis.* Wie in der Liebe, dachte sie und schlüpfte unters Federbett.

✳

Lichtenstein war längst gegangen, aber noch immer saß Richard vor der aufgeschlagenen Mappe. Daß David auf großem Fuß lebte, war ihm nicht neu, und obwohl Rudolf Könitz keine Gelegenheit ausließ, seinen Sohn zu kritisieren, hatte er doch stets seine Schatulle geöffnet, wenn es galt, ihm aus einer finanziellen Bredouille zu helfen. Warum nicht auch dieses Mal? War ihm die Summe zu hoch? *Eine dringende und delikate Angelegenheit.* Hatte Victoria nicht erwähnt, daß er ab und zu mit Marias Mann ausging? Theodor Hortacker war als passionierter Spieler bekannt, und unbezahlte Spielschulden wären in der Tat eine delikate Sache. Aber warum hatte David sich das Geld bei Hermann Lichtenstein geliehen, den er bestenfalls flüchtig kannte?

Richard stand auf. Es würde nur eine Frage der Zeit sein, bis Groß den Mord an Lichtenstein gestand und alle Beteiligten verhaftet werden konnten. Sicher würde es sich dann herausstellen, daß David nichts mit der Sache zu tun hatte. Richard nahm Mantel und Hut von der Garderobe und löschte das Licht. Er mußte endlich damit aufhören, irgendwelche irrationalen Vermutungen in diesen Mordfall hineinzuinterpretieren!

Als er nach Hause kam, war David ausgegangen und Victoria in der Bibliothek. Sie saß an ihrem Schreibtisch und las Zeitung.

Richard küßte sie auf die Wange. »Was studierst du denn Interessantes?«

Sie lächelte. »Da du mir ja nichts erzählst, muß ich mich anderweitig darüber informieren, wie du deinen Tag verbringst.«

Flora kam herein. Sie hatte ein Nachthemd an und Victorias Detektivroman in der Hand. Die blonden Locken fielen ihr ins Gesicht. »Guten Abend, Papa!«

»Du solltest längst schlafen!« sagte Victoria.

Sie hielt ihr das Buch hin. »Ich kann aber das Rätsel nicht lösen.«

»Was für ein Rätsel denn?« fragte Richard lächelnd.

»Nenn mir die Frucht mit dem härtesten Kern! Karl sagt, die Lösung steht hier drin, ich muß nur die richtige Farbe finden.

Und für dich ist das Buch auch gut. Karl sagt, daß der Held mit seiner Methode ruckzuck alle Mörder überführen kann, und wenn du das auch so machst, dann mußt du weniger arbeiten und hast mehr Zeit für mich.«

Richard verzog das Gesicht. »Gehe ich recht in der Annahme, daß mit Karl Herr Hopf aus Niederhöchstadt gemeint ist?«

Victoria nickte. »Er war heute vormittag in der Stadt und hat mir seine Aufwartung gemacht.«

»Mama hat er auch ein Rätsel aufgegeben. Aber das ist noch schwerer als meins, weil es nämlich ein Deduktionsrätsel ist.«

»Eine kleine Spielerei«, sagte Victoria. »Wir sprachen über Detektivromane, und Herr Hopf fragte, welche Schlußfolgerungen ich aus dieser Meldung ziehen würde.« Sie gab Richard den Artikel. »Da die Polizei eingeschaltet war, kannst du mir vielleicht helfen?«

Richard starrte auf die Meldung.

»Was ist denn?« fragte Victoria.

Er sah Flora an. »Es wird Zeit, daß du ins Bett gehst, Florchen.«

»Aber Papa! Ich muß doch erst das Rätsel lösen.«

»Bitte tu, was ich sage.«

Sie wünschte artig eine gute Nacht und verschwand.

»Was hast du?« fragte Victoria.

»Warum hat er dir diese Meldung gegeben?«

»Das war Zufall, Richard.«

»Ich versichere dir, daß es ganz bestimmt kein Zufall war!«

»Und warum?«

Richard hatte das Gefühl, sein Kopf wollte auseinanderspringen. Er zerriß die Seite und warf sie in den Papierkorb. »Das tut nichts zur Sache.«

»Könntest du mir bitte erklären, was das soll?«

»Ich will nicht, daß dieser Hundezüchter hierherkommt.«

»Das ist keine Erklärung.«

Das Hämmern hinter seiner Stirn wurde unerträglich. »Herrgott noch mal! Kannst du nicht einmal etwas akzeptieren, ohne einen Roman als Begründung einzufordern?«

»Ich lasse mich von dir nicht behandeln wie ein Dienstmädchen!« sagte Victoria und ging.

Richard wollte ihr folgen, aber der Schmerz fuhr in seine Brust, daß es ihm den Atem nahm. Verzweifelt klammerte er sich an den Schreibtisch. Ein eiserner Ring schien seinen Brustkorb zu zerquetschen, vor seinen Augen tanzten Lichter. Alles Denken und Wollen reduzierte sich auf ein Ringen nach Luft. Nie zuvor hatte er eine solche Angst gefühlt.

Der Anfall ging so schnell vorüber, wie er gekommen war. Richard ließ sich auf einen Stuhl fallen. Ihm war schlecht, seine Hände zitterten.

Als er am nächsten Morgen das Haus verließ, hatte Louise es nicht einmal geschafft, ihn zu einer Tasse Kaffee zu überreden.

Kapitel 10

Frankfurter Zeitung
und Handelsblatt

Die Nachricht von der Festnahme des Möbelträgers Bruno Groß verbreitete sich gestern im Nu durch die ganze Stadt. Nach beendetem Verhör wurde er in Haft behalten und heute Vormittag um 11 Uhr dem Untersuchungsrichter vorgeführt. Es wäre aber mehr als voreilig, den Groß schon jetzt für den Täter zu halten, und es ist in höchstem Grade ungerecht, ihn durch angebliche Enthüllungen aus seinem Lebenslauf und durch Wiedergabe von leichtfertigen Äußerungen seiner Bekannten ohne weiteres zum Mörder zu stempeln. Es ist sehr leicht möglich, daß er in keiner Weise an der Mordtat teilgenommen hat. Aber der Mann, der allein durch die Verhaftung arg geschädigt wird, ist durch die Veröffentlichung seiner Biographie mit Kolportage-Zutaten wirtschaftlich geradezu ruiniert. Wer wird dem angeblichen Desperado, dem man einen Mord zutraute, wieder Arbeit geben wollen?

Groß soll sich schon vor einiger Zeit unter falschem Namen einlogiert haben. Daraus kann man ihm aber für den Fall Lichtenstein keinen Strick drehen, in seinen Kreisen kommt es häufig vor, daß einer für Tage oder Wochen unsichtbar wird und dann plötzlich wieder auftaucht.

Sobald Richard in seinem Büro war, nahm er sich die Akte Pokorny & Wittekind vor, aber er hatte kaum die erste Seite gelesen, als er zu Polizeirat Franck gerufen wurde. Auf seinem Schreibtisch lagen Richards Festnahmebericht und das Erste Morgenblatt der *Frankfurter Zeitung*.

»Meine Anerkennung zu Ihrem Ermittlungserfolg, Biddling! Es wird sicher nicht zu Ihrem Nachteil sein, wenn ich Polizeipräsident Scherenberg zum Amtsantritt die Aufklärung eines Mordfalls präsentieren kann.«

»Groß bestreitet jede Beteiligung an dem Mord. Die Ermittlungen können keinesfalls als abgeschlossen gelten, Herr Polizeirat.«

Auf Francks Stirn kerbte sich eine Falte ein. »Soll das heißen, es besteht die Möglichkeit, daß der Richter ihn laufen läßt?« Er zeigte auf die Zeitung. »Es gäbe ein unschönes Bild ab.«

»Die Vorführung ist für elf Uhr terminiert. Ich werde Sie über das Ergebnis informieren«, sagte Richard und ging.

Um acht kamen Beck, Schmitt und die beiden Schutzleute zur Besprechung in Richards Büro. Paul Heusohn fehlte. Niemand wußte, wo er war. Richard berichtete über seine Ermittlungen in Niederhöchstadt, Anna Fricks Suizidversuch und die Festnahme von Groß. »Gleichgültig, ob er in Haft geht oder nicht, wir müssen so schnell wie möglich gerichtsfeste Beweise beibringen.«

»Ich halte es für sinnvoll, in der Nähe des Tatorts und in den Gassen rund um das Seilergeschäft nach Zeugen zu suchen«, sagte Kommissar Beck.

»Das wurde doch schon ausführlichst gemacht«, entgegnete der ältere der beiden Schutzleute.

»Es ist ja wohl ein Unterschied, ob ich den Leuten eine vage Personenbeschreibung gebe oder ihnen eine Photographie vorlege.« Beck nahm einen Umschlag aus seiner Westentasche. »Ich habe veranlaßt, daß Groß photographiert wurde und Abzüge anfertigen lassen. Der Rest des Programms läuft heute morgen ab.«

»Welches Programm?« fragte Schmitt.

»Die erkennungsdienstliche Vermessung und das *Portrait parlé*«, sagte Richard.

»Groß ist in Lichtensteins Geschäft ein- und ausgegangen«, sagte der jüngere Schutzmann. »Was nützt es uns, wenn ihn jemand auf der Straße gesehen hat?«

»Als Klaviertransporteur war er nur bis Mitte Januar tätig, und danach will er Lichtenstein erst wieder am Montag und Dienstag vergangener Woche aufgesucht haben«, antwortete Richard. »Unter Umständen finden sich Zeugen, die das bestätigen oder widerlegen können.« Er sah Beck an. »Wir sollten eine telegraphische Erkenntnisanfrage an alle deutschen Städte richten. Womöglich ist Groß nicht nur in Werdau polizeilich aufgefallen.«

Beck lächelte. »Schon erledigt.«

»Glauben Sie, daß dieser Karl Hopf der zweite Mann gewesen sein könnte?« fragte Schmitt.

Richard zuckte die Schultern. »Angeblich kennt er Groß nicht, und Groß bestreitet, Hopf zu kennen. Ich möchte nicht verschweigen, daß mich Hopfs Verhalten irritiert. Er versuchte, mich über eine Todesermittlung auszufragen.«

»Welche?« wollte Beck wissen.

»Fritz Wennecke bei Pokorny & Wittekind am achtzehnten Januar.«

»Ich dachte, das sei als Arbeitsunfall festgestellt und die polizeiliche Akte längst geschlossen worden?«

»Es gibt noch die eine oder andere offene Frage«, sagte Richard. »Aber wenn nicht einmal Sie das wissen – woher weiß es Hopf?«

»Besteht gegen Anna Frick ein konkreter Verdacht?« fragte der ältere Schutzmann.

»Bis jetzt nicht«, sagte Richard. »Sobald sie aus dem Krankenhaus kommt, werde ich sie daktyloskopieren und Dr. Popp beauftragen, einen Vergleich mit der sichergestellten Fingerspur vorzunehmen.«

»Der Revierleiter sagt, daß es dummes Zeug ist, an ein paar zufälligen Linien einen Menschen wiedererkennen zu wollen«, sagte der Schutzmann.

Bevor Richard antworten konnte, klopfte es. Paul Heusohn kam herein.

»Wissen Sie nicht, wann Dienstbeginn ist?« fragte Beck.

»Ich bitte vielmals um Entschuldigung, Herr Kommissar«, entgegnete der Junge verlegen. Er sah elend aus, und Richard verzichtete auf eine Rüge. Er wiederholte, was er den anderen gesagt hatte und kam auf den Besuch von Hermann Lichtensteins Bruder zu sprechen. Die Höhe der Darlehnssumme rief erstauntes Murmeln hervor, das sich in betretenes Schweigen wandelte, als Richard sagte, daß David Könitz sein Schwager sei. »Ich habe mit ihm noch nicht über die Sache gesprochen, hoffe es aber im Laufe des Tages tun zu können. Unabhängig davon, möchte ich Kommissar Beck bitten, Herrn Könitz morgen förmlich zur Sache zu vernehmen.«

Beck nickte. »Ich bin überzeugt, daß Groß sich mit jemandem in der Kaffeestube Bostel getroffen hat. Nur hieß dieser Jemand nicht Schumann, und bestimmt war er kein Gastwirt. Aber vielleicht kommt er tatsächlich aus Offenbach? Wenn Sie keinen anderen Auftrag für mich haben, werde ich entsprechende Nachforschungen anstellen.«

»Einverstanden.« Richard verteilte die Photographien. »Ich schlage vor, wir treffen uns um ein Uhr, um die Ermittlungsergebnisse auszutauschen.«

Die Männer nickten und verließen das Büro; Schmitt blieb an der Tür stehen. »Ich habe noch eine Frage, Herr Kommissar. Warum wird Herr Groß vermessen? Und was, bitte, ist ein *Portrait parlé?*«

»Beide Maßnahmen dienen der Identifizierung von Personen, und beide wurden von einem Franzosen namens Alphonse Bertillon erfunden, der früher Hilfsschreiber bei der Pariser Polizei war und durch seine Erfolge zum Chef des Erkennungsdienstes aufstieg«, sagte Richard. »Sein Meßverfahren, Anthropometrie oder Bertillonage genannt, wird mittlerweile fast überall auf der Welt angewandt. Man nimmt von Straftätern verschiedene Maße, die auf Karten notiert und katalogisiert werden. Wenn ein Verbrecher einen falschen Namen angibt, kann er anhand seiner Körpermaße identifiziert werden. Das Gesprochene Porträt soll es ermöglichen, anhand präziser Beschreibungen eine Person eindeutig zu charakterisieren. Das Bertillonsche Schema enthält allein für die Ohren sechsundneunzig Begriffe, bei der Nase werden zum Beispiel die

Nasenwurzel und -basis, Nasenhöhe, Nasenvorsprung und Nasenbreite mit feststehenden Wörtern bezeichnet.«

»Und das funktioniert?« fragte Schmitt.

»Nein.«

»Und warum macht man es dann?«

»Aus dem gleichen Grund, weshalb man die Anthropometrie jahrelang ablehnte: Weil Herr Bertillon sagt, daß es funktioniert.«

Schmitt sah ihn verständnislos an, über Paul Heusohns blasses Gesicht huschte ein Lächeln. Richard warf einen Blick auf seine Uhr. »Haben Sie Interesse, sich die Theorie in der Praxis anzuschauen?«

Schmitt nickte, und Richard meldete ihn beim Erkennungsdienst an.

»Darf ich mitgehen, Herr Kommissar?« fragte Paul Heusohn.

»Nein.« Richard wartete, bis Schmitt die Tür geschlossen hatte. »Warum sind Sie zu spät gekommen?«

Der Junge senkte den Blick. »Bitte verzeihen Sie. Es wird sich nicht wiederholen.«

»Ich habe nach dem Grund gefragt, Heusohn.«

»Ich habe etwas zu lange geschlafen.«

»Sie sehen aus, als hätten Sie überhaupt nicht geschlafen.«

»Sie aber auch!« Er lief rot an. »Verzeihen Sie, ich …«

»Himmel noch mal! Können Sie nicht einen Satz sagen, ohne sich dafür zu entschuldigen? Ich möchte, daß Sie mich zu Dr. Popp begleiten und ihm Ihre Fragen stellen.«

»Ja, Herr Kommissar. Wenn ich etwas anmerken dürfte?«

Richard setzte seinen Hut auf. »Hm?«

»Sie erwähnten die Dampfexplosion bei Pokorny & Wittekind. Für mich gibt es keinen Zweifel, daß Fritz Wennecke den Unfall selbst verschuldet hat. Wahrscheinlich war er wieder mal voll.«

»Sie kannten ihn?«

Der Junge verzog das Gesicht. »Er war der bevorzugte Saufkumpan von Eckhard Heusohn. Im Gegensatz zu ihm hatte Fritz am Ende der gemeinsamen Zechtouren immerhin noch so viel Geld übrig, daß seine Familie davon leben konnte.«

Richard wußte von Heiner Braun, daß Fritz Wennecke seinen Lohn mit dubiosen Geschäften aufgebessert hatte und daß er alkoholsüchtig war, aber der Vorarbeiter bei Pokorny & Wittekind hatte Stein und Bein geschworen, er habe bei der Arbeit nie getrunken, und der Zustand der Leiche hatte keine Rückschlüsse mehr zugelassen. Warum hatte ihm Braun nichts von Wenneckes Bekanntschaft mit Pauls Vater erzählt?

Schweigend verließen sie das Präsidium. Der Himmel war blau, die Sonne schien. Auf der Zeil herrschte reger Verkehr. Ein Automobil knatterte heran, die Zündung setzte aus, und das Gefährt blieb mitten auf der Fahrbahn stehen. Der Lenker eines Pferdefuhrwerks schaffte es gerade noch, auszuweichen und deckte den Automobilisten mit einem geharnischten Fluch ein.

»Arbeitet Ihr Vater auch bei Pokorny & Wittekind?« fragte Richard, als sie den Roßmarkt erreichten.

»Eckhard Heusohn starb vor acht Monaten im Bett einer Dirne in der Rosengasse. Er war nicht mein Vater.«

»Sie tragen seinen Namen, oder?«

»Ich war nicht alt genug, nein zu sagen.«

»Ich schon«, sagte Richard. »Aber ich habe es nicht getan.«

Der Junge sah ihn überrascht an.

»Ich war zwanzig, als mein Vater starb. An seinen Nachfolger habe ich mich bis heute nicht recht gewöhnt, obwohl er ein durchaus netter Mensch ist. Was ist mit Ihrem leiblichen Vater?«

»Meine Mutter sagt, er sei Schutzmann gewesen und pensioniert.«

»Das heißt, er ist um einiges älter als Ihre Mutter.«

»Er interessiert mich nicht!«

»Hatten Sie nach dem Tod Ihres Stiefvaters noch Kontakt zu Fritz Wennecke?«

»Nein.«

Richard war sicher, daß er log. Er nahm sich vor, Heiner Braun bei nächster Gelegenheit über das rote Käthchen und ihre Familie auszufragen. »Der Vorarbeiter bei Pokorny behauptete, Herr Wennecke habe bei der Arbeit nicht getrunken.«

»Martin, äh, Herr Heynel, hat mir gesagt, daß Fritz öfter stern-
hagelvoll an der Maschine stand. Und daß ihn Willi Schranze
gedeckt hat. Warum auch immer.«

»Und woher weiß Oberwachtmeister Heynel das?«

»Er hat den Hammer bedient, wenn Fritz nicht mehr dazu in
der Lage war.«

»Bitte?«

»Herr Heynel hat bei Pokorny & Wittekind gearbeitet, bevor
er zur Polizei ging.«

Richard rechnete nach. »Das muß mindestens zehn Jahre her
sein.«

»Neun Jahre«, sagte Heusohn. »Ich war acht, als er Fritz aus
unserer Wohnung prügelte, weil er …« Er brach ab, als sei er
über seine eigenen Worte erschrocken. Zwei Frauen kamen ihnen entgegen. Paul Heusohn wich vom Trottoir auf die Straße
aus.

»Weil er was?« fragte Richard, als sie wieder nebeneinander
gingen.

»Wenn Menschen betrunken sind, verlieren sie die Kontrolle.
Und Fritz Wennecke war sehr betrunken.«

»Was hat er getan?«

»Das ist lange her, Herr Kommissar.«

Richard akzeptierte, daß er nicht darüber sprechen wollte.
»Haben Sie auch bei Pokorny gearbeitet?«

»Nein. Ich war zwei Jahre in der Eisengießerei Wurmbach
und danach als Lernjunge in einer Hufschmiede in Sachsenhausen. Aber das wissen Sie ja schon.«

Richard nickte. Sie überquerten die Mainzer Landstraße und
bogen kurz darauf in die Straße Niedenau ein.

Das Labor von Dr. Georg Popp befand sich im Hinterhaus
der Nummer 40. Im Flur roch es nach Karbolsäure und Leichen. Ein junger Assistent führte sie in ein schlauchförmiges
Hinterzimmer. Unter einer primitiven Abzugshaube lagen blutige Kleider und notdürftig verpackte Leichenteile, in Regalen
standen Einmachgläser mit farbigen Flüssigkeiten, auf einem
Tisch vor dem Fenster Reagenzgläser, Flaschen, Schälchen,

Bunsenbrenner und ein Mikroskop, durch das Dr. Popp angestrengt schaute.

»Guten Morgen«, sagte Richard naserümpfend.

Dr. Popp sah auf. »Guten Morgen, Herr Kommissar. Geht's Ihnen nicht gut?«

Richard zeigte auf den Abzug. »Was halten Sie davon, das Ding ab und zu einzuschalten?«

»Wenn es funktionieren würde, wäre das sicher keine schlechte Idee. Sobald ich nämlich das Fenster aufmache, beschweren sich die Nachbarn.«

»Das wundert mich nicht.«

»Haben Sie mir neue Spuren mitgebracht?«

Richard schüttelte den Kopf. »Aber einen wißbegierigen jungen Mitarbeiter.«

Dr. Popp lächelte. »Ah ja, ich erinnere mich: Die Wache vor Lichtensteins Geschäft, nicht wahr? Wie war gleich der Name?«

»Paul Heusohn«, sagte der Junge verlegen. Richard nickte ihm zu, und er fuhr fort: »Ich hätte eine Frage zu dem Fingerabdruck auf Herrn Lichtensteins Hemd. Warum können Sie so sicher sagen, daß er von einer Frau stammt?«

»So sicher bin ich gar nicht mehr.« Dr. Popp sah Richard an. »Ich habe gestern aus Wien eine Manuskriptabschrift über die Verwertung von Fingerabdrücken erhalten, deren Lektüre mich die halbe Nacht gekostet und zu dem Schluß geführt hat, daß ich in meinem Urteil wohl ein wenig vorschnell war.« Er holte eine Photographie. »Ich habe die Originalspur unter Glas gesichert, den Abdruck photographiert und vergrößert.« Richard betrachtete das Photo.

»Der Lage nach handelt es sich vermutlich um einen Finger der rechten Hand«, sagte Dr. Popp. Er deutete auf die Ränder, an denen die Papillarlinien abbrachen. »Die Form ließ mich zunächst an einen sehr schmalen Finger denken, aber die Vergrößerung zeigt eindeutig einen Teilabdruck. Er weist jedoch genügend Merkmale auf, um eine Identifikation durchführen zu können, sobald wir die passende Vergleichsspur haben.« Er nahm ein Blatt mit Fingerabdrücken aus einer Schublade und hielt es neben die Photographie. »Die Braut von Groß kann ich jedenfalls als Verursacherin ausschließen.«

»Die sehen aber alle sehr ähnlich aus«, sagte Paul Heusohn.

»Nur auf den ersten Blick.« Dr. Popp zeigte auf die Photographie. »Was Ihnen wie ein Wirrwarr von ungeordneten Strichen erscheint, entpuppt sich beim näheren Hinsehen als Muster konzentrisch gelagerter Schlingen, oder einfacher ausgedrückt: Es sieht aus wie eine Sammlung von Lassos, mit denen man wilde Pferde einfängt. Und nun schauen Sie sich das Blatt von Fräulein Koobs an.«

»Die Abdrücke gleichen einem Schneckenhaus«, stellte Paul Heusohn fest.

»Oder einem Wirbel, wie er auf der Oberfläche eines Tümpels entsteht, wenn Sie einen Stein hineinwerfen«, ergänzte Dr. Popp. »Man nennt es Wirbel- oder W-Muster und die Lassos entsprechend L-Muster. Da schon dieses einfache Unterscheidungsmerkmal nicht übereinstimmt, kann ich sofort sagen, daß der Abdruck auf Lichtensteins Hemdkragen nicht von Groß' Braut stammt.«

»Was die Frau betrifft, bleibt immer noch der Schuhabdruck im Kontor«, wandte Richard ein. »Haben Sie die Kleidung von Hopf und Groß schon untersuchen können?«

»Damit habe ich die andere Hälfte der Nacht zugebracht.« Dr. Popp bat Richard und Paul Heusohn in einen Nebenraum. Auf einem Tisch lagen die Hose von Bruno Groß und Karl Hopfs Reitjackett. Dr. Popp deutete auf mehrere mit Nadeln versehene Stellen. »An den Markierungen befinden sich unzweifelhaft Blutanhaftungen, die von einem Menschen stammen.«

»Hopf sagte, es könnte Hammelblut sein«, sagte Richard.

»Ausgeschlossen.«

»Oder Affenblut.«

»Wie bitte?«

»Angeblich sei er im Frankfurter Zoo etwas unvorsichtig gewesen. Ich halte diese Bemerkung für einen Scherz.«

»Ein Scherz? Das ist die beste Ausrede, die jemandem überhaupt einfallen kann!«

»Warum? Ich dachte, das Uhlenhuthsche Testverfahren sei über jeden Zweifel erhaben?«

»Mit Ausnahme von Affenblut.« Dr. Popp bemerkte Paul Heusohns ratlose Miene. »Wenn Sie nicht verstehen, von was wir reden, fragen Sie.«

»Ich habe gelesen, daß man Blut nachweisen kann, selbst wenn es schon alt und eingetrocknet ist. Das ist so ziemlich alles, was ich weiß.«

»Da wissen Sie erheblich mehr als viele Ihrer langgedienten Kollegen, denen ich in schöner Regelmäßigkeit erklären muß, daß Blut nicht immer rot aussieht.«

Richard grinste. »Was vor allem daran liegt, daß Sie auf diesen Punkt erst nach einem halbstündigen wissenschaftlichen Vortrag zu sprechen kommen.«

»Wenn Sie mir Ihre Tathypothesen erläutern, sind Sie auch nicht gerade wortarm, Kommissar.«

»Im Gegensatz zu Ihnen bevorzuge ich aber allgemeinverständliche Sätze.«

»Ah ja … Ich erinnere mich.« Dr. Popp kramte in einer Kiste und förderte einen zerknitterten Zettel zutage. »Zubehör sind bewegliche Sachen, die, ohne Bestandteile der Hauptsache zu sein, dem wirtschaftlichen Zwecke der Hauptsache zu dienen bestimmt sind und zu ihr in einem dieser Bestimmung entsprechenden räumlichen Verhältnis stehen.« Er sah Paul Heusohn an. »Ich war so unvorsichtig, Herrn Biddling zu fragen, ob rechtlich etwas dagegen spricht, wenn ich die Winterfenster aus meinem Gartenhaus beim Auszug mitnehme.«

Richard zuckte die Schultern. »Ich habe das Bürgerliche Gesetzbuch nicht geschrieben. Im übrigen waren wir beim Uhlenhuthschen Serumtest.«

»Beim Blutnachweis.« Dr. Popp winkte Paul Heusohn zu einem Gerät, das aus einem Glasprisma und drei horizontal ausgerichteten Röhren bestand. »Es gibt mehrere Möglichkeiten, in einer Spur Blut festzustellen. Mit Kochsalz und Eisessig versetzt und zum Kochen gebracht, bildet ein Teil des roten Blutfarbstoffs, das sogenannte Hämin, unverwechselbare Kristalle.

Weist also eine behandelte Spur Hämin-Kristalle auf, können Sie sicher sein, daß es sich um Blut handelt. Eine andere, selbst bei alten oder sehr kleinen Flecken wirksame Methode ist die van Deensche Probe: Wenn Sie Blut zusammen mit etwas sauerstoffhaltigem Terpentin in einen alkoholischen Auszug der westindischen Guajakpflanze geben, löst der rote Blutfarbstoff den Sauerstoff aus dem Terpentin, der sich statt dessen mit dem Guajak verbindet. Diese Reaktion färbt die Lösung blau.«

»Ich habe gelesen, die Guajak-Probe sei sehr umständlich«, sagte Paul Heusohn.

Dr. Popp wandte sich der Röhrenapparatur zu. »Sie ist ein Nichts gegen die ungeheuren Möglichkeiten, die Kirchhoff und Bunsen der forensischen Medizin mit der Spektralanalyse eröffnet haben.«

»Um elf muß ich zu einer Vorführung ins Gericht«, bemerkte Richard.

Dr. Popp schaute auf seine Uhr. »Zeit genug für ein paar erläuternde Worte. Es sei denn, Ihr neuer Mitarbeiter hat kein Interesse an der wissenschaftlichen Seite seines Berufs.«

»Doch, doch«, bekräftigte Paul Heusohn.

»Ein paar erläuternde Worte zu Uhlenhuths Affen würden mir reichen«, sagte Richard.

Dr. Popp lächelte. »Ich bitte um ein wenig mehr Geduld, Herr Biddling.« Er zeigte auf den Apparat. »Das Faszinierende an einem Spektroskop ist, daß es uns ermöglicht, die Dinge in ihren wahrhaftigen Farben zu sehen. Sonnenlicht, das transparent erscheint, durch ein Glasprisma geleitet, leuchtet plötzlich so bunt wie ein Blumenbukett.«

»Das Prinzip des Regenbogens«, sagte Paul Heusohn.

Dr. Popp sah ihn verdutzt an, Richard amüsierte sich. »Jetzt haben Sie ihm die Pointe verdorben, Heusohn.«

»Entschuldigen Sie ... Ich meine, das lag nicht in meiner Absicht, Herr Dr. Popp.«

Er winkte ab. »Ihre Antwort zeigt, daß Sie mitdenken. Und daß ich Sie nicht überfordere, wenn ich etwas tiefer in die Sache einsteige.« Richards Miene ignorierend, erklärte Dr. Popp in aller Ausführlichkeit die Funktionsweise des Bunsenschen Spektroskops, zeigte Abbildungen der Farb- und Linienspektren von Sternen und Nebelflecken im Weltall und den Unterschied zwischen sauerstoffreichem und kohlenoxydhaltigem Blut. »Die Spektralanalyse liefert spezifische Charakteristika, sozusagen durch Lichtstrahlung erzeugte Fingerabdrücke fester, flüssiger oder gasförmiger Stoffe, und selbst kleinste Substanzmengen genügen, sie zu analysieren«, beendete er seinen Vortrag.

»Aber erst einmal müssen Sie diese kleinsten Mengen finden«, wandte Paul Heusohn ein. »Zum Beispiel die unsichtbaren Blutflecken auf dem Jackett.«

»Bei Blut ist das keine allzu schwere Übung.« Dr. Popp tränkte ein Stückchen Stoff mit einer farblosen Flüssigkeit und betupfte eine der markierten Stellen auf Hopfs Jackett. Sofort bildete sich weißer Schaum.

»Was ist das?«

»Wasserstoffsuperoxyd«, sagte Richard. »Es reagiert allerdings auch auf Speichel und Rost. Und allzu üppig sollte man es nicht anwenden.«

»Warum?«

»Futschikato perdutti, Herr Heusohn. Wenn Sie's zu gut meinen, sind die Blutflecken anschließend verschwunden.«

»Ich warte immer noch auf die Affen«, sagte Richard.

Dr. Popp warf den Stofflappen in einen Eimer und verschloß die Chemikalienflasche. »Nun, die Sache lohnt es, ein wenig auszuholen. Vor etwa vier Jahren war der Militärarzt Paul Uhlenhuth im Hygienischen Institut der Universität Greifswald als Assistent des ehemaligen Assistenten des berühmten Dr. Koch auf der Suche nach einem Schutzserum gegen den Erreger der Maul- und Klauenseuche, als er bei der Untersuchung eines Kaninchenserums zufällig herausfand ...«

»Uhlenhuth entwickelte Testseren, die es ermöglichen, das Blut verschiedener Tiere und das von Mensch und Tier zu unterscheiden«, erklärte Richard.

Dr. Popp verzog das Gesicht. »Das kann wirklich nur einem

preußischen Beamten einfallen! Die Entdeckung, die der Hilflosigkeit eines ganzen Jahrhunderts ein Ende setzt, einen der bedeutendsten Fortschritte der forensischen Medizin überhaupt, in einen einzigen, banalen Satz zu packen.«

Paul Heusohn unterdrückte ein Lachen.

»Leider versagt die ansonsten zuverlässige Uhlenhuthsche Präzipitin-Reaktion bei eng verwandten Lebewesen«, fuhr Dr. Popp fort. »Das Blut von Esel und Pferd läßt sich ebensowenig damit unterscheiden wie das von Menschen und Affen.«

»Das heißt also, daß dieser Test auch das Blut verschiedener Menschen nicht zu unterscheiden vermag, Herr Hopf mithin genausogut behaupten könnte, daß die Flecken von ihm selbst stammen«, sagte Paul Heusohn.

»Damit haben Sie das zentrale Problem der nächsten dreißig bis fünfzig Jahre forensischer Forschungsarbeit ebenfalls in einen Satz gesteckt.« Dr. Popp sah Richard an. »Uhlenhuths Entdeckung ist trotz ihrer herausragenden Bedeutung außerhalb fachwissenschaftlicher Kreise weitgehend unbekannt. Vorausgesetzt, dieser Hopf hat die Bemerkung bewußt gemacht, müßte er über eine gewisse akademische Bildung und einschlägige Quellen verfügen.«

Richard dachte an Briddys Belladonna-Fläschchen und die Ausführungen von Dr. Portmann. »Da haben Sie recht. Bevor wir Sie wieder Ihren Studien überlassen … Ich hätte Interesse an Ihrem Wiener Manuskript.«

Dr. Popp holte einen Stapel Blätter. *Daktyloskopie – Verwertung von Fingerabdrücken zu Identifizierungszwecken. Lehrbuch zum Selbstunterricht für Richter, Polizeiorgane, Strafanstaltsbeamte, Gendarmen,* stand auf dem Deckblatt.

»Ich hoffe, die Lektüre hilft mir, Polizeirat Franck endlich von der Effektivität des Fingerabdruckverfahrens zu überzeugen«, sagte Richard.

Dr. Popp schlug das Manuskript in Papier ein. »Vielleicht sollten Sie versuchen, ihm die Sache in mehr als einem Satz zu erklären, Kommissar. Grüßen Sie Wachtmeister Braun von mir.«

»Nicht, daß Sie glauben, ich mißachtete Dr. Popps Arbeit«, sagte Richard, als sie wieder auf der Straße waren. »Aber das Faszinosum Spektralanalyse und die serumproduzierenden Uhlenhuthschen Stallhasen sind mir aus geschätzten zwei Dutzend Vorträgen bereits hinlänglich bekannt.«

Paul Heusohn lächelte. »Sie kennen Wachtmeister Braun?«

»Wir haben uns achtzehn Jahre lang ein Büro geteilt. Woher kennen Sie ihn?«

»Es gibt wohl niemanden im Quartier, der Herrn Braun nicht kennt. Sogar die Gauner aus der Rosengasse haben Respekt vor ihm. Warum arbeiten Sie nicht mehr mit ihm zusammen?«

»Weil er am Freitag pensioniert wurde. Er hält Sie übrigens für einen würdigen Nachfolger.«

Paul Heusohn studierte angestrengt die vermoosten Fugen zwischen den Pflastersteinen.

»Woher wissen Sie, daß die Guajak-Probe umständlich ist?« fragte Richard.

»Aus einer Detektivgeschichte, Herr Kommissar. Der Held hat in London nämlich eine neue Untersuchungsmethode für Blutflecken erfunden, die viel besser ist als die Guajak-Probe. Er benutzt dazu eine durchsichtige Flüssigkeit und weiße Kristalle.«

»Heißt dieser Held zufällig Sherlock Holmes?«

Der Junge nickte. »Finden Sie nicht auch, daß er ein wahres Genie ist?«

»Mhm«, sagte Richard.

Um viertel vor elf kehrten sie ins Polizeipräsidium zurück. In seinem Büro ließ sich Richard mit dem Erkennungsdienst verbinden. Wie er vermutet hatte, war Groß nicht daktyloskopiert worden. Er meldete Paul Heusohn für einen Besuch an und ging anschließend zum Gericht, das gegenüber vom Polizeigefängnis lag.

Nichts an dem mit roten Verblendziegeln und üppigem Fassadenschmuck verzierten Bau wies auf seine Bestimmung hin. Das von Säulen flankierte Portal mit dem darüberliegenden

Balkon erinnerte eher an einen italienischen Palazzo als an ein preußisches Justizgebäude, und die diabolisch grinsenden Fratzen über den Erdgeschoßfenstern schienen Justitia zu verhöhnen.

Staatsanwalt von Reden wartete vor dem Saal des Untersuchungsgerichts im Erdgeschoß. Durch ein buntes Glasdach und offene Decken flutete das Licht bis in die Eingangshalle und ließ die Muster der Terrazzoböden leuchten. Richard informierte den Staatsanwalt über Dr. Popps Untersuchungsergebnisse. Eine Stunde später meldete er Polizeirat Franck, daß gegen Groß die Untersuchungshaft angeordnet worden war.

Auf dem Weg zurück in sein Büro kam ihm Oberwachtmeister Heynel entgegen. »Guten Tag, Kommissar«, sagte er jovial.

»Haben Sie Zeit?« fragte Richard. »Ich muß mit Ihnen sprechen.«

»Sicher.« Er folgte Richard ins Büro. »Womit kann ich dienen?«

»Es geht um die *Laterna Magica*.«

»Haben Sie mit einer der Damen Probleme?«

»So kann man es nennen, ja.«

»Lassen Sie mich raten: Fräulein Zilly?«

»Signora Runa, Oberwachtmeister.«

»Das kommt auf das gleiche heraus, oder?«

»Wie darf ich das verstehen?«

Martin Heynel grinste. »Genau so, wie ich es gesagt habe, Herr Biddling.«

273

Kapitel 11

Abendblatt   Dienstag, 1. März 1904

Frankfurter Zeitung
und Handelsblatt

Unter starker Beteiligung des Publikums erfolgte heute Vormittag um 11 Uhr die Beisetzung der Leiche Lichtensteins auf dem Frankfurter Friedhof. Das Grab umstanden zahlreiche Neugierige, besonders Frauen. Ein Posaunenchor leitete den Trauerakt ein und beschloß ihn. Pfarrer Battenberg rief nach seiner Tröstung der Angehörigen Gott an: »Nimm Dich auch an des verruchten und in seiner Sünde doch so beklagenswerten Mörders, und hilf Du selbst, daß nicht durch ungesühnte Schuld die Heiligkeit der sittlichen Weltordnung verletzt werde!« Tief ergriffen war die Menge, als der Grabredner erzählte, daß die Mordtat am Tage der zwanzigsten Wiederkehr des Verlobungstags Lichtensteins geschah. Rote Nelken habe er seiner Gattin am Morgen geschenkt – rote Blutstropfen habe sie am Mittag erschauen müssen. Danach sprach der Prediger von der stetigen Hilfsbereitschaft, der selbstlosen Berufstätigkeit und dem glücklichen Familienleben des Verstorbenen.

Kränze wurden im Auftrag des Verbands deutscher Klavierhändler, von der Obertertia des Goethegymnasiums, vom Paulschor und von seinem Diener, dem Auslaufer Schick, niedergelegt. Außerdem deckten zahlreiche Blumen- und Palmenspenden von Freunden und Bekannten das Grab.

Das Spiel der Posaunen verklang. Die Sonne spiegelte sich in den Instrumenten, eine Amsel sang. Lichtensteins Witwe sah zerbrechlich aus, starr waren die Mienen ihrer Kinder. Anton Schick weinte. Die Trauergemeinde formte sich zu einer Schlange der Kondolenz. Händeschütteln, Flüstern, Nikken; Fassungslosigkeit, die um Worte rang. Stumm drückte Victoria Lichtensteins Frau die Hand. Hinter ihrem schwarzen Schleier sah sie Tränen. Ihr Hals war wie zugeschnürt, als sie zum Ausgang ging. »Ich fahre nicht mit«, sagte sie zu ihrem Vater, der mit David am Wagen wartete.

»Was soll das heißen?« fragte Rudolf Könitz.

»Daß ich eine Droschke nehme und später komme.«

»Du hast ja nicht mal ein Mädchen dabei!«

»Vater, bitte«, schaltete sich David ein. »Victoria ist alt genug, selbst zu entscheiden, was sie tut.«

Bevor Rudolf Könitz etwas erwidern konnte, drehte sich Victoria um und ging. Durch einen Seiteneingang kehrte sie auf den Friedhof zurück. Schattenmuster kahler Bäume kreuzten ihren Weg, am Fuß der efeubewachsenen Mauer glänzte der letzte Tau. Auf den Gräbern hatte die Sonne gelbe und weiße Krokusse ihre Blüten öffnen lassen. Nachdenklich betrachtete Victoria die Inschriften: Sophia und Konrad Könitz. Eduard Könitz. Clara Könitz. Henriette Könitz. Sie war lange nicht hiergewesen.

»Frommts, den Schleier aufzuheben, wo das nahe Schrecknis droht? Nur der Irrtum ist das Leben, und das Wissen ist der Tod.«

Victoria fuhr herum. »Was tun Sie denn hier?«

»Ein bißchen Schiller zitieren«, sagte Karl Hopf lächelnd. »Ich war auf Lichtensteins Beerdigung, aber Sie zogen es vor, mich nicht zu sehen.«

»Entschuldigen Sie. Ich war …«

»… mit den Gedanken woanders.« Er trat neben sie. »Ihre Familie?«

Victoria nickte. »Meine Tante, mein Onkel, mein Cousin. Meine älteste Schwester Clara. Und meine Mutter.«

»Gräfin von Tennitz erwähnte, daß Ihre Mutter vor einem Jahr starb und Ihre Schwester vorletztes Weihnachten. Und daß beide sehr krank waren und Sie sie gepflegt haben.« Er zeigte auf die Gräber von Sophia und Eduard. »Aber sie hat mir nicht erzählt, warum Ihre Tante und Ihr Cousin innerhalb von nur drei Tagen starben.«

»Das ist sehr lange her.«

»Verraten Sie es mir trotzdem?«

»Warum haben Sie mir diesen Artikel gegeben?«

»Bitte?«

»Ihr vorgebliches Rätsel und die Zeitungsmeldung über den Unfall bei Pokorny & Wittekind: Das war doch kein Zufall!«

Er lächelte. »Sondern?«

»Sie haben aus irgendeinem Grund Interesse an dem Fall und hofften, ich würde meinen Mann darüber ausfragen.«

»Meine Gratulation zu Ihrer vortrefflichen Deduktion. Das ist die Antwort, die ich befürchtet hatte.«

Victoria sah ihn wütend an. »Wissen Sie, was ich außerdem glaube? Daß Sie mich für Ihre Zwecke mißbrauchen, Herr Hopf. Daß Sie ein falsches Spiel mit mir spielen!«

»Das ganze Leben ist ein falsches Spiel. Und Tote sollte man ruhen lassen.«

»Das ist nicht das Problem.«

»Ein einzelnes Kraut ist nie ein Problem. Wohl aber der Samen, den es streut. Ich freue mich auf Ihren Besuch morgen.«

Er ging, ohne ihre Erwiderung abzuwarten.

✳

Richard sah Martin Heynel fassungslos an. »Wollen Sie damit andeuten, daß diese Zilly …?«

»… die heimliche Chefin der *Laterna Magica* ist und sich bei Bedarf Signora Runa nennt.«

»Warum steht kein Wort davon in den Akten?«

»Zum einen, weil ich es erst im nachhinein erfahren habe. Zum anderen, weil es für die Ermittlungen keine Rolle spielte.«

»Sie haben wegen Kuppelei ermittelt und erzählen mir, es sei ohne Belang gewesen, ob die Beschuldigte ein Bordell besitzt oder bloß eine einfache Dirne ist?« fragte Richard scharf.

»Ein konzessioniertes Bordell«, ergänzte Heynel. »Im übrigen wurde das Ermittlungsverfahren gegen sie eingestellt.«

»Und woher hatte sie die Mittel, die halbe Elbestraße aufzukaufen?«

»Ich weiß nicht mehr als das, was in der Akte steht.«

»Das nehme ich Ihnen nicht ab, Oberwachtmeister!«

»Dann kann ich's auch nicht ändern.«

»Ihre Dienstpflichten scheinen Sie nicht sonderlich zu interessieren.«

»Es bleibt Ihnen unbenommen, eine Disziplinaruntersuchung gegen mich einzuleiten, Herr Biddling. Allerdings könnte ich mich dabei an Dinge erinnern, die besser ungesagt blieben.«

Richard hatte Mühe, ruhig zu bleiben. »Glauben Sie ja nicht, daß Sie mir drohen können.«

»Ich drohe niemandem. Aber wenn Sie mir im Fall *Laterna Magica* dilettantische Ermittlungen vorwerfen, darf ich ja wohl anmerken, daß es auch eine Akte von Ihnen gibt, in der das eine oder andere, sagen wir: nicht ganz einleuchtet.«

»Sie maßen sich ein Urteil über eine Sache an, deren Hintergründe Sie nicht kennen.«

»Ich urteile nicht, ich ziehe Schlußfolgerungen. Und ich bin mir sicher, daß jeder vernünftige Mensch die gleichen Schlußfolgerungen ziehen wird wie ich, wenn er die Akte Eduard Könitz liest.«

Hörte denn dieses Gespenst niemals auf, in seinem Leben herumzuspuken? Richard fuhr sich über die Augen. »Sie wissen, daß Polizeipräsident von Müffling die Ermittlungen für abgeschlossen erklärt hat.«

»Ja. Und ich weiß auch, daß Freiherr von Müffling mit dem Vorgänger von Polizeirat Franck gut bekannt war, der wiederum mit Polizeirat Rumpff gut bekannt war, der damals als Leiter der Kriminalpolizei Ihr Chef war. Soweit ich informiert bin, kennt der neue Polizeipräsident keinen dieser Herren, was eine völlige Neubewertung der Angelegenheit nach sich ziehen könnte.«

Er hatte recht. Und es hatte keinen Sinn, weiter darüber zu diskutieren. »Warum haben Sie Fritz Wennecke aus Eckhard Heusohns Wohnung geprügelt?«

Martin Heynel starrte Richard an. »Was soll das?«

»Beantworten Sie meine Frage.«

»Herrgott, ich hab's vergessen! Das ist ewig her.«

»Gestatten Sie, daß ich Ihrer Erinnerung auf die Sprünge helfe: Es war vor neun Jahren. Sie haben sich mit Wennecke geschlagen und trotzdem seine Arbeit bei Pokorny gemacht. Warum?«

»Ich wüßte nicht, was Sie das angeht.«

»Ihnen ist bekannt, daß ich die Ermittlungen in der Sache Wennecke führe, und ich frage mich, warum Sie mir nicht gesagt haben, daß Sie ihn kannten.«

»Weil ich ihn seit Jahren nicht mehr gesehen habe. Und weil es mich einen Teufel schert, ob er im Suff die Ventile verwechselt!«

»Woher wissen Sie, daß ein Ventil die Unglücksursache war?«

»Was sollte es denn sonst gewesen sein? Wie Sie zurecht bemerkten, habe ich an dem Ding gearbeitet. Außerdem stand es in der Zeitung.«

»Wann haben Sie Hopf von den Ermittlungen erzählt?«

»Wem?«

»Karl Hopf, Hundezüchter aus Niederhöchstadt.«

»Ich kenne keinen Karl Hopf.«

»Wie haben Sie herausgefunden, daß Zilly Signora Runa ist?«

»Sie wird's mir gesagt haben.«

»Eine wahrlich erschöpfende Auskunft. Danke. Sie können gehen.«

Martin Heynel setzte an, etwas zu sagen, überlegte es sich anders und verließ das Büro. Richard preßte die Hände gegen seine Schläfen. Er war sich sicher, Zilly nie vorher begegnet zu sein, ebenso, wie er sicher war, daß Signora Runa ihn kannte. Andererseits: Hatte ihre Stimme nicht bemüht geklungen? Und hatte er sich nicht darüber gewundert, gleich von zwei Bewohnerinnen eines Bordells mit Schiller-Zitaten eingedeckt zu werden?

Wenn es in der *Laterna Magica* eine geheime Hintertreppe gab, und davon war in einem solchen Etablissement auszugehen, wäre es für Signora Runa ohne weiteres möglich gewesen, ungesehen nach oben zu gelangen, um ihm dort als Fräulein Zilly respektive Othild Cäcilie von Ravenstedt gegenüberzutre-

ten. *Eine hochgestellte Dame von außerhalb, die das Haus geerbt und beschlossen hat, es zu behalten,* erinnerte er sich an
Heiner Brauns Worte. Aber wenn Zilly tatsächlich Signora Runa
war: Warum trieb sie dieses Spiel mit ihm?

Kommissar Beck kam herein. Er sah Richard prüfend an.
»Geht es Ihnen nicht gut?«

»Ein wenig Kopfschmerzen, nichts weiter.«

»Ich habe Neuigkeiten.«

Richard holte seine Uhr heraus. »Fünf vor eins. Wir sollten
warten, bis die anderen da sind.«

Im gleichen Moment klopfte es. Die beiden Schutzmänner
kamen ins Büro, kurz darauf folgten Schmitt und Paul Heusohn. Richard berichtete von Dr. Popps Untersuchungen und
daß Groß in Untersuchungshaft war.

»Hat Herr Groß etwas zur Herkunft der Blutflecken gesagt?«
fragte Paul Heusohn.

»Angeblich hat er sich am 31. Januar in Bockenheim mit einem
unbekannten Zuhälter um eine Dirne geprügelt. Das Gegenteil
wird kaum zu beweisen sein. Weitere Fragen?« Die Männer schüt-
telten den Kopf, und Richard gab das Wort an Beck.

»Meine Vermutung war richtig«, sagte er. »Groß ist in der Kaffeestube Bostel Stammgast. Seit Mitte Dezember war er fast täglich dort. Eine der Kellnerinnen erinnerte sich, daß er in der
letzten Zeit mehrfach in Begleitung eines elegant gekleideten
Mannes erschien, aus dessen Bemerkungen sie entnommen
habe, daß er Kutscher sei. Sie beschrieb den Unbekannten als
etwa einen Meter achtzig groß, hellhaarig und schlank. Sein Alter schätzte sie auf Anfang bis Mitte zwanzig.«

»Das paßt auf den Kunden aus dem Seilergeschäft«, bemerkte
Richard.

Beck nickte. »Es kommt noch besser. Ich fragte sie, ob ihr irgend etwas Besonderes an diesem Kutscher aufgefallen sei,
und sie sagte, er habe so schöne Manschettenknöpfe gehabt,
mit einem Hufeisen und Sternchen. Ich sage Ihnen: Das ist unser zweiter Mann! Und weil Lügen selten eines wahren Kerns
entbehren, wette ich, daß wir ihn in Offenbach finden werden.«

»Wie sieht Herr Hopf aus?« fragte Paul Heusohn.

»Kräftig und dunkelhaarig«, sagte Richard. »Außerdem ist er zu alt.«

»Und Ihr Schwager?«

»Ist ebenfalls dunkelhaarig.«

»Damit scheiden die beiden aus«, sagte der ältere Schutzmann.

»Es sei denn, es waren drei Täter«, wandte Paul Heusohn ein.

»Hat sonst jemand irgendwelche Feststellungen gemacht?« fragte Richard.

»Am vergangenen Dienstag hat Herr Groß im Zigarrengeschäft Schiele in der Fahrgasse einen Beutel Tabakstaub gekauft«, berichtete der jüngere Schutzmann. »Außerdem wurde er von einem Straßenkehrer am Tattag in der Nähe des Seilergeschäfts gesehen.« Er gab Richard einen Zettel.

Richard studierte Namen und Adresse. »Der Zeuge ist sicher, daß es am Freitag war?«

»Ja. Er sagte, der Mann habe auf dem Trottoir herumgestanden und geschimpft, als er ihn bat, Platz zu machen.«

»Warum, in aller Welt, kauft jemand Tabakstaub?« fragte Beck.

»Weil er viel billiger ist als richtiger Tabak«, sagte Paul Heusohn. »Außerdem kann man Leute damit kampfunfähig machen, wenn man ihnen eine Portion voll in die Augen wirft.«

»Das hört sich an, als hätten Sie das schon praktisch erprobt, Heusohn«, sagte Richard.

Der Junge lächelte verlegen. Richard öffnete den bei Groß sichergestellten Tabakbeutel. »Staub.«

»Ich halte es für sinnvoll, der Kellnerin aus dem Bostel den Manschettenknopf vorzulegen«, sagte Beck.

Richard nickte. »Hat sich eigentlich etwas bezüglich des Schlüssels ergeben?«

»Welcher Schlüssel?« fragte der ältere Schutzmann.

Richard suchte ihn aus den Asservaten heraus. »Er wurde neben dem Toten gefunden, und wir wissen nicht genau, wem er gehört.«

»Sieht aus wie von einem Vorhängeschloß«, sagte der Schutzmann.

»Vorhängeschloß?« wiederholte Richard verblüfft. »Karl Hopf sagte mir, er habe kürzlich in seinem Keller ein Schloß aufbrechen müssen, weil er den dazugehörigen Schlüssel verloren habe!«

»Ich halte die Spur Hopf für wenig ergiebig«, sagte Beck.

Richard zuckte die Schultern. »Er hat kein Alibi. Er ist passionierter Reiter, er hat mit Lichtenstein kurz vor seinem Tod Geschäfte gemacht. Und er war mit ihm im Bordell. Das kann alles und nichts bedeuten.« Er sah die beiden Schutzleute an. »Bringen Sie mir bitte Fräulein Zilly her.«

»Sollen wir sie festnehmen?« fragte der jüngere.

»Sagen Sie ihr, daß das eine mündliche Vorladung zum Verhör ist. Und daß sie vorgeführt wird, wenn sie nicht freiwillig mitkommt.«

Die Männer nickten. Richard gab Paul Heusohn mehrere Zettel. »Hinweise aus der Bevölkerung. Könnten Sie sich bitte mit Schmitt darum kümmern?«

»Ja, Herr Kommissar.«

»Mit Verlaub: Diese Frauensache halte ich für noch unergiebiger als die Spur Hopf«, sagte Beck, als sie alleine waren.

»Deshalb schicke ich Sie ja auch nach Offenbach, um diesen Kutscher zu suchen.«

»Vorher muß ich einen Ermittlungsbericht schreiben«, sagte Beck und ging. Richard packte das Manuskript über Daktyloskopie aus und begann zu lesen. Er war beim zweiten Kapitel, als ein Polizeidiener Anna Frick hereinführte. Ihre Augen glänzten fiebrig, ihr Gesicht war blaß. Unter den Manschetten ihres Kleides schauten die Verbände heraus.

»Man sagte mir, ich solle mich nach der Entlassung bei Ihnen melden, Herr Kommissar.«

Richard stand auf. »Das hätte doch Zeit gehabt bis morgen, Fräulein Frick.«

»Sie werden verstehen, daß ich die Angelegenheit alsbald abgeschlossen wissen möchte.«

Ihre Miene war ausdruckslos, aber ein Zucken ihres rechten Augenlids verriet Richard, daß sie nicht halb so stoisch war, wie sie vorgab. »Am Tatort wurde eine Fingerspur sichergestellt. Ich benötige Ihre Abdrücke, um einen Vergleich vornehmen zu können. Angesichts Ihrer Verletzungen fände ich es jedoch besser ...«

»Nein. Ich will, daß das jetzt sofort gemacht wird.«

Richard nickte und rief beim Erkennungsdienst an. »Ein Beamter wird Sie abholen.«

Das Zucken verstärkte sich. »Und was geschieht danach?«

»Danach können Sie nach Hause gehen.«

»Wollen Sie mich nicht verhören?« fragte sie spröde.

Richard lächelte. »Sie sind schon zweimal verhört worden, gnädiges Fräulein. Reicht Ihnen das nicht?«

»Aber ich dachte ...« Sie sah an Richard vorbei zur Wand. »Herr Kommissar Beck hat keine Fragen mehr?«

»Wenn der Vergleich Ihrer Fingerspuren negativ ausfällt, hat sich die Sache für Sie erledigt. Wann werden Sie denn wieder arbeiten können?«

»Sobald ich eine Stelle finde.« Auf Richards fragenden Blick setzte sie hinzu: »Man hat mir gekündigt.«

»Das tut mir leid.«

»Es war zu erwarten.«

Ein Wachmann kam herein.

»Begleiten Sie Fräulein Frick zum Erkennungsdienst«, sagte Richard. »Und anschließend bestellen Sie ihr eine Droschke.« Als er ihr abwehrendes Gesicht sah, fügte er hinzu: »Die Kosten trägt das Land Preußen.«

Beck war mitten in seinem Bericht, als es klopfte. »Herein!« rief er mürrisch.

»Guten Tag, Herr Kommissar«, sagte Anna Frick.

Er starrte sie an. »Sie ...? Was tun Sie hier?«

»Ich habe meine Fingerabdrücke abgegeben.«

»Ah ja.« Er räusperte sich. »Wie geht es Ihnen?«

»Gut.«

Ihr fahles Gesicht und die bläulichen Ringe unter ihren Augen straften die Antwort Lügen. Selten hatte Beck sich so unwohl gefühlt. »Gibt es einen bestimmten Grund, warum Sie mich aufsuchen?«

Sie schloß die Tür und kam zu seinem Schreibtisch. »Sobald es mir möglich ist, werde ich Ihnen Ihre Auslagen ersetzen.«

»Ich weiß nicht, von was Sie sprechen.«

»Die zwanzig Mark, die Sie …«

»Ich habe Ihnen bereits erklärt, daß sich die Angelegenheit erledigt hat, gnädiges Fräulein!« Er tauchte seinen Federhalter ins Tintenfaß. »Ich habe Sie eines Diebstahls bezichtigt, den Sie nicht begangen haben. Ich habe den Irrtum richtiggestellt. Mehr kann ich nicht tun. Wenn Sie mich bitte entschuldigen wollen? Ich habe einen Bericht zu schreiben.«

Er zuckte zusammen, als sie seine Hand berührte. »Danke«, sagte sie und ging. Beck starrte auf seine Hand, dann auf den halbfertigen Bericht. Es war lange her, seit ihn eine Frau angefaßt hatte. Er dachte an Theodora, und statt eines Buchstabens floß ein schwarzer Fleck aufs Papier. Fluchend zerriß er es.

*

Victoria stand vor dem krummen Fachwerkhäuschen und kam sich wie ein Eindringling vor. Sie atmete durch und drückte den Klingelknopf.

Heiner Braun öffnete. »Victoria! Wie schön, Sie zu sehen.«

»Guten Tag, Herr Braun.« Seine offenkundige Freude machte sie verlegen. »Ich hoffe, ich störe nicht?«

»Ach wo. Kommen Sie nur herein.«

Sie folgte ihm in den schummrigen Flur. Es roch nach frisch gewaschener Wäsche und nach Bohnerwachs. Er nahm ihr den Mantel und den Hut ab und bat sie in die Stube. »Sie waren lange nicht hier.«

»Ist das ein Grund, mich nicht mehr in die Küche zu lassen?«

Er lächelte. »Wenn Sie lieber auf einem harten Stuhl sitzen wollen – bitte sehr!«

Victoria war gerührt, als sie den vollgestellten kleinen Raum betrat. Nichts hatte sich verändert. Sogar die alte Kaffeekanne stand am gewohnten Platz auf dem Herd.

Heiner Braun wies zum Tisch. »Suchen Sie sich die unbequemste Sitzgelegenheit aus. Möchten Sie einen Kaffee?«

Victoria nickte. »Ich war auf Herrn Lichtensteins Beerdigung und dachte, ich schaue kurz bei Ihnen vorbei.«

Er räumte eine Zeitung weg. »Und ich war gerade dabei, mich über den neuesten Ermittlungsstand in der Sache zu informieren.«

»Hält Richard Sie denn nicht auf dem laufenden?«

»Nun ja ... gelegentlich.« Er stellte Victorias Tassen auf den Tisch und goß Kaffee ein.

»Die haben Sie immer noch?« fragte sie überrascht.

»Aber sicher. Bis zum letzten Tag habe ich darauf gewartet, daß Sie Ihr Versprechen einlösen.«

»Welches Versprechen denn?«

»Auf einen Kaffee im Präsidium vorbeizukommen.«

»Ich weiß nicht, ob es Richard recht gewesen wäre.«

»Notfalls hätte ich ihn auf eine Außenermittlung geschickt.«

Victoria lachte. »Sie sind unverbesserlich. Wo ist denn Ihre Frau?«

»Helena hat sich für ein Stündchen hingelegt.«

»Ist sie krank?«

»Bloß ein wenig überarbeitet.« Er sah sie aufmerksam an. »Gibt es einen besonderen Grund, warum Sie mich besuchen?«

»Nein, ich ... Ich hatte einfach wieder mal das Bedürfnis, auf einem harten Stuhl zu sitzen.«

»Solange er nicht frisch gestrichen ist.«

Victoria lächelte. »Im Gegensatz zu Anna fand Richard die grünen Streifen auf seinem Allerwertesten gar nicht lustig.«

Heiner Braun stellte die Kaffeekanne zurück auf den Herd. »Frankfurter Humor ist gewöhnungsbedürftig.«

»Haben Sie noch Kontakt zu Anna?«

»Ja, sicher.« Er holte ihren Brief und zeigte Victoria die Photographie.

»Sie sieht glücklich aus.«

Er nickte. »Sobald Helena sich besser fühlt, werden wir sie besuchen.«

Victoria legte das Bild auf den Tisch. »Manchmal wünsche ich mir, die Zeit wäre damals stehengeblieben.«

»Ach was. Tag für Tag das gleiche Wetter ist doch nichts.«

Sie lächelte, dann wurde sie ernst. »Es war ein Fehler, zurück in den Untermainkai zu ziehen.«

»Wenn Sie es nicht getan hätten, wäre Ihre Schwester wieder in eine Anstalt gekommen.«

»Vielleicht hätte es eine andere Lösung gegeben, wenn ich genügend darüber nachgedacht hätte. Ich redete mir ein, daß ich es für Clara und für Mutter tue, für Vater, für David, Vicki und Flora, ja letztlich sogar für Richard. Aber im Grunde genommen habe ich es nur für mich selbst getan. Endlich nicht mehr diese schrecklichen Hausarbeiten erledigen und Bücher kaufen, so viele ich will; endlich wieder leben, ohne jeden Pfennig dreimal umzudrehen. Und vielleicht doch noch ein Kind haben.«

Sie umfaßte die Tasse mit beiden Händen. »Und jetzt führe ich das Haus für einen störrischen alten Mann und einen heiratsunwilligen Bruder und habe zwei Töchter, die sich an ein Leben gewöhnt haben, das Richard ihnen niemals bieten könnte. Ich glaube, insgeheim verachtet er mich dafür. Und Sie auch, nicht wahr?«

Heiner Braun sah sie betroffen an. »Wie können Sie so etwas denken!«

»Welchen Schluß soll ich sonst daraus ziehen, daß Sie und Helena nicht mehr zu uns kommen?«

»Aus der Häufigkeit Ihrer Gegenbesuche könnte ich den gleichen Schluß ziehen«, sagte er freundlich. »Bitte glauben Sie mir: Es hat nicht das geringste mit Ihnen zu tun.«

»Sondern?«

»Manche Dinge ergeben sich einfach.«

»Woraus?«

Er lächelte. »Sie sind noch genauso hartnäckig wie früher.«

Victoria stand auf und sah aus dem Fenster. Neben dem

Brunnen im Hof döste eine Katze. »Früher hat Richard mit mir über seine Arbeit gesprochen. Seit wir umgezogen sind, erzählt er fast nichts mehr. Ein Grund liegt sicher darin, daß er glaubte, Rücksicht nehmen zu müssen, weil mich die Pflege von Mutter und Clara sehr anstrengte. Meistens schlief ich schon, wenn er nach Hause kam. Wir fingen an, in verschiedenen Welten zu leben, und ich nahm es hin. Waren nicht alle Ehen so? Warum sollte ausgerechnet unsere eine Ausnahme sein? Nach Mutters Tod habe ich immer wieder versucht, mit ihm zu reden. Vergebens.« Sie drehte sich zu ihm um. »Sie haben recht: Es gibt einen Grund, warum ich hier bin. Auf Lichtensteins Beerdigung vorhin.... Ich gab seiner Witwe die Hand und hatte plötzlich das Gefühl, an einem Abgrund zu stehen. Ich weiß einfach nicht, wie es mit Richard und mir weitergehen soll.«

Heiner Braun sah sie ernst an. »Könnte es nicht sein, daß er so schweigsam ist, weil er Angst hat, Sie zu verletzen? Oder weil er Sie schützen will?«

»Vor wem und wovor?«

»Die Sache mit Ihrem Cousin ... «

»Eduard ist seit zweiundzwanzig Jahren tot!«

»Es gibt Dinge, die vergehen nicht, Victoria.«

»Was soll das heißen?«

»Sie müssen mir versprechen, daß Sie das für sich behalten.« Sie nickte.

»Man hat versucht, Ihren Mann zu erpressen.«

»Wie bitte?«

»Vor etwa drei Jahren bekam er einen Brief mit einem Zeitungsartikel über Eduard Könitz' Tod und einer aus Buchstaben zusammengeschnittenen Drohung, die Sache wiederaufzurollen, sofern er nicht eine bestimmte Summe an den Adressaten zahlt.«

Victoria sah Heiner entsetzt an. »Und wer war der Adressat?«

»Das hat man nie herausgefunden.«

»Aber warum hat er denn nicht mit mir darüber gesprochen? Ich hätte doch ...«

»Er hat nicht einmal mir etwas gesagt, aber irgendwie erfuhr der Polizeipräsident davon; er bat mich zu einem Gespräch, und ich sagte ihm, was ich über Eduards Tod wußte.«

»Wo ist dieser Brief?« fragte Victoria tonlos.

»Ich nehme an, bei den Akten. Ich selbst habe ihn nie zu Gesicht bekommen, ebensowenig wie die später folgenden. Bis auf den letzten.«

»Es gab mehr als einen?«

»Ja. Der letzte wurde aus Versehen einem Kollegen zugestellt. Weil Ihr Mann an diesem Tag nicht im Dienst war, gab er ihn mir.«

»Was stand darin?«

»Es waren nur drei Sätze, einer davon in Französisch. Der Rest lautete sinngemäß, daß Goethe immer den Kern der Sache treffe, weil das Leben ein Irrtum und das Wissen der Tod sei. Damit war der Spuk vorbei. Was ist mit Ihnen? Sie sind ja ganz blaß!«

»Das ist nicht von Goethe.«

»Bitte?«

»Friedrich Schiller. *Kassandra*«, sagte sie leise. »*Frommts, den Schleier aufzuheben,/Wo das nahe Schreknis droht?/ Nur der Irrtum ist das Leben,/Und das Wissen ist der Tod.* Vorhin auf dem Friedhof hat jemand genau das zu mir gesagt.«

»Wer?« fragte Heiner.

»Ein… Bekannter. Aber – das kann ein Zufall sein, nicht wahr?«

»Sicher. Zumal Ihr Bekannter im Gegensatz zu dem anonymen Briefschreiber bestimmt wußte, wer der richtige Verfasser ist. Im übrigen kennen Sie selbst das Zitat ja auch.«

»Und es gab wirklich keinen Verdacht?«

Er schüttelte den Kopf. »Ich weiß nicht einmal, ob zwischen dem Erpressungsversuch und den nachfolgenden Briefen ein Zusammenhang besteht. Vielleicht hat sich tatsächlich jemand einen Scherz erlaubt.«

»Wie kann man so etwas Widerwärtiges als Scherz ansehen!«

»Manche Menschen machen sich über ihr Tun wenig Gedanken.«

Sie hörten die Haustür. Kurz darauf kam eine junge Frau in die Küche. Ihr Gesicht glühte vor Aufregung. »Herr Braun, jetzt streiken wir! Mit Mann und Maus. Die ganze ...« Sie sah Victoria und brach ab.

»Frau Victoria Biddling, Fräulein Lisa Zeus«, stellte Heiner Braun sie vor.

»Guten Tag, gnädige Frau.« Abschätzig betrachtete sie Victorias Kleid. »Unsereins speisen sie mit Hungerlöhnen ab, von denen man nicht leben und nicht sterben kann, und sonntags fahren sie vierspännig durch die Stadt, und grinsen sich eins. Und wir müssen schuften von früh bis spät und kriegen nicht mal ein paar Kleideraufhänger und sauberes Wasser zum Waschen!«

»Das tut mir leid«, sagte Victoria.

Lisa lachte verächtlich. »Als wenn Sie überhaupt wüßten, was das ist: Leid. Aber jetzt sollen sie mal sehen, wie weit sie ohne uns kommen, die Herren Fabrikbesitzer! Was die Weißbinder und Metallarbeiter können, das können wir Näherinnen nämlich schon lange! Zumachen müssen sie ihren kapitalistischen Ausbeuterbetrieb, wenn wir nicht mehr mitspielen!« Ohne sich zu verabschieden, ging sie hinaus.

Victoria gab Heiner die Hand. »Ich muß nach Hause. Bitte, verzeihen Sie, daß ich Sie so ohne Vorwarnung überfallen habe.«

»Ihr Überfall war mir ein Vergnügen, gnädige Frau.« Er begleitete sie in den Flur und half ihr in den Mantel. »Besuchen Sie mich bei Gelegenheit mal wieder. Pensionären wird es schnell langweilig.«

»Gern. Sofern Fräulein Lisa mich nicht hinauswirft.«

»Ich halte Sie für mutig genug, gegen die ganze Fabrikbelegschaft anzutreten«, sagte er lächelnd.

＊

Als Laura mittags ins Polizeipräsidium kam, war sie erschöpft, aber zufrieden. Über die Centrale für private Fürsorge hatte sie eine neue Pflegestelle für Anna Fricks Jungen gefunden und außerdem Gelegenheit gehabt, sich mit einigen Mitarbeitern bekannt zu machen. Wie in Berlin war auch in Frankfurt die Wohnungsfrage vor allem für die Arbeiterklasse ein drängendes Problem. Vier Stunden war sie mit einem Armenpfleger unterwegs gewesen, und was sie gesehen hatte, stank im wahrsten Sinn des Wortes zum Himmel: verdreckte, finstere Löcher, in denen jung und alt auf engstem Raum zusammenhauste; Armut, die von der Hand in den Mund lebte, verwahrloste Kinder, zahnlose Krüppel, vor der Zeit grau und krumm gewordene Frauen.

Aber sie hatte auch anderes gesehen, Baublöcke mit schmucken kleinen Arbeiterwohnungen, Gemeinschaftsküche, Leseräumen und Kinderhort, eine Herberge für Schulentlassene und eine von der Gewerkschaft eingerichtete Arbeiterbibliothek. Daß sich die wegen ihres sozialen Gewissens und ihrer Hochherzigkeit gerühmten Herren Rössler und Merton als Großunternehmer entpuppten, hatte sie erstaunt, ebenso, daß der Leiter des städtischen Armenamtes von seiner Klientel respektvoll Seele der Frankfurter Sozialpolitik genannt wurde. Auch der Name Cornelia von Tennitz war lobend gefallen, und sie freute sich darauf, die Gräfin am Freitag kennenzulernen.

Sie fand von Liebens Büro leer vor und war nicht böse darum, gab es ihr doch Gelegenheit, in Ruhe die mitgebrachten Unterlagen zu studieren. Sie hatte kaum angefangen, als Martin Heynel hereinkam. Ohne ein Wort ging er zum Fenster und sah hinaus. Laura musterte ihn verstohlen. Abweisend sah er aus, bedrohlich wie der alte Schattenriß in ihrem Kinderzimmer, ein schwarzer Dämon in der Nacht. Laura versuchte, sich auf den Text zu konzentrieren, aber es gelang ihr nicht.

»Dieser gottverdammte Holzkopf!« Martin Heynel drehte sich zu Laura um. Seine Augen funkelten. »Wissen Sie, was das heißt, ein Haus zu bauen, Polizeiassistentin? Tag für Tag Stein auf Stein zu setzen, jahrein, jahraus, mit nichts als Ihren bloßen Händen? Und all die schlauen Maurermeister stehen grinsend um Sie herum, mit ihren blasierten Gesichtern und ihren polierten Schaufeln und Hacken!« Er lachte verächtlich. »Natürlich wissen Sie es nicht. Wer mit Goldbesteck im Maul geboren wird, braucht sich's am Blechnapf nicht zu verbrennen.«

Laura legte ihre Unterlagen zusammen und stand auf. »Sie sind vulgär. Und ich habe nicht die geringste Lust, mich eine Sekunde länger mit Ihnen zu unterhalten.«

Er faßte ihre Handgelenke, daß es weh tat. »Ich lasse mir nicht alles kaputtmachen! Von Ihnen nicht, von Biddling nicht, und von so einem hergelaufenen Rotzlöffel schon gar nicht!«

»Erstens habe ich keine Ahnung, von was Sie reden, und zweitens glaube ich, Sie leiden an Verfolgungswahn, Herr Heynel. Und jetzt lassen Sie mich gefälligst los.«

Er ließ seine Hände sinken und sah sie an. Sie wußte, was geschehen würde, und sie wollte, daß es geschah. Sein Haar roch nach Tabak, seine Lippen waren rauh. Und ihre Küsse voller Verzweiflung und Verlangen.

✳

Othild Cäcilie von Ravenstedt trug ein blaues Kleid unter einem grauen Mantel und einen nachlässig festgesteckten Hut. Sie zwinkerte Richard zu. »Wäre es zuviel verlangt, wenn Sie mir verraten, was diese kleine Komödie zu bedeuten hat, Herr Biddling?«

»Wenn jemand über Schmierentheater Auskunft geben sollte, dann Sie, gnädige Frau.«

»Warum sind Sie denn so unhöflich, Herr Kriminalbeamter?«

Richard nickte den beiden Schutzmännern zu, daß sie gehen konnten und wartete, bis sie die Tür hinter sich geschlossen hatten. »Ich hoffe, Sie sind wenigstens nüchtern genug, meinen Fragen zu folgen.«

»Ob ich nüchtern oder betrunken bin, geht Sie gar nichts an.«

»Was sollte der Zirkus am vergangenen Samstag?«

Sie sah ihn verwirrt an. »Bitte?«

»Warum geben Sie sich als Signora Runa aus, Frau von Ravenstedt?«

Sie nahm ihren Hut ab und setzte sich. »In meinem Gewerbe ist es üblich, mehr als einen Namen zu tragen.«

»Ist es in Ihrem Gewerbe auch üblich, Polizeibeamte zu bedrohen?«

»Ich weiß nicht, was Sie meinen.«

»Das Geheimnis ist für die Glücklichen, das Unglück braucht keinen Schleier mehr!«

Sie lächelte. *»Es höre, wer es will, daß wir uns lieben. Wozu es noch verbergen?* Friedrich Schiller, *Wallenstein.* Sind Ihre Verhöre immer so literarisch?«

»Das ist kein Scherz, gnädige Frau!«

»Nein, ein Trauerspiel. Aber eine Drohung vermag ich darin beim besten Willen nicht zu erkennen.«

Sie hatte recht. Es war ein Literaturzitat, nichts weiter. »Warum diese ganze Maskerade?«

»Der Ruf der *Laterna* als diskretes Haus gründet sich nicht zuletzt auf dem Glauben, daß die Chefin eine Dame aus bester Gesellschaft ist.« Sie lächelte. »Fräulein Zilly fehlte es da sicherlich an Renommée.«

»Aber offenbar nicht an Geld.«

»Ich war keine Anfängerin mehr, als ich nach Frankfurt kam.«

»Sie hatten vorher schon ein Haus?«

»Nicht offiziell.«

»Wo?«

»In Hamburg.«

»Welches?«

»Dazu möchte ich nichts sagen.«

»Was wurde aus Ihrem Sohn?«

Ihre Hände fuhren über den Hut »Ich bin erstaunt, was alles in meiner Akte steht.«

»Bitte beantworten Sie meine Frage.«

»Er starb drei Tage nach seinem sechsten Geburtstag.«

»Warum haben Sie in Stuttgart falsche Personalien benutzt?«

»Corriger la fortune, Kommissar. Das schwarze Schaf derer von Ravenstedt hätte wohl kaum irgendwo Arbeit gefunden.«

»Arbeit als was?«

»Als Gesellschafterin.«

»Eine bessere Lüge fällt Ihnen nicht ein?«

»Das ist die Wahrheit.«

»Verstehe. Sie haben in Hamburg ein Freudenhaus geleitet und sich Ihr Taschengeld in Stuttgart als Dienstmädchen verdient.«

Sie lachte nervös. »*Il faut bonne mémoire après qu'on a menti*. Ich sollte ein besseres Gedächtnis haben, wenn ich lüge, nicht wahr? Das Geld stammt aus dem Erbe meines Vaters und wurde über einen Treuhänder ausgezahlt. Offiziell habe ich selbstverständlich nichts erhalten. Und als ich 1901 nach Frankfurt kam …«

»Wann genau?«

»Irgendwann Anfang März.« Sie fuhr mit der Zunge über die Lippen. »Hätten Sie vielleicht einen Cognac für mich?«

Richard starrte sie an. Der Gedanke war zu ungeheuerlich, als daß er ihn auszusprechen wagte.

»*Pardonnez!*« sagte sie kokett. »Ich vergaß, daß ich mich in einer preußischen Amtsstube befinde.«

»Sie sprechen gut Französisch.«

Sie zuckte mit den Schultern. »Meine Lehrerin bezeichnete meine Aussprache als *très terrible*.«

»Friedrich Schiller und dieser Monsieur Sade sind sicher nicht die einzigen Literaten, die Sie schätzen?«

»Heine und Lessing sind auch nicht übel«, sagte sie amüsiert. »Wenn auch weniger nützlich. Marquis de Sade und Charlotte Arand helfen mir dagegen in fast allen Lebenslagen.« Sie sah sein Gesicht und lachte. »Geben Sie's zu: Sie haben von beiden noch keine Zeile gelesen.«

»Was ist mit Goethe?«

»Soll das ein Diskurs über schöngeistige Literatur werden, Herr Biddling?«

»Ich fragte, ob Sie Goethes Werke kennen!«

»Gewisse Dichter gehören sozusagen zur geistigen Hausapotheke gebildeter Menschen – und derer, die sich dafür halten. *Und es ist das ewig Eine, das sich vielfach offenbart; Klein das*

Große, groß das Kleine, alles nach der eignen Art.« Sie lächelte. »Ich habe siebzehn Jahre in einem hochherrschaftlichen Haushalt gelebt. Das hinterläßt Spuren.«

Richard stützte sich auf seinen Schreibtisch. Es war unmöglich. Es konnte einfach nicht sein. Oder doch? Hatte Eduard Könitz bei seiner Rückkehr aus Übersee im Sommer 1882 die Dampferlinie nach Hamburg genommen und Zilly dort in einem Bordell kennengelernt? Aber selbst wenn es so gewesen wäre: Es gab keinen Sinn! Nie und nimmer konnte sie wissen, was geschehen war. Es sei denn, sie hätte zufällig davon erfahren. Oft genug hatten er und Braun von den Damen aus der Rosengasse Hinweise bekommen, und so manchem Gauner war seine Redseligkeit im Dirnenbett schon zum Verhängnis geworden.

Richard räusperte sich. »*Memento mori* – bezog sich das auf eine bestimmte Person, Frau von Ravenstedt?«

»Ich weiß nicht, was Sie meinen.«

»Die Akte Eduard Könitz! Haben Sie …«

»Den Namen höre ich zum ersten Mal.«

»Ach ja? Und den Namen *Richard* hören Sie auch zum ersten Mal?«

Sie lächelte. »War das nicht ein tragischer Held in Shakespeares Königsdramen?«

Richard zog eine Schublade seines Schreibtischs auf und nahm einen mit Schreibmaschine verfaßten Brief heraus. »Lesen Sie das.«

Zögernd nahm sie das Blatt. »*Il n'y a pas des sots si incommodes que ceux qui ont de l'esprit … La vérité est en marche.*« Sie sah ihn an. »Die Narren mit einem bißchen Verstand sind die schlimmsten Narren … Die Wahrheit ist auf dem Marsch.«

»Lesen Sie weiter!«

»*Nur der Irrtum ist das Leben, und das Wissen ist der Tod. Fürwahr, Goethe trifft immer den Kern der Sache.*«

»Das sagt Ihnen nichts?«

»Zumindest sagt es mir, daß der Verfasser in Französisch und in Fragen der Literatur nicht besonders bewandert ist. Es muß heißen: *point de sots*. Und der zweite Satz stammt nicht von Goethe, sondern aus einem Gedicht Schillers über den Untergang von Troja.«

»Die Fehler könnten bewußt gemacht worden sein, um genau diesen Anschein zu erwecken, nicht wahr?«

»Oder die Quelle war falsch.«

»Welche Quelle?«

Sie wurde rot. »Nun ja, das Buch, dem die Zitate entnommen wurden.«

»Und welches Buch ist das?«

»Woher soll ich das wissen, Herr Kommissar?«

Er nahm ihr den Brief ab. »Ich bin sicher, Sie wissen es ganz genau, gnädige Frau!« Als sie schwieg, fügte er hinzu: »Das ist eins von mehreren anonymen Schreiben, die ich von März bis Mai 1901 erhielt. Verbunden mit der wenig höflichen Aufforderung, einen bestimmten Geldbetrag zu zahlen, wenn ich in Zukunft Unannehmlichkeiten vermeiden möchte. Das Strafgesetzbuch bezeichnet das als Erpressung.«

Sie sah ihn erschrocken an. »Erpressung? Sie machen einen Scherz!«

»Sie wären nicht die erste Dirne, die aus der Geschwätzigkeit ihrer Kunden Kapital zu schlagen versucht.«

»Aber nein! Das kann doch nicht …«

»Mit einem Erbe wie dem von Ihnen behaupteten, hätten Sie es nicht nötig gehabt, sich weiterhin von Männern gebrauchen und demütigen zu lassen!«

Ihre Hände verkrampften sich in ihrem Hut. »Was wissen Sie denn, aus welchem Grund und welcherart ich mein Gewerbe ausübe.«

»Sie haben das Geld für den Kauf der *Laterna Magica* von Ihren wohlhabenden Kunden in Hamburg und in Stuttgart erpreßt. Und weil die Katze das Mausen nicht läßt, taten Sie es in Frankfurt weiterhin – bis Hermann Lichtenstein Ihnen einen Strich durch die Rechnung gemacht hat. Und dafür bezahlte er mit seinem Leben.«

Sie sprang auf. »Sie sind ja vollkommen verrückt!«

»Bleibt die Frage, warum Sie sich Karl Hopf und Bruno Groß als Komplicen nahmen.«

»Ich habe Ihnen schon einmal gesagt, daß ich diesen Groß nicht kenne! Im übrigen gibt es nicht den kleinsten Beweis für Ihre abenteuerliche Theorie.«

»Am Hemdkragen des Toten wurde ein Fingerabdruck sichergestellt. Ein Vergleich mit ...«

Sie hielt ihm ihre Hände hin. »Tun Sie, was Sie für nötig erachten.«

Richard ließ sich mit der Wache verbinden; kurz darauf kam ein Polizeidiener herein. Zilly setzte ihren Hut auf. »Sie werden es mir nachsehen, daß ich auf ein Auf Wiedersehen verzichte, Herr Kommissar!«

»Eine Frage noch. Warum wählten Sie den Namen Signora Runa?«

»Was wollen Sie hören? Goethe? Schiller? Heine?« Sie blieb so dicht vor ihm stehen, daß er ihren Alkoholatem roch. »Die berühmte Kurtisane von Venedig, die Doktor Faust den magischen Ring stiehlt, war uns beste Inspiration! Fügt sich das nicht wundervoll in Ihre Geschichte, Kommissar? *Signora Lucrezia tanzt den welschen Tanz, wo man einander an schamigen Orten fasset und wie ein getriebener Topf herumhaspelt, durch die Zauberer aus Italien nach Frankreich gebracht, voller unzüchtiger Bewegungen, daß unzählig viel Morde und Mißgeburten daraus entstehen. Welches ...«*

»Es reicht!«

»*Welches wahrlich bei einer wohlbestellten Polizei aufs allerschärfste zu verbieten ist.* Einen schönen Tag noch, Herr Biddling.«

Es war früher Abend, als Richard das Präsidium verließ. Er hatte das Daktyloskopie-Manuskript fertig gelesen, einen Bericht geschrieben, die Herausgabe von Lichtensteins Kundenkartei verfügt und dies und das getan, in der vergeblichen Hoffnung, das Ergebnis von Dr. Popps Fingerspurenvergleich noch vor Dienstschluß zu erfahren.

Auf der Zeil herrschte geschäftiges Treiben. Unter Markisen kleiner Läden und vor den Schaufenstern der Warenhäuser flanierten Passanten, aus einem Palais drang Gehämmer und Geschrei, Männer in Arbeitskleidung eilten vorbei. Handkarren und Pferdefuhrwerke verstopften die Straße, die Trambahn läutete und hielt. Ein Zeitungsjunge verkündete lautstark Neuigkeiten aus dem Russisch-Japanischen Krieg und pries einen sensationellen Bericht über Groß' Verhaftung an.

Das Warenhaus R. Könitz, ein kuppelgekrönter Renaissancebau, lag nicht weit von der Hauptpost entfernt. In den Auslagen stellten Schaufensterpuppen die neueste Damenmode zur Schau. Die Eingangshalle erstreckte sich über zwei Etagen; von der Decke hingen schwere Lüster, zwischen Säulen und unter Arkaden waren Kleider- und Möbelstoffe auf dunklen Holzkommoden und Verkaufstischen drapiert. Unter den kritischen Blicken einer Dame rollte eine Verkäuferin einen blauen Stoffballen auf. David Könitz stand auf der Galerie im ersten Stock. Er winkte Richard nach oben. Kurz darauf saßen sich die beiden Männer in Davids Büro gegenüber.

»Wie komme ich zu der seltenen Ehre deines Besuchs?« fragte David. Er trug einen schwarzen Cutaway, eine grüne Seidenweste und einen farblich darauf abgestimmten Langbinder. An seinem Hemd glänzten goldene Knöpfe.

Richard war sicher, daß Rudolf Könitz diesen Aufzug für einen Kaufmann äußerst unpassend fände. »Ich bin dienstlich hier«, sagte er und überlegte, ob er taktieren oder mit offenen Karten spielen sollte. Er entschied sich für letzteres.

Davids Gesicht war blaß, als er geendet hatte. »Ich werde das Geld selbstverständlich zurückzahlen.«

»Darum geht es nicht.«

»Sondern?«

Richard räusperte sich. »Es wäre hilfreich, wenn du dich daran erinnern könntest, was du am vergangenen Freitag um die Mittagszeit gemacht hast.«

»Soll ich daraus den Schluß ziehen, daß du mich für fähig

hältst, Hermann Lichtenstein umgebracht zu haben – eines einfachen Schuldvertrags wegen?«

»Ich bin verpflichtet, allen Spuren und Hinweisen nachzugehen. Was ich persönlich denke, ist zweitrangig.«

»Ich war in der Stadt unterwegs.«

»Gibt es dafür Zeugen?«

»Nein.«

»Wofür hast du das Geld gebraucht?«

Davids Lachen klang bemüht. »Du bist ganz schön neugierig, lieber Schwager.«

»Bitte beantworte meine Frage.«

David stand auf und ging zum Fenster. »Ich möchte nicht, daß Vater oder Victoria etwas davon erfahren.«

Richard versprach es. David strich über sein pomadisiertes Haar. »Wo wird man schnell viel Geld los? Am Spieltisch und im Bordell.«

»Bordell?« wiederholte Richard interessiert. »Bist du zufällig Kunde bei Fräulein Zilly in der *Laterna Magica?*«

»Nein.«

»Was nein? Zilly oder die *Laterna?*«

»Zilly. Ich bevorzuge … Spezielleres.«

»Wie darf ich das verstehen?«

»Ich weiß nicht, wieviel du von ihr gesehen hast, aber mir erscheint sie schon ein wenig welk.« Er lächelte. »Du bist anderer Meinung?«

Richard verzichtete, ihn darauf hinzuweisen, daß Victoria im gleichen Alter war wie Zilly. Nie war es ihm deutlicher geworden, wie fremd David ihm war. »Ich bitte dich, morgen vormittag um neun Uhr ins Präsidium zu kommen, damit deine Aussage protokolliert werden kann.«

»Das ist alles, Herr Kommissar?« spöttelte David, aber seine Miene verriet, daß ihm nicht zum Scherzen zumute war.

Bevor Richard etwas erwidern konnte, kam ein junger Mann herein. »Die gewünschten Briefe, Herr Könitz.«

David überflog den ersten. »Da sind ja immer noch Fehler drin!«

Der Mann zuckte mit den Schultern. »Ich habe Fräulein Sie-
benich angewiesen, daß sie sich strikt an Ihre Vorlage halten
soll.«

»Dann weisen Sie das Fräulein jetzt an, daß sie ab morgen im
Warenlager arbeiten wird!« David sah Richard an. »Eine gute
Bürokraft zu finden, gleicht der Suche nach einer Stecknadel
im Heuhaufen.«

»Wenn dich ein bißchen Tratsch nicht stört, könnte ich dir
vielleicht aus der Bredouille helfen«, erwiderte Richard.

✳

Heiner Braun grinste, als er die Tür öffnete. »Ich hoffe, Sie
bringen ein paar Nachrichten mit, die nicht in der Zeitung stehen.«

»Zumindest eine gute«, entgegnete Richard und folgte ihm in
die Küche. Helena stand am Herd und rührte in einem Topf. Es
roch nach Butterschmalz, Zimt und Wein.

»Guten Abend«, sagte Richard. »Ich glaube, ich komme ungelegen?«

Helena lachte, holte einen dritten Teller und stellte ihn auf
den Tisch. »Ich würde sagen: Genau zur rechten Zeit.«

Heiner setzte sich. »Wie lautet die gute Nachricht?«

»Ist Fräulein Frick da?«

»Nein. Der Vormund ihres Kindes hat sie zu einem Gespräch
gebeten.«

Richard legte eine Visitenkarte auf den Tisch. »Im Warenhaus
Könitz wird eine Bürohilfe gesucht. Sie kann sich morgen früh
um halb acht bei David Könitz vorstellen.«

Helena schüttete den Inhalt des Topfes in eine Schüssel. »Das
wird sie freuen.«

Richard sah Heiner an. »Warum haben Sie mir nicht gesagt,
daß Paul Heusohns Stiefvater mit Fritz Wennecke befreundet
war? Und daß Oberwachtmeister Heynel an derselben Dampfmaschine gearbeitet hat wie Wennecke?«

»Der alte Heusohn ist tot, und von Martin Heynel weiß ich

zwar, daß er früher mal bei Pokorny beschäftigt war, aber weder mit was, noch mit wem. Spielt denn das eine Rolle?«

Richard zuckte die Schultern. Helena gab eine ordentliche Portion Eierkuchen und Weinsoße auf seinen Teller. »Sie sehen aus, als könnten Sie's gebrauchen, Herr Kommissar«, beharrte sie, als er Einwände erhob.

»Und was gibt es sonst Neues?« fragte Heiner.

»Wir haben einen Mörder eingesperrt, der keine Lust hat, zu gestehen.«

»Sie sind überzeugt, daß Groß der richtige Mann ist?«

Richard nickte. »Was uns noch fehlt, ist ein schlüssiger Beweis. Und der oder die Mittäter.«

»Haben Sie schon die Abendzeitungen gelesen?«

»Nein. Warum?«

»Es werden erhebliche Zweifel an Groß' Schuld geäußert.«

»So. Und was glauben Sie?«

Heiner Braun grinste. »Sie sollten mich erst einmal über den Stand Ihrer Ermittlungen in Kenntnis setzen, bevor Sie ein qualifiziertes Urteil von mir verlangen.«

»Also bitte!« sagte Helena. »Hat diese blutrünstige Geschichte nicht Zeit bis nach dem Essen?«

»Wenn ich mir Ihren Ehegatten so betrachte, behaupte ich mal: nein«, sagte Richard.

»Was soll ich übers Wetter reden, wenn's draußen dunkel ist«, grummelte Heiner und nahm eine Scheibe Brot aus dem Korb.

Nachdem sie die Eierkuchen gegessen und einen Kaffee getrunken hatten, zog Helena sich zurück. Heiner holte einen Krug Apfelwein und Gläser.

»Jedesmal, wenn ich das Zeug sehe, denke ich daran, wie Sie mich damals in diese schreckliche Sachsenhäuser Schenke geschleppt haben«, sagte Richard.

Heiner lächelte. »Soweit ich mich erinnere, war unser kleiner Ausflug recht amüsant.«

»Ich war heillos betrunken.«

»Eben drum«, sagte Heiner und schenkte aus.

Als Laura nach Hause kam, hörte sie Kommissar Biddling und Heiner Braun bis in den Flur debattieren.

»… und dann hat der gute Doktor versucht, mir diese Homödingsda zu erklären, aber ich bin überzeugt, daß Hopf…«

»Homöopathie«, verbesserte Heiner Braun.

»Ach? Haben Sie in Meyers Lexikon geblättert?«

»Bloß ein bißchen Stoltze gelesen, Herr Kommissar. Wenn Sie wollen, zeige ich Ihnen gern…«

»Verschonen Sie mich um Gottes willen mit irgendwelchen Literaturzitaten!«

»Friedrich Stoltze hat manche nützliche kleine Weisheit gesagt.«

»Ja, ja, und Goethe manche unnütze große.«

»Einen schönen guten Abend«, sagte Laura.

»Guten Abend, Fräulein Rothe«, begrüßte sie Heiner. »Sie haben heute aber lange Dienst gehabt.«

»Ganz im Gegenteil. Wir… Ich habe früher Schluß gemacht und mir ein bißchen die Stadt angeschaut: Neue Börse, Dom und Paulskirche, das Haus Rothschild und Goethes Geburtshaus im Großen Hirschgraben.«

Heiner grinste. »Goethe paßt gut. Fräulein Zilly hat Kommissar Biddling mit allerhand literarischen Klugheiten überhäuft.«

»Hätte sie mal lieber auf meine Fragen geantwortet!«

Laura sah Richard an. »Halten Sie Zilly denn wirklich für verdächtig?«

Er zuckte mit den Schultern. Was sollte er auch sagen? Daß sein Verdacht nicht viel mehr war als ein Gefühl, das sich auf Mutmaßungen, vorausgesetzten Zufällen und Wahrscheinlichkeiten gründete, deren Häufigkeit sich jenseits jeder normalen Lebenserfahrung bewegte? Daß ihn andererseits mehr als dreißig Dienstjahre gelehrt hatten, daß es zwischen Himmel und Erde nichts gab, das es nicht gab? Aber Phantasie und Realität verknüpften sich erst durch den Beweis. Und der fehlte. Er sah auf die Uhr und leerte sein Glas. Vielleicht war er ja gefunden, und er wußte es nur nicht?

»Sie wollen doch nicht etwa gehen?« fragte Heiner Braun.

»Ich habe einen dringenden Termin mit Dr. Popp.«

»Und was hoffen Sie zu erfahren?« fragte Laura.

»Ein Fünkchen Wahrheit.« Richard gab ihr die Hand. »Ich wünsche Ihnen noch einen angenehmen Abend.«

Heiner begleitete ihn zur Tür. »Ich halte die Verbindung Zilly und Eduard Könitz für reichlich gewagt, Herr Kommissar. Sie werden für alles einen passenden Spruch finden, wenn Sie lange genug danach suchen. Und Französisch spricht jede Dame, die halbwegs auf sich hält.«

Richard setzte seinen Hut auf. »Was wollen Sie mir damit sagen, Braun?«

»Daß Sie aufhören sollten, in jedem Bettlaken gleich ein Gespenst zu sehen.«

»Jetzt weiß ich, was ich seit Freitag bestimmt nicht vermißt habe«, sagte Richard mit einem Lächeln und ging.

Zwanzig Minuten später klingelte er an Dr. Popps Labor. Drei weitere Minuten später wußte er, daß der Fingerabdruck auf Lichtensteins Hemd weder von Anna Frick noch von Zilly stammte. Was selbstverständlich nicht ausschloß, daß sie etwas mit dem Mord zu tun hatten.

Auf dem Heimweg versuchte Richard, seine Gedanken zu ordnen. *Daß Herr Groß freiwillig gekommen ist, spricht doch für ihn, oder? Nennen Sie mir einen Grund, warum ich einen guten Geschäftsfreund erschlagen sollte! Das war Zufall, Richard … Signora Runa. Eine magische Laterne, eine geheimnisvolle Frau. Die berühmte Kurtisane von Venedig, die Doktor Faust den magischen Ring stiehlt, war uns beste Inspiration!* Abrupt blieb er stehen. Uns? Warum hatte Zilly *uns* gesagt? *Fügt sich das nicht wundervoll in Ihre Geschichte, Kommissar?* Es fügte sich überhaupt nichts! Es war, als habe man ihm eine Kiste loser Blätter vor die Füße gekippt, und bei jedem Versuch, das Durcheinander in die richtige Reihenfolge zu bringen, kam etwas anderes heraus.

Kapitel 12

Drittes Morgenblatt   Mittwoch, 2. März 1904

Frankfurter Zeitung
und Handelsblatt

Sozialdemokratische Versammlung. Das Thema »Russenschande« und »Börsendemokratie« wurde gestern in einer mäßig besuchten sozialdemokratischen Versammlung in der Concordia behandelt. Herr Döllmann war immer, wie er erzählte, gegen ein Paktieren mit den Demokraten, gegen diese »verkappten Spitzbuben, die den Massenmord im Sack tragen, diese Halunken.« Ihm ist die Demokratie eine »schmutzige Sumpfpflanze«, die mit Stumpf und Stiel ausgerottet werden muß, und er hält die Demokraten für »Gesinnungslumpen, nicht wert, daß sie die Sonne bescheint.« Unter stürmischem Beifall schloß der temperamentvolle Redner: »Uns Arbeitern gehört die Welt, nicht denen, die Speichel lecken und den Ministern die Fußsohle küssen.« Der Vorsitzende bemerkte, der Vorredner habe zwar sachlich recht, man möge aber doch so scharfe Ausdrücke unterlassen und den Gegner anständig bekämpfen.

Der Raubmord auf der Zeil. Der Möbelträger Bruno Groß wurde vom Polizei- ins Untersuchungsgefängnis abgeliefert. Unterdessen nehmen die Nachforschungen der Polizei ihren Fortgang. Denn man muß immer mit der Möglichkeit rechnen, daß Groß nicht der Täter ist, und es ist darum notwendig, unausgesetzt den vorhandenen Spuren nachzugehen und neue ausfindig zu machen.

Kommissar Biddling ist hoffentlich nicht meinetwegen gegangen«, sagte Laura, als Heiner Braun in die Küche zurückkam.

Er schüttelte den Kopf und deutete auf den Apfelweinkrug. »Möchten Sie ein Glas?«

»Gern. Herr Biddling glaubt also tatsächlich, daß Fräulein Zilly etwas mit dem Mord an Herrn Lichtenstein zu tun hat?«

Heiner schenkte ihr aus. »Es gibt gewisse Anhaltspunkte, die das zumindest nicht als völlig aus der Luft gegriffen erscheinen lassen.«

Laura lachte. »Das haben Sie aber hübsch formuliert.«

»Nun ja …«

»Wenn Sie Dinge, die Ihnen Herr Biddling anvertraut hat, nicht weitertragen möchten, verstehe ich das.«

»Zillys Akte läßt viele Fragen offen«, sagte Heiner. »Zum Beispiel, was ihren Aufenthalt in Stuttgart angeht. Oberwachtmeister Heynel hat seine Ermittlungen offenbar nicht besonders gründlich vorgenommen.«

»Bestimmt hatte er dafür einen Grund.«

»Es fragt sich nur, welchen.«

»Wären weitere Untersuchungen erforderlich gewesen, hätte Herr Heynel sie sicher durchgeführt!«

»Sein Leumund scheint Ihnen wichtig zu sein.«

Laura betrachtete ihr Glas. »Wie kommt ein Literat dazu, über Homöopathie zu schreiben?« Als sie Heiners verwirrte Miene sah, fügte sie hinzu: »Sie erwähnten vorhin einen Stoltze. Ich habe den Namen noch nie gehört.«

»Sie kennen Frankfurts berühmtesten Poeten nicht?«

»Ich dachte, das sei Goethe?«

Heiner lächelte. »Friedrich Stoltze war Mundartdichter, aber auch ein passionierter Journalist mit Humor und einer Vorliebe für antipreußische Schmähreden. Seine Zeitschrift *Latern* konnte es durchaus mit dem Berliner *Kladderadatsch* aufnehmen. Er starb 1891. Sollten Sie vorhaben, sein Geburtshaus zu besichtigen, müssen Sie sich beeilen. Es steht einer Straße im Weg.«

»Man reißt es einfach ab?«

Heiner nickte. »Lesen Sie Stoltze, und Sie werden mehr über diese Stadt und ihre Bürger erfahren als in einem Dutzend Reiseführer. Aber seine Geschichten helfen auch, Zugereiste zu verstehen.«

»Bitte?«

»Nun, zum Beispiel die Sache mit der Homöopathie: Der arme Jakob sah recht blaß aus, und weil man dachte, er müsse schlimm krank sein, wurde er von einem Arzt zum nächsten geschickt. Ein berühmter Frankfurter Homöopath gab ihm schließlich ein Staubkorn und trug ihm auf, es an einen Stein zu binden, vor Hanau in den Main zu werfen und nach erfolgter Rückkehr zweimal täglich am Fahrtor ein Glas Mainwasser zu trinken.«

»Hat's geholfen?« fragte Laura schmunzelnd.

»Genausowenig wie Jodmilch und Kaltwasserbäder. Erst, als er ein hübsches Mädchen kennenlernte, wurde er gesund. Die Liebe war's, die ihm so fehlte.«

»Eine nette Geschichte, ja.«

»Martin Heynel war ein blitzgescheiter Junge, der schon als Achtjähriger wußte, was er nicht wollte: einen Tag länger als nötig im Citronengäßchen leben.«

Laura wich seinem Blick aus. »Sagten Sie nicht, daß Sie ihn kaum kennen?«

»Seit er zum Oberwachtmeister befördert wurde, wohnt er in einer vornehmen Gegend und geht mir angestrengt aus dem Weg.«

»Kann es sein, daß Sie ihm den Erfolg neiden, Wachtmeister?«

»Sie mögen ihn sehr, hm?«

Laura stand auf. »Entschuldigen Sie meine dumme Bemerkung. Es ist besser, ich gehe zu Bett.«

»Einen Moment noch.« Heiner Braun verschwand in der Stube und kam mit einem Buch wieder. Er grinste. »Eine dramatische Liebesgeschichte in Frankfurt am Main, dargestellt am Beispiel von Käthe und Friedrich:

Ach, Käthche, ach, erhör mich endlich!
Ich lieb dich, Gottverdamm mich, schändlich!
Ach, tätst de mich nur flenne sehe,
Du könnst, waaß Gott, net widerstehe!

304

Ach, Friederich, halt doch dein Schnawel!
Dei Wort geht wie e Ofegawel
Un wie e stumber Besestiel
Mir dorch mei weibliches Gefihl!

Ach, Käthche, Käthche, Käthche!
Die Sehnsucht, die ich nach dir heg,
Liegt untransportbar uff em Weg.

Ach, Fritzi, Fritzi, Fritzi!
Ach, meine Sehnsucht, die ich hawe,
liegt wie e Kutsch im Chausseegrawe!«

Laura lachte. Heiner klappte das Buch zu. »Friedrich Stoltze
wird es mir nachsehen, daß ich ein bißchen gekürzt und vereinfacht habe, damit auch Berliner den Sinn verstehen.«

»Morgen bitte ich Ihren Homöopathen, mir ein Staubkorn an
einen Stein zu binden. Ich wünsche Ihnen eine gute Nacht,
Herr Braun.«

Er stellte die Gläser und den Krug weg. »Sie sehen bezaubernd aus, wenn Sie lachen. Lassen Sie sich das nicht nehmen.
Und schlafen Sie gut.«

Lag es am Apfelwein? An dem heiteren Gedicht? An Heiner
Brauns Kompliment? Laura fühlte sich plötzlich leicht und froh.
Sie wohnte bei freundlichen Menschen, sie hatte einen interes-
santen Beruf, sie war verliebt. Konnte sie sich mehr wünschen?
Bevor sie darüber nachdachte, küßte sie Heiner auf die Wange.
»Danke, Herr Braun.«

»Wofür denn?« fragte er lächelnd.

»Für alles!«

Vergnügt lief sie die Treppe hinauf, und sie war sicher, daß
sogar das Knarren der alten Laren wie ein Lachen klang.

✳

Victoria saß am Fenster in Richards Zimmer und las. Als er hereinkam, legte sie das Buch beiseite und stand auf. »Ich möchte mich bei dir entschuldigen. Unser Streit gestern in der Bibliothek …«

Er küßte sie auf die Stirn. »Schon vergessen.«

Sie faßte seine Hände. »Was hältst du davon, wenn wir wieder ein gemeinsames Schlafzimmer haben?«

»War es nicht dein Wunsch …«

»Ein dummer Wunsch!«

»So dumm finde ich das gar nicht. Ich komme oft sehr spät nach Hause und würde dich unnötig stören.«

»Das macht mir nicht das geringste aus.«

»Laß es uns entscheiden, wenn der Fall Lichtenstein abgeschlossen ist.«

»Und nach dem Fall Lichtenstein kommt ein neuer Fall, und dann wieder ein neuer.«

Richard fuhr sich über die Augen. »Ich verspreche dir, daß wir darüber reden, sobald diese Sache erledigt ist.«

Victoria sah aus dem Fenster. »Weißt du noch, wie wir unten auf der Straße das neue Jahrhundert bejubelt haben? Clara lachte, und David war betrunken. Die Leute tanzten und sangen, und es war so kalt, daß der Sekt in den Gläsern gefror.« Sie lächelte. »Dafür war es an unserem Hochzeitstag heiß wie im Backofen. Ach, ich wünsche mir nichts mehr, als daß es wieder wie früher zwischen uns ist. Kannst du das denn nicht verstehen? Und was Karl Hopf angeht: Wir haben uns wirklich nur über Bücher unterhalten. Er hat mich und Flora übrigens morgen nach Niederhöchstadt eingeladen. Ich hoffe, das ist dir recht?«

Als er schwieg, drehte sie sich zu ihm um. Er saß in einem Sessel und schlief. Tränen schossen ihr in die Augen. War es ihm denn gleich, was sie dachte und fühlte? Sie betrachtete sein Gesicht. Blaß sah er aus. Sie nahm eine Decke vom Bett und legte sie ihm über.

»Sagen Sie bloß, Sie haben auf dem Fauteuil übernachtet!« sagte Louise entsetzt, als sie morgens ins Zimmer kam.

Richard stand schwerfällig auf. »Hm, ja. Offenbar.« Er wußte nicht, was ihn mehr plagte, der Rücken oder der Kopf. Er rieb sich die Stirn. Victoria war dagewesen, und sie hatten geredet, aber er konnte sich nicht erinnern, über was. Er mußte mitten im Gespräch eingeschlafen sein!

Louise öffnete das Fenster. »Was möchten Sie zum Frühstück, gnädiger Herr?«

»Danke. Nichts.«

»Aber gnädiger Herr! Sie müssen …«

»Lassen Sie's gut sein«, sagte er lächelnd. Er zog sich um und ging zu Victorias Zimmer. Vorsichtig öffnete er die Tür. Als er Flora und Victoria Arm in Arm schlafen sah, überkam ihn Rührung. Was mochte seine Jüngste bewogen haben, sich ins Bett ihrer Mutter zu flüchten? Wie wenig er doch über seine Kinder wußte! Er zog sich leise zurück. Sobald der Fall Lichtenstein abgeschlossen war, würde er um Urlaub bitten.

Der Gang am Main entlang tat gut. Richard freute sich auf eine Tasse Kaffee und die Morgenzeitung, aber bevor er sein Büro erreichte, wurde er zu Franck gerufen. Der Polizeirat verzichtete auf einen Morgengruß. »Ich habe gleich eine Besprechung mit dem Polizeipräsidenten, Biddling. Es wäre hilfreich, wenn ich ihm sagen könnte, daß das da«, er zeigte auf einen Stapel Zeitungen auf seinem Schreibtisch, »nicht den Tatsachen entspricht.«

Richard gelang es, ihn davon zu überzeugen, daß die Berichte jeder Grundlage entbehrten und Groß' Inhaftierung gerechtfertigt war. Die übrigen Ermittlungen schienen Franck nicht zu interessieren, und Richard war froh, die Untersuchung gegen David und seine Mutmaßungen über Zilly vorerst für sich behalten zu können.

»Ach ja, noch was«, sagte Franck, als Richard sich schon entlassen glaubte. »Der Leiter des Erkennungsdienstes ist der Auffassung, daß seinen Beamten die Zeit fehlt, Kinkerlitzchen zu betreiben.«

»Wenn Sie damit die Abnahme von Fingerabdrücken meinen, erlaube ich mir, anzumerken …«

»Ab sofort wird gemäß der Vorschriften vermessen und photographiert. Nicht mehr, nicht weniger!«

»Wenn es uns gelingt, den Verursacher der Fingerspur auf Lichtensteins Hemd zu identifizieren, ist der Mörder überführt«, sagte Richard. »Ich halte es daher für dringend erforderlich, den Beschuldigten Groß …«

»Polizeipräsident Scherenberg und Staatsanwalt von Reden teilen meine Meinung! Wir brauchen ein Geständnis oder einen ordentlichen Sachbeweis und keinen Hokuspokus, den Ihnen ohnehin kein Richter in dieser Stadt abnimmt.«

Richard wollte etwas einwenden, aber Franck winkte ab. »Die Polizei hat Wichtigeres zu tun, als sich mit indischen Fingerspielen zu beschäftigen.« Er lächelte. »Außerdem sehe ich es nicht ein, warum ausgerechnet wir die ersten sein sollten, die mit dieser angeblichen kriminalistischen Wunderwaffe auf die Nase fallen. Dieses Vergnügen überlassen wir doch besser Polizeipräsident Koettig in Dresden oder den Herren in Hamburg und Berlin.«

Richard wußte, daß jedes weitere Wort zwecklos wäre. Als er in sein Büro kam, schlug ihm der Duft von frisch gebrühtem Kaffee entgegen. Paul Heusohn stand an Heiners Pult und las in Dr. Popps Manuskript. »Wenn man's erst verstanden hat, ist die Methode der Daktyloskopie wirklich faszinierend.«

Richard hängte seinen Mantel an die Garderobe. »Das sollten Sie bei Gelegenheit Polizeirat Franck erzählen. Er hat angeordnet, daß wir ab sofort auf diesen Hokuspokus verzichten.«

»Das ist aber ziemlich dumm! Äh … Ich meine, Herr Franck hat sicher wichtige Gründe für diese Entscheidung.«

Richard bemühte sich, eine ernste Miene aufzusetzen. »Wenn Sie mit der Beurteilung unseres Chefs fertig sind, dürfen Sie mir einen Kaffee anbieten. Und das hier lesen.« Er drückte ihm einen Bericht in die Hand. »Damit Sie über Hopf im Bild sind, wenn wir nach Niederhöchstadt fahren.«

Der Junge lächelte. »Dürfte ich fragen, ob Sie mir zu Anschauungszwecken Ihre Fingerabdrücke zur Verfügung stellen, Herr Kommissar?«

Es wurde früher Nachmittag, bis sie aufbrachen. Richard beauftragte den Kutscher, zunächst zur Gendarmerie nach Schönberg zu fahren. Im Wagen war es angenehm warm; offenbar hatte er in der Sonne gestanden. Richard tastete nach dem Asservat in seiner Manteltasche. Zilly, Hopf und Groß: Irgendwo mußte es eine Verbindung zwischen ihnen geben, ein gemeinsames Motiv, Hermann Lichtenstein zu töten!

Sie fuhren die Zeil entlang, am Schiller-Denkmal vorbei und über den Goetheplatz. Richards Blick streifte das in Erz gegossene Standbild des Dichters. Er dachte an Zillys *geistige Hausapotheke*. Ob es etwas zu bedeuten hatte, daß die Frankfurter Schiller auf ein höheres Podest gestellt hatten als Goethe? Der Wagen verließ die Goethestraße und passierte das Opernhaus in Richtung Bockenheim. Paul Heusohn kämpfte gegen den Schlaf, und Richard beobachtete amüsiert, wie ihm immer wieder die Augen zufielen.

»Heusohn! Aufwachen!« sagte er, als sie den Ortseingang von Schönberg erreichten. Der Junge schreckte hoch. Richard grinste. »Sie haben geschlafen wie der Gerechte. Was treiben Sie nachts, hm?«

Er lief flammendrot an. »Es kommt ganz bestimmt nicht mehr vor!«

Der Wagen hielt. Richard knöpfte seinen Mantel zu. »Ich hoffe, Sie haben wenigstens was Angenehmes geträumt.«

Gendarmeriewachtmeister Baumann war ein Mann in den Fünfzigern mit einem gezwirbelten Bart und einem gutmütigen Gesicht, das sich schlagartig verdüsterte, als Richard den Namen Karl Hopf erwähnte.

»Ich kann Ihnen nicht helfen«, sagte er knapp.

»Dr. Portmann sagte mir, daß Sie nach dem Tod von Hopfs Frau Ermittlungen geführt haben.«

»Ich habe keine Ahnung, wer Sie schickt, und es interessiert mich auch nicht«, sagte Baumann ungehalten. »Ännies Tod war ein Unfall, und mehr gibt es dazu nicht zu sagen.«

»Ännies Tod?« wiederholte Richard ungläubig.

»Deshalb sind Sie ja wohl hier, oder?«

»Ist das die alte Frau aus der Hütte?« fragte Paul Heusohn.

Richard nickte. »Was war das für ein Unfall?«

»Wenn man so will, ein folgerichtiges Ableben für eine Verrückte, die ihren Ofen ins Heu stellt. Das Zeug brannte wie Zunder.«

»Wann?« fragte Richard.

»In der Nacht zum Montag.«

»Am Sonntag nachmittag habe ich noch mit ihr gesprochen.«

Baumann sah ihn mißtrauisch an. »Worüber?«

»Sie glaubte, daß Hopf sein Dienstmädchen vergiftet habe, was allerdings nicht stimmte.« Richard berichtete von seinen Ermittlungen, Briddys Anfall und dem Gespräch mit Dr. Portmann. »Ehrlich gesagt, erhoffe ich mir von Ihnen ein paar Informationen, die mir in der Sache Lichtenstein weiterhelfen.«

»Nach dem Tod von Josefa Hopf machte das Gerücht die Runde, sie könnte vergiftet worden sein«, sagte Baumann. »Ursache war ein Brief, den Ännie kurz zuvor an Josefas Mutter geschrieben hatte. Sie bat sie, ihre Tochter aus dem Haus zu holen, da Hopf ihr nach dem Leben trachte. Außerdem gab es Aussagen von Nachbarn, daß sich Josefas Leiden während einer mehrtägigen Abwesenheit ihres Mannes verbessert und nach seiner Rückkehr dramatisch verschlimmert habe. Eine Hebamme zeigte Hopf zudem wegen unsittlicher Annäherung an. Dr. Portmann tat das alles als Weibergeschwätz ab.«

»Er sagte, die Sektion habe seine Diagnose auf einen natürlichen Tod bestätigt«, bemerkte Richard.

Wachtmeister Baumann verzog das Gesicht. »Aufgrund dieser Aussage wurde das Ermittlungsverfahren von der Staatsanwaltschaft in Wiesbaden eingestellt Danach holte Hopf zum Gegenschlag aus. Seine Nachbarn verklagte er zivilrechtlich, ein Zeitungsredakteur, der über die Vorfälle berichtet hatte, mußte wegen Verleumderischer Beleidigung eine Geldstrafe bezahlen, die Hebamme ist wirtschaftlich ruiniert und aus Niederhöchstadt weggezogen. Und ich hatte eine Anzeige wegen Verfolgung Unschuldiger und anschließend eine Diszi-plinaruntersuchung am Hals.«

»Sie glauben trotzdem an seine Schuld?«

»Es gibt keinen Beweis. Also spielt es keine Rolle, was ich glaube.«

»Ich würde gern einen Blick in die Akten werfen. Wenn mög-lich, auch in den Brandbericht von Sonntag nacht«, sagte Richard.

Baumann sah ihn unschlüssig an. »Sie wissen, daß ... Ach, herrje, was soll's.« Er verschwand im Nebenraum und kam mit einem dicken Kuvert wieder. »Abschriften, die es eigentlich nicht geben dürfte. Ich bitte, sie entsprechend zu behandeln.«

Richard nickte. »Was mir vor allem fehlt, ist ein Motiv.«

»Geld«, sagte Baumann. »Hopf hatte seine Frau mit zwanzig-tausend Goldmark versichert – für eine Prämie, die er auf Dauer kaum hätte aufbringen können. Die Hundezucht lief damals nicht besonders gut. Was haben Sie gegen ihn in der Hand?«

Richard zeigte ihm den Schlüssel. »Er wurde neben der Leiche Lichtensteins gefunden, und ich vermute, daß er Hopf gehört. Außerdem haben wir an einem seiner Kleidungsstücke Blut festgestellt.«

»Sie werden sich an dem Kerl die Zähne ausbeißen.«

»Sollte es mir gelingen, das Asservat Hopf zuzuordnen, schließen sich strafprozessuale Maßnahmen an. Kann ich auf Ihre Unterstützung zählen?«

»Wenn Sie's mir anordnen? Dann haben nämlich *Sie* die Dis-ziplinaruntersuchung am Hals, falls es Probleme gibt. Und die wird es so sicher geben, wie die Erde rund ist.«

»Betrachten Sie jedwede Anordnung als erteilt, Wachtmei-ster.«

Baumann setzte seine Pickelhaube auf. »Ich freue mich auf sein Gesicht.«

Die Fahrt nach Niederhöchstadt verlief schweigend. Felder

und Wiesen glänzten in der Sonne, Häuser tauchten auf. Eine alte Frau leerte einen Eimer in den Rinnstein, ein Junge winkte dem Wagen zu. Die Aussicht, vielleicht bald den ersten Beweis zu haben, erfüllte Richard mit Erwartung und Unruhe.

Auf die verkohlten Trümmer der Hütte war er vorbereitet. Auf Rudolf Könitz' Landauer im Hof nicht.

✳

»Mama? Schläfst du?«

Victoria schreckte hoch. Vor ihrem Bett stand Flora. Sie hielt ihr Doyles Buch hin. »Die Frucht mit dem härtesten Kern ist da nicht drin! Bestimmt hat sich Karl vertan.«

»Du liebe Zeit! Deswegen weckst du mich mitten in der Nacht?«

Flora zog einen Schmollmund. »Mir tut der Kopf weh vom vielen Denken, aber ich muß immer weiter denken, weil wir doch morgen nach Niederhöchstadt fahren!«

Victoria drehte die Lampe auf ihrem Nachttisch höher und sah auf ihre Uhr. »Morgen? Heute, du Quälgeist.« Sie rückte zur Seite, und Flora schlüpfte zu ihr unter die Decke. Victoria schlug das Buch auf. »Was hast du als erstes gelesen?«

»Die erste Geschichte natürlich! Und dann die zweite, und …«

»Schau ins Inhaltsverzeichnis.«

Flora studierte die Überschriften. »*Fünf Apfelsinenkerne* ist die einzige Geschichte, in der eine Frucht vorkommt. Aber das kann nicht richtig sein, denn Kirschen haben doch viel härtere Kerne als Apfelsinen.«

Victoria zeigte auf das Wort *Apfelsinenkerne*. »Nicht innen und doch mittendrin.«

Flora starrte auf die Buchstaben. »Ich versteh's nicht.«

»Du mußt nur richtig hinsehen.«

»Ach, bitte …« Sie fing an zu lachen. »O ja! Das ist ja kinderleicht.« Sie zog sich die Decke bis zum Kinn. »Darf ich bei dir schlafen? Bitte, Mama.«

»Ausnahmsweise«, sagte Victoria und fühlte sich in die Fichardstraße zurückversetzt. Bloß war es damals Vicki gewesen, die sich aus ihrer nächtlichen Kinderbetteinsamkeit zu ihr und Richard geflüchtet hatte. Sie strich ihrer Jüngsten übers Haar und erinnerte sich voller Wehmut, wie glücklich sie in den ersten Jahren ihrer Ehe gewesen war.

Den kommenden Vormittag verbrachte sie in der Bibliothek, sortierte Bücher ein, schrieb einen Brief an ihren Bruder und seit langem wieder einmal in ihr Tagebuch. Hopf hatte recht. Sie hatte sich daran gewöhnt, die gnädige Frau zu sein, treusorgende Tochter, Schwester, Gattin und Mutter, und doch war etwas in ihr, ein leises Nagen und Bohren, das sich verstärkte, je mehr Richard sich ihr entzog.

Sie dachte an ihren Besuch im Rapunzelgäßchen. War es denn so schwer zu verstehen, daß einfache Menschen wie Heiner und Helena sich in einem herrschaftlichen Haus wie dem ihren fehl am Platz fühlten? Und daß ihre ausbleibenden Gegenbesuche Heiner Braun den Eindruck vermitteln mußten, sie lege keinen Wert mehr auf einen Umgang mit ihm? Es rührte sie, daß er noch immer ihre Kaffeetassen besaß, und seine Freude über ihren Besuch hatte gutgetan. Auch wenn sie wenig Angenehmes erfahren hatte.

Wer, um alles in der Welt, hatte einen Grund, Richard zu erpressen? Warum hatte er nie ein Wort darüber verloren? Vertraute er ihr nicht? Sie war seine Frau! Victoria fühlte plötzlich Wut. Er behandelte sie wie ein Kind, dem man aus Willkür ein liebgewordenes Spielzeug verbot!

Sie säuberte ihre Feder und schloß das Tagebuch ein. Solange Richard es nicht für nötig hielt, ihr zu sagen, was er gegen Karl Hopf einzuwenden hatte, sah sie nicht ein, warum sie auf den Kontakt zu ihm verzichten sollte.

»Ist Fräulein Vicki nicht mitgekommen?« fragte Hopf, als er Victoria aus der Kutsche half.

Trotz seines Lächelns sah sie die Enttäuschung in seinem Gesicht, und sie spürte einen Stich. War das sein wahres Interesse?

Eine gutsituierte Braut zu finden? Glaubte er, über die Mutter an die Tochter heranzukommen? Flora zeigte auf die verkohlten Reste der Hütte. »Was ist denn da passiert?«

»Jemand hat im Heu gezündelt, und schon hat's gebrannt«, sagte Hopf.

»Vicki wäre gern mitgekommen, aber sie hat eine anderweitige Verpflichtung«, sagte Victoria.

»Ich hab' das Rätsel gelöst!« sagte Flora. »Ap-fels-ine! Darf ich jetzt in dein Spiegelzimmer?«

Karl Hopf lächelte. »Versprochen ist versprochen.«

»Kann ich vorgehen?«

»Aber sicher, gnädiges Fräulein.«

Als Victoria mit Hopf in die Bibliothek kam, stand Flora schon erwartungsvoll vor dem Paravent. Hopf schloß auf, und sie betraten einen korridorähnlichen Raum. Durch ein hohes Fenster fiel sanftes Licht. Es gab kein einziges Möbelstück, und an den mit dunkler Seide bespannten Wänden hingen Dutzende Porträtphotographien von alten und jungen, hübschen, häßlichen, dicken und dünnen, dunkelhäutigen und hellhäutigen Frauen.

»Und wo sind die Spiegel?« fragte Flora enttäuscht.

»In den Gesichtern«, sagte Hopf.

Gebannt sah Victoria auf das Bildnis ihrer Schwester. Maria trug ein schlichtes Kleid und einen Federhut. Ihr Lächeln wirkte geheimnisvoll, ihr Gesicht verführerisch schön. »Wer hat die Aufnahme gemacht?«

Hopf trat neben sie. »Sagte ich nicht, daß die Photographie mein Steckenpferd ist?«

»Da ist ja auch Tante Cornelia!« sagte Flora. »Hast du sie geärgert, Karl? Oder warum schaut sie so böse?«

Victoria betrachtete das Photo. Cornelia von Tennitz war in einem Licht aufgenommen, das ihr jedes Ebenmaß und alle Weichheit nahm.

»Deine Tante ist eine außergewöhnliche Frau«, sagte Hopf, an Flora gewandt. »Eine Dame durch und durch. Und doch reitet und schießt sie wie der Teufel.«

»Tante Cornelia kann schießen?« fragte Flora ungläubig.

»Und wie! Wir beide haben schon so manche wilde Jagd hinter uns gebracht.«

»Warum hast du dann so ein häßliches Bild von ihr gemacht?«

»Daß sie wunderschön ist, brauche ich doch nicht zu zeigen, das sieht man im wirklichen Leben genug.« Er sah Victoria an. »Wenn Sie mögen, können wir auch einmal zusammen ausreiten.«

Flora lachte. »Mama haßt Reiten! Sie verheddert sich nämlich immer mit dem Kleid im Sattel.«

»Vielleicht sollten Sie das Kleid einfach weglassen, Gnädigste.«

Flora drehte sich im Kreis. »Wo ist das Geheimnis, Karl?«

»Welches Geheimnis denn?«

»Na, also! Du hast versprochen, daß du mir das streng gehütete Geheimnis in deinem Spiegelzimmer verrätst!«

Hopf zeigte auf Cornelias Photographie. »Ich biete Ihnen das faszinierendste Mysterium, das es überhaupt gibt, gnädiges Fräulein: Einen neuen Blick auf die Dinge.«

»Pah! Und dafür habe ich all das Zeugs gelesen?«

»Sag bloß, die Abenteuer von Sherlock Holmes und Dr. Watson gefallen dir nicht? Dabei haben Mr. Doyle und ich uns so eine Mühe gegeben.«

»Sie kennen Herrn Doyle?« fragte Victoria ungläubig.

»Hatte ich das nicht erwähnt? Ich traf ihn 1886 in Portsmouth. Eigentlich wollte ich mir Charles Dickens' Geburtshaus ansehen. Leider kam mir eine Droschke in die Quere, und ich landete auf dem Behandlungsstuhl des Arztes von Southsea. Und der hieß zufällig Dr. Arthur Conan Doyle. Ein Jahr später erschien *Eine Studie in Scharlachrot*.«

»Wollen Sie damit sagen, Sie haben mit ihm über das Buch gesprochen?«

»Wir haben bei einem Glas Wein und einem Pfeifchen trefflich über die Qualitäten von Detektiv Dupin gestritten und mit höchstem Vergnügen die schaurige Erzählung von Robert Louis Stevenson seziert.« Er lächelte. »Doyle konnte nicht begreifen, daß ich den verruchten Mr. Hyde überzeugender fand als den krankhaft guten Dr. Jekyll. Wußten Sie, daß Doyle Automobilrennen liebt und Schiffsarzt auf einem Walfänger war?«

»Kann ich zu den Hunden gehen?« unterbrach ihn Flora.

»Langweilt dich meine Geschichte etwa?«

»Na ja, ein bißchen schon.«

Hopf lachte. »Ehrlichkeit soll man belohnen.« Sie verließen das Spiegelzimmer. In der Bibliothek klingelte Hopf nach Briddy und trug ihr auf, Flora zu Benno in den Stall zu begleiten. »Holmes' durchtriebener Gegenspieler Professor Moriarty ist übrigens meine Lieblingsfigur«, sagte er, als die beiden gegangen waren. »Immerhin sorgt er auf brillante Weise dafür, daß des Meisterdetektivs Leben nicht so eintönig verläuft. Als Retourkutsche hat Doyle mich als Vorbild für Holmes genommen.« Er sah Victorias Gesicht und amüsierte sich. »Sie zweifeln an meinen Worten? Aber Gnädigste! Was glauben Sie, woher Sherlock Holmes Goethe zitieren kann, noch dazu auf Deutsch? Abgesehen davon, hat sich Doyle schamlos aus meiner Biographie bedient, um seinen Detektiv mit gewissen Vorlieben und Eigenarten auszustatten. Aber das weiß niemand außer ihm und mir ... und Sie.«

»Und warum verraten Sie es mir?«

Seine Hand streifte ihre Wange. »Weil ich sicher bin, daß ich Ihnen vertrauen kann, Victoria.«

Die Berührung, seine Stimme, der Blick aus seinen grünen Augen verwirrten sie. Was hatte er vor? Worauf ließ sie sich ein? Sie liebte Richard! Hopf ging zu einem Schrank und nahm ein Buch heraus. »Die Wahrheit ist ein zerbrechlich Ding. Das zu erkennen, braucht es keine Bösewichte. Eine *Amethyst-Phiole* tut es auch.«

»Sie lesen Detektivgeschichten von einer Frau?«

Er grinste. »Anna Katharine Greens Detektivinnen überzeugen mich nicht. Aber das hier«, er deutete auf das Buch, »erzählt mehr vom Leben als eine ganze Bibliothek: Sagt die geliebte Frau die Wahrheit? Lügt sie? Jedesmal, wenn der arme Held glaubt, die Antwort gefunden zu haben, weist die nächste Spur in die entgegengesetzte Richtung. Ein ständiges Auf und Ab der Gefühle, das ihn zermürbt, ihn verzweifeln läßt, bis er schließlich …«

»… ihre Unschuld erkennt.«

Sein Mund verzog sich zu einem spöttischen Lächeln. »Was macht Sie denn so sicher, daß die junge Dame das Gesicht von Dr. Jekyll hat und nicht das von Mr. Hyde?«

»Es ergibt sich aus der Geschichte«, sagte Victoria. »Es ist somit ein folgerichtiger Schluß, daß sie endet, wie sie endet.«

»Falsch, gnädige Frau. Sie endet im Guten, weil Sie es als Leserin so wünschen. Und weil der Held es wünscht. Und die Dichterin sowieso. Die Wahrheit ficht das nicht im geringsten an! *Der Alp der Perversheit ist eine menschliche Eigenschaft, das Böse mithin menschliche Tugend*. Das sagt der Erfinder von Detektiv Dupin. Und dessen Nachfolger Holmes gesteht sich zumindest ein, daß er Bedauern verspürt, als das Böse aus seinem Leben zu verschwinden droht. Doyle trennt, was Stevenson zurecht in einer Person sieht, doch so oder so kann das eine nicht ohne das andere existieren. Wie sagt der große Detektiv so schön? *Aus der Sicht des Kriminologen ist London seit dem Ableben des seligen Professors Moriarty eine ungemein reizlose Stadt geworden*. Recht hat er! Ohne das Böse hat das Gute keinen Sinn.«

Er sah Victorias verwirrte Miene. »Oh, verzeihen Sie! Ich vergaß, daß Sie nicht mehr auf dem neuesten Stand sind, was Sherlock Holmes' Abenteuer angeht.«

»Warum verdächtigt Richard Sie in der Mordsache Lichtenstein?«

»Ich war mit Hermann im Bordell. Eine Woche vor seinem Tod.« Seine Augen waren ein unergründlicher See und die Worte dahingesagt, als habe er ein Kompliment über ihr Kleid gemacht.

»Das ist kein Beweis.«

Er lächelte. »Normalerweise pflegen Damen bei der Erwähnung des Wortes Bordell einen nervösen Anfall zu bekommen.«

»Es tut mir leid, daß ich Sie enttäusche, Herr Hopf. Wenngleich ich zugestehe, daß mir die Besucher solcher Etablissements nicht sonderlich sympathisch sind.«

»Ihr Mann wird so lange graben, bis er glaubt, den passenden Beweis gefunden zu haben.«

»Warum sollte er das tun?« fragte Victoria gereizt.

Er kam ihr so nahe, daß sie die winzigen Einsprengsel in seiner Iris erkennen konnte. »Glauben Sie, daß ich es getan habe?«

Sie wich seinem Blick aus. »Was wollen Sie von mir, Herr Hopf?«

»Was glauben Sie, das ich will?«

Sie schluckte. »Ihre Frau ist seit zwei Jahren tot, und Vicki…«

»Daß Ihre Tochter nichts für mich übrig hat, hat sie mir überaus deutlich zu verstehen gegeben. Erlauben Sie, daß ich eine photographische Aufnahme von Ihnen mache?«

»Nein.«

»Haben Sie Angst vor dem, was sich offenbaren könnte?«

»Warum haben Sie mir diesen Zeitungsartikel gegeben?«

Er zuckte die Schultern. »Hätte ich geahnt, wie sehr Sie sich darüber den Kopf zerbrechen, hätte ich es gelassen.«

Briddy kam herein. »Es ist Kurierpost gekommen, gnädiger Herr. Der Bote besteht darauf, daß Sie die Sendung quittieren.«

Hopf verließ die Bibliothek. Victoria folgte. Der Kurier, ein junger Mann mit Sommersprossen, wartete an der Haustür. »Bitte entschuldigen Sie, aber ich darf die Sendung nur an den Inhaber des Labors persönlich aushändigen.«

»Ich bin der Inhaber«, sagte Hopf. »Geben Sie her!«

Der Mann hielt ihm ein Papier hin. »Ich bitte Sie, zuerst hier zu unterschreiben.«

Mißmutig quittierte Hopf die Übergabe eines Päckchens. *Kralsches Bakteriologisches Institut, Wien,* konnte Victoria lesen. Und den Hinweis: *Achtung! Nur durch Empfänger zu öffnen!*

»Sie entschuldigen mich einen Moment?« Hopf nickte Victoria zu und verschwand im Keller.

»Was war denn da Wichtiges drin?« fragte sie, als er wiederkam.

»Gift«, sagte er ungehalten. »Allerschlimmste Krankheitserreger! Eine Messerspitze voll davon, und ganz Frankfurt samt dem Taunusgebirge wären ausgelöscht!«

»Entschuldigen Sie. Es geht mich nichts an.«

Er lächelte. »Ich stelle Tierarznei her und führe zu Studienzwecken Färbeversuche mit Bakterienkulturen durch. Wollen wir nachsehen, was Ihre Tochter treibt?«

Victoria nickte. Im Stall war es ruhig und von Benno und Flora nichts zu sehen. Hopf winkte Victoria zu den Pferdeboxen. »Darf ich vorstellen? Professor Moriarty!«

Amüsiert betrachtete Victoria einen gutmütig dreinschauenden Fuchswallach. »Sind Sie sicher, daß Sie das arme Tier mit diesem Namen nicht überfordern?«

Hopf zeigte auf die Nachbarbox, in der ein Brauner vor sich hin döste. »Mister Hyde.«

Beim Klang seines Namens spitzte das Pferd die Ohren. Hopf nahm ein Stück Zucker aus seiner Jackentasche und gab es ihm. Sofort kam auch Professor Moriarty heran. Hopf holte ein zweites Zuckerstück hervor. »Ich kannte Hermann Lichtenstein nur flüchtig. Ich weiß nicht, wer ihn umgebracht hat, und erst recht nicht, warum. Vielleicht war er einfach zur falschen Zeit am falschen Ort.« Er streichelte Moriartys Hals. »Mein Angebot, auszureiten war ernstgemeint.«

Victoria zuckte die Schultern. »Wie Flora schon sagte: Ich bin eine miserable Reiterin.«

»Sie sollten es in einem vernünftigen Aufzug versuchen, gnädige Frau. Wenn Sie möchten, zeige ich es Ihnen.«

»Ein anderes Mal.«

»Versprochen?«

»Wir wollten nach Flora sehen.«

»Ich glaube, ich weiß, wo sie steckt.«

Sie verließen den Stall und gingen zum Fechtboden. Durch die offene Tür sah Victoria Flora feixen. Vor ihr stand Benno und schwang einen Degen. Als er seinen Herrn hereinkommen sah, erstarrte er mitten in der Bewegung.

»Benno sagt, du kannst mit dem Degen zaubern«, sagte Flora mit leuchtenden Augen.

Hopf grinste. »Allerdings.« Er nahm dem Jungen die Waffe ab und hieb ihm die Mütze vom Kopf. Victoria erschrak so sehr, daß sie vergaß, Flora zu tadeln, die sich über Bennos Miene belustigte.

»Was erzählst du wieder für Märchen?« fragte Hopf streng.

»Nun ... nichts, gnädiger Herr.«

»Benno sagt, daß du der beste Fechter auf der ganzen Welt bist! Und daß du einen Apfel auf der Kehle von Briddy spalten kannst, ohne daß ihr ein einziges Härchen gekrümmt wird.« Flora setzte sich auf einen Stuhl und legte ihren Kopf in den Nacken. »Zeigst du es mir?«

»Es funktioniert nur, wenn du mir ganz und gar vertraust«, sagte Hopf.

»Das tu ich doch, Karl!«

Victoria nahm sie beim Arm. »Sofort stehst du auf!«

»Aber Mama! Ich ...«

»Keine Sorge, gnädige Frau. Es liegt mir fern, Sie zu beunruhigen.« Hopf zog sein Jackett aus, nahm einen zweiten Degen von der Wand und warf ihn Benno zu. Es begann ein ungleicher Kampf. Die Bewegungen des Jungen waren ungeschickt und überhastet, kein einziger Stoß traf das Ziel, aber er gab nicht auf. Victoria meinte, zunehmende Wut in seinem Gesicht zu erkennen, während Hopf sich einen Spaß daraus machte, ihn vorzuführen. Lachend nahm er dem Jungen die Waffe ab und hängte sie zurück.

Flora klatschte. »Das war prima, Karl!« Hopf verbeugte sich, Benno drehte sich wortlos um und ging. Flora lief ihm hinterher. »Nun warte doch!«

Hopf bückte sich nach seinem Jackett. »Sie bluten ja!« rief Victoria.

Er zuckte die Schultern. »Ich sagte doch, ich hatte einen kleinen Reitunfall.«

Sie forderte ihn auf, das Hemd auszuziehen und starrte entsetzt auf die blutigen Striemen auf seinem Rücken. »Das ist alles, nur kein Reitunfall! Wer hat das getan?«

»Jemand, dem ich vertraute«, sagte er leise.

Sie holte ihr Taschentuch heraus und tupfte vorsichtig das Blut weg. »Waren Sie schon beim Arzt?«

320

»Glauben Sie mir: Es sieht schlimmer aus, als es ist.« Er zog das Hemd wieder an. Victoria half ihm in die Jacke. Er hielt ihre Hände fest.

»Guten Tag, Herr Hopf!«

Victoria fuhr herum und starrte zur Tür. »Richard? Was tust du denn hier?«

Er war in Begleitung eines älteren Gendarms und eines schlaksigen Jungen. »Wenn du uns bitte entschuldigen würdest? Wir haben etwas mit Herrn Hopf zu besprechen.«

»Guten Tag, Wachtmeister«, sagte Hopf zu dem Gendarm. »Ihrer heiteren Miene nach zu urteilen, beinhaltet die angekündigte Besprechung etwas für mich Unerfreuliches.«

»Ich bat dich, uns zu entschuldigen, Victoria!« wiederholte Richard. Sie sah ihm an, wie sehr er versuchte, sich unter Kontrolle zu halten und wollte gehen, aber Hopf stellte sich ihr in den Weg.

»Ihre Frau ist mein Gast, Kommissar. Sie darf ruhig hören, was Sie mir zu sagen haben.«

Der Wachtmeister und der Junge wechselten einen erstaunten Blick. Richards Gesicht war weiß wie die Wand. »Wo ist das alte Vorhängeschloß, das Sie in Ihrem Keller hatten?«

Hopf lachte. »Um mich das zu fragen, bringen Sie zwei Mann Verstärkung mit?«

»Ich will es sehen!«

»Sie sollten wissen, daß der Schein auch trügen kann, Herr Biddling«, sagte Hopf süffisant. Daß er die Situation offenkundig genoß, machte Victoria wütend. Er bat seine Besucher in den Hof und pfiff.

Benno und Flora kamen aus dem Stall gelaufen. Flora fiel Richard in die Arme. »Das ist ja fein, Papa! Jetzt lernst du Karl endlich auch kennen.«

Bevor Richard etwas erwidern konnte, sagte Victoria: »Ich bedanke mich für Ihre Einladung, Herr Hopf. Es ist an der Zeit, daß wir nach Hause fahren. Komm, Flora.« Floras verständnisloser Blick wanderte zwischen ihren Eltern und Karl Hopf hin und her, aber sie schien zu spüren, daß es angebracht war, ihrer Mutter Folge zu leisten. Victoria nahm sie bei der Hand, nickte den Männern zu und ging.

Hopf sah Benno an. »Weißt du, wo das Vorhängeschloß ist, das ich neulich aufgebrochen habe?«

»Ich hol's«, sagte er.

Richard sah den Landauer vom Hof fahren und atmete auf.

»Erklären Sie mir vielleicht langsam mal, was Sie von mir wollen, Kommissar?« sagte Hopf.

Benno kam zurück und gab Richard das Schloß. Es war rostig und der Bügel durchgesägt. Richard steckte den Schlüssel hinein. Er paßte. »Ich bin gespannt, wie Sie mir das erklären werden, Herr Hopf.«

»Wo haben Sie ihn gefunden? Etwa in Lichtensteins Lokal? Wie ich Ihnen bereits sagte, habe ich Hermann Lichtenstein im Februar zweimal in seinen Geschäftsräumen aufgesucht. Es wäre also durchaus möglich, daß ich den Schlüssel bei einem dieser Besuche verloren habe.«

»Er lag neben der Leiche«, sagte Richard. »Sie sind vorläufig festgenommen, Herr Hopf.«

»Sie wollen mich wohl auf den Arm nehmen!«

»Nicht im mindesten. Sie stehen im Verdacht, zusammen mit Oskar Bruno Groß Hermann Lichtenstein ermordet zu haben, und wir werden jetzt Ihren Stall und das Haus durchsuchen. Anschließend überführe ich Sie nach Frankfurt. Sollten Sie die geringsten Schwierigkeiten machen, lasse ich Sie fesseln.«

»Ich kenne keinen Oskar Bruno Groß!«

»Diesmal haben Sie einen Fehler gemacht, Hopf«, sagte Wachtmeister Baumann.

»Das werden wir noch sehen, wer hier welchen Fehler gemacht hat.«

»Zuerst den Keller«, sagte Richard.

Sie gingen gemeinsam hinunter. Wachtmeister Baumann verzog das Gesicht, als sie den stinkenden Dosenstapel passierten. Richard deutete auf das Schloß an der hinteren Kellertür. Hopf zuckte die Schultern. »Ich habe leider den Schlüssel verlegt.«

»Das glauben Sie ja wohl selbst nicht!« erwiderte Wachtmeister Baumann ungehalten.

Richard verlangte Hopfs Schlüsselbund, aber keiner der Schlüssel paßte. »Dann brechen wir das Ding halt auf!« sagte Baumann.

»Das wird nicht nötig sein, Herr Wachtmeister.« Paul Heusohn nahm einen Draht aus seiner Hosentasche und hantierte damit an dem Schloß. Es dauerte keine halbe Minute, bis die Tür offen war.

»Erlauben Sie, daß ich Licht mache?« fragte Hopf süffisant.

»Eine falsche Bewegung, und ...«

Hopf zündete eine Gaslampe an. »Ich habe keinen Grund, davonzulaufen, Kommissar.«

Richard nahm die Lampe und ging voraus. Hopf hatte die Wahrheit gesagt. Es war ein Weinkeller. Von der Decke hingen Spinnweben. Richard leuchtete zwei große und mehrere kleine Weinfässer und Regale mit staubigen Flaschen ab. Nirgends war etwas Auffälliges zu entdecken.

»Was hatten Sie erwartet?« fragte Hopf. »Eine private Leichenhalle?«

»Wo ist das Spiegelzimmer?«

Hopf stutzte, dann grinste er. »Benutzen Sie Ihre Tochter zum Spionieren?«

»Wo?« wiederholte Richard.

»Hinter der Bibliothek.«

Paul Heusohn betrat den Raum als erstes und sah sich überrascht um. »Haben Sie diese Aufnahmen gemacht?«

»Samt und sonders, junger Mann«, sagte Hopf belustigt.

»Darf man fragen, nach welchen Kriterien Sie die Frauen aussuchen?«

»Nach ihrer wahrhaftigen Farbe.«

Paul Heusohn sah verwirrt auf die Schwarzweißbilder.

»Du bist noch ein bißchen zu grün, das zu verstehen, Junge.«

»Zwei Seiten einer Medaille. Ist es das, was Sie zeigen wollen?«

Hopf lächelte. »Sollte ich Sie unterschätzt haben, junger Mann?« Er bemerkte Richards Blick. »Ihre Schwägerinnen sind gut getroffen, was?«

Wachtmeister Baumann und Paul Heusohn sahen Richard fragend an. Er wich ihnen aus und tastete die Wandbespannung ab. In der Nähe des Fensters spürte er eine kleine Vertiefung und erkannte die Umrisse einer Tür. Als er Anstalten machte, die Verkleidung abzureißen, deutete Hopf auf eine der Photographien. »Der Schlüssel steckt im Rahmen.«

Richard hängte das Bild ab, nahm den Schlüssel heraus und schloß die Tür auf. Sie führte zur Dunkelkammer, einem kleinen Raum, in dem allerlei photographisches Gerät stand. Dahinter befand sich ein weiteres Zimmer, das ebenfalls verdunkelt war. Hopf betätigte einen Schalter. Gaslüster flammten auf. In der Mitte des unmöblierten Raums stand ein Steinquader mit aufgeklebten Photographien, die in Spiegeln an den Wänden und der Decke reflektierten und eine Frau in so obszönen Posen zeigten, daß Paul Heusohn verlegen den Blick abwandte.

»Zilly«, sagte Richard fassungslos.

Karl Hopf lachte. »Überrascht Sie das, Herr Biddling?«

»Sie sind ein Schwein, Hopf!« sagte Wachtmeister Baumann.

»Warum? Fräulein Zilly tut das gern und ganz freiwillig.«

»Es ist widerlich«, sagte Richard und löschte das Licht.

Es wurde schon dunkel, als sie die Durchsuchung des Anwesens beendeten. Gefunden hatten sie nichts. Während der Fahrt nach Frankfurt sprach Hopf kein einziges Wort, als Richard und Paul Heusohn ihn in die Zelle brachten, lächelte er. »Das werden Sie bereuen, Kommissar.«

»Sparen Sie sich Ihren Atem für den Richter auf«, sagte Richard ärgerlich. In seinem Büro ließ er sich auf seinen Stuhl fallen. Er hätte sich über seinen Erfolg freuen sollen, aber er war zu müde dazu. Und zu verletzt. Wie konnte Victoria ihm das antun!

»Möchten Sie einen Kaffee?« fragte Paul Heusohn.

Richard nickte. Der Junge stellte ihm eine Tasse hin. »Vielleicht hat Herr Hopf noch ganz andere Photographien gemacht und damit irgendwelche Leute erpreßt? Und Fräulein Zilly hat ihm dabei geholfen? Wenn er wirklich Geld braucht, wäre das doch ein Motiv, oder? Und Herr Lichtenstein hat sich nicht erpressen lassen und wollte ihn anzeigen. Und dann haben sie ihn mundtot gemacht.«

»Alles nur Vermutungen, Heusohn.«

»Aber der Schlüssel ist ein Beweis!«

»Woher wissen Sie, wie man Vorhängeschlösser knackt, hm?«

Der Junge wurde rot. »Nun ja, das lernt man im Quartier sozusagen nebenbei.«

»Und das passende Werkzeug führen Sie stets mit sich?«

»Man weiß ja nie, wofür man's vielleicht brauchen kann, nicht wahr?« Er sah verstohlen zur Uhr.

Richard lächelte. »Machen Sie Feierabend.«

Er bedankte sich und ging. Richard riß den Umschlag auf, den Wachtmeister Baumann ihm gegeben hatte. Bevor er anfangen konnte zu lesen, kam Kommissar Beck herein. »Unser zweiter Mann heißt Friedrich Stafforst!« sagte er zufrieden.

»Bitte?« fragte Richard zerstreut.

»Haben Sie vergessen, daß Sie mich nach Offenbach beordert hatten, um nach dem Kutscher aus der Kaffeestube Bostel zu suchen?«

»Sie haben sich selbst beordert, Herr Kollege.«

Beck grinste. »Aber ich hatte recht! Friedrich Stafforst nahm am Frankfurter Pferdemarkt im April letzten Jahres bei dem Offenbacher Pferdehändler Jakob Strauß als Kutscher und Koppelknecht Arbeit an. Am 7. Oktober kündigte er die Stellung und verschwand, um vor etwa einem Monat überraschend wieder aufzutauchen. Da Strauß keine Stelle frei hatte, schickte er ihn weg. Mit Bedauern, wie er sagt, da Stafforst ein tüchtiger Mann und ein hervorragender Pferdekenner sei. Bei seinen Arbeitskollegen war er allerdings weniger beliebt. Sie beschrieben ihn als arrogant und nannten ihn wegen seiner Vorliebe für elegante Kleider und blasierte Ausdrücke den Engländer.«

»Wie kommen Sie darauf, daß er der Mann aus dem Kaffeehaus sein könnte?«

»Die Personenbeschreibung paßt ziemlich genau. Und einer seiner früheren Kollegen konnte sich an die Manschettenknöpfe erinnern.«

»Mhm«, sagte Richard.

Beck lachte. »Vielleicht sehen Sie die Dinge optimistischer, wenn ich Ihnen sage, daß ich heute eine Depesche aus Leipzig bekam. Dort wurde vor drei Jahren gegen Oskar Bruno Groß und Friedrich Stafforst wegen Falschmünzerei ermittelt. Stafforst wurde zu einer Haftstrafe verurteilt, Groß konnte fliehen. Damit dürfte auch geklärt sein, warum Groß in Frankfurt unter falschem Namen Logis nahm. Die Kenntnis dieser Sachlage half mir zugegebenermaßen, gezielt nach Stafforst zu suchen. In den Melderegistern von Frankfurt und Offenbach tauchte er zwar nicht auf, wohl aber bei der Offenbacher Polizei. Dort gibt es eine Akte mit einer hübschen Photographie darin. Ich habe mir erlaubt, sie zusammen mit einem Dutzend anderer Bilder zunächst der Inhaberin des Seilergeschäfts und dann der Kellnerin aus dem Bostel vorzulegen. Beide erkannten Stafforst ganz sicher wieder. Er traf sich vor dem Mord also nicht nur mehrfach mit Groß im Kaffeehaus, sondern kaufte auch das Seil, mit dem Lichtenstein stranguliert wurde. Wenn das keine erfreuliche Entwicklung der Dinge ist! Leider weiß ich nicht, wo sich Stafforst zur Zeit herumtreibt. Aufgrund seines Vorlebens vermute ich, in Hamburg.«

»Ich habe Karl Hopf festgenommen«, sagte Richard.

»Wie bitte?«

Richard berichtete, was sich in Niederhöchstadt zugetragen hatte, allerdings, ohne Victoria zu erwähnen.

»Hat Schick nicht behauptet, der Schlüssel gehöre Lichtenstein?«

»Jetzt steht fest, daß er Hopf gehört.«

»Sie meinen also, es waren drei Täter.«

Richard nickte. »Vorausgesetzt, Ihre Stafforst-Spur stimmt, müssen wir davon ausgehen.«

»Ich bin sicher, daß sie stimmt.« Er gab Richard ein Fernschreiben. »Das kam ebenfalls heute an. Wie es aussieht, ist der Bürogehilfe aus der Zeil 69 verrückt geworden. Wenn Sie mich nicht mehr brauchen, würde ich gern die Fahndung nach Stafforst vorbereiten.«

»Tun Sie das.«

Beck ging. Richard las die Meldung und dachte an den nervösen Hermann Neander. Dieser verflixte Fall war in der Tat zum Verrücktwerden! Wenn Hopf der dritte Mann war, mußte es eine Verbindung zu Groß oder zu Stafforst geben! Und was war mit dem Frauenschuh im Kontor? War Zilly etwa mit drei Begleitern am hellichten Mittag unbemerkt in Lichtensteins Geschäft spaziert? Liebe Zeit, das war unmöglich! Genauso wie ein Raubmord in einer belebten Straße, in einem von Dutzenden von Menschen bevölkerten Haus, dachte er bitter. Er sah die häßlichen Photographien von Zilly vor sich, dazwischen schob sich das Bild im Fechtboden. Wie Victoria Hopf angesehen hatte! Wie er ihre Hände gehalten hatte! An den betretenen Gesichtern von Baumann und Heusohn hatte er ablesen können, daß sie das gleiche gedacht hatten wie er. Die Vorstellung, daß sie kurz davor gewesen waren, sich zu küssen, war kaum zu ertragen. Richard fühlte, wie ein unbändiger Zorn in ihm hochkam. Nicht nur, daß seine Frau ihm Hörner aufsetzte und ihn vor Untergebenen unmöglich machte, sie gab ihn auch noch dem Spott eines Beschuldigten preis!

Er blätterte in Baumanns Unterlagen und versuchte, sich auf Dienstliches zu konzentrieren. An dem Brandbericht gab es nichts zu mäkeln. Er enthielt allerdings nicht den geringsten Hinweis auf den Verdacht einer Straftat. Die Unterlagen zum Tod von Josefa Hopf waren umfangreich. Richard las Vermerke und Berichte über Hopfs Vorleben, zum Tod seines unehelichen Kindes und seines Vaters, zur Erkrankung eines Dienstmädchens und diverse arzneirechtliche Abhandlungen. Die Hebamme hatte Baumann über mehrere Seiten vernommen, ebenso Nachbarn und Dr. Portmann. Auch der Sektionsbericht war beigefügt.

Keine Frage: Der Wachtmeister hatte gut gearbeitet, und seine Zweifel an einem natürlichen Tod von Josefa Hopf waren nachvollziehbar, wenn auch mit den vorliegenden Schriftstükken nicht eindeutig zu belegen. Warum die Ermittlungen nicht weitergeführt worden waren, konnte sich Richard nach Baumanns Äußerungen denken. In der Sache Lichtenstein halfen die Informationen jedenfalls nicht weiter. Bis auf die Tatsache, daß Hopf offenbar hin und wieder in Geldnöten war.

Als Richard die Akte in den Umschlag zurückstecken wollte, beschlich ihn ein flaues Gefühl. Hatte er etwas übersehen? Einen Umstand nicht bedacht? Er breitete die Unterlagen auf seinem Schreibtisch aus und begann von vorn. Die Uhren schlugen Mitternacht, als er nach Hause ging.

Wie am vergangenen Abend saß Victoria in seinem Zimmer. Diesmal hielt sie kein Buch in den Händen. Ihre Augen waren rot. Offenbar hatte sie geweint. »Bevor du etwas sagst, hör mich bitte an«, sagte sie leise.

Richard merkte, wie die Wut zurückkam. »Weißt du eigentlich, was du angerichtet hast?«

»Ich habe dir gestern gesagt, daß Herr Hopf Flora und mich nach Niederhöchstadt eingeladen hat. Hättest du mir zugehört, statt einzuschlafen, wäre das alles nicht passiert.«

»Und du glaubst, das rechtfertigt, daß du … und er …« Ihm fehlten die Worte.

»Es ist nicht so, wie du denkst.«

»Ach ja? Und wie ist es dann?«

»Karl Hopf hat sich mit seinem Stallburschen einen Schaukampf geliefert, weil Flora unbedingt seine Fechtkünste sehen wollte. Danach bemerkte ich, daß er verletzt war. Jemand hat ihm den Rücken blutig geschlagen! Und es ist noch nicht allzulange her.«

»Er wird's verdient haben.«

»Was hast du mit ihm gemacht?«

»Ist das das einzige, was dich interessiert?«

Sie streckte ihm die Hände hin. »Bitte, Richard. Ich möchte nicht, daß du aus Ärger auf mich etwas Unüberlegtes tust.«

Er überging die versöhnliche Geste. »Ich habe Hopf wegen Mordverdachts festgenommen. Morgen wird er dem Richter vorgeführt. Mehr werde ich dazu nicht sagen. Und jetzt laß mich bitte allein.«

»Aber ...«

»Herrgott noch mal! Das ist keine von deinen lächerlichen Detektivgeschichten!«

»Was ist bloß aus uns geworden«, sagte sie traurig und ging.

In einem ersten Impuls wollte Richard ihr folgen, aber er blieb am Fenster stehen. Das Licht einer Laterne flackerte im Wind. Der Main versteckte sich in der Dunkelheit. Plötzlich wußte er, wo der Fehler lag. *Er hat einen ganzen Schrank voll mit solchen Fläschchen, und die Hunde werden von seiner Arznei immer ganz schnell wieder gesund.* Sie hatten das ganze Haus auf den Kopf gestellt und kein einziges Medikament gefunden!

Kapitel 13

Abendblatt   Mittwoch, 2. März 1904

Frankfurter Zeitung
und Handelsblatt

Der Raubmord auf der Zeil. Aus der Zelle, die Groß inne hat, drang heute Morgen Schluchzen. Als der Wärter nachsah, standen dem Verhafteten Tränen in den Augen. Er soll den ganzen Morgen über geweint haben.

Der Polizei waren bis gestern insgesamt zweihundertundachtzehn Mitteilungen in der Mordsache zugegangen. Augenblicklich fahndet man, wie wir erfahren, nach zwei Leuten, die dringend verdächtig sind, in die Angelegenheit eingeweiht zu sein.

Von einem traurigen Schicksal ist Hermann Neander, Bureaugehilfe bei den Rechtsanwälten Mettenheimer und Pachten, die ihre Bureaus im zweiten Stock des Hauses Zeil 69 haben, ereilt worden. Neander war bekanntlich einer der drei Herren, die zuerst die Mordtat entdeckten. Aus Limburg wird uns nun berichtet: Dienstag Abend gegen 10½ Uhr kam er mit dem Frankfurter Zug hier an und traf seine Freunde im Hotel zur alten Post. Schon bei der ersten Begrüßung äußerte Neander zu einem Bekannten: »Du kannst mir glauben, ich war der Mörder nicht.« Man suchte ihm seine fixen Ideen auszureden. Neander wurde aber immer aufgeregter. Auf seinem Zimmer fing Neander an zu toben. Jetzt wurden zwei Schutzleute requiriert, mit deren Hilfe man den Tobenden ins St. Vincenz-Hospital verbrachte. Heute Morgen wurde die Polizei in Frankfurt sofort von dem Vorkommnis verständigt.

Lauras Glücksgefühl machte einem dumpfen Magendrücken Platz, als sie am Mittwoch morgen das Polizeipräsidium betrat. Wie würde Martin Heynel reagieren? So tun, als sei nichts geschehen, wie nach dem Vorfall im Citronengäßchen? Als sie sich gestern gemeinsam die Stadt angesehen hatten, war er zuvorkommend und aufmerksam gewesen, aber sie kannte ihn inzwischen gut genug, um zu wissen, daß sein Verhalten sich ohne Vorwarnung ändern konnte.

Obwohl sie nicht den Eindruck gehabt hatte, daß er sich wirklich für das Goethehaus oder die anderen Sehenswürdigkeiten interessierte, zu denen er sie führte, hatte es Spaß gemacht, ihm zuzuhören. Daß sie den Reiseführer kannte, dem er sein Wissen entlehnte, brauchte sie ihm ja nicht auf die Nase zu binden. Er saß an seinem Schreibtisch und las.

»Guten Morgen, Herr Oberwachtmeister«, sagte sie.

»Guten Morgen, Polizeiassistentin«, erwiderte er lächelnd.

Das Telephon klingelte; kurz darauf waren sie auf dem Weg zum Gefängnis. Nach den Untersuchungen entschuldigte sich Martin Heynel mit Ermittlungen. Er fragte Laura nicht, ob sie ihn begleiten wollte, und es fiel ihr schwer, ihre Enttäuschung zu verbergen. Wenn er glaubte, daß sie den Tag mit dem betrunkenen von Lieben verbringen würde, hatte er sich getäuscht!

Sie ging in die Stadt, sprach bei verschiedenen Ämtern vor, überprüfte die Pflegestelle für Anna Fricks Sohn und machte sich zusammen mit einem Armenpfleger Gedanken darüber, welche Hilfsangebote sie den Dirnen zukommen lassen könnte, um ihnen eine Wiedereingliederung ins bürgerliche Leben zu ermöglichen.

Als sie zurückkam, waren weder von Lieben noch Martin Heynel im Büro. Sie schrieb ihre Notizen ins reine, blätterte unentschlossen in einigen von Heynels Fachbüchern und wandte sich dem Aktenschrank zu. Brauns Bemerkung ließ ihr keine Ruhe. Sie nahm Zillys Akte heraus und las sie Blatt für Blatt noch einmal. Warum Cäcilie von Ravenstedt falsche Personalien benutzte, was sie in Stuttgart gemacht hatte und was aus ihrem Kind geworden war, wurde in Heynels Berichten und Vermerken mit keinem Wort erwähnt. Der Oberwachtmeister hatte sich tatsächlich mit der lapidaren Meldung zufriedengegeben, daß Cilla Zilly war und sich in Stuttgart nichts hatte zuschulden kommen lassen.

Laura studierte die Stuttgarter Depesche. Wenn Zilly tatsächlich in den Mord an Lichtenstein verwickelt war, konnte jede Kleinigkeit von Bedeutung sein. Plötzlich lächelte sie. Stadtpolizeiamt Stuttgart? Wenn das keine glückliche Fügung war! Laura nahm einen Bogen Papier aus Liebens Schreibtisch und fing an zu schreiben. Sie hatte den Brief gerade beendet, als Martin Heynel hereinkam. Neugierig schaute er ihr über die Schulter. »Mit wem korrespondieren Sie denn so eifrig?«

»Ich habe eine Anfrage gemacht.«

»In welcher Sache?«

Laura faltete das Schreiben und steckte es in ein Kuvert. »In einer dringlichen.«

»Etwa für Kommissar Biddling?«

»Sie sagen mir auch nicht, wo und wann Sie welche Ermittlungen tätigen, Herr Heynel! Wenn Sie mich bitte entschuldigen wollen?«

Sie zog ihren Mantel an und ging, den Brief aufzugeben. Als sie zurückkam, blätterte Martin Heynel in Zillys Akte. »Die Dame scheint Sie ja mächtig zu interessieren.«

»Sie nicht?«

»Ich habe andere Sorgen.«

»Und welche?«

»Ich muß Akten holen. Kommen Sie mit?«

Im Treppenhaus zog es erbärmlich, auf dem Flur war kein Mensch zu sehen. Martin Heynel ging an der Registratur vorbei zur Bodentreppe, und Laura spürte ihre Hände feucht werden. Auf was ließ sie sich ein? »Das muß ja ein uralter Fall sein, wenn die Akten auf dem Dachboden lagern.«

»Der uralte und immer gleiche Fall«, sagte er lächelnd. Auf dem Boden war es schummrig und kalt. Er öffnete eins der Fenster. »Schauen Sie!«

Lauras Herz klopfte, als sie neben ihn trat. Aus dem Dunst der Stadt ragte der Dom. Die Schreie der Kutscher und Zeitungsjungen klangen wie aus einer fernen Welt. »Eine interessante Aussicht, ja.«

Er lachte. »Ich lege Ihnen Frankfurt zu Füßen, und Sie sagen *Interessante Aussicht?*«

»Vom Domturm sieht es bestimmt beeindruckender aus.«

»Wir stehen hoch genug, Großes klein zu sehen, doch nicht zu hoch, ein Metermaß geringzuschätzen«, sagte er leise. Seine Hände umschlossen ihr Gesicht. »Wir wollen es beide, nicht wahr?«

Als Laura später nach Hause ging, glaubte sie, jeder müsse ihr ansehen, was sie getan hatte. Beim bloßen Gedanken an seine streichelnden Hände wurde ihr heiß. Zärtlich war er gewesen und fordernd, hart und sanft, hatte Gefühle in ihr entfacht, die sie niemals für möglich gehalten hatte, und ein so schmerzliches Verlangen, daß sie glaubte, es keine Sekunde länger aushalten zu können, während sie gleichzeitig wünschte, es möge nie enden.

Er hatte vorgesorgt, und er hatte recht. Das Schlimmste, was ihnen passieren konnte, war ein Kind. Sie liebte ihn, sie hatte ihn vom ersten Tag an geliebt. Und er? Sein Gesichtsausdruck hatte zufrieden gewirkt, fast, als habe er eine überfällige Aufgabe erledigt. Aber was wollte sie eigentlich? Er verlangte nichts, das sie nicht zu geben bereit war.

Die Stube im Rapunzelgäßchen war kalt. In der Küche flackerte Kerzenlicht, aber es war niemand da. Laura wollte nach oben gehen, als sie draußen Stimmen hörte. Sie schaute aus dem Fenster. Die Dämmerung hatte den Hof in ein dunkles Grau getaucht. Am Brunnen brannte eine Lampe, und in ihrem Schein lief Helena hin und her. Heiner versuchte, sie zu beruhigen. Als er sie am Arm faßte, riß sie sich los und beschimpfte ihn. Laura konnte die Worte nicht verstehen, aber sie sah, daß sie ihn trafen. Mitten in der Bewegung hielt Helena inne, schlug die Hände vors Gesicht und weinte. Behutsam führte Heiner sie ins Haus. Kurz darauf kam er in die Küche.

»Guten Abend, Fräulein Rothe«, begrüßte er sie lächelnd. »Möchten Sie einen Kaffee?«

Laura nickte. »Geht es Ihnen gut?«

»Aber sicher. Warum fragen Sie?«

»Ist Ihre Frau nicht da?«

»Sie ist schon zu Bett gegangen.«

Er schenkte Kaffee aus und setzte sich zu ihr an den Tisch. Laura rang mit sich. »Bitte verstehen Sie mich nicht falsch«, begann sie zögernd. »Ich glaube, Helena ...«

»Ja«, sagte er müde. »Sie ist ein bißchen vergeßlich.«

Laura hätte ihm gerne etwas Tröstliches gesagt, aber es fiel ihr einfach nichts Passendes ein.

✳

Am Donnerstag war Paul Heusohn so früh im Präsidium, daß noch die Nachtbeleuchtung brannte. Als er Richards Büro aufschloß, kam Martin Heynel über den Flur.

»Guten Morgen, Herr Oberwachtmeister«, sagte der Junge freundlich.

Heynel stieß ihn ins Büro, schloß die Tür und machte Licht. »Wir haben noch ein Hühnchen miteinander zu rupfen, Heusohn!«

»Aber warum denn?«

»Das fragst du noch?« Heynel hieb ihm gegen die Brust, daß er rückwärts taumelte. »Noch ein einziges verdammtes Wort über Fritz Wennecke zu Biddling, und ich schlag' dich tot!«

»Ich habe doch nur ...«

»Du bist Dreck, Heusohn! Ein Nichts! Der Bastard einer ...«

Mit einem Schrei stürzte sich der Junge auf ihn, aber er hatte keine Chance. Martin Heynel streckte ihn zu Boden und sah verächtlich zu, wie er versuchte, wieder auf die Beine zu kommen. »Wenn du es noch einmal wagst, mich wegen Wennecke anzuschwärzen, dann ...«

»Was dann?«

Heynel fuhr herum. In der Tür stand Richard Biddling. »Könnten Sie mir sagen, was Sie hier veranstalten, Oberwachtmeister?«

Paul Heusohn wischte sich das Blut aus dem Gesicht. »Bitte, Herr Kommissar ... Es war meine Schuld.«

Martin Heynel grinste. »Na dann. Einen schönen Tag noch.«

Richard stellte sich ihm in den Weg. »Sie verlassen diesen Raum nicht, bevor Sie mir eine vernünftige Erklärung gegeben haben!«

»Wir hatten eine kleine Auseinandersetzung. Nichts von Belang, nicht wahr, Heusohn?«

Der Junge nickte. »Ich … ich war unhöflich.«

»Was ist mit Fritz Wennecke?« fragte Richard scharf.

Martin Heynels Lippen wurden schmal wie ein Strich. »Statt mir eine Schlägerei von vor zehn Jahren vorzuhalten, sollten Sie besser Ihren Adlatus fragen, was er am Abend vor Fritz Wenneckes Tod getrieben hat!«

Richard sah den Jungen auffordernd an, doch er schwieg. Sein Gesicht war käseweiß.

»Soll ich Ihnen verraten, warum ich Wennecke damals hinausgeworfen habe?« sagte Martin Heynel. »Ich glaubte, die Ehre eines Mannes gebiete es, die Ehre einer Frau zu schützen.« Er lachte verächtlich. »Leider mußte ich feststellen, daß manche Weiber keine Ehre haben.«

»Martin, bitte …«, sagte Paul Heusohn leise.

»Von wegen zudringlich geworden! Verkauft hat sie sich an den Kerl! Du bist der Sohn einer Hure!« schrie er den Jungen an. »Und statt der Wahrheit ins Gesicht zu sehen, hast du deine Wut an Fritz ausgelassen! Hast ihm gedroht, daß du ihn umbringst! Und wage nicht zu behaupten, daß ich Märchen erzähle. Euer Streit war laut genug, daß ihn meine Schwester bis über den Hof gehört hat.«

»Danke, Herr Heynel«, sagte Richard. »Sie können gehen. Sie nicht, Heusohn!«

»Stimmt das?« fragte er, als Martin Heynel die Tür geschlossen hatte.

»Meine Mutter …«

»Ich will wissen, ob Sie sich am 17. Januar abends mit Wennecke gestritten und ihm gedroht haben!«

Der Junge senkte den Kopf. »Ja.«

»Herrgott noch mal! Sie wissen, daß ich in der Sache ermittle und sagen mir kein Wort davon! Was, glauben Sie, soll ich für einen Schluß daraus ziehen?«

»Ich habe es nicht ernstgemeint. Ich wollte nur, daß er meine Mutter in Ruhe läßt und endlich geht.«

»Sie haben sich also wegen Ihrer Mutter gestritten.«

»Ja. Aber was Martin, ich meine, was Herr Heynel sagt, ist nicht wahr! Fritz war betrunken. Sie konnte sich nicht wehren, und ich ...«

»Kam das öfter vor?«

Er nickte.

»Sie werden verstehen, daß ich Ihre Mutter dazu befragen muß.«

»Nein! Bitte nicht!«

»Sie sagen mir nicht die Wahrheit, Heusohn.«

»Ich sage alles, was Sie wissen wollen, wenn Sie nur meine Mutter verschonen! Bitte, Herr Kommissar.«

»Wovor hast du Angst, hm?«

Einen Moment sah es aus, als würde er anfangen zu weinen, dann nahm sein Gesicht einen trotzigen Ausdruck an. »Ja! Sie hat es getan! Weil wir nämlich sonst vor Hunger krepiert wären! Und ich habe dieser miesen Ratte gesagt, daß ich ihn eines Tages dafür umbringe! Aber die Dampfmaschine hat mir die Arbeit abgenommen, und ich würde lügen, wenn ich behauptete, daß mir sein Tod auch nur einen Funken leid getan hätte!«

»Wir reden morgen weiter«, sagte Richard.

Er fuhr sich übers Gesicht. »Sie brauchen mir nichts vorzumachen. Ich weiß, welche Konsequenzen das für mich hat.«

»Gehen Sie nach Hause und schlafen Sie sich aus.«

Der Junge gab ihm die Hand. Sie war eiskalt. »Danke für alles, Herr Kommissar.«

»Morgen früh sind Sie um punkt sieben in meinem Büro.«

»Ja.« Er sagte es mit einem Lächeln.

Zehn Minuten später kamen Beck, Schmitt und die Schutzleute herein. Richard entschuldigte Heusohn als krank und ließ zunächst Beck von seinen Ermittlungen zu Stafforst berichten.

Danach gab er einen Abriß über die Festnahme von Hopf, verteilte die Aufgaben für den Tag und ging in Liebens Büro, um auf die Rückkehr von Martin Heynel aus dem Polizeigefängnis zu warten. Er war in Begleitung von Laura Rothe. Beide schienen bester Laune zu sein.

»Ich muß Sie sprechen, Oberwachtmeister«, sagte Richard. »Allein.«

Heynel sah Laura an. »Wenn Sie uns bitte für einige Minuten entschuldigen würden, Polizeiassistentin?« Laura nickte und ging.

»Was war mit Wennecke und Frau Heusohn?« fragte Richard.

Martin Heynel lächelte. »Kennen Sie Pauls Mutter? Sie ist, nun, mittlerweile muß man sagen, sie war eine sehr schöne Frau. Na ja, und Fritz Wennecke war ein guter Freund der Familie. Sozusagen.«

»Wissen Sie, wer Pauls leiblicher Vater ist?«

»Man munkelte, er sei verheiratet.«

»Paul sagt, daß er Polizeibeamter war.«

»Wie kommt er auf diesen Unsinn? Weiß der Teufel, mit wem sie sich eingelassen hat! Käthe Heusohn weckte bei Männern nun mal gewisse Begehrlichkeiten. Fritz war bestimmt kein Heiliger, aber Käthe ist alles andere als das unschuldige Opfer, als das sie ihr Sohn hinstellt. Sie hat es geschickt angefangen. Niemand im Quartier wußte, daß sie ein kleines Taschengeld bezog.«

»Und woher wußten Sie es?«

Er grinste. »Wie Ihnen bekannt ist, habe ich bei Pokorny früher ab und zu einen Freundschaftsdienst für Fritz übernommen. Er vertraute mir.«

»Und warum haben Sie ihn dann verprügelt?«

»Weil ich jung war. Und dumm.« Er verzog das Gesicht. »Kein Weibsbild ist es wert, sich für sie zu schlagen, Kommissar. Sind damit Ihre Fragen beantwortet?«

»Ich glaube, es liegt in Ihrem Interesse, wenn Sie über den Vorfall in meinem Büro schweigen, Herr Heynel.«

Er zuckte die Schultern. »Meinetwegen.«

Laura Rothe stand an einem Fenster im Flur und rieb sich die Hände. »Entschuldigen Sie«, sagte Richard. »Hätten Sie kurz Zeit für mich?«

Sie folgte ihm in sein Büro. Er bot ihr einen Kaffee an. »Soweit ich informiert bin, gehört es zu Ihren Aufgaben, sich um Problemfamilien zu kümmern.«

»Im Rahmen der Fürsorge, ja. Warum?«

»Ich möchte, daß das, was ich Ihnen jetzt sage, unter uns bleibt.«

»Wo waren Sie denn so lange?« fragte Martin Heynel, als Laura zurückkam.

»Ich habe eine Unterredung gehabt.«

»Ach? Etwa mit Biddling?«

»Ja.«

»Was wollte er?«

»Nichts von Belang.«

»Es geht um Paul Heusohn, stimmt's?«

»Eine Fürsorgesache.«

Er berührte ihr Gesicht. »Vertraust du mir nicht?«

»Bitte … Nicht hier.«

Er lächelte. »Ich habe Akten zu holen. Begleiten Sie mich, Polizeiassistentin?«

Es ging auf zehn Uhr, als Staatsanwalt von Reden anrief. Er erklärte Richard, daß er gegen Hopf trotz einiger Bedenken Antrag auf Untersuchungshaft gestellt hatte. »Der Richter hat den Termin auf zwei Uhr festgesetzt. Bis dahin brauche ich die schriftliche Aussage Ihrer Gattin.« Als Richard schwieg, fügte er hinzu: »Ich weiß, das ist für Sie eine heikle Angelegenheit, aber Sie werden verstehen, daß ich auf einem förmlichen Verhör bestehen muß. Von der Aussage Ihrer Frau hängt Hopfs Alibi ab. Es wäre sinnvoll, wenn Sie nicht selbst …«

»Ja.«

»Was mir ein wenig Bauchschmerzen macht, ist das fehlende Motiv. Hopfs Verteidiger hat angedeutet, daß finanzielle Gründe ausscheiden. Der Schlüssel ist allerdings ein schwerwiegendes Indiz.«

»Wer vertritt ihn?« fragte Richard.

»Dr. Vogel.«

Richard schluckte. Dr. Ottmar Vogel war einer der renommiertesten Anwälte in Frankfurt und bekannt dafür, daß er seine Mandanten aus den schwierigsten Situationen herausholte. Aber von Reden hatte recht: Der Schlüssel war ein Beweisstück, das er nicht ohne weiteres vom Tisch wischen konnte. Richard hatte das Telephongespräch gerade beendet, als ein Polizeidiener Gräfin von Tennitz meldete.

Überrascht bat Richard sie herein. »Was führt dich zu mir?«

»Du hast Karl verhaftet. Warum?«

»Woher weißt du das?«

»Du hast den falschen eingesperrt.«

»Bitte laß das meine Sorge sein.«

»Du legst es also darauf an, dich zu blamieren?«

»Deine Fürsorge ehrt mich«, sagte er lächelnd. »Wenngleich ich vermute, daß sie eher Hopf als mir gilt. Das Geld für den teuren Anwalt hättest du dir sparen können.«

»Wir werden sehen. Aber sage bitte hinterher nicht, daß ich dich nicht gewarnt hätte.«

»Wovor?«

»Persönliche Rachegelüste sind eine allzu billige Ausflucht.«

»Was soll das heißen?« fragte er ungehalten.

»Ich verfüge über eine gute Quelle. Karl und Victoria waren...«

»Wer immer diese verdammte Quelle ist: Sie lügt!«

»Woher weißt du denn, was ich sagen wollte?« fragte sie belustigt.

»Ich hoffe, du verstehst, daß ich keine Auskünfte über meine Arbeit gebe.«

Sie lächelte. »Du hast in all den Jahren nichts dazugelernt, Schwager. Ach, übrigens: Für meine Feier morgen hat sich ein

Überraschungsgast angesagt. Deine Frau wird sich freuen, ihn wiederzusehen.«

Bevor Richard etwas erwidern konnte, war sie gegangen. Er sah zur Uhr und verließ sein Büro. Es war ihm unangenehm, seinen Kollegen zu bitten, Victoria zu vernehmen, aber von Reden hatte recht: Er konnte es unmöglich selbst tun.

Beck saß an seinem Schreibtisch und sortierte Unterlagen. »Ich habe eine telegraphische Ausschreibung von Stafforst an alle deutschen Städte veranlaßt«, sagte er. »Aber wir sollten auch das Ausland miteinbeziehen. Den Schwerpunkt der steckbrieflichen Fahndung würde ich in Hamburg legen. Vor seiner Verhaftung in Leipzig hat sich Stafforst längere Zeit dort aufgehalten und ist mehrfach auffällig geworden. Er wurde auch polizeilich photographiert. Ich habe die Erstellung von Erkennungstafeln angeregt.«

Richard nickte. »Ich habe einen dringenden Auftrag für Sie.« Er wiederholte, was Staatsanwalt von Reden gesagt hatte.

Beck verzog keine Miene. »Kann ich Frau Biddling zu Hause erreichen?«

»Ja.«

Beck zeigte auf die vor ihm liegenden Schriftstücke. »Wir haben inzwischen über zweihundert Mitteilungen in der Mordsache erhalten. Und so gut wie nichts ist dabei herausgekommen. Das heißt«, er zog einige Blätter heraus, »das hier dürfte interessant sein. Ich habe bei Fräulein Koobs eine zweite Haussuchung durchführen lassen. Groß hatte Schulden. Offenbar hat er auch in der Lotterie gespielt. Außer angemahnten Rechnungen fand ich eine aktuelle Ziehungsliste der hessisch-thüringischen Staatslotterie unter seinen Papieren.«

»Solange wir keinen unmittelbaren Tatbeweis oder endlich ein Geständnis haben, wird uns das alles wenig nützen.«

Beck grinste. »Ein Wachmann meldete mir vorhin, daß Groß in seiner Zelle bittere Tränen vergießt. Wir sollten ihn uns nachher noch mal vornehmen.«

»Sobald die Vorführung von Hopf erledigt ist, komme ich zu Ihnen.«

Richard war schon an der Tür, als Beck fragte: »Was ist eigentlich mit Heusohn? Ich dachte, er sei krank?«

»Ja. Warum?«

»Er war vor einer halben Stunde hier und sagte, er müsse in Ihrem Auftrag eine Ermittlung führen und benötige das sichergestellte Seil aus der Fahrgasse.«

Richard starrte ihn an. *Danke für alles, Herr Kommissar.* Plötzlich war Hopf nicht mehr wichtig, und auch sonst nichts.

Auf dem Weg nach draußen fiel ihm ein, daß er nicht einmal wußte, wo der Junge genau wohnte. Ob Laura Rothe schon Erkundigungen eingezogen hatte? Besser, er fragte gleich im Einwohnermeldeamt.

Eine knappe Viertelstunde später stand Richard vor einer Metzgerei am Großen Kornmarkt. Die Hausnummer stimmte, aber der Name Heusohn war nirgends vermerkt.

»Ei, wen suche Sie dann, gnädischer Herr?« fragte eine pausbäckige junge Frau.

»Frau Käthe Heusohn.«

»Des rote Käthche?« Sie deutete in einen Gang, in dem ein Gasflämmchen flackerte. »Des Hinnerhaus im Hof. Awwer passe Sie uff, daß Se net in de Rinnstein trete!«

Richard nickte. Der Durchgang war schmal und düster, das Pflaster glitschig. Es roch unangenehm. Als er in den Hof kam, wußte er, wonach. Abgehäutete und aufgeschlitzte Kälber hingen an Fleischerhaken, in gewässerten Bottichen schwammen Köpfe und Füße, in einer Rinne lag Gedärm. Unbeeindruckt von der schaurigen Umgebung spielten zwei Kinder in einer Pfütze.

»Könnt ihr mir sagen, wo Frau Käthe Heusohn wohnt?« fragte Richard.

Das kleinere Kind, ein etwa fünfjähriges Mädchen, sah ihn neugierig an. »Warum?«

»Ich möchte mit ihr sprechen.«

»Meine Mama ist krank.«

»Bist du die Schwester von Paul?«

Sie nickte. »Und wer sind Sie?«

»Paul und ich arbeiten zusammen.«

»Dann sind Sie der nette Herr Biddling aus dem Polizeipräsidium?«

Richard mußte lächeln. »Sagt das dein Bruder?«

»O ja! Und er sagt auch, daß Sie ihn nicht malätrieren.«

»Malträtieren, hm? Verrätst du mir, wie du heißt?«

»Annika.«

»In welchem Stock wohnt ihr, Annika?«

Sie nahm seine Hand. »Ganz oben. Ich zeig's Ihnen.«

An den Tierleibern vorbei gingen sie ins Haus. Drinnen war es gerade hell genug, um zu erkennen, daß die Treppe abgetreten war und von der Wand die Farbe blätterte. Irgendwo schrie ein Säugling. Die Tür zu Käthe Heusohns Wohnung war nicht abgesperrt. Annika legte den Finger auf den Mund, als sie sie öffnete. »Paul hat gesagt, daß ich leise sein soll. Und die Suse und der Helmi auch. Weil unsre Mama schneller wieder gesund wird, wenn sie schläft.«

Die Wohnung bestand aus einer bis zum letzten Winkel zugestellten, düsteren Kammer. Eine Ecke war mit einem Vorhang abgetrennt. Vor einem blinden Fenster lagen Schachteln mit Metallperlen. Auf dem Herd stand ein Topf. Es roch nach Kohlenruß und gekochten Rüben. Richard hatte gewußt, daß der Junge aus ärmlichen Verhältnissen kam, aber daß er mit drei Geschwistern und seiner kranken Mutter in einem einzigen Raum hauste, beschämte ihn.

Annika deutete auf den Topf. »Ich muß immer gucken, daß sie mittags ihre Suppe ißt.«

»Was fehlt deiner Mutter denn?« flüsterte Richard.

»Mama hat die Nichtanfaßkrankheit. Und deshalb muß Paul jetzt die Perlen fädeln. Damit die Herren aus der Fabrik die Mama nicht rausschmeißen, sagt Paul. Ich helf ihm, und die Suse auch. Aber wenn wir zuviel gähnen, schickt Paul uns schlafen. Und dann hat er die ganze Nacht das Licht an. Und kochen muß Paul auch, weil die dumme Suse immer alles anbrennen läßt. So dolle schmeckt die Suppe vom Paul aber nicht. Und der Helmi schreit immer, weil er noch klein ist und nicht kapiert, was die Nichtanfaßkrankheit ist. Vorhin ist er mit der Suse zu unsrer Nachbarin. Das ist die Frau Senn. Die Suse hat ihr gesagt, daß sie krank ist, aber sie will nur wieder die Schule schwänzen. Aber das darf Paul nicht wissen, sonst schimpft er sie aus. Die Frau Senn ist ganz lieb und schenkt mir manchmal ein Brot mit echter Butter drauf. Das schmeckt mir noch viel besser als die Bonbons vom Onkel Fritz.«

Richard war so betroffen, daß ihm die Worte fehlten. »Weißt du, wo Paul ist?«

»Vorhin war er mal da. Aber dann ist er wieder weggegangen, glaub ich.«

»Annika?« fragte eine schwache Stimme. »Mit wem sprichst du da?«

Hinter dem Vorhang stand ein Bett, und Richard erschrak, als er die Kranke darin sah. Sie war abgemagert, und ihre Wangen glühten. Auf ihrer Stirn perlte Schweiß. Sicher hatte sie hohes Fieber. »Wer sind Sie? Wer schickt Sie?« fragte sie mit heiserer Stimme.

Richard stellte sich vor. »Entschuldigen Sie, daß ich einfach hereinkomme. Aber ich muß dringend mit Ihrem Sohn sprechen.«

Über ihr verhärmtes Gesicht huschte ein Lächeln. »Paul ist so stolz, daß er mit Ihnen arbeiten darf, Herr Kommissar.«

»Können Sie mir sagen, wo ich ihn finde?«

Sie schüttelte den Kopf. »Ich dachte, er ist bei Ihnen im Präsidium?«

»Er hat heute frei. Aber es ist sehr wichtig, daß ich mit ihm spreche!«

»Vielleicht ist er in seinem Stübchen«, sagte Annika.

Käthe Heusohn deutete zur Decke. »Eine kleine Bodenkammer.« Für einen Moment schloß sie die Augen. »Der einzige Ort, an dem der Junge ein bißchen Ruhe hat.«

»Sie brauchen einen Arzt«, sagte Richard.

»Der kann mir auch nicht mehr helfen.« Sie lächelte, wobei ihr die Schmerzen anzusehen waren. »Paul ist so ein guter Junge.«

»Soll ich Ihnen zeigen, wo's langgeht?« fragte Annika.

Richard nickte. »Ich werde Ihnen jemanden vorbeischicken, Frau Heusohn«, sagte er, bevor er Annika folgte.

Über eine Stiege kletterten sie in den Spitzboden. Annika zeigte auf eine Luke, unter der eine alte Seemannstruhe stand. »Da raus, übers Dach, und auf der anderen Seite durchs Fenster wieder rein.«

Richard spürte, wie ihm der Hals eng wurde. »Gibt es noch einen anderen Weg?«

»Paul sagt, nein.« Sie grinste. »Aber das ist bestimmt gelogen. Hat er was Schlimmes angestellt?«

»Nein. Ich muß ihn etwas fragen.«

»Was denn?«

»Das ist ein Polizeigeheimnis. Weißt du, wir arbeiten nämlich an einem ganz wichtigen Fall. Und du gehst jetzt wieder zu deiner Mutter und paßt auf sie auf, ja?«

Richard wartete, bis das Kind verschwunden war. Er stieg auf die Truhe und stieß die Luke auf. Gewaltsam kämpfte er Übelkeit und Schwindel nieder. Warum mußte sich dieser unvernünftige Junge seinen Zufluchtsort ausgerechnet auf dem Dach suchen? Als er auf die Schindeln faßte, blieben feuchte Flecken zurück. Es waren nur wenige Meter, aber sie schienen ihm wie ein Gang durch die Hölle. Die Angst, zu spät zu kommen, trieb ihn vorwärts. Er war schweißgebadet, als er das andere Fenster erreichte. Es war angelehnt; darunter stand eine Leiter. Erleichtert kletterte Richard hinab und fand sich in einem zweiten Spitzboden wieder. Er war noch schummriger als der erste und bis auf ein paar Kisten und ein altes Schaukelpferd leer.

Richard rüttelte an der Bodenluke; sie war verriegelt. Er fühlte Panik. So verschachtelt und verbaut wie diese Altstadthäuser waren, konnte es ewig dauern, bis er den Weg von der anderen Seite gefunden hatte! Langsam gewöhnten sich seine Augen an das Dämmerlicht. Das Gebälk bekam Kontur, auf den Kisten lag Staub. Am anderen Ende des Bodens bemerkte Richard einen hellen Schimmer. Er erwies sich als Ritze in einer Brettertür. Das erste, was er sah, als er sie öffnete, war das Seil.

Es hing über einem Balken, darunter stand ein alter Hocker. Auf dem Boden lagen Bücher neben einer verrußten Lampe. Paul Heusohn saß auf einer zerschlissenen Matratze und starrte ihn an, als sei ein Gespenst hereinmarschiert.

»Ich muß mit Ihnen reden«, sagte Richard und setzte sich zu ihm.

»Woher wissen Sie, daß ich hier bin?« fragte der Junge mit rauher Stimme.

»Ihre Schwester Annika hat es mir verraten. Das da«, Richard deutete auf das Seil, »ist keine Lösung, Heusohn.«

Er sah, wie es in ihm arbeitete. »Selbst dafür bin ich zu feige. Martin hat recht. Ich bin ein Nichts, ein Bastard, ein…«

Richard faßte ihn am Arm. »So etwas will ich nie wieder hören, verstanden?« Er stand auf, nahm das Seil ab und löste die Schlinge. »Ihre Mutter muß zum Arzt.«

»Sie will nicht. Und wir haben kein Geld.«

»Wofür gibt es wohl Hilfseinrichtungen, hm?« Richard wikkelte das Seil auf. »Oberwachtmeister Heynel wird den Vorfall für sich behalten. Und ich bin hier, um ein Asservat abzuholen, das Sie irrtümlich mit nach Hause genommen haben.«

»Heißt das…«

»Das heißt, daß Sie jetzt erst mal dafür sorgen, daß Ihre Geschwister etwas Ordentliches in den Magen bekommen. Und Sie selbst auch.« Richard hob eins der Bücher auf. *Neue Abenteuer des Doktor Holmes.* Wider Willen mußte er lächeln. »Ihre Fortbildung in polizeilicher Ermittlungsarbeit ist verbesserungsbedürftig, Heusohn. Morgen werden Sie mich in die Bücherei des Polizeipräsidiums begleiten.«

»Ich… weiß nicht, was ich sagen soll.«

»Sagen Sie einfach nichts.«

In seinen Augen glänzten Tränen. »Warum tun Sie das, Herr Kommissar?«

»Auch mir hat einmal jemand zur rechten Zeit sagen müssen, daß das Leben es wert ist, dafür zu kämpfen. So, und jetzt muß ich los. Um zwei Uhr wird Hopf vorgeführt.«

»Dann hat der Staatsanwalt Haftantrag gestellt? Das ist ja eine gute Nachricht.« Paul löschte die Lampe und verriegelte die Tür.

Richard deutete auf das Fenster. »Ich wäre Ihnen dankbar, wenn wir einen weniger luftigen Weg nehmen könnten.«

»Ich gehe außen herum und mache Ihnen die Bodentür auf, Herr Kommissar.«

Der Weg nach draußen führte über dunkle Treppen und verwinkelte Gänge und endete in einem Torbogen im Citronengäßchen. »Eins verstehe ich nicht«, sagte Paul.

»Was?« fragte Richard.

»Warum Martin, äh, Oberwachtmeister Heynel behauptet, seine Schwester hätte mich und Fritz Wennecke streiten hören. Wir waren laut und wütend, aber sicher nicht so sehr, daß es Lotte Heynel bis über den Hof hätte mitbekommen können.« Er zeigte zu einem verrußten Häuschen neben der Toreinfahrt. »Zumal sie zum Gäßchen hin wohnt.«

»Was wollen Sie mir damit sagen?«

»Daß Martin die Sache nicht von seiner Schwester erfahren haben kann, sondern nur von Fritz Wennecke selbst. Und daß Fritz ihm nicht gesagt hat, was wirklich vorgefallen ist, versteht sich ja von selbst.«

»Und was ist wirklich vorgefallen?«

»Bitte glauben Sie mir: Ich habe ihn gehaßt. Aber ich habe ihn nicht umgebracht.«

»Wenn Ihre Annahme stimmt, hieße das, daß Heynel und Wennecke sich am 17. Januar, also Sonntag, spätabends, getroffen haben müssen. Denn am Montag war Wennecke schon tot.«

»Das habe ich nicht bedacht, ja.«

»Hatten die beiden denn noch regelmäßig Kontakt?«

Paul Heusohn zuckte die Schultern. »Vielleicht war seine Schwester zufällig bei uns im Haus. Oder eine Nachbarin hat was erzählt.«

»Lassen Sie's gut sein«, sagte Richard. »Was Ihre Mutter betrifft, schicke ich Ihnen nachher Polizeiassistentin Rothe vorbei. Sie weiß, was zu tun ist.«

»Aber das ist doch nicht nötig.«

»Seien Sie nicht so verdammt stolz! Und schlafen Sie mal wieder. Bis morgen, Heusohn.«

»Ich bin um punkt sieben in Ihrem Büro, Herr Kommissar.«

Nach seiner Rückkehr ins Präsidium ließ Richard das Seil in die Asservatenkammer bringen. Auf seinem Schreibtisch lag das Verhör von Victoria. Nach der Lektüre war er erleichtert. Ein ausreichendes Alibi für Hopf war ihre Aussage nicht. Er schickte einen Boten mit dem Dokument zum Ermittlungsrichter und ging zu Liebens Büro; es war leer. Er schrieb ein paar Zeilen und steckte sie in ein Kuvert, das er sorgfältig verschloß und an Laura Rothe adressierte.

Er war im Begriff, zum Gericht zu gehen, als ein Polizeidiener Anton Schick hereinführte. Der alte Diener sah verlegen aus. »Ich habe gehört, daß Sie Herrn Hopf verhaftet haben, Herr Kommissar.«

»Ja, und?«

»Den Schlüssel«, sagte Schick leise. »Darf ich ihn noch einmal ansehen?«

*

Es war längst dunkel, als Richard im Rapunzelgäßchen schellte. Helena öffnete. »Heiner ist in der Küche«, sagte sie und nahm ihm Mantel und Hut ab. »Sie finden den Weg allein, oder?«

Heiner saß mit Laura Rothe am Tisch. Vor ihnen standen zwei Gläser Apfelwein. Richard stellte seine Aktenmappe ab. »Haben Sie in der Sache etwas erreichen können?« wandte er sich an Laura. Er sah ihren unsicheren Blick und lächelte. »Braun kann es ruhig wissen.«

Laura räusperte sich. »Käthe Heusohn hat Syphilis.«

»Bitte – was?« fragte Heiner fassungslos.

»Sie schien es geahnt zu haben und weigerte sich aus Scham, einen Arzt aufzusuchen«, sagte Laura. »Den Symptomen nach zu urteilen, ist die Krankheit bereits fortgeschritten. Die Untersuchung der Kinder, einschließlich Paul, verlief zum Glück negativ. Was wohl vor allem auf Frau Heusohns Umsicht zurückzuführen ist.«

»Die Nichtanfaßkrankheit«, sagte Richard. »So hat sie es den Kindern erklärt. Ob Fritz Wennecke sie angesteckt hat?«

Heiner sah ihn verwirrt an. »Wie kommen Sie auf Wennecke?«

Richard berichtete, was er von Martin Heynel und Paul Heusohn erfahren hatte. »Lieber Gott«, sagte Heiner. »Und ich habe nicht das geringste geahnt.«

»Niemand ahnte etwas«, sagte Laura. »Und sie hat mich inständig darum gebeten, daß es so bleibt.« Sie sah Richard an. »Glauben Sie, daß Wennecke der einzige war, mit dem sie …?«

»Was denken Sie von ihr!« sagte Heiner empört. Er stand auf und sah aus dem Fenster.

»Bitte, Herr Braun. Sie wissen doch, warum ich das fragen muß.«

»Eine Meldung im Präsidium halte ich nicht für erforderlich«, sagte Richard.

Laura nickte. »Eine Nachbarin wird sich vorerst um die beiden kleinen Kinder kümmern und dafür sorgen, daß die Große pünktlich in die Schule geht. Außerdem habe ich über den Hauspflegeverein eine Pflegerin einbestellt. Ich hoffe, das nimmt Paul ein paar Sorgen ab. Der Junge hat offenbar seit Tagen kein Auge zugemacht.«

Heiner kam zum Tisch zurück. »Entschuldigen Sie meine heftige Reaktion, aber Käthe … Nun, ich kannte sie schon, als sie ein Kind war. Wie schlimm steht es um sie?«

Laura zuckte die Schultern. »Der Arzt will es mit Quecksilbersalbe versuchen. Ich habe meine Zweifel, ob es viel hilft. Frau Heusohn sagt, daß sie schon mehrere Anfälle gehabt hat, und daß der letzte ein halbes Jahr zurückliegt. Dazwischen habe sie sich völlig beschwerdefrei gefühlt. Allerdings hatte sie in den vergangenen Jahren drei Totgeburten, die letzte zwei Monate nach dem Tod ihres Mannes. Ich vermute, eine Folge der Krankheit. Meinen Vorschlag, ins Krankenhaus zu gehen, hat sie abgelehnt. Wegen der Kinder.«

Helena kam herein. »Guten Abend, Herr Kommissar! Das ist aber schön, daß Sie uns wieder einmal besuchen.«

Richard drückte verwirrt die dargebotene Hand. Laura nahm Helena beim Arm und flüsterte ihr etwas ins Ohr. Lachend gingen sie hinaus.

»Möchten Sie einen Kaffee?« fragte Heiner. »Oder einen Apfelwein?«

»Kaffee«, sagte Richard. Er fuhr sich übers Gesicht. »Ich habe mit dem Jungen gearbeitet und nichts gemerkt, Braun. Es ist deprimierend, in welchen Verhältnissen er mit seiner Familie lebt.«

»Ja. Aber Käthe war immer schon zu stolz, sich helfen zu lassen.« Heiner stellte Richard eine Tasse hin. »Die Irritation wegen Wennecke und Heynels Schwester läßt sich ohne Aufwand klären. Morgen rede ich mal mit ihr. Ich kenne sie recht gut.«

»Wohnt irgendwo in dieser Stadt ein Mensch, den Sie nicht recht gut kennen, Braun?«

Er lächelte. »Nun, die eine oder andere Hundertschaft wird es schon sein. Was gibt es Neues im Fall Lichtenstein?«

Richard nahm Wachtmeister Baumanns Unterlagen aus seiner Mappe. »Das ist die Abschrift einer Akte über Karl Hopf. Angelegt im Zusammenhang mit dem Tod seiner Frau. Ich möchte gern, daß Sie mir sagen, was Sie davon halten.«

Heiner sah ihn erstaunt an und fing an zu lesen. Richard hatte vier Tassen Kaffee getrunken, bis er fertig war. »Es spricht einiges dafür, daß beim Tod von Frau Hopf nicht alles mit rechten Dingen zuging, doch diese Schriftstücke reichen nicht aus, einen dringenden Tatverdacht gegen ihren Mann oder einen Dritten zu begründen. Aber sie sind auch kein Unschuldsbeweis. Wenn ich es zu entscheiden hätte, würde ich auf jeden Fall weitere Ermittlungen anstellen.«

Richard nickte. »Gut, daß Sie es so sehen.«

»Und was hat das mit der Mordsache Lichtenstein zu tun?«

Richard berichtete von seiner Fahrt nach Schönberg und den Vorkommnissen in Niederhöchstadt. Daß er dort Victoria angetroffen hatte, ließ er unerwähnt. »Staatsanwalt von Reden hat

Antrag auf Untersuchungshaft gestellt. Hopf wurde heute dem Richter vorgeführt.«

»Ihrem Gesicht nach zu urteilen, entsprach das Ergebnis nicht Ihren Erwartungen«, sagte Heiner.

»Er wurde entlassen.«

»Trotz des Schlüssels?«

»Wegen des Schlüssels! Eine halbe Stunde vor dem Termin war Lichtensteins Auslaufer bei mir.« Richard haute mit der Hand auf den Tisch. »Hopf hat den Schlüssel in Lichtensteins Kontor verloren, ja! Aber vor dem Mord! Lichtenstein wollte ihn am 25. Februar angelegentlich einer Geschäftsfahrt nach Cronberg zurückbringen. Und nur, weil ihm was dazwischenkam, hatte er das verdammte Ding am nächsten Tag noch einstecken.«

»Wie kommt es, daß der Auslaufer sich so überaus pünktlich daran erinnerte?«

»Hopfs Verteidiger hat ihn aufgesucht und befragt. Als Schick Hopf und Niederhöchstadt hörte, fiel's ihm wieder ein. Ich habe keinen Zweifel, daß er die Wahrheit sagt. Aber heute nachmittag hätte ich ihn am liebsten geteert und gefedert.«

Heiner grinste. »Ihrem Gemütszustand entnehme ich, daß Sie Hopf nach wie vor für verdächtig halten.«

»Allerdings!«

»Und was macht die Spur Groß?«

»Sitzt in der Zelle und schweigt. Oder lügt! Beck und ich haben den Kerl vorhin fünf Stunden lang vernommen. Ein Granitfels ist ein Wattebausch gegen ihn.«

»Der granitene Wattebausch könnte ja auch unschuldig sein.«

»Danke, Braun. Ich fühle mich schon fast wie in Francks Büro.« Richard sah seine Kaffeetasse an. »In diesem verflixten Fall paßt einfach nichts zueinander!«

Heiner holte einen Zettel und einen Bleistift. »Ich schlage vor, wir sortieren mal alles, was Sie haben, malen ein bißchen drin herum und schauen, ob uns dabei die große Erleuchtung kommt.« Als Richard nichts sagte, lächelte er. »Hopf und Groß sind im Moment nicht Ihr Problem, stimmt's?«

Richard schluckte. »Nein. Aber vorher dürfen Sie mir ein Glas von Ihrem Frankfurter Gesöff einschenken.«

Als Richard nach Hause kam, war es weit nach Mitternacht. Er verstaute den Umschlag in seiner Nachtkonsole und wollte sich gerade auskleiden, als es klopfte. Es war Victoria.

»Du bist noch wach?« fragte er.

»Ich habe auf dich gewartet. Wir müssen reden, Richard.«

»Bitte entschuldige, aber ich bin müde.«

»Dein Kollege war heute hier und hat mich verhört.«

»Hopf ist wieder auf freiem Fuß. Das wolltest du doch hören, oder?«

Sie faßte seine Hände. »Ich habe es dir gestern schon gesagt: Herr Hopf hatte mich und Flora eingeladen.«

»Ja, sicher! Es ist selbstverständlich meine Schuld, daß ich meine Frau in den Armen eines Beschuldigten vorfinde, den ich gerade festnehmen will.«

»Wir haben nichts getan, was dich in irgendeiner Weise kränken müßte.«

»Aber viel später hätte ich nicht kommen dürfen, oder?«

Sie ließ ihn los. »Karl Hopf kann nichts dafür, daß du wütend auf mich bist.«

»Ich will nicht, daß du dich mit ihm triffst!«

»Dann sag mir bitte, warum.«

»Er ist Verdächtiger in einem Mordfall.«

»Ich denke, der Richter hat ihn gehen lassen?«

»Weißt du was? Mach, was du willst!«

»Ja, Richard«, sagte sie. »Genau das werde ich tun.«

Kapitel 14

Abendblatt   Freitag, 4. März 1904

Frankfurter Zeitung
und Handelsblatt

Der Raubmord auf der Zeil. Obgleich die Verdachtsmomente gegen den Möbelträger Bruno Groß, daß er an der Mordtat irgendwie beteiligt ist, sich vermehrt haben, setzt die Polizei ihre Nachforschungen auch nach anderen Richtungen eifrig fort. Diese polizeiliche Tätigkeit geht unter strengster Geheimhaltung vor sich. Trotzdem wird manches bekannt, doch ist in dem jetzigen Stadium der Angelegenheit eine Wiedergabe dieser Einzelheiten nicht Sache der Presse, da sonst die Nachforschungen beeinträchtigt werden können.

Aus Limburg wird uns geschrieben, daß der infolge der Aufregung irrsinnig gewordene Bureaugehilfe Neander heute Morgen in die Irrenanstalt Weilmünster verbracht worden ist.

Victoria hatte nicht allzuviel geschlafen, als sie am nächsten Morgen das Haus verließ. Sie verzichtete auf Begleitung und fuhr mit einer Droschke zum Römerberg. Die wenigen Meter bis ins Rapunzelgäßchen ging sie zu Fuß. Lisa Zeus öffnete. »Herr Braun ist in der Waschküche. Am besten geh'n Sie über'n Hof.« Am Brunnen standen zwei Frauen und plauderten. Victoria grüßte und ging, ihre neugierigen Blicke ignorierend, zum Kellerabgang. Drei Stufen führten hinab. Sie mußte den Kopf einziehen, als sie die niedrige Tür passierte. Der Geruch von Sodalauge verriet, wo die Waschküche war. Heiner saß vor einem dampfenden Zuber und seifte ein Hemd ein. »Du liebe Zeit! Wie kommen Sie denn hier herunter?«

Sie sah ihm an, wie unangenehm es ihm war, bei dieser Arbeit überrascht zu werden. Offenbar hatte er nicht genügend Geld, eine Wäscherin zu bezahlen. Aber warum half ihm seine Frau nicht?

»Helena muß eine dringende Besorgung erledigen«, sagte er, als habe er ihre Gedanken erraten.

»Ich wollte Sie wirklich nicht stören, Herr Braun.«

Er wischte sich die Hände ab. »Eine kleine Pause tut mir sicher gut.«

»Und dann ist das Wasser kalt, und Sie müssen von vorn beginnen!« Victoria legte ihr Cape ab und zog die Handschuhe aus. »Wir können uns genausogut beim Arbeiten unterhalten.«

»Sie werden sich Ihr Kleid ruinieren«, sagte er lächelnd.

»Ich habe genug andere.« Sie nahm einen Stab und rührte die Wäsche um.

»Das muß ja etwas arg Dringliches sein, das Sie zu mir führt, hm?«

Sie sah ihn ernst an. »Ja, Herr Braun. Und ich habe niemanden sonst, mit dem ich darüber sprechen könnte.« Sie war froh, daß sie etwas mit ihren Händen tun konnte, während sie ihm von ihrem ersten Besuch bei Hopf erzählte und dem, was danach geschehen war. »Wissen Sie, mit Karl Hopf konnte ich seit langem wieder einmal über etwas anderes reden als über Kleider und Spitzendeckchen und all diesen langweiligen Kram, über den sich Damen meiner Kreise stundenlang zu ereifern pflegen. Erinnern Sie sich, als Sie mir das Magazin mit dem ersten Abenteuer von Sherlock Holmes mitgebracht haben?«

»Wie könnte ich das je vergessen!« sagte er mit einem Schmunzeln. »Ihr Mann hat mich kurz und lang geheißen.«

»Richard zieht nun mal Fakten dem Fiktiven vor. Ein oder zwei Geschichten hat er trotzdem heimlich gelesen.« Sie lächelte. »Genauso, wie ich damals mit Ihnen in der Fichardstraße disputiert habe, habe ich es mit Karl Hopf in Niederhöchstadt getan. Nicht mehr, nicht weniger. Es wäre schlimm für mich, dürfte ich diese Gespräche nicht mehr führen. Sie kennen Richard so lange. Bitte, geben Sie mir einen Rat, was ich tun soll.«

Er sah sie nachdenklich an. »Auch, wenn es für Sie ein Opfer bedeutet: Im Moment helfen Sie Ihrem Mann am besten, wenn Sie jeden Kontakt zu Herrn Hopf vermeiden. Mindestens so lange, bis der Mord an Lichtenstein vollständig aufgeklärt ist.«

»Aber warum? Gibt es denn noch Verdachtsmomente gegen ihn?«

»Ich glaube, ja.«

»Und welche?«

»Das kann ich nicht sagen.«

»Warum?«

»Ich habe mein Wort gegeben.«

»Wem? Richard?« Victoria spürte eine Enttäuschung, die körperlich weh tat. »Sie kannten die Geschichte also schon.«

»Bitte?«

»Machen Sie mir doch nichts vor! Richard hat mit Ihnen über mich und Hopf gesprochen.«

»Nur ganz allgemein.«

»Und danach haben Sie gemeinsam überlegt, wie die störrische Gattin zu disziplinieren ist, was?«

»Nein. Ihr Mann ist sehr besorgt und …«

Sie legte den Stab weg, nahm ihr Cape und die Handschuhe. »Ich habe verstanden.«

»Bitte gehen Sie nicht, Victoria.«

»Es ist alles gesagt, oder?« Sie war nicht in der Lage, seine Antwort abzuwarten. Mit Mühe schaffte sie es ohne Tränen aus dem Keller und am Brunnen vorbei auf die Straße.

Als sie nach Hause kam, gab Louise ihr ein Päckchen. Victoria riß das Papier auf. Eine Karte fiel heraus.

Goethe sagt:
Spiegel hüben, Spiegel drüben,
Doppelstellung, auserlesen;
Und dazwischen ruht im Trüben –
Als Kristall das Erdewesen.

Ich sage:
Sie sollten die Dinge endlich selbst in die Hand nehmen,
Detektivin! Ich freue mich, Sie heute abend bei Cornelias
Diner zu sehen. K. H.

In dem Päckchen lag der Bergkristall. Er war in Gold gefaßt und spiegelte die Farbe ihrer Hand.

Laura hätte nicht gedacht, daß ihr die Einladung bei Gräfin von Tennitz solches Kopfzerbrechen bereiten würde. Vor Jahren war sie in Königsberg auf einem Ball gewesen, und aus dieser Zeit stammte das Kleid, das sie aus dem Schrank nahm. Es paßte noch, aber es war für ein junges Mädchen gemacht. Was würde Martin Heynel sagen, wenn er sie in diesem Aufzug sähe?

Beim Gedanken an ihn besserte sich ihre Laune sofort. Sie hatte sich verboten, darüber nachzudenken, ob diese Liebe eine Zukunft haben könnte oder nicht. Sie war glücklich, das allein zählte. Heute würden sie zum ersten Mal gemeinsam öffentlich auftreten! Aber sicher nicht in diesem Kleid. Sie hängte es zurück und kramte in einer Hutschachtel, in der sie ihren Notgroschen aufbewahrte. Sie würde sich eine passende Garderobe leihen. Das hatte sie bei dem Galadiner, zu dem sie in Berlin mit Philipp eingeladen war, auch gemacht. Sie lächelte. Mit dem nötigen Abstand betrachtet, war ihre Liebe zu ihm bloß eine Schwärmerei gewesen, in keiner Weise zu vergleichen mit dem Gefühl, das sie mit Martin verband. Und doch hatte sie geglaubt, daß das Ende dieser Liebe das Ende ihres Lebens bedeutete. Laura stellte die leere Schachtel zurück. Es war unvernünftig, sauer erspartes Geld für ein Kleid auszugeben. Aber es war wunderbar, unvernünftig zu sein.

»Sie sind meine letzte Hoffnung«, sagte sie, als sie in die Küche kam.

Helena bereitete das Essen zu. Heiner las Zeitung. »Für was?« fragte er.

»Ich brauche die Adresse eines Kleiderverleihs.«

Er lächelte. »Was haben Sie denn Schönes vor?«

Laura sagte es ihm. Helena legte den Kochlöffel beiseite. »Ein Diner bei Gräfin von Tennitz? Ich glaube, ich kann Ihnen aus der Bredouille helfen.«

Nichts in ihrem Verhalten deutete darauf hin, daß sie noch vor zwei Tagen weinend um den Brunnen gelaufen war. Laura folgte ihr in ein winziges Zimmer im ersten Stock, in dem ein Kleiderschrank, ein rundes Tischchen und ein mit Samt bezogenes *Canapé rond* standen.

Helena nahm ein Abendkleid aus dem Schrank. Es war aus grüner Seide gearbeitet und von zeitloser Eleganz. Laura strich über den mit stilisierten Blüten bedruckten Stoff. »Woher haben Sie das?«

»Mein Mann hat es mir vor dreißig Jahren geschenkt.« Auf Lauras erstaunten Blick fügte sie hinzu: »Mein erster Mann. Er war Arzt und hat vehement gegen das Korsett gekämpft.« Sie zeigte auf ihre schmale Taille. »Wie Sie sehen, hatte er nur bedingt Erfolg. Wir lebten zwei Jahre in England. Das, was bei uns heute Reformkleid heißt, gab es dort damals schon. Mit William Morris, der dieses Kleid entwarf, hat mein Mann ganze Nächte über Sozialreformen debattiert. Ich habe es nur ein einziges Mal getragen. Die Aufmerksamkeit war mir einfach zu groß. Aber ich bin sicher, Sie sind mutiger als ich. Ich habe übrigens auch die passenden Accessoires dazu.« Sie lachte. »Na, nun fragen Sie schon!«

Laura spürte, wie sie rot wurde. »Was soll ich denn fragen, Frau Braun?«

»Vielleicht, warum es eine Arztwitwe ins Rapunzelgäßchen verschlägt?« Sie holte Handschuhe und einen Hut aus dem Schrank. »Hendrik war ein angesehener und gutverdienender Chirurg, aber leider etwas leichtlebig. In jeder Beziehung.« Sie zeigte auf das *Canapé rond*. »Sein geliebtes Louis-Philippe-Sofa, dieses Künstlerkleid und ein Karton mit Liebesbriefen diverser Damen waren so ziemlich alles, was mir nach zwölf Jahren Ehe blieb. Wie gut, daß ich dieses Haus erst nach seinem

Tod geerbt habe.« Sie lächelte. »Wir wohnten in einer Villa im Grünen, und manchmal sehne ich mich nach einem bißchen mehr Luft und Licht. Andererseits fand ich in diesem schummrigen Gäßchen das Glück meines Lebens, und das läßt es mich dann doch gernhaben.«

»Ihr Mann ist wirklich ein sehr liebenswerter Mensch«, sagte Laura.

»O ja, das ist er.« Sie nahm das Kleid. »Ich bügele es Ihnen schnell ein wenig auf.«

»Das kann ich doch selbst tun!«

»Ach was. Ich helfe Ihnen auch mit dem Haar.«

Martin Heynel war auf die Minute pünktlich, und er sah Laura mit einem so überraschten Blick an, daß sie lächeln mußte. »Sie schauen im Frack auch ziemlich gewöhnungsbedürftig aus, Herr Oberwachtmeister.«

Er grinste und wies auf eine Droschke. »Alles nur geborgt, Gnädigste. Vom Kragen bis zum Wagen. Sozusagen.«

Sie lachte. »Bei mir auch.«

Martin zog seinen Zylinder und verbeugte sich. »Dann kann ja in der Höhle der Löwin nicht viel schiefgehen, oder?«

Sie waren unter den ersten. Ein livrierter Diener führte sie durch einen Arkadengang in die Empfangshalle, einen hohen, mit Stuck verzierten Saal. »Erste Lektion: Die wichtigen Leute kommen immer zuletzt«, sagte Martin. »Damit auch jeder merkt, wie wichtig sie sind.«

Laura sah sich neugierig um. Der Raum war spärlich, aber ausgesucht möbliert. Jedes Stück schien für exakt den Platz gemacht zu sein, an dem es stand. Martin nickte ankommenden Gästen zu, die dezent zurücknickten. »Zweite Lektion: Immer so tun, als ob man jeden kennt. Das macht sie verlegen«, sagte er amüsiert.

Laura bemerkte die indignierten Blicke zweier streng frisierter Damen. Sie war zwar nicht die einzige, die in einem Reformkleid erschienen war, aber die meisten Frauen trugen konventionelle Abendrobe. »Wo ist Gräfin von Tennitz?« fragte sie.

Martin grinste. »Sagte ich nicht, daß die wichtigsten Leute zuletzt kommen? Sieh an, der Herr Kommissar ist auch eingeladen! Wir sollten ihn begrüßen, oder?«

Richard Biddling schien nicht besonders erfreut, sie zu sehen, jedenfalls ließ das die förmliche Miene vermuten, mit der er ihnen seine Frau und seine Tochter Vicki vorstellte. Verblüfft gab Laura ihnen die Hand. Gegensätzlicher konnten Mutter und Tochter nicht sein. Und das lag ganz sicher nicht nur daran, daß die eine blond und die andere schwarzhaarig war. Biddlings Frau trug ein cremefarbenes Kleid aus Seidentaft und keinerlei Schmuck, während die Garderobe ihrer Tochter einen aufwendigen Putz verriet. In ihrem Haar glänzten goldene Kämme, und ihr Kleid aus roter Atlasseide war mit raffiniert geschnittenen Volants besetzt, die ihr bei jeder Bewegung eine andere Silhouette zu geben schienen. Laura mußte eingestehen, daß Vicki Biddling eine Schönheit war. Und es gefiel ihr überhaupt nicht, wie sie Martin ansah.

»Wie lange sind Sie denn schon im Polizeipräsidium?« fragte Victoria Biddling. Obwohl ihre Stimme freundlich klang, hörte Laura einen Mißton heraus, den sie sich nicht erklären konnte.

»Seit einer Woche. Warum fragen Sie?«

»Es ist sicher nicht ganz uninteressant zu wissen, mit wem mein Mann zusammen Dienst versieht.«

»Fräulein Rothe arbeitet nicht mit mir, sondern mit Kriminaloberwachtmeister Heynel«, sagte Biddling frostig.

Laura machte es wütend, wie Martin und Vicki Biddling sich anlächelten. Der Kommissar schien ebensowenig davon angetan zu sein, vielleicht war es ihm auch unangenehm, daß seine Frau versucht hatte, sie auszufragen. Er gab vor, mit seiner Familie jemanden begrüßen zu müssen und entschuldigte sich.

Langsam füllte sich der Saal. Hier und dort schnappte Laura Gesprächsfetzen auf, denen sie entnahm, daß so ziemlich alles anwesend war, was in Frankfurt Rang und Namen hatte, wenngleich sie kaum jemanden kannte. Martins Antworten auf ihre Fragen erschöpften sich in freundlich hingesagten Belanglosigkeiten, während sein Blick immer wieder verstohlen zu Vicki Biddling wanderte. Laura wäre am liebsten gegangen. Plötzlich verstummten die Gespräche. Alle sahen zur Treppe, auf der eine Frau und ein Mann herunterkamen.

»Die Gräfin!« flüsterte jemand.

Sie trug ein aus Seide gewirktes Kleid im Reformstil, das mit einem hohen Kragen abschloß. Ihr schwarzes Haar war zu einem schlichten Knoten geschlungen, ihr Schmuck beschränkte sich auf einen in Silber gefaßten Smaragd, den sie am Kragen festgesteckt hatte. So unprätentiös ihre Garderobe schien, sie war sorgfältig gewählt. Laura hatte schon viele schöne Frauen gesehen, aber Gräfin von Tennitz stach alle aus. Daß sie ihren vierzigsten Geburtstag feierte, war kaum zu glauben.

Angesichts ihrer Vollkommenheit wirkte der Mann an ihrer Seite ein wenig blaß. Der Ähnlichkeit nach zu urteilen, war er ihr Bruder, schlank und groß wie sie, aber in seinem Haar glänzten schon silberne Strähnen. Er hatte ein ernstes, fast trauriges Gesicht und war sicher einige Jahre jünger, als er aussah. Laura schätzte ihn auf höchstens Ende dreißig. Im Gegensatz zu Cornelia von Tennitz, die es offensichtlich genoß, im Mittelpunkt zu stehen, schien er darauf zu hoffen, dieses Zeremoniell schnellstmöglich hinter sich zu bringen.

Die Gräfin wartete, bis das letzte Murmeln im Saal verstummt war, und lächelte. »Meine hochverehrten Damen und Herren, liebe Freunde! Ich möchte Sie in meinem Hause herzlich begrüßen und meiner Freude Ausdruck verleihen, daß Sie so zahlreich erschienen sind, um mit mir meinen Geburtstag zu feiern. Obwohl eine Dame in meinem Alter ihr Wiegenfest nicht mehr bejubeln, sondern besser vergessen sollte.«

Als sich die Heiterkeit auf ihren kleinen Scherz gelegt hatte, wandte sie sich ihrem Begleiter zu. »Ganz besonders freue ich mich, daß ich Ihnen heute einen seltenen Gast vorstellen darf. Drei Jahre lang habe ich versucht, meinen kleinen Bruder zu einer Reise in seine Heimatstadt zu bewegen, aber ich mußte erst vierzig werden, bis es mir gelang. Willkommen zu Hause, Andreas!«

Es erhob sich dezenter Applaus. Andreas bedankte sich, sagte ein paar Worte und war offenkundig froh, sich unter die Gäste mischen zu dürfen. Laura sah, daß er zielstrebig auf Victoria Biddling zuging.

»Sie müssen Polizeiassistentin Rothe sein.«

Laura war so überrascht, die Gräfin plötzlich vor sich zu sehen, daß ihr die Worte fehlten.

»Guten Abend, gnädige Frau«, sagte Martin Heynel.

»Guten Abend, Oberwachtmeister.« Es klang verächtlich.

Er lächelte. »Ich bitte um Verzeihung, daß ich mich erboten habe, Fräulein Rothe mangels vorhandener männlicher Alternativen zu begleiten.«

»Haben Sie Dank für Ihre Einladung«, sagte Laura. »Ich kenne tatsächlich noch nicht sehr viele Leute in der Stadt.«

»Der Herr Oberwachtmeister hat sich also für Sie geopfert«, sagte die Gräfin spöttisch. Sie musterte Lauras Kleid. »Mein Kompliment zu Ihrer ausgesuchten Garderobe. Dürfte ich fragen, wer Ihr Schneider ist?«

»Meine Logiswirtin hat mir das Kleid geliehen«, sagte Laura verlegen.

»So? Ich würde behaupten, daß es aus der Werkstatt eines Präraffaeliten stammt.«

»Von wem, bitte?«

Gräfin von Tennitz lächelte. »Die englischen Vorläufer des *Art nouveau,* oder zu deutsch: Jugendstil. Lassen Sie mich raten: Edward Burne-Jones? James Whistler?«

»William Morris«, sagte Laura.

»Tatsächlich? Ihre Wirtin muß Sie sehr mögen. Morris' Kleider sind eine kostspielige Angelegenheit. Zumal er keine mehr herstellen kann. Er starb vor acht Jahren. Er war übrigens auch ein beachtenswerter Lyriker. Kennen Sie *Das irdische Paradies?*«

»Nein, leider nicht.«

»Sie sollten zu einem meiner nächsten Lesungsabende kommen, Fräulein Rothe. Wir sehen uns nachher sicher noch.«

»Frau von Tennitz scheint Sie nicht zu schätzen«, sagte Laura zu Martin.

Er zuckte die Schultern. »Lektion drei: Behandele eine Gastgeberin stets mit ausgesuchter Freundlichkeit, auch wenn du sie am liebsten erwürgen würdest.«

Bevor Laura etwas erwidern konnte, setzte die Tafelmusik ein, und die Gäste wurden in den Speisesaal gebeten.

＊

Der Abend hatte von Anfang an unter keinem guten Stern gestanden. Richard kam spät von der Arbeit, Flora wollte nicht ins Bett, und Vicki wurde mit ihrer Toilette nicht fertig. Victoria hatte Kopfschmerzen und nicht das geringste bißchen Lust, zu Cornelias Feier zu gehen. Um sie nicht zu düpieren, hätte eine Absage allerdings einer sorgfältigen Begründung bedurft, und dazu fehlte ihr die nötige Phantasie.

Die Fahrt ins Westend verlief schweigend. Richard und Vicki sahen aus dem Fenster, Victoria war mit ihren Gedanken bei Heiner Braun. Es tat ihr leid, daß sie ohne ein versöhnliches Wort gegangen war, aber ein Tränenausbruch in seinem Wäschekeller wäre doch zu peinlich gewesen. Im Grunde genommen war alles ihre Schuld. Er hatte mit Richard mehr als zwanzig Jahre zusammengearbeitet. Daß er gegen ihn Partei nahm, konnte sie nicht ernstlich erwarten.

Sie dachte an Karl Hopfs Geschenk. Der Stein hätte gut zu ihrem Kleid gepaßt, und sicher war Hopf enttäuscht, daß sie ihn nicht trug. Aber wie hätte sie ausschließen sollen, daß er eine Bemerkung machte, aus der Richard falsche Schlüsse zog? Vielleicht ergab sich im Laufe des Abends eine Gelegenheit, ihm ihre Beweggründe zu erklären. Sie wollte auf keinen Fall eine weitere Konfrontation mit Richard und war entschlossen, ihre eigenen Wünsche hintanzustellen, wenn es half, die Mißstimmigkeiten zwischen ihnen zu beseitigen.

Und dann waren sie keine fünf Minuten im Saal, und sie mußte erfahren, daß in Frankfurt die erste Frau in den Polizeidienst eingestellt worden war! Obwohl Richard wußte, wie sehr sie sich für diese Dinge interessierte, hatte er es mit keinem Wort erwähnt. Daß er mit diesem Fräulein Rothe und ihrem Begleiter dienstlich nichts zu tun hatte, glaubte sie ihm nicht, und der Gedanke, daß ihr Mann während seiner unzähligen Überstunden mit der Polizeiassistentin all die Fragen erörtert hatte, deren Beantwortung er ihr vorenthielt, war so verletzend, daß sie nur mit Mühe ihre Fassung wahren konnte. »Warum hast du mir nichts von ihr gesagt?« fragte sie, als sie weitergingen.

»Ich hielt es für unwichtig«, entgegnete Richard.

»Wenn du mich ohnehin zu nichts mehr brauchst, frage ich mich, wozu wir noch verheiratet sind!« sagte sie wütend.

Vicki verzog das Gesicht. »Mutter, bitte!«

Von der Tochter diszipliniert zu werden, war zuviel. Wortlos ließ Victoria die beiden stehen. Sie schaute sich nach Hopf um, aber er war nirgends zu entdecken. Statt dessen sah sie ihre Schwester und ihren Schwager in die Halle kommen. Marias mit Edelmarder appliziertes Kleid, ihr Brillantcollier, die mit Bändern verzierte Frisur: Alles an ihr war zu üppig. Theodor trug wie die übrigen Männer Frack und weiße Binde. Obwohl sein Haar anfing zu ergrauen, war er noch immer ein gutaussehender und stattlicher Mann, während Maria von Jahr zu Jahr mehr in die Breite gegangen war. Welche Vorwürfe sie sich gemacht hatte, die beiden zu verkuppeln! Dabei schien ihre Ehe trotz aller Gegensätzlichkeiten zu funktionieren. Besser jedenfalls als ihre eigene.

Victoria sah Cornelia die Treppe herunterkommen und stutzte. Aber ihre Aufmerksamkeit galt nicht ihrer Schwägerin, sondern dem Mann an ihrer Seite. Er hatte sie offenbar auch gleich erkannt, denn nach Cornelias Ansprache kam er zu ihr. »Guten Abend, Andreas«, sagte sie lächelnd. »Oder sollte ich Herr Hortacker sagen?«

»Bitte nicht, Fräulein«, er verbesserte sich, »Frau …?«

»Biddling.« Sie amüsierte sich über seinen ungläubigen Blick. »Hat Ihnen Cornelia etwa nichts erzählt?«

»Keinen Ton! Allerdings bin ich erst vor zwei Stunden angekommen. Unser Zug hatte einen Maschinenschaden. Ist Ihr Mann auch da?«

Victoria wies zum Saaleingang, wo Richard sich mit einem älteren Herrn unterhielt.

»Wer ist denn die hübsche junge Dame neben ihm?«

»Meine Tochter Vicki.« Victoria lächelte. »Es wäre mir ein Vergnügen, Sie miteinander bekannt zu machen.«

Richard schien sich ebenfalls zu freuen, Andreas Hortacker wiederzusehen. Sie wechselten ein paar Worte, und Andreas versuchte, Vicki in das Gespräch einzubeziehen. Ein Blick in das Gesicht ihrer Tochter genügte Victoria, um zu wissen, daß es ihm nicht gelingen würde.

Sie sah Karl Hopf zum ersten Mal, als sie zum Speisesaal gingen. Er unterhielt sich mit Maria und Theodor und gab anscheinend eine Anekdote zum besten, denn Maria lachte. Theodor flüsterte seiner Frau etwas ins Ohr. Ohne ein Zeichen von Eifersucht oder Mißtrauen ließ er sie zurück und begrüßte zwei Offiziere. Warum konnte Richard nicht genauso tolerant sein?

Hopf begegnete Maria ehrerbietig, ja fast huldvoll, und sie genoß seine Bewunderung mit sichtlichem Vergnügen. Victoria nickte ihnen zu, aber Hopf schien sie kaum wahrzunehmen. Richards Miene zeigte ihr, daß es auch das beste war. Mit der Platzkarte in der Hand ging sie die Tischreihen ab und ärgerte sich, daß ihre Schwägerin sie und Richard in den letzten Winkel der Tafel verbannt hatte. Nicht, daß sie besonderen Wert auf Cornelias Nähe gelegt hätte, aber den Blicken der anderen Gäste war anzusehen, daß sie sich die Mäuler darüber zerreißen würden, welchen Grund die Gräfin für diese Abstrafung haben mochte. Victoria nickte Andreas zu, der neben seiner Schwester Platz nahm. Auch das Fräulein Polizeiassistentin saß am Tisch der Gastgeberin. Allerdings schien Cornelia mit deren Begleiter alles andere als glücklich zu sein.

»Einen schönen guten Abend, verehrte, gnädige Frau! Das nenne ich aber eine glückliche Fügung, daß wir das Vergnügen haben werden, als Tischnachbarn zu speisen.«

Victoria bemühte sich um ein Lächeln, als sie dem Geschäftspartner ihres Vaters ihre Hand hinhielt. »Eine glückliche

Fügung? Gewiß, Herr von Brassbach.« Zu einer Zeit, als sie noch glaubte, mit ihrer Schwägerin eine Freundschaft pflegen zu können, hatte sie ihr gegenüber erwähnt, daß sie Meinolph von Brassbach nicht ausstehen konnte. Sie nahm Platz und studierte die Menuekarte. Man konnte von Cornelia halten, was man wollte, ihre Diners waren erstklassig. Und wenn schon sonst nichts stimmte an diesem Abend, wollte sie wenigstens das Essen genießen.

Laura betrachtete die Sammlung von Messern, Gabeln und Löffeln rings um ihren Teller und dankte Gott, daß Philipps Mutter ihr die grundlegenden Regeln einer Diner-Tafel beigebracht hatte.

»Hatten Sie angenommen, die Gräfin empfängt ihre Gäste mit Schmalzbroten in der Küche?« feixte Martin Heynel.

»Für einen geborgten Frack nehmen Sie Ihren Mund reichlich voll, Oberwachtmeister«, entgegnete sie, darauf bedacht, daß es ihr Nachbar, ein altehrwürdiger Herr, der sich als Professor Habelmilch vorgestellt hatte, nicht hörte.

Die Tafel war perfekt gedeckt: die Monogramme auf den Tellern waren mittig ausgerichtet, die Tellerränder schlossen exakt an der Tischkante ab. Tischtuch und Servietten waren aus Seidendamast, glänzten zart und wiesen nicht das kleinste Fältchen auf. Champagner-, Wasser- und Sherrygläser präsentierten sich in Reih und Glied hinter Weißwein- und Rotweinkelchen; Salz-, Pfeffer- und Senftöpfe waren ausreichend bemessen, der Tafelaufputz dezent gewählt.

Die mit Früchten und Pralinés bestückten Dessertaufsätze in der Mitte der Tische verrieten Laura, daß das Diner nach russischem Service erfolgen, die Speisen mithin ausnahmslos durch Diener aufgetragen und serviert werden würden. Wenigstens war sie damit der Pflicht enthoben, irgendwelche Schüsseln oder Platten weiterzureichen, wie es beim englischen Service gefordert wurde. Welche Peinlichkeit, wenn der Inhalt statt auf dem Teller auf dem Frack des Tischnachbarn landete, wie es ihr in Berlin mit einer Platte Austernpastetchen passiert war!

Die aus weißem Karton gefertigte Menuekarte lag rechts neben dem Gedeck. Am oberen Rand war das Familienwappen derer von Tennitz aufgedruckt, ein in Rot und Grün gehaltenes Fabeltier. Die Speisenfolge war in Französisch verfaßt, und Laura lief das Wasser im Mund zusammen, als sie las, was sie allein an Vorspeisen erwartete: Kanapees mit Kaviarauflage, eine Indische Schwalbennestersuppe, rote Meerbarben und Schollenfilet nach Art der Provence. Als Hauptgericht wurde Englischer Hammelrücken mit kalten und warmen Beilagen avisiert, als weitere Zwischengerichte folgten gedämpfter Auerhahn, Hirschfilet, Kalbskopf nach italienischer Art und Trüffelsalat. Ein Rumsorbet, gefüllte Taube, Sahnekarotten und Edeldisteln auf flämische Art leiteten über zu den *Entremets de douceur:* Pistaziencreme, Zitroneneis und gefrorene Mandarinen auf Bäumen, was immer das auch sein mochte. Mit Englischen Käsebrötchen, dem bereits eingestellten Dessert und Café schloß das Menue.

Laura registrierte mit einiger Schadenfreude, daß Martin Heynel offenbar kein Wort Französisch verstand. »Hatten Sie gedacht, daß Frau Gräfin in Frankfurter Mundart servieren läßt, Oberwachtmeister?«

»Das ist nicht im geringsten komisch!« zischte er.

Professor Habelmilch schaute distinguiert, und Laura wollte Martin gerade die passende Antwort geben, als ihr seine abfällige Bemerkung über das Citronengäßchen einfiel. Offenbar steckte ihm seine Proletarierherkunft wie ein Stachel im Fleisch. »Kaviarschnittchen«, flüsterte sie ihm zu, als Diener die ersten Platten hereintrugen.

Zwischen Schwalbennestersuppe und Meerbarben brachte Theodor Hortacker einen Toast auf seine Schwester aus, Andreas Hortacker wartete bis zum Auerhahn. Zwei Bekannte der Gräfin schlossen sich mit kurzen Reden an. Keiner von ihnen sprach länger als fünf Minuten, und Laura dachte mit Schaudern an das Berliner Diner, bei dem die Pastetchen nicht das einzige Unglück geblieben waren. Einer der Herren hatte sich zu einer Festrede berufen gefühlt, die fast eine Stunde gedauert und Gastgeber wie Geladene zur Verzweiflung getrieben hatte, da während des Vortrags weder serviert noch gegessen werden durfte.

Als der Kaffee serviert wurde, erhob sich ein Oberstleutnant. »Liebe Cornelia! Verehrte Gäste! Erlauben Sie mir ein kleines Schlußwort.« Seiner Plazierung nach gehörte er nicht zum engeren Umfeld der Gräfin, die vertrauliche Anrede ließ gleichwohl vermuten, daß er sie näher kannte. Seine Stimme verriet, daß er dem Wein mehr zugesprochen hatte, als ihm guttat.

»Der Genießer sagt: Den Schluß eines jeden guten Diners muß der Kaffee bilden. Recht hat er! Nun ist es allerorten bekannt, daß man im Ausland die Deutschen ob ihres Kaffees übel verhöhnt. Vor einigen Jahren erdreistete sich ein amerikanischer Steuermannsmaat, mich auf das Rezept der deutschen Kaffeezubereitung zu verweisen: Bringe eine Tonne Wasser zum Sieden, lege eine Kaffeebohne hinein und lasse den Sud einkochen, bis Geschmack und Aroma zu einem erträglichen Grad gemildert sind. Schütte nunmehr das Getränk in eine kalte Tasse und wickle einen nassen Lappen um deinen Kopf, auf daß du nicht zu sehr aufgeregt werdest … Nun, man wird es mir nicht verdenken, daß ich angesichts dieser Frechheit auch ohne Kaffee sehr aufgeregt wurde! Ich verzichte auf die Wiedergabe der Behandlung, die dieser Mensch durch meine Faust genießen durfte und schließe mit der Bemerkung, daß Cornelias Café der beste Beweis ist, daß uns Deutschen trotz allem ausländischen Gejaule auch in der Frage der Kaffeebereitung ein Platz an der Sonne gebührt!« Er genoß das zustimmende Nicken einiger gesetzter Herren und lächelte süffisant. »Wie Eingeweihte ja wissen, ist im Hause von Tennitz nicht nur der Kaffee von einer ganz besonderen Spezialität.«

Laura sah, wie Gräfin von Tennitz versuchte, Contenance zu wahren. Theodor Hortacker stand auf. »Mein lieber Bernegge«, sagte er jovial, »nachdem Cornelias vorzüglicher Kaffee durch Ihre Ausführung lau geworden ist, erlaube ich mir anzumerken, daß ich nachvollziehen kann, warum die Engländer unsere Flottenpolitik nicht begreifen. Wie sollten sie denn, wenn sich das deutsche Offizierskorps für braune statt für blaue Bohnen zuständig fühlt?«

Gelächter brach aus. Der Oberstleutnant setzte sich ohne ein weiteres Wort.

»Was könnte dieser Bernegge mit seiner Anspielung gemeint haben?« fragte Laura, als sie nach dem Essen mit Martin Heynel den Speisesaal verließ.

Er zuckte die Schultern. »Der Gräfin schadet es nichts, wenn sie hin und wieder in ihre Grenzen gewiesen wird.«

»Warum?«

»Sie ist eine Frau.«

»Ach?« sagte Laura wütend. »Und Sie meinen …«

»Ich meine, daß man eine sinnlose Diskussion am besten rasch beendet. Kennen Sie unser Stadtoberhaupt Adickes?«

»Nein.«

»Sollten Sie aber. Der Große da drüben, den die Gräfin in ein Gespräch zu verwickeln sucht.« Der Mann, auf den Heynel deutete, hatte einen imposanten grauen Bart und überragte sämtliche Umstehenden mindestens um Haupteslänge.

»Der Lange Franz«, sagte Laura lächelnd. »Wachtmeister Braun hat mir erzählt, daß man den Rathausturm nach ihm benannt hat und daß seine Arbeit von den Bürgern Frankfurts sehr geschätzt wird.«

»Ihre Freunde von der Sozialdemokratie bezeichnen ihn als einen sturen Verfechter antiquierten Herrenrechts.«

»Meine Ausführungen im Citronengäßchen waren rein theoretischer Natur.«

»Das beruhigt mich. Übrigens räumen selbst die ärgsten Sozialisten ein, daß unser Oberbürgermeister auf gutem Wege sei, aus einem vom Kasten- und Spießergeist beherrschten Provinznest eine moderne Großstadt zu machen. Allerdings kann ich mir kaum vorstellen, daß Wachtmeister Braun zu seinen Bewunderern zählt.«

»Warum?«

»Adickes läßt in der Altstadt ganze Häuserzeilen abreißen, um neue Straßen zu bauen. Fragen Sie Braun mal nach dem Projekt Braubachstraße. Er wird ein Gesicht ziehen, als habe er einen verdorbenen Hering verspeist.«

»Ich verstehe nicht, was Sie gegen ihn haben!«

»Ich habe nicht das geringste gegen ihn, Polizeiassistentin. Ich halte es lediglich für sinnlos, meine Gunst an Verlierer zu verschwenden.«

Gräfin von Tennitz kam zu ihnen. »Herr Oberbürgermeister Adickes möchte Sie gerne kennenlernen, Fräulein Rothe.«

Martin Heynel verbeugte sich. »Ich gebe Fräulein Rothe vertrauensvoll in Ihre geschätzte Obhut, Frau von Tennitz, und empfehle mich.«

Laura sah ihm ratlos hinterher. Hatte er auf eine Gelegenheit gewartet, sie loszuwerden, um Vicki Biddling den Hof zu machen? Es war ihr nicht entgangen, daß er während des Essens immer wieder in ihre Richtung geschaut hatte. Sie sah ihn zum Tanzsaal gehen und fühlte eine solche Eifersucht, daß sie glaubte, daran zu ersticken.

»Geht es Ihnen nicht gut?« fragte Cornelia von Tennitz.

Sie rang sich ein Lächeln ab. »Doch. Ausgezeichnet, Frau Gräfin.«

Oberbürgermeister Adickes sah aus der Nähe noch beeindruckender aus. Laura kam sich wie ein Zwerg neben ihm vor, ein Eindruck, der sich rasch verflüchtigte. Er hatte lebhafte Augen und ein Lächeln, das ihr jede Scheu nahm. Es gefiel ihr, daß er auf die gängigen Floskeln verzichtete, als er sich nach ihrer Arbeit erkundigte.

»Seien Sie froh, daß Sie keine Million auf der Bank haben, Fräulein Rothe«, sagte Cornelia von Tennitz. »Nach einer kleinen Plauderei mit Herrn Adickes wären Sie sie schneller los, als Sie sich drehen könnten.«

Er lächelte. »Nur ein ausdauernder Wille führt zum Sieg, gnädige Frau.«

»Den Willen haben Sie, fürwahr! Nach meiner letzten Stiftungszeichnung hat mich der Schwindel gepackt.«

»Das tut mir aufrichtig leid, Frau von Tennitz. Aber wenn Sie es sich nicht leisten könnten, hätte ich nicht gefragt.«

Die Gräfin sah Laura an. »Einer der von unserem Oberbürgermeister solcherart Befragten hat gemeint, daß es ihn billiger käme, wenn er ihn aus eigener Tasche pensionieren müßte, als wenn er im Amt bleibt.«

»Sagen Sie ihm, ich bin betrübt, sein Angebot ablehnen zu müssen.« Cornelia von Tennitz lachte, und Laura bekam eine Ahnung, warum dieser Mann überall so viel Respekt genoß.

»Obwohl er kein Frankfurter ist, hat er eine einmalige Intuition für die gesellschaftlichen und kulturellen Ressourcen dieser Stadt«, sagte die Gräfin, als sie weitergingen. Sie zeigte auf einen älteren Mann mit schlohweißem Haar und Bart. »Er hat ihn hergeholt. Leopold Sonnemann, Begründer und Herausgeber der *Frankfurter Zeitung,* langjähriges Mitglied der Stadtverordnetenversammlung und von solchem Einfluß, daß er schon für Adickes' Vorgänger Miquel den Königsmacher spielte. Sonnemann gehörte zu den Finanziers des Opernhauses und hat den Städelschen Museumsverein initiiert.« Sie lächelte. »Ich habe mir sagen lassen, daß es Zeiten gab, in denen die Redaktionsräume seiner Zeitung einmal pro Woche von der Polizei auf den Kopf gestellt wurden. Heute lesen die Herren im Präsidium das Blatt, statt es zu konfiszieren … Ach ja, die Gesichter der beiden Damen dort am Fenster sollten Sie sich merken. Die ältere heißt Bertha Pappenheim und leitet das jüdische Mädchenwaisenhaus in der Theobaldstraße. Außerdem gibt sie Literaturkurse. Ihre Gesprächspartnerin ist Henriette Fürth. Vielleicht haben Sie sie schon in der Centrale für private Fürsorge gesehen?«

»Ich bedaure, nein.«

»Sie hat eine beachtliche Abhandlung über das Pflegekinderwesen in Frankfurt geschrieben. Sie sollten sie unbedingt lesen.«

»Ja, sicher.« Laura schwirrte der Kopf von den Namen und Fakten.

Die Gräfin lachte. »Ich gebe zu, das ist ein bißchen viel auf einmal. Passen Sie auf, was geschieht, wenn eine Frau es wagt, sich politisch zu äußern.« Sie steuerte auf ein Grüppchen Männer zu, das angeregt diskutierte.

»Es ist ungeheuerlich, was dieser Döllmann in der Concordia von sich gegeben hat!« erregte sich einer der Diskutanten, ein wohlbeleibter Mann mit schweißglänzender Stirn. »Gesinnungslumpen hat er uns genannt! Speichellecker, die den Ministern in Berlin die Füße küßten!«

»Was regst du dich auf, Arnold? Es verbietet sich jedem vernünftigen Bürger, eine Sekunde über dieses Sozialistenpack nachzudenken – außer, wie man es am schnellsten wieder aus dem Parlament entfernt!« sagte ein zweiter Mann mit Kneifer auf der Nase.

»Schlimm genug, wenn einer in der Stadtverordnetenversammlung Quark redet«, bemerkte ein dritter mit Kaiser-Wilhelm-Bart, und alle lachten.

»Dem Zensus sei Dank, wird sich das hoffentlich so bald nicht ändern«, sagte der Wohlbeleibte.

»Sie finden es also richtig, daß nur neun Prozent aller Bürger dieser Stadt ihre Vertreter wählen dürfen?« fragte Cornelia von Tennitz freundlich.

Die Männer starrten sie an. »Ist das nicht ein zu rauhes Terrain für eine so zarte Frau wie Sie?« fragte der Wohlbeleibte.

Sie lächelte. »Mein lieber Wolffenhagen, Sie wissen doch: Segel setzen ohne Wind hat keinen Sinn. Im übrigen wüßte ich nicht, warum Sie sich vor ein bißchen Quark und einem Treppchen fürchten sollten.«

»Wollen Sie damit andeuten, daß Sie mit diesen Vaterlandsverrätern paktieren, gnädige Frau?«

»Ach was. Ich bin bloß dafür, daß Frauen das Wahlrecht bekommen.«

Den Herren fehlten die Worte. Die Gräfin schenkte ihnen ein liebreizendes Lächeln und ging mit Laura weiter. »Ich wette, daß das Thema jetzt nicht mehr die Sozialdemokratie ist«, sagte sie belustigt.

»Was haben Sie mit Quark und Treppchen gemeint?« fragte Laura.

»Max Quarck ist der erste Sozialdemokrat, der es in die Frankfurter Stadtverordnetenversammlung geschafft hat. Dort sitzt er seit drei Jahren, und man befürchtet, die Wahl im November könnte ihm Verstärkung verschaffen. *Zum Treppchen* ist ein sozialdemokratisches Parteilokal. Vilbeler Straße 36.«

»Dann sind Sie also doch Sympathisantin der Sozialdemokratie?«

»Wenn sie meinem Ziel nützt, bin ich Sympathisantin jeglicher politischen Bewegung.«

»Und was ist Ihr Ziel?«

»Macht und Einfluß, meine Liebe. Das ist das einzige, was in der Welt der Männer zählt. Hat die Presse eigentlich schon Interesse an Ihnen bekundet?«

»Nein. Warum?«

»Sie haben einen außergewöhnlichen Beruf, oder?«

»Ich bin erst eine Woche da und habe bislang eher im Verborgenen gewirkt. Außerdem halten mich die meisten Bürger aufgrund meines unseligen Aufzugs für eine Krankenschwester.« Auf Gräfin Tennitz' fragenden Blick fügte sie hinzu: »Man hat mir angeordnet, meinen Dienst in Schwesterntracht zu verrichten.«

»Ach ja? Dann sollte ich vielleicht mal mit Burkhard reden, daß sich das ändert.«

»Burkhard?«

»Polizeirat Franck.«

»Wie machen Sie das?«

»Was? Daß sie mir zuhören, obwohl ich eine Frau bin? Meinem Vater gehört die zweitgrößte Privatbank in Frankfurt. Und ich bin auch nicht gerade unvermögend.« Sie lächelte. »Glauben Sie mir: Mindestens die Hälfte der Anwesenden würde mich am liebsten den Mainfischen zum Fraß vorwerfen.«

»Warum laden Sie sie dann zu Ihrer Feier ein?«

»Sie müssen noch viel lernen, Fräulein Rothe. Wie gestaltet sich eigentlich Ihre Zusammenarbeit mit Oberwachtmeister Heynel? Läßt der Gute Sie irgend etwas selbst tun, oder müssen

Sie ihn vor dem Nachhausegehen schriftlich um Erlaubnis bitten?«

Laura sah in Richtung des Tanzsaals, aus dem die Klänge eines Walzers kamen. Sie hatte sich oft genug über Martin Heynel geärgert, aber es gefiel ihr nicht, daß die Gräfin so abfällig über ihn sprach. »Wir kommen zurecht.«

»In jeder Beziehung?«

»Ich verstehe nicht …?«

»Wenn ich richtig informiert bin, hat der Oberwachtmeister eine ausgesuchte Art, die Dinge anzugehen. Heynelsche Regularien vom Keller bis zum Dach gewissermaßen.«

»Wie meinen Sie das?«

»Wie meine ich was?«

Laura merkte, daß ihr das Blut zu Kopf stieg. »Was soll das bitte heißen: Regularien bis zum Dach?«

»Ich wollte ausdrücken, daß Herr Heynel sicherlich ein überaus korrekter preußischer Beamter ist. Mit allen Vorzügen und Nachteilen, die das mit sich bringt.«

»Ah ja. Verstehe.«

»Ich will Ihnen nicht zu nahe treten, Fräulein Rothe. Sie sollten aber bedenken, daß ein Lustspiel mitunter zur Tragödie werden kann. Sie entschuldigen mich?« Mit einem charmanten Lächeln wandte sie sich zwei älteren Damen zu.

Laura wäre am liebsten in einem Mauseloch verschwunden. Woher wußte die Gräfin von ihrem Verhältnis? Ja, wußte sie es überhaupt? Oder hatte sie sich einfach einen Reim gemacht und ins Blaue hineingesprochen? Warum hatte sie sie vor Martin Heynel gewarnt? Oder wie sollte sie ihre letzte Bemerkung sonst deuten? Eine der beiden Frauen vom Fenster kam auf sie zu. Laura versuchte, sich an ihren Namen zu erinnern.

»Henriette Fürth«, stellte sie sich vor. »Ich arbeite an einer Publikation über Mutterschutz, und Herr Ammerland von der Centrale für private Fürsorge sagte, daß Sie mir vielleicht mit Erfahrungen aus Ihrer Arbeit dienen könnten. Sie sind auch Jüdin, nicht wahr?«

»Ich bin aus beruflichen Gründen konvertiert.«

»Bitte verzeihen Sie. Ich wollte nicht indiskret sein. Ich meinte mich bloß zu erinnern, Gräfin von Tennitz habe erwähnt, daß Sie der jüdischen Gemeinde in Berlin angehören.« Sie lächelte. »Inzwischen scheint sie sich ja mit Ihrer Existenz abgefunden zu haben.«

»Bitte?« fragte Laura verständnislos.

»Gräfin von Tennitz hat recht hartnäckig versucht, eine weibliche Polizei zu verhindern. Und fast hätte sie es geschafft. Zum Glück ist Geld nicht alles.«

Laura glaubte, sich verhört zu haben. »Man sagte mir, sie habe sich sehr für die Stelle einer Polizeiassistentin eingesetzt!«

»Ja, sicher. Nachdem sie nicht mehr zu vermeiden war.« Sie winkte einer jungen Frau zu. »Ich glaube, ich werde vermißt. Wir sehen uns sicher später noch.«

Lauras Gedanken schlugen Kapriolen. Warum erzählte hier ein jeder etwas anderes? Sie sah Martin Heynel aus dem Tanzsaal kommen. »Warum schauen Sie denn so grimmig?« fragte er lächelnd.

Ein Geburtstagsdiner war sicher nicht der rechte Ort, die Dinge zwischen ihnen zu regeln, aber es fiel ihr schwer, ruhig zu bleiben. »Die Frage zeugt von reichlicher Arroganz, Oberwachtmeister!«

»Sind Sie böse, weil ich Ihnen nicht den ersten Tanz geschenkt habe? Ich gebe zu, das war ein schlimmer Fauxpas. Sagen Sie mir, wie ich ihn wiedergutmachen kann.«

Laura starrte ihn an. Glaubte er, daß sie sich von ihm zum Narren halten ließ? Sie drehte sich um und ging. Im Arkadengang zur Halle holte er sie ein. »Laura! Was ist los?«

»Woher weiß die Gräfin von uns?«

»Was?«

Tränen brannten ihr in den Augen. »Macht es Ihnen Spaß, mich zu demütigen, ja?«

Er zog sie in eine Nische. »Was hat sie gesagt?«

»Zum Beispiel, daß es bei dem Herrn Oberwachtmeister gewisse Dachstuhlregularien gibt.«

Sie sah, wie die Adern an seinem Hals schwollen. »Diese verdammte …!« Er verschluckte den Rest. »Die Gräfin will, daß Sie kündigen, damit ihre Favoritin die Stelle bekommt. Dafür tut sie alles.«

»Den Eindruck hatte ich aber ganz und gar nicht!«

»Den Eindruck hat man bei ihr nie. Das ist ja das Problem.« Er strich ihr über die Wange, aber sie wischte seine Hand weg.

»Woher kennen Sie sie?«

Für einen Moment stutzte er. »Kennen? Nein, das ist zuviel gesagt. Frau von Tennitz hat sich über die Arbeitsbedingungen einer künftigen weiblichen Polizei informiert. Da war eine Begegnung mit mir nicht zu vermeiden.«

»Gerade vorhin sagte mir jemand, daß sie diese Stelle überhaupt nicht wollte.«

»Ich habe sie überzeugt, daß sie niemandem zum Nachteil gereicht. Das hat sie beruhigt.«

»Warum mag sie Sie dann nicht?«

Er fuhr die Konturen ihrer Lippen nach, küßte ihr Dekolleté. »Glaubst du wirklich, ich bespräche mit ihr solche Dinge?«

»Martin!« Sie hielt seine Hände fest. »Bist du verrückt? Wir können nicht hier …«

»Es sieht uns keiner, oder?«

Sie wurde wütend. »Ach ja? Und daß Sie mit Vicki Biddling verliebte Blicke tauschen, sieht auch keiner. Was sind Sie bloß für ein Mensch!«

Schulterzuckend ließ er sie los. »Dann eben nicht.«

Als zum nächsten Tanz aufgespielt wurde, war er verschwunden. Laura brauchte nicht lange zu suchen, bis sie ihn mit Vicki Biddling auf der Tanzfläche entdeckte. Keine Sekunde länger würde sie bleiben! Allerdings gebot es die Höflichkeit, sich von der Gräfin zu verabschieden. Laura konnte sie jedoch weder in der Halle noch im Tanzsaal finden. Sie ließ sich ihren Mantel geben und ging über den Arkadenflur zum Ausgang. »Auguste Deter ist zu jung für eine senile Demenz«, hörte sie einen Mann sagen.

»Was heißt zu jung? Ich bin zwar nicht vom Fach, aber so ungewöhnlich sind die Symptome nicht, oder?« sagte ein zweiter.

Laura schaute sich neugierig nach den Sprechern um. Sie standen in einem Seitengang und bildeten ein so gegensätzliches Gespann, daß sie lächeln mußte: der eine klein und eher schmächtig, der andere groß und stämmig wie ein Bär. Um ihre Köpfe, schmal und grauhaarig der eine, wuchtig und kahlgeschoren der andere, waberte Zigarrenrauch, offenbar der Grund, warum sie sich hierher zurückgezogen hatten.

»Entschuldigen Sie bitte. Darf ich Sie etwas fragen?« Die beiden sahen sie erstaunt an. »Laura Rothe, Polizeiassistentin«, stellte sie sich vor. »Sie sprachen gerade über senile Demenz. Sind Sie Ärzte?«

»Gestatten: Dr. Alois Alzheimer, ehedem Irrenarzt an hiesiger Anstalt, nunmehr wissenschaftlicher Assistenzarzt an der Königlichen Psychiatrischen Klinik der Universität München«, stellte sich der Bär mit einem verschmitzten Lächeln vor.

»Dr. Ehrlich«, sagte der zweite.

»Etwa Dr. Paul Ehrlich?« fragte Laura.

Er nickte.

»Ich habe vor einigen Jahren im Jüdischen Krankenhaus in Berlin gearbeitet«, sagte Laura. »Mein damaliger Chef, Dr. Bremm, hat mit Ihnen zusammen in Leipzig studiert.«

»Gustav Bremm?«

»Ja. Er hat sich gern und oft über Ihre Erkenntnisse zum Sauerstoffbedürfnis des Organismus ausgelassen und mir erzählt, daß Sie bei Ihren Mitstudenten als *Ehrlich färbt am längsten* bekannt waren.«

Dr. Alzheimer lachte. »Das ist gut, ja.«

»Du mußt reden.« Dr. Ehrlich sah Laura an. »Er hat seine Doktorwürde mit einer Dissertation über Ohrenschmalzdrüsen erlangt.«

»Immerhin war ich der erste, der sich je ernsthaft für Ohrenschmalzdrüsen interessiert hat. Und es war mir ein Vergnügen, zu beweisen, daß deren Produkt kein Abfall der Hirntätigkeit ist, wie meine geschätzten Kollegen zu behaupten pflegten.«

Dr. Ehrlich lächelte. »Womit können wir Ihnen denn dienen, Fräulein Rothe?«

»Ich habe eine gute Bekannte, die sich in letzter Zeit etwas merkwürdig verhält.« Laura schilderte, was sie an Helena Braun beobachtet hatte, war aber darauf bedacht, keinen Namen zu nennen.

»Wie alt ist sie?« fragte Dr. Alzheimer.

Laura überlegte. »Ich glaube, Anfang sechzig.«

»Auszuschließen ist eine beginnende Demenz in diesem Alter nicht. Genausowenig wie eine Geisteskrankheit anderer Art. Ist sie erblich belastet?«

»Das weiß ich leider nicht. Sie erwähnten vorhin eine Frau Deter. Was ist denn das für eine Krankheit, die Sie an ihr beobachtet haben?«

»Ob es eine neue Krankheit oder einfach eine Abart einer gewöhnlichen Demenz ist, werden umfangreiche weitere Studien erbringen müssen«, sagte Dr. Alzheimer. »Die Patientin wurde im Herbst vor zwei Jahren ins Irrenhaus eingeliefert, weil sie ihren Mann nicht mehr erkannte. Damals war sie einundfünfzig Jahre alt. Mittlerweile weiß sie nicht einmal mehr, wie sie heißt.« Er sah sie aufmerksam an. »Diese Bekannte steht Ihnen sehr nahe?«

Laura nickte. »Gibt es eine Möglichkeit, etwas dagegen zu tun? Es aufzuhalten?«

»Sie sollten nicht gleich vom Schlimmsten ausgehen«, sagte Dr. Alzheimer freundlich. »Die von Ihnen beobachteten Gedächtnislücken können durchaus eine harmlose Ursache haben. Ist Ihre Bekannte in ärztlicher Behandlung?«

»Nein.«

»Ich reise leider morgen nach München zurück. Aber vielleicht sprechen Sie mal mit meinem früheren Chef, Dr. Sioli? Sagen Sie ihm, daß ich Sie schicke.«

»Wo finde ich ihn?«

Er nannte ihr die Anschrift des Irrenhauses. Laura bedankte sich. »Vielleicht nützt mir dieser Kontakt auch im Rahmen meiner Fürsorgetätigkeit bei der Polizei.«

»Ich habe die Einrichtung einer weiblichen Polizei übrigens begrüßt«, sagte Dr. Ehrlich. »Es kann nur von Vorteil sein, wenn bei den amtsärztlichen Untersuchungen eine Frau assistiert.« Auf Lauras fragenden Blick fügte er hinzu: »Ich habe berufliches Interesse an Ihrer Arbeit.«

»Er erforscht die Krankheit, deren Namen man öffentlich nicht nennt«, sagte Dr. Alzheimer. »Und außerdem hantiert er mit Giften herum, daß es einem schummerig werden kann.«

»Ich bin überzeugt, daß eine wirksame Bekämpfung der Infektionskrankheiten nicht durch Serumtherapie, sondern nur durch eine Chemotherapie möglich sein wird«, sagte Dr. Ehrlich. »Sei es nun die Schlafkrankheit oder die Syphilis.«

»Sie behandeln Syphilis?« fragte Laura.

»Solange der Erreger dieser Seuche nicht gefunden ist, können wir leider nicht viel mehr als ins Blaue hinein doktern«, sagte Dr. Ehrlich.

»Ich hatte gerade gestern einen akuten Fall.« Laura schilderte ihm, welche Symptome Käthe Heusohn aufwies.

Er hörte ihr aufmerksam zu, stellte immer wieder Zwischenfragen, und Laura wunderte sich, daß er sie ohne weiteres als gleichwertigen Gesprächspartner akzeptierte. Als sie eine entsprechende Bemerkung machte, lächelte er. »Ich schätze weiblichen Sachverstand. Wenn Sie mögen, besuchen Sie mich doch einmal in meinem Labor. Im Moment sieht es allerdings ein wenig unordentlich aus.«

Dr. Alzheimer lachte, daß sein Schnauzer zitterte. »Ein wenig unordentlich? Wenn man dein Arbeitszimmer betritt, muß man aufpassen, daß man nicht von Bücherstapeln erschlagen wird! Und ich zweifle, ob die Zuwendung der Gräfin und die großzügig gewährte Million der Witwe Speyer etwas daran ändern werden.«

»Eine Million Mark? Für die Erforschung der Syphilis?« Als Laura den entsetzten Blick zweier vorbeigehender Damen sah, merkte sie, daß sie wohl etwas zu laut gesprochen hatte.

Die Männer lachten. »Ich kann mir vorstellen, daß Sie es im Polizeipräsidium nicht immer leicht haben«, sagte Dr. Ehrlich.

»Immerhin weiß ich, daß es meiner Sache dient, einflußreiche Fürsprecher zu haben. Auf Ihr Angebot komme ich bei Gelegenheit gern zurück, Dr. Ehrlich.«

Als Laura sich von den Männern verabschiedete, sah sie Gräfin von Tennitz zu einer Tür am Ende der Arkaden gehen. Sie folgte ihr. Die Tür führte in den Garten. Laternen tauchten eine Steinbank und einen Brunnen in gelbes Licht. Von der Terrasse drang Stimmengewirr. Die Gräfin öffnete den Kragen ihres Kleides und sank auf die Bank. Laura erschrak. Was hatte sie? War sie krank? Sie ging zu ihr hin. »Kann ich Ihnen helfen?«

Sie fuhr zusammen, als habe sie der Teufel angesprochen. »Was tun Sie hier? Spionieren Sie mir etwa nach?«

»Aber nein!« Der Lichtschein fiel auf ihr blasses Gesicht, das tintenschwarze Haar, den entblößten Hals. »Ich … Ich wollte mich nur verabschieden, Frau von Tennitz.«

Die Gräfin stand auf. »Entschuldigen Sie meine Unhöflichkeit. Ich wünsche Ihnen eine angenehme Heimfahrt.«

Laura nickte. Sie war nicht in der Lage, etwas zu sagen. Was sie sah, war ein Schattenspiel, ein Trugbild ihrer überreizten Nerven! Erst, als sie auf der Straße stand, fiel ihr ein, daß sie keinen Wagen bestellt hatte.

✳

Victoria war es nicht entgangen, daß die Gunst ihrer Tochter nicht Andreas Hortacker, sondern dem Begleiter von Polizeiassistentin Rothe galt, der das überhaupt nicht zu gefallen schien. Offenbar brachte das Fräulein dem Wachtmeister mehr als kollegiale Achtung entgegen. Sie sah hübsch aus, aber sie war keine Schönheit. Neben ihrem stattlichen Begleiter wirkte sie fast ein wenig langweilig. Als Cornelia sie in Beschlag nahm, schien es ihn nicht im mindesten zu stören. Die Musik spielte auf, und die meisten Gäste wechselten in den Tanzsaal. Andreas Hortacker hatte augenscheinlich vor, Vicki aufzufordern, aber der Wachtmeister war schneller.

Andreas kam zu ihr. »Darf ich Sie um den Tanz bitten, gnädige Frau? Oder erhalte ich einen zweiten Korb?«

Victoria reichte ihm den Arm. »Machen Sie sich nichts daraus, Andreas. Es wird noch andere Gelegenheiten geben.« Sie mischten sich unter die Tanzenden, und Victoria dachte, daß es lange her war, seit Richard sie zuletzt zu einem Walzer aufgefordert hatte.

»Oh! Entschuldigung!« sagte Andreas beschämt, als er ihr auf den Fuß trat.

»Was immer Sie all die Jahre in Berlin getrieben haben: Tanzunterricht war nicht dabei, oder?«

Er zuckte die Schultern. »Ich glaube, ich bin für Geselligkeiten dieser Art nicht sehr geeignet.«

Sie lachte. »Das waren Sie schon vor zwanzig Jahren nicht. Aber dafür haben Sie jede Menge anderer achtenswerter Eigenschaften, die meiner Tochter sicher nicht verborgen bleiben werden, wenn Sie ihr außerhalb eines Ballsaals begegnen.«

»Sie meinen …«

»Ich meine, Sie sollten Ihre Bemühungen nicht vorschnell einstellen. Vicki hat zwar nicht allzuviel mit mir gemein, aber eines ganz gewiß: recht eigensinnig zu sein, was die Auswahl ihres Zukünftigen angeht.«

Er lächelte. »Wenn das so ist, versuche ich mein Glück am besten gleich noch mal.«

Sie verließen die Tanzfläche. Victoria sah sich nach Richard um. Er unterhielt sich mit Meinolph von Brassbach. Anscheinend war das Thema nicht nach seinem Geschmack; jedenfalls schien er sich zu freuen, daß sie ihm einen Grund gab, das Gespräch zu beenden.

»Ich habe in meinem Leben noch nicht so viel und so gut auf einen Schlag gegessen wie heute abend«, sagte er, als sie alleine waren.

»Cornelia hat sich in der Tat selbst übertroffen. Das Diner muß ein Vermögen gekostet haben.«

Er berührte sacht ihren Arm. »Bitte entschuldige, daß ich vorhin so kurz angebunden war.«

»Ich verlange ja gar nicht, daß du mir irgendwelche polizeilichen Geheimnisse verrätst«, sagte Victoria. »Mir reicht schon das Gefühl, daß irgendwo in deinem Leben ein bißchen Platz für mich ist.«

»Aber Victoria! Es steht doch außer Zweifel …« Er sah Cornelia und Karl Hopf kommen, und seine Miene wurde starr.

Cornelia war blaß, ihr Lächeln wirkte angestrengt. Hopf küßte Victoria die Hand. »Gestatten Sie mir ein Kompliment, gnädige Frau: Sie sehen bezaubernd aus.«

»Geht es dir nicht gut, Cornelia?« fragte Victoria.

»Es könnte mir nicht besser gehen!« Sie sah Richard an. »Weißt du eigentlich, daß du mir um ein Haar mein Geburtstagsfest verdorben hättest? Einfach einen meiner engsten Freunde einzusperren!«

»Ich glaube nicht, daß ich noch ein Wort darüber zu verlieren hätte«, sagte Richard kühl.

»Du könntest dich immerhin für deine falsche Verdächtigung bei Herrn Hopf entschuldigen, oder?«

»Es gibt nichts zu entschuldigen.«

Hopf lächelte. »Laß gut sein, Cornelia. Ich bin nicht nachtragend.« Er sah Victoria an. »Haben Sie meine Sendung erhalten?«

Wie konnte er in dieser Situation davon anfangen! »Meine Zofe sagte mir, es sei etwas abgegeben worden. Aber leider hatte ich noch keine Zeit, mich darum zu kümmern.«

»Schade. Ich dachte, ich könnte Ihnen eine Freude damit machen.«

»Glauben Sie nur nicht, daß die Sache ausgestanden ist, Hopf«, sagte Richard. »Und jetzt ist es Zeit für uns, zu gehen.«

»Meinst du nicht, daß du ein wenig überreagiert hast?« fragte Victoria, als sie in den Tanzsaal gingen, um Vicki abzuholen.

»Was war das für eine Sendung?« fragte er verstimmt.

»Eine Grußkarte.«

»Und was stand darauf?«

»Bitte, Richard! Du hast nicht den geringsten Grund, mir zu mißtrauen.«

»Er sagte: Sendung. Nicht Karte. Was hat er dir geschickt?«

»Einen Kristall!« sagte sie verärgert. »Weil wir uns darüber unterhalten hatten, und zwar ohne jede hintergründige Absicht. Wenn du mir nicht glaubst, frag Flora. Sie war dabei.«

»Das geht postwendend zurück.«

»Es ist ein persönliches Geschenk, und ich lasse mir von dir nicht vorschreiben, ob ich es annehme oder nicht!«

Richard winkte Vicki von der Tanzfläche. Ihr gefiel es gar nicht, daß sie nach Hause mußte, aber Richard duldete keinen Widerspruch. Vickis Miene war anzusehen, daß sie ihrer Mutter die Schuld an dem verdorbenen Abend gab. Die Rückfahrt verlief so schweigend wie die Hinfahrt. Sobald sie im Haus waren, verschwand Vicki nach oben.

Louise gab Richard einen Brief. Er riß ihn auf und las. »Eine Nachricht von Braun. Ich muß noch mal weg.« Er steckte das Schreiben ein und ging.

Victoria hätte am liebsten geweint. »Bringe mir bitte einen Tee in die Bibliothek«, sagte sie zu Louise.

»Sie wollen noch lesen?« fragte die Zofe erstaunt.

»Nein. Nachdenken. Ich glaube, es ist die rechte Zeit dazu.«

Kapitel 15

Abendblatt   Samstag, 5. März 1904

Frankfurter Zeitung
und Handelsblatt

Der Raubmord auf der Zeil. Der Polizeibericht schreibt heute: »In der Raubmordsache Lichtenstein werden alle diejenigen Personen, die den Möbelträger Oskar Bruno Groß bis zum Moment seiner Festnahme irgendwo gesehen haben, ersucht, sich sofort auf dem Polizeipräsidium zu melden.«

Gordon-Bennett-Preise. In der in Berlin erscheinenden »Automobilwelt«, einer illustrierten Zeitschrift für die Interessen des Automobilwesens, wird andauernd ein heftiger Kampf gegen die »Gordon-Bennett-Preise« der Homburger und Frankfurter Hoteliers geführt. Die »Automobilwelt« meint, »daß das Gordon-Bennett-Rennen in Frankfurt a. M. mit einem großen Rupf gefeiert werden soll« und wiederholt ihre Mahnung, »Frankfurt a. M. während der Gordon-Bennett-Woche möglichst zu meiden, und wenn nicht anders, den Aufenthalt dort nach Möglichkeit abzukürzen, sowie dort keine Einkäufe zu machen.« Das schießt doch weit übers Ziel hinaus, das ist ja die reinste Boykotterklärung.

Was gibt es denn Wichtiges zu berichten, daß Sie mich zu nachtschlafender Zeit zu sich beordern?« fragte Richard, als Heiner ihm öffnete.

»Morgen wäre es noch früh genug gewesen, Herr Kommissar.«

»Erzählen Sie mir nichts! Wenn Sie *bitte baldmöglichst* schreiben, weiß ich, was ich davon zu halten habe, Braun.«

Er lächelte, aber Richard sah, daß ihm nicht danach war. »So feierlich, daß Sie im Frack erscheinen müssen, ist mein Bericht allerdings nicht.«

»Ich komme gerade von einem Abendessen bei meiner Schwägerin.«

»Ach ja, Gräfin von Tennitz' Geburtstagsdiner. Fräulein Rothe ist auch eingeladen. Sie war ganz aufgeregt.«

Richard legte ab, und sie gingen in die Küche. Heiner deutete zum Herd.

»Möchten Sie einen Kaffee? Frisch gekocht.«

»Nein. Raus mit der Sprache!«

Heiner holte ein mit Bleistift beschriebenes Blatt Papier aus der Tischschublade. Es war schmuddelig und an einer Seite eingerissen. »Das habe ich nach dem Abendessen unter meiner Haustür gefunden.«

Richard studierte die Nachricht, ohne Punkt und Komma aneinandergesetzte Wörter, die voller Fehler waren: *Fritz kahn unfal net Man is dochsror fom schtingtämche Bockem biss Pokonni.* »Die Sache mit Fritz Wennecke bei Pokorny & Wittekind war kein Unfall. Nun gut, das ist keine allzu neue Erkenntnis. Könnten Sie mir für den Rest eine Übersetzung anbieten?«

»*Bockem* ist die mundartliche Bezeichnung für Bockenheim«, sagte Heiner. »Aber *Dochsror? Schtingtämche?* Tut mit leid, da muß ich passen. Was ich daraus lese, ist, daß ein Mann von Bockenheim bis zu Pokorny & Wittekind gelangt ist. Da sich das Betriebsgelände von Pokorny jedoch in Bockenheim befindet, ist es wohl so zu deuten, daß die besagte Person von irgendeiner Ecke in Bockenheim aus ins Industriegebiet an der Kreuznacher Straße gegangen ist.«

»Das ist nicht verboten, oder? Im Ernst: Was ist an diesem Wisch so bemerkenswert, außer der Tatsache, daß ein Analphabet Buchstabensortieren geübt hat?«

»Die Rückseite, Herr Kommissar.«

Richard drehte den Zettel. Man sah den Ziffern und Buchstaben an, mit welcher Anstrengung sie zu Papier gebracht worden waren. *Man wont 18 Unnermaa Kei.*

Richard wurde blaß. »Der Mörder wohnt im Untermainkai 18?«

»Ob mit *Mann* der Mörder gemeint ist, sei dahingestellt. Ich schlage vor, wir trinken einen Kaffee und überlegen in Ruhe, was zu tun ist.«

»Als wenn ein Kaffee mir helfen könnte.«

Heiner stellte Victorias Tassen auf den Tisch. »Ich gehe sicher recht in der Annahme, daß in Ihrem Haushalt außer Ihnen, Ihrem Schwiegervater und dem Bruder Ihrer Frau auch männliche Bedienstete leben?«

Richard nickte. »Der Kutscher, der Gärtner und zwei Stallburschen.«

»Wenn dieser Mann, wer immer damit gemeint ist, tatsächlich in Ihrem Haus wohnt und nicht nur zufällig hineingegangen ist, was man ja nicht ausschließen kann, haben wir also sechs zur Auswahl.«

»Sieben«, sagte Richard sarkastisch.

Heiner lächelte. »Sie gestatten, daß ich Sie erst einmal nicht dazurechne.« Er goß Richard Kaffee ein. »Fritz Wennecke ist einem Anschlag zum Opfer gefallen. Ein Mann, der irgend etwas darüber weiß, wohnt in Ihrem Haus. Das ist alles, was der oder die Unbekannte berichtet, und mehr sollten wir nicht hineingeheimnissen. Sicher ist, daß unser Mitteiler des Schreibens nicht sehr kundig ist und Frankfurter Mundart spricht.«

»Aber warum meldet sich diese Person erst jetzt?« fragte Richard. »Wir führen die Ermittlungen seit Januar!«

»Wir hatten darüber gesprochen, daß ich mich ein bißchen umhören wollte. Das habe ich heute getan. Offenbar habe ich jemanden aufgeweckt, und dieser Jemand will mir sagen, daß ich weitermachen soll.«

»Ich hoffe, Sie haben nicht die halbe Altstadt befragt, Braun.«

Heiner zuckte die Schultern. »Zuerst war ich bei der Schwester von Oberwachtmeister Heynel. Es stimmt, was Paul sagt: Lotte wußte nichts von einem Streit zwischen ihm und Fritz Wennecke. Sie sagte, sie habe mit Wennecke keinen Umgang gepflegt, aber so ganz glaube ich ihr das nicht. Sie war nervös wie eine Wespe vorm Stich.«

»Konnte sie sagen, ob Heynel nach seinem Wechsel zur Polizei noch regelmäßig Kontakt zu Wennecke hatte?«

»Was ihren Bruder anging, war Lotte sehr zugeknöpft. Er führe sein eigenes Leben, sie wisse nichts, Punktum. Es gibt aber nur einen nachvollziehbaren Grund für ihn, in so einer banalen Sache zu lügen: Fritz Wennecke persönlich hat ihm von dem Streit mit Paul erzählt.«

Richard nickte. »Und weil Wennecke anderntags tot war, müßte dieses Gespräch am Sonntag abend stattgefunden haben, was bedeutet, daß nicht Paul Heusohn, sondern Oberwachtmeister Heynel Wennecke zuletzt lebend gesehen hätte.«

»Selbst, wenn es so wäre, beweist das nicht viel. Er kann ihn zufällig getroffen haben, vielleicht sogar auf dem Weg zu seiner Schwester.«

»In diesem Fall hätte er keinen Grund, zu lügen.«

»Aber auch keinen, ihn umzubringen.«

»Und wo waren Sie danach?« fragte Richard.

»Bei Käthe Heusohn. Leider konnte ich nicht mit ihr sprechen. Sie schlief.« Heiner fuhr sich übers Gesicht. »Es ist furchtbar.«

»Fräulein Rothe tut alles, um der Familie zu helfen.«

»Ja, sicher. Aber wenn Sie Käthe gekannt hätten, früher, meine ich.« Er sah zum Fenster. »Mein Gott, warum muß sie so enden!«

Richard sah die ärmliche Kammer vor sich, die ausgezehrte, fiebernde Frau, den Jungen, der im Begriff war, sein Leben wegzuwerfen. Das Lächeln der kleinen Annika, für die ein Butterbrot das höchste Glück auf Erden bedeutete. Und er aß bei Cornelia Kaviar! Er wußte, daß viele Menschen in der Stadt ähnlich lebten wie Käthe Heusohn und ihre Kinder, aber durch Paul hatte die Armut ein Gesicht bekommen. Pünktlich um sieben war er zum Dienst erschienen, peinlich bemüht, den vorangegangenen Tag vergessen zu machen. Richard konnte ihn verstehen, und wenn der Junge nicht das Bedürfnis hatte, zu reden, würde er es auch nicht tun.

»Danach habe ich noch mal mit Elfriede Wennecke gesprochen«, fuhr Heiner fort. »Erinnern Sie sich, wie verzweifelt sie war, als wir ihr die Todesnachricht überbrachten?«

»Wobei ihre Trauer weniger ihrem Mann als dem Verlust seiner Einkünfte geschuldet schien«, sagte Richard.

»Wenn man weiß, was Wennecke für ein Mensch war, kann man ihr das kaum verdenken. Und daß sie Existenzsorgen hat, ist auch normal. Aber als ich heute bei ihr war: Keine Spur mehr davon! Sie hat sich neue Garderobe angeschafft und einiges an Hausrat. Angeblich hat sie beim Ausräumen von Wenneckes Bett zweihundert Mark gefunden.«

»Bei den krummen Geschäften, die ihr Gatte betrieb, wäre das nicht ungewöhnlich, oder?«

»Sie hätten ihr Gesicht sehen sollen«, sagte Heiner.

»Vielleicht hatte sie Angst, daß Sie das Geld konfiszieren.«

»Im Januar schreit sie Zeter und Mordio, wir sollen den Tod ihres Mannes aufklären, und kaum zwei Monate später schweigt sie wie ein Grab? Da stimmt doch etwas nicht!«

»Wie Sie sicher noch wissen, bezogen sich ihre Flüche auf die Herren Fabrikbesitzer, denen es egal ist, wenn ein Arbeiter krepiert, solange sie zwei Pfennige sparen können.«

»Sie meinen, das Geld stammt von Pokorny?«

Richard zuckte die Schultern. »Auszuschließen ist das nicht. Dummes Gerede schadet dem Ruf. Da ist eine diskrete finanzielle Trauerhilfe unter Umständen der für beide Seiten angenehmere Weg. Vielleicht wird es ja tatsächlich mit der Wartung der Maschinen nicht so genau genommen. Was am Ende doch für einen Unfall spräche.«

Heiner zeigte auf den Zettel. »Oder dem Mörder die Arbeit erleichtert hat, was ich für die wahrscheinlichere Alternative halte. Als ich Elfriede Wennecke fragte, warum sie das Geld erst jetzt gefunden hat, regte sie sich so auf, daß sie ihren Sohn hinauswarf, bloß, weil er anfing zu weinen. Der Junge scheint überhaupt der einzige zu sein, der Wennecke vermißt. Ein schlechter Vater war er offenbar nicht.«

»Ich werde Frau Wennecke noch mal zum Verhör laden lassen«, sagte Richard. »Aber im Untermainkai hilft uns das nicht weiter. Wo waren Sie noch?«

»Ich habe den einen oder anderen Bekannten getroffen.«

Richard verzog das Gesicht. »Das heißt, Sie haben mit geschätzten zwei Dutzend Ihrer Altstadtfreunde diskutiert, die inzwischen mit geschätzten fünf weiteren Dutzend geplaudert haben dürften, so daß sich die Frage nach dem Urheber der anonymen Nachricht erübrigt.«

Heiner grinste. »Hat vielleicht einer der Angestellten Ihres Schwiegervaters früher bei Pokorny gearbeitet? Oder über Verwandte oder Bekannte einen Bezug dorthin?«

»Ich werde es überprüfen.«

»Es könnte lohnen, die Mitarbeiterliste des Kaufhauses einzusehen. Unter Umständen führt eine Verbindung zu Wennecke.«

Richard rieb sich die Schläfen. »Mein Schwager hat sich bei Lichtenstein Geld geliehen, das er nicht zurückzahlen kann. Außerdem ist er Kunde in der *Laterna Magica*, wenngleich nicht bei Zilly. Sagt er zumindest. Ob und wie das mit Wennecke zusammenhängen könnte, weiß ich nicht. Herrje! Wenn ich wenigstens sicher wäre, ob dieser ganze Kuddelmuddel einer oder zwei Fälle sind.«

»Wer immer die Maschine bei Pokorny manipuliert hat: Er kannte sich nicht nur gut aus, er war auch darauf bedacht, nicht aufzufallen. Das kann man von Raubmördern, die ihre Tat quasi unter den Augen der Öffentlichkeit begehen, wohl kaum behaupten. Was dafür spricht, daß das eine mit dem anderen nichts zu tun hat.«

»Sicher«, sagte Richard. »Bleibt nur die unwesentliche Frage, warum Hopf sich für den Fall Wennecke interessiert. Und warum Oberwachtmeister Heynel mit allen Mitteln verhindern will, daß man ihn mit Wennecke in Verbindung bringt, während er gleichzeitig Informationen über Zilly zurückhält, die in der Sache Lichtenstein eine undurchsichtige Rolle spielt. Ganz abgesehen davon, daß Zilly wiederum Hopf kennt, und zwar so gut, daß er sie in den widerlichsten Posen ablichtet und in einem Privatschrein ausstellt. Soll ich Ihnen was sagen? Ich fühle mich langsam wie Hermann Neander.« Auf Brauns fragenden Blick fügte er hinzu: »Einer der Männer, die den toten Lichtenstein gefunden haben. Man hat ihn ins Irrenhaus gesteckt.«

Heiner trank seinen Kaffee aus. »Ah ja, stimmt. Ich hab's in der Zeitung gelesen.«

Sie hörten die Haustür und kurz danach jemanden die Treppe hochgehen. »Das ist bestimmt Fräulein Rothe«, sagte Heiner. »Sie muß reichlich müde sein, wenn sie nicht mehr hereinschaut.«

Richard stand auf und nahm die Kanne vom Herd. »In der Sache Lichtenstein hat Beck übrigens einen weiteren Verdächtigen ermittelt.« Er schenkte Heiner Kaffee nach und berichtete von der Fahndung nach Friedrich Stafforst.

»Das spricht um so mehr dafür, daß wir die Fälle Lichtenstein und Wennecke getrennt sehen sollten«, sagte Heiner. »Außerdem dürfen Sie nicht vergessen, was der Vorarbeiter bei Pokorny gesagt hat. Da der Dampfhammer montags früh unmittelbar nach dem Druckaufbau in die Luft flog, muß die Manipulation am Sonntag oder in der Nacht zum Montag erfolgt sein, wegen des Risikos einer Entdeckung aber auf jeden Fall außerhalb der Arbeitszeit. Wie Sie wissen, gab es nirgends Aufbruchspuren, der Täter gelangte also vermutlich auf legalem Weg in die Firma. Das jedoch dürfte weder Oberwachtmeister Heynel, noch Käthes Jungen, noch einer Person aus Ihrem Haus möglich gewesen sein.«

»Es sei denn, sie haben einen Gehilfen in der Firma gehabt, was bei Oberwachtmeister Heynel am wahrscheinlichsten ist, da er früher bei Pokorny gearbeitet hat«, sagte Richard.

»Heynel hat kein Motiv.«

»Was wissen Sie eigentlich über Pauls leiblichen Vater?«

Heiner lächelte. »Ich freue mich, daß Ihnen Käthes Junge am Herzen liegt.«

Richard rührte in seinem Kaffee. »Paul sagt, er sei Polizeibeamter gewesen und mittlerweile pensioniert.«

Heiner wurde ernst. »Ich vermute, daß Käthe mit Gewalt gebraucht wurde und das mit dem Polizisten erfunden hat, um ihrem Jungen die traurige Wahrheit zu ersparen. Auf keinen Fall hat sie sich aus Jux und Tollerei mit irgendeinem Mann eingelassen!«

»Und Ihnen liegt das rote Käthchen am Herzen, was?«

Heiner betrachtete seine Tasse. »Ich habe versucht, ihr die Heirat mit Eckhard Heusohn auszureden. Ich wußte, daß das kein gutes Ende nimmt. Und wünschte mir nichts mehr, als unrecht zu haben.«

Richard sah zur Uhr. »Mitternacht durch, und wir sind keinen Schritt weiter.«

»Erlauben Sie mir eine persönliche Anmerkung, Herr Kommissar?«

»Spucken Sie's aus.«

»Heute vormittag traf ich in der Stadt zufällig Ihre Frau. Ich hatte den Eindruck, es geht ihr nicht gut.«

»Hat sie sich über mich beschwert?« fragte Richard ungehalten.

Heiner schüttelte den Kopf. »Nach dem, was Sie mir über den Vorfall in Niederhöchstadt gesagt haben, könnte ich mir vorstellen, daß es vielleicht damit zusammenhängt.«

»Ich habe nichts dagegen, wenn sie Bekannte und Freunde besucht, aber nicht diesen Hopf!«

»Das verstehe ich durchaus. Die Verdachtsmomente gegen ihn…«

»Der allergrößte Verdachtsmoment gegen ihn ist, daß ich ihn auf den Tod nicht ausstehen kann.«

Heiner grinste. »Dieses bemerkenswerte Ermittlungsergebnis sollten wir mit einem Apfelwein krönen, meinen Sie nicht?«

Als Louise morgens in sein Zimmer kam, hatte Richard kaum zwei Stunden geschlafen. Er wünschte Heiner Braun sonstwohin und die gesamte Frankfurter Apfelweinproduktion dazu. Wie immer, wenn er dieses Teufelszeug anfaßte, hatte er nach dem zweiten Glas keine Lust mehr gehabt, zu gehen.

Louise zog die Vorhänge auf und öffnete das Fenster. »Einen schönen guten Morgen, gnädiger Herr!«

Richard quälte sich aus dem Bett. »Ob dieser Morgen schön ist, wage ich zu bezweifeln.«

Louise schüttelte das Federzeug auf. »Ihr Frühstück steht im kleinen Salon.«

»Könnten Sie mir einen Gefallen tun?«

»Nein, gnädiger Herr! Ich höre ganz bestimmt nicht auf, Ihnen zu sagen, daß Sie morgens etwas essen sollten.«

»Ich wollte fragen, ob Sie mir das Ganze vielleicht als Vesper einpacken könnten?«

Sie sah ihn ungläubig an. »Sagen Sie bloß, meine Worte sind endlich auf fruchtbaren Boden gefallen?«

»Wie könnte ich Ihnen auf Dauer widerstehen, Louise? Legen Sie bitte zwei oder drei Extrabrote dazu. Und sagen Sie dem Kutscher, er soll anspannen. Ich werde ab heute zum Präsidium fahren.«

Der alten Zofe blieb der Mund offen stehen, und Richard mußte trotz seines Brummschädels lachen. Sie hatte das Zimmer kaum verlassen, als Victoria hereinkam. »Was hast du denn mit Louise angestellt? Sie war so durcheinander, daß sie mir nicht mal guten Morgen gewünscht hat.«

»Ich habe ihr lediglich gesagt, daß ich mein Frühstück mit ins Präsidium nehme. Du bist früh wach.«

»Und du bist spät ins Bett, oder? Ich habe dich nicht nach Hause kommen gehört.« Sie berührte sein Gesicht. »Keine Angst. Ich frage nicht, was Herr Braun von dir wollte.«

»Ich verspreche dir, wenn dieser Fall abgeschlossen ist …«

Sie legte ihm die Hand auf den Mund. »Wir reden darüber, wenn es soweit ist, ja?«

Er nahm ihre Hand und küßte sie. »Ich liebe dich, Victoria.«

»Ich dich auch. Du glaubst gar nicht, wie sehr.« Sie lächelte. »Du mußt los, nicht wahr?«

»Ach wo. Zehn Minuten habe ich noch.« Er hob sie hoch und trug sie zum Bett. »Vielleicht auch zwölf oder fünfzehn, hm?«

»Ich glaube, ich komme zum ersten Mal in meinem Leben zu spät«, sagte Richard, als er sich hastig ankleidete.

Victoria sah ihm amüsiert zu. »Das werte ich als hoffnungsvolles Zeichen.«

»Das sieht mein Chef sicher anders.« Er küßte sie. »Aber so grimmig kann er gar nicht schauen, als daß ich auf das Vergnügen verzichtet hätte. Bitte warte heute abend nicht auf mich.«

Victoria nickte. Als er gegangen war, ließ sie sich mit einem wohligen Seufzer ins Bett zurückfallen. Warum konnte es nicht immer so zwischen ihnen sein? Sie lächelte. Vermutlich hatte sie diese Versöhnung Heiner Braun zu verdanken. Trotzdem: Sie mußte es akzeptieren, daß er Richards Vertrauter war, nicht ihrer. Es war unredlich gewesen, ihn zwischen die Stühle zu zwingen. Nachher würde sie ihm einen Brief schreiben und sich entschuldigen. Und endlich die Sache Hopf in Angriff nehmen! Wenn Richard einen Unschuldsbeweis wollte, sollte er ihn haben. Mit Schwung warf sie die Decke zurück und stand auf.

Vicki und Flora saßen schon am Tisch, als Victoria eine halbe Stunde später ins Eßzimmer kam. »Ich fahre nachher mit Großpapa in die Stadt!« sagte Flora freudestrahlend.

»Das ist schön.« Victoria setzte sich. Wenn sie Richards Argumente widerlegen wollte, mußte sie zunächst wissen, was er Karl Hopf überhaupt vorwarf. Sie würde mit Hopf reden müssen, und zwar bald. Es fragte sich nur, wie sie das am klügsten anstellte.

»Du hörst mir gar nicht zu, Mama!«

Victoria schrak zusammen. »Was?«

»Großpapa will mir ein Fahrrad kaufen!«

»Das ist schön, ja.«

Vicki verzog das Gesicht. »Ich dachte immer, ohne Fleiß kein Preis.«

»Es tut mir leid, daß wir gestern abend so zeitig gehen mußten«, sagte Victoria. Sie lächelte. »Ich kannte Andreas Hortacker schon, als er noch ein Junge war.«

»Er ist ein ziemlich langweiliger Mensch.«

Tessa kam herein und gab Vicki einen Brief. »Der Bote sagt, es sei dringend, gnädiges Fräulein.«

Vicki stand auf. »Ihr entschuldigt mich?«

Victoria sah ihr überrascht hinterher. Von wem bekam ihre Tochter plötzlich eilige Botschaften?

»Begleitest du uns, Mama?« fragte Flora.

»Wohin?«

»Ich hab' dir doch gerade gesagt, daß Großpapa mir ein Fahrrad schenken will!«

»Fahrt ihr mal. Ich habe zu tun.«

Nach dem Frühstück klopfte Victoria an Vickis Zimmer. Ihre Tochter lag auf dem Bett und blätterte in einem Buch. »Was liest du denn Schönes?«

»Du willst wissen, was in dem Brief stand, oder?«

»Mütter sind eben neugierig.«

»Martha Kamm lädt heute nachmittag zum Tee und erwartet Nachricht, ob ich kommen kann. Erlaubst du es?«

Victoria nickte. »Ich glaube, Andreas Hortacker ...«

»Wir trinken einen Kaffee zusammen, wenn er kommt. Zufrieden?«

»Du solltest ihm eine Chance geben.«

Sie klappte das Buch zu. »Wir werden sehen.«

In der Bibliothek war es wohlig warm, im Kamin knisterte das Feuer. Auf dem Tisch lag Hopfs Päckchen. Victoria nahm den Kristall heraus. Eine kleine Aufmerksamkeit eines Freundes. Nichts weiter. Richard mußte das einsehen! Sie befestigte den Stein an der goldenen Kette, die sie von ihrem Vater zu Weihnachten bekommen hatte; er fühlte sich kühl an auf ihrer Haut. Sie legte Holz nach und sah dem Spiel der Flammen zu. *Das Geheimnis des Geheimnisses ist, daß die Lösung in ihm selbst verborgen liegt. Du mußt bloß nach der richtigen Farbe suchen.* Welche Farbe mochte die Wahrheit haben? Und welche die Lüge?

Victoria setzte sich an ihren Schreibtisch und begann einen Brief an Heiner Braun, aber ihr fielen nicht die richtigen Worte ein. Nach dem dritten Versuch gab sie auf. Sie holte ihre Tagebücher aus dem Geheimfach und blätterte darin.

15. Juni 1882
Was für ein schlimmer Tag! Marias Freundinnen waren da. Dumme Hühner allesamt! Und ich mußte den ganzen Vormittag an dieser schauderhaften Decke sticken. Zum Glück kann ich ja meine Gedanken auf die Reise schicken, während ich

brav lächle. Genauso wie gestern, als dieser eingebildete Kom-
missar Biddling wieder hier war. Ein schrecklicher Mensch!
Und später hat Papa mich ausgeschimpft, weil ich David
verprügelt habe. Dabei hatte der Dummkopf die Backpfeifen
mehr als verdient. Aber das Allerschlimmste ist, daß Papa von
mir verlangt, Theodor zu heiraten! Nie im Leben werde ich das
tun! Das habe ich bei meinem Spiegelbild geschworen: Wenn
ich überhaupt jemals heirate, dann ganz gewiß nur einen
Mann, den ich mir selbst aussuche!

Nein, sie hatte Richard nicht gemocht. Ein preußischer Beamter
reizte zum Widerwort, nicht dazu, ihn zu lieben. Wie sehr sie
sich getäuscht hatte! Sie lächelte. Wenn sie auf ihre Eltern gehört
hätte, wäre sie heute mit Theodor Hortacker verheiratet. Eine
unerquickliche Vorstellung. Victoria schlug das Buch zu. Ganz
gleich, welche Wahl ihre Tochter träfe: Sie würde sie respektieren. Und jetzt war es Zeit, mit der Arbeit zu beginnen.

Sie suchte alle Zeitungen heraus, die seit Lichtensteins Tod erschienen waren und schnitt die entsprechenden Artikel aus.
Zwar hatte sie die Berichterstattung über den Mord verfolgt,
aber systematisch war sie nicht vorgegangen. Die Schilderung
der grausamen Einzelheiten verursachte ihr auch beim zweiten
Lesen eine Gänsehaut. Wie konnte Richard annehmen, daß
Karl Hopf zu einer solchen Tat fähig wäre?
　Plötzlich glaubte sie, seine grünen Augen zwischen den Zeilen zu sehen, spöttisch und geheimnisvoll. Keine Frage: Hopf
war ein attraktiver Mann. Konnte es sein, daß Richard eifersüchtig auf ihn war? Der Gedanke tat gut. Auch wenn er die Sache sicher nicht beförderte.
　Victoria legte die Artikel nach Datum geordnet aufeinander
und fing an, Notizen zu machen. *Die Polizei ist fast noch schweigsamer geworden.* Wie wahr! Der tatverdächtige Klaviertransporteur Groß hatte sich gestellt und war in Haft. Und sein Komplice
sollte Karl Hopf sein? … *setzt die Polizei ihre Nachforschungen
auch nach anderer Richtung eifrig fort.* Wurde damit Hopfs Fest-

nahme in Niederhöchstadt umschrieben? Mit Schaudern dachte sie an die kaum verschorften Striemen auf seinem Rücken. Wer hatte ihm das angetan? Und warum? *Denn man muß immer mit der Möglichkeit rechnen, daß Groß nicht der Täter ist, und es ist darum notwendig, unausgesetzt den vorhandenen Spuren nachzugehen und neue ausfindig zu machen.*

Tessa kam herein. »Sie haben Besuch, gnädige Frau.«

Victoria betrachtete die Karte. »Ich lasse bitten.«

Karl Hopf trug einen Straßenanzug und sah zerknirscht aus. Victoria reichte ihm die Hand. »Daß Sie sich nach Ihrem Fauxpas noch hertrauen, finde ich mutig.«

Er bemerkte den Kristall und lächelte. »Schön, daß Sie inzwischen eine halbe Minute zum Auspacken erübrigen konnten.«

»Mit Ihrer dummen Bemerkung haben Sie mich in eine unmögliche Lage gebracht!«

»Das tut mir aufrichtig leid.« Er nahm einen der Zeitungsartikel. »*Der Polizei waren bis gestern insgesamt zweihundertundachtzehn Mitteilungen in der Mordsache zugegangen.* Eine davon bin ich.«

»Sie wurden entlassen.«

»Nicht in den Augen Ihres Mannes.«

»Und warum?«

»Er mag mich nicht. Wie andere mich auch nicht mögen.«

Sie deutete auf seinen Rücken. »Zum Beispiel der, der das getan hat?«

»Für einen Mörder gehalten zu werden, ist schlimmer.«

»Warum verdächtigt Richard Sie?«

»Das erwähnte ich bereits, oder?«

»Ein Bordellbesuch rechtfertigt keinen Mordverdacht.«

»Tja, das sagen Sie mal Ihrem Mann.«

Als sie sich empören wollte, machte er eine beschwichtigende Handbewegung. »Ich nehme an, Ihr Mann hat sich von Gendarmeriewachtmeister Baumann aus Schönberg berichten lassen.« Auf Victorias Blick fügte er hinzu: »Der Uniformierte, der in Niederhöchstadt dabei war. Er glaubt, ich habe meine Frau umgebracht und trieb es mit seinen Ermittlungen so arg, daß sein Chef ihm ein Disziplinarverfahren aufbrummte. Seitdem haßt er mich und stürzt sich mit Verve auf alles, was seine abstruse Theorie stützen könnte. Sogar den Tod der armen Ännie will er mir ankreiden.«

»Wer ist Ännie?«

»Die alte Frau, die in der Hütte lebte. Sie war die persönliche Dienerin meiner Frau und ertrug es nicht, daß ihre geliebte Josefa mit mir glücklich war.«

»Dann ist diese Ännie bei dem Feuer ums Leben gekommen?« Er nickte. »Wissen Sie, wie das ist, einsam zu sein? Sehnsucht zu haben ... nachts?«

Sie berührte seinen Arm. »Ich verurteile Sie nicht. Ich möchte nur wissen, was die Wahrheit ist.«

»Im Gegensatz zu mir war Hermann Lichtenstein verheiratet. Offenbar wurde er von der Dame anschließend ... nun ja, diskret belästigt. Das kommt vor.«

Victoria wußte, was er meinte. Viele Ehemänner gingen ins Bordell, und es gab Dirnen, die ihr Wissen nutzten, um sich durch Erpressung ein kleines Zubrot zu verdienen. Das hatte sie von Heiner Braun zu einer Zeit erfahren, die so lange zurücklag, daß sie manchmal zweifelte, ob es sie je gegeben hatte. »Erzählen Sie mir ein wenig von sich.«

Hopf grinste. »Ich habe Ihnen doch gesagt, wo Sie meine Biographie finden.« Er nahm eins von Doyles Büchern aus dem Regal und schlug es auf. »*Kenntnisse in Literatur: Null.* Da irrt Watson gewaltig, denn Sherlock Holmes glänzt durchaus mit Zitaten! *Kenntnisse in Politik: Schwach.* Ist eigentlich der Russisch-Japanische Krieg schon zu Ende? *Kenntnisse in Botanik: Gut in Belladonna, Opium und generell Gift ...* Nun ja. *Kenntnisse in Chemie: Umfassend. Kenntnisse in Anatomie: Genau, aber unsystematisch.* Richtig. *Kenntnisse in Sensationsliteratur: Ungeheuer. Er scheint jede Einzelheit jeder in diesem Jahrhundert begangenen Schreckenstat zu kennen.* Da hat der Gute übertrieben! Ich kenne bestenfalls die Hälfte. *Er ist ein geübter Stock- und Degenfechter.* Stimmt.« Er klappte das Buch zu und stellte es zurück. »Noch Fragen?«

»Wollen Sie mich auf den Arm nehmen?«

»Sie erinnern mich an Cornelia.«

»Danke für das Kompliment.«

Er lachte. »Warum mögen Sie sie eigentlich nicht?«

»Weil sie nicht ist, was sie vorgibt, zu sein.«

»Und was gibt sie vor?«

Victoria schwieg. Sollte sie ihm etwa sagen, daß Cornelia sie bei ihren Leseabenden der Lächerlichkeit preisgegeben und Richard ungeniert Avancen gemacht hatte? Beim Gedanken daran wurde ihr heiß vor Wut.

»Cornelia ist eine schöne Frau, und sie ist frei«, sagte Hopf.

»Mein Mann ist es nicht!«

Er lächelte. »Sie hätte es nicht getan.«

»Was?«

»Sie liebt andere Spiele.«

»Ich weiß, daß sie mich haßt«, sagte Victoria. »Und Sie können ihr gern sagen, daß ich es weiß.«

»Warum sollte ich?«

»Sie sind doch so gut und eng mit ihr befreundet.«

Hopf berührte den Kristall in ihrem Dekolleté. Victoria nahm seine Hand weg. Er verzog spöttisch das Gesicht. »Haben Sie mal daran gedacht, daß Ihre Schwägerin mit Ihnen das gleiche Problem haben könnte wie Sie mit ihr? Man neidet anderen das am meisten, was man selbst am schmerzvollsten entbehrt, nicht wahr? Cornelias Ehe mit Graf Tennitz war eine Tragödie. Und jetzt muß ich gehen.«

»Ich habe aber noch Fragen! Ich will …«

»Meine Unschuld beweisen, jaja. Besuchen Sie mich bald? Professor Moriarty wartet.«

Victoria lächelte. »Wissen Sie eigentlich, warum Sherlock Holmes der beste und klügste Detektiv der Welt ist?«

»Sicher«, sagte er grinsend. »Weil Mister Doyle und ich scharfsinnige Menschen sind und uns das so ausgedacht haben.«

»Nein. Weil der dumme Dr. Watson es behauptet. Grüßen Sie den Professor von mir.« Als Hopf gegangen war, schlug Victoria ihr Tagebuch auf und tauchte die Feder in die Tinte.

5. März 1904, 11 Uhr morgens
Und wenn dieser Tag dreimal in der Hölle endet – er begann
himmlisch! Richard kam zu spät zum Dienst, und ich habe
Karl Hopf sprachlos gemacht.

✳

Im Wandelgang des Palmengartens blühten die letzten Kamelien, aber Vicki hatte keinen Blick für die Herrlichkeit. Er wartete, wie angekündigt, am Eingang zum großen Palmenhaus, und ihr Herz klopfte, als sie ihn sah. Verlegen streckte sie ihm ihre Hand hin. Er verbeugte sich und deutete einen Kuß an. »Ich freue mich, daß Sie kommen konnten, gnädiges Fräulein.«

Sie zupfte sich eine Locke aus der Stirn. »Meine Zofe ist verschwiegen. Und meine Mutter glaubt, ich bin beim Tee.«

»Dann ist es ja ein Glücksfall, daß wir uns zufällig hier getroffen haben«, sagte er lächelnd.

✳

Laura stöhnte, als sie aufstand. Helenas Schuhe paßten perfekt zu Morris' Kleid, für eine Stadtdurchquerung waren sie denkbar ungeeignet. Aber eher hätte sie sich die Zunge abgebissen, als Martin Heynel um Geld für eine Droschke zu bitten. Heiner Braun saß allein beim Frühstück. »Was haben Sie denn?« fragte er erschrocken.

Sie winkte ab. »Habe ich das heute nacht richtig gehört, daß Kommissar Biddling da war?«

»Ja. Ich hatte gehofft, Sie trinken noch ein Glas Apfelwein mit uns.«

»Meine Füße waren dagegen.« Sie setzte sich und nahm eine Scheibe Brot aus dem Korb. »Sagen Sie, woher wußte Ihre Frau, daß Gräfin von Tennitz eine Anhängerin der Reformmode ist?«

»Helena ist firm in solchen Dingen.«

»Die Gräfin meinte, daß das Kleid eine kostspielige Angelegenheit war.«

»Das mag sein.«

Laura sah sein Gesicht und schämte sich. Wie konnte sie so taktlos sein! Helena den früher gewohnten Lebensstil nicht bieten zu können, mußte schmerzvoll für ihn sein. »Ihre Frau hat gesagt, daß sie das Kleid überhaupt nicht mag und nur einmal getragen hat.«

Er lächelte. »Hat Ihnen die Feier gefallen?«

»Das Essen war gut.«

»Nur das Essen?«

»Ich habe einige interessante Leute kennengelernt. Unter anderem auch Herrn Adickes.«

»Er ist einer der besten Bürgermeister, die wir je hatten.«

»Und was ist mit dem Projekt Braubachstraße?«

Er zuckte die Schultern. »Ein anderer hätte sie wahrscheinlich doppelt so breit geplant.«

»Oberwachtmeister Heynel zum Beispiel«, sagte Laura, und sie brachte es tatsächlich fertig, zu lächeln.

Als sie ins Büro kam, saß Martin Heynel an seinem Schreibtisch und las. Nach einer förmlichen Begrüßung widmete sich jeder seiner Arbeit. Keine Stunde hielt Laura das Schweigen aus. »Herrgott! Was dachten Sie, das ich tue? Haben Sie überhaupt eine Ahnung, wie demütigend Ihr Verhalten für mich war?«

»Daß Sie mich haben stehenlassen wie einen dummen Jungen – ist das vielleicht weniger demütigend?«

»Wie ich feststellen konnte, haben Sie sich trotzdem bestens amüsiert.«

»Tut es sehr weh?« fragte er mit Blicken auf ihre Füße.

»Ich muß arbeiten.«

»Ich auch«, sagte er und ging.

Lauras Hände zitterten, als sie an ihrem Bericht weiterschrieb. Eine Träne tropfte aufs Papier. Trotzig wischte sie sie weg. Wie dumm war sie, anzunehmen, ein Mann wie Martin Heynel könnte anderes im Sinn haben als ein bequemes, schnelles Abenteuer?

Es dämmerte schon, als sie das Büro verließ. Der Flur war leer. Sie zögerte. Ein Blick über die Stadt, eine letzte Erinnerung an ein bißchen Glück: War das so ein schlimmer Wunsch, daß sie ihn sich versagen mußte? Die Treppe knarrte leise, als sie hinaufging. Im Dunkel brannte eine Kerze. Martin Heynel schloß das Fenster. »Schön, daß du endlich da bist.«

In der folgenden Woche besuchte Laura das Armenamt, den Verein für Volkskindergärten und das jüdische Mädchenwaisenhaus von Bertha Pappenheim. Sie bedankte sich mit einem Brief bei Gräfin Tennitz für die Einladung, diskutierte mit der Vorsitzenden des Vaterländischen Frauenvereins und erntete wegen ihrer Konversion Verständnislosigkeit in der jüdischen Gemeinde. Von Gräfin Tennitz hörte sie nichts, und ein bißchen war sie traurig darum.

Martin Heynel arbeitete morgens im Büro, nachmittags war er unterwegs, warum und wohin sagte er nicht. Zum Feierabend gingen sie auf den Boden, schauten am Montag der untergehenden Sonne zu, am Dienstag grauen Wolken und am Mittwoch dem Regen, der auf die staubigen Dächer fiel. Laura spürte, wie es auch Martin nach der gestohlenen Stunde verlangte und daß sie die gleiche Macht über ihn haben konnte, die er über sie hatte.

Aber sie haßte das erniedrigende Versteckspiel, die vorgeschobenen Förmlichkeiten im Büro, die verstohlenen Blicke, die Einsamkeit nachts in ihrem Bett. Sie liebte ihren Beruf, sie wollte ihn nicht aufgeben. Mit welchem Recht verlangte man von ihr, wie eine Nonne zu leben?

Martin lächelte, als sie fragte, ob er sie zu ihrem oder zu seinem Nutzen verleugne, ihren Versuch, sein Zuhause kennenzulernen, wies er mit einem Hinweis auf seine neugierige Wirtin ab. Nach einer Woche kannte Laura jeden Zentimeter seiner Haut, aber noch immer keinen Winkel seiner Seele.

Heiner Braun fragte nichts, wenn sie nach Hause kam. Sie war ihm dankbar für sein Schweigen, wie er ihr dankbar war fürs Reden, über Ermittlungen, Fälle, Menschen, denen sie half. Er kannte die meisten von ihnen, ihre Sorgen und Nöte, Dinge, über die sie weinten und lachten. Er zeigte ihr die Schlupfwinkel kleiner Gauner und die verrauchten Schenken, in denen Arbeiter und Angestellte ihren Lohn vertranken; sie folgte ihm durch ein Labyrinth enger Gassen und Gänge, bestaunte uralte Häuser, ein Storchennest auf einem verfallenen Schornstein und ein Brünnchen, das einem Winkel Heimeliges gab.

Laura ging durch Gäßchen, in denen es nach Kaffee und nach Seife roch, nach gehobeltem Holz, frisch gebackenem Brot, nach Leder und Leim der Sattler und Schuhmacher; sie lernte Wäscherinnen kennen, Kellner und Köchinnen, Taglöhner und Tabakhändler, Kinder, die aus Kisten Schwerter und Schilde schnitzten. Heiner Braun zeigte ihr eine Welt, in der die Schwätzerin eine *Schnedderedett* und der ungezogene Bursche ein *Siewesorteflegel* waren, in der zwischen Goethehaus und Dirnengasse fünfzig Meter lagen.

Es war eine Stadt, für die es keinen Reiseführer gab.

✳

»Das hat uns nicht weitergebracht, oder?« sagte Paul Heusohn, als er mit Richard aus dem Gerichtsgefängnis zurück ins Präsidium kam. Seit der Festnahme von Oskar Bruno Groß waren achtzehn Tage vergangen, und er leugnete den Mord an Lichtenstein so hartnäckig wie am ersten Tag.

Richard nahm den Schlüssel vom Rahmen und schloß sein Büro auf. »Ihn zu verhören, ist das einzige, was wir zur Zeit tun können.« Er zeigte auf den Stapel Papier auf seinem Schreibtisch. »Und Hinweise abarbeiten, die genauso sinnlos sind.«

»Staatsanwalt von Reden hat gesagt, daß er Anklage erhebt.«

»Ob die Indizien, die wir haben, für eine Verurteilung ausreichen, wage ich zu bezweifeln.« Richard schob die Unterlagen zur Seite und setzte sich. »Herrgott noch mal! Er hat es nicht allein getan!«

»Hat sich denn nichts in bezug auf Herrn Hopf ergeben?«

»Das hätte ich Ihnen gesagt, oder?«

Der Junge wurde rot. »Ich dachte ja nur, weil Sie in den letzten Tagen viel allein unterwegs waren.«

»Das hatte mit dem Fall Lichtenstein nichts zu tun.«

»Ja. Ich verstehe.« Paul Heusohn blätterte in einer Akte. »Es tut mir sehr leid, daß ich Ihnen nicht gleich gesagt habe, daß ich mit Fritz Wennecke Streit hatte.«

Trotz seiner Anspannung mußte Richard lächeln. »Glauben Sie etwa, ich überprüfe heimlich, ob Sie in der Lage sind, Dampfmaschinen zur Explosion zu bringen? Ich hatte ein paar Abklärungen zu machen, die zwar in Zusammenhang mit der Sache Wennecke standen, mit Ihnen aber nichts zu tun hatten und die im übrigen abgeschlossen sind. Beruhigt Sie das?«

»Ich will Sie doch nicht belügen!«

Richard sah zur Uhr. »Ich halte es für die passende Zeit, etwas Warmes zu uns zu nehmen.«

»Ich wünsche Ihnen einen guten Appetit, Herr Kommissar.«

»Sie kommen mit.«

»Ich habe noch zu tun. Die Bücher, die ich mir ausgeliehen habe ...«

»... warten auch bis nach dem Essen. Sollten Sie mich nicht freiwillig begleiten, werde ich es Ihnen anordnen.«

»Ja, Herr Kommissar«, sagte der Junge verlegen.

Nach der Rückkehr las Richard noch einmal die Vernehmung von Elfriede Wennecke. Jedes Wort hatte er ihr aus der Nase ziehen müssen! Geführt hatte es zu nichts. Genausowenig wie seine übrigen Bemühungen. Tagelang war er Kutsche gefahren, hatte über der Mitarbeiterliste des Kaufhauses gebrütet, die Lebensläufe der Angestellten im Untermainkai bis zu den Großeltern zurückverfolgt und sämtliche Stellungen überprüft, die sie je innegehabt hatten. Nicht der Hauch eines Verdachts war aufgekommen!

Schließlich hatte er seinen Schwiegervater und David offen gefragt, ob sie Fritz Wennecke kannten. Rudolf Könitz hatte mit einem herablassenden Blick abgewunken, David einen Moment nachgedacht und verneint. Was sollte er anderes tun, als ihnen zu glauben? Es gab keinen Hinweis, nichts, das ihm ermöglichte, weiterzuermitteln. Gestern hatte er den Zettel Polizeirat Franck vorgelegt.

»Ich verstehe nur Bahnhof, Biddling«, hatte der Polizeirat zur Vorderseite gesagt und über die Rückseite den Kopf geschüttelt. »Haben Sie mal in Betracht gezogen, daß das vielleicht die Adresse ist, an die der Dummkopf von Bote den Wisch bringen sollte? Immerhin ermitteln Sie in dem Fall. Tun Sie mir einen Gefallen und vergessen Sie diesen Unfug.«

Es war schon dunkel, als ein Wachbeamter mit einem Brief hereinkam. »Das soll ich Ihnen persönlich geben, Herr Kommissar.«

Richard riß den Umschlag auf. Die Nachricht bestand aus vier gereimten Zeilen, so akkurat zu Papier gebracht, als habe sich der Verfasser bei jedem Wort ausgemalt, welche Wirkung es auf den Empfänger haben würde. Richard brach der Schweiß aus.

»Was ist denn, Herr Kommissar?« fragte Paul Heusohn.

»Nichts.«

»Aber Sie sind ja ganz blaß!«

»Jemand hat sich einen schlechten Scherz erlaubt.«

»Inwiefern?«

Richard bedauerte, daß es keine Ofenheizung mehr gab. Er steckte den Brief in sein Jackett. »Über manche Dinge ist jedes Wort zu viel gesagt.«

Es klopfte. Kommissar Beck kam herein. Sein Gesicht war rot vor Aufregung. »Wir haben ihn!«

»Wen?« fragte Richard.

»Friedrich Stafforst! Soeben meldet Hamburg, daß er festgenommen wurde. Ich muß zum Fernschreiber zurück.«

»Ist das nicht eine schöne Nachricht?« fragte Paul Heusohn.

Richard umkrampfte den Brief. »Eine schöne Nachricht, ja.«

Totengräbers Tochter sah ich gehn;
Ihre Mutter hatte sich an keiner Leiche versehn!

Dein Seel' wird einstens einsam sein
In grauer Grabsgedanken Schrein.

Drittes Morgenblatt   Samstag, 12. März 1904

Frankfurter Zeitung
und Handelsblatt

Der Raubmord auf der Zeil. Die Bemühungen der Polizei, die Mörder von Hermann Lichtenstein zu entdecken, scheinen jetzt zum Ziel geführt zu haben. Aus Hamburg sind uns in später Abendstunde zwei wichtige Meldungen zugegangen. Die erste Nachricht, die wir gegen 8½ Uhr erhielten, lautete:

»*Hamburg, 11. März.* Hier wurde der Kutscher Stafforst verhaftet unter der Beschuldigung, den Klavierhändler Lichtenstein in Frankfurt a. M. ermordet und beraubt zu haben. Stafforst war im Besitz einer goldenen Uhr, die Lichtenstein gehört haben soll. Der Verhaftete verschweigt die Angabe seines Logis. Wahrscheinlich sind die aus dem Raubmord stammenden Sachen dort versteckt.«

Die zweite Hamburger Depesche, die nach Mitternacht hier eintraf, brachte noch genauere Angaben:

»*Hamburg, 11. März.* Die Frankfurter Polizei ersuchte die hiesige, auf Stafforst zu recherchieren. Die Hamburger Polizei war, da Stafforst mehrfach bestraft ist, im Besitze seiner Photographie. Mit Hilfe seines früheren Logiswirtes wurde Stafforst heute Nachmittag auf der Straße verhaftet. Er hatte einen geladenen Revolver bei sich. Stafforst ist am 26. Februar (Lichtenstein wurde Freitag, den 26. Februar ermordet. Anm. d. Red.) von Frankfurt abgereist; seit dem 9. März ist er in Hamburg. Er leugnet die Tat und will Groß nicht kennen. Sein Alibi vom 26. Februar kann er nicht nachweisen. Seine Angaben sind widersprechend, sein Auftreten ist unsicher. Als er bei dem Verhör in die Enge getrieben wurde, verweigerte er jede Aussage.«

Frankfurter Zeitung
und Handelsblatt

Der Raubmord auf der Zeil. Die im Lauf des Vormittags aus Hamburg uns zugegangenen Nachrichten beseitigen auch den letzten Zweifel, daß der Kutscher Stafforst und der Möbelträger Bruno Groß die Mörder von Hermann Lichtenstein sind.

Heute erhielten wir folgendes Telegramm:

»*Hamburg, 14. März, 10.50 V.* Stafforst wurde bis tief in die Nacht hinein vernommen. Das Geständnis wurde durch einen eigenartigen Umstand herbeigeführt. Ein Bereiter aus Braunschweig war wegen Unterschlagung am Samstag hier verhaftet worden. Er hatte Stafforsts Bild an der Anschlagstafel einer Polizeiwache gesehen. Er kannte Stafforst von früher und kam hier mit ihm zusammen. Stafforst nannte ihm seine Wohnung und zeigte ihm Schmucksachen von Lichtenstein. Hiervon machte der Bereiter der Polizei Kenntnis. In der Wohnung Stafforsts fand man dann tatsächlich Lichtensteins Uhr, Medaillon und 40 Mark Bargeld.«

Ein weiteres Telegramm meldet uns noch folgende Einzelheiten:

»*Hamburg, 14. März, 12.25 N.* Stafforst leugnete anfangs immer noch, aber als die Polizei seine Wohnung ausfindig gemacht hatte, bequemte er sich zu einem vollen Geständnis. Er habe den Groß in Leipzig kennengelernt. Als Stafforst nach Frankfurt kam, begegnete er dem Groß wieder.

Sie sannen dann auf Mittel und Wege, um sich Geldmittel zu verschaffen. Groß habe darauf den Lichtenstein als einen reichen Mann erwähnt, in dessen Geldschrank sich 60 bis 70,000 Mark befänden. Stafforst habe sich geweigert, die Mordtat mit auszuführen, aber Groß habe ihn durch Drohungen gezwungen. Am 26. Februar habe Stafforst nachgegeben, am Mittag seien sie in das Lichtenstein'sche Kontor gegangen, wo Lichtenstein allein anwesend gewesen sei. Sie hätten vorgegeben, ein Klavier zu kaufen. Im geeigneten Moment schlugen sie Lichtenstein mit einem Zweikilostück nieder. Lichtenstein setzte sich zur Wehr. Darauf wurde er erdrosselt.«

Die Aussage von Stafforst bestätigt auch, daß wirklich ein Raubmord geplant war, nicht nur ein Raub mit einer Betäubung oder Unschädlichmachung des Opfers. Denn Lichtenstein kannte den Groß: darum wurde er für immer stumm gemacht.

Es ist klar, daß Stafforst so viel als möglich sich zu entlasten sucht und seinen Genossen als den Haupttäter hinzustellen sucht. In hiesigen polizeilichen Kreisen ist man dagegen geneigt, zwar in Groß den Anstifter zu erblicken, in Stafforst aber den Mann, der bei der Verübung der Mordtat die Hauptrolle gespielt hat.

Die Annahme, daß noch ein Dritter beteiligt war, ist aufgegeben worden.

Frankfurter Zeitung
und Handelsblatt

Der Raubmord auf der Zeil. Mit dem Bebraer Zug um 7 Uhr 54 Minuten ist gestern Abend Friedrich Stafforst auf dem Sachsenhäuser Bahnhof eingetroffen. Es war nicht viel Publikum anwesend, etwa hundert Personen. Denn man hatte diese Stunde der Ankunft geheim gehalten. Das war auch der Grund, weshalb kein Gefängniswagen zum Transport des Verbrechers benutzt wurde, sondern eine einfache Droschke. Also keine »offene« Schutzmannschaft war da, sondern verdeckte, geheime, an der Spitze ein Polizeirat, mehrere Kommissare, zwei oder drei Dutzend untere Beamte. Sie sahen alle zufrieden aus, wie Leute, die ihre Pflicht getan und viel Arbeit hinter sich haben und die sich nun des Erfolgs freuen. Saure Wochen haben sie überstanden. Ob ihnen nun aber wirklich frohe Feste winken werden?

Pünktlich läuft der Zug ein. Wo sitzt der sehnlich Erwartete? Ein Mann lehnt sich aus einem Wagenabteil dritter Klasse und gibt ein Zeichen mit der Hand. Der Wagen wird geöffnet, Stafforst und seine Begleiter steigen aus. Viele Worte werden nicht gewechselt.

Stafforst ist nicht geschlossen. Ist dieser blutjunge Mensch mit dem schmalen, schön geschnittenen Gesicht und den sympathischen Zügen ein Raubmörder, der nach wohlüberlegtem Plan ein grauenhaftes Verbrechen zur Vernichtung eines Menschenlebens vorbereitete und kaltblütig durchführte? Er ist sehr niedergeschlagen, fast gebrochen. Willenlos folgt er seinen Führern, den Kopf trägt er gesenkt.

Ein Kommissar faßt Stafforst links, ein anderer Beamter rechts, und in raschem Schritt wandert man durch einen Seitengang nach der Droschke. Und fort geht es in gestrecktem Galopp – auch ein Droschkengaul kann ordentlich galoppieren, wenn es darauf ankommt – nach dem Untersuchungsgefängnis. Die Ordnung und Ruhe wird nicht im geringsten gestört.

Kapitel 16

Drittes Morgenblatt   Sonntag, 20. März 1904

Frankfurter Zeitung
und Handelsblatt

Von der Automobilausstellung. Wer die Ausstellung von 1900, die gleichfalls in der landwirtschaftlichen Halle abgehalten wurde, mit der heurigen vergleicht, der wird die Kraftfahrzeuge, wie sie sich jetzt präsentieren, kaum wiedererkennen. Ein Fachmann versicherte uns, daß die Automobilindustrie auf dem Gipfel der Vollkommenheit und des technisch Erreichbaren angelangt sei. Diese Aussage mag etwas optimistisch klingen.

GELD auf jeglicher Basis vermittelt prompt und diskret C. Moerwag, Basel. Retourmarke beifügen.

84785

Zum Raubmord auf der Zeil. Das Verhör der beiden Mörder Lichtensteins dauerte am Samstag bis gegen 6 Uhr nachmittags. Ihre Angaben lauten noch immer widersprechend. Groß bestreitet nach wie vor, bei der Ermordung mitgewirkt zu haben.

Man erzählt sich, daß Radfahrer nachts am hiesigen Gefängnis vorbeigefahren sind und laut den Namen Stafforst gerufen haben, anscheinend in der Absicht, den Groß zu warnen.

Auf Anordnung des Untersuchungsrichters wurde gestern von der Kriminalpolizei abermals Haussuchung in der Hansteinstraße 13 nach dem geraubten Geld und dem Revolver vorgenommen.

Wollen Sie wissen, was auf der Zeil verkauft wird?« Kommissar Beck warf Richard eine Postkarte hin.

Richard betrachtete kopfschüttelnd die Bildnisse von Bruno Groß und Friedrich Stafforst und las den dazwischengestellten Text. »*Die verabscheuungswerten Raubmörder, welche den hochangesehenen Klavierhändler Lichtenstein ermordet und beraubt haben. Diese seltene Gelegenheitspostkarte sendet mit den besten Grüßen* ...Wer kommt denn auf so eine verquere Idee?«

Beck verzog das Gesicht. »Ein tüchtiger Geschäftsmann, würde ich sagen. Die Leute schlagen sich darum.«

Richard legte die Karte beiseite. »Wenn das tatsächlich stimmt, was Stafforst sagt, dann ...«

»...können wir nicht nur den Hundezüchter, sondern auch endlich diese Frauenspur zu den Akten legen. Allerdings hätten Sie das schon früher haben können, wenn Sie auf mich gehört hätten.«

»Ihre Intuition in Ehren, aber den Beweis haben wir erst, wenn wir diesen verflixten Gewichtsstein finden.«

»Durch Stafforst wissen wir immerhin, daß Groß ihn am Morgen des Tattages in der Eisenwarenhandlung Hartmann gekauft hat. Und daß er ihn nach dem Mord in der Nähe des Friedhofs wegwarf. Nachdem die Absuche in der Eckenheimer Landstraße und im Kühhornshofweg nichts gebracht hat, sollten wir uns als nächstes die Herfortsche Gärtnerei vornehmen.«

Richard nickte. »Ich habe schon in Preungesheim angefragt, ob es möglich ist, Gefangene zum Umgraben des Geländes zu bekommen.«

»Ich hoffe nur nicht, daß uns Stafforst an der Nase herumführt und das Ding sonstwo liegt.«

»Seine Reueschwüre mögen zwar vor allem der Angst um seinen Kopf geschuldet sein, aber seine Aussage zur Sache halte ich für glaubwürdig.«

»Jaja. Stafforst ist der arme Verführte und Groß sein böser Geist.« Beck sah Richards Gesicht und grinste. »Ich gebe ja zu, daß ich mich in der Einschätzung von Stafforst geirrt habe. Er ist nicht abgebrüht genug, eine solche Tat als Hauptverantwortlicher zu planen und auszuführen.«

»Ganz abgesehen davon, daß er weder Lichtenstein noch die Verhältnisse im Pianofortelager kannte.«

»Was hat denn der gute Dr. Popp gesagt, als Sie ihm unser gestriges Verhörprotokoll unter die Nase gehalten haben?«

Richard zuckte die Schultern. »Daß er vermutlich einen Fehler gemacht hat. Wobei dieser Fehler uns reichlich Arbeit beschert hat.«

»Nun, es gibt ja auch fast keinen Unterschied zwischen einem Frauenschuh und einem Gewichtsstein.«

»Stafforst sagt lediglich, daß er den Stein im Kontor auf irgendwelche Papiere gelegt hat. Ob der Abdruck auf der Karte tatsächlich von der Mordwaffe stammt, wissen wir erst, wenn wir sie haben«, sagte Richard. »Die Details, die Stafforst angibt, decken sich jedenfalls mit unseren Ermittlungen und zeigen, daß er tatsächlich bemüht ist, die Sache aufzuklären. Zum Beispiel, daß er den Spiegel abgehängt hat, um zu kontrollieren, ob die Blutflecken weg sind, oder daß sie vorhatten, Lichtenstein Tabakstaub ins Gesicht zu werfen, daß sie ihn ursprünglich erschießen wollten, aber wegen des möglichen Schußlärms davon abkamen. Oder daß Stafforst seine Manschetten verbrannte, weil er das Blut nicht herausbekam.«

Beck nickte. »Ich halte auch seine Angaben zum Tatablauf für plausibel. Stafforst führt den ersten Schlag, und als sich Lichtenstein wehrt, besorgt Groß den Rest. Das paßt zu ihm. Wenn ich daran denke, wie kaltblütig er bei der Gegenüberstellung war. Keine Regung, nichts. Sagt Stafforst glatt ins Gesicht, daß er ihn nicht kennt! Obwohl wir Beweise haben, daß sie in Leipzig zusammen Falschgeld unters Volk gebracht haben. Aber bis zur Verhandlung habe ich ihn weichgekocht. Und wenn ich ihn jeden Tag zehn Stunden verhören muß!«

»Ich frage mich, wo der zweite Revolver und die restliche Beute abgeblieben ist«, sagte Richard. »Nachdem wir nunmehr zum dritten Mal bei Fräulein Koobs durchsucht haben, dürfte es ja sicher sein, daß dort nichts zu finden ist.«

»Das hätte ich dem Richter schon vor dem Erlaß dieses überflüssigen Durchsuchungsbefehls sagen können!« ereiferte sich Beck. »Wenn ich durchsuche, dann richtig! Jedenfalls können wir von Glück sagen, daß Stafforst seinen Anteil noch in seiner Hamburger Wohnung hatte.«

»Wir können von Glück sagen, daß der Bereiter ihn auf dem

Fahndungsplakat sah. Die ganze Festnahme ist eine Anein-
anderreihung von Glücksfällen.«

»Ich wage anzumerken, daß die Idee, in Hamburg nach Stafforst fahnden zu lassen, einer doch gewissermaßen strategisch
geschulten Überlegung entsprang.«

Richard lächelte. »Ihre Arbeit war erstklassig, Beck.«

»Vielleicht sollten wir es trotz allem mit einer zweiten Gegen-
überstellung versuchen? Oder wir verfrachten Groß auf den
Friedhof zu Lichtensteins Grab. So was hat schon manchem die
Zunge gelöst.«

»Bei Bruno Groß habe ich da meine Zweifel«, wandte Richard
ein. »Ich hätte aber eine andere Idee, wie wir ihn überführen
könnten. Ich habe mit Dr. Popp gesprochen. Wenn es uns gelänge, ihm den Fingerabdruck an Lichtensteins Hemd zuzuordnen, würde das nicht nur beweisen, daß er am Tatort war, sondern auch, daß er an dem Mord aktiv mitgewirkt hat.«

Beck verzog das Gesicht. »Sie wissen, was ich von diesem
Fingerkram halte. Außerdem kann's mit dem Beweiswert nicht
weit her sein, wenn Popp so sicher war, daß der Abdruck von
einer Frau stammt.«

Richard nahm ein Blatt aus seinem Schreibtisch, das in mehrere Kästchen aufgeteilt war. »Wir brauchen nur ein bißchen
Stempelfarbe und diesen Bogen hier.«

»Sie wissen so gut wie ich, was der Staatsanwalt davon hält.
Von Franck ganz zu schweigen. Außerdem könnte es genausogut der Abdruck von Stafforst sein.«

»Ja. Aber dann hätten wir wenigstens Gewißheit. So stur, wie
Groß ist, leugnet er die Tat noch, wenn Dr. Popp einen Liter
Blut auf seiner Wäsche findet. Sein Fingerabdruck jedoch …«

»Franck und von Reden sind bei den Verhören meistens
dabei.«

Richard steckte das Blatt weg. »Machen wir Schluß für heute.«

Beck räusperte sich. »Sie besuchen doch ab und zu Wachtmeister Braun. Wissen Sie zufällig, wie es Fräulein Frick geht?«

»Soweit ich weiß, ganz gut. Warum fragen Sie?«

Paul Heusohn kam herein, und Beck verabschiedete sich.

Richard hatte den Eindruck, daß er froh war, um eine Antwort herumgekommen zu sein. Der Junge legte einen Stapel Bücher auf den Schreibtisch.

»Haben Sie die ganze Bibliothek leergeräumt?« fragte Richard amüsiert.

»Nein, Herr Kommissar.«

»Ihnen ist hoffentlich klar, daß ich nach der großzügig gewährten Lektüre beim nächsten Mordfall eine vorbildliche Tatortarbeit von Ihnen erwarte. Aber jetzt ist Feierabend.« Er nahm ein Paket mit Broten aus seiner Tasche. »Ich hätte da allerdings noch ein kleines Problem.«

»Hat Ihnen Fräulein Louise wieder zuviel eingepackt?«

»Die Gute glaubt wohl, ich hätte den Magen eines Elefanten. Wenn ich es wage, einen Krümel wieder mit nach Hause zu bringen, wird sie mich mit ihren zornigen Blicken bis in meine Träume verfolgen.«

Der Junge lachte. »Wenn's Ihnen hilft, nehme ich es gern mit.«

»Danke, Heusohn. Sie ersparen mir einmal mehr das schlechte Gewissen, Louises gute Vesper auf dem Heimweg an die Mainfische zu verfüttern.«

Richard fühlte sich gut wie lange nicht, als er nach Hause ging. Die letzten Sonnenstrahlen spiegelten sich im Main, es roch nach Frühling. Vorübergehende grüßten. Mit dem Geständnis von Stafforst war für die Öffentlichkeit der Mord an Lichtenstein aufgeklärt, und Beck und er waren über Nacht in der ganzen Stadt bekannt geworden. Wie leicht sich plötzlich Steinchen zu Steinchen gefügt hatte! Richard dachte an Zilly und mußte lächeln.

Mit der Zeitung in der Hand war sie in sein Büro marschiert und hatte eine Entschuldigung eingefordert. Er hatte ihr den anonymen Brief gezeigt, und sie war derart außer sich geraten, daß er es für sinnlos hielt, weiterzufragen. So viel Ungläubigkeit konnte nicht mal eine ausgebuffte Dirne beim Lügen an den Tag legen. Als er sie auf die Photographien in

Hopfs Haus angesprochen hatte, war sie tatsächlich ein bißchen rot geworden. Wie hatte er sich je von ihr bedroht fühlen
können?

Wahrscheinlich hing seine Überreaktion mit der vielen Arbeit
zusammen. Und dem Mangel an Schlaf. Den Brief hatte er jedenfalls abgehakt. Irgendein Irrer, der ihn belästigte. Was regte
er sich auf? Das gab es öfter. Dumme Sprüche, die ohne jede
Folge blieben. Er hatte weiße Mäuse gesehen.

In seinem Zimmer stand das Fenster offen, die Gardine bewegte sich im Wind. In einer silbernen Schale lag seine Post
und die Abendausgabe der *Frankfurter Zeitung.* Richard sah
die Briefe durch. Ein Schreiben der Firma Lichtenstein & Co.
Die Rechnung für das Klavier! Ihm wurde heiß, als er die
Summe las. Er steckte den Brief in seinen Nachttisch und ging
nach unten.

Die ganze Familie war um den Abendtisch versammelt. »Ich
hole sofort ein Gedeck, gnädiger Herr!« sagte Tessa, und ihm
wurde bewußt, wie sehr er in den vergangenen Wochen sein
eigenes Leben gelebt hatte.

»Schön, daß du so früh da bist«, sagte Victoria lächelnd.

»Wie man liest, hast du ja vollen Erfolg gehabt«, fügte David
dazu.

»Mhm«, sagte Richard. Er hatte keine Lust, über Dienstliches
zu reden.

Flora sah ihn mit leuchtenden Augen an. »Gehen wir morgen
nachmittag in den Zoo?«

»Willst du Affen anschauen?«

»Aber Papa! Sonntags steigt doch Miss Polly auf!«

»Wer?«

»Käthchen Paulus. Die berühmte Ballonfahrerin«, erklärte
Victoria. »Wann hast du eigentlich zuletzt etwas anderes als Akten gelesen?«

»Gut. Dann geht die Familie Biddling eben morgen in den
Zoo.«

»Wenn es dir nichts ausmacht, Vater, ich habe eine Einladung
zum Kaffee bei Martha Kamm«, wandte Vicki ein.

»Eine gute Freundin«, sagte Victoria, als Richard sie fragend ansah.

»Ich habe nichts dagegen.« Er lächelte Flora zu. »Und was ist an dieser Ballonfahrerin so interessant?«

»Sie steht auf einem Adler oder auf einem großen Pfeil, und dann springt sie runter. Und der Fallschirm geht auf, aber manchmal landet sie nicht, wo sie soll, aber es klatschen trotzdem alle, weil sie so mutig ist. Ich will später auch Aeronautin werden!«

»Na ja, darüber reden wir noch.«

»Und nach dem Zoo können wir Wachtmeister Braun besuchen. Er hat Malvida noch gar nicht gesehen! Gehst du mit, wenn ich sie nachher ausführe?«

Richard nickte.

»Ich nehme auch mein Fahrrad mit!«

»Nein«, sagte Victoria. »Das bleibt hier.«

»Welches Fahrrad?« fragte Richard unwillig.

Flora strahlte. »Großpapa hat mir eins geschenkt! Das beste, was es in Frankfurt zu kaufen gibt!«

Richard merkte, wie seine gute Laune zerstob. Rudolf Könitz lächelte. »Für meine kleine Prinzessin ist mir doch nichts zu schade.«

Vicki legte die Serviette beiseite und stand auf. »Ihr entschuldigt mich?«

»Warum?« wollte Victoria wissen.

»Ich bin satt.«

Flora wischte sich den Mund ab. »Möchtest du denn nicht sehen, wie gut ich schon fahren kann, Papa?«

»Ein anderes Mal. Heute gehen wir zu Fuß.«

»Jetzt gleich?«

Richard sah Rudolf Könitz an. »Vorher muß ich mit deinem Großvater reden.«

*

Andreas Hortacker verließ sein Zimmer und streifte sich die Handschuhe über. Als er in den Salon kam, hörte er Cornelia mit jemandem im Wintergarten streiten. »Wie lange soll ich noch warten, bis Sie endlich tun, für was ich Sie bezahle?«

»Ich habe Ihnen gesagt, es braucht ein wenig Zeit«, entgegnete eine Männerstimme. Andreas war sicher, sie schon einmal gehört zu haben, aber er konnte sich nicht erinnern, wo und wann.

»Glauben Sie, daß Sie mich für dumm verkaufen können? Welches Spiel auch immer Sie treiben, seien Sie gewiß, daß ich nicht gewillt bin, Ihren Größenwahn zu unterstützen!«

»Wer von uns beiden unter Größenwahn leidet, ist ja noch die Frage. Auf Wiedersehen, Gräfin.«

Andreas hörte die Tür zum Garten. Unmittelbar darauf kam Cornelia in den Salon. Sie zuckte zusammen. »Was tust du hier?«

»Ich wollte dir nur sagen, daß ich zum Abendessen nicht da bin.«

»Und dazu ist es nötig, meine Gespräche zu belauschen?«

»Cornelia, bitte! Es liegt mir fern, dich zu bespitzeln. Ich fahre zu einem Geschäftsessen in die Stadt und danach ...«

»... zum Hause Biddling, um der jungen schönen Vicki einen Besuch abzustatten.« Sie verzog das Gesicht. »Du hast nichts dazugelernt, kleiner Bruder.«

»Das lasse bitte meine Sorge sein«, entgegnete Andreas und ging.

✳

Kommissar von Lieben hielt sich am Türrahmen fest und stierte Laura an. »Ach! Wird hier noch gearbeitet?«

»Sie sind betrunken, Herr von Lieben. Sie sollten nach Hause gehen.«

Er schloß die Tür und kam zu ihr. »Und was soll ich da, Schätzchen?« Laura stand auf. »Ich verbitte mir solche Flegeleien!«

»Das bist du doch gewöhnt, oder? Komm her!« Als sie ihn aufforderte, sie vorbeizulassen, lachte er. »Wenn wir das Vergnügen hatten, kannst du gerne gehen.« Er versuchte, sie zu küssen. Als sie sich wehrte, preßte er sie gegen die Wand. Sein Atem roch entsetzlich nach Alkohol.

Plötzlich wurde er von ihr fortgerissen. »Machen Sie, daß Sie rauskommen!« schrie Martin Heynel.

Von Lieben starrte ihn aus glasigen Augen an. »Anfassen ist nur dir erlaubt, was?«

Laura spürte, wie ihr das Blut aus dem Gesicht wich. Ohne ihren Mantel mitzunehmen, rannte sie aus dem Büro. Im Erdgeschoß holte Martin sie ein. Vom Wachraum schaute ein Schutzmann herüber. Martin zog Laura aus seinem Blickfeld. »Du kannst nicht gehen, ohne mich wenigstens eine Erklärung geben zu lassen.«

»Was gibt es zu erklären, wenn offenbar jedermann Bescheid weiß?«

»Von Lieben hat uns vorgestern belauscht. Er hat mir versprochen, dichtzuhalten. Ich dachte, ich könne mich auf ihn verlassen.«

»Und warum hast du mir nichts davon gesagt?«

»Weil ich Angst hatte, daß es vorbei ist.«

»Das ist es in der Tat!«

Seine Hand streifte ihre Wange. »Laura, bitte. Geh nicht.«

Es war unvernünftig, es war dumm, es war leichtsinnig. Aber sie mußte ihren Mantel holen.

Rudolf Könitz studierte die Abendzeitung, als Richard in sein Arbeitszimmer kam. »Womit kann ich dir dienen, Schwiegersohn?«

»Ich möchte nicht, daß du Flora ständig Geschenke machst.«

»Warum? Sie hat sich ein Fahrrad gewünscht, ich habe ihr eins gekauft. Es tut mir nicht weh.«

»Erstens haben wir zwei Töchter, werter Schwiegervater, und zweitens war abgesprochen, daß Flora das Rad erst bekommt, wenn sie sich in Französisch verbessert hat.«

»Du hast zwei Töchter«, sagte Rudolf Könitz. »Außerdem willst du ja wohl nicht behaupten, daß du in der Lage wärst, dein Versprechen gegenüber Flora einzuhalten.«

»Was soll das?«

Rudolf Könitz lächelte. »Bernard Plottenburg ist ein enger Geschäftsfreund von mir.« Auf Richards fragenden Blick setzte er hinzu: »Er ist als Treuhänder für die Lichtensteinsche Pianofortefabrik eingesetzt, und es hat ihn interessiert, warum mein Schwiegersohn ein Klavier auf Raten kauft. Eine peinliche Situation, mein Lieber!« Er nahm eine Zigarre aus einem silbernen Kasten und zwickte die Spitze ab. »Ich sagte ihm, daß man sich die Verwandtschaft leider nicht immer aussuchen kann. Und daß er dir eine Rechnung schicken soll. Ich erwarte, daß du die Dinge zügig regelst. Ich habe einen Ruf zu verlieren.«

Richard wäre ihm am liebsten an die Kehle gefahren. »Ich verlange, daß du meine Töchter gleich behandelst! Und daß du mich demnächst fragst, bevor du irgendwelche Geschenke machst! Sonst sorge ich dafür, daß sie zurückgehen. Ganz gleich, ob dein Ruf darunter leidet, Schwiegervater.«

»Wir könnten allesamt gut ohne dich auskommen«, entgegnete Rudolf Könitz. »Aber was Victoria sich eingebrockt hat, soll sie auslöffeln.«

Richard ging ohne ein Wort. In seinem Zimmer lief er auf und ab, blätterte nervös die Zeitung durch. Er würde eher sterben, als Rudolf Könitz darum zu bitten, die Rechnung zu bezahlen. Er schlug die Anzeigenseiten auf. Die Annonce stand jeden Tag darin, heute schien sie ihm ein Wink des Himmels zu sein. Er setzte einen Brief auf. Als er fertig war, kam Flora mit Malvida herein.

Victoria besprach mit der Köchin den Speisenplan für die kommende Woche, als ihr Besuch gemeldet wurde. »Ich freue mich, Ihnen meine Aufwartung machen zu dürfen, gnädige Frau«, sagte Andreas Hortacker.

»Tun Sie mir einen Gefallen«, erwiderte sie lächelnd. »Belassen Sie es bei Victoria.«

Er küßte ihre Hand. »Gern, Victoria.«

Sie musterte ihn verstohlen. Aus dem scheuen Jungen von damals war ein stattlicher Mann geworden. »Ich habe mich sehr gefreut, Sie wiederzusehen, Andreas. Warum sind Sie nicht früher zu Besuch gekommen?«

»Mein Vater wollte es nicht. Verständlich, nach der Schande, die ich ihm gemacht habe. Ich selbst hatte allerdings auch kein großes Verlangen. Aber seit Cornelia wieder in Frankfurt lebt, drängt sie mich, herzukommen. Ich fand ihren vierzigsten Geburtstag einen passenden Anlaß.«

»Sie hat tatsächlich nichts davon gesagt, daß Richard und ich verheiratet sind?«

Andreas Hortacker schüttelte den Kopf. »Wir sprechen nicht über die Vergangenheit.«

»Ist Ihr Vater Ihretwegen nicht auf der Feier gewesen?«

»Er fühlte sich nicht wohl. Und er mag Cornelias öffentliches Auftreten nicht.« Er lächelte. »Meine Schwester hat sich zu einer bewundernswert selbständigen Frau gemausert.«

»Ja, das hat sie. Und wie ist es Ihnen ergangen?«

Er erzählte von dem Warenhaus, dem er in Berlin als Prokurist vorstand. »Aus dem Dichter ist also ein Kaufmann geworden«, stellte Victoria fest.

»Mein Vater wünschte es so.«

»Und keine Herzensdame all die Jahre?«

»Es hat sich nicht ergeben.«

Victoria hörte die Traurigkeit aus den gleichmütig hingesagten Worten, und für einen Moment sah sie wieder den Jungen vor sich, der über seine verlorene Liebe in ihrem Schoß bittere Tränen geweint hatte. Ob er noch immer an sie dachte? »Ich würde Sie ja gerne noch ein bißchen mit meiner Neugier belästigen, Andreas. Aber Sie sind sicher nicht gekommen, um mit einer alten Frau zu parlieren.«

»Ich bitte Sie! Sie sind …«

»… die Mutter einer reizenden Tochter. Ich werde Sie Vicki melden lassen.«

Er wollte etwas sagen, als Flora und Richard hereinkamen.

Malvida bellte ihn an.

»Er mag mich wohl nicht?«

»Malvida wünscht Ihnen bloß guten Tag«, sagte Flora. »Er ist nämlich eine Sie!« Sie streckte ihm die Hand hin. »Und ich heiße Flora Henriette Biddling.«

»Laß mich raten: die Schwester von Vicki? Ich bin Andreas Hortacker.«

»Das habe ich mir gedacht! Mama hat gesagt, daß es sicher nicht lange dauern wird, bis Sie Vicki besuchen kommen.«

Andreas wurde vor Verlegenheit rot. »Ich habe gelesen, daß Sie gerade einen erfolgreichen Fall abgeschlossen haben?« wandte er sich an Richard, während Victoria ihrer Tochter einen strafenden Blick zuwarf.

»So gut wie«, sagte Richard. »Werden Sie länger in Frankfurt bleiben?«

»Ja. Ich habe das Glück, Geschäftliches mit Privatem verbinden zu können.«

Victoria schellte. Tessa kam herein. »Melden Sie Vicki bitte Besuch.« Sie nickte und ging mit Andreas Hortacker hinaus.

»Was soll das bitte bedeuten?« wollte Richard wissen.

Victoria lächelte. »Du merkst überhaupt nichts, oder? Schon auf Cornelias Feier hatte er ein Auge auf sie geworfen.«

»Und da läßt du die beiden allein?«

»Nun schau nicht so grimmig! Vicki ist erwachsen.« Sie berührte sein Gesicht. »Wie kommt es denn, daß du heute so zeitig da bist?«

»Irgendwann muß ja mal Feierabend sein, oder? Der Verdacht gegen deinen Freund Hopf ist übrigens ausgeräumt.«

»Liebe Zeit, nimm's nicht gar so schwer.«

Er zuckte die Schultern. »Ich habe Urlaub eingereicht. Was hältst du davon, wenn wir im April meine Eltern besuchen?«

Flora klatschte in die Hände. »Au ja! Darf ich mit, Papa?«

»Sicher. Deine Schwester auch, wenn sie möchte.«

»Ich sag's ihr gleich!«

»Das läßt du hübsch bleiben«, hielt Victoria sie zurück. »Wie du weißt, hat sie Besuch.«

»Ich glaube aber, daß sie Herrn Hortacker nicht leiden mag.«

»Das kann sich ändern.« Victoria sah Richard an. »Stimmt doch, mein Lieber?«

»Nun ... ja«, sagte er, und dann lachten sie.

✳

Laura schaute in die Abendröte hinaus, als Martin Heynel nach oben kam. Er küßte sie aufs Haar. »Ich habe Lieben klar gemacht, daß seine Karriere bei der Polizei beendet ist, wenn er dich noch ein einziges Mal anfaßt.«

Laura kämpfte gegen die Tränen. »Ich kann so nicht weitermachen, Martin.«

»Ach wo.« Seine Lippen tasteten über ihr Gesicht, sie spürte seine Finger Haken und Bänder lösen. »Lieben hat allen Grund, zu schweigen.«

»Warum?«

»Ich habe ein bißchen was gegen ihn in der Hand.«

»Weil er trinkt?«

»Das auch.«

»Bitte, Martin. Ich halte das nicht mehr aus!«

Er streifte ihr das Kleid ab. »Das will ich hoffen«, sagte er lächelnd.

»Ich liebe dich«, sagte sie, als sie später nebeneinanderlagen. Er küßte sie und zog sich an. Sie fühlte, wie die Traurigkeit zurückkam. »Ich bin für dich bloß ein Spielzeug, nicht wahr?«

Seine Hand wanderte ihren Bauch entlang. »Ja. Du hast recht. Ein wunderbares Spielzeug, ohne das ich nicht mehr leben kann. Zufrieden, Zweiflerin?«

Kapitel 17

Abendblatt   Samstag, 7. Mai 1904

Frankfurter Zeitung
und Handelsblatt

Berlin. Ein Beleidigungsprozeß gegen den Dr. M. Hirschfeld hat eine interessante Vorgeschichte. Der in Charlottenburg praktizierende Angeklagte schrieb im Jahre 1896, durch den Selbstmord eines Patienten – eines homosexuellen Offiziers – veranlaßt, seine erste Schrift über die Ursachen der Homosexualität. Nachdem er infolge dieser Schrift eine größere Menge homosexuell veranlagter Personen kennen gelernt hatte, stellte er in einer Petition an die gesetzgebenden Körperschaften die medizinischen und juristischen Gründe zusammen, welche für die Abänderung des § 175 StGB sprechen. Neuerdings haben über 2400 praktische Ärzte diese Petition unterschrieben.

EIN KIND

einerlei, welchen Alters, findet gegen einmaligen Erziehungsbeitrag oder monatliche Pension in guter Familie gewissenhafte Pflege und beste Erziehung. Offert. u. E2616.

Die Korpulenz durch Abführ- oder Entziehungskuren zu bekämpfen, ist falsch, da diese die Gesundheit schädigen und zu neuer Fettanbildung immer geneigter machen. Die Broschüre

Zu korpulent

16. Aufl., gibt Aufschluß über die einzige rationelle Entfettungskur auf chemischem Wege in ganz naturgemäßer Weise und übertrifft alle bis jetzt gegen Korpulenz angewandten Kuren.

Flora sprang aus dem Wagen, kaum daß der Kutscher den Schlag geöffnet hatte. »Ich muß gleich nach Malvida sehen! Bestimmt hat sie mich schrecklich vermißt!« Sie rannte zur Haustür und schellte.

»So schön es in Berlin war, ich bin froh, wieder daheim zu sein«, sagte Victoria, als Richard ihr beim Aussteigen half.

Er nickte und hielt Vicki die Hand hin. »Danke, Vater.« Sie nahm ihr Kleid hoch und ging gemessenen Schrittes zum Haus.

»Unsere Älteste ist eine richtig vornehme Dame«, sagte Victoria lächelnd.

»Im Gegensatz zu ihrer Mutter, hm?«

Sie zwinkerte ihm zu. »Oh! Ich bereue es zutiefst, die Berliner Gesellschaft mit meinem Sackkleid verschreckt zu haben.«

Richard grinste. »Georg fand, du sahst hinreißend aus.«

»Ich mag deinen Vater. Er hat so etwas Unkompliziertes. Laß uns kurz an den Main gehen, ja?«

»Sollten wir nicht zuerst meinen Schwiegervater begrüßen?«

»Ach, ärgern können wir uns später immer noch.«

Lachend überquerten sie die Straße. Podesttreppen führten zu einer großzügig angelegten Promenade hinunter. Die Sitzbänke unter den ergrünten Bäumen waren von Kindermädchen und alten Männern belegt; zwischen üppig bepflanzten Beeten spazierte ein Grüppchen Frauen, zwei gelangweilt aussehende Kinder im Schlepptau. Victoria hielt ihr Gesicht in die Sonne.

»Sie ruinieren Ihren Teint, gnädige Frau«, sagte Richard schmunzelnd.

»Ach je! Habe ich doch tatsächlich meinen Sonnenschirm vergessen? So ein Pech aber auch.« Sie zeigte auf ein Beet, in dem Mandelbäume und Bananenstauden wuchsen. »Ist es nicht herrlich, daß wir den Süden direkt vor der Haustür haben?«

»Ja, schon. Aber in Berlin solltest du besser nicht behaupten, daß Nizza am Main liegt.«

»Warum? Es stimmt doch.« Victoria überquerte die Schienen der Hafenbahn und blieb neben den Badeanlagen am Ufer stehen. Sie wartete, bis Richard nachgekommen war. »Wenn die Sonne scheint, sieht der Fluß wie ein Silberband aus.«

»Und wenn's regnet, wie Sackleinen.«

»Pessimist.«

»Georg meint, es sei an der Zeit, daß wir Vicki die Wahrheit sagen.« Victoria sah schweigend ins Wasser. Jede Fröhlichkeit war aus ihrem Gesicht gewichen. Richard berührte ihre Wange. »Irgendwann wird sie es ja doch erfahren.«

»Aber das muß nicht ausgerechnet heute sein, oder?«

»Ich dachte, vielleicht im Sommer. Wenn sie Geburtstag hat.«

»Gib's zu: Du fürchtest dich genauso davor wie ich.«

»Laß uns zurückgehen, bevor man eine Suchmeldung nach uns aufgibt.«

Im Salon wartete Vicki auf sie. »Ich habe einen Brief von Martha Kamm erhalten. Sie fragt, ob ich morgen nachmittag zum Tee komme.«

»Warum lädst du diese Martha nicht mal zu uns ein?« fragte Richard.

»Ich frage sie morgen, Vater. Darf ich zusagen?«

Richard nickte und ging in sein Zimmer. In der silbernen Schale lagen zwei Briefe, einer aus dem Präsidium und die Antwort von Moerwag aus Basel. Die Zinsforderung war unverschämt, aber was blieb ihm anderes übrig? Er öffnete das zweite Kuvert. Es enthielt eine kurze Notiz von Paul Heusohn und einen an ihn persönlich adressierten Brief. Richard sah die penibel nebeneinandergesetzten Buchstaben und wußte, was ihn erwartete. Gedichtzeilen und ein Nachsatz, wirr und ohne jeden Sinn, wie gehabt. Er war im Begriff, das Schreiben zu zerreißen, als Victoria hereinkam. »Hast du auch nette Post bekommen?«

»Eine Nachricht aus dem Präsidium. Nichts von Wichtigkeit.«

Victoria schwenkte ein mit bunten Marken beklebtes Kuvert. »Ernst lädt uns nach Indien ein!«

»Das tut er doch in jedem zweiten Brief, oder?«

»Ich würde ihn so gern wiedersehen.«

»Nach meiner Pensionierung können wir darüber reden, hm?«

Als Richard Montag früh zum Dienst kam, war Paul Heusohn schon im Büro. »Ich hoffe, Sie haben meine Post erhalten, Herr Kommissar?«

»Ja, danke.«

»Der Bote hat gesagt, es sei dringend, und deshalb ...«

»Wer war der Bote?«

Der Junge zuckte mit den Schultern. »Er hat den Brief auf der Wache abgegeben. Was war das denn für eine Nachricht?«

»Nichts von Belang.« Richard sah seinem Gesicht an, daß ihn die Antwort nicht zufriedenstellte. »Gibt es Neuigkeiten im Fall Lichtenstein?«

»Ja. Aber Kommissar Beck will es Ihnen persönlich sagen.«

Als habe er auf das Signal gewartet, kam Beck herein. »Guten Morgen, Herr Kollege.«

Richard lächelte. »Sagen Sie bloß, Groß hat ein Geständnis abgelegt?«

»Inzwischen gibt er immerhin zu, Stafforst schon mal begegnet und zufällig mit ihm am Tatort gewesen zu sein. Aber selbstverständlich nur, um den verderbten Verbrecher von der grausamen Tat abzuhalten. Was ihm jedoch trotz größter Anstrengung bedauerlicherweise nicht gelang.«

»Weshalb er sich notgedrungen in sein Schicksal fügte.«

»Genau.« Beck gab Richard einen Bericht. »Die Lügerei wird ihm nichts nützen.«

Richard las und sah Beck überrascht an. »Sie haben es tatsächlich gemacht?«

Er grinste. »Herr Heusohn versteht es, Vorträge zu halten. Nachdem wir Staatsanwalt von Reden überzeugt hatten, blieb Franck nichts anderes übrig, als die offizielle Abnahme von Fingerabdrücken sowohl bei Stafforst als auch bei Groß anzuordnen.«

»Liegt das Vergleichsergebnis schon vor?«

»Er war's tatsächlich!« platzte Paul Heusohn heraus und erntete einen mißbilligenden Blick von Beck. »Entschuldigung«, sagte er zerknirscht.

»Dr. Popp ist guter Dinge, daß er die Geschworenen von der Seriosität dieses Beweismittels überzeugen kann«, fuhr Beck fort. »Na ja, warten wir's ab. Popp hat inzwischen die gesamte Wäsche von Groß untersucht und noch mehr Blutspuren festgestellt. Der zweite Revolver ist übrigens auch aufgetaucht. Arbeiter fanden ihn im Günthersburgpark.«

»Das sind ja jede Menge gute Nachrichten«, freute sich Richard. »Was ist mit dem Gewichtsstein?«

Beck schüttelte den Kopf. »Ich habe die Suche vorgestern einstellen lassen. Vermutlich hat ihn jemand gefunden und mitgenommen. Oder Groß hat ihn doch woanders weggeworfen. Wir haben noch allerhand aufzuarbeiten, bis der Prozeß beginnt. Ich habe Ihnen eine Aufstellung gemacht.« Er legte eine Liste auf den Schreibtisch und ging.

Richard sah Paul Heusohn an. »Wie, zum Kuckuck, haben Sie das Kunststück fertiggebracht, ihn von der Effizienz von Fingerabdrücken zu überzeugen?«

Der Junge zuckte die Schultern. »Eigentlich war das gar nicht so schwer, Herr Kommissar.«

»Was wollen Sie damit sagen, Heusohn?«

Er lächelte. »Ich freue mich, daß Sie wieder da sind.«

Sie verbrachten den Tag mit der Auswertung von Verhörprotokollen und Hinweisen, und Richard stellte befriedigt fest, daß die Akte bei Beck in besten Händen war. Es wurde schon dunkel, als ein Polizeidiener einen Besucher meldete. Der Mann trug Arbeitskleidung und mochte in den Vierzigern sein. In der Hand hielt er einen Weidenkorb. »Josef Schmitt, Wachnermeister«, stellte er sich vor.

»Was kann ich für Sie tun?« fragte Richard.

Er nahm einen verrosteten runden Metallblock aus dem Korb und legte ihn auf Richards Schreibtisch. »Des hab ich heut moje hinner der Werkstatt im Schutt gefunne. Mei Fraa hat gesacht, ich soll's Ihne bringe.«

»Wo befindet sich Ihre Werkstatt?«

»Ei, in der Richard-Wachner-Gaß, Herr Kommissar.« Richard nickte und bat ihn, im Flur zu warten.

»Von der Richard-Wagner-Straße bis zur Hansteinstraße sind es höchstens zwei Minuten«, sagte Paul Heusohn.

Richard deutete auf den Block. »Sie wissen also, was das ist?«

»Der fehlende Stein in unserem Suchspiel, nicht wahr? Ich sage Herrn Beck Bescheid.«

✻

Als Laura sich angezogen hatte, ging sie zum Fenster. Die Dämmerung hatte eingesetzt. Der Himmel schien direkt über den Häusern zu beginnen.

»Ich habe mich entschlossen, zu heiraten«, sagte Martin Heynel.

Sie fuhr herum, im Widerstreit der Gefühle, aber das Glück überwog. »Martin! Du willst …?«

Er legte ihr lächelnd die Hand auf den Mund. »Das muß ja nicht bedeuten, daß das zwischen uns zu Ende ist.«

Laura starrte ihn an. »Das ist nicht dein Ernst.«

»Warum nicht? Vicki Biddling …«

Sie stieß ihn von sich. »Ich hab's gewußt! Seit wir bei diesem Diner waren, spielst du mir Theater vor!«

Er sah sie verständnislos an. »Du hast gesagt, daß du nicht heiraten willst.«

»Weil ich nicht heiraten kann! Weil es in diesem gottverdammten Land nicht opportun ist, als Ehefrau einen ordentlichen Beruf zu haben!«

»Nicht nur in diesem Land, oder?«

Sie spürte, wie ihr Tränen in die Augen schossen. »Und wenn ich meine Stellung aufgäbe? Würdest du …«

»Laura, bitte. Du weißt, daß das weder dich noch mich glücklich machen würde. Sieh mal, das mit uns ist doch etwas ganz Besonderes.«

Am liebsten hätte sie ihm eine Ohrfeige verpaßt. »Ja, sicher. Andere Männer müssen dafür zahlen, und du holst es dir umsonst!«

Sie konnte nicht sagen, wie sie ins Rapunzelgäßchen gekommen war. In ihrem Zimmer war es klamm. Sie riß das Fensterchen auf. Den Himmel verbargen schiefe Dächer, kein Stern war zu sehen. Im Fenster gegenüber bewegten sich zwei Silhouetten im Schein einer Kerze. Laura krampfte sich das Herz zusammen. Keine Sekunde hatte er nachgedacht, was er ihr antat! Er wollte nach oben und hatte eine Frau gefunden, mit der er seinen Traum verwirklichen konnte. Eine

Frau, die besaß, was sie selbst niemals haben würde: Anmut, Schönheit, Geld.

Es klopfte. »Ich will nicht stören«, hörte sie Heiner Brauns Stimme. »Möchten Sie Abendbrot?«

»Nein, danke.«

»Ich stelle es Ihnen vor die Tür, ja?«

»Nein!« Sie fuhr sich übers Gesicht. »Kommen Sie herein.«

Er stellte einen Teller mit Wurstbroten auf den Tisch. Laura wollte etwas sagen, aber sie konnte nicht. Sie flüchtete in seine Arme und weinte. »Entschuldigen Sie«, sagte sie, als sie sich wieder gefaßt hatte.

»Ach was.« Er zeigte zum Tisch. »Sie sollten etwas essen.«

Sie sah ihn an und wußte, daß sie nichts erklären mußte. »Warum benutzt er mich? Was habe ich getan, daß er mich so behandelt?«

»Vielleicht ist Herrn Heynel gar nicht bewußt, wie sehr er Ihnen weh tut.«

»Er behauptet, er braucht mich, und im gleichen Atemzug sagt er, daß er eine andere heiraten will.«

»Wen denn?«

»Die Tochter von Kommissar Biddling.«

»Das hat er tatsächlich zu Ihnen gesagt? Daß er Vicki Biddling heiraten will?«

Laura nickte. »Warum erstaunt Sie das?«

»Ich glaube kaum, daß der Kommissar diese Verbindung begrüßt.«

»Darf man fragen, warum?«

»Er hegt gewisse Vorbehalte gegen Herrn Heynel.«

Wider Willen mußte Laura lächeln. »Ich habe Ihnen schon einmal gesagt, daß Sie mir nichts sagen müssen, das Sie nicht sagen wollen.«

Er sah sie ernst an. »Martin Heynel ist kein Mensch, der andere auf Dauer glücklich machen kann. Dafür liebt er sich selbst viel zu sehr.«

»Ja. Aber es ist wohl besser, daß ich es selbst herausgefunden habe.«

»Wenn Sie mögen, zeige ich Ihnen morgen ein bißchen die Stadt.«

»Danke, Herr Braun.«

Er berührte ihre Wange. »Schlafen Sie drüber. Nichts ist so arg, als daß man sich nicht über ein bißchen Morgensonne freuen könnte, hm?«

✳

»Guten Tach, der Herr!«

Ungehalten betrachtete David Könitz den Mann, der ohne zu klopfen in sein Büro gekommen war. Er hatte schmutzige Hosen an und stank nach Schnaps. In der Tür erschien Anna Frick. »Bitte entschuldigen Sie, Herr Könitz. Ich habe dem Herrn gesagt...«

Er entblößte eine Reihe schwarzer Zahnstummel. »Wenn's recht is, Frolleinsche: Der Herr Könitz und ich hawwe was zu bespreche!«

»Ich wüßte nicht, was ich mit Ihnen zu besprechen hätte!«

»Ei, ich wollt Se recht schee grüße, vom Fritz, Gott hab ihn selisch.«

»Ich kenne keinen Fritz! Fräulein Frick, begleiten Sie den Herrn nach draußen.«

Er kratzte sich am Kinn. »Sache Sie bloß, Sie hawwe den arme Fritz Wennecke schon vergesse?« Er grinste. »Wo er doch so kluge Sache gesacht hat, der Fritz! Zum Beispiel: *Zuerst müssen die Geschäfte geregelt sein, mein Freund.* Un desdewege dacht ich, ich guck emol bei Ihne vorbei.«

David wurde blaß. »Wer sind Sie?«

»Sie könne Sepp zu mir sache.«

David Könitz sah Anna Frick an. »Würden Sie uns bitte allein lassen?«

Sepp ließ sich in einen Ledersessel fallen. »Nix für ungut, awwer ich könnt 'nen Kaffee vertrache.«

✳

Ein Liedchen summend, füllte Helena das heiße Wasser aus dem Kessel in einen Eimer. Sie goß kaltes hinzu, nahm die grüne Seife aus dem Halter und suchte nach einer Bürste und dem Scheuersand. Sie trug alles in den Flur und begann, die Dielen zu schrubben.

»Was machst du da, Liebes?« sagte Heiner, als er vom Einkaufen kam. Er stellte den Korb ab und half ihr aufzustehen.

»Ich bin aber noch gar nicht fertig!«

Er lächelte. »Laß uns etwas kochen, ja?«

»Ich muß den Hausflur saubermachen.«

»Das hast du doch gestern erst getan.«

Sie starrte ihn an. »Du lügst.«

Heiner nahm den Korb und ging in die Küche. Helena lief ihm hinterher. »Du lügst!«

»Du hast recht. Ich glaube, ich habe das verwechselt.« Er räumte den Korb aus. »Vielleicht solltest du eine kleine Pause machen?« Er küßte sie auf die Stirn. »Der Schmutz wartet bis morgen. Mein Magen nicht.«

»Ich habe es vergessen!« Ihre Augen füllten sich mit Tränen. »Was ist mit mir? Heiner, bitte …«

»Jeder vergißt mal etwas, hm?«

»Mal? Etwas? Als ich heute früh beim Bäcker war, mußte ich überlegen, wie ich nach Hause komme! Gestern stand ich am Herd und wußte nicht mehr, wie man Kaffee kocht! Und dann habe ich eine solche Wut, auf mich, auf dich, auf alle Menschen.« Sie sank weinend auf einen Stuhl.

Heiner streichelte ihr Gesicht. »Ach, Helena. Wenn du endlich auf mich hören und nicht so viel arbeiten würdest, wär's sicher längst wieder gut.«

»Das sagst du nur, um mich zu beruhigen.«

»Das sage ich, weil ich weiß, daß es so ist. Wetten, daß du morgen über den dummen Dielenboden lachst?«

Laura kam in die Stube und blieb wie angewurzelt stehen, als sie Heiner und Helena in der Küche hörte. Warum redete er seiner Frau immer wieder ein, daß alles in Ordnung sei, wenn es

das doch offensichtlich nicht war? Wie konnte er Helena gegenüber so verantwortungslos sein? Vielleicht wäre ihr zu helfen,
wenn er sie endlich zu einem Arzt bringen würde, statt ihr Problem zu verleugnen. Sie hätte ihm den Hering auf den Tisch
knallen sollen, statt ihn heimlich an die Katzen zu verfüttern!
Sie ging in den Flur zurück und zog ihren Mantel wieder an.

»Wollen Sie denn nicht hereinkommen?«

Sie erschrak, als Heiner Braun plötzlich in der Tür stand.
»Später. Ich habe noch einen dringenden Termin.«

»So? Wo denn?«

»Glauben Sie wirklich, Sie helfen Ihrer Frau, wenn Sie sie anlügen?«

»Ja«, sagte er und hob die Seife auf.

Laura fuhr mit der Tram bis zum Eschenheimer Turm und stieg
in die Dampfbahn nach Eschersheim um. So sehr sie Heiner
Braun mochte, sein Verhalten gegenüber Helena war nicht
richtig. Es half nichts, die Augen vor der Wahrheit zu verschlie-
ßen. Diese Lektion hatte sie gelernt. Martin hatte ernsthaft angenommen, alles würde so weiterlaufen wie gewohnt. Nicht
mit ihr! Sollte er doch mit seiner Vicki glücklich werden. Sie
hatte pünktlich Feierabend gemacht, demonstrativ ihren Mantel genommen und war gegangen.

Sie hatte sich den Luxus einer Sitzkarte erlaubt in der Erwartung, auf der Fahrt ein wenig nachdenken zu können, aber sie
bereute ihre Entscheidung bald. Die Lokomotive zuckelte mit
ihren Wägelchen die Eschersheimer Landstraße hinauf wie ein
lendenlahmer Gaul, der über jede Unebenheit stolpert. Der
Wind trieb Staub durchs Fenster. Laura hatte das Gefühl, auf einer Folterbank zu sitzen. Warum hatte sie nicht die Elektrische
bis zur Holzhausenstraße genommen und war den Rest zu Fuß
gelaufen? *Romantischer is die Knochemiehl,* hatte ein alter
Fuhrwerker am Eschenheimer Turm gesagt, und sie war so
leichtsinnig gewesen, die *romantische Knochenmühle* und den
Beisatz: *Awwer bekömmlicher für Ihne Ihrn wertes Gesäß is
ganz bestimmt die Trambahn,* als Frankfurter Humor abzutun.

Sie war heilfroh, als sie nach kurzer Fahrt aussteigen konnte. Der Schotter auf der Straße lag so lose, als habe er noch nie eine Walze gesehen. Fluchend trieb ein Fuhrwerker die schwitzenden Pferde vor seinem mit Backsteinen überladenen Wagen an. Laura querte die Straße und bog in den Affensteiner Weg ein. Über den Dolden wilder Möhren summten Bienen. Der Anblick des Irrenhauses verschlug ihr die Sprache. Was immer sie erwartet hatte, bestimmt kein von Gartenanlagen umgebenes Schloß.

Am Empfang fragte sie nach Dr. Sioli und erntete einen mißtrauischen Blick. Als sie hinzufügte, daß sie auf Empfehlung von Dr. Alzheimer da sei, wurde der Mann freundlicher. Er führte sie in ein kleines Arbeitszimmer. Die Wände bedeckten Bücherregale, vor dem Fenster stand ein Schreibtisch. Laura sah nach draußen. Im Garten harkten Männer Blumenbeete, Frauen kehrten die Wege. Der beigestellten Aufsicht nach zu urteilen, handelte es sich um Insassen der Anstalt.

»Es ist besser, sie etwas tun zu lassen, als sie den ganzen Tag einzusperren«, sagte eine Stimme in ihrem Rücken.

Laura wandte sich zu dem Sprecher um, einem älteren, weißhaarigen Mann. »Dr. Emil Sioli«, stellte er sich vor. »Ich bin der Leiter der Klinik.«

Daß er *Klinik* sagte, machte ihn Laura sympathisch. Sie gab ihm die Hand. »Ich heiße Laura Rothe und bin …«

»Krankenschwester und Polizeiassistentin.« Er lachte, als er ihr Gesicht sah. »Dr. Alzheimer hat mir geschrieben. Sie scheinen mächtig Eindruck auf ihn gemacht zu haben.«

»Nun, ich …« Plötzlich fehlten Laura die Worte. Wie kam sie dazu, einem wildfremden Arzt zu erzählen, ihre Vermieterin sei dabei, wahnsinnig zu werden?

Dr. Sioli wies auf einen Sessel. »Ich bedaure es noch immer, daß Dr. Alzheimer uns vergangenes Jahr verlassen hat. Aber leider konnte ich ihm hier nicht länger bieten, wonach es ihn verlangte.«

»In München ist das Gehalt besser?« fragte Laura, froh, nicht gleich zur Sache kommen zu müssen.

»Ach was. Er hat nicht einmal eine zugewiesene Stelle. Aber die Universitätsklinik bietet ihm optimale Voraussetzungen für seine wissenschaftlichen Studien.«

»Wollen Sie damit sagen, daß er für umsonst arbeitet?«

Er lächelte. »Ohne Bezahlung, ja, aber sicherlich nicht umsonst. Dr. Alzheimer hat schon hier jahrelang neben seiner normalen Arbeit nachts vor dem Mikroskop gesessen und nach den anatomischen Ursachen seelischer Krankheiten geforscht. Jedes Gehirn, das er kriegen konnte, hat er säuberlich in Scheibchen zerlegt und dabei eine Zigarre nach der anderen geraucht. Morgens konnten Sie ihn kaum noch finden in all dem Qualm!« Er wurde ernst. »Sein privates Unglück ist ihm gewissermaßen zur beruflichen Freude geworden. Als seine Frau starb, erbte er so viel Geld, daß er es sich für den Rest seines Lebens erlauben kann, seinen Arbeitsplatz nach wissenschaftlichen und nicht nach monetären Gesichtspunkten zu wählen. Wenngleich es ihm bei allem Forschungsdrang anders herum sicher lieber gewesen wäre.«

Laura sah den sympathischen Hünen vor sich und bedauerte, nicht mehr Zeit für das Gespräch erübrigt zu haben. »Er sagte, daß er vielleicht eine neue Krankheit entdeckt hat. Und daß es hier in der Klinik eine Patientin gibt, die daran leidet.«

»Auguste Deter«, sagte Dr. Sioli. »Ich berichte Dr. Alzheimer regelmäßig über ihren Zustand nach München. Wir hatten in der Vergangenheit bereits andere Patienten, die ähnliche Symptome aufwiesen, aber bei Frau Deter sind sie besonders augenfällig. Das Problem ist, daß das Krankheitsbild dem einer senilen Demenz oder einer progressiven Paralyse gleicht, wie sie zum Beispiel im Endstadium einer syphilitischen Erkrankung auftritt. Auffallend ist allerdings die Ruhelosigkeit der Patienten. Es ist, als wollten sie dem Unvermeidlichen davonlaufen. Wir hatten einen Mann hier, der bis zur körperlichen Erschöpfung um einen Brunnen rannte. Selbst bei fortschreitender Krankheit erleben die Kranken aber immer wieder lichte Momente und sogar längere Zeiten, die völlig ohne Ausfälle verlaufen, bis sie dann eines Tages im völligen Vergessen versinken. Insgesamt gesehen, sind diese Symptome jedoch nicht so ausgeprägt, daß man sie nicht mit Wenn und Aber unter Demenz subsumieren könnte.«

Laura nickte. »Ich habe in Berlin Patienten gepflegt, die unter seniler Demenz litten. Sicherlich gab es auch bei ihnen Phasen, in denen es ihnen besser und schlechter ging, aber im Grunde war ihr geistiger Verfall ein stetiger, schleichender Prozeß. Und sie waren alle sehr alt.«

»Das ist das zweite Problem, mit dem Dr. Alzheimer zu kämpfen hat. Nur wenige Menschen werden überhaupt älter als siebzig, und wenn sie es werden, nimmt man ihre Tütteligkeit als gottgegebenes Übel hin. Warum sollte man also eine Krankheit erforschen, die die meisten von uns nicht bekommen können, weil wir vorher an anderen, schlimmeren Leiden sterben? Gibt es einen bestimmten Grund, warum Sie sich für den Fall Deter interessieren?«

»Hat Dr. Alzheimer das nicht geschrieben?«

»Er schrieb, daß Sie mit den verschiedensten Krankheitsfällen konfrontiert sind und sich informieren möchten.«

»Dr. Alzheimer ist bestimmt ein hervorragender Arzt.«

Dr. Sioli lächelte. »Er ist vor allem ein hervorragender Menschenkenner. Darüber hinaus verfügt er über die beiden wichtigsten Eigenschaften, die ein guter Arzt und Wissenschaftler haben muß: den nötigen Ernst und den nötigen Humor. Da Sie ja beruflich hier sind, kann ich Ihnen die Symptome an der Patientin selbst erklären.«

Sie verließen Dr. Siolis Büro und gingen durch einen lichten Flur, in dem es geisterhaft still war.

»Die Anlage ist großartig«, sagte Laura. »Von Berlin kenne ich Irrenanstalten nur als düstere Verliese.«

»Ich hatte das Glück, einen Vorgänger zu haben, der über Ernst und Humor in besonderem Maße verfügte. Sie kennen ihn bestimmt auch.«

»Sicher nicht. Ich bin erst kurz in der Stadt.«

»Na, der *Struwwelpeter* ist Ihnen geläufig, oder? Dr. Heinrich Hoffmann war siebenunddreißig Jahre lang Leiter der Anstalt und hat nicht zuletzt durch dieses Gebäude die Grundlage gelegt, auf der ich meine Philosophie verfolgen kann: Geisteskranke nicht als Irre, sondern als Menschen zu behandeln.« Er schmunzelte. »Das hat zur Folge, daß Dr. Alzheimer und ich auf Ärztekongressen hin und wieder für verrückt erklärt werden.« Er öffnete eine Tür, und sie betraten einen schmalen Raum, in dem zwei Betten standen. Nur eins davon war belegt.

Hätte Laura nicht gewußt, daß Auguste Deter Mitte fünfzig war, sie hätte sie auf siebzig geschätzt. Sie hatte dünnes Haar und ein ausgezehrtes, von Falten zerfurchtes Gesicht, in dem die Nase unnatürlich groß erschien. Das Erschreckendste waren ihre Augen, die ins Nirgendwo zu blicken schienen. Dr. Sioli sprach sie an, aber sie reagierte nicht.

»Sie wurde Ende 1901 eingeliefert, weil ihr Mann mit der Situation nicht mehr klarkam«, sagte er. »Ein braver Kanzleischreiber bei der Eisenbahn, der mir fassungslos berichtete, daß seine Frau seinen Namen vergessen hatte. Sie fand sich in der Wohnung nicht mehr zurecht, schleppte Gegenstände herum und versteckte sie an den unmöglichsten Stellen. Von einer Sekunde auf die andere schrie sie ihren Mann an, schlug nach ihm, beschuldigte ihn, er wolle sie umbringen. Ihr Hausarzt schloß auf chronische Hirnparalyse. Zu Beginn dieses Jahres wurde sie zum kompletten Pflegefall.«

»Dieses Jahr ein vergangenes Jahr«, sagte die Kranke leise.

Dr. Sioli beugte sich zu ihr. »Guten Tag, Frau Deter. Ich habe Ihnen Besuch mitgebracht.«

Sie lächelte. »Wer hat mich denn hierhergetragen eigentlich?«

»Wissen Sie denn, wo Sie sind?«

»Im Augenblick, ich hab', vorläufig, wie gesagt, Mittel habe ich augenblicklich nicht. Man muß sich eben, ich weiß selber nicht, ich weiß gar nicht – ach liebe Zeit – was soll denn?«

Dr. Sioli streichelte ihre Wange. »Schlafen Sie ein bißchen.«

Laura sah plötzlich Helena Braun vor sich. Sie drehte sich um und ging.

»Es ist kein schöner Anblick, ich weiß«, sagte Dr. Sioli, als er in den Flur kam.

»Kann man denn gar nichts dagegen tun?«

Er zuckte die Schultern. »Die Krankheit ist unheilbar, aber nicht unmittelbar tödlich. Frau Deter ist seit zweieinhalb Jahren hier. Wir hatten andere Patienten, die viele Jahre damit lebten.«

»Das ist kein großer Trost.«

»Das kommt darauf an, wie man es sieht. Je weiter die Krankheit voranschreitet, desto ruhiger werden die Patienten. So sehr sie zu Beginn leiden, so zufrieden erscheinen sie zuletzt. Sie leben in einer Welt, in der sich das Gestern aufgelöst hat und das Morgen keine Rolle mehr spielt, kein schmerzvolles Erkennen des Verfalls, keine Erinnerung mehr an irgendwas. Wenn Sie Auguste Deter einen Spiegel vorhalten, lächelt sie. Sie sieht nicht die alte Frau, sie sieht das junge Mädchen. Sie weint nicht, schreit nicht, klagt nicht. Sie hat sich verloren, sie lebt hier und jetzt und überall. Wie in einem endlosen Traum.«

»Ein Alptraum für die Angehörigen.«

»Sie sind nicht aus Berufsgründen hier«, sagte Dr. Sioli freundlich.

Laura fuhr sich übers Gesicht. »Nein. Ich habe eine Bekannte, die entsprechende Symptome aufweist, und nach dem Gespräch mit Dr. Alzheimer wollte ich … Es ist furchtbar.«

»War Ihre Bekannte beim Arzt?«

»Ihr Mann redet ihr ein, sie sei gesund!«

»Auch Herr Deter hat sich bis zuletzt gegen die Wahrheit gesträubt. Kann man es ihm verdenken?«

»Nein«, sagte Laura. »Sicher nicht. Ich bedanke mich für Ihre Geduld, Dr. Sioli.«

Er gab ihr die Hand. »Versuchen Sie, Ihre Bekannte zu überreden, einen Arzt zu konsultieren. Vielleicht machen Sie sich unnötig Sorgen, und die Ursache ihrer Beschwerden ist eine ganz andere. Wenn Sie es für hilfreich halten, wäre ich gerne bereit, mit ihrem Mann zu reden. Sollten Sie an Forschungsergebnissen interessiert sein, könnte ich Ihnen Abschriften zusammenstellen und zukommen lassen.«

»Das wäre sehr freundlich. Ich wohne Rapunzelgäßchen 5.«

Er stutzte. »Im Haus von Wachtmeister Braun?«

»Ja. Warum?«

»Herr Braun war hier.«

Laura hatte sich in ihrem Leben noch nie so geschämt.

✳

Maria las seelenruhig die Zeitung, während Karl Hopf mit gebeugtem Kopf vor ihr stand. »Zu korpulent, soso. Sag, findest du mich korpulent?«

»Sie sind vollkommen, Signora.«

»Ach?«

»Es tut mir aufrichtig leid, daß Emanuela ...«

»Ich werde ihre Entschuldigung nicht annehmen!«

»Ja.«

Sie genoß es, ihn nervös zu sehen. »*Entfettungskur auf chemischem Wege* klingt interessant. Gehört so was auch zu deinem Repertoire?«

»Ich führe andere Studien durch.«

Sie lachte. »Was hast du eigentlich mit meiner Schwester vor?«

»Bitte, Signora! Ich kann Ihnen erklären ...«

»Ich will nicht, daß du dich zu viel mit ihr abgibst. Sie ist völlig phantasielos, wenn du verstehst, was ich meine.« Ihr Gesicht verzog sich. »Außerdem bin ich nachtragend.«

Auf seiner Stirn standen Schweißtropfen. »Ich werde tun, was Sie von mir verlangen, Signora.«

Maria machte eine verächtliche Handbewegung. »Emanuela soll mir die Pelzstola bringen!«

Zwei Stunden später wartete Karl Hopf vor dem großen Spiegel im Foyer des Könitzschen Palais' im Untermainkai. Er trug eine lederne Mütze und einen knöchellangen Staubmantel. In der Hand hielt er eine Maske und einen Koffer. Er lächelte, als er Victoria sah. »Ich war zufällig in der Stadt und dachte ...«

»Ich bin es zwar gewöhnt, daß Sie ohne Vorankündigung erscheinen«, sagte sie. »Aber heute habe ich wirklich keine Zeit.«

Das war gelogen, doch sie wollte nach der Versöhnung mit Richard nicht gleich wieder den nächsten Anlaß für Unfrieden schaffen.

Auf seinem Gesicht machte sich Enttäuschung breit. »Das ist sehr schade.«

Flora sprang die Treppe herunter. »Guten Tag, Karl!« Sie zeigte auf den Koffer. »Willst du verreisen?«

Er schüttelte den Kopf. »Ich wollte dich und deine Mutter zu einem Automobilausflug einladen. Aber offenbar habe ich den falschen Zeitpunkt erwischt.«

»Du hast ein Automobil? Wo denn? Zeigst du's mir?«

Hopf wandte sich an Victoria. »Bitte, gnädige Frau, erweichen Sie Ihr Herz. Das Wetter ist zu schön, um drinnen zu versauern.«

Victoria sah Floras bittende Miene. »Gut. Ausnahmsweise.«

Er nahm einen großen und einen kleinen Sackpaletot und zwei mit blauen Spitzenschleiern versehene Automobilhüte aus dem Koffer. »Ihre Ausstattung, meine Damen. Ich hoffe, ich habe die richtigen Größen gewählt.« Flora zog den kleineren Paletot und einen Hut an und betrachtete sich kichernd im Spiegel.

»Das kleidet Sie nicht übel, gnädiges Fräulein«, bemerkte Hopf.

»Louise würde sagen, ich sehe aus wie ein Klabautermann.«

Hopf zog die Mütze ab und legte die Maske an. »Und wie sehe ich aus?«

»Grauslich, ehrlich.«

Lachend gingen sie nach draußen. Das Automobil stand am gegenüberliegenden Chausseerand. Wären das Lenkrad und der metallverkleidete Motorblock nicht gewesen, hätte man es für eine pferdelose Kutsche halten können. Das Verdeck war zurückgeschlagen, Lampen und Signalhorn glänzten in der Sonne. Flora grinste. »Das sieht ja aus wie eine Erdbeere!«

»Nun, die Farbe ist sicher nicht jedermanns Geschmack, aber einem wilden Stier werden wir nicht gleich begegnen«, erwiderte Hopf.

Flora studierte den Fabrikationsaufdruck. »*Adler Phaeton 1902 8PS*. Sag bloß, das ist auch von den Adlerwerken? Genau wie mein Fahrrad! Das hat sogar einen Adler mit Flügeln hintendran, damit sich mein Kleid nicht in den Rädern verfängt. Und die Füße des Adlers kann ich ausfahren zum Bremsen. Eine Rücktrittbremse hat es auch. Das ist ganz neu, sagt Großpapa.«

Hopf lächelte. »Mit so viel Raffinesse kann ich nicht aufwarten, gnädiges Fräulein. Aber wenn die Bremsen versagen, kann ich den Anker auswerfen.«

»Ach, du verkohlst mich.«

Er zeigte unter den Wagen. »Man nennt das Rücklaufstreben. Sobald wir einen steilen Berg hinauffahren, und der Motor fällt aus, bohren sich die Eisen in den Boden und verhindern, daß wir rückwärts wieder runterrollen.«

»Und wie kriegst du das Automobil zum Fahren?«

»Zuerst solltest du einsteigen, oder?«

Hopf half Victoria und Flora auf den hinteren Doppelsitz und ging vor den Wagen. Bis er es geschafft hatte, den Motor anzukurbeln, war er schweißgebadet. Er stieg vorn ein und löste die Bremsen. Hustend und knatternd setzte sich das Gefährt in Bewegung.

»Mit Pferden wären wir schon am Palmengarten«, rief Victoria gegen den Lärm an.

»Pferde ist ein gutes Stichwort«, rief Hopf zurück.

»Ich will erst einmal dieses Abenteuer heil hinter mich bringen, Herr Hopf.«

Er bog auf die Untermainbrücke ein. »Julius Bierbaum ist mit einem solchen Wagen bis nach Italien gefahren – da werden wir es ja bis zur Sachsenhäuser Warte schaffen, oder?«

»Kommst du auch zum Gordon-Bennett-Rennen, Karl?« fragte Flora.

»Gibt es irgend jemanden, der nicht hingeht?«

»Papa müssen wir noch überreden. Er sagt, er mag die stinkenden Dinger nicht. Aber Großpapa hat uns Karten an der Saalburg gekauft. Eine hat zwanzig Goldmark gekostet. Da wird er schon mitmüssen.«

Die Antwort Hopfs ging in einem Salut von Schüssen unter, die sich zugleich mit einer schwarzen Wolke aus dem Auspuffrohr entluden. Der Wagen ruckte und blieb stehen.

»Bierbaum hatte einen guten Mechaniker, was?« sagte Victoria. Sie stieg mit Flora aus und sah über den Main, während Hopf sich bemühte, den Schaden zu beheben. Nach einer halben Stunde gab er auf. »Ich glaube, ich werde einen kleinen Spaziergang zu den Adlerwerken unternehmen müssen. Darf ich Ihnen eine Droschke bestellen?«

»Danke. Wir spazieren auch«, entgegnete Victoria amüsiert.

»Heißt das, es geht nicht mehr weiter?« fragte Flora enttäuscht.

Hopf putzte sich die ölverschmierten Hände an einem Tuch ab. »Ich verspreche dir, wir holen den Ausflug bald nach.«

Victoria zog Mantel und Hut aus und gab sie ihm. »Wenn Ihr avisierter Ausritt genauso endet, habe ich mich ja auf was Schönes eingelassen.«

»Bei Professor Moriarty hilft ein Zuckerstück, wenn er stehenbleibt. Wie wär's mit nächstem Samstag?«

»Schlimmer kann es nicht werden, oder?«

Er verbeugte sich. »Ich erwarte Sie.«

Nach ihrer Rückkehr holte sich Victoria etwas zu lesen aus der Bibliothek und verzog sich in Richards Zimmer. Es war schon dunkel, als er heimkam. »Na? Gibt es was Wichtiges zu besprechen?« fragte er lächelnd.

Sie legte das Buch weg und stand auf. »Nein. Ich möchte bloß nicht, daß du es von anderen erfährst und falsche Schlüsse ziehst. Karl Hopf hat Flora und mich heute zu einem Ausflug mit seinem Automobil eingeladen.«

»Wenn du unbedingt meinst, mit diesem Hundezüchter Umgang pflegen zu müssen, bitte.«

Sie berührte seine Wange. »Herr Hopf besucht doch auch Maria, und Theodor hat nichts dagegen.« Er sah nicht glücklich aus, aber er schien es zu akzeptieren. Sie küßte ihn. »Vater hat Eintrittskarten für das Gordon-Bennett-Rennen bestellt. Es wäre mir eine große Freude, wenn du mit uns hinfahren würdest.«

Richard verzog das Gesicht. »Wahrscheinlich hat er Sitzplätze neben dem Kaiser reserviert.«

»Er meint es nicht böse.«

»Ja, ja. Dein Vater ist ein edler Mensch.«

»Bitte, Richard. Ich finde wirklich, du solltest…«

»…an die erfreulichen Dinge im Leben denken«, sagte er und trug sie zum Bett.

Kein Wölkchen trübte den Himmel, als Victoria am darauffolgenden Samstag in Niederhöchstadt aus dem Wagen stieg.

»Sie sind ja ganz allein?« sagte Hopf spöttisch.

»Glauben Sie, ich brauche einen Zeugen, wenn ich vom Pferd falle?«

Er lachte. »Erst einmal müssen Sie sich vernünftig anziehen.«

Sie gingen ins Haus, und er führte sie in ein Zimmer im ersten Stock. Das Bett war aufgedeckt, auf dem Nachttisch standen Rosen. Die Photographien an den Wänden verrieten Victoria, wer hier gelebt hatte. Es verursachte ihr ein beklemmendes Gefühl. Hopf zeigte auf schwarze Stiefelhosen und ein Reitjackett. »Das dürfte passen.«

»Bitte entschuldigen Sie, aber ich möchte das nicht.«

»Josefa ist nie geritten«, sagte er schroff. »Ich warte im Salon.«

Als sie nach unten kam, las er Zeitung. »Es paßt wie angegossen«, sagte Victoria versöhnlich.

»*Er versteht es, hartnäckig durchzusetzen, was er im Schilde führt. Er ist störrisch, verstockt, zynisch*«, zitierte Hopf.

»Ich wollte Sie nicht kränken.«

»*Die Stirne zeigt aber über den Augen doch, daß Groß einen gewissen Verbrechertypus besitzt.*« Er schlug die Zeitung zu und sah Victoria an. »Welche Schlüsse ziehen Sie aus meiner Stirn?«

»Ich halte es für Unsinn, daß man einem Menschen den Verbrecher ansehen kann.«

»Schade. Ich hätte mich gern mit Ihnen über mein Gaunergesicht unterhalten.«

438

»Wir wollten ausreiten, oder?«

Benno hatte die Pferde bereits gesattelt und in den Hof geführt. Victoria tätschelte Professor Moriarty den Hals und ließ sich von Hopf hinaufhelfen. Er reichte ihr eine Gerte. »Und?«

»Ungewohnt«, sagte sie lächelnd.

»Denken Sie daran, daß Sie auch mit Ihren Beinen arbeiten müssen.« Er saß ebenfalls auf, und sie ritten aus dem Hof und über die Wiese an den schwarzen Trümmern der Hütte vorbei. Victoria dachte an die Dienerin von Hopfs Frau, und es schauderte sie. Hopf trabte an. Als Moriarty unvermittelt folgte, hielt sie sich vor Schreck an der Mähne fest.

»Versuchen Sie, den richtigen Rhythmus zu finden!« rief ihr Hopf über die Schulter zu. Victoria nickte, und schon nach kurzer Zeit fing der Ritt an, ihr Spaß zu machen. Sie erreichten einen Feldweg, und die Pferde fielen in den Schritt zurück.

»Und? Habe ich zuviel versprochen?« fragte Hopf.

»Als ich das letzte Mal auf einem Pferd saß, fühlte ich mich wie ein Mehlsack auf einem Packesel.«

Er lachte. »Ich finde es bewundernswert, wie Ihre Geschlechtsgenossinnen beim Reiten die Balance halten.«

Der Weg führte an Getreidefeldern vorbei zu einer großen Wiese, an deren jenseitigem Rand der Wald begann. »Stellen Sie sich leicht in die Bügel und gehen Sie einfach mit der Bewegung mit«, erklärte Hopf. Bevor Victoria etwas erwidern konnte, gab er Mister Hyde die Sporen. Victoria versuchte, Moriarty zurückzuhalten, aber sie hatte keine Chance. Der Wallach fiel in den Galopp, als habe er seit einer Woche darauf gewartet.

»Geben Sie ihm die Zügel frei!« rief Hopf.

»Verdammt! Halten Sie an!«

Lachend stob er davon, und Victoria packte plötzlich Wut. Kurz vor dem Waldrand hatte sie ihn eingeholt. Er stieg ab und half ihr aus dem Sattel. »Sie sehen hübsch aus, wenn Sie fluchen.«

»Ich hätte stürzen können!«

»Ach was. Der Professor macht seinem Namen nicht die geringste Ehre.« Als habe der Fuchswallach die Worte verstanden, stupste er Hopf am Arm. Er lockerte die Sattelgurte und band die Pferde an einen Baum. »Kommen Sie. Ich möchte Ihnen meinen Lieblingsplatz zeigen.«

Sie gingen ein Stück am Waldrand entlang und folgten einem Pfad durchs Unterholz. Hopf zeigte auf eine krautige Staude mit rötlichen Stielen und graugrünen Blättern. »Ein faszinierendes Gewächs. Bloß anfassen sollte man es nicht.«

»Warum? Die Pflanze sieht doch harmlos aus«, wunderte sich Victoria.

Hopf grinste. »Dr. Watson würde sagen, Kenntnisse in Botanik: Null, gnädige Frau! Das ist die Tollkirsche, auch Belladonna, schöne Frau, genannt.«

»Und was finden Sie daran faszinierend?«

»Den Spiegel.«

»Das muß ich nicht verstehen, oder?«

Er ging weiter. »Das Große verbirgt sich im Kleinen, das Schöne im Häßlichen, im Leben liegt der Tod. Im Frühling sehen Sie eine harmlose Pflanze, im Sommer hübsche Blüten, im Herbst glänzende Kirschen. Alles ist wirklich, aber leider nicht wahrhaftig.« Er lächelte. »Ein Hirte aus dem Schwarzwald fiel, verleitet durch die schwüle Hitze der Sommertage auf den Gedanken, seinen Durst mit schwarzen Beeren zu stillen, die er für Kirschen hielt. Nicht damit zufrieden, daß er seinen Magen schon im Walde mit diesen Kirschen angefüllt hatte, brachte er auch noch einen fruchttragenden Zweig davon mit sich nach Hause. Kaum war er zu Bette, so ward er unruhig und fing an, irre zu reden. Bald nachher brach ein Schauer über ihn aus; der Unglückliche sprang rasend aus dem Bette, verfiel in Zuckungen, wurde ganz betäubt und sinnlos und starb in diesem Zustande.«

Victoria schmunzelte. »Kenntnisse in Sensationsliteratur: ungeheuer.«

»Irrtum, Gnädigste. Das ist ein Tatsachenbericht.«

Sie erreichten eine kleine Lichtung, in deren Mitte ein Teich lag, und die Erinnerung überfiel Victoria mit einer solchen Macht, daß sie wie angewurzelt stehenblieb.

»Was haben Sie?« fragte Hopf.

Sie fuhr sich übers Gesicht. »Ich hatte gerade das Gefühl, schon einmal hier gewesen zu sein. Obwohl das natürlich Unsinn ist.«

»In den Wäldern ringsum gibt es viele solcher Stellen.« Er zeigte zu einem Hochsitz. »Von dort oben hat man einen schönen Ausblick.«

Sie schüttelte den Kopf. »Das Reiten hat mich doch mehr angestrengt, als ich dachte. Ich würde gern zurückgehen.«

»Wie Sie meinen.« Es klang enttäuscht.

Als sie in den Hof ritten, rief Hopf nach Benno, aber der Junge ließ sich nirgends blicken. Hopf band die Pferde an, und sie gingen ins Haus.

»Du bleibst liegen!« hörten sie Bennos Stimme aus dem Salon.

»Ich muß den Nachmittagskaffee vorbereiten. Der gnädige Herr kommt gleich zurück.«

»Bitte, Briddy. Ich suche noch mal nach der Arznei, ja?«

»Nein! Und ich weiß auch gar nicht, wovon du redest!«

Hopf und Victoria betraten den Salon, und Briddy stand erschrocken vom Sofa auf. Ihr Gesicht war weiß, auf ihrer Stirn glänzte Schweiß. »Bitte entschuldigen Sie, gnädiger Herr!«

»Schon gut«, sagte Hopf. Briddy knickste und ging.

»Sie hatte einen Anfall«, sagte Benno. »Und ich konnte die Arznei nicht finden.«

»Ich muß erst wieder welche herstellen«, sagte Hopf.

»Was für einen Anfall?« fragte Victoria.

»Sie schreit und bekommt schreckliche Zuckungen, und dann wird sie ohnmächtig«, erklärte Benno. Er senkte den Kopf. »Es wird jedesmal schlimmer.«

»Sie behandeln sie selbst?« wandte sich Victoria an Hopf.

»Sicher. Ich gebe ihr von Zeit zu Zeit etwas Belladonna.«

»Die Arznei vom gnädigen Herrn ist wirklich gut«, sagte Benno.

»Kümmere dich um die Pferde!« befahl Hopf.

»Sofort, gnädiger Herr!«

»Na? Was denken Sie Schlimmes?« fragte Hopf, als sie alleine waren.

Victoria starrte ihn an. »Belladonna? Das ist nicht Ihr Ernst, oder?«

Lachend ging er hinaus. Nach einigen Minuten kam er mit einem Tablett wieder, auf dem zwei mit einer hellgelben Flüssigkeit gefüllte Gläser standen. Er stellte ihr eins hin. »Da Briddy sich nicht wohl fühlt, müssen Sie mit meiner Limonade vorliebnehmen. Josefa hat sie immer gern gemocht.«

Victoria nahm das Glas. »Wonach riecht das?«

»Lavendel. Man kann damit Gift überdecken.«

Sie stellte das Glas zurück, und er lachte. »Arsenik ist geruchsfrei. Da brauche ich keinen Lavendel.«

»Ich finde das nicht witzig, Herr Hopf!«

»Wollen Sie wissen, was die Nachbarn über mich erzählen? Daß ich Josefa mit Tee und Limonade vergiftet habe. In kleinen Dosen, damit es nicht auffällt.«

»Warum wollen Sie mir unbedingt weismachen, daß Sie Mr. Hyde sind?«

Seine grünen Augen schienen sie zu durchdringen. »Vielleicht, weil ich's bin?«

Sie sah ihn wütend an. »Es ist Zeit für mich, zu gehen.«

»Sie haben Ihre Limonade nicht getrunken, gnädige Frau«, sagte er lächelnd.

✳

Die Woche verging quälend langsam. Martin Heynel behandelte sie freundlich, aber distanziert, und Laura ertappte sich dabei, daß sie sich nach einem vertrauten Blick, einer zufälligen Berührung sehnte. Sie haßte sich dafür. Am Samstag gab er ihr einen Brief. »Verdacht der Verwahrlosung. Das fällt wohl in Ihren Bereich.«

Laura las die wenigen Zeilen. Es ging um einen Säugling in der Kornblumengasse, der offenbar von seiner Mutter so grob

442

vernachlässigt wurde, daß sich die Nachbarn bemüßigt fühlten, eine Mitteilung darüber zu machen. Sie sah Martin Heynel an. »Würden Sie mich begleiten?«

»Warum nicht?«

Die Wohnung in der Kornblumengasse war ein verlaustes Loch. Vor einem zersprungenen Fenster saß eine apathisch wirkende alte Frau. In dem einzigen Bett schlief ein junger Bursche, zwei kleine Mädchen spielten im Unrat. Der Säugling lag in einem Korb, der vor Schmutz starrte. Die Augen des Kindes waren verklebt, sein Atem ging rasselnd. Die Milch in seinem Fläschchen war sauer. Eine unfrisierte Frau mit dickem Bauch und zerrissener Schürze, offenbar die Mutter der Kinder, fragte mit keifender Stimme, was sie wollten. Laura sagte es ihr und wurde übel beschimpft. »Das Kind muß sofort hier heraus!« erklärte Laura und erntete einen weiteren Schwall häßlicher Worte.

»Unser Bübchen darf in einen bunten Garten«, sagte die alte Frau.

»Bitte?« fragte Laura.

»Du schwätzt Blödsinn, Mutter!« sagte die Dicke.

»Der Mann hat versprochen, das Bübchen darf in den bunten Garten. Und schreiben und lesen wird es können und weiße Kleider tragen, und ein kleiner König wird er sein.«

»Welcher Mann?« fragte Laura.

»Die is plemplem«, sagte die Dicke.

»Der Onkel Fritz hat das aber gesagt!« bekräftigte das ältere Mädchen. Es hatte ein löchriges Hemd an und war höchstens fünf Jahre alt.

»Welcher Onkel Fritz?« wollte Laura wissen.

»Er hat mir ein Bonbon gegeben, wenn ich lieb war. Aber manchmal war er auch böse.«

»Halt's Maul!« keifte die Dicke.

Martin Heynel schob Laura zur Tür. »Wir werden das Nötige veranlassen.«

»Aber ich finde …«

»Wir gehen. Auf Wiedersehen.«

»Was soll das?« fuhr Laura ihn draußen an. »Das Kind ist in einem erbärmlichen Zustand! Wir müssen ...«

»Wollen Sie die ganze Altstadt ausquartieren?«

»Ich werde ...«

»Jetzt hören Sie mal zu, Polizeiassistentin! Ich bin Ihnen gegenüber weisungsbefugt, und ich ordne an, daß wir zurück ins Polizeipräsidium gehen.«

»*Aspetti un momento!*«

Laura fuhr erschrocken herum. Der Mann vor ihr schien aus dem Nichts aufgetaucht zu sein. Trotz des dunklen Teints hatte er eine ungesunde Gesichtsfarbe. Sein strähniges schwarzes Haar hatte vermutlich seit Monaten keinen Kamm mehr gesehen, seine Kleider schlotterten um seinen dürren Leib und stanken.

»Mach, daß du verschwindest, Comoretto«, fuhr Martin Heynel ihn an.

»Ich nix haben Geld, werter Herr Oberwachtmeister. Nur ein kleiner Groschen, Herr Oberwachtmeister. Viele Tiere sind im Turm. Ich bitte Sie.« Er streckte ihm seine schmutzige Hand hin.

»*Hai la monetina?*«

Martin Heynel drückte ihm eine Münze in die Hand. »Und jetzt hau ab!« Der Mann grinste und verschwand so lautlos wie er gekommen war.

Laura sah ihm hinterher. »Wer war das?«

»Comoretto, die Kanalratte«, sagte Martin verächtlich.

»Und woher kennst du ihn?«

»Wer seine Wurzeln im Dreck ausbreiten muß, kommt unweigerlich damit in Berührung.«

»Was meinte er mit den Tieren im Turm?«

»Der hat nicht alle Tassen im Schrank. Vergiß ihn.«

Eine Straße weiter blieb Martin Heynel vor einem Fachwerkhaus stehen und schlug gegen die Tür. Mit einem Fluch wurde geöffnet. »Ich habe einen Auftrag für Sie, Doktor. Kornblumengasse 7, der kleine Waldhaus.«

»Da war ich gestern erst.«

»Dann gehen Sie eben heute noch mal hin, verdammt!«

»Und wer zahlt das?«

Heynel zeigte auf Laura. »Das regeln Sie am Montag mit Fräulein Rothe.« Der Arzt brummte etwas vor sich hin und schlug die Tür wieder zu.

»Er sah nicht besonders vertrauenserweckend aus«, sagte Laura beim Weitergehen.

»Sie können selbstverständlich auch den Direktor einer Privatklinik hinschicken.« Sie wollte etwas sagen, aber er legte ihr die Hand auf den Mund. »Wir wissen beide, daß wir auf Dauer nicht dagegen ankommen, oder?«

✳

Bei ihrer Rückkehr aus Niederhöchstadt sah Victoria Andreas Hortacker aus dem Haus gehen. Er sah nicht glücklich aus. Sie ging zum Zimmer ihrer Tochter und klopfte. Vicki saß am Fenster und stickte.

»War Andreas bei dir?«

»Ja. Warum?«

»Darf man fragen, worüber ihr gesprochen habt?«

Sie legte die Arbeit nieder. »Ich werde ihn nicht heiraten, Mutter.«

»Hat das jemand verlangt?«

Ihr Gesicht nahm einen trotzigen Ausdruck an. »Erst lobst du Karl Hopf, dann schwärmst du mir von Andreas Hortacker vor. Ich mag keinen von beiden.«

»Sondern?«

»Ich werde ihn heiraten, und wenn ihr dreimal dagegen seid!«

»Wen? Den Wachtmeister von Cornelias Diner?«

»Woher weißt du …?«

Victoria lächelte. »Zum Tee bei Martha Kamm, ja? Kind, ich war auch mal jung. Und wenn ich hätte warten wollen, bis dein Vater den rechten Mut faßt, würde ich heute noch meine Aussteuer besticken.«

»Du hast mir nie erzählt, wie du ihn kennengelernt hast.«

»Wo habt ihr euch getroffen? Im Zoo?«

»Im Palmengarten. Ich wollte es nicht heimlich tun. Aber ich hatte Angst, ihr könntet mich zwingen, Andreas Hortacker zu heiraten.«

»Andreas ist ein aufrichtiger und tüchtiger Mann, aber wenn du ihn nicht liebst, kann man nichts machen. Ach, Kind! Glaubst du im Ernst, ich hätte etwas dagegen, daß du einen Polizeibeamten zum Mann nimmst? Dein Vater ist auch einer.«

Vicki fiel ihr um den Hals. »Danke, Mutter!«

Der ungewohnte Gefühlsausbruch ihrer Ältesten rührte Victoria. »Du solltest bedenken, daß du dich in deinem Komfort sehr einschränken mußt. Und wenn dein Polizist seinen Beruf ernstnimmt, wirst du ihn selten zu Hause sehen.«

»Herr Heynel kann mir durchaus einen guten Hausstand bieten. Er sagt, er habe einen größeren Lotteriegewinn gemacht. Aber Vater wird es vielleicht nicht gefallen. Und Großvater ganz bestimmt nicht.«

»Ich werde heute abend mit Richard reden.« Victoria lächelte. »Und deinen Großvater habe ich vor meiner Heirat auch nicht um Erlaubnis gefragt.«

✳

»Linsensuppe und Bratwürste! Im Hause Braun riecht man, daß es Samstag ist«, sagte Richard grinsend, als er in die Küche kam.

Heiner las Zeitung, Helena stand am Herd und rührte in einem Topf. »Essen Sie mit uns, Herr Kommissar?«

»Nein, danke. Ich wollte nur kurz vorbeischauen.«

Anna Frick kam herein. Auf dem Arm hielt sie ein blondes Kind. »Guten Abend, Herr Kommissar.«

»Ist das Ihr Sohn?«

Sie nickte. »Sag dem Herrn Biddling guten Tag, Christian!«

Das Kind brabbelte Unverständliches und griff nach Richards Jackett. »Ein hübscher Junge«, sagte er.

»Nicht wahr?« Wenn sie lächelte, wich alles Herbe aus ihrem Gesicht. Helena gab ihr einen Teller Brei, und sie fing an, Chri-

446

stian zu füttern. »Daß Sie mir die Stelle im Warenhaus vermittelt haben, war sehr freundlich von Ihnen, Herr Kommissar.«

»Keine Ursache.«

»Steht der Verhandlungsbeginn jetzt fest?« fragte Heiner.

»Montag neun Uhr«, sagte Richard. »Ich werde übrigens die Akte Wennecke vorläufig schließen. Es gibt keine Verbindung … nun, Sie wissen schon.«

Anna Frick sah Richard an. »Fritz Wennecke?«

»Ja. Warum?«

»Vergangene Woche war ein Mann bei uns im Kaufhaus, der behauptete, er führe die Geschäfte von Fritz Wennecke weiter. Er sah allerdings nicht danach aus, als habe er in seinem Leben überhaupt jemals Geschäfte geführt. Herr Könitz war nicht erfreut über seinen Besuch.«

Richard und Heiner wechselten einen Blick. »Was hat er genau gesagt?« wollte Richard wissen.

»Er sagte, er heiße Sepp und daß er mit Herrn Könitz etwas besprechen will. Dann forderte Herr Könitz mich auf, zu gehen.« Sie wurde rot. »Vielleicht hätte ich das gar nicht sagen dürfen? Herr Könitz bietet mir eine Vertrauensstellung und …«

»Sie werden keinen Nachteil daraus haben«, versprach Richard. Sie schob den leeren Teller beiseite und stand auf.

»Wollen Sie denn nichts essen?« fragte Helena.

»Später. Erst muß ich Christian zurückbringen.«

»Ich helfe Ihnen beim Anziehen.« Helena bat Heiner, nach der Suppe zu sehen und ging mit Anna Frick hinaus.

»Also gibt es doch eine Verbindung«, sagte Heiner.

»Ich werde mit David darüber reden.«

»Warten Sie erst einmal ab, was er zu sagen hat, bevor Sie gleich wieder das Schlimmste annehmen. Sind eigentlich die Ermittlungen gegen Fräulein Frick abgeschlossen?«

»Ja. Warum?«

»Ihr Kollege war heute hier und wollte sie sprechen.«

»Beck?« fragte Richard erstaunt.

»Er sah aus, als habe er jemandem die Butter vom Brot geklaut.«

»Ich glaube, ihr Selbstmordversuch ist ihm an die Nieren gegangen. Aber das würde er nie im Leben zugeben.«

Sie hörten die Haustür. Kurz darauf kam Laura herein. »Mit dem Essen dauert's noch einen Moment«, sagte Heiner lächelnd.

»Ich möchte nichts. Nur etwas Wasser, bitte.« Heiner füllte ihr ein Glas. Sie bedankte sich und ging.

»Sie sieht nicht sehr glücklich aus«, bemerkte Richard.

»Sie ist auch nicht sehr glücklich.«

»Und warum?«

»Oberwachtmeister Heynel beabsichtigt zu heiraten.«

»Und was hat das mit Fräulein Rothe zu tun?« Er stutzte. »Soll das heißen, die beiden …?«

Heiner nahm den Topf vom Herd. »Wollen Sie nicht doch einen Teller?«

»Braun, Sie verschweigen mir was!«

»Die Frau, die Herr Heynel zu ehelichen gedenkt, ist nicht Fräulein Rothe.«

»Sondern?«

»Ihre Tochter.«

✳

Laura lag auf ihrem Bett und starrte die Decke an. Herrje, ja! Sie hatte sich wieder auf ihn eingelassen. Wenn diese Gesellschaft ihr nicht mehr als einen Dachboden für ihr Glück ließ, dann nahm sie ihn eben! Martin hatte recht: Ein Hausfrauendasein konnte sie sich nicht vorstellen, sie hatte es in Berlin schon nicht gekonnt. In einer offiziellen Beziehung würden sie miteinander kreuzunglücklich werden. Aber würde sie das nicht auch, wenn er verheiratet war? Allein die Vorstellung, daß er diese Vicki anfaßte, sie streichelte, sie küßte, trieb ihr Tränen in die Augen. Warum konnte er alles haben und sie nichts?

Es klopfte. Sie wischte sich mit dem Ärmel übers Gesicht und stand auf. Sie hatte Heiner erwartet, aber es war Helena. Sie hatte einen Wasserkrug und einen Becher in der Hand. »Wollen Sie wirklich nichts essen?«

»Nein, danke.«

Helena füllte den Becher. »Dann trinken Sie wenigstens etwas.«

Laura verzog das Gesicht. »Das riecht ja fürchterlich.«

»Heiner besteht darauf, daß ich morgens und abends ein Glas davon trinke. Er sagt, es heitert auf.«

»Hat er darin faule Eier aufgelöst?«

»Das ist Heilwasser vom Nizza.«

»Ihr Mann bestellt Wasser aus Nizza?« fragte Laura verblüfft.

Sie lächelte. »Das Nizza ist eine Promenade am Main. In der Nähe von Kommissar Biddlings Haus. Das wärmste Eckchen in der Stadt.«

Laura probierte. »Es schmeckt nicht ganz so scheußlich, wie es riecht.«

»Fragen Sie Heiner nach dem Grindbrunnen, und er wird Ihnen erzählen, daß Frankfurt es verdient hätte, zur Badestadt aufzusteigen.« Laura lächelte.

»Sehen Sie. Es wirkt schon.«

»Ich war heute mit einem Kollegen zusammen in der Kornblumengasse. Ein Fall von Verwahrlosung. Es ist schlimm, wie manche Menschen leben. Vor allem die Kinder.«

Helena nickte. »Die Verhältnisse sind mir bekannt. Ich habe viele Jahre ehrenamtlich in der Armenbetreuung gearbeitet.«

»Dann kennen Sie vielleicht auch die Familie Heusohn?«

»Ja. Allerdings nicht so gut wie Heiner. Ich bin ja keine Frankfurterin.«

Laura betrachtete ihre Finger. »Und die Familie Heynel?«

»Was möchten Sie wissen?«

»Hat Ihr Mann es Ihnen gesagt?«

Sie legte ihr die Hand auf den Arm. »Ich bin ja nicht blind.«

»Martin sagte mir, daß er seine Mutter gehaßt hat.«

»Sie verließ die Familie, als er acht Jahre alt war. Sein Vater wurde darüber krank und fing an zu trinken. Als er starb, war nicht einmal genügend Geld für ein anständiges Begräbnis da.

Der Junge blieb in der Wohnung, seine Schwester kam zu Pflegeeltern. Später hat er sie zurückgeholt.«

Laura war fassungslos. »Wie konnte sie ihre Kinder im Stich lassen?«

»Manchmal zwingen die Umstände Menschen dazu, unbegreifliche Dinge zu tun.«

»Ihr Mann hat gesagt, daß Sie auch Pflegekinder hatten. Er zeigte mir eine Photographie.«

»Von Anna, ja. Er liebt sie wie ein eigenes Kind.«

»Sie haben sehr spät geheiratet, nicht wahr?«

»Ja. Aber das Alter war nicht der Grund. Meine erste Ehe blieb auch kinderlos.«

Laura drehte den Becher in den Händen. »Die Ärzte reden den Frauen gern ein, sie seien allein schuld, wenn es mit dem Kinderkriegen nicht klappt.«

»An Heiner lag es nicht. Er hatte einen Sohn.«

»Davon hat er mir ja gar nichts erzählt!«

»Mir auch nicht. Ich erfuhr es von Kommissar Biddling. Der Junge wurde versehentlich von einem Soldaten erschossen. Er war gerade zehn Jahre alt. Heiners erste Frau starb aus Gram darüber.«

»Und er hat Ihnen nie ein Wort gesagt?«

Sie schüttelte den Kopf. »Manchmal tun die Dinge, vor denen Männer uns glauben schützen zu müssen, ihnen selbst am meisten weh. Und jetzt trinken Sie mal hübsch Ihr Glas leer!«

Als sie gegangen war, dachte Laura an Heiner Brauns trauriges Gesicht auf dem *Belvederche*. Sicher war er ein wundervoller Vater gewesen. Aber was wäre aus der kleinen Anna und den anderen Pfleglingen geworden, wenn er und Helena leibliche Kinder hätten haben können? *Die Dinge, vor denen sie uns glauben schützen zu müssen.* Wußte Helena am Ende mehr über ihre Krankheit, als ihr Mann ahnte? Und Martin? Wollte er sie auch schützen? Vor einem Leben, wie es seine Schwester und Käthe Heusohn führten? Oder selbst Helena? *Mein Vater war dumm genug, die falsche Frau zu heiraten.* War es denn so unbegreiflich, daß er nichts mehr fürchtete, als zu enden wie er?

Laura betrachtete ihre Handgelenke, strich über die hellen Stellen. *Keine Erinnerung mehr an irgendwas.* Hatte sie sich nicht genau das gewünscht, als sie das Messer nahm? Sie sah den verrückten Bettler vor sich und die alte Frau in der Kornblumengasse, die sich in einen bunten Phantasiegarten flüchtete. War es nicht besser, sie lebten in ihren Träumen als in der Wirklichkeit? Sie lächelte. Und die Kleine in ihrem zerrissenen Hemdchen spielte in all dem Schmutz und freute sich, wenn sie von ihrem Onkel ein Bonbon geschenkt bekam. Laura stutzte. Bonbon? Onkel Fritz? Der Gedanke war so ungeheuerlich, daß sie augenblicklich alles andere vergaß.

✳

Richard gab Louise Mantel und Hut und ging zum Zimmer seines Schwagers. Er mußte mehrmals klopfen, bis er Antwort bekam. David Könitz saß vor dem Kamin und starrte in die schwarze Asche. Er trug eine modisch geschnittene Seidenweste und ein aufdringlich buntes Hemd. Auf einem Bugholztischchen standen eine halbvolle Flasche Cognac und ein leeres Glas.

»Ich muß mit dir reden«, sagte Richard.

»Geht's nicht morgen?«

»Nein.«

David Könitz wies mit schwammiger Geste auf einen Sessel. Richard setzte sich. »Was wollte Fritz Wennecke von dir?«

David starrte ihn einen Moment an und seufzte. »Ich habe Schulden, und ich weiß nicht, wie ich sie bezahlen soll.«

»Beantworte bitte meine Frage.«

»Er hat mich erpreßt.«

»Womit?«

»Es gibt Unregelmäßigkeiten in der Kassenabrechnung.«

»Und woher sollte das einer wie Fritz Wennecke wissen?«

»Er wußte es eben.«

»Wieviel?«

»Zum Schluß wollte er zehntausend Mark. Deshalb mußte ich mir Geld bei Lichtenstein leihen.«

»Das glaubst du doch selbst nicht! Wennecke konnte weder lesen noch schreiben! Wie hätte er dir die Betrügereien beweisen wollen?«

David deutete auf die Flasche. Richard schüttelte den Kopf. »Sag mir endlich die Wahrheit.«

Er schenkte sich ein und leerte das Glas in einem Zug. »Es gibt Bilder. Die sind das Geld wert.«

»Welche Bilder?«

»Photographien, die mich … in prekärer Lage zeigen.«

»Aus der *Laterna Magica?*«

David Könitz lachte verzweifelt. »Oh, es sind künstlerisch ansprechende Aufnahmen. Und sehr eindeutige.«

»Du bist nicht verheiratet. Warum kann dich Wennecke mit Photographien erpressen?«

Er sah auf seine Hände. »Ich bin … anders.«

»Wie anders? Herrgott, David! Sag, was los ist!«

»Ich bin ein Urning.«

Richard sprang auf. »Verflucht noch mal! Wie konntest du so dumm sein, dich dabei photographieren zu lassen?«

»Ich war betrunken und … beschäftigt.«

»Wer hat die Bilder gemacht?«

»Ein weitläufiger Geschäftsfreund.«

»Wie heißt er?«

»Ich habe mit ihm gesprochen. Er hat mit den Erpressungen nichts zu tun.«

»Den Namen, David!«

»Karl Hopf. Der Hundezüchter aus Niederhöchstadt.«

Richard starrte ihn an. Was hatte Heusohn gesagt? *Vielleicht hat Herr Hopf noch ganz andere Photographien gemacht und damit irgendwelche Leute erpreßt.* »Warum bist du so sicher, daß Hopf nichts mit der Sache zu schaffen hat?«

»Er war so entsetzt, als ich ihm davon erzählte, daß ich mir nicht vorstellen kann, daß er mich angelogen hat. Im übrigen haben wir beide ein Interesse daran, daß die Bilder nicht in falsche Hände geraten.«

Richard schluckte. »Ist Hopf etwa auch ...?«

David schüttelte den Kopf. »Soweit mir bekannt ist, photographiert er auch anderes.«

»Allerdings«, sagte Richard sarkastisch. »Wennecke hat in der Rosengasse verkehrt. Wie kommt er in den Besitz von Photographien aus der *Laterna Magica?*«

»Ich weiß es nicht.«

»Er kann das unmöglich allein gemacht haben.«

»Wennecke überbrachte die Forderungen, und er holte das Geld ab. Die Briefe waren immer versiegelt. Ich mußte die Umschläge mit dem Geld ebenfalls versiegeln. Ich habe keine Ahnung, wer dahintersteckt.«

Richard fuhr sich übers Gesicht. »Warum hast du mich angelogen?«

»Du weißt selbst, daß ich dafür ins Gefängnis wandere. Aber das ist jetzt auch egal. Vater hat gestern Andreas Hortacker eingestellt. Es ist nur eine Frage der Zeit, bis er merkt, was im Kaufhaus los ist.«

»Wie konntest du annehmen, daß es nicht irgendwann herauskommt?«

David schenkte sich Cognac ein. »Das Gehalt, das Vater mir zahlt, ist ein Witz. Ich kann damit nicht auskommen. Niemand in meiner Position könnte das. Aber Hortacker hat er den Umzug von Berlin nach Frankfurt mit einer hübschen Summe versüßt.«

»Andreas Hortacker ist ein vernünftiger Mensch. Rede mit ihm.«

»Als wenn das noch was nützen würde.«

»Wie oft hast du an Wennecke gezahlt?«

»Fünfmal. Als er tot war, dachte ich, es ist vorbei. Aber dann kam dieser andere.« David leerte das Glas und erzählte, was Richard mehr oder weniger schon von Anna Frick wußte.

»Wann will er wiederkommen?«

»Ich hoffe, gar nicht mehr. Ich habe ihm fünfhundert Mark

gegeben und gesagt, daß das alles ist, was er von mir erwarten kann.«

»Wieviel wollte er?«

»Eintausend.«

»Ein Erpresser, der auf einmal weniger verlangt? Kann es sein, daß dieser Sepp nur ein Nassauer ist?«

»Ich weiß es nicht.« Davids Stimme wurde weinerlich. »Am besten hänge ich mich auf.«

Richard nahm ihm die Flasche weg. »Hast du irgendwas mit Wenneckes Tod zu tun?«

Seine Hände fingen an zu zittern. »Glaubst du wirklich, ich bin in der Lage, einen Mord zu begehen?«

»Begehen wahrscheinlich nicht. Aber in Auftrag geben.«

»Ich bin froh, daß der Scheißkerl tot ist, ja! Ich habe keine Ahnung, wer ihn umgebracht hat, und warum. Es ist mir auch egal.«

»Bis zum Auftauchen dieses Sepp hattest du ausschließlich mit Wennecke zu tun?«

David nickte. »Er sagte, für den Fall, daß ich ihm Schwierigkeiten machte, hätte er einen guten Freund bei der Polizei.«

»Hat er sich näher dazu ausgelassen?«

»Nein.«

»Sagt dir der Name Heynel etwas?«

»Nein.«

»Sicher?«

»Ich sage die Wahrheit!« Seine Stimme wurde leise. »Was wirst du mit mir tun?«

Richard ging zur Tür. »Rede mit Hortacker und hör auf, zu saufen. Gute Nacht.«

Auf dem Weg zu seinem Zimmer kam ihm Victoria entgegen. »Hast du ein wenig Zeit?« Er nickte und folgte ihr in den Salon. Sie sah ihn forschend an. »Was ist denn?«

»Nichts.« Der Erbe des Frankfurter Warenhauskönigs liebte Männer! Er wollte besser nicht daran denken, was das für die Familie bedeuten konnte, vor allem für Victoria und die Kinder.

»Richard! Mit dir stimmt doch etwas nicht.«

»Ich bin müde. Um was geht es?«

»Ich habe eine erfreuliche Nachricht für dich. Unsere Tochter hat sich verliebt. Ihr Auserwählter ist ein Kollege von dir.« Sie lächelte. »Ein Polizeibeamter ist nicht die schlechteste Wahl, oder?«

»Vicki wird Martin Heynel nicht heiraten.«

Sie sah ihn überrascht an. »Woher weißt du denn …?«

»Ich wünsche diese Verbindung nicht!« Bevor sie etwas sagen konnte, ging er.

Im Rapunzelgäßchen war es dunkel, und Richard wollte schon umkehren, als er den schwachen Lichtschein in der Küche sah. Er klopfte gegen die Scheibe; kurz darauf machte ihm Heiner Braun auf. »So spät noch unterwegs, Herr Kommissar?«

»Ich könnte einen Kaffee vertragen, Braun.«

Er lächelte. »Gerade frisch gekocht.«

Sie gingen hinein, Richard setzte sich. Heiner stellte ihm den Kaffee hin. »Keine guten Nachrichten, hm?«

Richard sah die Tasse an und schüttelte den Kopf.

»Sie sollten Victoria reinen Wein einschenken«, schlug Heiner vor, als Richard seinen Bericht beendet hatte.

»Und was soll ich ihr bitte sagen?« fuhr er auf. »Daß ihr Bruder andersherum ist, die Kasse manipuliert und sich mit obszönen Photographien erpressen läßt, die ihr hochgeschätzter Freund Hopf nachts in der *Laterna* fertigt? Daß die große Liebe unserer Tochter ein intriganter Emporkömmling ist, der es mit seiner Mitarbeiterin treibt? Daß ich den einen wie den anderen für fähig halte, bei Wenneckes Tod nachgeholfen zu haben?«

»Diesen Sepp zu ermitteln, dürfte nicht schwierig sein«, sagte Heiner. »Menschen seines Schlags können nicht verbergen, daß sie wohlhabend geworden sind. Die eine oder andere Nachfrage bei gewissen Leuten, und ich habe Namen und Adresse. Vorausgesetzt, Sie wollen das.«

»Warum sollte ich es nicht wollen?«

»Wenn er aussagt und die Bilder auftauchen, müssen Sie gegen Ihren Schwager vorgehen.«

»Das müßte ich auch ohne die Bilder.«

»Ich glaube nicht, daß Ihr Schwager etwas für seine Veranlagung kann.«

»Es ist eine Straftat, verdammt noch mal!«

Laura kam herein. »Guten Abend. Bitte entschuldigen Sie die späte Störung.«

Heiner stand auf und schob ihr einen Stuhl hin. »Sie sind ja ganz blaß!«

Sie wandte sich an Richard. »Haben Sie mal in Betracht gezogen, daß der Streit zwischen Fritz Wennecke und Paul Heusohn eine ganz andere Ursache gehabt haben könnte?«

Er sah sie überrascht an. »Inwiefern?«

»Bei einer Betreuungssache in der Altstadt erzählte mir heute nachmittag ein kleines Mädchen, daß es von einem Onkel Fritz Bonbons bekommen hat, wenn es lieb zu ihm war. Ich dachte mir zunächst nichts dabei, aber dann erinnerte ich mich, daß ich diese Geschichte schon einmal gehört hatte.«

»Annika Heusohn«, sagte Richard tonlos.

Laura nickte.

»Haben Sie mit Käthe darüber gesprochen?« fragte Heiner.

»Nein. Es geht ihr nicht gut, und ich wollte sie nicht unnötig aufregen. Ich bin unter einem Vorwand mit Annika rausgegangen. Wie es aussieht, hat Wennecke sie mit Süßigkeiten geködert und mehrfach versucht, sie anzufassen und zu küssen. An dem Abend vor seinem Tod tat er es zum ersten Mal mit Gewalt. Paul kam dazu, den Rest kennen Sie.«

Richard schlug mit der Faust auf den Tisch. »Dieser Dreckskerl! Dafür hätte ich ihn umgebracht!«

Es trat Stille ein. Laura stand auf. »Sie entschuldigen mich? Ich gehe zu Bett.«

»Ich glaube trotz allem nicht, daß der Junge dazu fähig wäre«, sagte Heiner, als sie alleine waren.

Richard sah zum Fenster. *Ich will Sie doch nicht belügen.* »Wissen Sie, was ich mir wünsche, Braun? Daß dieses verfluchte Ventil von allein in die Luft gegangen ist.«

Kapitel 18

Abendblatt   Montag, 16. Mai 1904

Frankfurter Zeitung
und Handelsblatt

**Groß und Stafforst
vor dem Schwurgericht.**

Vor dem Gerichtsgebäude herrscht ein bewegtes Leben. Der Raubmord auf der Zeil soll heute seine gerichtliche Sühne finden und der Andrang zu der Schwurgerichtsverhandlung ist ungeheuer. Zum Schwurgerichtssaal gelangt man nur durch eine dreifache Kette von Schutzleuten. Der Zuschauerraum ist bis auf den letzten Platz ausgenützt und sehr zahlreich mit Damen besetzt. Auf dem Gerichtstische liegen die zertrümmerte Schädel Lichtensteins, die Fundstücke, zwei Gewichtssteine, und eine Anzahl von Photographien der Blutuntersuchungen des Gerichtschemikers Dr. Popp.

Um 9¼ Uhr betreten die Geschworenen und nach ihnen der Gerichtshof den Saal und der Vorsitzende richtet an die Versammelten folgende Ansprache:

»Fast ein Vierteljahr ist dahin gegangen, seitdem eine Bluttat ganz Frankfurt und die weitere Umgebung in Schrecken und Empörung versetzt hat. Am hellen lichten Tage in der lebhaftesten Straße der Stadt, ist ein angesehener, allgemein beliebter, friedlicher und freigebiger Mann seiner Familie und seinem Wirkungskreise entrissen worden.

Nunmehr ist die Stunde gekommen, in der zu entscheiden ist, in welchem Maße die beiden dieser Tat Beschuldigten daran teilgenommen haben. Mir ist wohl bekannt, daß es weiten Kreisen der Bürgerschaft viel zu lang gedauert hat, bis diese Stunde der Sühne erschienen ist. Ich sehe darin einen besonderen Vorteil, denn wir sind heute viel eher in der Lage, objektiv und ohne Voreingenommenheit das Urteil zu finden.

Wir würden dazu umsomehr im Stande sein, wenn nicht gerade in der letzten Zeit noch in der Presse Artikel erschienen wären, in denen nicht objektiv berichtet, sondern ein Urteil über die ganze Sache enthalten war. Sie, m. H. Geschworenen, haben Ihr Urteil nicht auf Grund der Vorgänge außerhalb dieses Saales zu fällen, sondern nur auf Grund der Beweisaufnahme.

457

Die Vertreter der Presse ersuche ich, ihre Berichte über die Verhandlungen möglichst genau und objektiv zu erstatten. Es ist das auch eine Anstandspflicht den Angeklagten gegenüber.«

Groß ist erst einmal wegen Diebstahls mit acht Monaten Gefängnis bestraft, Stafforst wiederholt wegen Bettelns und Landstreicherei, 1899 in Köln wegen Unterschlagung mit vier Monaten, 1901 in Leipzig wegen Diebstahls, später wegen Münzvergehens je mit einem Monat Gefängnis.

Stafforsts Vernehmung

Vors.: Nun, Stafforst, bekennen Sie sich schuldig? – **Angekl.:** Ja. – **Vors.:** Haben Sie verstanden, was Ihnen zur Last gelegt wird? Sie sollen den Herrn Lichtenstein ermordet haben. – **Angekl.:** Jawohl. – **Vors.:** Dann erzählen Sie einmal, wie die Sache gewesen ist.

Und nun erzählt Stafforst eine halbe Stunde lang, mit den beiden Händen lebhaft gestikulierend, den Blick meist zu Boden gesenkt.

Stafforst schildert, wie Groß ihm von dem reichen Herrn Lichtenstein erzählt habe, und wie die blutige Tat zur Ausführung gelangte. Auch jetzt stellt er die Sache so dar, als ob er nur unter dem Einflusse von Groß gehandelt habe.

Vors.: Sie gehen aber nicht weg, sondern kommen am andern Tag pünktlich wieder,

Sie kaufen den Strick, Sie teilen die Waffen, Sie tun nicht nur den ersten Schlag, sondern sind auch gleich mit dem räuberischen Anfall zur Hand, in dem Sie dem Lichtenstein Uhr und Kette herausreißen. Konnten Sie da im Zweifel sein, daß es um Tod und Leben ging? – **Stafforst** *(weinend)*: Nein. – **Vors.:** Ist Ihnen bekannt, daß auf dem Verbrechen, das Sie hier zugestanden haben, der Tod steht? – **Stafforst** *(weinend und das Taschentuch ziehend)*: Ja. – **Vors.:** Was haben Sie zu Ihrer Entschuldigung anzuführen? –

Mit kaum vernehmbarer Stimme erwidert Stafforst, er habe sich wiederholt vergeblich um Arbeit bemüht.

Vernehmung des Groß

Kurz nach elf Uhr ist die Vernehmung des Stafforst beendet, und nun ändert sich das Bild. Während Stafforst gedrückt und zum Teil weinend sprach, zeigt sich Groß selbstbewußt und angriffslustig. Schon die Leipziger Falschgeldsache stellt er so dar, als ob Stafforst ihn zur Ausgabe des Geldes habe benützen wollen.

»Er hat in Leipzig dieselbe Rolle gespielt«, ruft er, »wie hier bei Lichtenstein. Er ist derjenige, der die Seele von Lichtenstein auf dem Gewissen hat. Er hat ihm bei seinem letzten Atemzug die Augen zugedrückt!«

Und dann beginnt ein Redefluß, der kaum einzudämmen ist und das Ziel verfolgt, Stafforst als den Anstifter des ganzen Anschlags hinzustellen.

»Ich wollte mit der Sache nichts zu tun haben!« wiederholt er mehrmals. – **Vors.:** Weshalb haben Sie dann dem Stafforst einen Revolver gegeben? – **Groß:** Er wollte den Mann stellen. – **Vors.:** Wollten Sie sich an dem Stellen beteiligen? Weshalb gingen Sie dann mit nach oben? – **Groß:** Er war mit sich selbst noch nicht einig. Ich sagte: Wegen Geld vergießt man kein Menschenblut.

Groß erzählt dann weiter, er habe beständig die Absicht gehabt, den Stafforst von der Tat abzuhalten.

»Aber« – fährt er fort – »wer rutscht von hinten in das Haus hinein? Mein Stafforst.«

Oben habe Stafforst den Lichtenstein erst mit dem Gewichtsstein und dann mit einem Klavierstuhl niedergeschlagen. Dabei sei dem Stafforst etwas Gehirnmasse in den Mund gespritzt, und er habe gerufen:

»Pfui, Teufel, schmeckt das Zeug bitter.«

Unterdrücktes Murmeln auf den Zuschauerbänken, in den Gesichtern spiegelte sich Entsetzen. Die Witwe Lichtensteins hielt den Kopf gesenkt.

»Warum haben Sie dann den Mord nicht verhindert?« fragte der Vorsitzende.

Bruno Groß zuckte die Schultern. »Ich war so erschrocken, daß ich selbst nicht wußte, was ich machen sollte.«

»Sie bekennen sich also offenbar nicht schuldig?«

»So wahr ein Gott im Himmel lebt, bin ich unschuldig!« rief Groß.

»Sie haben den Stafforst seit 1901 nicht mehr gesehen. Woher soll er Kenntnis von Lichtenstein, von seiner Erbschaft und so weiter gehabt haben?«

»Aus der Zeitung.«

»Warum haben Sie denn den Stafforst nicht der Polizei übergeben?«

»Ich weiß eigentlich selbst nicht, wie mir da oben nach der Tat zu Mute war.«

Laura betrachtete Groß' stoischen Gesichtsausdruck und erinnerte sich, wie er seine Aussage im Polizeipräsidium gemacht hatte. Da war er genauso kühl und berechnend gewesen. Als habe er die Zuversicht, daß er nur hartnäckig genug leugnen müsse, um aus der Sache heil herauszukommen. Stafforst dagegen saß zusammengesunken auf der Anklagebank, das Gesicht gerötet, die Augen vom Weinen geschwollen.

»Was sagen Sie dazu, daß man trotz der Reinigung noch Blut an Ihrem Anzug gefunden hat?« setzte der Vorsitzende die Befragung fort.

Groß lächelte. »Es kann möglich sein, daß Blut an meinem Anzug ist, und zwar sehr viel Blut. Aber das war mein eigenes Blut, weil man sich bei der Arbeit oft gerissen hat.«

»Wenn nun noch bewiesen würde, daß Ihre Hand am Kragen des Lichtenstein abgedrückt ist, was würden Sie dann sagen?«

»Dann würde ich sagen, das sei nicht wahr.« Er hob theatralisch die Hände. »So wahr ich hier stehe, ich habe den Mann nicht angerührt!«

»Aber Ihre Stiefel sind voll Blut, Ihre Hose ist blutig, Sie haben den Gewichtsstein gekauft und wollen immer noch leugnen?«

Groß beteuerte aufs neue seine Unschuld. Laura glaubte ihm kein Wort. Ihr Blick wanderte zur Geschworenenbank. In den Gesichtern der Männer zeigte sich keine Regung. Durch die Fenster warf die Sonne Muster auf die holzvertäfelte Wand. Die dunkelrote Tapete bildete einen interessanten Kontrast zu der in Blau und Bronze gehaltenen Stuckdecke.

»Was haben Sie mit dem Geld gemacht?« fragte der Vorsitzende.

»Das Geld hab' ich noch denselben Abend weggeschafft«, sagte Groß.

»Wohin denn?«

»Ich hab' es in den Main geworfen.«

Einige der Zuhörer lachten. Laura sah sich verstohlen nach Gräfin von Tennitz um. Sie saß in der letzten Reihe. Vor Verhandlungsbeginn hatten sie sich auf dem Flur die Hand gegeben und ein paar freundliche Worte gewechselt, aber Laura hatte gespürt, daß das Bild im Garten wie eine unsichtbare Mauer zwischen ihnen stand. Zwei Reihen vor Gräfin Tennitz saß die Frau von Kommissar Biddling und verfolgte mit ernster Miene das Prozeßgeschehen. Ihr Mann und die anderen eingesetzten Beamten würden am Nachmittag als Zeugen vernommen und waren deshalb nicht anwesend. Aber Laura hatte gehofft, daß Martin kommen würde. Heiner Braun war auch nicht da.

Der Vorsitzende hörte Stafforst zu den Anschuldigungen seines Kumpans und wandte sich wieder Groß zu. Mit minuziöser Gründlichkeit ließ er sich nochmals den Tatablauf schildern. Eine Zuhörerin gähnte verstohlen, eine andere schwenkte gelangweilt ihren Fächer, eine dritte inspizierte die Angeklagten durch ein Opernglas. Die Luft im Saal wurde unerträglich. Laura spürte ihr Kleid am Rücken kleben und atmete auf, als die Sitzung um Viertel nach eins auf drei Uhr vertagt wurde.

Um drei waren weder Martin Heynel noch Heiner Braun aufgetaucht, dafür traf Laura Kommissar Biddling und Paul Heusohn im Entrée des Gerichtssaals, einem von zwei Lichthöfen gerahmten Kuppelraum. Paul Heusohn begrüßte sie mit einem Lächeln, Biddling war kurzangebunden. Fürchtete er, sie könnte die Rede auf Annika Heusohn bringen?

Groß machte eine Verbeugung, als er von zwei Schutzleuten in den Saal geführt wurde, Stafforst hielt den Kopf gesenkt und schluchzte. Seitlich des Richtertisches stand eine Tafel mit der Tatortzeichnung. Die Sitzung begann mit der Beweisaufnahme. Der Weinhändler Cöster und Schutzmann Heinz berichteten, wie sie den Toten gefunden hatten, Ausläufer Anton Schick wurde gehört, der Möbeltransporteur Schrimpf und der Offenbacher Pferdehändler Strauß.

Anschließend berichtete Kommissar Biddling über den Tatortbefund, Kommissar Beck sagte über die Ermittlung der Täter aus, und Lichtensteins Bruder ballte die Fäuste, als Staatsanwalt von Reden ihn fragte, ob sein Bruder sich gegen einen einzelnen Mann hätte zur Wehr setzen können. »Diese beiden Gauner, diese beiden Halunken!«

Als der Richter die Sitzung um sechs Uhr schloß, behauptete Groß immer noch, unschuldig zu sein.

»Gehen Sie mit ins Rapunzelgäßchen?« fragte Laura, als Kommissar Biddling aus dem Saal kam.

Er sah Paul Heusohn an. »Nein. Wir haben noch zu arbeiten.«

✳

Heiner Braun saß in der Küche und las die Morgenzeitung, als es schellte. Vor der Tür stand ein etwa zwölfjähriger Junge. Er hatte ein geflicktes Hemd und kurze Hosen an.

»Ich soll Ihne sache, daß Sie um halb zehn ins Krügche komme solle, Herr Wachtmeister!« sagte er und rannte davon. Heiner sah auf seine Uhr und fuhr sich über die Stirn. Obwohl es noch früh war, herrschte im Gäßchen schon Schwüle. Er ging in die Küche zurück, las die Zeitung zu Ende und zog seine Jacke an.

»Wo willst du denn hin?« frage Helena.

»Einen Bekannten treffen.«

Sie hielt ihn am Ärmel fest. »Du denkst hoffentlich daran, daß du pensioniert bist.«

Er küßte sie auf die Stirn. »Ich werde eine rein private Unterhaltung führen.«

»So privat, daß du dafür den Mordprozeß sausen läßt? Mach mir nichts vor, mein Lieber!«

Er lächelte. »Ich habe bestimmt Hunger, wenn ich wiederkomme.«

Der kürzeste Weg zur Kruggasse führte am Steinernen Haus vorbei über die Gasse Hinter dem Lämmchen, doch Heiner überlegte, ob er nicht die entgegengesetzte Richtung einschlagen und einen Umweg machen sollte. Es fiel ihm schwer, den Anblick der zerstörten Häuser zu ertragen, die der geplanten Braubaustraße weichen mußten. Er wischte sich den Schweiß von der Stirn. Für Sentimentalitäten war es entschieden zu heiß. In der Flucht spitzer Giebel erhob sich massig und dun-

kel der Dom. Heiner hielt sich links, ging an uralten Torein-
fahrten und steinernen Bögen vorbei und erreichte ein maleri-
sches Gäßchen, das nach wenigen Metern in einen Ort der Ver-
wüstung mündete.

Wie sinnlos aufgestellt, ragten Wände und Mauern in den
Himmel. Verblichene Tapetenreste kündeten von einstigen
Wohnungen, Erdhaufen und Pflastersteine vom Bau der neuen
Straße, die das Gäßchen brutal in zwei Hälften riß. Balken
stützten die noch stehenden Häuser, vor einem blinden Fenster
hing Wäsche. Kinder spielten im Schutt, zwei Arbeiter stapelten
Bretter auf. Als Heiner vorbeiging, grüßten sie.

Die Schenke Zum Kleinen Krug lag in der Parallelgasse
und war so verwinkelt, daß kaum ein halbes Dutzend Tische
darin Platz fand. »Zwei Apfelwein«, sagte Heiner zu dem Wirt,
der lustlos Gläser putzte, und setzte sich zu einem älteren
Mann. Sein Gesicht war von Falten zerfurcht, seine Hände
zeugten von harter Arbeit. »Hast du den Jungen geschickt,
Hans?«

Er nickte. »Der, den Sie suche, is der Sepp aus der Kaffeegass.«

»Woher weißt du das?«

»Der Sepp un der Fritz hawwe krumme Dinger gedreht. Un e
bißche viel gebabbelt. Un desdewege is der Fritz tot. Sache die
Leut im Quartier.«

»Ich kenne die Gerüchte«, sagte Heiner Braun. »Leider haben
wir keinen Beweis gefunden, der sie untermauern könnte.«

Der Wirt brachte den Apfelwein. Heiner wartete, bis er gegangen war. »Wie gut kennst du den Sepp?«

»Der hat früher bei Pokonni geschafft. Wie ich. Und ich sach
Ihne, des mit dem Fritz, des war kahn Unfall net!«

»Warum hast du mir das nicht schon längst gesagt?«

»Hätt's was genützt?«

Heiner grinste. »Und warum sagst du es jetzt?«

Er trank einen großen Schluck. »Ich hab gehört, daß Sie mit
dem Kerl e Rechnung offe hawwe. Ich hab's net vergesse, wie
Sie mir damals geholfe hawwe, Wachtmeister.«

Heiner prostete ihm zu. »Es ist nett, mit dir über das Wetter zu plaudern. Unter welchem Namen hat Sepp bei Pokorny gearbeitet?«

＊

Vicki Biddling legte eine Fünfzigpfennigmünze auf den Tresen. Nervös nahm sie die Eintrittskarte entgegen und ging an üppig blühenden Blumenbeeten und dem Gesellschaftshaus vorbei zum Seiteneingang des Palmenhauses. Martin Heynel lächelte, als er sie sah. »Wo haben Sie denn heute Ihre treue Dienerin gelassen?«

»Louise hat eine dringende Besorgung, und so dachte ich …«

»Gut gedacht«, sagte er, und sie errötete. Sie folgten dem Weg zum Großen Weiher. Nirgends war ein Mensch zu sehen. »Offenbar sind alle beim Prozeß«, meinte Martin Heynel.

»Müssen Sie denn nicht auch hin?« fragte Vicki.

»Nein. Ich hatte mit den Ermittlungen in der Mordsache nichts zu tun.«

Am Ufer lag ein einsamer Kahn. Felsaufbauten und ein Schweizer Häuschen vermittelten den Eindruck, in einer Berglandschaft zu sein. Martin Heynel zeigte auf eine Hängebrücke, die zu einem baumumstandenen Bootshaus führte. »Im Schatten ist es sicher angenehmer, oder?« Hinter der Brücke sah er sich um und nahm ihre Hand.

Vicki spürte ihr Herz bis zum Hals klopfen. Niemals zuvor war sie so aufgeregt gewesen. »Es ist wunderschön hier, nicht wahr?«

Er fuhr die Konturen ihrer Lippen nach. »Du bist wunderschön, Vicki.«

Sie ersehnte seinen Kuß. Anschließend gingen sie in gebührlichem Abstand um den Weiher spazieren. »Was ist eigentlich mit diesem Fräulein Polizeiassistentin?« fragte Vicki.

»Was sollte denn mit ihr sein?«

»Auf der Geburtstagsfeier meiner Tante hatte ich durchaus den Eindruck, daß sie … Absichten hegt.«

Er lachte. »Sie ist bloß eine Arbeitskollegin. Beruhigt?«

Sie warf ihm einen verschwörerischen Blick zu. »Mein Vater will nicht, daß wir heiraten. Aber wir werden es trotzdem tun!«

»Ich halte es für unklug, gegen den Willen deiner Eltern eine Heirat durchzusetzen. Weißt du, im Grunde genommen kann ich sie verstehen. Ich kann dir das Leben nicht bieten, das du gewöhnt bist.«

»Meine Mutter hat ja gar nichts dagegen. Und Vater muß es akzeptieren! Wenn er es nicht tut, fahren wir nach London und heiraten heimlich.«

Er lächelte. »Stell dir das ja nicht zu romantisch vor. Im übrigen wüßte ich eine Möglichkeit, deinen Vater umzustimmen. Allerdings würde das ein Opfer für dich bedeuten.«

»Was denn?« Martin Heynel flüsterte es ihr ins Ohr, und sie wurde puterrot. Er berührte ihre Wange. »Das ist nur ein Vorschlag, wenn wir es auf gütlichem Wege nicht regeln können.«

»Aber wir müssen auf jeden Fall sehen, daß die Zeit reicht! Es sind viele Dinge zu regeln, Gästelisten zusammenstellen, Einladungskarten entwerfen, das Menue aussuchen … Ich weiß auch schon, wo ich mein Brautkleid schneidern lasse. Man darf nichts sehen, auf keinen Fall. Und vorher verloben wir uns. Vielleicht an meinem Geburtstag?«

Er schmunzelte. »Heimliche Hochzeit in London, ja? Ich glaube, da würde dir doch etwas fehlen. Wann hast du denn Geburtstag?«

»Am 28. August.«

»Und wie alt wird meine wunderschöne Vicki?«

»Das fragt man doch eine Dame nicht!«

»Wenn man mit ihr den Rest seines Lebens verbringen will, schon, oder?«

∗

Die angegebene Anschrift war ein schmalbrüstiges Häuschen in der Kaffeegasse. Die Vermieterin grinste, als sie Heiner sah. »Hab ich was ausgefresse, Wachtmeister?«

Heiner feixte. »Nicht doch, Leni. Im übrigen bin ich pensioniert. Ich möchte zu Sebastian Schuster. Der soll hier wohnen.«

»Der Seppl, jo.« Sie deutete zur Treppe. »Zwote Etasch, gradaus. Sache Sie dem Saukerl, daß er gefälligst die Miete zahle soll, wenn er schon Geld genuch hat, um sich knippeldicke zu besaufe!«

»Ich werd's ihm ausrichten.« Heiner stieg die knarrenden Stufen hoch und blieb vor einer verkratzten Tür stehen. Er mußte mehrmals dagegen schlagen, bis er von drinnen ein Brummen hörte, das er als eine Aufforderung zum Hereinkommen deutete.

Das Zimmer war mit einem Bett, einem Hocker und Tisch möbliert. Den Boden bedeckte ein fleckiger Teppich, auf dem abgetretene Stiefel und schmutzige Kleidungsstücke lagen. Ein verfilzter Blondschopf schälte sich aus dem Bett. Er hatte eine fürchterliche Fahne und seinem Stöhnen nach noch einige andere Nachwirkungen einer nächtlichen Zechtour. »Ich nehme an, Sie sind Sebastian Schuster«, sagte Heiner.

»Komme Se moje widder. Ich bin müd.«

Heiner beschloß, nicht lange um den heißen Brei herumzureden. »Ich bin hier, um das Geld abzuholen, das Sie von David Könitz erpreßt haben.«

Schuster wurde schlagartig wach. »Wer sin Sie üwwerhaupt?«

»Braun. Kriminalwachtmeister.« Das *im Ruhestand* ließ er lieber weg.

Schuster griff zu seinem schmuddeligen Kopfkisten, aber Heiner war schneller. Lächelnd zog er ein Bündel Geldscheine heraus. »Sie hätten besser die Miete bezahlt statt die halbe Rosengasse auszuhalten.«

»Des geht Sie 'nen feuchte Kehricht an.«

Heiner packte ihn am Arm. »Jetzt hörst du mir mal gut zu, Junge! Ich habe dir einen Vorschlag zu machen, und ich glaube, daß du gut daran tust, ihn zu befolgen!«

✳

Schweigend schloß Richard sein Büro auf, ging zum Schreibtisch und nahm eine Akte zur Hand. Paul Heusohn blieb vor ihm stehen. »Bitte sagen Sie mir endlich, was los ist, Herr Kommissar.«

»Was soll los sein?«

»Sie sind irgendwie merkwürdig.«

»So. Bin ich das.«

»Habe ich etwas falsch gemacht?«

Richard schlug die Akte zu. »Annika und Fritz Wennecke! Muß ich noch mehr sagen?«

Der Junge wurde weiß wie die Wand. Richard sah ihn verärgert an. »Wie wär's, wenn Sie mir zur Abwechslung mal die Wahrheit erzählen, Heusohn?«

Er ging zum Fenster und schaute hinaus. »Ich war auf dem Dach. Als ich herunterkam, hörte ich Annika weinen. Wennecke war betrunken. Er hielt ihre Hände fest. Er küßte sie. Er hatte ihr das Kleid … O Gott. Ich bekam eine solche Wut! Ich hab' ihn angeschrieen, ihn geschlagen, ich …« Er brach ab und lehnte den Kopf gegen die Scheibe.

»Ich verspreche, daß ich für dich tun werde, was immer möglich ist«, sagte Richard leise. »Aber du mußt mir bitte alles sagen, ja?«

Der Junge fuhr herum. »Sie denken, daß ich ihn umgebracht habe?«

»Ich an deiner Stelle hätte es vermutlich getan.«

Er ballte die Fäuste. »Ich war's nicht!«

»Wohin gingen Sie nach dem Streit? Wo waren Sie in der Nacht?«

»Ich habe mit meiner Mutter geredet. Und Annika zu Bett gebracht. Danach bin ich wieder aufs Dach. Ich blieb dort bis zum nächsten Morgen.«

»Kann das jemand bezeugen?«

Er schüttelte den Kopf. »Sie haben mir von Anfang an nicht getraut, nicht wahr? Warum auch.« Er wandte sich zum Gehen.

»Verdammt noch mal, Heusohn! Sie lösen Ihre Probleme nicht, wenn Sie jedesmal wegrennen!«

Er blieb stehen. »Verzeihen Sie.«

»Ich muß mit Ihrer Mutter sprechen.«

»Nein! Bitte nicht.« Er sank auf einen Stuhl und verbarg das Gesicht in den Händen. »Ja, ich geb's zu: Ich hab' Fritz nicht nur gedroht, daß ich ihn umbringe, ich hab's mir wirklich vorgestellt. Immer wieder, all die Jahre schon ... Und wenn er Annika noch mal angefaßt hätte, wenn er nicht gestorben wäre – bestimmt hätte ich es irgendwann getan.« Er sah Richard an. »Machen Sie mit mir, was Sie wollen, aber quälen Sie meine Mutter und Annika nicht mit diesen schlimmen Fragen. Bitte, Herr Kommissar. Anni ist doch noch ein Kind. Sie ...« Er konnte nicht weitersprechen.

Richard legte ihm die Hand auf die Schulter. »Ist ja gut, Junge.«

✳

Als Laura nach Hause kam, traf sie Heiner mit einem Blechkännchen im Flur. »Warum waren Sie denn nicht beim Prozeß, Herr Braun?«

»Mir ist leider was dazwischengekommen. Ich will schnell Milch holen. Gehen Sie mit?«

»So neugierig?« fragte Laura lächelnd.

»Ach was!« Er schloß die Haustür, und sie folgten dem Gäßchen bis zu einem kleinen Platz, in dessen Mitte ein Brunnen mit einer Knabenfigur stand. Heiner verschwand in einem winzigen Laden.

»Damit hat es angefangen«, sagte Laura, als er wiederkam. »Das Fünffingerplätzchen, das nicht auf meiner Karte verzeichnet war.«

Heiner zeigte auf zwei windschiefe Häuser. »Vieles in Altfrankfurt lebt nur in den Köpfen der Menschen. Wenn ich vorstellen darf: Haderkatze und Hörhorn.«

Laura lachte. »Und Sammstachsbärch! Was immer das ist – nach Meinung eines Perronwärters führt es zu Ihrem Haus.«

Heiner kratzte sich am Kinn. »Sagen Sie bloß, das habe ich

Ihnen nicht erzählt? Der Samstagsberg ist der höchste Berg der Welt.«

Laura sah ihn ungläubig an, und er lachte. »Ich zeig's Ihnen.« Er brachte die Milch zurück, und sie gingen zum Römerberg. Heiner wies zu den Häusern, die die Stirnseite des Rapunzelgäßchens bildeten. »Auf dem Platz davor wurde früher samstags ein öffentliches Schöffengericht abgehalten. Daher der Name.«

»Und wo ist der Berg?«

»Wir stehen höher als der Main, oder? Im übrigen gibt es wohl keine zweite Erhebung, von der es nur eine Stufe bis zum Heiland ist.«

Laura folgte seinem Blick und lachte. *Restauration E. Heyland, Aepfelwein eigner Kelterei*, prangte auf der Fassade des äußeren rechten Hauses.

»Ich lade Sie zu einem Gläschen ein«, sagte Heiner.

Laura schmunzelte. »Das tun Sie doch nur, damit ich Ihnen endlich erzähle, wie der Prozeß war.«

Am folgenden Morgen gingen sie zusammen zum Gericht. Der Tag versprach noch heißer zu werden als der vorangegangene. Keine Wolke trübte den Himmel. Im Entrée vor dem Schwurgerichtssaal drängten sich die Menschen, aber nur wer eine Eintrittskarte hatte, wurde durchgelassen.

»Wenn Sie meine Meinung hören wollen: Ich bin froh, daß Stafforst so redselig ist und den Groß ordentlich belastet«, sagte Polizeirat Franck zu Kommissar Biddling. »Ein Schuldspruch allein auf der Grundlage dieser Fingerbilder verursachte mir doch Magendrücken.«

»Wenn Sie erlauben, Herr Polizeirat, ich halte einen Fingerabdruck für wahrhaftiger als eine Zeugenaussage«, sagte Paul Heusohn. »Und ich bin überzeugt, eines Tages ...«

»Ihr junger Mitarbeiter ist reichlich naseweis«, sagte Franck zu Biddling. Laura sah, daß der Kommissar Mühe hatte, sich ein Lächeln zu verkneifen. Er kam mit Paul Heusohn zu ihnen, aber viel Zeit zum Reden blieb nicht. Als sie in den Saal gingen, waren die Zuschauerplätze schon fast vollständig belegt. Gräfin Tennitz und Biddlings Frau saßen in der vorletzten Reihe, Biddling und Paul Heusohn setzten sich zu ihnen. Laura und Heiner nahmen am äußeren Rand Platz.

An der Wand hinter dem Richtertisch hingen Lichtbilder, die mikroskopische Spuren und Fingerabdrücke zeigten. Die Sitzung begann mit Zeugenvernehmungen, denen sich die Sachverständigengutachten anschlossen. Nach dem Gerichtsarzt wurde Dr. Popp aufgerufen. Er machte umfängliche Ausführungen über die Blutspuren an Groß' Kleidern und wandte sich den Photographien der Fingerabdrücke zu.

»Auf dem linken vorderen Umlegekragen des Ermordeten befand sich eine blutige Fingerspur, die während der Tat entstanden sein muß, und dieser Abdruck stammt ganz sicher mit der Fingerzeichnung des rechten Ringfingers des Groß überein. Groß muß also den Hals des Opfers in gebückter oder liegender Stellung bearbeitet haben und somit aktiv an der Tat beteiligt gewesen sein.«

»Wie können Sie sicher sein, daß dieser Abdruck tatsächlich von dem Angeklagten Groß herrührt?« fragte der Vorsitzende.

»Nun... Um das System zu verstehen, muß man ein wenig ausholen. Philosophen haben gelegentlich behauptet, das Licht aller Erkenntnis komme aus dem Osten, und so übernahmen zuerst die Engländer von den Chinesen die Kunst, in den Fingerspitzen der Menschen zu lesen...«

Laura sah, daß sich unter den Zuschauern Langeweile breit machte. Nur Kommissar Biddling und seine Frau tauschten einen Blick, als teilten sie ein kleines Geheimnis miteinander, an das sie sich gerade erinnerten.

✳

Flora setzte das Hündchen in ihren Fahrradkorb. »Du mußt brav sein, Malvida. Und stillsitzen!« Sie schob das Rad aus dem Hof, stieg auf und drapierte ihr Kleid über die Schutzvorrichtung. Dann zog sie den Handhebel und fuhr los. Die Sonne brannte, und recht bald wurde es ihr zu warm.

»Was meinst du, Malvida? Sollen wir einen schattigeren Weg wählen?« Das Hündchen bellte, und lachend bog Flora in ein winkliges Gäßchen ab. Zwei Jungen in geflickten Hosen riefen ihr etwas hinterher, doch sie kümmerte sich nicht darum. Irgendwann kam sie am Rathaus vorbei, aber es war nicht die Seite, die sie kannte. Sie passierte einen Bretterzaun und fand sich in einem Trümmerfeld wieder. Wo waren die Häuser? Ein Mann winkte ihr zu. Sie sah zu ihm hin, fuhr in ein Schlagloch und stürzte. Malvida sprang jaulend aus dem Korb, Flora rieb sich ihr Knie. Der Mann kam zu ihr. Er hatte ein schmutziges Gesicht und wirres Haar. Seine Kleider rochen schlecht. Sie hatte plötzlich riesige Angst.

✳

»Dr. Popp, darf ich Sie bitten, langsam zur Sache zu kommen?« mahnte der Richter und wischte sich mit einem Tuch über das Gesicht. Obwohl die Fenster offenstanden, war die Hitze im Saal erdrückend.

»Also, das Papillarlinienmuster des sichergestellten Fingerabdrucks weist folgende Termini auf …« Dr. Popp bemerkte die Verwirrung in den Mienen der Geschworenen und lächelte. »Schauen Sie einfach die Linien auf Ihren Fingern an! Sie sehen entweder das Muster eines Wirbels oder eines Lassos.« Auch die Zuschauer, Richter und Staatsanwalt folgten seiner Aufforderung. Anhand der Photographien erklärte er die verschiedenen Merkmale und wies schließlich elf Übereinstimmungen zwischen der Spur auf Lichtensteins Hemdkragen und dem rechten Ringfinger von Groß nach.

»Das ist doch alles Zufall!« wandte der Verteidiger von Groß ein. »Allein durch das unterschiedlich feste Abdrücken der Finger entstehen jedes Mal andere Muster.«

Dr. Popp zuckte die Schultern. »Ich könnte Ihr Argument durch eine umfassende Darlegung wissenschaftlicher Studien widerlegen, Herr Dr. Stulz. In Anbetracht der Hitze halte ich es jedoch für opportun, eine anschaulichere Variante zu wählen.«

Er sah den Richter an. »Ich bitte um etwas Stempelfarbe und die Erlaubnis, den Saal für fünf Minuten verlassen zu dürfen. Während dieser Zeit mögen die Herren Geschworenen jeweils ihren rechten Ringfinger schwärzen und in verschiedenen Varianten auf numerierte Papierbögen drücken. Ich werde anschließend jede Nummer der richtigen Person zuordnen.«

Von den Zuschauerbänken war überraschtes Gemurmel zu hören. Der Vorsitzende beriet sich mit seinen Beisitzern und stimmte dem Vorschlag zu. Als Dr. Popp wieder in den Saal kam, war von Langeweile nichts mehr zu spüren. Gespannt verfolgten die Anwesenden, wie er zunächst von jedem Geschworenen einen zusätzlichen Abdruck abnahm, den er mit Namen versah. Es dauerte keine zehn Minuten, bis er alle Nummern zugeordnet hatte.

»Haben Sie weitere Fragen, Herr Verteidiger?« wollte der Vorsitzende wissen. Dr. Stulz zuckte resigniert die Schultern.

»Ich habe den Lichtenstein nicht angefaßt!« rief Groß von der Anklagebank. Die Zuschauer lachten.

Ein Gerichtsdiener kam herein und gab Kommissar Biddling ein Zeichen. Die halbe Reihe mußte aufstehen, um ihn hinauszulassen. Kurz darauf unterbrach der Richter die Sitzung zum Mittag.

Laura sah Richard Biddling mit einem Dienstmädchen in einem der Lichthöfe stehen. Seine Frau, Gräfin Tennitz und Paul Heusohn gingen zu ihnen hin, Heiner Braun und Laura schlossen sich an. Das Mädchen weinte. »Ich kann wirklich nichts dafür, gnädiger Herr!«

»Tessa! Was ist los?« fragte Victoria Biddling.

»Flora ist mit ihrem Fahrrad fort. Und den Hund hat sie auch mitgenommen«, schluchzte das Mädchen.

»Wann hast du sie zuletzt gesehen?« fragte Biddling. Sein Gesicht war kalkweiß.

»Vielleicht vor einer Stunde?«

»Hat sie bestimmte Plätze, die sie besonders mag?« fragte Heiner.

»Den Zoologischen Garten«, sagte Victoria. »Und sie hat mehrfach gefragt, wann wir Sie endlich besuchen. Sie wollte Ihnen ihren Hund zeigen. Aber immer kam etwas dazwischen.«

»Wir müssen sie sofort suchen!« sagte Richard Biddling.

»Kleine Mädchen sind zuweilen auch mal abenteuerlustig«, bemerkte Gräfin Tennitz. »Allzu große Sorgen würde ich mir deshalb nicht machen, Schwager.« Sie zeigte lächelnd zum Gerichtssaal. »Zumal die größten Halunken ja hinter Schloß und Riegel sitzen.«

»Ich glaube nicht, daß es die rechte Zeit zum Späßchenmachen ist!« sagte Victoria verärgert.

»Verzeih, Schwägerin. Es liegt mir fern, dir deine kostbare Zeit zu stehlen. Ich empfehle mich.« Nach ein paar Schritten drehte sie sich noch mal um. »Was hat sie angehabt?«

»Ein grünes Kleid«, sagte Tessa.

»Und das Fahrrad?« Tessa beschrieb es ihr. »Gut. Ich werde auf dem Nachhauseweg die Augen offenhalten.«

»Danke, Cornelia«, sagte Richard Biddling.

»Keine Ursache.« Sie nickte Laura zu und ging. Biddling lehnte sich gegen die Scheibe.

»Richard!« sagte Victoria Biddling erschrocken. »Was ist mit dir?«

»Die Hitze«, sagte er. »Ich schlage vor, wir teilen uns auf. Zoo, Altstadt, Untermainkai. Und in zwei Stunden treffen wir uns bei Ihnen im Rapunzelgäßchen, Braun.«

»Wir werden sie ganz bestimmt finden, Herr Kommissar«, sagte Heiner, als er mit Richard das Gericht verließ.

Paul Heusohn hatte ein gutes Dutzend Hinterhöfe, Winkel und Plätze abgesucht, als ihm ein Junge auf einem Fahrrad entgegenkam. »Tach, Paule«, sagte er verlegen.

»Woher hast du das Rad, Berti?« fragte Paul Heusohn streng. Der Junge zuckte die Schultern. Paul Heusohn nahm ihn beim Arm. »Das Fahrrad gehört einem kleinen Mädchen, und wenn du mir nicht sofort sagst, wo du's herhast, sperre ich dich wegen Diebstahls ins Gefängnis!«

Berti wurde blaß. »Ich hab's gefunne, ehrlich!«

»Wo?«

»Ei, do hinne im Gerümpel.« Er führte Paul Heusohn zu den Abrißhäusern nahe des Römerbergs und zeigte auf einen Steinhaufen neben einer halbzerstörten Brandmauer. »Do hat's gelege.«

Paul sah sich um. Nirgends war ein Mensch zu sehen. Kein Wunder bei der unerträglichen Hitze. »Wenn de mich net eisperrst, helf ich dir suche«, sagte Berti.

Paul stupste ihn. »War ja nicht so gemeint.«

Er grinste. »Des waaß ich, Paule. Ich kenn dich doch.«

Paul legte einen Finger auf den Mund. »Pst! Hörst du's? Da bellt ein Hund.« Er ging auf eine Häuserruine zu. Türen und Fenster waren herausgerissen, im Inneren lagen Schutt und Unrat.

»Des kommt von unne!« Berti zog einen Kerzenrest aus seiner schmuddeligen Hose und zündete ihn an. Über eine baufällige Treppe gelangten sie in einen Gang und von dort in einen Keller, in dem sich Fässer und Kisten stapelten. In der Wand klaffte ein Loch, und im Halbdunkel sah Paul eine Gestalt im grünen Kleid, die mit dem Oberkörper in einem alten Kanalschacht feststeckte. Neben ihr saß ein kleiner Hund und schaute ihn treuherzig an.

Es kostete Paul einiges an Schweiß und Mühe, bis er das Mädchen befreit hatte. Sie streckte ihm die Hand hin. »Ich heiße Flora Henriette Biddling. Und du?«

Paul mußte lächeln. »Paul Heusohn. Ich arbeite mit deinem Vater zusammen. Deine Eltern machen sich schreckliche Sorgen um dich.«

Sie zuckte die Schultern. »Malvida ist in das Rohr reingelaufen, und ich wollte sie rausholen, und dann habe ich mich mit dem Kleid verfangen.«

Berti wollte Malvida streicheln, aber sie bellte ihn an. »Dummer Köter«, sagte er verächtlich.

Flora warf ihm einen wütenden Blick zu. »Laß meine Malvida in Ruhe!«

»Hast du denn keine Angst gehabt?« fragte Paul.

»Nö. Warum?«

»Normalerweise fürchten sich kleine Mädchen im Dunkeln, oder?«

»Ich bin kein kleines Mädchen!« Sie nahm Malvida hoch und folgte Paul und Berti. Auf der Treppe zupfte sie Paul am Ärmel. »Ganz ehrlich: Ich habe schon geweint, aber das würde ich doch vor dem da«, sie zeigte auf Berti, »nicht zugeben.«

Eine Viertelstunde später schloß Victoria Biddling im Rapunzelgäßchen ihre Tochter in die Arme. Richard drückte Paul Heusohn die Hand. »Danke.«

Er zeigte lächelnd auf Berti. »Ihr Dank gebührt ihm.«

»Was machst du bloß für Sachen!« sagte Victoria zu Flora.

»Ich wollte Wachtmeister Braun besuchen«, erklärte sie. »Aber ich bin in ein Loch gefahren und hingefallen, und dann kam ein Mann und hat gefragt, ob er mir helfen soll, aber er sah so schmutzig und furchterregend aus. Ich bin weggelaufen, und dann ist Malvida in ein Haus hinein und in den Kanalschacht.«

»Ei, der dumme Köter!« sagte Berti. »Lääft dorchs Rohr dorch, un des Mädche is noch dümmer un krabbelt hinnerher.«

Heiner stutzte und sah Richard an.

Es war schon dunkel, als Richard zurück ins Rapunzelgäßchen kam. Er legte den anonymen Zettel auf den Tisch. Heiner Braun zeigte auf das Wort *dochsror*. »Daß ich da nicht gleich drauf gekommen bin!«

»Den Rest kapieren wir trotzdem nicht, oder?«

»Doch.« Heiner verschwand in der Stube und kam mit einer Stadtkarte wieder. Er breitete sie auf dem Küchentisch aus und zeigte auf Bockenheim. »Kreuznacher Straße und die Firma Pokorny & Wittekind. Die Eisenbahn.« Sein Finger fuhr eine Straße entlang und blieb auf einer Kreuzung stehen. »Die Bockenheimer Warte. Außer der Bockenheimer gibt es noch drei weitere Warttürme. Sie sind Teil einer alten Frankfurter Befestigungsanlage und stammen aus der Zeit, als die Stadt noch mit den Rittern in Fehde lag. Die hohen Herren stiegen nämlich des öfteren von ihren Bergen und klauten den Frankfurtern das Vieh von der Weide oder auch mal ein paar Bürger, um Lösegeld zu kassieren.«

»Ich bin nicht gekommen, um mit Ihnen einen Frankfurter Historienabend abzuhalten!« sagte Richard ungeduldig.

»Welche Geschichte erzählen Sie denn, Herr Braun?« fragte Laura von der Tür.

Heiner grinste. »Die von der Frankfurter Landwehr, gnädiges Fräulein. Die einstigen Wehrtürme haben zwar ihre ursprüngliche Bedeutung verloren, aber nicht jegliche Funktion. Aus Trutzburgen wurden sozusagen Diener der Zivilisation. Allerdings würden sich ihre mittelalterlichen Bauherren im Grabe herumdrehen, wüßten sie, was man mit ihren Türmen angestellt hat. In den achtziger Jahren riß man aus dreien die Böden heraus und nutzt sie seitdem als Entlüftungsschächte für die Kanalisation. Daher rührt auch ihr Name.« Er deutete auf den Zettel. *Schtingtämche – Stinktermche – Stinktürmchen!* Offenbar kam Wenneckes Mörder durch die Kanalisation in die Fabrik.«

Laura studierte den Zettel. »Wer hat das denn geschrieben?«

Heiner faltete die Karte zusammen. »Jemand, der uns sagen wollte, daß wir mit unserer Mordtheorie nicht falsch liegen.«

Richard nahm den Zettel an sich. »Sie glauben also, daß es eine Kanalverbindung zwischen diesem Stinkturm und der Firma Pokorny gibt?«

Heiner zuckte die Schultern. »Sonst hätte der Brief keinen Sinn, oder? Wenn es so ist, gelangte der Mörder nicht nur unbehelligt aufs Gelände, sondern hatte darüber hinaus alle Zeit der Welt, die Maschine zu manipulieren.«

»Mithin muß er sich nicht nur mit Dampfhämmern auskennen, sondern auch mit der städtischen Kanalisation vertraut sein«, folgerte Richard.

»Ja.« Heiner sah Laura an. »Was ist mit Ihnen?«

Sie fuhr sich übers Gesicht. »Der Tag war anstrengend. Ich gehe zu Bett.«

Heiner sah ihr kopfschüttelnd hinterher. »Sonst kann sie gar

476

nicht genug bekommen von unseren Theorien.« Er nahm die Kanne vom Herd und goß Richard Kaffee ein. »Apropos Theorien. Ich habe gestern ein paar Ermittlungen getätigt.«

»Könnte Ihr Informant der anonyme Schreiber gewesen sein?« fragte Richard, als Heiner seinen Bericht beendet hatte.

»Sicher nicht. Hans kann keinen Buchstaben, geschweige ein Wort aufs Papier bringen, selbst wenn es noch so falsch ist.«

»Und Sie sind sicher, daß dieser Sepp bloß ein Mitläufer ist?«

Heiner nickte. »Wennecke hat ihm gesagt, daß er Ihren Schwager mit obszönen Photographien erpreßt, ohne das näher auszuführen. Und als Sepp Geld brauchte, hat er sich daran erinnert. Als ich erwähnte, daß Ihr Schwager ledig ist, fragte er, wofür er ihm dann fünfhundert Mark gegeben hat.«

»Wo sind die Bilder?«

Heiner zuckte die Schultern. »Ich glaube, Ihr Schwager hat recht. Wennecke war lediglich ein Bote. Daß er seinem Kumpel Sepp und wohl auch anderen im Suff von seinen Aufträgen erzählte, war vermutlich sein Todesurteil.«

»Und wenn dieser Sepp ihn umgebracht hat?«

»Er ist ein Gauner, aber nicht helle genug, um eine so überlegte Sache durchzuziehen. Wenn er Wennecke hätte umbringen wollen, hätte er's auf die direkte Art gemacht. Außerdem hat er kein Motiv. Er und Wennecke waren unzertrennliche Zechbrüder. Als ich ihm sagte, daß er durch seine Erpressung den Zorn der eigentlichen Auftraggeber auf sich gezogen haben könnte, wurde er so gelb wie sein ungewaschenes Bettuch.«

»Festgenommen haben Sie ihn nicht!«

Heiner lächelte. »Ich bin pensioniert.«

»Ich wette um mein Haupthaar, daß der Kerl weder Sepp heißt, noch an der angegebenen Anschrift wohnhaft ist.«

Heiner nahm ein Bündel Geldscheine aus der Tischschublade. »Fünfzig Mark fehlen. Aber die hätte Ihr Schwager ohnehin nicht wiedergesehen.«

»Braun! Sie haben ...?«

»Er hätte keinen Ton gesagt, wenn ich ihn festgenommen

hätte. Und wenn er einen Ton gesagt hätte, wäre das für Ihren Schwager unter Umständen ziemlich unangenehm geworden. Somit ist es für alle Beteiligten das beste, wie es ist, hm?«

»Warum Sie Beamter geworden sind, wissen die Götter.«

Heiner zuckte die Schultern. »Sepp hat mir bestätigt, daß Fritz Wennecke eine Vorliebe für kleine Mädchen hatte. Allerdings war er auch sonst kein Kostverächter. Käthe Heusohn … nun, Sie wissen.«

»Hat er auch was zu Pauls Vater gesagt? Ist es am Ende Wennecke?«

»Dann müßte Käthe ihn vor Eckhard Heusohn gekannt haben. Das halte ich für unwahrscheinlich. Haben Sie etwas über eine mögliche Verbindung zwischen Hopf und Wennecke herausbekommen?«

Richard stand auf. »Nein, nichts.«

»Was hat Sie heute so erschreckt im Gericht?« fragte Heiner. »Das war mehr als die Sorge um Flora, oder?«

Richard sah aus dem Fenster. »*Totengräbers Tochter sah ich gehen …*«

»Bitte?«

»Ich habe anonyme Briefe bekommen.«

»Welcher Art?«

Richard gab den Wortlaut wieder, soweit er ihn in Erinnerung hatte.

»Das muß nichts mit Ihrer Tochter zu tun haben«, sagte Heiner.

»Herrgott! Ich weiß nicht, womit es zu tun hat oder nicht.«

»Sie glauben, daß es mit den Briefen zusammenhängt, die Sie vor drei Jahren erhielten?«

Er nickte. »Ich hoffte, die Reise nach Berlin würde mir helfen, Abstand zu gewinnen. Es hat nicht lange vorgehalten.«

»Ich sehe keinen Bezug zu der alten Sache«, sagte Heiner.

»Ich bin sicher, es gibt einen. Auch wenn ich ihn nicht begreife.«

»Sie sollten endlich mit Victoria darüber reden. Sie macht sich Sorgen um Sie.«

»War sie hier und hat sich über mich ausgelassen?«

»Sie wollen ihr nicht eingestehen, daß Sie der Tod von Eduard Könitz nicht losläßt, nicht wahr?«

Richard umkrampfte die Stuhllehne. »Ich will, daß dieses unselige Gespenst endlich aus unserem Leben verschwindet! Victoria hat sich genug Vorwürfe gemacht! Jahrelang hatte sie schlimme Träume deswegen. Und ich auch. Aber es war vorbei und vergessen. Bis diese elenden Briefe kamen.« Er fuhr sich übers Gesicht. »Es ist, als erzählte jemand eine Geschichte, die ich kenne, aber nicht verstehe. Und dann wiederum denke ich, es kann nicht sein! Warum jetzt? Warum nach all den Jahren? Bitte, ich kann das Victoria nicht sagen.«

Heiner legte ihm die Hand auf den Arm. »Es ist ja schon ein Fortschritt, daß Sie es mir erzählt haben. Bei Gelegenheit bringen Sie die Korrespondenz vorbei, und wir schauen sie uns gemeinsam an. Vielleicht ist das Gespenst schneller vertrieben, als Sie glauben. Und jetzt hole ich uns einen Apfelwein.«

Laura saß auf ihrem Bett, das leere Photoalbum auf den Knien. *Im Notfall traten wir den Rückzug über das Kanalnetz an.* Sie schlug die Hände vors Gesicht und weinte.

Kapitel 19

Zweites Morgenblatt   Donnerstag, 19. Mai 1904

Frankfurter Zeitung
und Handelsblatt

=*Frankfurt, 18. Mai*

**Groß und Stafforst
vor dem Schwurgericht.**

Das Urteil.

Um 6 Uhr 25 Minuten ziehen sich die Geschworenen ins Beratungszimmer zurück. Um 6 Uhr 55 erscheinen sie wieder, und auf Ehre und Gewissen verkündet ihr Obmann den Wahrspruch. Groß und Stafforst werden hereingerufen, der Wahrspruch wird ihnen vorgelesen. Auf die Frage, ob sie noch etwas zu sagen haben, schweigen beide Angeklagte. Der Gerichtshof zieht sich zur Beratung zurück, und um 7 Uhr 10 Minuten fordert Landgerichtsdirektor Fleischmann die beiden Angeklagten auf, sich zu erheben, um das Urteil zu vernehmen.

Auf den Zuhörerbänken war es so still, daß man eine Stecknadel hätte fallen hören können.

»Die Angeklagten sind nach dem Wahrspruch der Herren Geschworenen des Mordes in einheitlichem Zusammentreffen mit schwerem Raube schuldig und nach den gesetzlichen Bestimmungen mit demjenigen Strafmaße zu bestrafen, mit dem das schwere Verbrechen bedroht ist, nämlich mit dem Tode. Zugleich ist auf dauernden Verlust der bürgerlichen Ehrenrechte erkannt worden; auch waren den Angeklagten die Kosten des Verfahrens aufzuerlegen.«

Zustimmendes Gemurmel auf den Zuschauerrängen, das sofort erstarb, als der Richter zur Geschworenenbank sah.

»Meine Herren Geschworenen! Wir sind nunmehr am Schluß unserer Verhandlungen angelangt, und ich habe Ihnen für Ihre treue Mitarbeit meinen herzlichen Dank auszusprechen.« Sein Blick wanderte zu Groß und Stafforst. »Ihnen aber, den Angeklagten, möchte ich ans Herz legen: Schließen Sie Ihre Rechnung auf Erden ab, und bitten Sie diejenigen, die Sie so schwer gekränkt haben, die hinterlassene Witwe und die Kinder des Ermordeten, demütig und wieder demütig um Verzeihung. Ich möchte mit dem Wunsche schließen: Möge niemals mehr dieser Saal eine ähnliche Tat zur Aburteilung sehen! Die Sitzung ist geschlossen.«

Schutzmänner nahmen die Angeklagten in ihre Mitte. Bruno Groß hatte den Kopf erhoben; in seinen Augen lag Hochmut. Friedrich Stafforst war in sich zusammengesunken. Als die Beamten ihn anfaßten, wimmerte er: »Nein! Bitte nicht.« Die Männer zogen ihn hoch, und er sackte zwischen ihnen zusammen. Lichtensteins Witwe schenkte den verurteilten Mördern keinen Blick.

»Ich habe mit meiner Mutter gesprochen. Sie können sie besuchen, wenn Sie möchten«, sagte Paul Heusohn, als er mit Richard den Saal verließ. Richard nickte und ging zu Victoria, die vor den Lichthöfen wartete.

»Ich bin froh, daß es endlich vorbei ist«, sagte sie.

»Ja.«

»Kommst du mit nach Hause?«

Er schüttelte den Kopf. »Ich habe noch zu tun.«

»Du weißt, was du versprochen hast, oder?« sagte sie traurig und ging.

Richard war schweißgebadet, als er vor Käthe Heusohns Wohnung ankam, aber die Temperatur im Flur war nichts gegen die Hitze, die ihm beim Betreten der Stube entgegenschlug. Käthe Heusohn stand am Herd und rührte in einem Topf. Sie trug eine geflickte Schürze über einem dunklen Kleid. Ihr Gesicht war blaß. Annika saß vor dem offenen Fenster und fädelte Perlen auf. »Guten Abend, Herr Biddling«, begrüßte sie ihn lachend.

»Guten Abend, Annika«, sagte Richard. Er sah Käthe Heusohn an. »Ihr Sohn sagte mir, daß es Ihnen besser geht?«

Sie legte den Kochlöffel weg. »Ja. Nehmen Sie bitte Platz, Herr Kommissar.«

»Ich hab' ein neues Lied gelernt«, sagte Annika. »Darf ich's Ihnen vorsingen?«

»Sicher«, sagte Richard lächelnd.

»*Auf der Zeil bei Lichtenstein brachen Groß und Stafforst ein, sie nahmen einen Kilostein und schlugen ihm den Schädel ein!*«

»Annika!« rief Käthe Heusohn entsetzt.

»Aber das singen doch alle Kinder, Mama.«

Richard winkte sie zu sich. »Sieh mal, Annika: Der Herr Lichtenstein war ein braver Mann, und Herr Groß und Herr Stafforst haben schlimme Sachen mit ihm gemacht. Frau Lichtenstein ist jetzt ganz allein, und wenn sie dein Lied hören würde, wäre sie sehr traurig.«

Sie senkte den Kopf. »Ich hab's nicht böse gemeint. Und ich sing's bestimmt nicht wieder.«

»Ich habe mit deiner Mutter etwas zu besprechen. Würdest du …«

»Au fein! Ich geh' in den Hof spielen!« Sie warf die halbaufgezogene Perlenkette in eine Schachtel und lief aus dem Zimmer.

»Sie ist ein aufgewecktes Mädchen«, sagte Richard.

»Und reichlich vorlaut! Bitte entschuldigen Sie ihre Ungezogenheit.«

»Ach was. Sie wissen, warum ich gekommen bin?«

Sie nickte müde und setzte sich zu Richard an den Tisch. »Wegen Fritz Wennecke, ja. Er war am Abend vor seinem Tod hier, völlig betrunken. Ich habe ihm gesagt, daß ich mich nicht wohl fühle, aber es hat ihn nicht interessiert. Ich schickte die Kinder raus, doch er befahl Annika, zu bleiben. Ich habe ihn angefleht, ich …« Sie fuhr sich übers Gesicht. »Ich hielt ihn fest und sagte Annika, sie soll weglaufen. Er stieß mich gegen das Bett. Ab da weiß ich nichts mehr. Ich kam erst wieder zu mir, als Paul neben mir kniete. Er sagte, daß es Annika gut geht und Wennecke fort ist.«

Richard sah sie forschend an. »War Fritz Wennecke Pauls Vater?«

»Nein.«

»Aber Sie hatten ein Kind von ihm?«

Sie sah auf ihre Finger. »Ich weiß es nicht. Der Junge starb nach der Geburt.«

»Wann war das?«

»Vor drei Jahren. Ich hatte später noch zwei Fehlgeburten. Mein Mann und Wennecke … Meine Krankheit hat sie nicht abgehalten.«

»Ihr Mann wußte, daß Sie mit Wennecke verkehrten?« Ihr Gesicht drückte so viel Scham und Selbstverachtung aus, daß Richard die Frage am liebsten zurückgenommen hätte.

»Mein Ehemann Eckhard Heusohn schloß in bierseliger Runde einen Kontrakt mit seinem Freund Fritz Wennecke, daß er mich für fünf Mark in der Woche haben kann, sooft er will. Ausgefertigt mit Datum und Unterschrift.«

Richard schluckte. »Und Paul wußte das?«

»Eines Tages kam er früher aus der Schule. Ich habe versucht, es ihm zu erklären, aber wie soll eine Mutter ihrem Sohn so etwas …« Sie wandte den Blick ab und zog ein Taschentuch aus ihrer Schürze. »Entschuldigung.«

»Warum hat Pauls Vater Sie nicht geheiratet?«

»Weil er nur seinen Spaß haben wollte. Und ich war zu dumm, es zu merken.«

»Stimmt es, daß er Polizeibeamter war?«

»Bitte … Ich möchte nicht über ihn reden.«

»Sagt Ihnen der Name Karl Hopf etwas?«

»Nein.«

»David Könitz oder Zilly?«

Sie schüttelte den Kopf.

»Wie gut kennen Sie Martin Heynel?«

»Er ist in der Nachbarschaft aufgewachsen. Als Kind war er ein freundlicher, zuvorkommender Junge.«

»Und wie ist er heute?«

»Herablassend. Besonders zu Paul. Früher hat Paul heimlich für Martin geschwärmt. Aber Martin, ich meine, Herr Heynel, hat ihn verspottet und ausgelacht.«

»Kennt er Pauls Vater?«

»Bitte, ich …«

»Schon gut.«

Über ihr ausgemergeltes Gesicht liefen Tränen. »Was ich getan habe, ist unverzeihlich.«

»Sie konnten nichts dafür«, sagte Richard leise.

Sie fuhr sich mit dem Taschentuch über die Augen. »Paul sagt nichts, aber ich weiß, wie sehr er unter diesen Dingen leidet. Er schämt sich entsetzlich. Und er hat große Angst, seine Arbeit zu verlieren.«

Richard stand auf. »Sie haben einen klugen und tüchtigen Jungen, Frau Heusohn. Ich glaube nicht, daß Sie sich Sorgen um ihn machen müssen.«

Sie lächelte unter Tränen. »Danke, Herr Kommissar. Sie wissen gar nicht, wie viel mir diese Worte bedeuten.«

Als Richard in sein Büro zurückkam, war Paul nicht da. Auf dem Schreibtisch lagen Schmierzettel mit Aufzeichnungen über Groß und Stafforst und jede Menge Zeitungen, die er hatte lesen wollen. Er warf alles in den Müll. Lichtenstein war vorbei.

Wennecke nicht. Richard hatte mehrmals mit David gesprochen, und er schien tatsächlich keine Vermutung zu haben, wer ihn erpreßt haben könnte. Hopf hatte er mit einer Vehemenz ausgeschlossen, daß Richard geneigt war, ihm zu glauben. Was blieb ihm anderes übrig? Er konnte Hopf keinen Vorhalt aus Verhören machen, die er offiziell nicht durchgeführt hatte. Er hatte Magenschmerzen deswegen. An Brauns Gemauschel mit diesem Sepp wollte er erst gar nicht denken. Und seine Gewißheit, daß Paul nichts mit der Sache zu tun hatte, beruhte nur auf Treu und Glauben. Was hatte er zu Beck gesagt? *Sie sollten eigentlich wissen, daß Intuition vor Gericht nichts zählt.*

Er öffnete das Fenster. Auf der Zeil drängten sich Fuhrkarren, Droschken und Brauereiwagen. Geschrei und Hupen drangen herauf. *Der Mann wohnt im Untermainkai 18.* Er hatte keinen Zweifel mehr, daß es sich um David handelte. Die Frage war nur, was mit *Mann* gemeint war: Opfer? Zeuge? Helfer? Mörder? Durch Abwasserrohre war David bestimmt nicht gekrochen. Und Umgang mit Dampfmaschinen pflegte sein adrett gekleideter Schwager auch nicht, genausowenig wie mit den Menschen, die daran arbeiteten. Martin Heynel hingegen kannte nicht nur Wennecke, sondern er hatte den Dampfhammer selbst lange Zeit bedient. Aber welchen Grund sollte er haben, einen ehemaligen Arbeitskollegen aus dem Weg zu räumen? Richard schloß das Fenster. Morgen früh würde er sich die städtische Kanalisation vornehmen.

Keine zehn Minuten, nachdem Richard am folgenden Vormittag aus dem Tiefbauamt ins Polizeipräsidium zurückgekehrt war, kam Oberwachtmeister Heynel zu ihm ins Büro. Er sah Paul Heusohn an, der am Stehpult Akten las. »Ich habe ein vertrauliches Gespräch mit Kommissar Biddling zu führen.«

Richard nickte, und der Junge ging hinaus. Heynel lehnte sich gegen die Tür. »Ich mache es kurz: Ich liebe Ihre Tochter, und Ihre Tochter liebt mich. Wir wollen heiraten.«

Richard bemühte sich, ruhig zu bleiben. »Was ist mit Fräulein Rothe?«

Martin Heynel sah ihn an wie einen Geist. »Was soll mit ihr sein?«

»Ich habe den Eindruck, Sie können sich nicht recht entscheiden, wen Sie beglücken wollen. Und da glauben Sie im Ernst, ich gebe Ihnen meine Tochter zur Frau?«

»Vicki und ich lieben uns. Sie können sich Ihre billigen Ressentiments sparen.«

Richard schlug auf den Tisch. »Das einzige, was Sie an meiner Tochter interessiert, ist ihre Mitgift!«

»Sprechen Sie aus Erfahrung, Kommissar?«

»Vicki wird kein großes Erbe antreten. Also überlegen Sie gut, was Sie tun.«

Heynel lachte. »Daß die Familie Könitz kein unbelegtes Brot zum Frühstück ißt, weiß ja wohl jeder.«

»Vicki ist keine...« Richard sah Heynels Gesicht und verwünschte sich.

»Ach?« sagte er grinsend. »Gibt's da ein kleines Familiengeheimnis?«

»Scheren Sie sich raus. Auf der Stelle!«

Er verbeugte sich. »Einen schönen Tag noch, Herr Kommissar.«

Richard fuhr sich übers Gesicht. Er fühlte sich plötzlich müde. Sein linker Arm schmerzte. Ein Polizeidiener kam herein und gab ihm einen Brief. »Für Sie persönlich, Herr Kommissar.«

Richard nickte. Als er die gestelzten Buchstaben sah, wurde ihm trotz der Hitze kalt. Er riß das Kuvert auf. Zwei Photographien fielen heraus. Sie waren so abstoßend, daß ihm übel wurde. Er zwang sich, hinzusehen. Trotz aller Widerwärtigkeit waren es technisch und künstlerisch hervorragende Aufnahmen. Wenn David ihm nicht verraten hätte, wer der Photograph war, spätestens jetzt hätte er es geahnt. *Geld*, hatte Gendarmeriewachtmeister Baumann gesagt. Hopf brauchte Geld. Aber David behauptete, Hopf habe nichts mit der Erpressung zu tun! Hatte David einen Grund, ihn zu schützen? Welchen? Oder war Hopf nur unfreiwilliger Helfer? Hatte Zilly ohne sein Wissen die Photographien an sich gebracht, um sie für ihre Zwecke zu nutzen? Richard dachte an ihre Reaktion, als er ihr den anonymen Brief gezeigt hatte. Konnte sich ein Mensch derart verstellen? Aber selbst wenn: Warum schickte sie die Bilder an ihn? Wollte sie ihm sagen, daß sie jetzt nicht nur David in der Hand hatte? Er steckte die Photographien in den Umschlag zurück und faltete den Briefbogen auseinander.

Wähnen, das nicht zu verwinden,
Visionen, die nicht schwinden:
weichen werden sie von dir
nie mehr – wie der Tau vom Grase hier.

Frauen sind Geheimniskrämer. Und wer könnte ihr Verbündeter sein? Offensichtlich ein Liebhaber … Noch nie hat es einen derartigen Liebhaber der Photographie gegeben. Ich beginne zu fürchten, daß ich einen Fehler begehe, indem ich erkläre. Omne ignotum pro magnifico.

Der Schmerz war so stark, daß Richard das Gefühl hatte, es zerreiße ihn. *Sie haben eine schöne Frau. Sie sollten sich ein wenig mehr um sie kümmern.* Er hielt sich am Schreibtisch fest. Die Tür ging auf, er hörte Stimmen, aber er wußte nicht, ob sie seiner Phantasie entsprangen oder Wirklichkeit waren. Er glaubte, jeden Moment zu ersticken. Jemand öffnete sein Jackett und lockerte den Hemdkragen. Schmerzen und Angst vergingen, und er fand sich auf seinem Schreibtischstuhl wieder. Vor ihm stand Laura Rothe und sah ihn besorgt an. Er wollte aufstehen, aber sie schüttelte den Kopf. »Sie ruhen sich jetzt zwei Minuten aus, Kommissar!« Sie fühlte seinen Puls. »Haben Sie das schon öfter gehabt?«

»Warum?«

Paul Heusohn kam mit einer Flasche Schnaps herein. Laura füllte eine Handbreit in eine Kaffeetasse. »Glauben Sie, es geht mir besser, wenn ich mich betrinke?« fragte Richard lächelnd.

»Das mag zwar nicht ganz aus dem medizinischen Lehrbuch sein, aber der Oberarzt, bei dem ich in Berlin gearbeitet habe, sagte, wenn nichts anderes da ist, hilft es. Na los, runter damit!«

Richard leerte die Tasse und schüttelte sich. Er sah Paul Heusohn an. »Wo haben Sie diesen entsetzlichen Fusel her?«

»Fräulein Rothe meinte ...«

»Wenigstens war Kommissar von Lieben mal für irgendwas gut«, sagte Laura.

Richard knöpfte sein Hemd zu. »Sie brauchen mich gar nicht so anzuschauen. Eine kleine Schwäche, sonst nichts.«

Laura gab Paul Heusohn die Flasche. »Sie können sie Herrn von Lieben mit den besten Grüßen zurückbringen. Ich nehme an, er vermißt sie schon schmerzlich.« Der Junge nickte und verschwand.

»Danke für Ihre Hilfe«, sagte Richard verlegen. »Aber jetzt muß ich weiterarbeiten.«

»Wenn Sie nicht umgehend einen Arzt konsultieren, brauchen Sie bald überhaupt nicht mehr zu arbeiten, Herr Kommissar. Ich war lange genug in einem Krankenhaus, um zu wissen, wie das endet.«

»Ich bin bloß ein bißchen überarbeitet.«

»Ich kann nicht mehr tun, als Sie warnen.« Laura bückte sich und hob den Brief auf. »Was ist das?«

Richard zuckte mit den Schultern. »Ein schlechter Scherz. Leider verstehe ich kein Latein.«

Paul Heusohn kam zurück. »Störe ich?«

»Nein, bleiben Sie da«, sagte Richard. »Ich habe einen Auftrag für Sie.«

Laura gab ihm den Brief. »Was man nicht versteht, hält man für besonders großartig.«

»Wie bitte?«

»*Omne ignotum pro magnifico* heißt übersetzt ...«

Paul Heusohn lächelte. »Jetzt weiß ich endlich, was er damit gemeint hat.«

»Wer hat was gemeint?« fragte Richard.

»Nun ja, es gibt eine Geschichte, in der Sherlock Holmes das zu seinem Assistenten Dr. Watson sagt. Und ich habe nie verstanden ...«

»Das stammt von diesem Detektiv?« Richard hielt ihm den Brief hin. »Hat der große Sherlock Holmes den Rest vielleicht auch gesagt?«

Paul las. »Das Gedicht kenne ich nicht, aber das andere, ja, das könnte sein. Der letzte Satz und das Lateinzitat stammen jedenfalls aus der Geschichte *Der Bund der Rothaarigen*. Ich hab's deshalb so gut behalten, weil ich einfach nicht herausbekommen habe, was das heißt.« Er schüttelte den Kopf. »Wer schreibt Ihnen denn so etwas Wirres?«

Richard versuchte zu lächeln. »Wirr – das ist genau der richtige Ausdruck, Heusohn. Um Ihre Frage zu beantworten: Ich habe nicht die geringste Ahnung. Vermutlich ein Sherlock-Holmes-Verehrer, oder?«

»Aber warum?«

Richard steckte den Brief und das Kuvert in eine Schublade seines Schreibtisches. »Ich glaube, wir haben Wichtigeres zu tun, als uns über einen verrückten Briefschreiber den Kopf zu zerbrechen.«

Laura sah ihn mit einem seltsamen Blick an und verabschiedete sich. »Was haben Sie denn für einen Auftrag für mich?« fragte Paul Heusohn.

»Die Handakte Lichtenstein gehört in die Ablage. Der Fall ist beendet.«

»Der Fall Wennecke nicht, oder?«

»Warum?«

Er sah verlegen auf seine Hände. »Man hat mir gestern Geld angeboten.«

»Als Gegenleistung wofür?«

»Wenn ich ein bißchen über Ihre Ermittlungen im Fall Wennecke plaudere. Über das, was nicht in der Akte steht.«

Richard starrte den Jungen an. »Wer hat Ihnen dafür Geld geboten?«

Paul zuckte die Schultern. »Es kam ein Brief. Wenn ich einverstanden bin, soll ich bis morgen meine Antwort schriftlich dem Pförtner der *Laterna Magica* geben.«

»Wo ist der Brief?«

»Ich habe ihn zu Hause.«

»Wieviel hat man Ihnen geboten?«

»Vierhundert Mark für die erste und zweihundert für jede neue Nachricht.«

Richard konnte kaum glauben, was er da hörte. Wer hatte ein solches Interesse an diesem verflixten Fall Wennecke? »Gehen Sie darauf ein.«

»Herr Kommissar! Ich kann doch nicht …«

»Wenn es uns gelingt, an den oder die Absender heranzukommen, hätten wir endlich einen konkreten Ermittlungsansatz. Im übrigen: Wer sagt, daß Sie denen die Wahrheit erzählen müssen? Und jetzt holen Sie bitte den Brief.«

✳

»Meine Visite im städtischen Tiefbauamt war wenig aufbauend, Braun«, sagte Richard, als Heiner ihm abends den ersten Kaffee hinstellte. »Ich habe die Karten eingesehen und mich mit einem Kanalarbeiter unterhalten. Es gibt zwar eine Verbindung von diesem Stinkturm ins Industriegebiet an der Kreuznacher Straße, aber die Rohranschlüsse zum Betriebsgelände von Pokorny & Wittekind sind so eng, daß nicht mal ein Kind hindurchpaßt. Die Einladung zur Besichtigung habe ich dankend abgelehnt.«

Heiner Braun rieb sich das Kinn. »Ist das wirklich sicher?«

»Ja.« Richard nahm einen Brief aus seiner Aktenmappe. »Das wurde Paul Heusohn gestern abend zugestellt.«

Heiner Braun studierte die mit Maschine geschriebenen Zeilen. »Offenbar bekommt da jemand kalte Füße.«

Richard nickte. »Ich habe dem Jungen gesagt, er soll zum Schein darauf eingehen.«

»Die *Laterna* als Kontaktstelle ist geschickt gewählt«, sagte Heiner. »Es wird so gut wie unmöglich sein, herauszufinden, an wen der Pförtner die Nachricht weiterleitet.«

»Einen Versuch ist es wert.« Richard gab Heiner einen zweiten Brief. »Insgeheim hegte ich die Hoffnung, daß dieser Irre irgendwann aufhört. Aber nachdem er jetzt auch noch anfängt, aus der Lieblingslektüre meiner Frau zu zitieren…«

Heiner las.

»Die letzten beiden Sätze stammen aus einer Geschichte von Sherlock Holmes«, erklärte Richard. »Der Rest der Prosa vermutlich auch. Der Liebhaber mit der photographischen Ader ist jedenfalls nicht schwer zu erraten. Und daß Frauen Geheimniskrämer sind, ist nichts Neues.«

Heiner sah Richard fassungslos an. »Sie glauben doch nicht, daß Victoria…?«

Er zuckte die Schultern. »Ich weiß schon lange nicht mehr, was ich glauben soll. Verflucht! Warum gibt sie sich mit diesem Kerl ab?«

»Vielleicht, weil sie einsam ist? Weil sie einen Menschen braucht, mit dem sie reden kann?«

»Und das muß ausgerechnet dieser Widerling von Hopf sein?«

Heiner legte den Brief auf den Tisch. »Nehmen Sie's mir nicht übel, aber daran beteilige ich mich nicht.«

»Woran?« fragte Richard verblüfft.

»Daß Ihre Frau etwas mit diesen Dingen zu tun hat, ist ausgeschlossen! Wenn Sie meinen, diesbezügliche Überlegungen anstellen zu müssen, tun Sie es bitte ohne mich.«

Richard lachte. »Liebe Zeit, Braun! Man könnte fast meinen, Sie seien ein Ritter, der um sein Burgfräulein kämpft.«

Er grinste verlegen. »Ich kenne Victoria schon ein bißchen länger als Sie.«

»Dafür bin ich ein bißchen länger mit ihr verheiratet.« Er schob ihm den Brief hin. »Über welche Theorie wollen wir uns unterhalten?«

»Ich fände es hilfreich, wenn ich auch die übrige Korrespondenz einsehen könnte.«

»Wenn's nicht mehr ist.« Richard holte die anderen Briefe aus seiner Mappe.

»Das sind alle?« fragte Heiner.

»Nein. Einen habe ich nach Hause geliefert bekommen. Und der allererste ist, wie Sie wissen, bei den Akten.«

»Ich erinnere mich, ja. Zusammengeschnittene Zeitungsbuchstaben und ein Erpressungsversuch.« Heiner öffnete die Umschläge und studierte den Inhalt.

»Ich frage mich, warum der Schreiber seine Taktik geändert hat«, sagte Richard.

»Erpressung ist strafbar, Gedichte zu schicken, nicht.«

»Also ein Irrer.«

Heiner schüttelte den Kopf. »Für einen Geisteskranken klingt das zu planvoll. Als habe jemand passende Zitate zusammengesucht, um Ihnen etwas nicht sehr Nettes zu sagen. Da in dem Erpresserbrief Eduard Könitz angesprochen wurde, könnte Ihre Vermutung stimmen, daß es mit seinem Tod zu tun hat. Vorausgesetzt, das erste Schreiben gehört überhaupt dazu.«

»Jedenfalls weiß ich seit heute, daß diese Briefe mit der Erpressung von David zusammenhängen. Auch wenn ich nicht die geringste Ahnung habe, wie und warum.« Richard legte die Photographien auf den Tisch. »Das erhielt ich als Beigabe. David behauptet, Hopf habe nichts mit der Sache zu tun. Die Frage ist, ob er nicht irrt. Und welche Rolle Zilly spielt.«

Heiner sah die Bilder an und wandte sich wieder den anonymen Schreiben zu. Plötzlich stutzte er. Er wies auf die aus dem Jahr 1901 stammenden Briefe. »Wie Sie wissen, hat unsere Schreibmaschine ein kleines Problem.«

Richard nickte. »Das springende i. Aber was hat das mit diesen Briefen zu tun?«

»Die Maschine, auf der die Mitteilungen an Sie geschrieben wurden, hat auch ein Problem: In der Rundung des kleinen e ist ein winziger Fleck.« Heiner legte Richard den an Paul Heusohn gerichteten Brief hin. »Schauen Sie sich das kleine e an.«

Richard wurde blaß. »Das gibt es doch nicht!«

Heiner zuckte die Schultern. »Entweder ist es ein unglaublicher Zufall, oder der Fall Wennecke hat in Wahrheit schon vor drei Jahren angefangen.«

»Warum will eine Person, die mich mit Zitaten belästigt,

plötzlich Informationen über ein Todesermittlungsverfahren bei Pokorny? Das hat keinen Sinn!«

»Vielleicht kämen wir einen Schritt weiter, wenn Sie wüßten, aus welchen Quellen die übrigen Texte stammen. Insbesondere die Verse. Sie sollten Victoria die Briefe zeigen. Sie kann Ihnen bestimmt helfen.«

Richard stand auf. »Nein, Braun. Und ich verbiete Ihnen, ihr jemals ein Sterbenswörtchen zu verraten.«

»Ich versprech's«, sagte Heiner. »Auch wenn ich es für grundfalsch halte.«

✳

Cornelia Gräfin von Tennitz goß Orchideen, als Richard in den Wintergarten kam. Er deutete eine Verbeugung an. »Guten Tag, Cornelia. Du …«

»Ich sehe wunderschön aus, und die Blumen sind bezaubernd«, sagte sie spöttisch. »Am besten kommst du gleich zur Sache.«

Er betrachtete eine feurig geflammte Blüte. »Manchmal habe ich das Gefühl, du trägst mir mein Nein immer noch nach.«

»Warum? Ich weiß doch, daß du das Abbild eines treuen Ehegatten bist. Und sei es schlicht aus Mangel an Phantasie und Zeit. Aber du bist sicher nicht hier, um meine *Oncidium papilio* zu inspizieren, oder?«

Er lächelte. »Ich brauche deinen literarischen Rat.«

Sie sah ihn erstaunt an. »Seit wann bist du an schöngeistiger Lektüre interessiert?«

Richard gab ihr den Brief, den er am Vormittag erhalten hatte. »Kannst du mir sagen, aus welcher Quelle das stammt?«

Wenn sie überrascht war, ließ sie es sich nicht anmerken. »*Omne ignotum pro magnifico.* Wenn ich mich nicht sehr täusche, ist das von Tacitus. Und das Gedicht kommt mir auch bekannt vor.«

»Jemand sagte, der Prosatext sei ein Zitat aus einem Detektivroman.«

Cornelia lachte. »Da ist Victoria wohl der bessere Ansprechpartner, oder? Raus mit der Sprache: Was willst du?«

»Ich dachte, du könntest vielleicht deine Kontakte spielen lassen und etwas für mich herausfinden.«

»Der verschwiegene Kommissar Biddling braucht Hilfe? Dann mußt du aber ein bißchen gesprächiger sein als gewöhnlich, mein Lieber.«

Richard zeigte auf den Brief. »Das bekomme ich seit Jahren in Häppchen serviert. Ich habe den Verdacht, daß es mit ... damals zu tun hat. Du weißt schon.«

»Warum fragst du nicht Victoria? Außerdem weißt du selbst am besten, was passiert ist, oder?«

»Nein.«

»Ach, erzähle mir nichts! Da wurde einiges unter den Teppich gekehrt.«

»Es war für alle Beteiligten das beste.«

»Aber anscheinend hast du ein Problem damit. Geister der Toten!«

»Was?« fragte Richard verstört.

»Warte einen Moment.« Sie verschwand und kam mit einem schmalen Buch wieder. »Die Verse stammen aus dem Gedicht *Geister der Toten* von Edgar Allan Poe. *»Dein Seel' wird einstens einsam sein/in grauer Grabsgedanken Schrein...«* Sie sah sein Gesicht und lachte. »Ist dir einer der Geister begegnet, Schwager?« Sie schlug das Buch zu. Aus ihren Augen war jeder Spott verschwunden. »Wenn ich dir helfen soll, muß ich alles wissen. Also?«

Richard fuhr sich übers Gesicht. »Im Januar kam ein Arbeiter von Pokorny & Wittekind ums Leben. Einiges deutet darauf hin, daß es kein Unfall, sondern Mord war. Und der Mörder versucht jetzt offenbar, meinen Gehilfen zu bestechen, um Informationen über meine Ermittlungen zu bekommen.«

»Und was hat das mit den Drohbriefen zu tun, die du erhältst?«

»Die ersten dieser Briefe und das Schreiben an meinen Gehilfen wurden auf der gleichen Schreibmaschine geschrieben.«

»Bitte – was?« sagte sie entgeistert.

»Aufgrund der Ausdrucksweise und der Literaturkenntnisse gehe ich davon aus, daß der Verfasser – oder die Verfasserin – aus gutbürgerlichen Kreisen stammt.«

»Du glaubst, daß eine Frau ...?«

»Es gibt eine bestimmte Vermutung.«

»Darf ich fragen, wohin diese Vermutung führt?«

»In die *Laterna Magica*, das ...«

»... Erste Bordell am Platze.«

»Ich sehe, du weißt Bescheid.«

»Ich werde versuchen, was ich tun kann.«

Richard nahm ihre Hand und deutete einen Kuß an. »Danke.«

»Keine Ursache. Und bitte: kein Wort zu irgendwem. Ich habe einen Ruf zu verlieren.« Richard nickte und ging. Cornelia sah ihm nach.

»Na? Woran denkst du?«

Sie fuhr herum. »Andreas! Kannst du nicht einmal hereinkommen, ohne mich zu Tode zu erschrecken?«

»Das lag nicht in meiner Absicht, Schwester. Dein Garten ist ein Gedicht. Die Rosen riechen wunderbar.« Er sah sie ernst an. »Bitte, Cornelia. Mir mußt du nichts vorspielen.«

»Was sollte ich dir vorspielen?«

»Verzeih, daß ich das so offen sage: Du bist eine erfolgreiche und angesehene Frau, aber du machst mir nicht den Eindruck, als wenn du sehr glücklich dabei wärst.«

»Das sagst ausgerechnet du.«

Er faßte ihre Hände. »Ich denke oft daran, wie wir als Kinder unter der alten Eiche im Garten gesessen und die herrlichsten Luftschlösser gebaut haben.«

»Vorbei und vergessen. Das Leben ist hart, besonders für Dichter, Bruder.«

»Ich wünschte, Tennitz hätte ein bißchen mehr von dem Mädchen übriggelassen, das ich so bewundert habe.«

Sie machte sich von ihm los. »Ich habe ihm keine Träne nachgeweint. Keine einzige, verstehst du? Ich bin vom Friedhof nach Hause gegangen und habe gelacht! Dieser Dreckskerl hat mein Kind auf dem Gewissen! Er hat ...« Sie brach ab und nahm die Gießkanne. »Ich habe viel von ihm gelernt. Alles habe ich von ihm gelernt. Vor allem, daß man keinem Menschen trauen darf.«

»Ich bin für dich da, wenn du mich brauchst, Cornelia.«

Sie sah ihn verächtlich an. »Du kommst ja nicht mal mit deinem eigenen Leben zurecht.«

Er berührte ihre Wange. »Warum bist du so verbittert?«

»Du solltest dir überlegen, ob es Vicki Biddling wert ist, daß du dich für sie zum Narren machst, kleiner Bruder«, sagte sie und goß weiter.

✳

Als Richard nach Hause kam, begrüßte ihn Flora schon im Foyer. »Stell dir vor, Malvida hat heute zum ersten Mal Männchen gemacht! Und Karl war wieder da und hat sein Automobil mitgebracht. Bist du schon mal Automobil gefahren, Papa?«

»Laß doch deinen Vater erst einmal hereinkommen, Liebes«, sagte Victoria. Flora nickte und lief in den Salon. Victoria küßte Richard auf die Wange. »Ißt du mit uns zu Abend?«

»Nein. Ich habe Kopfschmerzen. Ich werde gleich zu Bett gehen. Kennst du zufällig das Gedicht *Geister der Toten?*«

»Von Edgar Allan Poe. Ja, sicher. Warum fragst du?«

Richard starrte ihr Dekolleté an. Er zeigte auf den Kristall. »Woher hast du das?«

Sie lächelte verlegen. »Das habe ich dir doch gesagt: Ein Freundschaftsgeschenk von Karl Hopf.«

»Genau das gleiche Freundschaftsgeschenk hat er einer Hure gemacht«, sagte er und ging.

Kapitel 20

Freitag, 17. Juni 1904

Frankfurter Zeitung
und Handelsblatt

Internationaler Frauenkongreß. Berlin. In ausgezeichneter Rede wies Frl. Pappritz auf die wirtschaftlichen Ursachen der Prostitution hin und verlangte Verbesserung der Lage der arbeitenden Frauen sowie Bestrafung der Übertragung von Geschlechtskrankheiten.

Frl. Grohnemann, Wien, schilderte die Stellung der österreichischen Staatsbeamtinnen. Es besteht ein Heiratsverbot, und uneheliche Mutterschaft zieht Amtsverlust nach sich. In Holland sind die verheirateten Frauen vom Postdienst ausgeschlossen – aus Sittlichkeitsgründen.

In der Sittlichkeitsfrage kamen sämtliche Rednerinnen zu dem Ergebnis, daß eine Besserung der Zustände in erster Linie eine andere Erziehung der Männer verlange.

Gordon-Bennett-Rennen. Große Ereignisse werfen ihre Schatten voraus. In Homburg kann man gegenwärtig alles haben, nur keine benzinfreie Luft. Das surrt und zischt, das knattert und rattert vom ersten Hahnenschrei an bis zum letzten Stammgastseufzer. Hunderte von Automobilen sausen durch die Straßen. Wer da meint, daß sie alle die vorschriftsmäßige Fünfzehn-Kilometer-Geschwindigkeit einhalten, irrt sich. Und das Non plus ultra ist der Rennwagen. Im ruhenden Zustand macht er eher einen bescheidenen Eindruck. Wehe aber, wenn er losgelassen!

D er Mann war klein, stämmig und nachlässig gekleidet. »Ehrlich, Ede! Das is doch Verschwendung, sie in den Main zu schmeißen.«

Ede schob seine Mütze hinter die Stirn und kratzte sich am Ohr. »Mhm, eigentlich haste recht. Aber wir ha'm nu mal den Auftrag …«

»Das Ding auf Nimmerwiedersehn verschwinden zu lassen, ja. Und wer verbietet uns, 'n paar Groschen dabei gutzumachen?«

»Na, was denkste?«

»Der alte Tönges in der Kaffeegass. Spezialfreund von mir.«

Ede zog die Stirn in Falten. »Der wird das Gerät doch net mehr los! Oder glaubst du, da verirrt sich so'n feines Bürofräulein hin?«

»Dummkopp! Überleg mal, wo wir das Ding abgeholt ha'm.«

Ede lachte. »Die Huren sin halt auch net mehr, was sie mal war'n.«

»Wem sagste das! Und wenn der Tönges net will, hätt ich 'ne andre Idee.«

✳

Es hatte nichts gebracht. Sie waren genausoweit wie vor drei Wochen. Richard sah aus dem Fenster. Die Trambahn klingelte. Zeitungsverkäufer wetteiferten um ihre Kundschaft.

»Es tut mir leid, Herr Kommissar«, sagte Paul Heusohn. »Ich glaube, ich kann nicht besonders gut lügen.«

»Schon gut«, entgegnete Richard.

»Und was tun wir jetzt?«

»Ich gehe in die *Laterna Magica* und knöpfe mir Zilly vor.«

»Glauben Sie wirklich, daß sie hinter all dem steckt?«

»Wer sonst?«

»Fritz Wennecke und die *Laterna Magica* – das paßt einfach nicht zusammen. Hat Herr Braun denn nichts herausgefunden?«

»Nichts, das von Belang wäre.« Richard dachte an das Gespräch, das er am Vorabend im Rapunzelgäßchen geführt hatte.

»Wenn nichts zu ermitteln ist, ist eben nichts zu ermitteln, Herr Kommissar.«

»Ihre Weisheiten sind bestechend, Braun.«

»Und was Ihren Schwager angeht … Es gibt genügend ernstzunehmende Stimmen in diesem Land, die die Abschaffung des Paragraphen 175 fordern.«

»Solange Homosexualität strafbar ist, bin ich als Polizeibeamter verpflichtet ...«

»Die Entscheidung liegt selbstverständlich bei Ihnen. Allerdings sollten Sie bedenken, daß Ihr Schwager nach derzeitigem Ermittlungsstand nicht Täter, sondern Opfer ist. Und was den anonymen Zettel angeht – Sie haben ihn Polizeirat Franck vorgelegt, und er hat ihn als Unsinn abgetan. Was wollen Sie noch?«

Richard schloß das Fenster. Sackgassen, wohin er blickte. Wenigstens waren keine Drohbriefe mehr gekommen. Ob das etwas mit Cornelias Aktivitäten zu tun hatte? Sie hatte behauptet, diskret vorgegangen zu sein, doch er wußte nur zu gut, wie schnell es sich in gewissen Kreisen herumsprach, wenn jemand zu viele Fragen stellte. Auf seine Andeutung, daß Karl Hopf der Anonymus sein könnte, hatte sie lauthals gelacht. Richard war nicht sicher, ob sie über Hopfs Aktivitäten in der *Laterna* Bescheid wußte, aber er hatte es für klug gehalten, über die Neigung Davids und die entsprechenden Photographien zu schweigen.

Er zog seinen Mantel an. »Ich nehme mir jetzt ein letztes Mal Zilly vor, und wenn es wieder nichts bringt, werden wir die Ermittlungen vorläufig abschließen.«

»Muß ich dann zurück in den Wachdienst?« fragte Paul Heusohn.

Richard lächelte. »Ich bin guter Dinge, daß es mir gelingen wird, Polizeirat Franck von Ihrer Unentbehrlichkeit zu überzeugen.«

Der Junge sah erleichtert aus. »Kommissar Beck hat nach Ihnen gefragt. Er wollte wissen, ob Sie das Manuskript über die Fingerspuren noch haben. Vielleicht wird sich Polizeirat Franck demnächst ja auch danach erkundigen.«

Richard lachte. »Sie haben wirklich einen unerschütterlichen Optimismus, Heusohn.« Er sah auf seine Uhr. »Wissen Sie was? Ich verschiebe die Märchenstunde bei Zilly und lade Sie zum Mittagessen ein.«

✳

Henriette Arendt
Polizeiassistentin
Stadtpolizeiamt

Sehr geehrtes Fräulein Rothe!
Bitte verzeihen Sie, daß ich so spät auf Ihren Brief vom März
d. J. antworte, aber bedauerlicherweise habe ich Ihr Schreiben
erst in der vorvergangenen Woche erhalten, da ich längere
Zeit auf Vortragsreise war und man mir aus unerfindlichen
Gründen die Post nicht nachgesandt hat. Ich weiß nicht, wie
das bei Ihnen in Frankfurt ist – in Stuttgart wird es mir nicht
gerade leichtgemacht. Leider bezieht sich das auch auf die Zu-
sammenarbeit mit einigen meiner Schwestern aus den Wohl-
tätigkeitsvereinen. Man nimmt es mir dort übel, daß ich mit
meiner Kritik selbst hochgestellte Persönlichkeiten nicht
schone. Trotz allem habe ich inzwischen viele Kontakte knüp-
fen können, die sich für meine Arbeit als hilfreich erweisen.

Um auf Ihren Brief zu kommen: Sicher erinnere ich mich an
Ihren Namen! Ich bedaure es, daß Sie die Zweite Assistenz
nicht angetreten haben. Die Stelle ist übrigens noch vakant –
sollten Sie also Ihre Meinung irgendwann ändern, melden Sie
sich bitte bei mir. Davon abgesehen, bin ich – wie von Ihnen
vorgeschlagen – sehr an einem regelmäßigen Austausch von
Informationen, zum Beispiel zur Situation des Zölibats für be-
rufstätige bürgerliche Frauen, interessiert. Ihre Offenheit in
dieser Sache gefällt mir. Auch ich scheue das offene Wort
nicht, insbesondere im Bereich des Kinderhandels, dem ich in
Stuttgart vor allem anderen den Kampf angesagt habe.
Gerade bereite ich meine Reise zum Internationalen Frauen-
kongreß vor. Ich verspreche mir von der Tagung sehr viel.

Was Ihre Bitte um Überprüfung angeht, so habe ich einiges
über die von Ihnen genannte Person und die Familie (Dame)
ermitteln können, bei der sie in Stellung war und die ebenfalls
nach Frankfurt verzogen ist. Meinen Bericht füge ich in der

*Anlage bei. Da ich diese Informationen überwiegend
unterderhand aus privater Quelle erlangt habe, bitte ich,
sie mit äußerster Diskretion zu behandeln.
In der Hoffnung, Ihnen weitergeholfen zu haben verbleibe ich
mit den allerbesten Grüßen*

Henriette Arendt

*PS: Wie Sie aus dem Bericht unschwer sehen können, tangiert
die Angelegenheit auch meine Arbeit. Ich würde mich deshalb
freuen, wenn Sie mich angelegentlich über den Fortgang der
Dinge informieren könnten.*

Lächelnd faltete Laura den Brief zusammen und nahm den Bericht zur Hand. Die Informationen auf der ersten Seite waren ihr mehr oder weniger aus Zillys Akte bekannt. Auf der zweiten Seite verschlug es ihr die Sprache.

✳

Im Zimmer von Signora Runa herrschte Dämmerlicht. Durch die Ritzen der Brokatvorhänge drangen schmale Lichtstreifen. »Ich finde es nicht richtig«, sagte Zilly zu der Gestalt am Fenster.

»Überkommt die gefallene Tochter derer von Ravenstedt etwa wieder Sentimentalität? Das ist dir bei Lichtenstein schon fast zum Verhängnis geworden. Ich dachte, du hättest daraus gelernt.«

»Ich habe keine Lust mehr, für Sie den Kopf hinzuhalten.«

»Das tust du doch gar nicht, Schätzchen. Ich weiß aus gut unterrichteter Quelle, daß du durchaus deine Vorteile zu nutzen weißt.«

»Warum hassen Sie ihn so sehr?«

»Wie kommst du denn darauf? Ich spiele ein bißchen mit ihm, wie ich mit Lichtenstein gespielt habe. Leider haben die beiden Deppen Groß und Stafforst mir den Spaß verdorben. Aber dir zum Troste: Lange wird es nicht mehr dauern.«

»Sie sind krank! Sie …«

Es klopfte. Die Mamsell kam herein. »Herr Kommissar Biddling wünscht Sie zu sprechen, Signora.«

»Ich komme«, sagte Zilly.

✳

»Guten Tag«, sagte Anton Schick. »Wohnt hier Fräulein Frick?«

Heiner Braun sah ihn überrascht an. »Ja. Warum?«

»Ich komme im Auftrag von Frau Lichtenstein und müßte sie dringend sprechen.«

Heiner bat ihn herein. Zu gerne hätte er gewußt, was die Witwe Lichtensteins von Anna Frick wollte. Aber eine Nachfrage wäre doch zu unhöflich gewesen. »Dritter Stock, das Zimmer geradeaus.«

✳

Am folgenden Morgen hatte Richard gerade seinen Ermittlungsbericht in der Sache Wennecke fertiggestellt, als Laura Rothe hereinkam. Sie legte ihm die Unterlagen aus Stuttgart hin. »Das wird Sie interessieren, Herr Kommissar.«

Er las. »Woher haben Sie diese Informationen?«

Laura sagte es ihm. Er hieb mit der Faust auf den Tisch, daß das Tintenfäßchen sprang. »Diese verdammte Zilly lügt, wenn sie das Maul aufmacht!«

»Ich glaube, Sie sollten zuerst mit Gräfin von Tennitz darüber sprechen.«

Er nickte. »Sie gestatten, daß ich den Brief bis heute abend behalte?«

Zwei Stunden später kam Richard ins Polizeipräsidium zurück. Cornelia hatte alles bestätigt, aber um absolute Diskretion gebeten. Angesichts der Sachlage konnte er es verstehen. Auf ein paar Tage mehr oder weniger kam es jetzt auch nicht mehr an. Als er den Bericht nachmittags an Laura Rothe zurückgeben wollte, fand er das Büro von Kommissar Lieben leer vor. Er zögerte einen Moment, dann öffnete er Schubladen und Fächer und sah den Inhalt durch. Vielleicht konnte er Vicki mit Tatsachen überzeugen. Auf einem der beiden Schreibtische stand ein Holzkästchen mit Papieren, auch Briefe darunter, aber keiner mit Heynels oder Fräulein Rothes Handschrift. Dafür ein mit der Maschine beschriftetes Kuvert. Richard zog eine Karte heraus. Die Einladung zu Cornelias Feier. Enttäuscht steckte er sie zurück. Sein Blick fiel auf die Adresse, und er stutzte.

»Was haben Sie an meinen Sachen verloren?«

Ohne, daß er es bemerkt hatte, war Laura Rothe hereingekommen. »Suchen Sie Beweise für eine Liaison zwischen Herrn Heynel und mir? Oder sind Sie verärgert, daß Ihre Schwägerin eine einfache Angestellte zu ihrer Geburtstagsfeier eingeladen hat? Herr Biddling! Ich rede mit Ihnen!«

»Ja«, sagte er und gab das Kuvert zurück. »Verzeihen Sie. Ich muß gehen.« Kurz darauf kam er wieder und drückte ihr Henriette Arendts Bericht in die Hand. Danach verließ er das Präsidium.

Als er abends nach Hause kam, war er beruhigt. Victoria saß in der Bibliothek und las. Er registrierte, daß sie den Kristall nicht mehr trug. »Wie kommt es, daß du so früh da bist?« fragte sie.

»Ich habe ein Versprechen einzulösen, oder?« Er küßte sie. »Ich gebe es zu: Ich war eifersüchtig auf Hopf. Ja, ich bin es immer noch!«

Sie lächelte. »Wir haben uns wirklich nur über Bücher unterhalten. Er ist nämlich genauso ein Verehrer von Sherlock Holmes wie ich.«

Er starrte sie an. »Bitte?«

»Stell dir vor, er kann ganze Passagen frei zitieren und kennt Herrn Doyle sogar persönlich. Er traf ihn… Richard! Was hast du?« Er ging zum Fenster. Nicht wieder alles von vorn! Er hatte keine Kraft mehr für Spekulationen, die im Nichts endeten. Es war ein Zufall wie so vieles Zufall war, nicht zuletzt die Spuren, die im Fall Lichtenstein in die falsche Ecke geführt hatten. Victoria streichelte sein Haar. »Bitte, Richard. Sag mir endlich, mit was du dich so quälst.«

Er drehte sich zu ihr um. »Ich liebe dich, Victoria Biddling. Das ist alles, was zählt.«

»Wenn ich gewußt hätte, wie sehr dich meine Freundschaft zu Hopf verletzt, hätte ich ...«

Er legte ihr den Zeigefinger auf den Mund. »Laß es uns vergessen, ja? Ich habe mir für das Rennen am Freitag freigenommen. Bis dahin hoffe ich, den Fall Wennecke dem Staatsanwalt vorlegen zu können. Im übrigen bin ich der Meinung, wir sollten das Schlafzimmer umräumen.«

Die folgenden Tage waren mit Kleinkram angefüllt. Kommissar Biddling und Paul Heusohn nahmen Anzeigen auf, bearbeiteten eine Brandsache und gingen dem Verdacht einer vorsätzlichen Vergiftung nach, die sich als Genuß verdorbener Schlagsahne herausstellte.

Donnerstag früh rief Cornelia von Tennitz an. »Ich habe eine gute Nachricht, Schwager! Ich kenne den Verfasser der anonymen Briefe. Außerdem kann ich dir ein paar Neuigkeiten über Fräulein Zilly erzählen.«

»Wann?«

»Ich lade dich am Sonntag nachmittag zum Kaffee ein.«

»Geht es nicht früher?«

Sie lachte. »Ich habe mich ganz schön für dich ins Zeug gelegt, mein Lieber. Und ab und zu auch noch andere Termine. Was hast du morgen vor?«

»Morgen ist es leider unmöglich. Ich fahre sehr früh mit Victoria und den Kindern zum Gordon-Bennett-Rennen.«

»Seit wann begeisterst du dich für den Automobilsport?«

»Mein Schwiegervater hat Karten besorgt. Was ist mit der Schreibmaschine?«

»Du bekommst die Antwort. Versprochen.«

»Kannst du mir wenigstens verraten, ob die Briefe an mich etwas mit dem Unfall bei Pokorny zu tun haben?«

»Ganz sicher nicht. Den Rest sage ich dir persönlich. Und bitte: Kein Wort zu irgendwem!«

»Ja. Bis Sonntag.«

Richard hatte das Telephonat kaum beendet, als Martin Heynel hereinkam. »Ich muß mit Ihnen reden.«

»Wenn es Ihre Verbindung zu meiner Tochter betrifft, können Sie sich die Worte sparen, Oberwachtmeister.«

Er setzte sich. »Da Sie mich im Untermainkai nicht empfangen, bin ich gezwungen, die Dinge hier zu regeln. Gleich kommt Vicki vorbei, und es gibt etwas, das wir besser nicht in ihrem Beisein besprechen sollten. Es sei denn, es ist Ihnen gleich, ob sie es erfährt.«

»Was?« fragte Richard barsch.

Er lächelte. »Sie selbst haben mir den passenden Hinweis gegeben. Ich brauchte nur einen Abgleich zwischen Vickis Geburtsdatum und der Akte Eduard Könitz vorzunehmen. Ihre Frau war im Sommer 1882 nicht schwanger.«

»Dann wissen Sie ja jetzt, daß Sie in einer Ehe mit Vicki nicht erwartet, was Sie sich erhoffen.«

»Ach was. Wenn man den Kuckuck großgezogen hat, sorgt man auch für sein Auskommen. Alles andere wäre rufschädigend, oder?«

»Sie sind der mieseste Charakter, der mir je untergekommen ist, Heynel! Bevor ich Ihnen meine Tochter zur Frau gebe, werde ich eher …«

»… die Wahrheit sagen? Das haben Sie einundzwanzig Jahre lang nicht geschafft, Verehrtester.«

»Was hast du nicht geschafft?« fragte Vicki von der Tür.

Martin Heynel lächelte. »Dein Vater und ich haben gerade …«

»Verschwinden Sie, Heynel. Auf der Stelle!«

»Sie sollten sich die Sache überlegen, Herr Biddling. Vicki und ich lieben uns. Notfalls werden wir ohne Ihren Segen heiraten.« Er gab ihr einen Kuß auf die Wange und ging.

Vicki schloß die Tür und sah Richard an. Ihr Gesicht war blaß. »Was verschweigst du mir?«

Richard ging zum Fenster. »Ich will nicht, daß du Heynel heiratest!«

»Ich warte auf eine Antwort auf meine Frage, Vater.«

»Es geschah nur zu deinem Schutz.«

»Was? Vater, bitte!«

Er preßte seine Hände auf den Sims. »Deine leibliche Mutter starb kurz nach deiner Geburt. Victoria ist meine zweite Frau. Wir dachten, es sei das beste, wenn … Wir wollten es dir an deinem Geburtstag sagen.«

»Nein«, sagte sie fassungslos.

Er kam zu ihr. »Victoria hat dich immer geliebt wie ein eigenes Kind. Weißt du, als ich damals …«

Sie wich vor ihm zurück. »Wann starb meine Mutter?«

»Am 3. September 1882 in Berlin.«

»Danach gingst du nach Frankfurt?«

»Ja.« Er knetete seine Hände. »Victoria und ich haben nicht 1882, sondern 1883 geheiratet.«

In ihre Augen traten Tränen. »Jetzt weiß ich endlich, warum Großvater Flora mehr liebt als mich.« Sie stutzte. »Warum heiße ich nach ihr? Warum trage ich den Namen Victoria, wenn ich schon auf der Welt war, als du sie kennengelernt hast?«

Das war die Frage, die er am meisten gefürchtet hatte. »Ich kannte sie schon vorher. Ich hatte mit ihrer Familie zu tun. Wegen einer Ermittlung.«

»Du nennst deine Tochter nach einer Frau, mit der du beruflich nebenbei zu tun hattest? Vater, lüg mich nicht an!«

Richard hatte das Gefühl, jemand stoße ihm ein Messer in den Magen. »Bitte, glaube mir: Wir hätten uns niemals wiedergesehen, wenn deine Mutter nicht gestorben wäre.«

Ihr liefen die Tränen übers Gesicht. »Nicht mal das Trauerjahr habt ihr abgewartet.«

»Vicki, bitte …«

»Daß du's weißt: Ich werde Martin heiraten!« Bevor er noch etwas sagen konnte, lief sie aus dem Büro.

Es war spät, als Richard nach Hause kam. Louise richtete ihm aus, daß David ihn dringend zu sprechen wünsche. Mißmutig ging er zu seinem Zimmer und klopfte. David lächelte, als er hereinkam. »Ich glaube, es ist leichter, eine Audienz beim Kaiser zu bekommen, als mit dir zu normalen Zeiten ein Gespräch zu führen.«

»Um was geht's?« fragte Richard kurzangebunden.

»Dein Rat, Andreas Hortacker reinen Wein einzuschenken, war richtig. Wir werden die leidige Angelegenheit regeln können. Außerdem hat er Vater klargemacht, daß er mich nicht wie einen Handlanger behandeln kann, wenn ich das Haus leiten soll.«

»Dann ist ja alles bestens.«

David räusperte sich. »Ich weiß, daß du meinetwegen gegen Gesetze verstößt und daß das für dich ein Problem ist. Daß du es dennoch tust, rechne ich dir hoch an.«

»Ich tue es für Victoria.«

»Trotzdem danke.«

»Hast du wirklich keine Ahnung, wen Wennecke mit diesem Freund bei der Polizei gemeint haben könnte?«

David schüttelte den Kopf. »Namen wurden nie genannt. Vielleicht hat er es sich nur ausgedacht. Zuzutrauen gewesen wäre es ihm. Ich finde es übrigens schade, daß Vicki sich nicht für Andreas Hortacker erwärmen kann. Ich würde es begrüßen, wenn er zur Familie gehörte.«

»Was Hortacker angeht, werde ich den Willen meiner Tochter respektieren.«

»Gestatte mir die Anmerkung, daß ich das sehr großzügig finde.«

»Es ist alles besprochen, oder?«

»Falls es dich interessiert: Dieser Sepp ist nicht mehr aufgetaucht.«

Richard nickte und ging. Seine Hände wurden feucht, als er vor Vickis Zimmer stand. Auf sein Klopfen bekam er keine Antwort. Er drückte die Klinke und merkte, daß die Tür abgeschlossen war. »Vicki! Bitte, laß mich erklären ...«

»Ich will dich nicht sehen!« rief sie.

Als er ins Schlafzimmer kam, fiel ihm ein, daß er und Victoria ab heute wieder ein gemeinsames Bett hatten. Sie saß am Fenster und las. »Du bist spät.«

»Ich hatte einige Dinge abzuklären.« Er wusch sich das Gesicht. »Wir müssen mit Vicki reden.«

Sie klappte das Buch zu und kam zu ihm. »Warum?«

»Sie besteht darauf, diesen Heynel zu heiraten.«

»Das ist doch nichts Neues. Ich finde, du solltest ...«

»Heynel unterhält ein Verhältnis mit der Frau, die bei uns als Polizeiassistentin arbeitet.«

Victoria lächelte. »Ich habe durchaus bemerkt, welche Blicke dieses Fräulein Rothe dem Herrn Wachtmeister auf Cornelias Feier zugeworfen hat. Wenn die Information von ihr stammt, würde ich sie nicht allzu ernst nehmen. Sie ist eifersüchtig.«

»Ich verstehe nicht, warum du derart Partei für ihn ergreifst!«

Sie streichelte sein Gesicht. »Du warst auch nicht gerade der Wunschehemann meines Vaters. Außerdem ist Herr Heynel ein freundlicher junger Mann.«

»Ach? Du hast ihn auf Cornelias Feier doch keine fünf Minuten gesehen!«

»Er war heute nachmittag zu Besuch hier.«

Richard ballte die Fäuste. »Er besitzt die Frechheit ...«

»Herr Heynel war wirklich sehr zuvorkommend«, unterbrach ihn Victoria. »Wer mir Sorgen gemacht hat, ist Vicki. Sie saß dabei wie unbeteiligt. Als ich sie anschließend sprechen wollte, schloß sie sich ohne Begründung in ihrem Zimmer ein.«

»Heynel hat sie heute früh ins Präsidium bestellt. Er wollte mich mit meiner Vergangenheit unter Druck setzen. Vicki kam dazu.« Er fuhr sich über die Augen. »Ich mußte ihr alles sagen.«

»Sie weiß Bescheid?« fragte Victoria entsetzt.

Richard nickte. »Meine Vorbehalte gegen Martin Heynel haben einen Grund. Ich habe den Verdacht, daß er irgendwie in den Todesfall Wennecke verwickelt ist.«

»Aber du sagtest, daß du die Sache abschließen willst.«

»Vorläufig. Weil ich keine Beweise beibringen kann. Bitte, Victoria. Ich will bloß verhindern, daß unsere Tochter unglücklich wird.«

Sie berührte seinen Arm. »Wir könnten ihnen vorschlagen, etwas Zeit vergehen zu lassen. Vielleicht bis zum Jahresende? Wenn Herr Heynel Vicki wirklich liebt, wird er das verstehen.

Bis dahin hast du deine Ermittlungen sicher endgültig abgeschlossen, und der Verdacht gegen ihn ...«

»... erweist sich als genauso unbegründet wie der gegen Hopf«, ergänzte er. »Du glaubst, ich phantasiere, nicht wahr?«

»Ich glaube, du brauchst dringend ein bißchen Abstand von diesen ganzen Dingen. Wir fahren morgen mit Flora zu dem Rennen, und Vicki lassen wir einen Tag Zeit, alles zu verdauen.« Sie knöpfte sein Jackett auf. »Weißt du überhaupt, wie sehr ich diese Nacht herbeigesehnt habe?«

Als Richard wach wurde, war Victoria schon aufgestanden. Er öffnete das Fenster. Die ersten Vögel sangen in der Dunkelheit. Er zog sich an, ging zu Vickis Zimmer und lauschte an der Tür.

»Sie schläft«, sagte Victoria in seinem Rücken. »Wir reden mit ihr, sobald wir zurück sind, ja?«

Richard nickte, obwohl er nicht glaubte, daß ihr Zerwürfnis mit einem Gespräch zu bereinigen war. Beim Frühstück bemühte er sich, eine fröhliche Miene zu machen, aber es fiel ihm schwer. Louise kam herein. »Soeben wurde eine Nachricht für Sie abgegeben, gnädiger Herr. Ich soll Sie Ihnen sofort und persönlich geben. Es sei sehr wichtig.« Richard riß den Umschlag auf.

»Was ist?« fragte Victoria.

»Eine dringende dienstliche Sache. Ich muß sofort ins Präsidium.«

»Papa!« sagte Flora enttäuscht. »Du hast gesagt ...«

Er strich ihr übers Haar. »Ich nehme eine Droschke und komme nach, ja?«

»Schwör es!«

»Bei allem, was mir lieb ist: Ich komme, so bald ich kann.« Er sah Victoria an. »Es tut mir leid.«

Sie hatte Mühe, nicht zu weinen.

✳

Der Junge zeigte die Straße entlang. »Do vonne isses!« Richard wollte etwas sagen, aber er lief davon. Das Automobil war rot und hatte den Aufdruck der Adlerwerke an der Seite. Richard nickte dem Fahrer zu und stieg ein. Niemand sprach ein Wort. Sie fuhren über die Untermainbrücke und folgten der Forsthausstraße in Richtung Stadtwald. Als sie in die Sandhöfer Allee abbogen, wußte Richard, wohin es ging. Auch wenn er nicht verstand, warum. Sein Herz fing an zu klopfen, aber er hätte nicht sagen können, ob aus Angst oder vor Erwartung. *Geister der Toten*. Nichts war Zufall gewesen.

✳

»Bitte warten Sie an der Bethmann-Schule auf mich«, sagte Cornelia von Tennitz, als ihr Kutscher sie am Seitentrakt des Polizeipräsidiums absetzte. Der Horizont zeigte zaghaft den Morgen an, irgendwo sang ein Vogel. Cornelia raffte ihr Kleid und ging zum Eingang der Präsidentenwohnung.

»Ich muß sofort mit Herrn Scherenberg sprechen«, sagte sie, als ein Mädchen öffnete.

»Es tut mir leid, Frau Gräfin. Der Herr Polizeipräsident ist vor einer Stunde nach Homburg zum Gordon-Bennett-Rennen ...«

»Dummes Zeug!« fiel ihr Cornelia ins Wort. »Ich habe telephonisch mit ihm gesprochen. Er erwartet mich.«

»Aber ich bin sicher ...«

»Papperlapapp! Schauen Sie nach.«

»Ja, aber ...«

»Wollen Sie Ihre Stellung aufs Spiel setzen?«

»Nein, Frau Gräfin. Wenn Sie mir bitte folgen wollen?«

»Sagen Sie ihm, die Sache ist ungeheuer wichtig und verträgt keinen Aufschub!«

Das Mädchen nickte und verschwand. Kurz darauf kam sie zurück. »Wie ich sagte, gnädige Frau! Der Herr Präsident ist ...« Verwirrt brach sie ab. Gräfin von Tennitz war gegangen.

✳

»Der Kaiser kommt!«

Ein junger Bursche zeigte auf einen Reiter in Husarenuniform, der im Galopp die Straße von Homburg heraufpreschte. Passanten zogen den Hut, Kinder winkten, ein Trupp Feuerwehrleute salutierte. Männer in überreich dekorierten Uniformen, Damen in eleganten Seidenroben huldigten ihm, als er vor dem mit römischen Adlern geschmückten Kaiserzelt absaß.

»Das sind alles sehr wichtige Leute, nicht wahr?« sagte Flora.

Victoria lächelte. »Ach was, Liebes. Die sehen nur so aus.«

Eine Viertelstunde später traf die Kaiserin ein, und ihre Toilette bot diversen Damengrüppchen Anlaß, ausführlich zu erörtern, daß weiße Puffärmelkleider aus chinesischer Seide, fliederfarbige Strohhüte mit schwarzgetupften Schleiern und Musselinpelerinen die allerneueste Mode seien.

Je näher der Rennbeginn rückte, desto stärker schien der Besucherstrom anzuschwellen. Reiter, Fußgänger und Fahrradfahrer teilten sich die Zufahrtstraßen zur Saalburg mit Droschken, Automobilen und Equipagen; aus dem Bahnhof der Elektrischen quollen die Menschen im Takt ankommender Züge. Ein berittener Gendarm erteilte Absperrweisungen, Soldaten in Feldmarschausrüstung bezogen hinter Drahtzäunen Stellung. Vor einer mit *Reichspost* überschriebenen Behelfshütte redeten Journalisten Italienisch, Englisch und Französisch durcheinander, an der Tribünenanlage traf ein Trupp Polizeiwachtmeister ein.

Victoria dachte an Richard, als sie an ihnen vorbeiging. Er hatte recht gehabt: Ihr Vater hatte es sich nicht nehmen lassen, die teuersten Plätze zu wählen, aber es waren zugleich die schönsten. Die frisch besprengte Rennstrecke glänzte in der Sonne wie ein geplättetes Seidenband, das renovierte Römerkastell erhob sich trutzig vor sattgrünen Taunuswäldern. Und über allem spannte sich ein Himmel so blau wie Saphir. Flora sah traurig auf die beiden leeren Stühle neben sich. »Schade, daß Papa und Vicki nicht hier sind.«

»Dein Vater wird sicher bald kommen.«

»Weißt du, was Vicki gestern abend zu mir gesagt hat? Daß

sie uns alle haßt und keine Lust hat, mit Lügnern in einen Wagen zu steigen.«

»Das hat sie nicht so gemeint, Liebes.«

»Doch! Sie ...«

»Schau, da kommt der erste Rennwagen!«

Mit einem von Detonationen unterbrochenen Fauchen näherte sich ein weißes, kastenförmiges Gefährt und stoppte an der Startlinie, einer schwarzen Markierung innerhalb der Tribünenanlage. Das Gesicht des Fahrers bedeckte eine Staubmaske, aus der die Spitze eines blonden Kinnbartes herausschaute. Um Punkt sieben Uhr ertönte ein Trompetensignal. Die Startfahne senkte sich. Mit ohrenbetäubendem Donnern fuhr der Wagen an.

»Jenatzy! Jenatzy!« klang es von den Rängen. Der Fahrer legte zum Gruß die Hand an die Kappe, passierte die Saalburg in kerzengerader Linie und verschwand. Die Kapelle auf der Tribüne spielte ein Konzertstück, vor dem Kaiserzelt wurde ein Schattenschirm aufgestellt. Schnaubend und knatternd fuhr der zweite Wagen vor; Benzingeruch wehte bis zur Empore hinauf.

Es dauerte knapp zweieinhalb Stunden, bis Jenatzys Wagen wieder auftauchte und von Jubelrufen begleitet in die zweite Runde entschwand. Bis zum Mittag stieg die Hitze ins Unerträgliche, die Ränge leerten sich. Auch Victoria und Flora verließen ihre Plätze. Die Menschen parlierten und flanierten, schrieben Ansichtspostkarten, packten Proviantbeutel aus, aßen, tranken, lachten.

Inmitten des Trubels fühlte sich Victoria einsam. Nur Floras Begeisterung und die Erwartung, daß Richard bald kommen würde, hielt sie davon ab, nach Hause zu fahren. Auf dem Weg zurück zur Tribüne sah sie Karl Hopf, der sich vor der Behelfspost mit einem Reporter unterhielt. Als er sie bemerkte, beendete er das Gespräch und kam zu ihr. Lächelnd nahm er ihre Hand und deutete einen Kuß an. »Ich konnte leider nicht eher kommen. Habe ich etwas Wesentliches verpaßt?«

»Ach was«, sagte Flora. »Herr Jenatzy wird sowieso gewinnen.«

»Und was macht dich da so sicher?«

»Er fährt über achtzig Kilometer in der Stunde!«

»Das tut sein französischer Kontrahent auch, oder?«

»Aber unsere weißen Rennautomobile sind die schönsten!«

»Die Belgier sagen bestimmt, daß die gelben viel schöner sind, und die Italiener finden Schwarz besonders reizvoll.«

»Und die Franzosen setzen auf Hellblau«, sagte Victoria schmunzelnd. »Ich glaube, Théry gewinnt.«

»Mama!« sagte Flora entrüstet.

Getöse lag in der Luft, die Menschen reckten die Hälse, und wie zur Bestätigung knatterte der blaue Wagen des Franzosen, begleitet von stürmischen Rufen, in die letzte Runde. Ein Mann malte die Rundenzeit *1.29.57* auf eine große Leinwand.

»Acht Minuten Vorsprung«, sagte Hopf. »Sie könnten recht haben, gnädige Frau.«

»Bestimmt geht bald was dran kaputt«, hoffte Flora. Victoria und Hopf lachten. »Bist du mit deinem Automobil da, Karl?«

Hopf schüttelte den Kopf. »Ich gestehe: Das war nur ausgeliehen, und ich mußte es zurückgeben.«

»Später werde ich auch Automobil fahren!«

»Ich dachte, du willst Ballon fliegen?«

»Es heißt Ballon fahren.«

»Ja, ja, du Naseweis.« Er sah Victoria an. »Ist Ihr Mann nicht hier?«

Victoria schüttelte den Kopf. »Er kommt nach.«

Hopf sah auf seine Uhr. »Das ist inzwischen unwahrscheinlich, oder?«

Victoria schwieg. Sie wußte nicht, ob sie traurig oder wütend sein sollte. »Wenn du willst, kannst du dich zu uns setzen«, lud Flora ihn ein. »Vickis Platz ist auch frei.«

Hopf sah Victoria an, aber sie hatte keine Lust auf Erklärungen. Um Viertel vor fünf fuhr Jenatzy ins Ziel, Théry war zehn Minuten schneller. Auf den Rängen winkten die Menschen mit Tüchern und Hüten, der Kaiser klatschte Beifall. Victoria entschied, vor dem Zieleinlauf der anderen Fahrer aufzubrechen und handelte sich zwei enttäuschte Mienen ein.

Die Heimfahrt wurde zur Qual. Sie mußten mehreren Heuwagen ausweichen, und die Automobile vor ihnen rollten Schmutzwolken auf, daß man kaum mehr bis zum Straßenrand sehen konnte. Ihre Fanfaren klangen wie Nebelhörner in dem Meer aus Staub. Victoria war froh, als sie die Stadt erreichten. Am Polizeipräsidium ließ sie halten und fragte nach Richard.

»Es tut mir leid, gnädige Frau«, sagte der Wachbeamte. »Ihr Mann war den ganzen Tag über nicht hier. Viele Beamte sind beim Gordon-Bennett-Rennen eingesetzt. Bestimmt ist er auch dort.«

»Nein. Könnte ich bitte in seinem Büro nachsehen?«

Victoria folgte ihm in den ersten Stock. Er klopfte gegen eine Tür und drückte die Klinke. »Sehen Sie! Abgeschlossen. Vielleicht ist er auf einer Ermittlung. Oder längst zu Hause.«

Aber auch dort war er nicht. Victoria ging in ihr Zimmer und öffnete das Fenster. In der Dämmerung wetterleuchtete es. Er hatte sich extra freigenommen. Er hatte hoch und heilig versprochen, er werde nachkommen. Er war nicht im Präsidium gewesen, obwohl er behauptet hatte, dringend hinzumüssen. Plötzlich bekam sie Angst. Sie schloß das Fenster, ließ den Kutscher wieder anspannen und fuhr ins Rapunzelgäßchen.

»Ist Richard bei Ihnen?« fragte sie, als Heiner die Tür öffnete.

Er sah sie erstaunt an. »Ich dachte, er wollte mit Ihnen und den Kindern zum Gordon-Bennett-Rennen?«

Victoria erklärte ihm die Lage. »Ich mache mir schreckliche Sorgen.«

Heiner zog seine Jacke an. »Ich erkundige mich noch mal im Polizeipräsidium und sage Ihnen Bescheid.«

Am Alten Markt kam ihm Laura Rothe entgegen. Heiner sagte ihr, was er von Victoria erfahren hatte, und sie erbot sich, ihn zu begleiten. Zehn Minuten später standen sie vor Richards Bürotür. Heiner nahm den Schlüssel vom Rahmen, schloß auf und zündete eine Lampe an. Auf seinem ehemaligen Stehpult lagen Bücher, auf Richard Biddlings Schreibtisch eine Strafanzeige wegen Brandstiftung und die Akte Wennecke. Heiner zog die oberste Schublade auf. Der Brief war nicht zu übersehen. Es standen nur zwei Worte darauf; sie waren mit der Maschine geschrieben. Heiner registrierte, daß die kleinen i aus der Reihe sprangen. Er riß den Umschlag auf und las die Nachricht. »Wir müssen nach ihm suchen.«

Laura sah, daß seine Hände zitterten. »Was steht in dem Brief?«

Er steckte Blatt und Kuvert in seine Jacke. »Ich bitte Sie um alles in der Welt: Vergessen Sie diesen Brief!« Er sah so erschüttert aus, daß Laura nicht mehr als nicken konnte. »Überlassen Sie mir das Reden«, bat er sie auf dem Weg zur Wache.

Laura wunderte sich, wie ruhig und abgeklärt er plötzlich war. Er erläuterte den Beamten, daß Kommissar Biddling eine Ermittlung gehabt habe, von der er längst zurücksein wollte und daß unverzüglich Suchmaßnahmen eingeleitet werden müßten. Danach fuhren sie in den Untermainkai. Ein ältliches Fräulein öffnete.

»Guten Abend, Louise. Können Sie uns bitte Victoria melden?« sagte Heiner. Im gleichen Moment kam sie die Treppe herunter. Sie trug ein schlichtes, blaues Hauskleid und sah blaß aus.

»Ich habe alles Nötige veranlaßt«, sagte Heiner. »Wir suchen nach ihm. Hat er denn keine Andeutung gemacht, warum er an seinem freien Tag ins Präsidium wollte?«

Sie schüttelte den Kopf. »*Eine dringende dienstliche Sache.* Genau das waren seine Worte. Ich werde bei der Suche helfen.«

»Ich halte es für besser, hier zu warten«, schlug Heiner vor. »Sollte Ihr Mann nach Hause kommen, schicken Sie bitte sofort eine Nachricht ins Präsidium.«

Sie nickte und bat Louise, ihr Tee in die Bibliothek zu bringen.

Es war schon hell, als Heiner Braun wiederkam. Sein Gesicht war fahl, jede Falte schien für die Ewigkeit eingemeißelt zu sein. »Wir haben ihn gefunden, Victoria.«

Kapitel 21

Drittes Morgenblatt   Samstag, 18. Juni 1904

Frankfurter Zeitung
und Handelsblatt

Das Gordon-Bennett-Rennen. Daß es gerade ein Franzose ist, der Sieger blieb, das ist uns, offen gestanden, nicht unlieb. Deutsche und Franzosen vereint in friedlichem Wettbewerb auf dem Gebiete des Sports und der Industrie – wir sind wohl nicht zu sanguinisch, wenn wir darin gute Zeichen für die Zukunft erblicken. Die beiden deutschen Mercedeswagen konnten den zweiten und dritten Platz besetzen. Von den drei Belgiern erreichte nur einer das Ziel.

Es ist erfreulich, daß den verschiedenen Nationen von Jahr zu Jahr Gelegenheit geboten wird, ihre Kräfte zu messen in einem Wettstreit, der in seiner Weise, wenn auch sehr bescheiden, etwas zur Kräftigung der Friedensidee beiträgt.

Wo ist er? Wie geht es ihm? Ist er verletzt?«

»Nein.«

»Herr Braun! Sagen Sie endlich, was …«

»Er ist tot.«

In die Stille schlug die Uhr zur halben Stunde. Victoria lächelte verkrampft. »Das ist ein Scherz, nicht wahr?«

Heiner berührte ihren Arm. »Es tut mir so leid.«

Der Kloß in ihrem Hals ließ keinen Ton heraus. Sie ging zum Fenster. Nie mehr würden sie gemeinsam in die Wolken schauen, nicht mehr träumen, nicht mehr lachen. Tot. Drei Buchstaben sollten die Macht haben, ein Leben wegzuwischen? Auf der Dachrinne sang eine Amsel. Wie konnte sie! Victoria drehte sich zu Heiner um. »War es ein Unfall?«

»Ein Spaziergänger hat ihn gefunden.«

»Wo?«

»Im Stadtwald. Nahe der Stelle, an der damals Ihr Cousin zu Tode kam.«

Ihre Hände verkrampften sich in ihrem Kleid. »Warum dort?«

»Ich weiß es nicht.«

»Bitte, Herr Braun. Sagen Sie mir die Wahrheit.«

Er sah an ihr vorbei. »Es deutet einiges darauf hin, daß Ihr Mann... daß er sich erschossen hat. Aber die Ermittlungen werden selbstverständlich in alle Richtungen geführt.«

»Nein!« Sie lief zur Tür. »Ich will ihn sehen!«

Er hielt sie fest. »Victoria, bitte. Sie wissen doch, daß zuerst die polizeilichen Untersuchungen abgeschlossen sein müssen.«

»Ja. Das verstehe ich.« Ihre plötzliche Gefaßtheit erschreckte sie selbst. Es war, als rede nicht sie, sondern jemand anderes aus ihr heraus, der keine Trauer fühlte, keinen Schmerz, keine Schuld. »Ich nehme an, Sie sind mit einem Beamten aus dem Präsidium da.«

Heiner nickte. »Ich habe gebeten, daß ich zuerst allein mit Ihnen sprechen darf. Herr Kommissar Beck wird Ihnen ein paar Fragen stellen, sobald Sie sich dazu in der Lage fühlen.«

»Wenn es möglich ist, würde ich vorher gern meiner Familie und dem Personal Bescheid sagen.«

»Herr Beck wird darauf Rücksicht nehmen.«

»Ich glaube nicht an Selbstmord. Er hatte keinen Grund. Nicht den geringsten.« Der Kloß in ihrem Hals drohte sie zu ersticken. Wortlos nahm Heiner Braun sie in seine Arme.

Wenige Minuten später klingelte sie nach Louise und bat, Flora zu holen. Die alte Zofe wollte etwas sagen, aber Victoria schüttelte stumm den Kopf. Zusammen mit Heiner Braun ging sie zu Vickis Zimmer und klopfte. »Ich will niemanden sehen!« rief sie.

»Bitte machen Sie auf, Vicki. Wir haben etwas Wichtiges mit Ihnen zu besprechen«, sagte Heiner.

Sie schloß die Tür auf. »Sie wußten es auch, nicht wahr? Jeder wußte es! Und jetzt schickt Vater Sie zum Gutwettermachen vor!«

»Nein«, sagte er ruhig.

Louise und Flora kamen über den Flur. Flora sah Victoria an.
»Was hast du, Mama?«

»Ich sage es dir gleich. Bitte kommt herein.«

Vicki wollte auffahren, aber als sie Heiner Brauns Blick begegnete, schwieg sie. Victoria wartete, bis er die Tür geschlossen hatte und atmete durch. »Herr Braun hat mir gerade eine sehr traurige Nachricht überbracht. Richard... Euer Vater ist gestorben.« Sie konnte nicht sagen, was zuerst in ihr Bewußtsein drang: Louises Tränenausbruch, Floras markerschütternder Schrei oder daß Vicki in Ohnmacht fiel. Sie schloß Flora in ihre Arme, Heiner Braun trug Vicki zum Bett. Louise holte schluchzend Riechsalz.

»Bitte, bitte, Mama, sag, daß das nicht wahr ist«, wimmerte Flora, aber Victoria konnte nichts tun, als ihr stumm übers Haar zu streichen.

Heiner hielt Vicki das Salz unter die Nase. Sie schlug die Augen auf und stieß seine Hand weg. »Das habt ihr euch fein ausgedacht! Das...«

»Hast du denn nicht gehört?« sagte Flora leise. »Papa ist tot. Er kommt nie mehr wieder. Nie, nie mehr...« Ihre Stimme versagte, Tränen rannen über ihre Wangen. Vicki streckte die Hand aus. Weinend fielen sich die Schwestern in die Arme.

Victoria sah, daß Heiner ihr ein Zeichen gab und folgte ihm nach draußen. »Es ist besser, wenn Sie die beiden ein bißchen allein lassen«, sagte er. »Louise paßt schon auf, hm?«

»Wir hätten ihr längst die Wahrheit sagen müssen«, sagte Victoria tonlos. »Aber ich hatte Angst, und Richard... Er war sehr niedergeschlagen, weil sie nicht mehr mit ihm reden wollte.« Sie zog ein Taschentuch aus ihrem Kleid. »Vielleicht hat er es deshalb getan?«

Heiner schüttelte den Kopf. »Dafür hätte es keiner besonderen Nachricht bedurft, oder? Wann hat Vicki es erfahren?«

»Vorgestern. Eine Indiskretion im Präsidium. Hat Richard Ihnen gesagt, daß sie heiraten will?«

»Ich weiß von Herrn Heynels Plänen, ja.«

Sie fuhr sich über die Augen. »Herr Braun, bitte. Was wissen Sie noch?«

»Wir sollten später in Ruhe darüber sprechen.«

»Richard erwähnte, daß Herr Heynel vielleicht in den Fall Wennecke verwickelt ist. Er hat mir aber nicht gesagt, warum.«

»Wir haben die Vermutung, daß Oberwachtmeister Heynel der letzte war, der Fritz Wennecke lebend gesehen hat. Außerdem hat er früher an der Maschine gearbeitet, an der Wennecke zu Tode kam. Die Bedenken Ihres Mannes waren nicht unbegründet. Aber es gibt keinen Beweis.«

»Warum hat Richard mir das nicht gesagt? Warum hat er immerzu Ausflüchte gesucht oder geschwiegen? Warum, Herr Braun?« Sie zerknitterte ihr Taschentuch. »Ich habe mich beim Automobilrennen vergnügt, während mein Mann einsam und verzweifelt … Wie soll ich denn weiterleben?«

»Daß im Moment einiges für Selbstmord spricht, heißt nicht, daß es wirklich so war.«

»Und was glauben Sie, wie es war?«

»Ich kann mir nicht vorstellen, daß Ihr Mann das getan hat. Aber selbst, wenn doch …« Er faßte ihre Hände. »Was auch geschieht, ich bin immer für Sie da, Victoria.«

Sie nickte und ging in den Salon. Kommissar Beck sprach ihr ungelenk sein Beileid aus. Sie ließ das Personal kommen, sagte, was geschehen war und erteilte Anweisung, daß sich alle für eine Befragung der Polizei bereithalten sollten. Sie schickte einen Boten ins Warenhaus, veranlaßte die telegraphische Benachrichtigung von Richards Eltern in Berlin und beantwortete Becks Fragen. Sie erledigte Formalitäten und nahm ihrem Bruder die Cognacflasche weg. Sie ertrug Vickis Ablehnung und die unbewegte Miene ihres Vaters, weinte nicht, dachte nicht, fühlte nicht. Der Tag verging, der Abend, die Nacht. Ein neuer Morgen begann. Mit Vogelgezwitscher, blauem Himmel und Sonnenschein.

✳

Kommissar R. Biddling
- persönlich -
Untermainkai 18

Weh dem, der zu der Wahrheit geht durch Schuld!
Sie wird ihm nimmermehr erfreulich sein.
Schiller, Das verschleierte Bild zu Sais.

Ich gebe Ihnen die Antwort auf Ihre Fragen. Warten Sie im
Nizza vor dem Grindbrunnen. Kommen Sie sofort und
unbedingt allein!

Kommissar Beck betrachtete kopfschüttelnd den mit Maschine geschriebenen Brief und gab ihn Paul Heusohn. »Sie haben mit Biddling zusammengearbeitet. Was bedeutet das?«

Der Junge zuckte mit den Schultern. Sein Gesicht war blaß. »Ich weiß es nicht. Herr Biddling hat gesagt, daß er den Fall Wennecke vorläufig abschließen will, weil es keine Beweise für einen Mord gab.«

»Woraus ziehen Sie den Schluß, daß das Schreiben auf die Sache Wennecke abzielt?«

»Wir hatten sonst nichts Größeres in Bearbeitung. Woher haben Sie das?«

»Aus Biddlings Jackett. Seine Frau sagte mir vorhin, daß er gestern früh eine Nachricht bekam. Ich nehme an, daß es diese war. Sollte sich der Inhalt tatsächlich auf die Ermittlung Wennecke beziehen, läßt das Zitat die Deutung zu, daß Biddling selbst in die Sache verstrickt war.«

»Nein!« sagte Paul Heusohn heftig.

»Es besteht auch die Möglichkeit, daß jemand darin verstrickt ist, der ihm sehr nahestand, und daß das der Grund für seine Kurzschlußhandlung war.«

»Das ist barer Unsinn! Genauso wie es Unsinn ist, daß er sich umgebracht haben soll. Das hätte er nie getan!«

»Was macht Sie so sicher?«

Paul Heusohn schaute zu Boden und schwieg.

»Die Spurenlage am Tatort hat keinen Anhaltspunkt für eine Fremdeinwirkung gegeben«, sagte Beck. »Wie es aussieht, hat er sich auf den Baumstamm gesetzt, die Waffe an die Stirn gehalten und abgedrückt. Er fiel rückwärts auf einen Stein; außer der Platzwunde am Hinterkopf sind keine Verletzungen vorhanden. Seine Waffe lag unmittelbar neben ihm, und es fehlt nur ein Schuß. Die Leichenflecken sind lagegerecht, und ich bin sicher, daß die Autopsie…«

Paul Heusohn hielt sich die Hand vors Gesicht und rannte aus dem Büro. Als er wiederkam, hatten seine Augen rote Ränder. »Bitte entschuldigen Sie, Herr Kommissar.«

Beck öffnete das Fenster. Luft strömte herein. »Glauben Sie bitte nicht, daß mir die Angelegenheit gleichgültig ist. Aber wir müssen einen kühlen Kopf bewahren und für Klarheit sorgen, bevor die Spekulationen ins Kraut schießen. Gab es im Zusammenhang mit Ihren Ermittlungen in der Sache Wennecke irgendwelche Auffälligkeiten?«

»Ja. Vor ungefähr vier Wochen hat man mir für Informationen über den Fall Geld angeboten. Wir haben nicht herausbekommen, wer dahintersteckt.«

»Wieviel?« fragte Beck.

»Zunächst vierhundert Mark.«

»Dafür muß man eine ganze Weile Perlen fädeln, oder?«

»Woher wissen Sie…«

»Ich pflege mich zu erkundigen, mit wem ich zusammenarbeite. Biddlings Frau sagt, ihr Mann sei gestern frühmorgens ins Präsidium gegangen. Haben Sie ihn gesehen?«

»Nein.«

»Wo bewahrte er seine Waffe auf?«

»Ich glaube, zu Hause.«

»Ist Ihnen in seinem Büro etwas aufgefallen? War etwas anders als sonst?«

»Nein. Nichts.«

»Hatte Biddling private Probleme?«

»Er hat mit mir nicht über Privates gesprochen.«

»Sie mit ihm auch nicht?«

»Herr Biddling war nicht der Mensch, der sich umbringt!«

»Und was unterscheidet ihn von solchen, die es tun?«

»Ich weiß nicht, was Sie meinen.«

Beck sah ihn forschend an. »Was war mit diesem Seil?«

Der Junge schluckte. »Welches Seil?«

»Aus der Sache Lichtenstein! Sie haben es bei mir abgeholt. Wozu?«

»Ich fühlte mich an dem Tag nicht wohl und hatte eine Anordnung von Herrn Biddling falsch verstanden.«

»Ich nehme an, Sie wissen selbst, wie unglaubwürdig das klingt.«

»Bitte, ich …«

»Ich brauche die vollständige Akte Wennecke und einen detaillierten Bericht über Ihre zuletzt durchgeführten Ermittlungen!«

»Jawohl, Herr Kommissar.«

Beck setzte sich an seinen Schreibtisch. »Wie stellen Sie sich Ihre berufliche Zukunft vor, Heusohn? Ihr Kollege Schmitt hat es vorgezogen, zur Wachmannschaft zurückzugehen.«

»Ich hatte Kommissar Biddling gesagt, daß ich gern bleiben möchte. Er wollte mit Herrn Polizeirat Franck darüber sprechen.«

»Die Autopsie ist für drei Uhr angesetzt. Werden Sie mich begleiten?«

Sein Gesicht verlor den letzten Rest an Farbe. »Ja, Herr Kommissar.«

Zum Mittag kam Kommissar Beck in Biddlings Büro. »Waren Sie schon essen, Heusohn?«

Der Junge schlug das Buch zu, in dem er gelesen hatte und schüttelte den Kopf. »Ich möchte nichts.«

Beck gab ihm die Akte Wennecke und den Bericht zurück. »Sind Sie sicher, daß da alles drinsteht, was in der Sache ermittelt wurde?«

»Ich habe kein Geld genommen!«

»Habe ich das behauptet?«

»Nein. Aber gedacht.«

»Sie sind reichlich vorlaut, Heusohn. In Anbetracht Ihrer zu-künftigen Verwendung sollten Sie überlegen, ob das klug ist.«

Der Junge sah zu Boden und schwieg. Beck lächelte. »Ich weiß, daß Biddling sich wenig um Hierarchien geschert hat, doch Sie tun sich keinen Gefallen, wenn Sie Ihren Platz in die-sem Haus nicht kennen. Das heißt aber nicht, daß Sie gar nichts mehr sagen dürfen.«

»Ja, Herr Kommissar.«

»Haben Sie Biddlings Sachen durchgesehen?«

»Ich glaube nicht, daß mir das zusteht.«

»Ich fragte, ob Sie es getan haben!«

»Nein.«

Beck räumte Biddlings Schreibtisch aus. Paul Heusohn sah ihm zu und ging dann zu seinem Pult. Beck rief ihn zurück. »Ich will jetzt auf der Stelle wissen, warum Biddling sich erschossen hat!«

»Kommissar Biddling hat sich nicht ...«

»Verdammt noch mal! Ich bin nicht blind! Sie haben Angst ge-habt, daß ich etwas in diesem Schreibtisch finden könnte! Was, Heusohn?«

»Alles, was ich weiß, steht in meinem Bericht.«

»Wenn Sie glauben, daß ich mich von Ihnen für dumm ver-kaufen lasse, irren Sie! Nach der Autopsie reden wir weiter.«

»Ja, Herr Kommissar.« Sein Gesicht war kalkweiß. Auf seiner Stirn sammelte sich Schweiß.

»Ziehen Sie Ihre Jacke an und kommen Sie mit«, sagte Beck versöhnlich.

Schweigend ging Paul Heusohn mit Kommissar Beck von der Zeil zum Alten Markt. Als Beck auf das Rothe Haus zusteuerte, wäre er am liebsten davongelaufen. Oft hatte er mit Kommissar Biddling in der alten Schirn gegessen. *Worscht und Wasser-weck sind gut fürs Gemüt,* hatte der Kommissar Wachtmeister Braun zitiert, und Paul hatte über die ulkige Aussprache seines preußischen Vorgesetzten lächeln müssen. Beck verschwand unter dem niedrigen grauen Schieferdach, Paul blieb an einem klotzigen Eichenpfeiler stehen.

»Brauchen Sie eine Extraeinladung?« rief Beck aus dem Halbdunkel.

»Ich habe keinen Hunger, Herr Kommissar.«

Beck kam zurück. »Sie gehen jetzt mit mir da hinein!«

Paul merkte, wie ihm schwindlig wurde. »Warum liegt Ihnen so viel daran, mich zu demütigen?«

»Wie bitte?«

»Verzeihen Sie. Ich habe kein Recht …« Er hielt sich an dem Pfeiler fest.

Beck griff ihm unter die Arme. »Herrgott, Heusohn! Wie lange wollen Sie noch den Helden spielen?« Er brachte ihn zu einer Bank, die zwischen Geranientöpfen vor dem Nachbarhaus stand.

»Danke, Herr Kommissar. Es geht schon wieder.«

»Setzen Sie sich! Wann haben Sie zuletzt etwas gegessen?«

»Wir müssen zum Friedhof.«

»Haben Sie schon einmal an einer Autopsie teilgenommen?«

»Nein.«

»Warum haben Sie mir das nicht gesagt?«

»Weil es keine Rolle spielt.«

Beck legte eine Fünfmarkmünze auf die Bank. »Ich fahre jetzt zum Friedhof, und wenn ich wiederkomme, haben Sie gefälligst etwas Vernünftiges gegessen!«

Paul Heusohn stand auf. »Ich lasse mich nicht kaufen«, sagte er und ging.

✳

Martin Heynel starrte Laura an. »Was sagst du da? Biddling ist tot?«

Sie nickte. »Er hat sich gestern erschossen.«

»Gestern?« Nervös lief er im Büro auf und ab. »Wann? Warum?«

»Ich hörte, er habe eine anonyme Nachricht nach Hause bekommen. Was ist mit dir?«

»Nichts«, entgegnete er schroff.

Kommissar von Lieben kam herein. Er sah Heynel an. »Müssen Sie nicht zur Untersuchung ins Polizeigefängnis?«

»Kommissar Biddling ist tot«, sagte Laura.

»Ich hab's gehört.« Er setzte sich und tat, als studiere er Akten, aber Laura wußte, daß er nur darauf wartete, unbeobachtet zur Flasche greifen zu können.

Auf dem Weg zum Gefängnis sprach Martin Heynel kein einziges Wort, und Laura hing ihren Gedanken nach. Sie hatte nichts gemerkt! Ausgerechnet sie war blind gewesen für die Verzweiflung eines Menschen, der offenbar keinen anderen Ausweg mehr gesehen hatte, als seinem Leben ein Ende zu machen. Allerdings wollte ihr kein Grund einfallen, warum er es getan haben könnte. Aber hatte man ihr nicht genau das vorgehalten? Daß sie keinen Grund gehabt hatte, daß sie selbst schuld war?

»Der Kommissar hat wohl 'ne hübsche Leiche im Keller gehabt, wenn er sich die Kugel gibt, was?« sagte Wachtmeister Kröpplin, als sie in die Gefängniswache kamen.

»Halt dein verdammtes Maul!« fuhr ihn Martin Heynel an.

Es war das erste Mal, daß der Oberwachtmeister während der Untersuchungen keinen der üblichen derben Scherze machte, und auch nach der Rückkehr ins Büro blieb er einsilbig. Laura gab es bald auf, mit ihm ein Gespräch anfangen zu wollen, und sie war froh, als sie Dienstschluß hatte. Auf dem Flur war es still, aus Biddlings Büro drang ein Geräusch. Sie klopfte, und ein zögerliches Herein erklang. Paul Heusohn saß an Biddlings Schreibtisch und wischte sich hastig über die Augen. Der Junge sah erschreckend aus.

»Hat sich etwas Neues ergeben?« fragte Laura.

Er zeigte auf ein Blatt Papier. »Der vorläufige Sektionsbefund. Könnten Sie mir bitte sagen, was kardiovaskulär, Koronarsklerose und Vitalitätsdiagnose bedeuten?«

Laura las. »Erinnern Sie sich an Kommissar Biddlings Zusammenbruch? Wie ich vermutet habe, war er herzkrank. Bei oder unmittelbar nach der Schußabgabe muß er einen Herzschlag erlitten haben. Beides für sich genommen war tödlich, aber es läßt sich nicht genau sagen, woran er letztlich gestorben ist. Unter Vitalitätsdiagnose versteht man die Feststellung, ob eine Verletzung zu Lebzeiten oder nach dem Tode zugefügt wurde. Man erkennt es unter anderem an Gewebseinblutungen in der Umgebung von Wunden, die nur nachweisbar sind, solange ein Mensch lebt.«

»Ja, aber wenn diese Gewebsblutung fast nicht feststellbar ist, heißt das dann nicht, daß Herr Biddling schon so gut wie tot war, als der Schuß abgegeben wurde? Daß er die Waffe gar nicht mehr selbst halten konnte?«

Laura zuckte die Schultern. »Die Unterscheidung ist im Einzelfall nicht immer ganz einfach. Man müßte weitere Untersuchungen anstellen, aber ich glaube nicht, daß das gemacht wird. Der Befund ist ja ansonsten eindeutig.«

»Nein!« Der Junge schrie es fast. »Der Kommissar hat das nicht getan!« Seine Stimme wurde zum Flüstern. »Wir haben zusammengearbeitet. Ich hätte etwas gemerkt. Ganz bestimmt, Fräulein Rothe.«

Sie schluckte. »Ich war mehrere Jahre in Krankenhäusern tätig, Paul. Man sieht es Menschen nicht an, wozu sie in der Lage sind.«

Er stand auf und nahm seine Jacke. »Am schlimmsten ist das Gefühl, versagt zu haben. Schuld zu sein, weil man blind war. Und nur die eigenen Sorgen im Kopf hatte. Einen schönen Abend noch.«

Im Rapunzelgäßchen warf die untergehende Sonne Muster auf die Fassaden. Heiner Braun saß auf seinem *Belvederche* und blickte ins Leere.

»Darf ich mich ein wenig zu Ihnen setzen?« fragte Laura. Er deutete auf den Stuhl neben sich. Sie nahm Platz. »Wußten Sie, daß Herr Biddling sehr krank war?«

Heiner sah sie fassungslos an. »Nein!«

Laura berichtete von seinem Zusammenbruch im Büro und dem Autopsiebefund. »Ich vermutete gleich, daß es nicht der erste Anfall war. Meinen dringenden Rat, einen Arzt aufzusuchen, wies Herr Biddling ab. Bitte sagen Sie mir, was in dem Brief steht, Herr Braun.«

»Er kann das nicht geschrieben haben. Unmöglich.«

»Seine Frau hat das Recht, seine letzten Worte …«

»Victoria wird dieses Pamphlet bestimmt nicht zu Gesicht bekommen!«

»Nach dem Sektionsbefund gibt es keinen ernsthaften Zweifel mehr, daß es Selbstmord war. Seien Sie vernünftig. Bitte.«

Sie sah, wie er seine Finger ineinander verkrampfte. »Vielleicht hat er etwas herausgefunden… Dinge, die mit seiner Familie zu tun haben.«

Laura dachte an den Brief aus Stuttgart, und ihr wurde heiß. War am Ende sie verantwortlich? Hatte Biddling ihr Büro durchsucht, weil er glaubte, daß sie ihm Informationen vorenthielt? War er deshalb so kurzangebunden gewesen?

»Was ist denn?« fragte Heiner.

Laura wich seinem Blick aus. »Paul Heusohn sagte mir, daß man ein anonymes Schreiben bei Herrn Biddling gefunden hat, in dem es um ein Treffen am Grindbrunnen ging.«

»Könnten Sie dieses Schreiben für mich einsehen?«

»Was haben Sie vor, Herr Braun?«

»Zweifel säen«, sagte er leise. »Mindestens so lange, bis er ordentlich begraben ist.«

Sie wußte, was er meinte. Selbstmördern standen weder Ehrungen noch ein kirchliches Begräbnis zu. »Sie bekommen, was Sie wollen. Wenn Sie mir sagen, was in dem Abschiedsbrief steht.«

Heiner ging ins Haus. Es dauerte eine Weile, bis er zurückkam. Mit einer müden Geste gab er Laura das Schreiben. Lieblosere Worte hatte sie selten gelesen. Entweder war der Kommissar bis ins Mark getroffen oder nicht mehr bei Sinnen, oder den Text hatte tatsächlich jemand anderes verfaßt. Sie sah Braun an. »Sie müssen den Brief abgeben. Wenn Sie es nicht tun, wird Biddlings Frau Sie eines Tages dafür hassen.«

»Ja.«

In dem einen Wort schien alle Traurigkeit der Welt vereint.

✳

»Nein!« rief Cornelia von Tennitz. »Ich werde nicht mit Ihnen sprechen, und ich werde Sie auch nicht empfangen! Morgen auch nicht! Nein! Ich bin Ihnen keine Erklärung schuldig! Das sollten besser Sie tun!«

Andreas Hortacker hörte seine Schwester im Salon reden, als er ins Haus kam. Es wurde still, und er ging zu ihr hinein. Sie saß zusammengesunken auf dem wassergrünen Sofa unter dem Telephonapparat. Ihr Gesicht verhüllte ein Trauerschleier.

»Guten Abend, Cornelia.«

Ihr Kopf schnellte hoch. »Hast du mich wieder belauscht, ja?«

»Ach was. Ich bin gerade vom Reiten gekommen.«

»Ist es so schwer zu begreifen, daß ich niemanden sprechen will? Habe ich nicht das Recht auf ein bißchen Einsamkeit?«

Andreas sah ihre Augen nicht, aber er war sicher, daß sie mit den Tränen kämpfte. Er setzte sich zu ihr und streichelte ihre behandschuhten Hände. »Geht dir der Tod von Kommissar Biddling so nah? Ich dachte, euer Verhältnis war nicht sonderlich eng?« Er wollte ihr den Schleier nehmen, aber sie hielt ihn fest.

»Bitte, Cornelia, sag mir, was du hast.«

»Ich trauere um mein Leben«, sagte sie leise. »Um unsere bunten Schlösser, in die wir niemals einziehen konnten.« Andreas nahm sie in den Arm, und sie weinte wie ein Kind.

✳

»Ich habe einige Fragen an Sie«, sagte Kommissar Beck. Helena goß ihm Kaffee ein und entschuldigte sich.

»Fragen Sie«, sagte Heiner.

»Ich habe gestern die Akte Wennecke durchgesehen. Es gibt keinen Hinweis darauf, daß Biddlings Tod irgend etwas mit diesem Fall zu tun hat.«

»Das mag sein.«

»Hatte Biddling private Probleme?«

»Nicht, daß ich wüßte.«

»Irgend etwas muß vorgefallen sein! Es bringt sich doch niemand ohne Grund um!«

»Wenn es überhaupt ein Selbstmord war.«

»Es war einer, so wahr ich hier sitze.«

»Und warum ermitteln Sie dann überhaupt noch?«

Beck rührte in seinem Kaffee. »Sie waren in Biddlings Büro und haben anschließend sofort eine Fahndung nach ihm eingeleitet. Warum?«

»Seine Frau war in großer Sorge, weil er noch nicht zu Hause war.«

»Biddling hat öfter abends Außenermittlungen durchgeführt. Und ich weiß, daß er nicht immer gesagt hat, wo und bei wem. Weshalb also diese überhastete Suchaktion?«

»Warum sagen Sie nicht einfach, was Sie von mir wollen?«

»Also gut, Braun: Wo ist der Abschiedsbrief?«

»Bitte?«

»Ein Mann wie Biddling schießt sich nicht einfach wortlos eine Kugel in den Kopf!«

Anna Frick kam herein. Sie sah Beck und fuhr zusammen. »Sind Sie meinetwegen hier?«

»Nein«, sagte er. »Ich untersuche den Tod von Kommissar Biddling und befrage Herrn Braun.«

Auf ihrem Gesicht machte sich Erleichterung breit. »Dann möchte ich nicht stören.«

»Hat Herr Biddling Ihnen nicht eine Arbeit im Kaufhaus seines Schwagers vermittelt?«

»Ja.« Ihr Augenlid fing an zu zucken. »Über Herrn Kommissar Biddling kann ich aber nichts sagen! Gar nichts. Bitte entschuldigen Sie mich.«

Bevor Beck etwas erwidern konnte, war sie verschwunden. Er schlug mit der Faust auf den Tisch. »Herrgott noch mal! Wie soll ich die Wahrheit herausfinden, wenn mir jeder nur Märchen auftischt?«

»Daß sie Angst vor Ihnen hat, ist begreiflich«, sagte Heiner.

»Ach ja? Hat sie Ihnen erzählt, was für ein Unmensch ich bin?«

»Sie mußte nichts sagen.«

Beck stand auf. »Eine weitere Befragung hat wohl keinen Sinn.«

»Nein«, sagte Heiner. »Denn Sie haben Ihr Urteil ja gefällt.«

»Sie doch auch«, erwiderte Beck und ging.

Kurz darauf kam Anna Frick zurück. »Kann ich Sie bitte sprechen?«

Heiner deutete auf einen Stuhl. »Sollten Sie wegen Kommissar Beck Befürchtungen haben, kann ich Sie beruhigen.«

Sie setzte sich. »Nein. Es geht um … Ich möchte das nicht, Herr Braun.«

Er sah sie verständnislos an. »Was möchten Sie nicht?«

»Bitte verstehen Sie mich nicht falsch. Ich bin dankbar, daß Sie mir die Miete ermäßigt und bei Frau Lichtenstein ein gutes Wort eingelegt haben. Eine weitere Unterstützung ist nicht nötig.«

»Ich weiß wirklich nicht, was Sie meinen.«

»Die Zahlung an den Vormund meines Sohnes! Ich finde …«

»Hat Fräulein Rothe doch geplaudert? Sehen Sie's als kleine Spende an.«

»Es handelt sich nicht um eine kleine Spende, Herr Braun«, sagte Anna Frick ernst.

Je länger Laura darüber nachdachte, desto sicherer war sie, daß Biddlings Selbstmord mit dem Bericht aus Stuttgart zusammenhing. Er mußte irgend etwas herausgefunden haben, das so schlimm war, daß er damit nicht weiterleben konnte. Aber was? Die einzige, die ihr eine Antwort geben konnte, war Gräfin von Tennitz.

Am Montag machte Laura pünktlich Feierabend, und als Martin Heynel lächelnd zur Decke deutete, schob sie einen wichtigen Termin in der Centrale für private Fürsorge vor. Sie mußte endlich Klarheit haben.

Sie fühlte Schmerz und Beklemmung, als sie vor der Villa der Gräfin aus der Droschke stieg. Was für ein perfektes Paar Martin und Vicki Biddling abgegeben hatten! Wie verliebt sie ihn beim Tanzen angeschaut hatte! Und dann die Begegnung im Garten. Die Gräfin war wütend gewesen, aber in ihren Augen hatte Angst gestanden. Weil sie es nicht ertrug, daß jemand sie schwach und hilflos sah? War das Bild im flackernden Lichtschein doch keine Gaukelei gewesen? Mit Gewalt verdrängte Laura ihre Gedanken und schellte.

Ein rothaariges Dienstmädchen öffnete. »Gräfin von Tennitz empfängt heute keinen Besuch.«

»Es ist wichtig!« beharrte Laura.

»Ich bedaure. Frau Gräfin ist krank.«

»Sagen Sie ihr, Polizeiassistentin Rothe ist da, und es geht um Leben und Tod!«

Das Mädchen erschrak und verschwand. Es dauerte lange, bis sie wiederkam. Laura folgte ihr über eine breite Marmortreppe in einen Salon im ersten Stock. Teppiche und Vorhänge waren schlicht, die wenigen Möbel ausgesucht plaziert. Vom Handgriff der Tür bis zu den mit floralen Motiven bedruckten Tapeten strahlte der Raum Würde aus. Die Gräfin stand am Fenster. Sie trug eine hochgeschlossene Empfangstoilette und einen Trauerschleier. »Um was geht es?«

»Ich möchte Sie etwas fragen, das vielleicht im Zusammenhang mit Herrn Biddlings Tod steht«, sagte Laura »Er war in der vergangenen Woche bei Ihnen. Es ging um Cilla Rebenstadt.«

»Von Ihnen stammt das also! Mein Schwager hat wortreiche Ausflüchte gemacht, als ich insistierte, wer solche Indiskretionen weitergibt. Wer weiß noch davon?«

»Nur Herr Biddling, ich, und ein Informant aus Stuttgart.«

»Wer ist der Informant?«

Laura überlegte, was sie sagen könnte, ohne Henriette Arendt in Verlegenheit zu bringen. Cornelia von Tennitz nahm ihr die Entscheidung ab. »Sie wollen wissen, ob es wahr ist, was in diesem Bericht steht? Ja. Aber es ist nicht die ganze Geschichte.«

»Verzeihen Sie. Ich wollte Ihnen bestimmt nicht zu nahe treten.«

Sie lachte. Es klang bitter. »Da Sie nun einmal angefangen haben, in meiner Vergangenheit zu graben, kann ich Ihnen den Rest auch erzählen, oder? Unter der Voraussetzung allerdings, daß ich mich auf Ihre absolute Verschwiegenheit verlassen kann.«

Laura nickte. Cornelia von Tennitz zog die Gardine beiseite und sah in den Garten hinaus. »Ehrenfried Gandolf Graf von Tennitz brachte außer seinem adligen Namen nur eins mit in unsere Ehe: jede Menge Schulden. Er brauchte so dringend Geld, daß er den Teufel höchstpersönlich geheiratet hätte, um welches zu bekommen. Ich war für ihn nie mehr als eine lukrative Partie. Schon in der Hochzeitsnacht hätten mir die Augen aufgehen müssen, aber was wußte ich denn davon, wie Männer mit Frauen umgehen? Eines Tages stellte er Cilla ein, damit ich etwas Gesellschaft hätte.« Sie lachte höhnisch. »Wir verstanden uns bestens. Kluge Bücher haben wir gelesen, zitiert und interpretiert, dumme Rosenbilder gemalt, harmlose Liedchen intoniert, italienische und französische Nachmittage abgehalten. *Dolce far niente! Comme il faut.* Süßes Nichtstun, wie es sich für eine Dame meines Standes gehört.

Zwischendurch mußte Cilla für meinen Mann arbeiten. Sein Büro lag in einem Seitentrakt unserer Villa, ich hatte keinen Zutritt, und ich hätte es auch nie gewagt, mir welchen zu verschaffen. Es war an einem Sonntag. Ich war schwanger, und meine Zofe hatte Ausgang. Ich bekam starke Schmerzen. In meiner Not wollte ich meinen Mann um Hilfe bitten. Sein Büro war leer, aber von irgendwoher hörte ich Stimmen. Neben dem Kamin entdeckte ich eine Geheimtür.«

Sie drehte sich zu Laura um. Der Schleier vor ihrem Gesicht bewegte sich im Takt ihrer Worte. »Sie kommen aus Berlin. Da wird Ihnen der Name Strachwitz vielleicht ein Begriff sein?«

»Die Dreschgräfin«, sagte Laura. »Zwei ihrer Gespielen hat mein Oberarzt behandelt. Allerdings inoffiziell.«

»Dann brauche ich ja nichts zu erklären. Die Marterkammer

hinter unserem Kamin hätte der Strachwitz zur Ehre gereicht. Und Cilla ebenso! Die Frau, der ich jahrelang vertraut hatte, hatte mich aufs schändlichste hintergangen. Ich bestand darauf, daß sie sofort entlassen wurde. Zwei Jahre später wurde mein Mann sehr krank. Ich habe ihn bis zu seinem Tod gepflegt.«

»Und Ihr Kind?« fragte Laura.

»Es starb. Genau wie die anderen.«

»Das tut mir leid.«

»Es ist vorbei.«

»In dem Bericht aus Stuttgart wird erwähnt, daß Ihr Gatte gewissen Geschäften mit Kindern nachgegangen sei.«

»Zu beweisen war ihm nie etwas. Und daß er mir nichts darüber sagte, können Sie sich wohl denken.«

Laura nickte. »Warum kam Cilla, äh, Zilly, nach Frankfurt?«

»Wir verkehren nicht in den gleichen Kreisen.«

»Haben Sie mit ihr gesprochen?«

»Ich habe ihr klargemacht, daß sie den Mund zu halten hat.«

»Warum haben Sie Kommissar Biddling nicht früher gesagt, daß Sie Zilly kennen?«

»Welche Frau erzählt ihrem Schwager schon gern, daß sie die Hure ihres Ehemannes zur Gesellschafterin hatte?« Sie lachte. »Glauben Sie etwa, er habe sich derart für meine Vergangenheit geschämt, daß er sich umbringt?«

»Wissen Sie, ob er auch mit Zilly gesprochen hat?«

»Er sagte, daß er sie aufsuchen will. Ob er es getan hat, fragen Sie sie am besten selbst. Nachdem ich Ihnen gesagt habe, was Sie wissen wollten, werden Sie diesen unseligen Bericht hoffentlich vernichten?«

Laura nickte und gab ihr die Hand. »Ich bedanke mich für Ihre Offenheit, Frau von Tennitz.«

Die Gräfin wollte etwas sagen, als es klopfte. Das rothaarige Mädchen führte Martin Heynel herein. Er starrte Laura, dann Cornelia von Tennitz an. »Welche verdammte Komödie führen Sie jetzt wieder auf, Gräfin?«

»Keine, deren Witz Sie begreifen könnten, Oberwachtmeister. Wenn Sie mich bitte entschuldigen wollen? Ich fühle mich nicht wohl.«

Er setzte an etwas zu sagen, aber die Gräfin schüttelte den Kopf. Laura hatte Martin nie zuvor so wütend gesehen. »Ein Termin in der Centrale für private Fürsorge, ja?« sagte er, als sie das Haus verließen.

»Ich weiß nicht, warum du dich über eine Nichtigkeit so aufregst.« Sie lächelte. »Ich brauche deine Hilfe. Ich muß mit Zilly reden.«

»Worüber?«

»Ich habe den Verdacht, daß sie den Grund für Kommissar Biddlings Selbstmord kennt.«

»Hör auf, deine Nase in Dinge zu stecken, die dich nichts angehen!«

»Kommissar Biddling war dein Kollege. Er sollte sogar dein Schwiegervater werden. Ist es da nicht angebracht, alles daran zu setzen, die Umstände seines Todes aufzuklären?«

»Dafür ist Beck zuständig.« Er hielt eine vorbeifahrende Droschke an und forderte Laura auf, einzusteigen. Als sie sich weigerte, zuckte er die Schultern. »Schade. Ich wollte dich zu einer Tasse Kaffee bei mir zu Hause einladen.«

»Ich dachte, deine Wirtin schätzt keinen Damenbesuch?«

Er zeigte auf ihre Schwesterntracht. »Ich werde behaupten, ich sei fürchterlich krank.«

Laura war zu neugierig, um abzulehnen. Die Droschke fuhr in Richtung Palmengarten und hielt vor einem viergeschossigen, mit Renaissanceornamenten, Erkern und präsentablen Balkonen ausgestatteten Mietshaus in der Königsteinerstraße. Überrascht stieg Laura aus. Heiner Braun hatte recht: Es war ein nobles Wohnquartier für einen Oberwachtmeister.

Martin Heynel bemerkte ihren Blick und lächelte. »Ich hatte ein einziges Mal Glück in meinem Leben: ein geschenktes Lotterielos, und es gewann.«

Seine Wohnung lag im dritten Stock; er bat Laura in einen kleinen Salon. Die schweren Möbel und die überreich drapierten Vorhänge schienen den Raum schier zu erdrücken. Hinter einer orientalischen Mohrenstatue hing ein monströses Raubtierfell, auf einem Vertiko stand antikes Schmuckgeschirr.

»Du mußt ja ordentlich in der Lotterie gewonnen haben«, bemerkte Laura.

Er grinste. »Wie du siehst, habe ich das Geld gut angelegt. Es reicht sogar für ein Mädchen. Aber das hat heute seinen freien Tag.« Er nahm ihr das Häubchen ab und löste ihr Haar. Seine Lippen berührten ihre Nase, ihren Mund, ihren Hals. Laura atmete seine Haut und einen Hauch Tabak. Sie wollte sagen, daß sie es nicht ertrug, nur seine Mätresse zu sein, daß sie sich ausgenutzt fühlte, daß sie todunglücklich war. »Ich liebe dich«, flüsterte sie.

»Und ich bin verrückt«, sagte er lächelnd. »Komplett verrückt nach dir.« Er knöpfte ihr Kleid auf, nestelte an ihrem Mieder. »Ich habe gehört, du warst am Freitag abend mit Wachtmeister Braun in Biddlings Büro.«

»Ja. Warum?«

Seine Lippen liebkosten ihre Brüste, seine Hände glitten zwischen ihre Beine. »War etwas anders als sonst?«

Stöhnend hielt sie sich an ihm fest. »Martin …«

»Bitte, Liebes. Versuch dich zu erinnern.«

»Nein … Nein, es war nichts.«

»Komm schon, Laura! Denk nach!«

Sie stieß ihn von sich. »Was soll das?«

»Du wolltest Biddlings Tod aufklären, oder?«

»Was hat der Zustand seines Büros damit zu tun?«

Seine Finger wanderten ihren Arm entlang. »Vergiß es.«

Sie knöpfte ihr Kleid zu. »Ich habe keine Lust mehr, für dich bloß Mittel zum Zweck zu sein.«

»Laura, bitte! Du verstehst das ganz falsch.«

»Ach? Wie sollte ich es denn verstehen?«

Er lächelte. »Deine Augen leuchten, wenn du wütend bist.«

»Was wolltest du von Gräfin Tennitz?«

»Sie hat mich im Präsidium angerufen und gebeten, sofort zu kommen. Und was wolltest du von ihr?«

»Du lügst! Sie ist krank und wollte nicht einmal mich empfangen.«

Er streichelte ihr Haar. »Ich habe dir schon einmal gesagt, daß sie ein mieses, kleines Spiel mit dir treibt.«

Sie nahm seine Hände weg. »Es fragt sich, wer hier ein mieses Spiel treibt, Oberwachtmeister!«

»Wenn ich meinen schützenden Arm von dir wegziehe, fällst du schneller in die Grube, als dir lieb ist, Polizeiassistentin.«

»Ich habe keine Angst vor dir.«

»Was glaubst du denn, für wen es schlimmere Folgen hat, wenn unsere Liaison öffentlich wird, hm? Ich werde behaupten, du bist eine Zuspätgekommene und hast mich mit deinen Reizen so hartnäckig und hinterlistig umgarnt, bis ich gar nicht anders konnte, als nachzugeben. Das ist zwar absurd, aber man wird mir glauben, schon deshalb, weil man sich keinen Skandal leisten kann. Polizeirat Franck wird es ein Vergnügen sein, dich zu entlassen. Eine Nachfolgerin wird er allerdings kaum verhindern können. Und schon hat die Gräfin ihr Ziel erreicht.«

»Und der arme verführte Oberwachtmeister ehelicht die wunderschöne reiche Vicki Biddling, die ihm die Zuspätgekommene generös verzeiht. Sie gebärt ihm dankbar ein paar Kinder, und er gibt überglücklich ihr Geld aus, und so leben sie in trauter Eintracht, bis der Tod sie scheidet.«

Er grinste. »Du hast recht. Wir haben beide ein gesteigertes Bedürfnis, daß unser kleines Geheimnis ein Geheimnis bleibt.«

Laura konnte nicht verhindern, daß ihr die Tränen in die Augen schossen.

»Ich weiß nicht, was in deinem Kopf vor sich geht! Aber was es auch ist, das mit uns ist vorbei.«

Auf der Straße bemerkte sie, daß sie ihr Häubchen vergessen hatte.

✳

Georg und Margarethe Biddling trafen am Sonntag nachmittag mit dem Zug aus Berlin ein, und kaum waren sie im Haus, übernahm Georg das Regiment. Victoria war ihm dankbar dafür. Sie hatte keine Kraft mehr, sich mit ihrem Vater wegen jeder Kleinigkeit zu streiten.

Abends kam Georg Biddling zu ihr in die Bibliothek. Das Sofa ächzte unter seinem Gewicht. »Entschuldige, Kindchen, aber deinem Herrn Vater mußte ich leider etwas die Meinung geigen. Was die Beerdigung angeht, hat er nichts mehr zu melden. Die Kosten übernehme samt und sonders ich.«

»Danke, Georg.« Victoria setzte sich zu ihm. »Ich bin froh, daß du da bist. Und ich glaube, Flora tut es auch gut.«

Er nahm ihre Hand. »Mit Vicki wird es schon wieder. Morgen früh rede ich mit ihr, ja?«

»Hätten wir bloß auf dich gehört.«

»Richard hat meine Meinung selten interessiert.« Er lächelte. »Mein angeheirateter Sohn war ein rechter preußischer Sturkopf, und wir hatten es nicht immer leicht miteinander. Aber er war ein feiner Mensch.«

»Er fehlt mir so sehr«, sagte Victoria leise.

Aus Georg Biddlings sonst so fröhlichen Augen löste sich eine Träne. »Mir auch, Kindchen.«

Am nächsten Tag kam Andreas Hortacker vorbei. Vicki weigerte sich, ihn zu empfangen, und er saß lange mit Victoria und Georg Biddling zusammen.

Es dämmerte schon, als Vicki abends ihr Zimmer verließ. Ihr Gesicht hob sich wie eine Porzellanmaske vom Schwarz ihrer Haare und ihres Kleides ab.

»Wo willst du denn hin?« fragte Victoria.

»Ich fahre aus.«

»Nimm bitte ein Mädchen mit, ja?«

»Du bist nicht meine Mutter! Ich brauche mir von dir überhaupt nichts vorschreiben zu lassen!«

Victoria wollte etwas sagen, aber sie konnte nicht. Sie wandte sich ab und hoffte, daß ihre Tochter ihre Tränen nicht gesehen hatte.

Vicki ließ sich zum Polizeipräsidium bringen und danach in die Königsteinerstraße. Martin Heynel öffnete ihr die Tür. »Ich hab's doch gewußt, daß du …« Er brach ab und starrte sie an.

»Hattest du jemand anderen erwartet?« fragte sie tonlos.

Er schüttelte den Kopf und nahm ihre Hand. »Es tut mir so leid.«

»Ich muß mit dir reden.«

Er führte sie in den Salon und rückte ihr einen Sessel zurecht. »Woher weißt du denn, wo ich wohne?«

»Dein Kollege hat es mir gesagt.« Sie verzog das Gesicht. »Er war betrunken!«

Er streichelte ihr Haar. »Wie geht es dir?«

Sie kämpfte mit den Tränen. »Ich bin gekommen, um dir zu sagen, daß unter den gegebenen Umständen eine Hochzeit nicht in Frage kommt.«

»Das verstehe ich, Liebes.«

»Ich weiß nicht, ob wir überhaupt …« Sie stutzte und hob Lauras Häubchen auf. »Was ist das denn?«

Er nahm es ihr lächelnd ab. »Mein Mädchen ist leider überaus liederlich. Ich werde sie entlassen müssen.«

Sie stand auf und versuchte, eine gleichmütige Miene zu machen. »Ich meine, in Anbetracht der Umstände sollten wir uns besser nicht wiedersehen.«

Er faßte ihre Hände. »Ich wollte ganz bestimmt nicht, daß du die Wahrheit auf diese schäbige Weise erfährst, und ich mache mir schreckliche Vorwürfe.«

»Ich habe ihn weggeschickt! Ich …« Sie schlug die Hände vors Gesicht und weinte. »Ich kann nicht aufhören zu denken, daß er es meinetwegen getan hat. Daß ich schuld bin.«

Martin Heynel nahm sie in seine Arme. »Bitte, Vicki, glaube mir: Der Tod deines Vaters hat nichts mit eurem Streit zu tun. Und auch nichts mit unseren Heiratsplänen.«

Sie sah ihn aus rotgeweinten Augen an. »Woher weißt du das?«

»Wer wütend ist, kann nicht zugleich verzweifelt sein, oder? Und dein Vater war sehr wütend auf mich.«

»Warum wollte er denn nicht, daß wir heiraten?«

Er berührte ihre Wangen. »Weil er dich davor bewahren wollte, ein Leben zu führen, das größtenteils aus Warten besteht.«

»Aber wenn mir ein Mensch etwas bedeutet, warte ich doch gern auf ihn.«

»Er glaubte, ich sei nicht gut genug für seine wunderschöne Prinzessin. Und er hatte recht.«

»Martin! Wie kannst du so etwas sagen!« Sie schlang die Arme um seinen Hals. »Ich liebe dich doch so sehr.«

✳

An das
Kgl. Polizeipräsidium
Neue Zeil 60

z. Hd. des ermittelnden Beamten i.S. Ableben des Kriminal-
kommissars Biddling

Ich war am Freitag, dem 17.6., frühmorgens mit einem Be-
kannten in der Stadt unterwegs. Gegen 5¹/₂ Uhr haben wir
beobachtet, wie Herr Kriminalkommissar Biddling zu zwei
Männern in ein Automobil gestiegen und weggefahren ist.
Herr Biddling ist mir aus dem Mordprozeß Lichtenstein
bekannt. Deshalb bin ich sicher, daß er es war.
Das Automobil stand an dem großen Torbogen in der
Kronprinzenstraße. Mein Bekannter sagt, es sei ein Wagen
gewesen, wie ihn der Schriftsteller Bierbaum für seine Reise
von Berlin nach Sorrent benutzt hat. Auf jeden Fall war er rot.
Die beiden Männer hatten helle Staubmäntel und Leder-
kappen an. Ihre Gesichter konnten wir wegen der Automobil-
masken nicht erkennen.
Wir halten es für unsere Pflicht, Sie über die Beobachtung in
Kenntnis zu setzen. Aus Gründen der Diskretion können wir
unsere Namen nicht nennen.

✳

In der Bibliothek war es still und düster wie in einer Gruft. Auf dem Tisch vor dem Kamin brannte eine Kerze. Victoria wußte nicht, ob es Morgen oder Abend war, und es interessierte sie auch nicht. Sie strich über den abgegriffenen Einband des schmalen Buches, schlug die vergilbten Seiten auf. Die Buchstaben schienen im flackernden Licht zu tanzen. *Haben Sie etwa das ganze Buch auswendig gelernt? Nein, nur das, was wichtig ist, Herr Kommissar.* Nichts war mehr wichtig. Ihre Tränen tropften aufs Papier.

»Guten Tag, Victoria«, sagte Heiner Braun von der Tür. »Sie sollten ein bißchen Sonne hereinlassen.«

»Wozu?«

Er zog die Vorhänge zurück und öffnete die Fensterläden. »Damit Sie den Sommer sehen.«

»Richard kann den Sommer auch nicht mehr sehen.« Sie klappte das Buch zu. »Mit Detektiv Dupin hat es damals angefangen«, sagte sie leise. »Erinnern Sie sich, als ich bei Ihnen war, um wegen Eduard auszusagen? Richard hat mir dieses Buch nach dem Verhör geschenkt. Und ich wußte nicht, ob ich ihn lieben oder hassen sollte.«

»Wir waren nicht besonders nett zu Ihnen, hm?«

»Bitte … Er würde doch nicht gehen, ohne ein einziges Wort?«

Heiner Braun setzte sich zu ihr. »Sie hatten mich gebeten, Ihnen das Ergebnis der ärztlichen Untersuchung mitzuteilen, Victoria.« Mit behutsamen Worten erklärte er ihr das Autopsieergebnis. Auch Laura Rothes Feststellung verschwieg er nicht.

Victoria zerknitterte ihr Taschentuch. »O Gott. Und ich habe nichts von seiner Krankheit gewußt, nicht einmal etwas geahnt.«

»Mir hat er auch nichts gesagt. Und Fräulein Rothe wüßte ebenfalls nichts, wenn sie nicht zufällig in sein Büro gekommen wäre.«

Victoria fuhr sich mit dem Taschentuch übers Gesicht. »Niemand bringt ihn mir wieder zurück. Aber daß er kein Vertrauen gehabt hat, daß ich schuld sein könnte …«

»Bitte machen Sie sich nicht solche Vorwürfe. Noch steht nicht zweifelsfrei fest, ob es wirklich Selbstmord war.«

»Aber Kommissar Beck sagt …«

»Der Vorgesetzte Ihres Mannes läßt nach wie vor in alle Richtungen ermitteln.« Heiner Braun drückte ihre Hand. »Wenn sie im Präsidium die Wahrheit nicht herausfinden, werde ich es tun. Das verspreche ich Ihnen.«

✳

Polizeirat Franck bekam den Brief am Dienstag kurz vor dem Mittagessen, also zu einem denkbar schlechten Zeitpunkt. Er war an ihn persönlich adressiert, hatte keinen Absender und weder Anrede noch Unterschrift.

Man hat Biddlings Abschiedsbrief verschwinden lassen.
Fragen Sie Wachtmeister Braun.

Wütend warf er das Blatt auf seinen Schreibtisch. Er haßte Leute, die ihren Namen nicht sagten. Er klingelte nach seinem Gehilfen und trug ihm auf, sofort Kriminalwachtmeister im Ruhestand Braun einzubestellen.

✳

Kommissar Beck wirkte zufrieden, als er am Dienstag spätnachmittags von einer Unterredung mit Polizeirat Franck zurückkam. Paul Heusohn war dabei, sein Stehpult einzurichten. Auch die Schreibmaschine und ein Aktenschrank waren aus Biddlings in Becks Büro umgestellt worden. Beck setzte sich an seinen Schreibtisch und nahm die Tageszeitung zur Hand. »Sie können im Präsidium bleiben, Heusohn.«

»Danke, Herr Kommissar.«

»Ich stelle fest, Sie sprühen nicht gerade vor Begeisterung.«

»Bitte … Ich weiß, Sie sind sehr beschäftigt. Aber hat sich vielleicht etwas aus meiner Feststellung im Nizza ergeben?«

Beck sah ihn verärgert an. »Davon abgesehen, daß ich es reichlich dreist von Ihnen finde, eigenmächtig Ermittlungen vorzunehmen, nein.«

»Der Spaziergänger sagte mir, daß er den Jungen erst um Viertel nach fünf mit dem Herrn Kommissar vom Grindbrunnen hat weggehen sehen. Seine Frau hat aber behauptet, Herr Biddling sei schon um kurz vor vier aus dem Haus gegangen. Warum ließ man ihn so lange im Nizza warten? Und dann ist ja noch die Frage zu beantworten, wie er zu diesem Ort im Wald kam und warum...«

»Es war ein Selbstmord, Heusohn!«

»Aber Herr Polizeirat Franck...«

»Herrgott noch mal! Sind Sie so begriffsstutzig oder tun Sie nur so? Ein Kriminalbeamter, der sich umbringt, ist nicht gerade gut fürs Renommée. Außerdem muß man Rücksicht auf die Familie nehmen. Nach der Beerdigung werde ich meinen Ermittlungsbericht vorlegen.«

»Bitte sagen Sie mir, wo genau man ihn gefunden hat, Herr Kommissar.«

»Nein. Es reicht, wenn Sie ungefragt am Grindbrunnen herumschnüffeln.« Der Junge wollte etwas sagen, aber Beck fiel ihm ins Wort. »Die Akte befindet sich bei Polizeirat Franck, und dort wird sie bleiben, bis die Sache abgeschlossen ist.«

»Es gibt Anhaltspunkte, die...«

»Ich verbiete Ihnen, weitere Ermittlungen oder Überlegungen in dieser Sache anzustellen. Habe ich mich klar ausgedrückt?«

Der Junge sah auf sein Pult und schwieg.

»Ich will wissen, ob Sie mich verstanden haben!«

»Ja.«

Beck räusperte sich. »Ich weiß, daß Sie Herrn Biddling sehr geschätzt haben, aber es hilft nichts, die Wahrheit zu leugnen, Junge.« Als Paul Heusohn nichts sagte, fügte er hinzu: »Polizeirat Franck hat mir eben Biddlings Abschiedsbrief gezeigt.«

Paul Heusohn fuhr herum. »Das ist... Dürfte ich ihn sehen? Bitte, Herr Kommissar.«

542

Beck schüttelte den Kopf. »Nein, Heusohn. Und kein Wort darüber zu irgendwem!«

Es klopfte. Ein Polizeidiener kam mit einem blaßblauen Umschlag herein. »Zu Händen des ermittelnden Beamten in Sachen Ableben des Kriminalkommissars Biddling«, las er vor. »Das sind Sie, oder?«

Beck riß den Umschlag auf und überflog das Schreiben. Paul Heusohn sah ihn neugierig an. »Darf ich fragen, was …«

»Ich habe Ihnen gerade gesagt, daß Sie diese Sache nichts mehr angeht. Sollte es mir übrigens noch mal einfallen, Sie zum Essen einzuladen, möchte ich bitte nicht beleidigt werden.«

»Es tut mir leid, Herr Kommissar.«

Beck steckte den Brief ein. »Ich muß noch mal zu Polizeirat Franck. Lesen Sie derweil die Akte, die ich Ihnen hingelegt habe. Wenn ich wiederkomme, will ich wissen, was Sie von dem Zwischenbericht des Kollegen halten.«

Er hatte das Büro kaum verlassen, als Laura Rothe hereinkam. »Ich müßte kurz unter vier Augen mit Ihnen sprechen, Paul.«

»Es ist wegen meiner Mutter, nicht wahr?«

Laura nickte. »Die Gestellung der Pflegerin war eine vorübergehende Hilfsmaßnahme. Man erwartet im Armenamt von mir, daß ich sage, wie es weitergehen soll, wenn sich der Gesundheitszustand Ihrer Mutter nicht bessert.«

»Aber sie kann schon jeden Tag ein bißchen aufstehen, und ich tue alles, damit …«

»Das ist es ja gerade, Paul. Sie können nicht rund um die Uhr arbeiten.«

»Das macht mir nichts aus, Fräulein Rothe!« Seine Stimme wurde leise. »Bitte sagen Sie dem Amt, daß wir zurechtkommen, daß ich für meine Geschwister ordentlich sorge. Bitte.«

Laura legte ihm die Hand auf den Arm. »Was glauben Sie denn, wie lange Sie das durchhalten? Sie müssen auch ein bißchen an sich denken.«

»Mir geht es gut, wirklich. Aber wenn meine Geschwister in die Kinderherberge müßten oder zu irgendwelchen Leuten, die sie gar nicht kennen, die sie behandeln wie ... Bitte, tun Sie ihnen das nicht an!«

Laura sah die Verzweiflung in dem jungen Gesicht, und sie nickte. Obwohl sie wußte, daß sie ihm nicht würde helfen können.

＊

Am Tag der Beerdigung regnete es. Heiner Braun kam allein, Maria war über Georg Biddlings Aufzug pikiert, Rudolf Könitz beleidigt und David betrunken. Victoria interessierte es nicht. Pfarrer Battenberg sprach eine Andacht. Seine Worte klangen fremd und fern wie die Menschen um sie herum fremd und fern waren. *Richard Friedrich Biddling, zweiundfünfzig Jahre alt. Hermann Richard Lichtenstein, zweiundfünfzig Jahre alt.* War das ihre Angst gewesen? Der Blick in einen Spiegel? Die Posaunen spielten einen letzten Gruß. Statt Anton Schick weinte Louise Kübler. Der Vertreter des Polizeipräsidenten legte einen Kranz nieder. Victoria hielt sich an Floras Hand fest. Plötzlich sah sie Richard in dem düsteren Hof stehen, damals, als sie glaubte, sie sähe ihn nie wieder. *Erfüllen Sie mir eine letzte Bitte, Herr Kommissar? Wenn Sie jemals eine Tochter haben werden: Erzählen Sie ihr vom Leben, lassen Sie sie frei sein.* Seine Antwort hatte rauh geklungen und traurig. *Ich verspreche es. Leben Sie wohl, Fräulein Könitz.* Victoria suchte Vickis Blick, aber sie sah an ihr vorbei. Die Bäume trugen graue Schleier. Als die erste Rose dem Sarg folgte, fiel der Himmel auf sie herab.

Zwei Tage später bestellte Polizeirat Franck Victoria ins Polizeipräsidium. Es war das erste Mal, daß sie den Vorgesetzten ihres Mannes traf. Er sprach sein Bedauern über Richards unerwarteten Tod aus, übergab ihr einen Karton mit der persönlichen Habe und erklärte, daß die Untersuchungen abgeschlossen seien. »Kommissar Beck hat mir das Ermittlungsergebnis vorgelegt. Ein Fremdverschulden am Tode Ihres Mannes kann ausgeschlossen werden.«

»Er hat sich nicht umgebracht«, sagte Victoria.

»Was macht Sie denn so sicher?«

»Er würde nicht gehen … ohne ein Wort.«

Polizeirat Franck holte ein Kuvert aus seinem Schreibtisch. »Das ist seine letzte Nachricht an Sie.«

Mit klopfendem Herzen nahm Victoria den Umschlag entgegen, auf dem maschinenschriftlich *Für Victoria* stand. »Woher haben Sie das?«

»Wachtmeister Braun fand den Brief am vergangenen Freitag im Schreibtisch Ihres Mannes.«

»Aber das ist unmöglich! Er hat mir gesagt …«

»Herr Braun glaubte offenbar, er müsse Sie schützen.«

»Wovor?«

Er zuckte mit den Schultern. »Herr Braun war nicht bereit, eine Erklärung abzugeben. Wenn Sie die Nachricht lesen, können Sie sich hoffentlich den passenden Reim darauf machen. Aufgrund der Umstände nehme ich an, daß es sich um eine private Problematik handelt.«

»Seit wann wissen Sie von dem Brief?« fragte Victoria tonlos.

»Herr Braun gab ihn mir am Dienstag, wenn auch nicht ganz freiwillig. Wir waren allerdings vorher schon überzeugt, daß es ein Selbstmord war.«

»Ich danke Ihnen für Ihre Offenheit, Herr Polizeirat.«

Er küßte ihr die Hand. »Es tut mir leid, daß der Anlaß unseres Gesprächs nicht erfreulicher war, gnädige Frau.«

Sie nickte und ging. Ihre Hände zitterten, als sie im Wagen den Bogen aus dem Umschlag nahm.

Victoria!
Mir bleibt kein anderer Ausweg mehr. Es ist vor allem auch
Deine Schuld. Bezahlen mußt Du jetzt selbst.
Richard

Es dauerte bis zum nächsten Tag, bevor sie in der Lage war, ins Rapunzelgäßchen zu fahren. Heiner Braun öffnete ihr die Tür.

Sie hielt ihm wortlos den Brief hin, und sein Gesicht wurde starr. »Bitte, kommen Sie herein.«

Sie schüttelte den Kopf. »Sie haben es zugelassen, daß ich die Abschiedsworte meines Mannes als allerletzte und von seinem Vorgesetzten erfahre!«

»Hören Sie mich an«, sagte er leise. »Bitte, Victoria.«

»Sie haben schon gewußt, daß er sich umgebracht hat, als ich nicht mal wußte, daß er tot ist.« Sie konnte nicht verhindern, daß ihr die Tränen übers Gesicht liefen. »Und Ihnen habe ich vertraut.«

»Lassen Sie mich erklären …«

»Eine Erklärung hätte ich mir zur rechten Zeit gewünscht. Die rechte Zeit ist vorüber.« Er wollte etwas sagen, aber sie drehte sich um und ging.

Es war später Nachmittag, als Laura von der Arbeit nach Hause kam. Heiner saß am Fenster in der Stube, ein Buch auf dem Schoß. Sein Gesicht war so grau, daß es ihr weh tat. »Sie sollten ein bißchen an die frische Luft gehen, Herr Braun.«

»Ach was. Es reicht mir, das Wetter von hier drinnen zu sehen.«

Laura zeigte auf das Buch. »Was studieren Sie Schönes?«

»Ein Gedicht von Friedrich Stoltze.«

»Etwas Heiteres tut Ihnen sicher gut.«

»Auch heitere Gemüter sind nicht immer froh.«

Laura las die aufgeschlagene Seite.

»Er schrieb es nach dem Tode seines Sohnes. Er wurde nur achtzehn Jahre alt.«

Sie klappte das Buch zu. »Wollen Sie mir nicht endlich mal das Geburtshaus von diesem Stoltze zeigen, bevor es abgerissen wird?«

Er sah aus dem Fenster. »Ja. Die Menschen sterben und die Häuser.«

»Ist Ihnen aufgefallen, daß es immer lauter wird bei Ihnen? Die Laren ziehen offenbar alle ins Rapunzelgäßchen.«

Es freute sie, daß er lächelte. Aber es hielt nicht lange vor. »Sie hatten recht. Victoria …«

»Sie haben nur das Beste gewollt. Wenn sie das nicht begreift, ist ihr nicht zu helfen!«

»Die Wahrheit war immer das, was ihr am wichtigsten war. Wissen Sie, als ich sie vor vielen Jahren kennenlernte …«

Laura holte seine Jacke. »Die Geschichte können Sie mir genausogut bei einem kleinen Spaziergang erzählen, oder?«

✳

Das Wochenende war heiß und sonnig. Auf der Straße lachten die Menschen, für Victoria schien die Sonne grau. Heiner Braun versuchte mehrfach, sie zu sprechen, doch sie weigerte sich, ihn zu empfangen. Wieder und wieder las sie Richards Brief. Auf wen oder was bezog er sich? Hundert Dinge fielen ihr ein, Auseinandersetzungen, die sie gehabt hatten, kleine und große Streitereien. War es ihre Freundschaft zu Hopf, die ihn so verletzt hatte? Oder daß sie ihm nicht geglaubt hatte, was Martin Heynel anging? Oder daß Vicki nicht mehr mit ihm sprechen wollte? Daß er geahnt hatte, wie krank er war? Aber er war nicht von selbst gegangen, sondern erst, nachdem er die Nachricht bekommen hatte! Mußte also nicht in diesen Worten die Ursache zu suchen sein? *Weh dem, der zu der Wahrheit geht durch Schuld.* Wessen Schuld? Seine? Ihre? Warum hatte er seinem Leben ausgerechnet an der Hütte ein Ende gesetzt? Hatte sein Tod am Ende etwas mit Eduards Tod zu tun? Aber das war so unendlich lange her! Was hatte sie ihm angetan, daß er sie mit dieser Ungewißheit zurückließ? Nicht einmal persönlich unterschrieben hatte er. Es gab Momente, in denen sie ihn dafür haßte.

Sonntag nacht hielt sie es nicht mehr aus. Sie stand auf und verließ das Haus. Die Straße war leer, am Himmel leuchteten Sterne. Die Treppe ins Nizza glänzte matt im Schein einer Laterne. Neben der kleinen Wandelhalle mit dem Brunnen stand eine Bank. Hatte er hier gesessen und gewartet? Welche Antwort hatte er so sehr ersehnt, daß er sein Versprechen gegenüber Flora brach? Sie wandte sich ab, ging zum Ufer, starrte ins

Wasser. Nur ein kleiner Schritt, und sie könnte für immer bei ihm sein.

»Das laß mal hübsch bleiben, Kindchen«, sagte Georg Biddling in ihrem Rücken.

Sie fuhr herum. Er lächelte. »Oder soll ich mir auf meine alten Tage eine Lungenentzündung holen, weil ich dich aus dem Main fischen muß?«

»Du kannst doch gar nicht schwimmen, Georg«, sagte sie mit Tränen in den Augen.

»Na, dann hoffe ich, daß du nicht auch noch für meinen Ertrinkungstod verantwortlich sein willst.« Er nahm sie an der Hand wie ein kleines Mädchen. »Jetzt kommst du hübsch mit nach Hause und erzählst mir, was man dir am Freitag Schreckliches im Polizeipräsidium gesagt hat. Und warum du so wütend auf diesen netten Herrn Braun bist.«

Georg Biddling sah Victoria kopfschüttelnd an, als er den Brief gelesen hatte. »Wenn meinem Sohn in seiner letzten Stunde nicht mehr eingefallen ist, müßte ich meine Meinung über ihn doch korrigieren. Wo hat man den Wisch gefunden?«

»Richards Vorgesetzter sagte mir, daß der Brief in seinem Schreibtisch lag.«

»*In* seinem Schreibtisch?« polterte Georg. »Das wird ja immer schöner! Du kanntest Richard besser als ich, aber ich würde trotzdem behaupten, daß er den wichtigsten Brief seines Lebens erstens mit einem Datum, zweitens mit einer eigenhändigen Unterschrift versehen und ihn drittens ganz bestimmt nicht zwischen einem Stapel Akten verstecken würde!« Er sah Victorias verwirrte Miene und lächelte. »Kindchen, den Preußen kann man vieles vorwerfen, aber sicher nicht, daß sie die Form nicht zu wahren wüßten.« Verächtlich warf er den Brief auf den Tisch. »Und das da wahrt überhaupt nichts.«

»Du glaubst, er hat das nicht geschrieben?«

Er zuckte die Schultern. »Margarethe hat mir den Abschiedsbrief von Richards Vater gezeigt. Friedrich Dickert hat sogar verfügt, was mit seiner Pfeife geschehen sollte. Wenn du meine

Meinung wissen willst: Hör dir an, was Herr Braun zu sagen hat. Er war es doch, der den Brief gefunden hat?«

Victorias Miene wurde starr. »Er hat es abgestritten! Ich habe ihn um die Wahrheit gebeten, und er hat mich schändlich belogen.«

»Hast du dir mal überlegt, warum er das getan haben könnte?«

»Er *hat* es getan. Allein das zählt.«

»Du hast Vicki auch nicht die Wahrheit gesagt.«

»Das ist etwas ganz anderes! Sie war ein Kind, und … Ich muß mich dafür nicht rechtfertigen.«

»Das sollst du gar nicht. So hart es für dich klingen mag: Richard ist tot, und du mußt anfangen, wieder ein bißchen zu leben.«

Sie nickte unter Tränen. »Ich versuche es ja, Georg. Schon wegen der Kinder. Aber … Warum dieser Brief? Warum?«

Er streichelte ihre Wange. »Soll ich dir sagen, was ich glaube? Richard hat das irgendwann früher geschrieben. Nach einem Disput vielleicht? Aber ganz gleich, wann und wie dieses Pamphlet zustande gekommen ist: Es umreißt einen Augenblick, in dem dein Mann in einer außergewöhnlichen Situation war und nicht klar denken konnte. Stell es dir vor wie bei einem Ehestreit. Da fallen böse Worte, und hinterher schämt man sich, daß man einem Menschen, den man gern hat, häßliche Dinge gesagt hat. Aber an der Liebe zueinander ändert's nichts, ja, sie wird vielleicht sogar noch inniger.«

Sie lehnte sich an seine Schulter. »Ich wünschte, du könntest ein wenig länger bleiben.«

»In einer Woche beginnen die großen Ferien. Ich lade dich und deine Töchter herzlich zu uns ein.«

»Ich kann jetzt nicht gehen, Georg. Außerdem würde Vicki nicht mitfahren. Und Flora möchte ich nicht allein weglassen.«

»Du weißt, daß sie gern nach Berlin kommen würde?«

Victoria nickte. »Sie hängt sehr an dir.«

»Florchen sucht verzweifelt einen Ersatz für ihren Vater. Und ich kam gerade recht.« Er nahm ihre Hand. »Ich möchte dir einen Vorschlag machen, und ich hoffe sehr, daß du mir keinen Korb gibst. Daß Richard mein Geld nicht wollte, hat mir im Grunde mehr imponiert, als daß es mich gekränkt hätte. Doch ich bin nicht mehr der Jüngste, und mit ins Grab kann ich es nicht nehmen. Und daß alles sein Bruder bekommt, weil er weniger Skrupel hat, sehe ich nicht ein.« Sie setzte an, etwas zu sagen, aber er schüttelte den Kopf. »Hör mir zu, Kindchen, und überlege es dir in Ruhe. Ich bin ja noch bis Mittwoch da.«

Am Montag kam Flora völlig aufgelöst aus der Schule nach Hause, doch Victoria gelang es nicht, den Grund zu erfahren. Als sie Georg Biddling dazubat, flüchtete ihre Tochter weinend in seine Arme. »Die Mädchen in meiner Klasse haben gesagt, daß Papa ein feiger Selbstmörder ist, und daß er deshalb bis in alle Ewigkeit in der Hölle schmoren muß. Das ist nicht wahr, Großpapa, oder?«

Er konnte sie beruhigen, aber selbst ihm gelang es nicht, sie dazu zu bringen, am nächsten Tag in die Schule zu gehen. Als er sich am Abend von ihr verabschiedete, hörte sie nicht auf zu weinen und bettelte darum, sie und Malvida mit nach Berlin zu nehmen. Schließlich willigte Victoria schweren Herzens ein. Vielleicht war es tatsächlich am besten, wenn sie für einige Wochen in eine andere Umgebung kam. Da Georg Biddling nicht länger bleiben konnte, erbot sich seine Frau, mit Flora und dem Hund nachzukommen.

Victoria begleitete ihren Schwiegervater am Mittwoch früh zum Bahnhof, und als der Zug abfuhr, hatte sie das Gefühl, daß mit ihm das letzte bißchen Freude aus ihrem Leben verschwand.

Am Donnerstag packte Victoria mit Louise Floras Sachen zusammen, als ihr Tessa Besuch meldete. »Ein Herr Paul Heusohn wünscht Sie zu sprechen, gnädige Frau. Er behauptet, daß er mit Ihrem Mann zusammengearbeitet hat und Ihnen etwas Wichtiges sagen muß.«

Victoria nickte. »Ich erwarte ihn im Salon.«

Der Junge sah dünner aus, als Victoria ihn in Erinnerung

hatte. Verlegen gab er ihr die Hand. »Bitte verzeihen Sie, daß ich Sie belästige, gnädige Frau.«

Victoria lächelte. »Ich bin Ihnen sehr dankbar, daß Sie geholfen haben, meine Tochter wiederzufinden.« Sie zeigte auf einen Sessel. »Was kann ich für Sie tun?«

Zögernd nahm er Platz. »Ich hoffe, Sie halten mich nicht für anmaßend, gnädige Frau. Ich bin überzeugt, daß Ihr Mann sich nicht erschossen hat.«

»Wie kommen Sie darauf?« fragte Victoria überrascht.

»Ich verdanke Ihrem Mann sehr viel. Er ist nicht der Mensch, der sich umbringt!«

Victoria wußte, daß sie ihn verletzen würde, aber sie war ihm Ehrlichkeit schuldig. »Er hat es schon einmal versucht. Vor vielen Jahren. Und sein leiblicher Vater starb genau wie er.«

Es dauerte eine Weile, bis er sich gefaßt hatte. »Ich glaube es trotzdem nicht!« Er sah auf seine Hände. »Er hat mir gesagt, daß das keine Lösung ist. Und daß ihm einmal jemand zur rechten Zeit sagen mußte, daß das Leben es wert sei, dafür zu kämpfen. Und das war nicht nur so dahergesagt.«

Plötzlich stand das längst vergessene Bild vor ihren Augen, der muffige Keller, sein zerschlagenes Gesicht, ihre Wut, die ihn ins Leben zurückgeholt hatte. Sie ging zum Fenster und sah hinaus.

»Es ist nicht richtig, wie die Leute über ihn reden«, sagte der Junge leise.

Victoria drehte sich zu ihm um. »Er hat mir einen Abschiedsbrief hinterlassen.«

»Ich weiß. Deshalb bin ich hier. Erinnern Sie sich an den Prozeß gegen Stafforst und Groß und die Ausführungen von Dr. Popp? Wenn sich Ihr Mann nicht umgebracht hat, hat er auch diesen Brief nicht geschrieben! Und dann sind seine Fingerabdrücke nicht darauf, aber die des Mörders! Dr. Popp kann das feststellen. Bitte überlassen Sie mir den Brief.«

»Nein!«

Der Junge sah erschrocken aus. »Ich verspreche Ihnen, daß Sie ihn so schnell wie möglich zurückerhalten, und daß niemand ihn zu Gesicht bekommt, außer Dr. Popp. Bitte, gnädige Frau. Es wäre sehr wichtig!«

Sie konnte es nicht. Nicht diese Worte. Nicht dieser Brief. Stumm schüttelte sie den Kopf.

✳

Beck war machtlos gegen das Verlangen, das ihn quälte, diese schmerzliche Sehnsucht, die er überwunden glaubte. Er vergrub sich in seiner Arbeit, versuchte, zu verdrängen, zu vergessen. Es gelang ihm nicht. Seine Hände zitterten, wenn er daran dachte, sie anzusprechen. Dabei hatte es überhaupt keinen Sinn. Die Erinnerung an seine Schande trieb ihm den Schweiß auf die Stirn. Er ballte die Fäuste, daß es weh tat. *Wenn du es nicht freiwillig tust, werde ich dich zwingen. Das kannst du nicht. O doch! Dein geliebtes Gesetz steht auf meiner Seite, Herr Kriminalkommissar!*

✳

Als Victoria am späten Freitagnachmittag Laura Rothe gemeldet wurde, überlegte sie einen Moment, ob sie sie überhaupt empfangen sollte. Die Polizeiassistentin trug Schwesterntracht und hielt sich nicht lange mit Förmlichkeiten auf. »Ich komme wegen Herrn Braun.«

Victoria bereute, daß sie ihrem Gefühl nicht nachgegeben hatte. »Ich glaube nicht, daß ich über ihn sprechen möchte!«

»Er hat es nur für Sie getan.«

»Ich habe mich noch nie im Leben so gedemütigt gefühlt. Soll ich mich etwa bei ihm bedanken?«

»Wissen Sie eigentlich, daß seine Frau schwerkrank ist?«

Victoria starrte sie an. »Nein.«

»Und ich dachte, Sie wären mit ihm befreundet.«

»Sie haben kein Recht ...«

»... die Wahrheit zu sagen? Doch, das habe ich. Sie vergraben sich selbstherrlich in Ihrem Schmerz und haben kein Auge dafür, daß andere ein viel schlimmeres Schicksal zu tragen haben. Wahrscheinlich wußten Sie auch nicht, daß Ihr Mann zu Herrn Braun ging, um sich seine Kümmernisse vom Herzen zu reden, und daß Paul Heusohn, der Junge, der Ihre Tochter aus dem Keller befreit hat, in erbärmlichsten Verhältnissen lebt und jeden Tag damit rechnen muß, daß seine Geschwister ins Waisenhaus müssen. Aber was rede ich? Das einzige, was Sie interessiert, sind Sie selbst, gnädige Frau!«

»Richard hat mit mir nicht über seine Probleme gesprochen, sosehr ich ihn auch darum bat«, sagte sie leise. »Was ist mit Helena?«

»Keiner weiß es genau. Vermutlich eine Demenz, die mit starken Stimmungsschwankungen verbunden ist. Und Herr Braun muß hilflos zusehen.« Ihre Augen funkelten. »Und Sie unterstellen ihm, daß er Sie aus Lust und Laune belügt! Glauben Sie wirklich, er hätte Ihnen diesen verflixten Brief vorenthalten, wenn er überzeugt wäre, Ihr Mann wäre fähig, so etwas zu schreiben? Ich war dabei, als er ihn fand. Nicht einmal mir hat er ihn gezeigt. Bis zuletzt glaubte er an einen Irrtum.«

Victoria schwieg.

»Er spricht so voller Hochachtung von Ihnen, Ihrer Stärke, Ihrem Mut, die Dinge anzugehen. Ich frage mich, ob er nicht jemand anderen meint. Die Frau, von der er mir erzählt hat, würde nicht anderen die Schuld für eigene Versäumnisse geben.«

Victoria hatte Mühe, die Fassung zu wahren. »Bitte gehen Sie.«

»Er hat seit Ihrem Besuch keine Nacht mehr geschlafen. Ist ein bißchen gekränkte Eitelkeit es wert, ihn so leiden zu lassen?«

»Ich glaube nicht, daß Ihnen ein Urteil über mein Befinden zusteht.« Victoria klingelte. »Danke für Ihren Besuch, Fräulein Rothe. Mein Mädchen wird Sie nach draußen begleiten.«

»Ich finde den Weg allein.« An der Tür blieb sie stehen. »Falls es Sie interessiert: Er geht jeden Morgen vor Sonnenaufgang zum Friedhof.«

Victoria nickte. Das war das einzige, zu dem sie noch fähig war.

Zwei Stunden später schickte sie nach Paul Heusohn. Sie erwartete ihn in der Bibliothek und registrierte den sehnsüchtigen Blick, mit dem er die Bücherregale streifte. Unsicher sah er sie an. »Sie wollten mich sprechen, gnädige Frau?«

Sie nahm Richards Brief aus ihrem Schreibtisch. »Es sind keine schönen Worte.«

»Um den Inhalt geht es mir nicht. Hätten Sie vielleicht eine Pinzette oder Schere und einen Briefumschlag?

Victoria reichte ihm ihre Papierschere und ein großes Kuvert. Paul Heusohn beförderte den Brief mit der Schere in den Umschlag. »Wer außer Ihnen hat den Brief angefaßt?«

»Herr Polizeirat Franck gab ihn mir. Er sagte, daß Wachtmeister Braun ihn gefunden hat.«

»Haben Sie zufällig Stempelfarbe hier?« wollte Paul Heusohn wissen.

»Im Büro meines Bruders.« Sie ging hinaus. Als sie wiederkam, hielt er eins von Conan Doyles Büchern in der Hand. Erschrocken stellte er es zurück. Sie lächelte. »Mögen Sie Sherlock Holmes' Abenteuer?«

»O ja. Ich leihe mir ab und zu ein Buch in der Arbeiterbibliothek aus. Aber sie haben nicht alle Bände dort.«

»Richard hatte für Detektivgeschichten nicht viel übrig. Trotzdem hat er mir ein Buch über Chevalier Dupin geschenkt.«

»Und wer ist das?«

»Sie kennen Sherlock Holmes' Vorgänger nicht?« Victoria nahm das Buch aus dem Regal. »Detektiv Auguste Dupin war der literarische Ahn von Sherlock Holmes. Er wirkte in Paris. Wenn Sie mögen, leihe ich es Ihnen aus.«

Unter aller Trauer zeigte sich Freude in seinem blassen Gesicht. »Das ist sehr großzügig von Ihnen, gnädige Frau. Sie bekommen es ganz bestimmt bald zurück.«

Victoria dachte an die Worte der Polizeiassistentin, und es beschämte sie, daß der Junge für ein ausgeliehenes Buch dankbar war. »Lassen Sie sich ruhig Zeit. Ich habe es so oft gelesen, daß ich jede Zeile auswendig kenne.« Sie schwärzte ihre Finger mit Stempelfarbe und rollte sie auf ein Blatt Papier.

»Woher wissen Sie denn, wie das geht?« fragte der Junge verblüfft.

»Mein Mann und ich haben schon über diese Methode diskutiert, als es sie offiziell noch gar nicht gab. Vor vielen Jahren habe ich damit einen Mord aufgeklärt.«

»Sie?«

»Ja.« Victoria gab ihm das Blatt und säuberte sich die Finger. »Wie wollen Sie eigentlich beweisen, daß die Abdrücke meines Mannes nicht auf dem Papier sind?«

Er lächelte traurig. »Wir haben auch über die Methode diskutiert. Ich bat Ihren Mann, mir seine Fingerabdrücke zur Verfügung zu stellen, damit ich ein paar Vergleiche anstellen kann.« Er sah zu den Büchern. »Hat er Ihnen gesagt, daß ihm jemand ein Zitat aus einer Sherlock-Holmes-Geschichte geschickt hat?«

Victoria schüttelte den Kopf. »In welchem Zusammenhang denn?«

»Es war ein anonymer Brief, und Ihr Mann hat ihn sich sehr zu Herzen genommen. Außer dem Zitat standen noch ein paar gereimte Zeilen darin, und es klang alles ziemlich wirr.« Er wiederholte den Wortlaut, soweit er ihn in Erinnerung hatte.

Geister der Toten! Deshalb hatte Richard also danach gefragt. Victoria zeigte auf das Buch in seiner Hand. »Das Gedicht stammt aus der Feder desselben Mannes, der Detektiv Dupin erfunden hat.«

»Einige Zeit vorher hat Ihr Mann schon einmal ein merkwürdiges Schreiben bekommen, dessen Inhalt ich allerdings nicht kenne«, ergänzte Paul Heusohn. »Beide Briefe bewahrte er in seinem Schreibtisch auf, aber als Herr Beck ihn ausräumte, waren sie weg.«

»Glauben Sie, daß das etwas mit seinem Tod zu tun haben könnte?« fragte Victoria.

Er zuckte die Schultern. »Herr Kommissar Beck gibt mir die Akte nicht. Und die Anhaltspunkte, die ich habe, reichen nicht, um mir ein Bild zu machen.« Er rang mit sich, ehe er weitersprach. »Sie reichen auch nicht, den Ort zu finden, an dem Ihr Mann starb. Sie kennen ihn, nicht wahr?«

»Warum wollen Sie unbedingt dorthin?«

»Ich sehe keinen Sinn, daß es an dieser Stelle geschah.«

Victoria ahnte einen Sinn, und es grauste ihr. Aber vielleicht konnte sie endlich Abschied nehmen? Sie klingelte nach Tessa und ließ anspannen. Der Junge sprach die ganze Fahrt über kaum ein Wort, und Victoria fragte sich, was er damit gemeint haben mochte, daß er Richard viel verdanke. Am Sandhof, dem Städtischen Armenhaus, ließ sie halten. »Vor zweiundzwanzig Jahren war der Sandhof eine ausgesuchte Restauration mit einem wunderschönen Garten«, sagte sie. »Seitdem war ich nie mehr hier.«

Der Junge sah sie überrascht an, sagte jedoch nichts. Victoria fand den Pfad nicht sogleich, aber dann brauchte sie nur den Spuren zu folgen. Das Gras auf der Lichtung stand hoch, der Teich war verlandet, die Hütte von Gestrüpp überwuchert. Plötzlich war es ihr, als greife eine eisige Hand nach ihr.

»Fühlen Sie sich nicht wohl, gnädige Frau?« fragte der Junge besorgt.

»Ich bin das Laufen nicht gewöhnt.« Sie sah ihm an, daß er ihr nicht glaubte. Sie querten die Lichtung und standen vor den Resten der alten Hütte. Das Dach war eingefallen, eine Birke wuchs heraus. Die Tür fehlte, im Innern sah Victoria das von Efeu durchwachsene Bettgestell. Paul Heusohn ging um den Verschlag herum, betrachtete Spuren niedergetretenen Grases und zerfallene Pferdeäpfel. Er wandte sich einem umgestürzten Baumstamm zu, suchte im Gras und starrte auf einen fleckigen Stein.

Victoria ging zu ihm, und er stürzte davon. Sie hörte, wie er sich übergab. Sie kämpfte die Tränen nieder. Hier also hatte sich Richards Leben entschieden. Was hatte er gefühlt, was gedacht, bevor er starb? Sie schloß die Augen, doch es gelang ihr nicht, sein Gesicht zu sehen. Ausdruckslos betrachtete sie den Baum, die Hütte, die Wiese, den Wald.

Der Junge kam zurück und entschuldigte sich. »Ich bin sicher, Ihr Mann hat etwas Wichtiges entdeckt, gnädige Frau. Und es hat mit diesem Ort zu tun!«

»Wenn es so ist, spricht das dafür, daß er es selbst getan hat«, sagte sie leise.

Er nahm den Stein und schlug ihn in sein Taschentuch ein. »Erzählen Sie mir die Geschichte?«

»Sie ist so alt, daß ich glaubte, sie würde niemals mehr eine Rolle in meinem Leben spielen. Genauso wie ich hoffte, diesen Ort nie mehr betreten zu müssen.« Sie sah zu der Hütte. »Vor zweiundzwanzig Jahren starb hier mein Cousin Eduard. Man hielt ihn für einen Mörder.«

»Ihr Mann hat gegen ihn ermittelt?«

»Ja, aber ich kann mir keinen Grund vorstellen, warum Richard nach so vielen Jahren ...« Sie zog ein Taschentuch hervor und fuhr sich übers Gesicht.

Der Junge berührte ihren Arm. »Ich werde die Wahrheit herausfinden, Frau Biddling.« Victoria nickte. Sie wünschte sich, sie könnte die gleiche Zuversicht haben.

Es dämmerte schon, als sie in den Untermainkai zurückkamen. Victoria bat Paul Heusohn noch einmal in die Bibliothek. Der Karton mit Richards Sachen stand neben ihrem Schreibtisch. Sie nahm den Federkasten heraus und gab ihn dem Jungen. »Ich möchte, daß Sie das für Richard in Ehren halten.«

Er öffnete den Kasten, betrachtete den feingeschliffenen Füllfederhalter. »Das kann ich nicht annehmen, gnädige Frau!«

Sie lächelte. »Sie würden mir eine große Freude machen, Paul. Und Richard ganz gewiß auch.«

Andächtig berührte er die goldplattierten Beschläge und die ziselierte Feder. »Danke.« Als er ihr die Hand gab, glänzten Tränen in seinen Augen.

Nach einer schlaflosen Nacht stand Victoria früh auf. Die Vögel stimmten ein Konzert an, als wollten sie die Sonne über den Horizont singen. Der Kutscher wartete vor der Tür und gähnte verstohlen.

»Zum Friedhof«, sagte Victoria.

Das Hauptportal war noch geschlossen. Sie ging durch den Seiteneingang, den sie bei Lichtensteins Beerdigung benutzt hatte. Die Bäume waren Schattenwesen, die Wege dunkle Bänder in dem Garten aus Stein.

Er stand vor Richards Grab, den Kopf gesenkt. Victoria schämte sich für ihre unbedachten Worte und wollte zu ihm gehen, aber was sie sah, war so erschütternd, daß sie keinen Schritt tun konnte.

Heiner Braun brach in die Knie und weinte.

Kapitel 22

Abendblatt   Samstag, 2. Juli 1904

Frankfurter Zeitung
und Handelsblatt

Ferien. Auf dem Hauptbahnhof ging es heute ungemein lebhaft her. Die Züge waren sämtlich überfüllt. Es war keine leichte Aufgabe für die Beamten, die genügende Anzahl Wagen zur Beförderung der nach Tausenden zählenden Reisenden herbeizuschaffen. Aber der Verkehrsapparat klappte vorzüglich. Die Ferien haben gut begonnen: Wetter großartig! Wir wünschen allen, die der Erholung bedürfen, daß sie es besser haben wie im vorigen Jahr, wo es bekanntlich während der sogenannten Reisemonate viel Regen gab.

Groß und Stafforst. Aus Leipzig wird uns telegraphisch gemeldet, daß die Revision der wegen Raubmords zum Tode verurteilten Bruno Groß und Friedrich Stafforst vom Reichsgericht verworfen worden ist.

Billige Schreibmaschinen
1 Favorit .... M 160.–
1 Underwood, Mod. 2 .... M 350.–
3 Grandall, per Stück à .... M 40.–
1 Oliver, neu .... M 300.–
Gefl. Anfragen unt. F E M 729
an die Annoncen-Expedition
Rudolf Mosse, Frankfurt a. M.

Victoria stand inmitten fröhlicher Menschen auf dem Perron und winkte dem Zug nach, mit dem Margarethe Biddling und Flora abreisten. In ihrem Kopf schlugen die Gedanken Kapriolen, daß es weh tat. Ihren Töchtern hatte sie ein freies Leben ermöglichen wollen, und die eine zog es vor, zu ihren Großeltern zu flüchten, die andere verkroch sich in ihr imaginäres Schneckenhaus. Ihr Vater, dem sie seit Jahren das Haus führte, hatte keine anderen Sorgen, als um seinen guten Ruf zu bangen, ihr Bruder suchte sein Heil in der Flasche, ihre Schwester regte sich über die Etikette auf, Karl Hopf hatte nicht einmal kondoliert. Und einen Menschen, der ihr Trost und Hilfe gegeben hatte, stieß sie derart vor den Kopf, daß er aus Verzweiflung weinte!

Die Polizeiassistentin hatte recht: Sie hatte sich lange genug selbst bemitleidet. Entschlossenen Schrittes verließ Victoria den Bahnhof und befahl dem Kutscher, sie zum Rapunzelgäßchen zu bringen. Doch als sie vor Heiner Brauns Häuschen stand, wäre sie am liebsten umgekehrt. Sicher wäre es ihm unangenehm, wenn er wüßte, daß sie ihn am Morgen auf dem Friedhof gesehen hatte. Was sollte sie ihm sagen? Sie konnte doch nicht mit einer banalen Entschuldigung zur Tagesordnung übergehen! Und was war mit Helena? Ihr Herz klopfte, als sie an der rostigen Klingel zog, und sie war erleichtert, daß Laura Rothe öffnete.

»Schön, daß Sie da sind«, sagte sie und half ihr aus dem Mantel. »Herr Braun ist in der Stube.«

Victoria bat die Polizeiassistentin, mitzukommen. Heiner saß auf dem Sofa. Er hatte die Zeitung vor sich liegen, aber er las nicht darin. »Victoria!« sagte er überrascht und stand auf. »Wie geht es Ihnen?«

»Besser.« Sie forschte in seinem Gesicht. »Und Ihnen?«

Er rückte ihnen die Sessel zurecht. »Unkraut vergeht nicht, hm?«

Victoria setzte sich. »Paul Heusohn war gestern bei mir. Er ist sich sicher, daß Richards Tod kein Selbstmord war.« Sie erzählte, was der Junge gesagt hatte und daß sie zusammen im Stadtwald gewesen waren. »Sollte es ihm tatsächlich gelingen, nachzuweisen, daß Richards Fingerabdrücke nicht auf dem Brief sind, wäre das der Beweis.« Sie sah Heiner an. »Es tut mir sehr leid, daß ich …«

»Schon gut«, sagte er freundlich. »Es mag unlogisch klingen, aber als ich den Brief fand, wußte ich, daß Ihr Mann in Schwierigkeiten ist und war zugleich überzeugt: Selbst wenn das seine Gedanken waren, er hätte sie anders formuliert.«

»So ähnlich hat es mein Schwiegervater auch ausgedrückt«, sagte Victoria. »Er wurde richtig ungehalten, als er den Brief las.« Sie wiederholte Georg Biddlings Worte.

Heiner lächelte. »Ja. Ihr Mann war ein sehr korrekter Mensch. In jeder Beziehung.«

Victoria sah auf ihre Hände. »Ich möchte wissen, welchen Sinn dieses Schreiben hat. Ganz gleich, was das für mich bedeutet.«

»Paul glaubt nicht, daß Ihr Mann den Brief verfaßt hat, Ihr Schwiegervater glaubt es nicht, ich nicht und Sie im Grunde auch nicht«, sagte Heiner. »Also sollten wir als erstes danach fragen, wer sonst es getan haben könnte.«

»Nach dem, was ich über den Tatort und den Autopsiebefund weiß, ging ich bisher von Selbstmord aus«, schaltete sich Laura ein. »Aber vielleicht ist ein Mord ja tatsächlich nicht ausgeschlossen? Für eine vernünftige Beurteilung müßte man allerdings die Akte einsehen.«

»Paul Heusohn sagte mir, daß Kommissar Beck alles unter Verschluß hält«, erklärte Victoria. Sie wandte sich an Heiner. »Mein Schwiegervater meinte, Richard könnte den Brief irgendwann, vielleicht aus Ärger über einen Streit mit mir, geschrieben und dann vergessen haben.«

»Das ist möglich, aber unwahrscheinlich«, entgegnete er. »Es gibt nämlich einen weiteren Grund, warum ich an der Authentizität dieses Schreibens zweifle: Ihr Mann schätzte unsere *Underwood*, aber bedient hat er sie nur, wenn es sich nicht vermeiden ließ, und er war herzlich ungeschickt dabei. Aufgrund der Fehlstellung des kleinen i können wir aber sicher sein, daß der Brief auf der Schreibmaschine im Büro Ihres Mannes und nicht irgendwo sonst verfaßt wurde. Die Todeszeit wird in den Morgenstunden des 17. Juni angenommen. Ihr Mann war an diesem Tag laut Zeugenaussagen nicht im Präsidium. Soweit mir bekannt ist, hat er sein Büro an den Abenden zuvor mit Paul Heusohn zusammen verlassen. Wann sollte er also den Brief geschrieben haben?«

»Die Frage stellt sich für jede andere Person genauso«, gab Laura zu bedenken.

»Es kann durchaus sein, daß der Brief früher geschrieben wurde und irgendwer beauftragt wurde, ihn in der Zeit zwischen Donnerstag abend und Freitag frühmorgens in den Schreibtisch zu legen«, überlegte Heiner. »Allerdings bleibt die Tatsache, daß derjenige, der ihn verfaßt hat, nicht nur unbemerkt ins Präsidium gekommen ist, sondern auch gewußt haben muß, wo der Kommissar seinen Büroschlüssel aufbewahrte. Das sind für einen Fremden schwer zu überwindende Hürden.«

»Wollen Sie damit andeuten, daß einer seiner eigenen Kollegen etwas damit zu tun haben könnte?« fragte Laura fassungslos.

»Es sieht danach aus, ja. Ich bin mir nur nicht sicher, in welcher Art.«

Laura strich sich nervös die Haare aus der Stirn. »An wen denken Sie?«

Er zuckte die Schultern. »Im Moment ist es nicht viel mehr als eine Hypothese.«

»Die Person wußte auch, daß Richard an diesem Tag mit mir und den Kindern zur Saalburg fahren wollte«, sagte Victoria. »Sonst hätte man ja diese Nachricht nicht zu uns nach Hause geschickt. Zumindest nicht um diese Uhrzeit.«

»Daß Ihr Mann frei hatte, war im Präsidium allgemein bekannt«, warf Heiner ein. »Für wesentlicher halte ich den Inhalt der Nachricht: Einmal mehr ein Literaturzitat.«

»Was meinen Sie damit?« fragte Victoria.

»In der Mordsache Lichtenstein führte Ihr Mann Ermittlungen in einem Bordell in der Elbestraße.« Heiner erklärte, was Richard über Signora Runa alias Fräulein Zilly herausgefunden hatte. »Es schien, als liefen alle Fäden bei ihr zusammen. Beispielsweise hatte sie gute Kontakte zu Herrn Hopf, der dadurch ebenfalls in den Kreis der Verdächtigen geriet. Ihr Mann hatte die Vermutung, daß Zilly eine Rolle spielt, die über den Fall Lichtenstein hinausgeht. Unter anderem hat sie Ihren Mann mit einem Zitat von Schiller traktiert, das man durchaus als versteckte Drohung interpretieren konnte.«

»Bei seinem ersten Besuch verabschiedete Fräulein Zilly ihn mit den Worten *Memento mori*«, ergänzte Laura. »Wir haben uns den Kopf zerbrochen, warum.«

Victoria sah Richard vor sich, wie er nachts mit dem Lexikon in der Bibliothek gestanden hatte. Deshalb war er so entsetzt gewesen, als sie Karl Hopf ins Spiel gebracht hatte! Und sein fassungsloses Gesicht, als er den Kristall gesehen hatte: *Genau das gleiche Freundschaftsgeschenk hat er einer Hure gemacht.* Sicher war das diese Zilly gewesen. »Paul Heusohn erwähnte, daß Richard einen anonymen Brief mit einem Zitat aus einer Sherlock-Holmes-Geschichte erhielt.«

»*Omne ignotum pro magnifico.* Was man nicht versteht, hält man für besonders großartig«, sagte Laura. »Es war der Tag, an dem Ihr Mann im Büro zusammengebrochen ist, und ich vermute, daß der Brief die Ursache war, auch wenn ich nicht begreife, warum. Außer dem Zitat stand nur noch eine Strophe irgendeines Gedichts darin.«

»Das Gedicht heißt *Geister der Toten*«, sagte Victoria. »Ich kann nicht glauben, daß der Ort, an dem er starb, ein Zufall war.«

»Frau Biddlings Cousin Eduard erschoß sich an der gleichen Stelle«, sagte Heiner, als er Lauras fragendes Gesicht sah.

Victoria war froh, daß er diese Worte wählte. »Er tat es mit der Waffe meines Mannes. Eine Zeitlang führte man deshalb Ermittlungen gegen Richard. Was das für einen Polizeibeamten bedeutet, können Sie sich denken.«

Laura nickte. »Wer könnte ein Interesse daran haben, diese alte Sache aufzuwärmen? Und vor allem: Warum? Und was hat das mit Fräulein Zilly und diesen Zitaten zu tun?«

Victoria senkte den Kopf. »Vielleicht will ich ja nur nicht wahrhaben, daß ich die Schuld an Richards Tod trage.«

Heiner gab Laura ein Zeichen. Sie stand auf. »Sie entschuldigen mich? Ich muß noch eine dringende Besorgung erledigen.«

Heiner Braun wartete, bis sie gegangen war. »Erinnern Sie

sich, daß ich Ihnen erzählte, Ihr Mann sei vor Jahren erpreßt und mit anonymen Briefen belästigt worden?«

Victoria nickte müde. »Das Goethe-Zitat, das von Schiller war.« Und das sie am gleichen Tag von Karl Hopf auf dem Friedhof gehört hatte. »Glauben Sie, daß das anonyme Sherlock-Holmes-Schreiben damit zusammenhängt?«

»Ich gehe davon aus, ja. Soweit ich weiß, bewahrte Ihr Mann die Briefe in seinem Büro auf.«

»Herr Franck hat mir Richards Sachen ausgehändigt. Briefe waren nicht darunter.«

»Vielleicht hat Beck sie an sich genommen?«

Victoria schüttelte den Kopf. »Paul Heusohn sagte, er sei dabeigewesen, als Kommissar Beck Richards Schreibtisch ausräumte.«

»Dann muß er sie zu Hause haben.«

»Ich werde nachsehen.« Sie schluckte. »Sie vermuten, daß diese Dirne Richard erpreßt hat, nicht wahr? Seien Sie bitte ehrlich: Gab es einen Grund?«

Heiner lächelte. »Ganz sicher: nein.«

»Warum war Fräulein Rothe so entsetzt, als Sie erwähnten, einer von Richards Kollegen könnte in die Sache verwickelt sein?«

»Es gibt keinen Beweis. Und wir sollten nicht vorschnell …«

»Sie glauben, es ist Herr Heynel?«

»Ich habe Ihnen ja gesagt, daß er eine undurchsichtige Rolle spielt, was den Fall Wennecke angeht. Gleiches gilt für sein Verhältnis zu Zilly. Aber es gibt auch Hinweise, die ganz woanders hinführen.« Er wich ihrem Blick aus. »Ich habe Ihnen einiges zu erklären, Victoria. Es sind keine schönen Dinge.«

»Hätten Sie vielleicht einen Kaffee für mich?« fragte sie mit einem traurigen Lächeln.

Es dauerte fast eine Stunde, bis Heiner Braun geendet hatte. Victorias Kaffee war kalt. Über ihr Gesicht liefen Tränen. »Wie konnte Richard annehmen, daß Karl Hopf und ich …? Und diese Photographien hat tatsächlich Hopf gemacht? Ich meine, steht das fest?«

»Ihr Bruder hat es Ihrem Mann gesagt.«

Sie holte ein Taschentuch heraus. »Spricht denn das alles nicht dafür, daß Richard es doch selbst getan hat?«

»Ja. Aber es ist widersinnig, daß Ihr Mann alles daran setzte, seine Kümmernisse vor Ihnen zu verbergen und dann einen Brief schreibt, der Sie so quält.«

»Es muß für Richard sehr schwer gewesen sein, Davids … Neigung für sich zu behalten. Wenn es herausgekommen wäre, hätte es ihn seine Stellung gekostet.«

»Das ist leider nicht alles.« Heiner erzählte ihr von dem anonymen Zettel über den Stinkturm.

Victoria starrte ihn an. »Soll das heißen, es besteht die Möglichkeit, daß David etwas mit dem Tod dieses Fabrikarbeiters zu tun hat?«

»Ich weiß es nicht. Ich habe Ihrem Mann geraten, mit Ihnen darüber zu sprechen. Er wollte es nicht. Und ich mußte ihm mein Wort geben, daß ich auch nichts sage.«

»Jede noch so schlimme Wahrheit wäre besser gewesen als sein entsetzliches Schweigen.«

Er legte seine Hand auf ihren Arm. »Ihr Mann hatte Angst, wieder in Ihrer Familie ermitteln zu müssen. Er hat die Sache mit Eduard nie richtig verwinden können.«

Victoria hatte das Gefühl, zu ersticken. Sie stand auf. »Ich muß über all das erst einmal nachdenken.«

Heiner nickte. »Geben Sie mir Nachricht, wann Sie ein neues Treffen wünschen. Sobald Paul das Untersuchungsergebnis hat, werde ich Sie informieren.«

»Sicher würde der Junge gern bei unseren Besprechungen dabeisein.«

»Ja. Allerdings sollten wir aufpassen, daß er nicht aus Übereifer seine berufliche Zukunft aufs Spiel setzt.«

»Fräulein Rothe erwähnte, daß er aus schwierigen Verhältnissen kommt. Sehen Sie eine Möglichkeit, etwas zu tun?«

Heiner lächelte. »Am besten besprechen Sie das mit Fräulein Rothe. Sie betreut die Familie.«

»Würden Sie ihr bitte ausrichten, daß ich sie baldmöglich erwarte?« Heiner bejahte. Er begleitete sie in den Flur. Victoria atmete durch. »Wo ist denn eigentlich Ihre Frau?«

»Helena hat sich hingelegt. Sie fühlt sich ein wenig abgespannt.«

»Wenn ich helfen kann …?«

»Das haben Sie doch schon. Es bedeutet mir viel, daß Sie gekommen sind.«

Ehe sie darüber nachdachte, küßte sie ihn auf die Wange. »Mir auch, Herr Braun.«

＊

»Ja, bitte!« sagte Polizeirat Franck, als es an seiner Tür klopfte.

Paul Heusohn kam herein und legte ihm eine Aktenlaufmappe hin. »Das soll ich Ihnen zum Abzeichnen bringen.«

Franck nahm ein Blatt heraus, starrte es an, drehte es um. Es war leer. »Wollen Sie mich auf den Arm nehmen, Heusohn?«

»Verzeihen Sie, Herr Polizeirat. Das kann ich mir wirklich nicht erklären!«

Franck warf das Blatt zurück in die Mappe. »Noch ein solcher Scherz, und Sie sind wieder da, wo Sie hergekommen sind.«

»Es wird nicht mehr vorkommen. Ganz bestimmt nicht!«

»Halten Sie keine Reden, verschwinden Sie!«

Der Junge griff die Mappe und verbeugte sich. »Jawohl, Herr Polizeirat.«

＊

»Guten Morgen«, flüsterte Richard. Victoria spürte seine Lippen auf ihrer Haut. Sie hörte Pferdegetrappel und blinzelte. Die Gardine blähte sich vor dem offenen Fenster. Die Sonne warf goldene Flecken ins Zimmer. Richards Hose hing über einem Stuhl. Lächelnd streckte sie ihre Hand aus. Das Bett neben ihr war leer. Sie preßte das Kissen aufs Gesicht, bis sie keine Luft mehr bekam. Es war alles sinnlos. Nichts würde ihn ihr zurück-

566

bringen. Sie schlug die Decke zurück. Sie hatte Verpflichtungen. Sie mußte aufstehen. Trotz der Hitze war ihr kalt.

Als ihr am frühen Abend Laura Rothe gemeldet wurde, hatte sie weder Richards Unterlagen durchgesehen, noch mit David oder Vicki gesprochen. Sie empfing die Polizeiassistentin im Salon. »Wie geht es Herrn Braun?«

»Besser. Ich möchte mich für meine groben Worte entschuldigen.«

Victoria winkte ab. »Es war richtig, daß Sie mir den Kopf gewaschen haben. Außerdem war ich auch nicht gerade höflich zu Ihnen.« Sie zeigte aufs Sofa. »Gibt es Neuigkeiten?«

Laura setzte sich. »Dr. Popp ist auf einer Vortragsreise und wird erst gegen Ende des Monats zurückerwartet. Paul war ziemlich enttäuscht. Zumal er von Herrn Braun und mir schon eifrig Vergleichsabdrücke gefertigt hat.«

»Von mir auch«, sagte Victoria lächelnd. Sie schellte und ließ Kaffee bringen. »Der Junge erwähnte, daß Richard ihm geholfen habe. Wissen Sie, in welcher Weise?«

»Ich glaube, Ihr Mann war für ihn eine Art Vaterersatz.«

»Das mag sein. Er hat vor Rührung fast geweint, als ich ihm Richards Schreibfeder schenkte. Aber sicher braucht er anderes nötiger.«

»Allerdings.« Laura berichtete über die Familienverhältnisse und ihre letztlich vergeblichen Bemühungen, die Not zu lindern. »Was Paul auf sich lädt, ist unmenschlich. Ich kann das auf Dauer nicht verantworten.«

»Sie sprechen von der Notwendigkeit einer festen Pflegerin oder Haushaltshilfe«, sagte Victoria nach einigem Überlegen. »Wenn Sie es mit dem Armenamt regeln könnten, würde ich Ihnen eins meiner Mädchen zur Verfügung stellen. Ich möchte aber auf keinen Fall, daß der Junge davon erfährt.«

»Sie glauben ja nicht, wie froh mich Ihr Angebot macht.«

Victoria goß ihr lächelnd Kaffee nach. »Wissen Sie, es gab eine Zeit, in der ich um alles auf der Welt mit Ihnen getauscht hätte.«

»Wenn es Sie interessiert, können wir bei Gelegenheit gerne über meine Arbeit …«

»Was wollen Sie hier?« kam Vickis Stimme von der Tür.

»Guten Abend, Fräulein Biddling«, sagte Laura freundlich. »Ich habe eine Unterredung mit Ihrer Mutter.«

»Und worüber?«

»Ich glaube nicht, daß dich das etwas angeht!« sagte Victoria ungehalten.

»Ganz gleich, was Sie über Martin zusammenlügen, ich werde…« Ihr Gesicht wurde käseweiß. »Hat er es Ihnen zurückgegeben?«

»Was denn?« fragte Laura verwirrt.

Vicki zeigte auf Lauras Häubchen. »Das hatten Sie in seiner Wohnung vergessen, nicht wahr? Und wie zu sehen ist, nehmen Sie es bei einem gewöhnlichen Gespräch kaum vom Kopf.«

Laura wurde rot. »Wenn Sie mit Herrn Heynel ein Problem haben, besprechen Sie es bitte mit ihm.«

Ohne ein weiteres Wort verließ Vicki das Zimmer. Laura stand auf und verabschiedete sich von Victoria. »Sagen Sie Ihrem Mädchen, sie soll sich im Laufe der Woche bei mir im Polizeipräsidium melden.«

»Dürfte ich Ihnen eine persönliche Frage stellen, Fräulein Rothe?«

Ihr Gesicht wurde starr. »Es steht Ihnen frei, mich bei meinem Vorgesetzten anzuzeigen. Wie Sie sicher wissen, darf ich niemanden lieben.«

Victoria fühlte plötzlich Mitleid. »Ich würde mich freuen, wenn wir in Kontakt bleiben könnten.«

»Ich bin die falsche Person, das zu sagen«, sagte Laura leise. »Aber ich glaube nicht, daß Ihre Tochter mit ihm glücklich werden wird.«

»Ich weiß«, sagte Victoria.

Vicki lag auf dem Bett und weinte. Als Victoria sich zu ihr setzte, drehte sie sich brüsk weg. »Warum hast du sie hierher bestellt? Damit ich sehe, daß Martin mich betrügt?«

»Ach was. Ich wußte ja nicht einmal, daß du dich mit ihm getroffen hast.«

»Es geht dich auch nichts an!«

»Du bist meine Tochter, Vicki. Ein Stück Papier ändert daran nichts.«

»Ganz gewiß hat sie Vater Schlechtes über Martin erzählt.«

»Richard hatte ernste Gründe, warum er gegen eine Heirat war. Und ich bitte dich ...«

»Ich will die Lügen nicht hören, die dir diese Frau eingetrichtert hat.«

»Nicht Fräulein Rothe, sondern Herr Braun hat es mir gesagt.«

»Ich glaube dir kein Wort.«

»Vicki, bitte. Hör mir zu.«

»Ich hasse dich!« schrie sie.

Victoria verzichtete aufs Abendessen. Sie sprach mit Tessa über Paul Heusohn und ging in ihr Zimmer. Mit Tränen in den Augen nahm sie Richards Hose vom Stuhl. Was sollte die törichte Hoffnung, daß es helfen würde, wenn nur alles bliebe, wie es war? Er war tot! Sie setzte sich aufs Bett und zog die obere Schublade von Richards Nachtschränkchen auf. Zögernd nahm sie das Buch heraus, schlug es auf. Der Anblick der Photographie schmerzte nach all den Jahren immer noch. Wie sehr hatte sie versucht, ihm seine Schuldgefühle auszureden! Aber seine Angst, auch seine zweite Frau im Kindbett zu verlieren, war größer gewesen als der Wunsch nach einem Erben. Zerbrechlich sah Therese Biddling aus. Und wunderschön. Vicki war ihr wie aus dem Gesicht geschnitten. Vielleicht war es das, was immer zwischen ihnen gestanden hatte. Victoria legte das Bild beiseite. Die untere Schublade war leer. Als sie sie zuschob, spürte sie einen Widerstand. Sie zog die Lade ganz heraus und fand darunter ein dickes Kuvert und drei Briefe.

Der erste war ein Geschäftsbrief einer Firma C. Moerwag aus Basel. Richard hatte einen Kredit aufgenommen! Die beiliegende Rechnung aus dem Haus Lichtenstein sagte ihr, wozu. Das harmlose Schreiben schien ihr schlimmer als alles andere, was sie seit seinem Tod herausgefunden hatte. Wo hatte sie nur gelebt? Sie schluckte ihre Tränen hinunter und betrachtete die steif nebeneinandergesetzten Buchstaben auf dem zweiten Brief. Die Nachricht war kurz und ließ sie erstarren.

Sei still in jener Öde Weben,
das nicht Alleinsein ist – es sind
die Geister derer, die im Leben
vor dir gestanden, ganz gelind
nun wieder um dich – und ihr Wille
umschattet dich: darum sei stille.

Vergeuden Sie nicht Ihre Zeit damit, daß Sie nach Rachel suchen, wenn das richtige Wort Rache heißt.

Rache für die Toten. War es das? Eine in Blut geschriebene Botschaft, die nicht Name, sondern Zeichen war? *Weh dem, der zu der Wahrheit geht durch Schuld.* Sie dachte an die Gräber, und wie oft sie davor gestanden und sich gefragt hatte, was gewesen wäre, wenn sie nicht zur falschen Zeit die falschen Worte gesagt hätte. Aber warum hatte Richard diese Briefe bekommen und nicht sie? Und warum nach so vielen Jahren?

Der nächste Umschlag enthielt zwei Photographien. Obwohl Heiner Braun sie darauf vorbereitet hatte, war der Anblick ein Schock: Ihr Bruder und ein unbekannter Jüngling in eindeutiger Pose auf dem *Siège d'amour*. Wußte David, daß Richard diese Bilder besaß? Hatte er Angst gehabt, er würde nicht schweigen? Victoria wagte nicht, weiterzudenken. Ihre Hände zitterten, als sie den dicken Umschlag öffnete. Aber anstatt weiterer Informationen über ihren Bruder hielt sie die Abschrift eines Brandberichts in der Hand. Sie stutzte. Das war doch die Hütte bei Hopfs Haus in Niederhöchstadt! Sie blätterte die restlichen Unterlagen durch: Vernehmungen und Berichte zum Tod von Hopfs Frau Josefa, Befragungen von Nachbarn, die Schilderung eines Arztes. Das, was Heiner Braun in seinem Gespräch angedeutet hatte, fand sie hier schwarz auf weiß akribisch zusammengetragen.

Die letzten beiden Blätter enthielten Notizen über Richards

Durchsuchung von Hopfs Anwesen mit der doppelt unterstrichenen Anmerkung *Photographien Zilly?! – Keine Arznei gefunden!* und eine Skizze mit der Überschrift *Fall Wennecke/ Anonymus – (Lichtenstein?).* Darunter hatte Richard Namen in Kästchen geschrieben und mit Strichen und Pfeilen verbunden: Hopf und Zilly, Zilly und Heynel, Heynel und Wennecke, Wennecke und Hopf, letzteres mit dem Zusatz: *Warum fragt H. nach Erkenntnissen?* Zwischen Hopf und Heynel stand ein Fragezeichen. Von Wennecke führte ein Pfeil zu David mit der Bemerkung *Erpressung,* in Klammern der Name Sepp. Das Wörtchen *Warum?* war gestrichen und durch *Photographien* ersetzt. Von dort ging ein Pfeil über Hopf zu Zilly. Darunter die Bemerkung: *Aufnahmeort Laterna Magica.* Bei Zilly, Heynel und Hopf stand, jeweils mit Fragezeichen versehen, die Anmerkung *Zitate/Drohbriefe.* Und am Rand des Blattes: *Vict. – Hopf – Sherlock H. ???* Victoria mußte nicht lange nachdenken, was damit gemeint war. Sie legte die Briefe in den Nachtschrank zurück. Die Photographien zündete sie an und warf sie in den Kamin. Als sie verbrannt waren, ging sie zum Fenster. *Es ist vor allem auch Deine Schuld.* Die Schwärze der Nacht glänzte hinter Glas. Ihr Gesicht spiegelte sich darin, blaß und fremd.

Am nächsten Morgen plagte sie ein stechender Kopfschmerz. Ihr war schwindlig, und ihr Gesicht hatte Flecken. Sie nahm Therese Biddlings Bild und klopfte an Vickis Zimmer. Ihr Bett war zerwühlt und leer, Richards gerahmtes Porträt vom Nachttisch verschwunden. Louise kam herein und hielt ihr weinend einen Brief hin. »Sie schreibt, sie fährt nach Berlin zu ihrer Schwester und ihren richtigen Großeltern. Und daß ich genauso eine gemeine Verräterin bin wie Sie. Was sollen wir denn jetzt tun?«

»Ich werde Georg Biddling telegraphieren, daß sie kommt.«

»Aber sollten wir nicht…«

»Vicki ist alt genug. Sie kann selbst entscheiden, wo sie leben will.« *Bezahlen mußt Du jetzt selbst.* Der Boden bewegte sich unter ihren Füßen.

»Um Gottes willen, gnädige Frau!«

Das war das letzte, was sie hörte.

Als sie aufwachte, war es dunkel. Auf dem Nachttisch brannte eine Lampe. »Schön, daß Sie wieder bei uns sind«, sagte Heiner Braun.

Sie sah ihn verwirrt an. Er lächelte. »Sie haben uns ordentliche Sorgen gemacht, Victoria.«

»Wie spät ist es denn? Was ist passiert?«

»Sie sind zusammengebrochen, und ...«

»Wann?«

»Vor vier Tagen.«

»Aber das kann doch nicht sein! Ich muß sofort ...«

Er schüttelte den Kopf. »Sie müssen gar nichts. Außer wieder zu Kräften kommen.«

»Was ist mit Vicki?«

»Sie ist gut in Berlin angekommen«, sagte Louise von der Tür. »Ihr Vater hat mit Ihrem Schwiegervater telephoniert, und geschrieben hat sie auch.« Sie stellte eine Tasse Tee auf den Nachttisch. Heiner verabschiedete sich.

»Wie lange war Herr Braun hier?« fragte Victoria, als er das Zimmer verlassen hatte.

»Fast die ganze Zeit, gnädige Frau.«

Victoria sah verlegen zur Seite. »Weißt du, wie es seiner Frau geht?«

»Nein.« Ihr Gesicht zeigte Wut. »Es steht mir nicht zu, das zu sagen, aber es ist nicht richtig, wie Ihr Vater Herrn Braun behandelt!«

»Warum? Was war denn?«

»Er hat ihm gesagt, er duldet es nicht, daß ein verheirateter Mann bei Ihnen den Krankenpfleger spielt und daß er verschwinden soll. Andreas Hortacker hatte deswegen einen Streit mit Ihrem Vater. Auch Ihr Bruder hat sich für Herrn Braun verwandt.«

»Und Herr Braun?«

»Er versprach, sofort zu gehen, wenn Sie aufwachen.«

Victoria schämte sich entsetzlich. Wenn Braun wollte, könnte er den Stolz der Familie mit einem Satz brechen. Was er über David wußte, reichte, ihn ins Gefängnis zu bringen!

Andreas Hortacker kam herein. »Guten Abend, Victoria. Ich freue mich, daß es Ihnen besser geht.« Er setzte sich in den Lehnstuhl, in dem zuvor Heiner Braun gesessen hatte.

Unter seinem Lächeln sah Victoria Traurigkeit. »Laufen die Geschäfte nicht?«

»Doch, alles bestens. Ihr Bruder und ich arbeiten gut zusammen.«

»Mit meinem Vater kommen Sie zurecht?«

»Ja.« Er sah auf seine Hände. »Vicki hat geschrieben. Ich glaube, man hat ihr nicht gesagt, daß Sie krank sind.«

»Das ist auch gut so. Was schreibt sie?«

»Daß sie Martin Heynel heiraten wird, wenn sie zurückkommt.«

✳

Als Paul Heusohn am Freitag morgen ins Büro kam, sah Beck ihn mißgelaunt an. »Sie haben vor zwei Wochen den Karton mit Kommissar Biddlings Effekten zu Polizeirat Franck gebracht.«

»Ja. Warum?«

Beck hielt ihm den Federkasten hin. »Offenbar haben Sie nicht alles hineingetan, was hineingehörte!«

Paul merkte, wie ihm das Blut zu Kopf schoß. »Sie unterstellen mir, daß ich das gestohlen habe?«

»Sie bringen das Ding auf der Stelle zu Frau Biddling. Ist das klar?«

Paul nahm den Federkasten und stellte ihn zurück auf sein Pult. »Wenn Sie mich für einen Dieb halten, sollten Sie meine Entlassung beantragen.«

»Was fällt Ihnen ein!« schrie Beck.

Es klopfte, und Laura Rothe schaute herein. »Ich müßte Sie nachher kurz sprechen, Paul.«

»Ja.« Er sah Beck an. »Sie brauchen nicht nach Gründen zu suchen, daß ich gehe, Herr Kommissar. Ich tue es ganz von selbst.«

»Was ist denn?« fragte Laura.

Paul hatte Mühe, ruhig zu bleiben. »Daß meine Mutter ihr Geld mit Perlenfädeln verdient, gibt niemandem das Recht, uns wie Abschaum zu behandeln.«

Er wollte zur Tür. Beck stellte sich ihm in den Weg. »Sie sagen mir auf der Stelle, was mit Biddlings Federkasten los ist!«

»Sie glauben es doch sowieso nicht.«

»Frau Biddling sagte mir, daß sie ihn Paul geschenkt hat«, sagte Laura und ging.

Beck zeigte zum Pult. »Ich habe Ihnen was zum Lesen hingelegt, Heusohn.« Er räusperte sich. »Ihre Schlußfolgerung, ich suchte nach Gründen, Sie loszuwerden, nachdem ich mich bei Franck für Sie aus dem Fenster gelehnt habe, ist unplausibel und, kriminalistisch gesehen, wenig rühmlich! Meine Annahme, daß Sie einen Federhalter klauen, nachdem Sie generös vierhundert Mark in den Wind geschlagen haben, allerdings auch.«

Der Junge schluckte. »Soll das heißen, Sie entschuldigen sich bei mir?«

»Das soll heißen, daß ich beabsichtige«, er sah auf seine Uhr, »in einer Stunde zusammen mit Ihnen eine Haussuchung durchzuführen. Also widmen Sie sich zum Donnerwetter noch mal der Akte, damit Sie wissen, nach was Sie zu suchen haben!«

»Jawohl, Herr Kommissar«, sagte Paul Heusohn lächelnd.

Nachdenklich ging Laura über den Flur. Sie erinnerte sich daran, wie herablassend Kommissar Beck sie an ihrem ersten Tag in Polizeirat Francks Zimmer gemustert hatte. Mit Beck zusammenarbeiten zu müssen, war bestimmt kein Vergnügen. Paul tat ihr leid.

»Guten Morgen, Polizeiassistentin«, grüßte Martin Heynel, als sie ins Büro kam.

Sie ärgerte sich, daß sie sich freute. »Ich dachte, Sie sind im Urlaub?«

»Mehr als drei Tage hat man mir nicht genehmigt. Für das, was zu tun war, hat es ausgereicht.«

»Dann haben Sie ja allen Grund, zufrieden zu sein.«

Er hielt sie fest. »Warum hast du das getan?«

»Was?«

»Ich habe dir nie etwas vorgemacht, Laura. Daß du Vicki solche Dinge gesagt hast, war infam.«

Laura machte sich von ihm los. Als Heiner Braun ihr von Vicki Biddlings überstürzter Abreise nach Berlin erzählt hatte, hatte sie gehofft, daß für Martin das Kapitel zu Ende sei. Wie töricht sie war! Sie zeigte auf ihr Häubchen. »Kein Wort habe ich gesagt. Deine kleine Braut hat mich gesehen und eins und eins zusammengezählt.«

»Na ja, es ist noch mal gutgegangen.« Er streichelte ihre Wange. »Ich vermisse dich, Laura. Aber es ist deine Entscheidung.«

Sie kämpfte mit den Tränen. Sie vermißte ihn auch. Und sie haßte sich dafür, daß seine Berührung genügte, alle guten Vorsätze in Zweifel zu ziehen. »Wir müssen ins Gefängnis.«

»Kröpplin ruft schon an, wenn er uns braucht.«

»Die Vorstellung, daß du mit ihr… Martin, ich ertrage das nicht.«

»Die Stunden mit dir sind die glücklichsten meines Lebens«, sagte er ernst. »Nichts wird daran etwas ändern.«

Bevor sie antworten konnte, klingelte das Telephon. Mehr als ein Dutzend Dirnen war zu versorgen, und es ging schon auf Mittag zu, bis die Untersuchungen beendet waren. Martin bat Laura, allein ins Präsidium zurückzugehen, da er noch eine Besprechung habe. Ihr war es recht. Sie brauchte Zeit, nachzudenken.

Laura war keine Viertelstunde im Büro, als Paul Heusohn vorbeikam. Sie sagte ihm, daß es ihr gelungen sei, eine Hilfe zu organisieren. »Fräulein Tessa Neumann wird Ihrer Mutter ab morgen unbefristet ganztägig zur Verfügung stehen.«

Der Junge drückte ihre Hand. »Danke.«

»Lassen Sie sich von Kommissar Beck nicht allzusehr ärgern, ja?«

»Ach, wir sind uns schon wieder einig.« Er räusperte sich. »Ich weiß, daß Kommissar Biddlings Akte in Herrn Polizeirat Francks Büro liegt. Heute abend werde ich nachsehen.«

»Wenn das herauskommt, sind Sie Ihre Arbeit los! Im übrigen ist Francks Büro verschlossen.«

Er zog einen Draht aus seiner Hosentasche. »Das ist kein Hindernis für mich.«

»Könnte man damit auch Kommissar Biddlings Tür aufmachen?« fragte Laura interessiert.

»Ja. Warum?«

»Das hieße, man brauchte gar keinen Schlüssel?«

Er grinste. »Ich hoffe nur nicht, daß Sie jetzt mich in Verdacht haben.«

Kommissar von Lieben kam herein. Paul ließ den Draht verschwinden und schüttelte Laura die Hand. »Nochmals vielen Dank für Ihre Hilfe, Fräulein Rothe.«

»Keine Ursache, Herr Heusohn. Ich werde mir die Sache überlegen. Über den genauen Termin sprechen wir später.«

Von Lieben starrte den Jungen an. »Heusohn? Und weiter?«

»Paul Heusohn, Herr Kommissar.«

»Anschrift!« sagte er barsch.

»Großer Kornmarkt 4, Hinterhaus.«

Von Lieben wollte die nächste Frage stellen, als Martin Heynel hereinkam. »Was tust du hier?« fuhr er Paul an. »Mach, daß du verschwindest!«

Paul nickte Laura zu und ging. Laura sah Martin Heynel an. »Was fällt Ihnen ein, den Jungen so zu behandeln!«

Er drückte ihr eine Akte in die Hand. »Bringen Sie das in die Registratur, Polizeiassistentin. Und anschließend besorgen Sie neues Schreibpapier.«

Sie sah seiner Miene an, daß jeder Widerspruch zwecklos wäre. Auf der Treppe merkte sie, daß er ihr eine nicht abgeschlossene Sache gegeben hatte, und kehrte um. Aus dem Büro drang von Liebens Stimme. »Sorgen Sie gefälligst dafür, daß er mir aus den Augen bleibt!«

»Ich habe Ihnen gesagt, was Sache ist«, entgegnete Martin Heynel. »Alles weitere …« Er brach ab, als Laura hereinkam. Kommissar von Lieben zog seinen Mantel an und ging.

Laura gab Martin die Akte. »Die gehört überall hin, nur nicht in die Ablage. Wenn du das nächste Mal ein vertrauliches Gespräch führen willst, sag's einfach.«

Er grinste. »Entschuldige bitte, aber von Lieben sieht in jedem Proletarier gleich einen Spion der Sozialdemokratie.«

»Ach ja? Und was hast du angestellt, daß er dich erträgt?«

»Rechtzeitig alle Wurzeln gekappt.« Er küßte sie auf die Nase. »Wir haben lange keinen Sonnenuntergang mehr angeschaut, was?«

＊

Auf dem Flur brannte die Nachtbeleuchtung, als Laura sich mit Paul Heusohn vor Francks Büro traf. Der Junge bog den Draht zurecht und hantierte im Schlüsselloch. »Hoffentlich erzählt der Wachbeamte Kommissar Beck nicht, daß wir so spät noch hier waren.«

»Und wenn schon«, entgegnete Laura. »Ich habe Unterlagen für einen wichtigen Termin im Büro vergessen und Sie gebeten, mich zu begleiten, Herr Heusohn.«

Lächelnd öffnete Paul die Tür. »Das war ja einfacher, als ich dachte.«

Laura zündete die Lampe auf Francks Schreibtisch an. »Haben Sie Angst, man klaut uns?« sagte sie, als der Junge die Tür von innen verschloß. Er zuckte mit den Schultern und widmete sich einem Aktenschrank. Laura zog die Schubladen auf. Biddlings Akte lag gleich in der zweiten.

Sie lasen Zeugenvernehmungen und den Tatortbefund. Laura merkte, daß Becks akribische Beschreibung dem Jungen zu schaffen machte. Bei den photographischen Aufnahmen entschuldigte er sich und ging zum Fenster. Auch Laura hatte Mühe, die Fassung zu wahren. Sie hoffte, daß Biddlings Frau diese Bilder nie zu Gesicht bekommen würde. Sie blätterte weiter und studierte ein eingeheftetes Kuvert. »*Zu Händen des ermittelnden Beamten in Sachen Ableben des Kriminalkommissars Biddling*«, las sie leise vor.

Paul kam zurück. »Das muß der Brief sein, den Kommissar

Beck mir nicht zeigen wollte.« Er war im Begriff, den Bogen herauszunehmen, als sie Schritte hörten. Laura wurde starr vor Schreck. Paul löschte die Lampe und bedeutete ihr, sich hinter den Schreibtisch zu ducken. Durchs Fenster fiel Mondlicht, das die Konturen der Möbel erkennen ließ. Die Schritte hielten inne. Sie sahen einen schwachen Lichtschein unter der Tür. Die Klinke wurde gedrückt, und die Schritte entfernten sich.

»Wissen Sie jetzt, warum ich vorgesorgt habe, daß wir nicht geklaut werden?« sagte Paul Heusohn spöttisch.

»Für Ihr Alter sind Sie ziemlich ausgebufft«, erwiderte Laura.

Er grinste. »Wie sagt Sherlock Holmes so schön? *Omne igno-tum pro magnifico*, Fräulein Rothe.«

Sie sah ihn ernst an. »Haben Sie eigentlich mal überlegt, daß Beck einen Grund haben könnte, Sie nicht an die Akte zu lassen?«

✳

»Guten Tag, gnädige Frau.«

Als Victoria seine Stimme hörte, stritten in ihr die unterschiedlichsten Gefühle. Sie stellte das Buch zurück, in dem sie geblättert hatte. »Guten Tag, Herr Hopf. Wie immer ohne Anmeldung.«

Er verbeugte sich vor ihr. »Verzeihen Sie. Längst hätte ich Ihnen meine Aufwartung machen müssen. Aber Sie werden verstehen, daß die Umstände es nicht zuließen, an der Beerdigung Ihres Mannes teilzunehmen.«

»Sicher. Immerhin hat er Sie ins Gefängnis gesteckt.«

»Ihre Zofe sagte, daß Sie sehr krank waren.«

»Louise übertreibt.« Sie zeigte aufs Sofa. »Trinken Sie einen Kaffee mit mir?«

»Wenn Sie mir dabei von Ihrer neuesten Lektüre erzählen?«

»Sie wird Ihnen nicht gefallen.«

Er sah den Kristall auf dem Tisch liegen und lächelte. »Inwiefern?«

»*Nur der Irrtum ist das Leben, und das Wissen ist der Tod.*
Welches Wissen, Herr Hopf?«

»Ich habe nicht die geringste Ahnung, auf was Sie hinaus-
wollen, gnädige Frau.«

Sie nahm zwei von Conan Doyles Büchern aus dem Regal.
»Sherlock Holmes gibt eine Demonstration. Faust eins, Studier-
zimmer mit Pudel«, sagte sie zynisch. »*Wir sind gewohnt, daß die
Menschen verhöhnen, was sie nicht verstehen. Fürwahr, Goethe
trifft immer den Kern der Sache.*«Hopf wollte etwas sagen. Victoria winkte ab, schlug das zweite Buch auf. »*Rache ist das deutsche Wort für revenge; vergeuden Sie also nicht Ihre Zeit damit,
daß Sie nach Miss Rachel suchen!*«Sie sah ihn wütend an. »Es
wird Zeit, daß Sie mir erklären, welches Spiel Sie spielen!«

Er nahm ihr die Bücher ab. »Gestatten Sie, daß ich Holmes
antworten lasse?« Er blätterte. »*Es ist ein großer Fehler, Theorien
aufzustellen, bevor man alle Indizien kennt!* Oder wie wär's
damit: *Ich werde Ihnen nicht viel mehr über den Fall erzählen.
Ein Zauberer bekommt keinen Applaus mehr, wenn er erst seinen Trick verraten hat.*«

Sie kämpfte mit den Tränen. Erschrocken sah er sie an. »Victoria! Was ist mit Ihnen?«

»Das fragen Sie noch? Mein Mann ist tot, und Sie machen sich
lustig darüber.«

»Ganz sicher nicht«, sagte er leise. »Ich weiß, wie es ist, den
liebsten Menschen zu verlieren.«

Victoria dachte an die Photographien von David, an die
Unterlagen in Richards Nachttisch, an Heiner Brauns Worte. Sie
holte den anonymen Brief. »Es wäre freundlich, wenn Sie mir
sagten, wie und wann das Drama endet. Oder ist es etwa ein
Lustspiel?«

Er las und schüttelte den Kopf. »Wer hat das geschrieben?«

»Das sollten Sie ja wohl am besten wissen.«

»Ich erinnere mich nicht, mit Ihrem verstorbenen Mann kor-
respondiert zu haben«, sagte er verärgert.

Er sah nicht aus, als ob er log. »Und wer sonst sollte es getan
haben?«

Hopf zeigte auf die Bücher. »Sie hatten recht: Holmes' Deduktionen sind ein Konstrukt. Soll ich Ihnen sagen, wo der Fehler liegt?«

»Bitte beantworten Sie meine Frage.«

»Das ist die Antwort, gnädige Frau: Dr. Watson ist verblüfft, daß Sherlock Holmes bei der ersten Begegnung sofort weiß, daß er aus Afghanistan kommt. Warum eigentlich? Ganz davon abgesehen, daß die Gesichtsfarbe des armen Doktors nach monatelangem Hospitalaufenthalt nicht mehr allzu tropisch ausgesehen haben dürfte, kann man aus den Beobachtungen Sherlock Holmes' genausogut den Schluß ziehen, daß Watson den König von Zululand bekämpft hat.« Er grinste. »Holmes' genialische Deduktionen lassen außer acht, daß es für ein Ding zumeist mehrere Erklärungen gibt. Sie sind ein Trick des Dichters, der nie irrt, weil er den Täter kennt, bevor er die erste Zeile niederschreibt. Daß der große Detektiv sich brüstet, im Gegensatz zu gewöhnlichen Menschen rückwärts – also vom Ergebnis zum Ursprung – denken zu können, entbehrt daher nicht einer gewissen Komik. Die Wirklichkeit ist nicht immer die Wahrheit. Und wenn ein Mensch beschließt, sein Leben ...«

»Richards Tod war kein Selbstmord!«

»Im Gegensatz zu Holmes' Afghanistan-Deduktion war das Untersuchungsergebnis eindeutig, oder?«

Victoria sah ihn mißtrauisch an. »Warum wollen Sie mich abhalten, den Tod meines Mannes zu untersuchen?«

»Abhalten? Weshalb sollte ich?« Er nahm den Kristall. »Sagen Sie mir, welche Farbe er hat.«

»Das Spiel haben Sie schon mit meiner Tochter gespielt, Herr Hopf.«

Er öffnete das Fenster und hielt den Stein in die Sonne. »Im Wald scheint er grün, unter dem Himmel blau. Im Feuer hat er eine, im Licht alle Farben. Wie könnten wir uns anmaßen zu sagen, welche die wahrhaftigste ist?«

»Und welche haben Sie der Hure geschenkt?«

»Einsamkeit ist grau. Zilly hat niemandem etwas weggenommen.« Er legte den Kristall auf den Tisch zurück. »Ich wünsche Ihnen alles Gute, Victoria.«

»Sie wollen schon gehen?«

»Ich muß«, sagte er. »Meine Verlobte erwartet mich.«

Nach dem Abendessen nahm Victoria die Unterlagen aus Richards Nachtschrank und fuhr ins Rapunzelgäßchen. Helena sagte ihr, daß Heiner mit einem Bekannten ausgegangen sei, und sie wollte gerade gehen, als Laura Rothe nach Hause kam. »Ich habe Neuigkeiten, Frau Biddling. Wenn Sie möchten, kommen Sie doch kurz mit.«

Victoria folgte ihr die düstere Treppe nach oben. Es war ein seltsames Gefühl, Richards früheres Zimmer zu betreten. Die Vorhänge hatten eine andere Farbe. Auf dem Nachtschränkchen stand keine Photographie. Laura bat sie, Platz zu nehmen. »Ich hoffe, es geht Ihnen wieder gut?«

Victoria nickte. Sie legte die Briefe auf den Tisch und setzte sich. »Sie sagten, daß Helena krank sei. In unserem Gespräch vorhin schien sie mir wie immer.«

»Seit fast zwei Wochen hat sie keine Anzeichen der Krankheit mehr gezeigt, und Herr Braun hat die Hoffnung, daß es doch wieder gut wird. Ich wünsche mir nichts mehr, als daß er recht hat.« Sie lächelte. »Paul hat übrigens nicht das geringste bißchen Verdacht geschöpft.«

»Das ist schön.« Victorias Blick schweifte durchs Zimmer. »Wissen Sie eigentlich, daß mein Mann früher hier gewohnt hat?« Sie zeigte auf die Dachschräge. »Dahinter hat er mal einen Koffer von mir versteckt.«

Laura untersuchte die Holzverkleidung. »Ein Hohlraum, tatsächlich. Und warum?«

»Ich habe mich zuviel in seine Ermittlungen eingemischt. Aber um alte Geschichten zu hören, haben Sie mich nicht heraufgebeten, oder?«

Laura schüttelte den Kopf. »Ich weiß jetzt, wie Ihr Mann in den Stadtwald gekommen ist. Er wurde von zwei Männern in der Kronprinzenstraße abgeholt. Und zwar mit einem Automobil, wie es der Schriftsteller Otto Julius Bierbaum für seine Reise nach Italien benutzt hat. Ein roter Adler Phaeton. Ich habe extra in der Stadtbibliothek nachgesehen.«

Am nächsten Morgen hätte Laura um ein Haar verschlafen, und es waren einige Minuten über die Zeit, als sie ins Polizeipräsidium kam. Sie entschied, gleich ins Gefängnis zu gehen. Die Wache war unbesetzt. Sie war nicht böse darum, dem unsympathischen Kröpplin nicht begegnen zu müssen. Im Hof sang ein Vogel, aus dem Untersuchungszimmer kamen Geräusche. Laura sah auf ihre Uhr. Hatte Dr. Reich etwa schon angefangen? Sie öffnete die Tür – und glaubte, ihren Augen nicht zu trauen. Zouzou lag auf dem Tisch, Kommissar von Lieben stand mit heruntergelassener Hose vor ihr. Kröpplin saß rittlings auf einem Stuhl und schaute zu.

»Guten Morgen!« sagte Laura.

Dem Wachtmeister gefror das Grinsen im Gesicht. Von Lieben fuhr herum und riß die Hose hoch. »Verdammt! Was machen Sie hier?«

»Meine Arbeit. Im Gegensatz zu Ihnen.«

Zouzou kletterte vom Tisch und brachte ihr Kleid in Form. Von Lieben nestelte an den Knöpfen seiner Hose.

»Was ist hier los?« fragte Martin Heynel in Lauras Rücken.

Sie drehte sich zu ihm um. »Das ist ja wohl kaum zu übersehen.«

Martin warf von Lieben und Kröpplin wütende Blicke zu. Beide gingen ohne ein Wort. Dr. Reich kam herein und fing mit der Untersuchung an, als sei nichts geschehen. Laura konnte es nicht fassen.

»Was gedenkst du, dagegen zu unternehmen?« fragte sie auf dem Rückweg ins Präsidium.

Martin Heynel zuckte die Schultern. »Von Lieben ist ein ausgemachter Dummkopf. Er hat sich von diesem Miststück verführen lassen.«

»Das war ja wohl andersherum! Und ich werde ganz bestimmt nicht dulden, daß das noch mal vorkommt!«

»Ich kümmere mich darum.«

»In welcher Weise?«

»Das lassen Sie meine Sorge sein, Polizeiassistentin«, sagte er förmlich.

»Es ist meine Aufgabe, für den ordnungsgemäßen Ablauf der Untersuchungen zu sorgen! Ich werde mit Polizeirat Franck sprechen.«

»Du erwartest hoffentlich nicht, daß ich gegen meinen Chef aussage.«

»Du läßt mich im Regen stehen?«

Er berührte ihren Arm. »Laura, bitte. Franck wird dir nicht glauben. Und ich habe nicht genug gesehen, um einen großen Bahnhof daraus zu machen.«

»Aber ich! Und Zouzou …«

»Keinen Ton wird sie sagen. Genausowenig wie Kröpplin und Lieben.«

Laura war so wütend, daß ihr die Worte fehlten. War das der Grund, warum sie morgens immer von Wachtmeister Kröpplin angerufen wurden? Warum Kommissar von Lieben nie mit ihnen gemeinsam ins Gewahrsam ging? Warum Martin ihn wegen der vorgeblich falsch terminierten Frühermittlung so angeschnauzt hatte? Wie lange ging das schon? Und was wußte Martin? Den ganzen Tag über konnte sie an nichts anderes denken. Zum Feierabend stand ihr Entschluß fest. Sie nahm eine Droschke und fuhr zu Cornelia von Tennitz.

Die Gräfin empfing sie im Wintergarten. Sie trug einen Kopfverband und lächelte, als sie Lauras entsetzten Blick sah. »Mein Pferd war etwas stürmisch. Was kann ich für Sie tun?«

»Auf Ihrer Geburtstagsfeier erwähnten Sie, daß Sie Herrn Polizeirat Franck näher kennen. Ich müßte ihn in einer heiklen Angelegenheit sprechen und weiß nicht, wie ich es am besten anfangen soll. Vielleicht könnten Sie mir einen Rat geben?«

Drei Tage vergingen. Kommissar von Lieben saß morgens pünktlich im Büro, Kröpplin machte dumme Sprüche wie eh und je, und Martin Heynel tat, als sei nichts vorgefallen. Lauras Versuche, zu reden, bügelte er ab. Abwarten, hatte die Gräfin geraten. Überlegt vorgehen. Aber wie, wenn niemand bereit war, auszusagen? Der vierte Tag war ein Sonntag, und Laura hielt es nicht mehr aus.

Cornelia von Tennitz trug noch immer den Verband. Sie war stark geschminkt und wirkte müde. »Ich kann Ihnen nur empfehlen, mit Ihrer Anzeige zu warten, bis Sie handfeste Beweise haben. Die Sache mit Oberwachtmeister Heynel war ein Fehler, Laura. Bitte halten Sie mich auf dem laufenden.«

✳

Abschrift

Krankenhaus der	*Berlin, den 9. Oktober 1902.*
Jüdischen Gemeinde	*Auguststr. 14/15.*

Die Krankenpflegerin Laura Rothe bedarf wegen hysterischer Aufregungszustände mit Selbstmordversuchen der Aufnahme in einer Irrenanstalt.

gez. Prof. Dr. Isroel

Die Übereinstimmung bescheinigt.
Pankow, den 18. März 1904.
der Amts-Vorsteher
J. A. Broda.
Amtssekretär.

Am Montag wurde Laura kurz vor Dienstschluß zu Polizeirat Franck gerufen. »Sie werden sich an meine Worte anläßlich Ihrer Anstellung erinnern«, sagte er förmlich.

Laura nickte. Sie hatte keine Ahnung, auf was er hinauswollte.

»Mir ist zu Ohren gekommen, daß sich Ihre Zusammenarbeit mit Herrn Heynel nicht auf Dienstliches beschränkt, Fräulein Rothe.«

Laura dachte, sie müsse im Erdboden versinken. »Wer behauptet das?«

»Ich weiß, daß Sie mindestens einmal in seiner Wohnung waren.«

»Ich hatte wegen einer Fürsorgesache etwas mit Oberwachtmeister Heynel zu besprechen.«

»So. Und das können Sie nicht während des Tages hier im Präsidium erledigen?« Er sah sie verächtlich an. »Unterhalten Sie zu Herrn Heynel ein intimes Verhältnis, Fräulein Rothe?«

»Nein!«

»Warum waren Sie im Irrenhaus?«

»Wie bitte?«

Er nahm einen Brief aus seinem Schreibtisch. »Soll ich es Ihnen schriftlich geben?«

Laura hatte Mühe, Worte zu finden. »Es war eine schwierige Zeit. Mein Beruf und die private Situation gaben mir nicht, was ich erhofft hatte.«

»Und deshalb wollten Sie dem Ganzen gleich ein Ende machen?«

»Ich bitte Sie, Ihr Urteil über mich nicht an vergangenen Dingen...«

»Ein Selbstmörder in diesem Präsidium reicht mir!«

»Dürfte ich erfahren, auf welchem Wege Sie Kenntnis von diesem Schreiben erhalten haben?«

»Das tut nichts zur Sache.«

Laura fühlte plötzlich Wut. »Ach nein? Daß dieser Brief auftaucht, nachdem ich geäußert habe, einige Mißstände aufdecken zu wollen, ist ja wohl mehr als auffällig.«

»Welche Mißstände?«

»Daß Polizeibeamte in den Untersuchungszellen mit festgenommenen Prostituierten den Beischlaf vollziehen.«

Franck starrte sie an. »Was sagen Sie da?«

Laura berichtete ihm, was sie beobachtet hatte. Francks

Miene versteinerte. »Ich werde Gespräche mit allen Beteiligten führen und Sie meine Entscheidung wissen lassen.«

Laura nickte und ging zurück ins Büro. Es war leer. Sie nahm die Schnapsflasche aus Liebens Schreibtisch und trank. Das Zeug brannte in der Kehle, aber die Wärme tat gut. Als Martin Heynel hereinkam, stürzte sie ohne ein Wort an ihm vorbei, und erst im Rapunzelgäßchen kam sie wieder zu sich. Sie ließ sich auf ihr Bett fallen und weinte sich in den Schlaf.

In der Nacht wachte sie auf. Ihre Zunge lag pelzig im Mund, und das Zimmer drehte sich. Ihr war zum Gotterbarmen übel. Im Flur war es stockdunkel, die Treppe kam ihr weich wie Watte vor. Noch bevor sie das Erdgeschoß erreichte, wußte sie, daß sie es nicht bis nach draußen schaffen würde. Sie klammerte sich an das Geländer und übergab sich.

»Um Gottes willen, Fräulein Rothe!« hörte sie Heiner Brauns Stimme. Am liebsten wäre sie gestorben vor Scham. Er stellte seine Lampe auf die Treppe und griff ihr unter die Arme. »Kommen Sie. Ich bringe Sie in Ihr Zimmer.«

»Bitte, ich will erst saubermachen.«

»Das erledige ich«, sagte Helena. Sie war im Nachthemd und hatte ein Schlafhäubchen auf. »Sie dürfen mir dafür das nächste Mal beim Hausputz helfen«, fügte sie hinzu, als Laura protestierte.

Heiner brachte sie nach oben und füllte die Waschschüssel. Das kalte Wasser tat gut. Laura trocknete sich Gesicht und Hände und setzte sich aufs Bett. Heiner Braun holte einen Eimer. »Damit Sie beim nächsten Mal nicht so weit laufen müssen, hm?«

»Es tut mir so entsetzlich leid.«

»Ach was.«

Sie schlug die Hände vors Gesicht. »Ich hab's verdorben. Genau wie in Berlin. Ich hasse mich dafür.«

Er setzte sich zu ihr. »Sie sind eine tüchtige und liebenswerte junge Frau. Sie sollten solche Dinge nicht sagen.«

»Tüchtig genug, den Lückenbüßer zu spielen, solange sich das hochwohlgeborene gnädige Fräulein ziert, ja. Polizeirat Franck weiß Bescheid.« Sie hielt ihm ihre Handgelenke hin.

»Über das auch.« Sie weinte. »Philipp hätte mich geheiratet. Aber ich habe Nein gesagt. Und doch so sehr gehofft, daß es einen Weg für uns gibt. Daß er versucht, mich zu verstehen. Drei Wochen später war er mit einer anderen verlobt.« Ihre Stimme wurde zum Flüstern. »Wie kann er mich denn je geliebt haben? Und Martin … Er hat mir von Anfang an gesagt, was er will. Und wieder war ich so töricht, zu hoffen.« Sie brachte es gerade noch fertig, ihren Kopf über den Eimer zu halten. Es war, als würge sie ihr ganzes galliges Leben aus sich heraus.

Heiner half ihr, sich hinzulegen und deckte sie zu. »An was für einem Zeug haben Sie sich vergriffen, hm?«

Sie schloß die Augen und dachte an die leeren Seiten in ihrem Album. Nichts als Seifenblasen. In Francks Büro waren sie mit einem häßlichen Plopp zerplatzt. Heiner strich ihr übers Haar. »Gefühle sprechen nun mal nicht gern mit dem Verstand. Versuchen Sie, zu schlafen. Morgen sieht die Welt wieder besser aus.«

Sie faßte seine Hand. »Es stimmt nicht, was ich Ihnen gesagt habe. Mein Vater weiß sehr wohl, daß ich in Frankfurt bin. Ich bin gegen seinen Willen aus der Jüdischen Gemeinde ausgetreten. Er will mich nie wiedersehen.« Tränen liefen ihr über die Wangen. »Martin ist der einzige Mensch, den ich habe, Herr Braun. Was soll ich denn tun?«

Er berührte die hellen Linien an ihrem Handgelenk. »Leben, Laura.«

Als sie aufwachte, schien die Sonne ins Zimmer. Auf ihrem Nachttisch stand ein Krug. Der Geruch verriet ihr den Inhalt. Wer hatte ihn dahin gestellt? Und was sollte der Eimer vor dem Bett? Plötzlich fiel ihr ein, was geschehen war. Und daß sie gotterbärmlich verschlafen hatte!

Sie hatte sich gerade angekleidet, als Heiner Braun hereinschaute. »Guten Morgen! Sind Sie wieder unter den Lebenden?«

»Fast. Wie spät ist es?«

»Zehn Uhr durch. In Anbetracht Ihres Zustandes habe ich mir erlaubt, Sie im Präsidium krank zu melden.«

»Man wird es mir als Schuldeingeständnis auslegen.«

Er zeigte auf den Krug. »Trinken Sie ein Gläschen, und das Leben wird wieder bunt.«

»Ihren Grindbrunnen in Ehren. Aber mir ist schon schlecht.«

»Sie verschmähen Francofurtias wundersame Quelle sulphurischer Kraft gegen Gicht und Kupfernasen?« Er zuckte mit den Schultern. »Was soll man von den Preußen anderes erwarten.«

Laura mußte lachen. »Wie ich Ihnen bereits sagte, kommen meine Ahnen aus Bayern, Herr Braun.«

»Die sind auch nicht besser. Was möchten Sie zum Frühstück? Sie haben die Wahl zwischen …«

»Später, ja?« Sie sah auf ihre Hände. »Ihre Furcht heute nacht war unbegründet. Der Tod ist ganz gewiß kein Ausweg. Vor allem nicht, nachdem ich von Frau Biddling weiß, welchen Schmerz man den Menschen zufügt, die zurückbleiben. Haben Sie ein bißchen Zeit?«

Er nickte. »Aber vorher hole ich uns einen Kaffee.«

»Ich bin überzeugt, daß die Denunziation bei Polizeirat Franck nicht zufällig erfolgt ist«, sagte sie, als er zurückkam.

Heiner Braun sah sie nachdenklich an, als sie geendet hatte. »Sind Sie sicher, daß es Martin Heynel war, der Sie angezeigt hat?«

»Niemand außer ihm weiß, daß ich in seiner Wohnung gewesen bin.« Sie überlegte. »Doch. Fräulein Biddling wußte es auch. Aber sie ist in Berlin.« Sie sah ihn traurig an. »Sie glauben, daß Martin etwas mit dem Fall Wennecke und vielleicht sogar mit Kommissar Biddlings Tod zu tun hat, nicht wahr?«

»Ich halte wenig davon, Gerüchte in die Welt zu setzen.«

»Erinnern Sie sich an die Geschichte mit dem Stinkturm? Sie sagten, Wenneckes Mörder müsse sich in der städtischen Kanalisation auskennen. Martin hat ein Buch über Frankfurter Kanalbauten in seinem Büro stehen. Und nicht nur das.« Sie erzählte ihm von ihrem Erlebnis im Citronengäßchen. »Ich wollte es Ihnen schon früher sagen, aber weil Kommissar Biddling behauptete, es gebe keine gangbare Kanalverbindung zwischen Pokorny und diesem Stinkturm, habe ich es nicht für nötig gehalten.« Sie schluckte. »Martin hat mit allen Mitteln versucht, mich über den Abend auszufragen, an dem wir in Herrn Biddlings Büro den Abschiedsbrief fanden. Aber nach den Vorfällen im Gewahrsam… Vielleicht war der Fall Wennecke gar nicht das Problem? Ich weiß einfach nicht, woran ich bei ihm bin.«

»Der Abschiedsbrief paßt nicht zu Heynel«, sagte Heiner. »Und auch nicht der Ort, an dem es geschah.«

»Trotzdem vermuten Sie, daß er in die Sache verwickelt ist.«

»Ja«, sagte er zögernd.

Sie nahm seine Hand. »Ich kann nicht versprechen, daß ich von ihm geheilt bin. Aber daß ich ihm gewiß nichts von Ihren Überlegungen weitersage, schon.«

Als Laura am nächsten Morgen ins Präsidium kam, hatte sie das Gefühl, jeder wisse Bescheid. Feixten die Wachbeamten nicht hinter ihrem Rücken? Sah die Angestellte des Einwohnermeldeamtes sie nicht merkwürdig an? Klang der Morgengruß von Kommissar Beck nicht noch verächtlicher als sonst? Bevor sie Liebens Büro erreichte, wurde sie zu Franck gerufen. Was der Polizeirat ihr mitzuteilen hatte, war knapp und unmißverständlich.

Martin Heynel saß an seinem Schreibtisch, als sie ins Büro kam. Seine Augen waren schmal vor Zorn. »Wie kannst du es wagen, Franck solche Ammenmärchen zu erzählen?«

Laura wunderte sich, wie gleichgültig ihr sein Ausbruch war.

»Ich warte auf eine Erklärung, Laura!«

»Ich auch, Herr Heynel.«

»Was soll das heißen?«

Sie sah ihn an und konnte nicht begreifen, wie sie sich je auf ihn hatte einlassen können. »Du tust alles, um deine Karriere zu fördern, nicht wahr?«

»Du hast Franck…«

»…die Wahrheit gesagt, ja.«

»Zouzou wird das nicht bestätigen! Und von Lieben ist in Urlaub.«

»Wie praktisch.«

Er faßte sie am Arm, daß es weh tat. »Was fällt dir ein, Franck zu sagen, daß wir beide ein Verhältnis haben!«

»Ich? Das ist ja wohl ein Witz.« Sie kämpfte mit den Tränen. »Ich habe dich wirklich ...« Sie verschluckte den Rest. Er hatte lange genug auf ihren Gefühlen herumgetrampelt. »Wie bist du an den Brief gekommen?«

Er ließ sie los. »Welchen Brief?«

Er war der perfekte Schauspieler. Keine Regung in seinem Gesicht, die nicht Verwunderung ausgedrückt hätte. Es war leicht, ihm zu glauben, wenn man nur wollte. »Du hast es von Anfang an gewußt. Es war deine Versicherung für den Dachboden, nicht wahr? Dein starker Arm, den du lächelnd weggezogen hast. Sie haben Ihr Ziel erreicht, Herr Heynel. Die Schlacht ist beendet.«

»Herrgott noch mal! Von was redest du?«

»Wir reden in zwei Sprachen und leben in zwei Welten.«

»Laura! Könntest du mir langsam sagen, was ...«

»Polizeirat Franck hat mir soeben mitgeteilt, daß ich bis zum Ende meiner Probezeit bleiben kann, wenn ich kein weiteres Wort über die«, sie lachte verächtlich, »*leidliche Angelegenheit* verlauten lasse. Ich schweige, halte mich von Ihnen fern und erhalte im Gegenzug ein angemessenes Zeugnis. Das ist doch großzügig, oder?«

Er sah sie an, als überlege er, ob sie übergeschnappt sei.

»Herr Franck hat verfügt, daß ich ab sofort Kommissar Beck als Schreibfräulein assistiere. In Anbetracht der Umstände halte ich es für tunlich, zur förmlichen Anrede zurückzukehren, Oberwachtmeister.«

Das Telephon klingelte. Laura nahm ihren Federkasten und das Tintenfäßchen vom Schreibtisch. »Sie können Herrn Kröpplin bestellen, daß er sich seine morgendlichen Lagemeldungen ab sofort sparen kann.« Bevor er etwas erwidern konnte, ging sie.

Kapitel 23

Abendblatt   Dienstag, 26. Juli 1904

Frankfurter Zeitung
und Handelsblatt

Gerichtsverfahren und Presse. Der gestern gegen die »Frankfurter Zeitung« vor der hiesigen Strafkammer verhandelte Prozeß wegen angeblicher Veröffentlichung amtlicher Aktenstücke ist nach der Stellungnahme des Gerichtshofes von grundsätzlicher Bedeutung für die ganze Presse, weil die Gerichtsentscheidung die Möglichkeit einer zuverlässigen Berichterstattung in Gerichtsangelegenheiten geradezu in Frage stellt.

Nach § 17 des Preßgesetzes dürfen die Anklageschrift oder andere amtliche Schriftstücke eines Strafprozesses durch die Presse nicht eher veröffentlicht werden, als bis sie in öffentlicher Verhandlung kundgegeben sind oder das Verfahren sein Ende erreicht hat. Diese Bestimmung ist bisher niemals, auch in der Rechtsprechung nicht, dahin verstanden worden, daß eine Benutzung der Anklageschrift den Zeitungen überhaupt verboten sei.

Nach dieser von den Gerichten stets anerkannten Praxis muß es überaus befremden, daß gegen die »Frankfurter Zeitung« wegen des Vorberichts über den Prozeß Groß-Stafforst Anklage erhoben wurde, noch mehr aber, daß und wie hier eine Verurteilung zustande gekommen ist.

Noch verwunderlicher als die Verurteilung des Berichterstatters ist die Verurteilung des verantwortlichen Redakteurs, dessen Freisprechung sogar der Staatsanwalt beantragte.

G rinsend faltete Kommissar Beck die Zeitung zusammen. »Das kommt davon, wenn die Journaille glaubt, ihre Nase in alles und jedes hineinstecken zu müssen.«

»Was denn?« fragte Paul Heusohn. Er wirkte abwesend.

»Daß die Berichterstattung im Fall Lichtenstein unverschämt

war, steht ja außer Frage. Wobei die Artikel über die Gerichtsverhandlung durchaus moderat waren im Vergleich zu den
bluttriefenden Greuelgeschichten zuvor.«

»Ja«, sagte Paul Heusohn.

Beck blätterte in den Polizeilichen Mitteilungen. »Sachen
gibt's. Zwei Gestalten, die nicht mal ihren Namen schreiben
können, haben einen Pfandschein für eine Schreibmaschine
einstecken, und behaupten dreist, das sei normal! Weiß der
Himmel, wo sie das Ding haben mitgehen lassen. Sagen Sie –
hören Sie mir überhaupt zu?«

»Was? Ja, Herr Kommissar.«

Er zuckte die Schultern. »Herr Franck hat nun einmal verfügt,
daß Sie ab morgen mit Oberwachtmeister Heynel arbeiten.«
Der Junge sah so geknickt aus, daß Beck lächeln mußte. »Haben Sie ein Problem mit Herrn Heynel?«

»Selbstverständlich nicht, Herr Kommissar.«

»Was ist es dann?«

»Nichts, Herr Kommissar.«

»Mit Ihnen stimmt doch etwas nicht.« Beck fixierte ihn. »Warum haben Sie Franck ein leeres Blatt zur Unterschrift hingelegt?«

Paul wich seinem Blick aus. »Das war ein Versehen.«

»Schauen Sie mich gefälligst an, wenn ich mit Ihnen rede!
Was brüten Sie aus, Heusohn?«

»Ich? Nichts.«

Das Telephon läutete. Beck meldete sich. »Ja. Einen Moment,
bitte.« Er hielt Paul Heusohn den Fernsprecher hin.

»Was wollte Dr. Popp von Ihnen?« fragte er, als der Junge das
Gespräch beendet hatte.

»Nichts Besonderes, Herr Kommissar.«

»Die Entscheidung Francks war richtig«, sagte Beck kühl.
»Wenn Sie kein Vertrauen haben, hat eine Zusammenarbeit
wenig Sinn.«

✳

Laura saß am Tisch und las, als Heiner Braun mit einem Teller Waffeln hereinkam. »Sie haben noch nichts zu Abend gegessen, oder?«

Sie klappte das Buch zu. »Die riechen ja gut!«

Er setzte sich zu ihr. »Die schmecken auch gut. Wie gestaltet sich die Zusammenarbeit mit Ihrem neuen Chef?«

»Er legt mir stapelweise Berichte hin, die ich abzutippen habe. Wenn er in zehn Stunden acht Sätze sagt, ist es viel.«

»Besser, er schweigt, als daß er Sie drangsaliert.« Heiner nahm das Buch. Es war in graues Leinen gebunden, der Titel weiß eingeprägt. Darunter prangte die Photographie eines korpulenten Mannes und einer jungen, hübschen Frau. Beide trugen Staubmäntel, Schals und hohe Schirmmützen. »*Eine empfindsame Reise im Automobil. Von Berlin nach Sorrent und zurück an den Rhein*«, las er amüsiert. »Die beiden schauen eher aus, als ob sie mit Generalfeldmarschall Waldersee zur Bekämpfung des Boxeraufstandes nach China ausrücken wollten.«

Laura lachte. Sie zeigte Heiner die Photographie eines Automobils, das einen Gebirgspaß hinauffuhr. »So sah der Wagen aus, mit dem Herr Biddling abgeholt wurde.«

Heiner studierte das Bild. »Neun Stück gibt es davon in Frankfurt?«

»Wenn es stimmt, was Herr Beck ermittelt hat, ja. Bedenkt man, daß das Ergebnis für ihn längst feststand, hat er sich richtig Mühe gegeben. Aber alle Besitzer haben ein Alibi. Allein sechs waren beim Gordon-Bennett-Rennen.«

»Der Tag war geschickt gewählt«, sagte Heiner. »Das Automobil kann sonstwoher gekommen sein.«

»Oder es war tatsächlich Herr Hopf. Daß er Frau Biddling und ihre Tochter ausgerechnet in einem solchen Wagen spazierenfährt, ist doch ein merkwürdiger Zufall, oder?«

Heiner zuckte die Schultern. »Es wäre äußerst dumm von ihm. Auf jeden Fall bleibt die Frage, wer der zweite Mann war.«

»Und warum sie Kommissar Biddling an den Hinterausgang der *Laterna Magica* bestellten. Womit wir wiederum bei Fräulein Zilly wären. Ich kann mir gut vorstellen, daß sie diese anonymen Briefe geschrieben hat und sie später aus Herrn Biddlings Büro entfernte.«

»Wie sollte sie das denn angestellt haben? Im übrigen habe ich Zweifel, ob eine Dirne Sherlock Holmes liest.«

»Sie liest ja auch Schiller und Goethe.«

»Ts! Die Namen unserer größten Dichter in einem Atemzug mit einem englischen Detektiv zu nennen, ist höchst frevelhaft, gnädiges Fräulein.«

Laura grinste. »Größter Dichter? Sagten Sie nicht, daß das Friedrich Stoltze ist?« Sie wurde ernst. »Nach den Unterlagen, die Frau Biddling übergeben hat und dem, was Sie über die verschwundenen Briefe gesagt haben, können wir jedenfalls ausschließen, daß sie von Martin Heynel stammen. Soweit ich das sehen konnte, hat er in seiner Wohnung kein einziges Buch stehen, und daß er kein Französisch spricht, weiß ich ganz bestimmt. Er konnte die Speisekarte bei Gräfin von Tennitz' Diner nicht lesen.«

»Das Problem ist, daß mir einfach kein Grund einfallen will, warum Zilly Kommissar Biddling erpreßt und nach dem Leben getrachtet haben sollte«, sagte Heiner.

»Ich habe die Vernehmung gelesen, die er mit ihr gemacht hat«, entgegnete Laura. »Vielleicht wollte sie nicht den Kommissar, sondern jemand anderen erpressen, und Herr Biddling kam ihr mit seinen Ermittlungen dazwischen.«

»Es fragt sich nur, mit welchen Ermittlungen. Die ersten Drohschreiben sind drei Jahre alt.«

»Unter Umständen gibt es eine Verbindung zwischen Fräulein Zilly und der Familie von Herrn Biddling, die wir nicht kennen.«

Heiner sah sie forschend an. »Inwiefern?«

Sie wich seinem Blick aus. »Ich war heute auf dem Grundbuchamt. Das Haus in der Elbestraße gehört einem Herrn Schmiedbauer aus München.«

»Vermutlich ein Strohmann, ja. Und weiter?«

»Nichts weiter.«

»Fräulein Rothe! Sie wissen doch etwas.«

Laura kämpfte mit sich. »Nun … Ich habe Informationen über Zilly und Gräfin von Tennitz.« Sie holte Henriette Arendts Bericht aus dem Schrank. »Aber bitte: Ich habe der Gräfin mein Wort gegeben, über ihre Familie zu schweigen.«

Heiner nickte und las. »Das erklärt allerdings einiges. Vor allem auch diese alte Sache mit Victorias Cousin. Zilly könnte durchaus über Gräfin Tennitz davon erfahren haben. Sie hat damals in Frankfurt gelebt und zog kurz nach dem Tod von Eduard Könitz weg.« Er gab Laura den Brief zurück. »Auf jeden Fall würde es mich jetzt nicht mehr wundern, wenn in der *Laterna* eine Schreibmaschine mit schmutzigem e herumstünde.«

»Was haben Sie vor, Herr Braun?«

»Ich werde Zilly einen Besuch abstatten.«

»Sie sind pensioniert!«

»Auch im Ruhestand fühle ich mich rüstig genug, ein Bordell aufzusuchen, gnädiges Fräulein.«

Sie lachte. »Sie dürfen Laura zu mir sagen, Wachtmeister.«

Victoria hatte versucht, Karl Hopf in Niederhöchstadt zu erreichen, eine Nachricht hinterlassen und keine Antwort bekommen. Wenn sie an das Automobil dachte, lief ihr ein Schauer über den Rücken. Er hatte gesagt, er habe es ausgeliehen. Wann? Von wem? Soweit sie sich erinnerte, hatte er am Tag des Gordon-Bennett-Rennens keine Reithose getragen. Aber auch keinen Automobilmantel. Jedenfalls war er so spät gekommen, daß er alle Zeit gehabt hätte, zu erledigen, was zu erledigen war. Konnte er wirklich so kaltblütig sein, mit der Ehefrau und der Tochter seines Opfers zu scherzen? *Ist Ihr Mann nicht hier? Er kommt nach. Das ist inzwischen unwahrscheinlich, oder?* Allein der Gedanke ließ ihre Hände zittern.

Für Kommissar Beck und Polizeirat Franck war die Sache abgeschlossen, eine Unannehmlichkeit, an die man nicht mehr erinnert werden wollte. Und sie hatte keinen Beweis, nichts, das es ihr ermöglichte, offen gegen Hopf vorzugehen. Erst

recht nicht, nachdem er bereits einmal ungerechtfertigt eingesperrt worden war. Andererseits: War er nicht ehrlich betroffen
gewesen? Und sein verstörter Gesichtsausdruck, als er den anonymen Brief gelesen hatte – konnte sich ein Mensch derart
verstellen? Sie hatte mit Heiner Braun darüber gesprochen, und
daß er ihre Bedenken nicht hatte zerstreuen können, machte es
nicht leichter. Vielleicht hatte Richard irgend etwas über den
Tod von Hopfs Frau herausgefunden, das nicht in den Unterlagen des Schönberger Gendarmeriewachtmeisters stand? Aber
was? Wo verbarg sich die Wahrheit in diesem Gestrüpp aus
Merkwürdigkeiten? *Im Feuer hat er eine, im Licht alle Farben.*
War Hopf nicht wie dieser Stein?

Dreieinhalb Wochen nach Ferienbeginn erhielt Victoria einen
langen Brief von Georg Biddling und einen kurzen von Flora.
Sie mußte zweimal lesen, bis sie begriff, daß ihre jüngste Tochter sich entschieden hatte, in Berlin zu bleiben. Ihr Vater wurde
wütend, als sie es ihm sagte, aber Victoria dachte nicht daran,
mit ihm zu streiten. Andreas Hortacker bot an, sich um die Formalitäten zu kümmern, und sie war ihm dankbar dafür. Am
gleichen Abend telegraphierte sie Georg Biddling ihr Einver-
ständnis. In der Nacht schlief sie schlecht, am Morgen stand sie
früh auf. Nach dem Frühstück ging sie in die Bibliothek und
beantwortete Ernsts letzten Brief. Sie war gerade fertig, als
David hereinkam.

»Guten Morgen, Schwester«, sagte er lächelnd.

Victoria dachte an die Photographien, und es schauderte sie.
»Was kann ich für dich tun?«

»Ich wollte nur einmal schauen, wie es dir geht.«

»Wie soll es einer Mutter gehen, der die Kinder davongelaufen sind.«

Er legte ihr die Hände auf die Schultern, eine seltene Geste
der Vertraulichkeit. »Vielleicht ist es nicht das Verkehrteste,
wenn die beiden in Berlin ein bißchen Abstand bekommen.«

Sie steckte den Brief in ein Kuvert. »Na, sag schon, wo der
Schuh drückt.«

»Ich habe das Gefühl, seit Richards Tod gehst du mir aus dem Weg.«

»Ach was.«

»Hast du schon seine Unterlagen durchgesehen?«

»Warum?«

»Andreas meinte, wenn du Hilfe brauchen solltest ...«

»Warum sagst du nicht einfach, was du von mir willst?«

»Ich sorge mich um dich.«

Sie klebte das Kuvert zu und schrieb Ernsts Adresse darauf. »Ich kann dich beruhigen: Hopfs Photographien sind vernichtet.«

Ihm blieb vor Erstaunen der Mund offenstehen. »Du weißt ...?«

»Ja.« Victoria legte den Brief weg. Sie konnte ein Zittern in ihrer Stimme nicht verbergen. »Hast du etwas mit Richards Tod zu tun?«

David wurde blaß, dann rot. Er faßte sie so hart am Arm, daß sie aufschrie. »Du denkst, ich hätte deinen Mann umgebracht? Das glaubst du wirklich von mir?«

Victoria hatte ihn noch nie so aufgebracht gesehen. »Ich weiß nicht, was ich glauben soll, David.«

Er ließ sie los. »Dann tut es mir leid.«

Er wollte gehen, aber sie hielt ihn zurück. »Bitte, beantworte mir eine Frage: Wenn Hopf die Bilder gemacht hat, und dieser Wennecke dich damit erpreßte, dann müssen sich die beiden gekannt haben, oder?«

»Ich habe keine Ahnung, mit wem Herr Hopf Umgang pflegt. Er sagte mir, daß ihm die Bilder gestohlen wurden. Ich habe keinen Grund, daran zu zweifeln. Das habe ich deinem Mann übrigens auch gesagt.«

»Warum hast du solche Aufnahmen überhaupt machen lassen? Du mußtest doch damit rechnen, daß jemand sie gegen dich verwenden könnte.«

Er sah sie flehend an. »Bitte, Victoria. Man kann sich das nicht aussuchen. Ich hasse mich ja selbst dafür. Es ist ...«

»Richards Wort gilt auch für mich. Ich werde niemandem etwas sagen. Und jetzt laß mich bitte allein.«

Als er ging, kam Louise herein. Sie blieb unschlüssig im Zimmer stehen.

»Was ist?« fragte Victoria.

»Ich möchte Ihnen einen Vorschlag machen, gnädige Frau.«

Victoria stützte ihren Kopf in die Hände. »Ja, was?«

»Fühlen Sie sich nicht gut?«

»Ich habe schlecht geschlafen. Um was geht es?«

Louise rieb ihre Hände, ein Zeichen, daß sie nervös war. »Tessa ist nicht glücklich mit der Aufgabe, die Sie ihr zugedacht haben.«

»Flora ist nicht mehr da. Also brauche ich auch kein Kindermädchen mehr.«

»Vicki ist auch nicht mehr da.«

»Es tut mir leid, daß sie dich verdächtigt, mit mir unter einer Decke zu stecken«, entschuldigte sich Victoria. »Vielleicht ist sie ja wieder vernünftig, wenn sie aus Berlin zurückkommt. Falls sie überhaupt jemals wiederkommt. An deiner Stellung wird sich dadurch nichts ändern.«

»Genau deshalb bin ich hier. Sie wissen, daß ich meine Eltern gepflegt habe, und ich kenne mich auch mit Kindern aus. Mir würde es nichts ausmachen, Tessas Aufgabe zu übernehmen.«

Louise hatte Vicki geliebt und Richard verehrt. Es gab keinen Grund für sie, zu bleiben, außer das Gehalt, auf das sie dringend angewiesen war. »Ja, sicher«, sagte Victoria müde. »Von der Familie Heusohn darf aber niemand etwas erfahren.«

»Das verspreche ich, gnädige Frau.«

»Braun. Kriminalwachtmeister. Ich muß mit Fräulein Zilly sprechen«, sagte Heiner zu dem livrierten Türsteher der *Laterna Magica*.

»Ich bedaure. Zur Zeit ist das ungünstig.«

Heiner sah ihn grimmig an. »Wenn Sie es für günstiger halten, komme ich mit einem Dutzend Schutzleuten wieder.«

Keine Minute später führte ihn eine junge Mamsell in Zillys

Zimmer. Sie saß auf dem Sofa und rauchte. Es war unschwer zu erkennen, daß sie getrunken hatte.

»Guten Tag, Signora«, sagte Heiner.

»Was wollen Sie?« fragte sie harsch.

»Mit Ihnen reden.«

»Worüber?«

»Über Kommissar Biddling.«

»Ich wüßte nicht, was ich über ihn erzählen sollte. Wer sind Sie überhaupt?«

»Ich habe mit Herrn Biddling zusammengearbeitet.«

»Warum habe ich Sie im Präsidium nicht gesehen?«

»Weil ich nicht mehr im Dienst bin.«

Zilly starrte ihn an. »Das ist ja … Ich werde Sie hinauswerfen lassen!«

Sie beugte sich vor, um zu klingeln. Heiner Braun hielt ihren Arm fest. »Entweder hören Sie mir zu, oder ich mache die Sache offiziell.«

»Welche Sache?« fragte sie mißtrauisch.

»Zum Beispiel, daß in Ihrem Haus verbotene Praktiken vorgenommen werden. Oder daß Sie in Stuttgart bei Gräfin Tennitz eine, nun, sagen wir, intime Stellung, innehatten.«

Sie wurde weiß wie die Wand. »Woher wissen Sie das?«

Heiner lächelte. »Gute Informanten sind viel wert, gnädige Frau. Warum haben Sie Herrn Biddling erpreßt?«

»Ich habe ihn zum ersten Mal gesehen, als er wegen Lichtenstein hier war!«

»Und Lichtenstein haben Sie aus Barmherzigkeit den Ehering hinterhergetragen.«

»Sie werden es nicht glauben: Ja.« Sie löschte die Zigarette. »Er war völlig betrunken und hat die ganze Zeit von seiner Frau geschwärmt. Ich mußte ihn fast nötigen, daß er überhaupt mit mir …« Sie sah den Aschenbecher an. »Ich konnte kein Geld von ihm nehmen. Er war so … nett. Auch wenn er mich gar nicht meinte.«

»Er kam zusammen mit Herrn Hopf. War das Ganze seine Idee?«

Zilly zuckte die Schultern.

»Es wäre besser, Sie beantworten meine Fragen. Sonst müßte ich mit Gräfin Tennitz darüber reden.«

»Herr Hopf war früher öfter mein Gast.«

»Und jetzt nicht mehr?«

Sie schüttelte den Kopf.

»Warum?«

»Das geht Sie nichts an.«

»Führen Sie immer noch die entsprechenden Praktiken aus?«

»Auch das geht Sie nichts an.« Sie stand auf, nahm eine Cognacflasche aus einer Etagère und trank einen großen Schluck.

Heiner blätterte in dem Buch von de Sade. »Offenbar, ja. Wieviel bezahlt Ihnen Gräfin Tennitz für Ihr Schweigen?«

Sie riß ihm das Buch weg. »Gehen Sie!«

»Befürchteten Sie, Ihre Einnahmequelle zu verlieren? Haben Sie deshalb das ganze Theater inszeniert? Glaubten Sie, Sie könnten einen Mann wie Biddling aufhalten, indem Sie ihm ein paar Literaturzitate ins Haus schickten?«

»Was wollen Sie von mir?«

»Die Wahrheit, Zilly. Oder wollen Sie mich auch umbringen?«

Sie lachte verächtlich. »Das würde kaum die Mühe lohnen, so weit wie Sie danebenliegen, Wachtmeister.«

»Wo ist die Schreibmaschine?«

»Welche Schreibmaschine?«

»Auf der Sie die anonymen Briefe geschrieben haben.«

Sie fingerte an einem silbernen Zigarettenkästchen. »Es gibt hier keine Schreibmaschine.« Das Kästchen glitt ihr aus den Händen und schepperte auf den Boden. Mit den Zigaretten fielen der Einlegeboden und ein Bündel Photographien heraus. Zilly bückte sich, aber Heiner war schneller. Es waren Aufnahmen eines Jungen. Offenbar immer der gleiche, aber unterschiedlich alt. Der Qualität nach zu urteilen, schien der Photograph wenig Fachkenntnis zu haben. Heiner drehte eins der Bilder um. »*Jochen, Sommer 1895.* Ihr Sohn, oder?«

»Geben Sie her!« forderte Zilly nervös.

Heiner zählte siebzehn Bilder, das älteste aus dem Jahr 1887, das neueste von Weihnachten 1903. Es zeigte einen schmucken jungen Mann in Uniform. Zilly streckte die Hand aus. »Bitte ...«

Heiner gab ihr die Photographien zurück. »Graf von Tennitz hat Sie und Ihren Jungen in Hamburg von der Straße geholt, nicht wahr?«

»Ja«, sagte sie leise. »Ich hatte kein Geld, nichts. Ich war gezwungen, in einem dieser schäbigen Etablissements zu arbeiten. Eines Tages kam er. Anfangs fragte ich mich, warum er sich in ein solches Haus verirrte. Bald merkte ich, daß es kein Zufall war, daß er genau das liebte: Die Verzweiflung in den Augen der Frauen. Und den Schmerz. Ich habe nie verstanden, wie jemand beides sein konnte, König und Knecht. Er war es!« Sie lächelte. »Ich fand schnell heraus, daß er für mich ein guter Kunde war. Es ist besser, weh zu tun, als weh getan zu bekommen.«

»Und dann stellte er Sie vor die Alternative: Sie gehen mit ihm nach Stuttgart – ohne Kind, oder Sie verplempern Ihr restliches Leben in einer drittklassigen Absteige«, folgerte Heiner Braun.

Sie nickte. »Gott allein weiß, wie sehr ich litt. Aber Jochen hätte bei mir keine Zukunft gehabt. Von Tennitz versprach, daß er in einem guten Haus aufwächst, daß ich als Gesellschafterin seiner Frau in eine gutbezahlte Stellung komme und außer ihm niemandem mehr zu Diensten sein brauchte. Das einzige, was ich erbat, war jährlich eine Photographie.«

»Und als seine Frau die Wahrheit erfuhr ...«

»... wurde ich abgefunden und entlassen. Einige Zeit später erkrankte der Graf. Das heißt, es war abzusehen.«

»Was?«

»Syphilis. Zum Glück habe ich nie etwas tun müssen, das mich einer Ansteckung ausgesetzt hätte.«

»Und seine Frau?«

Sie zuckte mit den Schultern. »Die Gräfin war so gutgläubig und naiv, daß es schon lächerlich war. Sie lebte in einer Welt, in der das wahre Leben nicht stattfand. Ich ging zurück nach Hamburg. Aber ich konnte Jochen nicht vergessen.«

»Es war also kein Zufall, daß Sie nach Frankfurt kamen. Sie suchten die Frau des Mannes, der als einziger wußte, wo Ihr Kind war.«

»Ja. Wir trafen ein Arrangement: Sie besorgt mir einmal pro Jahr ein Lebenszeichen von Jochen, und ich halte den Mund über ihren Gatten.«

»Und warum dann die anderen Erpressungen?«

»Ich erpresse niemanden. Ich bekomme für das, was ich tue, genügend Geld.«

»Sie sollten überlegen, was Sie sagen, Zilly. Sie haben bereits die Erpressung von Gräfin Tennitz zugegeben. Denn nichts anderes ist es, was Sie tun. Was haben Sie mit Kommissar Biddling …«

»Er war wie Lichtenstein.« Sie sah zu Boden. »Ich frage mich, warum das alles geschehen ist.«

Heiner faßte sie am Arm. »Was ist geschehen?«

»Ich weiß es doch nicht!«

»Wie stehen Sie zu Oberwachtmeister Heynel?«

»Ich mag ihn nicht.«

»Trotzdem machen Sie mit ihm gemeinsame Sache.«

»Mit Heynel? Wie kommen Sie darauf?«

»Es gibt gewisse Vorkommnisse in den Haftzellen.«

»Ach?« sagte sie höhnisch. »Hat das Fräulein Polizeiassistentin endlich gemerkt, was gespielt wird?«

Heiner ließ sie betroffen los. »Wären Sie bereit, dazu auszusagen?«

»Glauben Sie, ich schaufle mir mein eigenes Grab?«

»Sie schaufeln sich Ihr Grab, wenn Sie mir nicht die Wahrheit sagen. Ich komme wieder.«

»Reden Sie nicht mit Gräfin Tennitz. Bitte.«

»Wenn Sie mich anlügen, bleibt mir nichts anderes übrig.«

In ihren Augen lag Panik. »Jochen ist das einzige, was mir geblieben ist. Der einzige Mensch, für den ich lebe.« Ihre Stimme wurde zum Flüstern. »Für meinen Sohn würde ich alles tun. Auch einen Mord gestehen, den ich nicht begangen habe.«

Es fehlte nicht viel, und er hätte ihr geglaubt.

»Gibt es im Haus eine Schreibmaschine?« fragte Heiner die Mamsell, die ihn nach unten begleitete.

»Warum?« fragte sie mißtrauisch.

Er drückte ihr fünfzig Pfennige in die Hand.

»Nun … Lassen Sie mich überlegen.«

Eine weitere Münze wechselte den Besitzer.

»Im Büro von Signora Runa steht eine. Was wollen Sie damit?«

»Einen Satz darauf schreiben, Gnädigste.«

Sie lächelte. »Wenn's nicht mehr ist.« Sie führte ihn in ein dunkles Zimmer und zündete eine Kerze an. Verwirrt sah sie sich um. »Das verstehe ich nicht … Die Maschine stand immer dort auf dem Tisch!«

»Wann haben Sie sie zuletzt gesehen?«

»Ich weiß nicht.« Sie wurde nervös. »Bitte kommen Sie. Wenn die Signora uns sieht …«

Sie gingen hinaus. Auf der anderen Seite schloß Zilly leise die Tür. Ihr Gesicht war bleich. Kurz darauf verließ sie das Haus durch den Torbogen an der Kronprinzenstraße.

»Nein!« sagte Cornelia von Tennitz.

»Sie sagt aber, es sei sehr wichtig«, wandte das Mädchen ein.

»Was wichtig ist und was nicht, entscheide ich.« Die Gräfin schrieb etwas auf ein Blatt Papier und steckte es in einen Umschlag. »Geben Sie ihr das.« Das Mädchen verbeugte sich und ging zurück in die Halle.

»Was hat sie gesagt?« fragte Zilly.

»Es tut mir leid. Gräfin von Tennitz lehnt es ab, Sie zu empfangen.«

Sie gab ihr das Schreiben. Zilly las und nickte stumm.

✻

Die Polizei ist eben in den häufig vorkommenden, aber groben Irrtum verfallen, das Ungewöhnliche mit dem Unerforschlichen zu verwechseln. Indessen bin ich der Ansicht …

Martin Heynel riß Paul Heusohn das Buch weg. »Du bist nicht zum Vergnügen hier!«

»Bitte, entschuldige … Ich meine: Verzeihen Sie, Herr Oberwachtmeister.«

»Was stehst du wie ein Ölgötze herum? Bring mir gefälligst einen Kaffee! Und danach sortierst du die Unterlagen auf meinem Schreibtisch ein!«

»Ja, Herr Oberwachtmeister. Dürfte ich das Buch zurückhaben? Es ist ausgeliehen. Bitte.«

»Zwischen Klugheit und analytischer Fähigkeit besteht aber ein Unterschied, der größer ist als der zwischen Phantasie und Einbildungskraft. Was für ein ausgemachter Schwachsinn!« Martin Heynel schlug das Buch zu und schloß es in seinem Schreibtisch ein. »Wenn du dich die nächsten vier Wochen ordentlich benimmst, können wir vielleicht über eine Rückgabe reden, Heusohn.« Als er das entsetzte Gesicht des Jungen sah, lachte er.

Laura Rothe spannte gerade ein neues Blatt Papier in die Maschine, als Paul Heusohn hereinkam. Er erzählte, was in Heynels Büro vorgefallen war. »Da Sie mit Herrn Heynel gearbeitet haben, wollte ich Sie fragen …«

»Es tut mir leid, Paul. Ich kann nicht mit ihm sprechen.«

»Bitte. Es wäre sehr wichtig!«

»Was ist wichtig?« fragte Beck von der Tür.

»Herr Heynel hat Herrn Heusohn ein Buch weggenommen«, sagte Laura.

»Und warum hat er es weggenommen?« wollte Beck wissen.

Paul wurde rot. »Weil ich darin gelesen habe. Aber ich werde es bestimmt nicht wieder tun!«

»Ich schließe aus Ihrer Bemerkung, daß es sich um keine dienstliche Lektüre handelt.« Er ging hinaus. Keine zwei Minuten später kam er mit dem Buch zurück. »Von wem haben Sie das?« fragte er streng. Als der Junge schwieg, schlug er die erste Seite auf. *»Für Fräulein Victoria Könitz in Erinnerung. R. Biddling, 1882.* Was wird hier gespielt, Heusohn?«

Paul streckte die Hand nach dem Buch aus. »Bitte. Ich verspreche...«

»Nein. Ich bringe es selbst zurück.«

Es war schon spät, als Martin Heynel Paul Feierabend machen ließ. Er war müde, und eigentlich hätte er nach Hause gehen müssen. Aber er konnte nicht. Von seinem letzten Geld löste er eine Trambahnkarte in die Sandhofstraße. Er ging am Städtischen Krankenhaus vorbei und folgte der Forsthausstraße. Von hier aus gab es keinen Pfad, doch wie er vermutet hatte, war es der kürzere Weg. Die Abendsonne verzog sich bläßlich hinter Schleierwolken, als er die Hütte erreichte. Er ging darum herum. Auf dem Baumstamm, an dem Kommissar Biddling gestorben war, saß ein Mann.

»Herr Braun!« rief Paul überrascht. »Was machen Sie denn hier?«

Heiner lächelte. »Ein bißchen nachdenken. Und was treibt dich her?«

Paul setzte sich zu ihm. »Ich wollte mich noch mal umsehen. Wissen Sie schon, daß ich am kommenden Montag einen Termin bei Dr. Popp habe?«

»Ja. Fräulein Rothe hat es mir gesagt.« Er sah ihn ernst an. »Dein Bemühen, Herrn Biddlings Tod aufzuklären, ist löblich. Aber du darfst darüber nicht alles andere vergessen. Nächtliche Ausflüge in Polizeirat Francks Büro und ähnliche Abenteuer solltest du in deinem eigenen Interesse nicht mehr unternehmen.«

»Ich bin es Kommissar Biddling schuldig! Und ich werde...«

»Nein, Junge. Wenn du ihm überhaupt etwas schuldig bist, dann, daß du ein guter Kriminalist wirst.«

Paul lächelte. »Als solcher frage ich mich, warum Frau Biddling den umständlichen Weg über den Sandhof genommen hat.«

»Weil es die Forsthausstraße früher noch nicht gab. Und wie es aussieht, hat der Mörder auch den alten Pfad gewählt. Am Sandhof sagte man mir vorhin, daß am Tag des Gordon-Bennett-Rennens frühmorgens ein rotes Automobil vorbeifuhr. Leider hat man nicht näher darauf geachtet.« Er seufzte. »Ich zerbreche mir den Kopf, was das alles für einen Sinn haben könnte. Und ob die wahre Ursache für das, was geschehen ist, nicht noch weiter zurückliegt, als wir glauben.«

»Was meinen Sie damit?«

»An dieser Hütte starben nicht nur Frau Biddlings Cousin und ihr Mann, sondern vor vielen Jahren auch zwei junge Frauen. Und zwar auf sehr brutale Art und Weise. Nach dem, was damals aktenkundig wurde, könnten die Angehörigen auf die Idee kommen, daß nicht alles mit rechten Dingen zuging.«

»Wenn der Mord an Herrn Biddling Rache war, verstehe ich nicht, warum so lange Zeit dazwischen liegt.«

»Und warum man mich ungeschoren läßt«, sagte Heiner. »Der Kommissar und ich haben die Ermittlungen gemeinsam geführt. Und ich war es, der ihm diesen Ort gezeigt hat.«

＊

Kommissar Beck stand am Fenster, als Victoria ins Empfangszimmer kam. Seine Aktenmappe hatte er unter den Arm geklemmt, als befürchte er, jemand könne sie ihm stehlen. »Sie werden entschuldigen, daß ich Ihre Zeit in Anspruch nehme, gnädige Frau. Ich habe etwas abzugeben.« Umständlich öffnete er die Mappe und holte Edgar Allan Poes Buch heraus. »Das gehört wohl Ihnen.«

»Ja«, sagte Victoria überrascht. »Woher haben Sie das?«

»Paul Heusohn hatte nichts Besseres zu tun, als es während des Dienstes zu lesen.«

»Ist das so ein schlimmes Vergehen, daß Sie kommen und mich dazu verhören?« sagte sie lächelnd.

Sein Gesicht zeigte keine Regung. »Ich habe mit Ihrem Mann zusammengearbeitet. Schon deshalb war es mir ein Anliegen, die Ermittlungen zu seinem Tod dezidiert zu führen. Daß Sie seinen Selbstmord nicht wahrhaben wollen, ist verständlich, aber lassen Sie gefälligst den Jungen da raus.«

Victoria fühlte Zorn. »Wollen Sie mir unterstellen …«

»Ich bin nicht von gestern, Frau Biddling. Wenn Paul so weitermacht, bringt er sich um Kopf und Kragen!«

»Finden Sie es nicht schäbig, Sorge für einen Menschen zu heucheln, der Ihnen im Grunde herzlich gleich ist, nur, damit Sie Ihre Fehler nicht einzugestehen brauchen?« Sie nahm ihm das Buch ab. »Im übrigen kann ich meine Lektüre ausleihen, an wen ich will.«

Er ging ohne ein Wort.

∗

»Sie wollten mich sprechen?« fragte Heiner Braun.

Cornelia von Tennitz nickte. Sie bat ihn in einen prachtvollen Wintergarten. Er erinnerte Heiner an die Orangerie, die Eduards Mutter vor vielen Jahren gehabt hatte. Unter einer ausladenden Palme nahm er Platz und sah die Gräfin abwartend an. Er hatte schon viel von ihr gehört, aber noch nie mit ihr persönlich zu tun gehabt. Sie war tatsächlich so schön, wie die Leute sagten, obwohl sie seiner Meinung nach zuviel Schminke trug. Das Kleid mit dem hochstehenden Kragen fand er etwas zu streng. Es paßte allerdings hervorragend zu der in akkurate Wellen gelegten Frisur, die sehr tief in die Stirn gekämmt war und ihr Gesicht wie in einen schwarzen Rahmen gefaßt scheinen ließ.

»Kann ich Ihnen etwas zu trinken anbieten, Wachtmeister?«

»Nein, danke. Im übrigen bin ich pensioniert. Die Dienstbezeichnung steht mir nicht mehr zu.«

»So? Immerhin sind Sie damit in die *Laterna Magica* gekommen.«

Sie sah sein verblüfftes Gesicht und lachte. »Zilly war hier. Ich glaube, ich habe Ihnen einiges zu erklären. Vorher würde ich allerdings gern das Märchen hören, das sie Ihnen aufgetischt hat.«

∗

Am Sonntag vormittag, ihrem vierten Arbeitstag bei der Familie Heusohn, bat Louise Kübler um ein Gespräch. Victoria empfing sie in der Bibliothek. Zögernd nahm die alte Zofe auf dem Sofa Platz. »Haben Sie etwas von Vicki gehört, gnädige Frau?«

»Es tut mir leid. Nein.«

Nervös strich Louise ihr Kleid glatt. »Ich möchte Ihnen etwas sagen.«

»Ist die Arbeit zu anstrengend?« fragte Victoria freundlich.

»Nein, ich komme zurecht. Eins der Kinder, die Annika, hat mir gestern abend eine merkwürdige Sache erzählt. Zuerst glaubte ich, die Kleine hat zuviel Phantasie. Aber im nachhinein bin ich mir nicht mehr sicher. Sie sagt, sie habe ein Brüderchen, das sei nicht im Himmel, obwohl ihre Mama es behauptet. Und daß sie das keinem verraten darf, nicht einmal ihrem Bruder Paul. Ich weiß nicht, was ich davon halten soll, gnädige Frau.«

»Ehrlich gesagt, ich auch nicht.«

Louise senkte den Blick. »Ihr Vater hat gesagt, daß er meinen Lohn nicht länger zahlt, wenn ich nicht wieder im Haus arbeite.«

Victoria lächelte. »Keine Sorge. Dein Gehalt bekommst du in Zukunft von mir.«

Kurz vor Mittag klopfte Victoria an das Zimmer ihres Vaters. Rudolf Könitz saß hinter seinem mächtigen Eichenholzschreibtisch und las Zeitung. »Ich muß mit dir sprechen, Vater.«

Er schlug die Zeitung zu. »Das trifft sich gut. Ich auch mit dir. Und zwar wegen Richards Tochter.«

»Vicki ist auch meine Tochter!«

»In ihrer Geburtsurkunde steht etwas anderes.«

»Amtliche Schreiben interessieren mich nicht.«

»Wenn sie nach Frankfurt zurückkommen will, sollte sie sich betragen, wie es sich für eine junge Dame geziemt. Entweder heiratet sie Andreas Hortacker, oder ...«

»Vicki wird keinen Mann heiraten, den sie nicht liebt«, stellte Victoria klar.

»Ich habe mich über diesen Heynel erkundigt. Ein Proletarier! Aufgewachsen im schlimmsten Viertel von Frankfurt! Du kannst nicht im Ernst annehmen, daß ich das billige.«

»Ich billige es auch nicht, Vater. Und ich bin sicher, daß Vicki vernünftig genug sein wird, es einzusehen. Daß wir über Herrn Heynel einer Meinung sind, ändert allerdings nichts daran, daß du endlich akzeptieren mußt, daß ich meine eigenen Entscheidungen treffe. Das gilt für meine Töchter und auch für meinen Freundeskreis.«

»Spielst du etwa auf diesen Wachtmeister an, der tagelang das Haus belagert hat?«

»Herr Braun ist«, sie verbesserte sich, »… er war Richards Kollege. Ich verlange, daß du ihn entsprechend behandelst.«

»Das ist immer noch mein Haus!«

»Mein Mann ist tot. Meine Kinder sind in Berlin. Ich brauche dein Haus nicht mehr.«

Er stand wütend auf. »Und wovon willst du leben? Deine Kleider, deine Bücher finanzieren? Etwa von der mickrigen Witwenpension deines dienstbeflissenen Gatten, der es nicht mal fertiggebracht hat, anständig zu sterben?«

Victoria hatte Mühe, die Fassung zu wahren. »Georg hat mir Richards Erbe ausgezahlt. Ich habe an Ernst geschrieben. Wenn sich auch Vicki entscheidet, in Berlin zu bleiben, werde ich nach Indien reisen. Und jetzt entschuldige mich bitte.«

Sie verzichtete aufs Mittagessen und fuhr zu Richards Grab. Sechs Wochen war er tot, ihr kam es vor, als sei es gestern gewesen. War nicht alles, was sie trieb, die törichte Hoffnung, daß nicht sie selbst, sondern ein anderer die Schuld trug? Sie wünschte, sie könnte weinen, aber sie hatte keine Tränen mehr.

Früh am nächsten Morgen fuhr sie zum zweiten Mal nach Niederhöchstadt. Diesmal ließ sie den Wagen am Dorfgasthaus halten und bat den Kutscher, auf sie zu warten. Die aufgehende Sonne färbte die Wolken rot, auf den Wiesen lag Tau. Zwei Frauen tuschelten ihr hinterher, ein alter Bauer grüßte nickend. Die Luft tat gut, das Gehen half, Gedanken zu ordnen. War Richard deshalb immer zu Fuß zum Dienst gegangen? Plötzlich fühlte sie sich ihm sehr nahe. Sie stellte sich vor, daß er neben ihr lief, und lächelte.

Als sie sich Hopfs Anwesen näherte, hörte sie ein Pferd wiehern. Professor Moriarty und Mister Hyde standen gesattelt im Hof. Benno hielt den Fuchswallach an den Zügeln, Karl Hopf half Cornelia von Tennitz beim Aufsteigen. Eine überflüssige Geste, so gewandt, wie sie sich in den Sattel schwingt, dachte Victoria bitter. War Cornelia etwa seine Verlobte? Der Gedanke versetzte ihr einen Stich. Die beiden hatten keine Augen für ihre Umgebung, und Victoria gelang es, ungesehen über die Wiese zu der Hüttenruine zu kommen. Sie duckte sich hinter ein Gewirr verkohlter Balkenreste und beobachtete, wie sie losritten. Hopf sagte etwas, Cornelia lachte. Selbst ihr Lachen klang frei. Sie ritten so dicht an ihrem Versteck vorbei, daß Victoria meinte, einen Hauch von Cornelias Parfum zu riechen. Mit einem lauten Ruf galoppierte Cornelia los, Hopf folgte. Benno hob die Halfter auf und verschwand im Stall.

Victoria war im Begriff, umzukehren, als Briddy mit einem Korb aus dem Haus kam. Sie legte den Schlüssel unter einen Stein neben der Haustür und ging in Richtung Dorf davon. Victoria überlegte keine Sekunde. Der Zufall hatte ihr eine Gelegenheit in die Hände gespielt, die sich so bald nicht mehr bieten würde.

Immer wieder schaute sie zu den Ställen, während sie sich dem Haus näherte. Von Benno war nichts zu sehen. Sie schloß auf und legte den Schlüssel zurück. Im Flur fühlte sie Nervosität und gleichzeitig ein aufregendes Prickeln. Sie dachte an das sonderbare Päckchen aus Wien, mit dem Hopf im Keller verschwunden war und an Richards Anmerkung *Keine Arznei gefunden!*, nahm die Lampe, die auf einer Truhe stand und ging in den Keller. Es war stickig und feucht. Von einem Berg Blechdosen drang ein penetranter Geruch. Sie erschrak, als eine Maus heraussprang und eine Büchse scheppernd zu Boden rollte. Neugierig schaute sie sich in den Gängen und Kellern um. Die letzte Tür war mit einem Schloß gesichert. Victoria überlegte, wo Karl Hopf den Schlüssel versteckt haben könnte. Oder trug er ihn bei sich? Laut Richards Aufzeichnungen hatte er schon einmal einen Schlüssel verloren, ein weiteres Mal würde er das Risiko sicher nicht eingehen. Sie kehrte in den Flur zurück und fand zu ihrem Glück einen gutbestückten Schlüsselkasten.

Ihr Optimismus kehrte sich in Enttäuschung, als sie alle Schlüssel ausprobiert hatte. Sie stellte die Lampe ab und wischte sich den Schweiß von der Stirn. Wieder hüpfte eine Maus vom Tisch und verschwand in der Dunkelheit. Irgend etwas ließ sie stutzen. Die Dose hatte sich nicht bewegt! Victoria nahm sie näher in Augenschein und stellte fest, daß sie auf den Tisch genagelt war. Sie überwand ihren Ekel, griff hinein – und hielt einen Schlüssel in der Hand. Diesmal war es der richtige. In dem Keller standen große und kleine Fässer und Regale mit Flaschen. Es sah aus wie in einem Weinkeller, es roch wie in einem Weinkeller, und es gab nicht das geringste zu entdecken.

Sie schloß ab und ging nach oben. Den Salon kannte sie, in die Küche warf sie einen kurzen Blick. Im Bad stellte sie fest, daß sie einen Schmutzfleck im Gesicht hatte. Sie wischte ihn weg. Kellergeruch stieg ihr in die Nase. Woher kam der? Und welchen Zweck hatte die seltsam winklige Wand? Sie klopfte dagegen. Es klang hohl. Lag das Bad nicht direkt über dem Weinkeller?

Bevor sie zurückging, spähte sie nach draußen. Es war niemand zu sehen. Tatsächlich gab es auch im Keller diesen abgemauerten Winkel. Davor stand ein großes Weinfaß. Victoria entdeckte Scharniere an der vorderen Wand. Dieses Faß hatte im Leben noch keinen Tropfen Wein gesehen! Mit etwas Mühe gelang es ihr, die verborgene Tür zu öffnen. Der Winkel erwies sich als geheimer Treppenaufgang. Er endete vor einer Tür, hinter der ein fensterloser Raum lag. Ein gut bestückter Apothekerschrank stand darin, ein Sekretär und ein Labortisch mit einem Mikroskop, Glaskolben, Tiegeln, Reagenzgläsern, Präparaten. Neben dem Sekretär sah Victoria eine weitere Tür; sie war abgeschlossen. Sie untersuchte die Fläschchen in dem Arzneischrank. Die Etiketten sagten ihr nichts.

In einem Abfalleimer unter dem Tisch fand sie Packpapier mit der Anschrift des Kralschen Instituts in Wien. *Eine Messerspitze voll davon, und ganz Frankfurt samt dem Taunusgebirge wären ausgelöscht.* Ihr wurde kalt. Was, wenn das gar kein Scherz gewesen war? Oder welchen Grund sollte Hopf sonst haben, diesen Raum geheimzuhalten? Sie nahm ein Fläschchen mit weißem Pulver und der Aufschrift *Acidum ars.* und ein gefärbtes Präparat, steckte beides ein und wandte sich dem Sekretär zu. In der oberen Schublade lagen Briefpapier und Kuverts, in der mittleren kolorierte Photographien einer Pflanze. Beim näheren Hinschauen sah Victoria, daß es Aufnahmen der Belladonna waren. In der unteren Schublade fand sie obszöne Photographien. Sie sah sie durch. Beim vorletzten Bild stockte ihr der Atem. Die Frau war dick. Sie hatte eine Peitsche in der Hand und trug eine Maske. Aber es war unverkennbar, wer es war. Victoria brauchte eine Weile, bis sie sich gefaßt hatte. Sie steckte die Photographie ein und fuhr erschreckt zusammen. War da nicht ein Geräusch gewesen? Hastig drehte sie das Licht herunter und versteckte sich im Treppenaufgang. Sie hörte Schritte näherkommen und wagte nicht einmal, zu atmen. Ein Schlüssel drehte sich im Schloß, und die Schritte entfernten sich. Was hatte das zu bedeuten? Sie kämpfte ihre Nervosität nieder und drückte die Klinke. Die Tür war zu. Eilig ging sie zurück, aber auch der Keller war verriegelt. Man hatte sie eingeschlossen!

Sie spürte, wie Panik in ihr aufstieg und rief sich zur Ruhe. Der Kutscher würde merken, daß sie nicht zurückkam. Sicher würde er etwas tun, herkommen, nachfragen. Die beiden Frauen und der Mann hatten sie auch gesehen. Und wenn Hopf sie wegschickte? Wenn er behauptete, sie sei nicht dagewesen? Oder längst wieder gegangen? Aber vielleicht war auch Briddy zurückgekommen und hatte versehentlich den Keller zugesperrt? Sie schalt sich eine Närrin. Briddy wußte sicher genausowenig von diesem Geheimgang wie sie davon gewußt hatte.

Das Licht verlosch. Es war finster und still wie in einem Grab. Hopf hatte sie in der Falle!

Kapitel 24

Abendblatt   Dienstag, 2. August 1904

Frankfurter Zeitung
und Handelsblatt

Im Senkkasten erstickt. Eine Dame, die jeden Morgen mit ihrem Bernhardinerhund einen Spaziergang die Eckenheimer Landstraße entlang durch die Kronstettenstraße zu machen pflegt, wurde heute früh kurz nach 6 Uhr durch den Hund auf einen schwarzen Gegenstand aufmerksam. Es war der umgestülpte Rost eines Senkkastens. Aus dem offenen Senkloch schauten in Erdhöhe ein paar Schuhe mit den Sohlen nach oben hervor.

Die Dame rief einen in einem Neubau beschäftigten Polier, und als man näher zusah, entdeckte man, daß in dem etwa einen Meter tiefen Loch ein Mann derart steckte, daß der Kopf in dem Senkeimer festgeklemmt und die Beine nach oben gerichtet waren. Man benachrichtigte die Polizei und drei Männer hatten Mühe, den bereits erkalteten Leichnam hervorzuziehen. Das Gesicht war schwarz.

In den Taschen der Leiche fand man ein leeres Portemonnaie, eine Invalidenkarte mit italienischem Namen und eine Postkarte. Der Tote ist der 33 Jahre alte italienische Arbeiter Romano Comoretto. Nach dem Polizeibericht liegt zweifellos Selbstmord vor.

V ictoria kauerte sich zwischen die Fässer. Jedes Gefühl für Zeit kam ihr abhanden, und ihre Angst wich einer dumpfen Gleichgültigkeit. Sie schrak zusammen, als sie jemanden am Schloß hantieren hörte. Die Tür ging knarrend auf. Sie sah den Schein einer Lampe.

»Na, nun kommen Sie schon heraus!« sagte Karl Hopf.

Hatte sie eine Wahl? Sie atmete durch und stand auf. Ihre

Knie zitterten. Hopf grinste. »Die Familie Biddling scheint eine Vorliebe für meinen Keller zu haben.«

Auf alles war sie gefaßt gewesen, aber nicht darauf, daß er sich lustig über sie machte. Sie wollte an ihm vorbei, doch er hielt sie fest. »Was erwarten Sie? Daß ich Sie jetzt in einem meiner Weinfässer ertränke?«

»Mein Kutscher wartet im Dorf. Er wird ...«

»... auch noch eine Viertelstunde länger ausharren. Ich schlage vor, wir setzen das Gespräch im Salon fort.«

Erleichterung und Unsicherheit stritten in ihr. Im Salon forderte Hopf sie auf, sich zu setzen. Er blieb stehen. Seine Augen waren grün wie ein Waldsee und genauso unergründlich. »Dürfte ich erfahren, was Sie vorhatten?«

Victoria schluckte. »Von wem haben Sie dieses Automobil geliehen?«

»Was hat das mit meinem Keller zu tun?«

»Bitte beantworten Sie meine Frage.«

»Der Wagen gehört einem Geschäftsfreund. Der Name tut nichts zur Sache.«

»Und warum nicht?«

Sein Gesicht verzog sich. »Wenn hier jemand das Recht hat, Fragen zu stellen, dann wohl ich.«

Victoria sah ihn wütend an. »Haben Sie mit meiner Schwägerin nett parliert, während ich in Ihrem Keller saß? Ich hoffe, Sie kamen auf Ihre Kosten, Herr Hopf!«

»Einen kleinen Denkzettel hatten Sie durchaus verdient. Aber falls es Sie beruhigt: Ich hatte das Vesper vergessen, ritt zurück – und sah Sie aus meiner Haustür schauen. In Anbetracht der Umstände hielt ich es für ratsam, Cornelia vor Ihrer Begrüßung zu verabschieden.«

»Ist sie Ihre Verlobte?«

»Sie ist eine gute Freundin. Wir teilen einige Passionen miteinander.«

»Mit meiner Schwester teilen Sie auch einige Passionen?«

»Bitte?«

Sie legte die Photographie auf den Tisch. Er zuckte die

Schultern. »Wenn zwei sich einig sind, wo liegt das Problem?« Er nahm das Bild und steckte es ein. »Ich kann Ihnen nur empfehlen, *Das Käthchen von Heilbronn* einmal richtig zu lesen. *The Hound of the Baskervilles* gibt ebenfalls Aufschluß. Zu meiner Freude hat Doyle mit Stapleton auch diese Seite der menschlichen Natur ...«

»Ich bin nicht hier, um mit Ihnen über Detektivgeschichten zu diskutieren!«

Er grinste. »Welches Thema schlagen Sie statt dessen vor?«

»Hören Sie auf, mit mir Spielchen zu spielen! Dieser Zeitungsartikel über den Fall Wennecke, Ihre Fragerei zu den Ermittlungen meines Mannes, Ihr plötzliches Desinteresse an meiner Person nach seinem Tod ...«

»Das hat Sie gekränkt? Und ich dachte, es sei angeraten, aus Gründen der Pietät etwas Zurückhaltung zu üben. Immerhin sind Sie eine attraktive Witwe.«

»Mein Mann besaß Unterlagen, die vermuten lassen, daß Sie am Tod Ihrer Frau nicht so schuldlos sind, wie Sie tun.«

Er sah sie argwöhnisch an. »Welche Unterlagen?«

»Aus Schönberg, von ...«

»Ach je«, sagte er gelangweilt. »Habe ich Ihnen nicht gesagt, daß Gendarmeriewachtmeister Baumann ein Märchenerzähler ist? Der Staatsanwalt hat ihn ausgelacht. Deshalb bringe ich bestimmt keinen um.«

»Und warum dann?«

»Eine gute Frage. Finden Sie die Antwort selbst.«

»Sie horchen mich über Wennecke aus, der meinen Bruder mit Ihren obszönen Photographien erpreßt. Sie erzählen mir, Doyle habe es Ihnen zu verdanken, daß Sherlock Holmes deutsch zitieren kann, und Richard bekommt einen anonymen Brief mit einem Goethezitat aus ebendiesem Buch und einen zweiten, in dem man getreu nach Holmes von Rache und Rachel faselt!«

Er sah betroffen aus. »Glauben Sie wirklich, ich hätte etwas mit solchen Dingen zu tun?«

»*Das ganze Leben ist ein falsches Spiel.* Das waren doch Ihre

Worte, oder? Wozu haben Sie all diese Fläschchen da oben? Welches Ihrer hübschen Geheimnisse drohte mein Mann aufzudecken?«

Seine Miene wurde starr. »Haben Sie etwas weggenommen?«

»Nein.«

Er faßte ihren Arm. »Wenn Sie es nicht freiwillig herausgeben, werde ich Sie durchsuchen, gnädige Frau.«

Sein Blick ließ keinen Zweifel, daß er es ernst meinte. Sie stellte das Fläschchen auf den Tisch. »Was ist das?«

Er lächelte. »Hüttenrauch. Beim Erhitzen verwandelt es sich in einen geruchlosen Dampf, der sich an kälteren Teilen zu oktaedrischen Kristallen verdichtet. Beim Glühen mit einem Kohlesplitter in einem Glasrohr entsteht ein schwarzer Spiegel von metallischem Glanz. Genügt das als Erklärung?«

»Wozu brauchen Sie das?«

»Meine Frau schluckte es als Schönheitsmittel. Ich benutze es zum Vertreiben von Ungeziefer.«

»Sie nehmen mich auf den Arm!«

»Würden Sie mich in die Bibliothek begleiten?«

Sie sah keinen Sinn darin, aber sie nickte. Wortlos gingen sie nach oben. Hopf schloß das Spiegelzimmer auf und öffnete die Fensterläden. Das Licht reflektierte auf den verglasten Photographien. Hopf zeigte auf die Brosche an Cornelias Kleid. »Ein schwarzer Opal.«

»Ja, und?«

»Die Farbe der Nacht ist vorgegeben. Aber sie wird heller, wenn der Mond scheint. Ihre Schwägerin ist eine zutiefst unglückliche Frau. Ihr Mann hat sie derart traktiert, daß sie keine Kinder mehr bekommen kann.« Victoria schwieg betroffen. Hopf ging zu dem Bildnis von Maria. »Sie läßt es nicht zu, daß ich ihr etwas schenke. Es gehört zu dem Spiel, das wir spielen.«

»Es ist widerwärtig!«

»Das Leben ist ein Geschenk, Victoria. Viele Menschen wissen es nicht zu schätzen. Manche werfen es weg. Einige haben es nicht verdient. Und die allermeisten verstehen es nicht.«

Sie spürte ihren Hals eng werden. »Was haben Sie sich dabei

gedacht, mir das gleiche Schmuckstück zu schenken wie einer Hure?«

Er lächelte. »Der Regenbogen ist jeden Tag im Licht.«

»Das ist keine Antwort!«

»Ist es Ihnen lieber, ich sage, daß Zilly und Sie zu viel in Ihren hübschen Köpfchen haben für das Leben, das Sie führen?«

»Warum antworten Sie nicht auf meine Fragen?«

»Vielleicht haben Sie sie nicht deutlich genug gestellt?«

»Also gut. Warum haben Sie mich mit dem gleichen Wagen spazierengefahren, mit dem Sie meinen Mann an diesem Bordell abholten, Herr Hopf?«

Er starrte sie an. »Wie bitte?«

»Richards letzte Fahrt begann am Hinterausgang der *Laterna Magica*. In einem roten Adler-Phaeton, wie ihn Julius Bierbaum benutzte.« Sie fühlte plötzlich eine solche Wut, daß kein Platz mehr zum Überlegen blieb. »Und danach fuhren Sie zur Saalburg, um mit der ahnungslosen Witwe Konversation zu machen!«

Sein Gesicht verzerrte sich. »Wie können Sie es wagen, mir diese Ungeheuerlichkeit zu unterstellen!«

»Wem gehört das Automobil?«

»Warum fragen Sie nicht Julius Bierbaum?«

Es gab nichts mehr zu sagen. Nichts, das es gerechtfertigt hätte, eine Sekunde länger zu bleiben. Victoria fädelte den Kristall von ihrer Kette und gab ihn ihm. »Ich bin nicht die richtige Adressatin dafür. Leben Sie wohl.«

Karl Hopf brauchte eine Weile, bis er fähig war, etwas zu tun. Er schloß das Spiegelzimmer ab und blieb vor der Ahornvitrine in der Bibliothek stehen. Die Masken glotzten ihn an. Er ballte die Faust und schlug zu. Scherben klirrten, Blut tropfte.

Als Victoria den Gasthof erreichte, hatte sie sich soweit gefaßt, daß sie dem Kutscher in normalem Tonfall sagen konnte, wohin er sie bringen sollte. Maria empfing sie im Renaissance-Salon. Victoria musterte ihr pausbäckiges, grell geschminktes Gesicht und das mit üppigen Volants besetzte Kleid. »Was hast du damit gemeint, als du sagtest, Karl Hopf sei ein faszinierender Mensch?«

Maria lächelte. »Ist er das denn nicht?«

»So faszinierend, daß du ihm den Rücken blutig schlägst?«

Ihr Lächeln gefror. »Was soll das?«

»Ich habe dich auf einer Photographie gesehen. Sag mir, warum, Maria.«

»Das geht dich nicht das geringste an, Schwester! Und wage es nicht, mit einer Menschenseele darüber zu reden.«

Victoria wollte etwas sagen, aber Maria schnitt ihr das Wort ab. »Glaube ja nicht, daß ich nicht wüßte, daß deine vorgeblich selbstlose Eheanbahnung zwischen mir und Theodor vor allem deinen Interessen diente! Dir war es herzlich gleich, was aus mir wurde.« Sie lachte verächtlich. »Na ja, wenigstens ist mein Mann nicht so ein Versager wie deiner. Und jetzt entschuldige mich.«

Victoria war froh, daß sie niemandem begegnete, als sie nach Hause kam. Sie ging in die Bibliothek, schloß ab und setzte sich an ihren Schreibtisch. Was, wenn Hopf alles bloß inszeniert hatte, um sein perverses Spiel zu spielen? Und sie hatte mitgespielt, unwissend, neugierig. Eine Dirne, die Schiller zitiert. Der Tod eines Fabrikarbeiters, der nur ein Unfall war. Aber viel Platz läßt zum Spekulieren. David vergnügt sich mit Männern, und Maria verprügelt sie. Alles hübsch im Bild festgehalten. Und zwischendrin wird ein Klavierhändler erschlagen. *Eine Studie in Scharlachrot.* Der Faden schlängelte sich durchs Gewebe, und was er zu verbinden schien, war eine Illusion. Die falsche Farbe eben. Und ein Mensch machte aus Verzweiflung seinem Leben ein Ende. *Es ist vor allem auch Deine Schuld.* Victorias Augen brannten. Sie fühlte sich müde und leer.

Karl Hopf sah Marias Photographie an und legte sie in die Schublade zurück. Die Sonne schien auf das Fläschchen. Das Etikett war mit Blut beschrieben. Briddy servierte Kaffee. Im Hof wieherte Professor Moriarty. Hopf nahm einen Bogen

Schreibpapier aus dem Sekretär, öffnete das Tintenfaß, tauchte die Feder ein.

Verehrtester Dr. Doyle!
Erinnern Sie sich an unser interessantes Gespräch, das wir seinerzeit in Southsea führten? Sie haben diesen unsäglichen Sherlock Holmes gegen Ihren Willen auferstehen lassen müssen, weil es die Leser verlangten. Dafür wollten wir sie strafen. Revenge. Rache. Gift. Sie wissen schon. Das Leben ist ein Geschenk. Manche verdienen es bloß nicht. Sie werden mit mir zufrieden sein.

Mit einem Schrei warf Hopf das Tintenfaß an die Wand. Victoria fuhr hoch. Es dauerte einen Moment, bis sie merkte, daß sie geträumt hatte. Jemand schlug gegen die Tür. »Victoria! Mach sofort auf!«

»Gnädige Frau? Sind Sie da drin?« rief Tessa.

Victoria ordnete hastig ihr Kleid und öffnete. Rudolf Könitz' Gesicht zeigte Wut, aber auch Erleichterung. »Himmel noch mal! Was treibst du?«

»Ich bin eingeschlafen.«

»Und dafür mußt du dich einsperren? Tu das ja nicht wieder!« Bevor sie etwas sagen konnte, stapfte er davon.

»Ihr Vater hat sich schreckliche Sorgen gemacht«, sagte Tessa.

»Hat er angenommen, ich würde die Familie Könitz mit einem weiteren Selbstmord in Schande stürzen? Bring mir meinen Mantel. Ich fahre aus.«

»Aber Ihr Herr Vater …«

»Sagen Sie meinem Herrn Vater, er braucht sich um mein gebührliches Benehmen keine Sorgen zu machen. Zumindest nicht, bis ich weiß, wer meinen Mann auf dem Gewissen hat.«

✳

»Was kann ich für Sie tun, Junge?« fragte Dr. Popp. Er stand vor seinem Mikroskop. Der Abzug funktionierte wieder nicht. Es stank bestialisch.

Paul Heusohn unterdrückte ein Würgen. »Ich hätte einige Fragen an Sie. Aber … Nun, es sind sozusagen inoffizielle Fragen.«

Dr. Popp zeigte auf Paul Heusohns ausgebeulte Taschen. »Was haben Sie Hübsches mitgebracht?«

Der Junge holte den in Zeitungspapier gewickelten Stein heraus. »Kommissar Beck sagt, Herr Biddling hat sich erschossen. Aber ich glaube nicht an einen Selbstmord.«

»Und wie sollte der Stein helfen, Ihre Annahme zu untermauern?«

»Ich war zweimal am Tatort und habe mir alles genau angesehen. Kommissar Beck sagt, Herr Biddling sei mit dem Kopf auf diesen Stein gefallen. Ist es nicht seltsam, daß das der einzige Stein ist, der im Umkreis von mehreren Metern herumliegt? Und selbst, wenn Herr Beck recht hätte: Wie kommt dann Blut *unter* diesen Stein?«

Dr. Popp zog Handschuhe an und betrachtete die verwaschenen Flecken. »Woher wissen Sie, daß das Blut ist?«

Paul zuckte die Schultern. »Sie selbst haben gesagt, daß Blut nicht immer rot ist. Im übrigen hoffe ich, daß ein rascher Blick durch Ihr Spektroskop die Sache aufklärt.«

»Rasch? Na, Sie haben Vorstellungen, junger Mann. Wissen Sie, wie viele Untersuchungen ich noch zu erledigen habe?«

»Verzeihen Sie«, sagte Paul verlegen.

»Ich werde tun, was ich kann. Und was haben Sie noch in Ihren Taschen vergraben?«

Der Junge legte ihm den Abschiedsbrief hin. »Das soll angeblich von Herrn Biddling geschrieben worden sein. In Ihrem Wiener Manuskript habe ich gelesen, daß man mit Graphit oder Indigopulver Fingerspuren auf Papier feststellen kann. Ich bin sicher, daß Herrn Biddlings Abdrücke nicht auf diesem Schreiben sind.«

Dr. Popp nahm den Briefbogen mit einer Pinzette aus dem Umschlag. »Sie haben bestimmt auch gelesen, daß die Methode bei älteren Spuren nicht mehr unbedingt funktioniert.«

»Der Mörder war sicher aufgeregt und hatte ordentlich schweißige Finger.«

Dr. Popp grinste. »Und wer hat den Brief außer Ihrem fiktiven Mörder noch in seinen schweißigen Fingern gehabt?«

»Wachtmeister Braun, Polizeiassistentin Rothe, Frau Biddling und Polizeirat Franck.«

»Ich bräuchte Vergleichsmaterial.«

Paul Heusohn gab Dr. Popp ein Kuvert. Es enthielt Bögen mit Fingerabdrücken und ein leeres Blatt Papier. »Ich halte es für sinnvoll, für alle Fälle auch die Fingerspuren von Fräulein Zilly und Herrn Hopf zu prüfen.« Er nahm eine in Kartonpapier verpackte Kaffeetasse aus seiner Jacke. »Hierauf befinden sich die Abdrücke einer weiteren Person, die als Spurenleger in Frage käme.«

»Von wem stammen sie?«

»Von einem Mitarbeiter des Präsidiums.«

Dr. Popp sah ihn überrascht an, sagte aber nichts. Er zeigte auf das leere Blatt. »Was soll ich damit?«

»Wie ich schon sagte: Herr Polizeirat Franck hat den Brief auch angefaßt. Und er hätte sicher nicht freiwillig …«

»So, so. Sie haben also den Polizeirat ausgetrickst.«

Paul Heusohn wurde rot. Dr. Popp lächelte. »Kommissar Biddling wäre stolz auf Sie. Sie hören von mir.«

Heiner Braun sah Victoria nachdenklich an. »Sie glauben also, daß Ihr Mann irgend etwas über Herrn Hopfs Vorleben herausgefunden hat, das nicht in Wachtmeister Baumanns Unterlagen steht?«

Sie nickte. »Und daß es mit dem geheimen Labor zusammenhängt. Ich werde dieses Präparat untersuchen lassen.«

»Ihr Mann erzählte mir, daß Herr Hopf homöopathische Arznei für seine Hunde herstellte.«

»Bitte – was?«

»Nichts, das mit Giften zu tun hat. Na ja, jedenfalls nicht in handelsüblichen Mengen.« Er erklärte ihr, was Richard von Dr. Portmann erfahren hatte.

»Es hat keinen Sinn, eine harmlose Sache zu verstecken«, sagte Victoria. »Außerdem bleiben ja noch diese abscheulichen Photographien.«

Heiner goß ihr Kaffee ein. »Es ist nicht verboten, einen Erwachsenen zu drangsalieren, wenn er damit einverstanden ist. Und das Anfertigen obszöner Bilder ist nur strafbar, wenn sie für die Öffentlichkeit gedacht wären.«

Victoria sah auf ihre Hände. »Angenommen, Richard glaubte wirklich, daß ich mit Karl Hopf eine intime Beziehung hatte, könnte sich Hopf nicht einen Spaß daraus gemacht haben, ihn in dieser Annahme zu bestätigen? Vielleicht war Richard so bekümmert darüber, daß er doch Selbst…«

»Ach was«, winkte Heiner ab. »Die Nachricht, der Abschiedsbrief, dieser Ort! Das war sorgfältig geplant.«

»Genau das ist es ja, was ich meine: Ein perfekt arrangiertes Spiel.«

»Heiner! Die Wäsche ist nicht abgehängt.«

Victoria sah zur Tür. »Guten Tag, Helena. Wie geht es Ihnen?«

»Guten Tag, Frau … Frau …« Sie sah Heiner mit einem Blick an, der Panik verriet.

»Frau Biddling wollte uns besuchen«, sagte er lächelnd.

»Frau Biddling? Victoria Biddling, ja. Guten Tag, Frau Biddling.«

Victoria gab ihr verwirrt die Hand. Heiner nahm Helena sanft beim Arm. »Du bist ein wenig müde, hm?«

»Bin ich nicht.« Sie sah Victoria an. »Wir haben es nicht nötig, wie Bettler um Einlaß zu fragen! Und wenn Sie und Ihr Vater glauben …«

Heiner sah sie flehend an. »Helena, bitte.«

»Du denkst, ich hätte es vergessen? Nichts habe ich vergessen! Kein einziges Wort, das er gesagt hat. Er…« Sie brach ab und starrte Victoria an. Heiner wollte sie in den Arm nehmen, aber sie schlug seine Hände weg. »Ich hasse sie! Und dich! Und dieses schreckliche Haus! Kein Licht, keine Luft.«

Sie sank auf einen Stuhl. »Ich will heim. Ans Meer. Zu den Möwen.«

Victoria strich ihr übers Haar. »Erzählen Sie mir von Ihrem Zuhause.«

Sie sah sie lächelnd an. »Wir wohnten in einem großen blauen Haus. Wenn ich morgens aufwachte, hörte ich die Möwen und das Meer und den Wind. Und alles war so hell und licht und freundlich.«

»Wissen Sie was? Wir gehen ein bißchen an die frische Luft, und ich zeige Ihnen ...«

»... die Möwen.«

»Mhm, ja. Die Frankfurter Mainmöwen. Die sind allerdings ein bißchen dicker und fauler als bei Ihnen am Meer.«

Helena lachte. »Das macht doch nichts.«

Als Victoria zurückkam, stand Heiner Braun am Fenster und sah in den Hof hinaus. »Ich habe sie zu Bett gebracht.«

Er ging zum Tisch und setzte sich. Sein Gesicht war blaß. »Ich möchte mich für Helena entschuldigen. Sie weiß manchmal nicht, was sie sagt.«

Victoria nahm zwei Tassen aus dem Regal und füllte Kaffee ein. »Zu entschuldigen hat sich jemand ganz anderes. War das der Grund, warum Sie nicht mehr zu Besuch kamen? Weil mein Vater Ihre Frau gekränkt hat?«

»Bitte, Victoria. Das ist längst vergessen.«

»Was hat er gesagt?«

»Herr Könitz hielt uns für Angestellte und bat uns, den Hintereingang zu benutzen. Ein Versehen. Nichts, das der Rede wert wäre.«

Victoria stellte ihm den Kaffee hin. »Es ist durchaus der Rede wert! Sagen Sie Helena, daß ich mich im Namen meines Vaters entschuldige. Und daß so etwas gewiß nicht mehr vorkommt.« Sie setzte sich zu ihm. »Hatte sie das schon öfter?«

Er umfaßte die Kaffeetasse, als wolle er sich daran festhalten. »Wenn sie ein bißchen geschlafen hat, geht es gleich besser.« Er trank einen Schluck. »Wo waren wir stehengeblieben?«

»Ich finde, Sie sollten ...«

»Habe ich Ihnen erzählt, daß Ihre Schwägerin mich zu sich bestellt hat?«

»Warum wollen Sie mir denn nicht sagen, was los ist?«

»Was soll los sein? Das Wichtigste ist, daß wir so schnell wie möglich den Mörder ...«

Sie legte die Hand auf seinen Arm. »Sie haben gesagt, daß Sie immer für mich da sind, Herr Braun. Bitte lassen Sie zu, daß ich Ihnen das gleiche anbiete.«

»Wenn ich wüßte, es hilft ... Ich würde mein Leben für sie geben«, sagte er leise.

✳

Am kommenden Vormittag bat Laura Rothe Victoria um ein Gespräch. »Herr Braun erzählte mir, daß Sie ein eingefärbtes Präparat untersuchen lassen wollen. Ich glaube, ich kann Ihnen weiterhelfen.« Sie berichtete von ihrer Unterhaltung mit Dr. Ehrlich auf Gräfin von Tennitz' Geburtstagsfeier.

»Dr. Ehrlich leitet das Königliche Institut für experimentelle Therapie«, sagte Victoria. »Aber ich kenne ihn nicht persönlich.«

»Wenn Sie wollen, begleite ich Sie«, bot Laura sich an.

»Sind Sie denn nicht im Dienst?«

Sie lächelte. »Ich befinde mich gerade in einer Besprechung bei der Centrale für private Fürsorge. Kommissar Beck ist seit den frühen Morgenstunden in irgendeiner Leichensache unterwegs und hoffentlich zu beschäftigt, es nachzuprüfen.«

Victoria ließ anspannen, und gemeinsam fuhren sie zum Institut.

»Sind Sie angemeldet?« fragte die Sekretärin im Vorzimmer. Laura nickte. Die Sekretärin sah zur Uhr. »Normalerweise kommt er gegen zehn Uhr. Wenn Sie warten möchten?«

Laura und Victoria hatten gerade im Flur Platz genommen, als Dr. Ehrlich eintraf. Er hatte einen Dackel dabei, der schwanzwedelnd Victorias Kleid beschnupperte. Dr. Ehrlichs Gesicht zeigte Freude. »Ich dachte schon, Sie hätten meine Einladung vergessen, Fräulein Rothe.« Sie gingen hinein. Dr. Ehrlich sah die Sekretärin an. »Würden Sie bitte Herrn Kadereit sagen, er möge nachher aus dem Zentralblatt Band II, Seite 14, zwanzig Mark nehmen und meiner Frau geben?« Er bemerkte die Gesichter von Laura und Victoria und lachte. »Ich hege ein Mißtrauen gegen Bankgeschäfte.«

Als sie sein Arbeitszimmer betraten, dachte Laura an die Bemerkung von Dr. Alzheimer. Er hatte wahrlich nicht übertrieben. Bis auf einen schmalen Gang, der zu einem Schreibtisch führte, war der gesamte Raum mit Akten und Büchern vollgestopft. Sie stapelten sich sogar auf dem Fensterbrett. Der Dackel verkroch sich in eine Ecke. Dr. Ehrlich räumte zwei Stühle frei. Er sah Laura an. »Wie geht es Ihrer Bekannten?«

»Nun ... besser.«

»Und was macht Ihr Syphilis-Fall?«

»Die Quecksilbersalbe scheint anzuschlagen. Sagen Sie, kann eine Behandlung noch zur Heilung führen, wenn der Patient ein Leukoderma aufweist?«

»Was ist das?« fragte Victoria.

»Eine Hautveränderung runder oder ovaler Flecken, die nach dem Abheilen frühsyphilitischer Knoten auftritt, bei Frauen vorzugsweise am Hals, bei Männern am Rumpf«, erklärte Dr. Ehrlich. Er sah Laura an. »Wie Sie sicher wissen, liegt die Gefährlichkeit der Krankheit vor allem im Befall der inneren Organe. Und den kann man nun einmal nicht genau diagnostizieren.«

Laura nickte. »Es war auch nur eine allgemeine Frage. Eigentlich sind wir nämlich wegen etwas anderem da.«

Victoria gab ihm das Präparat aus Hopfs Labor. »Ich wäre Ihnen dankbar, wenn Sie mir sagen könnten, was das ist.«

»Nun ... Ich müßte unter dem Mikroskop nachsehen.«

Die Sekretärin schaute herein. »Professor Dr. Sinnig fragt nach dem Ergebnis der Serumprüfung.«

»Ach je. Den habe ich doch glatt vergessen. Sagen Sie ihm, ich komme sofort, Frau Marquardt.« Er wandte sich an Victoria. »Sie erhalten Nachricht, sobald ich Näheres weiß.«

»Sie glauben nicht, daß Frau Heusohn wieder gesund wird?«
fragte Victoria, als sie das Institut verließen.

»Wenn ich ehrlich bin, nein«, sagte Laura. »Das Tückische an
dieser Krankheit ist, daß sie so viele Gesichter hat, und daß die
ersten Symptome scheinbar folgenlos wieder verschwinden.
Kopfschmerzen, Fieber, Hautausschläge werden der Syphilis
meist erst zugerechnet, wenn es zu spät ist. Frau Heusohn hat
sogenannte Gummigeschwulste an den Unterschenkeln, kno-
tige Geschwüre, die sich durch die Haut fressen. Das ist ein
Zeichen, daß die Krankheit in einem späten Stadium ist.«

»Und man kann gar nichts dagegen tun?« fragte Victoria.

»Es gibt Menschen, bei denen die Spätfolgen gar nicht oder
erst viele Jahre nach der Ansteckung auftreten, aber wenn sie
ausbrechen, ist zumeist nicht mehr viel zu machen. Man weiß
ja nicht mal, was die Ursache dieser Krankheit ist. Die Queck-
silberbehandlung führt selbst bei frühestmöglicher Anwendung nur in etwa einem Viertel der Fälle zur Heilung.«

»Das ist ja furchtbar.«

Laura nickte. »Ich habe in Berlin einen Fall erlebt, in dem ein
Dienstmädchen, von ihrem Liebhaber mit Syphilis angesteckt,
schwanger wurde. Bei der Entbindung des Kindes, das scheinbar gesund war, wurde die Hebamme angesteckt, das Kind
steckte seine Ziehmutter an, und die wiederum drei ihrer eigenen Kinder. Das Kind des Dienstmädchens erkrankte nach
zwei Jahren und starb. Erst dadurch wurde die unheilvolle
Kette aufgedeckt. Wenn jemand weiß, daß er die Krankheit hat,
kann er Sorge tragen, daß die Ansteckungsgefahr minimiert
wird, aber viele Menschen wissen nichts von ihrer Infizierung
oder sie schämen sich, zuzugeben, an dieser Geißel Gottes zu
leiden. Obwohl sie oft genug nichts dafür können.« Sie gab Victoria die Hand. »Ich muß zurück, bevor Kommissar Beck mich
vermißt. Sagen Sie mir bitte Bescheid, was die Untersuchung
von Dr. Ehrlich ergeben hat, ja?«

Kommissar Beck war noch unterwegs, als Laura ins Präsidium
kam, und sie nutzte die Zeit, den geplanten Brief an Henriette

Arendt zu schreiben. Um sicherzustellen, daß er nicht durch Zufall oder Indiskretion auf Francks Schreibtisch landete, brachte sie ihn persönlich zur Post. Beck kehrte erst spätnachmittags zurück und legte ihr einen Todesermittlungsbericht hin. »Das muß abgeschrieben werden.«

Laura nickte und spannte ein leeres Blatt ein. Als sie die Personalien des Toten las, stutzte sie. *Romano Comoretto.* Der Name sagte ihr etwas, aber sie konnte sich nicht erinnern, in welchem Zusammenhang sie ihn schon einmal gehört hatte.

»Ich brauche das heute noch, gnädiges Fräulein!« sagte Beck.

Laura hätte ihm am liebsten eine Unhöflichkeit an den Kopf geworfen, aber sie riß sich zusammen. Sie fing an zu tippen, und ihre Gedanken schweiften zu Martin. Noch immer genügte ein Blick von ihm, ihre Hände zittern und ihr Herz flattern zu lassen. Sooft sie ihm im Flur begegnete, versuchte er, sie in ein Gespräch zu verwickeln, aber sie ließ es nicht zu. Es war vorbei. Es mußte vorbei sein! Und doch hatte Victoria Biddlings Spur zu Hopf in ihr die verrückte Hoffnung wachgerufen, daß er vielleicht unschuldig war. Als ob das etwas änderte!

Ich vermisse dich, hatte er ihr am Morgen zugeflüstert, und sie hatte sich richtig gut gefühlt. Er sollte genauso leiden wie sie! Aber wenn er litt, hieß das nicht, daß er sie liebte? Angenommen, Vicki Biddling bliebe in Berlin und seine reiche Heirat zerschlug sich … Ob er mit ihr nach Stuttgart ginge?

»Ja, Himmel noch mal!« rief Beck. »Habe ich es nur noch mit Träumern zu tun?«

Laura zuckte zusammen. »Entschuldigen Sie.«

Beck setzte seinen Hut auf. »Bis ich zurückkomme, werden Sie ja wohl den läppischen Bericht über diesen verrückten Kanalkriecher getippt haben.«

Jetzt wußte sie es wieder: Der schmuddelige Italiener, der in der Kornblumengasse um Geld gebettelt hatte. *Comoretto, die Kanalratte,* hatte Martin gesagt. »Haben Sie vielleicht eine Photographie von dem Toten, Herr Kommissar?«

Beck sah sie an, als sei sie von allen guten Geistern verlassen und verließ das Büro. Aufgeregt schrieb Laura weiter. *Viele*

Tiere sind im Turm. Hatte Comoretto Ratten gemeint? Und mit dem Turm einen dieser Stinktürme? Martin kannte Comoretto. Und Martin hatte sich früher im Kanal herumgetrieben. Und auf diesem anonymen Zettel stand, daß der Stinkturm und der Kanal etwas mit Wenneckes Tod zu tun hatten. Konnte das alles wirklich Zufall sein? Der Gedanke tat weh, und sie würde nicht eher Ruhe finden, bis sie die Wahrheit wußte. Ein Blick zur Uhr sagte ihr, daß Feierabend war. Beck hatte nicht angeordnet, daß sie länger bleiben sollte. Sie legte den Bericht auf seinen Schreibtisch und ging nach Hause. Als sie Heiner Braun nicht antraf, fuhr sie in den Untermainkai.

Victoria Biddling empfing sie in ihrer Bibliothek. »Wir schauen nach!« bestimmte sie, als Laura geendet hatte.

Laura riß ihren Blick von den Bücherwänden los. »Wie bitte?«

»Wenn dieser Comoretto tatsächlich in einem der Stinktürme gelebt hat, wird er dort seine Habseligkeiten haben, oder?«

»Kommissar Beck ...«

»... geht mal wieder von einem Selbstmord aus«, winkte Victoria ab. »Das tut er offenbar gern. Daß in seinem Bericht steht, der Italiener sei obdachlos, untermauert jedenfalls Ihre Theorie.« Sie sah Laura mit einem abschätzenden Blick an. »Ja, die vom Gärtner könnten passen. Sie entschuldigen mich kurz?« Es dauerte nicht lange, und sie kam mit einem Korb und einem Kleiderbündel wieder. »Die Bockenheimer Warte kommt am ehesten in Frage. Also fahren wir zuerst dorthin. Aus taktischen Gründen sollten wir uns nicht direkt am Objekt absetzen lassen.«

»Sie erinnern mich an meinen Vater, wenn er eine seiner fiktiven Schlachten plante.« Laura zeigte auf die Bücher. »Haben Sie die alle gelesen?«

»Mehrfach.« Victoria klingelte. Tessa kam herein. »Veranlassen Sie, daß um neun Uhr zwei Bäder gerichtet sind. Wie heißt noch gleich das Buch, das Herr Heynel in seinem Regal stehen hat?« Laura sagte es ihr. Victoria nickte. »Wir gehen zuerst nach nebenan in die Bibliothek. Dieses Werk fehlt nämlich in meiner Sammlung.«

Eine Dreiviertelstunde später setzte eine Droschke die beiden in Bockenheim ab. Victoria drückte Laura den Korb in die Hand. »Sie spielen meine Dienerin, und wir tun so, als ob wir spazieren gingen.«

Gegenüber der Bockenheimer Warte lag eine Gastwirtschaft. Zwei Männer sahen ihnen hinterher, als sie die Straße überquerten. Victoria Biddling würdigte sie keines Blickes. An der westlichen Seite eines runden Vorbaus sahen sie eine Tür; sie war verschlossen. Eine zweite war offen. In einem unbeobachteten Moment schlüpften sie hinein und folgten einem Wendelgang in den Turm. Durch Schießscharten und Fensterchen fiel nur wenig Licht auf ein mächtiges Rohr in der Turmmitte. Es bildete die Spindel einer Treppe, die hoch oben im Dunkel verschwand.

Victoria vermutete, daß unterhalb der Turmspitze ein Boden eingezogen war. Sie zündete eine Kerze an. Bei dem Rohr handelte es sich offenbar um den Abluftschacht. Die Treppe sah wenig vertrauenerweckend aus.

»Ich hoffe nicht, daß Sie beabsichtigen, hinaufzuklettern«, sagte Laura.

Victoria schüttelte lächelnd den Kopf. »Eine Kanalratte dürfte wohl eher im Keller gehaust haben.«

Sie fanden den Zugang am anderen Ende des Wendelgangs. In einer Ecke des feuchten Raums hatte jemand aus Zeitungen und einer mottenzerfressenen Decke eine primitive Lagerstatt errichtet. Der Abstieg in den Kanal lag nicht weit entfernt. Eine Maus saß davor und knabberte an einer schimmeligen Brotkante. Als Victoria näherkam, verschwand sie in der Wand.

Laura leerte einen Leinenbeutel aus und förderte stinkende Socken, ein zerlöchertes Unterhemd, eine leere Schnapsflasche und eine Schachtel Zündhölzer zutage. Victoria sah die Zeitungen durch. »Seltsam.«

»Was denn?« fragte Laura.

Victoria zeigte auf angestrichene Annoncen. »Der wollte doch sicher kein Kind adoptieren, in seiner Lage?«

Laura sah sich kopfschüttelnd die Anzeigen an und tastete

eine alte Jacke ab. Wenn sie sich nicht sehr täuschte, war es die gleiche, die Comoretto in der Kornblumengasse getragen hatte. In der Innentasche steckte ein Briefumschlag. Er war schmutzig und zerknittert, aber aus feinstem Büttenpapier. *Z. Hd. Hr. Comoretto*, stand in geschwungener Schrift darauf. »Das beweist, daß wir richtig sind«, sagte Laura. Victoria betrachtete das Kuvert, überlegte kurz und leuchtete die Wand ab.

»Was tun Sie da?« wollte Laura wissen.

»Den Inhalt des Briefes suchen. Und wenn ich mich nicht sehr täusche, habe ich ihn schon gefunden.« Sie gab Laura die Kerze und zog einen losen Stein aus der Mauer. »Die Leute sind im allgemeinen nicht sehr kreativ, wenn sie etwas verstecken.« Sie holte einen schmuddeligen Lappen aus der Wand und schlug ihn auseinander.

»Das gibt's ja nicht!« rief Laura. Auch Victoria konnte ihre Verblüffung nicht verhehlen. In dem Lumpen steckte ein Bündel Geld. Sie zählten neunhundertsiebzig Mark.

»Schweigegeld oder Verbrecherlohn«, sagte Victoria.

»Fragt sich nur, wofür«, ergänzte Laura.

Victoria nahm das Buch aus dem Korb und blätterte darin. »Das werden wir auch noch herausfinden. Schauen Sie, hier sind die Verzeichnisse der einzelnen Kanalröhren.«

»Sie wollen doch nicht etwa da hinunter?«

»Was Herr Heynel und dieser Comoretto können, werden wir auch hinkriegen, oder?« Sie öffnete das Kleiderbündel. »Bedienen Sie sich.«

Laura war fassungslos. »Sie hatten das von Anfang an geplant.«

Victoria knöpfte schmunzelnd ihr Kleid auf. »Aber sicher! Oder was dachten Sie, wozu wir den ganzen Kram durch die Gegend getragen haben?«

»Und wenn uns jemand unsere Sachen stiehlt?«

»Dann haben wir Pech gehabt.« Victoria legte ihr Kleid zusammen, zog eine Hose und ein Hemd an und steckte das Geld ein. Sie riß zwei Seiten aus dem Buch und gab Laura eine Kerze. Den Korb stellte sie in die dunkelste Ecke und breitete ein paar Zeitungen darüber. Zum ersten Mal sah Laura sie mit einem Gesichtsausdruck, der tiefe Befriedigung ausdrückte.

Der Einstiegsschacht endete in einem Rohrgang, in dessen Mitte eine schwarzglänzende Brühe stand. Von der Decke tropfte Wasser. Es stank nach Fäkalien, aber Victoria Biddling schien es nicht zu merken. An jeder Rohrmündung blieb sie stehen und studierte die Karte. Sie bogen nach rechts, dann nach links ab und standen unvermittelt in einer unterirdischen Halle. Mit ihren gemauerten Rundbögen wirkte sie wie eine Geisterkathedrale, durch deren Schiff ein schwarzer Bach floß. Im Licht der Kerzen tanzten Schatten an der Wand. Die Bögen sahen kunstvoll aus, aber Laura hatte keinen Blick dafür. Eine Ratte schwamm durch die übelriechende Brühe, und sie wollte lieber nicht darüber nachdenken, wie viele sich noch hier herumtummeln mochten. Es gruselte sie, aber sie traute sich nicht, etwas zu sagen. Langsam verstand sie, warum Heiner Braun Victoria Biddling bewunderte.

Victoria hielt ihre Kerze über die Buchseiten und zeigte auf einen Punkt westlich der Bahnlinie »Wenn ich das richtig sehe, sind wir jetzt unter der Kreuznacher Straße. Sollte es einen Zugang zu Pokorny geben, muß er irgendwo hier beginnen.«

Sie gingen mehrere Seitenkanäle ab und stießen schließlich auf ein mannshohes Rohr, das in einem Schacht endete. Eisenstufen führten nach oben. Victoria kletterte hinauf und rief nach Laura. »Ich schaffe es nicht allein, den Deckel zu heben!«

Mit vereinten Kräften stemmten sie ihn beiseite. Sie sahen einen von hohen Mauern umgebenen Hof, der verlassen in der Dämmerung lag. Etwas entfernt standen mehrere Hallen. Dahinter ragten die Türme der Gasfabrik auf. Victoria half Laura aus dem Schacht. Sie waren nur noch wenige Schritte von dem ersten Gebäude entfernt, als sie die Hunde sahen. Zwei riesige, struppige Viecher. Sie rannten zurück und schafften es gerade noch, den Deckel zuzuziehen, als sie über sich wildes Gebell und kurz darauf eine männliche Stimme hörten. »Rudi! Harras! Seid ihr von alle gude Geister verlasse?«

Durch die Ritzen des Deckels fiel ein Schatten in den Schacht. Victoria und Laura klammerten sich an die Leiter und wagten nicht, sich zu rühren. »Was'n los, Schorsch?« ertönte eine zweite Stimme.

Der Schatten verschwand. »Ei, die dumme Köter wer'n immer dümmer! Jetzt belle se schon den stinkische Kanal an!«

Einer der Hunde jaulte auf. Offenbar hatte Schorsch seinem Ärger mit einem Tritt Ausdruck verliehen. Die Stimmen entfernten sich.

»Da hatten wir ja gerade noch mal Glück«, sagte Laura mit zitternder Stimme.

»Wie man's nimmt«, entgegnete Victoria.

Sie mußte nichts erklären. Laura hatte das Schild auch gesehen. Georg Schiele & Cie. Ventilatorenfabrik. Die Firma neben Pokorny! »Was machen wir jetzt?«

»Weitersuchen!«

Eine Stunde später gingen die Kerzenvorräte zu Ende, und sie kehrten um. »Wenigstens wissen wir nun mit Sicherheit, daß es keine Kanalverbindung zwischen dem Stinkturm und Pokorny gibt, durch die ein menschliches Wesen hindurchpaßt«, stellte Laura fest, als sie sich in der Warte umzogen.

»Sie sagen das, als sei es eine besondere Freude«, bemerkte Victoria.

»Es beweist immerhin, daß die eine oder andere Spekulation über Herrn Wenneckes Tod vielleicht etwas voreilig war.«

»Sie lieben ihn sehr, nicht wahr?«

Laura war froh, daß Victoria Biddling ihr Gesicht nicht sehen konnte. »Die Beziehung zwischen Herrn Heynel und mir ist beendet.«

»Ich wollte Ihnen gewiß nicht zu nahe treten«, sagte Victoria freundlich. »Und was meine Tochter angeht ... Ich hoffe, sie gewinnt in Berlin den nötigen Abstand.«

Laura hätte ihr sagen können, daß Martin Vicki hinterhergereist war. Aber das wäre doch zu billig gewesen.

»Ganz gleich, was es mit dem Ableben dieses Comoretto auf sich hat: daß er das Geld redlich erworben hat, halte ich für ausgeschlossen«, sagte Victoria. »Ich würde zu gern Kommissar Becks Gesicht sehen, wenn Sie morgen Bericht erstatten.«

»Er wird mich verwünschen.«

»Wie ich ihn kenne, fielen seine Verwünschungen sicher noch um einiges ärger aus, wüßte er, daß ich Sie zu der Expedition veranlaßt habe. Ich bitte Sie in Ihrem Interesse, diese Tatsache tunlichst nicht zu erwähnen.« Laura nickte. Victoria Biddling streckte ihr die Hand hin. »Ich heiße übrigens Victoria.«

»Laura«, sagte Laura. »Ich freue mich auf das Bad.«

Am nächsten Morgen bekam Victoria eine Nachricht von Dr. Ehrlich, sich so rasch wie möglich mit ihm in Verbindung zu setzen.

Kapitel 25

Abendblatt   Mittwoch, 3. August 1904

Frankfurter Zeitung
und Handelsblatt

Im Senkkasten erstickt. Nach einer Meldung des Polizeiberichts ist es ausgeschlossen, daß der Italiener Romano Comoretto, der in einem Senkkasten an der Kronstettenstraße tot aufgefunden wurde, verunglückt oder gar einem Verbrechen zum Opfer gefallen ist. Comoretto hat nach Angaben von Zeugen am Tage vorher zu Vilbel schon versucht, einen Kanalschacht zu öffnen, war aber nicht im Stande, den schweren, steinernen Verschluß zur Seite zu schaffen.

Der Italiener war offenbar geistesgestört.

Statistisches. In der Woche vom 24. bis 30. Juli sind in Frankfurt 123 Todesfälle vorgekommen. Davon sind 57 Kinder unter 15 Jahren und 66 Erwachsene. Von den 66 erwachsenen Personen hatten 24 das 50. und von diesen 12 das 60. Lebensjahr überschritten. Ferner wurden 5 Kinder totgeboren. Die Sterblichkeits-Verhältniszahl, für tausend Lebende auf das Jahr berechnet, beträgt für diese Woche 17,5 %.

Laura betrat Becks Büro mit einem flauen Gefühl im Magen. War sie schon bei Martin nie sicher gewesen, wie er auf bestimmte Dinge reagierte, so wußte sie Beck erst recht nicht einzuschätzen. Er las die Zeitung und unterbrach die Lektüre nur

für einen knappen Morgengruß. Laura überflog die Schriftstücke, die er ihr zur Abschrift hingelegt hatte, und beschloß,
es hinter sich zu bringen. »Ich habe gestern zufällig erfahren,
daß Herr Comoretto im Bockenheimer Stinkturm gelebt hat.«

Beck schaute von der Zeitung hoch. »Was für ein Stinkturm?«

»Die Bockenheimer Warte. Sie dient als Entlüftungsschacht
für …«

»Da könnten Sie genausogut die Alte Brücke als Melde-
anschrift eintragen.«

»Bei seinen Habseligkeiten fand ich das hier.« Laura legte den
Briefumschlag mit dem Geld auf Becks Schreibtisch.

»Was soll ich damit?«

»Einen kurzen Blick hineinwerfen, Herr Kommissar.«

Er las erst den Artikel fertig, aber an der Art, wie er den Umschlag nahm, sah sie, daß sein Desinteresse gespielt war. Fassungslos hielt er ihr das Geldbündel hin. »Was, bitte, ist das?«

»Neunhundertsiebzig Mark. Ich fand sie in einem Versteck
über der Lagerstatt von Romano Comoretto.«

»Woher wissen Sie, daß das Geld von ihm stammt?«

»Das leere Kuvert steckte in seiner Jacke. Und mir fällt kein
Grund ein, warum dieser Mann einen Büttenbriefumschlag mit
seinem Namen bei sich tragen sollte, wenn nicht …«

»Mutmaßungen«, sagte Beck. »Durch nichts begründet. Der
Kerl war verrückt und hat Selbstmord begangen.«

»Und das Geld?«

»Fundsache«, sagte er mürrisch und vergrub sich wieder hinter seiner Zeitung.

Laura rang um Fassung. »Nur, weil es Ihnen in den Kram
paßt, können Sie nicht einfach Tatsachen leugnen, Herr Beck!«

»Sie sollten sich etwas mäßigen, Fräulein Rothe.«

»Ach? Sollte ich?« Laura fühlte plötzlich eine solche Wut, daß
sie alle guten Vorsätze vergaß. »Es ist ja auch nichts dagegen
einzuwenden, wenn Beamte in den Gewahrsamszellen ihren
Spaß mit diversen Dirnen haben!«

Beck sah sie an, als habe sie gerade einen Mord gestanden.
»Was wollen Sie damit andeuten, Fräulein Rothe?«

»Genau das, was ich gesagt habe! Aber sicher werden Sie auch dafür eine kluge Erklärung parat haben. Immerhin bin ich bloß eine Frau, und eine irrsinnige noch dazu.«

»Könnten Sie mir bitte erklären …«

»Ich nehme doch an, daß Herr Polizeirat Franck Sie über meine Biographie aufgeklärt hat. Einschließlich der Gründe, warum Sie sich mit mir herumplagen müssen. Ein gutes Zeugnis als Preis dafür, daß ich schweige. Und Sie haben verständnisvoll genickt und zählen die Tage, bis Sie mich los sind.«

»Herr Franck hat mir lediglich gesagt, daß er es aufgrund gewisser zwischenmenschlicher Vorkommnisse für angeraten hält, Sie nicht mehr mit Oberwachtmeister Heynel zusammenarbeiten zu lassen«, entgegnete Beck kühl. »Die Details hat er mir freundlicherweise erspart. Wenn Sie erlauben: Sie interessieren mich auch nicht.«

Sie glaubte ihm kein Wort. Aber es war sowieso sinnlos. Sie zog ihren Mantel an, obwohl es dafür viel zu warm war.

»Sie können nicht irgendwelche Anschuldigungen erheben und dann gehen!« sagte er scharf. »Ich will wissen, was das für Vorfälle waren! Und welche Beamte betroffen sind!«

»Warum?« fragte sie müde. »Damit Sie mir einreden können, daß ich mir alles eingebildet habe? Danke, nein. Ich weiß, was ich gesehen habe.«

»Himmel und Herrgott noch mal! Dann sagen Sie's endlich!«

Sie sah ihn verblüfft an. »Sie wollen wirklich die Wahrheit wissen?«

»Das ist mein Beruf, gnädiges Fräulein.«

Becks Gesicht war unbewegt, als Laura geendet hatte, aber sie meinte zu erkennen, wie es in ihm arbeitete. Er ging im Zimmer auf und ab und blieb vor ihr stehen. »Sie sollten sich im klaren sein, was es bedeutet, jemanden schwerer Straftaten zu beschuldigen, ohne ausreichende Beweise dafür zu haben.«

Laura bereute, daß sie ihren Mund nicht gehalten hatte. »Ich habe es mit eigenen Augen gesehen. Welchen Beweis braucht man bitte noch?«

Beck zog seinen Mantel an und nahm den Hut von der Garderobe. »Herr Franck ist verreist. Sobald er zurückkommt, werde ich mit ihm reden. Und jetzt sehen wir uns diesen Stinkturm an.«

»Heißt das, Sie glauben mir?«

»Ich glaube zu allererst, was ich mit *meinen* eigenen Augen sehe.«

✳

Dr. Paul Ehrlich saß inmitten seiner Bücherberge und rauchte eine Zigarre. Sein Dackel begrüßte Victoria mit fröhlichem Gebell. Sie streichelte ihn und dachte an Flora und Malvida. Wie es ihnen wohl ging? Dr. Ehrlich räumte einen Stapel Papier von einem Stuhl. »Bitte nehmen Sie Platz, Frau Biddling.«

»Ist es so schlimm, was Sie mir mitzuteilen haben?« fragte Victoria lächelnd.

»Schlimm? Nein, eher etwas merkwürdig. Dürfte ich erfahren, woher Sie dieses Präparat haben?«

»Von einem Bekannten, der sich mit Studien von Bakterienkulturen befaßt.«

»Es handelt sich um präparierte Cholerabazillen, die zu einem Färbeversuch benutzt wurden. Das Ergebnis kann nur als minderwertig bezeichnet werden.«

»Cholera?« fragte Victoria entsetzt.

Dr. Ehrlich lächelte. »Die Kultur ist nicht virulent, also ungefährlich. Wissen Sie, was Ihr Bekannter damit vorhatte?«

»Er ist gelernter Drogist und stellt Arznei für seine Hunde her. Angeblich in homöopathischen Dosen, was immer das ist.«

»Das hat nichts mit diesem Präparat zu tun. Eine Stammkultur wie die vorliegende dient nicht heilmedizinischen Zwecken, sondern wird von Instituten an Laboratorien für wissenschaftliche Versuchszwecke versandt.«

»Zum Beispiel vom Kralschen Institut in Wien?«

»Ja. Wie kommen Sie darauf?«

»Mein Bekannter bekam eine entsprechende Sendung. Sagen

Sie – kann man mit solchen Dingen irgendeinen Unfug treiben? Menschen vergiften zum Beispiel?«

»Mit dieser Probe ganz sicher nicht. Haben Sie Angst, Ihr Bekannter könnte etwas Derartiges vorhaben?«

»Nein. Sie sagen ja selbst, daß die Kultur harmlos ist.«

»Diese, ja«, sagte Paul Ehrlich. »Das Kralsche Institut versendet auf Bestellung allerdings auch Kulturen mit mehr oder weniger starker Virulenz. Wissen Sie, welche Studien Ihr Bekannter genau betreibt?«

Victoria schüttelte den Kopf. »Er erwähnte, daß er eine Arznei mit Belladonna herstellt. Das ist ein starkes Gift, oder?«

»Wenn es sich um ein homöopathisches Mittel handelt, nicht.«

»Verwendet man für diese Homöopathie auch Hüttenrauch?«

»Ja. Sollten Sie irgendwann einen Experten für Arsenik suchen, kann ich Ihnen Dr. Popp empfehlen. Er hat sein Labor in der Niedenau. Was schauen Sie so?«

»Hüttenrauch ist Arsenik? Ein weißes Pulver, das bei Hitze einen Dampf entwickelt?«

»Keine Sorge. In homöopathischen Dosen genossen, ist auch das völlig unbedenklich.«

»Braucht man für diese Homöopathie viel Arsenik?«

»Nein. Das Wesen der Homöopathie ist ja gerade, daß der Urstoff in der Arznei so gut wie nicht mehr stofflich nachweisbar ist. Davon abgesehen, ist der Handel mit Arsenik nur mit besonderer Genehmigung erlaubt. Ich experimentiere damit im Zusammenhang mit der Verabreichung bei Syphilis.«

»Stimmt es, daß man Arsenik auch als Schönheitsmittel konsumieren kann?«

»Es gibt Frauen, die das tun, ja. Angeblich bewirken ein oder zwei Tropfen eingenommen, glänzendes Haar und vollere Formen. Ich würde Ihnen aber dringend davon abraten, gnädige Frau!«

Victoria nickte. »Nach dem, was Sie sagen, kann es also durchaus legal sein, wenn ein Drogist ein Fläschchen mit Arsenik besitzt.«

»Wenn er über die entsprechende Erlaubnis verfügt, ja.«

Victoria gab ihm die Hand. »Vielen Dank für Ihre Hilfe, Dr. Ehrlich. Könnten Sie dieses Präparat für mich vernichten?«

»Ja. Sollten Sie weitere Fragen haben, scheuen Sie sich bitte nicht, mich zu konsultieren.«

»Das werde ich.«

Gedankenverloren fuhr sie in den Untermainkai zurück. Warum konnte nichts eindeutig sein in dieser vertrackten Sache? Alles ließ sich erklären, und alles wieder nicht. Wenn sie wenigstens das Fläschchen noch hätte! Als sie ins Haus kam, gab ihr Tessa ein Päckchen. Es enthielt ein Buch, den Kristall und eine Karte. Victoria klappte die Karte auf.

Verehrteste Victoria!
Sie sind gegangen, ohne das Ende der Geschichte zu kennen,
und ohne nach dem Anfang zu fragen. Gogol, der russische
Molière sagt – ja, wo? – nun irgendwo – »die echte komische
Muse ist jene, welcher unter der lachenden Larve die Tränen
herabrinnen.«
Anbei das Buch, das Ihre Bibliothek entbehrt. Lesen Sie die
Farben der Gegenwart und versuchen Sie, zu verstehen.
Mit herzlichsten Grüßen
Karl Hopf

PS. Ich reise noch heute mit meiner Braut nach London.

Kommissar Beck sah sich aufmerksam um, untersuchte die Bettstatt und Comorettos Jacke, blätterte die alten Zeitungen durch. Laura zeigte auf die markierten Anzeigen. »Ich frage mich, ob das etwas zu bedeuten hat.«

Beck hielt die betreffende Seite ins Licht. »Ich glaube kaum, daß Comoretto lesen konnte.«

»Aber der, von dem diese Bettunterlage stammt, konnte es.«

»Widerliche Kreaturen, denen man ohne Prozeß die Köpfe abschlagen sollte!«

Laura sah ihn überrascht an. »Bitte?«

»Kinderhandel! Noch nie davon gehört?«

»Und was hat das ...«

»Wo war das Geld?« fragte er schroff.

＊

Es wurde schon dunkel, als Anna Frick das Warenhaus Könitz verließ, aber es machte ihr nichts aus, bis in den späten Abend hinein zu arbeiten. Sie konnte jeden Pfennig brauchen. Ein Pärchen ging an ihr vorbei. Arbeiter stiegen in die Trambahn. Auf der Straße fluchte ein Fuhrwerker.

Diesmal stand er in einer Nische zum Nachbarhaus. Sie konnte sein Gesicht nicht sehen, aber sie hatte keinen Zweifel, daß er es war. Irgendwann mußte es ein Ende haben! Sie atmete durch und ging zu ihm hin. »Guten Abend, Herr Kommissar.«

»Guten Abend, gnädiges Fräulein«, sagte Beck.

Trotz des Dämmerlichts sah sie, wie erschrocken er war. Es tat gut, daß ein Mensch wie er Angst haben konnte, auch wenn sie nicht verstand, warum. »Was wollen Sie von mir?«

»Sie mißverstehen die Situation. Ich kam zufällig vorbei.«

»Ach? Sie kommen also jeden Abend zufällig hier vorbei? Wollen Sie Ihr Geld zurück? Ich kann Ihnen eine Anzahlung geben und ...«

»Die Sache ist abgeschlossen.«

»Was dann?«

»Wie geht es Ihrem Sohn?«

»Gut. Warum?«

Er zog seinen Hut und ging.

＊

Hans leerte das Glas und fuhr sich über den Mund. »Wenn's jemand anners bezahle tut, schmeckt des Stöffche gleich doppelt so gut.«

Heiner Braun gab dem Wirt ein Zeichen, und er stellte zwei weitere Gläser Apfelwein vor ihnen ab. »Du würdest mir wirklich einen großen Gefallen tun, wenn du dich ein bißchen über diesen Comoretto umhören könntest.«

»Wenn's net mehr is, Wachtmeister.«

»Ich bin pensioniert, Hans.«

»Un warum hör'n Se dann net auf zu arbeite?«

»Man macht sich eben so seine Gedanken.«

Hans grinste. »Ich tät mein letzte Grosche drauf verwette, daß Sie net glaube, daß der Italiener von selber in de Senkkaste gefalle is.«

»Und was glaubst du?«

Er zuckte die Schultern. »So gern wie der bei de Ratte rumgekroche is, tät er sich vermutlich aach mit Vergnüche in de Scheiße ersticke.«

＊

Über dem Waschtisch hing ein riesiger Spiegel. Der Rahmen war golden und schwer, ein Erbstück seiner Mutter, das die Proportionen des Zimmers sprengte. Beck fragte sich, warum er sich von dem Monstrum nicht längst getrennt hatte. Vielleicht, weil der Blick hinein ihn daran erinnerte, daß er niemals leben würde wie andere Menschen?

Sie hatte ihr Haar gekämmt, schwarzes, glänzendes Haar, das er bewundert hatte. *Warum hast du mich rufen lassen, Mutter?* Sie legte die Bürste weg, sah ihn durch den Spiegel an. *Gott allein weiß, wie schwer es mir fällt, Junge. Aber ich schulde dir die Wahrheit.* Am Abend vor seiner Verlobung. Ein wahrhaft passender Zeitpunkt.

Er hatte alles falsch gemacht, damals wie heute. Und doch wußte er, daß alle Vernunft ihm nicht helfen würde. Er starrte in den Spiegel, und er haßte, was er sah.

＊

Victoria und Heiner saßen bei einer Tasse Kaffee, als Laura nach Hause kam.

»Ich habe Herrn Braun gerade das Ergebnis von Dr. Ehrlichs Untersuchung mitgeteilt«, sagte Victoria. »Leider hilft es uns nicht viel weiter.« Sie berichtete Laura von ihrem Besuch im Institut. »Was hat Kommissar Beck gesagt?«

»Wir waren noch mal im Stinkturm, und ich habe ihm die Anzeigen gezeigt«, sagte Laura.

»Was denn für Anzeigen?« fragte Heiner.

»Angebote für Kinderadoptionen. Ich muß gestehen, daß ich solche Annoncen zwar schon öfter gesehen habe, mir aber nichts dabei dachte. Kommissar Beck behauptet, das habe mit Kinderhandel zu tun. So recht verstehe ich es immer noch nicht. Trotzdem könnte es sein, daß das eine neue Spur ist, oder? Vor allem im Hinblick auf die große Geldsumme, die Comoretto bei sich hatte.«

»Kommissar Beck hat vor zwei oder drei Jahren ein Ermittlungsverfahren gegen eine Bande von Kinderhändlern geführt«, sagte Heiner. »Er hat ein paar kleine Fische festgenommen, aber an die Hintermänner kam er nicht heran. Ich glaube, dieser Mißerfolg wurmt ihn bis heute.«

»Heißt das, daß diese Leute in unseren Zeitungen offen ihr schmutziges Geschäft betreiben?« fragte Victoria aufgebracht.

Heiner nickte. »Leider, ja. Bei den in den Anzeigen genannten Erziehungsbeiträgen oder sonstigen Auslagen handelt es sich in Wahrheit um Verkaufspreise für die Kinder beziehungsweise die Provisionen der Vermittler. Mädchen landen oft in Bordellen, Jungen werden nach Übersee verschachert oder in den Osten geschafft, wo sie in Fabriken als billige Arbeitskräfte eingesetzt werden. Oder sie vegetieren als Kostkinder dahin, die nur aufgenommen werden, um das Pflegegeld zu kassieren.«

»Wie kann eine Mutter ihrem Kind so etwas antun!« empörte sich Laura.

»Man muß unterscheiden«, erklärte Heiner. »Viele dieser Mütter sind so arm, daß sie nicht wissen, wie sie ihre Kinder satt bekommen sollen. Oft sind es ledige Frauen, deren karger Lohn nicht ausreicht, das Kostgeld für ihr Kind aufzubringen. Denken Sie an Anna Frick. Und dann gibt es die Fälle, in denen Frauen aus besseren Kreisen ihre Unschuld bewahren und deshalb das ungewollte Kind loswerden müssen. Auch dazu finden Sie entsprechende Annoncen in der Tagespresse, die für den unbedarften Leser harmlos klingen. Hebammen, Kurhäuser, Familien mit ärztlicher Betreuung beispielsweise, die jungen Damen freundliche und diskrete Aufnahme anbieten – und eine ebenso diskrete Lösung des Problems. Hinzu kommt, daß die Frauen nur zu gern glauben, was die Vermittler ihnen erzählen: daß ihr Kind in eine gute Familie kommt, in der es ihm an nichts fehlen wird. Bei einigen, vor allem bei Neugeborenen, mag das so sein, aber es ist die Ausnahme.«

»Man muß das öffentlich machen! Den Frauen sagen, was ihre Kinder erwartet!« schimpfte Laura. »Wofür haben wir schließlich entsprechende Stellen? Ich werde gleich morgen in der Centrale für private Fürsorge vorsprechen!«

Victoria spürte, wie ihr heiß wurde. *»Das Brüderchen ist nicht im Himmel, obwohl ihre Mama das behauptet.«* Heiner und Laura sahen sie verständnislos an. »Das hat Paul Heusohns Schwester Annika am Samstag zu meiner Zofe gesagt.«

Bevor jemand etwas erwidern konnte, schellte es. »Das wird Paul sein«, sagte Heiner. »Ich halte es für besser, wir sprechen später weiter.«

Der Junge strahlte, als er in die Küche kam. »Ich war vorhin bei Herrn Dr. Popp, und ich habe interessante Neuigkeiten!« Er sah von einem zum anderen. »Was schauen Sie denn so?«

Heiner zeigte auf einen Stuhl. »Hast du schon zu Abend gegessen?«

Er versuchte, sein Magenknurren zu überspielen. »Ja, sicher.«

Heiner stellte ihm Brot, Butter und Wurst hin. »Mit vollem Magen redet es sich leichter, hm?«

Paul schmierte ein Brot und legte eine Scheibe Wurst darauf. »Erinnern Sie sich an den Stein, den ich an dieser Hütte mitgenommen habe?« wandte er sich an Victoria. »Wenn Ihr Mann wirklich darauf gefallen wäre, dürfte er nur an der Oberseite Blutanhaftungen haben. Dr. Popp hat aber festgestellt, daß sich auch an der Unterseite ein Blutfleck befindet. Außerdem gibt es keinen einzigen Fingerabdruck von Ihrem Mann auf dem Abschiedsbrief. Und das heißt …«

»… daß Richard ihn nicht geschrieben hat«, vervollständigte Victoria.

»Ja. Daraus folgt, daß jemand anderes ihn verfaßt hat, und das wiederum hat nur Sinn, wenn es sich bei dem Selbstmord in Wahrheit um einen Mord handelte.«

Victoria hatte plötzlich das Gefühl, daß Richard ihnen zusah und lächelte. Gern wäre sie jetzt ein paar Minuten allein gewesen.

»Hat Dr. Popp andere Fingerabdrücke festgestellt?« wollte Heiner wissen.

Paul Heusohn nickte. »Von Ihnen den rechten Zeigefinger und von Frau Biddling den rechten Daumen. Und ein Teilabdruck stammt mit großer Wahrscheinlichkeit von Polizeirat Franck. Aber …«

»Sie sollten Herrn Popp bitten, für alle Fälle nach den Abdrücken von Zilly und Karl Hopf zu suchen«, unterbrach Laura.

»Das habe ich schon. Weder auf dem Brief noch auf dem Umschlag sind irgendwelche Spuren von ihnen zu finden. Aber auf …«

»Jemand, der einen Abschiedsbrief fälscht, könnte Handschuhe tragen, um Fingerabdrücke zu vermeiden«, gab Laura zu bedenken. »Insbesondere, nachdem diese Beweismethode kurz vorher in einem öffentlichen Mordprozeß eingehend gewürdigt worden ist.«

»Bitte, ich war noch nicht fertig. Auf dem Umschlag war ein Fingerabdruck, den Herr Dr. Popp zunächst nicht eindeutig zuordnen konnte. Ich mußte erst noch mal Kaffee servieren.«

»Wie bitte?« fragte Laura.

»Bei dem Abdruck handelt es sich ganz sicher um den linken Zeigefinger von Oberwachtmeister Heynel«, sagte der Junge und biß in sein Brot.

Kapitel 26

Abendblatt   Samstag, 13. August 1904

Frankfurter Zeitung
und Handelsblatt

Polizeiliches. An das Polizeirevier Nr. 15 in Niederrad soll, wie wir erfahren, eine Polizeiwache für den Stadtwald angegliedert werden. Zwei uniformierte Schutzleute und zwei Zivilbeamte werden den Dienst, der sich auch auf Nachtpatrouillen erstreckt, versehen. Die neue Wache wird schon in vierzehn Tagen ihre Tätigkeit aufnehmen.

Bekanntlich ist eine Neuregelung der Polizeistunde beabsichtigt und es ist auch von einer Reform des Dirnenwesens gesprochen worden, die innerhalb der Stadt Frankfurt erfolgen soll. Aber die Meldung, daß von der Polizei die Einrichtung von Bordells »in dafür geeigneten Straßen« befürwortet werden soll, entspricht nicht den Tatsachen.

Ich habe Ihnen gesagt, ich werde Polizeirat Franck die Angelegenheit vortragen, wenn er aus dem Urlaub zurück ist!« sagte Kommissar Beck. »Im übrigen glaube ich nicht, daß ich Ihnen meine Entscheidungen auseinandersetzen muß.«

Laura wußte selbst, daß Beck mit Franck nicht reden konnte, wenn er nicht da war, aber sie hatte zumindest angenommen, daß er versuchte, den Dingen auf den Grund zu gehen. Die erste Enttäuschung hatte sie erlebt, als er das Geld tatsächlich als Fundsache deklarierte, die zweite, als er ihren Bericht über den Vorfall im Polizeigefängnis scheinbar ungelesen in seinen Schreibtisch legte.

Lustlos schlug sie die Mappe mit den Abschriften auf. Nur die Aussicht auf eine baldige Nachricht aus Stuttgart ließ sie diese langweilige Arbeit ertragen. Aus den Augenwinkeln beobachtete sie, wie Beck in einer Akte las. Sein Gesicht verriet äußerste Konzentration. Er war ein Mann. Er konnte beides haben: eine gute Arbeit und eine Familie. Sie war eine Frau und mußte wählen zwischen beruflichem und persönlichem Glück.

Laura spannte ein Blatt ein und fing an zu tippen. Es war sinnlos, sich länger der Illusion hinzugeben, Martin habe mit all den Dingen nichts zu tun. Victoria Biddlings Zofe hatte versucht, Annika Heusohn noch ein bißchen auszuhorchen. Viel hatte die Kleine nicht sagen können, aber was sie sagte, ließ vermuten, daß Fritz Wennecke irgend etwas mit dem verschwundenen Brüderchen zu tun hatte, und das ließ Laura das Gebrabbel der alten Frau in der Kornblumengasse plötzlich gar nicht mehr so wirr erscheinen. *Das Bübchen darf in den bunten Garten. Und schreiben und lesen wird es können und weiße Kleider tragen, und ein kleiner König wird er sein.* War Martin deshalb darauf bedacht gewesen, schnellstens die Wohnung zu verlassen? Hatte er mit Wennecke gemeinsame Sache gemacht, und Kommissar Biddling war ihm auf die Schliche gekommen? Es würde vieles erklären. Auch seinen Wutanfall, bevor sie sich damals in seinem Büro geküßt hatten. Daß er von den Vorfällen im Gewahrsam nichts geahnt hatte, glaubte Laura jedenfalls nicht mehr. Er hatte gesagt, er habe Kommissar von Lieben in der Hand. Jetzt wußte sie, warum.

Leider nützte alles nichts, solange sie überall auf Schweigen stieß. Unter einem Vorwand hatte sie Zouzou in die Centrale für private Fürsorge bestellt und sich den Mund fusselig geredet, aber die Dirne war nicht bereit, ein einziges Wort über Liebens Zudringlichkeit zu verlieren. Ihr Besuch in der Kornblumengasse hatte mit einem Rauswurf geendet, und Käthe Heusohn tat die Aussage ihrer Tochter als Spinnerei ab. Laura hoffte, daß Beck nichts von ihren eigenmächtigen Ermittlungen erfuhr, denn damit wäre ihre Aussicht auf ein gutes Zeugnis endgültig verwirkt. Paul Heusohn wartete ungeduldig auf die Rückkehr von Polizeirat Franck, und Laura hatte ihn nur mit Mühe davon abbringen können, seinen Bericht über Dr. Popps Untersuchungen vorab Kommissar Beck zu geben. Martins Fingerabdruck auf dem Umschlag war ein starkes Indiz, aber was zählte das bei einem Vorgesetzten wie Beck, der sich unbeirrbar auf seine Selbstmordtheorie festgelegt hatte? Wenn Laura ehrlich war, setzte sie auch in den Polizeirat keine allzu große Hoffnung, zu deutlich waren ihr seine abfälligen Bemerkungen über die Daktyloskopie in Erinnerung, die er in der Mordsache Lichtenstein gemacht hatte. Andererseits würde er über das Gutachten von Dr. Popp nicht einfach hinwegsehen können.

»Ich verstehe durchaus, daß Sie die Angelegenheit geregelt haben wollen«, unterbrach Beck ihre Gedanken. »Es genügt aber nicht, Dinge zu vermuten, man muß sie beweisen können, Fräulein Rothe. Gerüchte, einmal in die Welt gesetzt, halten sich hartnäckig, und wenn sich zehnmal das Gegenteil als richtig erweist.«

»Warum sagen Sie mir das?«

»Herrgott noch mal! Haben Sie die Abschriften endlich fertig?«

✻

Paul Heusohn hatte bereits Kaffee gekocht, als Martin Heynel zum Dienst kam. Wie immer machte der Oberwachtmeister keine Anstalten, dem Jungen etwas anzubieten. Er zeigte auf einen Stapel Blätter. »Wenn ich aus dem Gefängnis zurückkomme, ist das abgeheftet! Verstanden?«

»Könnte ich Sie nicht begleiten?« fragte Paul.

Heynels Gesicht verzog sich. Dann grinste er. »Warum eigentlich nicht?«

Wachtmeister Kröpplin lehnte am Wachtresen und feixte. »Wen hast du denn da mitgebracht?«

»Irgendwann muß der polizeiliche Nachwuchs mit den Realitäten des Lebens konfrontiert werden, oder?« sagte Martin Heynel.

»Na, hoffentlich kriegt das Jüngelchen keinen Schock, wenn er ein nacktes Weibsbild sieht.«

Martin lachte abfällig. »Keine Sorge, Kröpplin. Der ist das gewöhnt.«

»Sieht mir aber nicht so aus.«

»Glaubst du's mir, wenn ich dir verrate, daß er der Sprößling vom roten Käthchen ist?«

Kröpplin starrte den Jungen an. »Und so was darf zur Polizei?«

»Was soll das heißen?« fragte Paul Heusohn mit unterdrückter Wut.

Heynel zuckte die Schultern. »Es war deine Idee, mitzukommen. Na ja, sicher ist es interessant für dich zu sehen, wo deine Mutter zu Gast war.«

»Du lügst!«

»Ich kann mich nicht erinnern, daß ich dir erlaubt hätte, mich zu duzen, Heusohn.«

Kröpplin fuhr sich mit der Zunge über die Lippen. »O ja. Ist 'ne Weile her, aber ich erinnere mich. Sie war ein schnuckeliges Mädchen, die rote Käthe. Und so willig.«

Bevor Paul nachdachte, hatte er Kröpplin seine Faust ins Gesicht geschlagen. Brüllend stürzte sich der Wachtmeister auf ihn. Paul wollte weglaufen, aber Martin Heynel hielt ihn fest. Er bog ihm die Arme auf den Rücken, und Kröpplin schlug zu.

»Sind Sie übergeschnappt?« schrie Kommissar Beck von der Tür. »Lassen Sie sofort den Jungen in Ruhe!«

Paul Heusohn sank stöhnend auf die Knie. Kröpplin wischte sich das Blut von der Lippe. »Fragt sich nur, wer hier wen in Ruhe zu lassen hätte.«

»Heusohn hat Wachtmeister Kröpplin ohne Grund tätlich angegriffen«, sagte Martin Heynel. »Offenbar überfordert ihn die Situation.«

Kröpplin grinste. »Er hat wohl Angst, daß seine Mama in der Zelle sitzt.«

»Was soll das?« sagte Beck unwirsch.

»Fragen Sie ihn einfach«, entgegnete Kröpplin. »Und lassen Sie sich keinen Bären aufbinden.«

»Dr. Reich wartet«, warf Martin Heynel ein. »Einen schönen Tag noch, Kommissar.«

Die beiden Männer verließen die Wache. Beck half Paul Heusohn auf die Beine und gab ihm sein Taschentuch. »Was war los?«

Paul wischte sich übers Gesicht. Beck sah ihn ungeduldig an. »Ich warte auf eine Erklärung, Heusohn! Oder soll ich die Sache melden, wie sie Oberwachtmeister Heynel geschildert hat?«

»Es spielt keine Rolle mehr«, sagte der Junge und ging.

＊

»Guten Tag, Käthe«, sagte Heiner Braun.

Die Kranke richtete sich mühsam in ihrem Bett auf. Über ihre eingefallenen Züge glitt ein Lächeln. »Wachtmeister Braun! Wie schön, daß Sie mich besuchen.«

Heiner schaute sich um. Das Zimmer war aufgeräumt, der Boden gefegt, das Fenster geputzt. Auf dem Tisch stand ein Strauß Wildblumen.

»Die hat Annika gepflückt«, sagte Käthe Heusohn. »Zusammen mit Fräulein Louise. Ich wüßte gar nicht, was ich ohne sie täte.«

Heiner stellte einen Stuhl neben das Bett und setzte sich. »Ich muß mit dir über etwas sehr Ernstes sprechen, Käthe.«

Sie sah ihn ängstlich an. »Geht es um die Arbeit von Paul? Schickt das Präsidium Sie?«

»Nein. Ich bin als Privatmann hier, und als solcher bitte ich dich, mir eine ehrliche Antwort zu geben.«

»Worauf?«

»Annika hat gegenüber Fräulein Louise erwähnt, daß sie noch ein Brüderchen gehabt hat.«

»Annika hat eine große Phantasie.«

»Käthe, bitte. Ich muß die Wahrheit wissen.«

»Das ist die Wahrheit.«

»Was war mit Annika und Fritz Wennecke?«

»Herr Kommissar Biddling hat mich dazu schon befragt.«

»Ich glaube aber, daß du ihm nicht alles gesagt hast.«

»Doch, Herr Braun.«

»Weißt du denn nicht, was Martin Heynel behauptet?«

»Nein. Was?«

»Daß Paul Fritz mit dem Tod gedroht hat. Ich brauche dir sicher nicht zu sagen, daß dein Junge nicht viel zu erwarten hat, wenn ein Oberwachtmeister gegen ihn aussagt.«

Sie fing an zu weinen. »Kommissar Biddling hat gesagt, daß ich mich nicht zu sorgen brauche.«

Heiner haßte sich für das, was er tat. »Wie du weißt, ist Herr Biddling tot. Die Ermittlungen führt jetzt ein anderer Beamter. Der Unfall bei Pokorny wurde vorsätzlich herbeigeführt. Und da fragt man natürlich als erstes, wer etwas gegen Fritz hatte.«

»Aber es gibt viele Menschen, die ihn nicht gemocht haben! Warum fragen Sie nicht Martin Heynels Schwester?«

Heiner sah sie überrascht an. »Was hatte Lotte mit Wennecke zu tun?«

»Sie hat eine Andeutung gemacht, daß er ihr gegenüber ausfällig geworden ist, und daß ihr Bruder zufällig dazu kam und ihn hinauswarf. Ich glaube, das war sogar an dem gleichen Abend, als er versuchte, Annika … Hat Martin nichts davon gesagt?«

Heiner rang mit sich, aber er sah keine andere Möglichkeit, sie zum Reden zu bringen. »Was, glaubst du, geht in einem Jungen wie Paul vor, wenn er mitansehen muß, daß sich so ein mieser Kerl an seiner kleinen Schwester vergreift? Jeder Staatsanwalt und jeder Richter wird annehmen …«

Ihre Hände verkrampften sich im Bettuch. »Nein. Paul hat das nicht getan!«

»Sag mir die Wahrheit, und ich werde sehen, was ich tun kann.«

Ihre Stimme war kaum mehr als ein Flüstern. »Kurz nach Eckhards Tod hat Annika ein Gespräch zwischen Fritz und mir belauscht. Ich weiß nicht, ob er oder mein Mann die Idee hatte. Wahrscheinlich haben sie es zusammen ausgebrütet. Es ist drei Jahre her. Ich war schwanger, Eckhard wollte das Kind nicht.

Zwei Wochen vor der Niederkunft brachte er mich nach Offenbach in ein gelbes, großes Haus. Ich erhielt Papiere auf irgendeinen adligen Namen, den ich vergessen habe. Sofort nach der Geburt wurde mir der Junge weggenommen. Ein Arzt bescheinigte eine Totgeburt.«

»Was hast du dafür bekommen?«

Sie zuckte weinend die Schultern. »Das hat alles Fritz geregelt. Wie ich mich dafür verachte! Aber Eckhard hat gedroht, daß er das Kind umbringt, und mich dazu, wenn ich nicht mitmache. Wir hatten kein Geld. Helmut und Annika waren noch so klein.« Sie schlug die Hände vors Gesicht. »Ich habe meinen Sohn verraten. Und die Krankheit ist die Strafe.«

Heiner strich ihr beruhigend über den Arm. »Es war sicher nicht richtig, was du getan hast. Aber wenn so ein Umstand gemacht wurde, kannst du davon ausgehen, daß dein Junge es gut getroffen hat. Die Frau, unter deren Namen du ihn zur Welt gebracht hast, war offenbar nicht in der Lage, eigene Kinder zu bekommen. Wahrscheinlich war sie in einer ähnlichen Notlage wie du.«

»Das sagen Sie nur, um mich zu beruhigen.«

»Wenn es nicht so wäre, hätte man deinem Mann ein paar Mark in die Hand gedrückt und das Kind ohne viel Aufhebens hier abgeholt.« Er sah, wie gut ihr diese Nachricht tat. »Weißt du den Namen des Arztes noch? Oder die Straße?«

Sie schüttelte den Kopf.

»Sagt dir der Name Romano Comoretto etwas?«

»Nein.«

»Wer, außer Fritz und deinem Mann, wußte noch von der Sache?«

»Ich glaube, Martin.«

Heiner sah sie fassungslos an. »Inwiefern?«

Sie zuckte die Schultern. »Es mag einige Wochen später gewesen sein. Ich traf ihn im Hof. Er sagte, daß mir mein hübsches Gesicht beim nächsten Mal nichts nützen werde. Für meine Hurenbälger rühre er keinen Finger mehr.«

»Hat er gesagt, was er damit meint?«

651

»Er sagte, daß ich mich bei Fritz für die bevorzugte Behandlung bedanken soll. Vielleicht wollte er mich auch nur demütigen.«

»Warum sollte er das tun?«

Sie sah auf die Bettdecke. »Als Martin noch im Citronengäßchen wohnte, kam er oft herüber … Nun, man merkt es als Frau, was die Absichten sind, auch wenn er damals ein Junge war, jünger als Paul heute.« Sie lächelte traurig. »Für ihn war ich die Heilige Jungfrau Maria. Und dann bekam ich ein Kind, ohne verheiratet zu sein. Es war ein Schock für ihn. Und Pauls Vater …« Sie brach ab.

»Erzähl mir von ihm«, bat Heiner leise.

»Ich war jung und träumte von einem kleinen, bescheidenen Glück. Dabei hätte mich schon der Ort, an dem ich ihn kennenlernte, warnen sollen.«

»Und wo war dieser Ort?«

»Ich wurde festgenommen, weil ich mich zu lange auf der Straße aufgehalten hatte. Sie wissen, wie schnell das passieren kann, wenn man als Frau alleine unterwegs ist. Ich werde die Nacht in dieser schrecklichen Zelle niemals vergessen und nicht die Demütigung am nächsten Morgen, als ich gezwungen wurde, mich in Anwesenheit von zwei possenreißenden Schutzmännern zu entblößen. Dann kam er. Er war höflich, korrekt, gab mir eine Decke, damit ich nicht fror. Ich war so dankbar, daß er mich nicht behandelte wie diese … Huren.« Tränen rannen ihr übers Gesicht. »Wir trafen uns regelmäßig, aber nicht hier im Gäßchen. Er fürchtete das Geschwätz der Leute. Über einen jungen Beamten ließ er ausrichten, wohin ich jeweils kommen sollte. Ich war verliebt, und irgendwann gab ich seinem Drängen nach. Danach hat er sich nicht mehr gemeldet.«

»Kommissar von Lieben«, sagte Heiner. »Und der Beamte, der die Nachrichten überbrachte, war Kröpplin, nicht wahr?«

Käthe Heusohn nickte. »Walter Kröpplin, ja. Ein unfreundlicher Mensch, der mit anzüglichen Bemerkungen nicht sparte.«

»Warum hast du Paul gesagt, sein Vater sei Schutzmann gewesen und pensioniert?«

»Er könnte versuchen herauszufinden, wer er ist. Ich möchte das nicht.«

»Weiß von Lieben, daß er einen Sohn hat?«

Sie zuckte die Schultern. »Ich schrieb ihm, daß ich ein Kind erwarte, doch ich bekam nie eine Antwort. Zwei Monate nach Pauls Geburt lernte ich Eckhard Heusohn kennen. Sicher war es nicht die große Liebe, aber er versprach, meinen Jungen als eigen anzunehmen. Das war alles, was für mich zählte. Ich hätte damals auf Sie hören sollen. Alles wäre besser gewesen als diese Ehe. Meine Ehrlosigkeit war meinem Mann Rechtfertigung für alles, was er mir antat.« Sie sah Heiner mit einem flehenden Blick an. »Das einzige, was ich mir noch wünsche, ist, daß mein Junge eine Chance bekommt. Bitte versprechen Sie mir, niemandem etwas von diesen Dingen zu sagen.«

Heiner fuhr sich übers Gesicht. Er hatte Sepp genötigt, aus der Stadt zu verschwinden, um Victorias Bruder zu schonen. Jetzt stand er erneut vor der Situation, jemandem zuliebe zu schweigen, obwohl er reden müßte. Käthe Heusohn war eine wichtige Zeugin. Aber Pauls Karriere bei der Polizei wäre beendet, wenn bekannt würde, daß seine Mutter mit Kinderhändlern gemeinsame Sache gemacht hatte.

Sie berührte seine Hand. »Bitte, Herr Braun.«

Er nickte. Behutsam strich er ihr eine Haarsträhne aus der Stirn. »Martin Heynel war nicht der einzige, der für dich geschwärmt hat. Ich schätze, früher träumte jeder zweite männliche Bewohner im Quartier heimlich vom roten Käthchen.«

Sie lächelte. »Bitte, passen Sie auf meinen Jungen auf.«

»Das werde ich«, versprach er.

Im Hof betrachtete Heiner nachdenklich das rußschwarze Häuschen, in dem Lotte Heynel wohnte. Ein zweites Mal würde er sich nicht belügen lassen. Eine Stunde später fuhr er nach Offenbach.

✳

»Ich muß mit Ihnen sprechen, Herr Kommissar«, sagte Paul Heusohn. Seine Lippe war geschwollen, sein rechtes Auge blau.

Beck legte die Akte weg, in der er gelesen hatte und sah den Jungen unwillig an. »Was fällt Ihnen ein, abzuhauen, wenn ich Sie etwas frage?«

»Bitte verzeihen Sie.«

»Ich warte auf Ihre Erklärung!«

»Ich bin wütend geworden. Es tut mir leid.«

»Warum sind Sie wütend geworden?«

Paul senkte den Kopf und schwieg.

»Was sollte die Anspielung auf Ihre Mutter?«

»Das hat Herr Heynel nur gesagt, um mich zu kränken.«

Beck stand verärgert auf. »Ich will jetzt wissen, was mit Ihnen und dem Oberwachtmeister los ist!«

»Herr Heynel mag mich nicht. Vielleicht denkt er, ich achte ihn nicht, wie es seiner Stellung zukommt, weil … Wir waren früher Nachbarn.«

»Das ist kein Grund.«

»Sonst weiß ich keinen.«

»Für Ihre Sturheit sollte ich Sie auf der Stelle hinauswerfen.«

»Ja. Das ist wohl das beste. Ich gehöre nicht hierher. Es war eine Anmaßung, zu glauben …«

Beck packte ihn bei den Schultern. »Jetzt hören Sie mal gut zu, Heusohn. Ich habe mich nicht aus Menschenfreundlichkeit für Sie verwandt, oder weil mir Ihre Nasenspitze so gut gefällt, sondern weil ich der Meinung bin, daß aus Ihnen ein ordentlicher Kriminalbeamter werden könnte. Also beißen Sie gefälligst die Zähne zusammen und tun Sie, was Heynel Ihnen befiehlt! Und wenn es zehn Stunden lang Aktensortieren ist. Sie werden nicht den Rest Ihrer Tage mit ihm verbringen müssen.«

»Ja, Herr Kommissar.«

»Was wollten Sie eigentlich von mir?«

»Es hat sich erledigt, Herr Kommissar.«

Beck setzte sich. »Noch ein solches Vorkommnis und ich werde … Ach, machen Sie, daß Sie rauskommen!«

Paul Heusohn schluckte. »Sie werden mich nicht melden?«

»Wenn Sie noch eine Sekunde länger dumm herumstehen, werde ich es ganz sicher«, sagte er mürrisch und schlug die Akte auf.

✳

»Was ist denn mit dir passiert?« fragte Heiner, als Paul Heusohn abends ins Rapunzelgäßchen kam.

»Ich bin auf der Treppe gestolpert, Herr Braun.«

Heiner stellte ihm kopfschüttelnd Käse und Brot hin. Während der Junge aß, trafen Laura und Victoria ein. Heiner schenkte ihnen Kaffee ein. »Ich habe heute deine Mutter besucht«, wandte er sich an Paul. »Sie hat etwas erwähnt, das mich veranlaßte, Lotte Heynel ebenfalls einen Besuch abzustatten.« Er berichtete, was er von Martin Heynels Schwester erfahren hatte.

Paul vergaß vor Erstaunen, zu kauen. »Fritz war an diesem Abend auch bei Lotte? Und Martin hat ihn rausgeworfen? Aber das hieße ja ...«

»... daß nicht du, sondern tatsächlich er ihn zuletzt lebend gesehen hat«, vervollständigte Heiner. »Und er hatte mindestens den gleichen Grund, auf ihn wütend zu sein wie du: Nachdem Fritz bei deiner Schwester nicht zum Zug kam, versuchte er es bei Lottes Töchterchen. Sie sagte, ihr Bruder habe Wennecke die Kehle zugedrückt, daß sie Angst hatte, er bringe ihn um.«

»Warum hat Lotte Fritz überhaupt in ihre Wohnung gelassen?« fragte Paul.

»Er hatte eine Verabredung mit Martin«, sagte Heiner. »Die beiden haben sich hin und wieder bei Lotte getroffen, wenn ihr Mann Nachtschicht hatte. Lotte mußte während der Besprechungen mit den Kindern in die Küche gehen.«

»Was könnten die beiden denn Wichtiges beredet haben, daß es niemand hören durfte?« fragte Paul.

Heiner fing Victorias erschrockenen Blick auf und schüttelte unmerklich den Kopf. »Von einem Informanten habe ich erfahren, daß Fritz Kontakt zu Offenbacher Kinderhändlern hatte.«

Er sah Laura an. »Die konspirativen Treffen in Lottes Wohnung und Ihre Beobachtung in der Kornblumengasse lassen vermuten, daß Martin Heynel und Fritz Wennecke dieses schmutzige Geschäft gemeinsam betrieben haben.«

»Eine ziemlich vage Vermutung«, gab Victoria zu bedenken. »Die uns zudem nicht das geringste nützt, solange wir keinen Beweis haben.«

Laura trank einen Schluck. »Vielleicht gelingt es uns, irgendeine Verbindung zwischen der Geldzahlung an Comoretto, den Anzeigen und Fritz Wennecke herzustellen?«

»Fritz war sicher nicht derjenige, der in dieser Sache die Fäden gezogen hat«, sagte Paul und unterdrückte ein Gähnen. »So helle war er nicht.«

Heiner Braun lächelte. »Da hast du recht, Junge. Wenn die Gerüchte stimmen, handelt es sich bei der Offenbacher Kontaktadresse um ein Haus, in dem wohlhabende Frauen, ohne schwanger zu sein, Nachwuchs bekommen. Das ist eine Angelegenheit, die nicht nur sorgfältigste Planung, sondern auch äußerste Diskretion verlangt. Selbst wenn wir das Haus fänden, würden wir vermutlich nichts erfahren, außer, daß dort werdende Mütter bis zur Niederkunft beste Pflege erhalten.«

»Auf was wollen Sie hinaus?« fragte Victoria.

»Martin Heynel fehlt das soziale Umfeld für ein solches Unternehmen. Der oder die Drahtzieher müssen über gute Kontakte zur sogenannten besseren Gesellschaft verfügen, insbesondere zur weiblichen Hälfte.«

»Karl Hopf sagte mir, daß die Frankfurter Damenwelt verrückt ist nach seinen Chin-Hunden«, sagte Victoria. »Außerdem hat er sich in auffälliger Weise nach dem Fall Wennecke erkundigt. Allerdings ist er zur Zeit in London.«

»Daß Ihr Mann am Hinterausgang der *Laterna Magica* abgeholt wurde, spricht für Zilly«, sagte Laura. »Sicher haben viele ihrer Kunden keine Scheu, über private Kümmernisse zu sprechen. Außerdem dürfen Sie nicht vergessen, daß Entscheidungen ja nicht von den Frauen, sondern von ihren Ehemännern getroffen werden.«

Victoria lächelte. »Die Wahrscheinlichkeit, daß eine Frau ihrem Mann eine Schwangerschaft vorspielt und das Sofakissen während eines Kuraufenthaltes durch ein gekauftes Kind ersetzt, halte ich für größer, als daß sich ein Mann darauf einläßt, einen Erben ungewisser Herkunft zu akzeptieren.«

»Vielleicht haben Sie beide recht«, sagte Paul. »Herr Hopf ist der Kopf der Bande, und seine Informationen bezieht er entweder beim Verkauf der Hunde oder über Fräulein Zilly. Martin ist sein Verbindungsmann zu Leuten wie Fritz und diesem Italiener und vielleicht noch zu anderen, die die Drecksarbeit machen. Und Herr Biddling ist ihnen irgendwie auf die Schliche gekommen.«

»Deine Überlegung klingt plausibel«, stimmte Heiner zu. »Mich stört nur, daß Kommissar Biddling keine Andeutung in diese Richtung gemacht hat. Er hat mir regelmäßig über seine Ermittlungen berichtet, und es gibt keinen Grund, warum er ausgerechnet so etwas nicht erzählt haben sollte.« Er sah Victorias Gesicht und ersparte sich weitere Ausführungen.

»Hat Ihr Informant denn keine Namen genannt?« fragte Laura.

»Leider nicht.«

Victoria sah Heiner an. »Wir bräuchten die Aussage nur einer einzigen betroffenen Frau.«

»Vielleicht helfen uns die Anzeigen aus dem Stinkturm weiter?« sagte Paul Heusohn. Er hatte Mühe, die Augen aufzuhalten.

»Du solltest schlafen gehen, hm?« sagte Heiner. Der Junge nickte und verabschiedete sich.

»Was hat Frau Heusohn gesagt?« fragte Victoria, als er gegangen war.

»Daß Wennecke Annika öfter irgendwelche Schauermärchen erzählt hat.«

»Und das glauben Sie ihr?« fragte Laura.

Heiner fuhr sich übers Gesicht. »Ja.«

Mitten in der Nacht wurde Laura wach. Sie hatte Durst und mußte austreten. In der Küche brannte Licht. Heiner Braun saß am Tisch, vor sich ein leeres Apfelweinglas. Laura sah, daß er betrunken war. Sie prüfte die Glut im Ofen und setzte Wasser auf. »Ein Kaffee könnte uns nicht schaden, oder?«

Er lächelte. »Das letzte Mal, als Sie nächtens aufkreuzten, hatten Sie gerade die Libysche Wüste durchquert.«

»Verraten Sie mir, was das rote Käthchen wirklich gesagt hat?«

Heiner stützte seinen Kopf in die Hände. »Ihr geht es nicht gut, wissen Sie.«

Laura setzte sich zu ihm. »Sie hatten Angst, daß Sie von ihr Dinge erfahren, die Sie gar nicht erfahren wollten, nicht wahr? Deshalb haben Sie das Gespräch so lange hinausgezögert.«

Er suchte Halt am Tisch. »Bitte verzeihen Sie. Ich muß ins Bett.«

Sie streichelte seine Hand. »Alles in sich hineinzufressen, hält auf die Dauer kein Mensch aus. Nicht einmal Sie, Herr Braun.«

»Ich habe Victoria gesagt, daß ich alles tue, den Mord an ihrem Mann aufzuklären«, sagte er müde. »Und Käthe ... Ich habe zwei Versprechen gegeben, obwohl ich nur eins halten kann.«

»Hilft es, wenn ich Ihnen das Versprechen gebe, ganz bestimmt zu schweigen?«

»Der Verdacht gegen Martin ist also tatsächlich mehr als eine Vermutung«, sagte sie, als er geendet hatte.

»Es tut mir leid für Sie, Laura.«

»Ach was. Die Sache ist ausgestanden. Sehen Sie denn gar keine Möglichkeit, Käthe Heusohn zu einer offiziellen Aussage zu bewegen?«

Er schüttelte den Kopf. »Wenn sie aussagt, muß Paul gehen. Ganz abgesehen davon, daß es für den Jungen eine Katastrophe wäre, wenn er die Wahrheit wüßte.«

Laura schlug auf den Tisch. »Verflixt noch mal! Es muß doch möglich sein, einen einzigen Menschen aufzutreiben, der Mut genug hat, diesen Verbrechern die Stirn zu bieten!«

»Das Problem ist, daß diese Geschäfte, solange sie diskret abgewickelt werden, allen Beteiligten zum Vorteil gereichen«, sagte Heiner. »Die eine Frau ist ihr ungewolltes Kind los, die andere kann ihrem Mann den ersehnten Erben präsentieren, Vermittler und Arzt reiben sich angesichts des leichtverdienten Zubrots die Hände.«

»Nur an die Kinder denkt keiner.«

»Wobei es für Käthes Sohn vermutlich gut ausging. Aber ich bin sicher, daß Wennecke auch Vermittlungen tätigte, die für die Kinder weniger erfreulich verliefen. Ganz abgesehen davon, was er mit ihnen sonst noch angestellt haben mag.«

Laura nickte. »Bitte glauben Sie nicht, daß ich aus Sentimentalität für Martin eine Lanze brechen will. Aber könnte es nicht sein, daß das der Grund war, warum er Fritz Wennecke loswerden wollte? Wir hatten einen Fall, in dem ein Mann sich an einem jungen Mädchen vergriff. Martin regte sich maßlos darüber auf, und von Ihrer Frau weiß ich, wie sehr er sich um seine kleine Schwester gekümmert hat. Andererseits braucht er eine Menge Geld für das Leben, das er führt. Es würde mich nicht wundern, wenn er sich diese Vermittlungen schöngeredet hat. Und als er herausfand, wes Geistes Kind Fritz Wennecke wirklich ist, hat er ihn aus dem Weg geräumt.«

»Unwahrscheinlich ist das nicht«, sagte Heiner. »Aber wie bei jeder Theorie, die wir bislang aufgestellt haben, läßt auch diese einige Fragen unbeantwortet. Die wichtigste ist, wie er in die Fabrik hineingekommen ist.«

Laura trank ihren Kaffee aus. »Auf jeden Fall werde ich diese Mißstände öffentlich machen. Morgen treffe ich mich mit Henriette Fürth in der Centrale für private Fürsorge.« Sie lächelte. »Außerdem werde ich Paul am Montag in die Höhle des Löwen Franck begleiten. Und jetzt sollten wir schlafen gehen.«

Polizeirat Franck wollte seinen ersten Arbeitstag mit den Nachrichten vom Tage und einer Tasse Kaffee beginnen, aber er hatte die Zeitung nicht mal aufgeschlagen, als er zu Polizeipräsident Scherenberg beordert wurde.

»Wir sind in der Sache Pernerstorfer aufgefordert, nach Berlin zu berichten«, sagte Scherenberg. »Ich habe ernsthaft überlegt, ob ich Sie aus dem Urlaub holen soll.«

»Ich dachte, Sie wollten dem Kerl Redeverbot erteilen, Herr Präsident?«

»Das habe ich. Ich drohte ihm per schriftlicher Verfügung an, daß er auf der Stelle als lästiger Ausländer ausgewiesen wird, sollte er einen Ton über die österreichische Sozialdemokratie sagen.« Scherenberg nahm einen Zeitungsausschnitt von seinem Schreibtisch. »Und was muß ich anderntags in der Presse lesen? Die überwachenden Beamten lassen es zu, daß der Versammlungsvorsitzende mein Schreiben unter dem Gejohle des Saals zum besten gibt! Und als ob das nicht genügte, legten die Herren Sozialdemokraten unter ihrem Fürsprecher Quarck noch eins drauf!«

Er zitierte aus dem Artikel: »In bürgerlichen Kreisen habe man sich gefreut, daß man das System Müffling losgeworden sei, und man habe geglaubt, daß der neue Polizeipräsident eine objektivere Auffassung der Arbeiterdinge bekunden werde. Leider habe man sich getäuscht. Man sei bei uns an manches gewöhnt, aber gegen diese Maßregelung müsse man doch mit aller Energie protestieren.«

Er warf den Zeitungsausschnitt auf seinen Schreibtisch und gab Franck eine Depesche. »Da können Sie schwarz auf weiß lesen, wie die Verhöhnung unserer staatlichen Autorität bei den Herren im Ministerium angekommen ist! Zumal Pernerstorfer durchaus geredet hat, wenngleich so um den Brei, daß unsere Beamten sich nicht veranlaßt sahen, einzuschreiten. Ich verlange, daß Sie beim nächsten Mal fähigere Leute abstellen!«

»Jawohl, Herr Präsident.«

Scherenberg setzte sich. »Am 28. August, zehn Uhr morgens, wird Pernerstorfer im Saalbau in Offenbach reden. Die Presse feiert schon heftig seinen Auftritt im freien Hessen. Ich gehe davon aus, daß es nach der Rede zu einem Eklat kommt und man uns im nachhinein für unsere restriktive Haltung loben wird. Schicken Sie einen Beobachter hin.«

Franck nickte und ging in sein Büro zurück. Der Kaffee war

660

kalt. Mißgelaunt schlug er die Zeitung auf. Er hatte gerade einen Absatz gelesen, als ihm sein Bürogehilfe mitteilte, daß Polizeiassistentin Rothe und Paul Heusohn ihn in einer dringenden Angelegenheit zu sprechen wünschten. »Ich habe keine Zeit! Sie sollen morgen wiederkommen.«

Keine Minute später kam die Polizeiassistentin herein und legte ihm einen Bericht auf den Schreibtisch. »Bitte verzeihen Sie meine Eigenmächtigkeit, Herr Franck. Aber die Sache ist wirklich wichtig.«

»Worum geht es?« fragte er ungehalten.

»Um den Tod von Kommissar Biddling. Wie es aussieht, fiel er einem Mord zum Opfer.«

Am Nachmittag bestellte Polizeirat Franck die Polizeiassistentin, Paul Heusohn und Kommissar Beck in sein Büro. Obwohl er gut zu Mittag gegessen hatte, war seine Laune nicht besser geworden. »Wollten Sie mich deshalb morgen sprechen?« fragte er Beck und hielt Paul Heusohns Bericht hoch.

Beck sah ihn überrascht an. »Was, bitte, ist das?«

»Sie wollen mir doch nicht erzählen, daß Sie von alldem keine Ahnung haben?«

»Bitte verzeihen Sie, Herr Polizeirat. Ich habe die Ermittlungen ohne Wissen von Herrn Beck vorgenommen«, gestand Paul Heusohn ein.

»Was haben Sie sich dabei gedacht, verdammt noch mal!« rief Beck.

»Wenn Sie Biddlings Brief hätten untersuchen lassen, wäre das Mißgeschick nicht passiert!« sagte Franck. »Und daß Ihre Beamten offenbar so dußlig waren, mit blutigen Fingern diesen Stein zu betatschen, macht die Sache nicht besser. Ich hoffe nur nicht, daß Sie es am Ende selber waren.«

»Welchen Stein?« fragte Beck tonlos.

»Lesen Sie die Ausführungen Ihres eifrigen Mitarbeiters, und Sie wissen, was ich meine.«

Paul Heusohn wollte etwas sagen, aber Franck winkte ab. »Woher hatten Sie meine Fingerabdrücke?«

»Von einem Schriftstück, von dem ich wußte, daß Sie es angefaßt hatten, Herr Polizeirat. Es mag nicht richtig sein, was ich getan habe. Aber hätte ich es nicht getan, könnten wir nicht beweisen …«

»Was denn beweisen?« sagte Franck. »Daß Biddling sich zwei Tage vor seinem Selbstmord von Oberwachtmeister Heynel einen Briefumschlag geliehen hat? Danke. Sie können gehen. Sie auch, Fräulein Rothe!«

Als sie aus dem Zimmer waren, meinte Franck jovial: »Das war kein Ruhmesblatt für Sie, Beck. Aber wenn Sie mir einen ordentlichen Abschlußbericht vorlegen, werde ich noch mal darüber hinwegsehen.« Er gab ihm Pauls Schreiben und einen handschriftlich verfaßten Vermerk. »Die Dienstliche Äußerung von Oberwachtmeister Heynel. Wenn Sie noch Fragen haben, wird er Ihnen zur Verfügung stehen. Was den Eifer von Fräulein Rothe in dieser Sache angeht, so bitte ich Sie zu bedenken, daß ihr Motiv weniger in der Wahrheitsfindung, sondern mehr darin liegen könnte, persönliche Rachegefühle gegen Herrn Heynel zu befriedigen. Im übrigen gebe ich Ihnen Gelegenheit, Ihre Schlappe wettzumachen. Übernächsten Sonntag spricht Pernerstorfer in Offenbach. Der Polizeipräsident erwartet professionelle Beobachtung und eine detaillierte Berichterstattung.«

»Wir hätten dem Kommissar eine Chance geben sollen«, sagte Paul Heusohn in Becks Büro.

Laura setzte sich an den Schreibmaschinentisch. »Sie glauben doch nicht im Ernst, daß er uns geholfen hätte. Wegen der Vorfälle im Polizeigefängnis hat er keinen Finger gerührt.«

»Er war am Samstag dort.«

Laura sah ihn überrascht an. »Und was wollte er?«

Beck kam herein. Er warf Pauls Bericht und Martin Heynels Vermerk auf seinen Schreibtisch. »Das haben Sie hervorragend hinbekommen, Heusohn. Herrgott noch mal! Wie dumm sind Sie, anzunehmen, Franck hätte an seinem ersten Arbeitstag nichts Besseres zu tun, als sich Ihren Kinkerlitzchen zu widmen?«

»Den Tod eines Menschen nennen Sie ein Kinkerlitzchen?«
sagte Laura aufgebracht.

»Lassen Sie, Fräulein Rothe«, beschwichtigte Paul. »Da Herrn
Heynel ja die passende Ausrede eingefallen ist, hat sich die Sache ohnehin erledigt.«

»Wären Sie das Ganze mit etwas Verstand angegangen, hätte
Heynel keine Zeit gehabt, sich Ausreden einfallen zu lassen!«
sagte Beck. »Wenn es denn eine Ausrede war. Warum haben Sie
mir Popps Gutachten nicht vorgelegt?«

»Paul kann nichts dafür«, sagte Laura. »Ich habe ihm dazu
geraten.«

»Es mag Ihr Rat gewesen sein, Fräulein Rothe«, sagte Paul
leise. »Aber es war meine Entscheidung.« Er sah Beck an. »Alles,
was ich wollte, war, die Wahrheit herauszufinden. Es lag mir
fern, Ihnen Schwierigkeiten zu machen.«

»Sie sind im falschen Büro, Heusohn«, sagte Beck mürrisch.

»Ich wollte Ihnen etwas zurückgeben.« Er legte Becks Taschentuch auf den Schreibtisch und ging. Beck starrte das Tuch
an. Es war gewaschen und gebügelt.

»Was wollten Sie mit Herrn Franck morgen besprechen?«
fragte Laura.

»Das hat sich wohl erübrigt«, sagte er und schlug die Zeitung
auf.

Der Tag verging zäh und ereignislos. Laura hoffte, daß Beck ihr
den Bericht an Franck zur Abschrift hinlegen würde, aber er
fertigte ihn mit der Hand und brachte ihn persönlich weg. Sie
konnte es kaum glauben, als er nach der Rückkehr versuchte,
ihr seine Sicht der Dinge zu begründen. Auf ihr Verständnis für
seine Sturheit konnte er lange warten. Insgeheim rechnete sie
damit, zu Polizeirat Franck zitiert und entlassen zu werden. Sie
wußte, daß es Paul nicht besser ging, und es tat ihr leid für ihn.
Laura glaubte keine Sekunde, daß es stimmte, was Martin gesagt hatte. Kommissar Biddling und er waren sich nicht grün
gewesen. Und da sollte sich Biddling ausgerechnet das Kuvert
für seinen Abschiedsbrief bei ihm leihen? Aber so lächerlich

seine Begründung sein mochte, sie war nicht zu widerlegen. Das abendliche Treffen im Rapunzelgäßchen verlief in gedrückter Stimmung. Keiner wußte, wie es weitergehen sollte.

Am nächsten Morgen verließ Beck das Büro schon zeitig für eine Ermittlung. In der Abschriftenmappe lag kein einziges Blatt. Sollte sie etwa den Tag mit Däumchendrehen verbringen? Laura spürte, wie ihr Kampfgeist erwachte. Sie hatten eine Schlacht verloren, aber nicht den Krieg! Und wenn sie mit der Verbindung zwischen Martin Heynel und Kommissar Biddling nicht weiterkam, widmete sie sich eben der Verbindung zwischen Martin Heynel und Fritz Wennecke.

Sie ging in die Registratur und ließ sich das Ermittlungsverfahren heraussuchen, das Beck gegen die Kinderhändler geführt hatte. Es waren mehrere Bände, und was sie las, überstieg ihre kühnsten Vorstellungen. Die Möglichkeiten, ungewünschte Kinder loszuwerden, schienen unzählbar zu sein, und doch erschöpften sich Becks Erkenntnisse letztlich in unbewiesenen Vermutungen. Selbst in Fällen, in denen er die vermittelten Kinder aufgefunden hatte, behaupteten die Beteiligten, daß alles mit rechten Dingen zugegangen sei. Im letzten Band der Akte hatte Beck bündelweise einschlägige Anzeigen gesammelt. Sie waren denen ähnlich, die Laura im Stinkturm gefunden hatte. Plötzlich hatte sie eine Idee.

Kapitel 27

Abendblatt   Freitag, 19. August 1904

Frankfurter Zeitung
und Handelsblatt

Groß und Stafforst. Über die unmittelbar bevorstehende Hinrichtung der beiden Raubmörder, die in der Strafanstalt Preungesheim die Entscheidung des Königs über ihr Schicksal erwarten, gehen seit einigen Tagen allerhand Nachrichten durch die Zeitungen. Dem gegenüber meldet ein Berichterstatter, daß alle diese Mitteilungen auf bloßen Vermutungen beruhen. Bis jetzt ist bei der Staatsanwaltschaft keinerlei Nachricht eingelaufen, ob der König von seinem Begnadigungsrecht Gebrauch machen will oder nicht. Man erwartet auch an maßgebender Stelle eine Entscheidung nicht vor der nächsten Woche; das läßt sich aus dem Umstand schließen, daß der Erste Staatsanwalt sich zur Zeit noch in Urlaub befindet.

Knabe

16 Mon. alt, blond, blauäugig, gesund, als eig. abzugeben., Verg. erw. Off. a. d. Exp. d. Bl. u. 30696

Guten Abend«, sagte Vicki Biddling lächelnd, als Martin Heynel ihr die Tür öffnete.

Überrascht bat er sie in den Salon. »Seit wann bist du zurück?«

Sie sah auf ihre Uhr. »Seit einer Dreiviertelstunde. Ich bin vom Bahnhof gleich hergefahren, um es dir zu sagen!«

»Na, was?«

Sie nahm seine Hände. »Ich liebe dich.«

»Ich liebe dich auch, kleine Vicki.« Er küßte sie. »Bleibst du länger?«

Sie nickte. »Dein Besuch war ja erfolgreich.«

»Was soll das denn heißen?«

Sie zwinkerte ihm zu. »Daß wir heiraten sollten, Liebster.«

*

Mit gemischten Gefühlen kam Laura abends ins Rapunzelgäßchen. Victoria und Heiner saßen wie üblich bei einem Kaffee in der Küche.

»Kommt Paul nicht?« fragte Heiner.

Sie schüttelte den Kopf. »Daß seine Bemühungen so gänzlich fehlgeschlagen sind, macht ihm zu schaffen. Ganz abgesehen davon, daß er jetzt bei Martin noch weniger zu lachen hat als vorher.« Sie setzte sich. »Nichtsdestotrotz bin ich überzeugt, daß wir auf dem richtigen Weg sind. Ich habe den halben Tag in der Registratur verbracht und Kommissar Becks Akten über den Kinderhandel studiert. Die Ermittlungen zeigen, daß diese Seelenverkäufer mitnehmen, was sie kriegen können. Und da es uns nicht gelungen ist, eine aussagebereite Schwangere aufzutreiben, versuchen wir es eben auf andere Weise.« Sie erzählte, was sie sich ausgedacht hatte.

Heiner sah sie skeptisch an. »Ich weiß nicht, ob wir ihr das zumuten dürfen.«

»Fragen wird ja erlaubt sein. Immerhin hat sie Kommissar Biddling einiges zu verdanken.«

»Ich finde die Idee gut«, sagte Victoria. »Vielleicht bekommen wir so endlich einen Beweis. Es wäre mir schon wegen Vicki wichtig.«

Laura schluckte. »Es gäbe eine zweite Möglichkeit. Ich weiß selbst nicht warum, aber Martin versucht immer noch, mit mir Kontakt aufzunehmen. Vielleicht kann ich ihn in einem Gespräch unter vier Augen zu einem Geständnis bewegen.«

»Er würde es hinterher abstreiten«, wandte Heiner ein.

»In der Dachschräge in meinem Zimmer könnte sich ein Zeuge verbergen. Aber es müßte jemand sein, dessen Wort über alle Zweifel erhaben ist.«

»Am besten ein Beamter aus dem Präsidium«, schlug Victoria vor.

»Vergessen Sie's«, sagte Laura. »Kommissar Beck wird keinen Finger rühren, auf die Unterstützung von Polizeirat Franck brauchen wir erst recht nicht zu hoffen, und eine Aussage von Paul würde nicht viel helfen.«

Sie hörten die Türglocke. Heiner ging hinaus und kam mit Vicki Biddling wieder. Victoria wurde blaß. »Wo kommt du denn her?«

Sie lächelte kühl. »Ich wollte mich überzeugen, ob Martin recht hat. Ich sehe: Er hat. Was habe ich dir getan, daß du es mir auf diese Art heimzahlst?«

»Was meinst du? Woher weißt du überhaupt ...?«

»... daß ihr gemeinschaftlich versucht, meinen Bräutigam in den Schmutz zu ziehen? Daß du nicht einmal davor zurückschreckst, ihm Vaters Tod anzulasten, damit du dich weniger schuldig fühlen mußt? Martin hat es mir vorhin gesagt.«

Laura sah, wie Victoria um Fassung rang. Sie tat ihr leid.

»Bitte setzen Sie sich«, sagte Heiner. »Ich erkläre Ihnen gern, warum wir uns hier treffen.«

»Lügen!« rief sie. »Nichts als Lügen! Nur, weil sie es nicht erträgt, daß ich glücklich bin!«

»Sind Sie das denn?« fragte Heiner freundlich.

»Sagen Sie, was Sie zu sagen haben.«

Ihr Gesicht war starr, als er geendet hatte. »Ich glaube kein Wort davon. Kein einziges!«

»Würden Sie es glauben, wenn Sie es aus seinem eigenen Mund hörten?« fragte Laura.

»Martin hat mir alles gesagt.«

»Wenn Sie so sicher sind, daß es die Wahrheit ist, werden Sie gegen meinen Vorschlag nichts einzuwenden haben.«

Victoria wollte widersprechen, aber Vicki schnitt ihr das Wort ab. »Und wie lautet Ihr Vorschlag?«

✳

»Es is immer widder schee, mit Ihne zu babbele, Wachtmeister«, sagte Hans.

Heiner grinste. »Na, sag's schon: Was hast du über den Italiener herausgefunden?«

»Der Comoretto hat früher emol bei Schiele gearweit. Lagerist oder so.«

Heiner sah ihn verblüfft an. »Bei Georg Schiele & Cie. in Bockenheim?«

»Ei, sicher. Geklaut hatter, un desdewege hawwe se'n rausgeworfe. Un dann soller gewisse diskrete Kontakte zu knüpfen in der Lage gewesen sein, wie der gebildete Geist so schön sacht. Na ja, Sie wisse, wenn Se Kinner loswer'n wolle un so. Obwohl ich bei Gott net begreif, wie der Döskopp des aagestellt hawwe will.«

»Hast du auch herausbekommen, wie und wo diese Kontakte zustande kamen?« fragte Heiner.

»Irgend e gelb Häusi, awwer net in Frankfort. Der Pedder-Freddy aus der Bockgass sacht, der Wennecke hat mords geprahlt, daß er un de Comoretto den feine Dämcher Proletarierbälger unnerjubele. Richtig verstanne hab ich des awwer net.«

Heiner hob sein Apfelweinglas. »Prost, Hans! Den Schoppen hast du dir verdient.«

»Sie sehen ja so zufrieden aus«, sagte Laura, als sie abends in die Küche kam.

Heiner nahm eine Tasse aus dem Regal und goß ihr Kaffee ein. »Ich habe heute einige Ermittlungen in Bockenheim getätigt. Romano Comoretto hat bis vor drei Jahren bei Schiele & Cie. als Lagerist gearbeitet. Er wurde entlassen, weil er im Verdacht stand, regelmäßig Inventar gestohlen zu haben. Beweisen konnte man ihm allerdings nichts. Bis heute rätselt man, wie er es angestellt hat, das Diebesgut aus der Fabrik zu schaffen.«

Laura lächelte. »Ich würde sagen: *Dorchs Rohr,* oder?«

»Wenn Sie noch ein bißchen üben, werden Sie eingebürgert«, sagte Heiner schmunzelnd. »Was aber noch viel verblüffender ist: Bei Pokorny & Wittekind kamen ebenfalls Diebstähle vor. Da sie mit Fritz Wenneckes Tod aufhörten, vermutet man inzwischen, daß er der Dieb war. Auch hier weiß keiner, wie die Sachen ungesehen aus der Firma verschwinden konnten. Man hat sogar eine Zeitlang abends am Werktor Kontrollen durchgeführt. Ohne jedes Resultat.«

»Das hieße ja, daß es doch einen geheimen Weg von Pokorny nach draußen gibt!«

Heiner zuckte die Schultern. »Ich habe noch mehr erfahren.« Er berichtete von Hans' Bemerkung über den Kinderhandel und das gelbe Haus.

»Wir sollten schnellstens etwas unternehmen«, sagte Laura.

»Ich werde nachher mit ihr sprechen«, entgegnete Heiner. »Was ist mit Martin Heynel?«

Laura sah auf ihre Hände. »Ich habe ihm eine Nachricht zukommen lassen. Die Antwort steht noch aus.«

✳

»Wann soll die Offerte erscheinen?« fragte die Dame.

Anna Frick sah sie hilflos an. »Ja, nun… So bald wie möglich.«

Die Dame blätterte in ihren Unterlagen. »Morgen im Abendblatt?«

Anna Frick nickte. Ihre Hände waren schweißnaß, als sie den Auftrag unterschrieb. Sie verließ das Gebäude, als sei sie auf der Flucht. Mußte ihr nicht jeder ansehen, was sie gerade getan hatte? Den Blick starr geradeaus gerichtet, ging sie in Richtung Zeil davon.

Er wartete, bis sie verschwunden war. Lächelnd wies ihm die Empfangsdame den Weg zur Anzeigenexpedition. Die Dame dort war weniger freundlich. Erst, als er ihr seine Marke vors Gesicht hielt, wurde sie gesprächig.

✳

Er lächelte, als er in ihr Zimmer kam. »Ich habe gewußt, daß du deinen Widerstand irgendwann aufgeben würdest.«

Laura war in ihrem Leben noch nie so aufgeregt gewesen. »Ich habe einiges mit Ihnen zu besprechen, Herr Heynel«, sagte sie förmlich, während ihr Herz Purzelbäume zu schlagen schien. Nichts war vorbei, nichts war ausgestanden! »Ich hielt das Polizeipräsidium nicht für den passenden Ort.«

Er sah grinsend zum Bett. »Ich finde es hier auch passender.«

»Bitte nehmen Sie Platz.«

»Es hört uns keiner, Laura.«

»Ich halte es für besser, wenn wir die Form wahren.«

»Na, dann spiele ich das Spielchen eben mit, Frau Polizeiassistentin. Was bezwecken Sie mit der Aktion?«

Laura stockte der Atem. »Was meinen Sie?«

Er lief im Zimmer auf und ab. »Himmel noch mal! Du kannst doch nicht im Ernst annehmen, daß ich vor Franck zugebe, daß wir uns nach Dienstschluß auf dem Dachboden vergnügen! Und was diese Sache im Gewahrsam angeht – von Lieben ist mein Chef! Glaubst du, ich habe Lust, in die Provinz versetzt zu werden?«

»Ich kann mir nicht vorstellen, daß Sie so unschuldig sind, wie Sie tun, Herr Heynel. Wenn es so wäre, müßte Ihnen daran gelegen sein, die Sache aufzuklären, wo der Stein nun einmal ins Rollen gekommen ist.«

Er blieb vor ihr stehen und faßte ihre Hände. »Jetzt laß endlich dieses dumme Sie weg und hör mir zu, ja? Ich gebe zu: Anfangs wollte ich nur ein bißchen Spaß. Aber dann … Liebe Zeit! Du machst mich verrückt!«

Laura wurde rot vor Scham, und gleichzeitig fühlte sie eine solche Sehnsucht nach ihm, daß sie glaubte, es keine Sekunde länger auszuhalten. Mit Gewalt rief sie sich zur Vernunft. Bestimmt war das wieder einer seiner Tricks! Sie war eine Gefahr für ihn, also fuhr er alles auf, um sie zum Schweigen zu bringen. Sie zog ihre Hände weg und atmete durch. »Jetzt hören Sie *mir* mal zu, Oberwachtmeister. Das zwischen uns war ein Fehler. Der größte, den ich in meinem Leben gemacht habe.«

»Das meinst du nicht ernst, oder?«

»Ich habe Sie herbestellt, weil ich Ihnen ein Geschäft vorschlagen will«, fuhr sie ungerührt fort. »Ich werde aus Frankfurt weggehen. Aber ich gehe nicht, bevor ich die ganze Wahrheit weiß. Was hat Kommissar Biddling herausgefunden, das ihn den Kopf gekostet hat?«

Seine Augen waren Schlitze. »Was soll das?«

»Sie haben die Wahl! Entweder erklären Sie sich mir, oder ich werde weiterhin der Stachel im Fleisch Ihrer Karriere sein. Ich muß ja wohl nicht aufzählen, welche Verdachtsmomente gegen Sie …«

Er nahm ihren Kopf in seine Hände und küßte sie. Sie versuchte, ihn wegzustoßen. Lachend hielt er sie fest. »Kratzbürste! Willst du mich in den Wahnsinn treiben?«

Keuchend machte sie sich frei. »Wagen Sie das nicht noch mal!«

Er zuckte die Schultern. »Wenn ich wollte, könnte ich dich so fertig machen, daß du niemals mehr eine Stelle finden würdest. Und es ist wider alle Vernunft, es nicht zu tun. Mein Gott, Laura. Ich brauche dich!«

»So? Ich dachte, du beabsichtigst, demnächst zu heiraten?« Es war gemein, aber sie konnte nicht anders. Sie mußte endlich wissen, welches Spiel er spielte.

»Wie oft soll ich dir noch erklären, daß das mit uns nichts zu tun hat? Du liebst deinen Beruf, und ich will nach oben. Warum sollten wir nicht beide das Beste daraus machen?« Er berührte ihre Wange. »Die kleine Biddling ist ein dummes Kind. Ich kann mit ihr nichts tun, das wirklich Spaß macht, verstehst du? Sieh mal, ich könnte dir meine Wohnung überlassen und dich auch sonst unterstützen. Und wenn die Kleine erst meine Frau ist, werde ich …«

»Nichts wirst du.«

Er fuhr herum, als sei der Teufel höchstpersönlich ins Zimmer gekommen. Vicki stellte das lose Brett an die Wand und strich ihr Kleid glatt. Ihr Gesicht war so weiß, daß Laura dachte, sie müsse jeden Moment umfallen. »Ich bedanke mich für die gelungene Vorstellung, Fräulein Rothe.«

Martin Heynel war so außer Fassung, daß er kein Wort herausbrachte. Vicki gab ihm eine Ohrfeige und lief aus dem Zimmer. Er sah Laura an. »Daß du fähig bist, mir das anzutun, hätte ich nicht gedacht«, sagte er und ging.

Laura starrte auf die Tür. Tränen brannten in ihren Augen. *Ich brauche dich.* Die Fragen, um die es ging, waren nicht einmal gestellt, geschweige denn beantwortet worden.

Weinend rannte Vicki Biddling aus dem Haus. Der Mann, dem sie alles gegeben hatte, hatte sie hereingelegt! Er hatte sie so wenig geliebt wie ihr Vater ihre Mutter geliebt hatte. Alles Berechnung, nichts sonst. Sie hatte den Kutscher in einer Seitenstraße hinter dem Römer warten lassen, aber am liebsten wäre sie in die entgegengesetzte Richtung davongelaufen.

»Geht es Ihnen nicht gut, gnädiges Fräulein?«

Sie schrak zusammen. Ein junger Mann sah sie besorgt an. »Kann ich Ihnen helfen?«

»Nein!« herrschte sie ihn an. »Ich helfe mir allein!« Sie wischte sich die Tränen aus dem Gesicht und ging mit hocherhobenem Haupt davon. Noch bevor sie den Wagen erreichte, stand ihr Entschluß fest. Sie würde sich nicht unterkriegen lassen! Nicht von ihrer Mutter, nicht von Martin und nicht von dieser Polizeiassistentin, die endlich erreicht hatte, was sie wollte. Nur darum war es ihr doch gegangen: Martin bloßzustellen und die Hochzeit platzen zu lassen!

Vicki befahl dem Kutscher, ins Westend zu fahren. Sie brauchte einen Ehemann, und den würde sie bekommen.

Andreas Hortacker saß im Wintergarten und las. Als Vicki hereinkam, stand er lächelnd auf. »Ich freue mich, daß Sie wieder in Frankfurt sind, Fräulein Vicki. Möchten Sie etwas trinken?«

»Nein, danke. Ich beabsichtige nicht, lange zu bleiben.«

Er wies auf einen Korbstuhl. »Womit kann ich Ihnen denn dienen?«

Vicki wunderte sich, daß sie es schaffte, so ruhig zu sein. »Ich halte nichts davon, lange um die Sache herumzureden. Ich weiß, daß ich Ihnen als Partie nicht unwillkommen wäre, Herr Hortacker. Und ich bin hier, Ihnen zu sagen, daß meine Antwort Ja lauten würde.« Bei allem Schmerz amüsierte es sie, innerhalb einer Stunde zum zweiten Mal einen Mann fassungslos zu sehen. »Sollten Sie interessiert sein, besprechen Sie bitte alles weitere mit meiner Mutter und meinem Großvater.«

»Dürfte ich fragen, was Sie zu diesem Schritt veranlaßt?«

Sie musterte ihn kühl. »Mein Großvater würde sich freuen, Mutter würde sich freuen, und mein Onkel bestimmt auch.«

»Und was ist mit Ihnen, Vicki?«

»Als wenn es darauf überhaupt ankäme!«

Er sah sie freundlich an. »Sicher kommt es darauf an. Sie kennen meine Gefühle für Sie, und ich wäre der glücklichste Mensch, wenn...«

»Die Entscheidung liegt bei Ihnen. Ich bitte nur, daß Sie sich nicht allzulange Zeit damit lassen. Ich beabsichtige, baldmöglichst einen eigenen Hausstand zu gründen. Auf Wiedersehen.«

Der Wagen stand vor dem Portal. Das Pferd scharrte mit den Hufen. »Nach Hause, gnädiges Fräulein?« fragte der Kutscher. »Nein. Untermainkai 18«, sagte Vicki und stieg ein.

Kapitel 28

Drittes Morgenblatt   Sonntag, 21. August 1904

Frankfurter Zeitung
und Handelsblatt

Moderner Menschenhandel. In den Zeitungen kann man täglich Annoncen etwa folgender Art finden: »Kind wird gegen einmaligen Erziehungsbeitrag als eigen angenommen« oder: »Gesundes Kind wird als eigen abgegeben.« Es birgt sich hinter diesen kurzen Worten ein ganzes Menschenschicksal, das Elend eines seinen Erzeugern unwillkommenen Kindes.

Der »Erziehungsbeitrag« ist fast ohne Ausnahme nichts anderes als der Kaufpreis für ein Menschenkind.

Meistens suchen diejenigen, die ein Kind annehmen wollen, nicht Kindesliebe und Elternfreude, sondern einen pekuniären Vorteil. Die leibliche Mutter kann noch von Glück sagen, wenn sie ihr Kind nach einiger Zeit unversehrt zurückerhält, wenn sie weiter nichts verloren hat als einige hundert Mark. Diese Mütter gehen bei der Abgabe ihres Kindes meist mit sträflichem Leichtsinn vor.

Die vorstehenden Zeilen sollen eine Warnung sein für alle diejenigen, die es angeht, namentlich aber für die Mütter der Kinder. Diese sollten es nie unterlassen, sich vorher Rats zu erholen! In Frankfurt haben wir sogar eine Institution, die sich besonders mit der Fürsorge für uneheliche Kinder beschäftigt, die Centrale für private Fürsorge. Sie will ein Beistand der armen, verlassenen Kinder sein, die das Unglück haben, ohne Vater geboren zu werden.

Aus der Praxis der Centrale rühren denn auch die obigen Schilderungen her; einige besonders krasse Fälle der letzten Zeit gaben den Anlaß zu diesem Warnungsruf.

Sie hatten das nächste Treffen auf Sonntag nachmittag festgesetzt, und Victoria war die erste, die kam. Heiner Braun bat sie in die Stube. »Wie geht es Vicki?« fragte er.

»Sobald ich versuche, mit ihr über die Sache zu sprechen, geht sie aus dem Zimmer.«

»Das tut mir leid. Fräulein Rothe hat sicher nicht gewollt, daß es so endet.«

»Laura kann nichts dafür. Im Grunde genommen bin ich ihr sogar dankbar. Wenigstens wird Vicki Martin Heynel nicht heiraten. Heute morgen hat Andreas Hortacker um ihre Hand angehalten. Sie hat Ja gesagt.«

»Wäre es nicht besser, sie würde noch ein bißchen damit warten?«

Victoria zuckte mit den Schultern. »Sie läßt auch darüber nicht mit sich reden. Ihr einziges Zugeständnis ist, daß sie bei uns wohnen bleibt, bis Andreas ein passendes Haus gefunden hat.« Sie sah zum Fenster. »Sie will mich treffen und verletzt sich nur selbst. Und Andreas dazu. Ich kann ihm doch nicht sagen, daß er sie nicht heiraten soll. Sie ist meine Tochter!«

»Meinen Sie, es hilft, wenn ich mit ihr rede?« fragte Heiner.

Sie schüttelte den Kopf. »Für sie sind Sie genauso schuldig wie ich. Wie alle, die die Wahrheit über ihre Mutter wußten und geschwiegen haben.«

»Und was sagt Andreas?«

»Er glaubt, daß er ihr nur genügend Zeit geben muß.«

»Bei aller Sorge müssen Sie akzeptieren, daß die beiden erwachsen sind, Victoria.«

Sie nickte. »Wie geht es Helena?«

»Heute abend gehen wir ins Theater. Sie freut sich darauf.«

»Haben Sie schon einmal überlegt, daß ein anderer Arzt, eine bessere Behandlungsmethode sie vielleicht heilen könnte? Oder eine Kur am Meer? Wissen Sie, mir würde es viel bedeuten, Ihnen und Helena zu helfen ... auch finanziell. Bitte verstehen Sie das nicht falsch!« fügte sie schnell hinzu, als sie sein ablehnendes Gesicht sah. »Ich bin überzeugt, daß Richard ebenso denken würde.«

Bevor Heiner etwas erwidern konnte, kamen Laura Rothe und Paul Heusohn herein. Die Polizeiassistentin sah bekümmert aus.

Victoria lächelte. »Machen Sie sich bitte keine Vorwürfe, Laura. Es ist gut, wie es ist, ja?« Sie wandte sich an Paul. »Ich hoffe, Sie hatten nicht allzu viele Schwierigkeiten wegen unserer eigenmächtigen Ermittlungen?«

»Ich würde alles wieder genauso machen, Frau Biddling.« Er sah Heiner an. »Wollte Fräulein Frick nicht hier sein?«

Heiner warf einen Blick auf seine Uhr. »Um fünf, ja.«

»Diese Anzeige ist unsere letzte Chance«, sagte Victoria.

Laura fuhr sich übers Gesicht. »Und ich habe diese Chance aus Übereifer womöglich zunichte gemacht. Ich nehme an, Sie haben die Zeitung gelesen.«

»Nein, warum?« fragte Victoria.

»Vergangene Woche habe ich die Centrale für private Fürsorge über die Mißstände informiert. Leider kam mir die Idee mit der Anzeige erst danach. Abgesehen davon, hätte ich es nach meinen Erfahrungen im Polizeipräsidium niemals für möglich gehalten, daß man an anderer Stelle so schnell reagiert. Heute morgen hat die *Frankfurter Zeitung* einen Warnaufruf über den Kinderhandel veröffentlicht. Ich hoffe nicht, daß uns das einen Strich durch die Rechnung macht.«

Victoria stand auf und sah aus dem Fenster, keiner sagte ein Wort. Anna Frick kam, als die Uhr begann, die fünfte Stunde zu schlagen. Sie legte vier Briefe auf den Tisch und sah Heiner an. Ihr Augenlid zuckte. »Kann ich mich wirklich darauf verlassen, daß meinem Kind nichts geschieht?«

»Ja«, sagte Heiner. »Das einzige, was wir vielleicht brauchen werden, ist eine Photographie.«

Sie nickte und ging. Paul Heusohn zeigte auf die Briefe. »Und woher wissen wir, welcher der richtige ist?«

Laura riß den ersten Umschlag auf. »Indem wir sie lesen.« Ihrer erwartungsvollen Miene machte Enttäuschung Platz. »Ein Hilfsangebot der Centrale für private Fürsorge.« Der zweite und dritte Brief stammten von kinderlosen Ehepaaren aus besseren Kreisen, die ernsthaft an einer Adoption interessiert zu sein schienen. Laura öffnete den vierten und wurde blaß. »Das glaube ich nicht.«

»Was ist denn?« fragte Heiner.

Sie hielt ihm das Schreiben hin. »Das kann kein Zufall sein, oder?«

»Darf ich?« fragte Victoria und nahm den Brief.

Betr. Ihre Offerte, Abendblatt, Fr. 19. August, Nr. 30696

Sehr verehrtes gnädiges Fräulein!
Beim Lesen Ihrer Annonce kommt mir der Gedanke, einmal anzufragen: Würden Sie Ihren Sohn an Eheleute abgeben, denen jede Hoffnung auf eigene Kinder geschwunden ist?
Wir würden Ihr Söhnchen an Kindesstatt annehmen, und ihm würde es gewiß an nichts fehlen.
Bitte teilen Sie uns mit, welche Abfindung Sie beanspruchen und wie wir baldmöglichst in Kontakt kommen können.
Ihre Antwort richten Sie bitte an: Hauptpost, Kennwort:
Spiegel, postlagernd.
Hochachtend
E. Stein

Victoria gab das Schreiben an Paul Heusohn weiter. Ungläubig starrte der Junge darauf.

»Es ist nicht zu fassen«, sagte Laura. »Er hat ein Ermittlungsverfahren gegen diese Leute geführt und ist keinen Deut besser!«

»Ja, aber das muß doch nicht dieselbe Maschine sein«, wandte Paul ein.

»Dürfte ich bitte erfahren, von was Sie reden?« fragte Victoria.

Der Junge zeigte auf den Text. »Die kleinen i springen aus der Reihe. Wie auf der Schreibmaschine Ihres Mannes.«

»Seit seinem Tod steht die *Underwood* in Kommissar Becks Büro«, sagte Laura.

»Besteht die Möglichkeit, daß ein anderer die Maschine benutzt?« fragte Heiner.

Laura schüttelte den Kopf. »Außer mir niemand.«

»Könnte es nicht sein, daß Herr Beck vielleicht ernste Absichten hat?« fragte Paul.

Laura lachte verächtlich. »Dann hätte er sicher nicht mit *Stein* unterschrieben.«

Heiner nickte. »Bei einem sechzehn Monate alten Kind hat Geheimniskrämerei in der Tat wenig Sinn.«

»*Wir würden Ihr Söhnchen an Kindesstatt annehmen, und ihm würde es gewiß an nichts fehlen*«, zitierte Laura höhnisch. »Das klingt wie aus seiner eigenen Akte abgeschrieben.«

»Wir sollten erst einmal ein Vergleichsschreiben besorgen, das ich zusammen mit diesem Brief Dr. Popp vorlege«, schlug Paul vor.

»Du hast recht«, stimmte Heiner zu. »Bevor wir gegen jemanden Anschuldigungen erheben, müssen wir auf Nummer sicher gehen. Unabhängig davon sollten wir den Brief beantworten, ebenso die beiden anderen.« Er holte seinen Federkasten und Briefpapier. »Je schneller, desto besser.«

✳

Den Sonntag verbrachte Martin Heynel zu Hause. Es war halb fünf nachmittags, als es an seiner Wohnungstür schellte. Er wußte nicht, wen er erwartet hatte, aber ganz sicher nicht Elfriede Wennecke.

Verächtlich musterte er ihr verlebtes Gesicht und ihren aufgetriebenen Bauch, über dem sich ein schmuddeliges Wollkleid spannte. »Was willst du schon wieder?«

Sie zeigte ein Lächeln zwischen schwarzen Zahnstumpen. »Es ist besser, Sie lassen mich hinein, Oberwachtmeister.«

✳

Victoria verließ Heiners Haus am frühen Abend zusammen mit Paul Heusohn. »Warum haben Sie jetzt Zweifel, wenn Sie doch bei dem Abschiedsbrief meines Mannes so sicher waren, daß er auf dieser Maschine geschrieben wurde?« fragte sie, als sie das Rapunzelgäßchen entlang zum Alten Markt gingen.

Der Junge wirkte verlegen. »Herr Beck mag vielleicht kein

besonders freundlicher Mensch sein. Aber so etwas traue ich ihm einfach nicht zu.«

Victoria zuckte die Schultern. »Ich kenne ihn nicht gut genug, um das beurteilen zu können.«

»Mama, schau!« rief ein kleines Mädchen und streckte seine Ärmchen zum Himmel. »Miss Polly steigt auf!«

Als großer, bunter Ball schwebte der Ballon über den Häusern. Victoria dachte an Flora. Die Sehnsucht nach ihr tat weh.

»Ich möchte mich bei Ihnen bedanken, Frau Biddling«, sagte Paul Heusohn. Als sie ihn fragend ansah, lächelte er. »Weil Sie uns Fräulein Louise geschickt haben.«

»Wie kommen Sie denn darauf?«

»Sie hat Ihrem Mann immer zu viele Brote eingepackt.« Er streckte ihr die Hand hin. »Man sollte Hilfe nicht ablehnen, bloß weil man zu stolz ist, sich einzugestehen, daß man sie braucht. Meine Mutter ist sehr krank, und meine Geschwister müßten ins Heim ohne Ihre Unterstützung. Und deshalb …«

»Schon gut«, sagte Victoria. »Wenn Sie mir helfen, Richards Mörder zu finden, sind wir mehr als quitt.«

Der Montag und der Dienstag vergingen voll bangen Wartens. Mit der ersten Antwort am Mittwoch hatten sie einen Ansatzpunkt weniger. Die Absender wollten auf keinen Fall eine Abfindung zahlen und luden das gnädige Fräulein mit ihrem Kind zu sich nach Hause ein, damit sie sich von ihrer Seriosität überzeugen konnte. Der zweite Interessent schien kalte Füße bekommen zu haben; er meldete sich nicht mehr. Und der Briefschreiber mit dem springenden i auch nicht.

Für Laura stand fest, daß es Beck war, und sie fing an, ihn zu beobachten. Sie blieb sogar abends länger, um zu sehen, ob er sich in einem unbeobachteten Moment an der Schreibmaschine zu schaffen machte, aber nichts geschah. Als sie sich am Donnerstag abend im Rapunzelgäßchen trafen, berichtete Paul Heusohn, daß nach Dr. Popps Meinung der Brief mit an Sicherheit grenzender Wahrscheinlichkeit auf der *Underwood* geschrieben worden war.

»Welche Maschine hat Kommissar Beck denn benutzt, bevor die meines Mannes zu ihm ins Büro kam?« fragte Victoria.

»Soweit ich weiß, hat er seine Berichte in der Kanzlei tippen lassen«, sagte Paul Heusohn. »Warum?«

Victoria rieb ihre Hände. »Und wenn wir die ganze Zeit auf der völlig falschen Spur waren? Wenn nicht diese Zilly oder Karl Hopf, sondern Kommissar Beck Richard die anonymen Briefe geschickt hat?«

»Warum sollte er das denn tun?« fragte Paul Heusohn.

»Vielleicht stand Kommissar Biddling seinen Karriereplänen im Weg«, überlegte Laura. Sie sah Paul an. »Das würde erklären, warum er so strikt dagegen war, daß Sie in der Sache ermitteln.«

»Herr Beck schien mir immer sehr korrekt zu sein«, entgegnete Paul Heusohn. »Ich kann mir nicht vorstellen, daß er solche Dinge tut.«

»Er wäre beileibe nicht der erste Biedermann, der eine Leiche im Keller liegen hat!« sagte Laura. »Was wissen wir denn schon über ihn? Nichts!«

»Er kam vor fünf Jahren nach Frankfurt«, schaltete sich Heiner ein. »Man munkelte damals, es sei nicht ganz freiwillig gewesen. Mehr kann ich Ihnen leider auch nicht sagen.«

»Dieses Ermittlungsverfahren, das er gegen die Kinderhändler geführt hat – womöglich wollte er gar keinen Erfolg haben?« überlegte Victoria.

»Für alle Fälle sollten wir die Schreibmaschinen in der Kanzlei überprüfen«, schlug Heiner vor. »Es wäre ärgerlich, wenn wir die ganze Stadt nach einer Maschine mit schmutzigem e absuchten, und sie steht im Präsidium.«

»Das erledige ich«, sagte Laura.

Anna Frick kam herein. Sie gab Heiner einen Brief. »Den habe ich mit der Abendpost erhalten.«

Heiner öffnete ihn und las. »E. Stein will das Kind sehen.«

»Um nichts auf der Welt gebe ich einer solchen Person meinen Jungen in die Hände!« rief Anna Frick.

»Das brauchen Sie auch nicht«, sagte Heiner. »Bitte setzen Sie sich. Ich erkläre Ihnen, wie ich mir das Ganze vorstelle.«

Am Samstag mittag regnete es seit Wochen zum ersten Mal. Auf der Straße bildeten sich Pfützen, von den Häusern tropfte es, in den Regenrinnen gurgelte das Wasser. Heiner Braun spannte seinen Regenschirm auf, als er mit Anna Frick das Haus verließ.

»Sie vermuten also, daß nicht die Person kommen wird, die den Brief geschrieben hat?« fragte sie.

»Ich bin mir sogar sicher«, entgegnete er. Gemeinsam holten sie den kleinen Christian ab und fuhren mit einer Droschke zum Palmengarten. Die Zeit war gut gewählt. Es waren nur wenige Menschen unterwegs.

»Sie brauchen keine Angst zu haben«, beruhigte Heiner sie am Eingang zum großen Palmenhaus. »Ich werde in Ihrer Nähe sein. Ganz gleich, was die Person Ihnen vorschlägt, sagen Sie nur, was wir besprochen haben. Daß Sie ein neues Treffen wünschen. Dann gehen Sie. Alles weitere liegt bei mir.«

Anna Frick nickte. Heiner berührte sie am Arm. »Ich weiß, daß ich Ungeheures von Ihnen verlange.«

»Ich habe Ja gesagt«, erwiderte sie spröde.

Sie setzte sich mit Christian auf eine Bank. Heiner suchte sich einen Platz hinter Farnen und Palmen. Sobald ein Besucher vorbeikam, studierte er Gattungsschildchen. Anna Frick sah sich nach ihm um, und er hoffte, daß sie mit ihrer Nervosität nicht alles verdarb. Ein elegant gekleideter Mann näherte sich der Bank und ging vorbei.

Heiner zog seine Taschenuhr heraus. Zehn Minuten über die Zeit. Ein Junge kam ins Palmenhaus. Er mochte dreizehn oder vierzehn Jahre alt sein. Er blickte sich um und ging zögernd auf Anna Frick zu. Heiner sah, daß er ihr einen Brief gab und etwas sagte. Sie nickte und stand auf. Heiner hörte Schritte in seinem Rücken und machte Anstalten, Interesse für eine *Livistona australis* zu heucheln, doch als er den Mann sah, wußte er, daß er es sich sparen konnte. Mit allem hatte er gerechnet, nur nicht damit, daß Beck auf die gleiche Idee kommen würde wie er!

»Ich gehe davon aus, daß Sie so wenig an Zufälle glauben wie ich«, Herr Beck. »Ich halte es daher für angebracht, wenn …«

»Sie? Sie haben diese Briefe geschrieben?« Ohne, daß es Heiner bemerkt hatte, war Anna Frick herangekommen.

Beck stand da wie eine Gipsfigur, und er war genauso blaß.

»Was habe ich Ihnen getan, Herr Kommissar?« fragte sie, während der kleine Christian ängstlich von einem zum anderen schaute.

»Sie sollten Ihren Sohn nach Hause bringen«, sagte Heiner freundlich. »Ich werde die Angelegenheit regeln.«

Anna Frick schüttelte den Kopf. »Ich gehe nicht eher, bis ich endlich weiß, warum er mir seit Wochen hinterherspioniert!« Sie sah Beck an. In ihren Augen glänzten Tränen. »Warum wollen Sie mir mein Kind nehmen? Warum quälen Sie mich so?«

Heiner sah, wie Beck um Fassung rang. Christian fing an zu weinen. Anna Frick strich ihm beruhigend übers Haar. »Lassen Sie mich endlich in Ruhe, Kommissar!« Sie drückte Heiner den Brief in die Hand und ging.

»Geben Sie das her, Wachtmeister!« forderte Beck.

»Nicht, bevor Sie mir gesagt haben, was Sie vorhatten«, entgegnete Heiner. »Wer war der Bote?«

»Irgendein Junge aus der Stadt. Ich wollte …«

»… sehen, ob Anna Frick kommt. Ob sie es wirklich ist, die diese Anzeige aufgegeben hat. Warum interessiert Sie das so sehr?«

»Geben Sie mir den Brief.«

»Herr Beck! Zwingen Sie mich nicht, weitergehende Maßnahmen einzuleiten.«

»Sagen Sie Fräulein Rothe, daß ich getan habe, was in meiner Macht stand. Heynel ist nichts zu beweisen, und solange keine dieser Dirnen den Mund aufmacht, wird Polizeirat Franck nichts tun. Wie sollte er auch? Sie hätte sich diesen Racheakt also sparen können. Denn das ist es ja wohl gewesen, oder?«

»Anna Frick erwähnte, daß Sie ihr seit Wochen nachstellen. Sagen Sie mir, warum, Herr Beck.«

Sein Gesicht zeigte keine Regung. »Ein Kind kann nichts dafür, in welche Wiege es geboren wird. Ich hielt es für meine Pflicht, etwas zu tun. Genügt das als Erklärung?«

Es genügte nicht, aber Heiner nickte. »Was hätten Sie mit dem Jungen gemacht?«

»Dafür gesorgt, daß sich so etwas niemals wiederholt.«

»Haben Sie selbst Kinder?«

»Nein. Sie gestatten, daß ich gehe?«

»Ja, sicher, Kommissar.« Heiner gab ihm den Brief zurück. Wenn er überhaupt noch Zweifel an Becks Beweggründen gehabt hatte, dieses scheinbar so gleichgültig dahergesagte Nein hatte sie endgültig zerstreut.

Als er ins Rapunzelgäßchen zurückkam, hatte Helena Waffeln gebacken. »Wo bleibst du denn? Ich habe auf dich gewartet«, begrüßte sie ihn vorwurfsvoll.

»Entschuldige. Ich habe ...«

»... vergessen, auf die Uhr zu schauen«, sagte sie und lachte. Er küßte sie. »Ja. Ich gestehe. Dabei kann ich mir nichts Schöneres vorstellen, als zu einem frisch gebrühten Kaffee deine köstlichen Zitronenwaffeln zu verspeisen! Aber bevor ich mich diesem Vergnügen hingebe, muß ich schnell zu Fräulein Frick hoch.«

Helena legte zwei Waffeln auf einen Teller. »Vielleicht hilft es, wenn sie etwas in den Magen bekommt. Sie sah traurig aus, als sie nach Hause kam.«

Heiner streichelte ihre Wange. »Weißt du eigentlich, wie sehr ich dich liebe?«

Sie hielt ihm lächelnd den Teller hin. »Aber sicher weiß ich das, du unmöglicher Kerl.«

Abends hatte Helena in der Stube Kerzen angezündet, Kaffee gekocht, die restlichen Waffeln auf den Tisch gestellt und sich dezent zurückgezogen.

Victoria freute sich über den glücklichen Ausdruck in Heiners Gesicht, aber gleichzeitig beschlich sie eine Traurigkeit, die sie sich nicht erklären konnte. War es die Erinnerung an die gemeinsamen Stunden mit Richard? Wollte dieser entsetzliche Schmerz denn nie aufhören? Wenn wenigstens Vicki wieder mit ihr reden würde! Sie dachte an Ernsts Brief, der am Morgen gekommen war. Es war tröstlich, daß es noch einen Ort auf der Welt gab, an dem sie willkommen war. Wie gern würde sie ihn besuchen. Aber sie konnte doch ihre Kinder nicht im Stich lassen! Morgen war Vickis Geburtstag… der Tag, an dem sie die Wahrheit hätte erfahren sollen.

»Dann überrascht es Sie wohl auch nicht, daß keine der Schreibmaschinen in der Kanzlei den entsprechenden Fehler aufweist«, sagte Laura, nachdem Heiner seinen Bericht beendet hatte.

»Nein«, entgegnete er. »Trotzdem sollten wir uns verstärkt um diese Maschine kümmern. Mir geht das überraschte Gesicht der Mamsell aus der *Laterna Magica* nicht aus dem Sinn. Ich werde nächste Woche ein paar Trödler nach gebrauchten Schreibmaschinen fragen.«

Laura nickte. »Vielleicht sollte ich noch einmal versuchen, mit Zouzou zu sprechen.«

»Können Sie mir eine Abschrift der Haftlisten vom Juni und Juli besorgen?« fragte Heiner, an Paul Heusohn gewandt.

»Ja. Warum?«

»Es schadet sicher nichts, ein paar alte Kontakte in der Rosengasse aufzufrischen. Unter Umständen kann ich die eine oder andere Dame ja überzeugen, ein bißchen zu plaudern.«

»Einen Versuch ist es wert«, stimmte Laura zu.

Heiner sah Victoria an. »Was meinen Sie?«

»Ja«, sagte sie. *Die Farben des Regenbogens sind immer im Licht.* Aber was änderte das daran, daß ein Regenhimmel grau und düster war? Die letzte Spur hatte sich zerschlagen. Und Richard war tot. Sie stand auf. »Ich bitte Sie, mich zu entschuldigen. Ich bin sehr müde.«

»Ich begleite Sie nach draußen«, sagte Heiner. Im Flur half er ihr in den Mantel. »Wir werden Erfolg haben.«

»Ja, sicher.«

Er berührte ihr Gesicht. »Sie müssen nur daran glauben, Victoria.«

Sie nahm seine Hand weg. »Bitte … nicht.«

Er sah sie erschrocken an. »Verzeihen Sie. Es lag nicht in meiner Absicht, Sie …«

»Ich weiß, Herr Braun.« Ohne Auf Wiedersehen zu sagen, lief sie aus dem Haus.

Das Kuvert lag in der silbernen Schale auf ihrem Nachtschränkchen. *Victoria Biddling. Persönlich. Untermainkai 18.* Druckbuchstaben, so steif nebeneinandergesetzt wie die Eisenstreben in dem Zaun, der den Hof säumte und den sie nicht leiden mochte. Der Brief war in der gleichen Schrift geschrieben. Er bestand aus einem einzigen Satz.

Alle Schuld rächt sich auf Erden.
Goethe

Kapitel 29

Morgenblatt   Montag, 29. August 1904

Frankfurter Zeitung
und Handelsblatt

= Offenbach, 28. August

Gegen die preußisch-hessische Polizei. Die Versammlung im Saalbau zu Offenbach, in der Engelbert Pernerstorfer aus Wien nach der Anordnung der hessischen Behörden nicht sprechen und nicht erscheinen durfte, wurde heute ohne ihn abgehalten. Außer durch den riesigen Andrang – auch viele Frauen standen in Reih und Glied – erhielt die Versammlung ein besonderes Gepräge durch die Anwesenheit der Polizei, die in Hessen im allgemeinen nicht jede Gelegenheit benützt, die staatliche Autorität sichtbar zu verkörpern. Am Vorstandstisch nahm nach einigem Zögern – die Offenbacher Polizei hat anscheinend die verständige Angewohnheit, sich möglichst im Hintergrund zu halten – der höchste Polizeibeamte der Stadt Platz. Im Garten waren wohl noch ein halbes Dutzend Polizisten verteilt. Sie hatten keine Veranlassung, einzuschreiten. Die gute Schulung der Massen sorgte für einen geordneten Verlauf.

Pernerstorfer hat übrigens in Frankfurt trotz des Verbotes geredet. In Offenbach war man preußischer als in Preußen.

D as darf doch nicht wahr sein! Ausgerechnet heute! Was hat er? Schnupfen? Heiserkeit?«

Laura zuckte die Schultern. »Ich kann Ihnen nur sagen, daß Herr Beck ausrichten ließ, er könne wegen Krankheit nicht zum Dienst erscheinen. Über die näheren Umstände bin ich nicht informiert.«

»Was denkt er eigentlich, warum ich ihn nach Offenbach geschickt habe?« rief Polizeirat Franck. »Damit er Pernerstorfer das

Kinn kitzelt und anschließend Urlaub macht? Ich brauche diesen Bericht! Ich habe nachher einen Termin mit dem Polizeipräsidenten! Holen Sie mir von Lieben her!« herrschte er den Polizeidiener an, der neben der Tür stand.

»Wenn Sie den Hinweis gestatten, Herr Polizeirat: Sie selbst haben Herrn Kommissar von Lieben bis auf weiteres beurlaubt.«

»Herrgott noch mal! Wenn nicht in spätestens zehn Minuten irgendein Kommissar dieses Präsidiums in meinem Büro steht, dann …!«

Der Mann bekam einen roten Kopf, der in seltsamem Kontrast zu seinem schlohweißen Haar stand. »Jawohl, Herr Polizeirat.«

»Dieser Herr Pernerstorfer scheint Polizeirat Franck ja mächtig zu beschäftigen«, sagte Laura im Flur.

Der alte Diener lächelte. »Haben Sie denn die Zeitung nicht gelesen? Daß die Hessen in Offenbach mehr Zucht und Ordnung haben als die Preußen in Frankfurt, geht ihm aufs Gemüt. Unter uns: Er wird nicht der einzige in diesem Haus bleiben, der heute morgen etwas lauter flucht als gewöhnlich.«

»Sie sehen aus, als ob Sie das freute?«

»Na ja, es erinnert mich an alte Zeiten.« Er senkte seine Stimme zum Flüstern. »Unter uns: Der Engelbert Pernerstorfer ist ein ganz netter Mensch.«

»Sie sind preußischer Beamter und geben sich mit Sozialdemokraten ab?« fragte Laura amüsiert.

»Das meiste von dem, was die sagen, ist gar nicht so dumm, oder?«

»Lassen Sie das ja nicht Ihren Chef hören.«

»Ich bin ja nicht bekloppt! Einen schönen Tag noch.«

»Ihnen auch«, sagte Laura, aber er hatte es so eilig, daß er es sicher nicht mehr hörte.

Sie ging zurück in Becks Büro. Unschlüssig, was sie tun sollte, setzte sie sich an den Schreibmaschinentisch. Die Mappe, in die der Kommissar die abzutippenden Schriftstücke legte, war leer. Laura hatte ein flaues Gefühl, wenn sie an Beck dachte. Die Vorstellung, daß einer wie er Scham oder Schuld empfinden könnte, war lächerlich. Trotzdem wäre es beruhigend, zu wissen, daß er nicht etwa auf dumme Gedanken kam. Ob sie nach Dienstschluß bei ihm vorbeisehen sollte? Nur – wo wohnte er überhaupt? Andererseits: Sicher hatte er Personal, das sich kümmerte. Womöglich würde man es noch falsch auffassen, wenn sie zuviel Interesse zeigte.

Auf seinem Schreibtisch lag ein Stapel mit Meldungen, Berichten und Notizen. Es konnte nicht schaden, das zu ordnen. Vielleicht half es, auf andere Gedanken zu kommen.

Laura hatte gut zwei Drittel des Papierbergs bewältigt, als sie auf eine alte Polizeiliche Mitteilung stieß, die ihr Interesse weckte. Zwei übel beleumundete Gestalten, die eine Schreibmaschine zum Pfandleiher gebracht hatten? Sie schaute aufs Datum. Es paßte! Sie legte das Blatt zur Seite und arbeitete weiter. Konzentrieren konnte sie sich nicht mehr. Noch nie war es ihr so lang bis zum Feierabend vorgekommen.

»Waren Sie schon bei den Trödlern?« fragte sie, als sie zu Heiner Braun in die Küche kam. Er aß mit Helena und Anna Frick zu Abend.

»Ja. Leider ohne jeden Erfolg.«

Laura gab ihm die Mitteilung. Er las. »Mhm, Pfandhaus. Das ist allerdings auch eine Möglichkeit. Und den Schorsch kenne ich.« Er schob seinen Teller beiseite.

»Du willst doch nicht etwa jetzt noch weggehen?« fragte Helena.

»Ein bißchen frische Luft nach dem Essen kann nichts schaden, oder?«

»Soll ich Sie begleiten?« fragte Laura.

Er schüttelte den Kopf. »Mit dem Schorsch redet sich's besser nichtöffentlich.«

»Darf ich dich daran erinnern, daß du pensioniert bist?« sagte Helena.

Heiner strich ihr eine widerspenstige Locke aus dem Gesicht. »Es wird nicht lange dauern, hm?«

»Geben Sie mir bitte über das Ergebnis Bescheid«, bat Laura. »Ich werde so lange wach sein.«

Er nickte und verschwand. Anna Frick sah Laura an. »Hat Herr Kommissar Beck etwas gesagt? Wegen dieser … Sache?«

»Er ist krank.«

Sie sah erschrocken aus. »Ist es etwas Schlimmes?«

»Es tut mir leid, ich weiß nicht, was ihm fehlt.«

Anna Frick aß schweigend ihr Brot und zog sich zurück. Helena schenkte Laura Kaffee ein, und sie plauderten angeregt wie an ihrem ersten Abend. Laura freute sich, daß es ihr so gut ging. Sie waren beim Geschirrspülen, als Paul Heusohn vorbeikam. Er war enttäuscht, als er hörte, daß Heiner in die Stadt gegangen war. »Was macht er denn im Pfandhaus?«

»Weil ich nichts Rechtes zu tun hatte, habe ich in Becks Büro ein bißchen Ordnung geschafft«, sagte Laura. »Und das hier gefunden.« Sie hielt ihm die Polizeiliche Mitteilung hin.

Paul Heusohn warf einen Blick darauf und bekam rote Ohren. »Liebe Zeit! Das hat der Kommissar mir schon vor vier oder fünf Wochen vorgelesen. Herrgott noch mal! Wie kann man nur so dumm sein!«

»Sie fluchen genauso hübsch wie Polizeirat Franck«, sagte Laura lächelnd.

Es war spät, als sie in ihr Zimmer ging, und sie hatte kaum die Tür geschlossen, als Anna Frick klopfte. Sie hielt ihr einen Brief hin. »Würden Sie den bitte Herrn Beck geben, wenn er wieder im Dienst ist?«

Überrascht nahm Laura das Kuvert entgegen. »Soll ich ihm etwas ausrichten?«

Anna Fricks Gesicht nahm die gleiche Farbe an wie Paul Heusohns Ohren, als er die Mitteilung gelesen hatte. »Sagen Sie ihm, daß … Nein. Sagen Sie nichts. Gute Nacht, Fräulein Rothe.«

Kopfschüttelnd sah Laura ihr hinterher. Eine Viertelstunde später kam Heiner Braun zurück. »Gratulation zu Ihrer hervorragenden Ermittlung, Frau Detektivin!« sagte er grinsend und stellte eine Schreibmaschine auf den Tisch. »Jetzt fehlen uns nur noch die beiden Gestalten, die sie bei Schorsch abgeliefert haben.«

»Und ihr Geständnis, daß sie sie aus der *Laterna* geholt haben«, ergänzte Laura.

Am Mittwoch kam Kommissar Beck wieder. Gesund sah er nicht aus. Nach einem knappen Morgengruß vergrub er sich wie gewöhnlich hinter der Zeitung.

»Ich könnte mir vorstellen, daß Herr Franck mit Ihnen sprechen will«, sagte Laura. »Wegen diesem Pernerstorfer. Sie sollten wohl einen Bericht schreiben.«

»Sonst nichts?«

»Nicht, daß ich wüßte. Warum?«

Er sah sie forschend an. »Bin ich so ein verachtenswerter Mensch, daß man mir die widerlichsten Dinge zutraut?«

Auf alles war Laura gefaßt gewesen, aber nicht darauf, daß er eine solche Frage stellte. »Herr Kommissar, ich …«

»Vergessen Sie's.« Er legte die Zeitung weg. »Besser, ich spreche gleich mit Franck.«

»Warten Sie einen Moment.« Laura nahm den Brief aus ihrem Mantel. »Den hat mir Fräulein Frick vorgestern für Sie mitgegeben.«

Sein Erstaunen war so groß, daß Laura sich ein Lächeln verkneifen mußte. Bevor er etwas sagen konnte, kam Francks Bürogehilfe herein. »Guten Morgen, Herr Kommissar. Herr Polizeirat Franck …«

»Ja, ja«, unterbrach Beck. »Ich weiß schon. Der gute Pernerstorfer.«

Seine Miene war unbewegt, aber Laura hätte schwören mögen, daß in seinen Augen Schadenfreude glomm.

✳

Am Samstag abend war der Kleine Krug bis auf den letzten Platz besetzt. Rauchschwaden waberten über den Köpfen, und es war so laut, daß Heiner Mühe hatte, die Bestellung aufzugeben.

Hans saß im hintersten Winkel. Mit Not fand Heiner Platz neben ihm. »Na? Was gibt's?«

»Ei, ich dacht… Hier sin mer!« rief er dem Wirt zu, der sich mit einem Tablett voller Gläser den Weg zu ihnen bahnte.

»Gut, daß de gekrische hast. Ich hätt dich sonst net gefunne«, grantelte er und stellte zwei Apfelwein vor ihnen ab.

Hans prostete Heiner zu. »Hawwe Sie schon die Geschicht von dere Wennecke geheert?«

»Welche Geschichte denn?«

Er grinste. *Eine Wohnung in der Burgstraße! Neu eingekleidet von oben bis unten! Woher hat die dumme Schnepfe das viele Geld?* Des hat die Stockersche von der Apothek in de Neugass gesacht, un dere is der Kamm geschwolle dadabei, des hätte Sie sehe solle. *Ich will auf der Stelle geteert und gefedert sein, wenn das mit rechten Dingen zugeht!* Na, die musses wisse, so hoch drowe wie die ihr gepudert Näsche dorchs Quartier trächt. Dadabei isse aach bloß newe'm Kuhstall gebor'n. Awwer ich sach Ihne, die Weiber …!«

»Hast du sonst noch etwas gehört?«

Hans sah auf seine Hände. »Nee, nix sonst.«

»Spuck's schon aus«, sagte Heiner lächelnd.

»Nur, wenn Sie's kaam verrate, daß Sie des von mir hawwe.«

»Versprochen.«

»Es werd gemunkelt, daß jemand anners jetzt die Drecksarweit vom Wennecke macht. Un kaaner hat Mumm, was zu sache, weil's doch 'n Wachtmeister is.«

Heiner schluckte. »Wer?«

»'n Spezi vom Heynel soller sei und mit der Schwarz Gunni aus der Rosegass freundschaftliche Bande pflegen, wie man so schön sacht.«

Heiner trank seinen Apfelwein aus und legte eine Münze auf den Tisch. »Danke für die Information, Hans.«

Er grinste. »Für'n Schoppe doch immer, Herr Braun.«

Auf der Straße sah Heiner in den abendlichen Himmel und atmete durch. War das endlich die entscheidende Spur? Er überlegte, ob es sinnvoller war, zuerst ins Nordend oder in die Rosengasse zu gehen. Er entschied sich für ersteres. Er hatte eine Weile zu laufen, aber er genoß es. Die Burgstraße lag verlassen im Schein der Laternen. Monotone Reihen vierstöckiger Mietskasernen bildeten die Straßenflucht, schnörkellos, ohne Gärten und Hofraum, Brandmauer an Brandmauer gerückt. Es war kein schönes Viertel, aber für jemanden, der aus der Enge der Altstadt kam, galt ein Umzug hierher als gesellschaftlicher Aufstieg. Elfriede Wennecke wohnte gleich im zweiten Haus. Ihr Sohn öffnete. »Ei, was wolle dann Sie bei uns, Herr Wachtmeister?« fragte er mit einem schelmischen Grinsen.

»Ich möchte deine Mutter besuchen, Mäxi«, sagte Heiner.

»Die is net do.«

»Darf ich trotzdem reinkommen?«

»Ei, sicher.« Der Junge ging voraus, und Heiner fand sich in einer freundlich eingerichteten Stube wieder. Fritz Wenneckes Witwe schien keinen einzigen Gegenstand aus ihrer früheren Behausung mitgenommen zu haben. Selbst die Bilder an den Wänden waren neu. Kein Wunder, daß sich die Apothekerin aufgeregt hatte. Das ging tatsächlich nicht mit rechten Dingen zu. Und es war alles andere als klug von Elfriede Wennecke, ihren plötzlichen Wohlstand derart offen zur Schau zu stellen.

»Sag mal, wo habt ihr die ganzen Sachen her?«

»Des hat alles die Mudder gekaaft«, sagte Mäxi. »Un sie hat gesacht, daß ich gefälligst anfangen soll, vernünftiges Deutsch zu lernen, weil wir jetzt zu den besseren Leuten gehören. Ich denk ja net dro!«

»Deine Mutter hat aber recht. Nur wer fleißig lernt, wird es im Leben zu etwas bringen.«

»Ei, des mach ich doch!« Mäxi holte ein Blatt Papier und einen Bleistift und malte mit unbeholfenen Buchstaben einen Satz darauf. Stolz hielt er Heiner das Ergebnis hin.

Er mußte grinsen, als er es las. *Ei, mir sinn jetz rischtisch reische Leud.*

»Und warum seid ihr das? Hat deine Mutter in der Lotterie gewonnen?«

»Nö. Awwer so ähnlich.«

»Verrätst du es mir?«

»Ich derf net. Obwohl ich's net versteh. Der Vadder hat's doch aach gemacht.«

»Was hat dein Vater gemacht?«

Der Junge wurde rot und zerknüllte den Zettel. »Nix.«

»Du hast deinen Vater sehr gern gehabt, hm? Warst du oft mit ihm zusammen?«

Mäxi nickte. »Er hat gesacht, wenn se uns verarsche, dann soll ich des alles uffschreiwe. Und desdewegen muß ich auch schön schreiben lernen.«

Heiner fiel es wie Schuppen von den Augen. Er nahm dem Jungen das Papierknäuel aus der Hand und faltete es auseinander. Warum war ihm das nicht gleich aufgefallen? »Du glaubst, daß man deinen Vater hereingelegt hat, und deshalb hast du mir eine Nachricht geschrieben, stimmt's? Über den Mann aus dem Untermainkai und vom Stinkturm und dem Kanalrohr.«

Der Junge war so perplex, daß ihm der Mund offenstehen blieb. »Awwer woher wisse Sie dann des? Wo ich doch mein Name gar net draufgeschriewe hab.«

»Was war mit diesem Mann?«

»Die Mudder hat gesacht, ich soll mei dumm Gosch halte.«

»Wenn dir daran liegt, daß derjenige, der für den Tod deines Vaters verantwortlich ist, zur Rechenschaft gezogen wird, mußt du mir alles sagen.«

»Der Vadder hat gesacht, daß er stolz auf mich is. Un wenn ich groß bin, nimmt er mich mit in die Rosegass. Weil, da könnt ich alles üwwer die Weibsstücker lerne.« Er weinte. »Un jetzt isser tot, und ich lern's net.«

Heiner strich ihm übers Haar. »Weißt du, wer deinen Vater hereingelegt hat?«

Er wischte sich die Tränen weg. »Na, der feine Pinkel vom Unnermaakai, wer dann sonst!«

✳

»Ich weiß nicht, was du willst«, sagte Vicki verächtlich. »Immerhin heirate ich den Mann, den du für mich ausgesucht hast.«

Victoria ging zum Fenster und sah hinaus. In der Dämmerung schimmerte der Main schwarz. Ein Lastkahn tauchte auf und verschwand hinter den Bäumen, die das Ufer säumten. »Du solltest nicht heiraten, um mich zu strafen.«

Vicki lachte, aber es klang kein bißchen froh. »Du hast keine Ahnung. Nicht die geringste.«

Victoria drehte sich zu ihr um. »Andreas hat es nicht verdient, daß du …«

»Ich kann's nicht mehr hören! Er ist ein Mann wie jeder andere, und es schert ihn herzlich wenig, was ich fühle, wenn er nur bekommt, was er will.«

»Das ist nicht wahr. Weißt du, es gab eine sehr traurige Geschichte in seinem Leben.«

»Es gibt auch eine traurige Geschichte in deinem Leben! Du hast dich an Vater herangemacht, obwohl er verheiratet war! Obwohl meine Mutter mit mir schwanger war! Das werde ich dir niemals verzeihen!«

Mit Tränen in den Augen stürzte sie aus dem Zimmer. Victoria hielt sich am Fensterbrett fest und schloß die Augen.

＊

»Meine Tochter ist nicht zu sprechen!« sagte Rudolf Könitz. »Schon gar nicht ohne Anmeldung und um diese Zeit.«

»Bitte. Es ist wichtig«, erwiderte Heiner Braun.

»Ich wüßte nicht, was Sie Wichtiges mitzuteilen hätten.«

»Guten Abend, Herr Wachtmeister!« Andreas Hortacker kam die Treppe herunter und gab Heiner die Hand.

Rudolf Könitz verzog das Gesicht. »Ich habe Herrn Braun gerade gesagt, daß ich es ungehörig finde, so spät einen Besuch abzustatten.«

»Es gibt Dinge, die richten sich nicht nach der Uhr«, entgegnete Andreas freundlich und bat Heiner, ihm zu folgen. »Victoria ist in der Bibliothek«, sagte er auf der Treppe. »Und ganz sicher freut sie sich, Sie zu sehen.«

»Danke.«

Andreas Hortacker lächelte. »Ich stehe in Ihrer Schuld.«

»Ach was! Das ist doch ewig her. Und der Staatsanwalt hätte so oder so entschieden, Sie gehenzulassen.«

Andreas klopfte an die Tür zur Bibliothek. »Ich habe nicht vergessen, daß Herr Biddling und Sie mich anständiger behandelt haben als mein eigener Vater. Wenn Sie gestatten? Ich muß noch ein bißchen arbeiten.«

Victoria saß an ihrem Schreibtisch, vor sich ein Tagebuch. Ihre Augen glänzten, als habe sie geweint.

»Ich hoffe, ich störe nicht?« sagte Heiner verlegen.

Sie wies lächelnd zum Sofa. »Sie stören nie, Herr Braun. Kann ich Ihnen etwas zu trinken anbieten?«

Er schüttelte den Kopf. »Erinnern Sie sich an das anonyme Schreiben, in dem behauptet wurde, der Tod von Fritz Wennecke sei kein Unfall gewesen?«

»Sicher. Und daß der betreffende Mann in unserem Haus wohnt.«

»Der Brief stammt von Wenneckes Sohn Maximilian. Wennecke und Comoretto haben den Jungen als Handlanger benutzt. Er half, Diebesgut im Kanal zu verstecken und stand Schmiere, wenn Wennecke zu Ihrem Bruder ging. Offenbar hatte Wennecke Angst, daß Ihr Bruder ihn hinters Licht führen könnte, und als Comoretto Maximilian erzählte, wie sein Vater gestorben war, phantasierte sich der Junge die Räuberpistole zusammen, Ihr Bruder sei durch den Stinkturm zu Pokorny gekrochen und habe die Dampfmaschine in die Luft gesprengt. Was selbstverständlich Unsinn ist.« Er zuckte die Schultern. »Nebenbei habe ich erfahren, daß Wachtmeister Kröpplin Fritz Wenneckes Geschäfte übernommen hat. Kröpplin ist die rechte Hand von Martin Heynel.«

»Von wem haben Sie das erfahren?«

»Von einem Bekannten aus früher Jugend, sozusagen. Davon abgesehen, gibt es in der Rosengasse ein paar Damen, die ...«

Nun, sagen wir, nichts dagegen haben, ein bißchen mit einem Pensionär zu parlieren.«

Victoria lächelte. »Sie sind unmöglich.«

Er sah sie ernst an. »Die Mißstände, die Fräulein Rothe festgestellt hat, sind offenbar nur die Spitze des Eisbergs. Die Dirnen werden von den Bordellbetreibern angehalten, für gut Wetter bei der Polizei zu sorgen, damit sie keine Scherereien durch Kontrollen haben. Martin Heynel hat das Quartier fest im Griff, und in der Rosengasse ist es ein offenes Geheimnis, daß er für den Tod von Fritz Wennecke und Romano Comoretto verantwortlich ist. Bei Wennecke war man anfangs noch geneigt, an einen Unfall zu glauben, aber spätestens seit dem Tod des Italieners ist man es nicht mehr. Wenn es gelänge, Heynel aus dem Verkehr zu ziehen, könnte ich die eine oder andere Dame vielleicht zu einer offiziellen Aussage überreden.«

»Das Problem ist nur, daß man Herrn Heynel erst aus dem Verkehr ziehen kann, wenn die entsprechenden Aussagen vorliegen«, sagte Victoria.

»Jedenfalls ist es denkbar, daß Ihr Mann mit seinen Ermittlungen – vielleicht sogar, ohne es zu ahnen – mitten in dieses Wespennest gestochen hat«, überlegte Heiner. »Und es mit seinem Leben bezahlte.« Er sah Tränen in ihren Augen und schwieg betroffen.

Victoria fuhr sich übers Gesicht. »Ich vermisse ihn so sehr.«

»Ich vermisse ihn auch«, sagte Heiner leise. »Er war mein Vorgesetzter, und es klingt albern, aber für mich war er auch so etwas wie ein Sohn.«

»Da wären Sie aber ein recht junger Vater gewesen.«

»Man tut, was man kann, hm?«

Sie lächelte unter Tränen. »Erinnern Sie sich, was Sie mir einmal über das Leben gesagt haben, Herr Braun? Über die vielen frohen und traurigen Kapitel, und die Antwort, die wir manchmal erst auf der letzten Seite finden? Als ich Richard heiratete, glaubte ich, am Ziel angekommen zu sein. In Wahrheit stand ich am Anfang und bin immer in die falsche Richtung gelaufen. Wenn wir nicht hierher gezogen wären …«

»Sie sollten sich nicht so quälen, Victoria. Ganz gleich, wo Sie wohnten, Ihr Mann hätte dieselben Fälle zu bearbeiten gehabt. Sein Tod hatte nichts mit seiner privaten Situation zu tun.«

»Ich glaube doch.« Sie nahm einen Brief aus ihrem Schreibtisch. »Das habe ich heute vor einer Woche bekommen.«

Heiner las und schüttelte den Kopf. »Warum haben Sie mir das denn nicht längst gegeben?«

»Es hätte nichts geändert, oder?« Sie ging zum Fenster und sah in die Dunkelheit hinaus. »Das Schlimmste ist die Ungewißheit. Ich frage mich jeden Tag, ob er nicht noch leben könnte, wenn ich mir mehr Mühe gegeben hätte, ihn zu verstehen. So viele Kapitel haben wir gemeinsam aufgeschlagen. Und doch finde ich die Antwort nicht.«

Als Heiner ins Rapunzelgäßchen kam, war es Mitternacht durch, doch aus dem Küchenfenster schimmerte noch Licht.

»Wie gut, daß Sie da sind«, begrüßte ihn Anna Frick im Flur.

»Ist etwas mit Helena?« fragte er bang.

Sie nickte. »Fräulein Rothe hat sie ins Bett gebracht, aber sie weint und verlangt nach Ihnen.«

Heiner hängte Hut und Mantel achtlos an die Garderobe und lief nach oben. Helena hatte die Augen geschlossen. Ihr Haar war aufgelöst, das Gesicht blaß. Laura streichelte ihre Wangen. Als sie Heiner bemerkte, legte sie den Zeigefinger auf den Mund und stand auf. Leise verließen sie das Zimmer. »Sie ist gerade eingeschlafen.«

»Was ist passiert?« fragte Heiner.

»Sie waren kaum aus dem Haus, als sie sagte, sie müsse kurz weg. Ich habe mir nichts dabei gedacht, aber dann kam sie nicht wieder. Wir haben die halbe Stadt nach ihr abgesucht. Vor einer Stunde brachte ein Fuhrwerker sie zurück. Er sagte, sie sei am Zollhof umhergeirrt und habe nicht mehr gewußt, wo sie wohne.«

Heiner ging in die Küche.

»Möchten Sie etwas trinken? Oder essen?« fragte Laura.

Er schüttelte den Kopf. »Ich maße mir an, anderen kluge Ratschläge zu geben und mache selbst alles falsch. Ich darf sie nicht mehr allein lassen.«

»Sie können nicht vierundzwanzig Stunden am Tag auf sie aufpassen. Vielleicht sollten Sie überlegen, sie für eine Weile in eine geeignete Anstalt zu geben. Sicher könnte man ihr dort helfen.«

»Sie sind Krankenschwester. Wir brauchen uns nichts vorzumachen.« Er sah zum Fenster. »Es ist ein Niemandsland, in das sie geht. Ein Abschied von allem. Ich habe solche Angst.«

Laura nahm seine Hände, und er ließ es geschehen. Später fing er an zu weinen, und sie spürte, wie gut es ihm tat. Es dämmerte schon, als sie zu Bett gingen.

Am Nachmittag kam Anna Frick früher von der Klavierstunde zurück. Als Heiner Kommissar Beck die Tür öffnete, wußte er, warum. Verlegen versuchte Beck, einen Blumenstrauß hinter seinem Rücken zu verstecken. »Guten Tag. Fräulein Frick wollte mich sprechen.«

Heiner deutete nach oben. »Dritter Stock, das Zimmer geradeaus. »Hätten Sie nachher ein paar Minuten für mich übrig? Ich glaube, es wird Sie interessieren, was ich zu sagen habe.«

»Wenn Sie meinen. Ja, sicher.«

Heiner sah es ihm nach, daß er nicht ganz bei der Sache war.

Anna Frick hatte ein blaues Kleid an, und ihr Haar war nicht so streng frisiert wie sonst. Sie bat Beck herein, zeigte auf einen Stuhl. Er nahm Platz, die Blumen noch in der Hand. Seine Haltung verriet, wie unwohl er sich fühlte. »Bitte, glauben Sie mir: Ich wollte nur verhindern, daß Sie Ihr Kind aus Not in fremde Hände geben.«

»Warum?«

»Ich hielt es für meine Pflicht.«

»An Christians Vormund wurde ein größerer Geldbetrag zur Abdeckung der Betreuungskosten gespendet. Dachten Sie, das reiche mir nicht?«

»Es hätte sein können, daß es so ist.«

Sie war fassungslos. »Also stammt dieses Geld tatsächlich von Ihnen?«

»Nun ... ja.«

»Was sagt Ihre Familie dazu, wenn Sie wildfremden Frauen Geldgeschenke machen?«

»Ich habe keine Familie.« Er stand auf und hielt ihr unbeholfen die Blumen hin. »Wollen Sie meine Frau werden, Fräulein Frick?« Als fürchtete er, sie könnte ihn hinauswerfen, fuhr er hastig fort: »Ich kann Ihnen einen angemessenen Hausstand bieten. Ich habe geerbt und verfüge auch sonst über einige Mittel, so daß ...«

»Sie machen sich lustig über mich.«

Er ließ die Blumen sinken. »Aber nein!«

Sie wagte nicht zu hoffen, daß er etwas für sie empfinden könnte, daß das der Grund für sein sonderbares Verhalten war. Ein Mann in seiner Stellung heiratete keine mittellose Angestellte, die im Gefängnis gesessen hatte! Sie merkte, wie ihr Augenlid anfing zu zucken. »Wie wollen Sie es Ihren Vorgesetzten erklären, daß Sie eine Vorbestrafte zur Frau zu nehmen gedenken, die noch dazu ein uneheliches Kind hat?«

»Ich habe bereits entsprechende Gespräche geführt. Wenn Sie bereit wären, zu sagen, daß Ihr Sohn von mir ... Nun, in diesem Fall würde ich die Genehmigung zur Heirat bekommen.«

»Ich soll Sie als Vater meines Kindes angeben? Ausgerechnet Sie? Das ist nicht Ihr Ernst.«

Er starrte auf die Blumen und schwieg.

»Warum sagen Sie nicht endlich, was Sie wirklich von mir wollen? Wo ist der Haken, Herr Beck?«

Er schien buchstäblich in sich zusammenzusinken. »Sie haben recht. Ich darf das nicht tun. Sie sind noch jung, und Sie würden mich verachten wie Theodora mich verachtet hat.« Er legte die Blumen auf den Tisch und wandte sich zum Gehen.

Anna Frick kämpfte mit den Tränen. »Finden Sie nicht, daß Sie mir eine Erklärung schulden? Wer ist Theodora?«

»Sie war meine Frau.«

»Was heißt war? Ist sie gestorben?«

Er sah sie nicht an. »Ich wußte es, und ich habe sie trotzdem geheiratet. Sie hatte das Recht, die Annullierung der Ehe zu verlangen. Und daß ich mich öffentlich dazu bekenne. Damit sie die Möglichkeit bekam, eine neue Ehe einzugehen.«

»Wozu sollten Sie sich bekennen?«

»Ich kann einer Frau nicht geben, was sie sich am meisten wünscht. Ich werde niemals Vater sein.«

Er sagte es, als spreche er übers Wetter, aber Anna Frick spürte, wie demütigend dieses Bekenntnis für ihn war. »Sie machen mir einen Heiratsantrag, und ich weiß nicht einmal, wie Sie mit Vornamen heißen.«

»Peter. Entschuldigen Sie. Ich muß gehen.«

»Möchtest du denn meine Antwort gar nicht hören, Peter?«

Er sah sie an, als habe sie in einer fremden Sprache geredet. Sie lächelte verlegen. »Ja, ich will.«

Kein Ton kam über seine Lippen. Anna zeigte zum Tisch. »Deine Blumen sind wunderschön. Bitte verzeih meine Unhöflichkeit.«

Er nickte. Scheu berührte er ihr Haar und ihr Gesicht. Dann lächelte er. Und küßte sie mit einer Zärtlichkeit, die sie ihm niemals zugetraut hätte.

Zwanzig Minuten später saß Peter Beck in der Küche und hörte sich an, was Heiner Braun zu berichten hatte.

»Sie wissen, wie delikat die Angelegenheit ist, Herr Braun. Und Sie werden verstehen, daß die Dinge einer genauen Abklärung bedürfen. Einen schnellen Erfolg kann ich nicht versprechen.«

»Das verstehe ich durchaus, Herr Kommissar.«

Beck stand auf. Heiner gab ihm die Hand. »Ich habe mich in Ihnen getäuscht.«

Er verzog keine Miene. »Das freut mich, Wachtmeister.«

Als Laura Rothe am nächsten Morgen zum Dienst kam, glaubte sie ihren Ohren nicht zu trauen. Aber es war unzweifelhaft Kommissar Beck, der hinter der Zeitung ein Liedchen vor sich hin summte.

Bis zum übernächsten Morgen hatte Peter Beck den Aufenthaltsort der beiden Männer ermittelt, die die Schreibmaschine im Pfandhaus abgegeben hatten. Ihre Aussage, die Maschine am Mainufer gefunden zu haben, war nicht glaubhaft, allerdings auch nicht zu widerlegen. Am folgenden Tag ließ Beck alle Beamten zu sich rufen, die am Auffindeort von Kommissar Biddlings Leiche gewesen waren. Keiner von ihnen hatte irgendeinem Stein Beachtung geschenkt.

Fünf Tage nach dem Gespräch im Rapunzelgäßchen meldeten sich aufgrund einer Veröffentlichung in der örtlichen Presse zwei Zeugen, die am Tag des Gordon-Bennett-Rennens beobachtet hatten, wie ein Mann eine Frau aus einem Seiteneingang des Polizeipräsidiums hinausließ. Eine Identifizierung der Personen war den Zeugen jedoch nicht möglich, da sie dem Vorkommnis keine Bedeutung beigemessen hatten.

Auf entsprechende Nachfrage gab der Hausmeister des Polizeipräsidiums zu Protokoll, daß er Kriminaloberwachtmeister Heynel am Tag des Gordon-Bennett-Rennens dabei überrascht habe, als er sich am zentralen Schlüsselkasten zu schaffen machte. Als Begründung habe Heynel angegeben, einen Büroschlüssel gefunden und zurückgebracht zu haben. An dem fraglichen Schlüssel fanden sich Fragmente mehrerer Fingerabdrücke, aber kein einziges Merkmal paßte auf Oberwachtmeister Heynel. Am Schaft des Schlüssels zu einem der Seiteneingänge sicherte Dr. Popp einen Teilabdruck von Heynels rechtem Daumen.

In den folgenden beiden Tagen vernahm Kommissar Beck Lotte Heynel, Frau Waldhaus aus der Kornblumengasse und mehrere Dirnen aus der Rosengasse. Er stattete der Apothekerin Amelia Stocker einen Besuch ab und fertigte eine Niederschrift über die Anhörung des Kindes Maximilian Wennecke. Bei der anschließenden Durchsuchung von Elfriede Wenneckes Wohnung wurden in einer Wäschetruhe dreihundert Mark aufgefunden und sichergestellt. Nach einem zweistündigen Verhör gestand Elfriede Wennecke, Oberwachtmeister Heynel mehrfach um kleinere Geldbeträge und zuletzt um zweitausend Mark erpreßt zu haben, indem sie der Wahrheit zuwider behauptete, Beweise für die Morde an ihrem Mann und dem Italiener Romano Comoretto zu haben.

Im Anschluß an das Verhör schrieb Kriminalkommissar Peter Beck einen umfassenden Bericht, den er am 13. September unter Mißachtung des Dienstweges direkt an den Polizeipräsidenten sandte.

Am 14. September forderte der Polizeipräsident Polizeirat Franck auf, ihm die Niederschriften von Laura Rothe und Paul Heusohn vorzulegen. Am 15. September, elf Tage nach der Unterredung zwischen Kommissar Beck und Wachtmeister i. R. Braun, wurden Polizeiwachtmeister Walter Kröpplin, Kriminaloberwachtmeister Martin Heynel und Kriminalkommissar Paul von Lieben mit sofortiger Wirkung suspendiert. Mit Beschluß vom gleichen Tag entsprach der Richter am Amtsgericht dem Antrag des Ersten Staatsanwalts auf Untersuchungshaftbefehl gegen Oberwachtmeister Heynel wegen des dringenden Verdachts, den Arbeiter Fritz Wennecke, den Arbeiter Romano Comoretto und Kriminalkommissar Richard Biddling getötet zu haben.

Der Haftgrund ergab sich aus der Schwere der Tat, die Fluchtgefahr bedurfte keiner Begründung. Tatsächlich hatte der Beschuldigte bereits Vorbereitungen getroffen, die Stadt zu verlassen. In seiner Wohnung wurden gepackte Koffer gefunden und erhebliche Barmittel beschlagnahmt. Im Kamin lagen nicht vollständig verbrannte Papierreste, bei denen es sich offenbar um die aus Biddlings Büro verschwundenen Briefe sowie Aufzeichnungen über den Fall Wennecke handelte. Ermittlungen im Centralbahnhof ergaben, daß dort ein Billet zweiter Klasse auf den Namen M. Heynel nach Hamburg hinterlegt war. Der Beschuldigte leistete bei seiner Festnahme keinen Widerstand. Den Tatvorwurf bestritt er in allen Punkten.

Die Exhumierung aller drei Leichen wurde angeordnet.

Am 16. September heirateten Victoria »Vicki« Therese Biddling und Andreas Cornelius Hortacker. Auf Wunsch des Brautpaares und in Anbetracht des Trauerjahres wurde auf jedwede Festlichkeit verzichtet.

Am Nachmittag des 17. September, drei Monate nach dem Tod ihres Mannes, erhielt Victoria Biddling eine Grußkarte aus London und einen in Druckbuchstaben geschriebenen Brief ohne Absenderangabe.

Verehrteste Victoria!
London ist eine Stadt, die mich immer wieder fasziniert.
Gestern war ich in der Baker Street 221B. Ich dachte mit
Vergnügen an die interessanten Gespräche, die wir über den
klügsten Detektiv der Welt führten. Ich hoffe, Ihnen geht es gut.
Mit herzlichsten Grüßen
Karl Hopf und Gattin Christine

Victoria Biddling
- persönlich –
Untermainkai 18

Irrtum ist Farbe, Wahrheit Licht.
Geibel. Sprüche eins.

Kapitel 30

Drittes Morgenblatt   Sonntag, 9. Oktober 1904

Frankfurter Zeitung
und Handelsblatt

Französische Berichterstattung. Die Stadt Paris hat bekanntlich eine größere Kommission zum Studium der Wasserversorgung und Kanalisation der deutschen Großstädte entsandt. Die Herren haben insbesondere Berlin, Hamburg, Frankfurt und Wiesbaden eingehend »studiert«. Ein Mitglied dieser Kommission, Herr Parisot, conseiller général, veröffentlicht nunmehr im »Temps« einen Bericht, auf den wir die Aufmerksamkeit aus dem Grunde richten, weil er geeignet ist, das Ansehen unserer Vaterstadt in sanitärer Hinsicht auf das Empfindlichste zu schädigen.

Der Bericht beginnt mit den Worten: »A Francfort, on boit de l'eau du Mein filtreé!« Wir trinken also zunächst filtriertes Mainwasser! Ebenso unrichtige Angaben macht der Bericht über unsere Entwässerungsanlagen und kommt dann natürlich zu dem falschen Schluß, daß die bekanntlich recht mangelhafte Pariser Anlage der unserigen weit überlegen ist.

Es ist die höchste Zeit, daß von berufener Seite die Franzosen mit denjenigen sanitären Einrichtungen bekannt gemacht werden, auf die wir stolz zu sein wohl ein gewisses Recht haben.

Laura steckte den Brief in das Kuvert zurück und legte ihn in den Kasten, in dem sie ihre Unterlagen aufbewahrte.

»Gute Nachrichten?« fragte Kommissar Beck.

»Ja. Warum?«

»Sie sehen zufrieden aus.«

»Im Gegensatz zu Ihnen.«

»Ich habe leider keinen Grund zur Zufriedenheit.« Er gab Laura die Akte Heynel. »Lesen Sie die Einlassung des Verteidigers auf dem vorletzten Blatt. Wenn Dr. Vogel so weitermacht, bleibt von der Anklage nichts mehr übrig.«

Laura schlug die entsprechende Seite auf. »Ja. Sollte es diesen Zeugen tatsächlich geben, sieht es düster aus.«

Das Telephon klingelte. Peter Beck meldete sich. »Ja. Ich habe die Akte soeben erhalten. Zum polizeilichen Verhör? Das hatte ich ohnehin beabsichtigt. Die Vorladung erfolgt, sobald ich die Anschrift… Herr Vogel reicht sie heute noch nach? Gut. Oder nicht gut. Ja, das verstehe ich. Sicher. Wie er da hineingekommen ist? Ich habe keine Ahnung. Selbstverständlich gebe ich Ihnen über das Ergebnis sofort Bescheid, Herr von Reden. Ja. Ende.« Er hängte den Fernsprecher ein. »Der Staatsanwalt macht die Erhebung der Mordanklage im Fall Comoretto vom Ausgang dieses Zeugenverhörs abhängig. Wenn der Mann bei seinen Angaben bleibt, würde das die Aussage aus Vilbel stützen, daß Comoretto dort bereits versuchte, einen Kanaldeckel zu heben. Die objektive Spurenlage läßt keinen Hinweis auf ein gewalttätiges Einwirken zu. Niemand hörte Hilfeschreie, und die Verletzung am Kopf kann auch durch den Sturz verursacht worden sein.«

»Wie bei Kommissar Biddling«, sagte Laura.

»In allen drei Fällen haben wir nur Indizien, aber bei Comoretto sind sie am schwächsten. Weder wissen wir, wo und wann Heynel sich mit ihm getroffen hat, noch gibt es – anders als im Fall Wennecke – einen Hinweis, daß die beiden Streit miteinander hatten.«

»Wenn wenigstens die Exhumierung etwas gebracht hätte.«

»Jedes andere Ergebnis als das von mir bereits festgestellte hätte mich gewundert. Wenn ich ehrlich bin, neige auch ich dazu, im Fall Comoretto einen Selbstmord für wahrscheinlicher zu halten als einen Mord, obwohl die Umstände zugegebenermaßen bizarr sind. Was gegen die Selbsttötung spricht, ist der zeitliche Zusammenhang mit dem Tod von Wennecke und Biddling, und daß Heynel offenbar mit Comoretto krumme Geschäfte gemacht hat. Und dieses Geld. Das muß der Irre ja für irgendwas bekommen haben. Daß das nichts Legales war, dürfte klar sein.«

Peter Beck faltete eine Karte des Frankfurter Kanalsystems auseinander. »Ein weiterer Punkt, den uns Dr. Vogel in der Verhandlung um die Ohren hauen wird, ist die Frage, wie Heynel in die Fabrik gekommen ist.« Er zeigte auf Linien, die kreuz und quer durch Bockenheim führten. »Über den Kanal jedenfalls nicht.«

»Im Fall Wennecke glauben Sie also hundertprozentig an Mord?«

»Ja. Und Biddlings Tod hat zumindest mittelbar damit zu tun. Wozu sonst hätte Heynel die Briefe und die Unterlagen vernichten sollen?«

»Die ersten dieser Briefe wurden lange vor Fritz Wenneckes Unfall geschrieben.«

»Trotzdem bin ich sicher, daß es einen Zusammenhang gibt. Wenn Heynel seinen Mund nicht aufmacht, werden wir den aber genausowenig erfahren wie den Weg, den diese verflixte Schreibmaschine nahm, bevor sie den beiden Gaunern in die Hände fiel.« Er schlug mit der Faust auf die Karte. »Herrgott! Heynel klettert doch nicht bei Straßenbeleuchtung nachts über mit Scherben bewehrte Mauern und bricht, ohne Spuren zu hinterlassen, eine Fabrikhalle auf! Irgendwo auf dem Gelände von Pokorny & Wittekind muß es einen geheimen Zugang geben, den er von früher kannte.«

»Vielleicht sollten wir uns noch mal die Keller vornehmen?«

»Wozu? Jedes dieser Löcher habe ich Zentimeter für Zentimeter absuchen lassen. Außerdem sind die meisten wegen der Verhinderung von Diebstählen mit Vorhängeschlössern gesichert.«

Laura lächelte. »Ich konnte mich persönlich davon überzeugen, daß ein Vorhängeschloß für Herrn Heynel kein Hindernis darstellt.« Sie stutzte. »Stehen in diesen Kellern Schränke?«

»Ja, für Werkzeuge und Material. Warum?«

»Haben Sie die bei der Suche weggerückt?«

»Ich habe meinen Leuten aufgetragen, genau nachzuschauen!«

»Aber daß sie die Schränke wegrücken sollen, haben Sie nicht ausdrücklich gesagt, oder?«

Sein Gesicht wurde starr. »Würden Sie mich begleiten, Fräulein Rothe?«

Eine Stunde später gingen sie mit einem Vorarbeiter von Pokorny & Wittekind und zwei Gehilfen in den Keller hinunter. Nach einer weiteren Stunde waren die Männer vom Schränkerücken schweißgebadet. Gefunden hatten sie nichts. Peter Beck zuckte die Schultern. »Einen Versuch war es wert.«

»Waren das wirklich alle Keller?« wandte sich Laura an den Vorarbeiter.

Er nickte. »Alle, in denen mindestens ein Schrank steht.«

Laura zeigte auf eine Holzbohlentür unter der Treppe. »Was ist das?«

»Eine Abstellkammer.« Der Mann sah Beck an. »Einer Ihrer Beamten hat sie abgesucht.«

Die Tür hatte weder Schloß noch Riegel. Peter Beck zog sie auf und ließ sich eine Lampe geben. Der Raum war mit altem Gerät und Gerümpel vollgestopft. An einer mit Brettern verblendeten Wand hingen zerschlissene Kittel. Es roch muffig. Beck stieg über eine vermoderte Kiste, nahm die Kittel von den Haken und rüttelte an den Brettern. Zwei waren lose, und er schob sie beiseite. Dahinter gähnte ein Loch. Beck drehte sich zu Laura um. »Sie hatten recht!«

Laura hätte sich freuen sollen, aber sie fühlte sich wie eine Verräterin. Peter Beck hielt ihr die Hand hin. »Na, nun kommen Sie schon.«

Das Loch erwies sich als Kellergang. Von der Gewölbedecke tropfte Wasser. Nach etwa zwanzig Metern machte der Gang einen Knick. Im Schein der Lampe sahen sie eine zugemauerte Tür. Sie gingen daran vorbei und standen kurz darauf vor einer abgetretenen Steintreppe. Am oberen Ende sahen sie einen Lichtschein. Er kam vom Fenster eines Geräteschuppens, der dem verwahrlosten Zustand nach zu urteilen seit Jahren nicht mehr benutzt worden war. Sie gingen nach draußen und fanden sich auf dem Betriebsgelände von Schiele & Cie. wieder, wenige Meter jenseits der Grenzmauer zu Pokorny & Wittekind. Laura zeigte in Richtung der Fabrikationshallen. »Dort hinten beginnt ein Kanalschacht, der bis zum Bockenheimer Stinkturm führt. Auf eine Besichtigung würde ich allerdings verzichten. Es gibt hier zwei wenig gastfreundliche Hunde.«

Peter Beck starrte sie an wie einen Geist. »Soll das heißen, Sie sind durch den Kanal gekrochen?«

»Sicher«, erwiderte sie lächelnd. »Oder glaubten Sie, ich verlasse mich auf irgendwelche Karten?«

»Sie sind eine Frau!«

Laura amüsierte sich über die Mischung aus Fassungslosigkeit und Bewunderung in seinem Blick, und fast tat es ihr leid, daß der Brief aus Stuttgart so vielversprechend gewesen war.

*

»Es war ein alter Keller und auf den Plänen, die Kommissar Beck hatte, nicht eingezeichnet. Und die bissigen Wächter bei Schiele gibt es erst seit März«, berichtete Laura abends, während sie Heiner half, die Pflanzen vom *Belvederche* ins Haus zu räumen. »Wo soll ich den Lavendel hinstellen?«

»Neben die Kamelie.«

Laura wischte sich die Hände an ihrer Schürze ab. Heiner sah auf die leere Plattform hinaus. Die verwitterten Bohlen glänzten im Regen.

Laura stellte sich neben ihn. »Obwohl die Blätter der Bäume bunt sind, erinnert man sich an den Herbst meistens nur Grau in Grau. Seltsam, nicht wahr?«

»Schon packt seine Sächelchen/der Sommer und will gehn,/hebt ab die grünen Dächelchen,/läßt nur die Balken stehn.«

»Eine kleine Weisheit von Friedrich Stoltze, oder?« sagte Laura schmunzelnd. »Ich glaube, inzwischen verstünde ich auch die Frankfurter Originalversion.«

Heiner schloß die Tür. »In welcher Ecke kamen Sie bei Schiele heraus?«

»In einem Schuppen. Ich möchte nicht in der Haut des Beamten stecken, der bei Pokorny durchsucht hat.« Sie zog die

Schürze aus. »Durch die Aussage eines Lehrjungen wissen wir jetzt auch, daß Martin den Mord schon länger geplant hatte. Der Streit in Lotte Heynels Wohnung war offenbar der Auslöser, seinen Plan endlich in die Tat umzusetzen.«

Heiner sah sie überrascht an. »Kommissar Biddling und ich haben damals alle Beschäftigten von Pokorny & Wittekind befragt!«

Laura lächelte. »Kommissar Beck hat die gesamte Belegschaft antreten lassen und einen Vortrag über die Abnahme von Fingerabdrücken gehalten, daß ich Mühe hatte, mir das Lachen zu verkneifen. Aber die Wirkung auf die Arbeiter war phantastisch. Die haben ihm tatsächlich jedes Wort geglaubt! Der Junge wurde so blaß, daß ich dachte, er fällt jeden Moment in Ohnmacht. Hinterher kam er kleinlaut an und fragte, ob er von der Prozedur verschont würde, wenn er die Wahrheit sage. Martin Heynel hat ihm dreimal fünfzig Pfennige gezahlt, damit er den Riegel am Kellerabgang zum Wochenende offenließ. Die ersten beiden Male im Januar, das dritte Mal am Freitag vor Wenneckes Tod.«

»Das sind ja gute Nachrichten«, sagte Heiner.

Laura nickte. »Dafür scheint die Mordanklage im Fall Comoretto nicht haltbar zu sein.« Sie berichtete über das Zeugenverhör, das Beck nach ihrer Rückkehr aus Bockenheim durchgeführt hatte.

»Ein Kanalarbeiter hat ihn rausgeworfen?« fragte Heiner ungläubig.

»Er hat ihm gesagt, daß er aus dem Stinkturm zu verschwinden hat, wenn die französische Delegation kommt. Damit es nicht heißt, die Frankfurter quartieren ihre Ausländer im Kanalschacht ein. Der drohende Verlust seiner langjährigen Wohnstätte muß den armen Comoretto um das letzte bißchen Verstand gebracht haben. Ob er allerdings in den Senkkasten gefallen ist oder sich in Selbstmordabsicht hineingestürzt hat, wird wohl nie herauszufinden sein. Jedenfalls paßt die Aussage des Arbeiters zu den Angaben eines zweiten Zeugen aus Vilbel.«

»Und woher hatte er das viele Geld?«

Laura zuckte die Schultern. »Kommissar Beck hat alles mögliche versucht, das herauszufinden, aber es ist ihm ebensowenig gelungen wie der Nachweis, woher Martins Wohlstand stammt. Laut Auskunft seines Rechtsanwaltes handelt es sich um Lotteriegewinne. Angeblich kann er das auch belegen.«

»Haben Sie etwas von Victoria gehört?«

»Nein. Aber die Neuigkeiten dürften sie interessieren.«

Bevor er etwas erwidern konnte, kam Helena herein. »Stellst du mir bitte den Sessel heraus, Heiner?«

»Es regnet«, sagte er. »Und es ist viel zu kalt.«

»Ach was! Gleich scheint die Sonne.«

Er streichelte ihre Wange. »Für dieses Jahr ist der Sommer zu Ende, Liebes.«

Sie nahm seine Hand. »Ja. Zu Ende«, sagte sie traurig.

＊

»Du solltest nicht so oft allein sein, Schwiegermama«, sagte Andreas Hortacker, als er in die Bibliothek kam. Er hielt sich ein Taschentuch vors Gesicht und nieste.

Victoria lächelte, auch wenn ihr nicht danach war. »Du hast heute früh Feierabend.«

»David meint, ich soll meine Erkältung auskurieren. Ich habe Karten für die Oper. Hast du Lust, mich zu begleiten?«

»Was ist denn mit Vicki?«

»Sie hat eine anderweitige Verpflichtung. Meine Schuld. Ich hätte vorher fragen sollen.« Er berührte sie am Arm. »Du würdest mir eine große Freude machen.«

»Du bist ein Charmeur, und es gelingt mir einfach nicht, dir zu widerstehen.«

»Meiner Frau schon.«

»Ich wünsche mir so sehr, daß ihr miteinander glücklich werdet.«

»Wir werden es schon schaffen.«

Victoria hoffte, daß sie sich irrte. Aber sie hatte kein gutes Gefühl.

Sie war gerade fertig zur Oper angekleidet, als ihr Heiner Braun gemeldet wurde. Ihr Herz fing an zu klopfen, und sie schämte sich, daß sie sich so über seinen Besuch freute. Sie empfing ihn in der Bibliothek.

»Ich hoffe, ich störe nicht?« sagte er.

»Sie stören nie, Herr Braun.«

Sie merkten, daß sie die gleiche Floskel gebraucht hatten wie beim letzten Mal, und lachten.

»Ich habe interessante Nachrichten.« Heiner erzählte, was Laura und Kommissar Beck bei Pokorny & Wittekind ermittelt hatten.

Victoria sah ihn nachdenklich an. »Kann es sein, daß es das war, was Richard herausgefunden hatte?«

Heiner schüttelte den Kopf. »Das hätte er mir sicher sofort gesagt. Es muß etwas gewesen sein, das entweder so ungeheuerlich war, daß er es mir nicht sagen wollte oder etwas, das so überraschend kam, daß er es mir nicht mehr sagen konnte.«

»Wissen Sie schon, wann der Prozeß gegen Herrn Heynel beginnen wird?«

»Wahrscheinlich Anfang November. Wie es aussieht, ist es seinem Verteidiger gelungen, die legale Herkunft seines Vermögens zu belegen. Allerdings wird ihm das nichts nützen, wenn er wegen Mordes verurteilt wird. Im Fall Wennecke stehen die Chancen nicht schlecht.«

»Und im Fall von Richard?«

»Es gibt Indizien, die ein Richter genausogut zugunsten wie zuungunsten des Angeklagten würdigen kann. Ganz ehrlich: Ich kann mir nicht vorstellen, daß Martin Heynel es alleine war. Diese Frau, die er aus dem Präsidium gelassen hat …«

»Sie glauben, es war Zilly?«

Heiner nickte. »Ich werde das Gefühl nicht los, daß sie irgend etwas mit dem Tod Ihres Mannes zu tun hat.«

»Ich habe wieder ein anonymes Schreiben bekommen.« Lächelnd nahm sie den Brief aus ihrem Schreibtisch. »Mit gleicher Post erhielt ich eine Karte von Karl Hopf aus London. An einen

Zufall mag ich nicht glauben. Zumal wir über die Thematik gesprochen hatten.«

Heiner sah sie fragend an. Victoria zeigte auf die Schale, in der der Kristall lag. »*Irrtum ist Farbe, Wahrheit Licht.* Für ihn war es von Anfang an nur ein Spiel. Und wenn ich mich nicht sehr täusche, war das der letzte Akkord.« Sie zerriß den Brief und warf ihn in den Kamin. »Wie geht es Helena?«

»Sie spricht viel von ihrem Zuhause am Meer.«

Andreas Hortacker kam herein. »Guten Abend, Herr Braun. Möchten Sie Victoria und mich begleiten? Wir gehen in die Oper.«

Heiner lächelte. »Ich glaube, mit meiner Garderobe bin ich im Orpheum besser aufgehoben.« Er sah auf die Uhr. »Ich muß nach Hause. Helena wartet sicher schon.«

»Schade.« Victoria wurde rot, als sie merkte, daß sie es laut gesagt hatte. »Ich meine natürlich… Es hätte mich gefreut, wenn Sie mitgekommen wären.«

Heiner nahm ihre Hand und deutete einen Kuß an. »Besuchen Sie mich bei Gelegenheit mal wieder, ja?«

✳

»So«, sagte Kommissar Beck am nächsten Morgen. »Stuttgart will Sie abwerben?«

»Ich habe bereits zugesagt«, entgegnete Laura.

»Das ist schade. Warum schauen Sie so entsetzt?«

»Nicht entsetzt, ungläubig.«

Er lächelte. »Ich weiß professionelle Arbeit zu schätzen. Ich hätte ein gutes Wort für Sie eingelegt.«

»Das ehrt Sie, Herr Beck. Aber ich freue mich auf die Aufgabe in Stuttgart. Fräulein Arendt will sich verstärkt dem Kampf gegen den Kinderhandel widmen, und sie braucht dringend Unterstützung. Sicher ist es erfolgversprechender, zu zweit vorzugehen als alleine gegen Windmühlen zu kämpfen.«

»Sie haben die Frankfurter Mühlen ordentlich ins Rotieren gebracht, wenn ich mir die Bemerkung erlauben darf.«

Laura lächelte. »Paul Heusohn würde gerne wieder mit Ihnen arbeiten. Allerdings müßte die Initiative von Ihnen ausgehen, da der Junge sich im Leben nie trauen würde, Sie zu fragen.«

»Danke für den Hinweis.«

»Paul war der einzige von uns, der nie einen Zweifel an Ihrer Integrität hatte.«

Er sagte nichts, aber sie sah, daß er sich freute. Er räusperte sich. »Auch ich habe in der Sache Fehler gemacht. Aber wir haben daraus gelernt, nicht wahr? Ich wünsche Ihnen alles Gute.«

»So bald sind Sie mich noch nicht los, Herr Kommissar.«

»Das kommt mir durchaus nicht ungelegen«, erwiderte er, und sie konnte nicht mehr verstehen, daß sie ihn früher abstoßend gefunden hatte.

✳

Am Tag nach dem Opernbesuch kam Andreas Hortacker wie gewohnt spät von der Arbeit. Er klopfte an Vickis Tür, aber niemand antwortete. Er ging ins Zimmer. Die Nachtbeleuchtung brannte. Vicki schlief. Auf der Konsole neben dem Bett stand eine gerahmte Photographie von Richard Biddling. Andreas legte eine in Seidenpapier eingeschlagene Schachtel daneben. Er setzte sich zu Vicki ans Bett und strich ihr behutsam eine Locke aus der Stirn. Plötzlich mußte er niesen. Sie fuhr hoch. »Was tust du hier?«

Er stand auf. »Verzeih. Ich wollte dich nicht wecken.«

»Holst du dir heimlich, was ich dir freiwillig nicht gebe?«

»Bitte, du mißverstehst …«

»Mir ist bekannt, daß ich meinem Ehemann gegenüber Pflichten habe!« Sie schlug die Decke zurück. »Nimm endlich, was dir zusteht. Aber erwarte nicht, daß ich dabei Gefühle heuchle, die ich nicht habe.«

»Ich bin bereit zu warten.«

»Worauf?«

»Ich weiß, daß du mich nicht liebst. Doch ich hoffe, daß du mich eines Tages wenigstens ein bißchen gernhast.«

Sie zog ihr Nachthemd aus. »Es wäre gut, wenn du deine Zeit nicht länger mit sinnloser Warterei vergeuden würdest.«

»Vicki, bitte!«

»Was glaubst du eigentlich, warum ich dich geheiratet habe?« Als er schwieg, lachte sie. »Du bist wirklich ein noch größerer Phantast, als ich dachte, Andreas Hortacker.«

»Was hat er dir angetan, daß du so verbittert bist?«

Vicki stand auf und schlüpfte in ihren Morgenmantel. »Ich habe dir wahrlich Gelegenheit genug gegeben. Aber du willst es offenbar nicht anders.«

»Wovon sprichst du?«

»Glaubst du, du hast eine Jungfrau in die Ehe geführt? Du wirst Vater.« Sein Gesicht zeigte einen solchen Schmerz, daß sie ihr Geständnis bereute. »Himmel, Andreas! Wenn du getan hättest, was jeder vernünftige Mann in seiner Hochzeitsnacht tut, hättest du es nie erfahren.«

»Wie sehr mußt du mich hassen.«

Er wandte sich ab und ging hinaus. Vicki sah ihm fassungslos hinterher. Noch nie hatte sie einen Mann weinen sehen.

Als sie am nächsten Morgen zum Frühstück kam, war sein Platz leer.

»Hast du Andreas gesehen?« fragte David. »Wir wollten heute …«

»Nein!«

Victoria sah sie überrascht an. »Was ist denn los?«

Rudolf Könitz kam herein. »Guten Morgen. Ist Andreas noch nicht wach?«

»Fällt irgendwem vielleicht auf, daß ich auch noch da bin?« rief Vicki und lief aus dem Salon.

Victoria legte ihre Serviette beiseite und entschuldigte sich. Sie fand ihre Tochter in ihrem Zimmer auf dem Bett, das Gesicht schluchzend ins Kissen vergraben. Sie setzte sich neben sie und strich ihr übers Haar. »Du Dummerchen. Wann begreifst du endlich, wie lieb ich dich habe?«

Vicki richtete sich auf. Ihre Augen waren vom Weinen rot.

Sie zeigte auf ein Schmucketui, das auf dem Nachtschränkchen stand. »Das hat er mir gestern mitgebracht.«

Victoria öffnete das Kästchen und starrte hinein.

»Er ist sehr schön, nicht wahr? Und ich habe nicht einmal danke gesagt.«

Vorsichtig nahm Victoria den Ring heraus. Die Gravur war entfernt, der rote Stein glänzte wie Glas. *Meiner großen Liebe/Funkelnder Feuerstein.* Es war, als habe jemand die Zeit zurückgedreht.

»Was hast du, Mutter?«

Victoria legte den Ring zurück. »Es ist ... nichts.«

Vicki sah sie traurig an. »Andreas und ich hatten gestern abend einen Streit, und ich glaube, ich habe einen schlimmen Fehler gemacht.«

»Fehler kann man verzeihen, Liebes. Und jetzt gehen wir und wecken ihn, ja?«

»Er ist weg.«

»Wie bitte?«

»Ich war in seinem Zimmer. Sein Bett ist unbenutzt. Glaubst du, daß ... daß er ...?«

»Daß er was?« Victoria bekam es mit der Angst. »Vicki! Sag mir um Gottes willen, was los ist!«

»Er weiß, daß ich ein Kind erwarte.«

»Das ist doch eine schöne ...« Sie starrte ihre Tochter an. »Von Martin Heynel?«

Vicki nickte. »Ich hätte es ihm nicht sagen dürfen.«

»Das fällt dir reichlich spät ein!«

»Es tut mir leid, Mutter.«

»Vielleicht ist er ja schon auf der Arbeit«, überlegte Victoria. »Oder bei seiner Schwester.«

Eine Stunde später wußten sie, daß Andreas Hortacker weder im Warenhaus, noch bei Cornelia von Tennitz, noch sonst irgendwo war. Victoria fuhr ins Polizeipräsidium und gab eine Vermißtenmeldung auf, aber die Beamten machten ihr wenig Hoffnung, ihn schnell zu finden. Vom Präsidium fuhr sie weiter ins Rapunzelgäßchen. Heiner Braun erbot sich sofort, bei der

Suche zu helfen und schlug vor, in Gaststätten nachzufragen. Von einem Wirt einer Apfelweinschenke in der Altstadt erfuhren sie, daß Andreas sich am Vorabend bis fast zur Besinnungslosigkeit betrunken hatte. Das Angebot des Wirtes, ihn nach Hause zu bringen, hatte er abgelehnt.

Im strömenden Regen gingen Victoria und Heiner ein Gäßchen nach dem anderen ab, aber mittags gaben sie auf. Es hatte keinen Sinn. Sie konnten unmöglich alle Winkel und Ecken Altfrankfurts absuchen. Darauf hoffend, daß er inzwischen nach Hause gekommen war, kehrte Victoria in den Untermainkai zurück, aber als David ihr die Tür öffnete, wußte sie, daß ihre Hoffnung getrogen hatte.

Sie saßen beim Nachmittagskaffee, als die Nachricht kam, daß man ihn gefunden hatte.

※

»Sie wollten mich sprechen?« sagte Laura und schloß die Tür.

Polizeirat Franck zeigte auf einen Stuhl. »Bitte nehmen Sie doch Platz, Fräulein Rothe. Ich habe gehört, Sie erwägen, uns zu verlassen?«

Laura blieb stehen. »Sie selbst haben mir gesagt, daß ich gehen muß.«

»Fräulein Rothe, ich bitte Sie! In Anbetracht der eingetretenen Ereignisse ist das doch nicht mehr nötig. Sehen Sie, durch die unangenehmen Vorkommnisse bei der Sittenpolizei bin ich gefordert, gerade in diesem Bereich für mehr Transparenz zu sorgen und den Bürgern dieser Stadt das Gefühl zu vermitteln, daß wir gewillt sind, solche Zustände nicht mehr aufkommen zu lassen. Herr Polizeipräsident Scherenberg würde es sehr begrüßen, wenn Sie sich in der Sache weiter engagierten. Ich habe vorhin mit dem neuen Leiter der Sittenpolizei gesprochen. Wenn Sie möchten, können Sie sofort zurückkehren.«

»Es tut mir leid, Herr Polizeirat. Ich habe meine Entscheidung getroffen. Mit Ablauf meiner Probezeit werde ich zum Stadtpolizeiamt nach Stuttgart wechseln.«

Er sah sie enttäuscht an. »Dann bleibt mir nur, Ihnen für das neue Amt alles Gute zu wünschen.«

»Danke, Herr Polizeirat.« Der alte Polizeidiener grinste, als sie an ihm vorbeiging. Vergnügt zwinkerte sie ihm zu. *Den Krieg gewinnt man mit der letzten Schlacht!*

※

Victoria erschrak, als sie Andreas sah. Er fieberte und war nicht bei Bewußtsein. Seine Kleider waren durchnäßt und schmutzig, sein Gesicht und die Haare blutverschmiert. »Die Treppe hinauf, rechts!« wies sie die beiden Männer an, die ihn trugen. Sie schickte nach einem Arzt und befahl, heißes Wasser zu bereiten.

Im Flur kam ihr Vicki entgegen. »Wo ist er? Wie geht es ihm?«

»Warte bitte in deinem Zimmer.«

»Mutter, ich …«

»Bitte! Es ist keine Zeit zum Reden.«

Die Männer hatten ihn aufs Bett gelegt. Der ältere gab Victoria eine durchgeweichte Visitenkarte. »Die hatter einstecke gehabt. Sonst hätte mer nämlich net gewußt, wo er hingeheert.«

»Ich danke Ihnen«, sagte Victoria. »Sobald es geht, werde ich mich erkenntlich zeigen.«

Der Mann hob abwehrend die Hände. »Gehn Se fort, gnädische Frau! Des war doch selbstverständlich, gell, Basti?« Basti nickte. Zu seinen Füßen breitete sich eine Wasserlache aus.

Als der Arzt eintraf, hatten Victoria und Tessa Andreas bereits entkleidet und gewaschen. »Die Wunde sieht schlimmer aus, als sie ist«, sagte er, während er einen Kopfverband anlegte. »Wo hat man ihn gefunden?«

»In der Altstadt«, sagte Victoria. »Ohne Geld und Uhr. Offenbar wurde er gestern spätabends nach dem Besuch einer Schenke überfallen und schleppte sich mit letzter Kraft in irgendeinen Hinterhof.«

»Er hat die Nacht und den halben Tag im Regen gelegen? Das erklärt natürlich alles.«

»Wird er bald wieder gesund?« fragte Vicki von der Tür.

Der Arzt packte seine Instrumente ein. »Die Kopfverletzung ist nicht das Problem. Vermutlich hat er sich eine Lungenentzündung geholt. Wie das enden kann, brauche ich Ihnen nicht zu sagen, oder?«

Trotz kalter Umschläge stieg das Fieber bis zum Abend weiter, und Andreas fing an zu phantasieren. Vicki wich nicht von seiner Seite und bestand darauf, auch die Nacht über bei ihm zu bleiben. Victoria wollte Einwände erheben, aber als sie die Verzweiflung in den Augen ihrer Tochter sah, willigte sie ein. Sie strich ihr über die Wange. »Wenn etwas ist, rufe mich bitte sofort, ja?«

»Was habt ihr mit ihm gemacht?« kam eine scharfe Stimme von der Tür.

Victoria fuhr herum. »Cornelia! Was tust du hier?«

»Ich werde ja wohl nach meinem Bruder sehen dürfen!« Sie blieb vor Andreas' Bett stehen. Der Kragen ihres eleganten Kleides reichte bis unters Kinn und wirkte unangemessen streng. Ihr Gesicht verbarg ein Schleier. »Ich verlange, daß er unverzüglich zu mir gebracht wird!«

»Es ist nicht schwer zu erkennen, daß Andreas in seinem Zustand nirgendwohin gebracht werden kann«, entgegnete Victoria.

»Genausowenig, wie es schwer ist zu erraten, wer für seinen Zustand verantwortlich ist. Hier wird er nicht bleiben!«

»Doch«, sagte Vicki leise. »Er ist mein Mann.«

»Hör auf, Theater zu spielen! Ich weiß sehr gut, daß du ihn wie den letzten Dreck behandelt hast.«

»Noch eine solche Beleidigung, und du gehst!« sagte Victoria.

»Es ist ja nichts Neues, daß du die Wahrheit nicht vertragen kannst, Schwägerin.« Sie wandte sich Vicki zu. »Andreas ist ein Träumer, er war es schon als Kind. Mehr als einmal habe ich ihn vor dieser Ehe gewarnt, aber er wollte ja unbedingt in sein Verderben rennen. Trotzdem bleibt er mein Bruder, und du hast nicht das geringste Recht …«

Andreas wurde unruhig und hustete.

»Bitte, Tante Cornelia! Laß uns draußen weiterreden«, bat Vicki.

Cornelia streichelte Andreas' Hand. »Du unvernünftiger Kerl! Sobald es geht, bringe ich dich von hier weg.«

»Vicki …«, murmelte er.

Sie ließ ihn los und sah Vicki an. »Wenn er stirbt, wirst du dafür bezahlen.« Der Schleier verbarg ihr Gesicht, aber ihre Stimme verriet, wie aufgebracht sie war. Sie ging zur Tür. »Morgen früh komme ich wieder.«

»Was fällt ihr ein, sich so aufzuführen!« schimpfte Victoria.

»Sie hat ja recht, Mutter«, sagte Vicki leise.

Gegen Morgen war das Fieber so hoch, daß Victoria den Arzt holen ließ.

»Ich kann nichts mehr tun«, sagte er, nachdem er Andreas noch einmal untersucht hatte.

»Soll das heißen …?« Vicki preßte die Hand vor den Mund.

Der Arzt sah Victoria an. »Wenn seine Temperatur nicht bald fällt, müssen Sie mit dem Schlimmsten rechnen, gnädige Frau.«

Vicki war unfähig, etwas zu sagen. Der Gedanke, daß ein paar Worte der Entschuldigung hätten alles verhindern können, brannte in ihr wie Feuer. »Du solltest versuchen, ein bißchen zu schlafen«, sagte Victoria.

Sie hörte die Worte, aber ihre Bedeutung drang nicht zu ihr durch.

»Bitte, Vicki. Es nützt Andreas nichts, wenn du auch noch krank wirst.«

»Ja, Mutter.« Sie ging hinaus, über den Flur in ihr Zimmer, setzte sich aufs Bett, nahm das Kästchen, schaute den Ring an. Und die Photographie ihres Vaters. Nichts nützte mehr. Sie ging zum Fenster. Es hatte aufgehört zu regnen. Am Himmel zeigte sich ein heller Streifen. Sie öffnete das Fenster. Es war kalt. Es roch nach Herbst. Sie wünschte sich, tot zu sein.

*

Heiner Braun betrat den Friedhof und hatte das Gefühl, daß etwas anders war als sonst. Ein Geräusch störte die morgendliche Stille. Als ob jemand weinte. An Kommissar Biddlings Grab kniete eine Frau.

»Vicki! Was tun Sie denn hier?« Er half ihr aufzustehen.

»Ich wollte, ich dachte ...« Sie zitterte am ganzen Leib. Heiner zog seinen Mantel aus und legte ihn ihr über die Schultern.

»Alles habe ich falsch gemacht! Die letzten Worte, die Vater von mir hörte, waren gemein und häßlich, und die Worte, die ich Andreas gesagt habe, waren noch viel gemeiner und häßlicher! Weil ich mich an ihm rächen wollte. Ich konnte es nicht ertragen, daß er glücklich ist, weil ich es auch nicht war.« Ihre Stimme wurde zum Flüstern. »Wenn er wenigstens wütend geworden wäre. Aber er hat geweint, Herr Braun. Und jetzt sagt der Arzt, daß er vielleicht stirbt.«

»Solange er lebt, gibt es Hoffnung, Vicki.«

»Sie haben ihn gekannt, nicht wahr? Ich meine, früher.«

Heiner lächelte. »Als er siebzehn war, haben Ihr Vater und ich ihn ins Gefängnis gesteckt.«

»Warum?«

»Das ist eine längere Geschichte.«

»Mutter sagt, es gibt etwas Trauriges in seinem Leben.«

»Er hat ein Mädchen geliebt, und als er nicht wiedergeliebt wurde, hat er etwas sehr Unvernünftiges getan.«

Sie zog den Mantel enger um ihre Schultern. »Hat das mit diesem Ring zu tun?«

»Was denn für ein Ring?«

»Er hat ihn mir vorgestern abend geschenkt. Ein goldener Fingerring mit einem leuchtend roten Topas darin. Und als Mutter ihn sah ...«

»Der Feuerstein«, sagte Heiner.

»Bitte, erzählen Sie's mir.«

»Sie werden sich erkälten.«

Sie lächelte zaghaft. »Wir könnten ein wenig laufen.«

Vicki schwieg, als Heiner geendet hatte. Kies knirschte unter ihren Füßen. Irgendwo wieherte ein Pferd. »Mein Vater kam ohne meine Mutter nach Frankfurt?« fragte sie leise.

»Ja«, sagte Heiner. »Aber er war ein viel zu anständiger Mensch, als daß er sie jemals im Stich gelassen hätte. Und Victoria war zu aufrichtig, als daß sie ernstlich gehofft hätte, er könnte es tun. Bevor Sie geboren wurden, ging Ihr Vater nach Berlin zurück. Wenn Ihre Mutter nicht gestorben wäre, hätten sie sich nie wiedergesehen.«

»Er hat mir ihren Namen gegeben!«

»Ihr Vater hat Victoria kurz nach Ihrer Geburt einen Brief geschrieben. Fragen Sie sie danach. Vielleicht verstehen Sie es dann.«

»Warum hat er meine Mutter allein gelassen?«

»Er wollte eine alte Rechnung begleichen, und wenn Victoria nicht gewesen wäre, hätte er es nicht überlebt.«

Sie verließen den Friedhof. Eine Droschke fuhr vorbei. Heiner winkte, und sie hielt.

»Mir ist überhaupt nicht mehr kalt«, sagte Vicki.

»Mir aber, gnädige Frau«, erwiderte er lächelnd. »Sie haben nämlich zufällig meinen Mantel an.«

»Oh. Entschuldigung.«

Er wehrte ab, als sie ihn ausziehen wollte. »Untermainkai 18«, sagte er zu dem Kutscher und half Vicki beim Einsteigen.

Sie hätte gern erfahren, was das für eine Sache gewesen war, die ihren Vater bewogen hatte, nach Frankfurt zu kommen, aber sie hatte plötzlich Scheu, weiterzufragen. Sie sah aus dem Fenster. Die Nacht machte dem Tag Platz. Männer und Frauen waren auf dem Weg zu den Fabriken, ein Zeitungsjunge rief die neuesten Nachrichten aus. »Warum hat Vater mir nie etwas von diesen Dingen erzählt?«

Heiner Braun wirkte auf einmal sehr müde. »Manchmal hofft man, zu vergessen, indem man schweigt. Weil jede Erinnerung weh tut. Die Sache mit Eduard war so etwas.«

»Eduard Könitz?« fragte Vicki. »Mutters Cousin? Der sich wegen einer unglücklichen Liebschaft umgebracht hat?«

»Unglückliche Liebschaft? Nein. Das heißt …«

»Was haben Sie, Herr Braun?«

»Das kann nicht sein. Nein, das ist unmöglich.«

Die Droschke hielt. »Was kann nicht sein?« fragte Vicki.

»Wir sind da«, sagte Heiner.

Über dem Main ging die Sonne auf. Am Himmel hing noch der blasse Mond.

»Vicki! Ich habe mir solche Sorgen gemacht!« rief Victoria, als sie ins Haus kamen.

»Wie geht es Andreas?«

»Das Fieber ist ein wenig gesunken. Er schläft.«

»Ich gehe gleich zu ihm!« Sie gab Heiner die Hand. »Danke, Herr Braun.«

Victoria sah ihr hinterher, als sie die Treppe hinauflief. »Wo war sie?«

»Am Grab ihres Vaters.«

»Und wofür hat sie sich bedankt?«

»Daß ich bei der Hundekälte auf meinen Mantel verzichtet habe«, sagte er lächelnd.

»Trinken Sie einen heißen Tee mit mir?«

Wenig später saßen sie sich im Salon gegenüber. Heiner überlegte, ob er Victoria von seinen Gedanken berichten sollte. Er entschied sich dagegen. Sie hatte genug Probleme.

»Möchten Sie noch eine Tasse?« fragte sie. Er nickte, und sie goß ihm nach. »Ich würde mich freuen, wenn Sie mir ein wenig mehr vertrauten, Herr Braun.«

»Aber das tue ich doch.«

»Irgend etwas beschäftigt Sie. Warum sagen Sie's mir nicht?«

Tessa kam herein. »Gräfin von Tennitz wünscht Sie zu sprechen, gnädige Frau.«

Victoria stand auf. »Sie entschuldigen mich einen Moment?«

»Ich komme mit.«

Cornelia von Tennitz wartete im Foyer. Sie trug ein hochgeschlossenes blaues Kleid und einen farblich passenden Gesichtsschleier. Sie bedachte Heiner Braun mit einem knappen Nicken und wandte sich an Victoria. »Wie geht es ihm?«

»Etwas besser.«

»Ich bestehe darauf, daß er noch heute in mein Haus gebracht wird!«

»Sobald Andreas über den Berg ist, kann er selbst entscheiden, wohin er möchte«, sagte Victoria.

»Ich müßte kurz mit Ihnen sprechen, Frau von Tennitz«, sagte Heiner.

»Ich wüßte nicht, worüber«, entgegnete sie kühl.

»Zum Beispiel über Zillys Sohn. Und über Eduard Könitz.«

»Eduard?« fragte Victoria überrascht. »Was ...«

»Das geht dich nichts an! Kommen Sie, Wachtmeister.«

Er nickte Victoria zu. »Ich schaue nachher noch einmal vorbei.« Sie verließen das Haus. Cornelia von Tennitz wies auf ihren Wagen. Heiner half ihr beim Einsteigen und setzte sich ihr gegenüber. »Ich hoffe, Sie fassen es nicht als Unhöflichkeit auf, aber es ist mir angenehmer, mit Menschen zu reden, die mir ihr Gesicht zeigen.«

»Was wollen Sie von mir?« fragte sie ungehalten.

»Die Wahrheit, gnädige Frau.«

»Ich habe Ihnen bereits alles gesagt.«

»Ich bin sicher, das haben Sie nicht«, erwiderte er freundlich.

»Eine hübsche Geschichte«, sagte sie, als er geendet hatte.

»Finden Sie?«

»Ein bißchen zuviel Phantasie vielleicht.«

»Die Sache ist zu ernst, um darüber zu scherzen.«

»Gut, Wachtmeister. Sie wollen die Wahrheit wissen, Sie sollen sie erfahren. Bis zum Mittag habe ich ein paar unaufschiebbare Termine. Ich schlage vor, ich fahre Sie nach Hause und komme am frühen Nachmittag zu Ihnen. Aber sprechen Sie bitte mit niemandem darüber. Vor allem nicht mit Victoria.«

Heiner nickte. Er hätte viel darum gegeben, ihr Gesicht zu sehen.

Vom Salon aus sah Victoria, wie sie davonfuhren. Was hatte Heiner Braun mit ihrer Schwägerin Wichtiges zu besprechen, das sie nicht hören durfte? Der Gedanke, daß er sich ausgerechnet Cornelia anvertraute, tat weh. Sie ging in die Bibliothek und holte Ernsts letzten Brief aus ihrem Schreibtisch. ... *Du kannst Dir gar nicht vorstellen, welche Freude das für mich sein würde! Schließlich möchte ich meine kleine Schwester wenigstens noch einmal in die Arme schließen, bevor ich diese Welt verlasse. Nun wird letzteres zwar, so Gott will, noch ein Weilchen dauern, aber ich hoffe dennoch, daß die Ankündigung Deines Besuchs diesmal ernst gemeint war.*

Hopf hatte recht. Es lag allein in ihrer Hand. Victoria nahm einen Briefbogen und begann zu schreiben. Sie war so in Gedanken versunken, daß sie Vicki erst bemerkte, als sie neben ihr stand.

»Entschuldige bitte, Mutter. Aber ich muß es dir einfach sagen!«

»Was denn?« fragte sie lächelnd.

»Das Fieber ist weiter gefallen, und der Arzt sagt, er glaubt, daß Andreas es schafft.«

»Das ist eine sehr schöne Nachricht.«

»Ja.« Sie fing an zu weinen. »Ich hab' ihm so weh getan, aber ich mach's wieder gut. Wenn er nur bald gesund wird.«

Victoria gab ihr ein Taschentuch. »Auch wenn du es nicht für möglich hältst: Dein Andreas ist ein zäher Bursche. Immerhin ist er ein Hortacker. Eines solltest du aber nur im Notfall mit ihm tun.«

»Was denn?«

»Tanzen. Dazu hat er überhaupt kein Talent.«

Sie lächelte zaghaft. »Es gibt schlimmere Fehler, die ein Mensch haben kann.«

Victoria streichelte Vickis Hand. »Ich weiß, wie bitter es ist, sich am Schicksal eines Menschen schuldig zu fühlen. Ich weiß es nur allzugut, Kind.«

»Herr Braun hat gesagt, daß Vater dir geschrieben hat ... damals, als ich geboren wurde. Und daß ich dich danach fragen soll.«

Victoria öffnete das Geheimfach ihres Schreibtischs und gab Vicki den Brief und Thereses Photographie. »Das Bild hat dein Vater bis zu seinem Tod in seinem Nachtschränkchen aufbewahrt. Und den Brief hat er nicht an mich, sondern an Herrn Braun geschrieben. Es ist übrigens der einzige, den ich von ihm habe.«

Vicki strich über den vergilbten Umschlag. »Welches Versprechen hat er dir denn gegeben?« fragte sie, als sie die wenigen Zeilen gelesen hatte.

»Daß er dich frei sein läßt.« Victoria nahm ihre Tagebücher heraus. »Das ist die ganze Geschichte. Falls du sie lesen magst.«

»Ja, Mutter.«

Tessa kam herein. Sie wandte sich an Vicki. »Ihr Mann ist aufgewacht, und ...« Bevor sie ausreden konnte, war Vicki an ihr vorbeigestürmt. Victoria sah ihr lächelnd hinterher. Sie las, was sie an Ernst geschrieben hatte und beendete den Brief mit einem schwungvollen: *Ich komme ganz bestimmt – versprochen!*

Nach dem Mittagessen brachte Tessa Victoria ein cremefarbenes Kuvert. »Das wurde soeben für Sie abgegeben, gnädige Frau. Von irgendeinem Bengel. Für die gnädige Witwe Biddling, bittschön, aber nur ganz persönlich, hat er gesagt.«

Der Umschlag war unbeschriftet. Auf dem Briefbogen standen drei Wörter, in Großbuchstaben säuberlich nebeneinandergesetzt, mit einem Ausrufezeichen versehen.

MEMENTO MORI, VICTORIA!

*

Heiner wartete, bis Cornelia von Tennitz' Wagen verschwunden war und ging ins Haus. Früher Nachmittag, hatte sie gesagt. Er sah auf seine Uhr. Genügend Zeit für einen Besuch in der *Laterna Magica*. Laura Rothes Zimmer war leer, und er generierte sich, in ihrem Schrank nach dem Brief zu stöbern. Aber es mußte sein.

Zum Mittag kam er zurück ins Rapunzelgäßchen. Helena schlief. Zärtlich streichelte er ihr Gesicht. Im Grunde genommen hätte er längst darauf kommen müssen, und doch würde er immer noch blind im Kreis herumlaufen, wenn er nicht Vicki die Geschichte erzählt hätte. Wie in einem Mosaik fügte sich ein Steinchen zum anderen, obwohl das Bild längst nicht vollständig war. Zilly mochte noch so hartnäckig leugnen – er war sich sicher, daß die Lösung des Rätsels in der *Laterna Magica* lag, und daß der Kommissar es herausgefunden hatte. Bloß: wie?

Ganz gleich, was Cornelia von Tennitz ihm erzählen würde, er mußte mit Victoria reden, bevor er zu Kommissar Beck ging. Als es schellte, wurde Helena wach. Heiner beruhigte sie und ging nach unten. Die beiden Männer hatte er nie zuvor gesehen. Sie fragten höflich, ob er mitkommen wolle. Er verstand die Frage, wie sie gemeint war: als Befehl. Er sah den Wagen und ahnte, daß er einen Fehler gemacht hatte. Seinen Mantel zu holen, konnte ihm keiner verwehren. An der Weißfrauenkirche setzte der Motor aus, und er war guter Dinge, daß die Zeit jetzt reichen würde. Als sie statt in die Elbestraße über die Untermainbrücke nach Sachsenhausen fuhren, wußte er, daß er sich geirrt hatte.

✳

Victoria faltete den Briefbogen zusammen und ließ anspannen. Die Fahrt ins Rapunzelgäßchen kam ihr endlos vor. Sie hatte ein beklemmendes Gefühl, das sich verstärkte, als sie die Tür zu Heiners Haus angelehnt fand. Sie ging hinein. Es war niemand da.

»Suche Sie wen?« fragte eine Nachbarin, als sie das Haus wieder verließ.

»Ja. Herrn und Frau Braun.«

»Den Heiner hawwe se grad vorhin weggebracht.«

»Wie? Weggebracht?« fragte Victoria.

»Ei, mit so'm Wage ohne Gäul. Ein Automobil halt, gell? Des ganze Gäßche hat des Ding verstoppt! Un die zwei Kerle hawwe gegrinst un gefracht, ob der Heiner mitkomme will.«

»Was denn für Kerle?«

Die Frau zuckte die Schultern. »Die hatte schwarze Maske an un hawwe auch sonst ulkisch ausgesehe. Un dann hawwe se an dem Ding rumgekurwelt, un plötzlich hats gequalmt und mords Spektakel gemacht. Un dann sin se fortgefahrn.«

»Wohin sind sie gefahren?«

»Des waaß ich doch net!«

»Und wo ist Helena?«

»Des waaß ich aach net.«

»Wie hat das Automobil ausgesehen?«

Sie zuckte die Schultern. »Rot halt. Un gestunke hat's wie die Pest!«

Victoria bedankte sich und ließ sich zum Polizeipräsidium fahren. Weder Kommissar Beck noch Laura Rothe oder Paul Heusohn waren da. Beim Gedanken an das Automobil wurde ihr kalt. *Rot halt.* Wie der Wagen, mit dem Richard abgeholt worden war. Wie Hopfs Wagen! Konnte das ein Zufall sein? Heiner Braun hatte gesagt, daß er zu ihr kommen wollte! Vielleicht wartete er ja schon auf sie?

»Im Salon sitzt Frau Braun«, sagte Tessa, als sie zurückkam. Sie senkte ihre Stimme, obwohl niemand außer Victoria da war, der sie hätte hören können. »Sie sagt immerzu, daß sie einkaufen muß und weigert sich, Hut und Mantel abzulegen. Kann es sein, daß sie ein bißchen, nun ja, plemplem ist?« Victoria ließ sie wortlos stehen und ging in den Salon. Helena saß auf dem Sofa und betrachtete das Blumenbouquet, das auf dem Tisch stand.

»Sie wollten mich sprechen?« fragte Victoria lächelnd.

Helena stand auf. »Ich habe wenig Zeit. Ich muß Mehl und Zucker besorgen.«

»Wo ist denn Ihr Mann?«

»Ja, ja. Ich soll Ihnen Grüße von meinem Mann ausrichten.«

Victoria faßte sie am Arm. »Helena! Hat Heiner Sie geschickt?«

»Heiner ist ausgefahren.«

»Wohin ist er ...«

»Er sagt, ich soll Sie schnell besuchen. Und mich nicht aufregen. Untermainkai 18. Das sagt er. Und daß es ganz wichtig ist.«

»Was ist wichtig?«

»Nachher backe ich Zitronenwaffeln. Die mag er besonders gern.«

»Bitte, Helena! Versuchen Sie, sich zu erinnern! Hat Ihr Mann etwas gesagt?«

»Gesagt? Nein.« Sie kramte in ihrem Mantel und hielt Victoria lächelnd einen Zettel hin. »Ich habe es nicht vergessen.«

Es waren wenige, offensichtlich in großer Hast niedergeschriebene Sätze, und Victoria jagte es einen Schauer über den Rücken, als sie sie las. Sie schellte nach Tessa. »Sagen Sie dem Kutscher, er soll sofort vorfahren! Und kümmern Sie sich bitte um Frau Braun.«

Victoria hielt sich erst gar nicht mit Förmlichkeiten auf. »Wo ist Cornelia?« fragte sie das Mädchen, das die Tür von Gräfin Tennitz' Villa öffnete. »Ich muß sie sofort sprechen. Es ist wichtig!«

»Es tut mir leid. Die gnädige Frau ist ausgeritten.«

»Wann? Wohin?«

»Gleich nach dem Essen. Wie jeden Tag. Wohin, hat sie nicht gesagt. Soll ich Frau Gräfin etwas ausrichten, wenn sie zurückkommt?«

»Nein!« Victoria ließ das verdutzte Mädchen stehen und lief zurück zu ihrem Wagen. »Zur *Laterna Magica!*«

Der Kutscher starrte sie an. »Sie meinen ...?«

»Das Bordell in der Elbestraße, richtig. Beeilen Sie sich!«

Der Mann am Eingang kam nicht dazu, ein zweites Mal Nein zu sagen. Victoria stemmte die Arme in die Hüften. »Wenn Sie mich nicht augenblicklich hineinlassen, schreie ich die ganze Stadt zusammen und sorge dafür, daß Signora Runa Sie bei lebendigem Leib vierteilen läßt!«

Keine Minute später wurde sie zu Zilly geführt. Sie hatte einen mit Straßsteinen besetzten Morgenmantel an und rauchte. Ihre Augen glänzten, als habe sie geweint. Auf dem Tisch lagen Photographien neben einer fast leeren Cognacflasche. »Einer Dame wie Ihnen hätte ich bessere Manieren zugerechnet, Frau Biddling«, sagte sie mit verwaschener Stimme.

»Es geht nicht um Etikette!« erwiderte Victoria wütend. »Wo ist Herr Braun?«

»Woher soll ich das wissen?«

»Er war hier! Was wollte er?«

»Dumme Fragen stellen. Was sonst.«

»Welche Fragen? Wann ist er gegangen? Wohin?«

Zilly verzog das Gesicht. »Könnten Sie mir verraten, was das Spielchen soll?« Victoria warf ihr Heiners Notiz und den anonymen Brief hin. Zilly las und wurde blaß.

»Wo ist er?« wiederholte Victoria.

Weinend schlug sie die Hände vors Gesicht. »Ich habe es für meinen Sohn getan.«

＊

»Sie kommen nicht aus Frankfurt, stimmt's?« sagte Heiner, als sie in die Forsthausstraße einbogen.

»Das geht Sie nichts an«, entgegnete der Chauffeur.

»Sie sind diesen Weg schon einmal gefahren. Am 17. Juni, dem Tag des Gordon-Bennett-Rennens.«

»Ist das etwa verboten?«

»Nein. Aber Ihr damaliger Fahrgast hat den Ausflug nicht überlebt. Und ich habe die Befürchtung, daß es mir ähnlich ergehen wird.«

»Was erzählen Sie da? Der war putzmunter, als er am Sandhof aus dem Wagen stieg!«

»Laß dich nicht kirre machen, Werner« sagte der zweite Mann, der hinter Heiner auf der Rückbank saß.

»Er war ein Beamter des Polizeipräsidiums und hieß Richard Biddling«, fuhr Heiner fort. »Man fand ihn anderntags mit einer Kugel im Kopf im Wald. Wahrscheinlich an der gleichen Stelle, an der man mich morgen finden wird.«

»Sie sind ja verrückt. Komplett irre!« sagte der Mann namens Werner. »Wir haben den Auftrag, Sie in den Stadtwald zu bringen. Nicht mehr und nicht weniger werden wir tun.«

»Und wem schulden Sie diese Gefälligkeit? Zilly?«

»Woher wissen Sie …«

»Mensch, halt's Maul, Werner!«

»Hat sie Ihnen angedroht, daß sie Ihren Ehefrauen ein paar nette Photographien schickt, wenn Sie nicht tun, was sie verlangt?«

Werners Gesicht verriet, daß er ins Schwarze getroffen hatte. Fünf Minuten später waren sie am Ziel.

✳

»Was haben Sie für Ihren Sohn getan?« fragte Victoria.

Zilly nahm eine der Photographien. »Dieser Dreckskerl hat ihn verkauft! Für ein paar Mark verschachert wie Vieh! Und mir vorgespielt …«

»Wer hat wen verkauft? Bitte, sagen Sie mir endlich, was los ist!«

»Ich wußte ja, daß er ein Schwein ist, aber ich glaubte, er hätte wenigstens ein bißchen Ehrgefühl. Nichts hatte er! Und sie ist keinen Deut besser.« Sie steckte sich eine neue Zigarette an. Victoria sah, daß ihre Hände zitterten. »Graf von Tennitz versprach, dafür zu sorgen, daß es mein Junge gut hat, wenn ich ihm zu Diensten bin. Alles, was ich verlangte, war ab und zu ein Bild. Um zu sehen, was aus ihm wird. Damit ich …« Sie konnte nicht weitersprechen. Sie setzte die Flasche an und trank sie leer. »Wachtmeister Braun hat mir einen Brief gezeigt. Polizeiliche Erkenntnisse nennt man das wohl? Tennitz hat ge-

730

werblich Kinder verkauft.« Sie zeigte auf die Photographien. »Und das da hat er inszeniert, damit ich ihn weiterhin willig bediente.«

»Und was war, nachdem Wachtmeister Braun Ihnen den Brief gezeigt hat?«

»Ich sagte, ich wisse von nichts, und er ist gegangen.«

»Wohin?«

Sie zuckte die Schultern. Victoria faßte sie am Arm. »Wollen Sie Geld? Wieviel? Ich zahle Ihnen jede Summe!«

»Ich würde es Ihnen sagen, wenn ich wüßte, wo er ist.«

Victoria hielt ihr Heiners Notiz hin. »Sie wissen Bescheid. Also hören Sie auf, mich anzulügen!«

»Ich habe einige dieser Briefe geschrieben, ja. Aber ich kannte den Grund nicht. Ich kenne ihn noch immer nicht. Ehrlich gesagt, ist er mir auch egal. Als Ihr Mann nach Lichtensteins Tod hier war … Er war nicht der Mensch, den ich erwartet hatte.« Sie drückte die Zigarette aus. »Ich sollte einen Wagen bestellen. Ein Automobil mehr am Tag des Großen Rennens. Das fiel gar nicht auf.«

Victoria spürte, wie ihr das Blut aus dem Gesicht wich. »Und dieses Automobil haben Sie heute wieder bestellt?«

Sie nickte. »Eigentlich müßten sie längst hier sein.«

»Wer?«

»Zwei Kunden von mir. Aber sie wissen nicht mehr als ich.« Sie nahm einen Brief aus der Etagère. »Den soll ich ihnen geben.«

Victoria riß den Umschlag auf. *»Entschuldigen Sie die Unannehmlichkeit. Der Auftrag hat sich erledigt«,* las sie vor.

Zilly starrte sie an. »Bitte? Das hat doch überhaupt keinen Sinn!«

»Ich wette, es gab einen zweiten Brief«, sagte Victoria tonlos. Sie brauchte nicht zu fragen, von wem er war. Sie brauchte gar nichts mehr zu fragen. »Haben Sie irgendeine Waffe?«

»Eine alte Pistole. Aber …«

»Gibt es hier einen Stall?«

»Ja. Warum?«

731

»Ich brauche Ihre Pistole und ein Pferd. Schnell!«

»Sind Sie denn nicht mit Ihrem Wagen hier?«

»Das dauert viel zu lange.« Victoria knöpfte ihr Kleid auf. »Bitte, Zilly! Und ein paar anständige Hosen.«

»Sie lieben ihn.«

Es war eine Feststellung, keine Frage.

＊

Werner fluchte, als er an einer Brombeerranke hängenblieb. »Ich weiß bei Gott nicht, warum wir durch diesen bescheuerten Wald laufen müssen!«

»Sie sind das letzte Mal nicht mit zu der Hütte gegangen?« fragte Heiner überrascht.

»Welche Hütte, verdammt noch mal?«

»Warum kannst du nicht endlich die Klappe halten!« sagte der zweite Mann.

»Weil mir die Sache langsam stinkt, Ludwig!«

»Da vorn scheint's zu sein«, sagte Ludwig. Sie erreichten die Lichtung. Ludwig zeigte auf den verfallenen Holzverschlag am jenseitigen Ende. »Meinen Sie das da?«

Heiner nickte. Sie überquerten die Wiese und hörten ein Pferd wiehern. Die Reiterin hatte offenbar hinter der Hütte gewartet. Sie war groß und schlank und trug schwarze Handschuhe zu einem roten Dreß. In der rechten Hand hielt sie ein Seil, in der linken eine Peitsche. Ihr Gesicht verbarg eine Ledermaske, die nur Augen und Mund erkennen ließ. »Wo bleibt ihr so lange?« herrschte sie die Männer an.

»Verzeihen Sie. Wir hatten eine kleine Panne«, sagte Ludwig.

»Guten Tag, Signora Runa«, sagte Heiner.

Sie warf Werner das Seil hin und deutete mit der Peitsche auf einen Baum. »Zieht ihm den Mantel aus und bindet ihn fest!«

»Nein!« sagte Werner. »Das war nicht abge…«

»Tun Sie gefälligst, was ich sage!«

»Glauben Sie mir jetzt?« fragte Heiner.

Werner sah die Frau an. »Was haben Sie mit ihm vor?«

Sie lachte. »Nun ja, manche Kunden wünschen die Behandlung eben in freier Natur.«

»Soll das heißen …?«

»Ein kleines Spielchen, wie ihr es auch zuweilen schätzt, oder? Zumindest hat mir das die liebe Zilly erzählt.«

»Los, Werner!« drängte Ludwig. »Laß uns tun, was sie sagt, und dann verschwinden wir.«

»Sie machen sich der Beihilfe an einem Mord schuldig«, sagte Heiner.

»Schweig! Oder ich fange mit der Behandlung gleich an!« sagte Signora Runa.

Ludwig grinste. »Kompliment. Perfekt inszeniert, das Ganze.«

»Ein Spiel kann man beenden«, sagte Heiner. »Und das werde ich jetzt tun.« Er machte Anstalten, zu gehen.

»Nehmen Sie die Hände hoch, Braun«, sagte sie kalt.

Werner starrte auf den Revolver in ihrer Hand. »Das mache ich nicht mit!«

»Bindet ihn, oder ihr werdet es bereuen!« schrie sie.

Ludwig packte Heiner und zog ihn zu dem Baum. Werner hob zögernd das Seil auf.

»Fragen Sie sie, was mit dem Mann geschehen ist, den Sie am 17. Juni hierhergebracht haben! Fragen Sie …«

Die Signora zielte auf seinen Kopf. »Noch ein Wort, und ich drücke ab.«

Sie fesselten ihn, daß er kein Glied mehr rühren konnte. Das Ende des Seils schlangen sie um seinen Hals. »Sie werden damit nicht durchkommen, gnädige Frau«, sagte er.

Sie warf Ludwig ein Taschentuch hin. »Stopf ihm das Maul!«

»Ich finde, das geht zu weit!« erregte sich Werner.

»Sie haben ja recht«, sagte sie versöhnlich. »Aber was soll ich machen? Das gehört nun mal zum bestellten Programm.«

Ludwig steckte Heiner den Knebel in den Mund. »Uns wurde eine Aufwandsentschädigung versprochen.«

»Selbstredend. Schließlich hatten Sie ja einen erheblichen Aufwand, nicht wahr?« Sie zog ein cremefarbenes Kuvert aus ihrer Reitjacke und gab es ihm.

Er starrte mit offenem Mund hinein. »Sind Sie sicher, daß das ...«

»Die Wartung eines Automobils ist nicht gerade billig, oder? Und mein Kunde zahlt gut. Auch wenn er nicht so aussieht.«

Werner nahm Ludwig den Umschlag ab und gab ihn zurück. »Wir wollen Ihr Geld nicht.«

»Das ist dumm. Wirklich außerordentlich dumm, mein Herr.«

»Wir werden warten«, sagte Werner. »Und ihn wieder mitnehmen, wenn Sie fertig sind.«

»Spinnst du?« rief Ludwig.

»Ihr Freund hat recht«, sagte sie. »Wie soll sich mein Kunde denn entspannen, wenn Sie dabei zuschauen?«

Ludwig steckte den Umschlag ein. »Du hast gehört, was die Signora sagt. Es ist ein Spiel, und wir haben die Regeln zu beachten. Also, komm jetzt!«

»Nein!«

»Soll ich es Ihnen beweisen?« Bevor Werner antworten konnte, hielt sie sich den Revolver an den Kopf und drückte ab. Sie hörten ein Knacken. »Na? Beruhigt?«

»Siehst du!« sagte Ludwig. »Alles bloß Theater.« Er drehte sich um und ging. Werner warf Heiner einen letzten Blick zu und folgte.

Signora Runa wartete, bis sie im Wald verschwunden waren. Sie holte die Patronen aus ihrer Jackentasche und lud den Revolver. Heiner versuchte, etwas zu sagen. Sie strich ihm mit der Waffe übers Gesicht. »Haben Sie Angst, Wachtmeister? Wovor? Ich löse nur mein Versprechen ein. Sie werden die Wahrheit erfahren. Und es ist durchaus angenehm, daß Sie mir nicht dazwischenreden können.« Sie zeigte auf die Hütte. »Hier hat es angefangen, und hier wird es enden. Das wußte ich schon, als ich nach all den Jahren nach Frankfurt zurückkam. Ich wußte es eigentlich immer! Aber ich war lange Zeit nicht in der Lage, es wirklich zu begreifen: Biddling hatte mich für sein mieses Spiel benutzt.«

Heiner schüttelte den Kopf.

»O doch! Die behütete Cornelia Hortacker, ein junges, unbedarftes Ding, das vom Leben keine Ahnung hatte! Mein Gott, ich war ja noch dümmer als Andreas! Aber im Gegensatz zu meinem Bruder habe ich damit aufgehört, auf der Verliererseite zu stehen. Wochenlang war ich damals krank vor Sehnsucht und Trauer, mußte mitanhören, was man Eduard anhängte, welches Monstrum man aus ihm machte, nur um den ermittelnden Kriminalbeamten Biddling in ein gutes Licht zu setzen. Dabei war ich der einzige Mensch, der ihn wirklich kannte. Der einzige, der ihn wahrhaftig liebte. Und er liebte mich. Aber ich will Sie nicht mit sentimentalen Ergüssen langweilen. Mein Vater war der Ansicht, ich sollte auf andere Gedanken kommen und schickte mich auf eine Töchterschule nach Hamburg. Zwei Jahre später lernte ich Graf von Tennitz kennen. Sicher, er hätte mein Vater sein können; vermutlich war es genau das, wonach ich suchte. Es war keine Leidenschaft wie bei Eduard, aber doch ein großes Gefühl. Wir heirateten bald, und ich glaubte, ich sei eine glückliche Frau. Woher sollte ich auch wissen, daß sein angeblicher Reichtum und sein formvollendetes Auftreten bloß Fassade waren? Schon vor unserer Hochzeit hatte er halbseidene Geschäfte gemacht, doch erst mit meinem Geld liefen sie richtig gut. Man braucht eben das rechte Kapital, um sich die Gunst gewisser Leute zu sichern.«

Sie lachte höhnisch. »Ich war ja so ahnungslos! Wir zogen von Hamburg nach Stuttgart. Ich wurde schwanger, verlor das Kind, fühlte mich krank und einsam. Zur Aufmunterung brachte mein Mann Zilly mit. Die Geschichte kennen Sie, ich fasse mich also kurz: Als ich endlich herausfand, wer in unserem Haus die Königin war und wer die Magd, wollte ich nur noch sterben. Meinen Mann interessierte es nicht. Und ich beschloß, ihm zu geben, was er brauchte.

Ich wußte, daß Zilly noch in Stuttgart war, und ich zwang sie, mich ihre Kunst zu lehren. Es dauerte nicht lange, und ich brachte es zu wahrer Meisterschaft! Heute weiß ich, daß es immer in mir war, schon in der Liebe zu Eduard, die ich dann erst richtig verstand. Mein Mann war zum ersten Mal in unserer Ehe zufrieden mit mir! Als er krank wurde, verlangte ich von ihm, mich in seine Geschäfte einzuweisen. Und ich wurde auch darin eine Meisterin. Ich würde lügen, wenn ich behauptete, es hätte mir nicht gefallen, dieses hochsensible, komplizierte Gebilde aus Abhängigkeiten, kleinen Erpressungen und diskreten Gunstbeweisen immer weiter zu vervollkommnen, das uns Einfluß bis in höchste Kreise bescherte. Was lag also näher, es auch in Frankfurt zu tun? Glauben Sie mir: Es gibt nichts Amüsanteres als die Photographie eines Politikers in Unterhosen. Und keinen besseren Platz auf der Welt, die Wahrheit über all die Großen und Mächtigen zu erfahren, als ein Bordell.

Da es einer Dame meines Standes leider nicht möglich ist, ein solches Etablissement offen zu führen, kaufte ich die *Laterna* unter einem Decknamen und setzte Zilly als Verwalterin ein. Sicher war es leichtsinnig, aber aufs Vergnügen wollte ich nicht ganz verzichten – so erblickte Signora Runa das Licht der Welt. Ihre Patin war Signora Lucrezia, eine überaus interessante literarische Figur. Aber das wird Sie wohl kaum interessieren, was? Ich mußte meiner Stellung Tribut zollen und überließ Zilly die praktische Ausführung. Da die Gute leider nicht ganz standfest ist, habe ich eine kleine Lüge meines Mannes aufrechterhalten und jedes Jahr eine Photographie besorgt. Ihre diesbezügliche Vermutung war also richtig. Nun, Zilly gab den Herren, was sie wünschten, und ich verlegte mich notgedrungen aufs heimliche Zuschauen. Die Gefahr einer Entdeckung wäre einfach zu groß gewesen.«

Sie lachte. »Unter den Herrschaften sprach es sich nämlich rasch herum, daß Gräfin von Tennitz eine verständnisvolle Frau war und ohne Fragen zu stellen, diskrete finanzielle und sonstige Hilfe in peinlichen Lebenslagen gewährte. Selbstverständlich zeigten sich die solcherart von mir Erretteten fortan äußerst entgegenkommend, und so wusch eine Hand die andere. Ob die Herren allerdings genauso dankbar gewesen wären, wenn sie gewußt hätten, daß sie die Seife für ihre weißen Westen aus ihrer eigenen Schatulle bezahlten?«

Sie steckte den Revolver weg und spielte mit dem Seil an Heiners Hals. »Wissen Sie, als ich jung war, dachte ich, daß die

Liebe das Höchste und Schönste ist, was ein Mensch empfinden kann. Nichts als Selbstbetrug! Zu lieben heißt, schwach zu sein, sich einem anderen auszuliefern, sich von ihm täuschen, verletzen, demütigen zu lassen. Nein! Es gibt kein erhabeneres, kein erregenderes Gefühl als die Macht, den Feind zu zertreten, vom Schlachtfeld im Triumph heimzukehren, das Spiel nicht zu spielen, sondern es spielen zu lassen!« Sie zog das Seil an und amüsierte sich über Heiners Anstrengung, Luft zu bekommen.

»Ich hatte in all den Jahren keinen Kontakt nach Frankfurt, und meine Eltern haben nie ein Wort über die Sache verloren. Deshalb traf es mich wie ein Schock, als ich nach dem Tod meines Mannes zurückkam und erfahren mußte, daß Biddling und Victoria Könitz geheiratet hatten, ja, daß ich durch die Ehe meines Bruders sogar mit ihm verschwägert war! Ausgerechnet mit dem Mann, den ich mehr als alles andere haßte auf der Welt! Sicher, ich hätte ihn umbringen lassen können, eine Kugel aus dem Hinterhalt, ein Überfall in einem dunklen Winkel … Aber ich war nicht so dumm, meinen Gefühlen freien Lauf zu lassen. Ganz abgesehen davon, daß ein schneller Tod keine Strafe ist. Schließlich verkommt das beste Spiel zur Farce, wenn der Favorit zu schnell stürzt, nicht wahr? Also machten Zilly und ich uns einen Spaß daraus, passende Zitate auszusuchen, die ich ihm von Zeit zu Zeit in der Hoffnung zukommen ließ, daß die Erinnerung ihm Alpträume bescheren und seinen Vorgesetzten die Entscheidung erleichtern würde, ihn im Präsidium kaltzustellen. Leider war ich etwas unvorsichtig dabei. Eines Tages stand Wachtmeister Heynel vor meiner Tür, und mir blieb nichts anderes übrig, als mit ihm zu kooperieren.

Anfangs klappte es recht gut. Er verfügte über Kontakte, die mir für, sagen wir, niedere Aufgaben durchaus zupaß kamen: Wennecke und dieser verrückte Italiener, halbseidene Damen aus der Altstadt, wohl auch der eine oder andere Beamte aus dem Präsidium. Heynel hatte das, was ich im Großen plante, im Kleinen bereits umgesetzt, ich war also nicht wirklich unglücklich über unser Arrangement, auch wenn es mich eine ordentliche Stange Geld kostete. Durch ihn war ich außerdem einigermaßen im Bilde, was Biddling anging. Kennen Sie das prickelnde Gefühl, den Gegner in der Falle zappeln zu sehen, obwohl er selbst noch nichts davon weiß? Vermutlich nicht.

Als mein lieber Schwager nach Lichtensteins Tod zum ersten Mal in die *Laterna* kam, war ich zufällig dort, und es wäre kein Problem gewesen, wie in ähnlichen Fällen, über die Hinter-treppe zu verschwinden und alles weitere Zilly zu überlassen. Aber ich konnte der Versuchung nicht widerstehen, ihn klein zu sehen, seine Angst zu spüren. Schade, daß es zu dunkel war, sein Gesicht richtig zu erkennen. Was ich tat, war unvernünftig, aber das Spiel mit dem Feuer reizte mich – um so mehr, als er völlig ahnungslos war. Und doch hatte ich ihn unterschätzt. Ei-nige Tage vor dem Gordon-Bennett-Rennen kam er zu mir und erzählte eine ähnliche Geschichte wie Sie, doch genau wie bei Ihnen gelang es mir, ihn zu beschwichtigen. Es ist für Männer wohl schwer vorstellbar, daß eine Frau … Ach, lassen wir das. Mir war jedenfalls klar, daß der Burgfrieden nicht von Dauer sein würde. Noch einmal würde er mein Leben nicht zerstören! Also mußte ich handeln. Den Rest kennen Sie.«

Sie nahm Heiner den Knebel aus dem Mund. Er rang nach Luft. »Und was war mit Hopf?«

»Karl und mich verbindet eine sehr intensive Freundschaft. Ich lernte ihn durch Zilly kennen. Die dumme Gans hatte sich in ihn verliebt und fühlte sich nicht mehr in der Lage, ihn zu be-dienen. Ich habe ihm eine neue Herrin besorgt.«

»Victorias Schwester Maria.«

Sie lachte. »O ja. Sie klagte mir ihr eheliches Ungemach, und ich half ihr, sich von dem angestauten Zorn zu befreien, wenn Sie verstehen, was ich meine. Seitdem ist sie eine zufriedene Frau.«

»Ihr Mann weiß über diese Dinge Bescheid?« fragte Heiner fassungslos.

»Ach was! Mein Bruder Theodor ist zwar alles andere als ein zartbesaiteter Mensch, und nebenbei bemerkt, gutzahlender Kunde in der gewöhnlichen Abteilung der *Laterna*, aber der Gute würde in Ohnmacht fallen, wenn er wüßte, womit sich seine holde Gattin in seiner Abwesenheit die Zeit vertreibt. Maria hat übrigens keine Ahnung, daß meine Hilfe professioneller Art war. Sie glaubt, es sei eine kleine, private Spielerei, an der ich sie generös teilhaben lasse. Und was Hopf und mich angeht: Einen guten Freund hält man körperlich besser auf Abstand. Was mich nicht hinderte, ihn ein bißchen zu mißbrauchen, um an Informationen über die Familie Biddling und den Fall Wennecke zu kommen. Allzuviel Sympathie sollte sich dabei allerdings nicht entwickeln, so daß ich ihn rechtzeitig ein hübsches und heiratswilliges Mädchen kennenlernen ließ. Soweit ich weiß, sind sie nach London gereist und amüsieren sich prächtig. Was mich für Karl freut. Der Tod seiner Frau hat ihn arg mitgenommen.«

Sie lachte verächtlich. »Immerhin weiß ich jetzt, warum Victoria eine so leidenschaftliche Leserin profaner Detektivgeschichten ist: Ihr Mann enthielt ihr die wahren Geschichten vor. Sie wußte noch weniger über den Fall Wennecke als das, was Heynel in den Akten gefunden hatte.« Auf Heiners fragenden Blick fügte sie hinzu: »Der Oberwachtmeister befürchtete, mein Schwager würde ihm auf die Schliche kommen.«

»Das heißt, er hat Fritz Wennecke tatsächlich umgebracht?«

Sie zuckte die Schultern. »Ich habe ihm gesagt, wenn's im Getriebe knirscht, muß der Sand weg. Wie er das angestellt hat, ist seine Sache. Letztlich hatte Heynel das gleiche Problem wie Zilly. Ich zahlte ihm gutes Geld, damit er eine Affäre mit dieser Assistentin anfängt, und der Einfaltspinsel verliebt sich in sie! Ich mußte die Arbeit also selbst tun und informierte den Polizeipräsidenten. Leider nicht ganz mit dem gewünschten Ergebnis. Als Heynel dann auch noch anfing, seine eigenen Regeln aufzustellen und Biddlings Tochter den Hof machte, war ich gezwungen, seinen Größenwahn etwas zurechtzustutzen.«

»Indem Sie ihn in den Mord an Kommissar Biddling hineinzogen?«

»Im allgemeinen reichte die Drohung, den Geldhahn zuzudrehen.«

»Wofür hat er all das Geld bekommen? Doch sicher nicht nur,

um Informationen weiterzugeben und ein paar Dirnen aus der Rosengasse willig zu machen?«

»Es sind viele kleine Rädchen, die die große Maschine am Laufen halten. Durch seine Position in der Sittenpolizei war Heynel durchaus kein unwichtiges unter diesen Rädchen. Was mich dazu bewog, ihn verschiedentlich lobend zu erwähnen. Irgendwoher mußte ja die Beförderung zum Oberwachtmeister kommen. Daß es ihn nun erwischt hat, tut mir aufrichtig leid. Mehr als einen guten Anwalt zu besorgen, konnte ich nicht für ihn tun, aber ich bin sicher, daß er meine Hilfe zu schätzen weiß.«

»Und wer weiß Ihre Hilfe noch zu schätzen? Vielleicht der Polizeipräsident?«

»Ich bedaure, nein. Auch bei unserem Herrn Oberbürgermeister und diversen anderen Herren wollten meine Bemühungen partout keinen Erfolg haben. In dieser verdammten Stadt gibt es entschieden zu viele preußische Tugendwächter!«

Heiner lächelte. »Darf ich daraus den Schluß ziehen, daß sich die Anzahl Ihrer Unterhosen-Bilder in Grenzen hält?«

»Für meine Zwecke reicht es!« sagte sie wütend.

»Und welche Stellung hatte Hermann Lichtenstein in Ihrem Räderwerk?«

»Seine selbstlose Geldverleiherei war schlecht fürs Geschäft. Da ich ihn mochte, wäre ich bereit gewesen, ein Auge zuzudrücken, doch er war Narr genug, meine Gunst abzulehnen! Er hätte wissen müssen, was das heißt.« Sie berührte Heiners Gesicht mit der Peitsche und lachte, als er zusammenzuckte. »Karl hat mir mit Vergnügen diesen Freundschaftsdienst erwiesen. Gleich beim ersten gemeinsamen Besuch in der *Laterna* vergaß Lichtenstein seinen Ehering. Beim zweiten Mal hätte Karl ein kleines photographisches Souvenir gefertigt. Schade, daß Lichtenstein vorher ermordet wurde. Ich hätte eine hübsche neue Einnahmequelle aufgetan.«

»Wie bei David Könitz.«

»Sicher. Karl liebt diese Art Arrangement. Objektiv betrachtet, sind seine Bilder von höchster Ästhetik. Formvollendete Meisterwerke der Photographie! Die Kunden sind übrigens in der

Mehrzahl damit einverstanden, daß er die Bilder macht. Manche sind allerdings zu betrunken, um ja oder nein zu sagen. Da ich eine Liebhaberin außergewöhnlicher Kunst bin, zahle ich gut dafür. Alles weitere ist meine Sache. Karl würde es wohl auch nicht verstehen.«

»Sie haben ihn mit Ihrem Spiel zum Mordverdächtigen gemacht!«

»Damit kann Karl umgehen.«

»Wie hat Kommissar Biddling die Wahrheit herausgefunden?«

Sie zuckte die Schultern. »Zilly und Karl waren die einzigen, die über mein Engagement in der *Laterna* Bescheid wußten. Vielleicht hat einer der beiden sich verplappert. Wie haben Sie es herausgefunden?«

»Zilly besitzt siebzehn Photographien ihres vorgeblichen Sohns, fortlaufend von 1887 bis 1903. Wie sollte sie, wenn Sie sich doch angeblich jahrelang nicht gesehen hatten? Was hat Ihr Mann mit dem Kind gemacht?«

»Was weiß ich. Daß er den sechsjährigen Bengel einer zweitklassigen Hure nicht im Kaiserpalast unterbringen konnte, hätte sie sich denken können.«

»Diese Art Geschäfte haben Sie in Frankfurt ebenfalls weitergeführt, nicht wahr?«

»Warum nicht? Man kann Eltern glücklich machen, wenn man ein Kind im passenden Moment verschwinden und an geeigneter Stelle wiederauftauchen läßt.«

»Zum Beispiel in einem gelben Haus in Offenbach.«

»Sieh an! Sie wissen mehr, als ich dachte.«

»Und Oberwachtmeister Heynel hat Ihnen die passenden Kaninchen für Ihren Zauberhut verschafft?«

»Er hat mir bei der einen oder anderen Vorstellung assistiert, ja. Für die anspruchsvolleren Nummern fehlte ihm leider das nötige Nervenkostüm.«

»Warum haben Sie mit den Drohbriefen an Kommissar Biddling nach so langer Zeit wieder angefangen?«

»Als ich erlebte, wie erschrocken er auf meine Anspielung in der *Laterna* reagierte, konnte ich gar nicht anders. Obwohl ich es bedauerte, daß er offenbar nicht belesen genug war, meine sublimen Anspielungen in Gänze zu begreifen. Ich habe sogar extra einige der unsäglichen Detektivgeschichten über diesen Sherlock Holmes studiert, der nicht mal fehlerfrei Französisch zitieren kann! Und dann geschah das Unfaßbare: Mein lieber Schwager kam zu mir und erbat meinen literarischen Rat. Nett, nicht wahr?«

»Und welches Spielchen haben Sie mit seiner Tochter gespielt?«

»Werfen Sie einen Stein ins Wasser, und er zieht Kreise. Mit Floras heimlichem Ausflug hatte ich nichts zu tun.«

»Woher wußten Sie, daß wir nach Ihrer Schreibmaschine suchten?«

Sie lachte. »Von meinem Schwager höchstpersönlich. Irgendwie hat er herausgefunden, daß seine ersten Literaturlektionen und ein kleines pekuniäres Angebot an seinen Gehilfen auf derselben Maschine geschrieben worden waren. Wobei ich ernsthaft im Zweifel bin, ob er mir da nicht einen Bären aufgebunden hat. Für alle Fälle habe ich das Ding sofort wegbringen lassen. Zilly war nicht glücklich darüber. Sie ist geschickt im Schreiben. Ich habe ihr einen Gutteil meiner Korrespondenz anvertraut.« Sie seufzte. »Wir beide würden ein gutes Gespann abgeben, wenn sie nicht immer wieder ihre sentimentalen Anwandlungen bekäme. Bringt Lichtenstein den Ring zurück! Noch dämlicher geht's wirklich nicht.«

»Wußte Zilly, daß Sie mit den Briefen weitermachten?«

»Nach Biddlings Verhör konnte sie es sich denken.«

»Victoria sagt, Sie hätten versucht, die Gunst ihres Mannes zu gewinnen. Widersprach das nicht Ihrem Ansinnen?«

»Sind Sie wirklich so einfältig, Wachtmeister? Es gibt nichts Demütigenderes für eine Frau als eine offen praktizierte Buhlschaft ihres Gatten! Leider war Biddling dafür nicht zu gebrauchen. Durch seine Ermittlungen war ich schließlich gezwungen, mir auf die Schnelle etwas Endgültiges für ihn und gleichzeitig Effektives für sie einfallen zu lassen. *J'embrasse mon rival, mais c'est pour l'étouffer!«*

»Entschuldigen Sie, ich bin nicht sonderlich firm in Französisch.«

Sie zog an dem Seil, bis er anfing zu röcheln. »Ich umarme meinen Feind, aber um ihn zu ersticken! Eine Maxime meines verstorbenen Gatten: Lächle, wenn du deinem Gegner das Messer in den Leib stößt. Das erhöht das Vergnügen.« Sie ließ das Seil los.

Heiner rang um Luft und hustete. »Deshalb haben Sie einen Selbstmord vorgetäuscht? Den Abschiedsbrief gefälscht? Um Victoria zu treffen?«

»Sicher. Und ich habe mit großer Freude festgestellt, wie gut meine Worte gewählt waren.« In ihre Augen trat ein haßerfüllter Ausdruck. »Sie hätten mir mit Ihrer verfluchten Geheimniskrämerei beinahe alles verdorben.«

»Daher wußte Franck also Bescheid. Aber warum das Ganze? Ich sehe den Sinn nicht. Sie können Victoria doch nicht dafür verantwortlich machen …«

»… daß der einzige Mensch, den ich je geliebt habe, tot ist?« schrie sie. »Daß ich ihn verraten habe, weil Biddling meine Unerfahrenheit und Dummheit ausgenutzt hat? Daß ich an die miese Ratte Tennitz geriet? Daß mein Leben ruiniert ist? Nein? Kann ich nicht?«

»Ich bitte Sie! Eduard war …«

Ihre Stimme überschlug sich. »Das gab Biddling nicht das Recht, ihn abzuknallen wie ein Stück Vieh!«

»Sie irren. Es war Kommissar Biddlings Waffe, ja. Aber er …«

»Hören Sie auf mit Ihren gottverdammten Lügen! Ich kenne das Märchen, das in den Akten steht. Kein Wort davon ist wahr!«

»Daß gewisse Dinge nicht aktenkundig sind, ist der tragischen Situation der Familie geschuldet und somit auch in Eduards Interesse die beste Lösung gewesen.«

Sie stieß ihm die Peitsche in den Bauch. »Biddling hat einen Mord begangen und ihn vertuscht. Und Victoria und Sie haben ihm geholfen. Dafür werden Sie jetzt bezahlen. Und zwar so, daß Sie wünschten, Sie wären nie geboren!«

»Sie machen einen großen Fehler.«

»Meinen größten Fehler habe ich vor zweiundzwanzig Jahren an dieser Hütte hier gemacht«, sagte sie und zerriß ihm das Hemd.

»Bitte hören Sie mir zu! Ich erkläre Ihnen ...«

»Kennen Sie die Venus im Pelz? Nein?« Sie hob die Peitsche. »Sie werden sie kennenlernen, Wachtmeister.«

»Cornelia!« Victoria hatte Mühe, ihr Pferd zum Stehen zu bringen. Sie sprang aus dem Sattel und zog Zillys Pistole. »Binde ihn sofort los!«

Sie lachte. »Schau an, ich habe ja mehr Glück, als ich dachte. Du bist nämlich die letzte auf meiner Rechnung, liebste Schwägerin.«

»Ich meine es ernst, Cornelia!«

»Du weißt ja gar nicht, wo bei dem Ding der Abzug sitzt. Wahrscheinlich ist sie nicht mal geladen.«

»Darauf würde ich an deiner Stelle lieber nicht hoffen!«

»Sagen Sie ihr, wie Eduard Könitz gestorben ist«, rief Heiner.

»Was?«

»Sie glaubt, daß Ihr Mann Eduard umgebracht hat. Deshalb mußte er sterben.«

»Genau wie ihr jetzt sterben werdet.« Cornelia ließ die Peitsche fallen, zog ihren Revolver und ging langsam auf Victoria zu.

»Bleib stehen!« schrie sie.

»Du kannst mir keine Angst machen, Schwägerin. Selbst wenn du wider Erwarten treffen solltest – einen von euch nehme ich auf jeden Fall mit!« Sie zielte auf Heiner. »Also, wenn du meinst: Schieß!«

»Laß ihn gehen! Bitte. Er hat nichts damit zu tun.«

»So? Und warum sollte ich dir das glauben? Wo du doch dein ganzes Leben nichts anderes getan hast, als dich und andere zu belügen!«

»Niemand hat gelogen«, sagte Victoria. »Aber ...«

»... die Wahrheit wurde der tragischen Situation der Familie geopfert«, sagte sie sarkastisch.

»Ja, Cornelia.« Victoria ließ die Waffe sinken. Tränen liefen ihr übers Gesicht. »Wenn ich gewußt hätte, daß dir das so wichtig ist … Warum hast du mich nie gefragt?« Plötzlich kamen die Bilder zurück, die Schmerzen, die Verzweiflung. »Richard konnte nicht das geringste dafür. Wenn überhaupt jemand Schuld hatte, dann ich. Ich war nicht da, als Eduard mich brauchte.«

»Ich glaube dir kein Wort«, sagte Cornelia, als Victoria geendet hatte. Sie riß die Maske weg. »Sieh dir an, was Tennitz mit mir gemacht hat!«

Entsetzt starrte Victoria auf die Schwären auf ihrer Stirn.

Cornelia lachte hysterisch. »Nicht einmal, als mein Kind als greiser Krüppel geboren wurde, habe ich kapiert, was er mir angetan hat. Syphilis! Erst zerfällt der Körper, dann das Hirn. Zuletzt hat er gelallt wie ein Betrunkener, ein tumber Vollidiot, aber ich habe jede Sekunde seines Leidens genossen. Jeder Schmerzenslaut war mir eine Lust! Und gleichzeitig wußte ich, daß ich eines Tages ebenso enden werde.«

»Cornelia, ich …«

»Glaubst du etwa, ich hätte diesen dämlichen Schleier getragen, weil ich um deinen Mann trauerte? Ich habe nichts mehr zu verlieren. Gar nichts. Das letzte, was ich will auf dieser Welt, ist Gerechtigkeit.« Sie schoß auf Heiner und fiel um.

Victoria starrte auf die ungeladene Waffe in ihrer Hand, auf die Gestalt im Gras und auf Heiner Braun, der reglos in seinen Fesseln hing, und sie konnte nicht begreifen, was sie sah. Als Kommissar Beck ihr die Pistole abnahm, erwachte sie aus ihrer Erstarrung. Sie stürzte zu dem Baum. Zwei Beamte banden Heiner Braun los und ließen ihn vorsichtig zu Boden gleiten. Sein Gesicht war fahl, über seine rechte Schläfe zog sich eine blutige Furche. Victoria kniete sich neben ihn. Mit ihrem Taschentuch tupfte sie ihm das Blut weg. Er stöhnte und schlug die Augen auf.

»Heiner … Ach, Gott sei Dank!« Sie konnte die Tränen nicht länger zurückhalten.

Er lächelte. »Sehe ich so schrecklich aus, daß Sie bei meinem Anblick weinen müssen? Wo ist sie?«

Victoria deutete hinter sich. »Wenn Kommissar Beck nicht gekommen wäre ...« Sie wagte nicht, den Gedanken zu Ende zu denken. Sie wandte sich zu ihm um. »Woher wußten Sie, daß wir hier sind?«

»Zilly hat mir eine Nachricht ins Präsidium geschickt«, sagte Peter Beck. Er half Heiner, aufzustehen und gab ihm seinen Mantel. »Das war verdammt leichtsinnig, was Sie da veranstaltet haben, Wachtmeister!«

»Ich weiß«, sagte Heiner. »Aber ich hatte keine andere Möglichkeit.« Er sah Victoria an. »Als ich mit Vicki über Eduard sprach, fiel es mir wie Schuppen von den Augen. Diese merkwürdigen Briefe, dieser Ort. Eine unglückliche Liebschaft: Es konnte nur Cornelia sein. Doch obwohl ich es wußte, wollte ich es bis zuletzt nicht wahrhaben. Weil ich ihr Motiv einfach nicht begriff. Und Ihrem Mann ging es nicht anders. Deshalb hat er auch nichts gesagt. Er wollte nicht an den alten Dingen rühren, bevor er sich ganz sicher war. Wie hätte er ahnen sollen, was sie sich über all die Jahre zusammengesponnen hat?«

»Ist sie tot?« fragte Victoria.

Peter Beck schüttelte den Kopf. »Ich habe einen Beamten zur Stadtwaldwache geschickt, eine Trage zu holen. Ehrlich gesagt, glaube ich nicht, daß sie noch so lange lebt.«

Heiner wandte sich an Victoria. »Hat Helena Ihnen meine Nachricht gebracht?«

»Aber sicher.«

Er sah so glücklich aus, daß es weh tat. Ein junger Beamter kam zu ihnen. »Gräfin von Tennitz will Sie sprechen, Frau Biddling.«

Cornelia lag auf dem Rücken im Gras. Jemand hatte ihr eine Jacke unter den Kopf geschoben. Aus ihrem bleichen Gesicht stachen die Geschwüre wie Menetekel hervor. »Du denkst, du hast gesiegt. Aber du irrst.«

»Cornelia, bitte ...«

Sie sah an ihr vorbei. »Kommissar?«

Peter Beck beugte sich zu ihr.

»In meinem Sekretär in der *Laterna* finden Sie eine Namens-liste, Photographien, Briefe, Bankbelege ... Es wird Ihnen ein Vergnügen sein.« Sie sah Victoria an. »Willst du wissen, wie er gestorben ist?«

»Du hast es nicht allein getan!«

Ihr Lachen erstarb in einem Röcheln. »Glaubst du, ich hätte diese Freude mit jemandem teilen wollen?«

»Nicht Zilly, sondern du warst die Frau im Polizeipräsidium, nicht wahr? Und Oberwachtmeister Heynel hat dir geholfen!«

Ihr Gesicht verzerrte sich. »Wie ein räudiger Hund hat er um sein bißchen Leben gewinselt! Um Gnade hat er gefleht, mir den Himmel auf Erden versprochen! Und ich habe ihm lachend ins Gesicht gespuckt dabei! Jede Sekunde wurde ihm zur Ewig-keit! Das wird dir hoffentlich immer ...« Sie hustete Blut.

»Bitte, Cornelia! War Heynel dabei?«

»Ich verfluche dich, Victoria Biddling!«

»Cornelia! Sag mir ...«

Heiner faßte sie an der Schulter. »Sie ist tot, Victoria.«

Victoria richtete sich auf, sah in die betroffenen Gesichter der Beamten. »Ich habe Ihnen einen Wagen bestellt, Frau Biddling«, sagte Kommissar Beck, aber sie schüttelte den Kopf.

Sie ging zu dem Baum, lehnte ihre Stirn an die rissige Rinde und schloß die Augen. Heiner redete kurz mit Peter Beck und kam zu ihr. Sie sah ihn an. »Ich hatte unrecht. Nicht die Unge-wißheit ist das Schlimmste, sondern die Gewißheit: daß sie Richard in seinen letzten Stunden das Leben zur Hölle gemacht hat, daß sie ihn voller Wonne leiden ließ ... Wie ich sie dafür hasse!«

»Wenn Sie sich mit solchen Gedanken quälen, hat sie er-reicht, was sie wollte«, sagte er leise. »Bitte, verlieren Sie Ihre Kraft nicht an etwas, das möglicherweise ganz anders gewesen sein kann. Leben Sie in der Gewißheit dessen, was wirklich war. Denken Sie an die schönen Stunden, Victoria.«

Sie nickte, aber sie wußte, daß sich die Bilder in ihrem Kopf nicht daran halten würden.

Es dämmerte schon, als sie nach Frankfurt zurückfuhren.

Über der Stadt hing Rauch, eine schwarze Säule vor dem Abendrot.

»Das Bordell in der Elbestraße brennt!« rief jemand, als sie die Untermainbrücke erreichten.

Cornelias letzter Gruß kam mit der Morgenpost.

Victoria Biddling
- persönlich -
Untermainkai 18

Nicht hoffe, wer des Drachen Zähne sät, Erfreuliches zu ernten.
Schiller, Wallensteins Tod.

Kapitel 31

Nicht alle sind tot, deren Hügel sich hebt!
Wir lieben, und was wir geliebet, das lebt,
Das lebt, bis uns selber das Leben zerrinnt;
Nicht alle sind tot, die begraben sind.
(Friedrich Stoltze, zum Tod seines Sohnes, 1880)

Die *Laterna Magica* brannte die halbe Nacht, und selbst als die Flammen gelöscht waren, schwelte und rauchte die Ruine weiter. Erst zwei Tage später war ein gefahrloses Betreten möglich. Der gesamte Gebäudekomplex war zerstört, und es glich einem Wunder, daß nur ein Menschenleben zu beklagen war. Strenggenommen war es kein Todesfall, sondern eine Vermißtensache, denn trotz wiederholter Suche wurde der Leichnam Cäcilie von Ravenstedts nicht gefunden. Da eine der Mamsellen sie kurz vor dem Ausbruch des Feuers noch im Haus gesehen hatte, ging man jedoch davon aus, daß sie in den Flammen umgekommen war. Als Brandherd wurde das Zimmer von Signora Runa ausgemacht, Brandstiftung war anzunehmen, die genaueren Umstände ließen sich nicht mehr ermitteln.

Beim Ordnen von Gräfin Tennitz' Nachlaß stellte Rechtsanwalt Dr. Ottmar Vogel erhebliche Differenzen fest, was ihre Vermögenswerte anging. Wohin die fehlenden Barmittel verschwunden waren oder ob sie überhaupt je existiert hatten, konnte er nicht herausfinden. Das Mandat für Oberwachtmeister Heynel legte er ohne Begründung nieder.

Einen Tag nach der Beerdigung von Gräfin Tennitz bat Martin Heynel Kommissar Beck und Polizeiassistentin Rothe um ein

Gespräch. Am liebsten wäre es Laura gewesen, wenn Beck ihre Begleitung nicht gewünscht hätte, aber er hoffte auf ein Geständnis und war bereit, dem Untersuchungsgefangenen so weit wie möglich entgegenzukommen.

Laura merkte, daß ihre Hände feucht wurden, als sich die Zellentür öffnete. Martin Heynel sah krank aus. Sein Gesicht hatte eine gelbliche Farbe, unter seinen Augen lagen Ringe. »Guten Tag, Laura«, sagte er mit einem Lächeln, das ihr die Röte ins Gesicht trieb.

»Guten Tag, Herr Heynel.«

»Warum so förmlich? Aber du hast ja recht. Es ist sinnlos, seine Gunst an Verlierer zu verschwenden.«

»Ich bitte Sie zu akzeptieren, daß Fräulein Rothe als meine Assistentin hier ist und nicht als Privatperson«, sagte Peter Beck.

Martin Heynel nickte. Ein Wärter hatte zwei Stühle hereingestellt. Laura und Beck nahmen darauf Platz, während Heynel sich auf seine Pritsche setzte. »Ich werde Ihnen alles sagen, was ich weiß, Kommissar. Also fragen Sie.«

»Dürfte ich erfahren, was Sie zu Ihrem Sinneswandel bewogen hat?«

»Wenn das Spiel zu Ende ist, hat es keinen Sinn mehr, auf einen Sieg zu hoffen. Ich habe mit dem Tod von Kommissar Biddling nichts zu tun.«

»Ihr Fingerabdruck befindet sich auf dem gefälschten Abschiedsbrief.«

»Ich habe den Brief in der Hand gehabt, aber ungeöffnet zurückgelegt. Er war an Biddlings Frau adressiert und interessierte mich nicht.«

»Was hatten Sie in Biddlings Büro verloren?«

»Ich war am Tag des Gordon-Bennett-Rennens schon sehr früh im Präsidium und überraschte Gräfin von Tennitz, als sie sich an Biddlings Schreibtisch zu schaffen machte. Sie sagte, sie habe nach den anonymen Briefen gesucht, weil sie befürchtete, der Kommissar könnte anhand von Fingerabdrücken nachweisen, daß sie die Verfasserin ist.«

»Ah ja«, sagte Beck zynisch. »Die Gräfin spaziert frei und

frank ins Präsidium, und keiner der Wachbeamten bemerkt es.«

»Sie ist über die Wohnung des Polizeipräsidenten hereingekommen.«

»Wollen Sie mich auf den Arm nehmen?«

»Das hat sie jedenfalls behauptet. Wie sie es angestellt hat, weiß ich nicht. Ich habe sie durch einen Seiteneingang hinausgelassen. Und dann die Briefe geholt, die sie, wie sie mir sagte, nicht gefunden hatte. Wobei ich mich etwas wunderte, denn sie lagen offen in einer Schublade in Biddlings Schreibtisch.«

»Was haben Sie danach gemacht?«

»Ich hatte verschiedene Außenermittlungen.«

»Im Stadtwald?«

»Ganz sicher nicht.«

»Sie behaupten also, daß Sie nicht an dieser Hütte waren?«

»Ich weiß nicht mal, wo diese Hütte steht.«

Beck lächelte. »Sie glauben hoffentlich nicht, daß ich Ihnen das abnehme.«

»Herrje! Welchen Grund hätte ich denn haben sollen, Biddling nach dem Leben zu trachten?«

»Sie haben heimlich in seinen Akten gelesen.«

»Ja. Aber ich wußte nicht zuletzt durch Fräulein Rothe, daß er in der Sache Wennecke keinen einzigen Beweis gegen mich hatte.«

»Er war dagegen, daß Sie seine Tochter heiraten.«

»Das ist doch kein Grund, ihn zu erschießen!«

»Nein? Auch wenn Ihnen durch seine Weigerung die Aussicht auf ein beachtliches Vermögen und den Aufstieg in die erste Klasse der Frankfurter Bürgerschaft verwehrt wurde?«

»Vicki … Ich meine, Fräulein Biddling und ich hätten auch gegen seinen Willen geheiratet.« Er sah Laura an. »Sie war eine gute Partie, und sie war verliebt in mich. Es war ein vernünftiges Arrangement, nicht mehr und nicht weniger.«

»Sie wollen mir ernsthaft erzählen, Sie hätten nichts von den Mordplänen der Gräfin gewußt?« fragte Beck.

Martin Heynel senkte den Kopf. »Ich ahnte es … hinterher.

Als es zu spät war. Sicher, ich war Biddling so wenig wohlgesonnen wie er mir. Daß Gräfin von Tennitz ihm Drohbriefe geschickt hat, berührte mich nicht sonderlich. Es kam mir sogar gelegen, denn sie zahlte gut für mein Schweigen. Aber ich hätte nie …«

»Was war mit Comoretto und Wennecke?«

»Der Italiener war doch komplett verrückt! Warum hätte ich ihn umbringen sollen?«

»Vielleicht, weil er zur falschen Zeit am falschen Ort war? Weil er Sie gesehen hat, als Sie im Stinkturm in den Kanal stiegen?«

»Das ist ausgemachter Unsinn!«

»Dann sagen Sie mir bitte, für welche Art Dienstleistung ein Verrückter neunhundertsiebzig Mark bekommt.«

»Weiß der Teufel, wem dieses verdammte Geld gehört! Comoretto besaß nicht mehr als das, was er am Leib trug.« Er sah Laura an. »Sie waren doch dabei, als er mich in der Kornblumengasse angebettelt hat.«

»Das war vor Herrn Biddlings Tod.«

»Und Wennecke? War der auch verrückt?« fragte Beck.

Martin Heynel verzog das Gesicht. »Er war ein mieses Schwein und bekam, was er verdiente.«

»Das heißt?«

»Ja! Ich habe den Dampfhammer manipuliert! Und mir dabei von Herzen gewünscht, daß er draufgeht, oder zumindest nie mehr in der Lage sein wird, seine dreckigen Phantasien an unschuldigen Kindern auszuleben!«

»Der Rächer der Armen und Entrechteten«, bemerkte Beck verächtlich.

»Ich gebe zu, daß ich Fritz Wennecke umgebracht habe. Was wollen Sie noch?«

»Dafür könnten Sie begnadigt werden. Für den Mord an einem Kriminalbeamten sicher nicht.«

Martin Heynel sprang auf. »Verdammt! Ich sage die Wahrheit!«

»Sie haben Wennecke umgebracht, weil er zuviel quasselte«, sagte Beck. »Mit jedem Wort, das er im Suff sagte, wurde er eine größere Gefahr für Sie. Das ist die Wahrheit, und nichts sonst!«

»Ja. Auch das war ein Grund, es endlich zu tun.« Er sah Laura an. »Weißt du, daß du die einzige Frau bist, die ich jemals ...«

»Wenn Sie sich nicht an die Absprache halten, gehen wir«, fiel Beck ihm ins Wort. »Fräulein Rothe, bitte protokollieren Sie.«

Als sie das Untersuchungsgefängnis verließen, war der Himmel schwarz, und der Wind blies Laura fast die Haube vom Kopf. In der Nacht rüttelte es an den Fensterläden, daß sie Angst bekam, das Haus stürze ein. Am Morgen hatte der Sturm nachgelassen. Es regnete. Als Laura zum Dienst ging, war Heiner Braun noch nicht vom Friedhof zurück.

Kommissar Beck saß an seinem Schreibtisch und rieb sich die Hände. »Ich frage mich, für was der Heizer auch nur einen Pfennig bekommt.«

»Vielleicht hat er verschlafen?« mutmaßte Laura. Ihr Atem kondensierte in der Luft. Peter Beck verwünschte sämtliche Heizer der Welt und schlug die Zeitung auf. Laura zog es vor, den Mantel anzulassen und setzte sich an den Schreibmaschinentisch. Die Mappe mit den zu fertigenden Schriftstücken war gut gefüllt.

Es war weit nach Mittag, als sie das letzte Blatt aus der Maschine nahm. Kommissar Beck und seine Kollegen waren zu Polizeirat Franck beordert worden. Soweit Laura wußte, ging es um die offizielle Einführung des neuen Leiters der Sittenpolizei. Es gab Momente, in denen sie ihre Zusage nach Stuttgart bereute, aber sosehr sich ihr Herz sträubte, ihr Verstand sagte, daß sie die richtige Entscheidung getroffen hatte. Und daß sie nach vorn schauen mußte.

Sie leerte den Kasten, in dem sich die Hinterlassenschaften aus acht Monaten Assistenz angesammelt hatten: Zeitungsausschnitte über den Mordprozeß Lichtenstein, ein Straßenverzeichnis und Ansichtskarten von Frankfurt, Informationen der Centrale für private Fürsorge, Rechtsvorschriften, dienstliche und private Korrespondenz. Blatt für Blatt sah sie durch, las, lächelte, erinnerte sich. Sie betrachtete Cornelia von Tennitz' Geburtstagseinladung. Welche Hoffnungen sie in eine Bekanntschaft mit dieser Frau gesetzt hatte! Makulatur, Vergangenheit. Sie war im Begriff, den Brief wegzuwerfen, als sie stutzte. Sie starrte auf das Kuvert und konnte nicht glauben, was sie sah.

Eine halbe Stunde später traf sie im Rapunzelgäßchen ein. In der Stube knisterte das Feuer, auf dem Tisch stand Gebäck. Es roch nach Nüssen und Zimt. Helena saß am Fenster. Sie hatte eine Decke auf den Knien und die Augen geschlossen. Heiner las ihr aus einem Buch vor. Als Laura hereinkam, klappte er es zu und flüsterte seiner Frau etwas ins Ohr. Sie nickte lächelnd. Heiner ging mit Laura in die Küche.

»Ich wollte Sie gewiß nicht stören«, entschuldigte sie sich. »Ich habe auch gar nicht lange Zeit. Aber ich konnte nicht bis zum Abend warten.«

»Womit?« fragte er neugierig.

Sie hielt ihm Gräfin von Tennitz' Einladung hin. »Ich weiß jetzt, wie Kommissar Biddling herausgefunden hat, daß die anonymen Briefe von ihr stammten … daß sie Signora Runa war!« Sie erzählte, wie sie den Kommissar in ihrem Büro überrascht hatte. »Und ich dachte, er sei düpiert, weil seine Schwägerin eine einfache Angestellte zu ihrem Geburtstagsempfang eingeladen hatte.«

Heiner nahm den Umschlag. *Polizeipräsidium, Neue Zeil 60, III. Abt., z. Hd. Frl. Polizeiassistentin Rothe.* Nachdenklich betrachtete er den winzig kleinen Schmutzfleck im *e* von *Polizei.* »Eine Dame ihrer Stellung hätte ihre Korrespondenz besser keiner Dirne anvertraut.«

＊

Am Abend vor der Urteilsverkündung trafen sie sich ein letztes Mal in Heiner Brauns Küche. Laura gab bekannt, daß sie im Dezember in Stuttgart als Zweite Polizeiassistentin anfange.

»Ts!« sagte Heiner. »Jetzt muß ich mir gleich zwei neue Mieterinnen suchen.«

»Dann stimmt es also, daß Herr Beck und Fräulein Frick heiraten?« fragte Victoria.

Heiner lächelte. »Sie haben mich gestern gefragt, ob ich Trauzeuge spiele.«

»Herr Kommissar Beck hat beantragt, daß ich ihm wieder zugeteilt werde!« sagte Paul Heusohn stolz.

»Das freut mich«, sagte Laura.

»Hat man eigentlich inzwischen die Automobilisten ermittelt, die Sie in den Wald gefahren haben?« wandte sich Victoria an Heiner.

»Ja«, antwortete Laura. »Kommissar Beck hat den beiden eine Anzeige verpaßt, in der so ziemlich alle Paragraphen aufgelistet sind, die das Strafgesetzbuch bei größtmöglicher Auslegung für diesen Fall hergibt.« Sie lächelte. »Seit er verliebt ist, ist er richtig nett.«

»Ich glaube, das war er vorher schon. Wir haben es nur nicht gemerkt«, sagte Paul Heusohn.

Laura zwinkerte Heiner zu. »Offenbar hat ihm jemand das passende Staubkorn an den Stein gebunden.«

»Bitte – was?« fragte Victoria verwirrt.

»Eine kleine Geschichte von Friedrich Stoltze über die Liebe und andere Krankheiten«, erwiderte Heiner schmunzelnd. »Wie geht es denn Andreas?«

»Jeden Tag ein bißchen besser«, sagte Victoria. »Heute morgen ist er zum ersten Mal aufgestanden.«

»Wie hat er den Tod seiner Schwester aufgenommen?« fragte Laura.

»Wir haben ihm noch nichts erzählt. Vicki wird es tun, sobald der Arzt es für unbedenklich hält.«

»Ich habe gehört, Sie wollen nach Berlin zu Ihrer Tochter fahren?« sagte Paul Heusohn.

Victoria schluckte. »Ja.«

»Werden Sie länger bleiben?« fragte Laura.

»Sicher bis ins neue Jahr.« Victoria spürte Heiners Blick und nickte ihm zu. Es genügte, wenn er die richtige Antwort kannte.

»Glauben Sie, daß Martin für den Mord an Kommissar Biddling verurteilt wird, Herr Braun?« fragte Paul Heusohn.

Heiner zuckte die Schultern. »Gräfin von Tennitz hat behauptet, sie habe es allein getan.«

»Sie kann es nicht allein getan haben!« fuhr Victoria auf. »Nie und nimmer hätte Richard ihr ohne Gegenwehr seine Waffe gegeben, und ganz sicher hatte sie nicht die Kraft, ihn mit einem Stein niederzuschlagen und ihn zu diesem Baum zu schleppen! Sie hatte einen Gehilfen, und ich bin sicher, daß es Heynel war.« Ihre Stimme wurde leise. »Ich könnte es nicht ertragen, wenn er davonkäme.«

»Zugegeben hat er aber nur den Mord an Fritz Wennecke«, wandte Paul Heusohn ein. »Nicht wahr, Fräulein Rothe?«

Laura nickte. Er war ein Mörder, und es war töricht. Aber sie konnte nicht vergessen, wie glücklich sie in seinen Armen gewesen war.

Der folgende Tag war trüb und kalt. Victoria war es gleich, wie ihr plötzlich alles gleich war. Sofort nach dem Verlesen des Urteils verließ sie den Gerichtssaal. Schuldig des Mordes an Fritz Wennecke. Schuldig der Unzucht mit Gefangenen, des Amtsmißbrauchs, der Bestechlichkeit. Freigesprochen vom Verdacht des Kinderhandels wegen Mangels an Beweisen. Freigesprochen vom Mord an Kriminalkommissar Richard Biddling. *In dubio pro reo.*

Sie wollte die Begründung nicht hören, sie wollte überhaupt nichts mehr hören. Was nützte es, daß ein Mord für das Todesurteil reichte? Martin Heynel war der einzige, der wußte, wie Richard wirklich gestorben war, der einzige, der ihr diese furchtbaren Bilder aus dem Kopf hätte nehmen können. Aber er hatte geschwiegen. Victoria konnte nicht einmal mehr weinen. Der Tag verging quälend, die Nacht verbrachte sie schlaflos.

Der Zug ging früh. Das Gepäck war aufgegeben, das Billett bestellt, alles geregelt. Vicki nahm sie in den Arm, Andreas drückte ihre Hand. Ihr Vater brummte Gute Reise, und David strich ihr übers Haar, wie es ein großer Bruder bei der kleinen

Schwester tut, nur daß sie die große Schwester und er der kleine Bruder war. Sie atmete auf, als der Kutscher ihr in den Wagen half, und sie war ihm dankbar, daß er schwieg.

Der Bahnhof war menschenleer. Auf dem Perron wehte ein eisiger Wind. Fröstelnd stieg Victoria in das reservierte Erste-Klasse-Abteil. Sie setzte sich ans Fenster. Ihr Gesicht spiegelte sich im Glas. Ein Schaffner kam herein. »Frau Biddling?«

Sie nickte. Er gab ihr ein Päckchen. »Mit den besten Wünschen für eine angenehme Reise.«

»Von wem?«

»Ich bedaure. Der Herr wollte seinen Namen nicht nennen.«

Ein schrilles Pfeifen. Der Zug fuhr an. Victoria zog das Fenster auf. Er stand neben einem Perronpfeiler, den Hut in der Hand. Sie winkte, und er winkte zurück, und sie wünschte sich, sie hätte ihm ein letztes Wort zum Abschied sagen können. Der Waggon ratterte über eine Weiche, der Wind zerzauste ihr Haar, sie fror. Aber selbst als die Lichter der Stadt im Dunkel verschwunden waren, brachte sie es nicht fertig, das Fenster zu schließen. Die Wolken hatten sich verzogen. Es roch nach Schnee. Am Himmel glänzten Sterne. Blinkte nicht einer davon besonders hell?

Sie öffnete das Päckchen nach dem ersten Halt. Es enthielt ein Buch von Friedrich Stoltze, und die abgegriffenen Seiten ließen erahnen, wie oft Heiner Braun darin gelesen haben mußte. An einer Stelle war ein Lesezeichen eingelegt. Ein Gedicht über den Tod, die Hoffnung und das Leben. Darunter die handschriftliche Notiz:

Ich bin guten Mutes, daß Sie die Antwort finden werden, Victoria. Vergessen Sie Frankfurt nicht.

Sie dachte an das, was hinter ihr lag, und an das, was vor ihr lag. Und während ihr die Tränen übers Gesicht liefen, fühlte sie eine Zuversicht, die sie lächeln ließ. Sie würde ihn wiedersehen. Ganz bestimmt.

Frankfurter Zeitung
und Handelsblatt

Rote Plakate an den Anschlagsäulen verkündeten heute in aller Frühe: »Der Möbelträger Oskar Bruno Groß, geb. 9. Novbr. 1876 zu Werdau in Sachsen, und der Pferdeknecht August Heinrich Friedrich Stafforst, geb. 14. Juli 1879 zu Goslar, sind heute Morgen 7 Uhr 45 Minuten im Hof des königlichen Strafgefängnisses zu Preungesheim durch Enthauptung hingerichtet worden.«

Der Hinrichtung wohnten u. a. bei: der Erste Staatsanwalt von Reden, der Verteidiger Stafforsts, der Vorsitzende des Schwurgerichts, Gerichts- und andere Ärzte, Gefängnis- und Polizeibeamte, ferner die zwölf gesetzlichen Zeugen, insgesamt etwa 50 Personen. Um 7 Uhr 43 Minuten ertönte die Armesünderglocke. Währenddessen wurde Stafforst aus seiner Zelle geführt und dem Ersten Staatsanwalt von Reden vorgestellt, der das Urteil verlas. Stafforst verbeugte sich. Der Staatsanwalt wandte sich an den Scharfrichter mit den Worten: »Ich übergebe Ihnen hiermit den Delinquenten, walten Sie Ihres Amtes!« Im Augenblick erfaßten zwei Gehilfen Stafforst, nahmen ihm den übergehängten Rock ab und schlugen das Hemd zurück. Dann zogen sie ihn über die Bank. Der dritte Gehilfe hielt den Kopf auf den Klotz. Der Scharfrichter faßte sein Beil und trennte den Kopf vom Rumpfe. Das Haupt fiel in eine Kiste mit Sägemehl. Der Rumpf wurde sofort in den bereitstehenden Sarg gelegt.

Der Schlag, unter dem Stafforst sein Leben ließ, war so fest geführt, daß das Beil tief in den Block eindrang, sich festklemmte und durch Hammerschläge losgelöst werden mußte. Rasch wurde der Richtblock abgewaschen.

Um 7 Uhr 47 Minuten ertönte das Glöcklein zum zweiten Male. Groß wurde vorgeführt und hörte gleichfalls gefaßt das Urteil an. Groß nahm das Schriftstück in die Hand, las es und gab es zurück mit den Worten: »So wahr ich hier stehe, Stafforst hat den Mann erschlagen.«

Die Henker faßten ihn. Um 7 Uhr 48 fuhr der Leichenwagen vor, nahm die Särge auf und verbrachte sie zum Preungesheimer Friedhof, wo während der Hinrichtung von vier Männern zwei Gräber an der Friedhofsmauer gegraben worden waren.

Es sei noch erwähnt, daß die letzte Hinrichtung in Frankfurt am 7. Juni 1799 auf dem Roßmarkt vollzogen wurde.

Epilog

Ich bin ein deutscher Fechter,
Bekannt im deutschen Land,
Nennt man die besten Namen,
Wird auch der meine genannt.

(Karl Hopf auf einer Ansichtskarte in Anlehnung an Heinrich Heine)

Frankfurt, den 24. April 1912

Liebste Mama!

*Ich habe mich sehr über Deinen Brief gefreut, nachdem ich so
lange nichts von Dir gehört hatte. Noch mehr freut es mich,
daß es Dir gut geht. Sicher wartest Du schon ungeduldig auf
meine Antwort, und Deine Frage nach unserer kleinen
Marianne möchte ich gleich vorab beantworten: Sie entwickelt
sich prächtig und hält mit ihrem Geschrei das ganze Haus auf
Trab. Dafür hatte ich eine schlimme Grippe zu überstehen,
und das ist auch der Grund, warum ich erst jetzt schreibe.
Aber Du brauchst Dich nicht zu sorgen: Dank der liebevollen
Fürsorge meines Mannes bin ich wieder ganz wohlauf.
Leider kann ich das von Großvater nicht sagen. Er braucht
Hilfe beim Gehen, und mit seinem Augenlicht wird es immer
schlimmer. Andreas liest ihm jeden Abend die Zeitung vor. Seit
David nach München gezogen ist, verbringen die beiden viel
Zeit miteinander. Obwohl es Großvater wirklich schlecht geht,
kommt keine Klage über seine Lippen – im Gegenteil! Ich habe
ihn niemals so zufrieden und ausgeglichen erlebt wie in den
vergangenen Monaten. Ich glaube, es liegt vor allem an*

*Andreas, und ich frage mich, ob es vielleicht das ist, was ihm
immer gefehlt hat: Ein Sohn, auf den er stolz sein kann?*

*Unsere Jungs gedeihen prächtig. Richard hat den Kopf voller
Streiche, während sein Bruder eher ruhig und verschlossen ist.
Jedesmal, wenn ein Brief von Dir kommt, fragen die beiden,
wann denn ihre Großmama aus Indien zurückkommt …
Nun, was soll ich ihnen sagen?
Manchmal, wenn ich meinen Ältesten anschaue, sehe ich
Martin vor mir, und mir wird angst, wenn ich daran denke,
daß sein Sohn einmal werden könnte wie er. Auch wenn Du
andere Gründe hattest als ich, kann ich inzwischen verstehen,
warum es Dir so schwerfiel, mir die Wahrheit über meine
Herkunft zu sagen. Ich hoffe, Richard wird niemals erfahren,
wer sein Vater war. Ich weiß, man darf so etwas nicht sagen,
aber ich wünschte, Martin würde im Zuchthaus sterben und
nie mehr in Freiheit kommen. Daß er überhaupt begnadigt
wurde, verstehe ich bis heute nicht.*

*Du fragtest, ob ich etwas von Herrn Braun gehört habe. Sein
letzter Brief war kurz und kam im Februar, einige Tage, nachdem ich den Deinigen erhielt. Ich soll Dich herzlich von ihm
grüßen, was ich hiermit tue. Er hat nichts davon geschrieben,
wie es seiner Frau geht, aber wenn sich ihr Zustand gebessert
hätte, hätte er es bestimmt erwähnt. Vergangene Woche sind
die letzten Blüten der Kamelie verwelkt. Ich denke oft an den
Tag, als er sie mir brachte. Es war für ihn sicher ein großes
Opfer, sein ganzes Leben hinter sich zu lassen, in der Hoffnung, daß ein Aufenthalt an der See seiner Frau Linderung
bringt.*

*Von Flora habe ich unlängst eine Postkarte erhalten – die erste
Nachricht seit fast einem Vierteljahr! Stell Dir vor, sie will
Motorfliegen lernen! Aber eigentlich ist das ja kein Wunder,
so wie sie schon als Kind Käthchen Paulus bewundert hat.
Ansonsten verdient sie sich – wie sie stolz schreibt – ihr Geld*

*am Theater. An Weihnachten wollte sie uns besuchen, aber
wie immer kam ihr in letzter Minute etwas dazwischen. Ich
nehme an, den versprochenen Brief an Dich hat sie auch
nicht abgeschickt, oder?*

*Hast Du von dem schlimmen Schiffsunglück gehört? Neun
Tage ist es her, und noch immer kann ich es nicht fassen! Der
älteste Bruder von Martha Kamm ist unter den Opfern, und
ich sehe ihn noch vor mir, wie er von diesem Wunderschiff
geschwärmt hat. Es läuft mir eine Gänsehaut den Rücken
herunter, wenn ich daran denke, daß Andreas sich beinahe
von ihm hätte überreden lassen, seine für Sommer geplante
Geschäftsreise nach Amerika vorzuverlegen, um die Jungfern-
fahrt dieser angeblich unsinkbaren Titanic mitzumachen!*

*Kannst Du Dich noch an Herrn Hopf erinnern? Ich mochte
ihn ja nie leiden, aber er ist mittlerweile eine Berühmtheit weit
über Frankfurts Grenzen hinweg. Er nennt sich nach einem
der Drei Musketiere »Athos« und tritt als Degenkünstler im
Schumann-Theater auf. Daß er seiner Assistentin einen Apfel
auf der Kehle zerteilt, ohne daß sie den kleinsten Kratzer
abbekommt, ist Gesprächsthema auf jeder zweiten Abendge-
sellschaft. Die Leute reißen sich um die Eintrittskarten, und
alle Frauen zwischen zwanzig und fünfzig scheinen für ihn
zu schwärmen. Auch Tante Maria gehört zu seinen Verehrer-
innen. Offenbar steht sie sogar in engem Briefkontakt mit ihm.
Jedenfalls erzählte sie mir gestern, daß er am 9. April in
London zum dritten Mal geheiratet hat (Ganz ehrlich: Ich
wußte nicht einmal, daß seine zweite Frau sich von ihm hat
scheiden lassen), und daß er mit seiner jungen Gattin in der
Bülowstraße wohnen wird.*

*Ach ja, und dann gibt es noch eine traurige Sache, die die
Gemüter hier zur Zeit stark beschäftigt: Es heißt, daß
Oberbürgermeister Adickes gesundheitlich angeschlagen ist
und vielleicht noch dieses Jahr zurücktreten wird. Alle hoffen,*

*daß das nur Gerüchte sind. Ansonsten habe ich nichts Neues
zu berichten, alles geht seinen Gang. Nur der Blick in die
Zeitungen macht mir ein wenig Sorge. Die politische Lage
gefällt mir nicht; und Andreas teilt meine Gedanken. Wenn er
abends aus Großvaters Zimmer kommt, sitzen wir gern bei
einem Glas Wein zusammen und reden. Ach, ich kann Dir
gar nicht oft genug sagen, was für einen wunderbaren Mann
ich habe und wie sehr ich ihn liebe!
Sei ganz herzlich gegrüßt, auch von Andreas und den Kindern, und schreibe bald wieder*

*Deine Dich liebende Tochter
Vicki*

*PS: Vorgestern war Herr Kommissar Beck hier und gab mir
das beiliegende Kuvert mit der Bitte, es so bald wie möglich an
Dich zu schicken.*

*Kgl. Polizeipräsidium   Frankfurt a. M., den 22. April 1912
- III. Abt. -
Neue Zeil 60*

Sehr verehrte Frau Biddling!

*Anbei ein Schreiben, das mir über den Polizeipräsidenten
zugeleitet wurde, da ich damals mit der Sache befaßt war. Ich
hoffe, damit hat die Geschichte für Sie nach all den Jahren
ein, wenn schon nicht gutes, so vielleicht doch tröstliches Ende
gefunden.*

Mit hochachtenden Grüßen

*P. Beck
Kriminalkommissar*

Anlage
Brief des Strafgefangenen Ferdinand Hammond, verstorben
am 17. März 1912 im Zentralgefängnis Hamburg-Fuhlsbüttel

An den
Herrn Amtsrichter Dr. Dennbächer
Amtsgericht, Holstenplatz

Hamburg, den 25. Februar 1912

Sehr geerter Herr Amtsrichter!

*Ich weis, das ich nun nich mehr lang zu leben hab und als
der Pfarrer heut da war, da hab ich beschlosen, wenn ich
schon mein Leben verfuscht hab, das ich wenigstens mit ein
bischen Ehr sterben will. Ich war kein guter Mensch, das weis
ich schon und der Pfarrer sagt, wenn ich in den Himmel
komen will, mus ich alle meine Sünden bekenen. Und das will
ich jetzt tun.*
*Ich hab gelogen vor Gericht und Sie ham mir zurecht nix ge-
glaubt. Ich hab dem Müller das Geld weggenomen und ich
hab auch dem Vannbell die Kuh geklaut und all die annern
Sachen, wegen den ich jetzt hier sitz. Und ich hab noch mehr
gemacht, das will ich Ihnen in eine Liste schreiben und
mitschiken, das Sie sehn, das ichs zuletzt doch ehrlich mein.
Der Pfarrer hat gesagt, manche Sünden die straft der Liebe
Gott schon auf der Erd und das is schlimmer, wie wenn man
vorm Strafgericht steht. Das is wohl wahr.*

*Das is jetzt an die acht Jahr her, und ich versteh bis heut nich,
was da eigentlich pasiert is und warum. Aber ich hab lang
davon geträumt, und immer den Mann gesehn, wie er da am
Baum gestorben is, und wie er mich und den Italiener ange-
guckt hat. Und die Frau. Die Frau hat mir noch mehr Angst*

763

gemacht wie der Mann. Ich hab ihr Gesicht nich gesehn, sie
hat ne Masge angehabt, aber sie hat gelacht, das ich Gänse-
haut gekriegt hab. Und der Italiener hat auch gelacht, und
der war nachher richtig irr.

Und der Mann hat die Frau gekant, da bin ich sicher. Und er
hat gesagt: Ist es das, was du willst? Das ich um mein Leben
bettel? Dann mus ich dich entäuschen.

Und dann hat die Frau wieder gelacht, aber das war voll Wut.
Ich hab gleich kein gutes Gefühl gehabt dabei, so viel Geld!
Aber ich dacht halt, warum nich? Es war so, ich bin damals in
der Gegend rumgestreift und glaub ich im Mai nach
Frankfurt am Main gekomen. Hab dort ein bischen mich rum-
getrieben und im Sommer hat ein Mann gefragt, ob ich 1000
Mark verdienen will. Ich sollt mit noch einem zusamen den
Mann umhaun, mit nem Stein, aber nur hinten aufn Kopf
und an nen Baum binden, mit nem Schal, das man nich die
Fesseln an den Händen sieht. Ich hab nich gefragt, warum,
weils mir egal war. Ich hab halt gedacht, der kriegt ne
Abreibung, weil er wen geärgert hat.

Und dann bin ich da hin, in den Wald, da stand ne kaputte
Hütte, da hab ich mich mit dem Italiener drin versteckt. Und
die Frau hat hinter der Hütte gewartet. Den Italiener hab ich
noch nie vorher gesehn gehabt, und ich weis auch sein Name
nich. Dann kam der Mann und wir ham alles gemacht, wies
die Frau gesagt hat. Und wie wir den Mann dann festbinden,
ham wir erst gesehn, das er ne Waffe hat. Der hätt uns glatt
totschießen könen, aber die Frau hat das überhaupt nicht ge-
schert. Die hat wieder nur gelacht. Richtig frölich hat sie mit
einmal ausgesehn. Das würd ja prima passen, hat sie gesagt.
Als der Mann dann zu sich kam, hat die Frau ihn beschimpft.
Er hätt jemand in der Hütte totgeschossen, aber der Mann hat
gesagt, das war er gar nich, und wie er das sagt, da holt die
Frau ne Pistole raus und lacht wieder ganz schrecklich. Und
dann hat der Mann gesagt, was ich schon geschrieben hab.
Und dann kriegt er Schweis auf die Stirn, und dann is er auf
einmal tot. Und da hat die Frau gebrüllt wien Tier und wollt

*mit der Pistole auf ihn draufhaun, aber sie hats dann doch
nich gemacht. Ich hab gedacht, die is ja irr. Und wenn das
Geld nich gewesen wär, wär ich gleich weggelaufen.*

*Dann hat die Frau gesagt, das wir den Mann losmachen und
über son umgestürzten Baumstamm legen solln, warum, weis
ich nich. Der Italiener und ich ham dann das Geld genomen,
das war in zwei Umschläge und sin nix wie weg. Und wie wir
im Wald warn, ham wir nen Schuss gehört, und sin noch viel
schneller gerannt. Ich hab noch nie in meim Leben soviel
Bammel gehabt.*

*Die Frau hat gesagt, wir solln aus Frankfurt abhaun, und wir
wollten nach Hamburg. Der Italiener is dann völlig verückt
gewesen und hat gesagt, der tote Mann wär ein Polizist, und
wir würden deswegen aufm Schafot landen. Und wenn jemand auf der Strase gekomen is wollt er immerzu in die Ka-
nalschächte reinkriechen. Da wär er sicher, hat er gesagt. Und
das er sich auskennt da unten und das er wieder heimwill in
den Turm. Ich hab dann richtig Schiss vor dem gekriegt und
das der mir vielleicht was antut, wenn ich schlaf. Und dann
hab ich mich nachts heimlich davongemacht. Und das Geld,
das war schnell futsch, ich hab viel gesoffen und war in den
Bordells. Und eigentlich war ich froh, wies endlich weg war,
das verfluchte Geld.*

*Ich hab viel geklaut und sonst nix Gutes gemacht in meim
Leben aber ich hab nie jemand was zuleid tun wolln, und der
Mann am Baum hat mich immerzu verfolgt. Bis heut seh ich
den vor mir. Und ich frag mich, ob der Italiener wohl recht gehabt hat. Ob das wirklich ein Schutzmann war? Und warum
die Frau den so gehast hat.*

Ich hoff, das ich jetzt endlich in Frieden sterben kann.

*In ergebenster Hochachtung
Ferdi Hammond*

Neues vom Kinderhandel

mit Jahresbericht über meine Recherchen und
Fürsorgetätigkeit
vom 1.9.1912 bis 31.8.1913

von
Schwester Henriette Arendt
Polizeiassistentin a. D., Stuttgart

Die Aufdeckung und Bekämpfung des Kinderhandels und die
Fürsorge für seine kleinen Opfer war auch im vergangenen
Jahre meine Aufgabe, der meine ganze Zeit und Kraft gewidmet war. Mit besonderer Freude kann ich konstatieren, daß es
mir möglich war, eine eigene Gehilfin mit den auswärtigen Recherchen zu betrauen. Die Dame erwies sich als sehr tüchtig
und zuverlässig, und zu meinem großen Bedauern muß ich sie
am 1. Oktober d. J. entlassen, weil trotz größter Sparsamkeit
keine Mittel mehr vorhanden sind.

Es wurden in den letzten Jahren Recherchen angestellt in
Cöln am Rhein, Frankfurt a. M., Mannheim, München, Metz,
Nancy, Nürnberg, Stuttgart, Würzburg.

Als ich in meiner Eigenschaft als Polizeiassistentin dem Kinderhandel energisch zu Leibe rücken wollte, bezeichnete der
zweite Bürgermeister der Stadt Stuttgart mein Vorgehen als
taktlos, da es die Stadt Stuttgart in Verruf bringe, erklärte den
Kinderhandel als bekannte Misère und verlangte ausdrücklich,
»daß die Arendt vom Stadtpolizeiamt so mit Arbeit überhäuft
werden sollte, daß sie keine Zeit mehr finde, den Inseraten in
den Tageszeitungen nachzugehen«, und solche taktlosen
Dinge, wie die Aufdeckung des Kinderhandels, zu treiben.

Als ich dann meinen Abschied einreichte und mich an den
Polizeipräsidenten von Berlin wandte, mit der Bitte, meine Bestrebungen zu unterstützen, wurde erwidert, daß dem Antrag

766

nicht entsprochen werden könne, mit der Begründung, das K. Polizeipräsidium Berlin habe »kein Ressort für den Kinderhandel!«

Nun werden meine Berichte, die sich auf 10jährige Erfahrung stützen, einfach als auf höchst unzuverlässigen Informationen beruhend, als völlig unkontrollierbar oder als stark übertrieben bezeichnet. Dieser Vogelstrauß-Politik gegenüber möchte ich an dieser Stelle konstatieren, daß ich mein neuestes Material zum großen Teil deutschen Behörden verdanke. Es sind aktenmäßig bewiesene Tatsachen – die Täter z. T. mit Gefängnis bestraft – und die schaurige Tatsache, daß deutsche Kinder nach Rußland verschleppt und dort von Verbrechern für Bettelzwecke künstlich verstümmelt werden, daß man in der Nähe von Wilna an einem einzigen Orte 78 solcher Kinder auffand, verdanke ich dem Landrat des betreffenden Bezirks, der selbst das Verbrechernest ausgehoben hat! Das sind meine »höchst unzuverlässigen Informationen!«

So behandelt der deutsche Staat den Kinderhandel! Wird es so weiter gehen, oder wird der Herr Reichskanzler mein »völlig unkontrollierbares« Material jetzt endlich einmal kontrollieren?!

(aus: Henriette Arendt, *Kinder des Vaterlandes – Neues vom Kinderhandel*, Stuttgart, 1913)

Frankfurter Zeitung
und Handelsblatt

Vor einigen Wochen erkrankte die Frau des Artisten und Fechtlehrers Karl Hopf, Bülowstraße 13, unter verdächtigen Anzeichen. Auf Anordnung des Arztes brachte man die Erkrankte gegen den Willen ihres Mannes in ein Krankenhaus. Die Untersuchung ergab, daß Vergiftung vorlag, die nach den Angaben der Frau nur durch ihren eigenen Mann herbeigeführt worden sein konnte. Die Polizei stellte weitere Ermittelungen an und schritt darauf zur Verhaftung des Mannes, die am Montag in dem Augenblick erfolgte, als Hopf von einem Besuch seiner Frau im Krankenhaus zurückkehrte.

Bei einer Haussuchung in der Hopfschen Wohnung entdeckte man ein komplett eingerichtetes Laboratorium mit Giftmitteln und Reinkulturen von Bazillen. Nach Angabe eines Polizeiberichterstatters sollen es, wie die vorläufige Untersuchung ergeben habe, Cholera- und Typhus-Bazillen sein!

Die Haussuchung förderte außer den Giften noch Gegenstände zu Tage, aus denen hervorgeht, daß Hopf, der ausschweifend lebte, sich schlimmen Neigungen hingegeben hat.

Die Verhaftung von Hopf wurde mit großen Vorsichtsmaßregeln vorgenommen. Er ist ein sehr starker Mann, auch befürchtete man, daß er Selbstmord begehen könnte. Hopf wurde gepackt und sofort gefesselt. Diese Vorsicht war sehr notwendig. Er hatte in seiner Westentasche ein Fläschchen Zyankali und er gab an, daß er es sofort nach der Festnahme geleert hätte, wenn es ihm möglich gewesen wäre.

Frankfurter Zeitung
und Handelsblatt

Der Andrang zu der heute Vormittag beginnenden Schwurgerichtsverhandlung gegen Karl Hopf wegen Giftmordes ist begreiflicherweise sehr stark. Der Eintritt ist aber nur gegen Karten gestattet. Der Vorsitzende eröffnet die Sitzung mit einer Ansprache an die Geschworenen.

Nun wird der Angeklagte Hopf von zwei Kriminalbeamten in den Saal geführt. Er ist ungefesselt und trägt seine gewöhnliche Kleidung. Hopf wendet sich dem Vorsitzenden zu, so daß er den Zuhörern den Rücken kehrt und antwortet nach Verlesung der Anklage, die ihm vier vollendete und drei versuchte Giftmorde zur Last legt, auf die Frage des Vorsitzenden: Haben Sie etwas zu erklären? – »Ich bin unschuldig.«

Das Verhör des Angeklagten

Vors.: Wozu haben Sie nun die vielen Gifte gebraucht, die man bei Ihnen gefunden hat?

Angekl.: Zur Hundezucht.

Vors.: Sie hatten doch keine Hunde mehr. Und weshalb haben Sie sich die gefährlichen Bakterien kommen lassen?

Angekl.: Teilweise zu Färbeversuchen.

Vors.: Was hatten Sie denn für ein Interesse daran?

Angekl.: Ein rein wissenschaftliches.

Vors.: Was waren es für Bazillen?

Angekl.: Typhus und Cholera.

Vors.: Sie hatten auch Arsenik? In welcher Form?

Angekl.: Als arsenige Lösung.

Frankfurter Zeitung
und Handelsblatt

Im weiteren Verlauf der Verhandlung wird der Briefwechsel mit dem Kralschen bakteriologischen Museum in Wien verlesen. Von dort hat Hopf die Kulturen der gefährlichen Krankheitserreger bezogen, und wiederholt schreibt er, die Sendungen (von Cholera, Typhus, Starrkrampf) hätten keine Virulenz, d. h. Keimfähigkeit und Wirkung gehabt. Am 14. Dezember 1912 schreibt er auf offener Postkarte: »Die Kultur Cholera asiat. ist bisher nicht virulent gewesen. Können Sie mir ganz frische Kulturen senden? Selbst bei Menschen wirkt die letzte und vorletzte absolut nicht.« **Vors.:** Woher wußten Sie, daß die Kulturen bei Menschen nicht wirkten? – **Angekl.:** Ich hab's probiert. – **Vors.:** An wem? – **Angekl.:** An mir selbst.

Um $1/_2 3$ Uhr beschließt das Gericht den Ausschluß der Öffentlichkeit, weil sich die Vernehmung jetzt den perversen geschlechtlichen Neigungen des Angeklagten zuwendet. Auch die Vertreter der Presse müssen den Saal verlassen.

Frankfurter Zeitung
und Handelsblatt

Gendarmeriewachtmeister Baumann in Schönberg bekundet: Es war ein öffentliches Geheimnis in Niederhöchstadt, Hopf habe seine erste Frau vergiftet und die zweite sei auch durch ihn krank geworden. Der Zeuge sprach deshalb mit Dr. Portmann, aber dieser sagte: Es ist ausgeschlossen.

Dr. Portmann, der die beiden ersten Frauen des Hopf behandelte, wird vorgerufen. Er gibt an der Hand seiner Aufzeichnungen eine eingehende Schilderung seiner Besuche und Befunde. Er erzählt unter anderem, nachdem sich die Frau von ihrem Mann getrennt hatte, sei Hopf eines Tages zu ihm in die Sprechstunde gekommen, sehr aufgeregt, und habe gerufen: »Ich muß meine Frau wiederhaben. Wenn Sie glauben, daß ich meine erste Frau umgebracht hätte, schieße ich mich auf der Stelle tot.« Dabei zog er einen Revolver aus der mitgebrachten Handtasche und legte ihn auf den Tisch. Der Arzt beruhigte ihn, und Hopf zog unter Weinen und Heulen ab.

Frankfurter Zeitung
und Handelsblatt

Der heutige fünfte Verhandlungstag gehört den Sachverständigen. Über die Untersuchungen auf Arsen gibt der Gerichtschemiker Dr. Popp zunächst eine allgemeine Übersicht. Er sagt: In der Kriminalgeschichte gibt der Giftmord das düsterste Bild, weil er ein Meuchelmord ist, und unter den benutzten Giften hat das Arsenik seit jeher eine besondere Rolle gespielt, weil es weder durch Geruch noch durch den Geschmack auffällt und so leicht in den Speisen beigebracht werden kann. Im Mittelalter hat man schon ganz abgefeimte Mittel angewandt, indem man z. B. Schweine mit Arsenik vergiftete und aus den verwesten Leichen neue Arsenverbindungen gewann.

Die Untersuchung der Leichen im vorliegenden Falle erfolgte unter Anwendung aller erkennbaren Vorsichtsmaßregeln. In der Leiche des unehelichen Kindes, das 1896 in Wörsdorf beerdigt wurde, fand man 0.25 Milligramm auf 100 Gramm Knochen, in den Hobelspänen des Sarges 0.15 Milligramm. Die Leiche der ersten Frau (gestorben 1902) zeigte in den Röhrenknochen nur 0,01 Milligramm Arsen auf 100 Gramm, in den Beckenknochen 0.15 Milligramm, in dem Moder zwischen den Oberschenkeln 0.025 Milligramm und in den Haaren der Leiche die verhältnismäßig große Menge von 0.25 Milligramm.

Der Verteidiger greift die Ausführungen und Berechnungen des Sachverständigen an und sucht das Vorhandensein von Arsen in den Knochen auf andere Weise zu erklären. Für die Allgemeinheit sind jedoch diese Auseinandersetzungen wenig verständlich.

Frankfurter Zeitung
und Handelsblatt

Frankfurt, 17. Januar. Nach der Rede des Staatsanwalts wird eine kurze Pause gemacht. Um 1½ Uhr ergreift der Verteidiger Dr. Sinzheimer das Wort: »Der Verteidiger ist nicht, wie sein Name besagt, der Mann, der alles verteidigt; aber er hat die Pflicht, *alles* vorzuführen, was in der Beweisaufnahme noch fehlt zum schlüssigen Beweis.

Ich begreife die Wirkung, die das Schicksal der unglücklichen Frauen auf Sie ausgeübt hat. Umso mehr müssen Sie sagen: Wir dürfen kein Urteil in einer Gefühlserregung fällen. Es gilt in jedem Strafprozeß auch das Recht zu wahren, und es darf keiner verurteilt werden, mag er noch so sehr Unmensch sein, ohne daß die Beweiskette nach Prüfung aller Umstände schlüssig geworden ist.«

Der Verteidiger bittet dann die Geschworenen folgende Fragen zu prüfen: 1. Ist der Arsenbefund der Leichen einwandfrei nachgewiesen? 2. Handelt es sich in jedem Falle um eine Arsenvergiftung? 3. War die Arsenvergiftung die Ursache des eingetretenen Todes? 4. Wenn alle diese Fragen bejaht werden: hat Hopf dieses Gift den verschiedenen Personen beigebracht?

Er ist der Ansicht, daß die Ausführungen des Herrn Dr. Popp nicht ganz einwandfrei seien. Diese letzten Ausführungen veranlassen den Vorsitzenden, die Sachverständigen noch einmal über das Geschwür zu befragen, das die erste Frau am Zwölffingerdarm gehabt hat. Nachdem der Verteidiger nochmals seinen Standpunkt dargelegt hat, sagt der Vorsitzende: Hopf, Sie haben das letzte Wort.

Hopf: Ich habe nichts mehr zu sagen.

Vors.: Gar nichts?

Hopf: Nein.

Um 3¼ Uhr ziehen sich die Geschworenen ins Beratungszimmer zurück. Ihre Beratung dauert 1 Stunde 20 Minuten. Der von dem Obmann verkündigte Wahrspruch spricht den Angeklagten von der Ermordung seiner beiden Eltern frei, dagegen schuldig des Mordes seiner ersten Frau sowie des Mordversuchs gegenüber der zweiten und dritten Frau und den beiden Kindern.

Frankfurter Zeitung
und Handelsblatt

Wie ein Berichterstatter meldet, soll der Giftmörder Karl Hopf Montag Vormittag sieben Uhr im Hof des Strafgefängnisses zu Preungesheim hingerichtet werden. Die letzte Hinrichtung in Preungesheim geschah am 1. April 1912. Damals wurde der Arbeiter Johann Pöllmann, der Mörder des Agenten Biener, enthauptet. Am 17. August 1911 war der Zeugfeldwebel Müller von Hanau in Preungesheim hingerichtet worden, am 12. November 1904 Groß und Stafforst, die den Klavierhändler Lichtenstein ermordet hatten.

Lehren des Prozesses Hopf

Die folgenden Ausführungen (…) sollen einiges erörtern, was im Laufe der Untersuchung und Verhandlung zutage getreten und der Besprechung wert ist. Das öffentliche Urteil über Karl Hopf stand eigentlich von Anfang an fest, als er nach seiner Verhaftung zugegeben hatte, daß er seine Frau Wally durch Arsen und Bakterien aus dem Wege räumen wollte, um in den Besitz einer hohen Versicherungssumme zu gelangen. (…) Aber nicht von Hopf soll jetzt die Rede sein, sondern von einigen Dingen, die mit seinen Taten in engem Zusammenhang stehen und die Öffentlichkeit in hohem Grade interessieren.

Da wirft sich zunächst von selbst die Frage auf: wie war es möglich, daß ein Privatmann ohne wissenschaftliche Qualifikation imstande war, sich diese Bakterien zu verschaffen, welche die schlimmsten aller Krankheiten hervorrufen können? (…) Höchstes Bedenken muß es erregen, daß ein Mann einfach auf einen Bestellschein hin, weil seine Briefbogen den Vermerk »chemisches und bakteriologisches Laboratorium« trugen, nicht einmal, sondern öfters Kulturen der giftigsten Bakterien zugeschickt bekam. (…)

Wie kam es, daß erst bei der Erkrankung der dritten Frau, obgleich auch bei seinen früheren Opfern Symptome der Vergiftung zutage traten und obgleich in Niederhöchstadt, seinem ehemaligen Wohnort, einer dem andern zuraunte, daß Hopf seine beiden Frauen vergiftet habe, das Verbrechen entdeckt ward?

Haben die Ärzte so gehandelt wie es sein soll und muß? Es ist nicht leicht, auf diese Frage ohne weiteres sofort die richtige Antwort zu finden, und man darf nicht blindlings dem »Volksurteil« zustimmen, das auf Grund der Aussagen in dem Hopfprozeß sozusagen den Bankerott der ärztlichen Wissenschaft erklärt hat. Zweifellos aber sind auch für den Laien erkennbar, ärztliche Verstöße vorgekommen.

Nehmen wir den Fall der ersten Frau, der Frau Josefa. Sie war von Anfang Oktober bis Ende November krank. Das Hauptsymptom war Erbrechen, bis zu achtzigmal am Tag! Schon die enorme Zahl hätte, so kalkuliert der Laienverstand, den Arzt schließlich lehren müssen, daß eine Vergiftung vorlag. (...) Vor allen Dingen aber muß man es rügen, daß eine chemische Untersuchung des Erbrochenen unterblieben ist.(...) Der Arzt hätte aber auch mißtrauisch werden müssen, erstens, weil er Schlimmes von Hopf hörte und zweitens, weil dieser die Arzneien selbst zubereitete. Das durfte von ihm unter keinen Umständen zugelassen werden. Dazu kommt, daß die Sektion in so überaus mangelhafter Weise vorgenommen wurde. Eine regelrecht ausgeführte Sektion hätte wohl wichtige Anhaltspunkte gegeben, und die Folge wäre dann sehr wahrscheinlich gewesen, daß schon 1902 die Verbrecherlaufbahn Hopfs ihr Ende gefunden hätte. (...)

Irren ist menschlich! Diese Worte fielen am letzten Tag der Verhandlung, kurz vor der Rechtsbelehrung der Geschworenen, am Tische der Staatsanwaltschaft. Sie bezogen sich auf den Niederhöchstädter Arzt, der menschlich und medizinisch geirrt habe. Die Irrungen im Fall Hopf sind damit aber nicht beendet. (...) Auch die Gerichte haben geirrt und gefehlt, die Gerichte, die früher dem Ankläger Hopf zur Ehrenrettung verhalfen, und die benachbarte Staatsanwaltschaft, die dem Giftmordverdacht nicht nachging, sondern die Sache auf sich beruhen ließ, weil der angebliche Sachverständige, der Arzt, davon abriet. (...)

Der Gendarmeriewachtmeister, derselbe Zeuge, der hier vernommen wurde, hatte mit dem Staatsanwalt gesprochen, um einen Haftbefehl gegen Hopf zu erhalten, bekam aber die Antwort, es sei nichts zu machen, »der Doktor gehe nicht darauf ein.« Hopf drehte den Spieß um und klagte, und seine Widersacher wurden verurteilt, auch die Frau, die auf eine Frage des Frankfurter Gerichtsvorsitzenden erwiderte: damals, als man sie zu 30 Mark Geldstrafe wegen Beleidigung verurteilte, sei sie »nicht zum Ausreden gekommen«. Gar mancher Angeklagte kommt vor Schöffengerichten, namentlich in Beleidigungs-prozessen, »nicht zum Ausreden«. (...) Der Richter, der all-mächtige Mann, schneidet den Angeklagten und Zeugen, mei-stens einfachen Leuten, die sich nicht zu helfen wissen, das Wort ab, und in kurzer Zeit wird eine Reihe von »Bagatellsa-chen« erledigt.

Auch der Fall Hopf contra Wüst war eine Bagatellsache oder wurde wenigstens als solche behandelt. Hätte man ihm aber die notwendige Sorgfalt gewidmet, dann wäre (...), nachdem die ärztliche Wissenschaft versagt hatte, der Stein ins Rollen ge-kommen, und der Prozeß Hopf, nicht ein Bagatellprozeß, son-dern ein Giftmordprozeß, wären sieben oder acht Jahre früher verhandelt worden.

(aus: *Frankfurter Zeitung und Handelsblatt, Erstes Morgen-blatt*, 18.1.1914)

Anhang

Polizeiarbeit/Kriminalistik von der Jahrhundertwende bis zum Ersten Weltkrieg

Ganz gleich, ob es sich um einen Hühnerdiebstahl oder einen Mordfall handelt – wenn eine Straftat begangen und der Polizei bekannt wird, schließen sich drei wesentliche Fragen an: Wer war der Täter? Wo ist der Täter? Wie kann ich ihm die Tat beweisen? Der Identifizierung folgen Fahndung und Festnahme. Eine Verurteilung bedingt jedoch den zweifelsfreien Beweis. An dieser polizeilichen (und juristischen) Weisheit hat sich seit dem Ende des 19. Jahrhunderts nicht viel geändert, wohl aber an den Methoden und Möglichkeiten, die der Polizei und der Justiz zur Verfügung stehen.

Zum Ende des 19. Jahrhunderts wurde Paris zum »Mekka der europäischen Polizeiverwaltungen«. Dort schien man endlich eine Methode gefunden zu haben, mit der man Verbrecher identifizieren konnte. Diese Methode nannte man Anthropometrie, oder nach seinem Erfinder Alphonse Bertillon, Bertillonage, und sie eroberte bis zur Jahrhundertwende fast die ganze Welt. Bertillons Identifizierungssystem beruhte auf der Ausführung akribischer Messungen verschiedener Körperteile und wurde ergänzt durch das sogenannte *Portrait parlé*, einer »Beschreibung von Verbrechern in Worten«, die alle sichtbaren Merkmale des Kopfes in Begriffen und diese wiederum in Buchstabenfolgen ausdrückte und so zu einer »eindeutigen Formel« des jeweiligen Verbrechers führen sollte. Eine, wie sich später herausstellte, unbrauchbare Wortakrobatik, die sich für eine Anwendung in der Praxis als untauglich erwies.

Als die europäischen Polizeichefs zu Bertillon reisten, hatten sie (obwohl es durchaus diverse Veröffentlichungen darüber gab) so gut wie keine Kenntnis von der Existenz und der Effizienz der Daktyloskopie, also des Fingerabdruckverfahrens. 1896 begann der Einzug der Bertillonage ins deutsche Kaiserreich mit der Einrichtung eines Meßbüros in der Dresdner Kriminalpolizei. Verantwortlich dafür war der Leiter der Kriminalpolizei und spätere Polizeipräsident von Dresden, Koettig. Es folgten die Hamburger und die Berliner Kriminalpolizei. 1897 wurde auf einer »Allgemeinen Deutschen Polizeikonferenz« beschlossen, die Bertillonage in allen deutschen Bundesstaaten zur Grundlage des Erkennungsdienstes zu machen. In Frankfurt am Main wurde 1900 ein kriminalpolizeilicher Erkennungsdienst eingerichtet, der unter anderem eine aus rund dreitausend Lichtbildern bestehende Verbrecherkartei führte.

Mit der »Eroberung ganz Deutschlands« erlebte Bertillon einen seiner größten Triumphe, aber lange konnte er sich nicht daran erfreuen. Bereits 1903 setzte sich der nunmehrige Polizeipräsident Koettig in Dresden mit der Abschaffung der letztlich umständlichen Bertillonage und der Einführung der Daktyloskopie wiederum an die Spitze der deutschen Polizeiverwaltungen. Am 24. Oktober 1903 führte ganz Sachsen das Fingerabdruckverfahren ein. Im gleichen Jahr begannen Hamburg und Berlin mit der Sammlung daktyloskopischer Karten, andere Länder und Städte zogen erst später nach, München zum Beispiel 1908.

Immer wieder wurden Zweifel an dem Identifizierungsmittel Fingerabdruck geäußert, die aber nach ersten großen Ermittlungserfolgen verstummten. Gleiches galt für den Fingerabdruck als Beweismittel vor Gericht. Zwar wurde er in dem einen oder anderen Fall bereits (neben anderen Beweismitteln) als Indiz angeführt (im Mordfall Lichtenstein 1904 wohl erstmals in Deutschland!), aber als unumstößliches Beweismittel wurde er erst nach einem aufsehenerregenden Doppelmordprozeß in London 1905 akzeptiert, der als *Fall der Deptford-Mörder* in die Kriminalgeschichte einging. Im Gegensatz zu anderen Gerichtsverfahren erfolgte die Verurteilung der bis zuletzt leugnenden Angeklagten lediglich aufgrund eines Fingerabdruckes. Nach dem Urteilsspruch legten die Mörder ein Geständnis ab und bestätigten somit im nachhinein die Richtigkeit des neuen Beweismittels.

Bis zum Ersten Weltkrieg verdrängte die Daktyloskopie auch in Frankreich die Bertillonage. Alphonse Bertillon hatte sich bis zuletzt der Einsicht verwehrt, daß sein System dem Fingerabdruckverfahren unterlegen sei. Krank und verbittert starb er im Februar 1914.

Stellte der »Vater der wissenschaftlichen Kriminalistik«, Bertillon, noch sein eigenes System in den Mittelpunkt, reifte bald die Erkenntnis, daß die Aufklärung von Verbrechen nicht mehr Sache eines einzelnen, sondern Resultat des Zusammenwirkens aller Disziplinen war: Es entstand die Kriminalistik, die Wissenschaft von der systematischen Bekämpfung des Verbrechens. Zu ihrem Schöpfer wurde der aus Graz stammende Untersuchungsrichter Dr. Hans Groß, der unter anderem eine professionelle Schulung der Polizeibeamten forderte und nicht müde wurde, die Bedeutung der Beweissicherung am Tatort zu betonen. Groß gründete 1898 das Archiv für Kriminalanthropologie und Kriminalistik und 1912 das Kriminalistische Institut an der Grazer Universität, weltweit die erste Einrichtung dieser Art, die der Lehre vom Verbrechen den Weg in die Hochschule öffnete.

Nicht zuletzt von Graz aus nahm die Kriminaltechnik einen ungeahnten Aufschwung. Die Photographie entwickelte sich zu einem bedeutsamen kriminalistischen Instrument der Tatortaufnahme und Spurensicherung, aus der Medizin war längst die Sparte der Gerichtsmedizin hervorgegangen, zu deren Aufgabe es gehörte, Spuren an Tatorten, Opfern und Verdächtigen zu untersuchen und auszuwerten. Einen breiten Raum nahmen hier die Untersuchungs- und Nachweismöglichkeiten von Giften und naturgemäß von Blutspuren ein.

Zwar kannte man seit Mitte des 19. Jahrhunderts diverse Methoden, Blutspuren festzustellen, unmöglich war jedoch die Unterscheidung, ob es sich um Tier- oder Menschenblut handelte. 1901 veröffentlichte Paul Uhlenhuth, Assistent am Hygienischen Institut der Universität Greifswald, seine Methode der forensischen Blutdifferenzierung, die erstmals in einer Gerichtsverhandlung 1902 zur Überführung eines Täters angewandt, aber erst in einem weiteren Prozeß im Dezember 1904, in dem es um den Sexualmord an dem 9jährigen Schulmädchen Lucie Berlin in Berlin ging, weltweit bekannt und anerkannt wurde. Die Faszination dieser neuen Methode war so groß, daß niemand – nicht einmal der Verteidiger des Angeklagten – den Einwand erhob, daß mit dem Nachweis von Menschenblut noch nicht bewiesen war, daß es sich um das Blut des Angeklagten handelte.

Ein ebenfalls im Jahr 1901 veröffentlichtes Referat des Wiener Wissenschaftlers Karl Landsteiner über die Unterscheidung verschiedener Blutgruppen, ein weiterer Meilenstein in der Blutspurenkunde, wurde in seiner Bedeutung für die Medizin und für die Kriminalistik lange Zeit verkannt. 1925 bestimmte die Deutsche Gesellschaft für Gerichtliche Medizin die »Landsteinersche Reaktion« erstmals zum Verhandlungsgegenstand.

Die Idee, der Kriminalpolizei naturwissenschaftliche Laboratorien anzugliedern und damit Toxikologen zu Kriminalisten zu machen, entstand schon vor der Jahrhundertwende, wurde aber erst 1911 mit der Gründung eines ersten chemischen Polizeilabors in Dresden verwirklicht. In den Jahren bis zum ersten Weltkrieg blieb das Feld der forensischen Chemie weitgehend sogenannten Gerichtschemikern überlassen, Wissenschaftlern aus Leidenschaft für die Sache wie Paul Jeserich in Berlin oder Dr. Georg Popp in Frankfurt, die in eigenen, oft behelfsmäßigen Laboratorien arbeiteten und sich für alle Gebiete der forensischen Wissenschaften interessierten. Sie untersuchten nicht nur verschiedenste Spuren, sondern traten auch vor Gericht als Sachverständige auf, wie zum Beispiel Dr. Popp im Mordfall Lichtenstein und im Fall des Giftmörders Hopf, der weltweit Aufsehen erregte.

In der Literatur wird Hopf vielfach als »erster Bazillenmörder

der Kriminalgeschichte« bezeichnet, was jedoch nicht ganz richtig ist. Die Vergiftung mit Krankheitskeimen wurde schon von den Pestbereitern des Mittelalters (wenn auch ohne Kenntnis der wissenschaftlichen Grundlage) angewandt, und in Europa hatte bereits Jahre vor Hopf ein russischer Arzt eine Kultur von Cholera-Erregern zu Vergiftungszwecken verwandt.

Der Prozeß gegen Karl Hopf war jedoch der erste Indizienprozeß, in dem es gelang, einen Giftmörder aufgrund umfangreicher chemischer Analysen (Nachweis von Arsen in der Asche von Feuerbestatteten) zu überführen. Mit der Verurteilung des Giftmörders Hopf hatte sich die forensische Toxikologie ihren festen Platz in den Kriminalwissenschaften erobert.

Zur gleichen Zeit, als Dr. Hans Groß sein wissenschaftliches System der Kriminalistik erarbeitete, erlebte die literarische Kriminalgeschichte in Gestalt des Detektivs Sherlock Holmes eine ungeahnte Blüte. Die lediglich durch genialische Kombinationskunst eines einzelnen erfolgende »Verbrechensaufklärung«, wie sie der schottische Arzt Dr. Conan Doyle seinen legendären Detektiv betreiben ließ, war das genaue Gegenteil dessen, was Dr. Groß sich unter einer Kriminaluntersuchung vorstellte, prägte aber nichtsdestotrotz jahrzehntelang das Bild der Kriminalistik in der Öffentlichkeit. In kriminalistischen Lehrbüchern dieser Zeit wird das Phänomen »Sherlock Holmes« immer wieder erwähnt und (kritisch) gewürdigt, zumal sein Schöpfer zumindest bei den ersten Abenteuern seines Helden die Bedeutung einer gründlichen und wissenschaftlich fundierten Tatortarbeit und Spurensuche – dies wiederum ganz im Sinne von Groß – hochschätzte.

Ein Lehrsystem ganz anderer Art bildeten die bis heute heftig umstrittenen Thesen des italienischen Irren- und Gefängnisarztes Cesare Lombroso vom »geborenen Verbrecher«. Erstmals 1869 in einer Studie öffentlich vorgestellt, glaubte Lombroso, daß Wesen und Verhalten von Verbrechern nicht durch die Umwelt hervorgerufen, sondern ihnen angeboren seien und daß sich diese »Verbrechertypen« durch bestimmte körperliche Merkmale, zum Beispiel eine besonders kleine Schädelkapazität, abgeplatteten Hinterkopf, fliehende Stirn und anderes auszeichneten. Die Annahme des geborenen Verbrechers und seine Erkennbarkeit durch äußerliche Merkmale finden sich zum Beispiel auch in der Berichterstattung über den Kriminalfall Lichtenstein in der *Frankfurter Zeitung und Handelsblatt*. Genaueste Beschreibungen der anatomischen Gesichtsmerkmale der Mörder Stafforst und Groß nutzte der Berichterstatter zur Bestimmung des Grades ihrer Verbrechernatur.

In mehr als dreißig Jahren untersuchte Lombroso über siebenundzwanzigtausend Verbrecher und ebensoviele »Normale«, um seine Theorie wissenschaftlich zu untermauern. Allerdings ging es Lombroso nicht nur um die Darstellung dieser (längst widerlegten) »Kainszeichen«, sondern auch um die Aufhellung der Psyche von Kriminellen. Damit legte er einen Grundstein für die Entwicklung vom Tat- zum Täterstrafrecht.

Bei aller (berechtigter) Kritik an seinen Thesen schuf Lombroso wesentliche Grundlagen für die Entwicklung der Kriminalpsychologie und der Kriminalanthropologie.

Schon vor der Jahrhundertwende hatte die Bevölkerung in Deutschland rapide zugenommen, ebenso entwickelten sich Technik und Verkehr in starkem Maße. An die Stelle des örtlich tätigen Straftäters trat zunehmend der »reisende Kriminelle«, dem ohne eine überörtliche Zusammenarbeit der Polizeien nicht mehr erfolgversprechend auf die Spur zu kommen war. Mit der Telegraphie und dem Telephon, den verbesserten Möglichkeiten der Photographie und der Vervielfältigungstechniken entwickelte sich aber auch der polizeiliche Fahndungsapparat. So wurde es möglich, zeitnah Personenfahndungen und den Austausch und den Abgleich von Daten vorzunehmen.

Der Ermittlungserfolg im Mordfall Lichtenstein steht beispielhaft für diese Entwicklung: Durch den Austausch von polizei-

lichen Erkenntnissen konnten die Täter recht schnell identifiziert werden, durch intensive überörtliche Fahndung (Plakate,
Erkennungstafeln) gelang die Festnahme des flüchtigen Stafforst in Hamburg, kurz bevor er sich nach Übersee absetzen
wollte. Der Fall Lichtenstein zeigte darüber hinaus die zunehmende Bedeutung einer konstruktiven Zusammenarbeit zwischen Presse und Polizei, die nicht zuletzt aufgrund des unter-
schiedlichen Selbstverständnisses auf beiden Seiten bis heute
kritische Begleitung erfährt.

Am 1. Februar 1903 trat mit Henriette Arendt in Deutschland
erstmals eine Frau in den Polizeidienst ein. Zehn Jahre später
gab es in neunzehn deutschen Städten weibliche Polizei. Die
Anstöße zu ihrer Einrichtung erfolgten vor dem Hintergrund einer gegen Ende des 19. Jahrhunderts zunehmenden internatio-
nal kooperierenden Frauenbewegung. Deren Ziel war weniger, neue Erwerbsmöglichkeiten für Frauen zu schaffen,
sondern vielmehr der Kampf gegen die Praxis männlicher
Staatsgewalt, wobei sich die Hauptkritik gegen die Sittenpolizei
richtete. Als Gegenmodell forderten die Feministinnen eine »or-
ganisierte Mütterlichkeit«, also eine ausdrücklich fürsorgerische
und nicht polizeilich ausgerichtete Tätigkeit der weiblichen
Angestellten, was sich auch in den Berufsbezeichnungen »Für-
sorgedamen« oder »Polizeimatronen« ausdrückte. Die Einstellung von Frauen bei der Polizei wurde als pragmatischer
Zwischenschritt zur Abschaffung des § 316,6 Strafgesetzbuch
gesehen, der es jedem Polizeibeamten erlaubte, jede beliebige
Frau unter dem bloßen Verdacht der gewerbsmäßigen Unzucht
auf eine Polizeiwache zu bringen und amtsärztlich untersuchen
zu lassen. Übergriffe und potentielles männliches Fehlverhal-
ten sollten durch die Einstellung der Polizeiassistentinnen
unterbunden werden.
   Gleichwohl waren die Anstellungsbedingungen und Tätigkeitsgebiete der ersten Polizeiassistentinnen in den deutschen
Ländern sehr unterschiedlich. Zum Teil wurden sie durch die
Gemeinde (Stuttgart), zum Teil von Vereinen (Danzig, Biele-

feld) oder Polizeiverwaltungen (Dresden, Altona), zum Teil gemeinsam von der Polizei und einem Verein angestellt (Frankfurt am Main). Ihre Tätigkeitsgebiete umfaßten neben der Betreuung der Prostituierten auch Jugendfürsorge, Armenpflege, Gefangenenfürsorge und Kontrolle von Pflegekindern.

In Frankfurt am Main erfolgte 1907 eine Neuregelung des polizeilichen Kostkinderwesens. Im gleichen Jahr wurde vom Polizeipräsidium in Fürsorgeerziehungsangelegenheiten eine Beamtin des Vereins Kinderschutz neben dem polizeilichen Ermittlungsdienst beschäftigt.

Mit Laura Rothe, der fiktiven Heldin im Roman, habe ich diese Entwicklung drei Jahre vorweggenommen.

Kurzbiographien historischer Persönlichkeiten

Adickes, Franz (19.02.1846 – 04.02.1915)

Frankfurter Oberbürgermeister von 1891 bis 1912. Man nannte ihn aufgrund seiner Leistungen später den besten Oberbürgermeister Deutschlands, oder spöttisch »Den Großherzog von Frankfurt«. Adickes forcierte Eingemeindungen (1895 Bockenheim, 1900 Oberrad, Niederrad, Seckbach, 1910 elf weitere Gemeinden), schaffte durch die Lex Adickes die Möglichkeit, Wucherpolitik im Wohnungsbau vorzubeugen und entwickelte erstmals in der Frankfurter Geschichte eine längerfristig angelegte planerische Initiative unter anderem im Straßenbau. Die wichtigsten Felder der Adickes'schen Kulturpolitik waren die Museen und die Kunstförderung (Gründung des Völkerkundemuseums, Aufbau einer Städtischen Galerie) und die Wissenschaft. Seine politische Laufbahn krönte er mit der Gründung der Stiftungsuniversität Frankfurt.

In der Amtszeit von Adickes entwickelte sich Frankfurt zur modernen Großstadt. Als er sein Amt antrat, hatte die Stadt rund hundertachtzigtausend Einwohner, als er es im Oktober

1912 aus gesundheitlichen Gründen niederlegte, zählte Frankfurt mehr als vierhundertfünfundzwanzigtausend Einwohner.

Die im Roman geschilderte Suggestivkraft Adickes' auf die »Stiftungsfreudigkeit der Frankfurter Millionäre« ist bei Wolfgang Klötzer: *Kleine Schriften zur Frankfurter Kulturgeschichte*, Frankfurt, 1985, überliefert.

Alzheimer, Alois, Prof. Dr. (14.6.1864 – 19.12.1915)

Geboren in Marktbreit in Unterfranken, studierte er ab 1883 in Berlin und später in Würzburg Medizin, mit Schwerpunkt Anatomie und Pathologie. Im Dezember 1888 erhielt Alzheimer eine Anstellung als Assistenzarzt in der Irrenanstalt in Frankfurt am Main. Der Direktor, Dr. Emil Sioli, und Alzheimer waren (später verstärkt durch den Assistenzarzt Dr. Nissl) die einzigen Mediziner an der Klinik und zuständig für hundertsiebzig Patienten. Die Geheimnisse des Gehirns und die Gründe für dessen Verfall beschäftigten Alzheimer nicht nur am Tage bei seinen Visiten, sondern auch nachts im Labor, wenn er die Hirnrinde von Verstorbenen begutachtete. Durch neue Färbetechniken gelang es Dr. Nissl, Nervenzellen in nie dagewesener Schärfe unter dem Mikroskop sichtbar zu machen, die Voraussetzung, unter der es Alzheimer schließlich gelang, erstmals sogenannte Plaques zu entdecken, krankhaft verdickte Stellen im Hirngewebe, ein Symptom der Krankheit, für die sein Name einmal stehen sollte.

Daneben war Alzheimer auch als Gerichtsgutachter tätig und sprach von revolutionären Dingen wie »eingeschränkter Schuldfähigkeit«, wenn andere Psychiater von »unverbesserlicher Gauner« redeten. 1903, zwei Jahre nach dem Tod seiner geliebten Frau, verließ Alzheimer Frankfurt und ging als wissenschaftlicher Assistent nach Heidelberg, später an die Königlich Psychiatrische Universitätsklinik nach München. Am 3. November 1906 hielt Alois Alzheimer auf der 37. Jahrestagung der Südwestdeutschen Irrenärzte ein Referat über eine neue Krankheit, die er an der 1901 in Frankfurt eingelieferten und am 8. April 1906 gestorbenen Patientin Auguste Deter beobachtet hatte. Der Fall Auguste D. ging als erste Alzheimerdiagnose in die Medizingeschichte ein.

Die im Roman beschriebenen Äußerungen Auguste Deters sind authentisch. Sie wurden von Dr. Alois Alzheimer am 29. November 1901 im Krankenblatt der Patientin notiert.

Arendt, Henriette (11.11.1874 – 1922)

Henriette Arendt wurde als Tochter eines jüdischen Großkaufmanns in Königsberg geboren. Sie besuchte die höhere Töchterschule und die Ecole supérieur in Genf, danach ein Jahr die Handelsschule in Berlin. 1895/96 machte sie am Jüdischen Krankenhaus in Berlin eine einjährige Ausbildung zur Krankenpflegerin, verließ 1898 die Jüdische Gemeinde und trat in den Berliner Schwesternverband vom Roten Kreuz »Haus Augusta« ein.

1902/1903 wechselte sie in den Stuttgarter Hilfspflegerinnenverband. Im Februar 1903 fing sie beim Stadtpolizeiamt Stuttgart als Polizeiassistentin an.

Wie im Roman geschildert, gehörte die Überwachung der polizeiärztlichen Untersuchungen zu den Hauptaufgaben der Polizeiassistentin. Henriette Arendt begnügte sich jedoch damit nicht, sondern sah ihr Aufgabengebiet auch in der Kinderfürsorge. Sie unternahm mehrere Dienstreisen und informierte sich unter anderem 1906 bei der Centrale für private Fürsorge in Frankfurt am Main. Einen weiteren Arbeitsschwerpunkt sah Henriette Arendt in der Bekämpfung des Kinderhandels. Sie trat mit Vorträgen und Publikationen zum Thema an die Öffentlichkeit und zog sich so nicht nur den Ärger ihrer Vorgesetzten im Stadtpolizeiamt zu, sondern geriet auch mit der Vorsitzenden des Hilfspflegerinnenverbandes und der zu ihrer Entlastung eingestellten Gehilfin in Streit. Henriette Arendts öffentliche Kritik an Mißständen, eine Liebesaffäre mit einem Angehörigen des Stadtpolizeiamtes, Vorwürfe der Unterschlagung und das Bekanntwerden eines Suizidversuchs mit Einweisung in eine Irrenanstalt während ihrer Schwesternzeit in Berlin wurden ihr zum Vorwurf gemacht und führten letztlich dazu, daß sie am 18. November 1908 kündigte. 1910 erschien ihr Buch *Erlebnisse einer Polizeiassistentin*, in dem sie Behördeninterna in voller Länge und mit Namen veröffentlichte. Das Buch löste einen Skandal aus. In den folgenden Jahren publizierte Henriette Arendt zwei Bücher zum Thema Kinderhandel, in denen sie anhand drastischer Beispielsfälle Einblick in das Elend der »vergessenen Kinder« und in das kriminelle Milieu der Kinderhändler bot.

Obwohl Henriette Arendt im Roman als Person genannt wird, habe ich mich für meine fiktive Polizeiassistentin Laura Rothe weitgehend von der Biographie Henriette Arendts inspirieren lassen. Das Schreiben des Jüdischen Krankenhauses ist bis auf den Namen authentisch, ebenso die Schilderung des Arbeitsgebietes der Polizeiassistentin.

Ehrlich, Paul, Prof. Dr. (14.3.1854 – 20.8.1915)

Der Sohn eines Destillateurs studierte unter anderem in Breslau, Leipzig und Straßburg Medizin. Schon als junger Assistenzarzt in Berlin erregte Ehrlich die Aufmerksamkeit des berühmten Robert Koch durch seine intensiv betriebenen Studien neuer Färbemethoden von Bakterien. Es gelang ihm, eine Färbemethode zu entwickeln, mit der die Erkennung von Tuberkel-Bakterien wesentlich erleichtert wurde; Robert Kochs Entdeckung erhielt dadurch ihren praktischen Wert.

Im Einvernehmen mit Oberbürgermeister Adickes wurde Paul Ehrlich 1899 nach Frankfurt berufen und mit der Leitung des neugegründeten Königlichen Instituts für experimentelle Therapie beauftragt. Dort begann Ehrlich mit der Krebsforschung, aber er hatte zunächst keine Möglichkeit, seine neuen Ideen zur Bekämpfung von Infektionskrankheiten durch chemische Substanzen wissenschaftlich zu überprüfen.

1903 erhielt er von der jüdischen Bankierswitwe Franziska Speyer eine Million Goldmark für Bau und Unterhalt seines Institutes und zur Erforschung einer verbreiteten, aber tabuisierten Krankheit: der Syphilis. 1909 entdeckte er das Salvarsan (organisches Arsen) zur Behandlung der Syphilis.

Ehrlich war ein unkonventioneller Wissenschaftler. Wie im Roman geschildert, herrschte in seinem Arbeitszimmer kreatives Chaos, er rauchte unentwegt Zigarren und nahm seinen Dackel mit ins Labor. Ehrlich gehörte zu den wenigen Männern seiner Zeit, die den »Einbruch« von Frauen in eine der heiligsten Männerburgen nicht nur zuließen, sondern sogar aktiv unterstützten. Ehrlich gilt als Begründer der experimentellen Chemotherapie. 1908 erhielt er gemeinsam mit dem russischen Bakteriologen Ilja Metschnikow für seine Arbeit auf dem Gebiet der Immunchemie den Nobelpreis.

Fürth, Henriette (15.8.1861 – 1.6.1938)
Als Tochter einer jüdischen Familie in Gießen geboren, lebte sie nach ihrer Heirat in Frankfurt. Sie hatte acht Kinder und trat 1891 mit einer kritischen Publikation über das Pflegekinderwesen an die Öffentlichkeit. 1907 erschien ihr Buch *Mutterschutz durch Mutterschaftsversicherung*. Henriette Fürth war in der Centrale für private Fürsorge tätig und arbeitete in der Rechtsschutzstelle für Frauen. Sie engagierte sich für die Rechte der Frauen, insbesondere für das Wahlrecht. 1931 erhielt sie die Ehrenplakette der Stadt Frankfurt. 1933 erteilten ihr die Nazis Berufsverbot.

Groß, Oskar Bruno (10.9.1876 – 12.11.1904)
Arbeiter, gelernter Metzger, stammte aus Werdau in Sachsen. Bei den im Roman über Groß verwendeten Informationen handelt es sich durchgängig um authentisches Material.

Hopf, Karl Emanuel (26.3.1863 – 23.3.1914)
Hopf wurde in Frankfurt geboren und wuchs in gutem Elternhaus auf. Er besuchte die Musterschule bis zum Einjährigen und erlernte im elterlichen Haus den Drogistenberuf. Bis 1885 diente er beim Frankfurter Traditions-Infanterie-Regiment als Freiwilliger. Später ging er als Drogist für längere Zeit nach London, lebte zeitweise in Casablanca und reiste nach Indien, mußte das Land aber wegen einer Malariaerkrankung verlassen.

In England und Marokko ließ er sich im Florett- und Säbel-fechten ausbilden. In London erwarb er einen Weltmeistertitel im Säbelfechten. 1891 kehrte Hopf nach Deutschland zurück und gründete in Wörsdorf bei Idstein eine Futtermittelhandlung, in der er auch Drogen und Chemikalien führte.

Einem Verhältnis mit seiner Haushälterin entsprang ein Sohn, der 1896 im Alter von sechs Monaten starb. Die Futter-mittelhandlung erwies sich als Verlustgeschäft, und Hopf ließ sich in der Katharinenstraße in Niederhöchstadt nieder, wo er eine Hundezucht begann, mit der er sehr erfolgreich war. Für einen seiner Hunde erhielt er den Kaufpreis von zehntausend Goldmark. Die Hundezucht gab ihm die Möglichkeit, sich mit medizinisch toxikologischen und bakteriologischen Studien zu befassen. Hopf stellte selbst Arzneien her, auch auf homöo-pathischer Basis und entwickelte ein probates Mittel gegen die Hundestaupe. Außerdem verfaßte er ein Buch mit dem Titel *Der St. Bernhardshund.*

1902 heiratete er seine erste Frau Josefa, geborene Henel, die noch im selben Jahr unter merkwürdigen Umständen starb. Hopf kassierte die Versicherungssumme von fünfzehntausend Goldmark und ging später eine zweite Ehe mit der Frankfurte-rin Auguste Christine, geborene Schneider, ein. Auch diese Frau erkrankte mehrfach, ebenso das gemeinsame Töchter-chen Elsa, das 1906 starb. Die Frau ließ sich von Hopf schei-den, verheiratete sich neu und starb 1911.

Gerüchte, Hopf habe seinen beiden Frauen und dem Kind Gift gegeben, hielten sich beharrlich, weitergehende polizeili-che Untersuchungen des zuständigen Gendarmeriewachtmei-sters scheiterten, wie im Roman geschildert, nicht zuletzt am Widerstand der Staatsanwaltschaft, einen Haftbefehl gegen Hopf zu erlassen. Gegen die Verursacher der Gerüchte ging Hopf massiv gerichtlich vor. So wurden einige seiner Nach-barn, aber auch ein Zeitungsredakteur, der über die Vorfälle berichtet hatte, zu Geldstrafen verurteilt.

1907 gab Hopf die Hundezucht auf, verkaufte sein Anwesen in Niederhöchstadt und zog nach Frankfurt. Unter den Künstlernamen »Athos« und »Captain Charles Vernon« trat er als Degenfechter sehr erfolgreich im Varieté auf, unter anderem im Schumann-Theater in Frankfurt. 1912 heiratete er in London zum dritten Mal. Seine Frau, Wally, geborene Siewec, versicherte er mit achtzigtausend Goldmark, und auch sie erkrankte. Gegen Hopfs Willen wurde sie in ein Krankenhaus gebracht, wo man erstmals die Symptome einer starken Vergiftung erkannte.

Am 14. April 1913 wurde Hopf auf offener Straße verhaftet.

Bei der Durchsuchung eines seiner Frau verborgen gebliebenen Zimmers in seiner Wohnung in der Bülowstraße 13 in Frankfurt, der auch Dr. Popp beiwohnte, wurde neben einer Unzahl von Giften (Arsenik, Strychnin, Tollkirschenextrakt, Fingerhutpflanzen, Morphium, Opium) und Reinkulturen von Typhus, Rotz, Cholera eine umfangreiche wissenschaftliche Bibliothek gefunden, die Strafgesetzbücher, Gesetze über den Handel mit Giften, toxikologische Lehrbücher anerkannter Experten, aber auch belletristische Werke, zum Beispiel einen Kriminalroman mit dem Titel *Ein Giftmord in Fellin*, umfaßte. Darüber hinaus entdeckten die Beamten Ruten, Peitschen und Damenunterwäsche sowie Photographien, auf denen sich Hopf und »nicht näher bekannte Frauenspersonen« sadomasochistischen Vergnügungen hingaben.

Hopf wurde 1914 in einem über die Grenzen Deutschlands hinaus beachteten Prozeß wegen mehrfachen Mordes und Mordversuchs angeklagt, zum Tode verurteilt und durch das Beil hingerichtet. Sein Leichnam wurde der Universität Marburg für Studienzwecke zur Verfügung gestellt.

Bei der Darstellung Hopfs habe ich mich eng an die Fakten gehalten. Wo diese Lücken aufwiesen beziehungsweise Raum für Deutungen ließen, habe ich mir die schriftstellerische Freiheit der fiktionalen Ausschmückung herausgenommen.

So ist es aufgrund der mehrfachen Aufenthalte von Hopf in England zwar möglich, aber wenig wahrscheinlich, daß er Conan Doyle getroffen hat. Jedenfalls gibt es hierfür keine Belege.

Die frappierende Übereinstimmung des Charakters des Sherlock Holmes mit dem Hopfs ist eine bloße Zufälligkeit, die mich als Autorin allerdings zur Ausgestaltung reizte. Daß Hopf die Geschichten um Sherlock Holmes kannte, ist historisch nicht belegt, aber einigermaßen wahrscheinlich, da der »beste Detektiv der Welt« damals wie heute überall bekannt war und Hopf sich für Kriminalliteratur interessierte, wie der sichergestellte Giftmordroman nach seiner Verhaftung bewies.

Ein wenig Freiheit habe ich mir bei der Beschreibung des Hopfschen Anwesens in Niederhöchstadt erlaubt; auch Benno und Briddy sowie die alte Ännie sind Produkte meiner Phantasie. Allerdings hat es die Warnungen, die ich im Roman Ännie zuschreibe, tatsächlich gegeben – und zwar von der Dienerin der zweiten Frau Hopf, Christine, an deren Eltern in Frankfurt. Bei der Dienerin handelt sich um die in dem Artikel *Lehren des Prozesses Hopf* genannte Frau Wüst.

In dem 1918 erschienenen Buch des Staatsanwaltes Erich Wulffen, *Psychologie des Giftmordes*, findet sich eine Bemerkung über Hopf, die die Zwiespältigkeit seines Charakters offenbart:

Er weist die hilfsbereite Nachbarin zurück und wirft das sterbende Kind unsanft ins Bett und weint; auf dem Sarge des Kindes war zu lesen: Meinem Liebling. Nach dessen Tod erschien er ganz verzweifelt. Eine Zeugin sagte, er habe nur Komödie gespielt, eine andere, ihr sei dieser Vorgang ein seelisches Rätsel geblieben. Wahrscheinlich war es jene seltsame Mischung von Komödie und Schmerz, wie wir sie bei großen Verbrechern gelegentlich antreffen. Bei solchen rätselhaften Vorgängen sehen wir im Verbrecher oft ein Ringen des wenigen gebliebenen Guten mit dem vielen Bösen.

Karl Hopf war also in der Tat eine reale Entsprechung von Dr. Jekyll und Mr. Hyde.

Lichtenstein, Hermann Richard (1852 – 26.2.1904)
Lichtenstein war ein angesehener Frankfurter Geschäftsmann, verheiratet und Vater von zwei Söhnen und zwei Töch-

tern im Alter von zehn bis zwanzig Jahren. Seine Firma (Klavierhandel und Klavierverleih), die er von seinem Vater Leopold übernommen hatte, betrieb er lediglich mit Hilfe seines Auslaufers Anton Schick. Lichtenstein war ein wohlhabender Mann, denn um die Jahrhundertwende gehörte ein Klavier in jedem bürgerlichen Haushalt zum guten Ton.

Im Laufe der späteren polizeilichen Ermittlungen stellte sich heraus, daß Lichtenstein in der Mittagspause ab und zu zwielichtigen Damenbesuch empfing. Im Roman spielt dieses (historisch authentische, aber für die Tataufklärung bedeutungslose) Detail eine gewisse Rolle, führt diese Spur den ermittelnden Kommissar Biddling zu dem Hundezüchter Karl Hopf; eine rein fiktionale Verbindung. Es mag sein, daß Lichtenstein und Hopf sich gekannt haben. Historisch belegt ist es nicht.

Die realen Kommissare, die im Fall Lichtenstein ermittelten, hießen Bußjäger, Wieland und Brummond, und der Name des zuständigen Polizeirats war Wolff. Der Erste Staatsanwalt von Reden ist authentisch.

Pappenheim, Bertha (27.2.1859 – 2. 5. 1936)

Bertha Pappenheim wurde als Tochter einer wohlhabenden jüdischen Familie in Wien geboren. Bei der Pflege ihres Vaters erkrankte sie an Hysterie und wurde von dem Psychoanalytiker Breuer behandelt, der ihren Fall seinem Freund Sigmund Freud schilderte. Die Krankengeschichte Bertha Pappenheims ging als *Der Fall Anna O.* in die Geschichte der Psychoanalyse ein.

Nach dem Tod ihres Vaters zog Bertha Pappenheim 1889 nach Frankfurt. 1902 gründete sie den Israelitischen Mädchenclub, eine Einrichtung für berufstätige junge Jüdinnen. Von 1895 bis 1907 leitete sie das Jüdische Mädchenwaisenhaus in der Theobaldstraße 21, später ein Heim für gefährdete Mädchen und uneheliche Kinder in Neu-Isenburg. Bertha Pappenheim starb infolge eines Gestapoverhörs 1936.

Paulus, Katharina »Käthchen«, »Miss Polly«
(22.12.1868 – 26.7.1935)

Geboren in Zellhausen (bei Seligenstadt), lebte sie seit ihrem zehnten Lebensjahr mit ihren Eltern in Frankfurt. Von Beruf Näherin, erlernte sie nach der Bekanntschaft mit dem Fallschirmspringer Hermann Lattemann die Herstellung und Reparatur von Fallschirmen und Ballonen und unternahm 1893 ihren ersten Fallschirmsprung vom Ballon. Auch als ihr Bräutigam Lattemann 1894 tödlich verunglückte, führte »Käthchen« Paulus – nach einer Unterbrechung – ihre Absprünge fort. Bis zum Jahr 1909 sprang sie einhundertsiebenundvierzigmal. Zwei luftakrobatische Vorführungen verbanden sich vor allem mit ihrem Namen: ein Doppelsprung mit zwei sich nacheinander öffnenden Fallschirmen und der Aufstieg mit dem »Fahrrad-Ballon«, einem Reklamefahrzeug der Adlerwerke in Frankfurt. In Frankfurt stieg »Käthchen« regelmäßig vom Zoologischen Garten auf. 1909 wurde sie erste deutsche Motorflugschülerin, beendete die Ausbildung aber nicht. 1915 eröffnete sie in Berlin eine Fertigungsfirma für Rettungsfallschirme. Der von ihr entwickelte »Paulus-Schirm« rettete vielen Artillerie-Beobachtern das Leben, unter anderem den Besatzungen von zehn Beobachtungsballonen, die im April 1917 vor Verdun abgeschossen wurden. Dafür erhielt sie das Verdienstkreuz für Kriegshilfe. Sie starb einsam und verarmt in Berlin.

Popp, Dr. Georg (31.07.1861 – 15.02.1943)

Dr. Popp absolvierte eine Lehrzeit als Handels- und Nahrungsmittelchemiker in Marburg, Leipzig und Zürich und gründete 1888 ein Laboratorium in Wiesbaden. Als süddeutsche Kriminalpolizeistellen an ihn herantraten und um Untersuchungen giftverdächtiger Substanzen baten, erwachte in ihm die Leidenschaft für forensische Chemie und Toxikologie. Auf eigene Initiative gründete er in Frankfurt ein neues Labor, in dem er sich vorwiegend mit toxikologischen und verwandten naturwissenschaftlichen Untersuchungen für kriminalistische Zwecke beschäftigte.

Dr. Popp gehörte zu den Begründern der naturwissenschaftlichen Kriminalistik. Viele spätere Leiter von gerichtlich-chemischen Instituten sind durch seine Schule gegangen. Immer wieder wurde er als Gutachter zu Gericht bestellt, unter anderem im Mordfall Lichtenstein, wo er auf die zukünftige Bedeutung des Fingerabdrucks hinwies oder in dem Prozeß gegen den Giftmörder Hopf. In diesem Fall gelang es Popp als erstem Wissenschaftler, in der Asche von feuerbestatteten Toten Arsen nachzuweisen. 1924 wurde Popp als einer der ersten deutschen Gerichtschemiker zum Honorarprofessor für forensische Chemie ernannt. Die Frankfurter nannten ihn »den Jäger« – in doppeltem Sinne, denn sein größtes Hobby war die Jagd. Er starb 82jährig in einer Jagdhütte bei Urberach.

Der im Roman erzählte Irrtum über den »weiblichen« Fingerabdruck und den Damenschuh ist Dr. Popp tatsächlich unterlaufen und führte die Polizei zunächst auf eine völlig falsche Fährte.

Sonnemann, Leopold (29.10.1831 – 30.10.1909)
Geboren in Höchsberg bei Würzburg, Sohn eines Webers. Seine Lebensgeschichte zeigt den weiten Weg vom fränkischen Dorfjuden zum Honoratior der Großstadt Frankfurt. Ihren Wohnsitz nahm die Familie zunächst in Offenbach, dort besuchte Leopold Sonnemann die Realschule bis zum 14. Lebensjahr; danach trat er in das väterliche Geschäft, den Tuchhandel, ein. 1849 erfolgte der Umzug nach Frankfurt. Nach dem Tod des Vaters übernahm Sonnemann das Geschäft. In diesem Zusammenhang lernte er den Bankier Rosenthal kennen, der für seine Kunden einen täglichen Geschäftsbericht herausgab und Sonnemann auf die Idee brachte, diese Berichte in Form einer regelmäßig erscheinenden Zeitung zu veröffentlichen. Unter dem Titel *Frankfurter Handelszeitung* erschien das Blatt ab 1856, zwei Jahre später wurde erstmals ein politischer Leitartikel abgedruckt. 1866, nach der Annexion Frankfurts durch die Preußen, mußte Sonnemann fliehen, kehrte aber bald zurück. Unter dem Namen *Frankfurter Zeitung und*

Handelsblatt ließ er seine Zeitung wiederaufleben, die sich aller preußischen Restriktionen und Gängeleien zum Trotz – insbesondere in der Ära Bismarck – zum Weltblatt entwickelte.

Die *Frankfurter Zeitung* gehörte in Deutschland zu den ersten Zeitungen, die die schnelle Nachrichtenübermittlung durch Telegraphen voll ausschöpfte. Man baute sich ein erstklassiges Netz von eigenen Berichterstattern und Korrespondenten in aller Welt auf. Um die Nachrichten möglichst zeitnah an den Leser zu bringen, erschienen mehrere Ausgaben täglich, dennoch blieb die Gewissenhaftigkeit der Tatsachenprüfung stets oberste Prämisse.

Politisch hatte sich Sonnemann zunächst in den Arbeiterbildungsvereinen engagiert, wandte sich aber gegen jeden Klassenkampf. Sein vehementer Einsatz für die Pressefreiheit brachte ihn einmal für zwei Monate ins Gefängnis. Von 1869 bis 1880 und 1887 bis 1904 war er Frankfurter Stadtverordneter und, aufgrund seines politischen Einflusses, »Königsmacher« für die Ernennung der Frankfurter Oberbürgermeister Miquel und Adickes. Sonnemanns rege Tätigkeit für Frankfurt hatte nicht zuletzt seine Ursache in der Überzeugung, für eine der zentralen demokratischen und politisch wichtigen Städte Deutschlands zu arbeiten. Seine Zeitung überlebte ihn bis zum Jahr 1943, als sie von den Nazis verboten wurde.

Stafforst, August Heinrich Friedrich (14.7.1879 – 12.11.1904)

Als Sohn eines Färbers in Goslar am Harz geboren, Kutscher und Pferdeknecht. Alle im Roman über ihn verarbeiteten Informationen sind authentisch.

Quellenverzeichnis

Im folgenden werden die Quellen aufgeführt, aus denen im Roman zitiert wird. Eine umfassende Quellensammlung finden Sie im Internet unter

http://home.t-online.de/home/nikola-hahn/litverzeich.htm

oder über den LINK »Bücher«

www.nikolahahn.de

Entnommene Zitate und Anmerkungen zu einzelnen Quellen habe ich in Klammern gesetzt.

Alltag/Gesellschaft

König, Wolfgang, Weber, Wolfhard: *Technikgeschichte*, 4 Bände, Netzwerke, Stahl und Strom, 1840–1914, Berlin, 1997. (Die im Roman verwendete Anweisung zur Benutzung von Fernsprecheinrichtungen entnahm ich diesem Buch, S. 50.)

Merck's Warenlexikon für Handel, Industrie und Gewerbe, Recklinghausen, 1996. (Nachdruck der Ausgabe von 1920) (Die Informationen über Arsen/Arsenik stammen aus diesem Buch.)

Meyers Konversationslexikon, 17 Bände, Leipzig/Wien, 1894. (Wie schon bei *Die Detektivin* leistete mir das Lexikon unschätzbare Dienste, um an authentisches zeitgenössisches Material zu allgemeinen Themen zu gelangen, z. B. über Dampfmaschinen, Homöopathie.)

Stutzenbacher, Robert: *Das Diner, praktische Anleitung zu dessen Service und Arrangement*, Berlin 1895. (Nachdruck, Hannover, 1994) (Die Anekdote des Offiziers Bernegge über die deutsche Art der Kaffeebereitung entnahm ich dem Artikel *Über den Kaffee*, S. 132f.)

Geschichte der Stadt Frankfurt und Umgebung

Frankfurter Zeitung und Handelsblatt, Jahrgänge 1904, 1913, 1914.

Gerteis, Walter: *Das unbekannte Frankfurt,* 3 Bände, Frankfurt a. M., 1963.

(Wie schon in *Die Detektivin* war mir das Wissen des Autors auch diesmal wieder ein unerschöpflicher Quell fürs historische Detail.)

Lerner, Franz: *Kleine Geschichte von Eschersheim,* Frankfurt a. M., 1963.

(Diesem Buch entnahm ich die Beschreibung der »romantischen Knochenmühle«.)

Moos, Günter: *Frankfurt am Main, Ein verlorenes Stadtbild,* Gudensberg-Gleichen, 1998.

Müller, Paul: *Eine Kindheit und Jugend im alten Frankfurt,* Frankfurt a. M., s.d.

(Zur Beschreibung des Lebens im Citronengäßchen habe ich mich vor allem Paul Müllers Erinnerungen bedient.)

Sarkowicz, Hans (Hg.): *Die großen Frankfurter,* Frankfurt/ Leipzig, 1994.

(Die Informationen über Dr. Paul Ehrlich stammen überwiegend aus diesem Buch.)

Geschichte der Polizei /Kriminalistik

Arendt, Henriette: *Kinder des Vaterlandes, Neues vom Kinderhandel, mit Jahresbericht über meine Recherchen und Fürsorgetätigkeit vom 1.9.1912 – 31.8.1913,* Stuttgart, 1913.

(Der im Epilog aufgeführte Ausriß über Kinderhandel stammt aus diesem Buch, S. 3, 109 f.)

Kraus, Kurt: *125 Jahre Polizeipräsidium in Frankfurt am Main. Ein Streifzug durch die Frankfurter Polizei- und Justizgeschichte,* Gackenbach, 1993.

(Beschreibung des Polizeipräsidiums Zeil und Polizeigeschichte Frankfurt um 1900)

Kraus, Kurt: *Frankfurter Polizeigeschichte*, Gackenbach, s.d.
(Aus diesem Buch stammen wesentliche Daten zu den Fällen
Lichtenstein und Karl Hopf.)

Maier, Heike: *Taktlos, unweiblich und preußisch, Henriette
Arendt, die erste Polizeiassistentin Stuttgarts, Eine Mikrostu-
die*, Stuttgart, 1998.

Raiss, Gerhard: *Karl Hopf, ein Massenmörder aus Niederhöchstadt*, in: *Zwischen Main und Taunus*, Jahrbuch des Main-
Taunus-Kreises, 1994, 2. Jg., Hofheim/Ts., 1993.
(Angaben zur Biographie Hopfs sind u.a. diesem Artikel entnommen.)

Thorwald, Jürgen: *Das Jahrhundert der Detektive*, München/
Zürich, 1965.
(War mir ein unentbehrlicher Ratgeber insbesondere für die
Darstellung der Kriminalistik, Blutspuren, Fingerabdruckver-
fahren, Bertillonage.)

Windt, Kamillo, Kodiček, Siegmund: *Daktyloskopie, Verwer-
tung von Fingerabdrücken zu Identifizierungszwecken*,
Lehrbuch zum Selbstunterricht für Richter, Polizeiorgane,
Strafanstaltsbeamte, Gendarmen etc., Wien/Leipzig, 1904.
(Das ist das im Roman erwähnte Manuskript, das Kommissar
Biddling von Dr. Popp erbittet.)

Wulffen, Erich, Dr. jur.: *Psychologie des Giftmordes*, Wien, 1918.
(In der – sich auch auf literarische Giftmordfälle beziehen-
den – Abhandlung wird eine ausführliche Charakterstudie
des Giftmörders Hopf vorgenommen, die mir wesentliche
Ansatzpunkte gab.)

Wulffen, Erich, Dr. jur.: *Encyklopädie der modernen Kriminalistik*, Bd. 8, *Der Sexualverbrecher*, Berlin/Groß-Lichterfelde,
1910.
(Die im Roman erwähnte »Dreschgräfin« Strachwitz wie auch
die verarbeiteten Informationen über Sadismus und Maso-
chismus in der Literatur [*Das Käthchen von Heilbronn* u.a.]
stammen weitgehend aus diesem Werk.)

Kriminalliteratur/Geschichte der *

Doyle, Sir Arthur Conan: *Sherlock Holmes*, Werkausgabe in 9 Einzelbänden, Romane, Zürich, 1984, Bd. 1, *Eine Studie in Scharlachrot.*

Ibid., Bd. 2, *Das Zeichen der Vier.*

Ibid., Bd. 3, *Der Hund der Baskervilles.*

Ibid., Erzählungen, Bd. 1, *Die Abenteuer des Sherlock Holmes.*

Ibid., Bd. 2, *Die Memoiren des Sherlock Holmes.*

Ibid., Bd. 3, *Die Rückkehr des Sherlock Holmes.*

(Alle im Roman verwendeten Zitate stammen aus den vorstehenden Bänden.)

Poe, Edgar Allan: Gesammelte Werke in fünf Bänden, Bd. 5, *Der Rabe*, Gedichte und Essays, Zürich, 1994.

(Das Gedicht *Geister der Toten* stammt aus diesem Buch, S. 30ff.)

Ibid., Bd. 3, *Der schwarze Kater*, Erzählungen, Zürich, 1994.

(Hopf zitiert u.a. aus *Der Alp der Perversheit*, S.472ff.)

Tschechow, Anton: *Ein Drama auf der Jagd*, Berlin/Weimar 1982.

Walter, Klaus-Peter, Dr. (Hg.): *Lexikon der Kriminalliteratur*, 7 Bände, Meitingen, 1993.

(Die in Bd.1 und 3 aufgeführten Literaturangaben zu Arthur Conan Doyle machten es mir möglich, die historisch korrekten Titelangaben zu verwenden.)

Literatur/Sprache, allgemein

Bierbaum, Otto Julius: *Eine empfindsame Reise im Automobil von Berlin nach Sorrent und zurück an den Rhein. In Briefen an Freunde beschrieben*, München/Wien, 1979. (Nachdruck der Erstausgabe, 1903)

(Bierbaums Unternehmen war für damalige Verhältnisse spektakulär, und sein Buch über die Reise ist das erste »Autoreisebuch« der deutschen Literatur. Bierbaum war einer der meist gelesenen Autoren der deutschen Literatur am Ende des 19. Jahrhunderts.)

Grimm, Jacob und Wilhelm: *Deutsches Wörterbuch*, 33 Bände, München, 1999. (Nachdruck der Erstausgabe, Leipzig, 1894) (Ein unerschöpfliches Reservoir an »zeitgemäßen« Wörtern, Redewendungen und Zitaten.)

Heine, Heinrich: *Sämtliche Werke*, Neue Ausgabe in vier Bänden, Augsburg, 1998. (Nachdruck, Hamburg, 1887) (Die im Roman erwähnte Signora Lucrezia, berühmteste Kurtisane von Venedig, stammt aus Heines *Der Dr. Faust. Ein Tanzpoem,* Bd. 3, S. 336ff.)

Nicolai, Heinz (Hg.): *Goethes Gedichte in zeitlicher Folge*, Frankfurt a. M., 1988 (Bei dem von Hopf im Roman zitierten Gedicht über die Kristalle handelt es sich um *Entoptische Farben – An Julien*, S. 877.)

Sacher-Masoch, Leopold von: *Venus im Pelz*, München, 1987. (Das Buch, das nach Hopfs Auffassung in Victorias Bibliothek fehlt. Die *Farben der Gegenwart* finden sich auf S. 16. Sacher-Masoch benutzte auch das Pseudonym Charlotte Arand. Zilly meinte also in Wirklichkeit S.-Masoch.)

Stevenson, Robert Louis: *Der seltsame Fall des Dr. Jekyll & Mr. Hyde und andere Erzählungen*, Köln, 1999.

Stoltze, Friedrich: *Werke in Frankfurter Mundart*, ausgewählt und herausgegeben von F. Grebenstein, Frankfurt a. M., 1990. (Die im Roman zitierten Gedichte entnahm ich diesem Buch, *Des Käthche un der Fridderich*, S. 454, *Allopathie, Homöopathie, Hydropathie*, S. 461, *Sommerabschied*, S. 69, *Im Mai*, S. 620.)

Medizin

Jürgs, Michael: *Alzheimer, Spurensuche im Niemandsland*, München 1999. (Die im Roman verwendeten Informationen über Dr. Alois Alzheimer und die Alzheimer-Krankheit stammen überwiegend aus diesem Buch.)

Mayr, Christoph: *Giftfibel, Giftstoffe aus der Tier- und Pflanzenwelt. Vollständiges Giftbuch oder Unterricht, die Giftpflanzen, Giftminerale und Giftthiere kennen zu lernen und Gesundheit und Leben gegen Vergiftungs-Gefahren sicher zu stellen.* Zum Schul- und Privatgebrauche, Augsburg, 1995. (Nachdruck Weimar, 1840)

(Die von Karl Hopf beim Ausritt erzählte Geschichte über Belladonna stammt aus diesem Buch, S. 15.)

Bildnachweis
S. 807, 808: Institut für Stadtgeschiche Frankfurt a.M.
S. 809 oben: Privatbesitz (Günter Moos)
S. 809 unten, 810, 812–816: Kurt Kraus, Frankfurt
S. 811: Frankfurter Neue Presse

Das Fünffingerplätzchen, eine typische Frankfurter Altstadtansicht.

Blick auf die Hauptwache (links) und die Zeil.
Rechts die Katherinenkirche.
Das Haus, in dem Lichtenstein sein Pianofortelager
hatte, lag hinter der Kirche.

Das Mordhaus. Es wurde noch 1904 abgerissen.

*Polizeipräsidium Neue Zeil 60. Rechts die Wohnung des Polizeipräsidenten,
am Bildrand ganz rechts das Polizeigefängnis.*

Acta

des

 **Polizei-Präsidii**

in

Frankfurt am Main

betreffend

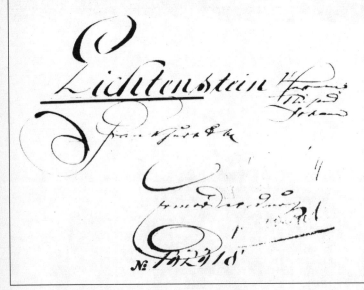

Originaldeckblatt der Ermittlungsakte Lichtenstein.

Die verabscheuungswerten
Raubmörder
Stafforst und Groß,
welche am 26. Februar 1904,
mittags zwischen ½1 u. 1 Uhr
den hochangesehenen Klavierhändler Lichtenstein in dessen
Geschäftslokal Zeil 69 ermordet
und beraubt haben.

Diese seltene Gelegenheits-Postkarte
sendet mit den besten Grüßen

Friedrich Stafforst.

Bruno Groß.

Postkarte mit den Konterfeis der Lichtenstein-Mörder,
die 1904 auf der Zeil verkauft wurde.

I. Maasse, Augenbestimmung, Alter.

Körperlg: 1,69,5	Kopflg: 18,5	lk. Mittelfg: 11,7	Klasse: 2	ansch. Alter: 23
Krümm:	Kopfbr: 15,6	lk. Kleinfg: 8,(9)	I. bff 2 m	angegeb. Alter: 24
Armsp: 1,77	Jochbr: 14,5	lk. Fusslg: 27,4	II. lgl m	gemess. zu Frkft a/m
Sitzhöhe: 0,87,5	r. Ohrlg: 6,9	lk. V. Arlg: 46,6	bes.:	dch Schneider

II. Beschreibung und Finger-Abdrücke.

Stirn — Agb: m · ng: m · Hh: m · Br: m · bes:

Augen — brauen abst: v aus: tf richt: gl form: ⌢ · bcharung: · lider Schlitz: Oe: · gest. d. ob. lid: · bes: · äpfel Gr: · bes: · höhlen: · bes: · Kpfform: · Gesichtspf. s/n: · n/m: N vt

Nase — Wzt: m · rk: ge gll: afne · Hh: · Vs: · Br: · m m m · bes: Sp lk an

Falten - stirn: · augen: · nase-lippen: · hals: · gnk:

rechtes Ohr

Ohrrand-Leiste	A: m	O: m	H: m	oe: of	bes:
Ohr-Läppchen	anr: ⌣	au: df	ohf: vt	Gr: m	
a Ohr-klappe	ng: \	pf: vs	amb: ngb	Gr: m	
Falte Gegenleiste	u:	a: 0	bes:	form des Ohres: ov	
absteh. des Ohres	f	bes:			

Lippen Hh: · vs: Olv rand: · dicke: · bes: · Mund Gr: · or:

bes: · Kinn form: · richt: · Hh: · Br: · bes:

Hals länge: · stärke: · bes: · Schulter Br: m ng: m bes:

Körp. Umfg: m · Bemerk:

Gesichts- farbe Pigm: m Blutm: m · Daumen · Zeigefinger · Mittelfinger · Ringfinger · Fülle: m bes:

Haar- farbe b · kenz: wh · Bart hlb Sb dn · lk zwschnstell

Angef. zu: Frankfurt a/m
den: 18 3. 1904
dch: Schneider
Nachgpft. zu:
dn:
dch:

Rechte Hand · Abdruck

Form. 322 a.
Druck: Gottweg & Müller, Frankfurt a. M.

Original-Erkennungsdienstphoto von Bruno Groß und Ausschnitt aus seiner erkennungsdienstlichen »Meßkarte mit Fingerabdrücken« (links).

✠ Neu! ❂ **ATHOS** ❂ Neu! ✠

Ohne Konkurrenz! (CAPTAIN CHARLES VERNON) Ohne Konkurrenz!

Unbesiegter, bester Degenkünstler der Welt.

Inhaber der Weltmeisterschaft, königlicher und anderer hoher Auszeichnungen.

Assistiert von Fräulein HENNI VERNON

ATHOS
CAPT. CHARLES VERNON.

Fräulein HENNI VERNON.

Gage pr. ¹/₂ Monat und Reise (nach Übereinkunft).

Frei ab:

„ „

Ständige Adresse:

*Ausschnitt eines Plakates über die Vorstellung des Degenkünstlers
»Athos« Karl Hopf und eine Werbepostkarte (links)*

*Polizeiphotographie von Karl Hopf und Photographie
seiner dritten Frau Wally.*